**Ullstein**

D1735322

ÜBER DAS BUCH:

Kata

Die pummelige Blondine will Rache. Rache für das von einem Viet-
namveteran getötete Kind ihrer Freundin. Deshalb kommt sie zu Burke.
Und deshalb lehnt Burke, der Glücksspieler, Ex-Sträfling, Militaria-
Händler, Schwindelkünstler und Privatdetektiv ohne Lizenz, den Auf-
trag ab. Bis Flood ihm ihre Narben zeigt. Danach ist Burke ihr williger
Bluthund auf der Jagd nach Cobra, dem Babyschänder, einer Jagd, die
den Detektiv und seine mörderische Klientin in die finstersten Straßen
New Yorks führt.

Strega

Die Täter hatten den kleinen Jungen in den Keller gelockt, ihn mißbraucht und fotografiert. Seine Seele geraubt, sagt Strega, die Mafiaprinzessin. Deshalb heuert sie Burke an. Wenn er das Foto besorgt, so
hofft sie, kann der kleine Scotty wieder ruhig schlafen. Und Burke be-
gibt sich hinab in die finsteren Straßen rund um den New Yorker Times
Square, wo jede Form von Sex nur eine Ware ist, mit der man Geld
macht. Gefahr aber droht Burke nicht nur von den Sexgangstern. Auch
vor Strega muß er sich hüten. Denn die Frau ist ein Hexenweib – mitten
in der Wüste könntest du sein, und ihr Schatten würde dich frösteln machen. Und Burke hatte ihr Geld genommen.

DER AUTOR:

Andrew H. Vachss, Jahrgang 1944, geboren und aufgewachsen in New
York, ist Anwalt für mißbrauchte Kinder. Seine Biografie umfaßt unter
anderem einen Aufenthalt im kriegszerstörten Biafra, bei dem er den
Verbleib von Spendengeldern nachforschte, und die Leitung einer Anstalt für schwerkriminelle Jugendliche.

Andrew Vachss

Kata

**Mit einem Nachwort von
Oliver Huzly**

Strega

Zwei Romane

**Aus dem Amerikanischen übersetzt von
Georg Schmidt**

Ullstein

ein Ullstein Buch
Nr. 23406
im Verlag Ullstein GmbH,
Frankfurt/M – Berlin
Titel der amerikanischen
Originalausgaben:
›Flood‹
© 1985 by Andrew H. Vachss
›Strega‹
© 1987 by Andrew H. Vachss

Ungekürzte Ausgabe

Umschlagentwurf:
Theodor Bayer-Eynck
Illustration:
Silvia Christoph
Alle Rechte vorbehalten
Übersetzungen © 1987, 1989
by Verlag Ullstein GmbH,
Frankfurt/M – Berlin
Printed in Germany 1994
Druck und Verarbeitung:
Ebner Ulm
ISBN 3 548 23406 2

Juli 1994
Gedruckt auf alterungs-
beständigem Papier mit
chlorfrei gebleichtem Zellstoff

Vom selben Autor
in der Reihe
der Ullstein Bücher:

Kata (23301)
Strega (22982)
Bluebelle (22845)
Hard Candy (23096)
Blossom (23231)
Kult (23382)

Die Deutsche Bibliothek –
CIP-Einheitsaufnahme

Vachss, Andrew:
Kata: zwei Romane / Andrew Vachss.
Aus dem Amerikan. übers. von Georg
Schmidt. – Ungekürzte Ausg. –
Frankfurt/M; Berlin: Ullstein, 1994
   (Ullstein-Buch; Nr. 23406)
   ISBN 3-548-23406-2
NE: GT

Andrew Vachss

Kata

Für

Victor Chapin
Yale Lee Mandel
Iberus Hacker (alias Dan Marcum)
Wesley Everest

sehr unterschiedliche Akteure,
die alle diesen Müllplatz von Planeten verließen
um eines besseren Ortes willen

DANKSAGUNG

Seine Dankesschuld nicht einzugestehen ist der Gipfel der Armseligkeit. Für das Material in diesem Buch und den noch folgenden stehe ich in der Schuld vieler Leute; einige mir so nah wie mein eigenes Blut, einige für immer meine Feinde. Ich werde keinen von ihnen je vergessen.

1

Ich kam an jenem Morgen früh ins Büro – ich glaube, es war gegen zehn Uhr. Sobald die Hündin sah, daß ich es war, lief sie zur Hintertür, und ich ließ sie raus. Draußen ging ich mit ihr bis zur Feuerleiter und schaute zu, wie sie die Metallstufen zum Dach hochkletterte, auf dem sie ihre tägliche Ladung absetzte. Irgendwann werde ich da hochsteigen und putzen, aber bis dahin hält es die Penner davon ab, mein Dach als Schlafplatz zu benutzen – zu viele von ihnen rauchen im Bett.

Die Hündin ist eine Klasse besser als eine Alarmanlage. Die Cops kommen sowieso nicht mitten in der Nacht in diese Gegend gerauscht, aber wenn Pansy die Sache anpackt, ist der Einbrecher noch da, wenn irgend jemand aufkreuzen sollte. Sie ist ein neapolitanischer Mastiff – zirka 140 Pfund geballten Hasses auf alles Menschliche außer mir. Meine vorige Hündin war ein Dobermann namens Devil. Sie biß irgendeinen Kasper, und für mich setzte es eine 100 000-Dollar-Klage, also mußte sie von zu Hause verschwinden. Sie war nie angemeldet, und ich bin gegen Richtersprüche so gefeit, wie es ein Mann nur sein kann. Aber dieser Anwalt, dem ich manchmal Fälle zuschanze, sagte mir, ich sollte meinem nächsten Hund einen Namen geben, der weniger negativ klingt. Ich dachte daran, sie Mord von Neapel zu nennen und der Kürze halber Mo zu rufen, aber der Anwalt sagte, man wisse nie, wer auf der Schöffenbank sitzt, vor allem in New York – also lenkte ich ein und nannte sie Pansy. Die Masse meiner Klienten mag die Hündin nicht, was nicht unbedingt heißt, daß es sich dabei um massenhaft Leute handelt.

Als Pansy die Treppe wieder runterkam, schloß ich die Hintertür und holte ihr Futter raus. Ich füttere sie nur mit Trockenzeug, doch sie sabbert trotzdem wie ein Politiker in Geldnähe. Deswegen habe ich den Fußboden mit Astroturf abgedeckt – er verträgt alles, man wäscht ihn bloß ab. Die Masse meiner Klienten hält das ebenfalls für billig, aber, wie ich schon sagte, gibt's davon nicht genug, als daß es ins Gewicht fiele.

Ich hieß die Hündin bleiben, wo sie war, und checkte das andere Büro. Eigentlich ist es bloß das Nebenzimmer, aber es gibt keine Verbindungstür, und die Außentür wurde schon vor Jahren abgeschottet. Ich benutze es bloß, wenn Leute, die ich nicht sehen will, an meiner Tür klopfen – einmal bin ich drei Tage dort geblieben. Es hat ein Privatklo, einen Eisschrank, eine Kochplatte und sogar einen Fernseher mit Kopfhörern. Nicht übel – aber der einzige Durchzug kommt von dem kleinen Fenster zur Feuerleiter hin, wo ich hineinklettere, also benutze ich es nicht zu oft.

Ich mache mit dem, was ich tue, nicht massenhaft Geld, aber die Unkosten sind kein Problem – ich habe meine eigene Art der Mietpreiskontrolle. Zufällig habe ich einmal herausgefunden, daß der Sohn des Vermieters gewissen Leuten Gewisses angetan hat und daß sie seither nach ihm Ausschau halten. Ich habe den Bengel auch gefunden, aber seine eigene Mutter würde ihn nicht wiedererkennen. Der Vermieter kaufte ihm ein neues Gesicht, besorgte ihm eine Beschäftigung, und der Bengel war goldig – abgesehen davon, daß ich über ihn Bescheid wußte und dies dem Vermieter steckte. Ich habe zirka vier Jahre lang keine Miete gezahlt. Ein moralisches Problem gibt es nicht – niemand hat mich je geheuert, das Frettchen zu finden.

Ich checkte zuerst die Post – ein Brief von American Express, ausgestellt auf einen meiner anderen Namen, und eine Zahlungsaufforderung über 3504,25 Dollar, sofort fällig, andernfalls würden sie meinen Sonderdispo für Neukunden schleifen, eine Auflistung der neuesten UKW-Funkkanäle von der U.S. Law Enforcement Assistance Administration, adressiert an die Stiftung zur Verbrechensvorbeugung, und einen Scheck über 771,25 Dollar von der Sozialversicherungsbehörde, adressiert an Mrs. Sophie Petrowski (des unglücklichen Mr. Petrowski einzige Hinterbliebene), was mir bewies, daß die Maus die erfolgreiche Absahntour trotz eines längeren Aufenthalts im Bundesknast fortsetzte. Ferner waren da vier handgeschriebene Briefe mit den erforderlichen Zahlungsanweisungen über zehn Dollar, Reaktionen auf meine Anzeige mit dem Versprechen, über »Gelegenheiten als Söldner in fremden Ländern für qualifizierte Abenteurer« zu informieren.

Ich schmiß den American-Express-Müll, wohin er gehörte, steckte den Scheck in einen stattlichen Umschlag mit dem Aufdruck *Anwaltsbüro Alexander James Sloan* und tippte den richtigen Namen und die Häftlingsnummer der Maus auf die Außenseite. Mit einem kecken roten *Vertrauliche Anwaltspost*-Stempel versehen, wanderte der Umschlag nun in meine Frankiermaschine, ein Gerät, das nie wieder zum Kundendienst gebracht werden kann. Ich vermute, daß die Maus einen freundlichen Hüter hat, der dies für sie einlösen will, offensichtlich ein künftiger Zimmergenosse. Ich erweiterte mein Rolodex um die Namen der vier Möchtegernsöldner, nahm für jeden einen braunen Umschlag, legte ein Rekrutierungsposter der rhodesischen Armee (Sei ein Mann unter Männern!), eine Exxon-Karte von Afghanistan, die Telefonnummern zweier Bars in Earl's Court, London, und den Namen eines Hotels auf der Insel Sao Tome vor der Küste Nigerias bei. Wie üblich hatte keiner von ihnen einen beschrifteten und frankierten Rückumschlag beigelegt. Die Welt ist voller Gauner.

Der Summer ertönte, was mir verriet, daß entweder ich oder die irrgekifften Hippies im unteren Loft einen Kunden hatten. Ich schaltete die Kiste auf *Sprechen* und drückte auf die *Play*-Taste am Kassettenrekorder. Eine süße Frauenstimme trällerte aus dem Rekorder und hinein ins Mikrophon, das mit dem Lautsprecher unten verbunden ist: »Ja bitte?«

Eine Frauenstimme tönte von unten zurück: »Könnte ich bitte Mr. Burke sprechen.«

Ich drückte den zweiten Knopf am Rekorder, und meine getreue Sekretärin fragte: »Haben Sie einen Termin?«

»Nein, aber es ist sehr wichtig. Ich warte gern.«

Ich dachte eine Sekunde nach, überschlug den Zustand meiner Finanzen und wählte einen weiteren von zwei verbleibenden Knöpfen. »Na gut. Kommen Sie bitte hoch, Mr. Burke ist in Kürze zu sprechen.«

»Danke«, kam die Frauenstimme.

Sobald ich den Öffner für die untere Tür gedrückt hatte, was auch den Fahrstuhl nach unten schickt, ging ich durch die Hintertür zur Feuerleiter und kletterte draußen durch das Verbindungsfenster ins zweite Büro. Ich lief weiter, bis ich dicht am Ende des Gebäudes war, wo ich ein Periskop aufgebaut hatte, das mir vom Fahrstuhl aus einen Blick über die gesamte Eingangshalle vermittelte. Es war ein armseliges Arrangement, trotz der Flutlichter im Korridor – wenn es regnete oder draußen dunkel war, konnte man nicht viel sehen –, aber wenigstens verriet es, ob mehr als eine Person vor der Bürotür stand. Dem war diesmal nicht so, und ich ging wieder rein.

Pansy knurrte sanft. Ich rückte die falsche Perserbrücke an die rechte Wand (das zweite Büro ist hinter der linken Wand), so daß es aussah, als ob da eine Verbindungstür wäre, und öffnete die Außentür, just als sie wieder anklopfen wollte. Ich forderte sie auf, einzutreten und sich auf die niedrige Couch bei meinem Schreibtisch zu setzen, warf mit einem Schaltknopf die getürkte Gegensprechanlage an und sagte: »Sally, bitte in der nächsten Zeit keine Anrufe, okay?« Ein rascher Druck auf den zweiten Knopf bescherte mir ein »Gewiß, Mr. Burke.« Dann wandte ich den Blick meiner neuen Klientin zu.

Die niedrige Couch verunsichert die Leute normalerweise, doch die Dame hätte kaum weniger Regung zeigen können. Ich schätze, sie maß zirka einsfünfundsechzig (vielleicht ein, zwei Zentimeter weniger), hatte weißblondes Haar, hohe Stirn, schmale Nase, weit auseinanderstehende braune Augen und jenen vollen, stämmigen Körperbau, den man pummelig nennen würde, solange man sie nicht von der Taille abwärts gesehen hatte. Ich hatte noch nicht, also setzte ich im Geiste auf das altmodische »pummelig«. Sie trug weite graue Wollhosen über schwarzen Stiefeln mit mittelhohen Absätzen, einen weißen Rollkragenpullover und darüber eine jener unförmigen Damenjacken; kein Hut, kein Schmuck, den ich sehen konnte, blasser Lippenstift, zuviel Lidschatten und etwas Rouge, das die winzige Narbe genau unter ihrem rechten Auge nicht ganz verdeckte. Sie sah aus, als hätte jemand mit einem feinen Skalpell eine zickzackförmige Schraffierung eingeritzt. Sie kreuzte die Beine und faltete die Hände über den Knien; einer ihrer Knöchel war leicht bläulich verfärbt.

Alles an ihr paßte gut zusammen, aber man kann bei einer Frau nicht immer mit der gleichen Sicherheit wie bei einem Mann sagen, was sie für ihre Aufmachung ausgibt – kein Schmuck mußte beispielsweise nicht heißen, daß sie pleite war. Sie saß ruhig wie eine Kröte, die auf Fliegen wartet, und die Gegenwart der Hündin schien sie nicht zu verunsichern. Für mich sah das nicht nach einer Ehekrise aus, aber ich habe meine Karriere auf Irrtümern gebaut. Also fragte ich mit neutral und geschäftsmäßig klingender Stimme bloß: »Womit kann ich Ihnen dienen?«

Jetzt, da ihre Stimme nicht mehr über Lautsprecher kam, klang sie, als hätte sie sich zu räuspern vergessen. »Ich möchte, daß Sie jemanden für mich finden.«

»Warum?« Nicht daß ich mich einen Fünfer um ihre Gründe geschert hätte, aber solche Fragen geben einem normalerweise einen sicheren Wink, wieviel Geld der Kunde ausgeben möchte.

»Ist das wichtig?« fragte sie.

»Für mich ja. Woher weiß ich beispielsweise, daß Sie die Person nicht finden wollen, um ihr was anzutun?«

»Wenn ich's tun wollte, würden Sie den Job nicht nehmen?«

So früh am Morgen konnte ich keinen Sarkasmus gebrauchen. Sogar Pansy grinste sie hochachtungsvoll an, bevor sie sich abrollte und ein weiteres Stück ihres Markknochens knackte.

»Das hab ich nicht gesagt. Aber ich muß wissen, worauf ich mich ein . . .«

»Damit Sie einen Preis machen können?«

Okay, sicher muß ich einen Preis machen. Aber offenbar verstand sie die Schwierigkeiten meines Gewerbes nicht. Falls ich eine schmale Gage für den Job ansetze und den Typen im Handumdrehen finde, mache ich etwas Geld. Aber wenn nicht, bin ich eine ganze Weile unterwegs und schneide gar nicht so gut ab. Und wenn ich einen Tagessatz fordere und den Typen im Handumdrehen finde, muß ich ihn immer noch ein paar Tage länger bedeckt halten, bevor ich ihn dem Klienten präsentiere, damit ich entsprechend zu Knete komme. Ich mache jede Menge Nachforschungen, vor allem nach säumigen Schuldnern, aber ich bringe die Leute nicht selber bei – ich habe einen Gorilla, den ich für diese Arbeit benutze, und ich kann ihn nur benutzen, wenn er aus dem Gefängnis ist. Er ist so genial, daß ich ihn einmal für die Hälfte am Gewinn dazu brachte, an einem Kautions-klau mitzumachen und sich selbst einzubuchten. Also sagte ich: »Ich werde wie jeder andere auch für die Arbeit bezahlt, die ich mache, und für die Risiken, die ich eingehe. Wenn ich einen Kanalschacht auskundschaften muß, muß ich mich dafür bezahlen lassen, daß mich die Ratten beißen könnten, auch wenn ich nicht gebissen werde, verstehen Sie?«

»Ja, ich verstehe Sie durchaus. Aber ich habe keine Zeit, mit Ihnen zu feilschen. Ich kann nicht gut feilschen. Ich bezahle Ihnen tausend Dollar, wenn Sie ihn eine Woche lang zu finden versuchen - basta.«

Ich tat so, als dächte ich darüber nach. Es gab nichts nachzudenken - ein Riese die Woche ist mehr, als ein amt-lich zugelassener Privatdetektiv machen kann.

»Okay, klingt ganz angemessen. Ich brauch bloß ein paar einfache Fakten, dann mach ich mich sofort ans Werk.«

»Sind Sie sicher, daß Sie die Zeit für mich erübrigen können«, wollte sie wissen.

»Schaun Sie, ich habe mich um diesen Auftrag nicht gerissen, richtig? Wenn Sie jemanden vorziehen, der eher mit ihrem gesellschaftlichen Stand harmoniert, müssen Sie's bloß sagen. Ich bin sicher, Sie finden selbst zur Tür.«

»In Ordnung, tut mir leid - das war vielleicht nicht not-wendig. Aber ich möchte nicht, daß Sie mich für irgendeine Schnalle halten, die Sie aufreißen und abzocken können.«

(Das war wieder komisch. Sie sah nicht wie eine Nutte aus - und sie würde mich kaum bezahlen, um einen Zuhälter zu finden. Wenn du diese Frettchen nicht siehst, verdienen sie nichts. Und wenn sie nichts verdienen, hängen sie bei irgendeiner Puppe in der Wohnung rum, verprassen die Stütze und planen ihr großes Comeback.)

»Wo haben Sie solche Ausdrücke gelernt?«

»Hab ich in einem Buch gelesen. Hören wir auf mit der Stänkerei – sagen Sie mir nur, für wen ich den Scheck klarmachen soll.«

»Machen Sie ihn zum Auszahlen klar. Dann tragen Sie ihn zur Bank, geben ihn dem Kassierer, tauschen ihn in Grüne und bringen sie alle zu mir. Ich gebe Ihnen gern 'ne Quittung, aber in diesem Gewerbe nehmen wir keine Schecks.«

Bißchen schwierig, Schecks zu nehmen, wenn man kein Bankkonto hat, aber soll sie ruhig denken, daß es für ihre eigene Ehrlichkeit meinerseits nicht unbedingt Brief und Siegel gibt.

»Okay, ich bin in ein paar Stunden zurück.«

Sie stand von der Couch auf, zappelte ein bißchen, wie um ihre Kleidung wieder tadellos und ohne Falten in Form zu bringen, und ging zur Tür. Ihre Hüften bewegte sie wie eine Frau, die sich belästigt fühlt, aber nicht bereit ist, den Kontakt abzubrechen. Sogar Pansy schien entzückt – sie besann sich irgendwelcher verborgenen Energiereserven, hob den massigen Schädel ein paar Zentimeter und beobachtete den Abgang der Dame. Ich gehöre nicht zu der Sorte, die einen Scheck sehen wollen, damit sie wissen, welche Bank der Kunde hat – wen kümmert's? Wer nur ein bißchen Grips hat, weiß, wie er das Kliff umsegelt, und sie wirkte ausgebufft genug.

Wenn ich ein Detektiv wäre, hätte ich die nächsten paar Stunden produktiv verbracht und herauszufinden versucht, was für ein Fall dies war. Ich habe Sherlock Holmes nie gelesen, aber ich habe alle Filme gesehen; also war ich so intelligent, ihre Person anhand der Kleidung zu analysieren. Ich kam auf eine glatte Null. Als ich die Sache mit Pansy durchging, bestätigte sie meine Diagnose.

Ich hob das Telefon vorsichtig ab, um zu sehen, ob die Treuhand-Hippies unten wieder einen größeren Marihuana-Deal besprachen. Es ist ihr Telefon – ich hatte mich einfach dazugesellt und mir einen Nebenanschluß eingeklinkt, so daß ich ohne die Unpäßlichkeiten monatlicher Rechnungen telefonieren konnte. Aber ich mißbrauche das Ding nicht – ich habe immer genug Kleines für das Münztelefon, wenn ich Ferngespräche führen muß. Die Leitung war frei, was sie üblicherweise bis in den späten Nachmittag ist, wenn die Hippies aufstehen – es muß nett sein, ohne Arbeit leben zu können. Während ich darüber nachdachte, wurde mir klar, daß die Dame bald zurücksein würde, und ich bin nicht der Mann, der Geld rumliegen läßt, ohne es zu investieren. Also rief ich ganz schnell meinen Buchmacher Maurice an.

»Jaah?« klang es freundlich.

»Maurice, hier ist Burke. Setz mir 'nen Hunni auf den Dreiereinlauf im Siebten heute nacht in Yonkers.«

»Dreiereinlauf, Rennen Nummer sieben, Yonkers – richtig?«

»Perfekt«, sagte ich.

»Bezweifle ich«, sagte Maurice und hängte ein.

2

Ich zog einen raschen Anruf zu Mama Wong im Poontang Gardens durch (sie diente während des Korea-Krieges beim Militär), um zu sehen, ob sie irgendeine Nachricht hatte. Ich tu ihr gelegentlich einen Gefallen, und sie meldet sich immer, wenn der Münzer in der Küche läutet, mit »Büro Mr. Burke«. Ich kriege nicht viele Nachrichten, und auch die Gefallen halten sich in Grenzen.

»Mama, Burke ist dran. Hat wer angerufen?«

»War ein Anruf von ein Mr. James. Ich ihm gesag, du später wieder da, aber er wollt kein Nummer hinterlassen. Hat gesag, er ruf später wieder an, okay?«

»Klar. Wenn er anruft, sag ihm, ich hab einen Termin, und wenn er keine Nummer hinterlassen will, kann ich frühestens nächste Woche mit ihm sprechen.«

»Burke, ruf ihn nich zurück, okay? Das is böser Mann.«

»Wie kannst'n das an der Stimme hören, um Himmels willen?«

»Ich weiß. Ich hab die Sorte Stimme vor Jahrn bei Mann gehört, der gesag hat, er is ein Soldat, aber in Wirklichkeit anderes war, okay?«

»Okay, Mama. Aber wenn er echt sucht, wird er mich finden, oder? Also laß dir die Nummer geben, damit ich ihn anrufen kann.«

»Nix gut Wunsch, Burke. Aber ich mach, wenn du sag, okay?«

»Okay, Mama. Ich ruf dich später an.«

Ich zog ein kleines Stück Steak aus dem Kühlschrank und rief Pansy zu mir. Sobald sie das Steak sah, sabberte sie Rotz und Wasser und kam rüber, hockte sich neben mich und schaute aufmerksam zu. Ich drapierte das Steak auf ihrer wuchtigen Schnauze, sie hockte da, sah elend aus, bewegte sich aber nicht. Nach ein paar Minuten schaute ich sie an, sagte: »Sprich!«, und sie schnappte sich das Steak so schnell, daß ich sie kaum die Kiefer bewegen sah.

Pansy würde nie was essen, bis sie mich das Zauberwort sprechen hört. Das ist kein Party-Trick – kein Frettchen kann mir den Hund vergiften. Ich verwende nicht die üblichen Giftrückversicherungssprüche wie »Gutes Futter« oder »koscher«, mit denen andere Trainer liebäugeln; ich kann mir nämlich den Freak nicht vorstellen, der sie aus dem Weg schaffen will und sie zum Sprechen auffordert, während er ihr was zum Fressen reicht. Und wenn du sie zu füttern versuchst, ohne das Wort zu sagen, bist *du* das Futter.

Pansy schaute mich verlangend an. »Ich hab dir tausendmal gesagt, *kau* das verdammte Futter. Wenn du's ganz runterschluckst, hast du nichts davon. Jetzt probier's und *kau* es diesmal, Dummchen.« Und ich warf ihr einen weiteren Brocken Steak zu, sagte: »Sprich«, während er noch in der Luft war. Pansy zog auch diesen rein, begriff, daß das alles war, und trollte sich wieder zu ihrem Platz auf dem Vorleger.

Ich setzte mich vor den Spiegel und fing mit meinen Atemübungen an. Ich habe vor Jahren damit begonnen, während mein Gesicht wieder zusammenheilte. Jetzt mach ich sie manchmal, einfach um mir beim Nachdenken zu helfen. Ein alter Mann lehrte mich einst, wie ich den Schmerz in meinem Körper verlagern könnte, bis ich ihn an einem Punkt konzentrieren und ihn dann gänzlich aus meiner Hülle verbannen konnte. Es kam nur aufs Atmen an, und ich hielt mich seitdem an die Übungen. Man saugt einen satten

Mundvoll Luft gefühlvoll durch die Nase in den Magen, dehnt ihn soweit wie möglich und hält die Luft an, während man langsam bis dreißig zählt. Dann läßt man sie nach und nach wieder raus, zieht den Bauch ein und füllt die Brust. Ich tat das zwanzigmal und konzentrierte mich auf den roten Fleck, den ich auf meinen Spiegel gemalt hatte. Während ich in den roten Fleck eintauchte, wich der Raum zurück, und ich fühlte mich frei genug, über das Mädchen und sein Problem nachzudenken. Ich schritt jeden Korridor ab, den ich mir eröffnen konnte, und kam leer zurück. Als ich wieder auftauchte, hörte ich Pansy wegschnarchen; vermutlich träumte sie von einem hübschen, knackigen Schenkelknochen. Ich ließ sie, wo sie war, schloß den Laden ab und ging runter zur Garage.

Eigentlich ist die Garage das Erdgeschoß meines Hauses und hat eine Schiebetür, die in eine enge Gasse führt. Das beste dran ist, daß ich vom Innern des Hauses aus reinkomme, somit das Auto in die Garage fahren kann und dann einfach verschwinden. Einmal, als ich verletzt war und nicht aufpaßte, folgte mir jemand den ganzen Weg bis zur Garage. Er saß bloß da und wartete zirka sechs Stunden lang geduldig. Der Typ war ein echter Profi. Devil (mein alter Dobermann) faßte ihn, just als er sein Geschäft in eine leere Cola-Flasche machte, die er mit sich führte. Als er endlich loskam, wußte er, wie der Laden lief – nie verriet er den Cops etwas von mir, auch nicht im Krankenhaus. Bloß ein Spürhund, der seine Arbeit am Telefon hätte tun sollen.

Ich kletterte vorsichtig in den Plymouth. Er kann wie ein Haufen verschiedener Autos zugleich wirken, aber zuletzt benutzte ich ihn als Lumumbataxe, und innen war noch ein heilloser Schlamassel. Ich hob die Stahlplatte neben dem Getriebetunnel, stieß auf den Satz Schrauben, entfernte sie und nahm den kleinen fünfschüssigen Colt Cobra raus, den ich dort aufbewahre. Checkte die Trommel, leerte sie und steckte ihn ein. Ich dachte mir, es wäre am besten, einen Freund bei mir zu haben, bis ich mehr Ahnung hatte, was diese Frau wollte. Ich schraubte den Autoboden wieder zu mmen, kletterte raus und ging wieder hoch.

hrend ich dasaß und auf die Rückkehr der geheimnisvollen Dame wartete, ging ich die jüngste Ausgabe von *Hoofbeats* durch und tagträumte von dem glorreichen Jährling, den ich eines Tages besitzen würde. Vielleicht das ausdauernde Hengstfüllen einer sieggewohnten Hannoveraner-Stute, einen entzückend leichtfüßigen Traber, vorzugsweise für all die hochdotierten Rennen. Ich würde ihn Survivor nennen, Überlebender, ein Vermögen gewinnen und für den Rest meines irdischen Lebens reich und ehrbar sein. Ich liebe Tiere – sie tun nicht, was Menschen tun, wenn sie nicht unbedingt müssen, und selbst dann ist's nie aus Spaß. Manchmal sehe ich in der Zeitschrift den Namen eines zum Kauf angebotenen Jährlings, und ich sage mir den Namen leise vor und fühle mich, wie ich mich in der Anstalt fühlte, als ich noch ein Junge war – als würde ich nie was Gutes haben. Aber das Gefühl hält nie an.

Die Menschen lassen einen nicht so leben, wie man will, aber wenn du stark genug bist oder schnell genug, mußt du wenigstens nicht so leben, wie sie wollen. Ich jedenfalls lebe, egal wie.

Der Summer von unten fraß sich in meine Gedanken. Ich ließ meine Sekretärin antworten, und, selbstverständlich, es war wieder die Dame. Doch obwohl ich mir ausmalte, daß sie bloß mit meinem Geld ankam, ging ich hinter die Kulissen und überwachte wieder ihren Vormarsch zur Tür. Macht der Gewohnheit.

Sie spazierte rein in der gleichen Aufmachung, war also wahrscheinlich zur Bank gegangen. Wenn sie nach Hause gegangen wäre, um Asche zu fassen, hätte sie die Kleidung gewechselt, wenigstens ein bißchen. Nicht alle Frauen sind so, ich weiß, aber diese wirkte so. Der einzige Unterschied war, daß der blasse Lippenstift durch eine tiefdunkle Tönung ersetzt war. Sie schmiß ein dickes, mit Gummiband umwickeltes Bündel Banknoten auf meinen Schreibtisch. Genau wie bei Gangsters.

»Ich dachte mir, Sie hätten lieber kleine Scheine«, sagte sie.

»Der Bank ist's egal«, erwiderte ich. Sie schenkte mir ein schräges Lächeln, das mir verriet, daß sie mich möglicherweise nicht bloß zufällig auserwählt hatte.

»Wollen Sie's nicht zählen?« fragte sie.

»Schon in Ordnung; ich bin sicher, es stimmt.« Ich hielt es in der Hand und war mir sicher, daß es stimmte. Ich nahm einen gelben Anwaltsblock raus, meinen imitierten Silberkugelschreiber und begann die Befragung. »Wen suchen Sie?«

»Martin Howard Wilson.«

»Irgendwelche Aliasse?«

»Was?«

»Andere Namen . . . alias, Sie wissen schon.«

»Tja, er wurde Marty genannt, wenn Sie das meinen. Und er nennt sich selbst die Cobra.«

»Die was?«

»Die Cobra, wie die Schlange.«

»Ich weiß, was 'ne Cobra ist. So heißt er?«

»So heißt er nicht, so nennt er sich.«

»Nennt ihn noch jemand anders so?«

Sie lachte. »Wohl kaum«, und sie faltete wieder die Hände über den Knien. Ich nahm den schwachen bläulichen Schimmer auf den Knöcheln diesmal deutlicher wahr.

»Was treibt diese Cobra so?«

»'ne Menge Sachen. Er erzählt den Leuten, er ist ein Vietnam-Veteran. Er trainiert, was er für Karate hält. Er hält sich für einen Berufssoldaten. Und er vergewaltigt Kinder.«

»Sie scheinen 'ne Menge über ihn zu wissen.«

»Ich weiß alles, was ich über ihn wissen muß, außer wo er ist.«

»Ist die letzte Anschrift bekannt?«

»Ja, er wohnte in einem möblierten Zimmer an der Eighth Avenue, exakt auf der Höhe Nordostecke der Thirty-seventh Street.«

»Seit wann ist er da weg?«

»Seit letzter Nacht.«

»Woher wissen Sie das.«

»Weil ich ihn knapp verfehlt habe.«

»Haben Sie nicht gefragt, wo er hingegangen ist?«

Noch ein kurzer Lacher. »Die Umstände machten das unmöglich, Mr. Burke.«

»Können Sie etwas genauer sein?«

»Ich mußte dem Verwalter gegenüber energisch werden.«

»Ein *bißchen* genauer . . .?«

»Er wollte Hand an mich legen, und ich schlug ihn.«

»Und?«

»Ich meine nicht schlagen, wie Sie es vielleicht meinen, Mr. Burke. Er muß ins Krankenhaus.«

Und dann erinnerte ich mich, wo ich diese bläulichen Knöchel schon gesehen hatte – an den Händen des alten Kung-Fu-Lehrers, der mir das Atmen beigebracht hatte. »Welchen Stil lernen Sie?«

Ihre Augen wurden hart. »Ich lerne keinen Stil. Die letzten paar Jahre war ich mein eigener Lehrer. Alle möglichen Stile, vor Jahren. Ich habe keinen Schwarzen Gürtel, ich zerschlage keine Bretter, und ich kämpfe nicht in Übungsräumen.«

Irgendwie wußte ich das schon. »Sie scheinen mir durchaus in der Lage, auf sich selber aufzupassen, Miss . . .«

»Flood.«

»Miss Flood. Wofür also brauchen Sie mich?«

»Mr. Burke, ich bin nicht des Schutzes, sondern der Information wegen zu Ihnen gekommen. Ich nehme an, Sie haben Informationsquellen, die mir vielleicht verschlossen sind. Ich bin ein aufrichtiger Mensch. Ich brauche eine Dienstleistung, und ich bin bereit, für diese Dienstleistung zu bezahlen.«

»Schaun Sie, ich raff das nicht. Ist nicht anzüglich gemeint, okay? Aber erst kommen Sie hier rein und reden wie die letzte Straßennutte, und jetzt kommen Sie mir wie Fu Manchu. Ich glaube, Sie wissen ein paar Sachen, die Sie mir nicht erzählt haben. Ich glaube, Sie denken, ich kenne diesen Cobra, den Sie suchen. Tu ich nicht.«

»Mr. Burke, das weiß ich. Aber ich weiß, daß Sie ein Unternehmen für Blödmänner und Fehlgeleitete betreiben, die glauben, daß sie Söldner werden möchten. Ich weiß, daß Sie die Söldner-Szene kennen. Diese Type muß jetzt, wo er weiß, daß ich ihn suche, das Land verlassen, und es würde genau zu ihm passen, daß er es probiert und auf die Söldnertour reißt. Aber er hat nicht das Zeug zum Söldner – er ist'n Freak, ein Psychopath. Und ein dämlicher Versager. Also dachte ich mir, er könnte vielleicht auf einer Ihrer Rekrutierungslisten auftauchen, und dann hätte ich ihn.«

»Und wenn nicht?«

»Dann hab ich Sie eine Woche lang bezahlt, damit Sie ihn da draußen finden«, mit einem knappen Armschwung wies sie auf die Straßen draußen.

»Es kann aber viel länger dauern, einen Typen zu finden, wie Sie ihn suchen. Er kann überall sein.«

Ihre Augen wurden eisig, als sie mich anschaute und sagte: »Ich habe nur eine Woche«, aber ihr Mund verkniff sich genau so viel, um mir die Wahrheit zu zeigen.

»Sie haben nur den einen Riesen, richtig?«

»Sie sind aufmerksam, Mr. Burke. Ich habe nur tausend Dollar, und die habe ich Ihnen bereits gegeben. Ich werde

24

lange brauchen, um wieder soviel Geld zusammenzube-
kommen.«

»Wie kommt's?«

»Das ist unwichtig. Es geht Sie nichts an, und es hilft
Ihnen nicht, diese Person für mich zu finden.«

Ich schaute sie einen langen Augenblick an. Ihr Gesicht
wurde wieder hart; sie würde denselben Fehler mit ihrem
Mund nicht zweimal machen. Sie hatte irgendwo gelebt, wo
ein ausdrucksloses Gesicht ein Aktivposten war, vielleicht
am gleichen Ort wie ich als Junge. Ich fragte sie: »Haben Sie
mal gesessen?«

»Warum fragen Sie?«

»Ich weiß gern, mit wem ich's zu tun habe.«

»Ich auch, Mr. Burke. Und ich habe mich bereits von
Ihnen überzeugt, bevor ich herkam. Ich heure Sie für einen
Job an, sonst nichts. Ich weiß, Sie haben 'ne Menge Jobs für
'ne Menge Leute getan und nie groß Fragen gestellt. Ich
erwarte um keinen Deut anders behandelt zu werden, weil
ich eine Frau bin.«

»Deshalb frage ich nicht. Es klingt, als ob Sie diesen Typ
suchen, um ihm die schwarzen Essensmarken zu verpassen,
und in die Nummer will ich nicht reingezogen werden.
Dieser Typ ist nirgendwo eingetragen. Ich kann ihn nicht per
Telefon oder per Post aufspüren – ich muß auf die Straße.
Ich kann dabei nicht so leise treten. Wenn ich ihn finde, und
er kreuzt tot wieder auf, wird man mir Fragen stellen. Ein
paar davon kann ich nicht beantworten.«

»Es wird keine Fragen geben.«

»Dafür habe ich nur Ihr Wort.«

»Ich halte mein Wort immer, Mr. Burke.«

»Auch das weiß ich nicht. Wie zum Teufel sollte ich auch?
Nennen Sie mir einen Namen – nennen Sie mir jemanden,
den ich anrufe und der für Sie bürgt.«

»Es gibt niemanden in New York – jedenfalls niemanden,

der mit Ihnen sprechen würde. Sie sollten die Menschen mittlerweile kennen.«

»Schaun Sie, Miss Flood. Ich hab ein paar Sachen gesehn. Ich hab ein paar Sachen getan. Ich bin nicht blöde, aber ich kann keine Gedanken lesen. Sie wollen einen Bluthund. Ich muß wissen, was Sie mit dem Mann machen wollen, wenn ich ihn auftue.«

Ihre weißen Zähne im Kontrast zum tiefdunklen Lippenstift wischten weg, was ein Lächeln hätte sein können. Großes Frösteln. »Und wenn ich Ihnen sage, daß ich nur mit ihm reden will?«

»*Ist* dem so?«

Sie sah mich aufmerksam an, strich sich mit den beiden ersten Fingern ihrer rechten Hand sanft über ihren kantigen Unterkiefer, neigte dann etwas den Kopf zur Seite und schaute mich erneut an. »Nein.« Sie stand auf. »Kann ich bitte mein Geld zurückhaben? Ich glaube nicht, daß wir ins Geschäft kommen.«

Sie streckte die Hand aus, Innenseite nach oben. Die andere Hand hielt sie zu einer festen Faust geballt genau in Bauchhöhe. Mit leicht gespreizten Beinen verlagerte sie ihren Schwerpunkt unterhalb der Hüften. Die Waffe war in der Schreibtischschublade – keine Chance. Ich drückte ihr das Geld in die Hand, und sie trat zurück, legte die Hände zusammen, verbeugte sich leicht und trat weiter zurück. Sie öffnete beide Hände und breitete sie vor mir aus, als verlange sie etwas. Das Geld war verschwunden. Es war still im Büro. Ich schaute nach rechts und sah, daß Pansy aufgestanden war – ein leises Knurren, fast wie ein Schnurren, drang tief aus ihrer Brust, aber sie bewegte sich nicht. Ich legte einen Schalter auf meinem Schreibtisch um, und die Tür hinter Flood verriegelte sich mit einem hörbaren *Klick*. Floods Augen wanderten von der Hündin zu mir. Ich nahm die Waffe langsam und vorsichtig heraus und hielt sie über den Schreibtisch. Ich sprach leise und gab den Worten Raum.

»Hören Sie zu. Ich werde der Hündin etwas sagen. Es wird *kein* Zeichen zum Angriff sein, egal, wie es klingt. Machen Sie keine Dummheit, ich mach auch keine. Hörn Sie mir bitte nur zu. Sie können mir hier nichts anhaben. Dies ist mein Reich – hier überlebe ich. Ich versuche Ihnen weder Angst einzujagen noch Sie zu einer Dummheit zu bewegen. Ich weiß, Sie möchten gehn, und das können Sie auch. Ich bin nicht ihr Gegner. Ich möchte Sie nur wissen lassen, daß Sie nicht wiederkommen können. Seien Sie nicht dumm, und kommen Sie nicht auf dumme Gedanken. Wenn ich der Hündin etwas sage, wird sie sich hinlegen. Dann werde ich diesen Schalter kippen, und die Tür wird entriegelt. Wenn ich die Waffe auf den Schreibtisch lege, öffnen Sie die Tür, gehn runter, haun ab und kommen nie wieder. Kapiert?«

Sie verzog keine Miene. »Kapiert.«

Ich sah zu Pansy – ihr Nackenhaar stand steil hoch. »Pansy, spring!«, und sie plumpste augenblicklich auf die Planken, wie von einer hydraulischen Presse gequetscht. Ich kippte den Schalter, und Flood konnte hören, wie sich die Tür hinter ihr entriegelte. Ich senkte die Waffe und legte sie vorsichtig mit ihr zugewandtem Lauf auf den Schreibtisch. Ich schaute zu Flood und neigte leicht den Kopf, wie sie es getan hatte, wortlos kehrte sie mir den Rücken und ging zur Tür. Das Wiegen ihrer Hüften wirkte diesmal tödlich, nicht freundlich. Sanft und ohne zurückzusehen schloß sie die Tür hinter sich.

Sie stieg die Treppen geräuschlos hinab, aber auf dem Schreibtisch erglomm ein rotes Licht und verriet mir, daß sie drei Stufen oberhalb der Mitte war. Dann verriet mir ein weiteres Glimmen, daß sie sich drei Stufen oberhalb der Grundebene befand. Ich habe auch einen Schalter, um die Treppe ganz und gar verschwinden zu lassen, aber ich ließ die Finger davon. Ich hörte, wie sich die untere Tür öffnete und schloß. Das hieß gar nichts. Ich ging zur Bürotür, öffnete sie und spähte in den Flur. Pansy trottete durch die Tür und bis zur Treppe. Ich ging wieder zum Schreibtisch und achtete auf das Licht. Es blieb an. Pansy stand wie geplant mit den Vorderpfoten auf der dritten Stufe oberhalb der Treppenmitte. Ich wartete, hörte Pansys kurzes, enttäuschtes Bellen und wußte, daß Flood tatsächlich abgehauen war.

Als ich Pansy rief, trollte sie sich wieder durch die Tür und wirkte erwartungsvoll. Ich ging einmal mehr zum Kühlschrank und holte einen dicken Brocken Steak. »Bist'n feines Mädchen, Pansy. Ja, bist'n feines Mädchen, 'ne echte Freundin, nicht wahr?« Glücklich pflichtete sie mir bei, als ich ihr das Steak durch die Luft zuwarf und »Sprich« sagte. Das Stück war so groß, daß sie es tatsächlich ein, zwei Sekunden kaute, bevor sie es verschwinden ließ. Das beste währt nie lang.

Ich ging zur Couch, die Flood mit Beschlag belegt hatte, zog die Schuhe aus, lehnte mich gegen eins der Kissen und schloß die Augen.

3

Als ich aufwachte, wurde es bereits dunkel. Pansy sah mich an, als ob sie ums Verrecken raus müßte, aber ich wußte, daß es Schau war. Die Hündin hat den Stoffwechsel eines Dieselmotors – sie bewegt sich nicht schnell, hält aber tagelang ohne Unterbrechung durch. Ich ließ sie trotzdem aufs Dach, wie jede Nacht. Während sie oben war, ordnete ich meine Requisiten für die Nachtschicht. Frau Flood war nicht der einzig ehrenwerte Mensch auf diesem Planeten. Als ich die hundert bei Maurice buchte, hatte ich darauf gesetzt, daß sie mit dem versprochenen Geld aufkreuzte. Ich gewann den Einsatz, aber ich erwartete nicht, in Yonkers ebenso erfolgreich zu sein wie als Menschenkenner. Und Maurice wollte morgen sein Geld. Wegen Überarbeitung wird mich nie der Schlag treffen – mein Herz schlägt nur für Pferdewetten.

Diese Nacht lief ein zauberhafter Dreijähriger ein C-Drei. Er hatte das ganze verfluchte Jahr über nicht gewonnen, war aber ein Füllen von Armbro Nesbit, der den Bahnrekord hielt. Ich war die Nacht da, in der er ihn lief. Normalerweise habe ich einen immensen Riecher für Pferde, die auf der Rolle sind und dann in der Geraden von hinten kommen; ich sage mir immer, ich werd's eines Tages ebenso machen. Aber Armbro Nesbit schoß immer an die Spitze, diktierte das Tempo, bloß um die anderen Tiere folgen zu lassen. Nach seinem vierten Rennjahr nahmen ihn seine Leute in die Zucht, aber er zeugte nur zwei Fohlen und starb dann in der Box. Eine Menge Arschlöcher im Pferdebiz lachten darüber, wie glücklich er gestorben sein muß, aber sie haben keine Ahnung. Für Armbro Nesbit gab es nur eine Art, glücklich zu sterben: nach der Meile ganz vorn und gradewegs nach Hause.

Jedenfalls war das Pferd, auf das ich diese Nacht setzte, sein Sohn, und ich wollte, daß er gewann. Und mir war klar, daß ich Maurice morgens treffen mußte, wenn ich mir diesen Kredithahn offenhalten wollte.

Als Pansy wieder unten war, rief ich Mama an und erfuhr, daß diese James-Type nicht zurückgerufen hatte. Ich ging mich in der Kleiderkammer nebenan umziehen; für den nächtlichen Broterwerb mußte ich gut aussehen. Ich befühlte mein einziges Seidenhemd. Ich liebe dieses Hemd – es ist von Sulka's und hat mich hundertfünfzig Dollar gekostet. Bei Sulka's läuft das so: Du gehst rein und bestellst ein Dutzend Hemden, so daß sie dich wie einen Ehrenmann behandeln. Dabei mußt du von vornherein wissen, daß sie dir kein Dutzend Hemden machen, bevor nicht eines perfekt sitzt. Als ich also das Geld hatte, ging ich hin und wurde vermessen. Das Muster, das sie mir verpaßten, war dieses wunderschöne, roséfarbene Seidene ohne Taschen, mit französischen Manschetten und meinen Initialen (»mb« für Mister Burke) links. Ich bezahlte ein Hemd (in Klasse-Aufmachung, über die sie an der Kasse nicht die Nase rümpfen konnten) und sagte ihnen, ich käme in ein paar Tagen wieder, um mir die anderen Farben, die ich brauchte, abzuholen. Natürlich kam ich nie wieder. Doch fürs heutige Spiel konnte ich das Hemd nicht tragen, also wählte ich ein hübsches blaues Gabardine-Buttondown, einen schlichten blauen Binder und einen dunkelblauen Nadelgestreiften, letztes Jahr zusammen mit ein paar anderen von der Maßschneiderei Stange bezogen. Jedes Kaufhaus hat meine Größe – sie heißt »Eingelaufen«. Ich polierte meine braunen Treter, nahm den Attaché-Koffer vom Kammerboden und war klar zum Gefecht. Ich wollte, wenn möglich, bei Mama haltmachen, also versprach ich Pansy, ich würde ihr etwas Gutes mitbringen, sobald ich zurück sei. Ich ging die Treppe zur Garage hinab, legte die Waffe neben den Kardantunnel – wenigstens wußte ich, wo *dieser* Cobra war – und hängte die Anzugjacke ordentlich nach hinten, damit sie nicht knitterte, ich wollte am Gericht sein, bevor das große Geschäft mit den nächtlichen Anklageerhebungen anfing.

Glücklicherweise ist das Gericht nicht weit von meinem Büro weg. Ich parkte den Wagen unberechtigterweise an der Rückseite, legte meine Dienstmarke mit der Aufschrift »Anwalt« auf dem geprägten silbernen Polizeiabzeichen aufs Armaturenbrett und kippte den Schalter, der meinen Wagen komplett stillegt, auch wenn ihn irgendeine Dohle zu stehlen versucht. Dann lief ich um die Ecke zum Vordereingang und hielt Ausschau nach Blumberg, Artuli oder einem anderen meiner Vertrauten.

Als ich in die marmorgetäfelte Schleimgrube ging, erspähte ich Blumberg am üblichen Standort. Er lehnte an der Informationsbude, die seit Jahren nicht besetzt ist, und versuchte nicht so auszusehen, wie er ist – ein fetter Schlamper ist er, aber nicht schlechter als die Pflichtverteidiger am Nachtgericht. Blumberg lehnte keinen Fall ab – aber er vertrat einen schnell und, Gleichheit für alle, er vertrat einen ziemlich gut. Sein teigiges Gesicht brachte ein Lächeln zustande, als er mich sah. »Na, Burke, wie geht's uns heute?«

»Alles klar heut nacht, Sam?«

»Tja, mein Lieber, ich weiß nicht. Ich hatte da einen Anruf von einem Klienten, der mich hier treffen wollte, aber er hat keinen Namen genannt. Er hat gesagt, er würde mich erkennen.«

»Sicher von der Titelgeschichte über deinen letzten großen Fall.«

»Gehässigkeit bringt nichts, Burke. Willst du heute nacht arbeiten?«

»Deswegen bin ich da, Sam. Die üblichen fünfundzwanzig Prozent?«

»Tja, ich sag dir, Kleiner. Es gibt heut Jungs, die für zwanzig arbeiten, und dann gibt's diesen Spanier, der arbeitet für zehn, weißte.«

»Ja, ich weiß. Hör zu, du willst 'nen Hunni auf die Hand, richtig? Okay, ich besorg dir den vollen Hunni, keine Prozente, und ich behalte alles drüber. Wie schmeckt das?«

»Burke, bist du sicher, daß du kein Jude bist? Wie wär's mit fünfundzwanzig Prozent bis zweihundert, und danach ein Drittel?«

»Gut. Paß auf, ich zieh jetzt los. Versuch, ein paar Stunden wenigstens, wie ein richtiger Anwalt *auszuschaun*, okay?«

Er antwortete nicht, und ich ging ans Werk.

Man muß wissen, wonach man sucht – darauf kommt's immer an. Vergiß die Nutten. Die haben sowieso nie einen Groschen, und wenn sie nicht schon eingebuchtet sind und auf die Anklage warten, schleppen sie irgendeines schmierigen Zuhälters Geld, um die Strafe für ein anderes Mädchen zu bezahlen. Und *wirklich* arme Leute sind ebenfalls Zeitverschwendung; aus offensichtlich praktischen Gründen. Was man braucht, ist eine Krücke, die denkt, ein niedergelassener Anwalt tut mehr für einen als ein Pflichtverteidiger – jemand, der sich für was Besseres hält, auch wenn er hochging, weil er Sozialhilfemarken stahl. Doch am besten sind irgendwelche Eltern, deren Balg just eingesperrt worden ist. Heute nacht konnte ich nicht aufs Beste warten; bloß ein schneller Hunni, und nichts wie raus. Den Arsch aufreißen, um wieder auf Null zu kommen. All die Menschen in dem großen Bau sorgten sich um ihr Urteil – und hier stand ich und verbüßte meines schon.

Meine erste Kundschaft war ein schwarzes Ehepaar. Der

Mann, etwa fünfundvierzig, trug noch seine Arbeitskleidung, seine Frau steckte in vollem Wichs. Ich stand da, sah wie ein verdammt guter Anwalt aus, aber sie rührten sich nicht. Also tat ich es. »Entschuldigen Sie, sind Sie wegen der Anklage gegen Ihren Sohn heute nacht hier?«

»Ja – ja, bin ich. Sind Sie der Mann von der Pflichtverteidigung?«

Ein etwas hämisches Lachen: »Nein, der Herr, die können Sie ganz leicht erkennen. Das sind die Jungs mit den Bluejeans und den langen Haaren. Nehmen Sie einfach den ersten, der langkommt, und nicht mal wie ein richtiger Anwalt *aussieht*.« Sagt die Frau: »Oh mein Gott, Harry, willst du . . .« Als ich abdrehte und so tat, als entfernte ich mich zu einer gewichtigen Aufgabe, berührte mich der Mann sanft am Ärmel: »Entschuldigen Sie, sind Sie Anwalt?«

»Nein, ich bin Privatdetektiv. Ich arbeite für Mr. Blumberg. *Sam* Blumberg, wissen Sie«, – als ob ihnen der Name des Fetten irgend etwas sagen müßte. »Ich bin heute nacht wegen eines Falles mit Mr. Blumberg hier, aber ich glaube, sein jüngster Einstellungsantrag war so erfolgreich, daß die Anklage fallengelassen wird. Also hab ich wahrscheinlich nichts zu tun.«

»Wir haben keinen eigenen Anwalt. Die Polizei hat gesagt, Henry bekäme einen Pflichtverteidiger – wir brauchten keinen eigenen.«

Das machte mich natürlich wütend, und ich zeigte es auch. »Was für ein Rassistenschwein! Ihnen einen solchen Quatsch zu erzählen.«

»Sie meinen, das stimmt nicht?« fragte die Mutter.

»Nun, es stimmt schon, daß Ihr Sohn einen Pflichtverteidiger erhält, wenn Sie keine individuelle Rechtshilfe hinzuziehen. Aber was die Cops eigentlich meinten, ist, daß Sie wahrscheinlich Sozialhilfe beziehen und sich keinen echten Anwalt leisten können.«

Sagte Harry: »Mann, ich arbeite. Ich hab einen *guten* Job. Hab ich schon fast fünfzehn Jahre. Was soll der Mist?«

»Nun, ich kann nicht für die Polizei sprechen, aber Sie wissen ebensogut wie ich, daß die lieber mit der Pflichtverteidigung fahren, weil sie da bessere Chancen haben, daß Ihr Sohn verurteilt wird.«

»Jaah, das macht Sinn. Sind heute nacht irgendwelche niedergelassenen Anwälte hier?«

»Nun, Mr. Blumberg ist persönlich hier, wegen des Falles, von dem ich Ihnen erzählte. Falls sich da nichts ergibt, kann er Ihnen sicher zur Seite stehen.«

»Ist er teuer?«

»Nun, die Besten kosten auch das meiste, das wissen Sie ja. Aber ich weiß auch, daß Mr. Blumberg vor allem junge Menschen am Herzen liegen. Und da Sie arbeiten und so weiter, bin ich sicher, man kann sich arrangieren. Natürlich müßten Sie ihm sofort einen Vorschuß bezahlen, damit er die rechtliche Vertretung für Ihren Sohn geltend machen kann.«

Nun kam die Dame wieder ins Spiel: »Wieviel wäre das, Mister?«

»Nun, im allgemeinen beläuft sich das auf rund fünfhundert Dollar, aber Mr. Blumberg erwartet nicht, daß die Leute mit so viel Geld in der Tasche rumlaufen, bei all der Straßenkriminalität, die wir heute haben.«

»Wissen Sie, wieviel er nimmt?«

»Nun, ich weiß, daß er nie unter zweihundert nimmt, egal wofür. Aber manchmal hat er Glück, und der ganze Fall kann an einem Abend beigelegt werden.«

Sagt Mutti: »Oh Gott, das wär wunderbar. Die halten meinen Jungen seit gestern nachmittag in diesem Knast, und –«

»Nun, ich will los und Mr. Blumberg suchen, dann komme ich zurück, in Ordnung?«

»Ja, vielen Dank.«

Ich stand ihnen gern zur Seite – sie machten einen netten Eindruck. Das Dumme dabei war, daß ihr Bengel vors Schwurgericht mußte und Blumberg die Rechtsvertretung nur für den Einzelrichter geltend machte, aber zumindest hatten sie für ihre beiden Scheine einen eigenen Anwalt. Und es könnte sich lohnen – wer weiß? Der Teil meiner Arbeit ist kein echter Schwindel – die Leute bekommen, wofür sie bezahlen. Außerdem: Wenn es auf eine flotte Einigung hinausläuft, kann es Blumberg mit den Besten aufnehmen. Er vertritt so viele Fälle, daß er weiß, was jeder tatsächlich wert ist, und er läßt sich von keinem grünen Cop irgendeinen hanebüchenen Unsinn verzapfen. Sam hat nicht mehr die große Ausdauer, aber solange er dabei ist, hat er ein goldenes Händchen. Alles ist besser als ein Pflichthippie, der mit halbem Arsch über Rassismus oder »das System« doziert, während der Richter die Kaution verdoppelt.

Ich fand Sam rasch, berichtete von dem Geschäft, besiegelte es, brachte ihm die guten Leute, sah, wie das Geld wechselte, und ging mit ihm zur Beurkundung. Im Foyer bat ich ihn zur Kasse, nahm meine fünfzig Kröten und ging wieder an die Arbeit.

Ich sagte dem schwarzen Paar, sie sollten im Gerichtssaal warten, bis ihr Junge gebracht würde, weil es auf den Richter guten Eindruck mache, wenn sie Interesse zeigten, und setzte mich ab. Ich behaupte nicht, der gute Samariter zu sein, aber es war ein ehrlicher Handel. Sie bekamen vom Fetten einen fairen Part.

Diesen Abend lief das Geschäft großartig. Eine mistige Anklage wegen Einbruchs, die sogar Sam aus der Welt schaffen konnte, war gut für anderthalb Hunnis, fünfzig Kröten kamen von einem Typen, der immerzu vor sich hin murmelte, er wolle einen eigenen Anwalt, damit es ihm nicht wie »beim letzten Mal« gehe, und der Hauptgewinn, dreihundert, stammten von einem Puertorikaner, dessen Bruder seit drei Tagen wegen versuchten Mordes festgehalten wurde. Sam war im siebten Himmel, und ich machte 183 Dollar. Ich sagte ihm, er könne den Teiler beim letzten Drittel (der Dreihunderter-Treffer) halten, und das bescherte ihm Orgasmen.

Ein paar Stunden intensiver Arbeit, und ich hatte Maurice wieder gedeckt und für die nächsten paar Tage eine gute Börse Wechselgeld. Als ich zu meinem Plymouth ging, sah ich ein paar uniformierte Cops dagegenlehnen. Sie musterten meine Kleidung, nickten Richtung Auto. »Sie sind im Dienst?«

Ich lächelte sie an. »Nein, privat«, und sie stiefelten ärgerlich davon. Nette Jungs.

4

Ich steckte den Schlüssel in die Tür, drehte ihn zweimal rechts und einmal links, um den Alarm zu deaktivieren, und stieg ein. Eine Minute lang saß ich bloß da; manchmal gehe ich runter in die Garage und sitze auch bloß drin. Der Wagen ist ein 1970er Plymouth zu vierzigtausend Dollar. Er war als das ultimative New Yorker Taxi entwickelt worden. Die Hinterräder sind einzeln aufgehängt, so daß ihn nicht einmal der verrottete West Side Highway aus der Spur bringt; ein Hundertfünfzig-Liter-Tank, Einspritzpumpe, damit er im Verkehr nicht stottert, ein monströser Kühler mit Verbindungsrohren zu Ölkühler und Getriebeflüssigkeit, damit er nicht überhitzen kann, verschleißfreie Scheibenbremsen rundum, kugelsicheres Lexan statt Glas und Stoßstangen, die ein angreifendes Nashorn in die Flucht schlagen. Er wiegt runde zweieinhalb Tonnen, so daß er kein allzugutes Tempo macht, aber das war nicht die Vorgabe, als er gebaut wurde. Der Junge, der ihn zusammensetzte, sagte mir, das sei die siebte Version – er blieb einfach so lange dran, bis er ihn richtig hinkriegte. Die Superdroschke sollte ihn reich machen – so reich, daß seine Frau alles haben konnte, was sie jemals wollte. In der Zwischenzeit hatten sie überhaupt nichts – das Taxi war gieriger als ein Rauschgiftsüchtiger. Und der Junge tat nichts anderes, als Funktaxe zu fahren und an seinem Prototyp zu bauen.

Ich kam an den Wagen, als mich der Junge heuerte, um seine Frau zu überwachen. Er hatte den Eindruck, daß sie fremdging, und von Mama Wong, wo er gewöhnlich während der Spätschicht aß, hatte er meinen Namen. Er sagte mir, möglicherweise sei nichts dran, aber er wollte halt sichergehen, Sie wissen schon. Ich brauchte nicht lange, um herauszubekommen, was seine Frau machte. Sie hatte im selben Apartmentblock eine Freundin. Ich beobachtete und lauschte ein paar Tage lang, wollte aber nicht einfach so hingehen und dem Jungen sagen, daß seine Gemahlin es mit einer Frau trieb – ich hatte den Eindruck, an der Geschichte war mehr dran. Ich stellte die Frau eines Nachts, als der Junge arbeiten war. Ich wußte, daß sie immer ein paar Stunden wartete, bevor sie hoch zu ihrer Freundin ging; also klopfte ich einfach an.

»Ja, wer ist da?«

»Mein Name ist Burke, gnä' Frau. Ich bin wegen ihrem Mann hier.«

Schnell wie ein Flitzbogen riß sie die Tür auf. Sie trug einen alten Bademantel, aber ihr Gesicht war voll aufgestylt.

»Was ist los? Was ist passiert? Ist er...?«

»Ihr Mann ist okay, Mrs. Jefko. Ich habe ein bißchen für ihn gearbeitet, und ich muß mit Ihnen drüber reden.«

»Schaun Sie, wenn's wegen dem verdammten Auto ist, müssen Sie ihn sprechen. Ich hab keine –«

»Eigentlich geht's nicht um das Auto, gnä' Frau. Darf ich vielleicht eine Minute eintreten?«

Sie musterte mich sorgsam, zuckte die Achseln, drehte sich um und ging ins Wohnzimmer. Ich folgte ihr, spazierte aber durchs Wohnzimmer und setzte mich an den Küchentisch. Sie fummelte auf dem Kühlschrank nach ihren Zigaretten und setzte sich mir gegenüber.

»Mrs. Jefko, ich bin Privatdetektiv. Ihr Mann hat mich geheuert, um...«

»Um mir hinterherzuschnüffeln, Scheiße noch mal, richtig? Ich wußte es. Mary sagte, es wär nur 'ne Frage der Zeit.«

»Nicht um Ihnen nachzuschnüffeln, gnä' Frau. Er wußte, daß Sie unglücklich waren, und dachte sich, vielleicht stimmt was nicht mit Ihnen, vielleicht gesundheitlich, was Sie ihm nicht sagen wollten. Er sorgte sich um Sie, das ist alles.«

Sie fing an zu lachen, aber sie war aus der Übung. »Sorgte sich um mich. Welch schönes Wort – *sorgen*. Alles, worum er sich kümmert, ist dieses Scheißauto und dann die Abermillionen Dollar, die er irgendwann damit machen wird.«

»Sie wissen, warum er all das Geld will, Mrs. Jefko?«

»Nein. Ich weiß, warum er *sagt*, daß er das Geld braucht. Für mich, wie? So ein Quatsch. Er schert sich um mich nicht mehr, als ich mich um die Karre schere. Er spricht nie mit mir, achtet nie darauf, was ich trage, will mit mir nichts mehr zu tun haben. Mary sagt –«

»Ich weiß, was Mary sagt.«

»Wie könnten Sie? Haben Sie das Telefon angezapft oder so?«

»Nein, aber ich weiß, wie Bauernfängerei klingt.«

»Wovon reden Sie?«

»Mary versteht Sie, richtig? Mary weiß, daß Sie in Wahrheit ein sehr sensibler Mensch mit allerhand unentwickelten Talenten sind, richtig? Mary weiß, daß Sie für was Besseres bestimmt sind, als in diesem scheußlichen Apartment rumzusitzen und auf irgendeinen schmierigen Affen zu warten. Mary weiß, daß Ihr Mann allenfalls die Sensibilität eines Schweins hat, richtig? Er versteht nicht mal was von Liebe, richtig? Er fickt bloß.«

Sie saß nur da und schaute mich an. »Vielleicht stimmt das alles.«

Ich erwiderte den Blick. »Vielleicht, ich weiß es nicht. Aber ich weiß, daß Ihr Mann Sie liebt, und das mit Sicherheit. Ich weiß, daß er was werden kann und daß er das auch für Sie will. Aber er hat nicht die geringste Chance gegen Mary, oder? Er muß arbeiten.«

»Mary arbeitet auch.«

»Sie wissen, was ich meine, Mrs. Jefko. Dies muß aufhören.«

»Sie können mich zu nichts zwingen – ich lebe mein eigenes Leben –«

»Ich sage Ihnen nicht, was Sie tun sollen – ich sage, das muß aufhören. Und das wissen Sie auch. Früher oder später wird Ihr Mann draufkommen – oder Sie ziehen zu Mary, oder was Ähnliches. Ich meine ja bloß, es geht nicht weiter wie bisher.«

Ich schaute ihr ins Gesicht und sah, daß sie so weit voraus noch nicht gedacht hatte, anders vielleicht als Mary. Dann fragte sie mich, was sie tun solle, und ich sagte, ich wisse es nicht. Ich erklärte ihr, daß ich nur aus dem Grund da war, weil ich nicht derjenige sein wollte, der es ihrem Mann erzählte, daß ich glaubte, sie könne es noch einmal mit ihm versuchen, vielleicht, wenn sie an einen anderen Ort zogen.

»Reden Sie mit jemandem, Sie beide. Ich weiß nicht. Aber irgend etwas.«

»Sie wirken nicht wie der gute Onkel.«

»Wie wirke ich denn?«

»Sie wirken wie ein böser, kalter Mann. Und ich meine, Sie sollten meine Wohnung verlassen.«

Das meinte ich auch. Es gab nichts mehr, was ich sagen konnte. Ich hatte nicht die richtigen Worte, und sie merkte das. Ich ging wieder runter und zurück in mein Büro. Als ich den Jungen wenige Stunden später traf, erklärte ich ihm, daß seine Frau, soweit ich das sagen könne, nichts mit einem anderen Mann hatte.

Ein paar Tage später schnappte er mich vor Mama Wong's. Er sagte mir, seine Frau habe ihm die ganze Geschichte erzählt, sogar, daß ich dagewesen sei. Seine Augen sahen schlimm aus, und er war hin und her gerissen. »Mr. Burke, ich weiß, warum Sie sie getroffen haben. Sie hätten es mir selber sagen sollen. Sie sind kein verdammter Eheberater. Das ist mein Problem, und ich kann damit umgehen.«

»In Ordnung, Junge. Tut mir leid.«

»Yeah, tut Ihnen leid. Sie haben alles vermasselt. Sie hätten es mir bloß sagen sollen.«

»Schau, Junge –«

»Heh, scheiß drauf, okay? Wieviel schulde ich Ihnen für die letzte Arbeit?«

»Zweihundert.«

Der Junge schaute mich an und versuchte, einen Gedanken zu fassen. Schließlich schaffte er es. »Gut, Sie können nach diesem Geld schürfen, Burke. Ich bezahl Sie nicht. Sie haben Ihren verdammten Job nicht getan. Wie schmeckt das?«

»Okay, Junge«, sagte ich und ging einfach weg. Ich wußte, daß er mir nachstarrte, aber, wie er sagte – ich hatte das Geld nicht verdient.

Wenige Wochen später bekam Mama Wong einen Brief von dem Jungen für mich. Sobald ich den Absender sah, wußte ich, was passiert war. Ich ging los, um den Jungen im Bunker zu treffen, trug meinen hübschen Nadelgestreiften und einen Attachékoffer voller Aktenordner und Geschäftskarten für den Fall, daß die Wärter nachprüfen wollten, ob ich ein Anwalt war. Aber sie gaben einen Dreck drauf. Sie hielten den Jungen wegen Mord fest – seine Frau. Er wirkte okay, als sie ihn runter ins Verhörzimmer brachten, ruhig und entspannt, die Hände voller Dokumente. »Mr. Burke, mein Anwalt sagt, daß ich in ein paar Wochen vor Gericht komme. Ich wollte vorher mit Ihnen reden.«

»Was kann ich jetzt noch tun?«

»Niemand kann jetzt noch was tun. Ich hab getan, was ich mußte, was ich für richtig hielt. Genau wie Sie – und genau wie sie. Ich mußte bloß vorher noch was abklären. Wegen meinem Auto.«

»Was ist mit dem Auto, Junge?«

»Ich will nicht, daß es der Anwalt bekommt, okay? Mein Vater hat ihm schon viel zu viel bezahlt. Mein Vater weiß es nicht anders – er will, daß ich nur wegen Totschlag drankomme oder so, er sagt, ich krieg nur ein paar Jahre. Ich will keine paar Jahre.«

»Sie wollen, daß ich für sie nachforsche . . .?«

»Ich will, daß Sie gar nichts tun, Mr. Burke. Ich begreife jetzt ein paar Dinge. Nicht alles, aber ein paar Dinge – genug. Ich will bloß alles in Ordnung bringen, die Dinge richtigstellen.«

»Welche Dinge?«

»Dinge, die offen sind. Bei Nancy hätte sowieso nichts funktioniert – ich hab das gewußt, schätze ich. Aber wenn dieser Dreckfink von Anwalt mein Auto kriegt . . .«

»Was willst du, Junge? Ich kann nicht einfach –«

»Hier ist der Brief. Ich hab ihn mir von meinem Vater schicken lassen. Ich überschreib ihn auf Sie. Ich schulde Ihnen sowieso Geld. Außerdem, Sie werden das Auto *benutzen*, oder? Ich meine, Sie fahren's auf der Straße, bei Ihrer Arbeit, ja? Ich will nicht, daß sie mein Auto bei einer lausigen Auktion verhökern, um dieses Arschgesicht zu bezahlen.«

»Schaun Sie, das brauchen Sie nicht zu tun. Sie sind noch ein junger Kerl. Sie können die Zeit absitzen. Ich weiß das – ich war selber drin. Es ist schlimm, aber es ist nicht unmöglich. Es gibt immer Wege, Dinge, die Sie tun können. Und dann kommen Sie raus und machen das Auto fertig.«

»Das Auto ist fertig, Mr. Burke. In Wirklichkeit ist es schon lange fertig, schätze ich. Es ging nie ums Geld, verstehen Sie?«

Inzwischen tu ich's, aber damals tat ich's nicht. Also überschrieb mir der Junge seinen Wagen, und ich ging hin und meldete ihn an. Ich fand sogar einen Kerl, der ihn mir versicherte – kein Problem, bloß Mindestdeckung. Das Auto braucht keine Kaskoversicherung.

Es war nicht schwer, sich auszumalen, was der Junge vorhatte. Ich sagte niemandem etwas – er war ein Mann, und er verdiente soviel Achtung. Sogar die Wärter wußten, was sich anbahnte, und steckten ihn in eine Spezialzelle, selbstmordsicher. Das hielt den Jungen nicht ab. Immerhin war er ein technisches Genie, sagten sie. Er hängte sich ein paar Tage später auf. Ich hörte, daß sein Anwalt nach dem Auto fragte, aber sie fanden nur einen anderen 1970er Plymouth, den der Junge ausgeschlachtet hatte.

Das war vor wenigen Jahren. Ich dachte früher jedesmal an den Jungen, wenn ich das Auto fuhr. Dann nicht mehr, bis heute nacht. Aus verschiedenen Gründen.

5

Ich kutschierte gemächlich zu Mama Wong's. Diese Flood-Braut war mit Sicherheit dabei, ihren Cobra auf die falsche Weise zu suchen. Man findet keinen Freak, indem man ihn hetzt. Man muß die Herdenschreck-Technik benutzen und ihn dazu bringen, sich selbst zu zeigen. Als ich in Afrika war, stellte ich fest, daß eine Masse Raubtiere zu einer Herde aufschlossen und dann irgend etwas taten, um das Opfer in panische Flucht zu treiben. Sie gebrauchten verschiedene Mittel – Wildhunde griffen an, wie wenn sie eine Antilope zu reißen versuchten, und Löwen pißten bloß vorsätzlich auf den Boden. Es hatte dieselbe Wirkung – die Antilopen rannten wie der Teufel, und die Räuber sahen bloß zu und warteten. Bald konnte man sehen, daß mindestens eine der Antilopen nicht besonders laufen konnte. Kann sein, sie war zu alt, oder zu krank, oder was immer. Aber sobald sie das sahen, konzentrierten sich alle Räuber auf dieses eine Vieh, und es war rasch vorbei. Die beste Weise, einen bestimmten Freak zu finden, ist, sie alle in Bewegung zu bringen, aus ihren Höhlen raus, damit man sie leicht ausspähen kann. Aber sie wußte das nicht, die dumme Braut. Sie ging wahrscheinlich einfach herum und stellte eine Menge dummer Fragen und wurde möglicherweise selber umgenietet. Bloß weil sie irgendeinen Macker aufgemischt hatte, der mal betatschen wollte, was er für ein hilfloses Mädchen hielt, war sie für mich noch lange kein staatlich geprüfter Freak-Fighter. Wahrscheinlich war sie eine Weile im Kahn, aber ebenso wahrscheinlich mied sie Freaks wie die Pest, wenn sie konnte. Ich tat das nicht – ich beobachtete sie. Als sie aus dem Knast kam, mag sie gedacht haben, sie betrete eine bessere Welt, aber ich wußte es besser.

Als ich bei Mama ankam, saß sie wie immer an der vorderen Registrierkasse. Wie immer grüßte sie mich nicht. Ich ging einfach zur hintersten Nische, orderte Ente mit gebratenem Reis und wartete.

Sie kam etwa eine halbe Stunde später nach hinten und setzte sich ebenfalls. Dann sagte sie etwas auf chinesisch zu dem Kellner, der einen Sekundenbruchteil nach ihr aufgetaucht war. Er ging und kam sofort wieder mit einer großen Terrine voll Sauerscharfsuppe und zwei Schalen.

»Burke, iß was von Suppe. Sehr gut. Läß dich schnell besser gehen.«

»Mir geht's gut, Mama. Ich will keine Suppe.«

»Du iß Suppe, Burke. Zuviel für einen allein hier. Besser du als Enten.« Sie füllte die Schale und schob sie zu mir. »Chinesische Art, bedien immer Mann zuerst.« Ich lächelte ihr zu. Sie rührte weiter die Suppe in der Terrine um, schaute auf, lächelte zurück und sagte: »Nich jede chinesische Art so gut.«

Die Suppe war reichhaltig und rein zugleich. Schon als ich sie nur nah an mein Gesicht brachte, spürte ich, wie meine Nebenhöhlen sich weiteten. Mamas Augen bestrichen den Raum besser als jedes elektronische Gerät. Sie lebte in steter Furcht, von Touristen entdeckt zu werden und genug Gäste in ihrer Bude zu haben, um ihr Geschäft zu ruinieren. Ich war in jener Nacht da, als sie im voraus einen Tip bekam, daß der Restaurantkritiker des *New York*-Magazins nahte. Sie gab dem Typen und seinem Anhang irgendein Zeug, das ranzigem Hundefutter, serviert in Einbalsamierungsflüssigkeit, verdammt nahe kam. Aber sie hatte immer noch Bammel, der Kasper könnte das Ambiente ihrer Pampe mögen und all den Wichsern auf der Suche nach dem letzten Schrei einen Besuch empfehlen; also machte ich einen plumpen Annäherungsversuch beim Anhang des Kritikers, während er am Männerklo war und sich eines von Mamas Jungs erwehrte, der so tat, als wäre er betrunken und müßte kotzen – vorzugsweise über ein menschliches Wesen. Mama schrie noch immer in Mandarin auf mich ein, weil ich so ekelhaft zum Anhang des Typen war, als er zum Tisch zurückkehrte; also hieß ich ihn eine Schwuchtel und versuchte, ihm eine zu schmettern. Ich verfehlte und fiel statt dessen mitten über den Tisch. Aufmerksam lasen wir wochenlang alle Kritiken und waren erleichtert, keinerlei Erwähnung von Mamas Etablissement zu finden.

Ich zweigte einen Hunderter von meinen Gerichtsverdiensten ab und reichte ihn Mama. »Bitte, Mama, heb ihn für mich auf. Wenn ich morgen anrufe, soll Max ihn bitte zu Maurice bringen, okay? Wenn ich aus irgendeinem Grund nicht anrufe« (sie deutete ein trauriges Lächeln an) »heb ihn weiter für mich auf.«

Max ist einer ihrer Verwandten. Wenigstens glaube ich das. Max kann weder hören noch sprechen, aber er kann sich gut verständigen. Furcht gehört nicht in sein Programm – wer immer den genetischen Würfel gerollt hat, hat auch das ausgelassen. Falls Mama Max bäte, dem Teufel ein Paket abzuliefern, ginge Max gradewegs in die Hölle. Im Gegensatz zu meinen anderen Bekannten, die diesen speziellen Trip unternommen haben, hatte ich bei Max völliges Vertrauen, daß er zurückkehren würde. Max der Stille ist ein taffer Junge. Tatsache ist, daß Max so verrufen ist, daß nicht einer lachte, als Max einmal drüben beim Nachtgericht wegen versuchten Mordes angeklagt war und der Richter ihm erklärte, er habe das Recht zu schweigen. Sie wußten alle, daß Max nie jemanden zu ermorden *versuchte*.

Mama zog einen Fetzen Papier aus ihrem Kleid. »Diese

Mann, James, ruf dich wieder an, Burke. Er läß eine Nummer da, aber sag, du kannst in nur morgen abend zwischen sechs und halb sieben anrufn. Er sag, er hat zu tun und is sonst in sein Büro, okay?«

Ich sah auf die Nummer, die sie mir gab. Ich mußte sie auf meiner Liste gegenchecken, aber ich wettete hundert zu eins, daß es eine Telefonzelle war.

»Du ruf nich an besser, okay, Burke? Er kling am Telefon, wie ich dir sage. Böser Mann, okay?«

»Wart's ab, Mama. Ich muß mein Geld verdienen, richtig? Das Geschäft lief zuletzt nicht so gut. Hast du einen Markknochen für mein Hündchen?«

»Muß groß Hündchen sein, Burke.« Mama lachte. Sie hatte Pansy noch nicht gesehen, aber sie kannte meinen Dobermann sehr gut.

»Yeah, sie is' ziemlich groß.«

»Burke, wenn der Mann, der anruf, ein Hund hat, weiß ich, welch Sorte er hat.«

»Wovon sprichst du, Mama?«

»Burke, ich sag dir. Dies Mann hat den Hund mit dunkelfarbig Rückn, weiß du?«

»Nein, weiß ich nicht. Woher willst du wissen, was für einen Hund er hat?«

»Ich sag nich, er hat ein Hund, aber wenn er ein Hund hat, is es dies Sorte.«

Ich nahm den Markknochen für Pansy und verabschiedete mich von Mama. Als der Wagen zurück in der Garage war, ging ich hoch und ließ Pansy wieder aufs Dach. Der Markknochen marschierte in einen Topf mit kochendem Wasser, damit sie ihn gut fressen konnte.

Als ich die Nummernliste checkte, die ich auf indirektem Weg von der Telefonfirma kriegte, erwies sich James' Nummer als Zelle drüben an der Sixth Avenue nahe der Thirty-fourth Street, natürlich. Wenn ich mich recht erinnerte, war das genau gegenüber vom Metro-Hotel.

Pansy und ich sahen fern, während wir darauf warteten, daß der Markknochen völlig auskochte. Als er soweit war, säuberte ich ihn, gab ihn ihr und wartete auf das erste befriedigende *Knack*, bevor ich auf der Couch einnickte.

6

Ein ferner Donner weckte mich – es war Pansy, die mit ihren Pranken gegen die Hintertür hämmerte, um mir mitzuteilen, daß sie aufs Dach gehen wollte. Ich stand auf, öffnete die Tür und ging mir nebenan ein Frühstück aus dem Essen zubereiten, das ich von Mama mitgenommen hatte.

Als alles auf der Platte war, warf ich eine Jacke über und ging runter, die *News* holen. Nach meiner Uhr war es gegen elf Uhr morgens, so daß sogar der Gauner, der den Eckladen betreibt, inzwischen die dicke Ausgabe haben mußte. Er machte gute Eierkrem, und ich gedachte mir von der Gerichtsgage letzte Nacht eine zu genehmigen; also setzte ich mich an den Tresen und wartete. Da ich die *News* kaufen wollte, nahm ich die *Post* vom Ständer und blätterte sie durch.

Ein paar Kids hingen hinter mir um die alte Jukebox und imitierten den letzten Mafiafilm. Wenigstens versuchten sie nicht, Bruce Lee zu imitieren, wie die Kids ein paar Straßen östlich von hier. Ihr Gespräch wehte zu mir rüber.

»Irgendwie hat sie 'nen schönen Körper, aber ihr Gesicht ist häßlich wie Scheiße.«

»Mann, du fickst nich ihr *Gesicht*.«

Der dritte gab seine weise Meinung dazu. »Heh, wo bist'n her, Krücke? Vom Land?«

Selbst wenn ich morgens so total desorientiert aufwachen würde wie die Hippies, die unter mir wohnen, brauchte ich mich einfach bloß um die Ecke zu schleppen, um zu wissen, daß ich in New York war.

Ich steckte die *Post* zurück, zahlte für die *News*, fing mir einen sauren Blick vom Eigner des Schuppens ein und ging wieder hoch. Mein chinesisches Essen war grade fertig. Ich bin ein echter Gourmet – ich weiß, daß man Schwein verbrennen muß, um es gefahrlos zu essen.

Wenn ich morgens hier bin, lese ich Pansy normalerweise die Rennergebnisse vor, damit ich erklären kann, warum mein Pferd nicht so gut war wie erwartet. Also zitierte ich sie heute herbei und fütterte sie mit ein paar Extrabrocken Schwein, während ich die Ergebnisse der letzten Nacht checkte. Ich lese nie zuerst übers Rennen meines Pferdes – ich fange mit dem ersten Rennen an und arbeite mich nach unten vor. Das siebte war der Artikel über Yonkers, und mein Pferd hatte gewonnen. Das verdammte Pferd hatte gewonnen, und der Hundesohn zahlte 21,40 Dollar dafür. Ich checkte den Namen des Pferdes, checkte seine Position und... jawoll, es war mit Sicherheit Nummer drei. Ich hatte einen runden Riesen gut – verdammt! Ich wollte mich zurücklehnen und die Ergebnisse wieder und wieder lesen, um den Siegesweg meines Pferdes, so langsam ich konnte, zu rekonstruieren. Aber ich wußte, es war zu gut, um wahr zu sein – irgendwas mußte faul sein.

Also biß ich in den sauren Apfel und rief Maurice an, indem ich das Hippie-Telefon benutzte. Wenn er mir einen Grund nannte, warum mein Pferd nicht das war, das gewann, würde ich ihm bloß mitteilen, daß Max später das Geld für mich abgeben würde. Ich bin ein guter Verlierer – Übung macht den Meister.

»Maurice, hier ist Burke.«

»Burke, ich dachte, du wärst tot – hab dich am verdammten Apparat erwartet, sobald ich heute morgen geöffnet habe. Haste jemand anders, der's für dich einsammelt?« Und ich wußte, ich hatte wirklich gewonnen.

»Oh, yeah«, sagte ich lässig, als ob mein letzter großer

Treffer letzte Woche gewesen wäre und nicht vor drei Jahren. »Schau, Maurice, kannst du es bis zum späten Nachmittag für mich aufheben?«

»Was denkst du denn, Blödmann, daß ich mit dem großen Los die Stadt verlasse?«

»Nein, bloß –«

»Ich bin hier«, sagt Maurice und hängt ein. Bezaubernd.

Ich ging zurück und setzte mich an den Tisch und las Pansy die Ergebnisse vor, bis sie sich fast zu Tode langweilte. Mein Pferd hatte das Feld schlicht aufgerollt – es begann auf Bahn drei, setzte sich bei der Viertel mit 28,4 an die Spitze, machte Druck bis 59,3 bei der Halben, peste die Dreiviertel in glatten 1,31 und lief unangefochten mit anderthalb Längen in 200,4 ein. Sein bislang bestes Rennen, eine Plazierung fürs Leben – sein Vater wäre stolz gewesen. Es war, als wenn die Flood-Braut das Geld nie zurückgezogen hätte.

Aus verschiedenen Gründen brauchte ich diesen Morgen viel Zeit zum Anziehen. Ich legte einen Anzug an, nahm meinen Mantel mit all den Extrataschen raus und steckte meinen kleinen Kassettenrekorder und das Ansteckding, das aussieht wie die Spitze eines Kugelschreibers, für meine Hemdtasche ein – wenn man es zur Seite schnippt, kommen rund hundertachtzig Zentimeter Autoantenne wie eine Stahlpeitsche raus. Es ist nur gegen Leute gut, die gern mit Messern arbeiten, und die Leute, die ich treffen wollte, arbeiteten nur mit Schußwaffen, aber ich glaubte nicht, daß ich gradewegs zu ihnen vordringen würde. Jedenfalls hatte ich vor, auf der Straße zu sein, wenn ich diesen Mr. James anrief.

Ich versorgte Pansy mit Extrawasser und hinterließ ihr etwas Trockenfutter in der Waschschüssel, die sie als Eßnapf benutzt. Dann ging ich runter zur Garage, nahm die Waffe von ihrem üblichen Platz, leerte sie und ersetzte die Kugeln durch ein paar Hohlspitzgeschosse, die ein Kumpel sinnigerweise mit Quecksilber gefüllt hatte. Als nächstes fischte ich die langläufige Ruger .22 Automatik hervor. Sie enthält neun Schuß, die Kammer mitgerechnet – ich setzte vier mit Vogeldunst gefüllte ein, zwei Minileuchtkugeln und zwei Tränengaskapseln. Perfekt für einen Raum voller Leute, und unnütz für viel anderes. Die .22er marschierte in die Türfüllung auf der Fahrerseite, und der .38er marschierte zurück, wohin er gehörte. Ich stieß raus. Die Benzinuhr informierte mich, daß ich einen halben Tank hatte, das hieß, mehr als 75 Liter. Die Garage ist immer geheizt, so daß ich mich nicht zu sorgen brauche, daß er nicht anspringt, wenn es knapp wird. Ich würde später nachfüllen, wenn ich mein Geld von Maurice kriegte.

Jedesmal, wenn ich ein bißchen Plus mache, kaufe ich mir ein paar Klamotten, gebe Mama etwas Geld, das sie als Kredit für Maurice und andere Notfälle aufhebt, und gebe dem Auto, was immer es gerade braucht. Ein paar Wochen zuvor mußte ich meinen Sparstrumpf bei Mama angehen, weil eine tödliche Hundeseuche namens Parvo-Virus umging. Der Impfstoff war knapp, und für bloß zwei Einwegspritzen von diesem Küharzt, den ich kenne, brauchte ich fünfundsiebzig Kröten. Ich gebe Pansy ihre Schüsse immer selbst – die Nadeln machen ihr nichts aus, Fremde schon.

Ich fuhr über die West Street am Hudson, nahe den Docks und unter dem, was der West Side Highway würde, falls die Bauarbeiten je so weit runter kamen. Ich kutschierte rüber zu einem der Piers, stieß mit dem Auto zurück, damit ich zur Straße blickte, und wartete. Der Plymouth sah hinlänglich nach Gesetz aus, um die Einheimischen eine Weile abzuhalten, aber das würde nicht andauern. Ich saß bloß da, hörte leise Radio und rauchte. Wenn man da unten arbeitet, darf man's nicht eilig haben – man muß sich einnisten. Endlich nahte eine von ihnen, gemächlich. Sie war mittelgroß und trug lachhaft hohe Pfennigabsätze zu schwarzen Röhrenhosen, einen breiten Gürtel, um die schmale Taille zu betonen, eine halbseidene Bluse und eine schulterlange rote Perücke. Dürr und blaß, obwohl sie hier draußen in der Sonne arbeitete. Als Altgediente marschierte sie auf den hohen Absätzen durch den Schutt, ohne einmal zu stolpern. Sie kam zum Plymouth. »Hi. Suchste Gesellschaft?«

»Nein, ich warte auf 'nen Freund.«

»Jemand, den ich kenne, Schätzchen?«

»Glaub schon. Ich suche Michelle.«

»Ich kenn keine Michelle, Süßer. Aber was immer sie kann, kann ich auch.«

»Ist bestimmt wahr – aber ich muß mit Michelle reden.«

»Zeig erst deine Marke, Schätzchen.«

»Ich bin keine Schmiere. Ich bin 'n Freund von Michelle.«

»Schätzchen, Michelle arbeitet nicht mehr.«

»Das is schade.«

»Ich würd ja gern rumstehen und mit dir reden, Schätzchen. Aber wenn de keine Gesellschaft willst, muß ich weiter, okay?«

»Wie du willst. Aber sag Michelle, Burke sucht sie – sag ihr, ich bin hier.«

Sie drehte sich um und wackelte weg, um mir zu zeigen, was mir entging, wenn ich auf Michelles spezieller Gesellschaft bestand. Aber wenigstens war sie deswegen nicht aggressiv.

Ich saß und wartete. Zwei Männer liefen vorbei, die Hand des einen Typen am Nacken des anderen, und schlüpften in eines der verlassenen Gebäude am Pier. Ich bin einmal in eines gegangen, nachts, um nach einem entlaufenen Balg zu suchen. Ich fand ihn nicht. Ohne Pansy ging ich da nicht wieder hin.

Rund eine Stunde später sah ich, wie sie sich wieder auf den Weg rüber machte. Ich lupfte die .22er aus der Türtasche und hielt sie mit der linken Hand auf den Boden gerichtet. Sie ließ sich Zeit, um zu mir zu kommen. Ich bewegte mich nicht, drehte das Radio nicht runter. Ich wollte eine Kippe, aber langte nicht hin.

»Du erinnerst dich, Schätzchen?«

»Ja.«

»Ich hab gehört, Michelle will in ein paar Minuten unten bei Pier Vierzig sein. Weiß bloß nicht, ob was dran is oder nicht, weißt du. Hab's aber grad gehört, verstehst du?«

»Besten Dank. Schön, daß du gekommen bist, mich zu benachrichtigen.«

»Das is keine Nachricht, Schätzchen. Is bloß was, das ich gehört hab, okay?«

»Wie du willst.«

Sie stand einfach neben dem Auto. Langsam langte ich nach meinen Zigaretten auf dem Armaturenbrett. Hielt ihr die Packung hin. Sie nahm eine und bewegte sich näher zu mir, damit ich sie ihr anzünde. »Ich hab noch was gehört, Schätzchen.«

»Und zwar?«

»Ich hab gehört, daß du manchmal, wenn ein arbeitendes Mädchen Ärger mit ihrem Mann hat, für sie mit dem Mann redest.«

»Du hast das von Michelle gehört?«

»Michelle hat keinen Mann. Weißt du doch.«

»Ja, ich weiß. Also?«

»Ich schon.«

»Ja?«

»Und dann hab ich auch gehört, daß du manchmal mit dem Mann redest, wenn's ein Problem gibt.«

»Kannst du genauer werden?«

»Mein Mann ist schwarz.«

In meinem Gesicht zuckte kein Muskel, als sie es aufmerksam musterte. »Also?«

»Das sagt dir nichts?«

»Sollte es?«

»Die stehn zur Zeit unter Druck. 'n paar Leute drängeln sich in gewisse Dinge rein. Leute, die Nigger hassen.«

»Drängeln sich in was?«

»Am Square. Mit Kinderzeug – Bilder, Filme, all das.«

»Und?«

»Ich hab schon genug gesagt – vielleicht läuft's sowieso nicht, is bloß Zeug, das ich gehört hab. Schau, ich hab dir bloß einen Gefallen getan, klar?«

»Wenn Michelle an Vierzig ist, hast du.«

»Sie ist da, Schätzchen. Ich hab dir bloß einen Gefallen getan. Falls ich auch einen brauche, kann ich dich anrufen?«

Ich schaute sie an, versuchte, hinter dem Make-up das Gesicht zu sehen, versuchte, hinter dem Gesicht den Schädel zu sehen. Die Sonne war auf ihren Augen, prallte von den dunklen Gläsern ab, die sie trug. Ich konnte nichts sehen. Ihre Hände zitterten etwas.

»Du kannst mich über diese Nummer anrufen, jederzeit zwischen zehn Uhr morgens und Mitternacht«, sagte ich und nannte Mamas Münztelefon. Sie sagte kein Wort, bewegte bloß ihre Lippen mehrmals, als sie die Nummer speicherte. Dann ging sie wieder weg, diesmal ohne das übertriebene Wackeln. Ich startete den Motor, ließ ihn eine Minute leerlaufen, warf die Kippe aus dem Fenster (in diesem Auto kann man den Aschenbecher nicht benutzen) und machte mich auf nach Pier Vierzig.

Ich erspähte Michelle, sobald ich aufkreuzte. Sie trug einen großen weißen Schlapphut, wie man sie in den alten Pflanzerfilmen sieht. Zu den Bluejeans und dem Sweatshirt mit dem Namen irgendeines Wichsdesigners drauf hätte es blöd wirken müssen, tat's aber nicht. Bevor ich den Motor abstellte, lief sie bereits rüber zu mir. Sie hüpfte auf der Beifahrerseite rein, schlug die Tür hinter sich zu, lehnte sich rüber, um mir einen knappen Kuß auf die Wange zu knallen, und brachte sich gegen die Tür gelehnt in Pose. »Hey, Burke.«

»Was is' los, Michelle?«

»Das Übliche, Liebling. Der übliche Mist. Für einen ehrlichen Menschen wird es in dieser Stadt immer schwerer, sein Geld zu verdienen.«

»Hab ich gehört. Hör zu, Michelle, ich brauch Auskünfte über einen Typ, der irgendwo hier untergekrochen ist. Ein absoluter Freak, möglicherweise ein Babyficker.«

Michelle schaute zu mir, kicherte, sagte: »Ich bin dein Mann«, und kicherte noch ein paarmal. Sie schert sich nicht mehr allzu viel darum, daß sie ist, was sie ist, sagt, sogar die Lkw-Fahrer, die sie für eine schnelle Arbeit mit dem Mund bezahlen, wissen, daß sie keine Frau ist. Sie sagt, sie mag's auf diese Art lieber – wer weiß?

»Alles, was ich über diesen Typ weiß, ist sein Name, Martin Howard Wilson. Er nennt sich selbst die Cobra.«

Michelle fuhr auf. »Die Cobra? Lieber Gott – er is kein Schlangenficker, oder?«

»Ich weiß nicht, was ist ein Schlangenficker?«

»Kennste schon, Burke, ein Typ, der einen Busch fickt, wenn er denkt, daß 'ne Schlange drin ist.«

»Nein, das ist nicht unser Junge. Ich weiß wirklich nicht viel über ihn – keine Beschreibung, bloß der Name und der Spitzname. Aber ich dachte, du hättest den Namen vielleicht selber gehört – hättest vielleicht was für mich.«

»Liebling, glaub mir, von dem speziellen Freak hab ich noch nie was gehört – heißt aber nicht, daß ich nix höre. Aber ich muß es von weitem hören – weißt du. Die Pißgrube stinkt noch mehr als sonst, wenn du das glauben kannst. Das ist kein Platz für ein süßes junges Ding wie mich, Süßer. Da treiben sich zur Zeit Leute rum, gegen die sogar die Freaks gut aussehen.«

»Ich hab von deiner Freundin schon was Ähnliches gehört.«

»Du meinst Margot. Die ist'n Feger, in Ordnung. Kommt jeden Tag raus und törnt die Macker ab. Kannst du das glauben? Der Fahrstuhl von ihr'm Alten muß nich ganz raufgehn. Obwohl sie was drauf hat – ist auf's College gegangen und so. Sie ist eins der wenigen Mädels hier draußen, die ich intellektuell für ebenbürtig halte, Süßer.«

»Weiß sie, wovon sie redet?«

»Wenn du den neuen Abschaum meinst, der am Times Square reindrängt, sicher weiß sie's, Schätzchen.«

»Irgend 'ne Ahnung, warum?«

»Ja, Liebling. Da gibt's Leute, die mit schmutzigen Sachen zu tun haben, die nicht bloß Geschäftsleute sind – Leute, die einfach nicht wissen, wie sie sich verhalten, falls du mir folgen kannst.«

»Margot hat gesagt, sie hassen Nigger.«

»Das ist ein Teil davon, schätze ich. Es sind zur Zeit nur wenige, und sie sind Amerikaner. Aber sie tun alle so, als wär'n sie Ausländer.«

»Woher?«

»Denk an ein Land, wo man mit den Leuten noch 'n bißchen bösartiger umspringt als hier, Schätzchen. Denk an ein Land, von dem die Hälfte aller Freaks in *diesem* Land träumt, daß sie eines Tages hingehn.«

»Michelle, komm schon. Geographie ist nicht meine Stärke.«

»Vielleicht ist Verbrechen deine Stärke – denk an ein Land, wo sie die Todesstrafe anwenden wie wir die scheiß Bewährung.«

»Südafrika?«

»Gebt dem Mann 'nen Orden oder 'nen flotten Lutscher, was immer du lieber hast«, und Michelle kicherte wieder.

»Woher weißt du, daß es Südafrika ist?«

»Schätzchen, ich weiß es nicht. Kann auch Rhodesien sein, oder wie sie's heute nennen, was Ähnliches. Aber es sind weiße Männer, machen auf Afrikakämpfer.«

Und ich dachte an Mama Wong und den Hund mit dem dunkelfarbigen Rücken – ein rhodesischer Bluthund, die Art, die sie zum Aufspüren entlaufener Sklaven züchten. Sie können sogar Bäume hochklettern. Sollen nicht die besten Schoßtiere sein, aber manche Vögel sind verrückt auf sie. Michelle sah, daß ich einem Gedankenfetzen nachjagte, ihn zu greifen versuchte. Sie blieb ruhig, rauchte. Ich dachte an all die Gespräche im Bau, als ich drin war. Die Typen mit den Kurzstrafen träumten von Bewährung – die Typen mit den Urteilen, lang wie Telefonnummern, dachten nur an Entkommen. Und die weißen Krieger, die Neo-Nazis, die Knackis, die immerzu Rassenkrieg im Hirn hatten ... sie sprachen immer von Rhodesien, als wäre es das gelobte Land. Wo sie sie selbst sein könnten.

»Michelle, was wollen sie?«

»Süßer, das weiß Gott allein, und *sie* verrät's nicht. Aber sie sind hier und machen einigen Leuten eine Menge Ärger.«

»Welche Art Ärger?«

»Kann ich dir nicht sagen. Ich bin nicht mehr allzuoft da oben. Ich hör bloß überall, daß mit ihnen nicht gut auszukommen ist, daß sie nicht wissen, wie das Spiel geht, verstehst du?«

Ich saß bloß da und schaute durch die Windschutzscheibe auf die Straße. Michelle schaute mich an. »Du hast noch'n paar Fragen frei, Süßer, oder hast du deine Meinung über den Kuß des Glücks geändert?«

»Eine Frage noch. Hörst du dich nach dem Freak um, von dem ich dir erzählt habe?«

»Was immer du sagst, Burke. Ist da ein bißchen Geld rauszuholen? Ich will immer noch Dänemark besuchen und blond zurückkommen.« Wieder das Kichern.

»Ich weiß es nicht, ehrlich, Michelle, kann aber sein. Ich kann dir als Abschlag diesen Zwanziger geben«, und ich gab ihr ein Stück von der Asche der letzten Nacht.

Weiteres Kichern. »Als Abschlag von was?«

Ich berührte in einem angedeuteten Gruß meine Stirn, und sie glitt aus dem Auto.

Ich wußte nicht, was Michelle mehr brauchte ... eine Operation an ihrem Rohr oder ihrem Kopf, aber es machte mir nichts aus. Mag sein, daß die Typen, die ihr fünfundzwanzig Kröten für eine Auto-Nummer zahlten, sich nicht ganz sicher waren, was sie kauften, aber ich war es. Ihr Geschlecht mochte ein Rätsel sein, aber in meiner Welt geht es nicht darum, wer du bist, sondern wie du dich hältst.

7

Ich warf den Motor an. Der Plymouth rollte vom Pier weg und hielt so sicher gen Norden, als hätte er ein auf *Schmutz* eingestelltes Radar in der Schnauze. Auf dem Weg *uptown* blieb ich, so nah ich konnte, am Fluß und schaute nach jemandem aus, den ich kannte. Die meisten Straßenschilder sind längst verschwunden, wenn man erst einmal in die West Thirties gerät, aber ich brauchte sie nicht. Nach der Unterführung stoppte ich an einer roten Ampel und suchte Augenkontakt mit einem jüngeren Typ, der einen Army-Regenmantel und ein schwarzes Käppi trug. Er lief vorsichtig Richtung Auto und versuchte ein Lächeln mit seinem gedunsenen Gesicht. Ich schaute ihn weiter an, bewegte mich nicht. Er öffnete den Regenmantel und stellte etwas zur Schau, das aussah wie eine Säbelscheide mit einem langen Griff obendran, und blickte zu mir auf, um zu sehen, ob ich noch hinschaute. Als er sah, daß ich es tat, zog er den Griff hoch, um mir einen Teil einer schimmernden Machetenklinge zu zeigen. Dann steckte er die Klinge zurück in die Scheide, schloß den Mantel, versuchte wieder zu lächeln und hielt die rechte Hand auf. Er signalisierte dreimal auf und zu, um mir zu zeigen, daß er fünfzehn Kröten für die Klinge wollte, hob dabei die Augenbrauen, um zu sehen, ob ich kaufen oder handeln wollte. Ich langte in die Tasche und hielt ein goldenes Abzeichen hoch – wenn man nah genug zum Lesen rankommt, kann man sehen, daß draufsteht, ich sei ein Kontrolleur vom Tierschutzverein. Er kam nicht näher, rannte aber auch nicht davon. Stiefelte bloß ein paar Meter rückwärts, bis er verschwand. Wie ich sagte, brauche ich keine Wegweiser.

Ich fuhr gemächlich die Seitenstraßen in den West Forties rauf und runter, bis ich fand, wonach ich suchte – einen Parkplatz komplett mit Wächter. Der muskulöse schwarze Junge blickte kaum auf, als ich parkte, bewegte sich nicht, als ich zu ihm hinging. Es war noch nicht mal dunkel, und in den nächsten Stunden mußte er noch nicht arbeiten. Er war bereits für die Arbeit angezogen: grüne Leder-Sneakers mit hellgelben Sohlen und goldenen Kunstlederstreifen, mattgrüne Hosen und darüber ein breitgebändertes, grün-goldenes T-Shirt mit kurzen Ärmeln und eine grüne Strick-mütze mit einem großen gelben Sticker. Schwere, messing-beschlagene Lederbänder waren an jedem Handgelenk. Er spannte zunächst den Bizeps, als ich mich näherte, schaltete dann aber auf Beinmuskelspannung um, als ich für seinen Geschmack zu sehr nach Cop aussah.

Ich nahm einen Zwanziger raus, fing mir damit endgültig seine volle Aufmerksamkeit ein und riß ihn mitten durch. Ich hielt ihm den halben Schein hin. »Ich möchte, daß ein paar Stunden lang niemand an meinem Auto rummacht, okay?« Er nahm den Schein, schenkte mir einen raschen Blick, nickte mit dem Kopf. Ich lächelte, um ihm mitzutei-len, daß nichts, das mehr als zwanzig Kröten wert war, im Auto lag, lächelte ihn weiter an, bis er begriff, daß ich mir sein Gesicht merkte, und ging die Straße runter und weg. Ich schaute nicht zurück – ein Überlebenskünstler arbeitet mit dem, was er kriegt. Dies kostete mich bereits eine Menge Asche, aber ich malte mir aus, daß immer noch ein Tausend-Dollar-Topf voll Gold am Ende des Regenbogens war.

Ohne Personenbeschreibung erwartete ich nicht, auf der Straße zufällig auf die Cobra zu stoßen, aber ich wußte genug, um zunächst bestimmte Orte auszuchecken. Ich hatte früher einmal vor Ort gearbeitet, und das Objekt war ein Porno-Freak; also platzte ich in einen Schuppen im Village, wo ich den Eigner kannte. Der Ort hieß *Lederlust*, und der Eigner war ein hohes Tier in einer Art Verein, wo man zu Kaffee und kollektiver Folter zusammenkommt. Ich erklärte ihm, mein Kunde sei scharf auf Pornos, und der Eigner erklärte mir, er betreibe ein Spezialitätenhaus, das nicht den allgemeinen Markt speise. Als ich ihn fragte, wovon er spreche, hob er zu einer hochgestelzten Erklärung an, die irgendwo mit dem Römischen Imperium, geprägt von seiner einzigartigen Version des Nationalismus (»Die Deutschen begreifen die Kreativität des Schmerzes nicht, sie begreifen nicht, daß man geben muß, um zu bekommen. Nur die Briten erfassen die zwischenmenschlichen Beziehungen wahrhaftig«) begann und mit einem tüchtigen Tusch Verblasenheit endete. »Wenn Sie bloß *Porno* wollen, wissen Sie, schmutzige Bilder und so, mein Freund, müssen Sie zum Times Square gehen. Hier unten hat jeder Laden seinen einzigartigen Charakter, seine eigene Persönlichkeit, wenn Sie so wollen. Ein Kunde weiß innerhalb einer Minute, daß er am falschen Ort ist, sollte er nicht mit der passenden Haltung hier hereinkommen.« Lustiger Ort – der Eigentümer war ein freundlicher Typ, der wie ein Oberschullehrer tönte, und sein Lager war voll dieser Gewalt.

Von außen sahen all die Pornohäuser gleich aus. Nur die Schuppen, die lebende menschliche Wesen zeigten, machten Reklame, und sie versprachen alles, was das Hirn für zehn Kröten auswürgen konnte. Aber die Heftchen- und Fotoschuppen hatten bloß Fenster, die übermalt waren oder verschalt, oder es waren richtiggehende Ladenfronten mit dem üblichen Menü in der Auslage – »Fesseln, Züchtigung, Tiersex, lesbische Liebe, das Neueste aus Dänemark.«

Nichts auf den Verschlägen der Buden zeigte an, daß es drinnen Kinderporno gab. Ich ging durch die erste Tür, zu der ich kam, checkte den fetten Typen ab, der an einer Kasse beim Eingang saß, und sah Reihe um Reihe steril wirkender Gänge. Magazine und Bücher, alle in Plastikfolie, waren säuberlich nach Themen eingeordnet – eine Art Dezimalsystem des Drecks. Aber es gab kein Kinderzeug. Ich ging weiter die Flure auf und ab, nahm gelegentlich ein Magazin aus den Regalen, betrachtete Cover und Rückseite, legte es zurück. Es war eigentlich ein guter Arbeitsplatz, da alle fünf anderen Kunden geflissentlich runterschauten. Kein Augenkontakt – große Überraschung. Ich machte zwei Runden, bevor ich die hintere Abteilung fand, gekennzeichnet mit *Nur für Erwachsene*. Mag sein, der Boss hatte einen Sinn für Ironie – es gab nichts als Bilder von Kindern, Bücher über Kinder und Magazine mit Kindern. Hübsches Zeug – von nackten, in der Sonne balgenden Kindern bis zu einem gefesselten kleinen Jungen, einfach alles.

In dieser Abteilung war nur ein Typ. Er war hübsch gekleidet, hatte einen dreiteiligen Anzug, glänzende Schuhe, Aktenkoffer. Zog von Regal zu Regal, als wenn er im Tran wäre, berührte nichts. Nicht mein Mann, stellte ich fest. Auf der linken Seite, noch weiter hinten, waren ein paar Nischen mit Türen, auf denen »Privatleseraum, Schlüssel beim Personal« stand. Ich wußte, wie die Privaträume aussahen – alles Plastik und Vinyl, damit das Lysol nicht am Material klebte, wenn sie für den nächsten Kunden vorbereitet wurden.

Als ich am Personal vorbeiging, schlug ich meinen Mantel mit beiden Händen auf, um zu zeigen, daß ich nichts von seiner Ware klemmte. Er schenkte mir einen raschen Blick und kehrte zurück zu dem, was immer er seine Tätigkeit nannte. Ich dachte einen Moment nach und entschied mich für das direkte Vorgehen. Sinnlos, hier eine falsche Marke blitzen zu lassen. Die Hälfte der Möchtegern-Cops (wie die Bürgerwehr oder die Figuren, die ihre Wachschutzkarten tragen, als wären sie Mitglieder einer Geheimgesellschaft, oder die Krücken, die die Magazine wegen ihrer Beglaubigung durch die Internationale Organisation der Privatermittler anschreiben) der Stadt hängt hier unten rum. Ich wußte ferner, daß in dieser Hölle nicht mehr allzu viele unabhängig Schaffende übrig waren.

Nachdem ich mich eine gute Minute vor dem Tisch des Typen aufgebaut hatte, schaute er auf. »Ich will Ihre Zeit nicht stehlen«, sagte ich, »ich bin Privatdetektiv und suche eine junge Frau, die hier unten sein müßte. Falls Sie mir helfen können, soll's Ihr Schaden nicht sein.«

»Schau, Freund. 'ne Menge Frauen kommen hier runter – sie wär'n überrascht. Ich paß nicht drauf auf. Ich tu bloß meine Arbeit.«

»Bei der hier würde es der Boss schon wollen.«

»Hä?«

»Schaun Sie, sie ist Mitglied bei einer dieser Spinnerorganisationen, die diese Sündenpfuhle schließen lassen möchten, verstehen Sie?«

»Und. Wir haben die schon die ganze Zeit hier – auf Tour oder so. Bedeutet gar nichts.«

»Diese Braut bedeutet Arbeit, mein Freund. Sie ist just aus der Klapse gekommen, weil sie eine Feuerbombe in einen dieser Läden geworfen hat – tötete einen Typ. Sie hat gesagt, Jesus hat's ihr befohlen. Erinnern Sie sich, es war an der Forty-fourth, vor zirka zwei Jahren?«

Er schaute mich an, schuftete sich im Geiste durch die Liste potentieller Gefahren für sich selbst. Erwog die Möglichkeiten. »Und?«

»Und deswegen gab mir Carlo den Job, sagte mir, ich sollte sie finden und auf sie aufpassen, bevor sie einen seiner Schuppen hochbläst, klar?«

»Und?«

»Und mir wurde von deinem Boss Unterstützung versprochen, verstehst du?«

»Mein Boss heißt nich Carlo.«

»Schau, ich will versuchen, vernünftig zu sein. Ich dachte, ich hätt's mit einem intelligenten Kerl zu tun.« Ich imitierte seine piepsige Stimme. »Mein Boss heißt nich Carlo!« Sein Kopf schoß hoch. »Du Arschloch – ich meine deinen verdammten *Boss*, nicht die Pfeife, die dir sagt, wann du dieses Loch aufmachen sollst – begreifste *jetzt*?«

Er schaute sich um, als bedrohe ihn etwas. Dann blickte er rasch zum Münztelefon in der Ecke. Ich reizte das Blatt aus. »Schau, schnapp dir das Telefon, ruf deinen Boss an und sag ihm, Tony ist hier, um einen Job für Carlo zu erledigen. Meinst du, du kriegst das vielleicht hin, ohne durcheinanderzukommen?«

Er schaute mich wieder an, versuchte das zu fassen, was ein ahnungsloser Mensch einen Gedanken nennen würde. Ich sagte: »Schau, mach schon und ruf an, ich paß derweil auf die Wichskünstler auf«, und verschaffte mir wieder seine Aufmerksamkeit, als ich den .38er ein Stück aus dem Unterarm-Holster zog.

Er rieb sich die Seite seines Kopfes. »Wenn Sie von *downtown* kommen, wie heiß ich dann?« Ich schaute ihm in die Augen und sah Angst. Er schaute in meine und sah, was er erwartete. Ich führte meine Grabesstimme vor. »Mach dich nicht wichtiger, als du bist.«

Wir schauten einander an. Er blinzelte, wischte sich die Stirn mit einem dreckigen Ärmel ab. Ich öffnete die Tür etwas, als ob ich meine Zigarettenkippe auf die Straße werfen wollte, und machte gleichzeitig eine schnelle Bewegung mit der Hand, die er klugerweise mit sensiblem Blick aufschnappte. Er entschied sich. »Sie haben gesagt, für mich wär was drin?«

»Das hab ich gesagt.«

»Vor vielleicht 'ner Stunde ist 'ne Fotze reingekommen – 'ne kleine blonde Fotze. Hat mich 'ne Masse dummes Zeug über die Kiddie-Shows drüben an der Achten gefragt. Ich hab gedacht, die fällt über mich her, wissen Sie? Ich hab irgendwas zu ihr gesagt, und sie hat mir eine gehämmert, Scheiße noch mal – mitten ins scheiß Gesicht. Ich denk, die hat mir 'nen Zahn zerschlagen oder so – tut weh wie Arsch.«

»Sie hat dich mit 'nem Hammer geschlagen?«

»Ich hab's nicht gesehn, aber es muß 'ne Art Totschläger gewesen sein. Hab nicht mal gesehn, wie sie ihre scheiß Hand bewegt hat.«

»Yeah, das klingt wie sie, in Ordnung. Du hast richtig gehandelt, indem du sie nicht aufzuhalten versucht hast – wahrscheinlich hat sie wieder eine dieser Feuerbomben in ihrer Tasche gehabt.«

Er schaute mich dankbar an. »Yeah, ich hab mir schon gedacht, daß sie was trug, wissen Sie? So 'ne närrische Schnalle.«

»Gesehn, wo sie hinging?«

»Nein, Mann. Sie is einfach abgezischt.«

»Rufst du drunten an?«

»Äh . . . nein, Mann. Ich mein, ich hab gedacht . . . sie war bloß so 'ne Irre, wie ich gesagt hab. Ich hab nicht gewußt, daß sich einer drum scheißt.«

»Yeah, haste richtig gemacht. Okay.«

»Sie haben gesagt, da wär was für mich drin?«

»Yeah, ich hab was für dich.« Wider besseres Wissen langte ich nach einem Paar Zwanziger in meiner Tasche, faltete die beiden Scheine und stopfte sie in die Tasche seines Strickhemdes. Er versuchte eine gewisse Klasse zu zeigen, aber er hatte die Hand in der Tasche, noch bevor ich aus der Tür war.

Wieder an der Luft, entfernte ich mich schnell, bevor er auf die Idee kam anzurufen und ein paar Glückwünsche für seine Mitarbeit einzuheimsen. Flood *war* in der Nähe. Ich wußte, sie würde hier unten sein – voller Schneid und ohne

Hirn –, mit einer lausigen Erkundungstechnik und schlechter Laune. Soweit keine Überraschung.

Aber wohin ging sie danach? Sogar jemand wie Flood mußte es besser wissen und sich denken können, daß sie sich nicht einfach quer durch die Forty-second Street hauen und treten konnte, bis sie ein paar Antworten kriegte. Wenn ich lang genug auf der Spur blieb, bekam ich vielleicht selbst ein paar.

Ich war ziellos rumgelaufen, bis ich aufblickte und sah, daß ich in Richtung Hafenbehörde gesteuert war. Da würde Flood nicht sein. Massenhaft Freaks, schon richtig, aber nicht die Art, die sie suchte. Ich lief weiter – vorbei an den Huren, den Pennern, den Mietrammlern, den Drogenhechten und den Aufreißkünstlern, vorbei an engen Gassen. Nichts. Ich checkte Gesichter, schaute nach allem – kaltes Neonlicht blitzte aus toten Augen, gefallene Kids, Dreckfinken, die eines Profits wegen nach gefallenen Kids suchten, Jesus-Freaks, Pennschwestern, gelangweilte Cops. Nichts.

Dann erspähte ich einen mächtigen, spanisch aussehenden Jungen, der an der Einmündung einer Gasse auf einer Milchkiste saß und ein riesiges Transistorradio an den Kopf hielt, so dicht, daß es aussah, als wachse es ihm aus dem Ohr. Er sang für sich selbst. Andere Straßenkids liefen vor mir, checkten den spanischen Jungen, schauten über seine Schulter in die Gasse und trabten schnell weiter. Etwas stank hier. Ich lief ebenfalls vorbei, blickte über seine Schulter und sah in der Gasse etwas Weißes aufblitzen, kein Laut. Zu viele Leute um mich, um den Jungen aus dem Verkehr zu ziehen – und ich wollte ihn nicht hinter mir haben, wenn ich weiterging. Keine Zeit. Vorbei an dem Jungen, schlüpfte ich durch die erste Tür, ein Oben-ohne-Club genau an der Gasse. Er war schummerig ausgeleuchtet, drinnen blauer Rauch, Diskomusik, keine Unterhaltung. Ein Rausschmeißer fängt mich an der Tür ab: »Zehn Dollar Mitgliedsbeitrag.« Wunderbar.

Hatte ihn wahrscheinlich eine Woche gekostet, sich die Wörter zu merken. Ich warf ihm zehn Kröten zu und ging vorbei, checkte die Oben-ohne-Tänzerinnen mit ihren abgehangenen Körpern und toten Hirnen und ging an der Bar entlang. Ich lief weiter, als suchte ich einen guten Platz.

Niemand schenkte mir Aufmerksamkeit. Ich steuerte nach hinten, mein Orientierungssinn verwirrt von all dem Hin und Her im Laden. Fand die Tür zum Männerklo und ging rein – ein Kerl in rotem Freizeithemd und weißen Schuhen kotzte in den Abguß. Ich ging an ihm vorbei. Keine Fenster. Nichts da. Wieder aus der Tür, und nach der Küche suchen. Ich fand eine Tür mit *Kein Zutritt* in roten Buchstaben, stieß leicht dagegen, und sie gab nach. Ich drückte sie auf und ging hinein, als ob ich wüßte, wohin ich ging. Der Koch schaute von einem Metallhaufen auf, der einmal ein Ofen war, und brüllte: »Hey!«, aber ich war bereits an ihm vorbei und unterwegs zur Hintertür. Sie war von innen dreifach verriegelt. Ich knallte die Riegel zurück, trat in die Gasse und schaute nach rechts, wo der spanische Junge noch immer auf seiner Milchkiste saß; jetzt wandte er mir den Rükken zu. Die Riegel rasteten hinter mir ein, und von links kam ein hohes, dünnes Lachen, gefolgt vom Klang am Boden kratzender Schuhe. Ich bewegte mich in diese Richtung, langsam jetzt.

Ich schlüpfte vorsichtig um die Ecke und sah die vier wie erstarrt, abwartend – ein spanisch aussehender Junge mit einem großen Afro wedelte mit einer langen Fahrradkette, ein Kleinerer hielt ein offenes Stilett, ein dritter stand bloß da ... und Flood. Sie stand gegen eine Hauswand gedrückt, ein Fuß abgewinkelt vor dem anderen, eine Hand zur Faust geballt, die andere zum Zuschlagen versteift. Eine Tür klaffte hinter den Kids – ein Keller? Flood stand wie ein Marmorblock, atmete ruhig durch die Nase. Ihre Tasche, geschlossen, lag auf dem Boden zwischen ihnen. Der mit dem

Messer bewegte sich vor, hieb von unten nach Flood und grabschte nach der Tasche. Flood trat zurück, als ob sie weichen wollte, drehte sich auf dem hinteren Fuß, wirbelte eine volle Umdrehung und feuerte denselben Fuß zum Gesicht des Jungen. Er sprang gerade rechtzeitig zurück. Die Tasche blieb.

Der Junge mit dem Afro sagte: »Komm schon, Mutter – keine Chance, die Tasche zu behalten. Gib einfach auf und hau hier ab.« Flood öffnete die Hände und lockte den Jungen vorwärts wie ein Preisboxer, der seinem Gegenüber zeigt, daß der letzte Treffer nicht geschmerzt hat. Der Junge mit dem Afro täuschte eine Attacke und sprang augenblicklich zurück. Der Junge ohne Waffe lachte und bewegte sich die ganze Zeit näher und näher zu Floods Linker. Der Junge mit dem Afro wurde nun schrill. »Scheiß *puta*, scheiß Sau. Du fragst zuviel, *blanco* Schnalle.« Flood bewegte sich auf ihn zu, und er drückte sich weg. Der Junge mit dem Messer fing an, sich auf ihre Rechte zuzubewegen, aber er war unbeholfen, und sie schnitt ihm den Weg ab, wobei sie noch weiter vom dritten weg kam.

Der Sprecher der Rotte hörte auf, sich in Höflichkeit zu versuchen. »Scheiß Schnalle. Wir nehmen die Tasche und nehmen dich nach hinten und stecken 'nen Besenstiel dein' fetten Arsch rauf. Du magst das, du Fotze?« Floods Lippen zogen sich von den Zähnen zurück, und ein Zischen war zu hören. Sie täuschte eine Vorwärtsbewegung, drehte sich und peitschte mit dem linken Fuß nach dem Jungen ohne Waffe, drehte sich weiter und wischte in derselben Bewegung ihre Tasche hinter sich, dann zuckten ihre Arme über die Brust zurück runter an ihre Seite, und sie waren wieder in der gleichen Position wie bei meinem Erscheinen am Schauplatz.

Sie standen alle wie erstarrt – vielleicht eine Minute, vielleicht mehr. Dann versuchte der mit dem Messer, Flood zur Rechten zu umkreisen, und er bewegte sich so, daß er mir den Rücken zukehrte. Ich hielt den .38er fest in der rechten Hand, schob mich dicht hinter ihn und knallte ihm mit dem Lauf in die Nieren. Er ging mit einem ekligen Grunzen nieder. Sie drehten sich alle in meine Richtung. Ich kickte dem Jungen, der unten war, mit den Stahlkappen meiner schicken Schuhe gegen den Hinterkopf, trat um ihn herum und hielt die Knarre ausgestreckt vor mich, damit sie die anderen sehen konnten. Sie wichen gegen die Wand, wo ich ihnen bedeutete, zusammenzustehen. Ich spannte den Hahn, so daß sie auch das sehen konnten, und hielt sie etwa eine Fußlänge vor das Gesicht des Afros. »Du weißt, was das ist?«

Er war nun ruhig, aber sein Kumpel wußte, wann er sprechen mußte. »Yeah, Mann, wir wissen, was das ist. Wir wollten gar nix.« Sicher. Ich wich zurück, um ihnen mehr Bewegungsraum zu geben.

»Geht da rückwärts rein«, sagte ich und deutete zur offenen Tür. Sie bewegten sich nicht. Wie erstarrt sahen sie durch mich durch. Ich drehte mich etwas um und sah, daß Flood das Messer aufgelesen hatte. Sie kniete über dem Jungen am Boden, die eine Hand voll mit seinen Genitalien, die andere hielt die Klinge schnittbereit.

»Tut es«, sagte sie, und beide rannten zur offenen Tür.

Ich war genau hinter ihnen. »Dreht euch um und legt die Hände oben auf den Kopf«, sagte ich. »Jetzt.« Sie folgten. Flood schleppte den Messermann rüber und schmiß den Jungen hinein, als wäre er ein Sack Müll. Ich hieß die anderen hineingehen, und der Stille bewegte sich durch die Tür. Der Afro war erstarrt. Meine Nase sagte mir, daß er sich naßgemacht hatte. Ich berührte ihn bloß mit der Knarre, und er folgte seinem Freund. Ich ging als nächster, Flood dicht hinter mir.

Wir waren in einem Kellerraum mit einem Feldbett in

einer Ecke, ein Radio spielte – es war zu dunkel, um etwas anderes zu sehen. »Auf den Boden«, forderte ich die beiden auf, die sich noch bewegen konnten. Der andere lag, wo Flood ihn hingeworfen hatte. Den .38er in der linken Hand, zog ich die .22er aus meinem Mantel und zielte mit ihr auf die drei Liegenden. Niemand würde getötet werden, aber das wußten sie nicht. Nicht einmal Flood. Dann begann ich, den Abzug so schnell ich konnte zu drücken.

Einer von ihnen schrie, noch bevor ich das Teil geleert hatte. Unter dem Vogeldunst und den Leuchtkugeln und dem Tränengas verwandelte sich der Raum in die Hölle, die sie permanent verdienten – jedenfalls für ein paar Minuten. Ich schlug auf meinem Weg nach draußen die Tür zu und rückte in Richtung Gasse vor, Flood an meiner Seite. Die .22er machte nicht viel Lärm, vor allem nicht mit dieser Spezialladung, und es geschah alles drinnen, aber der Junge auf der Milchkiste muß gewußt haben, daß etwas faul war. Als wir zur Einmündung der Gasse runterkamen, setzte er vorsichtig sein Radio ab, bevor er fragen ging. Floods fliegender Dropkick erwischte ihn an den Rippen – ich konnte sie echt knacken hören. Er schlug gegen die Wand, Flood traf am Boden auf, rollte in einer Bewegung ab und kam auf die Beine. Wir rannten zusammen über die Straße. Hinter uns klang es nach einem Auflauf, wo der Radiomann gefallen war, aber vermutlich hielt man ihn für einen, der das Radio hatte stehlen wollen und mit jemand anderem um den Vortritt kämpfte. Wir gingen um die Ecke und steuerten zum Auto. Ich wollte die Waffen verschwinden lassen, aber sie wären schwer zu ersetzen. Außerdem hatte jedes Fenster einen Zuschauer – um zu sehen, ob einer der Fische in dieser Pißgrube bauchoben trieb.

Ich war außer Atem, hatte einen stechenden Schmerz in der Brust und Krämpfe in den Beinen – noch zwei Straßen weiter. Flood atmete nicht einmal schneller.

Der schwarze Junge mit dem T-Shirt saß auf der Haube meines Autos. Ich nahm den halben Zwanziger raus und hielt ihn mit der linken Hand vor. Er schaute mich an, schaute auf die Zwanzigerhälften, schaute zu Flood. »Scheint irgendwie, als sollte ich ein bißchen mehr kriegen.« Er lächelte mich an. Da reichte es mir endgültig, ich langte nach dem .38er und stieß ihn ihm mit zitternder Hand ans Gesicht. »Du willst mehr?« Er hielt die Hände hoch wie ein Raubopfer und fing an zurückzuweichen. Ich beobachtete ihn eine Sekunde, blickte dann rüber zum Auto, und er fiel in Trab. Ich öffnete die Fahrertür, und Flood sprang vor mir rein und rutschte rüber auf ihre Seite. Ich ließ das Auto schon in eine rasche, ruhige Kehrtwende rollen, bevor ich die Tür geschlossen hatte. Ich steuerte zurück zum Fluß. Checkte den Spiegel – keine Verfolgung. Wir rollten nach Norden, hielten auf dem West Side Drive Richtung Harlem, verließen ihn an der Ninety-sixth Street, kratzten Riverside südlich zur Seventy-ninth, fuhren dann querbeet zum Roosevelt. Ich entspannte mich nicht, bis wir tief in *downtown* waren und auf die Brooklyn Bridge zuhielten.

Flood atmete schwer durch die Nase, saugte dabei die Luft ein und hielt sie lange Zeit an, wie ich, wenn ich mich zu entspannen versuche. Bei ihr war es, als sehe man einer Batterie beim Aufladen zu.

8

Ich mochte die Art nicht, wie sich meine Hände am Lenkrad anfühlten, also ging ich an der Manhattan Bridge vom Roosevelt runter, nahm die Nebenstraße und parkte den Plymouth an der Water Street genau beim Pike Slip. Kein Gesetzeshüter kam in diese Gegend. Ich stellte den Motor ab, drehte mein Fenster runter und langte in die Tasche nach den Kippen – aber meine verdammte Hand wollte nicht in die Tasche passen. Nach ein paar Versuchen legte ich bloß beide Hände auf das Lenkrad, um das Zittern unter Kontrolle zu kriegen, und starrte gradeaus. Flood hatte beide Füße am Boden, Hände im Schoß gefaltet, Kopf leicht zurück. Sie war stockruhig. Während sie ihre Hand auf meine legte, wo ich das Lenkrad umschloß, sagte sie: »Soll ich Ihnen eine anzünden?« Ich nickte. Sie langte in meine Hemdtasche, zog die Packung raus, schnippte eine Kippe lose, steckte sie in ihren Mund, langte nach dem Anzünder an den Armaturen.

Ich hatte genug Geistesgegenwart, ihr ein »*Nein!*« zuzubellen, und sie zog ihre Hand so schnell zurück, daß ich beinahe die Leuchtspur sah. Ich wollte eine Zigarette, und nicht, daß die Schwanzlichter immerzu ein »SOS« rausmorsten. Das war eine der brillanten Erfindungen des Jungen für die Super-Kutsche – für den Fall, daß ihn jemand aufmischte, brauchte er bloß den Anzünder zu drücken, und jeder hinter dem Auto wußte, daß etwas faul war. Vermutlich würde das die Cops reihenweise anziehen. Ich weiß nicht, ob es funktioniert oder nicht (ich bezweifle es eher), aber es war ein schlechter Augenblick für Experimente.

Flood schien nicht überrascht. Sie setzte sich bloß zurück und hatte die Zigarette im Mund. »Haben Sie auch einen Anzünder, der Zigaretten anzündet?« Da war nicht der Hauch eines Lächelns um ihren Mund, aber ihre Augenwinkel kräuselten sich leicht. Ich fühlte mich bereits besser und zog mein durchsichtiges Sechsundneunzig-Cent-Butan-Spezial heraus. Im Büro habe ich ein paar solche, die voll Napalm sind und diesem dermaßen gleichen, daß sie mich zu Tode ängstigen. Der Kopfkranke, der sie mir verkauft hatte, schwor, daß man sie, wenn man wollte, genau wie richtige Feuerzeuge benutzen konnte, demonstrierte es mir sogar. Ich glaubte ihm nie und nimmer.

Flood zündete das Feuerzeug, sog den Rauch ein, stieß ihn aus der Nase wie ein kleiner blonder Drache und reichte mir die Zigarette. Sie schien derzeit nicht zu rauchen, aber es wirkte nicht, als ob sie es nie getan hätte. Ich rauchte und schaute aus dem Autofenster. Ich konnte Flood neben mir spüren, aber sie sagte lange Zeit nichts. Endlich fragte sie: »Sie sind zufällig vorbeigekommen, wie?«

Ich schaute ihr mitten in die Augen. Ich kann jedermann anlügen – wenn ich einst in die Hölle komme, werde ich den Teufel überzeugen, daß er die falsche Fracht gekriegt hat. Aber mir schien es nicht wert, genau hier zu lügen. »Ich habe Sie gesucht. Ich habe beschlossen, daß ich den Fall auch ohne Information übernehme.«

Das Lächeln um ihre Augen senkte sich für kaum eine Sekunde auf ihren breiten Mund. »Das ist komisch. Ich wollte Sie aufsuchen und Ihnen die Information geben, die Sie wollten.«

Ich fühlte mich besser. »Sie haben den Riesen noch?«

Das erzeugte ein glückliches, kurzes Lachen und: »Ja, Mr. Burke, meine Ermittlungen waren ganz preiswert.«

»Yeah«, sagte ich, »das konnte ich sehen.«

Sie zündete eine weitere Zigarette für mich an. Da hätte ich es schon wieder selbst machen können, aber zum Teufel. Wir mußten uns bewegen – der Plymouth war so unauffällig, wie man sich ein Auto nur wünschen konnte, aber Flood und ich hatten uns in den letzten paar Stunden keine Freunde gemacht, und man weiß nie. »Wohin?« fragte ich sie.

»Ich meine, Sie sollten mit mir kommen«, sagte sie. »Ich habe die Information, die Sie wollen, aber ich kann sie Ihnen nur da zeigen, wo ich wohne.« Ich nickte, und sie wies mir die Richtung. Sie kannte die Stadt besser, als ich erwartet hatte.

Es war ein altes Fabrikgebäude an der Tenth Avenue, südlich der Twenty-third. Das Schild über dem Eingang verkündete *Hallen für jeden kommerziellen Bedarf. Rohbauzustand. Kein Wohnraum* und nannte als Kontakt den Namen eines Maklers. Die Namentafel zeigte eine Vielzahl von Unternehmen, meist solche, die die Pfeifen nährten, die zum Frühstück Wein und Käse verzehren und damit prahlen, daß sie die neuesten Geschlechtskrankheiten kriegen.

Flood hatte einen Schlüssel, und wir nahmen den Frachtaufzug zum vierten Stock. Ein kleines handgeschriebenes Schild kündigte ihn als Yoga-Plateau an, und Flood brachte einen weiteren Schlüssel hervor. Drinnen war ein riesiger leerer Raum, Turnmatten am Boden, glatte weiße Wände, Stereoanlage in einer Ecke, und Lautsprecher überall. Eine ganze Wand bestand aus Fabrikfenstern. Eine Sprinkleranlage hing von der Decke, alle Rohre weiß gestrichen. Es gab einen zierlichen weißen Schreibtisch und ein weißes Drucktastentelefon. Sogar die Anschlagtafeln waren weiß. In der Mitte des Linoleumbodens war mit breitem schwarzem Klebeband ein großes Quadrat markiert. Flood lief zu dem Quadrat, drehte dann zur Seite ab. Ich trat in das Quadrat und trat wieder raus, als Flood mit ihrem Kopf ein Nein schüttelte. Sie steuerte auf eine Tür in der den Fenstern gegenüberliegenden Seitenwand zu. Sie hatte auch dafür einen Schlüssel. Ich folgte ihr rein.

Wir waren in einem winzigen privaten Apartment. Der Herd hatte eine große Platte, die die beiden Brenner abdeckte; auf dem hüfthohen Kühlschrank saß ein hölzerner Schrankaufsatz; und es gab ein Vertiko mit Schubladen und daneben ein Armoire, beide weiß gestrichen. Durch eine offene Tür sah ich Duschnische, Waschbecken und Toilette. Im Raum neben der Küche lagen Rattanmatten am Boden, wahrscheinlich zum Schlafen. Weitere Möbel gab es nicht.

Flood ließ die Tür hinter uns offen. Sie warf ihre Tasche oben auf das Vertiko, schälte sich aus ihrer Jacke, streckte die Hand, um mir zu bedeuten, ich solle mich auf den Boden setzen. Ich schaute mich aufmerksam in dem kleinen Raum um – kein Aschenbecher. Sie fing meinen Blick auf, nahm eine kleine, rotglasierte Schale vom Abguß und reichte sie mir. »Nehmen Sie das.«

Ich saß und qualmte mich durch eine Reihe Zigaretten, während Flood im ganzen Laden herumwuselte. Sie fragte mich, ob ich Tee wollte, und schien nicht überrascht, als ich nein sagte. Endlich kam sie zu mir und setzte sich mir in Lotusstellung gegenüber.

»Mr. Burke, ich muß Ihnen ein paar Dinge erklären. Und ich muß Ihnen ein paar Dinge zeigen, damit Sie begreifen, warum ich diese Person, die sich Cobra nennt, finden muß. Lassen Sie mich einfach auf meine Art erzählen, und wenn ich fertig bin, können Sie mir die Fragen stellen, die Sie wollen.« Ich nickte zustimmend, und Flood stand auf, ohne eine Hand zuhilfezunehmen; es war wie Nebel, der vom Boden aufsteigt. Sie stand etwa eineinhalb Meter von mir weg, langte runter und zog die Schuhe aus, jeweils einen. Sie trug Hosen aus einer Art dunklem, seidigem Material – unten weit und locker geschnitten, aber vom Oberschenkel bis zur Taille eng angepaßt. Das dunkle Jersey-Top saß so knapp, daß es ein Bodystocking sein mußte. Sie hatte die klassische Sanduhrform, alles dran, aber sie war dermaßen bepackt, daß es kraftvoll und schön zugleich wirkte.

Sie machte etwas an ihrer Taille, und die seidigen Hosen glitten zu Boden. Ich hatte recht – darunter war ein Body-stocking. Sie trat aus dem schimmernden Knäuel zu ihren Füßen, knickte in der Taille ein, und ich hörte die Druck-knöpfe ihres Stockings klicken. Sie zog das Trikot in einer Bewegung über den Kopf und warf es elegant auf ihre Ho-sen. BH und Höschen waren aus dem dazu passenden schmiegsamen Material; die Garnitur wirkte eher wie ziem-lich gesittete Badekleidung als wie Unterwäsche. Sie hakte ihre Daumen in den Bund des Höschens und streifte es runter und ab, ein Bein nach dem anderen. Ich saß bloß da und beobachtete, nun ohne zu rauchen. Für mich sah sie nach vielerlei aus, Verletzlichkeit aber war nicht darunter. Sie drehte sich leicht zur Rechten, wobei die Hälfte ihrer linken Rückenseite ins Blickfeld kam. Sogar ihr Hintern sah aus wie ein Muskelpaket, bezogen von bleicher Haut. Ich hörte meinen eigenen Atem.

Sie drehte sich weiter, bis sie völlig von mir wegblickte, und dann sah ich es – auf der Hälfte der Backe und teilweise runter bis zum Schenkel war ein dunkelroter Fleck – die Haut unter dem Fleck war aufgeworfen und rauh. Ich wußte augenblicklich, was es war – Brandnarben. Sie beugte sich leicht nach vorne, wie um mir das Ganze zu zeigen, dann drehte sie sich zurück, bis sie mich wieder anblickte. Sie ging hinüber, bis sie exakt vor meinem Gesicht war, und drehte sich wieder. Die Narbe war rissig und uneben, als ob sie sich in ein Feuer gesetzt hätte – nicht das Werk eines Chirurgen.

Kann sein, daß vor Jahren eine Hautverpflanzung was gebracht hätte, aber jetzt war es ganz klar zu spät dafür. Als sie sich wieder umdrehte, um mich anzuschauen, nickte ich, um zu zeigen, daß ich begriffen hatte, was es war. Sie ging wieder von mir weg zum Badezimmer. Die Narben wirkten sich nicht auf die Muskeln darunter aus. Sie schritt mit jener gelösten Auf-und-Abbewegung ihrer Muskulatur, die nur die wenigsten Stripperinnen richtig hinkriegen. Ich saß da, schaute auf das Bündel ihrer abgelegten Kleider und hörte das Rauschen des Wasserstrahls. Sie sang nicht unter der Dusche.

Sie kam nach ein paar Minuten raus und trug einen gelben Frotteemantel, sammelte den Kleiderhaufen vom Boden und warf ihn in einen großen Weidenkorb neben dem Schrank. Dann kam sie rüber und setzte sich neben mich. Es war dunkel in ihrer Wohnung, aber die weißen Wände des Studios reflektierten genug Licht, damit ich ihr Gesicht sehen konnte. Ich zündete eine weitere Zigarette an, und sie begann zu erzählen.

»Ich erinnere mich nicht weiter an meine Mutter, aber ich weiß, daß ich ihr weggenommen wurde, als ich noch ein kleines Kind war. Ich lebte zuerst in Pflegeheimen, aber dann steckten sie mich in eine Anstalt, als die Familie, die mich hatte, in einen anderen Staat zog. Als ich vierzehn war, fanden sie ein anderes Pflegeheim für mich, und sie ließen mich raus, um dort zu wohnen. Der Mann dort vergewaltigte mich. Ich sagte es den Sozialarbeitern, und sie fragten ihn danach. Er sagte, daß wir sexuell verkehrt hätten, aber daß ich zu ihm gekommen wäre und er nicht hätte an sich halten können. Er marschierte zur Therapie, ich marschierte in ein Mädchenheim. Ich lief weg, und sie fingen mich ein. Ich lief weiter weg. Nach einer Weile wurde ich wieder eingefangen, und sie steckten mich in ein leeres Zimmer ohne alles, nicht einmal ein Buch zum Lesen. Die Sozialarbeiter sagten mir, traurig zu sein wäre in Ordnung, ärgerlich aber nicht. Es war nicht gesund.«

Sie holte tief Atem. »Ich hatte eine Freundin, die beste und dickste Freundin, die ich je hatte. Ihr Name war Sadie. Ihre Mutter war Jüdin und ihr Vater schwarz. Sie war so gewitzt. Sie verriet mir, daß sie nie in die Anstalt gekommen wäre, wenn sie nicht diese altmodische Einstellung gehabt hätte. Ich begriff das zuerst überhaupt nicht. Aber sie war meine Freundin. Wir unternahmen alles gemeinsam. Wir teilten immer. Alles. Wir kämpften gemeinsam gegen die Mannweiber und die Matronen. Ich wußte damals nicht, wie man kämpft, aber ich war stark, und ich war immerzu wütend. Sadie konnte überhaupt nicht kämpfen, aber sie versuchte es ständig. Einmal steckten sie uns zwei Wochen lang gemeinsam in den Bunker, und das verband uns nur noch mehr – enger als Schwestern, weil wir es so wollten. Einmal liefen wir zusammen weg, nach New York. Wir wollten ins Village gehen. Sadie traf diesen Kerl mit dem Motorrad, der sagte, er hätte eine Bude zum Unterschlupfen, wo Kids bleiben könnten. Ich traute ihm nicht – ich traute niemandem. Aber Sadie hatte Charme. Sie sagte, selbst wenn er ein übler Kerl wäre, mußte er nicht schlecht zu uns sein. Ich hatte nie Charme.«

Ein Ausdruck, den ich nicht deuten konnte, blitzte über ihr Gesicht, und sie fuhr fort: »Wir gingen mit ihm, und zunächst war er nett. Aber in der gleichen Nacht brachte er ein paar andere Männer von seiner Bande mit. Sie befahlen uns, die Kleider abzulegen und für sie zu tanzen. Wir wollten nicht. Ich hätte abhauen können, aber ich kämpfte mit Sadie gegen sie. Ich zerbrach eine Flasche und zerschnitt einem das Gesicht. Sie verdroschen uns, übel. Als ich aufwachte, war ein alter Mann mit einem Koffer da. Er stritt mit dem Pack. Er sagte etwas wie, er könnte es nicht tun – wir wären zu jung. Einer vom Pack kam zu uns und sagte, es täte ihm leid, was die anderen getan hätten. Er sagte, der Mann wäre ein Doktor und kriegte uns wieder hin. Er gab uns etwas zu trinken. Ich kann mich an nichts erinnern, außer daß ich nach Sadie langte, bevor ich wegglitt.

Als ich zu mir kam, sah ich Sadie neben mir liegen. Wir hatten immer noch keine Kleider an, und Sadie blutete zwischen den Beinen. Ich checkte mich durch, ich blutete nicht. Mein ganzes Gesicht war so übel geschwollen, daß ich kaum reden konnte. Ich glaube, es dauerte mindestens einen Tag, ehe wir wirklich aufwachten. An meiner Hüfte war ein schmutziger Verband, an Sadies auch. Ich dachte, es wäre vielleicht die Stelle, an der uns der Doktor einen Schuß verpaßt hatte, aber es war ein großer Verband. Ich kroch in die Halle. Das Pack schlief samt und sonders im nächsten Raum. Es war wie in einer Teufelshöhle – versifft und stickig. Sadie und ich fanden ein paar Klamotten und schafften es die Treppe runter. Ein Polizist fand uns und nahm uns mit zu einer Stelle für Durchgebrannte, weil Sadie ihm erzählt hatte, wir wären Schwestern aus Ohio. Sie war gewitzt – ich konnte nicht mal nachdenken, was ich sagen sollte. Als sie in dem Asyl die Verbände abnahmen, um uns zu waschen, sahen wir, was sie getan hatten, warum sie den alten Mann da hochgebracht hatten. Wir hatten beide Tätowierungen. Nur der Name von dem Pack, aber echte Tätowierungen. Als ich es zuerst bei Sadie sah, heulte ich seit Jahren das erstemal richtig. Sie heulte ebenfalls. Die Schwester in dem Asyl erklärte uns, sie blieben für immer – sie würden nie verschwinden. Als sie Sadie und mich allein ließen, redeten wir darüber – und wir beschlossen, was wir tun mußten. Ich hatte keine Angst. Nach dem, was sie mit uns getan hatten, war mir alles egal.

Sadie und ich liefen einfach weg aus dem Asyl. Sie versuchten uns nicht mal aufzuhalten. Sadie schnorrte im Village, bis wir ein bißchen Geld hatten, dann kauften wir vier dieser großen Kanister und gingen zu einer Tankstelle und füllten sie. Wir saßen einfach vor dem Gebäude, wo das Pack steckte, bis es spätabends war, und dann gingen wir hoch. Das ganze Pack war auf Sprit und Dope weggetreten. Es war einfach. Sadie und ich wußten, was mit uns passieren würde, aber es machte nichts. Wir schütteten die ganze Bude voll Benzin – über all die schlafenden Teufel. Dann zündete jeder von uns Streichhölzer an, und wir warfen sie in den Sprit. Wir rannten nicht mal aus dem Gebäude, wir liefen bloß weg. Sie schrien laut und lang – ich wünschte, ich hätte dasein und sie sehen können. In den Blättern stand, daß elf Menschen starben. Kein Mensch starb. Sie waren keine Menschen. Uns wäre es egal gewesen, wenn elfhundert gestorben wären.

Dann gingen Sadie und ich zu dieser Absteige. Mit dem, was von dem geschnorrten Geld übrig war, bezahlten wir fürs Zimmer und gingen einfach mit einem der Kanister, in dem noch etwas Benzin übrig war, die Treppe rauf. In diesem Zimmer hielten wir unser gegenseitiges Versprechen. Wir zogen die Kleider aus und legten uns auf den Bauch und gossen einander Benzin über den Hintern. Wir hatten das Bettzeug mit Wasser getränkt wie Schwämme. Wir sagten, daß wir einander liebten. Wir wußten, daß wir keinen Lärm machen durften, sonst würde es nicht funktionieren. Ich küßte sie. Wir heulten, aber wir taten es. Wir steckten uns einen Teil des nassen Bettzeugs in den Mund, hielten uns die Hände und zündeten die Streichhölzer an und hielten sie uns selber ran. Wir sagten, wir würden bis zehn zählen, bevor wir uns auf das Bettzeug wälzten. Sadie versuchte es, aber sie stieg aus, bevor ich im Kopf bis drei gekommen war. Ich hielt sie fest, wie ich versprochen hatte – sie kämpfte mit mir, aber ich hielt sie fest. Wir rollten aufs Bettzeug und spieen den Müll aus dem Mund, und dann konnten wir endlich schreien. Die Cops kriegten uns, als sie zu der

Absteige kamen. Sie sagten, wir wären zu jung, um als Erwachsene behandelt zu werden. Wir wußten das vorher, aber es hätte keinen Unterschied gemacht.

Der Sanitäter war ein großer, fetter schwarzer Kerl. Er wirkte so wild, aber er heulte, als er mich und Sadie sah. Als wir aus dem Krankenhaus gekommen waren, mußten wir vor eine Art Gericht, und sie steckten uns weg wie immer. Ich hatte einen Anwalt – ein junger Typ. Er fragte mich, warum wir diese Teufel getötet hätten, und ich erzählte es ihm, und er sagte, wenn er auf geisteskrank plädieren würde, käme ich vielleicht in eine staatliche Klinik statt in die Anstalt. Ich versuchte auch ihn anzugreifen, und danach hielten sie mich in Handschellen.

In der Anstalt waren wir gut dran. Niemand machte uns mehr an, die anderen Mädchen nicht, und auch nicht die Matronen. Niemand. Jeder hat Angst vor Feuer – jeder hat Respekt vor Rache. Und sie wußten alle, daß wir widerstandsfähig waren – ich erzählte dem Richter, die ganze Sache wäre meine Idee gewesen, und ich hätte Sadie dazu gebracht, aber sie erzählte ihm das gleiche, daß nur sie es gewesen wäre, und wir kamen beide ins Gefängnis. Wir sagten uns immer, wenn wir rauskämen, würden wir nie zurückgehen – wir würden was auf die Beine stellen. Sadie war so gewitzt, so bezaubernd, selbst nach dem Feuer. Ich wollte Sportlerin werden. Sadie las die ganze Zeit Bücher. Sie ließen uns raus, als ich einundzwanzig war. Sie war älter als ich, aber sie blieb, damit wir zusammen gehen konnten.

Wir kriegten ein Apartment und Jobs. Sadie ging aufs College. Ich begegnete jemandem, der mich Kampfsport lehrte. Sadie heiratete, sie wollte in der Schule unterrichten, sobald sie die Prüfung hatte. Ich lebte bei ihr und ihrem Mann und sparte mein Geld, um nach Japan zu gehen. Mein Lehrer sagte, hier gäbe es für mich nichts mehr zu lernen – ich müßte nach Osten gehen und meine Lehre beenden.

Sadie hatte eine Tochter. Sie schickte mir Bilder nach Japan. Die Kleine hieß Flower, Blume, weil das der einzige Teil meines japanischen Namens war, den sie ins Englische übersetzen konnte – der andere Teil bedeutet Feuer. Bei ihr und ihrem Mann lief es bestens – bloß daß er Krebs hatte und sie es nicht wußten. Ich war bei Sadie und Flower, als er starb. Sie war stark. Sie hatte immer noch ihr Kind, und sie hatte ihre Arbeit. Ich half ihr, sich auszuheulen, und dann ging ich zurück.

Sie fand eine Tagesstätte für Flower bei einer Kirche, die sich für alles mögliche einsetzte – Schwulenrechte, Friedensmärsche, Sozialreformen. Es gab da einen Mann, einen Vietnam-Veteranen, der in der Stätte arbeitete. Er war ein sehr gewalttätiger Mann, aber zärtlich zu Kindern, sagten sie. Ein Mann, vom Krieg ruiniert, aber mit gutem Kern. Dieser Mann paßte auch auf die Kinder einiger Kirchenmitglieder auf, wenn sie ausgehen wollten.

Eines Tages kam die Polizei und suchte nach dem Mann. Er hatte einige der Kinder geschändet, auf die er aufpassen sollte – sie kriegten ihn, als er ein paar von den Bildern, die er von den Kindern gemacht hatte, verkaufen wollte. Er war an diesem Tag nicht in der Tagesstätte, er kümmerte sich um Sadies Kind. Er muß gewußt haben, daß ihm die Polizei auf der Pelle war. Später sagten sie, er hätte unter großem psychischen Druck gestanden. Sicher. Während die Polizei ihn suchte, vergewaltigte er Flower und erdrosselte sie.

Sadie schickte mir ein Telegramm, aber sie war tot, bevor ich eintraf – ein Autounfall – hatte nichts mit Flower zu tun. Der Mann, der Flower vergewaltigt und zu Tode gequält hatte, gab dem Staatsanwalt eine Menge brauchbarer Informationen über das Geschäft mit Kinderpornos. Zumindest hat man's mir so erzählt. Er wurde für schuldunfähig oder so befunden. Er kam nie vor Gericht. Er kam für ein Jahr in irgendeine Klinik und sollte danach ambulante Therapie bekommen. Er spricht nicht darüber, wie er Kinder schändet, aber er spricht über sein militärisches Können und daß er erwartet, sich als Söldner zu verdingen und in Afrika zu kämpfen.

Sein Name ist Martin Howard Wilson.«

9

Flood schien nichts mehr zu sagen zu haben. Mittlerweile war es in ihrer Wohnung so dunkel, daß ich nur noch ihre Umrisse sehen konnte, die Kontur ihres Haars und das Glitzern ihrer Augen. Sie muß geatmet haben, aber wenn man auf ihre Brust sah, merkte man nichts davon. Sie saß da wie ein Wartender, der aber ohne Erwartungen ist. Als wenn man im Knast sitzt und noch Jahre bis zur Bewährung hat.

Es gab eine Menge Informationen zu verdauen. Ich brauchte Zeit zum Nachdenken, deshalb sagte ich: »Sie haben gesagt, ich könnte Fragen stellen.« Sie nickte. Ich zündete eine weitere Zigarette an. Es war keine Nervosität – nach einem Adrenalinstoß, das ist meine spezielle Beschönigung für Angst, schmecken sie immer besser. »Ich muß wissen, *woher* Sie ein paar der Dinge wissen, die Sie gesagt haben.«

»Warum?«

»Weil ich nicht auf Informationen angewiesen sein will, die nichts taugen.«

»In Ordnung. Was soll ich Ihnen erzählen.«

»Sie haben gesagt, daß er ein Vietnam-Veteran war, daß er einen Kuhhandel mit dem Staatsanwalt gemacht hat, daß er in einer Klinik war und daß er sich als Söldner verdingen will, richtig?«

»Ja.«

»Gut, wer hat Ihnen das erzählt?«

»Eine der anderen Frauen in dieser Kirchengruppe. Sie

sagte, sie hätte Sadie gekannt, deswegen würde sie mir sagen, was sie wüßte.«

»Sie haben ihr geglaubt?«

»Ich wußte, daß sie mir die Wahrheit erzählt hat, weil ich ihr erklärte, ich würde wiederkommen, wenn sie's täte.«

»Das macht für mich keinen Sinn. Ich könnte verstehen, wenn Sie ihr erzählt hätten, Sie würden zurückkommen und sie treffen, wenn sie es *nicht* tut, aber–«

»Sie hat eine andere Seite von mir kennengelernt als Sie, Mr. Burke.«

»Sie meinen, sie hat Sie nie Schädel spalten sehen?«

»Ich meine, sie war eine Lesbe.«

»Und Sie?«

»Ich sagte, ich würde wiederkommen und sie treffen – ein Versprechen, das ich halte. Das ist das *einzige* Versprechen, das ich gemacht habe.«

»Aber vielleicht hat sie's nicht so gesehen.«

Flood zuckte die Achseln so leicht, daß sich ihre Brüste nicht einmal bewegten. »Ich weiß nicht, was sie gesehen hat. Manche Menschen sehen nicht mal den Hai im eigenen Swimmingpool.«

»Woher wußte die Frau von der Gerichtssache?«

»Die Mutter eines anderen Kindes – eines weiteren Kindes, das der Teufel vergewaltigt hat – wollte die Kirche wegen Fahrlässigkeit oder so verklagen. Sie heuerte einen Anwalt, und dieser Anwalt ließ die Sache untersuchen. Er bezahlte einen Detektiv, und der Detektiv bezahlte jemanden am Gericht, und sie trugen alles zusammen.«

»Der Anwalt hat einen Fall wie diesen auf Neese übernommen?«

»Auf Neese?«

»Ohne jedes Geld im voraus – wissen Sie, wie bei einer Gewinnbeteiligung, wo er nichts kriegt, wenn er nicht gewinnt – wie beim Steuerberater oder so.«

»Oh. Ja, offenbar hat er.«

»Da paßt was nicht. Ein Fall wie dieser ist vor Gericht furchtbar schwer zu beweisen. Abgesehen davon, daß sich diese Kirchen nie um eine anständige Versicherung kümmern. Gut, wenn's eine Erzdiözese gewesen . . .«

»Der Anwalt sagte bloß, er wollte dieser Frau helfen.« Flood zuckte wieder mit den Schultern, genauso, wie sie es zuvor getan hatte. Ich begriff allmählich, was es bedeutete.

»Also dachte dieser Kasper, er bekommt eine überaus dankbare Frau in die Finger?«

»Ja, ich glaube, das hat er.«

»Aber Sie haben das durch die Frau rausgefunden, die ihre Freundin war und es erzählt hat, weil sie Sie mochte.«

»Ja.«

»Und diese Frau und die Frau, die zu diesem Anwalt ging, sind gute Freundinnen?«

»Sehr gute Freundinnen.«

»Also wird der Anwalt mit der zweiten Frau nicht mehr Glück haben als die erste mit Ihnen?«

Flood gickelte. Es war zu kehlig, um ein Kichern zu sein, aber es war nah dran – und ihre Brüste bewegten sich, hüpften diesmal. Endlich sagte sie: »Ich glaube nicht.«

Ich seufzte. »Niemand ist ehrlich, hä?« Flood fing an, ein hartes, mißbilligendes Gesicht zu ziehen, malte sich aber aus, daß es das nicht wert war, und griff auf ein weiteres Achselzucken zurück.

»Okay, nehmen wir mal an, all diese Informationen stimmen. Haben Sie eine gute Beschreibung dieses Wilson? Ein Bild wäre gut.«

»Ich habe eine Beschreibung, aber keine allzu gute. Und ich habe keine Bilder. Ich weiß, daß sie Bilder gemacht haben müssen, als sie ihn festgenommen haben – ein Fahndungsbild, oder? Also dachte ich, Sie könnten vielleicht einen Abzug kriegen.«

»Könnte ich vielleicht, wenn die Staatsanwaltschaft sie nicht vernichtet hat.«

»Dürften die das?«

»Sicher. Aber sie würden's wahrscheinlich nicht tun, wenn er nicht in einer Maßnahme zum Schutz von Zeugen war. Wissen Sie, etwa wenn er den Bundesbehörden explosive Informationen gegeben hat und sie ihm dafür eine neue Identität, einen anderen Wohnsitz und all das. Aber es klingt nicht so, als würden sie es für diesen Typ tun. Er ist immer noch hier und versucht, sich bei einem Söldnertrupp einzuklinken, haben Sie gesagt?«

»Ja, deswegen bin ich zuerst zu Ihnen gekommen. Ich habe gehört, Sie wären Anwerber für eine dieser Söldnerarmeen, daß Leute, die nach Übersee und kämpfen wollen, zuerst bei Ihnen auftauchen müßten.«

»Wo haben Sie das gehört?«

»Da gibt's eine Bar in Jersey City, auf der anderen Seite des Flusses, ein echt irrer Laden. Sie sieht aus wie eine Fernfahrerkneipe irgendwo in West-Virginia oder so. Sie spielen vorne Country & Western-Musik, und ich weiß, daß sie in den Hinterzimmern allerlei seltsame Versammlungen haben.«

»Seltsame Versammlungen? Drogen-Deals, Waffen, oder was?«

»Nein – Ku-Klux-Klan oder die amerikanische Nazi-Partei.«

»Oh – die Art von seltsam.«

»Erschreckt Sie das?«

»Ja und nein«, sagte ich, und es war die Wahrheit. Die einzelnen Freaks schrecken mich nicht – das sind normalerweise beschränkte Hosenscheißer. Aber die Idee dahinter schreckt mich wie der Teufel. Es ist unnatürlich, Sie wissen schon, was ich meine. Freaks sollten unter sich bleiben – in möblierten Zimmern, mit ihren Bilderbüchern und ihren aufblasbaren Gummipuppen. Wir sind bös dran, wenn sie mit verdammten Interessengruppen anfangen.

»Aber ich hab früher mit ihnen Geschäfte gemacht. Ich kenne ein paar von ihnen.«

»Was für Geschäfte machen Sie mit solchen Leuten?«

»Rein professionell, nichts Persönliches«, sagte ich. Kam nicht in die Tüte, daß ich ihr von den echten Aufnahmen von Hitlerreden erzählte, die ich ihnen verkaufte. Echt teuer, exklusives Zeug, aus dem Bunker geschmuggelt, wo Adolf, das Arschloch, auf die letzte Löhnung wartete. Nur noch eine einzige davon auf der Welt, und die war (natürlich) in den Archiven einer westdeutschen Neonazi-Partei. Yeah, ich hatte dafür das beste Zeugnis von einem alten Nazi, der nach Argentinien entkommen war, wo er Söldner für einen Angriff auf Israel rekrutierte. Bei diesem besonderen Wagnis konnte ich keinen Ausschuß verkaufen, aber sie lechzten nach den Bändern und zahlten den üblichen Satz. Sie entschuldigten sich dafür, daß sie kein Deutsch verstanden (obwohl mir einer von ihnen erzählte, er lerne es durch eine Brieffreundschaft), aber sie sagten, sie hätten die genaue Übersetzung von Adolfs letzten Reden, die sie von einem anderen risikofreudigen Geschäftsmann erworben hätten. Zum Teufel – Jiddisch klingt sowieso stark nach Deutsch, und die sechs Stunden von Simon Wiesenthals Ansprache an die deutschen Massen bei einem Holocaust-Gedenktreffen kosten mich nur zwanzig Kröten. Ein bißchen Umspulen, ein paar markige Lettern, ein oder zwei Hakenkreuze, und ich machte mehr als zwei Riesen gut. Ich gab ihnen einen Diskontpreis, natürlich, weil sie schließlich wahrhaft Gläubige waren. Aber Flood würde nie begreifen, was ein Mann alles tun muß, um über die Runden zu kommen.

Sie schenkte mir ein Achselzucken. »Wie das professionelle Anwerbegeschäft, das Sie mit Söldnern treiben?« Vielleicht begriff sie doch.

»Yeah. Genau so. Was ist mit der Bar?«

»Ich ging da dreimal hin und hörte zu. Ihr Name fiel mehr als einmal.«

»Bloß wegen dem Söldner-Schwindel?« Es gab nichts mehr zu beschönigen.

»Ja, nichts anderes. Für diese Leute sind Sie eine ziemlich legendäre Person, Mr. Burke.«

»Yeah – für andere auch. Ich bin überrascht, daß Sie bei denen nicht Ihre berühmte Befragungstechnik angewendet haben, um mehr Informationen zu kriegen.«

Ein weiteres Zucken. »Ich schätze, bei einem hab ich. Er verriet mir, er hätte Ihre Telefonnummer im Auto. Ich ging mit ihm raus auf den Parkplatz, und er wollte mir dumm kommen.«

»Was ist passiert?«

»Ich ließ ihn dort.«

»Lebendig?«

»Gewiß lebte er – glauben Sie, ich laufe herum und ermorde Menschen?«

»Die Szene in der Gasse, als Sie den Jungen am Familienschmuck gepackt haben, dürfte mir eine Weile im Gedächtnis bleiben.«

»Warum?«

»Tja, ist nicht Ihre Alltagsbeschäftigung, wie? Hätten Sie dem Jungen wirklich den Schnitt verpaßt?«

»Das ist nicht wichtig. Wichtig war, daß die anderen begriffen, daß sie sich bewegen mußten, gehorchen mußten. Es nahm ihnen den Willen weiterzukämpfen.«

»Es hätte mir fast den Willen genommen, mein Essen zu behalten. Hätten Sie's echt getan?«

»Erinnern Sie sich dran, was der mit dem buschigen Haar gesagt hat, was er mit mir machen wollte? Glauben Sie, daß er mir bloß Angst einjagen wollte?«

»Er *wollte* Ihnen bloß Angst einjagen«, ich hielt inne,

rekonstruierte die Szene in der Gasse. »Aber er hätte es getan, das ist richtig.«

»Und ich hätte es auch getan – aber nur, weil ich damit gedroht habe, und das sind Versprechen, die man immer halten muß. Lieber hätte ich ihn einfach umgebracht.«

»Yeah, zum Teufel, ein paar Tote mehr dürften auch nicht viel ausmachen.«

»Warum versuchen Sie so sarkastisch zu klingen, Mr. Burke? Ich war bereit zu töten, um zu überleben, nicht zum Vergnügen. Sie haben dieses Gesocks getötet, bloß um zu töten. Die wären uns nicht hinterher.«

Das haute mich um. »Was? Ich hab niemanden getötet. Wovon, zum Teufel, reden Sie?«

»Die Leute, die wir in den Raum gesteckt haben – Sie haben Ihre Waffe so oft abgefeuert, genau auf sie. Sie müssen sie getötet haben.«

Und das brachte mich zum Lachen. Ich muß eine ganze Weile weitergelacht haben, denn das nächste, an das ich mich erinnere, war, wie Flood den unteren Teil meines Gesichts in einer Hand hielt und die andere gegen meinen Bauch preßte. Ich schaute zu ihr auf – sie war nur ein paar Zentimeter entfernt. Sie fragte: »Wieder okay?«, und ich ließ Puste ab und versuchte zu erklären.

»Ich hab bloß gelacht, weil . . . naja, is nicht wichtig. Aber ich hab in diesem Raum niemanden getötet. Die Pistole war mit einer Mischung gefüllt, die mir ein Freund zurechtgemacht hat. Schaun Sie«, sagte ich und zog die .22er und das übrige Magazin heraus. »Hier ist die Waffe, die ich benutzt habe, und hier sind die Kugeln.« Ich schnippte sie einzeln aus dem Magazin und zeigte ihr die winzigen Minileuchtkugeln, die Tränengas-Patronen und die vorn abgeplattete Munition mit dem Vogeldunst drin. Flood hörte mit leicht geöffnetem Mund konzentriert zu, als ich erklärte.

»Paß auf. Zuerst benutzt man ein paar Minileuchtkugeln,

damit es wirkt, als ob in dem Raum Raketen losgehen, dann des Sanges wegen etwas Vogeldunst, den sie für Schrapnells halten. Normalerweise schmeißen sie sich auf den Boden und brauchen all ihre Luft zum Anhalten oder zum Schreien. Dann feuerst du etwas Tränengas, um sie zum Würgen zu bringen, und dann noch ein bißchen Minileuchtkugeln und Vogeldunst, um sie unten zu halten. Es verwandelt jeden geschlossenen Raum in die reinste Hölle, aber alles passiert bloß im Kopf – man kann davon nicht sterben. Ich würde keinen so töten – das ist nicht mein Spiel. Mit dieser Waffe kann man sowieso niemanden töten, so wie sie geladen ist, nicht einmal, wenn man ihnen mitten ins Gesicht ballert.«

Flood befingerte vorsichtig die Patronen, dann lächelte sie. »Sie sind bloß ein friedliebender Mann, oder, Mr. Burke?«

»Bin ich. Ich muß 'ne Scheißangst haben, bevor ich jemanden töte – es lohnt sich nicht. Ich überlebe. Viel mehr will ich gar nicht.«

»War die andere Waffe auch mit diesem Zeug geladen?«

»Nein, mit .38er Specials – zwei Bauchbomben, zwei Hohlspitz und eine Hochdruckladung.«

Flood schenkte mir wieder jenes Gickeln. Vielleicht dachte sie, sie hätte mich durchschaut, aber ich war ihr Meilen voraus. Ich bemerkte, daß ihre Brüste nur hüpften, wenn sie gickelte, nicht wenn sie die Achseln zuckte – sehr einnehmend.

»Ich muß suchen gehen«, sagte ich.

»Ist es sicher für Sie?«

»Ich schätze schon. Aber erst brauche ich etwas Schlaf und ein paar Sachen aus meinem Büro – ein paar Anrufe machen – Sie wissen schon.«

»Ich weiß.« Flood schlängelte sich aus dieser verdammten Lotushaltung, so daß sie neben mir saß. Sie streckte diesen Todesbringer namens Hand aus und strich mir mit seinem Rücken über die Wange. Ich wußte, es war Zeit zu gehen.

10

Draußen vor Floods Studio war alles verlassen, nichts los in den Hallen. Ich drückte nach dem Frachtaufzug und lief zur Treppe, als ich hörte, wie er sich in Bewegung setzte. Checkte den Fahrstuhleingang, keiner da. Der Plymouth hockte unberührt, wo ich ihn gelassen hatte. Ich erwartete nichts anderes – jeder Doofe, der die Reifen abzunehmen versuchte, mußte rasierklingenfeste Handschuhe tragen, nur für Anfänger.

Ich war im Büro zurück, just als die Sonne über den Hudson kam. Ein paar einzelne Männer standen mit Angelzeug an den Piers und richteten sich für den Tag ein. Die Fische im Hudson geben nicht viel her, werden weder groß, noch haben sie leuchtende Farben. Aber die Jungs, die da unten fischen, erzählen mir, daß sie einen Höllenkampf liefern. Ich stellte mir vor, daß jeder Fisch, der im Hudson River überlebte, taff sein mußte wie ein Hund, der im Asyl aufwächst. Oder wie ein Kind, das beim Staat aufwächst.

Ich stellte den Wagen weg und nahm mir vor, ihm etwas kosmetische Chirurgie zukommen zu lassen, bevor ihn dieser Fall mit Flood zu auffällig machte. Ging hinauf, deaktivierte alles und sperrte mir auf. Pansy schenkte mir ein halbherziges Knurren, bloß um mir zu zeigen, daß sie im Dienst war, dann peste sie rüber und wedelte mit ihrem Stummelschwanz. Sogar ohne das Sicherheitssystem wußte ich, daß keine Besucher dagewesen waren. Pansy war aus demselben Holz wie mein alter Dobermann namens Devil geschnitzt, und niemand kam hier rein, ohne daß der Krieg ausbrach.

Das war einmal passiert, und es gab Blumberg die große Chance, sich wie ein echter Anwalt aufzuführen. Ich versteckte einen gewissen Herrn in meinem alten Apartment. Er teilte mir mit, daß Leute ihn suchten, aber er sagte nicht, daß diese Leute blaue Joppen und Abzeichen statt Büroanzügen trugen. Jedenfalls, während ich weg war und wieder ein paar Kisten zu richten versuchte, kamen die Cops und beschlossen, meinem Besitztum eine Vollmacht der Firma Smith & Wesson angedeihen zu lassen. Sie donnerten die Tür ein, und Devil schlug mitten zwischen ihnen ein. Mein Klient hatte mehr als reichlich Zeit, durchs hintere Fenster zu verschwinden, und Devil schnappte sich zwei der Cops, bevor sie klüger waren und sich zurückzogen und der Tierschutzverein eintraf. Diese Kasper verpaßten meiner Hündin eine Ladung Tranquilizer und karrten sie ins Asyl. Als ich endlich herausfand, was ablief, war sie bereits hinter Gittern und wartete auf Adoption oder Hinrichtung, was zuerst kam. Genau wie eine Masse Kids in den Waisenhäusern.

Der Tierschutzverein wollte sie mir zuerst nicht zurückgeben, sie sagten, der Schwerkriminalitätstrupp wolle sie zum Beweis behalten. Die Wichser – ich wußte, daß sie nie redete. Jedenfalls, als ich endlich bewies, daß der Dobermann wirklich meine Hündin war, teilten sie mir mit, sie würde bis zur Adoption festgehalten. Ich dachte mir, sie könnten das ernst gemeint haben, da sie ein viel zu edles Tier war, um einfach in die Gaskammer gesteckt zu werden, aber ich war nicht bereit, sie so leicht aufzugeben. Also suchte ich Blumberg auf.

Glücklicherweise war es da bereits später Nachmittag, und das Nachtgericht trat bald zusammen. Ich erklärte Blumberg den Vorfall, und er eröffnete seine gewohnt sensible Sondierung: »Burke, hast du das Geld, mein Junge?«

»Wieviel, Blumberg?«

»Tja, das ist eine größere Sache, mein Junge. Ich kenne keinen juristischen Präzedenzfall, der hierfür in Frage kommt. Wir müssen hier ein Gesetz *schaffen*, es bis vors Appellationsgericht bringen, vielleicht sogar in den Süddistrikt. Du und dein sauberer Hund, ihr habt verfassungsmäßige Rechte, und ohne Rechtsmittel gibt es keine Rechte. Und Rechtsmittel sind, wie du weißt, nicht billig.«

»Blumberg, ich hab 'nen glatten Hunni, basta. Nicht einen Groschen mehr. Und ich will eine Garantie, daß ich meine Hündin wiederkriege.«

»Bist du närrisch? Keine Garantie – das ist in meinem Beruf die Regel. Warum? Ich kann von der Kammer ausgeschlossen werden, wenn ich so was nur erwähne.«

»Du meinst, du bist nicht?«

»Das ist nicht lustig, Burke. Die Sache wurde fallengelassen. All die gegenstandslosen Anschuldigungen wegen Fehlverhaltens meinerseits sind aus den Akten getilgt worden.«

»Was is mit den Anschuldigungen, die nicht gegenstandslos waren?«

»Burke, wenn du mit deiner negativen Einstellung so weitermachst, können wir nicht ins Geschäft kommen.«

»Sam, komm schon, ich mein's ernst. Ich weiß, daß du der beste im ganzen Geschäft bist, wenn du bloß willst. Hier geht's nicht um irgendeinen Ganoven, der ein Jahr nach Riker's Island geht. Meine Hündin hat nichts getan – und diese Mistkerle vom Tierschutzverein sind fähig, sie zu vergasen, wenn ich sie nicht rauskriege.«

»Oh, ein Fall mit möglicher Todesstrafe, oder? Tja, normalerweise fordere ich siebeneinhalb für kapitale Fälle, aber angesichts des Umstands, daß du es bist, übernehme ich den Fall für die fünfhundert, die du geboten hast. Hast du sie bei dir?«

»Sam, ich sagte ein Hunni, nicht fünf. Ich verdopple –

mehr kann ich nicht. Hälfte voraus, Hälfte, wenn's vorbei ist.«

»Bist du vollkommen verrückt, mein Junge. Sei vernünftig. Wo bliebe ich, wenn ich zuließe, daß meine Klienten die halbe Gage zurückhalten, bis sie zufrieden sind?«

»Du wolltest für fünfzig Prozent deines üblichen Satzes arbeiten.«

»Ich bin gewillt, diesen Kommentar angesichts der Tatsache, daß du offensichtlich wegen des möglichen Verlusts deines geliebten Schoßtiers gramgebeugt bist, zu ignorieren. Und, mein Junge, wie es so passiert, hast du Glück. Richter Seymore hat heute nacht den Vorsitz, weil sie ihren Terminplan so bepackt haben. Da er Richter am Obersten Gerichtshof ist, werden wir nicht bis morgen früh warten müssen, um deinen Antrag auf Haftverschonung einzubringen.«

Und es lief, wie Blumberg sagte. Er war zu gewitzt, um zu versuchen, den Fall auf die Tagesordnung zu setzen, da das Nachtgericht nur zu Anklageerhebungen dient; also wartete er, bis er in einem Fall von Ladendiebstahl vor dem Richter war. Bevor der arme Mandant überhaupt wußte, wer sein Anwalt war, hatten Blumberg, der Staatsanwalt und der Richter den Fall geschwind in Ungebührliches Betragen abgewandelt. Den Mandanten traf eine Fünfzig-Dollar-Geldbuße und eine bedingte Verfahrenseinstellung, und er wurde rüber zur Protokollführerbank geführt, während er Blumberg immer noch dafür zu danken versuchte, daß er ihn vor den zehn Jahren Haft gerettet hatte, die ihm der fette Mann als durchaus im Bereich des Möglichen liegend garantiert hatte. Dann zog Blumberg seine Weste über den ausladenden Bauch, räusperte sich mit derartiger Autorität, daß das gesamte Gericht verstummte, und widmete sich dem Richter mit tönendem Bariton:

»Euer Ehren, an diesem Punkt habe ich im Namen meines

Klienten, der im Augenblick eingekerkert ist und die Hinrichtung erwartet, einen außerordentlichen Antrag zu stellen.«

Der Richter wirkte verwirrt. Seine Kumpel drüben am Obersten Gericht hatten ihm alles verraten, was bei der Nachtanklage geschehen konnte, aber nichts hatte ihn auf dies hier vorbereitet. Er blickte scharf zu Blumberg auf, und mit einer Stimme, die eine Mischung aus purer Verachtung und Einschüchterungsversuch sein sollte, sagte er: »Herr Verteidiger, sicher ist Ihnen klar, daß dieses Haus nicht das passende Forum für eine solche Angelegenheit ist.«

Blumberg ließ sich nicht abschrecken. »Euer Ehren, wenn das Haus gestattet. Euer Ehren sind Richter am Obersten Gericht und, so ich das hinzufügen darf, ein äußerst einflußreicher Rechtskundiger. In der Tat weiß ich aus persönlicher Erfahrung, daß Euer Ehren grundsätzliche Rechtsmeinung viele Jahre lang verbindlicher Lehrstoff für Rechtsstudenten war. Als bestallter Richter am Obersten Gericht verfügen Euer Ehren über die Jurisdiktion bei schlüssig dargelegten außerordentlichen Eingaben, und Euer Ehren sollten sich bewußt sein, daß diese Angelegenheit von äußerst dringlicher Brisanz ist, ist doch, und das mit Gewißheit, das Leben meines Klienten überaus bedroht.«

Der Richter versuchte einzuschreiten und sagte: »Herr Verteidiger, wenn Sie gestatten«, aber ebensogut hätte er versuchen können, eine hungrige Ratte mit Käse fernzuhalten. Blumberg wischte die schwachen Versuche des Richters, seinen rhetorischen Lavafluß zu stoppen, beiseite und knallte ihm gleichzeitig sein Meisterstück vor.

»Euer Ehren, wenn das Haus gestattet. Ein Leben ist ein heilig Ding – man trampelt nicht darauf herum oder befindet es für gering. Das Vertrauen der Öffentlichkeit in das Rechtssystem muß mit aller Wachsamkeit geschützt werden, und wer wäre besser für die Rolle des Beschützers geeignet als ein Richter des Obersten Gerichtshofes? Euer Ehren, mein Klient gewärtigt den *Tod* – einen grausamen und schändlichen Tod durch die Hände von Vertretern des Staates. Mein Klient hat nicht gefehlt, und doch kann mein Klient in eben dieser Nacht sterben, falls Euer Ehren mein Plädoyer nicht hören. Die Herren Pressevertreter« – hier wies Blumberg mit einem Handschwung auf den einsamen Hofberichterstatter der *Daily News*, als ob der arme Junge eine ganze Galerie beflissener Schreiberlinge darstellte – »befragten mich zu dieser Sache, bevor ich den erlauchten Gerichtssaal betrat, und selbst so abgehärtete Männer wie sie wunderten sich, wie eine Sache wie eine überstürzte Exekution ohne Verfahren eigentlich in diesen, unseren Vereinigten Staaten stattfinden könne. Euer Ehren, dies ist Amerika, nicht der Iran!« Hierauf begann sich die ausgefranste Ansammlung von Krücken, Versagern und Lumpenproletariern zu rühren, und ihr gedämpftes Brummen möbelte Blumberg auf wie eine Bluttransfusion. »Selbst der gemeinste Schurke hat Anspruch auf ein entsprechendes Verfahren – selbst der Ärmste unter uns hat Anspruch auf den Tag des Gerichts. Wenn Euer Ehren mir nur erlauben möchten, die Fakten in diesem Fall darzulegen, so bin ich gewiß, daß Euer Ehren genauestens sehen –«

»Herr Verteidiger, *Herr Verteidiger, bitte.* Mir fehlt noch das Verständnis dafür, wovon Sie reden, und, wie Sie wohl wissen, ist unsere Tagesordnung heute abend sehr umfangreich. Aber im Interesse der Justiz und auf Ihre Einlassung hin, daß Sie sich kurz fassen werden, werde ich Ihren Antrag hören.«

Blumberg fuhr mit der Hand durch das, was von seinem räudigen Haar übrig war, holte tief Atem, hielt inne, um sich zu vergewissern, daß jedes Auge und Ohr auf ihn konzentriert war, und prellte dann vor. »Euer Ehren, letzte Nacht wurde der Grund und Boden, auf dem mein Klient arbeitet, von bewaffneten Polizeibeamten heimgesucht. Diese Beamten waren *nicht* mit Schriftstücken ausgestattet; sie waren *nicht* mit Verdachtsmomenten ausgestattet; sie waren *nicht* mit einer Rechtfertigung ihrer Tat ausgestattet. Aber sie *waren* mit tödlichen Waffen ausgestattet, Euer Ehren. Die Tür wurde eingetreten – mein Klient wurde gewaltsam physisch angegriffen – und als er kühn einer unrechtmäßigen Festnahme zu widerstehen suchte, rief die Polizei zusätzliche Kräfte herbei und schoß brutal mit einem sogenannten Betäubungsgewehr auf meinen Klienten, womit sie ihn fühllos und zum Widerstand unfähig machte. Dann wurde mein Klient die Treppe hinab und in einen Käfig gezerrt und wird nun gegen seinen Willen festgehalten. Man teilte mir mit, daß mein Klient standrechtlich exekutiert wird, möglicherweise in eben dieser Nacht, wenn dieses Haus nicht interveniert und eine Tragödie verhindert.«

»Mr. Blumberg, Sie bringen hier eine erschreckende Anklage vor. Ich weiß von keinem derartigen Vorfall. Wie lautet der Name Ihres Klienten?«

»Der Name meines Klienten lautet ... äh, der Name meines Klienten lautet Dobermann, Euer Ehren.«

»Dobermann, Dobermann. Was ist ... wie lautet der Vorname Ihres Klienten, wenn Sie gestatten?«

»Nun, Euer Ehren, tatsächlich ist mir zu diesem Zeitpunkt der volle Name meines Klienten nicht geläufig. Jedoch ist meines Klienten Besitzer im Saal«, er gestikulierte rüber zu mir, »und wird mit dieser Information dienen.«

»Ihres Klienten *Besitzer*? Herr Verteidiger, falls Sie das für einen Scherz halten –«

»Ich versichere Sie, daß es kein Scherz ist, Euer Ehren. Vielleicht haben Sie in den Spätzeitungen über den Fall gelesen?«

Plötzlich dämmerte ihm ein Licht. »Herr Verteidiger, beziehen Sie sich etwa auf die Bemühungen der Polizei, heute am frühen Abend an der Lower East Side einen flüchtigen Gesetzesbrecher zu stellen?«

»Exakt und präzise, Euer Ehren.«

»Aber ich las, daß der Flüchtige entkam.«

»Ja, Euer Ehren, der *Flüchtige* entkam – aber nicht mein Klient. Und mein Klient wird ohne eigenes Verschulden beim Tierschutzverein festgehalten und wird hingerichtet werden, wenn er seinem rechtmäßigen Besitzer nicht zurückgegeben werden kann.«

»Mr. Blumberg! Wollen Sie sagen, daß Ihr Klient ein *Hund* ist? Sie dringen in meinen Gerichtssaal mit einer Habeas-Corpus-Verfügung für einen *Hund* ein?«

»Euer Ehren, bei aller gebührenden Achtung, ich ziehe es vor, diesen außerordentlichen Antrag in Anbetracht der einzigartigen Natur meines Klienten hierbei als eine Verfügung nach Habeas canis zu bezeichnen.«

»Habeas *canis*. Herr Verteidiger, dieses Gericht gibt sich nicht als Gegenstand des verdrehten Sinns für Humor eines einzelnen Anwaltes her. Verstehen Sie das?«

»Euer Ehren, bei aller gebührenden Achtung, ich verstehe das vollkommen. Aber hätte ich die langen Wege des herkömmlichen zivilen Rechts zu beschreiten, ich hätte keinen Zweifel, daß mein Klient verblichen wäre, noch bevor ich auf die Tagesordnung kommen könnte. Euer Ehren, unabhängig davon, wie wir ein Gericht *nennen*, sei es eine Strafkammer, der Oberste Gerichtshof, ein Nachlaßgericht oder Familiengericht, es sind alles Kammern von Recht und Gesetz. Sie sind Foren, durch welche wir als Volk unser Recht auf Gerechtigkeit ausüben. Mein Klient mag ein Hund sein – und ich kann freimütig sagen, daß ich als solche von diesem Haus bezeichnete Individuen vor eben diesem Gericht vertreten habe, selbst wenn sie sowohl Vor- als *auch* Familiennamen besaßen – aber mein Klient ist dennoch ein lebendes Wesen. Ist nicht das Leben an sich gesegnet und heilig? Kann ein Anwalt, den man gebeten hat, das Leben eines geliebten Haustieres zu schützen, sich deswegen verweigern, weil ein paar verfahrensmäßige Feinheiten im Wege stehen?«

Inzwischen ritt Blumberg auf den Grundfesten des überfüllten Gerichtssaals – Menschen, die normalerweise nicht mal zwinkern würden wegen irgendwelcher in Krematorien geschmissener Babys, ereiferten sich über diesen Fall von Tiermißhandlung. In der seltenen Position, einen populären Fall zu vertreten, prellte der fette Anwalt vor. »Euer Ehren, an diesem Punkt muß ich sagen, daß ich lieber ein Hund in Amerika wäre als einer jener sogenannten Bürger in Ländern, die sich nicht unserer Freiheiten und Grundrechte erfreuen. Mein Klient hier ist nicht der erste Klient, den ich vertrete und der die Verfahrensweisen dieses Hauses nicht kennt, und er wird nicht der letzte sein. Mein Klient hat seine Pflicht getan. Er gab sein Letztes für seinen Besitzer – muß er auch sein Leben geben? Mein Klient ist jung, Euer Ehren. Falls er einen Fehler beging, so war der Fehler ehrenwerter Natur. Wie hätte er wissen sollen, daß die Menschen, die seines Meisters Tür zertrümmerten, rechtmäßige Bedienstete der Polizei waren? Vielleicht hielt er sie für Einbrecher oder bewaffnete Räuber oder irrgekiffte Wahnsinnige. Es gibt gewiß genug von *diesen* Leuten in unserer schönen Stadt. Euer Ehren, ich bitte Euch, schont meines Klienten Leben. Laßt ihn noch einmal im Sonnenschein herumtollen, seinen erwählten Beruf ausüben, vielleicht Nachkommen zeugen, die den stolzen Namen Dobermann fortführen werden. Ein Leben ist heilig, Euer Ehren, und kein Mensch sollte leichtfertig über eines verfügen. Das, Euer Ehren, so unterbreite ich in aller Ehrfurcht, ist Sache des Allmächtigen, und Seine allein. Ich bitte dieses Haus, lassen Sie meinen Klienten frei!«

Bis dahin weinte Blumberg regelrecht, und die Zuschauermenge war klar auf seiner Seite – selbst der Gerichtsbediensteten stets gegenwärtiges Hohnlächeln war Blicken voller Mitleid für ein vom Auslöschen bedrohtes junges Leben gewichen. Der Richter versuchte es noch einmal, wußte aber, daß er zum Scheitern verdammt war. »Herr Verteidiger, können Sie zur Unterstreichung Ihrer Argumente einen einzigen Präzedenzfall zitieren?«

»Euer Ehren«, klinkte sich Blumberg aus, »einem jeden Hund gebührt sein Tag!« Und er kriegte die vielleicht ersten stehenden Ovationen, die im New Yorker Nachtgericht je gegeben wurden.

Der Richter zitierte mich zum Tisch, vergewisserte sich, daß ich der Hundebesitzer war, und nahm uns alle nach hinten in sein Zimmer. Er machte einen raschen Anruf beim Tierschutzverein, informierte einen durch und durch eingeschüchterten Wärter über die mögliche Straffälligkeit, der sie sich gegenübersahen, falls sie meinen Hund töteten. Bloß um sicherzugehen, tippte ich einen Entlassungsschein auf bedrucktem Amtspapier vom Schreibtisch der Sekretärin, während dem Richter von Blumberg zu seiner juristischen Weisheit gratuliert wurde. Ich holte meinen Hund ab und nahm ihn zum Maulwurf auf den Schrottplatz, wo er sich dem Rudel anschließen konnte. Niemand kennt den Namen auf des Maulwurfs Geburtsurkunde, aber er lebt unter der Erde, und er ist verläßlich wie der Tod. Ich hörte später, daß Blumberg zig Fälle aus der Galerie einsammelte, während ich weg war. Die meisten Typen haben nicht mal den Schneid, aufs Eingemachte zurückzugreifen, wenn sie es müssen, aber Blumberg hatte tatsächlich etwas drauf, wenn er es tat.

Während des Dobermanns Nachfolgerin ihr Hausdach abstöberte, hob ich an, die Vorbereitungen für die kommende Jagd zu treffen.

11

Der erste Knackpunkt war die Identifizierung. Falls Wilson wirklich ein Vietnam-Veteran war, mußte er um den Krabbelsack voller Spezereien wissen, die Uncle Sam im Angebot hat. Wenn er zum Beispiel auf regulärer Basis von der VA abzockte, mußte er seinen richtigen Namen verwenden. Und dieser Name würde mit einer Adresse irgendwo in den Regierungs-Computern zusammenhängen. Ich kannte einen Kerl, der sich lange Zeit auf diese Sparte spezialisiert hatte – ein Computerhexer, der einfach gern mit Tastaturen und Telefonen spielte. Es war derselbe Typ, der die Maus auf die Idee mit dem großen Sozialversicherungsschwindel brachte (der, meiner jüngsten Post nach zu urteilen, offensichtlich noch immer funktionierte). Unglücklicherweise würde es härter werden, den Kerl zu finden als Wilson. Er hatte mir über die Jahre jede Menge Gefallen getan; als er also zu mir kam, damit ich ihm untertauchen half, zeigte ich ihm, wie das Spiel funktionierte, und er verschwand. Er hätte damit zufrieden sein sollen, regelmäßig seine kleinen Gewinne einzustreichen, aber er redete zuviel. Einer der Mobsters hörte zufällig mit, als er in einer Singles-Bar prahlte, wie er Zugang zu jedem Regierungs-Computer kriegen könnte, und machte sich an ihn ran, um ins Programm zum Schutz von Zeugen reinzukommen. Der Mobster wollte die neuen Identitäten einiger Informanten rausfinden, die von der Regierung umgesiedelt worden waren. Es funktionierte perfekt, aber als die Leute überall das Zeitliche segneten (vor allem in Kalifornien – aus irgendeinem Grund müssen alle Ganoven, die auf Umsiedlung setzen, den Heiligen Strand probieren), beschloß mein Freund von der Bühne abzutreten. Der Mob machte auf der Suche nach ihm so viel Lärm, daß sie die Bundesjungs aufscheuchten – kann auch sein, um der Ironie den letzten Pfiff zu geben, daß einer der Mob-Jungs, der meinen Freund um Information anging, selbst ein Singvogel war. Wer weiß?

Da der Typ ein Freund war, schickte ich ihn nicht auf die Rhodesien-Tour, sondern empfahl ihm statt dessen Irland. Die haben keinen Auslieferungsvertrag mit den USA, und wenn er den Kopf unten hielt, hatte er seine Ruhe. Israel ist auch eine gute Wahl, zumal mein Freund solch bemerkenswerte Fähigkeiten hatte, aber die Menschen dort sind zu ernsthaft, und ich glaube nicht, daß sie seinen Unsinn toleriert hätten. Der Kerl hatte schlechte Angewohnheiten und keinen echten Überlebenstrieb, soweit es ihn selbst anging. Im Kreuzfeuer zwischen dem Bedürfnis, mit den falschen Leuten zu reden, also mit Leuten *überhaupt*, und dem Bedürfnis nach Computer-Spielzeug und Telefonen hätte er's wahrscheinlich nicht lange gemacht.

Ich verkaufe eine Masse Ausweise, meistens an Kasper, die die Möglichkeit zum Untertauchen wollen, es aber nie tun werden. Das Zeug schaut ziemlich gut aus – alles, was man braucht, sind ein paar einwandfreie staatliche Blankos, wie beispielsweise für Führerscheine, und die richtige Schreibmaschine. IBM stellt ein spezielles Typenteil her – eines dieser Dinger, die wie ziselierte Golfbälle aussehen –, entwickelt für Computer-Lesbarkeit. Man nennt es ein OCR-Element, und Sie können es nicht einfach im Laden kaufen, aber das ist für Leute, die vom Stehlen leben, von eher geringem Abschreckungswert. Ich habe einen kompletten Satz im Büro. Eine weiße Leinwand, eine Polaroid 180 mit Schwarzweißfilm, ein paar staatliche Blankos, und ich setze

Sie in weniger als einer halben Stunde hinters Steuer. Ich verkaufe auch Armee-Entlassungspapiere, Wehrpässe (obwohl damit kein großes Geschäft mehr zu machen ist), Sozialversicherungskarten, Heiratsurkunden und eine Vielzahl von Waffenscheinen.

Aber nichts von diesem Müll taugt wirklich was. Die einzig richtige Methode (und die Methode, die ich meinem computersüchtigen Freund verpaßte) ist die, einfach jemanden zu finden, der kurz nach der Geburt gestorben ist und der in Alter und Rasse der Person ähnelt, die man ausstaffieren will. Dann fordert man das Duplikat einer Geburtsurkunde im Namen besagter Person an, was wiederum *dein* Name wird, wenn sie ausgestellt ist. Dieses völlig legitimierte Stück Papier öffnet einem die Türen zu allem übrigen – Führerschein, Sozialversicherungskarte, was man will. Und dieses Papier ist absolut sauber. Um zum Beispiel einen Paß zu kriegen, muß man lediglich eine Geburtsurkunde vorlegen, die man auf dem Gesundheitsamt für ein paar Kröten beglaubigt kriegt, und einen Führerschein oder etwas ähnliches.

Als letzten Pfiff heuert man irgendeinen örtlichen Anwalt und erklärt ihm, man möchte aus beruflichen Gründen seinen Namen ändern, so, als wenn man Schauspieler oder etwas ebenso Nützliches werden will. Dann setzt man eine Anzeige in die Zeitung und verkündet der Welt, seine Gläubiger eingeschlossen, daß man seinen Namen ändern will. Die meisten Toten haben nicht allzu viele Gläubiger, vor allem die nicht, die sich schon ein paar Jahrzehnte oder so in diesem Zustande befinden. Wenn niemand aufkreuzt, die Namensänderung anzufechten, gibt einem das Gericht eine beglaubigte Genehmigung, und man kann seinen Namen legal auf allen anderen Dokumenten ändern. Das legt über das, was von Anfang an getürkt war, einen weiteren Dunstschleier, und es reicht mehr als aus, um immer einen Schritt voraus zu sein. Das ganze Paket kostet von Anfang bis Ende weniger als 500 Dollar. Ein guter Handel – für einen bloßen Paß zahlt man mehr als das Doppelte.

Als nächstes eröffnet man ein paar Girokonten. Dazu gehört nicht viel – die meisten Kreditkartenunternehmen geben ihre magischen Plastikstücke sogar an Sozialhilfeempfänger. Dann bezahlt man die Rechnungen, nicht ganz rechtzeitig, aber hinlänglich pünktlich. Wenn einen ein Cop anhält, gibt's nichts Besseres als die Goldene von American Express, damit er einen für einen ehrbaren Bürger hält, vor allem, wenn man außerhalb New Yorks ist.

Früher benutzten die Leute Postfächer zum Hinterlegen von Briefen, aber das ist heute aus der Mode. Jeder Amtsbote kriegt das Postamt dazu, die Privatanschrift von jemandem rauszurücken, der ein Postfach eröffnet hat, wenn er sagt, er hätte keine andere Möglichkeit, Gerichtsschreiben zuzustellen. Wie auch immer, alles, was irgend jemand tun muß, ist aufzupassen, wer zum Fach kommt, und ihm dann nach Hause zu folgen. Ich arbeite ein bißchen anders. Der Absender, den ich auf jeder Korrespondenz angebe, ist ein Postfach, in Ordnung, aber dorthin geht keine Post. Sobald ich das Fach eröffne (wobei ich einen anderen Namen und eine Adresse benutze, die, so sie existieren, irgendwo nach East River führen), lege ich eine Karte über eine Anschriftenänderung bei, was dazu führt, daß meine Post an einen Ort in Jersey City nachgesandt wird. Der Typ dort schickt sie weiter zu einem Lagerhaus, das Mama Wong gehört, obwohl ihr Name nicht auf dem Grundbrief auftaucht. Sie legen meine gesamte Post in den alten, wackligen Schreibtisch im Hinterraum, und Max der Stille holt sie alle paar Wochen oder so einmal ab. Dann gibt er sie mir oder Mama. Die Zustellung ist nicht die schnellste, aber ich krieg sowieso keine persönliche Post. Falls jemand beim Lagerhaus aufkreuzte und Fragen stellte, wurde er damit beschieden, daß die Post dort regelmäßig für mich ankam und daß sie sie ebenso regelmäßig just auf den Müll warfen. Falls der Auskunftheischende fragte, warum sie dem Postamt nicht mitteilten, daß ich nicht dort lebte, kriegte er entweder eine Masse gebrochenes Englisch, gespickt mit Kantonesisch, oder einen ungebrochenen Strom Feindseligkeit ab, je nach Haltung. Aber keine Information. Die Jungs, die dort arbeiten, würden niemals Mama Wong verpfeifen – es würde sich für sie nicht lohnen. Wie auch immer, Mama hat meine Adresse nicht.

Wilson konnte also ein Postfach benutzen, um seine VA-Schecks abzuholen, falls er welche kriegte. Das wäre die einfachste Art. So Sie glauben, die Regierung würde nicht zulassen, daß man Schecks über ein Postfach kriegt, liegen Sie falsch. Erstens kriegt in New York eine Menge Volk auf Stütze und Sozialhilfe seine Schecks über Postfach, weil in ihren eigenen Hausbriefkästen nach Meinung der örtlichen Junkies ein ständiger Tag der offenen Tür stattfindet. Zum zweiten will die VA nicht wissen, wer die Schecks kriegt – es würde sie bloß bedrücken. Man erinnere sich dieses Son-of-Sam-Freaks, der vor einiger Zeit all diese Frauen umbrachte, bevor die Cops über ihn stolperten. Tja, im Gefängnis ist ein Kontrakt auf ihn ausgesetzt, hörte ich. Nicht weil die Knackis Sexualtäter hassen – das gibt's nicht mehr –, sondern weil ein Reporter herausfand, daß er jeden Monat einen VA-Schwerversehrten-Scheck kriegte, während er zirka siebenmal Lebenslänglich absaß. Das ließ die Öffentlichkeit ausrasten, und eine spätere Ermittlung enthüllte, daß es buchstäblich Tausende von Gefangenen gab, die ihre Schecks kriegten, während sie saßen. Einige Knackis bemerkten den Mediendonner deswegen und gaben Son of Sam die Schuld daran, also gibt's eine Menge Feindseligkeit. (Sie sollten ihre Energie sparen, um den Bewährungsausschuß zu beschummeln – kein Politiker gedenkt dafür zu stimmen, eine Regierungsunterstützung zu streichen, nur weil der Empfänger eingesperrt ist. Das ginge der Volksseele zu nahe.)

Falls Wilson jedenfalls ein Fach zwischen dem unteren Manhattan und dem Village benutzte, konnte ich ihn früher oder später finden, wenn ich wußte, wie zum Teufel er aussah. Flood würde auch da keine große Hilfe sein. Halbherzig checkte ich meinen »Eingänge«-Ordner durch (über die Kandidaten für Söldnerhandwerk), aber keiner von ihnen hatte ein Bild beigefügt, und keiner von ihnen klang oder roch ausreichend nach meinem Mann, um mich glauben zu machen, wir fänden hier unser Glück.

Pansy trottete runter, während ich immer noch durch die Akten stieg, und ich stellte ihr irgendein Frühstück zusammen. Dann ging ich ans Telefon, checkte es, um sicherzugehen, daß die Hippies in meiner Abwesenheit keine Frühaufsteher geworden waren, und wählte die Nummer, die Flood mir gegeben hatte.

»Yoga-Schule.«

»Sind Sie es, Flood?«

»Ja, was ist los?«

»Ein paar Sachen – ich kann an diesem Telefon nicht lang reden. Wissen Sie, wo die öffentliche Bibliothek ist, an der Forty-second Street?«

»Ja.«

»Wir treffen uns da im Eingang, rechts außen, gegen zehn Uhr, morgen früh, okay? Die Tür zur Fifth Avenue, mit den Löwen?«

»Ich weiß, wo das ist.«

»Okay, hörn Sie zu, haben Sie ein Paar weiße Vinyl-Stiefel, wie sie Go-Go-Tänzerinnen tragen?«

»Burke! Sind Sie närrisch? Was sollte ich mit solchen Dingern wollen?«

»Zur Verkleidung.«

»Wovon reden Sie?«

»Ich erklär's, wenn ich Sie sehe. Um zehn, klar?«

»Ich konnte die Ungehaltenheit in ihrer Stimme beinahe hören, aber sie hielt sie unter Kontrolle und sagte bloß: »Klar.«

12

Nachdem ich mein Gespräch mit Flood beendet hatte, brachte ich einige Zeit damit zu, einfach mit Pansy an der offenen Hintertür zu sitzen, Richtung Fluß zu schauen und ihr den ganzen Schlamassel zu erklären. Ein Teil von mir wollte bloß bleiben, wo ich war, wo es sicher war. Aber dafür hatte ich schon zu viele Kiesel in den Teich geworfen. Wenn ich mich bloß nicht mit anderen Leuten eingelassen hätte – wenn ich bloß leben könnte wie der Maulwurf. Aber es ist nicht sonderlich gut, sich auf solche Gedanken einzulassen. Es macht einen närrisch. Schiß ist okay – närrisch ist gefährlich.

Manche Menschen kriegen so viel Schiß davor, Schiß zu haben, daß sie vor Schiß närrisch werden – ich sah in Haft eine Menge davon. Ich war grade mal zehn Jahre alt, als da dieser Hund war, den der Obermacker im Schlafraum hielt – ein Foxterrier namens Pepper. Er hielt Pepper wegen der Ratten vor Ort. Pepper war eine Klasse besser als irgendeine mistige Katze – er prügelte sich richtig gern mit einer knackigen Ratte, halb so groß wie er selbst – und er verstand sein Geschäft. Pepper tötete die Ratten einfach – er spielte nicht mit ihnen herum. Es war sein Job.

Ich hätte nie den Schneid gehabt, aus diesem Schuppen wegzulaufen, außer, Pepper ging mit mir. Ich landete am gleichen Dock wie jetzt auch. Dasitzen, Schiß vor allem auf der Welt zu haben, aber nicht vor den Wasserratten – dafür hatte ich Pepper bei mir. Ich blieb beinahe sechs Monate draußen, bis mich ein Cop auflas, weil er dachte, ich müßte zur Schule. Ich hätte abhauen können, aber ich wollte Pepper nicht verlassen.

Ich dachte, sie würden uns beide wieder in den gleichen Schuppen stecken, taten sie aber nicht. Sie steckten mich in ein Haus weiter oben – die Richterin sagte, ich sei unverbesserlich, und ich hätte keine Familie. Sie war eine nette Richterin, schätze ich. Sie fragte mich, ob ich etwas sagen wolle, und ich fragte sie, ob ich Pepper mitnehmen könne, und sie wirkte eine Minute lang etwas traurig – dann erklärte sie mir, daß es dort, wo sie mich hinschicken würden, einen anderen Hund gebe. Sie war eine Lügnerin, und ich habe seitdem keinem Richter oder Sozialarbeiter mehr getraut. Ich hoffte, sie würden Pepper irgendwohin stecken, wo es Ratten gab, damit er seine Arbeit tun konnte. Wo sie mich hinschickten, waren genug davon da.

Ich ging in den Nebenraum, nahm einen dunklen, konservativen Anzug, ein dunkelblaues Hemd und einen schwarzen Strickbinder. Ich versorgte Pansy für den Tag und ging zu den Docks, um Michelle zu finden. Diesmal dauerte es nicht lange – sie war in der hinteren Ecke des Hungry Heart, nippte an einem übel aussehenden Trank und aß ein blutiges Steak mit etwas Hüttenkäse. Ich ging mittendurch nach hinten, spürte die Blicke und versprühte meine geschäftsmännische Ausstrahlung, als wäre ich Michelles Verabredung. Keine Probleme – ich setzte mich hin, und ein Kellner erschien und schaute Michelle an, um zu sehen, ob ich Ärger machte. Sie streckte die Hand aus wie eine verdammte Gräfin, lächelte, und der Kellner zog ab. Niemand kam zum Essen hierher.

»Michelle, kannst du einen Anruf für mich erledigen?«

»Heute noch?«

»In ein paar Stunden.«

»Süßer, es ist allgemein bekannt, daß ich die besten Anrufe von ganz New York tätige. Aber ich fürchte, deiner hat nichts mit dem Liebesleben von jemandem zu tun, stimmt das?«

»Das stimmt.«

»Verrätst du mir mehr?«

»Wenn wir da sind«, sagte ich.

»So geheimnisvoll, Burke. Geht's um 'nen zahlenden Kunden?«

»Wieviel willst du?«

»Jetzt sei nicht so, Schätzchen. Ich bin *nicht* so. Sag's einfach, wenn du auf Spesen läufst. Wenn das eine Goldgrube für dich ist, sollte ich etwas für die Zeit kriegen, wo meine Goldgrube außer Dienst ist, ja?«

»Ja. Aber ich kann nicht bezahlen, was du wert bist.«

»Tun sie nie, Zuckerstück, tun sie nie.«

»Es ist ein bißchen *downtown* von hier, Michelle. Wir machen vorübergehend ein Büro auf – du weißt, was ich meine?«

»Doch nicht in dem verdammten Lagerhaus.«

»In dem Lagerhaus.«

»Und dazu gehört . . .?«

»Ich suche immer noch den Freak, von dem ich dir erzählt habe.«

Sie dachte darüber einen Moment oder so nach, dann langte sie rüber und tippte mir auf dem Arm. »Wir müssen an meinem Hotel halten, Burke.«

»Wie lange?«

»Bloß so lange, um meinen Make-up-Koffer und ein paar Kleider zu holen.«

»Michelle, dies ist nur ein Telefonjob, weißt du? Niemand wird dich *sehen*.«

»Süßer, *ich* werde mich sehen. Wenn ich gut klingen soll, muß ich mich gut fühlen. Und um mich gut zu fühlen, muß ich gut aussehen. So ist das nun mal.«

Ich grunzte ungehalten über die Verzögerung, wußte aber die ganze Zeit, daß sie recht hatte.

Michelle war ungerührt. Sie machte bloß große Augen, schaute mich an und sagte: »Schätzchen, du bist wegen dieser Arbeit zu mir gekommen – wenn de meine Pflaumen nicht magst, darfste meinen Baum nicht schütteln.«

Ich schaute sie bloß an – ich hatte zu Flood mehr oder weniger das gleiche gesagt, aber nicht so gut.

»Das ist wichtig«, sagte Michelle mit ernster, keinen Unsinn duldender Stimme. Und es gab nichts, was ich dazu sagen konnte. Wir wissen alle, was wir brauchen, um unsere Arbeit zu tun.

Sie war so gut, wie sie redete. Weniger als fünfzehn Minuten nachdem ich sie abgesetzt hatte, kam sie die Vordertreppe des Hotels heruntergetrippelt und trug einen jener riesigen Make-up-Koffer, wie sie Modelle benutzen. Ich hatte mit einer Zeitung über dem Gesicht im Auto gesessen – einer Zeitung, durch die ich mit einem Eisstößel, den ich immer im Auto habe, ein sauberes Loch gepiekt hatte. Das gab mir freie Sicht auf die Straße vor mir, und der Spiegel besorgte das gleiche nach hinten. Ich schaltete nie den Motor ab, aber der Plymouth schnurrte im Leerlauf so ruhig wie eine elektrische Schreibmaschine. Ich ließ den Gang drin und den Fuß auf der Bremse, aber die Bremslichter gingen nicht an. Sobald Michelle die Tür öffnete, hob ich den Fuß von der Bremse, und wir glitten davon wie Rauch im Nebel.

13

Max war nicht im Lagerhaus. Ich stellte den Wagen im Innern ab, und Michelle und ich gingen nach hinten, wo ich den Schreibtisch und die Telefone habe.

Während sie die Staffage wechselte, testete ich die Ausrüstung, die der Maulwurf für mich aufgebaut hatte. Sie war perfekt – das Werk des Maulwurfs ließ Mütterchen Post wie die verkommene Schnalle wirken, die sie ist.

Michelle kam wieder rein, entrümpelte den Schreibtisch für ihre Zwecke und begann, durch die losen Seiten des Buches zu blättern, das ich ihr gegeben hatte. Allein das verdammte Buch immer auf dem neuesten Stand zu haben kostete runde fünfhundert Kröten – es ist billiger, Militärgeheimnisse zu kaufen als Durchwahlnummern von Regierungsangestellten. Sie fand die Nummer, nach der sie suchte, und hämmerte sie in die Gerätschaft des Maulwurfs. Ich konnte es durch die Lautsprecherbox klingeln hören – beide Seiten des Gesprächs drangen laut und deutlich durch.

»Veterans Administration«, antwortete die gelangweilte Stimme am anderen Ende.

»Nebenanschluß Drei-sechs-sechs-vier bitte«, tönte Michelles Chefsekretärinnenstimme. Es summte viermal, bevor abgehoben wurde.

»Büro Mr. Leary«, antwortete eine flache Frauenstimme.

»Mr. Leary bitte – Stellvertretender Bundesanwalt Wayne möchte ihn sprechen«, sagte Michelle, diesmal mit abgehacktem Oberklassentonfall. Es war klar, daß von Leary, so er in der Nähe war, erwartet wurde, er möge seinen Arsch ans Telefon bewegen – pronto.

Eine Pause, dann eine Stimme: »Leary hier. Was kann ich ʿür Sie tun?«

»Mr. Wayne möchte Sie bitte sprechen«, sagte Michelle, hieb auf den Unterbrecherknopf und übergab mir mit einem Lächeln das Telefon. Ich nahm das Gerät, glättete die Stimme (all diese Karrierehechte gingen auf Eliteschulen) und eröffnete die Unterhaltung. »Mr. Leary? Gut, daß ich Sie erreicht habe. Mein Name ist Patrick Wayne, stellvertretender US-Bundesanwalt für den New Yorker Süddistrikt. Wir haben hier ein kleines Problem, bei dem Sie uns hoffentlich helfen können.«

»Tja ... mach ich, wenn ich kann. Sind Sie sicher, daß Sie mit mir sprechen wollten?«

»Ja, Sir – lassen Sie mich erklären. Wir sind an einer Person interessiert, die gegenwärtig Veteranenvergünstigung bezieht – und, offen gesagt, unser Interesse betrifft nur Betäubungsmittelhandel. Wir sind im Begriff, einen Sicherstellungsantrag über Ihre Auszahlungslisten vorzubereiten, damit wir festlegen können, inwieweit diese Person in der Lage ist, sich selbst zu versorgen.«

»Eine Sicherstellung ...«

»Ja, Sir. Sie würde Ihnen persönlich überstellt und sämtliche Bereiche Ihrer Zuständigkeit betreffen, gemäß ... aber lassen Sie mich erklären. Deswegen rufe ich Sie an. Die Sicherstellung – und das Zeugnis vor der Großen Kammer natürlich – würden sich erübrigen, falls wir uns Ihrer Mitarbeit versichern könnten.«

»Mitarbeit? Aber ich habe nichts –«

»*Natürlich* haben Sie nicht, Mr. Leary. Alles, was wir *tatsächlich* wollen, ist die Möglichkeit, mit dieser Person zu sprechen. Sehen Sie, wir haben erfahren, daß er keinen festen Wohnsitz hat – daß er die Veteranen-Verwaltung wegen seines monatlichen Schecks direkt angeht. Wir wollen von Ihnen nur, daß Sie diesen Scheck vorübergehend sperren, wenn er sich beim nächstenmal meldet, und unser Büro anrufen. Ein Tag Verzögerung wäre schon mehr als ausreichend. Dann, wenn er am nächsten Tag zurückkehrt, sind wir in der Lage, ihn aufzugreifen und mit ihm zu sprechen.«

»Und dann gäbe es keine Sicherstellung?«

»Nein, Sir – dazu bestünde keine Veranlassung.« Erst die Peitsche – dann das Zuckerbrot. »Natürlich bin ich mir bewußt, daß Sie daran nicht interessiert sind, aber es ist Politik unseres Amtes, jene, die uns wie Sie unterstützen, mit einer Belobigung seitens der Regierung auszuzeichnen. Falls Sie Bedenken wegen der Medien haben, könnten wir jede Publicity umgehen, aber unser Amt ist der Meinung, daß Sie irgendeine öffentliche Anerkennung bekommen sollten.«

»Oh, das ist nicht notwendig«, salbaderte der Bürokrat. »Ich tue nur meine Pflicht.«

»Und wir wissen das zu *schätzen,* Mr. Leary – seien Sie dessen versichert. Der Name unseres Mannes ist Martin Howard Wilson.«

»Wie ist seine Dienstnummer?«

»Sir, ich will offen mit Ihnen sein. Wir haben nur eine alte Nummer, und wir sind ziemlich sicher, daß er das Geld unter einer neuen bezieht. Wir nehmen an, Ihre Computer-«

»Tja, wir *sind* voll computerisiert. Aber es dauert eine Weile, nach nur einem Namen zu suchen.«

»Würde Ihnen die letzte bekannte Anschrift helfen?«

»Gewiß«, versetzte er, jetzt ganz offiziell im Dienst.

»Das wäre Sechs-null-neun West Thirty-seventh Street, aber wir wissen, daß er die Unterkunft schon lange verlassen hat.«

Ein pfiffiger Ton schlich sich in Learys Staatsdienerstimme, als er sagte: »Das können wir in ein paar Minuten überprüfen – kann ich zurückrufen?«

»Gewiß, Sir, notieren Sie unsere Nummer«, und ich gab sie ihm.

Damit sagten wir Auf Wiederhören. Ich rauchte noch ein paar Zigaretten, Michelle stopfte sich einen Kaugummistreifen in den Mund und wandte sich wieder ihrem verschmockten Liebesroman zu. Nach etwa fünfzehn Minuten summte das Telefon.

Michelle legte den Schalter um, pappte den Gummiklumpen am Gaumen fest. »Bundesstaatsanwaltschaft«, sagte sie mit gefälliger, energischer Empfangsdamenstimme.

»Kann ich bitte Mr. Patrick Wayne sprechen?« fragte Leary.

»Ich verbinde.« Michelle kippte den Schalter, zählte mit den Fingern leise bis zwanzig, kippte den Schalter wieder zurück und sagte mit ihrer vorigen Stimme: »Büro Mr. Wayne.«

»Kann ich bitte Mr. Wayne sprechen?« fragte Leary erneut.

»Wen darf ich bitte melden?«

»Mr. Leary, von der Veterans Administration.«

»Ich stelle sofort durch, Sir, er erwartet Ihren Anruf.« Sie kippte den Schalter und überreichte mir das Telefon.

»Hier Patrick Wayne.«

»Oh, Mr. Wayne. Leary hier. Von der VA?« sagte er, als hätte ich ihn bereits vergessen.

»Ja, Sir. Danke, daß Sie sich so rasch wieder melden.«

»Mr. Wayne, wir haben hier ein Problem.«

»Ein Problem?« fragte ich, die Stimme eine Spur schärfer.

»Nun, nicht *unbedingt* ein Problem. Aber Sie sagten, daß dieser Wilson sich seinen Scheck jeden Monat hier abholt. Doch unsere Akten zeigen, daß er an seinen Wohnsitz gesandt wird.«

»Seinen Wohnsitz …?« Ich versuchte meiner Stimme den Eifer nicht anmerken zu lassen. »Möglicherweise ist das ein anderer Wilson.«

»Nein, Sir«, versicherte der Bürokrat, jetzt auf vertrautem Terrain. »Es ist genau der Name, den Sie mir gaben, und auch die Anschrift ist die gleiche.«

»Sie meinen …«

»Genau. Martin Howard Wilsons Schecks werden ihm zugestellt über Nummer Sechs-null-neun West Thirty-seventh Street, Apartment Nummer vier, New York City, New York, Eins-null-null-eins-acht. Wie Sie wissen, ist er zu fünfundsiebzig Prozent arbeitsunfähig. Diese Anschrift wurde … lassen Sie mich sehen … für die letzten neun Schecks benutzt. Er muß den letzten erst vor ein paar Wochen erhalten haben.«

»Ich verstehe.« Und ich fing damit an – und verfluchte mich der eigenen Dummheit wegen, als ich verstand. »Tja, Sir, unsere Information ließ uns glauben, er hätte diesen Wohnsitz aufgegeben. Darf ich Sie um etwas bitten – sind Sie bereit, diesen Scheck einen Tag zurückzuhalten, falls er persönlich vorsprechen sollte. Sie schicken diese Schecks nicht an Nachsendeadressen, oder?«

»Natürlich nicht, Mr. Wayne. Im Gegenteil, auf dem Umschlag steht extra *Nicht Nachsenden*. Falls er verzogen ist, wird der Scheck zurückgesandt. Wir ändern die Anschrift nicht, bis wir vom Veteran selbst eine formelle Mitteilung bekommen.«

»In Ordnung, Sir. Nun einmal angenommen, der Scheck wurde zurückgesandt, könnte er dann nicht einfach zu Ihrer Behörde kommen und ihn abholen – vorausgesetzt natürlich, er kann sich entsprechend ausweisen?«

»Ja, das könnte er. Manche machen es so.«

»Nun, Sir – willigen Sie ein, den Scheck um einen Tag zurückzuhalten, *falls* er Ihnen zurückgesandt wurde? Wir wollen nicht mehr von Ihnen, als ihm zu sagen, er soll am nächsten Tag wiederkommen, und uns hier im Amt anzurufen. Würden Sie das für uns tun?«

»Tja, das ist 'n bißchen irregulär – könnte ich ihn nicht eine Weile hinhalten und Sie anrufen?«

»Gut, Sir, wir verlassen uns da ganz auf Ihren Rat. Aber wir wissen Ihre Mühe zu schätzen und nehmen an, daß die von Ihnen empfohlene Lösung mehr als befriedigend sein wird.«

»Ja, das wäre besser – ich meine, diese Kerle sind *gewohnt,* auf ihre Schecks zu warten, wissen Sie? Ein paar Stunden mehr machen nicht viel aus. Aber ein ganzer Tag ... tja, dazu bräuchte ich eine umfassende Genehmigung.«

»Wäre ein Brief mit einer offiziellen Bestätigung meiner Vorgesetzten für Sie von Nutzen, Sir?«

»Ja, Mr. Wayne. Das wäre bestens.«

»Sehr gut, ich schicke ihn Ihnen noch diese Woche zu. Sie wissen ja, wie es ist, wenn der Boss etwas unterschreiben soll.« Ich kicherte, eins-eins-eins.

»Wie *nicht*«, stimmte er zu, jetzt ganz im Vertrauen von Amtsschimmel zu Amtsschimmel.

»In Ordnung, Sir, belassen wir es dabei? Falls Wilson aufkreuzt, bevor unser Brief eintrifft, halten Sie ihn ein paar Stunden hin und benachrichtigen unverzüglich mein Büro. Und falls unser Brief vorher eintrifft, so bin ich sicher, daß Sie keine Schwierigkeiten haben werden, sich die Genehmigung zu beschaffen, den Scheck einen Tag zurückhalten zu dürfen.«

»Das wäre bestens, Mr. Wayne.«

»Sir, im Namen unseres Amtes danke ich für Ihre Unterstützung. Sie werden von uns hören.«

»Ich danke Ihnen, Mr. Wayne.«

»Ich danke *Ihnen,* Mr. Leary«, sagte ich und unterbrach.

14

Ich saß eine Minute da und verdaute den Tiefschlag, den ich meiner eigenen Dummheit verdankte. Da kommt irgendeine blonde Schlampe in mein Büro und erzählt mir, sie hätte einen mächtigen Freak aufgeschreckt, indem sie einem Hausverwalter in den Hintern trat, und ich glaube ihr aufs Wort. Es war, als wäre ich wieder im Knast – all die jungen Typen wollten wissen, wie das mit der Bewährung sei: Wie man mit dem Bewährungshelfer klarkommt, womit man noch mal davonkommt, wie gut sie einen überwachen ... lauter so Zeug. Und wen fragten sie? Natürlich, die einzigen Jungs, die drin bei uns alles über Bewährung wußten, waren die Patzer, die wegen Verstoßes gegen die Bewährungsauflagen wieder drin waren. Überall auf der Welt sorgen wir mittels wiederholter Fehler, gepaart mit massenhaft Erfahrung, für ständiges Durcheinander. Vielleicht hatte Wilson den Verwalter mit ein paar Kröten geschmiert und ihm gesagt, er sollte jedem, der vorbeischaute, erzählen, daß er vor ein paar Tagen ausgezogen sei. Aber vielleicht war er noch dort.

Ohne Rückendeckung durch Max wollte ich nichts mit einer Figur wie dieser zu schaffen haben, aber ich wußte nicht, wo er war, und ich hatte keine Zeit, ihn zu suchen. Ich sagte Michelle, sie solle ihre Sachen packen und sich dünnemachen. Falls Wilson noch da war, konnte er jede Minute aus der Tür gehen.

Es waren nur ein paar Kilometer bis zu der Adresse, die

mir die VA gegeben hatte, aber es waren ein paar Kilometer mitten durch die Stadt, und es war fast ein Uhr nachmittags. Michelle würde Mama anrufen und ihr auftragen, dafür zu sorgen, daß Max zu der Adresse an der Thirty-seventh Street, kam, aber ich wußte nicht, wann sie ihn erreichen würde. Max kann vieles, aber telefonieren kann er nicht.

Der Plymouth schnurrte dahin, fraß die Kilometer und bewegte sich durch die verstopften Straßen wie ein guter Taschendieb in Aktion. Vielleicht war Wilson die ganze Zeit da – saß in einem möblierten Zimmer, umgeben von Kinderporno-Magazinen und Fast-food-Kartons, und fühlte sich sicher. Oder vielleicht hatte die Adresse nie etwas getaugt – vielleicht hatte er genug Grips, eine Scheinadresse zu benutzen, oder er hatte einen Dauernachsendeantrag laufen. Oder vielleicht packte er gerade jetzt, während ich auf ihn zuhielt, seine Taschen. Zu viele Vielleichts, und keine Zeit, sie zu sortieren. Ich mußte alleine losschlagen – kein Max, keine Pansy. Ich mußte.

Der Plymouth rollte querbeet auf die Eleventh Avenue und vorbei an dem riesigen Baugelände, wo ein weiterer Multimillionär ein weiteres Gebäude für seine Brüder und Schwestern baute. Ich fand die Thirty-seventh Street und graste den Block nach einem Parkplatz ab – könnte sein, daß ich hier schnell abhauen mußte. Nichts. Zurück zur Thirty-eighth, der Parallelstraße, wo ich endlich eine Lücke fand.

Ich legte den Rückwärtsgang ein und wollte eben zurücksetzen, als ich eine Hupe trompeten hörte – irgendein mistiger Müllschipper wollte die Lücke für sich. Ich ignorierte ihn, aber der Dreckfink zwängte die Nase seines Eldorado vor mir in die Lücke. Patt – er paßte zwar nicht ganz rein, aber es reichte, um mich draußen zu halten. Rammen oder reden? Ich sprang aus dem Plymouth, als wollte ich durchdrehen und ihn zerpflücken, schnappte die Goldplakette in meiner Tasche, griff mit der anderen Hand den .38er. Ich rückte Richtung Eldorado vor – der Fahrer schloß die Scheiben per Knopfdruck, hockte da mit seinem Ludenhut, lächelte und zeigte mir einen Goldzahn mit einem Diamanten in der Mitte.

»Polizei! Schaffen Sie das scheiß Auto weg! Sofort!«

Dann machte ich halblang, während der Lude die Hände zu einer beruhigenden Geste hob und ohne ein weiteres Wort rausstieß. Meinerseits ein schlechter Zug – kann sein, daß ich damit zuviel Aufmerksamkeit auf den Plymouth gezogen hatte, aber er sah fast wie eine Zivilstreife aus, die der Mann in Midtown South benutzte. Ich stellte den Plymouth in die Lücke und drückte alle Knöpfe, nur für den Fall, daß der Lude zurückkommen und Dummheiten machen wollte. Es wäre keine gute Idee – ich hatte sein Kennzeichen.

Ich ging los. Der Block war um die Zeit tot – die Werktätigen waren unterwegs, die Diebe schliefen noch, und die Wohlfahrtsempfänger saßen vorm Fernsehen. Nummer 609 war an der Ecke, genau wie Flood gesagt hatte. Sechsstöckiger Mietbau, Ziegelfassade. Verglaste Holztür, unverschlossen, innen eine Reihe Briefkästen, die meisten ohne Namen – und ohne Summer. Die Innentür war verschlossen. Auf einer Klingel stand Verwaltung, also drückte ich drauf. Während ich auf eine Reaktion wartete, dachte ich nach, wie ich die Rolle weiterspielen sollte. Falls der Schuppen eher Mittelklasse war, mußte ich als Detective Burke von der New Yorker Polizei durchzukommen versuchen. Ich sah entsprechend aus, für ein Mittelklassehirn war ich richtig angezogen, und ich konnte auch so reden. Aber jeder Bewohner dieser Gegend würde sofort durchblicken.

Detectives arbeiten nie mehr allein – die Behörde läßt sie nicht. Und sie ziehen sich auch nicht so gut an wie ich, wenn sie nicht am Abkassieren sind – ich hatte die Doppelstrickverkleidung im heimischen Schrank gelassen, da gehörte sie hin. Wenn ich Zeit hätte, könnte ich einen der Möchtegern-

Cops mitnehmen – Sie wissen schon, einen der Marken-Freaks, die gern den echten Cop spielen. Er tritt irgendeinem Mistverein bei, kriegt eine Ehrenmarke und zieht unverzüglich los und kauft sich ein paar Handschellen und ein Blaulicht für sein Auto. Er hängt in den Bullenkneipen rum und redet, als wäre er im Fernsehen. Ich bin der Gründer und alleinige Nutznießer der Metro Detectives Association, bei der diese Versager im Dutzend eingeschrieben sind. Wir verlangen keinen Beitrag, da all unsere Leute bedeutende Arbeit als Gesetzeshüter leisten. Aber Sie wären verblüfft, wie viele wahlweise gerahmtes Zertifikat, Autoplakette, aufklappbaren Ausweis aus Plastik mit ihrem Bild und Goldmarke in besonderer Ledertasche erwerben – lauter so Zeug. Es kostet sie im Schnitt einen Riesen pro Mann. Sie erzählen einem der markenbehafteten Fehlgeschalteten, daß er ein besonderer »Hilfsbeamter« ist, und der kriegt sofort einen riesen Orgasmus, vielleicht zum erstenmal. Für mich kein schlechter Handel, aber diesmal, als ich einen brauchte, hatte ich keinen bei mir.

Ich klingelte – und wartete. Ich klingelte wieder – wahrscheinlich war sie ebenso hinüber wie meine Chancen, Wilson daheim zu treffen. Das Türschloß war zäh wie Hüttenkäse. In ein paar Sekunden war ich drin. Ich lief den Korridor entlang, schaute nach dem Verschlag, wo der Verwalter sein mußte. Wenn er von Wilson Geld zum Lügen nahm, würde er für Geld auch die Wahrheit sagen. Das Flurlicht war schummrig wie im U-Bahntunnel – über die Hälfte der Birnen fehlte.

Ich fand die richtige Tür, klopfte, ohne Erfolg. Ich haute wieder dagegen und legte das Ohr an die Tür. Nichts – kein Radio, kein Fernseher, keine Stimmen. In einer Bude wie dieser bemühten sie zum Kassieren der Miete nicht den Verwalter.

Ich war so schlau wie vorher. Ich konnte ein Münztelefon

suchen, von dem aus ich die Tür beobachten konnte, und Mama anrufen, damit sie Max rüberschickte. Aber warum den eigenen Ruf versauen?

Wo zum Teufel war Apartment 4? Vierter Stock? Viertes Apartment im zweiten Stock? Okay – sechs Stockwerke, angenommen vier Apartments auf jeder Etage, macht vierundzwanzig. Es gab keinen Aufzug. Ich fand die Haupttreppe, lauschte eine Sekunde. Nichts bewegte sich. Es roch schlecht – nicht gefährlich, bloß so, wie diese Gebäude nach vielen Jahren der Mißhandlung riechen. Auf dem Absatz zur zweiten Etage sah ich, daß ich recht hatte – zwei Apartments zur Rechten, zwei weitere zur Linken. Auf einem ehemals goldenen Türaufkleber erspähte ich die Nummer 3. Auf der anderen Seite die Ziffer 6, wieder auf einem Aufkleber, schwarze Ziffer auf goldenem Grund – große Klasse. Wenn die Nummern auf dieser Etage bis zur 6 durchliefen und es insgesamt vier Apartments waren, mußten die Nummern 1 und 2 unten sein. Also mußte Nummer 4 auf dieser Etage sein – genau neben der 3.

Ich legte mein Ohr an die Tür – nichts. Ich schlüpfte in meine Handschuhe und rüttelte leicht – immer noch nichts. Das Schloß knacken? Nein – erst das andere Apartment probieren. Nummer 3 war ebenfalls Fehlanzeige. Es war immer noch ruhig, als ich den Flur zu 5 und 6 durchmaß. Als ich die Hand zum Klopfen hob, hörte ich das Geräusch einer bloßen Hand auf Menschenfleisch und ein Brüllen – ich ging näher ran und hörte die Stimme eines jungen schwarzen Mannes, der in jenem abgehackten Gettogesäusel rappte, das die Bubis nach eigenem Gusto von ihren Mitmenschen abhebt. »Wer is dein Macker?« (Schlag) »Ich *versteh* nix, Sau« (Schlag). Das Gemurmel von jemand anderem. »Sau, ich blödle nich, hörste? Ich mein's ernst – verstehste?«

Weiteres Murmeln. Noch ein scharfer Schlag. Heulen.

»Du läufst von daheim fort, du nimmst dir ein anderes Zuhause, wie, alte Sau? Du hast jetzt 'nen *neuen* Macker, richtig?« Und noch ein paar Schläge. Ich wußte, was hinter der Tür war, und es war nicht Wilson. Ich lief zurück zu Nummer 4, zückte mein Werkzeug und bearbeitete das Schloß. Ich trat rein, als gehörte ich hin.

Ein Blick sagte mir, daß hier niemand hingehörte. Es war genau wie das Bild, das ich im Kopf hatte – eine zum Bett umgebaute Klappcouch mit gräulich verfleckten Laken, ein runder, wachstuchbezogener Tisch in einer Ecke, zwei Polsterstühle mit zerrissenem Sitz, überall Fast-food-Kartons. In einer Ecke lag ein muffiger Pack Magazine – *Nymphen-Spiele, Lolitas Lollipops* – so ähnlich. Nichts im Kleiderschrank, aber etwas schmutzige Baumwollunterwäsche in die Ecke geschmissen.

An eine Wand gepinnt war Cobras Collage gesellschaftlich akzeptabler Pornos – Reklame für Bluejeans, wo kleine Mädchen ihre kleinen Hintern in die Kamera steckten, Unterwäschereklame aus Katalogen, wo Kinder ihr unentwickeltes Zeug für die Fotografen reckten. Einige Bilder waren ausgeschnitten – vielleicht waren auch ein paar Erwachsene auf der Reklame, und die Cobra hatte sich durch deren Eindringen in seine madige Phantasie angegriffen gefühlt.

An der Badezimmerwand war eines dieser Druckpunkt-Poster eines menschlichen Körpers, die die richtigen Stellen zeigen, wenn man mit einem einzigen Hieb töten will. Da war eine versiffte Wanne, keine Dusche – eine Rasierkremdose war alles, was noch in dem Medizinschränkchen über dem Becken war. Die vergipste Wand schwitzte in der Hitze der Heizkörper – er mußte vor kürzester Zeit ausgeflogen sein, sonst wäre der Verwalter oben gewesen und hätte sie abgedreht.

Ich schob mich durch die Cobra-Höhle, aber es brachte nichts – er war weg, und er würde nicht wiederkommen.

Flood hatte ihn irgendwie aufgeschreckt, und er war auf der Flucht. Ich checkte erneut das ganze Apartment und verfluchte mich selbst – wenn ich bloß auf meine eigene Erfahrung vertraut hätte statt auf die verdammte Blonde, hätte ich ihn vielleicht schon auf dem Tablett. Zeitverschwendung – es verriet mir nichts, das ich nicht schon wußte.

Ich ging durch der Cobra Tür in den Hausflur und zog die Tür just hinter mir ins Schloß, als der Zuhälter aus Nummer 6 durch die Halle ging, vor sich her schob er ein junges Mädchen. Ich kriegte bloß einen raschen Blick, als ich vortrat – ein dürres Mädchen, vielleicht dreizehn Jahre alt, das einen knöchellangen Maximantel offen trug, um winzige weiße Hotpants und ein rotes Top vorzuzeigen, dicke Sohlen, hohe Absätze – das Gesicht steckte hinter einer dicken Maske aus Make-up. Auch der Lude trug einen Maximantel, seiner aus Kunstleopard. Er hatte einen Safarihut mit einem Leopardenband – ich fing das gläserne Blinken eines falschen Diamanten an seiner Hand auf. Der Lude erhaschte meinen Blick und schaute dann rasch weg, aber es war zu spät – da war ich schon über ihnen. Der Louis brüllte: »Hey, Mann!«, aber ich hatte den kleinen CN-Gaszylinder in der Hand und blies ihm mitten ins Gesicht. Ich konnte sehen, wie sich das Gas auf der Haut genau zwischen seinen Augen verflüssigte.

»Hey, Mister – hey, *bitte,* Mann, ich hab nix gewußt, Mann. Ich hab gedacht, sie wär alt genug, wissen Sie? Hey, Mann – ich wußte nix.« Er schrie und bekrallte gleichzeitig sein Gesicht.

Der Gaszylinder plumpste wieder in die Tasche, und ich griff mir zwei Faustvoll vom schmierigen Mantel des Luden, riß ihn auf die Füße und zurück in sein Apartment. Er versuchte sich an die Wand zu lehnen, aber ein Knie in die Hoden warf ihn vornüber. Während er zu Boden glitt, donnerte ich ihm den Unterarm von der Seite quer ins Gesicht.

Ich sank auf ein Knie und hielt mit einer Hand noch immer seinen Mantel. »Verfluchte *Ratte*. Du weißt, wer zum Arsch das ist?« und zeigte auf das Mädchen, das sich in eine Ecke drückte und mit großen Augen zuschaute. »Das ist die Tochter von Herrn S., du Arsch.«

Und dann begriff er, daß dies mehr als eine staatlich sanktionierte Notzüchtigung war – vor diesem Gericht ging's um sein Leben, und der Richter war mit den Bürgerrechten nicht sonderlich vertraut. Er schaute nach einem Ausweg, versuchte zu sprechen, aber nichts kam raus. Ich lehnte mich runter, so daß ich dicht an seinem Gesicht war, schnappte mit der Hand die Rolle Groschen, die ich immer im Mantel habe, meine Stimme war ein heiseres Knastgeflüster: »Geh heim nach Alabama, Nigger. Laß dich nie mehr in deinem Leben blicken, verstehst du? Wenn ich dich noch mal sehe, kriegt Mr. S. dein scheiß Gesicht in 'ner Papiertüte. Kapiert?«, und unterstrich jede der nicht zu beantwortenden Fragen mit einem Hieb in seine Seite, bis ich eine Rippe hingehen spürte. Ich zog sein Gesicht knapp vor meines und spie ihm zwischen die Augen. Er bewegte sich nicht mehr – er würde sich mein Gesicht merken – ich wollte es. Bei dieser Arbeit gilt: je dichter, desto besser.

Ich kam auf die Füße und tauschte die Groschenrolle gegen den .38er. Ich zog den Hut vom Kopf und schlang ihn um den Lauf. Der Zuhälter wußte, was als nächstes kam; als ich mich neben ihn kniete, konnte er den Hahn schnappen hören. »Mister – Mister, ich bin fertig. Ich *schwör's* . . . ich schwör's bei *Gott,* Mann! Bitte . . .«

Ich tat, als dachte ich nach, aber natürlich ging es um nichts. Sein Leben war die neunzig Tage Gefängnis nicht wert, die es mich kosten würde. Das Mädchen war noch immer in der Ecke, der bemalte Mund war schlaff und offen, aber es würde nicht schreien. Ich packte ihren Arm, schob sie vor mir aus dem Apartment und warf sie beinahe die

Treppen runter. Ein weißes Gesicht quetschte sich aus einem Zimmer der ersten Etage, als wir vorbeigingen – ich zeigte dem Gesicht den .38er, und es verschwand hinter einer zukallenden Tür. Wir kamen auf den Gehsteig – schnell ging ich und zog die Kleine mit mir. Ihr Arm fühlte sich in meiner Hand wie ein Ast an. Sie sagte kein Wort.

Ich fand den Plymouth unberührt vor, schubste sie vor mir rein, stieg hinterher und hieb auf den Knopf, damit sie ihre Tür nicht entriegeln konnte. Wir rollten in Sekundenschnelle und hielten Richtung Highway.

Ich nahm einen der Parkplätze unter der Überführung, wo ich den Geschäftsführer kenne. Ich erklärte dem Mädchen: »Bleib verflucht noch mal *hocken*«, verriegelte das Auto und lief zu dem kleinen Verschlag, wo der Geschäftsführer sitzt. Ich schmiß einen Zwanziger auf seinen Schreibtisch, und er ging raus, als hätte er irgendwo eine Verabredung. Ich hob sein Telefon ab, wählte die Nummer des Entlaufenentrupps bei der New Yorker Polizei, für mein Geld das verdammt einzige Cop-Unternehmen in New York, das den Preis eines Stadtratsmitglieds wert ist.

»Entlaufenen-Abteilung, Officer Morales am Apparat.«

»Ist Detective McGowan in der Nähe?« fragte ich.

»Warten Sie bitte«, sagte Morales. Dann drang McGowans energische irische Stimme durch die Leitung. »Ja, Detective McGowan.«

»Burke hier. Ich hab ein Päckchen für dich – zirka dreizehn. Sie hat grad ihren Zuhälter verlassen, okay?«

»Wo ist die Kleine?«

»Auf einem Parkplatz unter dem West Side Highway an der Neununddreißigsten. Kannst du jetzt weg?«

»Bin in zehn Minuten da«, sagte er, und ich wußte, ich konnte darauf zählen.

Während ich im Auto auf McGowan wartete, zündete ich eine Zigarette an und schaute rüber zu dem Mädchen. Ein echtes Baby – die dürren Beine hatten noch nicht einmal Waden. Ich könnte McGowans Job nicht machen – ich würde am Ende lebenslänglich kriegen, weil ich einen dieser dreckfinkigen Zuhälter ausradierte. McGowan hat vier Töchter – fünfundzwanzig Jahre in diesem Job und im letzten Jahr grad den Detective geschafft. Ich hörte auch, daß die hohen Tiere den ganzen Entlaufenentrupp zumachen wollen. Ich schätze, sie brauchen alle Cops, die sie kriegen können, um Diplomaten auf Besuch zu schützen. New York hat ein Image zu pflegen.

Das Mädchen sagte: »Mister –«

»Halt bloß deinen kleinen Mund und die Augen unten. Schau mich nicht an – und sag *gar nichts*.« Vielleicht hätte ich Sozialarbeiter werden sollen.

Sie blieb still, bis McGowan und sein Partner, ein Kerl, den sie aus gutem Grund Elch nennen, aufkreuzten. Ich entriegelte, und er langte rüber und öffnete dem Mädchen die Tür. Er streckte die Hand aus, und sie nahm sie unverzüglich. McGowan legte den Arm um ihre Schulter und fing an, mit seiner honigsüßen irischen Stimme auf sie einzusülzen und mit ihr zu seinem Auto zurückzulaufen. Bis sie wieder im Revier waren, würde er wissen, wo sie weggelaufen war – und wahrscheinlich auch, warum. Ich setzte den Plymouth in Gang und stieß raus. Falls jemand McGowan fragte, würde er sagen, er hätte einen anonymen Anruf gekriegt und den Überbringer nie gesehen.

Aber die Cobra rannte – und ich wußte nicht, wie weit er gekommen war. Ich benützte ein Münztelefon an der Vierzehnten und rief die Lagerhausnummer an.

»US-Bundesanwaltschaft«, klang Michelles Kaugummistimme zurück.

»Ich dachte, ich habe gesagt, du sollst dich verdünnisieren«, sagte ich zu ihr.

»Ich hab Mama angerufen – sie will mich anrufen, wenn

Max sich blicken läßt.« Tat *eine* Frau auf der Welt, was ich ihr auftrug?

»Okay, Schätzchen – bleib da. Wenn Mama anruft, sag ihr, sie soll Max vorbeischicken, okay?«

Sie hauchte einen Kuß ins Telefon und hängte ein.

15

Der Plymouth schnurrte wie von selbst zurück zum Lagerhaus, ungerührt von meiner Depression. Dieser Fall würde für meinen Ruf Wunder bewirken – noch ein bißchen mehr solche geschickte Detektivarbeit, und ich war als Burke der Wichser bekannt. Scheiß drauf, dachte ich (meine Erkennungsmelodie), zwecklos, über verschüttete Milch zu lamentieren. Ich hatte in Biafra Babys gesehen, zu schwach zum Heulen, und Mütter ohne Milch, sie zu nähren. Ich war da rausgekommen – ich konnte hier rauskommen.

Als ich das Lagerhaus betrat, saß Michelle mit gekreuzten Beinen am Telefon, las ihr Buch neben einem Aschenbecher, gestopft voll mit zirka zwei Schachteln Kippen. Ihre Augen blinkten eine Frage, und mein Gesicht gab ihr die Antwort.

»Gott sei Dank, du bist jedenfalls zurück«, sagte sie. »Dieser Laden fing allmählich an zu stinken, und ich wollte nicht vom Telefon weggehen.« Sie nahm den Aschenbecher und steuerte nach hinten zum Badezimmer. Ich hörte die Toilettenspülung, dann Luft rauschen, als sie eine Minute lang den Luftschacht öffnete, um das Zimmer zu lüften.

Als sie zurückkam und ihr Gesicht mit einem dieser Feuchtigkeitstücher abtupfte, die jedes arbeitende Mädchen bei sich hat, fragte sie mich: »Und?«

»Er war da – aber jetzt nicht mehr. Weg. Ich muß neu anfangen.«

»Zu schade, Schätzchen.«

»Yeah. Tja, es war nicht ganz umsonst. Ich hab noch ein Kind für McGowan gefunden.«

»McGowan ist'n Teddy. Wenn ich durchgebrannt wäre, würde ich wie der Blitz zu ihm rennen.«

»Du bist nie durchgebrannt?« fragte ich überrascht.

»Süßer, meine leiblichen Eltern haben meine Taschen gepackt und mir die Fahrkarte gekauft.«

Dazu gab es nichts zu sagen – ich wußte, was Michelle mit leiblichen Eltern meinte. Einmal hatte ich einen Teenager in meinem Büro, der mir etwas Geld bot, um die »echten« Eltern zu suchen. Sie sagte, sie wäre adoptiert worden. Es machte mich krank – diese Leute hatten sie adoptiert, die Rechnungen bezahlt, die Mühe auf sich genommen, ihr Leben lang die Last für sie getragen, und jetzt wollte sie ihre »echten« Eltern suchen – diejenigen, die sie in irgendein Sozialwerk gesteckt hatten, das sie an den Meistbietenden verkaufte. Echte Eltern. Eine Hündin kann Junge haben – das macht sie nicht zur Mutter. Ich nahm ihr zweitausendfünfhundert ab und hieß sie in einem Monat wiederkommen, dann gab ich ihr die Geburtsurkunde einer Frau, die zwei Jahre nachdem das Mädchen geboren war, an einer Überdosis Heroin gestorben war. Auf der getürkten Urkunde stand neben der Spalte »Vater« das Wort »Unbekannt«. Ich erklärte ihr, daß ihr Vater ein Fick war, ein Freier. Jemand, der ihrer Mutter zehn Kröten bezahlte, damit er in ein paar Minuten was los wurde. Sie fing an zu heulen, und ich erklärte ihr, sie sollte mit ihrer Mutter darüber reden. Sie flennte: »Meine Mutter ist tot!«, und ich erklärte ihr, daß ihre Mutter zu Hause sei und auf sie warte. Die Frau, die gestorben sei, sei bloß eine Stute gewesen, die ein Fohlen geworfen hatte, nichts weiter. Sie ging im Haß von mir, schätze ich.

Mama hatte immer noch nicht angerufen, was hieß, daß Max nicht im Restaurant war. Ich sagte Michelle, ich würde sie absetzen, wo immer sie wollte, und wir packten unser Zeug zusammen.

Als ich den Plymouth vor ihrem Hotel stoppte, lehnte sie sich rüber und küßte mich rasch auf die Backe. »Laß dir die Haare schneiden, Süßer. Der Zottel-Look ist seit *Jahren* out.«

»Du hast immer gesagt, meine Haare wärn zu kurz.«

»Die Mode *ändert* sich, Burke. Aber weiß Gott, du nie.«

»Du auch nicht«, verriet ich ihr.

»Aber ich werde, Süßer ... ich werde«, sagte sie und hüpfte aus dem Auto Richtung Treppe.

Michelle hatte einen Ort, wo sie wohnt, und ich auch. Aber wir hatten dasselbe Zuhause. Ich fuhr an meinem vorbei zu dem Ort, wo ich wohne.

16

Du kannst aus dem Gefängnis kommen und dir selbst versprechen, daß du nie zurückgehst, aber das Versprechen ist nicht so einfach zu halten. Wenn du gehst, nimmst du immer etwas vom Knast mit dir. Als ich das letztemal rauskam, sagt ich mir, es wäre großartig, aufzustehen, wenn ich wollte – nicht wenn morgens die verdammten Sirenen losgingen. Aber es fällt mir immer noch schwer, lange zu schlafen. Davon abgesehen, ist Pansy nicht die Art Zimmergenosse, die einzuschlafen und dabei die Fütterung zu vergessen gewillt ist.

Während sie draußen auf dem Dach war, blickte ich aus der Hintertür über den Fluß. Es war still da drüben, aber ich wußte, daß auf den Straßen etwas geschah. Ich konnte nicht so hoch wohnen, um das zu vergessen.

Ich ging zurück ins Wohnzimmer neben dem Büro und suchte das Zeug zusammen, das ich brauchte. Die geballte Feuerkraft kam zurück in die Ablage im Boden, ausgenommen der .38er, der zurück ins Auto sollte. Ich steckte die Ansteckautoantenne in die Brusttasche einer alten Tweedjoppe, zog sie über einen schlichten grauen Sweater. Ein paar abgewetzte Cordhosen, ein verbeulter Filzhut und ein Paar Wanderstiefel vervollständigten die Intellektuellenaufmachung. Der Hut paßte nicht ganz zu all dem anderen Zeug, aber ich spiele die Stereotypen nicht gern zu verbiestert.

Ich steckte den Minikassettenrekorder in die Spezialtasche am Saum meines Ledermantels und verband das lange, elastische Kabel, das mir der Maulwurf gebaut hatte, mit dem in die Ärmelinnenseite eingenähten fernbedienten Mikrofon. Dann verband ich das Kabel, mit dem die Fernbedienung anging, mit dem Schalter in der Manteltasche, die meine Zigaretten enthielt. Eine Polizeisirene unten am Fluß kam mir gerade recht, um den Rekorder in den Höhen zu testen, dann tätschelte ich Pansys Kopf, bis sie schnurrte, um die Bässe zu testen – er war so empfindlich, wie der Maulwurf versprochen hatte. Ich hatte neunzig Minuten Aufnahmezeit ohne Unterbrechung – stimmaktiviert, obwohl er so empfindlich war, daß er die ganze Zeit laufen würde, wenn ich einmal den Schalter berührte. Ich mußte aufpassen, wenn ich anfing zu arbeiten.

Ich machte für Pansy alles klar, aktivierte die Sicherheitssysteme und ging runter. Die Wanderstiefel haben keine Stahlkappen wie meine anderen Schuhe, aber sie sind mit Gummi besohlt und machen kein Geräusch.

Ich sperrte mir die Garage auf, legte den .38er wieder hin, wo er hingehörte, und holte ein altes Wildledertuch raus. Der Plymouth mußte sorgfältig geputzt werden, bevor ich ihm die Maskerade anlegte. Ein Satz verborgener Steckschrauben, die der Junge installiert hatte, war alles, was ich brauchte, um die gesamte vordere Außenseite zu entfernen. Als nächstes nahm ich die zurechtgeschnittenen Vinylstücke mit gummierter Rückseite und führte die Verwandlung des Plymouth von einem verblichenen Blau in ein schillernd zweifarbiges Rot und Weiß fort. Ich strich das Vinyl sehr sorgfältig fest, dann ging ich mit einem Weichgummiwürfel über das ganze Ding, um all die kleinen Blasen wegzukriegen. Einer ernsthaften Überprüfung würde es nicht standhalten, aber ich hatte nicht vor, jemanden zu nahe hinschauen zu lassen.

Dann legte ich die neuen Nummernschilder an. Es sind

ganz normale Händlerschilder von einem Schrottplatz in Corona. Ich besitze einen zehnprozentigen Anteil am Schrottplatz, den ich bar bezahle. Im Gegenzug führt mich der alte Mann, der das Ding betreibt, zu einem Minimalgehalt in seinen Büchern, damit ich der Zulassungsbehörde etwas vorweisen kann, und überläßt mir einen Satz Händlerschilder für den Fall, daß ich etwas sehe, was sich zu bergen lohnt. Ich kassiere jeden Monat den Lohn und schicke dem alten Mann sofort die Asche zurück. Kein Problem. Ich vermute, falls irgendein Mitbürger der Schilder wegen abgeklopft wird, können die Cops die Spur bis zum Schrottplatz zurückverfolgen, aber sie würden längst ihre Rente kassieren, bevor ich dort aufkreuzte. Und Juan Rodriguez (ich hatte dem alten Mann – nicht daß er einen Pfifferling drauf gegeben hätte – erzählt, meine Eltern wären spanische Juden) in dem verlassenen Gebäude an der Fox Street in der South Bronx zu finden war ebenfalls ein Kunststück.

Ich hatte noch etwas Zeit, bevor ich Flood treffen mußte, also führte ich den Plymouth im vollen Glanz seines neuen Kleides rüber zum Lagerhaus, um die Post zu checken. Es wirkte so leer wie üblich, aber ich rollte mit dem Auto hinein, stellte den Motor ab und wartete. Max materialisierte neben meinem Fenster. Ich hörte ihn nie kommen – man nennt ihn nicht bloß Max den Stillen, weil er nicht spricht. Er ließ einen Muskel auf der rechten Backe zucken, teilte die dünnen Lippen etwa einen Millimeter – das ist seine Vorstellung von einem freundlichen Lächeln – und winkte mir, ihm ins Hinterzimmer zu folgen. Er gestikulierte zum alten Holzschreibtisch, um mir anzuzeigen, daß dort Post war. Ich fischte sie raus, pulte eine Zigarette aus der Tasche und bot Max eine an.

Haben Sie je einen Orientalen eine Zigarette rauchen sehen? Die wissen wirklich, wie man etwas davon hat. Max führte die Kippe mit nach innen gewandter Hand zu den

Lippen, nahm einen tiefen Zug und faßte sie mit umgekehrtem Griff, so daß er sie unten mit dem Daumen hielt und oben mit den ersten beiden Fingern. Dann, während er inhalierte, zog er die Zigarette allmählich weg, eine Geste, die bedeutete, ich solle ihm mitteilen, was vor sich ging. Ich wies auf meine Augen, spreizte dann meine Hände weit, um zu zeigen, daß ich jemanden suchte, aber nicht wußte, wo er war. Max berührte sein Gesicht, hielt die Hand vor seine Augen, um mir einen Spiegel anzudeuten, dann gestikulierte er, als ob er besondere Merkmale beschriebe. Ich gab vor, ein Bild zu nehmen, dann winkte ich, als ob ich jemanden eintreten hieß. Max verstand, daß ich von unserem Objekt bald eine Fotografie erwartete. Dann streckte er die Hände vor sich aus, drehte sie langsam vor und zurück und schaute erwartungsvoll auf. Ich deutete wieder auf meine Augen und machte, Handflächen nach unten, eine Nein-nein-Geste – ich wollte den Kerl nur finden, nicht ihm wehtun. Max zuckte die Achseln, dann machte er mit Händen und Gesicht eine Schön-dich-zu-sehen-Kumpel-Geste, um mich zu fragen, ob der Kerl froh wäre, wenn ich ihn fände. Ich machte ein trauriges Gesicht und zeigte damit, daß er's nicht wäre. Max schaute wieder auf seine Hände. Ich zuckte mit den Schultern, um ihm zu zeigen, daß er vielleicht recht hatte oder recht haben könnte, wenn alles losging.

Ich verschränkte die Arme und griff mit jeder Hand einen Ellenbogen, als ob ich ein Baby wiegte – hatte Mama Wong irgendwas für mich? Max hob ein imaginäres Telefon ab, sprach hinein, führte den Finger an die Stirn, als machte er sich im Geist eine Notiz, um sich etwas zu merken. Also war ich bei Mama angerufen worden, jemand war sehr beharrlich. Okay.

Ich knöpfte den Mantel zu, um Max zu zeigen, daß ich wegging, und er glitt raus, um sicherzugehen, daß niemand vor dem Haus war. Max ist ein wahrer Angehöriger der Kriegerklasse – er braucht keinen Kampf, um zu zeigen, was er ist. All die Kasper, die die Hälfte ihrer Zeit verschwenden, um über »Würde« zu sabbern, sollten mal sehen, wie die übrige Welt Max behandelt.

Als ich aus der Garage stieß, gestikulierte Max, ich sollte ihn wissen lassen, wenn die Sache schwierig würde. In diese Geste eingeschlossen war der Glaube, daß für mich allein beinahe alles zu schwer war.

17

Die Fahrt zu Mama war ereignislos. Der Plymouth lief glatt wie eine Turbine. Ich checkte den Rekorder, der in den Armaturen versteckt war, um sicherzugehen, daß er lief, dann schaltete ich auf Kassette um. Durch die vier Lautsprecher drang Charley Musselwhites Version von »Stranger in a Strange Land«. Er war einst ein Perfektionist, aber er hat seine besten Eigenschaften vor zig Jahren in Chicago verloren – das neuere Zeug von ihm spiele ich nicht. Zu schade, daß man die besten Auftritte nicht auf Kassette festhalten kann wie Musik. Auch wenn's in meinem Fall nichts ausmachte – ich hatte meinen Glückstreffer noch nicht gehabt, hoffe ich.

Ich parkte neben den Müllkübeln in Mama Wongs Gasse. Es ist absolut legal, dort zu parken, aber niemand tut es. Auf der Wand ist eine Art chinesische Schrift – mit freundlicher Genehmigung, Max der Stille. Ich weiß nicht, was es heißt, aber niemand parkt dort. Ich klopfte zweimal gegen die Stahltür hinten am Restaurant, hörte, wie das Guckloch aufglitt, und einer von Mamas angeblichen Köchen ließ mich rein. Mama saß an ihrem winzigen, schwarz lackierten Schreibtisch, nippte an einer Tasse Tee und schrieb in ihr Geschäftsbuch. Ich schätze, eine Masse Leute würden gern einen Blick in dieses Buch werfen – ich schätze, eine Masse Leute wären auch gern reich, glücklich, erfolgreich, berühmt, sicher und gesund. Die Chancen sind etwa gleich. Mama grüßte mich mit ihrer üblichen Mischung aus fernöstlicher Zurückhaltung und Höflichkeit.

»Burke, warum trägs du komisch Hut?«

»Ist 'ne Verkleidung, Mama. Ich arbeite an einem Fall.«

»Nich so gut Verkleidung, Burke. Du siehst immer noch wie Europäer aus.« (Mama behauptet gern, daß für sie alle Westler gleich aussehen.)

»Max hat gesagt, du hast einen Anruf für mich gekriegt?«

»Burke, du bist einziger, das kann außer mir mit Max sprech. Max mag dich. Max sag, daß du Ehrenmann bist. Wie kommt, daß er das sag?«

»Wer weiß, warum Max was sagt?« (Hieß: Das geht nur Max und mich an – er mag für dich arbeiten, aber er und ich sind zwei Paar Stiefel. Mama weiß das, aber sie gibt nie auf. Sie denkt, alle Geheimnisse außer ihren sind gefährlich.)

»Burke, du krieg Anruf von dem gleichen Mann. James, sag er. Ich sag dir vorher, dieser Mann ist nich gut, okay?«

»Was hat er diesmal gesagt?«

»Er sag, ich sag dir besser, du ruf ihn an. Daß der Kerl viel Geld für dich heißt und daß du böse auf mich, wenn ich nich dir sag.«

»Hat er dich erschreckt, Mama?«

»Oh, ja, sehr furchtbar. Viele Leute durch Telefon getötet, oder?« (Hieß: Wenn die Leute die Nummer wählen, die ich ihnen gebe, läutet in Mamas Restaurant das Telefon, aber der eigentliche Apparat befindet sich hinten im Lagerhaus, mit abgeklemmter Glocke. Es hängt an einem Verteiler, der das Signal zum Münztelefon des Schrottplatzes in Corona weiterleitet, wo es ein weiterer Verteiler aufnimmt und es wieder zurück zum Münztelefon in der Küche bringt. Vielleicht kriegen Sie die Adresse des Lagerhauses, wenn Sie die Telefonfirma schmieren, aber weiter kommen Sie nicht. Und hinzukommen und Mama Wong zu drohen wäre fatal.)

»Hat er eine Nummer dagelassen, Mama?«

»Selbe Nummer wie letzt Mal. Er sagt, du kann ihn zwischen sechs und sieben heut abend anrufen.«

»Okay. Sonst noch was?«

»Nein, nicht mehr. Will du irgendwas essen, etwas Sauerscharfsuppe?«

»Hast du sie schon fertig?«

»Immer fertig, immer auf Ofen zu kochen. Koch mach tagsüber Sachen dazu, aber selbe Suppe, okay?«

Ich nickte ein Ja und setzte mich an einen der vorderen Tische. Der Laden machte erst in ein paar Stunden auf, und die Vorhänge waren noch vor die Fenster gezogen. Einer der Köche kam mit einer großen Schüssel Suppe und Glasnudeln raus, den *Daily News* und der heutigen Nachtausgabe der *Harness Lines,* das ist die Billigversion des Pferdesportblatts *Daily Racing Form.* Es war ein tolles Frühstück, ich saß da mit der heißen Suppe und den Zeitungen. Still, friedlich, sicher. Ich konnte mich nicht aufs Rennblatt konzentrieren, also ließ ich meinen Geist abdriften und leerte langsam die Suppenschüssel. Wenn dieser James wegen irgendwas nach Afrika wollte, mußten es Diamanten, Elfenbein oder Söldner sein. Eine Verbindung mit Wilson? Nein, Wilson konnte nicht wissen, daß ich ihn suchte. Außerdem hatte James bei Mama angerufen, noch bevor diese Kiste mit Flood anfing. Es paßte nicht zusammen.

Ich machte auf dem Tisch Platz und nahm eine Packung Zigaretten raus, arrangierte zehn davon mit zur offenen Mitte gerichteten Filtern zu einer Sternenformation; dann starrte ich tief in die Mitte, bis die Zigaretten verschwanden, und lief eine Weile durch den leeren Raum meines Geistes. Nichts kam raus. Züngelnde Gedanken leckten an meinem Verstand, aber nichts zündete – ich mußte warten, daß es auftauchte, wenn es dazu bereit war. Ich war mit dieser Flood-Sache bereits zu viele Risiken eingegangen.

Ich stand auf, packte alle Zigaretten außer einer zurück, steckte die eine unangezündet in den Mund und ging mit den Schüsseln raus in die Küche. »Bis später, Mama.«

»Burke, wenn du dies Mann am Telefon anruf, triff du ihn im Lagerhaus, nich in dein Büro, okay?«

»Mama, ich werde ihn nicht anrufen. Ich brauch die Arbeit jetzt nicht. Ich hab schon einen Fall.«

»Du triff ihn im Lagerhaus, okay? Mit Max, okay?«

»Woher weißt du, daß ich ihn treffe, Mama?«

Mama lächelte bloß: »Ich weiß.« Sie ging wieder an ihr Buch.

Ich marschierte zur Gasse, warf das Auto an und steuerte zur Bibliothek, um Flood zu treffen.

18

Gegen halb zehn war ich am Bryant Park. Dieser kleine Flecken Grünzeug hinter der Öffentlichen Bibliothek soll des Bürgers kulturelle Erbauung an seiner Umgebung verstärken. Vielleicht tat er es einst – jetzt ist er ein freier Markt für Heroin, Kokain, Haschisch, Pillen, Messer, Handfeuerwaffen – alles, was man brauchen kann, um sich selbst oder jemand anders zu vernichten. Obwohl hier ein genau abgestecktes Gesetz gilt – wenn man Sex mit jugendlichen Ausreißern aus Boston oder Minneapolis haben oder für die Nacht einen neunjährigen Knaben kaufen will, muß man ein paar Straßen weiter westlich gehen.

Nicht allzuviel los, als ich hinkam. Das Großwild war zum Essen. Aber das Raubzeug und die Aasfresser zogen bereits ihre Show ab: Bräute marschierten mit Goldketten und schwingenden Handtaschen vorbei, solide Mitbürger rafften, was immer sie fürs tägliche Leben raffen konnten, Freizeitbriganten, die einen flotten Schnitt nicht von einem festen Job unterscheiden konnten, lungerten so unauffällig wie Geier auf einem Friedhof herum, kleine Kinderbanden eilten auf dem Weg zu einem der Porno-Kinos am Times Square schnell vorbei, ein paar alte Spinner fütterten die Tauben, die vom zerbröselten Junk-food so aufgebläht waren, daß sie nicht mehr fliegen konnten, eine Pennerin suchte nach einem Platz, wo sie ihren Körper ein paar Minuten hinbetten konnte, bevor sie weiterzog.

Ich schaute mich vorsichtig um. Keine echten Jäger auf

der Szene (beispielsweise jemand, der bei einem Dopedeal beschissen wurde und den Händler suchte). Ich setzte mich auf eine Bank, steckte mir eine an. Ich war früh dran, wie immer. Manchmal kommt man nie mehr weg, wenn man zu spät zu einem dieser Treffen kommt.

Ich rauchte meine Zigarette und betrachtete das Treiben um meine Bank, als ich den Prof nahen sah. Er bahnte sich vorsichtig den Weg durch die Menschenansammlungen, hielt gelegentlich auf ein paar Worte inne, aber bewegte sich stetig in meine Richtung. Er ist kaum mehr als ein Gnom, vielleicht ein Meter fünfzig groß, einschließlich des mächtigen Afro, der wie elektrisiert aus seinem Schädel schießt. Vielleicht vierzig Jahre alt, vielleicht sechzig. Niemand weiß sonderlich viel über den Prof. Aber er weiß eine Menge über Menschen: Einige sagen, »Prof« steht kurz für »Professor«, andere sagen, es steht für »Prophet«. Heute trägt er einen bodenlangen Kaschmirmantel, der wahrscheinlich dem Kerl paßte, der ihn ursprünglich bei Brooks Brothers kaufte und dumm genug war, ihn im Restaurant an die Garderobe zu hängen – er schleift ihm nach wie eine königliche Schleppe. Der Prof spricht über Straßen oder Himmel, je nach Laune:

»Heute heißt es Sieben-Zwanzig-Sieben. Das ist die glatte Wahrheit, und keine Haarspalterei.«

»Wie geht's geschäftlich, Prof?«

»Hast du mich gehört, Burke? Die heutige Zahl muß Sieben-Zwanzig-Sieben sein.«

»Warum?« fragte ich, ohne aufzuschauen. Der Prof stand auf der Seite, versperrte mir nicht die Sicht. Egal, wie er redete, er verstand was von Verhalten.

»Nicht, was du denkst, Burke. Nicht, was du denkst. Nicht das Flugzeug Sieben-Zwanzig-Sieben, sondern ein umgekehrter Todestraum.«

»Yeah, das macht Sinn.«

»Spotte nicht über das Wort, Burke. Letzte Nacht habe ich

von Karten und dem Tod geträumt. Keine Tarot-Karten – Spielkarten. Du kennst des Toten Mannes Hand?«

»Asse und Achten?«

»Das stimmt. Asse und Achten. Und Tod bedeutet Zeit, und Zeit bedeutet Hoffnung, und Hoffnung heißt den Tod abweisen, richtig?«

»Zeit bedeutet keine Hoffnung, wenn du sie *absitzt,* Prof.«

Der Prof läßt sich nicht gern herausfordern, wenn er Unsinn erzählt.

»Mit wem sprichst du, du Blödmann? Einem Touristen? Hör zu, was ich dir zu sagen habe, bevor du dich auf den Weg machst.«

»Okay, Prof. Schieß los«, erklärte ich. Das mit der Zeit war ohnehin ein billiger Witz: So klein er war, der Professor hatte sich wacker gehalten, als wir drin waren.

»Siehst du das Antlitz der Uhr in deinem Geiste, Burke – das Gegenüber von eins ist sieben, und das Gegenüber von acht ist zwei. Die Todeszahl ist Eins-Acht-Eins – also muß die Lebenszahl Sieben-Zwanzig-Sieben sein. Und heute ist Leben.«

»Und woher weißt du das?«

»Jeder Mensch hat seinen Lebensspruch, Bruder. Ich weiß, weil ich weiß. Ich weiß Bescheid. Als ich hierherkam, hast du ein Lied in deinem Kopf gehört.«

»Und? Welches Lied?«

»Ein Lied über Asse und Achten.«

»Ich habe ›Raining in My Heart‹ gehört.«

»Von Slim Harpo?«

»Genau dem.«

»Und ein paar spotten der Worte des Propheten! Ich weiß, was ich sehe, und was ich sehe, wissen die anderen nicht. Spiel heute Sieben-Zwanzig-Sieben, Burke, und du wirst die nächste Woche wohlhabend sein.«

Ich langte in meine Manteltasche und zog einen Fünfer

raus, knallte ihn in seine ausgestreckte Handfläche. Das Geld verschwand.

»Du kannst auf mich zählen, Burke. Denn es steht geschrieben: Die, auf die du nicht zählen kannst, werden ausgezählt. Ich werde die Spende für dich aufheben, bis wir uns wieder treffen.«

»Möge es an einem besseren Ort sein«, sagte ich und beugte leicht den Kopf.

Der Prof sagte nichts, stand bloß da und sog die Luft ein, als wären wir wieder drin, auf dem Hof. Und dann, aus dem Mundwinkel: »Du arbeitest?«

»Warte bloß darauf, daß die Bibliothek öffnet, damit ich ein paar juristische Recherchen für einen Klienten erledigen kann.«

»Wie geht's Max?«

»Wie immer.«

»Vor ein paar Nächten hab ich deinen Namen gehört.«

»Wo?«

»In einer Kneipe am Herald Square – zwei Männer, einer mit lauter Stimme und rotem Gesicht, der andere besser gekleidet, ruhig. Ich hab nicht alles mitgekriegt, was sie sagten, aber sie haben Britisch gesprochen.«

»Britisch? Du meinst Englisch?«

»Nein, Burke. So ähnlich wie Britisch, aber nicht ganz. Wie mit einem britischen Akzent oder so.«

»Harte Kerle?«

»Der Laute vielleicht, und nur, wenn man ihn läßt. Keine Städter.«

»Was haben sie gesagt?«

»Nur, daß du nett zu ihnen gewesen bist und daß sie dich wegen einem Geschäft treffen müssen.«

»Wie bist du so nah rangekommen?«

»Ich war auf meiner Karre.« Er meinte ein flaches Stück Holz mit ein paar Skateboard-Rollen unten dran. Wenn er sich draufkniet und sich in seinem langen Mantel vorwärts schubst, denkt man, er hätte keine Beine. Es ist ein Broterwerb.

»Wenn du wieder auf sie stößt, wüßte ich gern, wo sie wohnen«, sagte ich und reichte ihm einen weiteren Schein – einen Zehner.

Der Prof nahm das Geld, diesmal aber langsamer. »Ich mag diese Vögel nicht, Burke. Vielleicht solltest du dich an deine juristischen Recherchen halten.«

»Ich glaube, das gehört alles zum gleichen Fall.«

Der Prof nickte und legte die Hand an die Stirn, als erhalte er eine Botschaft. Statt dessen übermittelte er mir eine: »Gibt's einen Grund, gibt's auch 'ne Stund'«, sagte er und verdrückte sich wieder in der Menge.

Ich sah zu, wie er in der Dunkelheit verschwand, checkte beide Seiten der Straße und stand auf, Flood zu treffen.

19

Flood stand genau da, wo sie stehen sollte, hinter der Tür nach dem von steinernen Löwen bewachten Eingang. Sie hatte den Rücken an der Wand, eine Büchertasche über einer Schulter, die linke Hand vor sich, und die rechte Hand hielt die linke Faust. Sie trug wieder eine dieser lose sitzenden Jacken mit einem Bodystocking darunter, diesmal in Hellgrau, und schlabbrige weite Hosen, so ausladend am Aufschlag, daß ich die Schuhe darunter nicht sehen konnte. Ihr Haar war oben auf dem Kopf zu einem Chignon getürmt, aber das ließ sie nicht größer wirken.

Sie sah mich nicht, und ich blieb eine Minute im Eingang, um sie zu beobachten. Ich war immer noch nicht draufgekommen, wie sie atmen konnte, ohne die Brust zu bewegen. Flood hatte die Augen auf die Tür geheftet, die ich benutzen sollte. Ein steter Menschenfluß umströmte sie, aber sie bewegte sich nicht. Eine gelehrt aussehende Person mit einem offenen Buch in der Hand hielt inne und sagte etwas zu ihr. Er hätte genausogut mit einem der Steinlöwen draußen reden können – ihre großen dunklen Augen flackerten nicht mal. Der Professor zuckte ergeben die Achseln und zog weiter.

Ich ging durch die Tür, und Flood erspähte mich, blieb aber, wo sie war. »Nette Verkleidung, Flood«, sagte ich und langte runter, um ihr die Hand zu geben. Sie zog sie weg, hob sich aber auf die Zehen und küßte mich rasch auf die Backe, um zu zeigen, daß sie mir nicht sagen wollte, ich möge verschwinden. Dann bewegte sie die Hand so schnell zur Taille, daß ich nur einen Schatten sah, lächelte wie ein kleines Mädchen, das gerade etwas Kluges getan hat, und hielt mir die Hand hin. Sie hatte kleine, rundliche Hände, nicht das, was man erwartete, wenn man sie in Aktion gesehen hatte.

Wir liefen die löwenbewehrte Treppe Hand in Hand hinab, ich sorgfältig auf die Stufen achtend und Flood dahinhüpfend, als wäre sie auf ebener Erde. Vielleicht sahen wir aus wie ein grüner Student, der zu lange in der Schule geblieben war, und seine Flamme. Schwer zu sagen, wie wir aussahen, aber ich schätze, wir sahen nicht aus wie ein Überlebensfachmann und eine tödliche Waffe. Vielleicht also war die Verkleidung am Ende doch nicht so übel.

Es tat gut, mit Flood im Sonnenlicht zu gehen, also zog ich einen geschlossenen Kreis um den Block, um es in die Länge zu ziehen – und um zu sehen, ob jemand mehr an uns interessiert war, als er sollte. Als wir in den Park einbogen, ließ ich Floods Hand los, schlang meinen Arm um ihre Taille und kniff sie leicht in die Seite, damit sie aufmerkte. Sie sah zu mir hoch. Leise, aus dem Mundwinkel, sagte ich: »Was hatten Sie in Ihrer Hand?«

Flood schaute mich an, zuckte die Achseln und öffnete die geschlossene Hand. Ich hatte sie die Hand nicht zurück zur Taille bewegen sehen, aber dort mußte sie es verstaut haben – ein flaches Stück blindes Metall, geformt wie ein fünfzackiger Stern mit einem Loch in der Mitte, etwa so groß wie ein halber Dollar. Als ich danach langte, schnitt es mir so sauber in den Finger, daß ich keinen Schmerz fühlte, bis ich das Blut sah – das verdammte Ding war nichts als ein sternförmiger Rasierer. Flood nahm es aus meiner Hand, beugte sich über die Wunde, steckte meinen Finger in den Mund, saugte eine Minute heftig, spie etwas Blut auf den Boden. »Halten Sie es mit der anderen Hand ein paar Sekunden geschlossen, und es hört auf zu bluten. Ist ein sauberer Schnitt.« Der Stern wanderte irgendwo an ihren Hosenbund zurück. Ich kniff Flood erneut in die Taille, um zu sehen, ob ich ihren Körper ein bißchen zum Hüpfen kriegte. Sie machte mir Spaß. »Was, verflucht noch mal, ist das?«

»Es ist ein Wurfstern. Eine Verteidigungswaffe, wenn der Gegner nicht mit Händen und Füßen erreicht werden kann.«

»Man *wirft* das Ding?« Da liefen wir schon in Richtung von einem der alten Bäume, der es irgendwie geschafft hatte, die stete Diät von wildem Hundeurin, alkoholisierter Kotze und Junkie-Blut zu überleben, für die der Park heute berühmt ist. Sie rollte leicht mit den Schultern, und ich hörte ein schwaches, pfeifendes Geräusch und dann ein zartes *Snick,* wie wenn ein Messer aufschnappt. Flood ruckte ihr Kinn Richtung Baum, und ich konnte den Wurfstern aus der räudigen Rinde ragen sehen. Wir liefen rüber, und ich versuchte, ihn rauszuziehen, ohne mich zu entfingern – nicht gut. Flood legte ihren Daumen an die Seite des Sterns, stieß heftig nach rechts, dann wechselte sie die Hand und entfernte ihn vorsichtig mit zwei Fingern. Er verschwand wieder. Ich wußte nicht, was die Zukunft für Flood bereithielt, aber ich war einigermaßen sicher, daß sie nie eine gebeutelte Ehefrau würde.

Wir liefen durch den Park zum Auto. Ich sah einen Ortsansässigen auf Floods Büchertasche schauen und hatte Lust, sie alleine laufen zu lassen, damit wenigstens ein mistiger Taschenfresser unverhofft der Gerechtigkeit begegnete, aber das war's nicht wert. Eigentlich hätte es mir nichts ausgemacht, wenn Flood vor mir gegangen wäre, bloß um ihr beim Laufen zuzusehen.

Als wir zum Plymouth kamen, checkte ich ihn rasch, öffnete meine Tür, und Flood schlüpfte zuerst rein. Wir fuhren rüber zum East Side Drive, runter zum bewachten Parkschuppen am Fluß. Ich wollte mich dem *Daily-News-*

Gebäude zu Fuß nähern. Ich schaltete den Motor ab, drehte das Fenster runter, zündete eine Zigarette an und wartete. Warten ist immer gut. Den meisten Leuten fehlt die Geduld, speziell wenn sie etwas tun, was sie wirklich nicht tun wollen.

Auf dem Parkplatz war es still und dunkel, selbst mitten am Tag, und Flood schien nicht in Eile zu sein. Sie saß bloß still da, sah mir beim Rauchen zu und sagte schließlich: »Sie tragen heute keine Knarren, oder?«

Ich wandte mich vom Fenster ab. Sie saß mit übergeschlagenen Beinen, Ellbogen auf einem Knie, das Kinn in der Hand. »Warum sagen Sie das?«

»Ein Mensch läuft anders, wenn er eine Waffe trägt. Er bewegt sich anders. Man kann das immer feststellen.«

»Sie haben das in Japan gelernt?«

»Ja.«

»Tja, die haben Ihnen was falsches erzählt. Ich laufe nicht anders, ich bewege mich nicht anders.«

»Burke, Sie tragen diese Knarren nicht.«

»Ich bin bewaffnet.«

Sie schaute mich an, lächelte und sagte mit scherzender Stimme: »Quatsch.« Ich wirkte den Umständen entsprechend so verletzt wie möglich.

»Wollen Sie mich durchsuchen?«

Flood schenkte mir ein kehliges Lachen, sagte: »Sicher«, und steckte die Hände in meinen Mantel, unter die Arme, fuhr runter zum Brustkorb, um meinen Rücken, in meinen Hosenbund, ließ die Hände zu meinem Knöcheln fallen. Kam leer wieder hoch. Sie hob die Augenbrauen, klopfte meinen Schritt ab und die Innenseite meiner Schenkel. Wieder zurück zum Schritt. »Meinen Sie das?«

Ich versuchte ernsthaft zu wirken, begnügte mich statt dessen mit einem Kuß auf die Zickzack-Narbe und zündete eine weitere Zigarette an. Flood schaute schmollend.

»Schau«, sagte ich, »diese Leute in Japan wissen nicht alles. Ich versuche nicht, sie runterzusetzen, aber Sie überleben nicht lange, wenn Sie alles glauben, was Ihnen jemand erzählt.«

»Ich seh immer noch keine Knarre.« Flood tippte mir mit den Fingern ans Knie, als ob sie geduldig wartete.

Ich ballte die rechte Faust, brachte sie hoch zu meiner Schulter, spannte den Bizeps hart an, bis ich gegen die Velcro-Klappe am Ellbogenansatz im Ärmel drückte. Ich zog die Faust blitzartig von der Schulter weg und öffnete sie gerade rechtzeitig, um das kurze Metallrohr aufzufangen, als es meinen Ärmel runter und durch den Seidenkanal in meine offene Hand glitt. Es war nicht so flüssig wie Flood mit ihrem Stern, aber ihr Mund klappte auf, als hätte sie gerade Hexerei miterlebt. Entzückt klatschte sie in die Hände. »Burke, was ist das?«

»Wie sieht's denn aus?«

»Wie ein großer, fetter Lippenstift.«

Ich hielt es in der Hand und ließ es sie genau ansehen. Das Rohr war aus perfekt geschmiedetem Stahl, zirka sechseinhalb Zentimeter lang. Innen war ein .357-Magnum Hohlspitzgeschoß. Man braucht nur kräftig auf die Rückseite des Rohrs zu pressen, und die Kugel kommt vorne raus. Der Maulwurf wollte keine Zielgenauigkeit über einen Meter sechzig garantieren, aber er garantierte, daß es funktionierte. Flood langte danach, aber ich riß es von ihr weg.

»Können Sie es nicht entladen und es mich anschauen lassen?«

»Man kann es nicht entladen. Einmal die Kugel gegen die Feder gedrückt, und das war's.«

»Kann man es nach Gebrauch nachladen?«

»Nix. Man schießt einmal damit – es zerreißt ein Stück der Hand und alles, was vor der Hand ist, und das ist alles.«

»Was für ein närrisches Ding.«

»Sie haben mich durchsucht. Haben Sie's gefunden?«

»Der Stern ist besser.«

»Besser für *Sie*. Man braucht Geschick, um das verdammte Ding zu werfen. Alles, was man hierzu braucht, ist der Schneid, den Knopf zu drücken.«

Sie saß eine Weile da und dachte offensichtlich darüber nach. Als wisse sie, daß etwas faul war, könne es aber nicht in Griff kriegen. Ich rauchte eine weitere Zigarette, während sie nachdachte. Endlich sagte sie: »Es taugt nichts. Es schaut nicht mal wie eine Waffe aus. Sie könnten es nicht auf jemanden richten und ihn zu etwas zwingen. Es würde niemanden schrecken.«

»Es soll niemanden schrecken. Es soll nicht mal einer sehen, und noch weniger erschreckt werden. Es ist bloß für den Fall.«

»Für den Fall von was?«

Jetzt war ich mit Achselzucken dran. Ich legte die Jacke ab, steckte das Rohr wieder zurück, befestigte die Velcro-Klappe, machte es wieder dran und wand mich in die Jacke, bis alles wieder bequem saß. »Alte Philosophie gilt für alles, richtig? Die Menschen haben sich weiterentwickelt, seit diese Japsen in die Berge gegangen sind, um die schöne Kunst zu vervollkommnen, wie man andere Menschen in kleine Stücke schlägt. Auf diesem Planeten laufen sämtliche Arten von Freaks herum, die vor hundert Jahren noch nicht mal existiert haben. Für die ist das, nicht für mich. Sie haben einen Grund, hierzusein, aber nur für eine Weile. Dann gehen Sie zurück, wo immer Sie hergekommen sind, und tun, was immer Sie vorher getan haben. Ich muß hierbleiben – ich bin hier lebenslänglich. Also erzählen Sie mir nicht, wie ein Mann wirkt, wenn er eine Waffe trägt – Sie wissen es nicht, kleines Mädchen. Sie mögen die taffste Braut auf der ganzen Welt sein, okay? Aber in dieser kleinen Abteilung davon sind Sie Eiskrem für Freaks.«

Flood wirkte, als wäre ihr ganzes Gesicht erstarrt, außer den Augen. Ich ließ mich davon nicht halten. »Bilden Sie sich bloß nichts ein, Flood. Ich versuch nicht, Ihren Pappi zu spielen. Wenn ich in scheiß Japan wäre und jemanden suchte, hätte ich wenigstens genug Verstand, mir zuerst einen Dolmetscher zu nehmen, richtig? Wir haben was zu erledigen, und ich kann Sie nicht herumtrampeln lassen wie eine Blöde – Sie verpfuschen die Sache. Und ich krieg die schwarzen Marken verpaßt.«

Flood versuchte bitter zu klingen. »Darauf läuft's in Wahrheit raus, hä?«

»Ach, leck mich am Arsch.« Verärgert warf ich die Arme hoch und öffnete die Tür, um auszusteigen. Floods Hand verwandelte sich in einen Enterhaken, als sie mich wie ein Fliegengewicht zurück ins Auto zerrte und mich gegen den Fahrersitz schmetterte.

Während sie mich noch immer am Jackenaufschlag hielt, rammte sie ihr Gesicht gegen meines und knurrte: »Vielleicht später«, und kicherte. Dann lehnte sie sich rüber und küßte mich hart auf den Mund. »Sind wir lieber Freunde, okay?«

»Ich *bin* Ihr Freund«, sagte ich, »ich wollte bloß nicht –«

Flood machte mit den Händen eine Halt's-Maul-Geste. »Das reicht. Ich höre Ihnen zu – Sie hören mir zu. Und jetzt los.«

Ich nickte. Wir stiegen beide aus dem Auto und brachen auf, die Straße hoch und zum *Daily-News*-Gebäude.

20

Als wir die Forty-second Street entlang gingen, behielt ich die Hände in den Taschen. Floods linke Hand ruhte auf meinem Unterarm, die andere hielt sie frei und locker. Die Straße hat etwas an sich, sogar wenn man drüben auf der East Side ist, das einen auf den Gedanken bringt, aus jeder Gasse könnte ein Freak hüpfen. Jetzt, da wir ein paar Grundregeln geklärt hatten, beschloß Flood, ein paar Fragen zu stellen. »Was werden wir im News-Gebäude machen?«

»*Wir* werden gar nichts machen. Ich werde reingehn und jemanden treffen – Sie gehn einkaufen.«

»Schau, Burke –«

»Flood«, sagte ich müde, »ich laß Sie schon nicht außen vor. Es gibt keinen Grund, daß dieser Typ, mit dem ich mich treffen muß, Ihr Gesicht sieht, richtig? Und außerdem, Sie brauchen wirklich irgendeine Verkleidung. Wir wissen nicht, was abgeht, wenn Sie diesem Cobra-Freak begegnen. Es ist nicht nötig, daß die Leute Sie sehen.«

»*Werden* wir ihn finden, Burke?«

»Wir werden ihn finden, ja. Verdammt sicher sogar, wenn er noch in der Stadt ist. Und vielleicht sogar, wenn er's nicht ist. Okay? Aber Sie müssen lockerer werden. Lassen Sie mich tun, was ich kann – dann kriegen Sie ihn vors Visier.«

Flood lächelte. Ein einzigartiges, glückliches Lächeln. »Okay!«

»In Ordnung, hör zu. Sie müssen sich ein paar Anziehsachen und anderes Zeug kaufen. Haben Sie Geld?«

»Ja, ich habe ein bißchen.«

»Folgendes brauchen Sie. Eine gute schwarze Perücke, etwa mittellang, eine Sofort-Tönungscreme, die Sorte ist egal, einen goldenen Eyeliner und Lidschatten, einen dunklen Lippenstift, den dunkelsten, den Sie finden. Dann entweder eine tief ausgeschnittene Bluse oder einen Sweater mit V-Ausschnitt, ein Paar scharfe Stöckelschuhe mit dunklen Strümpfen oder Strumpfhosen und das engste Paar greller Hosen, in das Sie sich quetschen können. Oja, und einen breiten Gürtel mit einer Schnalle vorne dran. Besorgen Sie 'ne Kappe, die hilft Ihnen, die Perücke draufzubehalten, irgend 'ne Farbe, die zur übrigen Aufmachung paßt.«

»Vergiß es.«

»Flood, hier bei uns gibt's kein *Vergiß es*. Ich hab gedacht, Sie haben gesagt, daß wir zusammen dran arbeiten.«

»Wo soll ich denn arbeiten, im Massagesalon?«

»Nutten in Massagesalons tragen keinen solchen Plunder, Flood – sie tragen schmierige Nachthemden und Körperpuder.«

»Sicher sind Sie ein echter Experte auf diesem Gebiet.«

Ich blieb stehen, um eine weitere Zigarette anzuzünden. Öffnete den Mund, um Flood meine Gründe zu erklären; die sagte: »Sie rauchen zuviel«, und flappte mir die Zigarette aus dem Mund. Sie wandte sich ab, so daß ich ihr Gesicht nicht sehen konnte. Wir blieben nach der Hälfte des Straßenzugs stehen. Sie sagte nichts, schaute bloß weiter von mir weg. Ich war knapp davor aufzugeben. »Du benimmst dich wie ein gottverdammtes Kleinkind.«

Sie wirbelte herum, um mich anzuschauen. Ihre Augen waren so hell, als stünden sie unter Wasser. »Ich bin kein Kleinkind. Aber ich bin nicht bereit, einfach Sachen zu *machen*. Sie müssen sie mir schon erklären.«

»Flood, es gibt für jede einzelne Sache, die Sie besorgen sollen, einen guten Grund. Aber wir müssen das nicht hier auf der Straße erörtern, okay? Ich muß diesen Typ treffen, um ein paar Sachen klarzukriegen. Sie können sich eine von drei Möglichkeiten aussuchen: losziehn und das Zeug kaufen und mich beim Auto treffen; losziehn und beim Auto warten, damit ich Sie verdammt nochmal *überzeugen* kann, das Zeug zu kaufen; oder ins Land der aufgehenden Sonne zurückgehn.«

»Ich könnte ihn selber finden.«

»Sie könnten diesen Freak nicht mal finden, wenn er auf den Gelben Seiten stände.«

Flood richtete den Blick auf mich, streckte die Hand aus, Innenfläche nach oben. Ich gab ihr den Ersatzschlüssel zur Tür (er funktionierte nicht für die Zündung), erklärte ihr, wie sie mit dem Schloß umgehen mußte, und sie schaute mich beinahe schon wieder an, als sie abmarschierte. Ich ging die Straße zum *News*-Gebäude hoch und wählte den Typ, den ich wollte, vom Münztelefon an der Ecke an. Er war da. Am Telefon erklärte ich ihm, was ich wollte – kommt nicht in Frage, daß ich in die Redaktion mit all den neugierigen Kaspern drumherum reinlief. Die meisten jungen Reporter erledigen ihre Recherchen per Telefon, aber es gibt ein paar alte Hasen, die mein Gesicht kennen und es für immer abgeheftet haben. Ich erklärte dem Typ, ich würde ihn in einer Stunde in seiner irischen Lieblingsbar treffen, und hängte ein.

Ich rief Mama an und trug ihr auf, Mr. James mitzuteilen, daß ich ihn diesen Abend unter der Nummer anrufen würde, die er hinterlassen hatte, es sei denn, er wollte eine andere Nummer. Dann setzte ich mich mit dem Rennblatt wieder eine halbe Stunde hin, bevor ich Maurice anrief und ihm einen Zwanziger für eine Traberstute anbot, mit der ich liebäugelte; ich wollte ihn bloß wissen lassen, daß ich nicht aus der Welt war. Als ich in der irischen Bar eintrudelte, fand ich den Reporter mit einem Ordner voller Zeitungsschnipsel in einer Nische. Ich mag den Jungen. Er schloß in Harvard ab, hat zwei Diplome, macht fünfzig Riesen im Jahr und redet wie ein leicht zurückgebliebener Aussteiger aus der arbeitenden Klasse mit einem Hang zur Philosophie. Vielleicht funktioniert das bei Frauen.

»Burke, hier is das Gift, das du gewollt hast. Haste was für mich?«

»Jetzt noch nicht, Junge« (er haßt es, Junge genannt zu werden) »aber ich arbeite an 'nem echten Skandal drüben im Gericht.«

»Yeah, glaub ich.«

»Ich hab dir das Habeas canis-Stück geliefert, richtig?«

»Großer Scheißdeal.«

»Was meinst du damit, großer Scheißdeal? Ich wette, du hast für das feine Stück gründlicher Hintergrundreportage eine Aufbesserung kassiert.«

»Schau, Burke, treib's nicht auf die Spitze. Du hast die Ausschnitte gewollt, ich hab die Ausschnitte. Ich weiß, daß da irgendwo 'ne Story drin is, und alles, worum ich bitte, ist, sie zuerst zu kriegen.«

»Junge, du weißt doch, daß ich nicht mit Reportern rede, richtig?«

Der Junge nickte – er denkt, ich stecke im organisierten Verbrechen, einer der wenigen Iren, der die italienischen Absperrungen durchbrochen hat. Das einzige Mal, das ich näher mit dem Mob zu tun hatte, war bei einem Ringkampf – ein Spinner bezahlte mir gutes Geld, um die wahre Identität des Maskierten Maestro zu erfahren.

Ich wühlte mich durch die Zeitungsschnipsel, die mir der Junge aus der Ablagerung geholt hatte. Mein Mann war dabei, in Ordnung, just wie ich gedacht hatte – Martin H. Wilson, festgenommen wegen Vergewaltigung und Sodomie an drei puertorikanischen Kindern. Nichts weiter dazu. Dann Martin Wilson, festgenommen wegen Vergewaltigung, Sodomie und Mord an Sadies Kind, Staatsanwalt fordert bei Anklageerhebung 100 000 Dollar Kaution. Dann, später, ordnet das Gericht ein Sachverständigengutachten an, nachdem Wilsons Verteidiger sagt, er ist das Opfer einer *Agent-Orange*-Vergiftung in Vietnam. Dann die anderen Ausschnitte – ich hatte eine Ahnung, warum Wilson nicht im Kahn war und auf den Prozeß wartete. Yeah, da war es: Elijah Slocum, Kinderporno-Großhändler, festgenommen in seiner Villa in Riverdale durch die Staatsanwaltschaft Bronx im Anschluß an eine sechsmonatige Untersuchung durch Undercover-Agenten. Slocum hinterlegt 25 000 Dollar Kaution, behauptet, er wäre von seinen »Feinden« belastet worden. Slocum beantragt, die Kaution zu senken; mehrere prominente Bürger zeugen für seinen Leumund; Fall ist noch in der Schwebe.

Das reichte. Es gab kein Bild von Wilson, aber ich hatte keines erwartet. Ein *Daily-News*-Foto reichte sowieso nicht. Alles, was ich wirklich wollte, waren die Daten. Ich speicherte sie im Gedächtnis, schüttelte traurig den Kopf und reichte die Ausschnitte wieder dem Jungen. »Tja, es war sowieso ein Schuß ins Blaue.«

»Das Zeug taugt nichts?«

»Du hast mir geholt, wonach ich gefragt habe – ich hab bloß nichts gefunden, das is alles. Hör zu, ich schulde dir, glaube ich, trotzdem was, okay?«

Der Junge nickte mürrisch, schluckte sein Bier in einem Zug und winkte der Bedienung nach einem neuen, während ich mich zum Aufbruch rüstete. Ich sagte, ich würde ihn anrufen. Er murmelte: »Mach's gut«, und ging einen weiteren Humpen an. Ich lief vier Blocks nach Westen, schnappte ein Taxi, erklärte dem Fahrer, ich wollte zum UNO-Gebäude, und stieg an der Forty-ninth Street, Ecke First Avenue aus. Dann lief ich runter zum Fluß und nach Süden zum Auto, wo Flood auf dem Vordersitz saß und eine Zeitung las.

Ich sperrte mir auf und bemerkte die auf dem Rücksitz gestapelten Pakete. So weit, so gut. Flood schaute mich erwartungsvoll an. »Ich erklär's, wenn wir im Büro sind«, sagte ich, setzte den Plymouth in Gang und brach auf gen *downtown*.

21

Mitten auf dem Roosevelt fiel mir auf, daß ich nicht so handelte, wie ich geschult worden war – ich konnte Flood wirklich nicht mit ins Büro nehmen, ohne ihr zuviel zu zeigen. Und dazu war ich nicht bereit. »Flood, benutzt zu dieser Tageszeit irgendeiner Ihr Studio?«

»Warum?« Sie war offensichtlich gewillt, feindselig zu bleiben, bis ich mit ein paar Antworten für sie rüberkam.

»Tja, ich kann Sie nicht mit ins Büro nehmen, ohne den Hund zu deaktivieren, und das kann ein paar Stunden dauern. Außerdem will ich nichts mit irgendwelchen Kunden zu tun haben, bevor wir dieses Ding abgewickelt haben. Ich will mich bloß auf das konzentrieren.«

»Es ist keiner da. Sie haben jede Woche nur an zwei Abenden und einem Tag Stunden. Aber warum können wir nicht zu Ihrer Wohnung?«

»Ich wohne im Hotel, und da gibt's keine Möglichkeit, am Empfangsschalter vorbeizukommen, ohne daß es massenhaft Leute merken. Ich will nicht, daß Sie irgendeiner wahrnimmt, bis Sie Ihre Verkleidung anhaben.«

»Geht's Ihnen nicht gegen den Strich, nicht am Empfangsschalter vorbeizukommen.«

»Es geht jedermann gegen den Strich. Deswegen wohne ich da.«

Flood schien nicht überrascht, daß ich den Weg zu ihrer Wohnung kannte. Ich sagte ihr, sie solle hochgehen, und ich würde sie in wenigen Minuten anrufen, um zu sehen, ob jemand in der Nähe war und Fragen stellte. Sie machte keine Anstalten, die Pakete vom Rücksitz mitzunehmen, als sie ausstieg.

Ich gab ihr zehn Minuten und rief dann an. Eine frostige Stimme, kaum als die Floods erkennbar, informierte mich, daß alles wie vorher war und daß ich hochkommen könnte, wenn und falls ich mich dazu entschieden hätte.

Ich schleppte die Pakete rein, drückte nach dem Frachtaufzug und wartete, bis ich hörte, wie er sich anschickte, sich seinen Weg nach unten zu ächzen. Dann trat ich wieder hinaus. Als er leer runterkam, drückte ich den Schalter, schickte ihn zwei Etagen über Floods Wohnung und nahm die Treppe – leise. Außer dem Aufzug gab es keine Geräusche. Während ich auf Floods Etage im Korridor wartete, hörte ich den Aufzug irgendwo über mir knarrend zum Stillstand kommen und trat ins Studio. Es war leer, genauso wie beim letztenmal, als ich da war. Ich lief nach hinten zu Floods Privatwohnung, wo sie in Lotushaltung auf dem Boden saß und auf mich wartete. Und auf meine Geschichte.

Ich riß die Pakete auf – Bräunungscreme, Lidschatten und Eyeliner, eine glänzende schwarze Perücke, ein Paar rosa Torerohosen, ein schwarzer Jerseypullover mit V-Ausschnitt, ein schwarzer Lackgürtel, schwarze Netzstrumpfhosen und ein Paar Stöckelschuhe mit zehn Zentimeter hohen Absätzen aus schwarzem Kunstleder. Billiger Plunder, abgesehen von der Perücke. Flood sagte nichts, beobachtete mich nur.

»Okay, hier ist die Geschichte. Sie können Ihr Gesicht nicht verändern, nicht wirklich. Aber Sie müssen von einigen Leuten gesehen werden – Sie ziehen sich so an, und die Leute merken sich alles, außer Ihrem Gesicht. Alles, woran sie sich erinnern, sind rosa Hosen und vielleicht das schwarze Haar. Außerdem müssen Sie irgendwie sexy und unterbelichtet zugleich wirken, weil Sie ein paar Leute um Hilfe bitten müssen. Die werden sich an nichts erinnern, was sie nicht sehen.«

»Burke, wovon zum Teufel reden Sie?«

»Flood, um Himmels willen, was stimmt nicht mit Ihnen. Sie sind doch nicht im Kloster groß geworden. Der Durchschnittsmann wirft einen Blick auf Sie, wenn Sie in diesen Hosen die Straße entlang wackeln, und an was anderes erinnert er sich nicht. Was ist dabei so gottverdammt schwer zu begreifen?«

»Ich schere mich nicht darum, ob die Leute wissen, wer ich bin und wie ich aussehe.«

»Yeah, richtig, tun Sie nicht. Sie gehn entweder zurück nach Japan, oder Sie haben einen Kamikaze-Plan – Sie erledigen Ihren Job, und was danach passiert, ist Ihnen einfach scheißegal. Nicht mit mir. Ich scher mich drum – ich will nicht, daß Leute nach mir Ausschau halten. Wenn sie nach Ihnen Ausschau halten müssen, nach Flood, und uns in Verbindung bringen, halten sie auch nach mir Ausschau. Kapiert? So, wie Sie angezogen sind, wie Sie ausschaun, wirken Sie einfach zu komisch.«

Flood hielt die rosa Hosen hoch. »Die sind *nicht* komisch?« Ich versuchte es erneut. »Flood, das ist keine Frage des guten Geschmacks, okay? Die Leute werden Sie wahrnehmen, egal wie, ja? Aber keine Chance, daß ein Mann auf Ihre Brüste schaut, wenn die in dem Pullover rumhüpfen, und gleichzeitig auf Ihr Gesicht.«

»Meine Brüste hüpfen nicht, wenn ich laufe.«

»Flood, mir ist's egal, ob Sie der Welt größte Könnerin aller Kampfsportarten sind – mir ist's egal, ob Sie scheiß Supergirl sind. Sie tragen diesen Pullover ohne BH, und Ihre gottverdammten Brüste werden hüpfen.«

»Burke, Sie sind ein Spinner. Kein BH zu der Aufmachung? Ich werde aussehen wie die schwachköpfige Ausgabe einer Hure.«

»Jetzt haste kapiert.«

»Ich mach das nicht.«

»Einen Scheiß machste. Ich hab für diesen Job ein paar große Opfer gebracht – das können Sie auch.«

»Welche Opfer haben Sie gebracht?«

»Ich hab mein Gesicht verändern lassen, plastische Chirurgie.«

»Sie haben *was?*«

»Plastische Chirurgie.«

»Wegen diesem Job.«

»Verdammt richtig. Bevor ich diesen Job machte, war ich Dressman.« Flood strengte sich höllisch an, nicht zu kichern, gab auf, versuchte wieder ernst zu wirken. Gab das auf und fing an zu lachen. Es war ein großartiges Lachen – sie linste zwischen den Fingern auf mein ehemaliges Modellgesicht und platzte glatt heraus. Schließlich kam sie rüber, setzte sich neben mich und las die rosa Hosen auf. »Burke, ich seh aus wie die Fette im Zirkus, wenn ich die anziehe.«

»Sie sehn schön aus.«

»Burke, ich mein's ernst. Einige Frauen können solches Zeug tragen, ich bin nicht dafür gebaut. Ich habe im Laden fünfzehn Minuten gebraucht, sie anzukriegen.«

»Oh, Sie haben Sie schon probiert.« Flood schaute runter, sagte nichts. »Flood, du bist eine eitle Schnalle. All der Quatsch wegen der Klamotten, und bloß, weil Sie denken, Sie sehn nicht gut damit aus.«

»Es ist nicht bloß das.«

»Sondern?«

»Ich kann mich damit nicht bewegen.«

»Zieh sie an und laß sehn, okay?«

Flood sprang auf die Beine, warf die Jacke ab, löste den Gurt an ihrer Taille und trat beiseite, als ihre Slacks zu Boden glitten. Mit einer einzigen wilden Bewegung knipste sie die Haken im Schritt ihres Bodystockings auf, riß ihn über den Kopf und schnappte sich die rosa Hosen aus meiner Hand. Das dauerte zirka drei Sekunden. Dann grunzte und zerrte sie zirka fünf Minuten, versuchte die Hosen über die Hüften zu kriegen, murmelte die ganze Zeit Flüche wider mich, schaffte es aber schließlich, sie um die Taille zu schließen. Es wirkte wie glänzende, neue rosa Haut. Die Hände auf den Hüften, starrte sie mich an: »Siehste, was ich meine?«

»Können Sie sich bücken?«

»Bücken? Ich kann nicht mal *gehen*.«

»Versuch's einfach, okay?«

Sie drehte sich um und ging von mir weg. Es war die trefflichste Verbindung von Sex und Komödie, die ich je gesehen hatte. Von den Knöcheln bis zu den Oberschenkeln war sie in rosa Metall gehüllt, und von da aufwärts sah es aus wie rosa Gelee, das sich jeder Einengung heftigst widersetzte. Flood wirbelte herum: »Burke, wenn ich auch nur die Spur eines Lächelns auf Ihrem häßlichen Gesicht sehe, bring ich Sie ins Krankenhaus.«

Mein Gesicht war so ausdruckslos wie eine Glasscheibe. Unglücklicherweise war es ebenso durchsichtig, und Flood griff mit beiden geballten Fäusten an. Gott sei Dank mußte sie, als sie es bis zu mir geschafft hatte, selber lachen. Und sie lachte noch heftiger, als ich ihr beim Hosenausziehen helfen wollte. Sie mühte sich auf die Beine und zischte mit der übrigen Aufmachung ab ins Badezimmer. Als sie rauskam, stolzierte sie auf den Pfennigabsätzen, trug die Perücke und das Jersey-Top. Jeder Versuch, vor lauter herumhüpfendem Fleisch ihr Gesicht betrachten zu wollen, war vergebens, und ich wußte, daß sie es auch wußte. Wenn sie noch ihr Gesicht aufputzte, hatten wir Narrenfreiheit. Sie stolzierte mitten im Zimmer umher, machte mit den Beinen ein paar Probeschritte, beschrieb mit ihnen wenige Zentimeter über dem Boden ein paar kleine Kreise.

»Ich kann in den Dingern treten, aber keine hohen Tritte, keine Rundumschläge.«

»Vergiß es. Es ist kein Kampfanzug, Flood, es ist eine verdammte Verkleidung, richtig?«

»Was, wenn ich jemanden treten muß?«

»Zieh vorher die Hosen aus.«

Flood schenkte mir einen Blick und fing an, die Hosen über die Hüften runterzurollen. Bis sie halbwegs runter waren, wußte ich, sie würde mich nicht treten.

22

Als ich ein paar Stunden später aufwachte, war Flood noch immer weg, als wäre sie bedröhnt. Ich wünsche, ich könnte so schlafen – vielleicht war es, weil ihr Bewußtsein so klar war. Wir hatten noch ein bißchen Zeit, also holte ich meine Zigaretten raus, saß am Fenster und schaute runter auf die Straße. Ich hielt die Kippe unter das Fensterbrett und blies den Rauch nach unten, nur für den Fall, daß irgendwo da draußen ein Freak war, nach dem winzigen roten Punkt schaute und meinte, es bedeutete *herein* statt *nein*. Ich mußte noch immer über einen Plan nachdenken, der Flood ihr rohes Fleisch brachte und mir die Regierung vom Hals hielt. Mir fiel nichts ein.

Das Geräusch der Dusche brachte mich wieder dahin zurück, wo ich wartete, bis Flood rauskam. Als sie kam, trug sie ein großes, kuscheliges weißes Handtuch und lief an mir vorbei in den großen Raum, wo ich geraucht hatte. Ich folgte ihr und beobachtete sie, während sie das Handtuch fallen ließ, nackt rüber zu der Wand mit all den Spiegeln lief und mit ihren Übungen anfing – ein komplizierter *kata* mit wirbelnden Stoßtritten und doppelten Handhieben, messerscharf und mit geballten Fäusten. Ein *kata* ist eine Kampfsport-Übung: In einigen japanischen Stilen wird er zur Qualifikation für höhere Grade gebraucht, etwa den Schwarzen Gürtel; manche sehen ihn als rituelle Übung. Wenn ein Amateur einen *kata* schlägt, sieht's aus wie bei einem spastischen Roboter, aber Floods *kata* war ein Todestanz. Ich sah ihr still zu, bewegte mich nicht. Das einzige Geräusch war ein gelegentliches Zischen ihres Atems durch ihre Nase.

Floods *kata* war wie weißer Rauch mit Stahlkanten. Sie beendete ihn, indem sie in einem Spagat landete, um den sie jedes Funkenmariechen beneidet hätte. Blieb vollkommen ruhig am Boden, konzentrierte sich auf etwas. Dann schaute sie zu mir hoch: »Kannst du mir die Hosen herbringen, die ich gekauft habe?«

Ich ging zurück in ihr Abteil und brachte sie raus. Flood zwängte sie wieder über die Hüften. Ihr Körper trug einen leichten Schweißfilm, und es war immer noch ein Kampf. Sie quetschte den Reißverschluß zu, schnappte den Knopf am Bund ein, lief rüber in die Halle und holte ein Paar schwere Lederhandschuhe runter, eine Art Catcher-Fäustlinge. Sie schmiß sie mir zu. Ich wußte, was sie von mir wollte, also zog ich die Schuhe aus und lief auf den Übungsboden. Ich ging halb in die Hocke, streckte die Handschuhe Richtung Flood, einer auf dem rechten Knie, der andere an meiner linken Schulter, die Handflächen ihr zugewandt.

Flood kam, die Hände offen vor sich, auf mich zu, verbeugte sich leicht. Ich nickte, daß ich bereit war. Sie näherte sich mit kleinen, leichten Schritten, schwebte auf die Zehen und seitwärts in Lauerstellung und drosch plötzlich mit ihrem linken Fuß nach meinem rechten Knie. Mit einem scharfen *Pop* erwischte sie voll den offenen Handschuh, wirbelte auf dem rechten Bein, belastete ihren linken Fuß und peitschte den rechten hoch gegen meine rechte Schulter. Er kam nie an – das hautenge Material hielt ihre Beine im Schritt zusammen, und sie fiel, rollte sich augenblicklich zur Seite, die Hände in Kopfnähe umklammert, die Ellbogen raus.

Ich wußte, was sie sagen wollte. »Das geht nicht. Über Kniehöhe kriege ich weder Tempo noch Wucht. Wir müssen etwas anderes besorgen.«

»Okay, Flood, ich will nicht, daß du dich wehrlos fühlst.«

»Das ist kein Witz.«

»Es stört dich nicht, wenn du ohne Kleidung kämpfst, aber –«

»Ich mußte lange trainieren, bevor ich's konnte. Wir müssen alle so üben, damit wir nicht an uns selbst denken, nur an die Aufgabe.«

»Du hast also nie mit Kleidung kämpfen trainiert?«

»Burke, hör zu. Ich konnte kämpfen, egal wie, ja? Zumindest konnte ich mich selbst verteidigen. Aber ich brauche Bewegungsfreiheit, sonst kann ich keine Kraft entwickeln.«

»Wenn du also gegen diesen Cobra-Freak kämpfst . . .«

»Ja.«

»Flood, ich verspreche nicht, daß es darauf hinausläuft.«

»Du hast ihn bloß zu finden.«

Ich ging zurück zum Fenster und setzte mich auf den Boden, steckte eine an. Flood tappte rüber zu mir, glitt runter in Lotusposition, saß eine Weile still da. Vielleicht leistete sie Gesellschaft, vielleicht dachte auch sie nach. Sie begriff kein einziges verfluchtes Ding.

»Flood«, sagte ich, »weißt du, wie man gegen einen scharfen Hund kämpft?«

»Habe ich nie.«

»Da gibt's bloß ein Geheimnis, okay? Wenn er dich beißt – und er *wird* dich beißen –, mußt du ihm, was immer er beißt, so tief und fest ins Maul rammen, wie du kannst.«

»Und dann?«

»Und dann benutzt du, was immer von dir noch übrig ist, um ihm die schwarzen Marken zu verpassen.«

»Und?«

»Und der Hund erwartet von dir nur eines – wegzuziehen so fest du kannst. Er ist 'n Jäger, und seine Beute ist darauf konditioniert. Panik und Flucht.«

»Und?«

»Und so was wie einen fairen Kampf mit einem Hund gibt es nicht.«

»Wilson ist kein Hund.«

»Du weißt, was er ist, Flood?«

»Nein.«

»Tja, ich schon. Also mach es wie ich – und hör mir zu.«

Floods Augen verengten sich, dann entspannten sie sich mit einer Gelassenheit, die sich auf ihrem ganzen Körper widerspiegelte, als sie sprach. »Es gibt eine richtige Art, eine korrekte Art, etwas zu tun.«

»Es gibt 'ne richtige Art, kleine Kinder zu vergewaltigen?«

»Burke! Du weißt, was ich meine.«

»Yeah, ich weiß, was du meinst – und du fällst damit auf die Schnauze, Kleines. Die einzige Art, irgendwas zu tun, ist die, bei der du nachher noch weggehen kannst.«

»Und wenn ich nicht zustimme?«

»Dann ziehst du das *allein* durch.«

Floods Augen bohrten sich in mein Gesicht, suchten nach einer Öffnung. Es gab keine. Ich wußte nicht einmal, warum ich so weit gegangen war, aber ich würde meine eigenen Grenzen nicht überschreiten. Das einzige Spiel, das ich spiele, ist das, bei dem Gewinnen Weiterspielen bedeutet. Sie lächelte. »Du bist nicht so taff, Burke.«

»Ausdauer schlägt Stärke. Haben sie dir das drüben in Japan nicht beigebracht?«

Sie dachte eine Minute darüber nach, ließ dann ein liebliches, hinreißendes Lächeln aufblitzen. »Glaubst du, sie machen diese Art Hosen auch aus Stretch?«

»Weiß ich nicht. Warum checkst du das nicht morgen früh raus, wenn du zum Gericht gehst?«

»Wir gehen zum Gericht?«

»Ich nicht, bloß du. Ich hab selber was zu erledigen, und außerdem geh ich tagsüber nicht gern zum Gericht.«

Ich legte mich auf den Boden, streckte die Arme hinter

den Kopf und blies Rauchkringel zur Decke. Flood lehnte auf einem Ellbogen und rubbelte mit ihren Knöcheln über die Seite meines Gesichtes, während ich ihr erklärte, wie man im Justizgebäude ein Aktenzeichen findet. Es war still und friedlich, aber ich mußte gegen sechs diesen Anruf machen. Ich küßte Flood zum Abschied, packte mein Bündel, kletterte dann die Treppe zum Dach hoch, wo ich die Straße abcheckte. Nichts. Ich drückte nach dem Aufzug und peste über die Treppe, kaum daß ich ihn sich bewegen hörte.

Das Auto stand, wie ich es hinterlassen hatte. Mußte eine ziemlich unkriminelle Gegend sein – das lief jetzt schon zweimal so.

Es war beinahe Abend, und ich wollte alles abgesichert haben, bevor ich diesen James anrief, also hielt ich am Münztelefon an der Fourteenth Street, um eine Tour für die Nacht zu reservieren. Ich habe da eine Abmachung mit dem Einsatzleiter – ich rufe ihn an, er gibt mir ein Taxi für die Nachtschicht, und ich muß es erst morgens zurückbringen. Ich behalte, was immer ich laut Anzeige am Abend verdiene, und er kriegt glatte hundert Kröten. Außerdem hebe ich einen Taxischein für Juan Rodriguez (derselbe Kerl, der sein Brot auf dem Corona-Schrottplatz verdient) hinter der doppelten Wand des Handschuhfachs im Plymouth auf.

Man muß sich Fingerabdrücke abnehmen lassen, um in New York einen Taxischein zu kriegen. Es kostet einen Fünfziger extra, will man die bereits fertige Fingerabdruckkarte für den Inspektor mitbringen. Ich habe ein paar Dutzend Karten blanko, Fingerabdrücke schon drauf, aber ohne Namen oder weitere Angaben. Ich kenne von keinem der Kerle, die zu den Abdrücken passen, den echten Namen, aber ich weiß, daß die Cops eine Höllenzeit zubrächten, würden sie einen davon verhören.

Der alte Mann, der als Nachtwächter im städtischen Leichenschauhaus arbeitet, erzählte mir, wie die Cops manch-

171

mal die Fingerabdrücke von einem Toten abnehmen, solange er noch frisch genug ist, damit sie ihn identifizieren
können. Er zeigte mir, wie es gemacht wurde. Die Blanko-
karten kriegte ich ganz einfach, wartete ein paar Wochen,
und der alte Mann ließ mich eines Nachts ein paar Dutzend
Abdrücke von einer Leiche nehmen, die mit dem Fleisch-
wagen reinkam. Ekliger Autounfall – der Kerl war ohne
Kopf, aber seine Finger waren in perfektem Zustand.

In New York Taxi zu fahren ist das zweitbeste nach unsichtbar sein. Du kannst zig Mal denselben Block umrun-
den, und nicht einmal der übliche Rotz der Straße schaut
zweimal hin. Die Cops machen mit ihren Zivilstreifen dasselbe – der einzige Ärger ist, daß die Gewerkschaft sie nicht
alleine fahren läßt; wenn man also zwei Kerle auf dem
Vordersitz eines Taxis sieht, weiß man, daß es Cops sind.
Sehr subtil.

Ich fuhr bei Mama vorbei, um ihr Fenster zu checken.
Gewöhnlich werden dort drei wunderschöne Papierdrachen
ausgestellt – ein roter, ein weißer, ein blauer. Heute nacht
fehlte der weiße – irgendeine Art Undercover-Cops waren
im Laden. Wenn der blaue weg war, bedeutete das uniformierte Polizei. Ich rollte weiter wie erwartet. Ich hätte hineingehen können, da nur der alleine stehende rote Drache
Gefahr bedeutete, aber ich brauchte Max, und der würde
nicht drin sein, jedenfalls nicht oben bei den Kunden. Wenn
Max verschwinden wollte, stieg er runter in den unteren
Keller, unter dem normalen Speicherraum. Da unten war es
stockdunkel – und totenstill. Ich war einmal da, als ihn zwei
Uniformierte suchen kamen. Der junge Cop wollte hinter
ihm her runtergehen, aber sein Partner hatte mehr Grips. Er
trug Mama bloß auf, Max zu bitten, sich aufs Revier zu
begeben, weil sie mit ihm reden möchten. Max runter in
diesen Keller zu folgen wäre etwa so klug wie Zyankali zu
trinken, und es hätte dieselbe Langzeitwirkung.

Ich fuhr mit eingeschalteten Scheinwerfern ins Lager-haus, kurbelte das Fenster runter, zündete eine Zigarette an und wartete. Es war still, so still, daß ich das schwache *Wuschhh* der Luft hörte, bevor ich den sanften Bums auf dem Autodach spürte. Ich starrte gradeaus durch die Wind-schutzscheibe, bis ich eine gegen das Glas gepreßte Hand sah, die Finger wiesen nach unten. Ich habe Max erklärt, daß er sich eines Tages sein blödes Genick brechen würde, wenn er vom Rundgang im zweiten Stock aufs Autodach hüpft. Er hielt das für lächerlich.

Wir gingen ins Hinterzimmer, und ich deutete auf einen der Stühle, dann spreizte ich die Hände, um »Okay?« zu fragen. Als er nickte, hieß das, er hatte auf mich gewartet. Er wußte, wenn ich zurückkam, würde ich alles erklären.

Der Keller des Lagerhauses war meine nächste Etappe. Das einzige Licht dort unten stammt von einem diffusen Strahl der Straßenlaternen durch eines der engen, schmutzi-gen Fenster, aber für mich war's hell genug, um die Aus-gangstür hinter einem Stapel leerer Ladepaletten zu finden. In einer der Paletten war ein gummiummänteltes Telefon mit zwei in Krokodilklemmen endenden Kabeln und ein Satz Schlüssel. Einer der Schlüssel brachte mich in einen weiteren, die Gasse weiter unten liegenden Keller, und der zweite paßte zur Telefonzentrale des Bürogebäudes an der Ecke. Es war friedlich – das orientalische Architektenkol-lektiv, das den Ort tagsüber belebte, arbeitete nachts nie. Ich checkte meine Uhr. Noch drei oder vier Minuten, bis James den Anruf erwartete. Ich öffnete den Telefon-Ver-teilerkasten, klemmte mein Gerät an, checkte, ob irgendein anderer in der Leitung war, kriegte das Freizeichen und wartete. Um fünfzehn Sekunden vor sechs wählte ich die Nummer, die James Mama gegeben hatte. Jemand antwor-tete beim ersten Läuten.

»Hier bei James.«

»Hier spricht Burke.«

»Einen Moment bitte.« Ich sollte denken, daß ich in einem Büro anrief. James ging ran, eine andere Stimme, also waren wenigstens zwei von ihnen beim Spiel dabei. »Burke. Ich hab Sie zu erreichen versucht. Sind Sie schwer zu erwischen, Mann.«

»Warum sind Sie nicht einfach nach Hause gekommen, Kamerad?«

»Ich weiß nicht, wo Sie wohnen.«

»Richtig, wissen Sie nicht. Was wollen Sie?«

»Ich hab ein Geschäft für Sie; etwas genau auf Ihrer Linie. Es geht um eine beträchtliche Summe. Können wir uns treffen?«

»Kennen Sie jemanden, den ich kenne?«

»Ich will am Telefon keine Namen nennen. Aber sagen wir, ich kenne Ihren Ruf, und hier geht's um etwas, was Sie mögen.«

»Glaub ich nicht.«

»Ich glaube schon«, mit einem Unterton, den er für hart und fordernd hielt, sollte heißen, er würde ein Born permanenten Ärgers sein und mir im Nacken bleiben. Es war besser, ihn einmal zu treffen und es hinter mich zu bringen.

»Okay, Kamerad. Heute nacht – in Ordnung?«

»Heute nacht ist bestens. Sagen Sie mir nur, wo.«

»Ich schicke Ihnen ein Taxi. Der Fahrer wird Sie zu mir bringen.«

»Das ist wirklich nicht nötig.«

»Yeah, ist es.«

Stille trat ein, als er eine Minute nachdachte; nicht daß es viel für ihn nachzudenken gab. Wahrscheinlich würde er mir sagen, ich solle den Fahrer zu einem flotten Hotel schicken, und er stünde dann davor, als gehörte er hin. Es war an der Zeit, ihm zu zeigen, daß wir den Abend nicht mit Blödsinn vertändeln wollten. »Schaun Sie, so geht's. Das Taxi wird

Schlag zehn Uhr da sein. Sie und ihr Freund hocken sich einfach auf den Rücksitz, sagen Sie nichts. Das Taxi wird sein Außer-Dienst-Zeichen haben, und es wird zweimal mit den Lichtern blinken, wenn es bei Ihnen vorfährt. Steigen Sie bloß ein, und es wird Sie dahin bringen, wo ich bin. Sie steigen aus, wenn der Fahrer hält, warten an der Ecke, und ich lese Sie auf und bring Sie zum Treffpunkt.«

»Das klingt ein bißchen kompliziert.«

»Wie belieben.«

Wieder kurze Stille. Dann: »Okay, Burke, sagen Sie ihrem Fahrer, wir sind –«

»Keine Sorge. Der Fahrer wird an derselben Ecke sein, an der Sie eben jetzt stehen. Und verschwenden Sie nicht Ihre Zeit beim Versuch, mit ihm zu reden, er wird kein Wort sagen. Ja oder nein?«

Stille, eine gedämpfte Unterhaltung. Dann: »Ja, wir –« Ich knipste die Krokodilklemmen ab und stornierte das Gespräch. Falls sie nicht an derselben Ecke wie das Münztelefon waren, wenn das Taxi anrollte, wäre das das Ende. Ich ging den Weg zurück, den ich gekommen war, verstaute Ausrüstung und Schlüssel und gesellte mich wieder zu Max ins Lagerhaus.

Als ich den Taxischein auf den Tisch vor Max legte, überzog ein fröhliches Grinsen sein Gesicht – er liebte Taxifahren über alles. Ich zückte Papier und Zeichenstift, zeigte ihm die Ecke, wo er die beiden Kasper auflesen sollte, und gestikulierte ihm, daß er sie zurück in diese Gegend bringen sollte. Er nickte, und ich malte ihm auf, daß er sie nur bis zur Ecke bringen, umkehren, das Taxi hinten im Lagerhaus verstauen, dann zurückgehen und sie reingeleiten sollte.

Max tippte sich mit beiden Händen ans Gesicht, zuckte die Achseln und breitete die Handflächen weit aus; er fragte mich, ob sie ihn nicht als den Taxifahrer wiedererkennen würden, wenn er sie reinbrachte. Ich hielt einen Finger hoch, stand auf, lief rüber zu der großen Truhe, wo wir unsere Requisiten aufbewahrten – Hüte, Perücken, falsche Bärte, Mastix, ähnliches Zeug. Nun war Max im siebten Himmel. Das war die Erfüllung – er würde nicht nur zum Taxifahren kommen, sondern er mußte sich auch verkleiden. Wir trugen den Spiegel aus dem Badezimmer raus und versuchten uns an ein paar unterschiedlichen Varianten von Max' Gesicht. Sein Liebling war der Zapata-Schnurrbart, der ihn, zusammen mit verspiegelter Sonnenbrille und einer fetten Zigarre im Mund, völlig unkenntlich machte. Ich fügte noch ein keckes Barett in umwerfendem rosa Farbton hinzu. Max war nicht verrückt auf die Farbe, aber beim Anblick des Hutes lächelte er, ohne Zweifel erinnerte er sich jenes Möchtegernschlägers, der ihn eines dunklen Nachts im letzten Sommer für unsere Kollektion gestiftet hatte.

Wir fanden für Max eine alte Army-Jacke und ein Paar vorschriftsmäßige Kampfstiefel, sehr bequem beim Fahren. Alles lief bestens, bis ich die Handschuhe rausholte – Max trug niemals Handschuhe, nicht mal im tiefsten Winter. Aber seine Hände waren leichter wiederzuerkennen als die Gesichter der meisten Leute. Ich wußte nicht, wie aufmerksam diese Typen waren, aber ich ging kein Risiko ein.

Max knallte die Handschuhe mit einer Geste totaler Verweigerung auf den Tisch. Ich griff die Dinger mit einer Hand, ballte die andere zu einer drohenden Faust und teilte ihm so mit, er solle entweder die verdammten Handschuhe anziehen oder ich würde ihm das Gesicht verformen. Klar, daß sich sein Gesicht verformte, vor stillem Lachen. Dann berührte er mit den beiden ersten Fingern seiner rechten Hand leicht seine Stirn und sein Herz und öffnete beide Hände vor mir. Das war eine Entschuldigung, nicht weil er die Handschuhe verweigert hatte, sondern weil er mich ausgelacht hatte. Max hält mich für sensibler, als ich bin. Wenigstens glaube ich das.

Wir gingen das Taxi untersuchen. Es war die typische Sorte, ein verbeulter Dodge mit Hunderttausenden wartungsloser Meilen auf dem Buckel. Der Kofferraum war wie erwartet leer, da die Fuhrparkeigner nicht wollen, daß die Fahrer den Ersatzreifen verkaufen und behaupten, er wäre gestohlen. Wir breiteten eine schwere Plane über den Kofferraumboden, versicherten uns, daß der Auspuff nicht leckte, und Max hieb mit einem Eisstößel ein paar winzige Löcher in den Kofferraumdeckel. Während ich im Kofferraum mitkutschierte, würde ich einen einteiligen, gesteppten Kühlraumanzug tragen, wie ihn die Kumpel benutzen, wenn sie in Fleischtanks arbeiten. Das plus die Decke würde mich davor bewahren, mir etliche Knochen zu brechen, wenn Max mit dem Taxi so durch die Gegend knallte, wie ich erwartete.

Während Max die Überprüfung des Taxis beendete, holte ich das riesige Tonbandgerät (die Stiftung eines anderen Schlägers) und Bändernachschub, damit Max beim Fahren was zu spielen hatte. Kurz nach acht waren wir fertig, also legte ich ein Judy-Henske-Band ein, und Max und ich führten unser Rommé-Turnier fort. Wir hatten vorher vereinbart zu spielen, bis einer von uns vom anderen eine Million Dollar gewonnen hatte. Wir spielten seit beinahe zehn Jahren, und Max hatte bis letzte Woche sämtliche Spielmarken, die wir am Anfang ausgegeben hatten, in den Sand gesetzt. Ich war gute siebzig Dollar voraus. Wir saßen da, zockten, rauchten – ich lauschte der Musik: Max spürte die Baßfiguren mit dem Körper. Es war gut, in einem Club zu sitzen, wo ich immer willkommen war. Ich glaube, Max empfand das gleiche, obwohl wir nie darüber redeten.

23

Kurz nach neun beluden wir das Taxi und steuerten los, ich fuhr, Max war der Passagier. Wir rollten mit dem Taxi in meine Garage. Max blieb da, während ich hochging, Pansy rausließ und ihr etwas zu essen holte. Dann kletterte ich in den Kofferraum, und Max übernahm das Steuer. Kam nicht in Frage, daß ich diese Leute einen Blick auf mein Gesicht werfen ließ, bis ich sicher war, daß alles lief, wie es sollte. Falls Cops an der Ecke waren, rumpelte Max einfach weiter. Wir steuerten Richtung Abholstelle nahe der Thirty-fourth Street. Obwohl Max für sein Leben gern fuhr, beherrschte er sich im allgemeinen, wenn er am Steuer eines Taxis saß. Taxen waren ihm zu schludrig – sie reagierten nicht auf seine besondere Note. Der Plymouth war eine andere Geschichte – jedesmal wenn ich ihn das Biest fahren ließ, riß er überglücklich die Brocken aus dem Pflaster, driftete mit allen vier Rädern um die Ecken, knallte mit 125 über den West Side Highway und tat im allgemeinen, als wäre die Stadt ein einziges großes Demolierderby. Eine Menge Taxifahrer fuhren wie die Wahnsinnigen, aber das hatte einen Grund – Geld machen. Max war immun gegen Geld.

Ich konnte spüren, wie die Straße vorbeiglitt – bloß dem Klang und Geruch nach konnte ich sagen, wo wir waren. Ich lag da, in die Plane gewickelt, und sah in dem versifften Kühlhausanzug aus wie ein Haufen Abfall. Falls irgendeiner den Kofferraum öffnete, brauchte er mehr als eine oder zwei Sekunden, bis er draufkam, daß da ein menschliches Wesen drin steckte. Doch da hatte er schon Gas, wenn nicht Sterne, vor den Augen. Wir hatten die Kofferraumbeleuchtung gecheckt, um sicherzugehen, daß sie nicht funktionierte.

Das Taxi bremste, bis es sanft zum Stillstand kam, und der Motor heulte schrill auf – einmal, zweimal. Das hieß, wir waren ein paar Minuten zu früh dran, und Max wollte nicht um die Ecke, bevor er auf die Minute pünktlich war. Okay.

Wir starteten wieder, bogen um eine Ecke, zogen nach rechts und setzten zu einem langen, allmählichen Abbremsen und Ausrollen an. Jetzt blinkte Max wie abgemacht mit den Lichtern. Die Hintertür öffnete sich, und eine Stimme sagte: »Sind Sie der Kerl von Burke?« Das Taxi schlingerte, als Max losfuhr – der Körper des einen knallte durch die Beschleunigung nach hinten, und das Taxi schoß gradeaus Richtung West Side Highway.

Einer der Passagiere hob zu einer Rede an, gab aber auf, als das Schreien und Kreischen zeitgenössischen Disko-sounds aus Max' Ghettoblaster durchs Taxi hämmerte. Sie durften nicht hoffen, auch nur einen Blick auf Max werfen zu können – die Innenbeleuchtung war nicht angegangen, als sie die Tür öffneten, Max hatte das Fernlicht angelassen, während er sie aufgelesen hatte, so daß sie nicht durch die Windschutzscheibe sehen konnten, und die Plexiglas-Trenn-scheibe zwischen Fahrer und Passagieren war schwarz vom Ruß und Nikotin vieler Jahre.

Max raste *downtown,* ignorierte offensichtlich, dem gele-gentlichen Ächzen der Passagiere und dem ununterbroche-nen Fluß unserer Reise nach zu urteilen, etliche rote Am-peln. An der Unterführung an der Division Street kam er quietschend zum Stehen. Auf dem Rücksitz tat sich nichts, aber als Max das Bandgerät abschaltete, begriffen sie, daß sie vor Ort waren. Sie stiegen aus, und das Taxi fuhr wieder los, bevor die Hintertür geschlossen wurde. In weniger als zehn Sekunden waren wir außer Sicht, um die Ecke und hielten Richtung Lagerhaus.

Max fuhr mit dem Taxi rein, ich öffnete den Kofferraum, und beide deckten wir das Taxi mit einer der Planen ab, die wir immer rumliegen haben. Man weiß nie, was man im Ernstfall zudecken muß.

Ich baute den Konferenztisch im Nebenraum auf, während Max seine Verkleidung ablegte – er tauschte sie gegen ein Paar Drillichhosen, Sweatshirt und schwarze Lederschuhe, so dünn, daß es Ballerinas hätten sein können. Während ich, das Licht hinter mir, am Tisch saß und wartete, stahl sich Max aus der Seitentür, um die Kasper reinzubringen. Falls sie sich vom Schauplatz verdrückt hatten, gab Max einen feuchten Kehricht drauf, sie zu suchen. Wenn sie nicht schleunigst aus der Gegend abzogen, würde sie ziemlich schnell eine der umherstreifenden Kinderbanden aufmischen.

Es dauerte zirka zwanzig Minuten, bis sie zurückkamen. Max führte sie rein und zum Tisch, geleitete sie zu zwei Stühlen mir gegenüber, schwebte dann rüber und nahm den Platz zu meiner Linken ein.

Zwei Männer. Einer mit fleischigem Gesicht und massig, kurzgeschorenes Haar, dicke Säufernase, Brille mit Stahlrahmen. Ein Schopf weißlicher Haare lugte oben aus einem weißen Sporthemd, das er über der Hose trug. Omega-Chronometer am linken Handgelenk, Zifferblatt nach außen, fette Hände, kurzgeschnittene Nägel. Ausdrucksloses Gesicht, Schweinsaugen. Der andere größer, mit einem dichten Büschel zur Seite gebürsteten blonden Haars, wildlederner Sportjacke, aufgewecktem, glattrasiertem Gesicht, zwei dünnen Goldkettchen um den Hals, Hände sauber und gut gepflegt, aus der Brusttasche ragt, kaum zu sehen, eine Metallschachtel.

Wir schauten einander kurz an, dann sprach der Größere: »Sind Sie Mr. Burke?«

»Ja.«

»Mein Name ist James. Das ist mein Gesellschafter, Mr. Gunther.«

Gunther lehnte sich nach vorn, so daß ich seine kleinen Augen sehen konnte, und ballte eine Hand zur Faust. Der Harte. »Wer ist das?« Er deutete mit fettem Finger auf Max.

»Das ist mein stiller Teilhaber.«

»Wir verhandeln nur mit Ihnen. Niemand sonst.«

Ich schaute ihn freundlich an. »Es war mir ein Vergnügen, mit Ihnen zu sprechen. Mein Fahrer wird sich glücklich schätzen, Sie dahin zurückzubringen, wo er Sie aufgelesen hat.«

James ging dazwischen. »Mr. Burke, Sie müssen meinen Freund entschuldigen. Er ist Soldat, kein Geschäftsmann. Es gibt keinen Grund, warum Ihr Partner nicht dabeisein sollte, wenn Sie es wünschen.«

Ich sagte nichts. Max sagte nichts. Bevor James fortfahren konnte, sprach Gunther wieder. »Er ist 'n Gelber. Ich mag keine scheiß Gelben – ich hab genug davon gesehen. Welcher weiße Mann hat schon 'nen gelben Partner?«

»Schau, Arschloch«, erklärte ich ihm, »ich kauf diese Woche kein Herrenrassensortiment, okay? Haste was zu bieten, sprich – wenn nicht, verpiß dich.« Der Reim entzückte mich.

»Sie reden für Sie beide?«

»Jawoll.«

»Was is' mit dem Gelben, redet er nicht?«

»Er redet nicht gern. Und was das betrifft, Sie müssen auch nicht.«

James legte die Hand leicht auf die geballte Faust seines Kameraden und tätschelte ihn. Eine zärtliche Geste. »Mr. Burke, ich muß mich erneut für meinen Freund hier entschuldigen. Seine Familie daheim wurde von Terroristen getötet. Es waren Schwarze, natürlich, aber später erfuhren wir, daß sie unter chinesischer Führung standen. Sie begreifen . . .«

»Glauben Sie, daß mein Partner einer der Terroristen war?«

»Seien Sie nicht albern. Ich meine nur –«

»Ich bin nicht albern, bloß durcheinander. Seid ihr Cops, Journalisten, Geschäftsleute, oder bloß zwei abenteuerlustige Schwuchteln?«

Gunther war auf den Beinen, öffnete den Mund, um etwas zu sagen, dann blickten seine Augen klar genug, um die doppelläufige Abgesägte zu bemerken, die ich auf sein Gesicht angelegt hatte. Er schloß den Mund und setzte sich. James hatte sich nicht bewegt. Ich schwenkte das Gewehr zur Seite, damit sie sehen konnten, daß es keinen Kolben hatte. Es hatte auch nicht viel Lauf, just genug, um die drin lauernden Patronen aufzunehmen. Ich bewegte es leicht vom einen zum anderen.

»Sie rufen an und machen mir Druck, bis ich mich endlich bereit erkläre, Sie zu treffen. Ich schicke Ihnen ein Taxi, bringe Sie an diesen Ort, den ich für den Abend extra mieten mußte. Sie kosten meinen Partner und mich eine Menge Zeit, und auch einiges Geld. Dann kommen Sie hierher und reden eine Menge Müll – jetzt wollen Sie mich noch bedrohen? Haben Sie ein Geschäft anzubieten oder nicht?«

»Wir haben ein Geschäft anzubieten, Mr. Burke, ein ernsthaftes Geschäft. Ein Geschäft, das Sie zum reichen Mann machen kann, wenn Sie mich nur zu Wort kommen lassen würden.«

»Sie haben das Wort. Aber vorher: Sind Sie bewaffnet, einer von Ihnen?«

James sagte nein, aber Gunther langte in die Tasche und zog ein Paar Messingschlagringe raus. Er legte sie vor mir auf den Tisch und sagte: »Das ist alles.«

»Das ist alles?«

Gunther war mit der harten Tour noch nicht durch. »Das ist alles, was ich je gebraucht habe«, sagte er und verfiel wieder in Schweigen.

»Fangen wir einfach an«, sagte James. »Wir haben in unserem Heimatland einen Käufer für gewisse Waren, und wir haben einen Verkäufer derselben Waren. Wir müssen nur dafür sorgen, daß diese Güter zum Käufer gelangen, und wenn sie das tun, kommt demjenigen, der die Angelegenheit durchführt, eine stattliche Provision zugute. Wir haben erfahren, daß Sie die Mittel haben, dies zu ermöglichen, und wir wollen Ihnen schlicht und einfach das Geschäft vorschlagen.«

»Welche Ware?«

»Fünfzehnhundert Gewehre, etwa je zur Hälfte Armalites und AK-47, zweitausend Schuß zu jeder Waffe, fünfhundert kugelsichere Jacken, vier Dutzend SAM-7, Pump-actions, Kaliber .12, und noch ein paar verschiedene Sachen.«

»Wohin?«

»Das ist nicht wichtig.«

»Wie soll ich sie transportieren, wenn ich nicht weiß, wohin?«

»Sie müssen sie nicht transportieren, Mr. Burke. Das ist ja das Schöne daran. Alles, was wir von Ihnen wollen, ist ein Endabnehmer-Zertifikat von Ihren Freunden in Afrika. Den Rest erledigen wir.«

»Und das Geld?«

»Eine halbe Million US-Dollar. Zahlbar, wie immer Sie wollen.«

»Wie kommen Sie drauf, daß ich ein Endabnehmer-Zertifikat kriegen kann?«

»Mr. Burke, ersparen Sie uns den Hinweis, daß wir um Ihre Dienste für die ehemalige Republik Biafra wissen. Wir wissen um eine Exilregierung, die jetzt von der Elfenbeinküste aus operiert, und um Ihre Freundschaft mit dieser Regierung.«

»Aha.«

»So würde es funktionieren. Wir erwerben die Ware und lagern sie in diesem Land. Sie beschaffen das Zertifikat, gültig für die Elfenbeinküste. Wie wir die Ware von dort in unser Heimatland bringen, ist unser Problem – wir bieten schlicht und einfach Geld für das Zertifikat.«

»Klingt einfach.«

»Es ist einfach.«

»Und Sie erwerben die Ware einfach auf meine Zusage hin?«

»Nun, natürlich brauchen wir eine Sicherheit von Ihnen. Wir riskieren die ganze Ware, und wir müssen uns Leuten gegenüber verantworten. Aber für unsere Zwecke ist es ziemlich wichtig, das Risiko einzugehen und Ihnen grundsätzlich zu vertrauen –«

»Wie grundsätzlich?«

»Ich kann nicht folgen.«

»Wieviel Sicherheit?«

»Wie Sie wissen, sind zehn Prozent üblich. Aber in Ihrem Fall, Ihres Rufes wegen, würden wir auch zwei Prozent akzeptieren.«

»Vom Gesamtwert der Ware?«

»Gewiß nicht, Mr. Burke. Uns ist klar, daß ein einzelner nicht soviel Bargeld zur Verfügung hat. Nur zwei Prozent vom Wert der Provision, die Sie für das Zertifikat erhalten werden.«

»Also zehntausend?«

»Genau.«

»Ich lege also zehntausend hin, und Sie legen was hin?«

»Mr. Burke, wir legen dafür die Besitzurkunde über die Ware hin – unter Ihrem Namen oder welchem Namen Sie immer wollen. Die Urkunde über die Ware unter Ihrem

Namen, frei Schiff nach London. Natürlich wird die Ware die Staaten nie verlassen, bis Sie uns das Zertifikat aushändigen, aber Sie haben die Besitzurkunde.«

»Was also würde mich davon abhalten, die Ware einfach auf eigene Rechnung zu verkaufen?«

Das war für Gunther wieder das Stichwort zum Rollenspiel. Er lehnte sich nach vorn. »Das würde sich für Sie nicht rentieren.« Er las die Messingschlagringe auf und klopfte damit nachdrücklich auf den Tisch.

Ich lehnte mich zurück, als dächte ich darüber nach, aber dann mußte Gunther erneut überreagieren und alles zerstören. Er schaute rüber zu Max. »Was is mit dem Schlitz los? Wie kommt's, daß er nicht redet?«

James wirkte angestochen, als ob Gunther ein gefährlicher Irrer wäre, den er nur knapp unter Kontrolle hatte. Eine gute Rolle, aber die falsche Bühne.

»Er redet«, sagte ich. »Ich übersetze für ihn.«

»Oh ja? Das ist echt doll. Fragen Sie den Schlitz, welches Jahr wir haben?«

»Welches Jahr?«

»Yeah, Sie wissen doch. Die Gelben haben doch alle Namen für ihre Jahre, richtig? Wie das Jahr des Drachen oder das Jahr des Pferdes. Fragen Sie ihn, welches Jahr wir haben – ich hab das Gefühl, wir haben das Jahr der Muschi.«

Ich wußte, ich hätte den Spruch über die Schwuchteln nicht reißen sollen, aber dafür war es jetzt offensichtlich zu spät. Max schaute zu Gunther, lächelte, tippte sich an die Stirn und schüttelte verneinend den Kopf. Sie hatten es sowieso schon miteinander, also übersetzte ich. »Er sagt, er weiß, welches Jahr wir *nicht* haben.«

»Und welches Jahr ist das, Schlaukopf?«

Max wiederholte seine frühere Geste, langte dann mit einer Hand auf den Tisch, als greife er nach etwas, hielt inne, als er es fand, und drehte die Handfläche nach oben. Dann schnitt er ein angewidertes Gesicht, drehte die Handfläche langsam wieder um und schüttelte erneut den Kopf.

»Er sagt, es ist nicht das Jahr der Made«, erklärte ich ihnen.

Gunther glotzte zu Max, der ihm seinerseits ein wunderschönes, weiches Lächeln schenkte. Als er sprach, formte er jedes Wort mit fuchsiger Schärfe. »Sagen Sie dem schlitzäugigen Ekel, daß ich ihm eines Tages begegnen werde, wenn Sie nicht mit der Schrotflinte in der Nähe sind und ihm den Arsch retten. Sagen Sie ihm, daß ich ihn meine Stiefel mit der Zunge putzen lasse. Sagen Sie ihm das.«

Max lächelte eher noch süßer. Er nahm die Messingschlagringe in beide Hände und rieb sie gegeneinander. Seine Unterarme wirkten wie die verflochtenen Stränge eines schweren Telefonkabels, sein Gesicht war ausdruckslos – die Lippen gerade weit genug geöffnet, um einen Hauch schimmerndes Weiß zu entblößen. Seine Nasenflügel gebläht, die Ohren eng an den Kopf gelegt und das Fleisch um die Augen gespannt. Als ob das Metall in seinen Händen in Gesicht und Oberkörper geströmt wäre, war der taubstumme Gelbe zum mongolischen Kriegshäuptling geworden. Die Messingschlagringe widerstanden, knirschten dann und bogen sich unter seinem Griff fast völlig durch.

Gunthers Gesicht verlor alles Blut, aber er konnte nicht von Max wegschauen. Ich legte das Gewehr auf den Tisch, den Griff zu Gunther gewandt, und schob es ihm in die Hände. »Wollen Sie's probieren?« Ich lehnte mich samt dem Stuhl gegen die Wand. Ein Geruch, den man im Foyer fast jeder Absteige vorfindet, erfüllte plötzlich den Raum. Gunther stand auf, zog sich vom Tisch und dem Gewehr zurück, als wären sie radioaktiv. James schob sacht seinen Stuhl zurück und lief zu Gunther. Das Gewehr und die Schlagringe lagen unberührt auf dem Tisch.

»Kommt ja nie zurück«, erklärte ich ihnen. »Denkt nicht

einmal daran, je zurückzukommen. Ich werde euch, von heute an gerechnet, in drei Nächten anrufen, um sechs Uhr, und euch sagen, ob ich an eurem Deal interessiert bin. Verstanden?«

James murmelte ja, und sie liefen durch die Tür, seine Hand auf Gunthers Arm.

Max und ich saßen eine Sekunde da, standen dann auf, um dem Duft zu entkommen. Max legte die Hände aneinander und wippte sie vor und zurück, um mir zu bedeuten, daß er aufwischen würde. Ich ging zum Taxi rüber, meine Zigaretten holen, zündete zwei an und ließ sie im Glasaschenbecher brennen. Max kam rüber, nahm eine. Er legte die Hand aufs Herz und dankte mir für die bezeigte Achtung, indem ich ein geladenes Gewehr in die Hand seiner Feinde gelegt hatte. Ich machte eine Nicht-der-Rede-wert-Geste, um ihm zu zeigen, daß Gunther nicht einmal mit einem Gewehr in der Hand ein Gegner für ihn war. Max verzog sich zur Front des Lagerhauses, um zu sehen, ob sie vielleicht närrisch genug waren zurückzukommen. Während er draußen war, nahm ich das Gewehr und tauschte die leeren Patronen gegen ein paar echte, für den Fall, daß sie es taten.

24

Max war in ein paar Minuten zurück und ließ mich wissen, James und Gunther hätten sich aus der unmittelbaren Umgebung verzogen. Er berührte seine Augen und beschrieb vor seinem Gesicht einen Kreis parallel zum Boden. Ich erklärte ihm, ich würde warten, wo ich war, und setzte mich ins leere Lagerhaus. Die Stille gefiel mir nicht. Mein erster Gedanke war, daß Gunthers Reaktion unprofessionell gewesen war, daß sie Amateure waren, die zufällig in ein Waffengeschäft gestolpert waren und nicht wußten, wie sie weitermachen sollten. Aber es brachte nichts ein. Sie waren Professionelle, schon richtig – aber professionelle Schwindelkünstler, keine professionellen Waffenschmuggler.

Wenn ich eine gültige Endabnahmebestätigung in die Finger kriegen konnte, brauchte ich nicht Typen wie Gunther und James, um den Handel für mich abzuwickeln. Jeder verdammte Narr mit Geld kann in diesem Lande alle Waffen kaufen, die er will. Das wahre Geld steckte in Transport und Auslieferung, nicht im schlichten Erwerb. Die zehn Prozent Sicherheit waren das einzige Geld, das ihrer Meinung nach den Besitzer wechseln sollte – eine Art internationale Variante des Zinkbrief-Spiels, außer daß ich anstatt eines Umschlags voller Zeitungspapier einen getürkten Frachtbrief, frei Schiff London, kriegte, der mir mitteilte, daß ich der stolze Besitzer eines Haufens nicht existierender Waffen war. Man kann einen ehrlichen Mann nicht wirklich bescheißen, sagte mal jemand, und er hatte recht. Diese Krükken dachten, ich würde die Sicherheit als Investition für meine persönliche Abgreif-Tour anlegen und die Gewehre für mich selbst stehlen. Es verriet mir zweierlei – sie dachten, ich hätte aus meiner Biafra-Episode ein paar echte Kontakte in Afrika, und sie dachten, ich wäre ein Dieb. Wie die meisten Versager lagen sie etwa zur Hälfte richtig.

Warum also erzählte ich ihnen, ich würde auf sie zurückkommen? Ein Grund war, daß ich sie nicht irgendwelche Dummheiten anstellen lassen wollte, und James könnte sich gedacht haben, der schwere Junge wäre noch immer auf sie scharf. Aber da war etwas anderes, etwas, das ich via Verstand nicht herausschälen konnte. Sie mußten zu etwas gut sein, vielleicht etwas in Verbindung mit dieser ganzen Cobra-Angelegenheit, aber ich sah noch nicht genau, was oder wie.

Ein Ding wußte ich jedoch: Im Knast hatten die schweren Kinderschänder und die Neonazis ein Ding gemein: Sie wollten alle Teil des »Ordnungsapparates« sein. Einer von ihnen – er hatte eine Schule »für gestörte Kinder« betrieben, mit Sodomie als Therapie – erzählte dem Prof, daß er für das FBI arbeitete. Als der Professor ihn frozzelte, sagte er, er hätte einen Codenamen und alles – daß der Anwalt, der ihn regelmäßig aufsuchte, ein echter Agent des Bureau wäre. Er erzählte dem Prof, daß er Informationen über rivalisierende Kinderporno-Händler sammelte und sie weiterreichte. Bloß ein guter Bürger. Ich dachte mir nichts dabei – es war nur eine brauchbare Information. Aber als ich sah, wie der Kriecher sich mit einem Kerl, der sich selbst Major Klaus nannte, verbrüderte, wußte ich, daß sie etwas gemein haben mußten. Einer der Fehler, die ich manchmal mache, ist, verstandesmäßig alle Freaks in einen Topf zu werfen – als wenn es Markennamen für gewisse Menschentypen gäbe. Ich sollte es besser wissen. Mein Überlebenstrieb hieß mich James und Gunther am Haken zu behalten, aber keinerlei Verbindung zur Cobra wollte sich in den Vordergrund meiner

Gedanken schieben. Sie lauerte nur irgendwo im Hintergrund. Ich drängte nicht. Welche Instinkte auch immer, die Intuitionen, die ich hatte, hatten mich bislang am Leben erhalten. Aus Erfahrung konnte ich mir ausmalen, daß sich mir die Verbindung erschloß, wenn es Zeit dafür war.

Während ich mir zurechtzutüfteln versuchte, wie sie dazu kamen, mich mit Arbeit in Afrika in Verbindung zu bringen (und es als miese Beschäftigung aufgab, weil eine Menge Leute etwas über diesen Irrsinn wußten – Diamanten, die es nicht gab, dafür aber verhungernde Kinder), rollte Max wieder ein. Er gestikulierte, daß die beiden Versager etwa zehn Blocks von unserem Stützpunkt entfernt von einem Taxi aufgelesen worden waren. Er hatte sich nicht darum geschert herauszufinden, wohin sie gingen, da es für uns nicht von Bedeutung war. Ich konnte sehen, daß Max immer noch schlachtbereit war, innerlich vor Feuer loderte, es aber gut im Griff hatte. Wenn man nicht wußte, worauf man achten mußte, sah man nichts, ich tat es – das war nicht das erste Mal. Er folgte dem Taxi im Plymouth bis zurück zur Taxi-Garage. Ich gab die Kutsche zurück, holte mir meine vierhundert Kröten von dem beim Einsatzleiter hinterlegten halben Riesen ab (er gibt alles außer einem Hunni als Mietpreis zurück), und wir steuerten nach Hause.

Ich konnte sehen, daß Max noch nicht auf normale Betriebstemperatur abgekühlt war, also erzählte ich ihm von diesem Cobra-Freak und Flood und was ich tun wollte. Je mehr wir darüber redeten, wie wir's aufziehen wollten, desto ruhiger wurde er. Außer, als ich ihm erzählte, wie alles anfing, wie ich für den Volltreffer auf das Pferd in Yonkers einen Riesen bei Maurice machte. Das zu glauben, weigerte er sich einfach, also hieß ich ihn zu Maurice gehen, das Geld selber abzuholen und für mich aufzuheben. Ich mußte Maurice nicht einmal anrufen und ihn wissen lassen, daß Max zum Abholen berechtigt war – Max der Stille hat in Sachen

Ehrlichkeit einen besseren Ruf als die orthodoxen Juden in der Diamantenindustrie. Aus diesem Grund wird Max oft als Kurier eingesetzt, dazu kommt die Tatsache, daß ihn auszurauben jenseits der Fähigkeiten eines durchschnittlichen Sondereinsatzkommandos läge. Max transportiert nur Geld oder Geldähnliches – Juwelen, Papiere, Computer-Ausdrucke. Er würde kein Dope überbringen, und die Leute wissen was Besseres, als ihn noch einmal zu fragen. Er schuldet niemandem was, also ist sein Wort alles, was du für dein Geld kriegst. Für einen Krieger wie Max bedeutet das, daß du dein Zeug oder sein Leben kriegst. Wenn sie *uptown* Sachen überbringen wollen, haben sie Kerle in Uniformen, die Lügendetektortests hinter sich haben, ihre Fingerabdrücke hinterlegen mußten und so weiter – hier unten haben wir Max den Stillen.

Ich erklärte Max, daß das Aufspüren der Cobra das wirkliche Problem wäre, und er machte wieder sein Zeichen mit den Maden unter dem Stein, dann schüttelte er den Kopf, streckte die Hände zum Himmel und schnippte mit den Fingern wie ein Zauberer, der Dinge aus der bloßen Luft zieht. Ich kapierte es. Maden kommen nicht aus dem Weltraum, sie sind aus einem Grund auf der Erde. Sie bewegen sich nur in Richtung Verwesung – sie beschleunigen sie, schaffen sie schließlich aus der Welt, und dann bewegen sie sich weiter. Wie mir ein langgedienter Einbrecher einst erzählte, indem er mir erklärte, warum er nie mit Drogentrotteln arbeitete: »Totes Fleisch zieht Fliegen an.« Die Cobra mußte in schleimigem Wasser schwimmen, oder er stach heraus wie ein ehrlicher Mann bei einer Polit-Party.

Das begrenzte die Suche nicht sonderlich. Manche Leute denken, Schleim ist einem genau abgesteckten Recht unterworfen. Sie nehmen sich irgendeinen Teil der Stadt vor und nennen ihn Tenderloin oder Combat Zone oder eben den Rotlichtbezirk, falls sie prüden Herzens sind. Arschlöcher.

Man braucht keinen Doktor in Soziologie, um Schleim zu begreifen. Schleim braucht Frischfleisch zum Leben, und wenn man es ihm nicht hinbringt, geht der Schleim bummeln. Der *uptown*-Schickie, der sich für Samstag nacht klarmacht, indem er eine Dose Kokain ins Handschuhfach seines Mercedes schiebt, sieht nicht den Schleim, der an seinen Radkappen schmatzt. Er zahlt sein Geld, und das Geld wird herumgereicht, bis es zu einer bewegbaren Masse gerinnt. Alles Geld ist in Bewegung. Drogengeld fließt in einen Kanal, und am anderen Ende kriegt man die Knete der Kredithaie auf der Straße und die Kinderporno-Unternehmen in den Kellern. Der Schickie geht zu seiner flotten Fete und zückt seine Dose Nasenpuder und zeigt den anderen Wichsern, daß er Beziehungen hat – er liegt auf der Linie.

Ein paar Straßen weg läßt irgendein dreckfinkiger Louis seine Dose in einem Nachtschuppen rumgehen. Das Geld für das Dope zieht er aus dem Körper irgendeiner dreizehn Jahre alten Ausreißerin, die annahm, der engelszüngige Mann am Port Authority Bus Terminal würde sie zum Star machen.

Yeah, sie hatten beide Beziehungen – zueinander.

Ich bewege mich durch den Schleim wie ein Wilddieb auf eines reichen Mannes Besitz. Ich nehme, was ich kann. Was immer an Geld unterwegs ist, ist ebensogut meines wie das irgendeines Dreckfinken. Manche von ihnen mögen das nicht – die meisten von ihnen wissen es nicht. Ich schätze, die meisten Leute warten immer noch auf einen Mann, der auf dem Wasser gehen kann. Ich wünsche ihnen viel Glück – ich gehe auf Treibsand. Einmal, als ich noch ein Kind in der Jugendstrafanstalt war, machte ich den Fehler und schilderte einem dieser halbbärschigen Anwälte, was für ein Pfusch es sei, im Waisenhaus aufzuwachsen – das mistige Ekel erzählte mir, man müsse mit den Karten spielen, die sie einem gaben, als wenn mir das einen Funken Einsicht bringen und mich zu einem guten Bürger machen sollte. Als ich älter wurde und weiterhin saß, begann ich zu begreifen, daß der Anwalt vielleicht recht hatte – du mußt mit den Karten spielen, die sie dir geben –, aber nur ein ausgemachter Pinsel oder Masochist spielt ehrlich damit.

Ich fragte Max, ob er mit mir zu den Piers gondeln wolle, um zu sehen, ob Michelle irgendwas erfahren hatte. Er nickte okay, und ich fuhr mit dem Plymouth gen Westen. Ich hieß Max im Auto bleiben, egal, was geschah. Einmal, als ich jemanden bei den Docks suchte, sah Max diesen Freak, aufgemotzt mit Einzelkämpfer-Aufmachung, der auf den aufgegebenen Halden stand. Er schwang eine riesige Bullpeitsche umher, als wenn er sich bereit machte, ein paar Galeerensklaven anzutreiben. Ein Haufen Ortsansässiger stand herum und sah der Show zu – reine Unterhaltung für sie, schätze ich –, aber der gute Max entschied, daß sie alle von diesem Freak terrorisiert wurden, flitzte aus dem Auto und haute den armen Burschen in den Hudson River, bevor ich ihn bremsen konnte. Als er sich der Menge zuwandte, als wenn er Applaus erwartete, rannte das Publikum, als hätte es just die Sperrstunde seiner Zukunft erlebt. Max ist nicht scharf auf Wiedererkennungswert, und die Lokalitäten entsprachen nicht ganz seinem Adelsrang, aber man konnte sehen, daß er ein bißchen Anerkennung seiner Kunst wollte. Also sagte ich ihm, er sei nun der unumstrittene Meister am Pier.

Max hat deswegen kein sonderlich ausgeprägtes Ego, aber ich wollte nicht, daß er plötzlich seinen Titel zu verteidigen beschloß, also wiederholte ich die Abmachung mit dem Im-Auto-Bleiben, egal, was kam.

Die Piers waren düster und trübe, wie immer. Pärchen liefen zu leeren Gebäuden, Schlepper warteten, Räuber beobachteten. Keine Michelle. Keine Margot. Auch keine Cops.

Ich fuhr Max zurück zum Lagerhaus, winkte Auf Wiedersehen und sah ihn ins Innere verschwinden. Fuhr zurück zu meinem Büro, stellte das Auto ab, ging hoch. Als ich den Schlüssel ins Türschloß steckte, hörte ich Pansys leises Knurren. Als ich die Tür offen hatte, duckte sie etwa einen Meter weg, die Haare in ihrem Nacken standen steil auf, und ihre Fänge waren, wie man sagt, entblößt. Jemand war zu Besuch gewesen – kann sein, ein Besucher für die Hippies oben, der die falsche Adresse hatte, kann sein, jemand mit bösen Gedanken. Ich fragte Pansy, die nichts sagte. Wer immer es war, ins Büro war er nicht gelangt.

Ich holte ein paar Markknochen aus dem Kühlschrank und setzte sie zum Kochen auf, während ich die Kleidung wechselte und die Nachrichten hörte. Ich schaltete auf den Polizeifunk des örtlichen Reviers, wobei ich Kristalle benutzte, die eigentlich nicht über den Ladentisch gehen sollten. Das Radio läuft über eine Antennenleitung, und die Antenne selbst läuft hoch durch den unnützen Kaminschacht auf das Dach, wo sie etwa eine Fußlänge vorsteht. Ich kriegte perfekten Empfang, aber alles, was ich aufschnappte, waren routinemäßiger Patrouillenfunk und Cops, die dem Wachhabenden mitteilten, daß sie sich wegen Persönlichem ausschalteten, was alles heißen konnte, vom Pinkeln gehen bis zum Abkassieren.

Ich benutzte einen Seier und goß das kochende Wasser von den Markknochen und ließ sie abkühlen. Pansy kam, jetzt sehr viel ruhiger, vom Dach runter – wer immer vorbeigekommen war, war nicht über die Dächer gekommen. Ich fing an, über das Dach nachzudenken und wie gern ich eines Tages da oben einen Garten hätte – da oben lag beim Teufel garantiert genug Dünger bereit. Ich würde sagen, ich wurde langsam müde, weil ich anfing, wie ein Bürger zu denken – Wurzeln zu setzen, sogar auf einem Großstadtdach, ist hirnrissig. Wurzeln sind nett, aber ein Baum kann nicht rennen.

Als die Markknochen abgekühlt waren, gab ich Pansy einen und saß da und tätschelte ihren massigen Kopf, während sie ihn zermahlte. Vielleicht stellen echte Privatdetektive Listen mit Dingen auf, die sie tun, und mit Plätzen, zu denen sie gehen wollen, aber ich bastel mir das lieber im Kopf zusammen – eine alte Haftgewohnheit. Bäume können nicht rennen, und Menschen können deine Gedanken nicht fotokopieren. Wenn sie es könnten, hätten sie mich, als ich ein Kind war, nie aus diesem Waisenhaus rausgelassen.

25

Als ich am nächsten Morgen aufwachte, war ich noch immer in meinem Stuhl. Es sah auch nicht so aus, als hätte sich Pansy bewegt. Die Uhr verriet mir, daß es fast neun war. Ich öffnete die Hintertür, um Pansy rauszulassen, und ging rasch nebenan zum Duschen und Rasieren. Als Pansy runtertrottete und mein Werk mit dem Rasierer überwachte, war es just Zeit für meinen Telefonanruf. Ich ging zurück ins Büro, hob den Hörer ab, um eventuelle Hippie-Interferenzen abzuchecken, stellte deren übliche Frühmorgen-Stille fest und wählte die Direktnummer eines stellvertretenden Staatsanwaltes, den ich in Manhattan kannte. Toby Ringer war ein echter Draufgänger ohne politische Anhängsel, der sich durch die Bürokratie hochboxte, indem er sich freiwillig an Fällen versuchte, die die meisten anderen Staatsanwälte verschreckten. Sie kennen die Sorte, die ich meine – wo der böse Bube hundertprozentig schuldig ist, es aber keine soliden Beweise gibt und man, wenn es dumm kommt, im Angesicht der Geschworenen verliert und sich eine rote Bemerkung im Personalbogen holt. Einige dieser Weichärsche rühren einen Fall nicht einmal an, wenn es kein auf Video aufgezeichnetes Geständnis und vier Augenzeugen gibt. Toby ist kein Cowboy – er phantasiert nicht über eine Todesschwadron, die eines Tages alles Ungeziefer der Stadt wegputzt, aber er hat einen himmlischen Haß auf den wahren Schleim, weswegen wir gelegentlich einander aushelfen konnten. Er ist nicht vom Staat großgezogen, aber er ist lange genug herumgekommen, um zu wissen, wie man sich verhält.

Alle Staatsanwälte melden sich am Telefon auf die gleiche Weise. »Apparat Ringer.«

»Guten Morgen, Toby. Ich hab ein Geschenk für Sie.«

»Wer spricht?«

»Der Freund aus der Gonzales-Sache, erinnern Sie sich? Ich will nicht am Telefon reden, okay? Aber ich hab für Sie eine Chance mit Eichenlaub und Schwertern, einen Baby-Vergewaltiger festzunageln, und ich leg noch einen Mord obendrauf.«

»Im Tausch gegen was?«

»Gegen Gerechtigkeit. Ich will gar nichts – ich will Ihnen bloß was sagen, was ich den Cops nicht sagen kann.«

»Sie sind Mr. B., vermute ich.«

»Ich bin Ihr Mann. Kann ich Sie irgendwo treffen?«

»Mein Büro. Nur da – nirgendwo anders. Abgemacht?«

»Abgemacht. Welche Zeit?«

»Gegen acht geht's. Dann sind alle nach Hause gegangen, und der Nachttrupp arbeitet unten im Berufungsraum.«

»Darf mich der Mann am Empfang sehen, oder soll ich ihn einfach umgehen?«

»Gehen Sie zum Empfang. Ich hinterlaß eine Nachricht – welcher Name?«

»Sagen Sie ihm Mr. und Mrs. Lawrence.«

»Wer ist Ihre Freundin?«

»Sehen Sie, Toby. Heute nacht, richtig?«

»Richtig.« Und wir hängten gleichzeitig ein. Ich halte all meine Anrufe an diesem Telefon unter einer Minute; dieser ging gerade noch durch.

Ich saß an meinem Schreibtisch und hatte vor, eine passende Rekrutierungsreklame für die Söldner-Zeitschriften zu komponieren. Es könnte die Cobra heranschaffen, aber es wäre der letzte Ausweg, vor allem, da es drei oder vier

Monate dauert, bis die Reklame in Druck geht. Da könnte er längst abgehauen sein – vergiß es. Ich verschloß die Bude und lenkte den Plymouth in der Annahme zu den Docks, daß Michelle bei Tageslicht leichter zu finden wäre.

Ich stieß rückwärts auf meinen üblichen Platz mit Blick auf die West Street, zündete eine Kippe an und wartete. Massenhaft Abschlepper waren am Werk, aber keine Michelle. Doch Warten fällt mir nicht schwer. Unterschiedliche Leute benutzen unterschiedliche Tricks, um die Zeit zu vertreiben, aber es läuft alles auf dasselbe raus. Man kann nichts erzwingen, man muß nur bereit sein, wenn was passiert. Manchmal muß man die Tatsache, daß man wartet, verdrängen, also benutzt man zum Beispiel eine Taxe, und manchmal findet man eine Beschäftigung, während man wartet; falls also jemand hinschaut, sieht er jemanden arbeiten, nicht beobachten. Manche Plätze steht man nur durch, wenn man *nicht* aussieht, als beobachte man, etwa in der Pißgrube – am Times Square. Wenn man in dem Loch einem Mann nachspürt, gibt's nur eines: herumlümmeln und sich dessen höllisch bewußt sein. Dann wundern die sich nur, wonach man sucht, nicht nach wem. Dieser Job war genauso. All die vorbeistolzierenden Freaks wußten, ich wartete auf etwas oder jemanden. Und nachdem ich eine halbe Stunde oder so da war, würde es sich herumsprechen; sie würden reden, Aufgeschnapptes vergleichen. Sie wußten, daß ich nicht das Gesetz war, aber sie konnten nicht sicher sein, daß ich keinen Ärger verhieß.

In bestimmten Gegenden, vor allem in italienischen oder hispanischen, versuchten die Jungspunte ihr Glück mit Fremden, bloß um was zu tun. Nicht hier unten – hier unten weiß bereits jeder, daß ihm das Glück stets übel gesonnen ist, und der nett wirkende Mann im Kaschmirüberzieher die Straße runter könnte es dermaßen satt haben, jede Nacht die Bizeps-Postillen zu lesen, nachdem sein frigides Weib ins

Bett gegangen ist, daß er nun durch die Straßen pirschte, eine Schußwaffe in der Tasche und Exorzismus im Kopf.

Wenn ich wie jetzt warte, höre ich gewöhnlich etwas aus meiner Kassetten-Kollektion. Ich fing damit per Zufall an. Ich war zu einem Treffen gegangen, das ich aufzeichnen wollte, und der Maulwurf hatte mich mit einem seiner Geräte aufgetakelt, bei dem er serienweise geschaltete Leerbandmagazine mit Minikassetten benutzte. Es war stimmaktiviert und nahm sechs Stunden durchgehend auf. Ich warf es an, bevor ich noch aus dem Auto war, aber ich vergaß, es abzustellen. Als ich also später in diesen Kellerclub geriet, um ein paar Packen getürkter Karten für ein Rockkonzert abzuladen, lief das Band immer noch. In jener Nacht ließen sie im Club einen Jungen spielen, der aussah, als hätte er Kentucky verlassen, um in den Stahlküchen von Chicago zu arbeiten. Aber er war Bluessänger, pur und simpel. Jemand hat mal gesagt, »The blues is the truth«, der Blues ist die Wahrheit – vielleicht paß ich deswegen so genau auf, wenn ich diese Musik höre ... die Wahrheit steckt, in kleinen Raten, in meinem Arbeitsstil. Jedenfalls, als ich wieder im Büro war und die Bänder abspielte, entdeckte ich am hintersten Schwanz ein paar Nummern des Jungen. Der Maulwurf hatte recht mit der perfekten Wiedergabe – vom Band hörte es sich genauso an, als stünde man wieder im Club. Und der Musik zu lauschen war genauso, als stünde ich wieder in meinem eigenen Leben – wozu der Blues geboren ward. Der Blues läßt dich nicht nachdenken – er läßt dich erinnern. Wenn du keine Erinnerungen hast, kannst du keinen Blues haben. Ich meide physischen Schmerz, wie ein Geier lebendes Fleisch meidet, aber manchmal denke ich an Vergangenes und laß es gezielt über mich schwappen. Kann sein, es hilft mir überleben. Kann sein, es macht mich glauben, daß Überleben keine Zeitvergeudung ist. Ich weiß nicht.

Als sich vom Band die Geräusche des Kellerclubs ausbreiteten, hörte ich das Klirren von Gläsern und die Stimmen der Kellnerinnen, die um Drinks buhlten, und das gedämpfte elektrische Summen, das zeigte, daß niemand einem anderen zuhörte. Der Junge war Leader einer klassischen Chicago-Bluesband: Er sang und blies am selben Mikrofon die Harmonika, dazu Piano, Slide-Gitarre, Rhythmus-Gitarre, Elektrobaß, Schlagzeug. Der Junge hatte keinen sonderlichen Biß – dafür fehlten ihm noch Jahre und Zutrauen. Aber er begriff, daß man etwas Wahres hatte, wenn man Leute in einem Kellerclub dazu bringen konnte, lang genug nicht zu saufen, zu grummeln und zu raffen, um zuzuhören. Was immer dieses Etwas war, der Junge wollte es – unbedingt. Er lehnte sich ein bißchen ans Mikrofon, sagte: »Das ist der ›Bad Blood Blues‹«, und das Piano setzte zu einer Reihe Rolls und Falls an, bloß begleitet von der Grundlinie des Bassisten. Es war nicht laut, aber es war eindringlich, beharrlich – unmöglich zu ignorieren. So unmöglich, daß die Menge, als auch die Gitarristen und der Drummer hinzukamen, wartete, um zu hören, was der Junge zu sagen hatte. Er setzte die Harmonika ans Mikrofon, überlegte es sich dann offenbar anders und ging bloß ran. Anders als die meisten weißen Bluessänger, versuchte der Junge nicht, schwarz zu klingen. Die Worte kamen fest und rein heraus, nicht überlagert von der Band:

> I always tried to do right,
> But everything I did seemed to turn out wrong.
> I always tried to do right,
> But everything I did seemed to turn out wrong.
> I didn't mean to stay with that woman,
> At least not for very long.

Und man konnte hören, wie die Menge still wurde und sich allmählich zum Zuhören durchrang. Bei der Mitte der zweiten Strophe kriegte der Junge aufmunternde Zwischenrufe, als er sang:

Oh I knew that she was evil,
People told me she was mean.
Yes, I knew that she was evil,
And people told me she was mean.
I knew that she was evil ...
But I always thought that she was clean.

Dann leitete der Junge in ein scharfes, abwartendes Harmonikasolo über, angelehnt an Baß und Rhythmus-Gitarre, und ließ die Menge wissen, daß er ihnen demnächst gleich das Geheimnis zu enthüllen gedachte. Und er tat es:

Well, she never gave me nothing,
She just about ruined my life.
You know she never gave me nothing,
She just about ruined my life.
And when she finally gave me something ...

(Bis dahin wußten wir alle, wovon er redete.)

I brought it home to my poor wife.

Und hinter den »Richtig«- und »Mußte-kommen«-Rufen nahm der Junge wieder die Harmonika auf, und da war der Blues. So simpel bloß, und beinah verdammt perfekt. Bis dahin wußten die Leute, wo er hin wollte, wohin eine Geschichte wie diese gehen mußte:

Now my life is so empty,
My wife don't want to see my face.
My life is so empty,
And my wife don't want to see my face.
I got to walk this road alone,
Bad blood, it's my disgrace.

Und der Junge brachte es auf der Harmonika mit der übrigen Band raus und endete. Jetzt hatte er sie alle am Wickel, und er legte Tempo zu, blieb aber beim Blues. Die Harmonika keuchte ein schnelles Leitthema, das Piano schwang nach oben, und der Junge sang seinen eigenen Road-Song:

I got a long way to travel, honey,
I'm sorry you can't come

Und die Menschen in der Menge, die wußten, was er meinte, schnalzten zustimmend.

I got a long way to travel, honey,
I'm sorry you can't come.
You are all used up, babe,
And I have just begun.

Wie bei vielen Blues-Nummern wurde Sex mit allem anderen vermischt. Der Junge schnappte Luft:

I got a long way to go, babe,
And I know that you don't care.
I got a long way to go, babe,
And I know that you don't care ... just where
You wouldn't like it anyway, babe,
They ain't got no suburbs there.

Und die Harmonika keuchte der Menge ihre Herausforderung entgegen, heulte das typische Pfeif-aufs-Sterben-Credo des Blues, als das Band schließlich auslief.

Dies war das erste Band in meiner Sammlung – ich habe seitdem Dutzende hinzugefügt. Ich führe etwas frühen Paul Butterfield, Delbert McClinton, Kinky Friedman (und falls Sie glauben, dieser Typ ist bloß ein Möchtegern-Cowboy-Kasper, müssen Sie bloß mal »Ride 'Em Jewboy« hören), Buddy Guy, Jimmy Cotton – alle live. Ich hatte auch ein Muddy-Waters-Band, aber er klang, als wenn er irgendwo in einer Wohnsiedlung zum Tanztee spielte, genauso wie Charley Musselwhite, als ich ihn in irgendeinem Studentenschuppen nahe Boston zu fassen kriegte. Ich werfe es keinem von ihnen vor, aber ich löschte die Bänder. Ich habe auch ein bißchen Zeug, das ich nicht selbst aufgenommen habe, etwas Hank Williams, Patsy Cline, solches Zeug. Ich behalte die Bänder im Plymouth, um mir das Warten zu erleichtern – ich empfinde zu tief, um sie in einem geschlossenen Raum abzuhören.

Etwa eine Stunde später sah ich ein schwarzes Lincoln Town-Coupé unter dem hochgezogenen Teil des West Side Highway aufkreuzen, dem Teil, den sie nie fertig bauen werden. Sah ein Paar Nylons aufblitzen, als eine Frau aus der Beifahrertür stieg und unter Schwierigkeiten auf die Füße kam. Sie verschwand im Schatten, und der Lincoln zog davon. Ich dachte, mir käme die Frau bekannt vor, aber es war weit weg, und ich hatte keine Zeit, das Fernrohr ans Auge zu setzen. Ich drehte das Band ab, stellte statt dessen die Anlage auf Aufnahme, zündete eine Kippe an und wartete.

Ich lag richtig. Margot nahte von rechts. Sie mußte die Straße unter der Elektrischen überquert haben, seitlich wieder abgebogen und bei den Piers den Fluß entlang gelaufen sein. Sie schwang ihre Tasche, als wäre sie auf Geschäft aus. Vielleicht konnte das den Zuhälter im Lincoln foppen, wenn er sie beobachtete, aber es würde niemanden foppen, der mich ein paar Stunden lang hatte sitzen sehen.

Als Margot näher kam, sah ich, daß sie eine riesige Sonnenbrille trug, die ihr halbes Gesicht bedeckte. Ich kurbelte langsam und im Rhythmus ihrer sich nähernden Schritte das Fenster runter, so daß das Glas verschwand, als sie eintraf.

»Warteste auf mich, Burke?«

»Weiß ich nicht, Margot, mach ich's?«

»Hör zu, ich glaube, er beobachtet mich, okay? Laß mich ins Auto – ich geh auf den Boden, als wenn ich's mit dem Mund mache, und red mit dir.«

»Bringt nichts. Ich bin zu lange da. Andere Leute haben mich gesehn – sie wissen, daß ich nicht so lange warte, bloß um abzuspritzen.«

»Ich muß mit dir reden.«

»Geh wieder hin, wo du herkommst, okay? Ich treff dich–«

»Nein. Vergiß es – nein, warte. Laß mich ins Auto und fahr einfach weg. Die denken dann, du hättest auf mich gewartet, ja? Ein Hotel-Job.«

»Was verlangst du dafür?«

Margot hob die Sonnenbrille, so daß ich ihr Gesicht sehen konnte. Ein Auge war zugeschwollen, und über einer aufgeplatzten Augenbraue waren Spuren getrockneten Blutes. Sie sprach mit ausdrucksloser, bedächtiger Stimme. »Es waren mal fünfzig, aber Dandy sagt jetzt, ich bin 'n ausgewachsenes Dreiweg-Mädchen, und er will'n Hunni.« Ich schaute bloß ihr Gesicht an – ihre Augen waren tot. Ihre Stimme veränderte sich nicht. »Und er sagt, wenn ich auf drei Wegen nichts ranschaffe, kann ich's am Square mit reihenweise Nummern probieren. Er kriegt zwei Hunnis die Nacht, oder mir geht's schlecht – kapiert?«

Wir hatten bereits zu lange vor zu viel Publikum geredet.

»Komm ins Auto«, sagte ich und warf den Plymouth an.

Ich kurvte aus der Lücke, und wir rollten auf den Highway, hielten Richtung World Trade Center, wendeten und rollten zurück nach Norden Richtung *uptown*. Niemand folgte.

Ich gondelte weitere zwanzig Minuten herum, um sicherzugehen. Immer noch nichts. Also fuhr ich rüber zu dem Kellerclub mit dem dreckigen Neonschild über dem Eingang, auf dem *Zimmer* steht, und stieg aus. Ließ Margot mit mir kommen und ihren Mund halten, egal, wer was zu ihr sagte. Ich reichte ihr einen leeren Attaché-Koffer, den ich immer auf dem Rücksitz habe, und sagte ihr, sie sollte ihn festhalten, als wenn er voller Geld wäre.

Wir gingen die kurze Treppe zum Keller runter und stoppten am Wettschalter, wo ein alter Mann mit dem Rücken zu uns in einen kleinformatigen Farbfernseher starrte. Rechts vom Schalter war eine aufwärts führende Treppenflucht, links war der Spielraum mit den Pool-Tischen. Ich pochte mit den Knöcheln auf den Tresen. Der alte Mann drehte sich nicht mal vom Fernseher weg. »Nichts frei, Kumpel.«

»Ich bin's, Pop«, sagte ich, und er drehte sich um, schaute mich an, sah Margot und hob eine Augenbraue. »Was Geschäftliches.« Ich deutete auf den Attaché-Koffer. Der alte Mann langte unter den Tresen, nahm einen Schlüssel mit der Nummer 2 auf dem anhängenden Papierschild raus, und ich reichte ihm zwei Fünfziger. Er kehrte uns den Rücken zu und ging wieder an den Fernseher. Ich machte Margot ein Zeichen, ließ sie vorausgehen, und wir stiegen schweigend hinauf.

Pop vermietet nur an bestimmte Leute Zimmer, und nur für Geschäftliches. Auf dem Schlüssel stand No. 2, aber in Wirklichkeit bedeutete das die ganze zweite Etage. Wenn man fertig ist, läßt man den Schlüssel am Haken an der Tür, läßt die Tür offen und geht über die Feuerleiter runter. Die Miete macht hundert Kröten bis zum nächsten Morgen, egal, wann man eincheckt. Und niemand bleibt über den nächsten Morgen hinaus, egal, was sie zahlen wollen – Hausregel. Pop setzt Max den Stillen bei Rausschmissen ein, aber es ist nicht oft nötig.

Als wir zur ersten Etage kamen, sahen wir die Stahltür ohne Türklinke. Ich ließ Margot warten, und nach ein paar Sekunden summte es, und sie sprang auf. Ich zog sie von der anderen Seite zu und wußte, da durch führte kein Weg zurück. Falls jemand anders rechtmäßig durch die Tür zu kommen versuchte, drückte Pop den Summer einmal, wie er es eben getan hatte, und man kam durch. Aber falls ihn jemand dazu zwingen wollte, hieb er rasch ein paarmal auf den Summer. Das öffnete nicht die Tür, aber es wirkte, als wenn er es versuchte – jedermann im Gebäude wußte dann, es war Zeit zu verduften. Selbst wenn das Gesetz mit den üblichen Feuerwehräxten und Stoßrammen auf die Tür eindrosch, hatte man noch wenigstens fünfzehn Minuten, um rauszukommen. Mehr als genug. Pop erlaubte keine Drogendeals in seinem Haus, aber alles andere war ihm recht, und manchmal gingen hier Kerls mit ausreichend Sprengstoff aus und ein, um den ganzen Block in den Orbit zu jagen.

Ich benutzte den Schlüssel, um die erste Tür auf der zweiten Etage zu öffnen, und Margot und ich gingen hinein. Große, spärlich möblierte Zimmerflucht, zwei Baderäume, Klappcouch, leerer Kühlschrank. Wenn man was wollte, mußte man es mitbringen. Ich fand einen Aschenbecher und zündete eine an. Margot ließ eine Art Stöhnen raus und setzte sich auf die Couch. Ich schaute rüber zu ihr. »Und?«

»Ich hab 'nen Job für dich.«

»Ich brauch keinen Job, Margot. Ich muß mit Michelle reden.«

»Ich hab schon mit ihr geredet. Ich hab 'ne Nachricht für dich.«

»Und zwar?«

»Erst will ich über den Job reden.«

»Hey, was soll der Mist? Erzähl mir erst, was Michelle gesagt hat.«

Sie nahm wieder die Brille ab, schenkte mir, wenn ich nach den Augen ging, ein Eislächeln, »Mach nicht auf taff, Burke – mach nicht auf harten Kerl. Droh mir nicht. Ich hatte schon alles, was man einem Menschen antun kann, außer ihn umzubringen, und ich scher mich nicht drum. Droh mir nicht, hör mir bloß zu, okay?«

Ich sagte nichts, rauchte. Margot zündete sich eine von ihren an.

»Irgendwas muß mit Dandy passieren.«

»Dein Louis?«

»Mein Louis.«

»Ich kenn ihn nicht, nie von ihm gehört.«

»Er is aus Boston. Kam bloß hier runter.«

»Was soll passieren?«

»Ein Mord.«

»Du redest mit dem Falschen. Das mach ich nicht.«

»Ich hab was anderes gehört.«

»Dann haste was Falsches gehört.«

»Wieviel?«

»Vergiß es. Du bist 'ne verfluchte Dummnudel – du willst den Pisser nicht, also steig in' Bus und verdufte.«

»Ich kann nicht fort.«

»Quatsch.«

»Is kein Quatsch – erst muß er sterben.«

»Davon will ich nichts wissen.«

»Reichen fünftausend für den Job?«

Ich stand von der Couch auf und ging rüber zum Fenster. Schichten von Siff verhinderten den Durchblick, sogar bei Tageslicht. Ich brauchte immer noch die Nachricht von Michelle, also gab ich Margot einen Rat umsonst. Sie lauschte, als wäre das, worauf ich hinauswollte, es wert.

»Schau, Dummie. Du zahlst einem Mann fünf Riesen, damit er einen halbarschigen Zuhälter umnietet, und er nimmt dein Geld und sagt danke und tut's niemals. Was zum Arsch machst du *dann*?«

»Ich verdiene mir mehr Geld und hab jetzt eine Liste mit zwei Leuten.«

»Bei dem Satz bist du auf Sozialhilfe, bevor du jemanden findest, der ehrlich ist, und der will eine Million für die ganze Liste.«

»Ich kann eine Million machen, wenn ich muß – ich hab meine Goldgrube bei mir«, sagte Margot, tippte sich an den Bauch und lächelte ihr Eislächeln. Wir drifteten ab.

»Schau, die Art Arbeit mach ich nicht. Geh einfach weg, und du bist fertig mit ihm.«

»Erst muß er tot sein.«

»Weil er dir sonst nachgeht, oder was?«

»Das erstere.«

»Wenn ich es arrangieren könnte – und ich sage nicht, ich kann's –, daß er dir nie wieder im Leben nahetritt, würde das reichen?«

»Du kennst ihn nicht.«

»Ich glaub doch.«

»Ich hab gedacht, du hast gesagt, daß du nie von ihm gehört hast.«

Ich blies die Andeutung eines Rauchkringels zur Decke, ging wieder zur Couch und winkte sie rüber auf den Sitzplatz neben mir. Margot zögerte, biß sich auf die geschwollene Lippe. »Was zum Arsch ist mit dir los?« fragte ich. »Du gehst mit einem fremden Mann an einen fremden Ort, du bittest ihn, jemanden zu töten, und jetzt haste Angst vor einer Couch?«

Ich kriegte nicht mal ein Lächeln aus ihr raus, aber sie kam rüber und setzte sich neben mich. Und hörte zu.

»Schau, nehmen wir an, ein Mann arbeitet in 'ner Madenfabrik. Weißt du, wo sie Maden unter den Steinen rausholen und sie für Leute, die Maden brauchen, in kleine Container packen. Für Fischer beispielsweise oder Wissenschaftler und abstrakte Künstler, oder was immer. Okay, er arbeitet zwanzig Jahre in der Fabrik, klar? Er sieht die Maden arbeiten, er sieht sie spielen, er sieht sie hecken. Er sieht sie einzeln und gruppenweise. Er beobachtet jede ihrer scheiß Eigenarten, verstehst du? Jetzt stößt du auf einen Mann wie diesen, und du fragst ihn, ob er deine *persönliche* Made kennt. Und er sagt nein. Aber er kennt Maden, begreifst du? Und die eine Made unterscheidet sich beim Teufel kein bißchen von den anderen Maden. Okay?«

»Ja.«

»Also hab ich nie von diesem Dandy gehört.«

»Kapiert.«

»Okay, und was ist jetzt die Nachricht von Michelle?«

»Warte. Machst du was mit Dandy?«

»Für fünftausend Dollar. Aber ich bring ihn nicht um – und du mußt mitspielen.«

»Warum? Wie?«

»Das Warum deswegen, damit du nicht gegen mich und meine Leute aussagst. Das Wie weiß ich noch nicht.«

»Das ist klar.«

»Sag's jetzt.«

Margot schaute mein Gesicht an, als ob da etwas wäre, wovon sie lernen könnte. War nicht, aber sie war zufrieden, schätze ich. Sie nickt ein Okay.

»Nun . . .«

»Das ist die Nachricht von Michelle, Wort für Wort. Sie hat gesagt: ›Sag Burke, daß der Mann, der die Cobra kennt, aus einer Leiche einen Filmstar gemacht hat.‹ Das is alles.«

»Das is das ganze Ding – das is alles, was sie gesagt hat?«

»Das isses. Sie hat's mich zwanzigmal aufsagen lassen, bis ich's perfekt intus hatte.«

»Was denkt die, wer ich bin, Sherlock-scheiß-Holmes?«

»Burke, ich weiß es nicht. Das hat sie jedenfalls gesagt. Nicht als ob's ein Rätsel sein sollte, sondern so, als wenn du's verstehn würdest.«

»Okay.« Ich sagte ihr, daß ich sie absetzen würde, wo immer sie wollte.

»Ist egal. Ich muß ein paar Stunden von der Straße weg. Ich sag Dandy, ich hab für zwei Scheine 'ne Exotennummer durchgezogen. Das will er doch sowieso. Er sagt, da liegt das echte Geld.«

»Also?«

»Also kann ich hier bleiben und krieg von dir zwei Scheine?«

»Du mußt spinnen. Da ziehste so 'ne Tour ab und bietest mir fünf Riesen und hast nicht mal zweihundert?«

»Ich hab es, Burke. Ich hab's bloß nicht hier. Ich kann's doch nicht mit mir rumtragen, oder?«

»Ich hab bereits 'nen Hunni für die Bude bezahlt.«

»Morgen hab ich dein Geld – sagen wir: mittags hier?«

Ich schaute sie bloß an, ihre Augen waren immer noch tot. Aber Michelle mußte ihr getraut haben, wenn sie sie die Nachricht weitergeben ließ. »Burke, wenn du das tust, schwör ich dir, daß du's nie bereust.«

»Ich bereu es schon.«

»Ich hab nichts hier, was ich dir geben kann, nichts außer meinem Körper – und ich bin sicher, den willste nicht.« Und plötzlich, verdammt, wurden ihre toten Augen feucht, und sie fing an zu weinen.

Also saß Burke, der große Schwindelkünstler, der ewig unbezwungene Großstadtwilderer, auf einer Couch und hielt fast drei Stunden eine weinende Hure fest und gab ihr dann zweihundert Dollar und fuhr sie wieder in ihr Revier. Bevor ich in dieses Zimmer ging, war Dandy eine Made. Jetzt war er eine Made, die mir Geld schuldete.

26

Nachdem ich Margot abgesetzt hatte, dachte ich weiter darüber nach, wie es war, als ihre Augen nicht mehr tot gewirkt hatten. Vielleicht waren sie belebt von Hoffnung, vielleicht von der Freude, einen anderen Saukerl rupfen zu können. Es gab nur eine sichere Art, es herauszufinden, und das bedeutete, daß ich sowohl den Prof als auch Michelle finden mußte. Es gab nur einen Ort in der ganzen Stadt, wo ich exakt das hinkriegen konnte, ein *midtown*-Schuppen namens The Very Idea. Also deponierte ich den Plymouth wieder beim Büro, lief ein paar Blocks und schnappte ein Taxi nach *uptown*.

The Very Idea ist der Öffentlichkeit nicht unbedingt verschlossen, aber es ist nicht die Art Laden, wo ein braver Bürger sehr lang bliebe. Er ist bloß für Transsexuelle und ihre Freunde gedacht – keine Transvestiten, Fummelschwuchteln, Tuntenliebchen oder Schlepper – und vor allem keine Touristen. Er liegt drüben an der First Avenue, bloß einen Sprung weg von ein paar der hochkarätigsten Single-Bars. Ich vernahm, daß die Vögel in The Very Idea zusammengluckten und ihre Tour untereinander probten, bevor sie sie an den braven Bürgern versuchten. Dies wird von allen erwartet, während sie ihre Hormonspritzen kriegen – Michelle verriet mir, daß man sich ein Jahr lang gegengepolt anzieht, in Therapie bleiben und einen einwandfreien psychiatrischen Bescheid kriegen muß, bevor sie einem die Geschlechtsumwandlungsoperation genehmigen. Aber die braven Bürger sind zu leicht zu foppen, und der Test taugt nichts. Ein paar von ihnen hatten die Idee mit dem Club, ein privates Anlagegeschäft. Sie erwarteten nicht das große Geld, wollten bloß einen Ort, wo sie in Frieden rumhängen konnten. Er ist nicht schrill wie eine Schwulenbar, und ich verstehe, warum die Leute einfach reinstiefeln, um ein paar Kröten auszugeben und die Ruhe zu genießen. Aber, wie ich sagte, die meisten Menschen sind dort nicht willkommen.

Ich ließ mich vom Taxi ein paar Blocks entfernt absetzen, lief rüber zum Fluß und drehte wieder ab Richtung Club. Eine mittelgroße Lunch-Gemeinde war bereits vor Ort, und er wirkte eher wie Schrafft's denn wie eine Schwulenbar. Nun, wie Michelle sagte, es *war* keine Schwulenbar.

Ich sah Michelle nicht, also steuerte ich zur langen Theke. Wie üblich war Ricardo vor Ort. Er dient als eine Art *maitre d'* und Barkeeper zugleich, auserkoren eher wegen seiner höflichen Manieren als wegen irgendwas anderem, vermute ich. Ich weiß verdammt sicher, daß sie in diesem Schuppen keinen Rausschmeißer brauchen. Einmal verirrten sich ein paar verwichste Seeleute da rein und fingen Ärger mit Ricardo an. Er mischte sich nicht persönlich ein – sah bloß zu, während seine Kunden Kleinholz aus den Seeleuten machten. Ich weiß nicht, ob die Küstenwache den Laden danach für *off-limits* erklärte oder was, aber ich weiß, daß die Drohung der Seeleute, zurückzukehren und den Laden zu demolieren, nicht wahrgemacht wurde. »Ah, Mr. Burke«, grüßte mich Ricardo, »eine Freude, Sie wiederzusehen, Sir. Wünschen Sie das Übliche?«

Ich sagte »sicher« und hatte nicht die leiseste Ahnung, wovon er sprach. Ricardo glaubt, daß Fragen wie diese die Klasse des Schuppens schwer aufbessern. Er stellte irgendein albern aussehendes Glas mit dunkler Flüssigkeit und einer Scheibe Zitrone vor mich hin. Ich rührte es nicht an – ich trinke nicht. Ich legte einen Zwanziger auf die Bar, Ricardo ließ ihn verschwinden und warf einen Haufen Scheine zurück. Ich ließ sie liegen und fragte: »Michelle gesehn?«

»Heute?« Mit leerem Gesichtsausdruck.

»Ricardo, du kennst mich – gibt's ein Problem?«

Er ließ die Augen runter zum Geld auf der Bar gleiten. Sicher – wenn ich als Freund da war, warum mußte ich dann den Kerl schmieren, um herauszufinden, wo sie war? Ricardo war nicht so dumm, wie er sich aufführte. Also sagte ich: »Für meine Drinks ... und ihre, klar?«

Er lächelte. Der Mann hatte etwa die doppelte Ladung Zähne als normal. »Sie ist im Speiseraum, Sir.«

Der Wink mit dem Speiseraum hieß bloß, daß sie irgendwo in der Nähe war und er sie wissen lassen würde, daß ich da war. Ich weiß nicht, wie sie das tun, und ich fragte nie. Aber das System funktioniert – in weniger als fünf Minuten huschte Michelle aus der Tür des Damenklos und nahm den Stuhl neben mir.

»Suchste Gesellschaft, Hübscher?«

»Eigentlich«, verriet ich ihr, »suche ich den Propheten.«

»Sind wir doch alle.«

»Nein, Baby, ich meine *Prof,* weißt du?«

»Oh, *den* Prof. Er kommt schon. Der Laden liegt auf seiner üblichen Runde. Aber ich schätze, das haste gewußt.«

»Yeah. Schau, ich muß dich was wegen deiner Freundin Margot fragen.«

»Was fragste, Süßer?« sagte Michelle, das Gesicht ruhig, aber die Augen wachsam.

»Ist sie sauber?«

»Sie ist 'ne Hur-rah, Schätzchen, 'ne Pro-sti-tu-ierte.«

»Das mein ich nicht, Michelle. Sie hat mir ein paar Sachen erzählt, und möglicherweise hat sie mich gebeten, ein paar Sachen zu tun. Ich will nicht in die Klemme geraten.«

»Eine meiner Freundinnen ist in die Klemme geraten. Es hat eine Menge Geld gekostet – sie hätte nach Schweden gehen sollen. Du weißt, daß sie am John Hopkins die Operationen nicht mehr machen?«

»Yeah, weiß ich. Kennst du Margots Louis?«

»Dandy? Ja, ich kenn das Schwein.«

»Ein Schwein, weil er Mädchen laufen hat, oder –?«

»Ein Schwein, Schätzchen. Ein Schmerz-Freak – gibt's heutzutage 'ne Masse davon. Ich glaub nicht mal, daß er ein richtiger Louis ist, weißt du? Wie er die Mädchen im Gesicht zeichnet – welcher Zuhälter tut das schon?«

»Welche Gewichtsklasse?« fragte ich.

»Nichts als Fliegen, Baby. Er ist aus Boston gekommen, wo er mit ein paar Ausgebüchsten gewerkelt hat. Ist sein eigentliches Ding, weißt du. Er hat auch 'n paar Jungs. Ich hab gehört, er hat sogar gelouist, als er im Knast war.«

»Warum sollte er von Boston runterkommen?«

»Baby, weißte nicht, wie es läuft? In 'ner kleinen Stadt louist es sich schwerer. Du mußt dich mit den Lokalitäten gutstellen, und du kannst dir *so* leicht Feinde machen. Hier im Faulen Apfel gibt's für jeden einen Platz – du brauchst keine Beziehungen zu haben, um mit Straßenmädchen zu werkeln, du mußt niemanden bezahlen, brauchst nicht mal ein Nummernkonto. Alles, was du brauchst, ist Fleisch auf der Straße, bloß etwas Fleisch auf der Straße. Kann sein, er hatte oben in Boston etwas Ärger – wer weiß?«

»Du sagst, Margot ist ein guter Kerl?«

»Süßer, für eine Frau, im biologischen Sinn, ist sie in Ordnung.«

»Okay«, sagte ich, »und was hat's nun mit der Nachricht auf sich, die du ihr für mich gegeben hast?«

Michelle lehnte sich an mich, legte mir eine Hand in den Nacken, um mich näher an ihre Lippen zu bringen, und flüsterte: »Ich hab von einem Freak gehört, der's mit Kids getrieben hat, wirklich schlimm getrieben hat. Und als er hoppsgenommen worden ist, hat er sackweise ausgepackt, okay? Ich weiß nicht, ob er dein Mann ist, aber es klingt danach. Und einer der schweren Jungs, die er vermutlich hat auffliegen lassen, ist der Mann, der eklige Filme macht. Burke, ich möchte nicht mal den Namen von dem Mann sagen – besorg ihn dir anderswo.«

»Wo?«

»Honey, weiß ich nicht. Ich hab schon zuviel gesagt, sogar dir. Das ist der Mann, an den du dich wenden mußt, wenn du 'nen Snuff-Film willst, okay?« Michelle lockerte den Griff. »Ich liebe dich, Burke«, und sie lehnte sich rüber und küßte mich auf die Backe. Sie schwang sich vom Stuhl und verschwand ohne ein weiteres Wort wieder hinten im Club.

Ich bat Ricardo um ein Roastbeef-Sandwich und kriegte irgendeinen dreistöckigen Unsinn auf Toast mit säuberlich abgesäbelter Kruste. Ich aß und checkte die Zeitung, als der Prof in einem bodenlangen Regenmantel und mit einem Schirm bewehrt auftauchte. Der Stadt stand eine lange Dürre bevor.

»Gibt's Regen?« fragte ich den Propheten.

»Es wird regnen«, gelobte er.

»Was ist mit Sieben-Zwanzig-Sieben passiert?«

»Es war der flasche Flug, mein Sohn. Die Zahl war Sieben-Vierzig-Sieben. Wenn du mit mir arbeitest, mußt du weiterdenken.«

»Also war es mein Fehler?«

»Gott gibt das Wort – Sterbliche interpretieren Gottes Wort. Es gibt mehr als nur eine Version der Bibel, und aus gutem Grund.«

»Glaubst du, man könnte dich überreden, das Wort einem Wesen hier auf Erden zu geben?«

»Das ist immer möglich«, sagte er. »Ißt du das Sandwich zu Ende?«

»Nein«, sagte ich, schob es rüber und winkte Ricardo, ihm zu geben, was immer er trinken wollte. Ricardo tauchte auf, schaute den Propheten auffordernd an, der »Buttermilch?« fragte und sein süßes Lächeln lächelte.

Ricardo servierte sie, als ob er jeden Tag um Buttermilch angegangen würde. Vielleicht wurde er.

Ich wandte mich dem Prof zu. »Kennst du einen halbärschigen Louis namens Dandy?«

Der Prof blendete auf den Gefängnishof über, ohne den Akkord zu wechseln. »Ich hab den Blick auf dem ganzen Distrikt, Burke. Er ist 'n neuer Junge, frisch im Gebüsch – schwingt taffe Sprüche, aber er is noch nicht lang bei uns.«

»Es heißt, er wird nicht mehr länger bei uns sein, wenn er nicht seine Manieren ändert.«

»Erzähl mir's«, sagte der Prof.

»Probieren wir es so rum«, sagte ich. »Manchmal muß eine Hand die andere waschen.«

»Was vorgeht, kommt vor – stimmt wahrlich. Wer kümmert sich um den Fall?«

»Max der Stille, unter anderem.«

»*Max?* Max der Lebensnehmer, der Witwenmacher, der stille Wind des Todes?«

»Eben der.«

»Die Botschaft kam an Burke. Der Prof wird nicht in der Nähe sein, wenn die Kacke niedergeht.«

»Nein, das isses nicht, Prof. Ich will, daß der Blödmann begreift, womit er rumspielt, okay? Ich will ihm eine Botschaft schicken.«

»Die da lautet . . .?«

»Änder den Ton oder schieß in den Wind . . . allein.«

Der Prof dachte eine Minute nach. »Brich die Zelte hier ab, meinste das?«

»Soweit ich weiß, hat er kein Zelt – bloß 'n Mädchen, und die betrampelt er zu sehr.«

»Hab's kapiert. Und ich geb ihm die Parole. Kann ich's ihm öffentlich sagen?«

»Warum?«

»Schau, Burke, auch ich muß hier auf der Straße überleben. Wenn ich ihm die Kunde überbringe und er hört nicht zu, dann kommt Max über ihn, richtig?«

»Richtig.«

»Also bringen die Leute *mich* mit Max in Verbindung – Das ist 'ne bessere Versicherung als die Allianz.«

»Es reicht. Aber er soll ein tückischer Dreckskerl sein, Prof – er dürfte die Botschaft nicht eben begeistert aufnehmen.«

»Wenn er spielen will, muß er fühlen«, sagte der Prof, und ich drückte ihm ein Paar Zehner in die Hand. Er glitt vom Barhocker, drehte sich um und sagte: »Wie ist die Kunde?«

»Gibt's einen Grund, gibt's auch 'ne Stund?« riskierte ich.

»Ja, und ist was wahr, dann ist's kein Schwund«, erwiderte er und verzog sich nach draußen ins Tageslicht.

Ich hinterließ Ricardo einen Zehner auf der Bar und trat in des Propheten Fußstapfen. Bei dem Satz, zu dem dieser Fall lief, konnte ich auf Sozialhilfe landen – oder Versehrtenrente, oder Krankengeld, Kurzarbeitsausgleich, Arbeitslosenhilfe oder auf irgendeinem der regierungsamtlichen Pfade zu einem regulären Einkommen. Das wollte ich nicht hoffen – es war eine arge Strampelei, dabei vor lauter Papierkram nicht ins Schleudern zu geraten.

27

Ich lief ein paar Blocks im Sonnenlicht, fand ein Münztelefon und rief Flood an. Jemand anders antwortete. »Miss Flood unterrichtet.« Ich hängte ein, während sie etwas von »eine Nachricht hinterlassen« sagte. Lief noch ein paar Blocks zu einem anderen Telefon und rief Mama an. Ich erklärte ihr, ich käme vorbei, und hängte auch bei ihr ein, als sie wieder mit »bei bösen Menschen vorsichtig sein« anfing. Nachdem ich den ganzen Weg querbeet bis zur West Side gelaufen war, stieg ich in ein Taxi und ließ den Fahrer die West Street runterkutschieren. Ich stieg beim World Trade Center aus, kaufte eine Nachtausgabe von *Harness Lines* und nahm mir die Zeit, zurück zum Büro zu bummeln.

Auf dem Weg kam ich an einem OTB-Salon vorbei. Ich treibe mit denen keine Geschäfte – zumindest setze ich nichts –, aber ich habe eine dieser Plastik-Kreditkarten, auf der steht, daß ich ein Telefonkonto habe. Sehr nützlich. Nicht um per Telefon zu wetten, aber um die City of New York als Kurierdienst zu gebrauchen. Und so funktioniert's: Sagen wir, du ziehst die Straße entlang, führst Geld mit, und einige Leute wissen darum. Sie möchten mit dir reden. Also schlüpfst du in einen OTB und deponierst das Bare auf deinem Telefonkonto. Du füllst einen Einzahlungsstreifen aus, wie auf der Bank, und die geben dir als Quittung ein Stück Papier. Dann zündest du dir mit der Quittung eine Zigarette an und gehst wieder raus. Wenn dich die Leute, die da warten, in ihr Auto bitten und dich durchsuchen, gibt's

nichts Bares. Sie schließen daraus, daß du bei diesem besonderen Anlaß kein Geld mit dir geführt hast. Dann, wenn du
deine Asche willst, gehst du zur OTB-Hauptniederlassung
an der Forty-first Street, gibst denen deine Kontonummer
und das Codewort, und sie geben dir einen Scheck, der Gold
wert ist. Du kannst dir den Scheck entweder selber zuschik-
ken oder einen halben Block laufen und ihn in Bares um-
wechseln. Es ist eine feine Art, Geld quer durch die Stadt zu
bringen, und OTB fordert für den Service keinen Cent.
Sogar die Schecks sind frei.

Als ich zurück zum Büro kam, ließ ich Pansy wieder aufs
Dach laufen. Sie wirkte so ruhig wie üblich, aber das hieß
nicht viel – Hunde haben kein langes Gedächtnis. Die Telefonverbindung war frei, also versuchte ich es wieder bei
Flood.

»Miss Flood bitte.«

»Wer spricht?«

»Du kannst deine Stimme großartig verstellen, Flood.«

»Burke?«

»Jawoll.«

»Ich war am Gericht und –«

»Heb's auf. Nicht am Telefon. Ich –«

»Aber hör zu –«

»Flood! Mach halblang. Ich kann an diesem Telefon nicht
reden, okay? Ich hol dich heute nacht ab, bei dir, um sieben,
okay?«

»Ja.«

»Kannst du unten im Flur warten? Rauskommen, wenn
du das Auto siehst?«

»Ja.«

»Kling nicht so gedrückt, Kleine. Es wird schon.«

»Okay«, so ausdruckslos wie immer.

»Bis später, Flood.« Ich hängte ein.

Ich kutschierte im Plymouth rüber zu Mama, parkte ihn

hinten und ging durch die Küche, um durchs Glas zu schauen. Der Laden war leer, abgesehen vom letzten Satz verspäteter Mittagsgäste. Indem ich seitwärts durch die Küchentür stiefelte, betrat ich das Restaurant von hinten, als wenn ich auf der Toilette gewesen wäre. Ich setzte mich in die letzte Nische von hinten, die mit dem auf Tellern herumstehenden halb aufgegessenen Essen, und einer von Mamas Kellnern nahte. »Darf es noch etwas sein?« Ich weiß nicht, wie Mama sie ausbildete, aber sie waren gut – ich war offensichtlich die ganze letzte Stunde oder so hier. Ich erklärte dem Kellner, ich sei vollauf zufrieden, und zündete eine Verdauungszigarette an.

Als der Rest der Gäste auszog, verließ Mama ihren Platz an der Registrierkasse vorn, kam rüber und setzte sich zu mir. Der Kellner räumte den Tisch ab, und ich bestellte etwas Eierflockensuppe und Rindfleisch mongolisch mit gebackenem Reis. Mama trug dem Kellner auf, ihr etwas Tee zu bringen. »Was is los, Burke?«

»Das Übliche, Mama.«

»Die Männer am Telefon – böse Männer, richtig?«

»Nicht bös im Sinn von gefährlich, Mama – bloß bös im Sinn von lausig, weißt du?«

»Ja, ich weiß, ich hör in ihrer Stimme, okay? Können sehr böse Menschen sein, wenn du Angst vor ihnen, richtig?«

»Oh yeah, Furcht würde sie mit Sicherheit taff machen.«

»Max hilf dir?«

»Manchmal.«

»Ich mein, mit diesen Männern, okay?«

»Max ist mein Freund, Mama. Er würde mir helfen, und ich würde ihm helfen, verstehst du?«

»Ich versteh. Fleisch gut?«

»Das Fleisch ist phantastisch.«

»Nich zu scharf?«

»Genau richtig.«

»Koch sehr alt. Manchmal du Sachen sehr lang machen, dann du sehr gut, richtig? Manchmal du Sachen zu lang machen, nich so gut.«

»Wie ich?«

»Du noch nich so alt, Burke.« Max materialisierte plötzlich neben Mamas Ellbogen. Sie glitt rüber in die Nische, um ihm Platz zu machen, und winkte nach mehr Tee. Mama glaubte, Tee wäre wichtig, damit Max kontinuierlich wuchs und sich entwickelte. Max schien der ganzen Sache indifferent gegenüberzustehen. »Glauben alle Chinesen an Tee?« fragte ich sie.

»Alle Chinesen nich dasselbe, Burke. Du weiß das, richtig?«

»Ich hab bloß gemeint, ob es eine kulturelle Sache ist, Mama? Als wenn die Iren Bier trinken, sogar wenn sie's nicht mögen?«

»Ich weiß nich. Aber Max mag auch Tee. Sehr gut für ihn.« Ich schaute Max an. Er schnitt ein Gesicht, um zu bedeuten, daß das Zeug nicht weh täte, also hol's der Teufel. Er liest so gut von den Lippen ab, daß ich manchmal denke, er gibt nur vor, nichts zu hören.

»Tja, so ungefähr hab ich's gemeint. Du bist Chinesin, Max ist Chinese, ihr mögt beide Tee . . .«

Mama kicherte, als wenn ich etwas Lustiges gesagt hätte. »Du denk, Max Chinese?«

»Sicher.«

»Du denk, alle Menschen von Fernost Chinese?«

»Mama, sei nicht –«

»Vielleicht du denk, Max *Japaner*?« Mama kicherte wieder. Fragen Sie mich nicht, aber Chinesen mögen Japaner nicht. Tatsächlich habe ich Orientalen nur in dem Punkt übereinstimmen sehen, daß offenbar keiner von ihnen Koreaner mag.

»Ich weiß, daß Max kein Japaner ist.«

»Wie weiß du das?«

Ich wußte es, weil Max und ich eines Nachts darüber geredet hatten, Krieger zu sein und was das hieß, und ich erwähnte die Samurai-Tradition, und Max sagte, damit habe er nichts zu tun. Er erklärte mir, ein Samurai müsse für seinen Herrn streiten, und Max hatte keinen Herrn. Ich kriegte nicht alles mit, aber ich wußte, er war kein Japaner. Für mich machte das Sinn – wenn du mit Kriminalität deine Brötchen verdienst, geht das nur als Selbständiger. Aber Mama verriet ich bloß: »Ich weiß.«

Max schaute rüber zu Mama, neigte den Kopf, um großen Respekt vor allem Chinesischen zu bezeugen, und dann formte er mit den Händen hohe Berggipfel und deutete auf seine Brust. Mama und ich sagten gleichzeitig »Tibet«, und Max nickte. Zum Teufel, Max war keinen Deut bürgerlicher als ich.

Mama sagte, sie müsse zurück zur Arbeit, und Max stand auf, um sie aus der Nische zu lassen, verbeugte sich und setzte sich mir dabei in einem Zuge wieder gegenüber. Mama schaute mich an, dann Max und spreizte in einer frustrierten Geste die Hände. Max nickte scharf, um ihr mitzuteilen, daß ich in Ordnung wäre, und sie schien zufrieden. Dann legte er zwanzig Fünfzig-Dollar-Scheine auf den Tisch neben meine Rennsportausgabe. Ich sackte achtzehn davon ein, überließ ihm die verbleibenden zwei – zehn Prozent seiner üblichen Transportgage.

Max nahm das nicht hin. Er krümmte die ersten beiden Finger seiner rechten Hand zu einer Komm-her-Geste, und ich legte mein Geld wieder auf den Tisch. Dann zog er zwei weitere Scheine aus meinem Bündel und bedeutete mir, ich dürfe den Rest getrost einsacken. Okay, also hatten wir *beide* einen Hunderter auf dem Tisch. Na und?

Max hob das Rennblatt auf und zeigte an, daß ich ein Pferd für den Abend rauspicken sollte, in das wir beide investierten. Ich machte eine Vielzahl von Gesten, um ihm zu zeigen, daß ich nicht immer erwarten konnte, Sieger zu erwischen, aber Max legte die Hände zu einer Gebetshaltung zusammen, deutete auf mich und tippte an seine Tasche. Er wollte sagen, daß ich besonders geschickt sein mußte, da ich schließlich all das Geld gewonnen hatte.

Das letzte, was ich brauchte, war Max' stiller Sarkasmus. So herausgefordert, zückte ich einen Filzstift und ging in dem Blatt ans Werk. Max setzte sich neben mich, und wir verbrachten die nächste Stunde oder so, indem wir die Charts durchgingen. Ich benutzte ein leeres Blatt, um darzulegen, daß Yonkers viel kürzere Geraden hatte, obgleich sowohl Yonkers als auch Roosevelt ovale Halbe-Meilen-Kurse waren. Also konnte ein Pferd, daß spät zündete, aber in Yonkers verlor, weil es just außer Tritt geriet, in Roosevelt durchaus einschlagen. Dann zeigte ich ihm die Stammbäume gewisser Tiere, die bei kühler Witterung offenbar besser liefen. (Man muß auf Pferde von *Down Under* achten, aus Australien und Neuseeland – ihre biologische Uhr unterscheidet sich von der amerikanischer Pferde, weil deren Sommer unser Winter ist.) Ich erklärte ihm, daß hohe Luftfeuchtigkeit die Pferde schneller macht, und die Bedeutung der Startpositionen. Aus lauter Übermut erzählte ich Max, daß man, wenn alles andere gleich ist, lieber auf eine Stute als auf ein männliches Pferd setzen muß.

Als ich schließlich meine Uhr checkte, waren Stunden verflogen. Max war gespannt wie eh und je. Schließlich fanden wir ein Pferd, das in Rockingham, oben in New Hampshire, stark gelaufen war und hier zum erstenmal antrat. Ein Dreijähriger, der nicht zu hoch dotiert worden war und es jetzt gegen ältere Pferde in einem 27 000-Dollar-Pott versuchte. Er hatte einen guten Fahrer, kam aus akzeptabler, aber nicht spektakulärer Zucht und sah messerscharf aus. Und Rockingham war ein paar Sekunden langsamer als

Roosevelt, und zwar Bahn für Bahn. Sah für mich gut aus – ich fürchtete, daß er es vielleicht ein bißchen zu eilig haben könnte, von der Innenposition an die Spitze zu gehen. Das Pferd hieß Honor Bright, Strahlende Ehre, aber ich setze nicht auf Namen. Max nahm unsere zweihundert und benutzte meinen Stift, um das Pferd auf dem Rennblatt einzukreisen. Dann nickte er mir zu, verbeugte sich, lächelte und zog ab.

Es war an der Zeit, Flood zu treffen, also tat ich genau das.

28

Es war beinahe sieben, als ich mit der Schnauze des Plymouth zu Floods Block runterstieß, wie ein Frettchen seine Nase in einen Bau steckt, bevor es zuschnappt. Alles schien ruhig, also kurbelte ich mein Fenster runter und fummelte die Stablampe raus, bis sie durch die Windschutzscheibe direkt auf Floods Tür deutete. Als ich den Schalter anknipste, verwandelte sich die Nacht zum Tage – nichts geschah, niemand sprang aus dem Schatten. Flood lief aus der Tür, trug einen knöchellangen Mantel, und eine große Hängetasche baumelte über der Schulter. Sie stieg ohne ein Wort ins Auto, und ich ließ es *downtown* rollen.

Sobald wir geradeaus fuhren, fing Flood an, Papiere aus ihrer Tasche zu ziehen und gleichzeitig zu sprechen. »Ich hab genau das getan, was du mir gesagt hast. Ich habe alles durchgesehen. Da gibt's nirgendwo auch nur einen *ähnlichen* Namen. Ich habe sogar den Schreiber gebeten, mir zu helfen, und er hat's getan, und wir haben immer noch nichts gefunden.«

»Beruhige dich einfach, Flood. Is keine Tragödie. Hast du dir die Aktenzeichen von all den Tagen aufgeschrieben, die du checken solltest?«

»Jedes einzelne. Da gibt's kein –«

»Macht nichts.« Ich hatte bereits eine Ahnung bezüglich der Cobra, und wenn Flood ihre Aufgabe getan hatte, wußten wir früh genug Bescheid. Wir hatten noch ein wenig Zeit, also steuerte ich auf einen Parkplatz, holte die Taschenlampe aus dem Handschuhfach und nahm Flood die Notizen aus der Hand. Ich versuchte mich zu konzentrieren, aber Floods Parfüm schlug mich langsam bewußtlos – es roch wie Eau de Puff, und es war schwerer als Fliegen auf einer Leiche.

»Flood! Was zum Teufel ist das für ein Zeug?«

»Welches Zeug?«

»Das scheiß Parfüm. Es riecht wie ein benutztes Hotelzimmer.«

»Ich dachte, es paßt zu meiner Aufmachung«, sagte sie säuerlich, und der Maximantel klaffte auf und enthüllte Flood. Enthüllte sie, weil die Kleider, die sie anhatte, offensichtlich nicht dazu taugten, sie zu bedecken – ein Jersey-Sweater, drunter offensichtlich kein BH, und so enge rosa Hosen, daß ich die Muskeln auf ihren Schenkeln sehen konnte. Sogar die schwarze Perücke verkündete deutlich: Fotze.

»Flood, was hast du vor?«

»Tja, du hast gesagt, ich muß den Unsinn tragen, also dachte ich –«

»Flood, um Himmels willen, ich hab gesagt, du sollst die Aufmachung auf dem Gericht tragen, richtig? Nicht den Rest deines Lebens.«

»Du hast nicht gesagt, daß ich mich umziehen soll, also –«

»Hast du nicht 'nen Funken Normalverstand?«

»Erst bin ich die dumme Braut, weil ich dir nicht zuhöre – jetzt bin ich die dumme Braut, weil ich's tu. Also was?«

»Flood, die Aufmachung war fürs Gericht, damit sie auf deinen Körper schaun und deinem Gesicht keine Aufmerksamkeit zollen. Heute nacht treffen wir 'nen stellvertretenden Staatsanwalt.«

»Du glaubst, der schaut nicht hin?« Flood schmollte wie ein echtes Gör. Ich hätte ihr einen Klaps gegeben, wenn ich nicht einen bleibenden Schaden befürchtet hätte.

»Sicher schaut er hin. Aber er ist ein Profi, nicht wie die Dusselköppe am Gericht. Er merkt sich dein Gesicht sowieso. Und es macht nichts – er ist 'n braver Bürger, keiner von den bösen Jungs.«

»Oh.«

»Yeah, ›Oh‹. Wunderbar.«

»Soll ich nach Hause und mich umziehn.«

»Keine Zeit dazu. Wir dürfen nicht zu spät kommen. Außerdem müßtest du ein Monat lang baden, um den Geruch wegzukriegen.«

»Ich habe es bloß getan, weil –«

»Quatsch, Flood. So dumm bist du nicht. Ich glaub, du trägst den Aufzug gern.«

Floods Stimme wurde gefährlich scharf, als sie sagte: »Was?«

»Du hast mich verstanden. Das ist kein Spiel, richtig? Gebrauch deinen Verstand.«

»Ich laß den Mantel zugeknöpft, Burke. Okay?«

»Laß die Lippen ebenfalls zugeknöpft.«

Mit süßer Kleinmädchenstimme sagte Flood: »Bitte flipp nicht aus, Daddy«, und sie langte rüber und drückte meine Hand. Dann verzog sie sich Richtung Beifahrertür wie eine Oberschülerin, die eine Anmache zurückweist. Als der Plymouth in die Baxter Street hinter dem Gerichtsgebäude einbog, fühlte ich allmählich wieder Leben in meine Hand zurückkehren. Eigentlich hatte ich gedacht, sie wäre lebenslang gelähmt, aber ich bin zu taff zum Brüllen. Auch ich habe meinen Stolz.

Ich parkte den Plymouth, wo ich ihn leicht wegkriegen würde, wenn es sein mußte. Ich erklärte Flood: »Das war kindisch. Du bist wirklich erwachsen. Gib mir deinen Mantel.«

»Wozu?«

»Weil wir die Stufen hochlaufen wollen und Leute außer

dem Staatsanwalt zuschaun werden, klar? Vielleicht war's am Ende gar kein so schlechter Gedanke, den Aufzug zu tragen. Aber hör auf, das Kleinkind zu markieren, okay?«

Flood sagte okay, reichte mir den Mantel und wandte sich zum Gehen. Ich checkte und sah, daß niemand herumhing, dann ließ ich eine alte Geschäftskarte auf den Boden fallen. Meine Arme waren voll mit Floods Mantel und Tasche, also sagte ich: »Hebst du's bitte auf, Flood?« Als sie in der Taille abknickte, um sie vom Boden aufzulesen, gab ich ihr einen tüchtigen Klaps mit der Hand, die sie gedrückt hatte. Es war, als ob man eine Rinderseite klopfte – der Schmerz schoß mir von der Hand bis in den Arm hoch. Flood streckte sich wieder, als wenn nichts passiert wäre, kicherte und sagte: »Haste die falsche Hand benutzt, hä?« Sie wackelte vor mir her und sagte, nachdem wir zirka drei Meter gegangen waren: »Willste mir jetzt den Mantel zurückgeben?« Ich tat es, und ich würde Flood nicht mehr für dumm halten. Wenigstens nicht in manchen Dingen.

Toby stand auf, als wir durch die Tür kamen. Ob Tag oder Nacht, er zieht sich immer gleich an, ob er vor dem Obersten Gerichtshof steht oder in seinem Büro sitzt und politischen Diskussionen zuhört: Dreiteiliger Anzug, Marke X, einfarbiges Buttondown-Hemd, gestreifter Schlips, bequeme Schuhe. Toby hat einen dicken Schnurrbart, aber der läßt ihn nicht älter wirken, als er wirklich ist – hohe dreißig, schätze ich. Für die Geschworenen ist sein Image perfekt: solide, respektabel, Mittelklasse, nicht aufbrausend oder arrogant. Toby ist nicht der Mann, der sich ob seines Lebens bedauert. Er wird nicht närrisch angesichts der Tatsache, daß irgendein Verteidiger, der nicht mal seine Aktentasche tragen könnte, fünfmal soviel Geld macht wie er, sondern er lebt damit. Obwohl kein Politiker, war sein Aufstieg im Amt stetig, wenn nicht spektakulär. Er mag Verbrecher nicht sonderlich, aber er schlägt sich nicht die Nacht um die

Ohren und sinnt nach, wie er sie alle selbst stoppen kann. Aber Kindsvergewaltiger mag er überhaupt nicht. Vielleicht, weil er selber ein paar Kleine hat – ich weiß nicht. Ich weiß nur, daß er's dabei ernst meint – ich hab zuvor mit ihm gearbeitet. Toby streckte die Hand aus.

»Mr. Lawrence, schön Sie zu sehen. Und das ist Mrs. Lawrence?«

»Yeah, das ist die liebe Frau«, sagte ich und hielt mich vorsichtshalber aus Floods Reichweite.

»Worum geht's?«

»Es gibt da einen Kerl, Martin Howard Wilson, der zum Vergnügen und aus Freude am Profit Babys vergewaltigt. Ohne Sie mit einer langen Geschichte zu langweilen: Wir möchten ihn gern finden.«

»Warum kommen Sie zu mir?«

»Er war hier wegen Kindsmißbrauch angeklagt. Das Kind starb. Ebenso die Anklage. Ich kann mir vorstellen, daß er jemanden reingeritten hat, und vielleicht gab es für Ihre Leute ausreichend Gründe, ihn laufenzulassen, okay? Aber er hat für das, was er getan hat, nicht bezahlt, und ich repräsentiere ein paar Leute, die der Meinung sind, er sollte.«

»Können Sie etwas deutlicher werden?«

»Wegen der Leute, nein. Wegen der Made, ja. Ich habe eine einigermaßen gute Beschreibung, ungefähres Alter, letzter bekannter Aufenthaltsort, sogar ein Alias. Nennt sich selber *Die Cobra,* wenn Sie dazu bereit sind.«

»Sonst noch was?«

»Toby, sein Aktenzeichen ist gelöscht.«

Toby sagte »Oh« und setzte sich wieder, um nachzudenken. Ich checkte Floods Liste, und da war eine komplette Serie Aktenzeichen in der Reihenfolge der Anklageerhebungen und der Vorführungen jener Tage, als Wilsons Erscheinen vor Gericht anstand, aber eine Nummer fehlte. Sowohl Toby als auch ich wußten, was das bedeutete, und

wenn die Bundespolizei diesen Freak nicht in ihr soge-
nanntes Programm zum Schutz von Zeugen eingeschoben
hatten, sollte die Staatsanwaltschaft von Manhattan wissen,
wo er zu finden war, oder zumindest, wie er aussah. Aber es
gab eine Masse Fragen, und sowohl Toby als auch ich wußten es.

»Ihre Leute, die diesen Kerl finden wollen ... hat er
denen Geld gestohlen oder so was?«

»So was?«

»Warum sollte ich was tun, Burke?«

»Lawrence.«

»Lawrence. Warum sollte ich das tun?«

»Weil dieser Kerl einen speziellen Tick drauf hat. Er arbeitet in den Tagesstätten, den Babysitter-Läden, den Heim-
und Pflege-Molkereien, den Durchgebrannten-Jugendher-
bergen, den behüteten Werkstätten, den Gruppenheimen.
Sie kennen die Tour – er ist ein nichtsnutziger Vietnam-
Veteran, der eine Geschichte zu erzählen hat, und die Liberalen schlucken den Scheiß einfach. Dann frißt er ihre Kinder. Und aus irgendeinem Grund kommt er von der Anklage
runter. Er *muß* jemanden reingeritten haben, um das zu
schaffen. Und jetzt ist er wieder von der Kette, und so sicher,
wie wir hier sitzen und darüber debattieren, *wird* er ein paar
Kinder mehr rausgreifen. Er ist gefährlich, ein gemeiner
Degenerierter, der von der Regierung den Freifahrschein
für seinen Dreck gekriegt hat. Wollen Sie mehr?«

»Sie würden nicht für diese Leute arbeiten, die dieser
Mann angeblich reingeritten hat, oder, Mr. Lawrence?«

»Nein. Ich dachte, das wüßten Sie besser, Toby.«

»Ich kenne Sie – zumindest kenne ich Sie etwas. Und ich
weiß, daß Sie immer ziemlich hart auf der Grenze gehen.«

»Es gibt 'n paar Grenzen, die ich nicht überschreiten
würde.«

»Das sagen Sie.«

»Meine Referenzen befinden sich auf der Straße, richtig?«

»Einige Ihrer Referenzen sitzen derzeit.«

»Wie viele wegen Baby-Vergewaltigung?«

»Okay, ich kapier Ihren Standpunkt. Lassen Sie mich jetzt ein bißchen nachdenken.« Er wandte sich an Flood. »Ist es Ihnen so nicht unbequem? Darf ich Ihnen den Mantel abnehmen?« Flood, das Genie, bedachte ihn mit einem blendenden Lächeln und überreichte ihn ihm. Toby näherte sich, um ihr den Mantel abzunehmen, und die Verbindung von Floods Parfüm und ihrer tanzenden Brust schmiß ihn beinahe wieder in seinen Sessel. Aber ohne einen gewissen Grad Gelassenheit wird man kein Top-Ankläger, also nahm er den Mantel bloß und wandte sich ab, um ihn auf ein Holzgestell zu hängen – nur die geröteten Augen verrieten ihn. Wir saßen alle still da, Toby rauchte seine Pfeife, ich eine Zigarette nach der anderen, und Flood holte jedesmal tief Luft, wenn sie dachte, Toby oder ich wirkten gelangweilt.

Die Zeit verstrich. Niemand redete. Telefone schellten im Foyer, manchmal fünfzehn- oder zwanzigmal. Sie hörten schließlich immer auf. Vielleicht hob jemand ab, vielleicht gab jemand auf – schwer zu sagen. Wir fuhren alle hoch, als das Telefon auf Tobys Tisch läutete. Er schnappte sich den Hörer, bellte »Ringer!« hinein, und Flood und ich lauschten seinem Teil des Gesprächs, offensichtlich mit einem neuen Staatsanwalt im Berufungsraum.:

»Was sagt der Cop?« Pause. »Was ist mit dem Berufungszeugen?« Pause. »Hat der Kerl ein Register?« Pause. »Okay, zerreißen Sie sich deswegen nicht. Ist keine große Sache. Kommt nie durch die Große Kammer. Schreiben Sie es als Überfall dritten Grades ab, und legen Sie eine Notiz zur Akte: *Kein ACD bei Anklageerhebung.* Damit kommt er ein bißchen ins Schwitzen. Sagen Sie unserem Mann, er soll fünfhundert Kaution beantragen. Yeah.« Pause. »Das is alles«, und er hängte ein.

ACD heißt schlicht *Adjournment in Contemplation of Dismissal* (Vertagung wegen möglicher Einstellung des Verfahrens), ein sechsmonatiger Freibrief für den Delinquenten – wenn er während dieser Zeit nicht aufgegriffen wird, wird die Sache gegen ihn fallengelassen. Toby meinte damit nur, daß der Kerl bis zu einem gewissen Punkt Spielraum kriegen sollte, aber beim ersten Wiederauftauchen würden sie ihn an den Kanthaken nehmen. Durchschnittskram.

Toby wandte sich mir zu. »Antworten Sie für diese Mrs. Lawrence?«

»Keine Frage.«

»Ist sie von hier?«

»Mit jemandem von hier verwandt.«

»Jemand, den ich kenne?«

»Max der Stille.«

»Sie sieht nicht wie eine Chinesin aus.«

»Sie redet auch nicht viel, haben Sie's schon bemerkt?«

»Ist das die Verwandtschaft?«

»Nein. Und Max ist kein Chinese.«

»Okay. Ich geh los und schau, ob's eine Akte gibt. Wenn ja, lese ich sie – dann entscheide ich. Keine Diskussionen, okay? Falls ich's für in Ordnung halte, können wir vielleicht reden. Falls nicht, könnt ihr gehen.«

Toby entschuldigte sich und ging durchs Foyer. Wegen unserer Beziehungen nutzte ich die Gelegenheit nicht, meine Kollektion amtlichen Papierkrams zu ergänzen. Toby kennt Max. Ich mußte ihn einmal reinbringen, als ihn die Polizei suchte, und Max mußte vor der Großen Kammer Zeugnis ablegen. Ich konnte mit ihm reingehen, da ich ein zugelassener Übersetzer für Gehörlose bin. So steht's auf dem Briefkopf der entsprechenden städtischen Agentur. Max wurde nicht belangt.

Sobald Toby durch die Tür ging, öffnete Flood den Mund, um etwas zu sagen. Ich bedeutete ihr, still zu sein. Ich glaube, daß Toby ehrlich ist, aber ich glaube nicht, daß irgendein städtisches Büro nicht verwanzt ist. Falls ja, hatten wir nichts gesagt, das uns Ärger einbringen würde, aber bei Floods Mundwerk konnte man nie sicher sein. Ich blinzelte ihr zu und zeigte ein Zutrauen, das ich nicht empfand, und wir saßen da und warteten.

Tobys Telefon schellte wieder. Ich ignorierte es. Flood war gut im Warten – sie widmete sich bloß irgendeiner Art Atemübung und ließ die Zeit vergehen. Ihre Augen waren konzentriert, aber sie meditierte – in Ruhestellung, wie eine Batterie, die Energie auflädt.

Toby kam erst gegen halb zehn zurück, aber als er durch die Tür trat und eine dicke braune Akte trug, wußte ich, wir hatten gewonnen.

»Ich kann euch nicht zeigen, was hier drin ist, aber ihr habt recht mit eurem Mann. Ich verrat euch ein paar Sachen. Stellt mir keine Fragen – hört bloß zu und geht dann, okay?«

Ich nickte ein Ja, und Flood wurde kiebig wie ein Setter vor der Beute.

»Martin Howard Wilson, geboren 10. August 1944, verhaftet und angeklagt, wie Sie schon wissen. Willigte ein, besonderes Beweismaterial über Kinderporno-Produktionen mehrerer Personen zu liefern, darunter Elijah Slocum, Manny Grossman und ein gewisser Jonas Goldor, wobei letzterer mutmaßlich in den Einsatz von Kindern für Prostitution und Kindsverkauf über Staatsgrenzen hinweg verwickelt ist. Dieser Goldor, hab ich gehört, ist ein sehr übler Kerl. Er macht den Schmerz fast schon zu einer Religion, scheint irgendwie dran zu glauben. Mir wurde gesagt, er kann so überzeugend sein, daß er die Leute regelrecht dazu überredet, es aus freien Stücken zu versuchen, aber das ist bloß

Hörensagen. Massenhaft Gerüchte, daß er 'n paar seiner Gespielinnen getötet hat, und Wilson behauptete, er wüßte sogar, wo der Privatfriedhof ist.

Es gibt eine alte Adresse von Wilson, aber das ist jetzt streng intern. Wir haben's gecheckt. Wir suchen ihn auch. Eigentlich haben wir ihm keine Immunität garantiert. Wir haben ihm Immunität *versprochen,* wenn er ein Verfahren gegen Goldor ermöglichen und tatsächlich vor der Großen Kammer und im Prozeß aussagen würde, falls nötig. Sein Anwalt sagte, er könnte nicht in Schutzhaft sein und dennoch den Fall für uns bauen, und wir haben es ihm abgekauft. Wilson schien wirklich in dieses ganze Undercover-Ding reinzurutschen, als wenn er ein Cop oder so was werden wollte. Er war dabei, einen ersten vorbereitenden Kauf zusammenzutüfteln – eine Lastwagenladung voll Kinderpornos aus Kalifornien. Wir gedachten diese Jungs ebenfalls umzudrehen und Goldor ein so schweres Verfahren anzuhängen, wie wir nur konnten. Der Kauf ging daneben, und Wilson tauchte unter. Aber er ist immer noch da draußen. Er ruft hin und wieder einmal an und behauptet, er arbeite für uns an der Sache.

Auf ihn ist ein Haftbefehl ausgestellt. Mord zwei. Notzucht ersten Grades. Kidnapping. Das Übliche. Der Ankläger, der den Fall bearbeitete, weiß selbst nicht, ob Wilson wirklich an einem Fall für uns bastelt, aber wenn Wilson hoppsgenommen wird, marschiert er wegen Mordes rein. Punktum. Das einzige, was ich euch noch sagen kann, ist, daß Goldor im Telefonbuch von Scarsdale aufgeführt ist, keine Feinde bei den Banden und eine Masse mächtiger Freunde hat. Großer Parteispender, besitzt eine Menge Immobilien, zahlt sogar rechtzeitig seine Steuern, wurde mir gesagt. Aber da gibt's eine komische Sache ... obwohl wir keine wirklich gut getarnten Operationen in der Latino-Kommune laufen haben, wissen wir, daß diese Una

Gente Libre – diese puertorikanische Terroristengruppe, wißt ihr – auf der Straße die Parole ausgegeben hat, daß sie diesen Kerl durch den Wolf drehen wollen. Goldor, nicht Wilson. Wir wissen nicht, warum, oder irgendwas über sie. Und Goldor, das wissen wir mit Sicherheit, glaubt es keine Sekunde.

Tja, das war's. Ich habe euch alles gesagt, was ich kann, und ich habe euch das unter dem Vorbehalt gesagt, daß ihr nach dieser Person Ausschau haltet und, falls ihr den Kerl ortet, seinen Aufenthaltsort unverzüglich unserer Behörde meldet. Verstanden?«

»Verstanden«, sagte ich und bombardierte Flood mit Blikken, damit sie die Enttäuschung, die ihren Mund umzuckte, nicht in Worten herausplatzen ließ. Toby stand auf, uns die Hand zu geben. Die Fragestunde war vorbei. Ich griff das Stück Papier, das er mir zuschob, ohne ein Wort zu sagen, und Flood nickte ihm bloß knapp zu, schnappte sich den Mantel von der Garderobe, und wir gingen.

Ich konnte Flood neben mir kochen fühlen, als wir zum Auto liefen. Sie riß sich den Mantel runter, feuerte ihn auf den Rücksitz, verschränkte die Arme und starrte durch die Windschutzscheibe. In frostigem Schweigen fuhren wir zu ihrer Wohnung. Ich parkte das Auto, stieg mit ihr aus und langte nach ihrer Hand, als wir den Block zu ihrem Loft runterliefen. Sie zog sie weg, sagte nichts. Die Tür zu ihrem Studio klemmte leicht – wahrscheinlich die Feuchtigkeit –, und Flood verpaßte ihr einen Hieb mit der Handfläche, der sie förmlich aus den Angeln haute. Sie stapfte durch ihre Wohnung und riß sich, noch bevor ich zum Sitzen kam, das Jersey-Top runter. Dann zerrte sie die übrige Kleidung runter, legte eine rosa Seidenrobe an und setzte sich mir direkt gegenüber.

»Nichts. *Nichts.* Wir wissen kein gottverdammtes Ding mehr, das wir nicht vorher gewußt haben –«

»Flood, halt's Maul. Wir wissen alles, was wir jetzt wissen müssen.«

»Du bist ein Blödmann, Burke. Und ich bin noch blöder, weil ich auf dich gehört habe. Er hat uns *nichts* gesagt, begreifst du das nicht?«

»Wir wissen den Namen der Gruppe, die sich für Goldor interessiert, richtig? Vielleicht weiß Goldor, wo unser Mann zu finden ist.«

»Und vielleicht tut er's nicht. Und vielleicht will er's uns nicht sagen. Und überhaupt, was weißt du über puertorikanische Terroristengruppen? Es ist *nichts*.«

Flood wirkte, als wenn sie sich nicht entscheiden könne, ob sie weinen oder töten sollte. Solange ich diese Frau kannte, unter- oder überschätzte ich sie ständig – vielleicht würde ich sie niemals lange genug kennen, um es richtig hinzukriegen.

Ich nahm das Stück Papier, das Toby mir zugeschoben hatte, aus der Manteltasche, glättete es sorgfältig und drehte es um, damit sie es sah. Floods Augen brauchten eine Sekunde, das übliche schwarzweiße Fahndungsbild zu fixieren, eine Vorderansicht und ein Profil. Es zeigte einen knapp über einsachtzig großen Mann mit einem Gesicht, das oben breit war und gleichmäßig, nach unten schmaler werdend, in einem ausgeprägten Kinn endete. Er hatte dunkle Haare, hervorquellende Augen, eine schmale Nase mit einer zu großen Spitze, leichte Segelohren, und auf beiden Wangen waren alte Aknenarben. Sein Haar war eher lang, aber vorne kurz geschnitten, so daß die ganze Stirn zu sehen war. Auf dem Rücken des kopierten Fahndungsfotos war eine getippte Bemerkung: »10 Zentimeter lange Narbe außen am linken Schenkel. Tätowierungen: Rechter Bizeps/Death Before Dishonor mit Adler, Außenseite linker Unterarm/Initialen A.B in blauem Kreis – trägt Kontaktlinsen.«

Flood starrte auf das Fahndungsbild, als wenn sie ins

236

Papier kriechen wollte. Ich durchbrach ihre Konzentration, als ich das Papier umdrehte. Sie las es langsam und sorgfältig, bewegte die Lippen, speicherte.

»Er?«

»Er isses, Flood.«

Auf ihrem Gesicht ging die Sonne auf, und ihre Augen sprühten, und ich werde nie ein strahlenderes Lächeln sehen – es wärmte den ganzen Raum auf. Flood hielt das Foto und gackelte mit sich selbst, lächelte dieses Lächeln. Sie warf die Robe ab, drehte sich herum, bückte sich, schaute wieder über die Schulter zu mir.

»Willst du deinen Trick noch mal probieren?«

»Seh ich so dämlich aus?«

»Es wird anders sein. Versprochen.«

»Wie kommt's?« Ich war argwöhnisch.

»Alte japanische Technik.«

Also gab ich ihr einen halbherzigen Klaps, und sie hatte recht. Es war, als tätschelte man weiches, elastisches weibliches Fleisch – das beste, das es gibt.

»Merkste?«

»Kennst du irgendwelche anderen japanischen Techniken?«

Flood schaute mit demselben wunderbaren Lächeln über ihre Schultern nach hinten und sagte: »Oh ja.«

Es stellte sich raus, daß sie recht hatte.

29

Als ich aufwachte, war es früher Morgen, draußen immer noch dunkel. Ich langte nach Flood, aber sie lag nicht neben mir auf der Matte. Ich schätze, manche Dinge lernt man nie. Ich stand auf und machte beim Rumlaufen ausreichend Lärm, damit ich sie nicht überraschte. Kein Ton aus Floods Zimmer.

Ich fand sie hinten in der Ecke in Lotushaltung sitzend und auf einen winzigen Tisch starrend, der völlig mit einem weißen Seidentuch bedeckt war, das auf den Boden reichte. Auf der Tischplatte war in einem schlichten schwarzen Rahmen ein kleines Bild mit einer jungen Frau, die ein kleines Mädchen auf dem Schoß hielt. Die Frau lächelte in die Kamera, und das kleine Mädchen wirkte sehr ernst, wie Kinder es manchmal tun. Neben dem Bild war das Fahndungsfoto von Wilson. Flood hatte etwas dahintergeklemmt, so daß die beiden Bilder einander gegenüberstanden.

Als sie mich hinter sich hörte, wandte sie sich um und sagte: »Bald, okay?« Ich ging zurück zur Matte. Nach ein oder zwei Minuten kam sie raus und setzte sich neben mich.

»Es war falsch von mir, die Zeremonie allein durchzuführen – ich wollte bloß nicht länger warten. Du hast das Recht zuzusehen, wenn du willst.« Sie streckte die Hand aus und zog mich auf die Füße.

Ich folgte ihr wieder hinein zu der Ecke, wo sie alles vorbereitete. Sie bedeutete mir, mich ein paar Armlängen von ihr entfernt hinzusetzen, und glitt wieder in die Lotusposition. Bald begann sie etwas auf japanisch zu sagen. Es war nicht monoton und klang nicht wie ein Gebet, aber als sie endete, verbeugte sie sich vor dem winzigen Tisch. Dann kam sie auf die Beine, nahm die Robe ab, die sie trug, und legte einen langen roten Umhang mit Drachen auf beiden Ärmeln an. Aus einer dunkelrot lackierten Dose nahm sie ein Stück roter Seide und etwas, das wie ein fünfzehn Zentimeter langer Dorn mit einem dunklen Holzgriff aussah. Der Dorn marschierte zwischen die beiden Bilder, und die rote Seide wurde auf dem Bild von Sadie und Flower plaziert. Dann sagte Flood wieder etwas auf japanisch, zog die rote Seide von der Fotografie und wickelte sie sorgfältig um den Dorn. Sie nahm den so bedeckten Dorn in die eine Hand, das Bild ihrer Freundin in die andere und hielt beides eine Minute vor ihr Gesicht, kniete nieder und plazierte sie in der lackierten Dose.

Nur das Fahndungsbild verblieb auf dem Tisch. Sie stand vor ihm und lächelte – falls Wilson dieses Lächeln hätte sehen können, hätte er sich auf schmerzlose Art selbst getötet. Flood verbeugte sich tief vor dem Tisch, wirbelte herum und schwebte aus dem Zimmer. Ich folgte ihr zur Matte und setzte mich. Sie brachte mir einen Aschenbecher, und ich zündete eine Kippe an. Sie wartete, bis ich sie ausdrückte, bevor sie sprach.

»Begreifst du es?«

»Eine heilige Waffe, die du geweiht hast?«

»So wird er sterben.«

»Flood, hör mir zu, okay? Ich steck da schon zu tief drin. Ich seh ein, daß er sterben muß, aber das ist echt keine Bestrafung. Gefängnis ist schlimmer, glaub mir – ich weiß es. Wenn du jemanden töten mußt, dann mußt du es einfach tun. Fängst du an, dir den Kopf zu zerbrechen, *wie* du es tun willst, fängst du an, dir Zwänge aufzuerlegen, dann bist du dran. Wo liegt der Unterschied, ob du dieses Apartmenthaus in Schutt legst oder ihn mit einem Gewehr auf hundert Meter erwischst oder seinen Kaffee vergiftest? Er ist genauso tot.«

»Hast du jemals irgendwen getötet?«

»Ich habe nie jemanden getötet, der mir nichts antun wollte, wie du es mit ihm vorhast.«

»Er hat mir schon was angetan.«

»Das weiß er nicht.«

»Also ist er unschuldig?«

»Nein, er ist 'ne Made, Flood. Er kann nicht rehabilitiert oder gebessert, nicht einmal zurückgehalten werden, okay? Aber du übernimmst einen Job und nimmst ihn persönlich. Das ist schlimm genug – aber mit all diesem religiösen Zeug lenkst du, wenn es vorbei ist, das Gesetz genau auf dich.«

»Und auf dich, richtig?«

»Richtig.«

»Du denkst, ich würde je reden, je irgendwem von dir erzählen?«

»Nicht in tausend Jahren. Wenn ich je in meinem Leben einen Menschen getroffen habe, der dichthält, bist du's.«

»Also?«

»Also hör mir zu, du närrische Schlampe. Ich sage nicht, daß ich dir nicht helfe. Ich mach bloß nicht bei all dem religiösen Unsinn mit, bei dem wir uns selber dranbringen. Ich werde dir helfen, ihn zu finden, dir sogar helfen, ihm die scheiß schwarzen Marken zu verpassen, okay? Aber wenn wir ihn auf eine andere Art umlegen müssen, werden wir's auf diese Art tun, verstehst du?«

»Geh und such dir selbst ein Alibi, Burke. Hau ab von hier und such dir für die nächsten paar Monate ein gutes Alibi«, sagte sie und wandte sich von mir ab.

Ich kam auf die Beine. »Gib mir das Bild, Flood«, sagte ich mit ruhiger Stimme und wußte, was kommen würde. »Keine Chance«, sagte sie. Ich machte mich auf in Richtung Ecke,

wo sie den Tisch aufgebaut hatte. Flood wirbelte in Kampf-
stellung, der Umhang umwehte sie. »Laß das«, sagte sie,
kein Gefühl in der Stimme. Ich setzte mich wieder, zündete
eine weitere Zigarette an.

»Flood, komm her und setz dich. Ich werde gehen, okay?
Ich werde dir das Bild nicht wegzunehmen versuchen. Aber
du schuldest mir etwas, also wirst du rüberkommen und
hören, was ich dir sage. Wenn ich fertig bin, verschwinde ich.
Aber erst hörst du zu.«

Flood näherte sich wachsam. Der kleine Gasbehälter in
meiner Tasche dürfte sie lang genug aus dem Verkehr ziehen, damit ich das Fahndungsbild kriegte – oder auch nicht.
Wie auch immer, sie wußte, wo ich zu finden war, und sie
steckte nie auf. »Du kannst ihn nicht finden, Flood. Du
weißt, wie er aussieht, also denkst du, du hast ihn schon.
Aber noch ist er bloß irgendeine Made in 'ner großen
Schleimgrube. Nicht in hundert Jahren würdest du ihn finden. Du verstehst was von Kämpfen, das is alles – aber du
kennst nichts anderes. Ich kann ihn finden. Wenn ich nicht
gewesen wäre, *hättest* du das Bild nicht. Richtig?«

»Ich weiß, was du meinst.«

»Und ich weiß, was du denkst – jetzt, da du das Fahndungsbild hast, kannst du ihn mit irgendeinem Wichspri-
vatdetektiv aufspüren. Alles, was die tun, ist, dein Geld
zu nehmen. Oder deinen Körper, wenn du damit handeln
willst.«

»Ich kann ihn finden.«

»Flood, nehmen wir an, ich möchte jemanden kriegen,
der in deinem Tempel in Japan gelebt hat. Könnte ich das?«

»Du würdest den Ort nie finden, nie durch die Berge
kommen. Du würdest nie durch die Tür kommen, wenn
du's schaffst.«

»Es ist nicht *mein* Ort, richtig?«

»Ich bin Amerikanerin.«

»Das da draußen ist nicht Amerika, du Dummkopf. Das ist eine schwärende Wunde, bestückt mit Maden. Und du hast dazu keinen Paß, sprichst die Sprache nicht, kennst die Sitten nicht. Du bist ein ewiger Fremdling in der Welt, in der Wilson lebt. Du könntest keinen Cop finden, um so weniger einen Freak wie Wilson. Und wahrscheinlich würdest du den Unterschied nicht merken, wenn du's tätest.«

»Ich habe dich gefunden.«

»Und du bist zu mir gekommen, weil man dir, wer immer es gewesen ist, erzählt hat, ich wär der Mann, der eine abgängige Made finden kann. Und wenn wir nicht etwas zuwege gebracht hätten, wärst du jetzt schon Hundefutter.«

»Ich fürchte mich nicht.«

»Ich weiß scheiß genau, daß du dich nicht fürchtest. Was soll's? *Ich* fürchte mich die ganze Zeit, aber ich kann ihn finden, und du kannst's nicht. So einfach isses. Du pfuschst herum, versuchst ihn zu finden, und er erschrickt und rennt davon.«

»Er muß auf diesem Planeten bleiben.«

»Weiß du, was ich denke? Ich denke, daß du diesen Freak am Ende gar nicht wirklich finden willst – ich denke, du steckst voller Mist. Du magst die Jagd, richtig? Dein Ehren-*Quatsch* und all das. Du redest taff, aber du machst so viel Lärm, daß ich denke, du willst, daß der Freak davonrennt. Du bist 'n Türke, Flood. Hier geht's nicht um Sadie und Flower, hier geht's bloß um deine verquasten japanischen Ego-Spiele. Du gibst auch nicht den dünnsten Schiß auf deine Freundin, du –«

Flood flappte mir eine quer über den Mund, so schnell, daß ich nur ihren Umhang blitzen sah. Ich versuchte, mich abzurollen, schlug einen Salto, landete mit vor dem Gesicht gekreuzten Händen auf den Knien. Flood war bloß ein Schimmer – ich fühlte einen Fuß gegen die Seite meines Kopfes krachen, und ich knallte gegen die Wand und stieß mich ab, raffte nach meiner Waffe. Aber Flood war nicht mehr im Angriff – sie stand bloß da und schaute mich an.

»Du verstehst es nicht«, sagte sie und atmete nicht einmal schwer.

Ich sagte gar nichts.

»Burke . . .«

Ich sagte gar nichts.

»Tut mir leid. Sadie ist meine Freundin. Vielleicht hätte ich im Tempel bleiben sollen. Er wird nicht kämpfen, oder? Tut er's, Burke?«

»Flood, wenn er kann, wird er davonrennen, oder töten, wenn er kann. Aber kämpfen?« Ich zuckte die Achseln.

Da kam sie rüber zu mir, setzte sich und langte nach meinem Gesicht. Ich hob die Hand, um sie abzublocken, aber sie fegte sie weg, als wäre sie aus Federn. Sie nahm mein Gesicht mit der Hand, drehte es zurück und vor. Für mich fühlte es sich wie Matsch an.

»Du mußt es nähen lassen.«

»Hast Glück, daß ich 'n Kavalier bin, Flood, sonst würd ich auf deinem Arsch stepptanzen.«

»Oh, ich weiß«, sagte sie ohne die Spur eines Lächelns oder von Sarkasmus.

»Ich weiß, wo ich das gemacht kriege. Dann muß ich ein paar Leute treffen, ein paar Sachen kriegen, und dann ziehen wir los und besuchen diesen Goldor.«

»Kann ich das Bild lassen, wo es ist?«

»Wie dicht ist dieser Ort? Könnten andere Leute in dein Zimmer kommen, wenn du nicht da bist?«

»Die Leute hier sind von meinem Tempel. Es ist nicht gestattet, anderer Leute Altäre anzugucken.«

»Aber könnten sie's tun?«

»Nein. Keine Chance. Ehre geht über alles. All die Leute hier sind im Tempel viele Jahre zusammengewesen. Ich bin hier die Jüngste.«

»Tut mir leid, daß ich das vorhin gesagt hab.«

»Nein, tut's dir nicht. Ich versteh dich – du mußt hierbleiben, nachdem ich weg bin. Ist in Ordnung. Ich weiß, du liebst mich.«

»Flood! Ich hab nie gesagt, ich liebe dich. Du weißt nicht –«

»Halt's Maul, Burke – so smart biste nicht. Und auch nicht so taff. Aber du hast keine schlechte Form gezeigt, als du diesen ersten Dreh gemacht hast. Hast du's mal gelernt?«

»Mein Bruder ist Großmeister. Er versucht's mir seit Jahren beizubringen, sagt aber, ich bring's nie zu was. Ich glaub, das stimmt. Mein Kopf taugt nicht dazu – jedesmal, wenn ich auf den Boden treffe, schau ich mich nach einem stumpfen Gegenstand um, den ich statt der Hände benutzen kann.«

»Dein Bruder ist wirklich Großmeister?«

»Ja.«

»Du begreifst, was das bedeutet, Burke? Ist er so gut wie ich?«

»Er ist besser, Flood. Wirklich. Kein Wettkampf.«

»Sicher ist er stärker – aber schneller?«

»Glaube mir – ich will dich nicht herabwürdigen, aber es gibt keinen besseren.«

»Dann ist er kein Amerikaner.«

»Nein.«

»Japaner? Welchen Stil kämpft er? Macht er –«

»Er ist aus Tibet.«

»Tibet. Ich hab Geschichten gehört ... oder besser Legenden. Über unseren Tempel. Ein Mann, der vor vielen Jahren mit unserem alten Meister gelernt hat, aber unseren Stil nicht akzeptieren wollte. Aber wahrscheinlich ist er nicht ... ich meine, dein Bruder. Hat er ...?«

»Er heißt Max der Stille. Seine ferne Vergangenheit kenn ich nicht.«

»Ich kenne den Namen nur auf japanisch. Er heißt Stiller Drache. Das macht keinen Sinn – er könnte nicht dein Bruder sein . . .«

»Wir haben denselben Vater.«

»Versteh ich nicht.«

»Derselbe Vater, den du hattest, Flood.«

»Der scheiß *Staat* war mein Vater. Hab ich dir erzählt.«

»Ich weiß.«

Flood sagte nichts. Saß bloß da und tätschelte abwesend mein Gesicht, als wäre es ein Klumpen Ton und sie versuchte sich auf die Form der Skulptur festzulegen, bevor sie wirklich ans Werk ging. Schließlich stupste ich sie mit der Schulter. »Flood?«

Sie hielt jäh inne. Meine Gesichtsseite schwoll allmählich an – ich konnte es wachsen spüren –, und ich mußte demnächst was reden. Ich bat Flood, sich anzukleiden, und sie zog geschäftig ab. Ich saß rauchend da, bis sie bereit war zu gehen. Es war noch dunkel, als wir aus der Vordertür und in den wartenden Plymouth glitten.

30

Als wir zurück zum Büro fuhren, spürte ich, wie Flood auf die rechte Seite meines Gesichts starrte, wo sie am Werk gewesen war.

»Du hast es regelrecht trainiert, oder?«

»Wie kommst du drauf?«

»Es muß dich schmerzen, aber du atmest ordentlich.«

»Das ist kein Training – es schmerzt beim Atmen bloß in meinem verdammten Mund.«

Flood glitt über den Sitz, bis sie genau neben mir war, und drückte sanft meinen Schenkel. »Vielleicht bist du bloß ein taffer Typ, Burke.«

Ich bin kein taffer Typ. Wenn mir ein Weg einfiele, dem Schmerz davonzurennen, ich tät's mit olympischem Rekord. Das kann ich nicht, also laß ich ihn durch mich hindurchdringen, wie man es mich gelehrt hatte. Aber ich konnte nicht das tun und gleichzeitig das verdammte Auto fahren. Eigentlich konnte ich es überhaupt nicht sonderlich gut.

Ich stellte den Plymouth ab und lief mit Flood am Arm um die Vorderseite. Als wir in den Eingang kamen, lehnte ich mich gegen die Briefkästen, als ob mir schlecht würde. Sie warf mir augenblicklich den Arm um die Taille und zog mich gegen sich, stützte mich die Treppe hoch.

Als ich den Briefkasten berührte, fingen die rotweißen Lichter, die der Maulwurf rundum im Büro verlegt hatte, in Folge zu blinken an. Es war das Signal für Pansy, abzubrechen, was immer sie tat. Ihre aggressiven Säfte fingen an zu steigen, wenn sie das Blinken sah, sie würde zu der ihr zugedachten Stelle links neben der Tür tappen, so daß sie gerade außer Sicht war, wenn sie aufging. Es gibt auch ein Licht, das einen monströsen Stroboskopen-Blitz auslöst, den der Maulwurf in etwas, das wie ein Stereolautsprecher aussieht, montiert hat und der blendet, wer immer auch durch die Tür tritt. Wenn der Blitz zündete, tat es auch Pansy. Sie zündete auch, wenn ich mit erhobenen Händen durch die Tür ginge, Blitz oder nicht. Aber ich hatte nur den Schalter unten gedrückt, um sie bei der Stange und auf Alarmstufe zu halten. Jeder Hund wird verlernen, worauf immer man ihn abgerichtet hat, wenn man ihn nicht ständig nachrüstet und belohnt.

Als wir an den Kopf der Treppe gelangt waren, ließ ich Flood meine Hand nehmen. Sie tat es ohne Frage – ich glaube, schließlich begriff sie, daß mein Büro kein Ort für dummes Benehmen war. Ich öffnete die Tür, stieß den Lichtschalter runter statt hoch und trat, Floods Hand haltend, ein. Pansy stand zur Linken – Brust raus, Fänge entblößt und vor Aufregung bebend. Sie sollte still sein beim Warten, aber ein tief rollendes Knurren entfuhr ihr. Noch bewegte sie sich nicht, und sie ließ Flood und mich Hand in Hand eintreten. Ich ließ Flood auf die Couch setzen, wandte mich um und nannte Pansy »Braves Mädchen.«

Sie trottete rüber zu mir, und ich tätschelte sie so hart, daß es gereicht hätte, einen normalen Hund bewußtlos zu schlagen. Ihre gigantische Zunge schlabberte raus und legte sich über mein Gesicht. Ich ignorierte Flood, hieß Pansy bleiben, wo sie war, und ging nach nebenan, um ihr einen Brocken Steak zu holen – ein schwacher Ausgleich dafür, daß sie nicht auf einem menschlichen Wesen herumkauen konnte, aber sie mußte sich vorerst damit abfinden. Ich öffnete die Hintertür, ließ sie aufs Dach und hieß Flood bleiben, wo sie gerade war, bis Pansy wieder runterkam – man kann einem Hund nur so viel beibringen.

Als Pansy runterkam, gab ich ihr das Handzeichen für *Freunde,* und sie patschte rüber zu der Stelle auf dem Astroturf und versank in das Beinahe-Koma, das ihr normaler Wachzustand ist. Ich holte meinen Medizinkasten heraus und bat Flood, mir zur Hand zu gehen.

Als alles auf dem Schreibtisch aufgebaut war, drehte ich das Deckenlicht an, damit Flood sehen konnte, was sie tat, und lehnte mich ganz im Stuhl zurück. Flood blickte auf die Ausrüstung. »Du mußt mir sagen, was ich tun muß.«

»Zuerst sprüh etwas von diesem Xylocain über den ganzen Bereich.«

»Was bewirkt es?«

»Es ist 'n Nervenabtöter. Du mußt vielleicht drin rumstochern, und ich weiß, wie grob du bist.«

»Ich wünschte, du hättest ein echtes Betäubungsmittel hier.«

»Flood, laß dir eines sagen. Bewußtlosigkeit ist nicht einfach eine Art Schlaf, wie dir die gottverdammten Doktoren erzählen – es ist eine Krankheit, von der sich der Körper schließlich erholt, das ist alles. Ich hab ein bißchen von dem Zeug, aber es ist nicht dazu gedacht, an mir selbst verwendet zu werden, verstehst du?«

Sie sagte nichts, testete bloß das Spray in ihrer Hand, drehte sich dann um und sprühte es mir ins Gesicht, wo sie mich geschlagen hatte. Das Spray stach, brannte, wurde dann wie erwartet kalt. Ich langte hinein und entfernte die Brücke auf der oberen rechten Seite. Sie kam leicht heraus, überzogen mit Blut und etwas Fleisch, also hatte sie recht, daß ich genäht werden mußte.

»Flood, nimm den Spatel und das orange Zeug da und reinige das ganze Ding, damit du siehst, was du tust.«

Sie tat, wie ihr geheißen. Sie atmete flach durch die Nase,

und ich versuchte, mich ihrem Atem anzupassen. Sie sah, was ich tat, und schenkte mir ein rasches ermutigendes Lächeln.

»Jetzt nimm diese kleine Schere und kappe alles, was lose hängt. Bloß den Teil, der aussieht, als wenn er zu toter Haut wird.«

Flood arbeitete sorgfältig, aber flink. Sie hätte einen großartigen Chirurgen abgegeben, aber ich schätze, ihr Lebenszweck war es, dem medizinischen Gewerbe Arbeit zu machen – oder dem Bestatter.

»Sieh zu, ob du die Ränder zusammendrücken kannst – passen sie?«

»Fast«, grimassierte sie.

»Okay«, preßte ich aus der guten Seite meines Mundes, »kannst du die Ränder zusammenhalten und mit einer Hand nähen?«

»Ich glaube nicht.« Sie klang aufgebracht.

»In Ordnung, in Ordnung, kein Beinbruch. Nimm meine Hand und zeig mir, wo sie hin muß, ich halt alles zusammen. Du nimmst die Nadel« – ich deutete zu dem winzigen gebogenen Teil aus glänzendem Stahl – »und legst, so vorsichtig du kannst, ein paar *kleine* Nähte, okay? Denk dran, sie müssen wieder raus. Versichre dich, daß die Ränder fest zusammen sind, damit es greift. Verstehst du?« Flood nickte, konzentrierte sich noch. Sie fädelte die winzige Nadel so leicht ein, als stecke sie einen Bleistift durch das Loch eines Zuckerkringels. »Arbeite dich vom einen Ende bis zum anderen durch. Laß nichts überlappen. Ich muß sie später rausnehmen. Knüpfe am Ende einen dicken Knoten. Dort schneiden wir sie ab.«

Flood legte still die Nähte, bedeutete mir gelegentlich, ich solle meine Hände bewegen, damit sie besser sehen konnte. Als sie fertig war, hielt ich den Spiegel hoch und checkte es. Dolle Arbeit. Ich bestrich einen Wattebausch großzügig mit

Aureomycin-Salbe und setzte ihn an Ort und Stelle. Es schmeckte nicht hinreißend, würde aber bestens die Blutung und jede Infektion im Startloch stoppen. Ich goß Alkohol über meine Brücke und ließ sie im Glas liegen – ich würde sie eine Weile nicht benutzen –, dann knipste ich das Deckenlich aus und legte mich mit geschlossenen Augen ins Halbdunkel zurück. Flood zündete eine Zigarette aus meiner Packung an. »Kannst du rauchen?« Sie berührte ihren Mund. Ich nickte, nahm sie ihr ab. Rauchte still, sah zu, wie der rote Glutpunkt Floods blondes Haar illuminierte.

Sie verlagerte die Hüften, setzte sich auf den Schreibtisch neben mich und fragte in bestimmtem Tonfall, was als nächstes komme. Sie fürchtete immer noch, ich würde durchdrehen. Ich nahm einen weiteren Zug, reichte ihr die Kippe, und sie drückte sie für mich aus. »Ich muß jemanden wegen Goldor anrufen. Kann's nicht vor sieben morgens machen, wenn sie öffnen.«

Flood schielte nach der immer noch offenen Hintertür. »Das sind noch ein paar Stunden, grob geschätzt. Hast du irgendwelche Schmerzmittel hier?«

»Taugen nichts – sie schläfern dich ein, ziehn dich runter. Muß bald 'ne Menge reden. Sachen für Goldor klar machen.«

»Und du bist ein taffer Typ, richtig? Brauchst se nicht.«

»Richtig – so bin ich.«

Flood stand auf, nahm die Jacke ab, die sie trug, und zog das Jersey-Top über den Kopf. Ihre Brüste wirkten im gedämpften Licht wie harter weißer Marmor. Sie kam wieder rüber zu mir, setzte sich wieder auf den Schreibtisch.

»Gibt's nebenan Dusche oder Bad?«

»Warum?«

»Ich will dich lieben, Burke. Und wenn's hier keine Dusche gibt, krieg ich danach diese verdammten Hosen nicht wieder ran.«

»Es gibt eine Dusche, aber –«

»Macht nichts. Ich brauch sie nicht auszuziehen.«

»Noch 'ne alte japanische Technik?«

»Ich glaube nicht, aber es funktioniert ebensogut. Macht dich süß und schläfrig, ja?«

»Biste sicher?«

»Würdest du lieber diese Art . . . oder fürchtest du, ich tu dir weh, wenn wir . . .?«

»Beides«, sagte ich.

»Gekauft«, sagte Flood und langte nach meinem Gürtel.

31

Als ich zu mir kam, saß ich immer noch im Sessel. Pansy grummelte mich an. Ich hieß sie aufs Dach gehen – die Tür war bereits offen. Ich brauchte eine Dusche und einen Kleiderwechsel. Ich überlegte, daß ich so, wie es war, mein Gesicht nicht rasieren konnte, und ich war froh über die Entschuldigung – ich hasse Rasieren. Aber Flood, die frisch wie neue Blumen wirkte, sagte, sie könne mich schmerzlos rasieren, solange ich mein Gesicht warm und feucht hielt. In dem winzigen Badezimmer war es ekelhaft, aber Flood setzte sich am Waschbecken mir gegenüber und tat ihre Aufgabe prächtig. Ich spürte nichts. Während sie mich rasierte, schaute ich zu, wie ihre Brüste im Morgenlicht so leicht wie eh und je hüpften – sie biß sich vor Konzentration auf die Lippen, und ich dachte daran, wie doll es wäre, sie ständig um mich zu haben. Mir wurde klar, daß ich schwerer am Kopf getroffen worden war, als ich gedacht hatte.

Kurz nach sieben morgens setzte ich mich wieder an den Schreibtisch, checkte das Telefon, um sicherzugehen, daß die Hippies nicht ihre Gewohnheiten änderten, und wählte. Beim zweiten Läuten wurde abgenommen. *»Clinica de Obreros, buenos dias.«*

»Doctor Cintrone, por favor.«

»El doctor esta con un paciente. Hay algun mensaje?«

»Por favor llamat al Señor White a las nueve esta manana.«

»Esta bien.« Und wir klinkten uns beide aus.

Flood starrte mich an. »Ich wußte nicht, daß du Spanisch sprichst.«

»Tu ich nicht. Ich kenn bloß ein paar Brocken für bestimmte Situationen.«

»Du hast ihn gebeten, dich morgen anzurufen?«

»Heute, Flood. *Manana* heißt bloß morgen – genau wie im Deutschen, aber wenn du *Guten Morgen* sagst, bedeutet es Guten Tag.«

»Oh. Und wer ist der Doktor?«

»Niemand. Du hast dieses Gespräch nicht gehört. Der Schlag gegen den Kopf, den du mir verpaßt hast, macht mich dusselig. Ich mach das hier, nicht du. Okay?«

Flood zuckte die Achseln.

»Ich muß raus und jemanden treffen. Ich bin nicht sicher, wann ich zurück bin. Willst du hier warten, bei dir zu Hause, oder wo sonst?«

»Wär's ein Problem, mich zurück zum Studio zu bringen? Du könntest mich dort anrufen.«

»Kein Problem, ich brauch das Auto sowieso.«

Ich stellte etwas Futter für Pansy raus, wartete ein paar Augenblicke, bis sie es reingezogen hatte, machte das Büro wieder klar, und wir gingen runter zur Garage. Ich hatte es eilig, Flood nach Hause zu bringen, und sie schien zu begreifen, daß ich jetzt nach Fahrplan arbeitete. Sie sprang aus dem Auto, während es noch ausrollte, winkte mir rasch über die Schulter zu und rannte in das Gebäude. Ich mußte punkt neun am Münztelefon Ecke Forty-second und Eighth sein. Eben das bedeutete Mr. Whites Nachricht für Dr. Pablo Cintrone, Direktor und niedergelassener Psychiater an der Hispanic Workers Clinic in East Harlem.

Pablo war eine herausragende Persönlichkeit der Stadt, ein Absolvent der Harvard Medical School, der ein kleines Vermögen abgeschrieben hatte, als er dahin zurückkehrte, wo er herkam. Er ist ein mittelgroßer, dunkelhäutiger Puertorikaner mit einem gebändigten Afro, einem kleinen Bart, randloser Brille und einem Lächeln, das einen an Ministranten gemahnte. Er arbeitete zwölf Stunden pro Tag in der Klinik, sechs Tage die Woche, und fand immer noch Zeit für seine Hobbys, etwa einen Mietstreik zu leiten oder gegen die Schließung lokaler Hospitäler zu Felde zu ziehen. Das Gerücht, daß er Medizin studiert habe, um zu lernen, wie man Abtreibungen durchführte, weil ihn die Kosten der von ihm verursachten Schwangerschaften pleite machten, ist unwahr. Andere Leute glauben, er handle mit verschreibungspflichtigen Drogen aus der Klinik, oder er sei insgeheim ein Slumlord. Alles Quatsch, aber er hatte nichts dagegen, daß solche Geschichten umgingen, das lenkte die Aufmerksamkeit von Dingen ab, die wirklich wichtig für ihn waren – etwa, daß er *el jefe* der Una Gente Libre war.

Una Gente Libre – die Freien Menschen – operierten nicht wie die meisten sogenannten Untergrundgruppen. Keine Briefe an die Zeitungen, keine Telefonanrufe bei den Medien, keine Bomben an öffentlichen Stätten. Über die Jahre hinweg waren sie einer Anzahl offener Morde bezichtigt worden – ein Sammelsurium aus Schindbuden-Besitzern, Slum-Vermietern, Dope-Dealern und ein paar scheinbar ehrsamen Bürgern. Aber Infiltration war unmöglich – sie hatten nie um Regierungsgelder nachgesucht. Auf der Straße ging die Parole um, daß jeder starb, den UGL auch nur suchte. UGL war eine todernste Truppe.

Man kann an der Forty-second/Eighth nicht herumhängen. Es ist eine üble Ecke, vor allem bei Dunkelheit. Aber früh am Morgen sind da immer noch ein paar brave Bürger. Und, natürlich, massenhaft Huren für den Fall, daß die Bürger ihre Cocktail-Stunde ein bißchen vorverlegen wollen. Aber die Telefonzellen waren leer, wie ich erwartete. Ich hätte lieber einen anderen Ort gewählt, aber es ist eine feste Regel, daß man von Mama Wong aus nicht anrufen kann.

Dieses Gespräch würde sowieso nicht lange dauern. Ich wußte, wohin ich gehen mußte – ich mußte bloß sichergehen, daß ich unbehelligt hin konnte.

Ich kreuzte mit etwa einer Minute in Reserve beim Telefon auf. Es läutete auf den Glockenschlag.

»Ich bin's.«

»Und?«

»Muß dich treffen. Wichtig.«

»Ruf dir heute nacht um halb zwölf vor dem Bronx Criminal Court ein grünes Lumumbataxi mit einem Fuchsschwanz an der Antenne. Er wird dich fragen, ob du zum Waldorf willst.«

Und das war das ganze Gespräch. Die Zeit wurde knapp – ich konnte die Angelegenheit mit Dandy verlegen, aber ich hatte den linken Waffenschmugglern einen Termin gesetzt. Ich setzte den Plymouth in Gang und rollte ab.

32

Wenn du in Eile bist, mußt du dein eigenes Tempo vorgeben. Ich hatte noch keine Gelegenheit gehabt, die Morgenblätter durchzusehen, und ich wollte die Charts der letzten Nacht studieren, um Max eine gute, solide Entschuldigung zu geben, daß unsere vereinte Investition danebengegangen war. Ich brauchte etwas zu essen und einen Ort, wo ich in Ruhe und Frieden ein paar Ansatzpunkte entwickeln konnte.

Da ich Margot mittags treffen mußte, dachte ich daran, rüber zu Pops Keller zu laufen, ein paar Racks zu stoßen, ein Sandwich zu futtern und mich zu beruhigen. Bis zum Abend nichts Handfestes zu tun. Ein Mann der Muße.

Ich parkte, lief hinunter, kriegte vom Diensttuenden einen Karton mit Elfenbeinkugeln, trug sie zu einem Hintertisch und holte mein Queue vom Privatständer. Als ich es herausnahm, schraubte ich es am Verbindungsstück in der Mitte auf, legte beide Hälften auf den Tisch und rollte sie vor und zurück, um zu sehen, ob die Balance noch stimmte. Ich schraubte die Kapsel am Ende auf, um zu sehen, ob irgendwer eine Nachricht für mich hinterlassen hatte – diesmal nicht. Bis dahin hatte der alte Mann, der immer da ist, die Kugeln für mich aufgebaut. Ich gab ihm einen Dollar, erklärte ihm, daß ich bloß üben wollte, und er verzog sich. Wenn es um Geld geht, baut der alte Mann jede Runde auf, und die Spieler werfen ihm jedesmal etwas hin. Bei großen Spielen kriegt er eine Festgage. Einige Billigheimer wollen ihm nichts bezahlen, wenn sie bloß üben. Dumm – wer weiß, ob einem der alte Mann nicht ein schlechtes Rack aufbaut, wenn Geld im Spiel ist?

Ich probierte einen harten Vorlegestoß auf das volle Rack, das ich von hinten treffen wollte. Das Ziel war, die vorderste Kugel von der langen Bande zur kurzen Bande zu treiben, wo ich stand, und von da in die rechte Seitentasche. Manches Mal schaffe ich das – dieses gehörte nicht dazu. Aber mein Stoß wirbelte die Kugeln einigermaßen durcheinander, und ich schob sie ein paar Minuten auf dem Tisch herum, bis ich richtig zum Zug kam und dann daran ging, sie zu versenken. Es war still, bloß das Klacken der Kugeln und ein gelegentlich gemurmelter Fluch von einem der anderen Tische. Der Pool-Raum hatte ein riesiges *Kein Glücksspiel*-Schild über dem Eingang, das allseits ignoriert wurde, aber alle anderen Regeln wurden gläubig befolgt: kein lautes Reden, keine Prügeleien, keine Waffen, keine Drogen. Wenn man beim Pool reden wollte, konnte man an einem der Fronttische nahe der Tür stoßen. Die Hintertische waren für Spiele um Geld und zum Üben, und sie waren in viel besserem Zustand.

Drei Tische weg von mir übte einer der Professionellen. Jedesmal der gleiche Stoß – Queuekugel zur Achterkugel, die an der langen Bande lag, in die Ecktasche, und die Queuekugel von der kurzen Bande dahin zurück, wo normalerweise das Rack ist. Immer wieder. Er probierte zig Varianten mit der Queuekugel, aber der Stoß selbst änderte sich nie. Die schwarze Acht ging jedesmal rein. Unsere Augen begegneten sich, und er hob leicht das Kinn, um zu sehen, ob ich daran interessiert war, etwas Geld zu verlieren. Heute nicht. Er kehrte zu seiner Beschäftigung zurück. Für eine Kröte pro Stunde kann man an diesen Tischen tagelang spielen, ohne daß es einen schmerzt.

Pool ist ein faszinierendes Spiel. Ich kenne einen Statiker, der Jahre darauf verwandte, eine Methode zu entwickeln, wie er einen Stoß anbrachte, wenn die Queuekugel genau da war, wo beim vollen Rack die Kopfkugel lag. Es schaut so gut wie verdammt unmöglich aus, aber er kriegt es jedesmal hin. Er wartet seit Jahren darauf, daß diese Situation einmal im Spiel vorkommt – wenn es soweit ist, ist er bereit.

Ich stieß die Kugeln in die Taschen, und sie rollten die Rinnen runter, bis sie am Kopf des Tisches wieder beisammen waren. Wie bei diesem Ding – eine Masse Kugeln und eine Masse Taschen. Ich stieß weiter, versuchte gelegentlich, die elegante, entspannte Queueführung des Profis drei Tische weiter zu imitieren. Ich würde sie nie lernen. Er beherrschte die Technik perfekt – er blickte nie auf. Wenn man es einmal tut, verliert man die Konzentration und muß seine Augen neu darauf einstellen. Ich kann das nicht, kann meine Augen nicht nur auf den Tisch richten. Wahrscheinlich kostet mich das ein paar Spiele pro Jahr, aber ich habe die gewonnen, die zählen. Jeden Morgen, wenn ich aufwache, schlage ich das System. Und jeden Morgen, wenn ich aufwache und nicht im Gefängnis bin, schlage ich es Schneider und Schwarz.

Ich sah, daß es schon fast halb zwölf war, also rief ich Mama vom Münztelefon aus an und bat sie, Max später zum Pool-Raum zu schicken. Sie sagte, für mich lägen keine Anrufe vor, also mußte ich annehmen, daß Margot noch immer kommen wollte. Falls dem so war und sie keine falsche Nummer abzog, brauchte ich Max, um für mich etwas Asche zu verschieben. Ich erklärte Pop, daß ich was Geschäftliches erledigen mußte und ein Zimmer brauchte. Er sagte »sicher«, aber tat nichts dergleichen. Wenn die andere Person aufkreuzte, würde er den Schlüssel aushändigen, nicht vorher. Pop dachte nicht daran, für irgendwen den *Concierge* zu spielen. Ich gab die Kugeln zurück und zahlte für den Tisch, dann ging ich in die Lobby auf Margot warten, verdrückte dabei eine Packung Schoko-Plätzchen, die Pop an der Theke verkauft. Sie waren nicht älter als ich, und nicht so süß.

Sie war pünktlich, schleppte eine schwere Tasche und trug einen dieser riesigen Schlapphüte, die nach *midtown* gehören. Ich gab Pop das Geld, nahm den Schlüssel, und Margot und ich gingen hinauf.

Margot konnte ihr Mundwerk nicht halten. »Burke, ich muß dir was erzählen ... Dandy sagt –«

»Hast du das Geld?«

»Sicher. Jetzt hör zu, ich –«

»Wo ist es?«

Sie schnappte ihre Tasche, zog einen Packen mit Gummiband umwickelter Hunderter raus, warf ihn zu mir rüber. »Willst du es zählen?« Sie schien nicht überrascht, als ich's tat.

Stimmte genau. Bei oberflächlicher Prüfung war auch alles in Ordnung. Gebrauchte Scheine, aber noch nicht fällig für den Reißwolf, keine fortlaufenden Seriennummern, das richtige Papier, keine Probleme mit der Gravur.

Trotzdem checkte ich sie noch – manche Falschmünzer sind Kopfkranke, und man weiß nie, was sie tun. Ich habe mal diese Fernseh-Show mit Archie Bunker gesehen, als ich nachts in einer Bar saß und wartete, daß der Ehemann einer Klientin käme und sich bei den Go-Go-Tänzerinnen zum Narren machte, und die hatten da diesen Sketch über falsche Fuffziger. Es scheint, der Falschmünzer hatte »In Dog We Trust« draufgedruckt – statt »In God We Trust«. Jeder, der zuschaute, fand es lustig, aber der Falschmünzer, der auf dem Barhocker neben mir fernsah, hielt es für Blasphemie. Er grummelte mir zu, daß der Komiker, der diesen Job gemacht hatte, keine Klasse hätte. Es wäre schon okay, aus Spaß etwas vorn auf einen Schein zu machen – ein Seitenhieb aufs System –, aber die Krücke am Fernseher wäre bloß ein Kerl, der nicht buchstabieren könnte. Ich nickte verständig, und der Typ zog einen Zwanzig-Dollar-Schein raus und bat mich, ihn anzuschauen. Soweit ich sagen konnte, war der Schein echt, aber statt »In God We Trust« stand »By God We Must« drauf. Eben *das,* erzählte mir der Falschmünzer, wäre ein einzigartiger Kommentar zur Gesellschaft. Ich fragte ihn, wieviel er für den Schein wolle, und er sagte, den halben Gegenwert. Ich sagte, das sei zu viel, also wettete er mit mir um zehn Kröten, er könne dem Barkeeper sogar den falschen Schein unterschieben, wenn ich ihn warnte.

Als er beim Barkeeper bezahlte, ließ ich ein paar Sprüche über eine Masse linker Zwanziger fallen, die umgingen. Der Barkeeper checkte ihn sorgfältig, erklärte ihn für bestens und schob ihn in die Kiste. Also zahlte ich die zehn Kröten für die Wette und einen weiteren Zehner für einen der Spezialzwanziger, fair und sauber. Später am Abend gab ich der Frau, die mich geheuert hatte, ihren Mann auszuspionieren, den Zwanziger als Wechselgeld. Passiert nicht oft, daß man sein Geld zurückkriegen kann, wenn das Rennen gelaufen ist.

Ich sackte Margots Geld ein. Ein Problem gibt's dabei nicht – bei den Mänteln, die ich trage, könnte ich eine Masse mehr als das verschwinden lassen. Jetzt hörte ich zu.

»Dandy hat gesagt, irgendein alter Nigger ist in die Player's Lounge gekommen und hat ihm gesagt, er wär der Prophet persönlich, klar? Und daß Dandy die Wege der Aufrichtigkeit beschreiten solle, oder seine Fiesigkeiten würden sich erheben wie eine Springflut und ihn ersäufen.«

»Und?«

»Und Dandy hatte ein bißchen gekokst, klar, und er war high und gut drauf. Also hat er dem Neger den Arsch aus dem Club geprügelt, und sie haben alle nicht schlecht gelacht, sagt er.«

»Und?«

»Und *hör zu,* Burke. Er redet weiter darüber, klar? Als ob er es weglachen will oder so, aber es ist fast, als wenn er Angst hat – ich meine, es war bloß ein alter Penner oder so ähnlich.«

»Er hat dich nicht vermöbelt?«

Margot lächelte, auf ihren Zähnen war ein winziges bißchen von ihrem schwarzen Lippenstift. »Dandy tut fast überhaupt nicht mehr weh, Burke. Ich weiß, daß alles bald vorbei ist, also geh ich jeden Tag in meinen Stall und geb ihm Geld. Alles, was er von mir wissen will, ist, was der Freier mit mir gemacht hat, und dann mit ihm zu ficken. Er persönlich tut mir nicht sehr weh. Er ist selber wie ein Freier, weißt du – ein paar von ihnen wollen bloß reden. Nur daß er nicht bezahlt.«

»Er wird.«

»Das hat auch Michelle gesagt.«

»Du hast Michelle erzählt, das ich was mache?«

»Nein, ich bin doch nicht blöd. Aber ich hab ihr erzählt, was in der Lounge passiert ist, und sie hat gesagt, der alte Nigger ist wirklich ein Prophet. Verrückt, hä?«

»Glaubst du, Michelle spinnt?«

»Mann, ich weiß, daß sie nicht einmal annähernd spinnt, aber es gibt für mich keinen Sinn.«

»Dann kümmer dich nicht drum.«

»Du machst das Ding mit Dandy?«

»Wir sind uns einig, daß es darum geht, Dandy dazu zu kriegen, daß er seinen Zauber mit dir beendet, dich ziehen läßt und dir nicht nachgeht, richtig?«

»Richtig.«

»Das is *alles,* richtig?«

»Tja, für fünf Riesen scheint das nicht sehr viel.«

»Seit wann? Das war der Deal – mehr gibt's dafür nicht.«

»Ich sag ja gar nichts. Bloß wenn –«

»Wenn es passiert, passiert es, Margot. Du wirst's erfahren, weil du dabei ist, klar?«

»Ja, ich weiß.« Ganz plötzlich schien sie müde. Sie lief rüber zum geschwärzten Fenster und pochte mit den Nägeln am Sims. Ich fragte sie, ob sie die *News* bei sich hätte, und sie zog ein Exemplar der *Times* aus ihrer riesigen Tasche. Hatten die in diesem *uptown*-Fetzen die Rennergebnisse? Ich setzte mich, um nachzusehen, während Margot fortwährend ihre Einsichten über die Straße und das Leben austratschte. Man brauchte kein Genie zu sein, um sich auszumalen, wie sie mit einem von Dandys Gleichgesinnten endete, aber das war nicht mein Job. Ich träume davon, daß mich die Menschen eines Tages fürs Denken bezahlen, aber es ist noch nicht passiert.

Während ich Margot gelegentlich zunickte, damit sie ruhig weiterredete, war ich ziemlich mir selbst überlassen. Ich hatte nicht erwartet, daß irgendwer im Pool-Raum einen Kommentar dazu gab, wie mein Gesicht ausschaute, aber ich dachte, Margot würde etwas sagen. Sie sah es überhaupt nicht – Besessenheit verleiht Tunnelsichtigkeit. Ich muß es wissen.

Schließlich fand ich die Rennergebnisse, passenderweise in kleinerer (und schickerer) Type. Verdammt! Honor Bright, neuntes Rennen, der Sieger, zahlt aus 11,60 Dollar. Das war alles, was die zickige *Times* mir an Information hergab, aber es war genug. Mit den Pferden war ich jetzt auf der längsten Siegessträhne meines Lebens. Man bedenke, mit überhaupt nichts. Aber ich wollte den Augenblick nicht verderben, indem ich drauf hocken blieb, und ich wollte es auch nicht mit Margot teilen. Also sagte ich: »Okay, ich schätze, ich werd dich nicht erreichen können. Also kannst du mich in ein paar Tagen über die Nummer anrufen, die du hast, und wir treffen uns dann. Bis dann sollten wir alles in Bewegung gesetzt haben.«

Margot trommelte mit den Fingernägeln gegen das Zifferblatt ihrer Uhr.

»Ich will nicht einfach wieder auf die Straße gehn – Dandy könnte mich sehen oder so was. Bleibst du hier?«

»Nein – ich muß an die Arbeit.«

Margot lehnte sich nach vorn, blockierte teilweise meinen Weg. »Glaubst du, man sieht's?«

»Was?«

»Bei mir – glaubst du, man sieht's ... daß ich 'ne Nutte bin?«

»Nicht, wenn du keine bist.«

»Ich schaff es nicht.«

»Ist nicht wichtig. Dein Auge heilt, klar? Mein Gesicht heilt, klar?« Zum erstenmal bemerkte sie mein Gesicht.

»Was ist passiert?«

»Ich bin von 'nem Zwergdrachen gebissen worden.«

»Wo?«

»Ist nicht wichtig. Schau, du rufst an, okay?«

Margot stand auf. »Burke, wenn ich sowieso so lang hier bin, willst du ...?«

Ich blickte sie an, versuchte zu lächeln, weiß nicht, ob es rauskam. »Ist das beste Angebot seit langem. Aber nicht jetzt, ich muß arbeiten. Kann ich drauf zurückkommen?«

Margot wirkte, als wenn sie diese Antwort erwartet hätte.

»Ich sollte nicht ständig ans Ficken denken, wie?«

»Wenn ich du wäre, dächte ich an etwas anderes.«

»Zum Beispiel?«

»Zum Beispiel, wie ich meine Probleme zu lösen gedenke.«

»*Du* gedenkst, meine Probleme zu lösen.«

»Ich gedenke eines deiner Probleme zu lösen, Kleines. Aber du machst dir deine Probleme selbst – du tust die falschen Dinge.«

»Zum Beispiel.«

»Zum Beispiel den Propheten einen alten Nigger zu nennen«, erklärte ich ihr, stand auf und brachte sie zur Tür.

33

Margot war kaum aus der Tür, als Max auftauchte – er wartet ebenso still, wie er alles andere tut. Ich gab ihm vier Riesen, hielt einen wegen der laufenden Unkosten dieses Falles für mich selbst zurück und bat ihn, das Geld irgendwo für mich aufzubewahren. Die vierhundert für Max abgezogen, bestand noch immer die Chance, daß dieses Ding, falls es funktionierte, einen bescheidenen Profit abwarf.

Ich fragte Max, ob er etwas essen wolle, vermied zweckmäßigerweise jede Anspielung auf Pferderennen und sah ein winziges Flackern quer über sein Gesicht ziehen. Also dachte er, ich hätte die Resultate bereits und wollte nichts zugeben. Okay, allein deswegen würde ich ihn auf die Folter spannen, bis er die Wahrheit zu wissen verlangte.

Ich mußte nicht lang warten. Sobald wir zum Restaurant kamen, machte Max das Zeichen für galoppierende Pferde, um mich zu fragen, was letzte Nacht passierte. Anstatt es ihm zu verraten, zeigte ich ihm, daß angeschirrte Pferde nicht galoppieren – das ist wider die Regeln. Tatsächlich werden sie Traber statt Galopper genannt, weil sie auf eine standardisierte Gangart hin gezüchtet werden, entweder für Trott oder für Paßgang. Sie sind aus Arbeitspferden entstanden, nicht aus dem Kinderkram reicher Männer wie die nutzlosen Klepper, die beim Kentucky Derby rennen. Ich zeigte ihm mit den Fingern, wie Paßgänger die äußeren und dann die inneren Beine jeweils gleichzeitig in einem schwingenden Rollen bewegen, während Trotter ein Vorderbein und dann das entgegengesetzte Hinterbein zu gleicher Zeit nach vorn setzen. Ich zeigte ihm, was es hieß, außer Tritt zu geraten oder aus der Gangart zu laufen und warum Paßgänger im allgemeinen schneller waren und weniger leicht außer Tritt gerieten als Trotter.

Max stand die gesamte Erklärung mit der Geduld eines Baumes durch, dachte sich, er könnte mich aussitzen. Aber schließlich, just als ich zur Erläuterung neuer Zuchttypen ausholte, die in Skandinavien entwickelt wurden, zwar nicht so schnell wie amerikanische Trotter seien, aber eine mächtige Ausdauer hätten, riß ihm die Geduld. Er sprang auf, stapfte rüber zur Registrierkasse zur *News* und knallte sie hart genug, um Knochen zu brechen, rüber zu mir. Dann verschränkte er die Arme vor der Brust und wartete.

Als ich das Blatt aufschlug, durchfuhr mich einen Augenblick lang Panik. Was, wenn die gottverdammte *Times* falsch lag? Aber da war es, fett und Schwarz auf Weiß. Wir hatten gewonnen. Ich zeigte Max die Charts vom neunten Rennen – Honor Bright war sauber rausgekommen, tat beim Viertel einen raschen Vorstoß nach vorn, ging zur Hälfte im Windschatten nach außen, legte dann bei der letzten Kehre noch ein paar Briketts nach, zischte an den Führenden vorbei, um mit einem Vorsprung von beinahe zwei Längen zu gewinnen. Max bestand darauf, daß ich ihm zeigte, wie das aufgeführte Rennen tatsächlich ausgesehen hätte, wenn wir dagewesen wären und zugesehen hätten; also besorgte ich Papier und zeichnete das ganze Ding für ihn auf. Max zeigte echte Klasse. Er fragte keinmal, wieviel wir gewonnen hatten – der Sieg allein war offenbar genug. Natürlich konnte er es sich schon ausgerechnet haben. Aber die wahre Klasse zeigte sich, als er sich einverstanden erklärte, das Geld bei Maurice abzuholen, und kein Wort darüber verlor, eine andere Wette abzuschließen. Ich hatte ihm etwas bewiesen, das war genug – er dachte nicht, er hätte des Rätsels Lösung gefunden.

Ich setzte Max am Lagerhaus ab, wo ich den Münzfernsprecher benutzte, um Flood anzurufen und ihr mitzuteilen, daß ich sie nicht vor dem frühen nächsten Morgen treffen würde. Ich sagte ihr, ich würde sie von unten aus anrufen, bevor ich hochkäme.

Mein Gesicht schmerzte ein bißchen, und ich wollte die Kleidung wechseln – und ich wollte schlafen. Aber als ich ins Büro zurückkam, mußte ich Pansy das ganze Rennen erläutern und sie überdies füttern, so daß es nach vier am Nachmittag war, als ich mich endlich hinlegte.

Der winzige batteriebetriebene Wecker brachte mich kurz nach acht hoch. Als ich das Telefon am Schreibtisch abhob, um Flood anzurufen, hörte ich irgendeinen Freak brüllen: »Hey, Moonchild, bist du dran?« und hängte rasch ein. Aus kosmetischen Gründen hätte ich wieder eine Rasur gebraucht, aber für die Rolle, die ich spielen mußte, war das nicht nötig. Ich mußte ein Typ sein, der am Nachtgericht auf einen Freund oder Verwandten wartet. Ich wollte nicht zu sehr nach Anwalt aussehen – ich arbeite nicht an den Gerichten in der Bronx (auch Blumberg oder irgendeiner meiner Vertrauten nicht – dazu muß man zweisprachig sein), und ich wollte nicht, daß mich Leute anredeten. Ich wollte auch nicht zu sehr nach Gauner aussehen – irgendein pfeifenköpfiger Jungbulle könnte beschließen, mich zu fragen, ob es irgendwelche Haftbefehle gegen mich gab. Gab es nicht, aber ich mußte die Dinge richtig timen. Ich mußte wie versprochen um halb zwölf am Gericht sein, also mußte ich zur Sicherheit früher dort hinkommen. Aber nicht zu früh – ich wollte dort auch nicht herumhängen.

Ich holte ein Paar dunkle Baumwollhosen raus, einen dunkelgrünen Rollkragenpullover, ein Paar wadenhohe schwarze Stiefel, eine dünne Lederjacke und eine dieser Eliteschulkappen. Ich zog mich rasch um, schob einen Satz Ausweise in die Taschen, fügte dreihundert Kröten hinzu und bastelte einen zweiten Satz Ausweise ins Innenfutter der Jacke. Keine Waffen – das Gericht ist voller Detektoren und Informanten, und Pablitos Leute könnten das sogar noch krummer nehmen als das Gesetz. Also auch kein Bandgerät, nicht einmal ein Stift.

Und nun der schlechtere Teil – U-Bahn fahren ohne Atomwaffen oder nicht mal mit einem Flammenwerfer. Aber es war einigermaßen früh, und ich lief, bis ich zum Eingang der U-Bahn kam. Ich spielte eine Weile mit den örtlichen Zügen, fuhr zurück und im Zickzack, bis ich zur Station Brooklyn Bridge kam. Dort fand ich ein Münztelefon und rief Flood an – sie sagte, ihr gehe es gut und sie bliebe da, bis ich anriefe, klang dabei abgeschlafft, aber nicht depressiv. Nachts depressiv zu sein ist übel – derlei Dinge sind morgens leichter zu handhaben. Deswegen leiere ich, wenn ich ein paar Kröten in der Tasche habe, etwas Action mit einem Pferd oder einer Zahl oder irgend etwas an, bevor ich schlafen gehe – etwas, auf das ich mich freuen kann. Und wenn für mich nichts rausspringt, habe ich zumindest einen weiteren Tag das System geschlagen – Tageslicht herrscht, ich blicke nicht durch Gefängnisgitter, die Pisser machen sich ans Werk, und für mich gibt's Geld zu holen. Bei mir funktioniert das, aber ich glaube nicht, das Flood spielt.

Ich schnappte den *uptown*-Expreß, düste zur Forty-second Street und überquerte die Gleise, als suchte ich den Nahzug. Ich blickte in die Runde. Massenhaft Freaks, die heute nacht die zweite Schicht einlegten – Kettenklauer, Kinderficker, Blitzer und Greifer, das Übliche. Doch keine Cobra. Manchmal hat man das Glück des Blöden, diesmal nicht. Ich wartete zwei Expreßzüge ab und nahm den dritten.

Ein Kerl im Sitz schräg rüber trug einen zerfetzten Regenmantel, zugeknöpft bis zum Kragen, baumwollene Schlabberhosen, neue Treter mit Fransen, keine Socken. Er hatte sauber gestutztes Haar und närrische Augen. Nette Verkleidung, aber er hatte die Plastikmarke vom Krankenhaus am Handgelenk gelassen, als er über die Mauer geklettert war.

Er hatte eine Hand in der Tasche, und seine Lippen bewegten sich. Ich stand leise auf und zog zu einem anderen Wagen.

Ein Junge, ungefähr so groß wie ein Zweifamilienhaus, stand mitten im nächsten Wagen und spielte seinen riesigen Stereo-Portable laut genug, um Beton zu knacken. Jedermann blickte in die andere Richtung. Ein Bürger mit elegantem Bart und gegürtetem Trenchcoat beschwerte sich beim Mädchen neben sich über die Lärmbelästigung. Der Junge beobachtete das ganze Gespräch mit Reptilienaugen. Ich zog zum nächsten Wagen.

Ein junger Bahnpolizist mit dem obligatorischen Schnurrbart lief durch den Zug, lauschte seinem Walkie-talkie und nickte vor sich hin. Ich sah einen dürren, etwa vierzehn Jahre alten spanischen Jungen, der auf einem Karton die Züge eines Dreikarten-Monte übte. Er hatte sehr flinke Finger, aber sein Rhythmus war schwach – ich schätze, er war ein Lehrling. Zwei Schwarze in Araberkaftans und weißen Strickmützen auf dem Kopf zogen durch die Waggons, schüttelten Metalldosen und suchten mit einer Geschichte über eine Spezialschule für Kids in Brooklyn nach Spendern. Einige Leute griffen in die Taschen und warfen Münzen in die Dosen. Wieder zog ich durch ein paar Wagen. Setzte mich neben einen blonden Jungen, der nur ein Sweatshirt mit abgeschnittenen Ärmeln trug, keine Jacke. Er wirkte friedlich. Ich checkte seine Hände – auf jeden Knöchel ein großer blauer Buchstabe tätowiert. HASS. Die Buchstaben waren so gesetzt, daß sie nach außen wiesen. Ich zog weiter, bevor die geldsammelnden Kollegen diesen Jungen um eine milde Gabe baten.

Im letzten Wagen gab es nichts Besorgniserregenderes als ein paar Kids, die durch das Vorderfenster starrten, als wenn sie Zugführer wären, und das ging so bis zur 161st Street.

Die South Bronx – kein schlechter Ort, wenn man eine

Haut aus Asbest hat. Ein kurzer Spaziergang bis zum Criminal Court-Gebäude, jetzt war's fast elf. Der Bronx Criminal
Court ist ein nagelneuer Bau – das Jugendgericht ist im
gleichen Gebäude, bloß mit anderem Eingang. Ich schätze,
bei der Stadt hatte man sich gedacht, es gäbe keinen Grund,
die Delinquenten lange Wege gehen zu lassen, bevor sie am
unvermeidlichen Bestimmungsort anlangten.

Ich fand eine ruhige Bank, schlug meine *News*-Ausgabe
auf und behielt ein Auge auf der Uhr. Niemand näherte sich.
Die Anklageschicht ging allmählich dem Ende zu, und nur
ein paar Versager warteten in der Nähe. Ich erspähte einen
der Schlepper, einen jungen spanischen Kerl im Anwaltsan-
zug. Ich hatte von ihm gehört – er spielt Blumbergs Spiel,
bloß in der Bronx. Neben ihm ist Blumberg ein Ehrenmann.

Ich verließ die Bank mit fünf Minuten in Reserve, stieg
vom Parterre zum ersten Stock und ging am Ausgang 161st
Street raus. Ich zündete eine Zigarette an und wartete. Um
halb zwölf kreuzte ein dunkelrotes Lumumbataxi mit der
Erkennung *Paradiso Taxi* auf der Tür und einem Fuchsschwanz an der Antenne auf. Ich trat aus dem Schatten und
sagte pfiffig: »Hey, mein Guter«, und der Fahrer schätzte
mich ab. »Wohin, *amigo*?«

»Oh, wissen Sie, irgendwo *downtown*.«

»Etwa zum Waldorf?«

»Genau.« Ohne weiteres Verhandeln kletterte ich hinten
rein. Der Wagen schoß die 161st gerade hoch, als steuere er
Richtung Highway, und dann *downtown,* und ich lehnte
mich zurück und schloß die Augen. Regeln sind Regeln. Die
örtlichen Cops sind nicht übel, aber ein paar Bundesspinner
glauben nicht, daß die Verfassung auch für Bananenrepubli-
ken wie die South Bronx gilt. Falls sie mich je auf den
Lügendetektor schnallen, möchte ich, daß die Nadeln *Keine
Täuschung erkenntlich* ritzen, wenn sie mich fragen, wo Una
Gente Libra ihr Hauptquartier hat.

35

Entweder arbeitete der Fahrer im Hauptberuf mit einem Lumumbataxi oder er war ein höllen Schauspieler. Sogar mit geschlossenen Augen konnte ich spüren, wie sich jedesmal, wenn wir um eine Ecke plätteten, Massen mistig gewarteten Metalls verzogen. Normale Schlaglöcher ließen meinen Kopf gegen die Decke stoßen, und jede der unvergleichlichen Hausmacherausgaben der South Bronx haute mich beinahe bewußtlos. Er hatte das Radio auf irgendeinen spanischen Sender eingestellt und spielte es so laut, daß es mich an den Sicherheitstrakt im Irrenhaus erinnerte – und um dem Ganzen einen zusätzlichen Hauch von Authentizität zu geben, schrie er »*Maricon*!« und schwang die Faust aus dem Fenster und gegen einen anderen Fahrer, der die Kühnheit besaß, die Straße mit uns teilen zu wollen.

Wir bogen um eine scharfe Ecke; der Fahrer dämpfte das Radio. Er schaltete um auf eine weich gleitende Fahrweise und sprach sehr bestimmt, ohne die Augen von der Windschutzscheibe zu nehmen. »An der nächsten Ecke halte ich an. Sie steigen aus. Sie laufen in dieselbe Richtung, in die ich einen halben Block fahre. Sie sehen einen Haufen *lobos* vor einer Brandruine. Sie gehen genau auf sie zu, und die lassen Sie durch. Sie gehen in die Ruine, und dort trifft Sie jemand.« Ich sagte nichts – offensichtlich beantwortete er keine Fragen. *Lobo* mag auf spanisch Wolf bedeuten, aber ich begriff, daß er eine Straßengang beschrieb, die vor einem verlassenen Gebäude sein würde.

Das Taxi hielt an der nächsten Ecke und setzte sich wieder in Bewegung, als ich die hintere Tür zuwarf. Ich schaute dem Taxi nach, als es sich entfernte – es sah mit Sicherheit wie ein Lumumbataxi aus, aber jemand mußte das hintere Nummernschild gestohlen haben. Ich marschierte einen halben Block, bis ich zirka ein Dutzend Kids erspähte – einige saßen auf den Stufen des verlassenen Gebäudes, einige standen. Nur etwa die Hälfte von ihnen blickte in meine Richtung.

Die *lobos* waren in voller Rüstung – alle trugen abgeschnittene Jeans-Westen mit einem geflügelten Raubvogel mit blutigen Klauen auf dem Rücken – die Vögel hatten Menschenschädel statt Vogelköpfe. Ich sah Fahrradketten, Autoantennen und Baseball-Schläger – ein Junge hatte eine Machete in einer Scheide. Keine sichtbaren Feuerwaffen, aber zwei von ihnen saßen neben einem langen, flachen Karton.

Als ich näher kam, konnte ich sehen, daß sie überhaupt keine Kids waren – keiner von ihnen wirkte jünger als zwanzig. Sie würden nicht einmal einen Streifenpolizisten so einfach täuschen – keine Radios spielten, kein gegenseitiges Übertrumpfen, bloß ein ruhiges Beobachten der Straße.

Ich schielte hoch und sah einen metallischen Schimmer an einem der Fenster – heute nacht schliefen in diesem Gebäude keine Penner. Am anderen Ende des Blocks bog ein Auto in die Straße ein und kam auf mich zu. Die *lobos* verzogen sich von den Stufen und traten zurück in den Schatten. Das Auto war ein ein Jahr alter Caddy – es wurde kein bißchen langsamer, aber ich erhaschte einen Blick auf drei Leute auf den Vordersitzen – zwei Mädchen und ein Fahrer mit Pflanzerhut. Irgendein Zuhälter war unterwegs zum Hunts Point Market, und plötzlich wußte ich, wo genau in der South Bronx ich war.

Während ich auf fünfzig Meter an das Gebäude rankam,

sah ich Hände in Taschen wandern, aber ich ging weiter. Das war keine Tapferkeit – es gab kein anderes Ziel. Als die Hände mit verspiegelten Sonnenbrillen rauskamen, wurde mir bewußt, daß alles seine Ordnung hatte. Niemand braucht eine Verkleidung, wenn er dir ans Leben will.

Ich näherte mich der Gang. Sie blickten mich kurz an, dann hinter mich, um zu sehen, ob ich allein gekommen war. Ich lief weiter die kaputten Stufen hoch, hörte hinter mir Bewegungen, drehte mich nicht um. Ich ging durch die Tür und in das schwarze Loch – und stoppte. Eine Stimme sagte: »Burke. Beweg dich nicht, okay? Bleib bloß, wo du bist.«

Ich tat's nicht. Ich spürte eine Hand auf meinem Arm. Ich sprang nicht hoch – ich war vorbereitet. Die Hand tastete, fand meine, und ein grob geknüpftes Seil wurde mir an den Ballen gedrückt. Ich griff einen der Knoten und fühlte einen sanften Zug. Ich begriff die Kunde und folgte in die Richtung, in die ich geschleppt wurde. Ich konnte verdammt nichts sehen – der mich führende Kerl mußte ein Sonar oder so was benutzen.

Schließlich sagte dieselbe Stimme: »Hier rein«, und trat durch eine mit dunklen Planen verhängte Tür. Jetzt konnte ich vor mir ein gedämpftes Licht sehen, und ich folgte dem Rücken des mich führenden Mannes eine lange Treppenflucht runter, bis wir am Ende zu einer weiteren planenverdeckten Tür kamen. Mein Führer tastete sich durch die Planen, bis er eine bestimmte Stelle fand, klopfte dreimal, wartete geduldig, hörte zwei Pocher von der anderen Seite, pochte in Erwiderung einmal selbst, wartete, pochte ein weiteres Mal. Er stieß sanft gegen meine Brust, um anzudeuten, daß wir zurücktreten sollten; dann auf der anderen Seite das Gleiten eines Riegels, Kratzen von Metall, etwas Schweres wurde bewegt. Ich wollte eine Zigarette, aber ich wollte die Hände nicht bewegen. Nach ein paar Minuten glitt die Tür auf, und ein großer Mann teilte die Planen und trat raus. Ich konnte ihn nicht erkennen, aber es gab genug Licht, um das Glitzern auf einer Uzi-Maschinenpistole zu sehen, die er in einer Hand hielt. Er stand da, musterte uns eine scheinbar endlose Minute lang, sagte nichts.

Dann spürte ich hinten im Nacken einen Windhauch und hörte Pablos Stimme hinter mir sagen: »Hier lang, Burke«, und ich drehte mich um und ging durch die Tür hinter mir, den Rücken nun dem Mann mit der Uzi zugekehrt. Bis jemand die verhängte Tür eingeschlagen und sich den Wachen genähert hätte, wären die Leute in dem Raum, den ich jetzt betrat, längst weg.

Der große Raum war so anonym wie ein Zellenblock – ein runder Tisch in der Mitte, etliche Sofas und Polstersessel überall verteilt, Betonboden, Rigipswände. Eine Lampenfassung baumelte irgendwo von der im Dunkeln liegenden Decke und hing so tief, daß sie fast den Tisch berührte – keine Fenster zu sehen. Auf einem Metallaufbau in einer Ecke war ein großer Fernseher mit angeschlossenem Videorekorder darunter. Der Rest des Raumes lag im Dunkeln. Die Sessel und die Sofas waren besetzt, aber außer Umrissen konnte ich nichts erkennen.

Mir brauchte niemand zu sagen, wohin ich mich setzen sollte. Als ich mich dem Tisch näherte, bemerkte ich einen großen Aschenbecher drauf und einen grünen Plastikmüllsack darunter. Wenn wir alle den Raum verlassen hatten, war es, als wäre nie jemand hiergewesen. Sollte mir recht sein.

Ich setzte mich. Pablo saß mir direkt gegenüber. Er schüttelte mir beide Hände, wie immer. Er machte keine Bewegung, die ich sehen konnte, aber als er sprach, rückten die Schatten näher, vor allem die hinter mir. »Ich werde jetzt meinen Leuten etwas auf spanisch sagen. Wenn ich fertig bin, red ich mit dir auf englisch, okay?«

»Gut.«

Pablo legte mit einem Schnellfeuer-Spanisch los, von dem ich fast nichts verstand. Ich schnappte auf »*amigo mio*«, nicht »*amigo de nostros*«. Er sagte, dieser Mann ist *mein* Freund, nicht *unser* Freund. Er bürgte wahrscheinlich für meinen Charakter, nicht für meine Einstellung. Das meiste übrige ging an mir vorbei, aber mehr als einmal schnappte ich *compadre* auf und konnte nicht sagen, ob er das auf mich bezog oder auf jemand anderen im Raum. Als er endete, blickte er rundum. Jemand stellte mit weicher Stimme eine Frage – Pablo schien etwas über die Sache nachzudenken, sagte dann mit ausdrucksloser Stimme: »No!« Keine weiteren Fragen. Pablo wandte sich mir zu, und die Schatten rückten noch näher.

»Ich habe ihnen gesagt, es wäre nicht nötig, dich zu durchsuchen, daß du kein Freund der *federales* wärst. Ich habe ihnen gesagt, daß du nicht bei der Polizei wärst und daß du aus eigenem Antrieb hier wärst. Ich habe ihnen gesagt, daß du mir in der Vergangenheit geholfen hast und daß du mir auch in Zukunft helfen wirst. Und ich habe ihnen gesagt, daß wir dir helfen, wenn es nicht unseren Zwecken zuwiderläuft. Okay?«

»Sicher. Kann ich rauchen?«

Pablo nickte, und langsam, vorsichtig nahm ich die Zigaretten raus, ließ die Packung auf dem Tisch, langte nach den Streichhölzern und zündete eine an. Ich hörte einen der Zuschauer im Schatten etwas murmeln und langte nach der Zigarettenschachtel, riß sie auf und legte die Kippen Stück für Stück aus. Ich riß das Packpapier in kleine Stücke und steckte den ganzen Mist in den Müllsack. Von einem von ihnen hörte ich »*Bueno*«, von einem anderen ein kurzes Lachen. Pablo ergriff das Wort. »Mein Freund, du hast gesagt, es wäre notwendig, uns zu treffen. Also?«

Sorgsam wählte ich Worte und Tonart meiner Rede, versuchte eine Würde zu offenbaren, die sie achten würden und die ihnen meine Achtung zeigen würde. In meinem Gewerbe muß man auf allerhand unterschiedliche Arten reden können. Man muß sich nicht in massenhaft Ehrfurchtsbekunden vor Allah ergehen, wenn man mit einem Black Muslim redet, aber man bietet ihm auch kein Schinkenbrötchen an.

»Es gibt einen Mann namens Goldor« – im Raum wurde es derart plötzlich totenstill, daß meine Stimme wie ein Echo klang – »mit dem ich sprechen muß. Er weiß etwas, das ich wissen muß. Meines Wissens ist er ein Mensch, mit dem ihr im Streit liegt. Er ist nicht das Ziel meiner Erkundigungen, aber er ist *nicht* mein Freund, und ich würde ihn nicht schützen. Ich komme aus zwei Gründen hierher. Erstens muß ich mit ihm reden, und ich möchte nicht, daß ihr glaubt, dieses Gespräch bedeutet, daß wir miteinander Geschäfte treiben – ich würde mit jemandem, den ihr nicht mögt, keine Geschäfte treiben. Zweitens, wenn ihr ihn nicht mögt, müßt ihr gute Gründe haben. Wenn ihr gute Gründe habt, habt ihr gute Informationen – und wenn ihr gute Informationen habt, könnt ihr mir wahrscheinlich helfen, ihn zu treffen. Das ist alles.«

Keiner sprach, aber die Spannung hatte sich verdreifacht, seit ich Goldors Namen genannt hatte. Ich schwieg, bis Pablo wieder sprach. »Woher weißt du, daß wir Goldor nicht mögen?«

»Das ist etwas, das ich aus guter Quelle hörte.«

»Eine Quelle, der du traust?«

»Soweit es verläßliche Informationen betrifft, ja. Das ist alles.«

»Also gehört deine Quelle zu den Vertretern des Gesetzes?«

»Ja.«

»Hat man dir gesagt, ob Goldor Schutz hat?«

»Man hat mir gesagt, daß er umlaufende Gerüchte nicht ernst nimmt und daß er sich nicht in irgendeiner Gefahr wähnt.«

Pablo lächelte. »Gut. Schließen deine Erkundigungen über Goldor eine Frau ein?« Mein Gesicht verriet nichts, aber es fühlte sich wie ein Hieb aufs Herz an – hörte diese gottverdammte Flood niemals auf, Ärger zu machen? »In gewisser Weise, ja«, erklärte ich ihm, »aber ich suche nicht nach einer Frau. Ich suche einen Mann, und Goldor dürfte wissen, wo er ist.«

»Ist dieser Mann ein Freund von Goldor?«

»Möglicherweise. Möglich ist auch, daß er ein Feind ist.«

»Ein Informant also?«

»Könnte sein.«

»Wenn du diesen Mann findest, hilft das Goldor?«

»Nein.«

»Wird es ihn treffen?«

»Höchstwahrscheinlich nicht.«

Pablo hielt einen Augenblick inne, blickte mich an. Dann stand er vom Tisch auf, verschwand hinten bei den Schatten – sie vermischten sich mit ihm, bis ich allein war in einer Insel des Lichts. Ich konnte von dem, was sie sagten, diesmal kein einziges Wort ausmachen, aber es klang nicht wie ein Streit. Nach wenigen Minuten kam Pablo zurück zum Tisch, und die Schatten folgten ihm wieder. »Damit ich dir mitteilen kann, was wir über Goldor wissen, ist es notwendig, dir einige andere Dinge mitzuteilen, einige Dinge, die du sonst nicht weißt. Aber erst sage ich dir folgendes, und ich erzähl es dir nur aus Freundschaft. Goldor ist tot. Noch bewegt sich sein Körper auf der Erde, aber sein Tod ist gewiß. Wenn du hingehst und mit ihm sprichst, kann es sein, daß *el porko* später mit dir zu sprechen wünscht, verstanden? Du mußt einen *anderen* Grund nennen können, warum du mit ihm gesprochen hast. Einverstanden?«

»Ja.«

Pablo holte erneut tief Luft, langte rüber und nahm eine Zigarette aus meiner Hand, hob sie an die Lippen und nahm einen tiefen Zug. »Goldor ist kein menschliches Wesen. Ihr habt im Englischen kein Wort dafür, wir im Spanischen auch nicht. Das Wort, das ihm am nächsten kommt, ist *gusaniento*, comprende?«

»Wie verfault – voller Maden?«

»Etwas Ähnliches, ja. Er ist der Kopf einer Industrie, die die Körper menschlicher Wesen zum Vergnügen anderer verkauft. Aber nicht wie ein Zuhälter oder ein gewöhnlicher Lude. Nein, Goldor ist anders – er verkauft gefesselte Kinder. Wenn du einen Jungen oder ein Mädchen von Goldors Leuten kaufst, darfst du das Kind behalten – zum Foltern, zum Töten, zu allem, was du magst. Goldor steht über allem. Er ist wie ein Makler der Degeneration – du erklärst ihm, was du willst, und er besorgt es und liefert es dir. Goldor ist nicht menschlich, wie ich dir schon sagte. Er *glaubt* an den Schmerz, mein Freund. Wo er die Frauen findet, die seinen Glauben teilen, wissen wir nicht, aber wir wissen, daß viele seiner Opfer Freiwillige sind. Die Polizei weiß um ihn, aber er ist nicht zu fassen. Für die Staatsgewalt hat er eine reine Weste.«

»Er steckt da nicht allein drin?«

»*Compadre*, du kommst genau zum Punkt. Warum würden wir uns mit einem solchen Mann abgeben wollen, wenn es viele andere wie ihn gäbe? Ich will's dir sagen. Du weißt, daß wir eine Kommune an der Lower East Side haben. Zum Leben ein schlechter Ort, aber Überleben ist möglich – du weißt ums Überleben. Wir haben da unten viele Unternehmungen, genau wie in der Bronx. Wir hören viele Geschichten über junge puertorikanische Knaben, die einfach verschwinden, aber ohne Anzeigen bei der Polizei. Also achten wir selbst drauf. Wir sehen, daß einige der Knaben zur

Pflege weg sind – aber nicht etwa in städtischer Pflegefürsorge. Irgendeine Art zwanglose Einrichtung, sagt man uns. Einige Mütter glauben, daß es ihre Kinder im Leben besser haben, mehr Chancengleichheit – wenigstens sagen sie uns das. Aber einige – und das wissen wir mit Gewißheit – haben ihre Kinder einfach verkauft. Wir passen auf, wir stellen Fragen, wir geben etwas Geld aus, bis wir sicher sind. Es ist Goldors Werk. Nicht persönlich, aber er ist es.

Wir beraten, was getan werden muß – wir wissen bereits viel über diesen Goldor. Eine von uns, eine *jibaro*, die noch nicht sehr lange im Lande ist, meldete sich freiwillig für Goldor, um etwas über das Verbleiben der Kinder zu erfahren, die er genommen hat. Ihr Name war Luz; wir nannten sie alle Lucecita, das heißt Kleine Flamme. Lucecita war kein Kind, Burke. Sie wußte, daß sie sexuell mit dem Dämon würde verkehren müssen, aber das war ein Preis, den zu zahlen sie gewillt war. Wir sind keine disziplinierten Leute, nicht so, wie die Zeitungen meinen. Ihr Mann sitzt hier in diesem Raum. Vor uns allen hat er mit ihr gerungen. Er wollte Goldor töten, nicht Luz zu ihm schicken. Aber in der Gruppe wurde uns klar, daß es die Kinder nicht wiederbringen würde, wenn wir ihn töten – es würde nicht die Dinge töten, die er tut. Lucecita bekam einen Job in einem Restaurant, wo Goldor ißt, und wir arrangierten ein Treffen. Sie wurde zu ihm nach Hause eingeladen, und sie ging hin. Wir haben nie wieder von ihr gehört.«

»Habt ihr –?«

»Warte Burke. Bitte. Am nächsten Tag reiste Goldor per Flugzeug nach Kalifornien ab. Wir haben dort Leute, er wurde verfolgt. Einige von uns gingen zu seinem Haus in Westchester, aber wir fanden kein Zeichen von Luz. Wir dachten, sie wäre wahrscheinlich auch verkauft worden, aber wir wußten, daß er nur Kinder verkaufte – also vermuteten wir, daß sie tot war. Dann teilten uns unsere Leute in

Kalifornien mit, daß einige von Goldors Leuten mit Filmen handelten – Videobänder. Sexfilme, Folterfilme. Wir arrangierten einen Kauf aller Filme, von jedem einzelnen, und sie wurden hierher geschickt. Als wir die Filme betrachteten, achteten wir auf Hinweise, wo sie hätten gemacht sein können, dachten, wir fänden eine Möglichkeit, Lucecita zu orten. Wir fanden die Antworten, und wir schworen bei unserem Blut, daß Goldor sterben würde. Es gibt ein paar Sachen, die man mit keiner Sprache ausdrücken kann. Ein paar Dinge, die man selbst sehen muß.«

Pablo gestikulierte den Schatten, den Videorekorder näher zum Tisch zu bringen. Ich hörte, wie eine Kassette eingelegt wurde, hörte einen Schalter klicken, und der Bildschirm begann zu flackern. Das Deckenlicht ging aus. Ich saß in der Dunkelheit und sah:

Ein voll erleuchteter Raum, alles Schwarz und Weiß, der Blick auf eine langhaarige Frau auf einem Liegestuhl in der Mitte. Die Kamera zoomte nah ran, und ich sah, daß die Frau mit einem dicken Gurt um die Taille und zwei dünneren, die sich über ihren bloßen Brüsten wie Schulterriemen kreuzten, am Stuhl gehalten wurde. Abgesehen von einem dunklen Band um den Hals war sie nackt. Die Frau sagte etwas – spuckte die Worte heraus. Es gab keinen Ton außer dem Summen des Apparats und dem leichten Rauschen des Bandes.

Plötzlich warf sie sich nach vorn, aber der Stuhl bewegte sich nicht. Die Kamera schwenkte runter zu den Stuhlbeinen, und man konnte sehen, daß sie am Boden verankert waren, festgehalten von Metallklammern.

Ein Mann mit einer schwarzen Henkersmaske, die beinahe bis zur Brust reichte, trat ins Bild. Er hatte ein Hundehalsband in der einen Hand und eine kurze, dreischwänzige Peitsche in der anderen. Die Hände der Frau waren frei, und der Mann streckte ihr das Hundehalsband hin. Sie spuckte auf die ausgestreckte Hand, und die Peitsche pfiff runter auf ihre bloßen Schenkel. Die Frau wand sich im Stuhl, zerrte an ihren Fesseln, der lautlose Mund aufgerissen vor Schmerz.

Der Mann näherte sich wieder, hielt das Hundehalsband hin. Die Frau zuckte mit den Nägeln nach ihm, aber er war zu schnell. Er legte das Halsband hin, und die Peitsche kam näher und näher, beinahe in Reichweite. Er redete mit ihr, machte mit seinen Händen eine beschwichtigende Geste. Die Frau schien sich zu beruhigen, sie senkte die Augen zur Taille.

Der Mann kehrte mit dem Hundehalsband zu ihr zurück. Verneinend schüttelte sie den Kopf. Er legte es auf den Boden, schüttelte den Kopf, hob dann die Peitsche auf und kam wieder zu ihr. Ein weiterer Hieb über die Schenkel, wieder zerrte sie und schrie stumm. Er warf die Peitsche beiseite, drehte ihr den Rücken zu und ging von ihr weg.

Der Bildschirm flackerte, und ich fragte mich, ob Teile herausgeschnitten worden waren. Dann sah ich den Mann nah an die Frau treten, bis er fast in Reichweite war. Er hockte sich vor sie hin, als ob er mit einem widerspenstigen Kind verhandelte, dann gestikulierte er, daß er sie freilassen würde, und deutete auf etwas außerhalb des Kamerabereichs. Die Kamera folgte seiner Hand zu einem lederbezogenen Sägebock, wie ihn Zimmerleute benutzen. Er kam wieder zu der Frau, hakte die Bande auf und machte sie los. Wieder die schwungvolle Geste zum Sägebock, wie ein Oberkellner, der einem den Tisch weist. Die Frau starrte in diese Richtung, schüttelte den Kopf, um es klarzumachen – dann wurde die Kamera plötzlich verwackelt, als sie davonzurennen versuchte. Der Mann griff sie bei den Haaren und knallte sie auf den Boden, trieb ihr ein Knie in den Rücken – er hieb wiederholt mit einer schwarzbehandschuhten Hand auf sie ein, während er sie mit der anderen unten hielt.

Er stand auf – Beine gespreizt, über ihr stehend. Sein Bauch bewegte sich schnell rein und raus, als ob er durch die Maske schwer atmete. Halb schleppte, halb trug er die Frau zurück zum Stuhl, plazierte sie wie zuvor und befestigte die Gurte wieder. Er trat aus dem Bild, die Kamera zoomte auf das Gesicht der Frau. In den Mundwinkeln war Blut, die Augen waren Schlitze. Der Mann kam zurück ins Bild, hielt wieder das Hundehalsband und die Peitsche. Diesmal bewegte sich die Frau nicht, als er sich näherte. Er legte das Halsband um ihren Nacken, und sie saß da, vornübergesunken. Gebrochen.

Er sagte etwas zu ihr, und wieder zuckte die Peitsche runter. Die Frau langte mit den Händen zu ihrem Hals und zerrte am Halsband, der maskierte Mann trat vor und befestigte eine helle Metallkette am Halsband. Er trat zurück, Hände auf den Hüften. Er nahm die Kette in eine Hand, riß dabei den Kopf der Frau erst in die eine Richtung, dann in die andere. Er zeigte vor der Kamera, daß er mit einem bloßen Knicken des Handgelenks ihren Kopf bewegen konnte.

Wieder näherte er sich und kniete, um die Bande wieder zu lösen, sprach die ganze Zeit mit der Frau. Aber dann schien er die Meinung zu ändern und kam auf die Beine. Er trat aus dem Kamerabereich, und die Kamera blendete wieder nah auf ihr Gesicht. Ihre Augen waren stumpf.

Als er wieder in Kamerareichweite kam, war er von der Taille abwärts nackt, er stand aufrecht. Seine Beine waren muskulös und völlig unbehaart. Die Füße waren bloß.

Die Kamera wanderte mehrmals vom Mund der Frau zum Gehänge des Mannes, schwenkte langsam, damit der Betrachter nichts verpaßte. Der Mann hielt die Hundeleine in einer Hand und die Peitsche in der anderen, als er näher zu der Frau kam. Er riß an der Leine, so daß ihr Kopf zu ihm gezogen wurde, hielt die Peitsche in der anderen Hand – sie hatte die Wahl. Sie traf ihre Entscheidung – ihr Mund öffnete sich, und ihre Nägel zuckten vor, und die Kamera verwackelte wieder.

Die nächste Einstellung zeigte die Frau mit noch immer ausgestreckten Fingern, die Brüste erhoben. Der Bildschirm zeigte ferner den Mann, der mit beiden Händen seine Hoden hielt, in der Taille eingeknickt. Dann wurde es dunkel.

Ich langte mit den Händen nach meinen Zigaretten und versuchte, meinen Atem zu kontrollieren, als der Bildschirm wieder flackernd zum Leben erwachte und der Mann sich näherte, diesmal nur mit der Peitsche in der Hand. Sie fuhr runter, wieder und wieder, genau zwischen die erhobenen Hände der Frau. Dann warf der Mann die Peitsche hin und ging langsam aus dem Raum, ihren bluttriefenden Körper ließ er zurück.

Der maskierte Mann kehrte zurück, wieder aufrecht. Zwei Minuten später? Eine halbe Stunde? Wer weiß. Aber diesmal hielt er eine schwarze Luger in einer behandschuhten Hand. Wieder näherte er sich. Vorsichtig. Langsam.

Die Waffe wurde zum Gesicht der Frau erhoben. Er muß etwas gesagt haben, denn sie schien zu erwidern. Die Kamera fuhr nah ran, so daß alles, was wir sehen konnten, das Gesicht der Frau mit dem Schatten der Pistole auf einer Wange war. Die Waffe zog sich zurück, und mit ihr zog sich die Kamera zurück, und dann sahen wir nur die an den Stuhl gefesselte Frau, nach vorn blickend, die Lippen fest zusammengepreßt. In einem Mundwinkel zeigte sich ein Bluterguß. Plötzlich wurde sie zurück gegen den Stuhl geschleudert, vorwärts geworfen und lag still. Ihr Kopf fiel auf die Brust. Ihr Körper zuckte krampfhaft, einmal, zweimal.

Der Mann mit der Henkersmaske trat wieder ins Bild – er lief rüber zur Seite der Frau und zerrte an der Leine, zog ihren Kopf zurück, so daß er wieder in die Kamera blickte. Ihr Mund war offen, ebenso die Augen – in ihrer Stirn war ein sternförmig gezacktes Loch. Der Bildschirm war von ihrem Gesicht erfüllt, so daß die Betrachter wußten, daß sie für das Wahre und Echte bezahlt hatten. Und dann wurde er dunkel.

Ich langte nach einer Zigarette, als sie den Videorekorder zurück in den Schatten schoben, aber meine Hände wollten nicht gehorchen. Pablo kam zurück zum Tisch, blickte mich an.

»Lucecita?« fragte ich.

»*Si, hermano. Comprende*?«

»Er *verkauft* das?«

»Er verkauft das, und noch mehr davon. Man hat uns gesagt, er hat einiges in Farbe, und sogar mit Ton.«

»Wie kriegt er die Leute, das zu filmen? Das ist kaltblütiger Mord, nicht irgendeine Notzucht.«

»Er macht es selbst, *compadre* – das war Goldor in der Maske.«

»Dann hat er sich selbst lebenslänglich eingehandelt.«

»Wie? Wir können nichts beweisen. Wir können beweisen, daß es unsere Lucecita war, die starb, aber wie beweisen, daß es Goldor selbst war? Außerdem, lebenslänglich reicht nicht aus.«

»Todesstrafe auch nicht.«

»Ich stimme zu, wir stimmen alle zu. Wir haben das diskutiert, und es gab Meinungsverschiedenheiten. Aber wir werden unsere Unterdrücker nicht imitieren. Wir sind Puertorikaner, keine Iraner.«

»Ich verstehe. Sagst du mir, wo Goldor zu finden ist?«

»Oh, ja – und wir werden noch mehr tun. Wir haben ein Dossier, komplett. Es wird dir ausgehändigt werden, wenn du später aus dem Taxi steigst. Und dann gibt es nichts mehr von uns, verstehst du?«

»Ja.«

»Wir sind nicht in Eile, Burke. Wir werden nicht in deine

Arbeit eingreifen. Aber du mußt schnell machen – wir sind beinahe fertig.«

»Verstanden.«

»Im Gegenzug kannst du uns alles mitteilen, was du vielleicht erfährst. Das ist alles, worum wir bitten.«

»Einverstanden.«

Es gab nichts mehr zu sagen. Wir schüttelten einander die Hände, das Deckenlicht ging aus, und ich folgte Pablo durch die Tür hinaus auf den Korridor. Ein anderer Mann brachte mich die Treppen hoch zur Vordertür, wo noch immer die *lobos* streunten. Ich wollte einfach durch ihre Gruppe gehen, wie zuvor, wurde aber festgehalten. Ich wehrte mich nicht, blieb bloß innerhalb der Gruppe, bis ich ein Auto den Block entlangkommen hörte. Wieder das Lumumbataxi.

Das Rudel teilte sich, und ich kletterte hinten rein. Der Fahrer fragte mich nicht, wohin ich wollte, und ich sagte nichts. Ich öffnete die Augen nicht, bis ich das Taxi die Third Avenue Bridge nach Manhattan hinein überqueren spürte. Der Fahrer nahm den East Side Drive zur Twenty-third Street, bog rüber zu Park Avenue South, sah einen Nacht-Taxi-Stand und fuhr an den Randstein. Als ich ausstieg, überreichte er mir einen normierten Umschlag und fuhr weg.

Ich lief rüber zu dem Taxistand, nahm das erste Taxi. Ich nannte ihm eine Adresse im Umkreis von einem halben Dutzend Blocks von Floods Studio.

Ich versuchte, während der Fahrt meine Augen zu schließen, aber das Videoband lief unter gesenkten Lidern weiter ab.

36

Der Normumschlag voll Goldor-Information war in der Au-
ßentasche meiner Jacke verschwunden, als ich aus dem Taxi
stieg. Das Münztelefon war genau da, wo ich es mir gemerkt
hatte, und Flood antwortete beim ersten Klingeln.

»Ich bin's, Flood. Ich bin in ein paar Minuten da. Komm
runter und laß mich rein.«

»Bist du okay? Was stimmt nicht?«

»Sag ich dir, wenn ich dich sehe – mach bloß«, sagte ich
und hängte ein.

Ich blickte auf meine Uhr, um nicht darüber nachzudenken, was Flood in meiner Stimme gehört hatte – es war nach
drei morgens.

Ich ging mitten auf Floods Tür zu, als ob ich einen Schlüssel hätte, langte nach dem Griff, und sie öffnete sich. Ich war
so zerstreut, daß ich mich nicht um den Aufzug kümmerte,
ließ Flood bloß die Treppe vor mir hochgehen – aber endlich
kam ich zu mir und stoppte sie mitten am ersten Absatz und
bedeutete ihr, still zu sein. Es blieb ruhig. Wir waren allein.

Ohne zu reden, gingen wir durch das Studio zu Floods
Bleibe. Ich fand einen Sitzplatz und zündete eine Kippe an,
vertraute darauf, daß Flood irgendwo einen Aschenbecher
für mich hätte. Ich nahm Goldors Akte heraus und starrte
auf den Umschlag – ich wollte ihn jetzt noch nicht öffnen.
Flood setzte sich mir gegenüber auf den Boden. »Burke, sag
mir, was nicht stimmt.«

Meine Hände waren in Ordnung, aber ich schätze, mein

Gesicht nicht. Ich sagte nichts, und Flood ließ mich bloß die Zigarette in Frieden rauchen. Sie rückte näher und lehnte sich einfach gegen mich, ohne etwas zu sagen. Ich fühlte ihre Wärme und Stärke neben mir, und die Ruhe, die damit einherging. Nach wenigen Minuten überreichte ich ihr den Umschlag mit der Akte.

»Da ist alles über Goldor drin«, erklärte ich ihr.

»Ist das nicht gut? Ist das nicht das, was du kriegen wolltest?«

»Yeah, aber ich hab noch etwas anderes gekriegt. Ich glaube, er ist unser Mann, der Mann, der uns zu Wilson führt.«

Flood blickte mich fragend an, schenkte mir ihr weiches Lächeln. »Lächel nicht, Flood. Er gehört nicht zu denen, mit denen wir einen Deal machen können.«

Sie sagte: »Verrat's mir«, und ich tat es, so gut ich konnte. Sie saß da, ohne einen Muskel zu rühren, während ich ihr alles von dem Videoband erzählte. Sie fragte mich nicht, wie ich es zu sehen kriegte – sie konnte sehen, daß das nicht mehr wichtig war, wenn es das je war. Sie steckte die Geschichte weg, wie ein guter Boxer einen Körpertreffer wegsteckt – sie versetzte sich hinein, um etwas zu kriegen, das sie verstehen konnte, etwas, das einen Sinn ergeben würde. »Die Frau wußte, daß sie sterben würde.« Es war keine Frage.

»Ich weiß es nicht.«

»Sie tat's. Sie starb in Ehre. Du mußt das gesehen haben, Burke.«

»Wenn sie getan hätte, was der Freak wollte, hätte sie dann gelebt?«

»Hätte sie das gewollt?«

»Werden wir nie wissen, oder? Sie hat ihre Leute – sie wird sich, wo immer sie ist, nicht darum scheren müssen, in Frieden zu ruhen. Deswegen haben wir nicht massenhaft

Zeit. Goldor ist fällig – er ist gezeichnet. Wenn es in dieser Stadt Geier gäbe, würden sie genau jetzt über seinem Haus schweben, verstehst du?«

»Ja«, sagte Flood, »aber versteht er es?«

»Man hat mir gesagt, nein – man hat mir gesagt, er glaubt nicht, daß er irgendwas abkriegt. In dieser Akte sollte alles über ihn sein. Wir werden sehn.«

»Was willst du tun?«

»Ich will so tun, als hätte ich nie von dem Freak gehört«, erklärte ich ihr. »Und ich will ihm die schwarzen Marken verpassen – ihn sterben sehn, ihn begreifen lassen, daß er stirbt, genau wie dieses Mädchen – das Feld finden, auf dem sein Baum wuchs, und die Wurzeln ausgraben und Salz in den Boden schütten.«

»Es ist nicht falsch, sich zu fürchten«, sagte Flood und dachte, sie begriffe.

»Flood, um Himmels willen, das weiß ich – ich weiß das besser als jeder andere, den du je treffen wirst. Schaust du jemals beim Profi-Football zu – hast du je gesehn, wie die Jungs rüber an die Seitenlinien kommen und einen Zug aus der Sauerstoffflasche nehmen, damit sie zurückgehn und ihr Werk tun können? So geh ich mit Furcht um. Sie macht mich smart – sie ist der Treibstoff, auf dem ich laufe. Du verstehst es nicht – du hast das Band nicht gesehn.«

»Ich will's nicht sehen.«

»Das nutzt nichts. Verdammt, Flood – ich wollt's auch nicht sehn, aber selbst wenn wir's nicht gesehn hätten, wäre es noch da – das wird es immer sein, auch wenn diese Made tot und dorr ist.«

»Wie Zen?«

»Wenn ein Baum in einen Wald fällt . . . vielleicht so – ich weiß es nicht.«

»Ich fürchte mich nicht vor ihm«, sagte sie, »er ist bloß ein Mann.«

»Flood, es gibt bloß keinen Ort für Leute wie dich, da, wo ich lebe. Du fürchtest dich nicht, gut für dich – schützt du mich?«

»Ich kann.«

»Nicht vor dem – das ist in mir drin, es ist in uns allen drin. Was er getan hat – Menschen tun das. Reiche Leute bezahlen Geld dafür, und arme Leute tun's bloß und zahlen die Zeche in irgendeinem Krankenhaus oder Gefängnis. *Menschen* tun das – keine Tiere, keine Vögel – Menschen. Wenn du davor keinen Schiß kriegst, heißt das bloß, daß du dich darin nicht selbst sehn kannst. Es heißt nicht, daß es *nicht* da ist.«

»Vielleicht kommt's, weil er so reich ist – wenn man Geld hat, gibt es soviel Kraft . . .«

»Es ist nicht das Geld, Flood, es ist die Macht. Als ich mal in Afrika war, in Angola, bevor sie die Portugiesen rausschmissen – ich war beim Airport in Luanda, und die Rebellen rückten näher, und es war Zeit abzuhaun. Überall waren die Soldaten, und sie durchsuchten das Gepäck, weißt du, um Schmuggelgut zu finden – Elfenbeinschnitzereien, Diamanten, harte Währung. Zwei von ihnen haben auf dem Boden meine Taschen aufgemacht. Nichts drin, aber sie haben die Malariapillen gefunden, die ich bei mir hatte. Einer von ihnen hat die Flaschen aufgemacht und sie auf den Boden gekippt, genau vor mir, und mir die ganze Zeit ins Gesicht gelächelt. Es gab nichts, was ich tun konnte, außer mich dumm und durcheinander zu stellen. Das machte sie happy – ich würde Malaria kriegen, und ich würde nicht mal begreifen, wie es passiert ist. Das hat ihnen gereicht, so eine Macht – manchen Menschen reicht das nicht. Es gibt eine Grenze, die man überschreitet – und einmal überschritten, kommst du nie zurück. Dann bist du kein Mensch mehr.«

»Alle Soldaten führen sich schlimm auf«, sagte Flood.

»Darauf werden sie trainiert. Alles ist schwarz oder weiß, Freund oder Feind. Sie denken nicht, sie gehorchen bloß –«

»Und wenn sie nach der Schlacht eine hilflose Frau schänden, ist das Gehorsam?«

»Auch das ist schlimm. Eine Masse Soldaten tun schlimme und ekelhafte Dinge, aber wenn sie keine Soldaten mehr sind, brauchen sie nicht mehr schlimm zu sein. Sie können aufhören.«

»Goldor ist kein Soldat, Flood – sein Marschbefehl ist in seinem Kopf.«

»Du redest, als kennst du ihn. Du hast nur einen schlimmen Film gesehen – du kennst ihn nicht.«

»Ich kenn ihn, sehr gut . . . Da war einmal ein Kerl, vor ein paar Jahren. 'ne Art Naseweis, weißt du? Ein weichärschiger Einbrecher. Er wurde immer eingefangen, wurde ständig im Kahn gehalten – wie Fleisch in der Kühlkammer auf dem Haken, damit es abhängt und für die Leute genießbar wird. Und jedesmal, wenn er in den Knast geht, hört er diese Degenerierten quatschen, wie sie irgendeine Frau in den Arsch treten wollen, bis sie auf die Straße geht und für sie Geld macht, oder wie sie einen Rudelfick mit irgend 'nem späten Mädchen die Straße runter machen wolln – jede Psycho-Phantasie der Welt. Und der Junge hört zu – er sagt nicht viel, nicht weil er genug Grips hat, das Maul zu halten, sondern weil nie auch nur eine dieser Krücken zuhört. Also kommt er wieder raus, klar? Sobald er auf die Straße kommt, stößt er auf eine Wohnanlage und macht einen weiteren seiner dumpfen Billigheimer-Einbrüche. Er geht durch ein Fenster, und es erweist sich als Schlafzimmer. Eine Frau ist da am Schlafen, und sie wacht auf. Wenn sie geschrien und mit ihm zu kämpfen versucht hätte, wär er weggelaufen. Aber diese Frau, sie hat zu viele Bücher gelesen – sie sagt zu ihm: »Tu mir nichts, ich mach alles, was du willst, aber bitte tu mir nichts«, und zum erstenmal in seinem armseligen

Leben hat er das Sagen – er hat *Macht*. Da, genau in diesem Schlafzimmer, ist er der scheiß Liebe Gott – und jede schlimme Sache, von der er je im Knast gehört hat, strömt in sein Winzhirn. Er zieht die Frau in jeder Stellung durch, die er sich denken kann. Er bleibt dort vier Stunden mit ihr, bloß ein Machtspielchen. Und als er geht, ragt eine Cola-Flasche aus der einen Seite der Frau und ein Holzlöffel aus der anderen. Er bringt sie nicht um, nimmt nichts aus ihrem Apartment. Und wenn er das *nächste* Mal streunen geht, sucht er nichts zum Stehlen – verstehst du mich? Er hat diese Machtrausch-Grenze überschritten, und er kann *niemals* wieder zurück – er muß auf der anderen Seite leben, bis er aufhört zu leben. Er ist kein Mann mehr, kein Mensch.«

»Woher kannst du das wissen?«

»Ich kenn den Jungen«, erklärte ich ihr. »Ich hab mit ihm geredet.«

»In Haft?«

»Nein. Er war in Jugendhaft, einem dieser Schuppen, die sie Erziehungsheim für Straffällige nennen. Nein, ich hab ihn auf der Straße getroffen – und ich hab mit ihm geredet, kurz bevor er starb.«

»Hätte er nicht den Rest seines Lebens eingesperrt werden können?«

»So was gibt's nicht. Er sitzt in seiner Zelle und malt Bildchen von Frauen, aus denen stumpfe Gegenstände ragen – oder er macht's wie ein anderer Freak, ein Typ, den ich im Gefängnis gekannt *habe*. Dieser Typ hatte einen kleinen Kassettenrekorder, und er streunt um den Block, bis er hört, wie irgendein Junge vergewaltigt wird, und dann macht er sich bloß ran und nimmt die Geräusche auf und geht wieder in seine Zelle und spielt das Band und kichert mit sich selbst und spritzt quer über die Wand. Früher oder später wird der Bewährungsausschuß auch diese Sau rauslassen. Und dann läßt er selber die Sau raus.«

»Wie starb der andere Junge?«

»Er ist von einem sechzehnstöckigen Haus gesprungen«, sagte ich und ließ sie glauben, daß es Selbstmord war.

»Oh. Und Goldor . . .?«

»Was er tut, macht süchtiger als jedes Heroin. Aber er ist mehr als bloß ein Psycho. Er glaubt an das, was er tut – du kannst dich drauf verlassen. Die Art, wie er die Frau geprügelt hat – das war, weil er sich so geärgert hat. So viel Haß, weil sie den rechten Weg nicht erkennen wollte – weißt du, wie das Tao. Der vollkommene Weg – Schmerz als Leben. Und wir müssen eine Möglichkeit finden, ihn dazu zu bringen, uns etwas zu sagen«, erklärte ich und dachte daran, wie hoffnungslos es war.

»Vielleicht, wenn wir –«

»Vergiß es – ich weiß, woran du denkst. Er würde uns schlagen, Flood. Du könntest ihn mit Leichtigkeit töten, aber könntest du ihn wirklich foltern? Er könnte uns aussitzen – er wüßte, daß wir nicht sein Gefühl für Schmerz teilen – er wüßte, er könnte überleben. Er würde einfach nicht glauben, daß wir ihn umbringen.«

»Denk an den Typ in der Gasse. Als ich –«

»Du willst ihn kastrieren, Flood? Das Problem ist nicht in den Eiern, es ist in seinem Kopf – verschnitten wär er kein bißchen anders. Nicht einmal die Angst brächte ihn dazu, mit uns zu reden.«

»Wir müssen es versuchen.«

»Wir werden es versuchen, aber zuerst müssen wir all das Zeug lesen und es dann verschwinden lassen. Dann muß ich schlafen, und dann ein paar Leute treffen. Und dann muß ich –«

»Burke, willst du erst schlafen?«

»Ich kann nicht – kann nicht schlafen. Dieses Zeug . . .« Ich hielt die Goldor-Akte hoch.

Flood stand auf und schüttelte ihren Umhang ab. Sie

streckte die Hand aus. »Komm einfach und leg dich mit mir hin. Schlaf zuerst – ich bringe die Papiere dahin, wo sie sicher sind.«

Ich stand mit ihr auf und ging hinein. Sie zog mir die Kleidung aus und drückte mich auf die Matten. Sie legte sich mit ihrem warmen Körper über mich, ihre runde kleine Hand rieb die Seite meines Gesichts. Sie rieb mich weiter, flüsterte, daß Goldor nicht gewinnen würde … daß wir es würden, daß sie an mich glaubte, daß ich zuletzt doch eine Möglichkeit für uns finden würde. Ich wurde ruhig und still, aber noch nicht schläfrig. Und Flood erkannte die letzte Tür, durch die ich gehen mußte, bevor ich mit diesem Freak kämpfen konnte – sie half mir in sich hinein und nahm mich weich und langsam mit, jenseits der klammen Dunkelheit meiner Angst, an einen sanften Ort, wo schließlich der Schlaf kam.

37

Flood und ich wachten am Morgen gemeinsam auf. Meine linke Hand war irgendwo unter ihr begraben, so daß ich nicht auf meine Uhr sehen konnte, aber das Außenlicht verriet mir, daß die Sonne längst aufgegangen war. Flood kuschelte sich an meine Schulter, murmelte etwas, das ich nicht verstehen konnte. Ich stieß sie sanft mit der Schulter an, bis sie sich umdrehte. Sie öffnete die Augen und blinzelte mich an. »Bist du okay, Burke?«

»Yeah, und ich bin bereit zur Arbeit. Will mich bloß ein bißchen waschen und dann mit Goldors Akte anfangen.«

Sie rollte sich rüber auf ihre Seite, damit ich von der Matte aufstehen konnte, dann legte sie sich zurück und schloß die Augen. Ich beobachtete eine Minute lang ihre Atemübungen, bevor ich unter die winzige Dusche ging. Mein Gesicht im Spiegel erschreckte mich – es heilte, aber der Unterkiefer war total blaugelb – wahrscheinlich blieb er noch tagelang verfärbt. Ich benutzte etwas Mundwasser von Flood und untersuchte dann im Spiegel meine Zähne – die Nähte hielten.

Als ich wieder reinging, lag Flood auf dem Rücken, die Beine in der Luft, die Zehen hochgestreckt. Sie machte eine Art Übung, bei der sie sie teilte, bis sie nahezu parallel zum Boden waren, führte sie dann wieder zusammen, senkte sie fast bis auf den Boden, berührte ihn aber nicht – sie hielt sie einige Sekunden so, beugte sie dann wieder und fing erneut an. Ihre Bewegungen waren so fließend, daß sie unangestrengt wirkten, aber das konnten sie nicht sein. Ich wartete, bis ihre Beine hochgereckt waren, und griff mit jeder Hand einen Knöchel. »Du hast dicke Knöchel, Flood«, und schob meine Hände weg vom Zentrum, um ihre Beine wieder zu spreizen. Sie rührten sich nicht – ich verstärkte den Druck und sah, wie sich an der Innenseite der Schenkel die langen Muskeln spannten. Ich konnte die Anspannung in meinen Unterarmen spüren, und schließlich fingen ihre Beine an nachzugeben. Ich drückte härter, und plötzlich schossen ihre Beine auf, und ich fiel vorwärts genau auf sie drauf. Aber bevor ich landen konnte, zuckten ihre Beine zurück, knickten in den Knien ab und fingen mich mit den Fußsohlen auf. Und dann warf sie meine gesamte Masse in die Luft, wie ein Seelöwe mit einem Ball spielt. Sie fing mich wieder auf und kicherte wie ein kleines Kind. Als ich zum zweitenmal hoch flog, riß ich die Schultern zurück, landete auf den Beinen, griff wieder ihre Knöchel und drehte sie, Beine nach oben und Gesicht abgewandt, auf den Bauch. Aber bevor ich selber zum Kichern kam, rammte sie mir die Handkanten gegen die Knöchel und ich kippte vornüber, sie unter mir. Diesmal gab mir ihr verdammtes Lachen das Gefühl, als läge ich oben auf irgendeinem Wackelpudding. Ich rollte runter, langte nach einer Zigarette – sie gackelte immer noch.

»Flood, du bist ein Kasper, weißt du das?«

»Was hab ich getan?«

»Scheiß drauf«, erklärte ich ihr und versuchte mir selbst ein Lachen zu verkneifen. Sie stand auf, ohne die Hände zu gebrauchen, und huschte unter die Dusche. Ich zog mich an, zündete eine weitere Kippe an und nahm mir die Goldor-Akte vor. Alles da, wie Pablo versprochen hatte: Voller Name (Jonas James Goldor), Geburtsdatum (4. Februar 1937, Cape May, New Jersey), Größe (167 cm), Gewicht (78 kg), Vorstrafenliste (zwei Verhaftungen wegen Überfalls, der letzte 1961, keine Verurteilung), Militärdienst (keiner),

Ehestand (ledig), Mädchenname der Mutter, Beruf des Vaters bei Goldors Geburt (Anmerkung, daß beide Eltern gestorben waren. Schlimm genug – ich haßte es, irgendwas mit ihm gemein zu haben). Eine lange Liste von Firmen und Gesellschaften, an denen er Anteile besaß. Ortsangabe zweier Schließfächer in Geschäftsbanken. Kopien des Führerscheins, Kraftfahrzeugbriefe für vier Autos (ein Rolls, ein Porsche 928, ein Land Rover, eine 500er Benz-Limousine), Kopien von gesperrten Schecks, ausgestellt auf zwei seiner Firmen, die Kopie einer 1979er Einkommensteuerrückzahlung (sie zeigt ein Gesamteinkommen von 440 775 Dollar bei einem Nettoverdienst von 228 000 Dollar, alles aus einer Reihe von Sub- und Tochterfirmen, ein Trick zum Steuerunterlaufen, so daß er alleiniger Anteilseigner sein und weder als Gesellschafter noch als Einzelperson besteuert werden konnte). Ferner ein Grundriß des Hauses in Scarsdale mit allen Schaltkastenpositionen des elektronischen Überwachungssystems. Eine Randbemerkung besagte, daß Goldor nachts niemanden aufs Grundstück ließ, daß er aber eine stille Alarmierung installiert hatte, die direkt mit dem örtlichen Polizeirevier verbunden war – und eine weitere Randbemerkung besagte, daß sie nicht alle Örtlichkeiten der Schalter kannten, die es stillegte. Sie hatten sogar die Kopie eines Waffenscheins. Weitere Randnoten: Goldor war ein Reformkost-Freak, verdrückte jeden Tag tonnenweise Vitamine und Aufbaustoffe. Trainierte regelmäßig, hatte im Keller einen kompletten Gymnastikraum mit Sauna. Er ließ alle Kleidung maßschneidern, sogar die Schuhe. Ein Waffensammler, aber keine modernen Waffen.

Und das war's, abgesehen von einigen hauchdünnen Blättern, betippt mit einem alten IBM B-Modell in Kursivschrift. Ein psychiatrisches Gutachten, offensichtlich von Pablo auf Distanz zum Betroffenen angefertigt. Ich überflog es einmal rasch, las es dann genau durch:

»Goldor entstammt einer relativ wohlhabenden Familie, wurde vom neunten bis zum fünfzehnten Lebensjahr auf eine englische Privatschule geschickt, kehrte danach in die Staaten zurück. Rückkehr wahrscheinlich verursacht durch Tod seines Vaters. Verwaltete eine Vielzahl der Liegenschaften des Vaters, zuerst nach und nach, übernahm dann kurz vor dem Tod seiner Mutter, als er etwa zwanzig war, die alleinige Kontrolle. Obsession wegen Haarlosigkeit wahrscheinlich weiterverfolgbar in Präokkupation durch Bodybuilding (Bemerkung: Bobybuilder rasieren sich gewöhnlich alle Körperhaare, um Muskelentwicklung und Gefäßstruktur besser darbieten zu können). Keine verwertbaren Informationen bezüglich der frühen Entwicklung. Betreibt eine Vielzahl sex-orientierter Geschäfte in Verbund mit legaleren Unternehmungen. Projiziert Macht- und Dominanzbestrebungen auf Geschäftsbeziehungen.«

Dann kamen diese unterstrichenen Worte: »Das Folgende ist, bestenfalls, eine gelehrte Vermutung. Sie besteht aus Theorien ohne ausreichende Daten und sollte als solche bewertet werden.« Dann eine Masse Mumpitz über »homosexuelle Ideation«, »umstandsbedingte Impotenz«, »unbewältigte oedipale Konflikte«, »sadistische Obsessionen, die das Subjekt weitestgehend unter Kontrolle zu halten glaubt«, »Verdacht auf Enuresis, Zündeln, Grausamkeit gegenüber Kleintieren, die klassische Trias«, »Möglichkeit einer präpubertären iatrogenen Therapie«, »ein im Glauben an Omnipotenz grenzender Größenwahn«, »äußerst selbstzufrieden« und »ausgesprochener Psychopath«.

Ich las immer noch, als Flood zurückkam und eine ihrer Roben trug, diesmal ein flaschengrünes Teil mit weißschwarzen Paspeln an den Ärmeln. Ich übergab ihr das Zeug ohne ein Wort und rauchte, während sie es durchlas. Sie brauchte nicht lange. »Weißt du, was das Zeug bedeutet?« fragte sie.

»Ja – denk dran, eine Menge davon ist bloß Vermutung.«

»Ich verstehe ein bißchen was – Enuresis ist Bettnässen, richtig? Aber was soll dieses Klassische-Trias-Zeug? Und was heißt iatrogen? Und –«

»Wart 'ne Minute, Flood. Die klassische Trias zeigt ein Kind, das bettnäßt, Brände legt und Kleintiere martert, vorzugsweise seine eigenen Kuscheltiere. Falls alle drei Sachen beim selben Kind vorliegen, bestehen gute Chancen, daß es ein oder zwei Morde durchzieht, bevor es erwachsen ist. Und iatrogen bedeutet eine therapeutische Behandlung, die eine Krankheit schlimmer macht, etwa Salz auf eine Wunde streun. Das ganze Ding läuft darauf hinaus, daß Goldor ein ausgewiesener Degenerierter ist, jemand, der nie besser werden kann, egal, was du mit ihm anstellst – oder ihm antust.«

»Sind das bloß Worte, oder hilft es uns?«

»Weiß ich nicht. In der Mehrzahl aller Fälle heißt das überhaupt nichts, aber die Leute, die das zusammengestellt haben, wissen, was sie tun.«

»Sie sagen, er ist ein ausgesprochener Psychopath. Ich dachte, Psychopathen wären bloß versponnen – weißt du, von der Rolle.«

»Weißt du, was ein Psychopath ist, Flood?«

»Ich schätze, nicht.«

Ich stand auf, lief ein paar Schritte und wandte ihr das Gesicht zu. »Stell dir vor, du wirst in ein vollkommen dunkles Zimmer gesteckt, okay? Du kannst nichts sehn. Was tust du zuerst?«

Sie zögerte nicht. »Meine Hände ausstrecken und sehen, wo die Wände sind.«

Ich streckte meine Hände aus. »Richtig, du willst die Grenzen deiner Umgebung kennenlernen. Weniger lustig – du willst wissen, wo du stehst, was vor sich geht. Deswegen benehmen sich einige Kinder so übel, wenn man sie in Anstalten steckt ... sie kennen die Grenzen nicht und wissen nicht, wie sie danach fragen solln, also benehmen sie sich so, daß Leute eingreifen und sie ihnen zeigen. Aber ein Psychopath, steck *ihn* in ein verdunkeltes Zimmer, und weißt du, was er macht?«

Als Flood zu mir aufblickte, schlang ich die Arme um den Bizeps, als ob ich mich selbst umarmte. »Ein Psychopath hat alles, was er braucht, in sich drin. Er braucht keine Umgebung, muß nicht damit umgehen können. Er sieht keine Menschen, er sieht *Dinge*. Und er kann diese Dinge herumschieben oder herumwerfen oder sie zerstören, genau so, wie du vielleicht Möbel verrückst.«

Flood blickte mich an, ihr Gesicht ruhig und gesammelt. »Eine ganze Masse Worte.«

Sie hatte mich am Wickel. Ich packte meine Sachen, und dann machten wir ihren Herd klar und verbrannten die ganze Goldor-Akte. Pablo würde sie nicht zurück wollen, und auch mir war nicht danach, damit rumzulaufen. Wir saßen zusammen und beobachteten, wie die Flammen Goldors Dossier fraßen. Keine Antworten entstiegen dem Rauch.

Ich erklärte Flood, daß ich einiges arrangieren müßte, bevor wir losziehen und Goldor besuchen konnten, daß es genau diese Nacht sein könnte und daß sie daheim bleiben und auf meinen Anruf warten sollte. Sie nickte abwesend – ihre Gedanken waren irgendwo anders. Sie begleitete mich zur Tür, stellte sich auf die Zehen und küßte mich zum Abschied.

38

Es dauerte eine Weile, bis ich zurück in meinem Büro war. Ich gehe sowieso nie gradewegs dorthin, aber nachdem ich das Videoband gesehen hatte, hatte ich das Gefühl, daß Goldor irgendwie wußte, daß ich zu ihm kommen würde. Je mehr ich darüber nachdachte, desto eher war ich überzeugt, daß Pablos Charakterstudie ihr Geld wert war. Goldor hielt sich für unantastbar. »Der Mann, der Wilson kennt, machte aus einer Leiche einen Filmstar«, hatte Michelle gesagt. Vielleicht kannte sie den Namen nicht, aber das Produkt war im Handel, jeder konnte es sehen. Für ihn waren wir alle bloß Wanzen. Er würde keine Minute schlaflos bleiben, weil ihn ein gewisser Wilson belasten konnte. Sicher, er kannte die Cobra – er kannte jeden im Kindersex-Geschäft, aber der Löwe fürchtet den Schakal nicht.

Diesmal checkte ich das Büro sorgfältig, aber niemand war zu Besuch gekommen. Pansy freute sich wie üblich, mich zu sehen, – wenn sie sich einmal damit begnügt hatte, daß ich es war, ging sie wieder schlafen. Während ich im Büro rumging, machte ich genug Lärm, damit sie begriff, daß ich eine Weile da war, und ließ sie aufs Dach, während ich mich an den Schreibtisch setzte und alles noch einmal durchging. Ich würde wieder in die Bronx gehen müssen, aber diesmal ans andere Ende der Welt. Ich konnte Max nicht dabei gebrauchen – wer konnte wissen, mit welchem Schutz sich Goldor versehen hatte? Flood war bis zum Ende dabei, weil es ihre Kiste war.

Zu viel Zeit war sang- und klanglos vergangen. Ich mußte die linken Waffenschmuggler heute nacht anrufen und eine Möglichkeit finden, wie ich ihnen etwas Geld abnehmen konnte, oder den Fisch vom Haken lassen. Die Zeit lastete auf mir, ich brauchte Atemraum. Ich schätze, wenn es hohen Beamten so geht, ziehen sie aufs Land oder sogar aus dem Land, wenn sie hoch genug sind. Ich konnte ihnen was Besseres zeigen – ein kurzer Trip in die Bronx, und ich konnte genausogut auf einem anderen Planeten sein.

Der Plymouth erwartete mich, sprang auf Anhieb an, wie immer. Ich arbeitete mich zum East Side Drive vor und nahm die Triboro zum Bruckner Boulevard und der 138th Street, stieß mit dem Plymouth dann in das Gewühl der verlassenen Seitenstraßen und fuhr weiter, bis ich sicher war, daß ich solo flog. Als ich den alten, rostigen, mit messerscharfem Draht umwickelten Schutzzaun erblickte, lenkte ich den Plymouth daran entlang, bis ich den offenen Eingang fand, fuhr ein paar Meter rein, stellte den Motor ab und wartete.

Ich mußte nicht lange warten. Ich sah dunkles Fell aufblitzen, hörte einen Plumps auf der Haube und sah mich durch die Windschutzscheibe mit der häßlichsten Dänischen Dogge der Welt konfrontiert – ein zerrupfter alter Harlekin, schwarzweiß, ein Auge fehlte, und die Vorderzähne waren ausgebrochen. Er saß bloß da auf der Haube, als wäre er irgendein bizarres Denkmal, von der ganzen Sache gelangweilt. Ich hielt die Augen streng gradaus, aber ich konnte spüren, wie sich die anderen Hunde ums Auto versammelten. Kein Bellen, nur gedämpftes Grummeln, als ob Wölfe den Körper eines gerade erlegten Elchs beschnuppern. Die Hunde präsentierten sich in allen Formen, Größen und Farben. Bei einigen konnte ich Spuren ihrer ursprünglichen Rasse erkennen, aber sie waren alle mehr oder weniger Spielarten des Gemeinen Amerikanischen Schrott-

platzhundes – treu, verläßlich, intelligent und gefährlich –
und vor allem gute Überlebenskünstler. Ich sah etwas, das
wie eine Bulldogge wirkte, etliche Variationen des Deutschen Schäferhunds, einige kleinere Terrier, einen weiteren
dunklen Dänen, sogar einen, der wie ein Collie wirkte. Alle
hatten dicke, schwere Wolle, die aussah, als ob sie reichlich
mit Getriebeöl gefettet worden war. Einige umkreisten das
Auto, während die anderen auf den Keulen hockten und
warteten.

Ich konnte nicht weiter auf den Schrottplatz fahren, weil
ich wußte, daß gradaus eine drei Meter tiefe Grube lag. Und
ich kam nicht aus dem Auto – diese Hunde hatten noch nie
in ihrem Leben eine Dose Schappi gesehen. Es war noch
nicht mal Mittag, aber der Ort war dunkel. Ist er immer.

Als die Hunde sahen, daß ich die Prozedur kannte, setzten
sie sich wieder alle und warteten gespannt. Der Monster-
Däne auf der Haube deutete mit der Schnauze zum Himmel
und ließ ein Heulen raus, das wie ein Kaddisch für Köter
klang. Es gab kein anderes Geräusch.

Der Däne stimmte seine Arie erneut an. Noch einmal,
dann Totenstille.

Ich wollte unbedingt eine Zigarette, saß aber bloß da, die
Hände oben auf dem Lenkrad. Falls die Dinge nicht so
waren, wie sie sein sollten, brauchte ich den Plymouth bloß
zurückzusetzen und so tun, als wäre ich nie hiergewesen –
das heißt, falls der Maulwurf seit meinem letzten Besuch
nicht irgendwelchen neuen Unsinn hinzugefügt hatte. Ich
war nicht scharf drauf, es herauszufinden.

Ich beobachtete den Dänen. Als er den Kopf heftig zur
Seite drehte, wußte ich, was kam. Der gescheckte Hund
landete in dem Freiraum etwa drei Meter vor dem Auto,
schaffte die tiefe Grube mühelos. Dem Aussehen nach eine
Kreuzung aus Dogge und Schäferhund – ein passabler Ba-
stard mit dem Körper eines Bullen und dem Kopf eines

Wolfs. Er trug den gleichen Pelzmantel wie die anderen, dazu aber einen dicken, arroganten Schwanz, der sich über dem Rücken Richtung Hals rollte. Vollkommene, lange, weiße Zähne blitzten zu einem wölfischen Grinsen auf. Er streifte außen am Kreis entlang, den die anderen Hunde gebildet hatten, und bewegte sich mit der Empfindsamkeit und Kraft eines guten Weltergewichtlers, ohne jede Eile. Ich hörte erwiderndes Grummeln und Knurren der anderen Hunde, aber sie machten ihm alle Platz. Er schuf sich Bahn durch das Rudel, bis er genau neben meinem Fenster stand, lupfte seinen massigen Schädel und starrte zu mir hoch. Langsam und gleichmäßig kurbelte ich das Fenster runter und hielt mein Gesicht raus, damit er mich sehen konnte. Aber das Biest reagierte nicht auf Gesichtssinn, und ich mußte meine Stimme gebrauchen – schnell, bevor ich sie nicht mehr gebrauchen konnte.

»Simba, Simba-*witz*«, rief ich. »Was für ein *guter* Junge. Wie steht's, großer Simba? Erinnerst du dich an mich, Junge? Simba-witz, ich bin hier, um meinen Landsmann zu treffen, den Maulwurf. Klar, Simba? Okay, Boy?«

Ich machte mit diesem und ähnlichem Zeug weiter, bis ich sah, daß Simba sich an meine Stimme erinnerte. Ich wußte, daß er nicht angriff, wenn er hörte, daß sein voller Name gerufen wurde, aber ich wollte sichergehen. Rief man ihn Simba, hob er den Kopf und merkte auf, aber Simba-witz war sein voller hebräischer Name, und den kannte nur der Maulwurf. Einmal erzählte mir der Maulwurf, daß Simba zu sehr nach Deutschem Schäferhund aussehe – weswegen er ihn, obwohl der Klügste im Rudel, ein natürlicher Anführer und Vater von zig Welpen, die jedes Jahr auf dem Schrottplatz geboren wurden, nicht lieben konnte, bis ihm eine Lösung einfiel. Und so wurde Simba der erste Israelische Schäferhund, getauft auf Simba-witz, der Löwe von Zion. Der Maulwurf erzählte ihm das Zeug so oft, daß ich glaube, das Biest nahm ihm die Mär ab. Ich weiß echt nicht, ob er sich für einen Löwen hielt, aber ich wußte, daß er sich wegen keiner gottverdammten Sache zu sorgen brauchte – er hatte ersten Zugriff aufs Futter und ersten Zugriff auf die Frauen. Ein schönes Leben, obwohl die Unterkunft einiges zu wünschen übrig ließ.

Simba schenkte mir ein kurzes Bellen, erhob sich, bis seine knorrigen Pranken auf dem runtergedrehten Fenster ruhten. Ich redete weiter mit ihm, lehnte mich nach vorn, und er leckte mein Gesicht ab.

Ich öffnete langsam die Tür und stieg aus, tätschelte dabei seinen Kopf. Ich hätte gern den anderen Hunden ein paar der Hundekuchen, die ich im Auto aufbewahre, zugeworfen, um Freundschaft zu schließen, aber ich wußte, was sie taten, wenn sie Futter angeboten bekamen, ohne daß das Zauberwort fiel, wie ich es für Pansy habe. Ich kannte das Wort nicht, und ich wollte nicht das Futter sein, also ließ ich es lieber.

Simba hörte mich zirka zehnmal »Maulwurf« sagen und drehte sich dann einfach um und lief davon. Ich folgte ihm so vorsichtig ich konnte. Der Rest des Rudels strich mir ohne böse Absicht um die Beine – eine Art in die richtige Richtung treiben. Wir liefen, bis ich einen Fleck festen Boden fand, dann ging ich zurück zum Plymouth und brachte ihn vorbei, damit er von der Straße aus nicht zu sehen war. Ich folgte Simba und dem Rudel weiter hinein auf den Schrottplatz. Als wir schließlich irgendwo nahe dem hinteren Zaun zu einer großen Hütte aus Dachpappe und Kupferblech kamen, blieb ich stehen. Ich wußte, was ich von da an tun mußte, und Simba auch. Er verzog sich irgendwohin in die künstlich erzeugte Dunkelheit, und ich stand da und wartete.

Das Rudel hatte nicht unbedingt sein Interesse an mir verloren, aber soweit ich sagen konnte, würden sie sich nicht mehr aufregen. Die meisten von ihnen hatten wahrscheinlich noch niemanden so weit kommen sehen. Ich behielt die Augen auf der Hütte, als ob der Maulwurf jede Sekunde raustreten könnte. Ich wußte es besser, aber ich kannte auch die Regeln.

Ich hörte Simba hinter mir grunzen und wußte, daß der Maulwurf kam, aber ich drehte mich nicht um, bis ich seine Hand auf der Schulter fühlte. Ich drehte mich, und da war er. Der Maulwurf – sogar im Zwielicht wirkte seine Haut transparent, die blauen Adern bildeten Knoten auf seiner Hand, als ob nicht genug Haut da wäre, um alles zu überziehen. Kleiner, stämmiger, plump wirkender Maulwurf – er zwinkerte mit den Augen rasch in das ungewohnte Tageslicht. Er trug einen dieser einteiligen Overalls, wie sie Mechaniker an Tankstellen tragen, und schleppte einen Werkzeugkasten. Trotz seiner bleichen Haut wirkte er von der Arbeit so dreckig, daß er aussah, als hätte er sich für die Nachtjagd vorbereitet. Er trat nah an mich ran, schob Simba beiseite, als existierte das Biest nicht. Und Simba verzog sich, mit dem von allen Tieren geteilten Respekt vor einzigartigem Aberwitz, ohne ein Knurren zur Seite.

Der Maulwurf steckte seine Hände in die Taschen, blickte mich einen oder zwei Augenblicke lang genau an und murmelte Simba dann etwas zu, der augenblicklich davontrottete. Dann winkte er, ich sollte vor ihm zur Hütte laufen.

Sobald ich hinter die Hängetür kam, roch ich Muskateller, Urin und alte, nasse Lumpen. In einer Ecke stand eine Orangenkiste mit alten Zeitungen obenauf, und auf dem Boden ausgebreitet lag ein dreckiger Regenmantel, als ob er das Bett eines Penners wäre. Einige leere Flaschen, Bonbonpapiere, ein zerbrochenes Stück Holz, das einst ein Stuhl gewesen war. Der Maulwurf lief durch das Zeug, als wenn es nicht da wäre, und ich atmete durch die Nase, als ich ihm folgte.

Am hintersten Ende der Hütte fummelte er an einigen

Hebeln und Zügen herum, drückte und zog dann etwas, und da war eine Öffnung im Boden. Er schickte mich zuerst rein, kletterte nach mir runter, langte zurück und betätigte ein paar weitere Vorrichtungen. Ich spürte den Maulwurf im Dunkeln neben mich gleiten, dann führte er mich durch den Tunnel. Wir müssen runde hundert Meter gelaufen sein, bis er auf eine Tür stieß und hindurchtrat, und dann waren wir in seinem Bau.

Ich weiß nicht, wie er es hingekriegt hat, aber es ist wie ein halb unterirdischer, halb überirdischer Bunker. Die Oberseite ist mit den Wracks kaputter und rostiger Autos bedeckt, aber irgendwie mußte Licht hier eindringen, denn der Ort war nicht so dunkel. Er war so sauber, wie die Hütte verkommen war, und innen viel größer.

Der Raum, den wir betraten, entsprach dem Wohnzimmer des Maulwurfs, oder wie immer die Entsprechung für einen unterirdischen Bunker heißt. Er hatte in der einen Ecke einen alten ledernen Schaukelstuhl mit passender Ottomane, ein zweisitziges Sofa stand ihm in der anderen gegenüber. Ich glaube, der Fußboden war aus festgestampftem Dreck, aber er war belegt mit etlichen Bahnen ausgerolltem Linoleum, und in der Mitte lag ein ovaler Bettvorleger. Ich war nie weiter als in diesem Raum gelangt, aber ich wußte, es gab andere – einen Schlafplatz und eine Art Badezimmer weiter hinten, vielleicht sogar eine Küche. Es roch sauber hier unten, aber die Luft reizte die Schleimhäute wie das gefilterte Zeug, das man in einem Operationssaal abkriegt. Der Maulwurf konnte allen Mief zu einem anderen Teil des Schrottplatzes leiten, aber ich weiß nicht, wie er es machte.

Der Schrottplatz selbst war für die Öffentlichkeit nicht zugänglich. Der Maulwurf und die Hunde und Gott weiß wer noch lebten dort in vollkommener Symbiose. Wir suchen uns alle einen Weg des Überlebens, und der Maulwurf hatte sich vor langer Zeit für seinen entschieden. Er verließ den Ort nie, außer um seine Arbeit zu tun. Ich glaubte die Stadt so gut wie jeder andere zu kennen, aber ich hätte nie etwas vom Maulwurf gewußt, wäre da nicht einer meiner Raub- und Beutezüge gewesen.

Ein Mann vom israelischen Geheimdienst (zumindest sagte er das) besuchte mich vor wenigen Jahren und fragte nach meinem Preis, um einen Nazi-Konzentrationslager- wächter zu orten, der nach dem Krieg in die Staaten ge- kommen und irgendwo in Manhattan untergetaucht war. Man konnte sehen, daß der Israeli ein Profi war, aber er wußte nicht, wonach er suchen sollte. Er kam zu mir, weil ich einige Geschäfte mit einer Neonazi-Gruppe draußen in Queens gemacht hatte und er sich dachte, alle Nazis wären gleich. Wie auch immer, ich fand den alten Freak und gab die Information darüber dem Mann, der sagte, er wäre aus Israel. Ich achtete danach ein paar Wochen auf die Zeitun- gen, aber ich entdeckte nichts.

Ich traf den Maulwurf, als mich der Israeli mit raus zum Schrottplatz nahm und ihm erklärte, daß ich im Sonderein- satz für ihre Sache arbeitete und er mir helfen sollte, so er konnte. Er konnte damals nicht, aber seither ein paarmal, wie ich bereits erwähnt habe.

Der Maulwurf würde alles tun, um Nazis zu erledigen, aber an viel anderem ist er nicht interessiert – und so geht es meistens, wenn ich wiederkomme und ihn treffe, um Nazis. Ich bin kein politischer Analytiker, aber mir schien Goldor qualifiziert, und Wilson war auch ein passabler Kandidat. Es war egal – der Maulwurf fragte nie nach Details. Jedesmal, wenn ich zu ihm ging, konnte man sehen, wie er das Risiko, daß ich die Schmiere mitbrachte, gegen die Chance abwog, daß dadurch ein oder zwei Nazis weniger die Welt genossen. Jedesmal kriegte ich grünes Licht.

Der Maulwurf fläzte sich ohne Aufhebens in seinen Stuhl,

zog irgendwas aus einem Overall und fing an, damit rumzu-fummeln. Schließlich blickte er rüber zu mir, blinzelte: »Also, Burke?«

»Ich brauch ein Auto, Maulwurf. Ein paar Nummern-schilder. Und Hilfe bei einem Stromnetz.«

Der Maulwurf schaute mich bloß weiter an, nickte und blinzelte. Keine Frage, daß er es tun würde – er hatte es immer getan. Wenn es eine Sache gibt, mit der ich mich auskenne, ist es die Kunst des Überlebens, und hier war einer der wenigen Menschen, die mich auf diesem Gebiet noch etwas lehren konnte. Aber der Maulwurf hatte sein Überleben derart gut im Kasten, daß er nie darüber redete. Er blickte auf. »Ich treff dich draußen. Wart auf mich. Setz dich, rauch eine, red mit Simba-witz. Ich komm bald.«

Ich stolperte den Weg durch den Tunnel zurück bis zur Hütte – die Türen nach draußen waren bereits offen. Ich weiß nicht, wie er das macht. Ich fand den Weg nach drau-ßen, setzte mich auf eine leere Milchkiste und zündete eine an. Simba kam wieder auf den Hof, stand da und schaute mich an. Er näherte sich langsam. Als er nah genug ran war, kratzte ich ihn hinter den Ohren – sogar sein zufriedenes Knurren klang lebensgefährlich. Ich sagte ihm: »Simba-witz, ich hab ein Mädchen für dich! Ihr Name ist Pansy, und sie ist ein schönes Ding – ein Gesicht wie ein Engel, und ein Körper, der dich schlicht umwirft. Ich hab ihr alles von dir erzählt, und sie ist scharf auf ein Treffen. Was sagst du dazu, Junge? Klar für ein bißchen Action?«

Simba grollte, was ich für Zustimmung hielt. Je nachdem, wie diese Eskapade ausging, mußte ich vielleicht ein paar Monate irgendwohin gehen, und wenn ich das tat, wollte ich sichergehen, daß Pansy ein Zuhause hatte. Und die Welpen würden wunderschön, gar kein Zweifel.

Der Maulwurf trat aus dem Schatten. Als er noch ein Kind war, hatte er immer *Scientific* gelesen, als wären es Comics, und seine Lehrer sagten, er verschwende an der Schule seine Zeit – er sollte irgendwo in einem Forschungsprogramm stecken. Aber seine Eltern glaubten, er wäre ein komisches Kind und müßte gesellschaftsfähig werden, also hielten sie ihn auf der öffentlichen Schule.

Er war die Zielscheibe zahlreicher kaputter Spiele der anderen Kinder, und er bezog massenhaft Prügel. Er kam völlig verdroschen nach Hause, und sein Vater, ein Dockarbeiter, hieß ihn zurückgehen und mit den anderen Kids kämpfen, oder er würde dem Maulwurf schlimmer zusetzen als die Raufbrüder – sehr kreative Psychologie bei einem Kind mit einem genialen I. Q. Der Maulwurf baute sich in seinem Keller eine Art Hausmacher-Laserkanone, ging zurück zur Schule und blies statt der größten Quälgeister die halbe Wand weg – schon damals war sein Augenlicht nicht sonderlich.

Die Polizei kam zu ihm nach Hause, es gab eine Art Zusammenstoß mit seinem Vater, irgendein Gerede über Therapie, und der Maulwurf lief von zu Hause weg. Seitdem lebt er hier draußen, zuerst in einem Apartment drüben an der Chrystie Street und nun auf dem Schrottplatz. Ich schätze, er bleibt hier, bis er stirbt. So viel weiß ich – falls sie jemals kommen und den Maulwurf in psychiatrische Verwahrung nehmen wollen, wird er seine höchstpersönliche Mittelostpolitik zur Wirkung bringen. Ich bin nicht sicher, was das ist, aber einmal fragte mich der Maulwurf, ob ich ihm etwas Plutonium besorgen könnte.

Als offensichtlich wurde, daß der Maulwurf nicht gesprächiger als üblich werden würde, erklärte ich ihm, was ich wollte. »Ich brauch dich, um das Sicherheitssystem in diesem Haus, das ich besuchen muß, auszuschalten.«

Der Maulwurf zwinkerte mehrere Male. »Welche Art Sicherheitssystem?«

»Ich weiß es nicht genau. Ich zeichne dir auf, was ich an

Plänen habe, aber ich glaube, es gibt auch einen Anschluß zum Polizeirevier. Ich will, daß das ganze verdammte System zusammenbricht, und zwar nur zu einer bestimmten Zeit. Etwa um acht Uhr, bäng! Nichts geht ... okay?«

»Du willst einen Bäng?«

»Nein, Maulwurf. Nur so ein Ausdruck.«

Der Maulwurf starrte mich an wie ein Lebewesen niederer Form. »Muß es wiederherstellbar sein?«

»Nein. Ich scher mich nicht drum, ob das System für immer hin ist. Du richtest es so ein, daß du das ganze Ding zu einer bestimmten Zeit totlegen kannst, klar? Dann machst du es und gehst. Das ist alles.«

»In der Stadt?«

»Westchester County.«

»Mehrere Parteien?«

»Nein, ein großes Haus.«

»Zugang?«

»Liegt bei dir. Keine Wachen, keine Hunde, soweit ich weiß. Aber eine reiche Gegend – der Mann wird die ganze Zeit in der Nähe sein.«

»Wie wär's mit einem Con Ed Total?«

Ein Con Ed Total heißt, daß der Maulwurf die Einrichtungen für die ganze Gemeinde abstellt, aber das ging hier nicht. Ich wollte Goldor nur seiner Möglichkeiten, Hilfe zu rufen, berauben, nicht die ganze Gegend alarmieren, daß etwas vor sich ging.

»Nein«, erklärte ich ihm, »bloß dieses eine Haus. Und auch nicht das Licht, bloß die besonderen Kommunikationssysteme und vor allem die Telefonverbindung. Schaffst du das?«

Der Maulwurf weigerte sich, eine solch dumme Frage zur Kenntnis zu nehmen. Er kam näher, und ich kniete in den Dreck und begann die Pläne von Goldors Haus zu zeichnen, die ich von Pablo und seinen Leuten gekriegt hatte. Ich gab dem Maulwurf die genaue Adresse, und er nickte, als ob er sie schon kannte – vielleicht tat er's. Gelegentlich stellte er eine Frage, und schließlich legten wir uns auf neun Uhr diese Nacht fest. Ich mußte die Chance wahrnehmen, Goldor zu Hause zu erwischen, und allein, denn wenn der Maulwurf einmal auf Aktion programmiert war, gab es keine Möglichkeit mehr, ihn zu stoppen.

Wir gingen über den Schrottplatz, bis wir eine stahlgraue Volvo-Limousine fanden, an den Ecken etwas zerbeult, aber offenbar ganz brauchbar. Der Maulwurf sagte, er habe gute Papiere dafür, aber eigentlich war es ein aus etlichen Autos zusammengeschlachtetes Stück und unmöglich zu verfolgen, nicht einmal, falls ich es auf der Straße stehen ließ, wenn ich fertig war. Wir gingen weiter, bis wir zwei gültige Nummernschilder fanden, die der Maulwurf mit seinem Schneidbrenner spaltete. Dann schweißte er die Hälften zusammen und machte daraus ein einzelnes Nummernschild mit nicht existierenden Zahlen. Falls es jemand schaffte, die Schilder zu lesen, während ich arbeitete, würde ihm auch der Computer nicht helfen.

Der Maulwurf gab mir einen Satz Schlüssel zu dem Auto, behielt einen selbst und sagte, er könne es am späten Nachmittag an der Parkhalle bei der Twenty-third Street abstellen, die ich für Alibi-Einsätze benutze. Ich gab dem Maulwurf fünfhundert Kröten, und wir hatten einen Vertrag besiegelt. Ich war mir so sicher wie nur irgend möglich auf der Welt, daß das Auto da war und Goldors Kommunikationssystem nicht.

Der Maulwurf kehrte zurück unter die Erde, oder wo immer er hingeht, und Simba-witz begleitete mich zurück zum Auto. Nach zwanzig Minuten schob ich mich über die Triboro zur East Side und hielt in Richtung Büro, um Pansy die gute Nachricht zu überbringen.

39

Sobald ich zurück im Büro war, checkte ich wegen der Hippies und wählte Flood an. Ich hieß sie gegen vier diesen Nachmittag fertig zum Ausgehen sein und hängte bei ihren Fragen ein. Als Pansy vom Dach runterkam, teilte ich ihr mit, ich hätte ausgerechnet jetzt nicht massenhaft Zeit zu verplempern, hätte aber für sie ein Date mit dem berühmten Simba-witz abgemacht; es sollte irgendwann später im Jahr auf seinem Grundstück am Rande der Stadt veranstaltet werden. Sie entgegnete mir eine Masse Müll von wegen blinder Verabredungen, sagte aber schließlich, es wäre okay, solange ich sie nicht dort lassen wollte.

Die Zeit saß mir allmählich drückend schwer im Nacken, raubte mir jegliche Bewegungsfreiheit. Ich brauchte Raum, um alles zu durchdenken – wie sich Goldor nähern, was es kosten würde, ihm die Informationen abzuluchsen, wie gefährlich er war, würde Flood ihn durcheinander bringen? Wenn ich zu lang wartete, konnten Pablos Leute über ihn kommen, und dann würde er nicht mehr reden. Oder dieser Wilson, die Cobra, konnte tatsächlich etwas für den Staatsanwalt auftreiben, und sie buchteten ihn ein. Ein Kerl wie Goldor mußte ein paar größere Feinde haben. Ich konnte Max nicht reinziehen, und ich mußte die Waffenschmuggler bei der Stange halten, weil es immerhin den Hauch einer Chance gab, daß sie mich, falls sie andere Leute besser neppten als mich, zu einem vergrabenen Schatz führen konnten.

Schließlich entschied ich mich – einfach ein direkter Frontalvorstoß, biete der Made gutes Geld, oder laß, falls das nicht funktioniert, möglicherweise durchsickern, daß ich die Snuff-Film-Kiste mit den *federales* wieder einrichten könnte, falls ich genug bezahlt kriegte. Ich würde vom Blatt weg improvisieren müssen, also steckte ich überhaupt keine Waffen ein, abgesehen vom üblichen Zeug in meinem Mantel. Über ein rotes T-Shirt legte ich eine Armeemontur an, ein paar alte Stiefel, ein schlapper Fedora. Ich stopfte ein Paar dünne Wildlederhandschuhe und eine getönte Brille in die Manteltaschen, gab Pansy etwas Futter und ging wieder runter in die Garage.

Ich hatte nicht viel Zeit, also verwendete ich sie dazu, eine weitere Schutzschicht zu legen – aber ein rascher Abstecher runter zu den Docks brachte nichts, und der Prophet war an keinem seiner üblichen Winkel. Man kann in New York nicht immer einen Propheten finden. Ich fuhr rüber zu Mama, aß etwas und inszenierte den ersten Teil meines Alibis. Ich setzte mich an meinen Tisch und schrieb alles nieder, was ich über Goldor wußte, um es Max zu hinterlassen, bloß für den Fall. Abgesehen vom Überleben, glaube ich an nicht viel, aber in meinem Herzen gibt es einen Schwachpunkt, was Rache anbetrifft.

Mama wußte, daß etwas in der Luft lag, aber sie nahm bloß das Papier, das ich für Max dalie, und brachte es an einen sicheren Ort. Falls die Dinge schiefliefen, würde Max zum Büro gehen, Pansy in den Plymouth packen und sie Simba-witz präsentieren – er würde das Auto behalten. Ich hatte es nicht für nötig gehalten, ihm zu verraten, wo ich all die Notgroschen verstaute, von denen er nicht schon wußte, und ich dachte nur, er würde, ohne daß ich es ihm sagte, das Büro auseinandernehmen. Kein großartiger letzter Wille, aber schließlich hatte ich keinen aufregend großen Besitz.

Als ich in Mamas Hintergasse den Schlüssel ins Zündschloß steckte, packte mich ein Anfall von Angst. Ich kriege sie manchmal – alles scheint in mir zu zerbrechen, und ich möchte ein Loch zum Hineinkriechen finden. Ich kriege nie solche Anfälle, wenn ich gefordert bin, bloß manchmal vorher und manchmal nachher. Ich wußte, was zu tun war, also ließ ich die Angst durch mich hindurchrauschen und um meine Nervenenden spielen, bis sie schließlich durch meine Fingerspitzen entwich. Ich hielt mir die Hände vors Gesicht und konnte die Furcht fast wie Blitze aus meinen Fingern zucken sehen. Man muß sehr flach atmen, keine Bewegung. Die Furcht verließ mich nie wirklich, aber früher oder später setzte sie sich irgendwohin ab, wo ich mich wohler mit ihr fühlte. Wie immer, wenn sie sich schließlich verzog, war mein Gehirn wie reingewaschen, und sinnliche Wahrnehmungen überfluteten es – die Struktur des Lederüberzugs auf dem Steuerrad des Plymouth, die winzigen Unvollkommenheiten im Glas der Windschutzscheibe, die gedämpften Klänge eines Streitgesprächs auf chinesisch etliche Türen weiter weg. Als ich schließlich den Schlüssel umdrehte, konnte ich spüren, wie meine Oberarmmuskeln dem Handgelenk eine Botschaft sandten, und tatsächlich vernahm ich den genauen Zündmoment, bevor der Plymouth zum Leben erdröhnte. Ich lenkte den Plymouth weniger behutsam auf die enge Einfahrt aus der Gasse als üblich – sogar mein Tiefenwahrnehmungsvermögen war gesteigert. Mein Hirn flackerte um Gedankenfetzen – Aufwärmübungen, bevor es zur Feuerprobe mußte. Ich ließ es flackern, wollte mich nicht konzentrieren, bevor ich auf etwas Handfestes stieß. Ich lasse die Gedanken einfach durch die leeren Räume streifen, bis sie auf etwas stoßen – kein Druck, keine Einflüsterungen durch meinen sogenannten Intellekt, die die Dinge nur verpfuschen.

Max erzählte mir einmal, daß es eine Kampfsportart gibt, die meiner Art, mit Furcht umzugehen, stark ähnelt. Sie heißt Der Betrunkene Affe, und die Absicht dabei ist, den Kämpfer so vollständig zu entmenschlichen, daß er rein nach Instinkt handelt. Max erzählte mir, dieser Stil sei nicht der beste, um einem Gegner Schaden zuzufügen – er sei nicht wirkungsvoll. Aber es sei fast unmöglich, sich dagegen zu verteidigen, weil er völlig unberechenbar sei – man kann nicht telegrafieren, was man nicht weiß. Wenn mein Hirn einmal auf Furchterwiderungs-Phase läuft, gleicht es sehr dem Betrunkenen Affen, schätze ich. Ich mag nicht unbedingt mit guten Ideen rüberkommen, aber falls man meine Gedanken zu lesen versuchte, würde man bestenfalls einen Schwindelanfall kriegen.

Als ich den Plymouth um Floods Ecke zog, schnappte ich nahe ihrer Tür ein Huschen in Weiß auf, und dann bewegte sie sich auf mich zu. Das Weiße waren ein Paar Vinyl-Boots, hauteng, wadenhoch, mit etwa zehn Zentimeter hohen Absätzen. Die flaschengrünen Stretchhosen steckten in den Stiefeln, und drüber trug sie ein Jersey mit V-Ausschnitt in einer Art Zitronen-Limonen-Farbe. Floods blaßblondes Haar lag in zwei dicken Flechten, nahe den Enden mit grünen Bändern verknotet. Ich verlangsamte die Fahrt und ließ sie zu mir laufen. Ich sah all das prächtige weibliche Fleisch herumhüpfen, und Gedanken rasten mir durch den Sinn, etwas über den Propheten und eine zum Löwenfangen angepflockte Geiß, und dann hörte ich das Kreischen von Bremsen und klinkte mich davon los – irgendein armer Tropf hatte sein Auto zerschrotet, weil er nur auf die die Straße entlangsausenden flaschengrünen Elastikhosen geachtet hatte.

Ich rollte mit dem Plymouth rüber zu Flood, schob die Tür auf und setzte mich in Bewegung, bevor sie noch mehr Aufmerksamkeit auf sich zog. Ich wandte mich nicht eher zur Seite und sah sie nicht eher an, als bis wir aus einer Spitzkehre herauskamen, um quer durch die Stadt dahinzugelangen, wo der Maulwurf das Auto für mich hinterlassen hatte. Selbst die sanften Bewegungen des Plymouth ließen Flood unter dem Pullover herumhüpfen, aber wenigstens hatte sie das Eau de Puff daheimgelassen – sie roch nach Seife.

Flood wirkte wie achtzehn mit ihrem Haar, so wie es zurückgebunden war, und ihr Gesicht glänzte, als wäre sie frisch aus der Dusche gestiefelt. Wir hielten an einer roten Ampel, und meine Augen wanderten von den Spitzen der weißen Stiefel über die ganze Länge der Stretchhosen, über die Breite ihres Jersey, und stoppten jäh an ihrer Kehle – sie hatte ein dunkelgrünes Samtband um den Hals. Ich blickte erneut hin, bloß um sicherzugehen, daß mein Verstand nicht mit mir tanzen ging. »Flood, dürfte ich dir eine Frage stellen?« sagte ich honigsüß.

»Sicher.« Sie lächelte.

»Bist du *vollkommen* scheiß närrisch?«

»Warum?«

»Wozu ist das Band? Ich hab dir von dem Videoband erzählt, und du ziehst ein scheiß *Band* an. Was ist los mit dir?«

»Ich weiß, was ich tu.«

»Das wäre das scheiß erstemal.«

»Burke, du hattest recht, okay? Das ist eine Verkleidung – ich bin damit ein paar Stunden rumgelaufen, bevor du gekommen bist, und es hat wirklich funktioniert. Wenn du jemanden, der mich gesehen hat, fragen würdest, wie ich ausgesehen hab, kämen sie nie weiter als bis zum Hals. Glaubst du nicht auch, diese Hosen lassen mich schlanker wirken?«

»Du gehst allenfalls als krank durch, Flood, nicht schlank.«

»Schau, ich dachte darüber nach und –«

»Und nichts – du hast die übliche totale Niete gezogen. Die Frau auf dem Videoband hat dieses Band nicht *getragen*, du Dummkopf – das ist Teil von Goldors Psycho-Tick. Wahrscheinlich hat er einen Schub voll davon – hebt sie neben seiner scheiß Henkersmaske oder so was auf.«

»Das weiß ich. Und wenn er das sieht, denkt er an sie.«

»Und das verstehst du unter clever?«

»Wirste sehen.«

»Nein, werd ich nicht – weil du es abnimmst, jetzt und hier.«

»Hör zu, Burke – ich kenne Männer, ich weiß Bescheid über sie. Es wird wirklich was nützen. Wirste sehen.«

»Nimm es ab, Flood.«

»Vielleicht später«, sagte sie und versuchte zu lächeln, aber ich kaufte ihr das nicht ab. Wir starrten einander um die Wette an, und ich siegte. Sie legte die Hände an die Kehle, enthakte etwas, und es fiel ihr in die Hand. Mit bemerkenswerter Reife verfiel sie augenblicklich in ein schweres Schmollen.

Schweigend fuhren wir Richtung Parkhaus. Schließlich sagte ich: »Flood, auf diesem Trip bin ich der Kapitän und du die Mannschaft – basta. Du willst dort sitzen und dem Freak mit deiner D-Cup-Ausstattung vor dem Gesicht herumwedeln, bis er nicht mehr gradaus schaun kann, das ist okay. Aber laß das Denken sein, verstehst du?«

Schweigen von Flood.

»Willst du dort sitzen und schmollen wie ein verdammtes Gör, oder willste den Plan hörn?«

»Ich will den Plan hören, oh Großkapitän.«

Jetzt war es an mir zu schweigen.

»Okay, Burke. Wir machen's auf deine Art – wie lautet der Plan?«

»Der Plan lautet, daß wir gehn und uns ein anderes Auto besorgen. Das heißt, ich besorg das Auto, und du wartest in diesem. Dann fahren wir raus zu Goldors Haus und laufen hoch und klopfen an der Tür, klar? Dann, nachdem er uns einlädt, sitzt du da und bist leise, und ich bring ihn dazu, Wilson preiszugeben.«

»Das ist der Plan?«

»Das isser.«

»Meinst du nicht, er ist ein bißchen kompliziert?« Sie kräuselte sogar die Lippen, als sie das sagte.

»Vielleicht hast du recht. Okay, machen wir's so – ich halt das Auto an der nächsten Ecke an, Miss Klugscheiß steigt aus und wackelt wieder nach Hause, und ich geh allein raus nach Scarsdale.«

»Das funktioniert nicht.«

»Warum nicht? Findste deinen Heimweg nicht?«

»Tu nicht so schlau, Burke. Wir müssen diesen Goldor dazu bringen, daß er uns was über Wilson verrät.«

»Ich arbeite daran.«

»Meinst du nicht, wir sollten das zuerst ausarbeiten.«

»Flood«, sagte ich und blickte sie an, »dazu ist keine Zeit.« Und sie lauschte meiner Stimme und blickte in mein Gesicht und glaubte mir.

Als wir zu der Garage kamen, zog ich den Plymouth rüber an die Wand und hieß Flood aussteigen. Sie blickte mich argwöhnisch an. »Du kannst nicht im anderen Auto warten«, erklärte ich ihr. »Ich bin nicht mal sicher, wo es ist, und du hast keine Papiere dafür. Ich muß das drinnen lassen, und der Mann dort kriegt dich nicht zu sehn, okay?«

Sie blickte mich bloß an. »Flood, wenn ich dich aus dem Geschäft rausschmeißen wollte, hätte ich dich nicht erst aufgelesen. Steig jetzt bloß aus – stell dich rüber, wie ich's dir gesagt hab, und sei still.«

Sie zischte ab und hielt ihre Jacke in einer Hand. Ich öffnete das Fenster auf ihrer Seite und rief ihr nach. »Zieh die verdammte Jacke an, ja?« und sie muß es verstanden haben, denn dieses eine Mal tat sie bloß, was ich sagte, ohne großes Streitgespräch.

Ich rollte mit dem Plymouth zurück zur unterirdischen Garage und zog ihn rüber zur Seite, um sicherzugehen, daß Mario mich hatte reinkommen sehen. Nach wenigen Minuten kam er rüber an mein Fenster, sagte: »Dasselbe wie immer?« und ich nickte. Mario bedeutete mir auszusteigen, den Schlüssel steckenzulassen und mit ihm zu kommen. Ich folgte ihm nach hinten zu dem Verhau, den er sein Büro nennt, und wir vollzogen unser Geschäft.

»Welche Zeit auf dem Schnipsel?«

»Irgendwas zwischen Viertel vor neun und neun diesen Abend.«

»Abgeholt wann?«

»Spät heute nacht, früher Morgen«, sagte ich und versuchte unbestimmt zu klingen.

»Macht immer noch fünzig plus Parkgebühr, klar?«

»Klar.«

Dann gingen wir rüber zur Zeituhr, in die alle einfahrenden Autos eingegeben werden. Mario langte runter zu einem Haufen frischer Parkscheine, zog einen raus, riß den Schnipsel ab und steckte das andere Teil in seine Tasche. Er würde mich später, zur rechten Zeit, einstempeln. Die Nummer auf meinem Schnipsel würde sich mit der Ankunftszeit decken. Das isses, was mich fünfzig Kröten kostet. Ich sackte den Schnipsel ein, löhnte Mario den Fünfziger und ging wieder raus in den Nachmittag. Flood wartete bei der Mauer. »Schwierigkeiten?« fragte ich sie.

»Nein.«

Ich setzte mich dahin in Marsch, wo der Maulwurf den Volvo lassen wollte, und schielte nach meiner Uhr, um den Zeitplan zu halten. Erst kurz vor sechs, ich mußte die Wichser wie abgemacht wegen des Knarrendeals anrufen. Flood brauchte nicht mehr von meinem Gewerbe zu wissen, als sie schon tat, aber meiner Hälfte des Gespräches zuzuhören konnte nichts schaden.

Ich fand ein Münztelefon, behielt nebenbei die Uhr im Auge, bis es zehn Sekunden vor sechs war, und drückte die Knöpfe. James antwortete beim ersten Läuten. »Ja?«

»Mir gefällt der Handel«, sagte ich, »aber ich frage mich, ob wir nicht noch das eine oder andere drauflegen können.«

»Soll heißen?«

»Sagen wir, der Handel, den Sie mir vorgeschlagen haben, ist eine Einheit, okay? Nun weiß ich ein paar Leute, die weitere eineinhalb Einheiten wollen, macht alles in allem zweieinhalb Einheiten, richtig? Könnten Ihre Leute den zusätzlichen Bedarf liefern? Ich übernehme dafür die Verantwortung.«

»Muß ich fragen.«

»Tun sie's«, sagte ich.

»Wenn's nicht geht –«

»Dann ist der ursprüngliche Deal okay, aber ich hätte gern mehr, falls möglich.«

»Selbe Garantien?«

»Ja.«

»Kann ich Sie erreichen?«

»Ich ruf morgen zur selben Zeit an.«

»Fein. Und hören Sie, wegen dem Problem, das mein Partner mit Ihnen hatte –«

»Wir hatten kein Problem«, erklärte ich ihm.

»Ich wollte bloß sagen –«

»Wir hatten kein Problem«, wiederholte ich mit bedachter Stimme.

»Phantastisch. Morgen dann?«

»Sie haben's begriffen«, sagte ich und hängte ein. Trottel.

Ich ging vom Münztelefon weg, als wäre es verseucht. Man weiß nie. Blumberg erzählte mir einst, daß das Gesetz eine besondere Vollmacht braucht, um ein Telefon anzuzapfen, und daß es dann nur für einen bestimmten Zeitabschnitt gilt und daß sie nicht mal dann jedes Gespräch belauschen können, sondern bloß den Kerl, den zu verwanzen sie die Vollmacht haben. Das ist alles Quatsch. Blumberg erzählte mir auch, daß es für einen Privatmann illegal ist, ein Telefon anzuzapfen. Welch ein Witz – die Drogenfahnder von der Drug Enforcement Administration und vom Special Narcotics Unit haben wahrscheinlich die Hälfte aller Telefone in dieser Stadt angezapft, aber jedermann, der Dope kaufen will, kann es gottverdammte wagenladungenweise kriegen.

Eine Möwe schwang sich flach über den East River vorbei, kreischte ihren Ärger heraus über die Menschen, die weitere Stücke ihres Flusses abzwackten, um Luxusapartments zu bauen. Ich überschlug im Kopf das Gespräch mit James, und nichts rastete wirklich ein . . . Ich wußte nicht, ob ich ihn und seinen Schwuchtelfreund je brauchen würde. Mein Verstand rang mit tanzenden Bildern, aber Goldor tauchte weiter in jedem fünften Rahmen oder so auf. Trug seine Maske. Ich war meilenweit von jeder Wahl entfernt.

Ich drehte vom Fluß ab, und Flood setzte sich neben mir in Bewegung, paßte sich mir Schritt um Schritt an. Nach einem Block oder so legte sie ihre Hand auf meinen Arm, sanft. Als wir gingen, legte ich meine Hand um ihre Taille, ließ sie runtergleiten und tätschelte ihre Hüfte. »Benimm dich, okay?« Sie nickte, daß sie es tun würde.

Der Volvo war genau an der vom Maulwurf versprochenen Stelle. Mein Schlüssel paßte, ein sauberer Satz Papiere war im Handschuhfach. Ich kam auf den East Side Drive, kriegte ein Gefühl für das Auto und steuerte Richtung Brücke und Route 95. Meine Idee war, nördlich von Scarsdale zu fahren und dann wieder runter und mich dann reinzustehlen. Wir hatten massenhaft Zeit, aber ich war nicht scharf drauf, gesehen zu werden, und wir konnten Goldor nicht gut vor neun treffen, wenn das Alibi funktionieren sollte. Ich erklärte Flood, wir würden erst ein Picknick halten – sobald wir nach Westchester County kamen, tauschte ich mit ihr die Jacke und schickte sie in einen Imbiß, um belegte Brote und Soda und Zigaretten zu kaufen.

In meiner Jacke wirkte Flood wie ein zickiger reicher Teenager, der irgendein albernes Spiel treibt, die Art, die in Suburbia nie auffallen würde. Als sie zurückkam, fuhr ich zu dem, was von einem alten Industriegelände in Port Chester übrig war, und wir saßen auf dem Vordersitz und aßen ein bißchen. Wir waren nicht sonderlich hungrig. Ich zündete eine Kippe an, lehnte mich gegen die Sitzpolsterung.

»Ist das unsere letzte Chance?« wollte Flood wissen.

»Nein, aber es kann unsere letzte *gute* Chance sein. Wilson kann sich nicht ewig verstecken, aber auch wir *haben* nicht ewig Zeit.«

»Was heißt das?«

»Das weißt du.«

»Daß ich zurückgehen muß . . .«

»Nach Japan, hab ich recht?«

»Das weißt du«, sagte Flood.

»Yeah . . .«

»Burke, willst du –?«

»Jetzt im Augenblick – jetzt im Augenblick will ich Wilson.«

»Ja.«

»Das reicht für jetzt.«

»Ich verstehe«, sagte sie, fragte dann: »Burke, hast du Angst?«

»Ja.«

»Ich nicht.«

»Ich weiß.« Und das stimmte.

»Weißt du, was das heißt?«

»Es heißt, daß du noch 'ne Jungfrau bist«, versetzte ich.

Und Flood glitt rüber und neben mich und hielt einfach meine Hand, bis ich sah, daß es Zeit war loszulegen.

40

Der Volvo war die rechte Wahl für diesen Ausflug. Er war alt und matt und wirkte anonym, in Ordnung, aber dennoch paßte er irgendwie in die Gegend. Auf gewisse Art ruhig und robust, ein angemessener Zweitwagen für die Art Pfeifenköpfe, die nicht in der Stadt wohnen wollen, aber noch von ihr leben.

Ich wußte genau, wo Goldors Haus war – ich hatte nicht in dem Gebiet herumkutschieren und Aufmerksamkeit auf uns ziehen wollen, also hatte ich die Straßenkarten im Stadtplanungsbüro gecheckt. Aber die Karten hatten mir nicht verraten, daß er oben auf einem niedrigen Hügel wohnte oder daß die halbkreisförmige Zufahrt vor dem Haus beleuchtet war wie ein Weihnachtsbaum. Meine Uhr verkündete 8.47, keine Zeit, irgendwas umzumodeln. Der Maulwurf war schon vor Ort, machte sich bereit, sein Werk zu tun – jetzt mußte ich meines tun. Ich war die Dinge mit Flood zigmal durchgegangen, und ich mußte mich bloß auf sie verlassen, um richtig zu handeln.

Ich lenkte den Volvo in die Zufahrt, ließ ihn direkt hinter die Vordertür rollen, so daß er am abschüssigen Teil der Zufahrt stand, löschte das Licht und würgte die Zündung ab. Vom Haus her gab es keine Reaktion auf unsere Ankunft. Ich öffnete die Autotür, ging rüber zur Beifahrerseite und hielt Flood für den Fall, daß jemand zuguckte, die Tür auf. Die Eingangstür war in einen kleinen Bogengang zurückgesetzt, hatte einen schweren Messingklopfer in Form eines

Löwenkopfes in der Mitte und einen kleinen, von einem Lichthof umgebenen Knopf auf dem rechten Paneel. Welcher davon? Ich tippte auf den Löwenkopf. Ich pochte zweimal – fest, aber nicht zu intensiv. Kein Ton hinter der Tür. Ich spürte Flood neben mir vibrieren, aber ich zählte bis zehn und klopfte noch zweimal – immer noch nichts. Ich zuckte mit den Schultern, als ob ich ein andermal zurückkommen wollte, drehte mich um, als ginge ich zum Volvo zurück, und warf Flood einen Blick zu, als sie ihren Mund aufmachte, um etwas zu sagen. Ich setzte mich Richtung Bogengang in Bewegung und streckte die Hand nach Flood aus, um sicherzugehen, daß sie mitkam, und die Tür öffnete sich – Goldor stand da. Der Körperform und dem kahlen Kopf nach konnte ich sagen, daß er es war, aber in dem Licht, das stark und grell hinter ihm hervorstrahlte, konnte ich sein Gesicht nicht ausmachen. Er konnte uns jedoch sehen – das Arrangement war kein Zufall. Flood trat beiseite, um mich reden zu lassen.

»Mr. Goldor?«

»Und wer sind Sie?«

Seine Hände hatte er auf dem Rücken verschränkt, so daß er in beinahe militärischer Haltung dastand – Brust raus, Bauch rein, Schultern zurück. Er benutzte einen alten Bodybuilder-Trick, um noch kräftiger zu wirken – hinter dem Rücken preßte er die Hände zusammen, um Blut durch die Arme in Brust und Hals zu pumpen. Seine Stimme war kräftig und voll – freundlich und zuversichtlich, gebieterisch, entspannt. Was immer wir auch getan hatten, erschreckt, und das war so sicher wie die Hölle, hatten wir ihn nicht. Ich wußte, daß ich bei diesem Kerl nur einen Schuß hatte. »Mein Name ist Burke, Sir. Und das ist Debbie. Ich habe etwas, das ich gern mit Ihnen bereden würde, eine Sache von großer Bedeutung, und ich wollte nicht am Telefon drüber sprechen.«

Keine Entgegnung von Goldor, er behielt nur seine Pose bei und ließ mich fortfahren. »Also war ich so frei und habe mich so an Sie gewendet. Ich bitte um Entschuldigung, wenn wir zu ungelegener Stunde kommen, und wenn das so ist, würde ich es zu schätzen wissen, wenn Sie so freundlich wären, uns in Bälde einen Termin einzuräumen.«

Goldor trat bloß etwas zur Seite und behielt seine Haltung bei. Er nickte uns mit seinem kahlen Kopf zu. »Aha. Bitte kommen Sie herein, Mr. Burke. Und Sie auch, äh ... Debbie.«

Ich trat durch die Tür, Flood an meiner Seite. Goldor beugte wieder den Kopf vor, um anzuzeigen, daß wir vor ihm hergehen sollten, und wir schritten auf einem dicken Teppich und einen kurzen Gang entlang. Wir hörten ein »Hier herein« und folgten seiner Anweisung. Ich sah, daß wir in einen langen, rechteckigen Raum kamen, aber es war zu dunkel, um viel mehr zu sehen, und ich stolperte ein paar niedrige Stufen runter – irgendeine Art versenkter Raum. Flood folgte, schritt leicht und ohne Fehltritt. Goldor kam genau hinter uns und drehte an einer Art Rheostat an der Wand – ein weiches, orangefarbenes Licht kam aus den Ecken des langen Raumes, und ich konnte einen schwarzen Ledersessel mit rohen Holzlehnen und einige andere Möbelstücke sehen. Die Wände waren mit schweren Gobelins verhängt. Wir wandten uns Goldor zu, der sagte: »Sind Sie Polizeibeamter, Mr. Burke?«

»Nein, Sir«, sagte ich aufrichtig.

»Arbeiten Sie vielleicht für sie?« immer noch mit dieser sanften Stimme.

»Nein. Ich arbeite für mich.«

»Und Sie sind wegen eines Geschäfts hier? Haben Sie ein Geschäft für mich.«

»Ja. Und ich –«

»Sind Sie verdrahtet, Mr. Burke?« Ich sagte »Nein«, lachte

dabei und hielt meine Army-Jacke auf, damit er sehen konnte, daß ich nur das rote T-Shirt drunter hatte. Ich sah seine Hand hinter dem Rücken hervorkommen, und die rote Buck-Rodgers-Strahlenwaffe deutete auf mich, und ich fing an zu lächeln, als ich die drei winzigen Nadelstiche in Bauch und Brust beißen spürte, bevor mein Hirn registrieren konnte: »*Taser*! . . .« Ich spürte weißglühenden Schmerz durch mein Mark reißen, und ich war auf dem Boden, und mein Körper versuchte, irgendwo anders zu sein. Meine Nervenspitzen schrien vor Pein, und meine Beine wollten nicht funktionieren, aber ich wußte, was ich zu tun hatte, und ich zwang meine Hände, die Drähte rauszuziehen.

Aber bevor ich nach ihnen langen konnte, mußte Goldor den Drücker wieder gezogen haben, und ich spürte einen weiteren Stoß, und ich muß geschrien haben – etwas drang aus meinem Mund, und ich lag da und blickte zu Goldor auf.

Er kam zu mir rüber und hielt die Taser-Pistole – ein kleines Gerät, das drei kleine, an dünnen Drähten befestigte Pfeile verschießt. Wenn die Darts den Kontakt herstellen, drückt man den Abzug, und die Batterien im Pistolenknauf jagen eine kräftige Ladung Elektrizität ins Objekt. Als sie zuerst auf den Markt kamen, waren sie sehr beliebt, weil sie nicht als Feuerwaffen eingestuft waren, aber dann setzten sich die Gesetzgeber zusammen und erklärten sie für illegal. Eine Menge Leute dachten, der Hersteller wäre aus dem Geschäft, aber ich weiß, daß es keinen Käufermangel gibt – Idi Amin pflegte sie flugzeugweise für seine Geheimpolizei zu kaufen.

Goldor sprach noch immer ruhig, beherrscht. »Wenn Sie sich bewegen oder die Drähte rauszuziehen versuchen, halte ich den Drücker sehr lange fest. Verstehen Sie mich?«

Ich stöhnte etwas, und das brachte Goldor zur Ansicht, ich täte es, und er kam noch näher zu mir. Ich konnte den Kopf nicht heben, alles, was ich sehen konnte, waren die glänzenden Spitzen seiner Stiefel. Er wandte sich Flood zu – sie stand mit offenem Mund da. »Komm hier rüber«, sagte er, und Flood ging rüber. Als sie neben ihm stand, beugte sich Goldor zu mir runter und sprach mich an, klar und deutlich, wie man's bei einem tut, der nicht sonderlich helle ist.

»Mr. Burke, kriechen Sie rüber zu diesem schwarzen Sessel, und tun Sie es *langsam*. Ihre Hände kommen mir nicht den Pfeilen *nahe*. Und wenn Sie dort sind, lehnen Sie sich in den Sessel, bis Sie sitzen und mich ansehen. Verstehen Sie?«

Ich murmelte etwas – er erwischte mich mit einem kurzen Schlag, und ich konnte fühlen, wie er lächelte, als ich schrie. Meine eigene Stimme erschreckte mich, so hochgeschrillt und dünn. Ich biß auf meine Unterlippe, bis ich das Blut spürte – etwas davon kam raus, als ich »Ja« murmelte.

Goldor setzte sich in Bewegung, und ich kroch vor ihm her. Er blieb nahe, ließ die Drähte nie straff werden, hielt nur inne, um Flood zu sagen: »Du bleibst da«, als ob sie ein Hund wäre, den er abrichtete, und ich lehnte mich in den Sessel, bis ich saß und ihn wie gewünscht ansah. Ich konnte das Blut in meinem Mund spüren, aber ich konnte nichts schmecken – jedesmal, wenn sich meine Muskeln spannten, jagte der Schmerz um meine Nerven. Goldor nahm meine rechte Hand und legte sie auf die Armstütze des Sessels. Er langte nach unten und rastete mit einer Hand etwas ein, und ich spürte, daß ich angeschnallt war. Er tat dasselbe mit der anderen Hand, trat dann zurück und riß mir die Pfeile aus dem Körper. Ich torkelte nach vorn, als ob ich aus dem Sessel und über ihn zu kommen versuchte, und er lächelte, trat auf mich zu und hieb mir rückhands über den Mund. Ich spürte noch immer den Schmerz durch mein Mark toben, und ich spürte neuerliches Stechen in meinem Mund, wo er mich getroffen hatte. Ja, und ich spürte auch die fette

Lippenstift-Röhre in meine rechte Hand plumpsen. Mein Hirn schrie mir zu: »Du mußt leben!«, aber ich feuerte meinen einen Schuß nicht ab – ich mußte ihn nah ranbringen, um sicherzugehen.

Ich kippte im Sessel zurück, als wäre ich am Ende, und beobachtete ihn aus halbgeschlossenen Augen. Falls er mit etwas zurückkam, um mir den Rest zu geben, mußte ich schnell reden, ihn neben mich bringen, meinen Schuß abfeuern, was von meiner Hand übrig war aus dem Riemen ziehen, irgendwie mit Affenzahn hier raus ...

Ich mußte ein paar Minuten weggetreten sein. Als ich wieder klarkam, saß Goldor auf etwas, das wie ein gepolsterter Barhocker aussah, und Flood stand vor mir. Sie wirkte wie betäubt. Goldor sagte etwas zu ihr. Ich versuchte, mich auf seine Worte zu konzentrieren, und schaffte es, den letzten Schwanz aufzuschnappen ...

»... und es gibt einen weiteren Grund, warum Sie mir zuhören sollten. Ihr Freund ist nicht schwer verwundet. Wenn das vorbei ist, wird er mit Ihnen weggehen könne. Ich weiß, was er wollte, und ich weiß, wie ich mit ihm umgehen muß. Ich kenne mich aus. Hören Sie mir zu. Er hat Ihnen aufgetragen, eine Rolle in einem meiner Filme zu kriegen, oder?«

Flood erwiderte nichts, stand bloß da und starrte ihn an, aber Goldor fuhr fort, als ob sie zugestimmt hätte. »Er hat Ihnen gesagt, er macht eine Menge Geld, oder? Hat Ihnen gesagt, eine Menge schöner Mädchen fangen so an, stimmt's? Oh, ich kenne ihn, ich kenne Menschen wie ihn. Sie haben kein Feingefühl, kein Verständnis dafür, wie die Dinge wirklich funktionieren. Aber ich kann Ihnen nicht helfen, wenn Sie mich Ihnen nicht helfen *lassen*. Ich *möchte* Ihnen helfen, Debbie, aber Sie müssen mit mir reden. Begreifen Sie? Ja?«

Flood schien um ihre Fassung zu ringen, versuchte Goldors sanft tönendem Schwall zu antworten. »Ja. Aber ich weiß –«

»Hören Sie mir zu. Hör mir zu, meine Kleine. Diese Filmrollen sind nichts für eine schöne Frau wie dich. Dieser Mann ist nichts als ein Fleischlieferant. Er ist dein Freund, oder?«

»Ja. Wir wollten –«

»Ich weiß. Ich *weiß*. Ich weiß es nur zu gut. Er hat keinen Job, oder?«

»Er ist Schriftsteller«, sagte Flood mit der passenden Spur Trotz in ihrer Stimme, aber immer noch sehr zittrig.

»Er ist kein Schriftsteller, meine Liebe. Er ist ein übler Mann.«

»Sie haben ihn verletzt«, ächzte Flood mit trauriger Kleinmädchenstimme.

»Ich habe ihn nicht wirklich verletzt. Ich habe ihm nur gezeigt, wer Herr der Lage ist, das ist alles. Er muß es begreifen. Laß dich was fragen – ist die Wahrheit schlecht?«

»Tja, nein. Nein, ich glaube nicht.«

»Natürlich nicht. Und, Debbie, begreifst du das … *Schmerz ist* Wahrheit. Schmerz kann nicht lügen – Schmerz *existiert*, verstehst du? Schmerz ist, was er ist, und weiter nichts. Ich kann ihn erzeugen und beenden, aber er ist immer real. Schmerz ist Wahrheit, und die Wahrheit ist gut.«

»Aber –«

»Hör mir zu«, sagte Goldor, und seine Stimme wurde gleichzeitig leiser und stärker. Die Stimme eines Arztes, die Stimme eines Vaters, die Stimme der Wahrheit und Weisheit, die man nicht mißachtete. »Ich kann dir die Wahrheit zeigen, und ich kann dich mit dieser Wahrheit zu dem machen, was du sein willst. Dein elender Freund sitzt da, und er hat jetzt keine Schmerzen. Ich habe ihm seine Schmerzen genommen, genau wie ich jetzt zu dir die Wahrheit spreche. Er hat jetzt keine Schmerzen, nur die Wahrheit. Und die Wahrheit ist, daß er dich nicht in den Filmen haben, sondern nur Geld machen wollte. Er kam mit dir hierher, um dich vorzuzeigen, dich zur Schau zu stellen, als wärst du ein Hund oder ein Pferd. Das ist die Wahrheit. Das ist die Wahrheit, nicht wahr?« sagte er und lehnte sich auf dem Hocker nach vorn.

»Ich weiß nicht«, – Floods Stimme war jetzt ein Winseln – »Ich weiß nicht, warum er –«

»Doch, du weißt es. Überwinde, was du *nicht* weißt – komm zur Wahrheit. Hör mir zu, Debbie. Du willst bei den Filmen mitmachen, oder? Du willst hübsche Sachen haben, du willst jemand sein, oder? Würdest du nicht gern eines Tages in einem Haus wie diesem wohnen?«

»Oh, ja. Das heißt . . .«

»Und ich kann das alles für dich besorgen. Auch das ist die Wahrheit. Aber du mußt die Wahrheit *sehen*, sie selbst *erfahren*. Verstehst du, was ich dir sage?«

»Was wollen Sie tun?« fragte Flood, Furcht und Argwohn in der Stimme.

»Ich will dir ein paar Fragen stellen. Und wenn du *mir* die Wahrheit sagst, werde ich *dir* die Wahrheit zeigen. Und du wirst bekommen, was du willst. Ja?«

»Ja«, sagte Flood zweifelnd und kleinlaut.

»Wie alt bist du?«

»Ich bin zwanzig.«

»Wo bist du geboren?«

»In Minot. North Dakota.«

»Seit wann bist du in der Stadt?«

»Letzten Monat war's ein Jahr.«

»Bist du schon immer eine Prostituierte?«

»Nein! Ich war nie –«

»Ist in Ordnung«, sagte Goldor mit nämlicher Therapeutenstimme, »sage mir nur weiter die Wahrheit, Debbie. Als was arbeitest du?«

»Ich bin Tänzerin.«

»Und wo tanzt du, Debbie?«

»In . . . in Bars und –«

»Zieh den Pulli aus«, befahl Goldor, immer noch mit sanfter Stimme. Und Flood langte automatisch zu ihrer Taille und zog sich das Jersey über den Kopf, stand vor ihm da. Ihre Brüste zitterten in Goldors orangefarbenem Licht des Schmerzes, und ich konnte Schweißtröpfchen über eine der hohen Wölbungen fallen und runter zu einem der Nippel rinnen sehen, und ich wußte, jetzt genügte es schon, wenn ich das hier bloß überlebte.

»Ja, ich kann sehen, welche Art Tanz du treibst. Hast du irgendwas mit ihnen gemacht?«

»Was?«

»Silikon. Liften, Operation . . . du weißt schon.«

»Oh. Nein, niemals. Ich würde doch nie . . .«

»Aha. Und magst du Schmerz, Debbie?«

»Nein«, sagte Flood, ihre Stimme wurde furchtsam und keuchend.

»Du antwortest zu rasch, kleine Debbie. Manchmal mögen alle Mädchen Schmerzen. Ich meine nicht die Schmerzen deines elenden Freundes da drüben. Ich meine die Schmerzen, für die man etwas *bekommt*, bei denen man etwas *lernt*. Schmerz *befreit*, siehst du? Er setzt Dinge frei, läßt Dinge geschehen. Gute Dinge, wertvolle Dinge . . .« Goldors Schlemmkreidestimme war ganz Instrument.

»Du hast gute Dinge in dir, haben wir alle. Manche Dinge sind böse, manche sind gut. Aber wenn sie in dir *bleiben*, schmerzen sie dich. Sie hindern dich daran, du *selbst* zu werden, siehst du? Sie bremsen dich, sie halten dich fern der Wunder, die du besitzen solltest. Ich kenne dich, ich kenne Frauen wie dich. Ich habe viele davon aufgebaut, habe sie zu Größe, zu Vollkommenheit aufgebaut. Ich habe sie zu Schönheiten aufgebaut. Du willst nicht in Bars tanzen, oder?

Du willst dich nicht von schmierigen kleinen Männern betatschen lassen. Du willst diese billigen Kleider nicht. Du willst nur *einem* Mann gefallen, nicht wahr? Nicht jedem Lump, bloß wegen ein paar Drinks. Du weißt, daß du das, was du willst, erstreben mußt, oder nicht?« sagte er und langte mit seiner Hand unter eine Brust und wog sie in der Hand. Und Flood holte scharf Atem und sagte »Ja«, die Augen gesenkt.

»Und du *hast* Schmerz gemocht, oder nicht? Du kannst es mir verraten. Ich verstehe es. Als du jünger warst, ja? Du verstehst schon. Du hast schlechte Dinge getan und bist bestraft worden und hast die Wahrheit gewußt und dich besser gefühlt, oder nicht?«

Flood sagte wieder »Ja« und stöhnte fast, und ich fragte mich, ob es irgendeine Möglichkeit gab, mit dem Lippenstift so auf ihn zu schießen, daß er nicht starb und ich ihm persönlich den Rest geben konnte.

Goldor fuhr fort. »Willst du dir helfen? Helfen, die Dinge zu bekommen, die du willst, die Frau sein, die du sein kannst? Ein *Leben*, ein Leben in Wahrheit und Schönheit und Reichtum?«

»Wie? Ich meine, was brauch ich –«

Goldors Stimme schwang sich auf, wurde fester und härter. »Geh rüber zu dem Tisch links von dir, siehst du ihn?« Flood nickte bejahend. »Auf ihm findest du etwas. Ich will, daß du es mir bringst, Debbie. Bring es hier rüber zu mir.«

Wie in Trance lief Flood rüber zu dem Tisch, bückte sich und hob etwas auf. Sie drehte sich um und lief zurück zu Goldor, hielt eine kurze Peitsche mit drei einzelnen Geißeln am Ende. Sie beugte sich leicht nach vorn und überreichte ihm die Peitsche. Er blickte sie eindringlich an, sagte: »Verstehst du?« und sie sagte: »Ja. Die Wahrheit ... frei sein.« Goldor nahm ihr die Peitsche ab und stieg von seinem Hocker. Er stand seitwärts, hielt den Peitschenstiel in einer

Hand und die Spitzen der Geißeln in der anderen. Flood stand da und sah ihm zu, die Hände direkt unter den Brüsten gefaltet.

»Nun, Debbie, möchte ich, daß du dich bückst, wende den Kopf zur Seite und lege das Gesicht auf dieses Polster.« Er zeigte auf den Barhocker.

»Kann ich nicht...?«

»Debbie, du mußt das tun. Ich habe es dir erklärt. Ich möchte nicht annehmen müssen, daß du nicht verstanden hast.«

»Aber erst... ich meine, sollte ich nicht...?«

»Was?« Nur ein Hauch Ungeduld schlich sich in diese beherrschte Stimme.

Flood sagte: »Kann ich nicht...?« und langte runter und machte den Knopf der flaschengrünen Hosen auf.

Goldors volles, dunkel gefärbtes Lachen brach heraus. »Natürlich. Debbie, mein Kind, du verstehst wunderbar. Ja – ganz glänzend. Ich bin so froh, daß du *wirklich* siehst.«

Goldor hielt geduldig die Peitsche, als Flood eilig die Hosen über die Hüften runterzerrte, dabei die Daumen einhakte, so daß das Höschen mit ihnen runterkam. Sie setzte sich Richtung Hocker in Marsch, stolperte, gab ein nervöses Lachen von sich und bückte sich, um die weißen Stiefel aufzuziehen. Sie streifte die Stiefel ab, kletterte aus den Hosen, kickte alles von sich und lief wieder zu dem Hocker. Goldor sah die Brandnarbe auf ihrem Leib und grunzte vor Überraschung – dann lächelte er mit Zähnen, so vollkommen und ebenmäßig, daß sie falsch oder überkront sein mußten.

Flood beugte sich über den Hocker, bog wie eine Ballerina beim Aufwärmen jedes Bein, und Goldor gab ein Stöhnen von sich wie ein Mann mit Magenkrämpfen und trat auf sie zu, hob die Peitsche zu seiner Schulter. In der Totenstille des Raumes hörte ich das Pfeifen der Peitsche – Floods rechtes Bein zuckte im orangefarbenen Licht, und ich sah einen weißlichen Schimmer und hörte ein Bumsen, als ob eines Boxers Faust auf den Sandsack knallt, und Goldor flog freihändig rückwärts. Er traf auf den Boden wie ein Sack nasser Müll.

Flood drehte sich mit dem Schwung ihres Tritts wie ein Amok laufender Kinderkreisel, bis sie beinahe über Goldor stand. Ein weiteres Drehen, und ihr Fuß schoß gegen seine Kehle, hob seinen schweren Körper geradezu vom Boden. Dann wirbelte sie herum und rüber zu mir. Sie hakte die Riemen von den Sessellehnen, weinte und versuchte gleichzeitig zu reden.

»Burke, Burke, bist du in Ordnung? Oh, du darfst nicht tot sein, Burke. Burke . . .«

»Flood . . . ich bin *okay*. Hilf mir bloß aufstehn.«

Sie zog mich auf die Beine, und wir liefen rüber zu Goldor. Vergiß es. Die Made hatte schließlich die Wahrheit gefunden. Er war so tot wie Fixeraugen. Als ich den Finger auf die Seite seines Halses legte, um sicherzugehen, war da kein Puls, kein Atmen. Ich tastete über seine Brust – drei oder vier Rippen auf seiner rechten Seite waren schlicht weg, wahrscheinlich gradewegs durch seine Lunge. Ich tastete auch über seine Kehle, aber in dem breiigen Matsch, den Flood übriggelassen hatte, konnte ich nicht mal seinen Adamsapfel finden.

Ich hatte meine Beine wieder, wenn auch nicht den Magen. Wir hatten nicht viel Zeit. Meine Uhr verkündete 9.22. Flood war weggetreten, flüsterte immer noch mit sich selbst – oder mit mir, ich konnte es nicht sagen. Ich griff ihre Schultern, brachte sie dazu, mich anzublicken. »Flood, hör mir zu. Er ist hin. Wir können jetzt nicht mit ihm reden. Nimm das«, sagte ich und zog ein schwarzes Seidentaschentuch aus meiner Tasche, »und geh über *alles*, was wir angefaßt haben, verstehst du? Wir waren nicht hier, kapiert?« Sie bewegte sich wie ein Roboter, wischte mechanisch über jede Oberfläche der Wohnung. Sie war weggetreten. Ich hieß sie ihre Kleider anlegen und stehenbleiben, während ich die Sachen selbst abwischte. Ich wußte nicht, wieviel Zeit wir hatten.

Ich rannte durch das Haus, bis ich die riesige Küche entdeckte, schnappte eine Handvoll Reinigungsflüssigkeit und einige Papiertücher und rauschte zurück in den Raum mit der orangefarbenen Beleuchtung. Ich tränkte die Papiertücher mit der Flüssigkeit, zog etliche Zigaretten raus, zündete sie eine nach der anderen an, steckte dann jede brennende Kippe in ein Heftchen Pappstreichhölzer, so daß das Feuer mit den Streichholzköpfen in Berührung kam, wenn sie bis zum Ende abbrannten. Ich wickelte jede kleine Brandbombe locker in die flüssigkeitsgetränkten Papiertücher und verteilte sie überall im Raum. Ein letzter Spritzer dieser Flüssigkeit über die Armlehnen des Ledersessels und den Sitz des Barhockers, ein rascher Lauf in die Küche, um die Flüssigkeitsbehälter zurückzustellen und sie abzuwischen. Ich checkte den Raum – Flood saß noch immer da, eine weißgesichtige Statue.

Ich zog die Taschenlampe raus und arbeitete mich bis runter in den Keller vor. Ich wußte, ich würde da unten finden, was ich brauchte ... ein kompletter Satz Hantelgewichte, aufgehängt über einem Gestell zum Bankdrücken. Ich wickelte das Seidentuch um die schwere Stahlstange und zog vorsichtig die Gewichte ab.

Zurück in den orange erleuchteten Raum. Ich schleppte Goldor gegen eine der gobelinverhüllten Wände, stützte ihn in Sitzposition, nahm die Stahlstange in die Hände und schwang aus den Hacken heraus, drosch dabei gegen seine Kehle, bis sein Kopf beinahe abfiel. Als nächstes ging ich bei Brust und Rippen ans Werk, bis seine Haut aufbrach. Wenn sie die Autopsie machten, würden die Cops den Ärzten von der Stahlstange berichten – zumindest würden sie keinen Kampfsportspezialisten suchen.

Flood saß bloß da, sah mir zu und hielt die weißen Boots in einer Hand. Ich ergriff ihre andere Hand, schleppte sie zur Vordertür und wischte immer noch Oberflächen ab, die wir berührt oder gestreift haben konnten. Ich öffnete die Tür und blickte hinaus in die stille Dunkelheit. Die Flutlichter waren tot – der Maulwurf hatte sein Werk getan. Ich konnte das Knistern der Flammen hinter uns hören. Wir waren überfällig.

Ich schlüpfte raus, Flood direkt hinter mir, und öffnete leise die Türen des Volvo, flüsterte Flood zu, die Stiefel hineinzuwerfen und mir zu helfen, das Auto von der Tür aus anzuschieben. Ich tat dasselbe auf meiner Seite und hielt das Steuerrad mit der rechten Hand. Der Volvo rollte weich die gepflasterte Zufahrt runter und auf die Straße, und ich hüpfte rein, als er sich zu schnell zum Mitlaufen bewegte, Flood machte eine Sekunde oder so nach mir dasselbe. Ich schob den Knüppel in den zweiten Gang, ließ die Kupplung kommen, und er zündete sofort.

Ich kroch um die Ecke, nahm eine weitere Abbiegung und knipste die Frontlichter an, fuhr dann gen Norden aus dem Gebiet und steuerte den Volvo, als wenn er dazugehörte; hoffte ich jedenfalls.

Wir begegneten anderen Autos, aber keinen Cops. Route 95 war genau, wo wir sie verlassen hatten. Flood fing an zu weinen, als wir durch New Rochelle kamen, und blickte gradeaus nach vorn durch die Windschutzscheibe, während ihr die Tränen das Gesicht runterliefen, als wüßte sie nicht, daß sie da waren. Durch New Rochelle hielt ich mich genau an die Fahrspuren, klemmte mich auf den Hutchinson River Parkway und verließ ihn in Richtung Triboro. Ich sagte nichts zu Flood, ließ sie ruhig und in Frieden weinen. Es war zu spät zum Reden.

Dieser Trip nach Suburbia hatte uns die Adresse der Cobra verschaffen sollen. Statt dessen hatten wir uns einen toten Sadisten, eine Morduntersuchung, eine mögliche Brandstiftungsanzeige und eine totenkalte Spur eingefangen. Bis wir uns Floods Wohnung näherten, wußte ich, daß ich mich von Goldors Taser-Attacke zu erholen anfing – ich konnte es vom Geschmack des Blutes in meinem Mund her sagen.

41

Ich ruckte am Schalthebel des Volvo, um den Gang rauszunehmen, und ließ ihn in eine Parklücke gegenüber von Floods Tür rollen. Sie machte keine Anstalten auszusteigen. Ich mußte schnell machen, es gab noch eine Menge Dinge in Sachen dessen, was von Goldor übrig war, zu erledigen, bevor die Sonne aufging.

»Flood. *Flood,* hör mir zu. Schau, du bist jetzt zu Hause. Komm schon.« Flood blickte rüber zu ihrem Haus, aber bewegte sich immer noch nicht.

»Das ist nicht mein Zuhause«, sagte sie mit matter, bekümmerter Stimme.

»Flood, wir haben keine Zeit für deine scheiß Symbolismen. Ich red später mit dir, okay? Steig einfach aus. Ich muß noch etwas Arbeit erledigen.«

Sie rührte sich immer noch nicht, also versuchte ich etwas anderes. »Flood, willst du mit mir kommen? Mir helfen?«

»Dir helfen?«

»Yeah, ich brauch ein bißchen Hilfe. Ich brauch 'nen Freund, okay?«

Noch immer kamen Tränen, aber sie hatte ihren Mund unter Kontrolle. Ein erster Schritt. Sie sagte »Okay« und tätschelte meine Hand, als wäre ich derjenige, der jenseits der Kante lief.

Ich zog mit dem Volvo raus und fand eine passende Lücke nahe der Stelle, wo ihn der Maulwurf beim erstenmal hinterlassen hatte. Ich schlüpfte wie ein Einbrecher in das Parkhaus, aber niemand war zugegen – kein Problem. Ich fand den Plymouth, warf ihn an und rollte die Rampen runter bis zur Ausfahrtsschranke. Ich zahlte die Zeche und verduftete. Falls die Cops irgendwann vorbeikamen, mußten sie sich eine Vorladung besorgen und die Listen absuchen. Selbst wenn sie Glück hatten, fanden sie allenfalls heraus, daß ich etwa zur selben Zeit in der Garage eingecheckt hatte, als Goldor auscheckte. So weit okay.

Flood stand im Schatten, wo ich sie zurückgelassen hatte, aber sie war immer noch wie erstarrt, als sie rüber zur Autotür lief. Sie glitt auf den Beifahrersitz und blieb drüben bei der Tür – weinte jetzt nicht, ihr Atem ziemlich normal, aber immer noch weit davon entfernt, sich unter Kontrolle zu haben. Ich entdeckte nahe der Ausfahrt ein Münztelefon und rief in Pablos Klinik an – ich wußte, sie war mindestens bis Mitternacht geöffnet. Ich hinterließ ihm eine Nachricht, er solle diese Nacht um elf Mr. Black anrufen. Dann stiegen wir wieder in den Plymouth und steuerten in Richtung des Telefons, wo er anrufen sollte. Ich gab mir etwa eine halbe Stunde – falls Pablo anrief, und ich antwortete nicht, kostete es mich ein paar weitere Tage, bis ich ihn erreichte. Ich und nicht antworten – das war das Zeichen, daß irgendwo etwas aus der Spur gelaufen war. Er sollte es zwar mit Goldor in Verbindung bringen, aber ich wollte nichts dem Zufall überlassen.

Das Münztelefon zu Mr. Black war in einem zweckentfremdeten Speicherschuppen nahe der Rückseite von Max' Lagerhaus. Die Nachricht von Mr. Black bedeutete, daß wir uns in einem Notfall befanden, so daß ich sichergehen mußte, daß das Telefon, das wir benutzten, absolut verläßlich war. Das konnte ich einzig und allein tun, indem ich sicherstellte, daß es die meiste Zeit nicht benutzt wurde. Ich wollte Flood nicht in diese Gegend bringen, aber mit ihrem Benehmen zerpflückte sie meine Auswahlmöglichkeiten –

alles, was mir noch fehlte, war, daß sie irgendwo Amok lief und mir die Cops auf den Hals hetzte.

Flood konnte sitzen, konnte sich von mir aus dabei auf den Kopf stellen. Im Gefängnis gibt es nicht allzu viele Knarren, und ohne eine kriegte selbst die taffeste Dampfdaddel Flood nicht mal zum Zwinkern. Sie würde sich in sich selbst versenken und es die ganze Zeit durchhalten. Auch ich konnte da drin überleben, aber was soll's? Bis ich rauskam, war alles, was ich mir hier aufgebaut hatte, bloß noch Schrott wert, und ich mußte wieder von vorn anfangen – für all das wurde ich zu alt, und ich konnte die Furcht wieder näherkommen spüren, und ich hatte nicht die Zeit, mit ihr auf die Weise umzugehen, wie ich sollte – also richtete ich den Plymouth gen Lagerhaus und konzentrierte mich aufs Fahren.

Bis zum Vordereingang schafften wir es mit guten zehn Minuten in Reserve. Ich hieß Flood einfach da sitzen, bleiben, wo sie war, und klatschte, als ich ausstieg, mit der Hand zweimal in einer Bis-später-Geste auf die Haube des Autos, um Max wissen zu lassen, daß jemand anders im Auto war, falls er uns beobachtete. Falls Max da war, beobachtete er uns.

Die Nummer, die Pablo von Mr. Black hatte, ließ ein Münztelefon in einem Bonbonladen in Brooklyn läuten, eines von vieren in dem Schuppen. Es war an einen Anruf-Verteiler geklemmt, der das Signal rüber zu dem Telefon in dem Speicherschuppen lenkte, das wir nie benutzten. Der Verteiler war ein mechanisches Ding und nicht wirklich zuverlässig, aber falls er den Anruf nicht umlenkte und Pablo irgendeine Stimme außer meiner hörte, hängte er ein und wußte, daß Mr. Blacks Zeichen echt war. Vielleicht zählte er das eine zum anderen und begriff von wegen Goldor, vielleicht auch nicht – ich kam ihm so weit entgegen, wie ich zu gehen gewillt war, bis die Labormenschen das Gerippe sauber gepickt und die Geschworenen ihre geheimen Beschlüsse gefaßt hatten.

Ich hatte genug Zeit, die Tür zum Schuppen zu öffnen, den Staub zu checken, um mich zu vergewissern, daß seit dem letztenmal niemand vorbeigekommen war, und eine Zigarette anzuzünden.

Und dann rief Pablo an. Ich ergriff den Hörer beim ersten Läuten und war mir bewußt, daß die ganze Unterhaltung keine dreißig Sekunden dauern durfte. »Ich bin's, okay?« sagte ich.

»Ich höre.«

»Diese Nachforschungen, von denen ich dir erzählt hab? Das Zeug, von dem du gesagt hast, du wärst selbst dran interessiert? Vergiß es. Die Sache ist gestorben.«

»Das ist nicht gut, *hermano*. Bist du sicher?«

»Todsicher.«

»*Adios.*«

Es mußte noch Stunden dauern, bis ich die erste Zeitung kriegen konnte, und selbst dann konnte ich nicht auf einen Bericht über Goldors Tod zählen, also mußte ich besonders vorsichtig sein und konnte mit niemandem reden. Glücklicherweise fällt mir das leicht – Übung macht den Meister.

Ich gab Pablo zirka zehn Sekunden, aus der Leitung zu verschwinden, langte unter das Telefon und zog eine kleine Vorrichtung raus, die wie eine gummigefaßte Schale mit von eins bis zehn durchnumerierten Druckknöpfen auf der Fläche aussah. Ich plazierte es über das Mundstück des Telefons, checkte, um zu sehen, daß es dicht anschloß, und hämmerte die Nummer des Bonbonladens rein – dieselbe Mr.-Black-Nummer, die Pablo irgendwo niedergeschrieben hatte. Wenn ich durchkam, war ich mit dem toten Anschluß neben dem ersten Münztelefon verbunden. Im Laden gingen sie nicht an das Telefon – es hatte ständig ein Außer-Betrieb-Schild auf der Zelle. Das verklickerte mich mit der

Diverter-Codierung, und ich benutzte die Druckknöpfe, um elektronisch zu signalisieren und den Diverter so einzustellen, daß er alle künftig an die Mr.-Black-Nummer gerichteten Anrufe rüber zu einem Münztelefon neben einer Tankstelle in Jersey City weiterleitete. Das unterbrach den Kreislauf. Selbst wenn die *federales* Buch darüber führten, welches Telefon Pablo immer benutzt hatte, arbeiteten sie sich niemals bis zu diesem Schuppen durch. Wenn ich etwas Zeit hatte, vielleicht in wenigen Monaten, würde ich rübergehen nach Brooklyn, den Verteiler demontieren und ihn woanders installieren. Ich würde auch Pablo benachrichtigen, wenn ich die Gelegenheit hatte. Jetzt und heute war ich eher daran interessiert, Brücken abzubrechen, als sie zu bauen.

Ich ging langsam zurück zum Lagerhaus und wartete darauf, Floods blondes Haar durch die Windschutzscheibe leuchten zu sehen, aber da war nichts hinter dem Glas. Ich schielte hoch zur Empore, konnte nichts sehen – ich wußte immer noch nicht, ob Max am Schauplatz war. Dann hörte ich einen tiefen, stöhnenden Ton, er kippte ab und endete mit einem Grunzen. Immer wieder, als ob jemand Kraft sammelte, um etwas Ekliges zu tun, und schließlich damit klarkommt. Flood – im Halbdunkel, auf der Seite, wo ich den Plymouth geparkt hatte. Flood – bei einem dieser kunstvollen *katas,* die ich sie im Studio hatte machen sehen; sie federte zwischen der Haube des Autos und der Seitenwand, wirbelnd, drehend, stoßend. Ihr Körper blitzte im trüben Dunst des Lagerhauses weiß auf. Ich blickte mich bewegungslos um und sah die flaschengrünen Hosen und das Jersey-Top auf dem Boden, wo sie sie hingeworfen hatte, und wußte, sie würde nie mehr in Verkleidung gehen.

Es war ein *kata,* wie ich ihn noch nie gesehen hatte. Flood rückte mit winzigen, aus den Knöcheln angesetzten Schritten vom Plymouth weg und drehte sich vollständig, bewegte die Hände dabei, als wenn sie mit den Fingern eine Statue aus Rauch formte. Sie zuckte ein Bein gen Himmel, wiegte auf der Hacke zurück und klatschte mit den Händen gegen den erhobenen Fuß wie ein in der Sonne spielendes Kind. Sie rollte ihren Körper Richtung Wagenhaube und lehnte ihren Rücken dagegen, stieß die Hände runter und hob sich selbst hoch, bis sie parallel zum Boden war, die Beine vor sich ausgestreckt. Langsam senkte sie sich auf den Knien zu Boden, hüpfte dann auf die Füße und drehte sich, so daß sie wieder zum Auto sah. Sie lehnte sich nach vorn, beugte sich in der Taille, wackelte mit den Hüften wie ein Preisboxer mit den Schultern rollt, und das Bein mit der Brandnarbe peitschte aus – wieder und wieder, wie ein verrückt gewordener Pumpenschwengel. Und dann stoppte sie, und ich hörte sie mit gepreßtem Pfeifen durch die Nase einatmen, als sie vom Auto wegtanzte. Ich beobachtete, wie sie Goldor wieder und immer wieder tötete, und ich dachte, sie würde nie mit dem Todestanz aufhören. Sie war ganz für sich.

Leise öffnete ich die Tür des Plymouth, langte rüber und öffnete auch die andere Tür. Ich suchte die richtige Kassette, schob sie in den Rekorder und erwischte den Schalter, und ein einsames Gitarren-Intro rollte aus den Lautsprechern und hinein in das leere Lagerhaus.

Flood wirbelte und kam mitten in ihrem irren Tanz stampfend zum Halt, schlug mit den Händen abwehrend gegen die Musik. Aber sie strömte raus und umhüllte sie ohnehin. »Angel Baby« von Rosie and the Originals, die hohe, reine Stimme der Sängerin verlangte nach etwas, das vielleicht niemals existieren würde, aber sie gab dafür alles, was sie hatte. Und Flood stand da – weißer Stein in Seidenunterwäsche, wartend. Ich lief aus dem Schatten zu ihr hin, wollte, daß sie die Musik empfand und irgendwoanders war, hatte die Hände offen an den Seiten. »Hey, Flood«, rief ich sanft, »erinnerst du dich an die Schulzeit?«

Sie kam in meine Arme, als ob sie wieder bei den Tänzen wäre, die sie uns im Jugendknast erlaubt hatten, als sie die bösen Mädchen aus den Erziehungsschulen einluden, damit wir uns in Gesellschaft benehmen lernten. Wir tanzten, wie wir es damals taten – unsere Füße bewegten sich kaum, wir brauchten nicht viel Platz. Zuerst hielt sie mich so steif wie ein Schraubstock, aber als das Band weiterlief und ein anderer Song aus den Fünfzigern kam, lockerte sie ihren Griff, ihre Hände glitten hoch, bis sie um meinen Nacken lagen, und sie vergrub ihr Gesicht an meiner Brust. So bewegten wir uns, bis das Band auslief und Stille in dem leeren Lagerhaus herrschte. Ich küßte sie auf die Stirn, und sie legte die Arme um meinen Hals und drückte ihre Hüften gegen mich, wie es die Mädchen damals taten. Ich spürte, wie sich die Muskeln in ihrem Rücken glätteten, und sie lachte tief in der Kehle, und ich wußte, sie war drüber weg, wieder sie selbst.

Ich streckte die Hände aus, als wäre der Tanz vorüber, sie nahm sie, und wir gingen beide zurück zum Auto, um einmal auszusetzen. Auf der Haube war ein Häufchen schwarzer Seide. Sie schien zu wissen, was es war. Sie legte die weiten, fließenden Hosen und die schenkellange Robe mit den weiten Ärmeln an. Als sie die schwarze Seide überstreifte, sah ich die auf jeden Ärmel gestickten roten Drachen und wußte, Max war hiergewesen.

Wir sammelten Floods Hurenkleidung ein und warfen sie in ein altes Ölfaß – ich wußte, daß sie zu Asche zerfallen würde, und sie schien es auch zu wissen. Ich stieg in den Plymouth. Flood glitt neben mich, schob sich nahe zu mir, legte die linke Hand auf die Innenseite meines rechten Schenkels und ließ sie da, während ich zurücksetzte und die Schnauze des Autos Richtung Studio hielt.

42

Der Plymouth rollte still durch die leeren Straßen, schob sich Richtung West Side. Flood war ruhig, bis wir auf den Highway kamen, aber ihre Hand auf meinem Schenkel war nicht angespannt. Als wir in die Auffahrt einbogen, blickte sie rüber zu mir. »Hast du noch mehr von dieser Musik?« und ich drehte die Kassette um, und wir hörten Gloria Mann ihr »Teenage Prayer« singen, und ich schätze, wir dachten beide an die Dinge, die wir wollten, als dieser Song rauskam. Damals gab es eine Masse Musik im Jugendgefängnis. Die Jungs gingen zusammen in die Duschräume, weil der Hall-effekt alles besser klingen ließ – alles lief in Gruppen ab, keiner dachte dran, Solo-Künstler zu sein. Wir hörten nur, was über das Radio kam – auf die Rasse kam's weniger an, alle Gruppen versuchten sich am selben Sound. Das letzte-mal, als ich ein paar Tage eingesperrt war, gab es beinahe Rassenunruhen – ein paar weiße Jungs beschwerten sich über die Dauerkost schreiend lauter Soul-Musik, die sie jeden tristen Tag geschlagene vierundzwanzig Stunden rein-nudelten. Man nahm mehr Anteil an der Musik, als ich ein Kind war – du kriegtest drei oder vier Jungs zusammen, und das war's. Wie immer sie am Straßeneck klangen, so klangen sie auch auf Platte. Zu viele Kids scheinen heute keinen Scheiß mehr auf Musik zu geben, sie neiden den Musikern nur die Lebensart – Goldketten und Schlitten und all das Koks, das sie die Nase hochblasen können. Aber die Kids selbst haben sich nicht verändert – die Zeitungen sagen, sie haben, aber die haben keinen Schimmer. Solang du Städte hast, hast du auch Leute, die weder drin leben noch rausgehen können. Solang du Schafe hast, hast du auch Wölfe.

Flood nahm die Hand von meinem Schenkel, fummelte in meiner Kleidung herum, bis sie eine Zigarette fand. Sie fand die Streichhölzer und zündete sie an, hielt sie an meinen Mund, damit ich ziehen konnte. Nach Floods Hieb und Goldors Rückhand stand mein Mund ein bißchen unter Nennwert, aber die Zigarette schmeckte gut. Kann auch sein, daß es bloß guttat zu rauchen, während Goldor brannte.

Wenn ich *uptown* gehen muß, benutze ich den West Side Highway. Das ist nicht immer die schnellste Strecke, aber es ist die sicherste. Der Plymouth mag vielleicht nicht alles auf der Straße abhängen – obwohl er jeden normalen Streifenwagen abzieht –, aber die Spezialaufhängung gibt ihm auf ruppiger Fahrbahn ein echtes Plus, und viel ruppiger als der West Side Highway kann's kaum kommen. Ich gondelte zurück zu Floods Studio und entdeckte einen sicher wirkenden Platz zum Parken. Auf den Straßen war tote Hose – spät genug, damit sich selbst die Räuber für die Nacht zur Ruhe gesetzt hatten, und noch nicht früh genug, als daß die ersten Bürger aus ihren Festungen rückten und ein ehrliches Leben zu führen versuchten. Der Himmel wirkte auf mich rötlich, aber ich konnte nicht sagen, ob es am kommenden Sonnenaufgang oder an meinem getrübten Gesichtssinn lag. Flood lief neben mir, aber das Hüpfen war vorbei. Sie lief aufrecht gradeaus wie ein Soldat – keinmal streiften mich ihre Hüften, wie sie es normalerweise taten. Sie begriff noch nichts, und ich mußte ihr klarmachen, was wirklich passiert war, wenn wir eine Schlange im Unterholz der Stadt aufstöbern wollten.

Ihr Schlüssel entriegelte die untere Tür. Das Treppenhaus war unbeleuchtet, und Max' schwarze Robe ließ den Großteil von ihr vor mir verschwinden. Ich konnte grade noch das blonde Haar sehen und die Seide knistern hören. Das Studio war wieder leer. Wir gingen hinter die markierte Zone und in ihr Abteil, und Flood setzte sich. Sie war noch immer aus dem Tritt – normalerweise würde sie jetzt ihre Kleider abwerfen und Richtung Dusche steuern, aber ich schätze, sie begriff, daß mancher Dreck nicht mit Seife abgeht. Ich pulte eine Zigarette raus, aber sie rührte sich nicht, also zog ich los und fand selber etwas, das ich als Aschenbecher benutzen konnte. Ich saß und rauchte in Ruhe, während ich alles überdachte. Schließlich blickte ich rüber zu Flood. »Soll ich dir eine Geschichte erzählen?«

Sie wollte mit den Achseln zucken, als ob sie einen Scheiß drauf gäbe, was ich machte, dann schenkte sie mir ein angedeutetes Lächeln und sagte ohne jede Begeisterung: »Sicher.«

Ich sagte: »Komm her, okay?«, und sie stand auf und lief zu mir rüber. Sie setzte sich sehr dicht neben mich, und ich nahm mit der Hand ihre Schulter, drehte sie herum wie einen Kreisel, wobei die Seidenhosen glatt über den glänzenden Boden glitten, bis sie von mir wegsah. Ich zog sanft, bis sie auf dem Rücken lag, ihr Kopf in meinem Schoß, und zu mir aufblickte – mich aber nicht sah. Ich streichelte ihr prächtiges Haar, als ich ihr die Geschichte erzählte.

»Ich war mal mit diesem Hinterwäldler im Kahn. Eigentlich war er von irgendwo in Kentucky, aber er hat die meiste Zeit seines Lebens in Chicago gewohnt. Damals hatten sie zwei Mann in einer Zelle – der Knast war überfüllt, und wir hatten schlimme Rassenprobleme. Virgil war als Zellenpartner ein guter Mann – ruhig, sauber und bereit, dir den Rücken zu stärken, falls nötig. Er suchte keinen Ärger, wollte bloß seine Zeit absitzen. Im Knast redest du im allgemeinen nicht über deine Kisten – du weißt schon, wie du reingekommen bist und all das –, aber wenn du mit jemandem die Zelle teilst, hörst du früher oder später seine

Geschichte. Oder zumindest die Geschichte, die er dir erzählen möchte.

Als Virgil in Chicago ankam, um in der Fabrik zu arbeiten, hat er dieses Mädchen aus seiner Heimatstadt getroffen, und sie haben sich verliebt und geheiratet. Ehe sie Virgil getroffen hat, ist dieses Mädchen mit einem anderen Mann aus dem Süden gegangen – ein echt übler, gewalttätiger Freak. Er hat bei einem Straßenbauzug gesessen, weil er einen Mann mit einem Baseballschläger totgeschlagen hat. Virgils Frau hat gedacht, sie könnte den Mann vergessen; aber eines Tages, als Virgil zur Arbeit war, ist er aufgekreuzt. Er hat sie geprügelt, hat ihr weg getan, ohne Spuren zu hinterlassen – er hat gewußt, wie er es machen mußte. Er hat sie dazu gebracht, ein paar Sachen zu machen, die sie nicht gewollt hat. Dann hat ihr der Freak erzählt, daß er zurückkommen würde, wann immer er wollte, und wenn sie's Virgil erzählen würde, würde er ihren Mann umbringen.

Und so lief das weiter, weißt du, Monat um Monat. Virgil geht zur Arbeit, und dieser Freak kommt vorbei. Manchmal nimmt er das Geld, das Virgil dagelassen hat, damit seine Frau Essen und alles einkaufen kann. Einmal hat er ein paar Polaroid-Bilder von ihr gemacht – hat gesagt, er zeigt sie Virgil, falls sie je was zu ihm sagt – jetzt würde ihr keiner mehr glauben.

Virgil ist in der Fabrik rausgeflogen, aber er geht jeden Tag los und sucht Arbeit. Und er läßt seiner Frau Geld für Essen und anderes Zeug daheim. Eines Tages kommt er heim, und da ist kein Geld in der Wohnung. Sie hat alles diesem Freak gegeben. Virgil hat deswegen Zoff mit seiner Frau gekriegt, und sie konnte ihm nicht sagen, was mit dem Geld passiert war, und Virgil hatte ein bißchen was getrunken, weil er fertig und ohne Arbeit war, und sie wollte ihm noch immer nichts sagen – er ist durchgedreht und hat sie geprügelt. Das war das erstemal, daß er sie je geschlagen hat.

Und dann hat sie angefangen zu weinen, und alles kam raus, und er hat ihr gesagt, er kriegt das alles wieder hin, und es hat ihm leid getan, daß er sie geschlagen hat. Schließlich hat er sie beruhigt.

Er hat seiner Frau erzählt, daß er am nächsten Tag mit der Polizei sprechen wollte, und er ist diesen Morgen wie immer gegangen. Virgil wußte nicht, wo er diesen Freak finden konnte, aber er wußte, daß er früher oder später wieder vorbeikommen würde. Er war geduldig – als er den Freak die Treppe raufgehen sah, ist er ihm sofort gefolgt, aber als er die Tür aufreißen wollte, hat der Freak seinen Bauch, wo seine Frau reingestochen hatte, dagegenzudrücken versucht – sie hat ein Küchenmesser in der Hand gehalten und war drauf und dran, dem Freak den Rest zu geben. Der Freak lag bloß da auf dem Boden, während Virgil und seine Frau einander laut genug angeschrien haben, damit es die ganze Nachbarschaft hört – sie hat Virgil angebrüllt, er sollte zum Teufel abzischen und sie beenden lassen, was sie angefangen hatte, und er hat versucht, sie ins Schlafzimmer zu kriegen, und sie wollte nicht gehn – schließlich hat Virgil sein eigenes Messer rausgezogen und den Freak abgestochen, wie man einen Hirsch absticht, den man bloß angeschossen hat. Dann ist er nach nebenan gegangen, hat sich das Telefon gegriffen, und die Polizei angerufen.

Als die Cops kamen, hat Virgil ihnen gesagt, er hätte den Freak umgebracht, aber seine Frau hat gesagt, *sie* wäre es gewesen. Sie wurden beide festgenommen, aber Virgil machte einen Handel und hat die ganze Schuld auf sich genommen. Er hat sich des Totschlags für schuldig erklärt, und seine Frau hat draußen auf ihn gewartet, bis seine Zeit um war, damit sie zusammensein konnten – sie ist jeden Besuchstag gekommen . . . ich hatte da dieses kleine Nebengeschäft mit ein paar der Knackis laufen, und Virgil hat mir manchmal dabei ausgeholfen – er hat das Geld über diesen

Wärter, von dem wir wußten, daß er in Ordnung war, nach Hause zu seiner Frau geschickt.«

Ich blickte zu Flood runter und streichelte noch immer ihr Haar. Sie lag neben mir und war totenstill, aber ihre Augen waren konzentriert, und ich wußte, sie hörte zu.

»Jedenfalls, eines Tages kam der Bewährungsausschuß, um all die Jungs zu befragen, die zur Entlassung anstanden. Ich hab gutes Geld gemacht, indem ich ein paar der Jungs darauf getrimmt hab, wie sie sich vor diesen Krücken aufzuführen hatten, und ich bin das ganze Ding mit Virgil durchgegangen, um sicherzugehn, daß er es richtig kapiert hatte – keine Vorstrafe, Verbrechen aus Leidenschaft, ein Arbeiter, Heim und Familie erwarten ihn, in der Gemeinde verwurzelt, regelmäßiger Kirchgänger – er hat selber gewußt, daß er falsch gehandelt hatte, und war voller Reue, in Zukunft würde er ein guter Bürger sein. Lauter solchen Quatsch.

Bevor du dem eigentlichen Ausschuß begegnest, mußt du dich mit diesem Kerl treffen, den wir I.P.O. nennen, das heißt Institutional Parole Officer, ein gefängnisinterner Bewährungshelfer. Er besorgt all das vorbereitende Abklopfen, und die meisten von uns haben geglaubt, daß der Ausschuß dem folgt, was immer er empfohlen hat. Ich bin mit Virgil zu der Befragung gegangen und hab mich an den Schreibtisch genau vor dem Büro des I.P.O. hingesetzt, als ob ich der nächste Fall wäre. Es hat mich zwanzig Packen gekostet, den Sitz zu kriegen, aber ich wollte sichergehen, daß Virgil sich so im Griff hatte, wie wir's geprobt hatten. Er hielt sich echt doll, sagte alles, was ich ihn gelehrt hatte. Aber dann kam der I.P.O. auf das Verbrechen selbst. Er hat Virgil einfach bloß gefragt: ›Warum haben Sie diesen Mann getötet?‹ Und Virgil erzählte ihm bloß: ›Er hat es gebraucht.‹ Das war's dann mit der Befragung – damit war's vorbei, verstehst du?«

Flood sprach zum erstenmal. »Ich ... glaube schon. Ich weiß nicht.«

»Flood, wie erklärst du's, wenn du eine Kakerlake tötest? Es gibt 'n paar Dinge, die's auf diesem Planeten nicht geben sollte, ein paar Dinge, die geboren sind, damit sie sterben, nichts weiter. Nicht alles *paßt* in dieses Leben, Baby, egal, was die Öko-Freaks dazu sagen. Wer braucht Ratten? Wer braucht Kakerlaken? Vom selben Moment an, in dem zwei Leute zusammen im Wald um ein Feuer gesessen haben, gab's einen anderen Menschen da draußen, der sich im Dunkeln wohler gefühlt hat. Verstehst du? Du versuchst Goldor aus deinem Kopf zu verbannen, und es funktioniert nicht, richtig?«

»Ja.«

»Und das wird's nie, Baby. Du hältst dein Haus sauber, richtig? Du sitzt nicht rum und versuchst zu überlegen, wo der Dreck herkommt – wischst ihn eben beiseite oder saugst ihn auf oder was immer du damit tust. Du willst ihn bloß nicht in deinem Haus – du weißt bereits, daß er nicht gut für dich ist. Goldor ist bloß Dreck, Flood. Mach nicht mehr aus ihm.«

Flood blickte zu mir auf. Sie fing langsam an zu reden, aber dann flossen die Worte ineinander, und sie redete, als ob sie nie mehr aufhören wollte. »In diesem Zimmer, wo er uns mit hinnahm. Erst dachte ich, du wärst tot . . . ich dachte, er hätte dich mit diesem Weltraum-Knarren-Ding umgebracht. Aber dann konnte ich dich atmen sehen und dachte an das Lippenstift-Ding, das du mir mal gezeigt hast, und ich hatte Angst, du würdest ihn töten, wenn er wieder nah zu dir kommt, und ich wollte, daß er mir von Wilson erzählt, und ich hab gedacht, ich spiel mit ihm, und dann ist alles verrückt geworden, und ich hab vergessen, warum ich da war, und ich hab gewußt, was ich wollte – ich hab gewußt, daß ich Wilson nie finden würde, wenn ich es tu, und ich konnte mich nicht zurückhalten, und ich hab mir gewünscht, ich könnte noch ein paar umbringen, noch ein paarmal, und ich hab an das Mädchen gedacht, von dem du mir erzählt hast, in dem Film – sie war genauso wichtig wie Flower, und sie hatte Leute, die Goldor umbringen, wenn ich es nicht mache, und ich hab gewußt, daß er sowieso sterben würde, und ich wollte, daß er weiterredet – ich hab gewußt, daß du in dem Stuhl den Schmerz überstehst und wartest, und ich hab gewußt, daß ich aushalten konnte, was immer er machte, und das auch überleben konnte – ich hab gewollt, daß er weiterredet, damit er mir etwas sagt, und ich hab dran gedacht, ihn zu fesseln, wie er's mit dir gemacht hat, und ihn dann dazu zu bringen, mit uns zu reden, und ich konnte nicht mal dran denken, ihn *anzufassen,* und dann hab ich . . .«

Ich rieb ihr Gesicht mit meinem Handrücken, und sie redete ruhig und schnell, und die Tränen flossen wieder. Ich redete sanft zu ihr wie eine Mutter, die ihr Baby in Schlaf singt. »Flood, wir *werden* ihn kriegen, Baby, wir haben sein Gesicht, wir kriegen auch seinen Körper . . . Flood, hör mir zu, ich versteh jetzt das mit der heiligen Waffe, ich versteh es, okay? Ich weiß, warum du dieses Band tragen willst. Lucecita weiß es, Baby – genau wie Flower es wissen wird. Ich wollte Goldor selbst die schwarzen Marken verpassen, sogar als ich in dem Sessel angeschnallt war, hab ich gedacht, daß es eine bessere Möglichkeit geben mußte, ihn zu töten, so daß es mehr bedeutet, als bloß auf eine Kakerlake zu treten. Du hast getan, was richtig war . . .« Ich flüsterte, und meine Stimme schwand, als ich ihr immer noch tränennasses Gesicht tätschelte.

»Die Robe?« fragte sie und blickte zu mir hoch.

»Ja, die schwarze Robe ist von meinem Bruder, dem, von dem ich dir erzählt habe – dem Großmeister. Es war eine Botschaft von ihm, loszuziehn und dein Werk zu tun. Dein Werk mit Goldor ist vorbei. Goldor ist vorbei. Lucecita lächelt jetzt auf dich runter, wie Flower und Sadie es bald tun werden . . .«

»Burke, wenn du das für mich tust, schwör ich dir, daß ich dich nie verlasse.«

»Wir tun es – ich aus meinen Gründen, du aus deinen. Aber du mußt drüber wegkommen, ich kann's nicht für dich tun.«

»Ich glaube, ich find nicht zu mir selbst zurück«, flennte sie wieder, »ich probier's . . .«

»Ich hätte nicht gedacht, daß du ein Feigling bist, Flood – ich dachte, du wärst ein echter Krieger. Auch mein Bruder denkt das. Wenn du nicht zurückfindest, wenn du dein Ich in diesem Raum mit Goldor gelassen hast, dann hat *er* gewonnen. Willst du das? Er war dabei, dich zu seinem Vergnügen ein paar Minuten zu quälen. Darf er dich jetzt den Rest deines Lebens quälen? Komm irgendwie auf den Boden, verdammt noch mal – und wenn du ihn nicht findest, versteck dich einfach in diesem kleinen Haus, und ich zieh los und tu mein Werk –«

»Es ist nicht *dein* Werk.«

»Yeah, ist es. Totes Fleisch zieht Fliegen an. Ich hab schon zu viel aufgerührt. Wilson muß weg – wenn er hier ist, kommt er früher oder später zu mir, oder er macht etwas. Ich weiß nicht, was. Ich hab mein Geld auf den Tisch gelegt, und ich hab dafür bezahlt, die letzte Karte zu sehn. Du pfeifst auf das einzig Gute in diesem Leben – wir haben überlebt. Wir sind aus dem Haus dieser Made entkommen. Wir sind lebendig, und er nicht. Und jetzt willst du innerlich sterben, damit du keine Frau mehr bist, ein Nichts. Ich hab nicht vor, ein Nichts zu sein. Wenn ich dieses scheiß Hotel abchecke, dann nicht, weil ich ein Freiwilliger bin – und du kannst deinen Arsch drauf verwetten, daß auch die volle Rechnung nicht bezahlt wird.«

Flood blickte zu mir hoch, rollte sich auf den Boden, ließ den Kopf in meinem Schoß und drückte fest meine Beine. Ich tätschelte ihren Rücken, streichelte ihr Haar – wartete auf ihre Entscheidung. Ich hatte ihr meinen Teil mündlich gesagt – aber es war mein Verstand, der ihr zuschrie, sie solle noch einmal widerstehen. Sie murmelte etwas, den Mund in meinem Schoß vergraben.

»Was?«

»So taff bist du nicht«, sagte Flood.

Jetzt, in einer neuen Rolle und ohne zu wissen, wie ich mit der letzten umgehen sollte, warf ich das ein: »Sieger ist immer der Typ, der aus dem Ring läuft, nicht der, der die meisten Runden gewonnen hat.«

»Noch immer auf deinem Ausdauer-Trip?«

»Ist die beste Karte, die ich spielen kann.«

Flood drehte leicht ihren Kopf, so daß sie mich aus einem Augenwinkel sehen konnte. Ich konnte ihr Gesicht nicht sehen, aber ich spürte sie in meinen Schoß lächeln.

»Ausdauer heißt, daß du lange durchhältst«, sagte sie.

»Und? Ich hab so lange . . .«

Flood drehte ihren Kopf wieder runter, öffnete den Mund, so daß ich ihren heißen Atem zwischen meinen Beinen spüren konnte. Sie legte die Zähne um mich und biß zu – nicht fest genug, um mit Amputation zu drohen, aber knapp davor. Sie hielt ihren Mund um mich, bis sie mit ihrem Werk zufrieden war, dann glitt sie hoch in diese Lotusstellung und sah mich an. »Laß mich rasch duschen. Dann will ich sehen, wie gut diese berühmte Ausdauer von dir ist.«

Sie ging Richtung Badezimmer und zog sich dabei die schwarze Robe von den Schultern. Ich saß da und rauchte eine weitere Zigarette und spürte den Schmerz wieder in mich strömen und um meinen Mund pochen – und ich wußte, sie war dabei zu widerstehen.

Die Dusche hörte auf, bevor ich die nächste Kippe intus hatte, und eine tropfnasse Flood tappte in das Zimmer und hielt ein Handtuch teilweise um die Taille. Sie lächelte – diesmal war es ein gutes Lächeln – und krümmte den Finger zu einer Komm-hier-rüber-Geste, und ich drückte die Zigarette aus und folgte ihr nach hinten in ihre kleine Wohnung.

Sie ließ das Handtuch fallen und kam zu mir, noch immer feucht und sogar noch handfester als üblich. Ihr Kuß war süß und zart und saugte den Schmerz aus meinem Mund. Sie schob die Jacke von meiner Schulter und zog mir das T-Shirt über den Kopf, schnallte meine Hosen auf und kniete sich, um sie nach den Stiefeln auszuziehen. Ich küßte sie und rieb sie, und im Licht des frühen Morgens begann ihr Körper zu leuchten.

Sie wandte sich ab und ging rüber zu dem kleinen Tisch, verbeugte sich, stieß mit ihrem Hinterteil in die Luft und blickte mich über die Schulter an – erklärte mir, daß sie mit Goldors Dämonen fertig war und ihr eigenes Ich wieder hatte.

Ich stieg über sie, während sie wartete, vorsichtig zuerst. Aber die Kriegerfrau nahm meine Hände und legte sie auf ihre Brüste und rollte mit den Hüften, bis ich mich ihr angepaßt hatte. Ich nahm ihren weichen Hals sanft zwischen meine Zähne und testete meine Ausdauer.

43

Es war kurz nach zehn Uhr, als ich bereit war loszuziehen. Flood und ich waren zigmal durchgegangen, was getan werden mußte, und ich konnte sehen, daß sie schließlich bereit war zu schlafen. Ich erklärte ihr, ich riefe an, wenn ich etwas hätte, und ging aus der Tür. Ich drückte nach dem Aufzug, schickte ihn zurück zur untersten Etage, drückte den Knopf, um ihn wieder zurück zu mir zu holen. Ich stand wartend da und rauchte eine weitere Zigarette. Als ich fertig war, drückte ich die Kippe auf dem Boden aus und wischte sie in meine Hosentasche. Immer noch totenstill.

Ich nahm die Treppe runter und lief zum Auto – bei Tageslicht sah es anders aus, schlierig und stumpf, als ob es ein Bad brauchte. Inzwischen war der Volvo, den wir zum Besuch bei Goldor benutzt hatten, nichts als ein Stück Altmetall. Immer noch eine Menge Verkehr auf der Straße, aber ich konnte nicht auf die Nacht warten – zu viel zu tun.

Der Plymouth suchte sich per Autopilot den Weg zurück zum Büro. Ich sperrte ihn ab, stieg die Treppe hoch, checkte alles, während ich lief. Immer noch okay. Pansy war nicht einmal ungeduldig, aber sie stolzierte nur zu bereitwillig aus der Hintertür und auf das Dach. Ich hob das Schreibtischtelefon ab, prüfte es auf Hippies und wählte Mama an – keine Nachrichten. Pansy walzte durch die Hintertür rein, ich suchte ihr etwas zu fressen und setzte mich zu ihr, während sie den Matsch schlürfte, den ich ihr in ihrer Stahlschüssel gemacht hatte – versuchte zu denken und zog eine Niete.

Ich ging in den Nebenraum zum Aktenschrank, nahm einen der Kleiderbügel als Haken, schlang ihn um einen der Griffe der untersten Schublade und zog sie sachte raus. Die rasiermesserbewehrten Zwillingsdrähte schossen aus der geöffneten Schublade wie eine zuschlagende Schlange, aber sie trafen nur Luft – ich stand zwei Schritt weit weg. Es war wirklich nicht sehr wahrscheinlich, daß irgendeiner an all dem Sicherheitszubehör und überdies an Pansy vorbeikam, aber falls doch, so dachte ich mir, sollten sie für den Trip eine kleine Zusatzzeche zahlen. Die federgestützten Drähte durchstachen alles, sogar gepolsterte Handschuhe, und die Lösung, die ich sorgfältig auf jede Spitze gepinselt hatte, erzeugte ein oder zwei Minuten danach Schwindelgefühl und Übelkeit. Sie tötete niemanden, aber jeder mußte schnurstracks an Gift denken – und das nächste Krankenhaus ansteuern, statt mit seinem Werk fortzufahren. Ich habe nur die unterste Schublade damit bestückt – Profis fangen immer auf diese Weise an, damit sie die eine Schublade nicht schließen müssen, um an die nächste zu kommen – das spart bei jedem Einsatz ein paar Sekunden. Ein paar gesparte Sekunden bei einem Einsatz können für einen Profi ein paar gesparte Jahre irgendwo die Straße runter bedeuten. Man lernt im Gefängnis eine Menge Dinge.

Ein Teil meiner Eisernen war da. Ich zählte die Scheine mehrere Male. Das war mein Dienstgeld – nur für Notfälle, nicht für Quatsch wie Essen oder Sprit. Mehr als genug, um die Cobra aus ihrem Loch zu räuchern, *falls* es nicht zu lange dauerte. Ich nahm ein paar von den Scheinen, steckte den Rest zurück, spannte die Federn für die Drähte und schloß vorsichtig die Schublade. Ich ging wieder nach drinnen zum Schreibtisch, holte einen gelben Anwaltsblock und einige Schriftstücke raus, zog einen Aschenbecher ran und fing an, den Feldzug zu entwerfen.

Pansy kam rüber zu mir, stieß mir mit einer von ihr für

freundlich befundenen Geste gegen das Bein, legte ihren massigen Kopf auf mein Knie und knurrte ermutigend. Sie verschwendete ihre Zeit – ich wollte nicht reingehen und fernsehen, ich mußte arbeiten.

Eine Stunde verging, und der gelbe Block starrte mich an, lachte über meine Einfallslosigkeit. Bei dem Ablauf mußte ich warten, daß der Dreckfink an Altersschwäche starb.

Ich ging zurück ins Nebenzimmer, nahm eine Dusche und dachte dabei nach. Immer noch nichts. Ich nahm eine alte E-Werksuniform, einen dieser Overallaufzüge, die sie früher trugen, stieg rein und setzte mich auf den Boden. Pansy kam rüber und streckte sich neben mir aus. Ich tätschelte abwesend ihren Kopf und wußte, ich konnte es nicht erzwingen.

Schließlich stand ich auf und ging zurück zum Schreibtisch, wühlte herum, bis ich einen alten Zeichenzirkel und ein Stück Pappkarton fand. Ich stach die Nadelspitze in den Karton und zog einen Fünf-Zentimeter-Kreis. Ich benutzte mein Rasiermesser, um den Kreis auszuschneiden, nahm ihn wieder mit in den Nebenraum, fand einen Eisstichel und pinnte das ganze Ding an die Wand. Noch ein paar Minuten, und ich hatte eine Dose mit Sprühfarbe aufgetrieben, die ich vor wenigen Monaten für eine Video-Überwachungskamera an einem dieser Luxusapartmenthäuser gebraucht hatte. Ich hielt eine Hand flach gegen den Karton und sprühte, wobei ich den offenen Kreis als Schablone benutzte. In einer Minute hatte ich einen runden schwarzen Punkt, der sich von der weißen Wand abhob.

Ich nahm eine Decke, legte sie ein paarmal zusammen und setzte mich. Dann blickte ich in diesen Punkt, atmete durch die Nase, zwang die Luft runter in meinen Bauch und die Eingeweide, hielt sie dort und atmete aus, so daß sich meine Brust jedesmal ausdehnte. Ich machte das wieder und wieder, in langsamem, stetem Rhythmus, bis ich merkte, wie ich mich entspannte, und blickte dabei tief in den Punkt. Er wurde größer, und seine Umrisse verschwanden – ich stieg in das Schwarze Loch und benutzte meinen Verstand, um vor mir zu sondieren, Ausschau nach der Cobra zu halten. Schwarze Löcher sind gefährlich – statt eines Mantra hatte ich ein Finde-die-Cobra mit mir genommen, und ich ging eine Weile weg von dieser Erde.

Pansys Schnarchen holte mich wieder zurück – etwas bumste gegen das Hinterfenster im Nebenraum, sanft, aber inständig. Durch die dunklen Vorhänge konnte ich eine unbestimmte Form sehen. Ich kam ruhig auf die Beine, langte in den offenen Schub, nahm eine der Leuchtpistolen raus, die ich dort aufhebe, checkte sicherheitshalber, ob sie bestückt war, und lief rüber zum Fenster. Pansy war an meiner Seite und mir voran, zur Stelle und bereit. Ich teilte die Vorhänge so leicht wie möglich und hob die Waffe.

Es war eine gottverdammte Taube, verfangen im Gewirr der Drähte, die ich um das Fenstersims verlegt hatte. Nur einer ihrer Füße war gefangen – ihre Flügel waren frei, und sie flatterten wie aller Wahnsinn dieser Welt. Hätte sie etwas mehr Kraft gehabt, sie hätte den Stromkreis ausgelöst, und irgendein Penner in der Gasse drunter hätte ein gebratenes Kapaunenmahl gehabt.

Ich ging wieder rein und warf den Schalter in Aus-Stellung – er war deutlich mit *An* markiert, für den Fall, daß irgendein Kasper durch die Vordertür reinkam und durchs Fenster abzugehen beschloß –, dann langte ich raus, um sie loszulassen. Tauben sind nichts weiter als Ratten mit Flügeln – ich habe nie eine Stadt oder ein Gefängnis ohne sie gesehen –, aber sie wissen, wie man überlebt. Ich hielt sie fest in der behandschuhten Hand, doch sie versuchte nicht mal, mich zu picken. Sie wirkte okay, also schmiß ich sie in die Luft, und sie fiel ein paar Meter wie ein Stein, streckte probeweise die Flügel aus, um ihren Fall zu bremsen, und legte sich dann in einer Brise vom Fluß in die Kurve und steuerte zu einem anderen Ruheplatz.

Ich ging wieder rein, zündete mir eine Zigarette an und lobte Pansy wegen ihrer Wachsamkeit. Wahrscheinlich wußte sie die ganze Zeit, daß es eine mistige Taube war, und wollte mich bloß aus der Trance kriegen. Es kostete mich ein paar Züge, dann hatte ich's. Ich hatte es die ganze Zeit ausgearbeitet – wenn du Fischen gehst, brauchst du Würmer, richtig? Nun gibt's da zirka drei gute Möglichkeiten, sie zu kriegen: Du kannst sie von jemandem kaufen, der sie anbietet, du kannst den Boden umgraben und hoffen, daß du Glück hast, oder du kannst warten, bis es regnet und die Würmer an die Oberfläche kommen und du freien Zugriff hast.

Ebenso konnte ich den Freak finden – alle drei Techniken, mit der Betonung auf der letzten. Nur daß ich damit nicht *warten* wollte, bis es regnete.

Ich ging zurück zum Schreibtisch und setzte mich, um ein paar Annoncen für die Personalkolumnen einiger örtlicher Blätter zu entwerfen. Ich konnte nicht auf die überregionalen warten, obwohl leicht genug auszurechnen war, welche Art Lesestoff auf Wilsons Liste stand. Es dauert drei Monate von der Zeit an, wo du die Anzeige aufgibst, bis du sie abgedruckt siehst, und bis dahin konnte er längst weg sein. Ich miete ständig rundum in der Stadt einige Postfächer zwecks freiberuflicher Kapitalanlage, und die würden auch hierfür gut sein. Zuerst die gute alte *Village Voice*. »SWF, verwitwet, jugendlich wirkende 32erin, klein und zierlich, finanziell sichere Verhältnisse, zwei hübsche Töchter, 9 und 7 Jahre, sucht einen starken Mann mit Lebenserfahrung, möglichst Ex-Soldat oder Polizeitruppe, um ihr Leben in die Hand zu nehmen. Können wir uns treffen und darüber reden? Brief mit Bild NUR an Postfach X2744, Sheridan Square Station.«

Dann in die *Daily News:* »KURIER gebraucht. Zuverlässigkeit Voraussetzung, frühere Militärerfahrung erwünscht. Auslandsaufgaben, gültiger Paß erforderlich. Hohe Bezahlung und Zulagen für den richtigen Mann.« Und eine andere Postfachnummer.

Und eine Annonce in der *Times* nach einem Hausmann für alles, guter Fahrer, guter Schütze, um als Chauffeur-Leibwächter für zwei kleine Kinder auf einem Besitz in Westchester zu dienen. Mit einer weiteren Postfachnummer.

Ein paar Schüsse ins Blaue in den S&M-Fetzen, in denen »Militär«- oder »Polizei«-Typen für »Spezielle Dienste« gesucht und dem richtigen Mann hohe Bezahlung und große Möglichkeiten, einschließlich einer Europareise, versprochen werden.

Ich durchschaute Wilson noch nicht völlig, also bereitete ich ein paar Annoncen nach einem Schulbusfahrer für ein Kinderlager in den Catskill Mountains und einem Sicherheitschef für eine private Tagesstätte in Greenwich Village vor. Noch eine weitere von einem freien Schriftsteller, der Armee-Veteranen suchte, die im Tausch gegen 300 Dollar Auskunftshonorar ihre Erfahrungen mit ausländischen Baby-Prostituierten diskutieren wollten.

Ich hätte massenhaft Annoncen schreiben können, die die Cobra schließlich vielleicht angezogen hätten, aber ich wollte ihn unter Druck und auf der Suche nach einem Ausweg haben, nicht bloß auf der Jagd nach neuen Opfern. Ich steckte die Annoncen in getrennte Umschläge, adressierte sie, indem ich den Pantograph benutzte, den ich für solche Gelegenheiten aufbewahre. Das Postamt versorgte mich mit den nötigen Zahlungsanweisungen, und die Annoncen gingen raus. Aus früherer Erfahrung wußte ich, sie würden innerhalb von ein paar Tagen auftauchen.

Ich düste mit dem Plymouth zu den Docks und fing an,

einige meiner Leute zu suchen. Ich streife unter dem West Side Highway herum, dem Teil, um den die Umweltschützer noch immer kämpfen, nahe der leeren, sandigen Stelle, die eines Tages zu Luxuswohnungen werden soll. Luxuswohnungen in der Stadt sind doll – sie füllen den Fluß teilweise mit Müll auf, um ein Fundament zu legen, und dann füllen sie noch mehr Müll in die Gebäude, nur daß der neue Müll Miete zahlt. Nichts zeigte sich. Ich fuhr die ganze Fourteenth Street ab, kehrte um und steuerte wieder *downtown*.

Als ich an einer Ampel hielt, sah ich ein arbeitendes Mädchen auf einem der Betonfundamente sitzen, in denen die stählernen I-Streben verankert sind, die den Highway tragen. Sie hatte kurzes rötliches Haar, ein hartes ironisches Gesicht, dunklen Lippenstift, einen Zentimeter Gesichtspuder. Ein rostfarbener Sweater beulte sich über großen, festgezurrten Brüsten, ein breiter Ledergürtel, verblichene Jeans und schwarze Lederstiefel, fast bis zu den Knien, vervollständigten das Stilleben. Sie rauchte eine Zigarette, blies den Rauch Richtung Fluß – wartete. Ihre Partnerin, ein dürres schwarzes Mädchen, das ein gestricktes Rollkragenkleid und offenbar nichts weiter trug, stand daneben, die Hände in den Hüften. Die schwarze Nutte war scharf drauf, Arbeit zu kriegen, gierte nach jedem Auto, das anhielt, aber die große Frau saß da, als wenn sie Teil des Betons wäre.

Ich zog auf ihre Höhe, kurbelte das Fenster runter und ließ die große Prosti einen Blick auf mein Gesicht werfen. »Willste 'ne Muschi?« fragte sie mit halbschläfriger Stimme, als gebe sie einen Scheiß, ob ja oder nein, während das schwarze Mädchen sich die Lippen leckte.

»Wieviel?«

»Fünfundzwanzig für die Muschi, zehn fürs Zimmer.«

»Hey, ich will sie mieten, nicht kaufen«, sagte ich ihr, und das schwarze Mädchen kicherte.

»Ich will bloß mit dir reden«, sagte ich zu der großen Frau.

Sie blickte mich an: »Nicht zu verkaufen, Kumpel. Ich bin selbständig.«

»Wirk ich auf dich wie ein Louis?«

»Du wirkst auf mich wie *nichts*«, und sie erntete von ihrer Kumpeline ein weiteres Kichern.

»Willst du drüber reden?«

»Für fünfundzwanzig Kröten in deinem Auto, fünfunddreißig im Zimmer«, sagte sie mit derselben Monotonie.

»Abgemacht«, sagte ich und öffnete ihr die Tür. Sie zog sich langsam vom Betonpolster hoch und kam rüber zum Plymouth. Sie war zirka einsneunzig groß und mußte zweieinhalb Zentner wiegen.

Sobald sie stand, wußte ich, wer sie war.

Ich fuhr runter zu den aufgelassenen Piers, würgte den Motor ab und drehte mich, um mit ihr zu reden. Sie sagte: »Die Fünfundzwanzig, Mann«, und ich langte in meine Hosentasche, während sie in ihrer Handtasche herumfummelte, und ich hatte meine Waffe raus, bevor sie mit ihrer klarkam.

»Nimm die Hand aus deiner Tasche, okay? Hübsch langsam. Niemand will dir was tun.«

Den Bruchteil einer Sekunde blitzte ein Schimmer Resignation in ihren Augen auf, aber sie bewegte sich nicht. Ich spannte die Waffe – im geschlossenen Auto war das Geräusch scharf. Sie nahm die Hand aus ihrer Umhängetasche, warf einen massigen Schenkel über den anderen und legte die Hände auf die Knie, wo ich sie sehen konnte.

»Du bist kein Cop, richtig?«

»Richtig.«

»Du willst's also gratis oder ist das 'ne Rückzahlung?«

»Weder noch, JoJo. Sei einfach cool. Gib mir die Tasche.«

»Da is kein Geld drin.«

»Ich weiß, was drin ist.«

Sie schmiß mir die Tasche zu, genau aufs Gesicht. Ich bewegte mich nicht – meine Waffe bewegte sich nicht. Die Tasche schlug gegen mein Gesicht und fiel mir in den Schoß. Ich schnappte sie auf und fand die winzige .25-Kaliber-Automatik – ich steckte mir das Teil in die Hosentasche und schmiß ihre Umhängetasche auf den Rücksitz.

»Keine besondere Waffe, JoJo.«

»Ich brauch keine besondere.«

»Willst du wissen, weswegen all das ist?«

»Ich denke, ich weiß es schon. Irgendein Saukerl hat dich geschickt, richtig? Du hast nicht vor, mich gleich hier umzunieten, und du wirkst nicht taff genug, um mir den Arsch zu versohlen, also denk ich mir, es muß wegen Geld sein.«

»Es ist wegen Geld, schon richtig, aber Geld *für* dich, nicht *von* dir. Ich will, daß du für mich was erledigst.«

»Fünfundzwanzig für die Muschi, zehn fürs Zimmer.«

»Laß den Scheiß, JoJo. Ich weiß, daß du ein Ein-Frau-Freierrupfen laufen hast. Ich geh nicht mit dir auf irgendein Zimmer. Ich will dir was abkaufen, und ich bezahle dafür.«

»Du weißt über mich Bescheid?«

»Yeah.«

»Woher?«

»Von überall.«

»Dann kennst du überall die falschen Leute.«

»Und du lebst in 'ner Villa, richtig?«

»Ich höre«, sagte sie.

»Ich suche einen Kerl, okay? Ich hab sein Bild, hab die Beschreibung. Kreuzt du mit ihm auf, zahl ich dir einen Riesen auf die Kralle. Das is alles.«

»Wieviel voraus?«

»Wonach seh ich eigentlich aus, wie ein scheiß Wohltäter? Ich bitte dich nicht, deinen Lebenswandel zu ändern – tu einfach deine Arbeit. Siehst du ihn zufällig, machst du einen Anruf, kriegst dein Geld.«

»Ich kann den gleichen Deal von den Bundesheinis kriegen.«

»Quatsch. Sei nicht so cool – keine Chance, daß du mit dem Mann redest. Ich schieß dir die Kohle für den Anruf vor, das is alles.«

»Und wenn nicht?«

»Kannst du deinen riesen Arsch hier raus und wieder unter den Highway befördern.«

JoJo saß da, als ob sie es überdachte – als ob sie alle Zeit der Welt hätte. Sie sagte: »Haste was zu rauchen?« und ich nickte in Richtung meiner Hemdtasche. Sie langte mit einer Hand zu der Tasche und brachte ihr Gesicht nah an meins. Hinter ihren Augen war niemand daheim. Ich brachte die Waffe näher an ihr Gesicht.

JoJo pulte sich eine Zigarette aus dem lockeren Pack und steckte sie in den Mund. Sie betatschte sich, als ob sie Streichhölzer suchte, dann ließ sie ihre linke Hand über meine Brust zum Schritt fahren und tastete herum, drückte – die Waffe blieb auf ihrem Gesicht. JoJo nahm die Hand weg, lehnte sich zurück gegen das Sitzpolster, zündete das Streichholz an ihrer Stiefelsohle an. »Wenigstens kriegste keinen Steifen, wenn du mir 'ne Knarre vors Gesicht hältst.«

»Ich bin wegen einem Geschäft hier, okay?«

JoJo nahm einen tiefen Zug von der Zigarette. Ihr Sweater wirkte, als würden gleich ein paar Nähte bersten, und ich konnte die Umrisse ihres drahtverstärkten BHs sehen – sie muß die einzige Hure in der Stadt gewesen sein, die einen trug.

»Zeig mir das Bild«, sagte sie. Ich prüfte ihr Gesicht nach einem Hinweis auf ihre Gedanken und gab es auf. Ich nahm die Fotokopie des Fahndungsbildes raus und überreichte es ihr.

Jojo studierte das Bild eingehend. Ihre Augen verengten sich. »Dieser Schweineficker, er isses! Find ich den Schwanzlutscher, isser tot. Umsonst und alles inbegriffen. Ich brauch deine scheiß Kohle nicht. Er isses . . .«

»Hey«, sagte ich, um sie abzulenken. JoJo wirbelte auf ihrem Platz herum, um mich anzublicken. Ihr Gesicht war unter dem Make-up totenbleich, rote Flecke sprenkelten ihre Backen – ihre Augen wirkten närrisch. Ich sprach sanft, leise. »Hör zu, ist in Ordnung. Ist in Ordnung, JoJo. Ich will ihn auch, in Ordnung? Ich weiß, er ist ein übler Kerl. Ist okay – 'ne Masse Leute wollen ihn. Ganz locker . . . entspann dich.«

Ich tätschelte ihre beinharte Schulter, streichelte sie – aber ich bewegte keinmal die Waffe von ihrem Gesicht. Schließlich holte JoJo tief Atem und übergab mir wieder das Bild. »Das brauch ich nicht – ich erkenn den Schwanzlutscher überall. Ich brauch dich nicht, um mir zu sagen, was ich machen muß. Wenn du ihn willst, haste ihn schon . . . tot.«

»Schau, ich will bloß, daß du –«

Aber sie fuhr fort, als hätte ich nicht gesprochen. »Und wenn du einer von seinen Freak-Freunden bist, wenn das ein Test ist, dann sag ihm, ich denk immer dran, okay? Er is tot, Magst du's nicht, kannste mich umnieten, auf der Stelle.«

»JoJo . . . JoJo, hör zu, Süße. Ich bin nicht sein Freund – ich kenn ihn nicht mal, okay? Und ich *will* ihn. Ruf mich bloß an, wenn du –«

»Kein Anruf. Seh ich ihn, isser tot.«

»Willst du den Riesen.«

»Nicht, wenn ich ihn leben lassen muß.«

»Ich zahl dir einen Riesen für seinen *Kopf,* okay, JoJo? Wenn du mit ihm fertig bist, machst du ihm bloß den Kopf ab, okay? Und ruf mich an. Wenn ich seinen Kopf seh, zahl ich dir das Geld.«

Und JoJo lächelte wie ein kleines Mädchen mit einer neuen Puppe. »Yeah?«

»Yeah. Okay, gilt der Deal?«

»Der Deal gilt, Kumpel«, sagte JoJo, glitt rüber, öffnete die Tür und ließ der Cobra Bild und ihre Tasche im Auto. Als sie hinten herum auf meine Seite lief, griff ich mir die 25er und schnippte das Magazin raus, ließ die Patrone aus der Kammer springen, dann machte ich mich ans Magazin, bis ich eine Handvoll Kugeln hatte. Als sie am Fenster aufkreuzte, gab ich ihr die Tasche mit allem Inventar zurück. JoJo lehnte sich ins Fenster, wedelte mit dem Hintern nach neuen Kunden, als wenn sie einem alten Auf Wiedersehen sagte. Sie schenkte mir ein Zwinkern mit einem schlaffen Augenlid, und ich hatte den Plymouth noch während sie sich abwandte in Gang und Fahrt.

Ich kam vor ihr zum Highway, wandte mich nach *downtown* und spürte das Frösteln hinten in meinem Nacken, wie damals, als ich Malaria hatte. Ich steckte die Waffe wieder hin, wo sie hingehörte, knetete meinen linken Unterarm mit der rechten Hand, um den Kreislauf in Schwung zu bringen. Ich hatte das Teil gehalten, als wäre es eine Rettungsleine – ich schätze, mit JoJo auf der Pelle war es das.

Nach ein paar Straßen spürte ich den stechenden Schmerz in meiner Brust und mir wurde klar, daß ich zu lange den Atem angehalten hatte. Ich brachte meine Atmung unter Kontrolle, checkte meine Hände auf Flattern ab – ich hatte sie, in Ordnung – und suchte Michelle.

44

Fürs erste zog ich eine glatte Niete – dann erspähte ich Michelle, die die andere Seite des Highway beackerte. Ich zwängte den Plymouth in eine fliegende Kehrtwende und beobachtete ihr Gesicht, während ich neben ihr hindüste. Sobald sie sah, daß ich es war, fing sie an, zum Auto zu rennen. Ich stieß die Beifahrertür auf, und sie war drin, und wir waren wieder in Fahrt.

»Was ist los, Honey – hetzt dich wer?« fragte sie.

»Ich muß mit dir reden. Nicht hier rum.«

»Ich kenn ein Plätzchen«, sagte sie und leitete mich runter zum Municipal Building – sie schickte uns nach Osten, als ob wir zur Schnellstraße steuerten, hieß mich aber kurz nach der Pearl Streat ranfahren. Es war eine große Baustelle ohne einen Arbeiter rundum. Auch keine Polizeistreifen, aber ein paar Blocks weg massenhaft bürgerliches Treiben. Sicher und ruhig.

Ich kurbelte mein Fenster runter, bot Michelle eine Kippe an, die sie zugunsten ihrer eigenen Marke ablehnte. Sie rauchte diese langen, dürren Dinger mit rosa Papier und schwarzen Filterspitzen, die sie bei Nat Sherman's kriegt. Ich versuchte einmal eine, als mir meine eigenen ausgegangen waren – sie schmecken nicht übel.

»Kennst du JoJo?« fragte ich sie.

»Jeder kennt JoJo, Baby. Warum?«

»Ich such noch immer diese Made, klar? Die Cobra?«

»Und da biste zu *JoJo?* Bist du völlig behämmert?

»Vielleicht. Ich weiß, daß sie ein Abzock-Künstler ist. Ich hab sie vor heute nie getroffen, aber ich kenn ihren Ruf. Ich dachte, ich laß das Ding über sie laufen, erzähle ihr von der Belohnung und –«

»Welche Belohnung?«

»Ein Riese bar, ohne Fragen, ohne Zeugnis.«

»Und das haste JoJo erzählt?«

»Yeah. Woher sollte ich wissen, daß sie mit mir ihre scheiß Horrorshow abzieht?«

»Burke, du hast ihr doch kein Bild gezeigt, oder? Oder eine Zeichnung?«

»Yeah, hab ich. Woher weißt du das?«

»Und dann ist sie total abgegangen, richtig?«

»Ich *hab* Ja gesagt. Was steckt dahinter.«

»Süßer, ich dachte, du weißt über JoJo Bescheid. Manchmal versteh ich nicht, wie du deine Arbeit machen kannst, so ignorant, wie du bist. JoJo war ein süßes junges Ding. Eine dieser Landbräute – hat die Farm satt gekriegt und hat daheim, drunten in Strohballenhausen Nummern geschoben. Sie kommt hier rauf, um in der großen Stadt Geld zu machen, klar? Und wo glaubst du, macht sie ihren Laden auf? Delancey und Bowery, so du das glauben kannst. Und sie ist da draußen ohne Daddy, glaubt, ihre gedoppelten Landei-Nummern bringen die große Kohle, weißt du? Und hier unten gibt's nichts als *erfahrene* schwarze Damen, Honey, plus die paar weißbrüstigen Ausreißerinnen, die kein Louis bei der Port Authority arbeiten zu lassen wagt, weil Suchmeldungen auf sie raus sind und alles.

Und die arbeitenden Mädchen erzählen ihr nichts vom Leben, weißt du – die versuchen sie bloß in den Stall von einem ihrer alten Herren zu ziehen. Aber JoJo will da nicht hin – sie will eine Solonummer machen. Also kreuzt eines nachts dieses Freako-Mobil an der Ecke auf – zwei Pisser vorn, ein anderes Paar hinten. Da gibt's kein arbeitendes

369

Mädchen mit ein bißchen Grips, das in *dieses* Auto steigt – aber die anderen Schnallen tun so, als wär nichts dabei, und die alte dumme JoJo geht hin, und die bringen sie zu 'nem Zimmer, das der eine hatte, und sie behalten sie drei ganze Tage dort – fesseln sie und ficken sie und machen 'ne Bullpeitschennummer mit ihr, lassen sie sich für 'n paar Polaroids breitmachen – einfach quer durchs ganze Freako-Beet. Und nachdem sie sie im Rudel gebumst haben, lassen sie sich Pizza kommen, und der Lieferant darf auch mal abspritzen. Sie rufen ihre Freunde an und laden sie ebenfalls ein. Und als sie schließlich abhauen wollen, ist JoJo bloß noch blutiger Matsch, und sie kommt hoch und fragt nach ihrem *Geld*. Kannst du das glauben? Tja, einem von ihnen brennt dabei schlicht die Dichtung durch, und er gibt's ihr mit 'nem Baseball-Schläger, und als die Cops sie finden, ist ihr halber Schädel eingedellt.

Sie bringen sie ins Krankenhaus und basteln ihr eine Stahlplatte in den Kopf und flicken sie zusammen, und irgendein Polizist kommt rein mit einem dieser Fahndungs-bilderbücher, und zeigt sie ihr, und sie fängt an zu schreien: ›Das sind 'se‹, und zeigt auf *alle* und hüpft voll aus dem Bett, und sie müssen sie mit Nadeln ausknocken ... JoJo endet für ein oder zwei Jahre in Psycho-Pflege, bis sie lernt, wie sie das Spiel spielen muß, und sie sie laufenlassen. Jetzt kriegt sie's grad so hin – jeden Tag auf jede Art. Baby, zeig ihr irgendwas, das auch nur wie ein Fahndungsbild *aussieht,* und dies ist Psycho City.«

»Yeah, yeah, das hab ich selber gesehn. Sie erkennt also keins dieser Bilder wieder?«

»JoJo erkennt keinen Strich wieder. Sie läuft auf·einer Fifty-fifty-Mischung aus Haß und Irrsinn. Ich kann mit dir nicht mal über die Dinger *reden,* die sie mit Freiern gemacht hat. Geh mit JoJo auf ein Hotelzimmer, und du läufst nicht aus eigener Kraft raus.«

»Ich glaube, sie wartet nicht mehr auf Hotelzimmer, Michelle – sie rückt aus. Ich glaub, sie hätte mich mitten im Auto umgenietet, wenn sie die Chance gehabt hätte.«

»Es is so traurig. Ich hab ein paarmal mit ihr geredet, Burke, aber ich kann ihr nicht helfen. Diese Freaks haben sie auf einen anderen Planeten geschossen, mit dem, was sie ihr angetan haben.«

»Gib die Parole mit der Belohnung aus, okay?«

»Ist das echt?«

»Kannste deinen Arsch drauf verwetten«, sagte ich und öffnete ihr die Tür.

»Baby, *bitte,* doch nicht für lausige tausend Dollar«, sagte Michelle und stieg aus dem Plymouth und zu ihrer Arbeit.

Ich brach auf, um noch ein paar Stopps einzulegen und die Parole auszugeben. Ich wollte, daß jeder Rauschgiftsüchtige, jeder Schlepper, jeder Plünderkünstler in unserem Areal Ausschau hielt, um seinen Treffer zu landen.

Als ich zurück nach *uptown* rollte, blickte ich über den Highway und sah JoJo immer noch auf demselben Stück Beton sitzen, eine Zigarette rauchen und auf Anschluß warten. Ich dachte an die Stahlplatte in ihrem Kopf und kriegte ein weiteres Frösteln. Nie wieder zeigte ich ihr ein Bild – von niemandem.

Ich fand das Fabrikgebäude an der West Twenty-fifth Street, nahm den Frachtaufzug zum Dach, lief rüber zu etwas, das wie ein Paar Seite an Seite gelehnte Gewächshäuser wirkte. Das handbedruckte Schild an der Tür besagte PERSÖNLICHE GRAFIKEN: SAMSON/LTD. Ich läutete die Glocke und wartete. Ich hörte das Klicken, das mir verriet, daß die Tür offen war, drehte den Knauf und trat ein. Zwei Männer arbeiteten an Ausziehtischen – einer, ein Spätdreißiger, sehr kurzes Haar, tief gebräunte Haut mit auffälligen Backenknochen und peinlich sauberen Händen, trug ein blaues baumwollenes Button-down-Hemd mit schmalem Binder – der andere war kürzer und muskelbepackt, langes, blondes Haar und ein Ohrring im linken Ohr. Er trug eine abgeschnittene Kattunjacke ohne ein Hemd darunter und zeigte eine riesige Gänseblümchentätowierung auf einem Bizeps. Der Sauberwirkende sagte: »Burke?«, und ich ging hin und legte das Foto der Cobra auf seinen Ausziehtisch. »War der hier?«

»Ich rede nie über meine Klienten.«

»Ich auch nicht.«

Er blickte zurück zu mir, wieder runter auf das Bild und sagte mit ruhiger Stimme: »Nein.« Ich sagte: »Ruf an, wenn er's tut«, und ging raus. Eine der »Persönlichen Grafiken«, die sie machten, waren Pässe.

Der nächste Halt war eine Druckerei, von der ich wußte, daß sie mich ihre Maschinen benutzen und für was immer ich tat, bezahlen ließen, ohne einen Blick drauf zu werfen – sie wollten es nicht wissen. Eines der wenigen legitimen Dinge, die ich auf der Besserungsschule gelernt hatte, war, wie man eine Druckerpresse bedient. Ein paar GESUCHT-Poster mit Vergrößerungen von der Cobra Fahndungsbild hinzukriegen war kein Problem. Das Foto ließ sich fein und säuberlich hochziehen, schwer zu verfehlen. Ich setzte den Satz GESUCHT WEGEN RASSENMORDS AN HISPANISCHEN KINDERN in kecker roter Type und fügte eine lange Liste mit der Cobra angeblichen Vergewaltigungen hinzu.

Pablos Leute würden sie überall in der Stadt anschlagen, vor allem am Times Square. Una Gente Libre würde nie ihren eigenen Namen auf irgendwas wie dieses setzen, vor allem nicht nach Goldor, aber die Parole würde umgehen, und die Cobra würde wissen, daß da ein paar ernstzunehmende Leute auf ihrer Spur waren.

Ich warf die Poster-Bündel in meinen Kofferraum und kaufte eine Zeitung – noch nichts über Goldor, also ging ich zu einem Münztelefon und rief Toby Ringer an. Ich erzählte ihm, daß ich gehört hätte, Wilson hätte Goldor abgemurkst, weswegen ich meine Suche nach ihm aufgäbe. Das scharfe Atemholen an Tobys Ende verriet mir, daß er wußte, daß Goldor tot war. Mein Telefonanruf würde sicherstellen, daß ein Fahndungsbescheid nach Wilson rausging.

Rüber zu einem weiteren Telefon, von wo aus ich meinen Jungreporterkumpel anrief und ihm einen heißen Tip wegen einer einzigartigen Söldnerrekrutierungsaktion mitten in Manhattan gab – wobei ich ein Garn über Söldner spann, die in Rhodesien und Südafrika kämpfen sollten. Ein furchtbarer Skandal und ein Affront wider alle schwarzen Menschen überall, pflichtete er bei. Ich versprach, ihn am nächsten Tag oder so mit Namen und Örtlichkeiten zu versorgen, und er sagte, er gehe heimlich hin und schildere seinen Lesern die Lage. Oh Gott.

Bis dahin wurde es später Nachmittag, also rollte ich mit dem Plymouth zurück zum Lagerhaus, um Ausschau nach Max zu halten, bevor ich den Anruf mit den linken Waffenschmugglern machte. Ich stieß rein, würgte den Motor ab und wartete. Bevor ich halbwegs mit der ersten Zigarette fertig war, plumpste Max auf die Haube. Ich verließ den Vordersitz, und wir gingen zum Reden in den Hinterraum.

Ich zog am Saum meiner Jacke, um Max zu zeigen, daß ich über Kleidung redete, machte das Zeichen von etwas, das sanft durch die Luft fällt, bückte mich tief, um meine Wertschätzung für die Roben zu zeigen, die er Flood gegeben hatte.

Max senkte seinen Kopf zur kürzesten aller Verbeugungen, glitt in seine eigene Variante von Floods närrischem *kata* und beendete ihn mit einem zweifingrigen Streich, seine Hand schoß so rasch rein und raus, daß mich nur das Rauschen des durch tote Luft reißenden Seidenärmels alarmierte. Fragend blickte er mich an – konnte Flood auch das?

Konnte sie den Job beenden, oder war sie nur eine Tänzerin? Also erzählte ich ihm von Goldor und der Cobra und was ich tun wollte, wie ich alles zu Ende bringen wollte – von Max kam ein Zischen. Er wärmte sich auf.

Er folgte mir zur Werkbank, wo ich eine weitere Schablone aus irgendeinem Karton schnitzte, die wir dort rumliegen hatten. Ich fand schockweise kleine Sprühdosen und deutete zum Auto, gab Signale, um ihm zu zeigen, daß alle Türen auf einmal aufgingen und Leute rausprangen, die Straße runterliefen, immer gradeaus blickten – wie Krieger liefen. Ich erklärte, wofür die Spraydosen waren, als Max lächelte.

Es war immer noch zirka eine halbe Stunde vor sechs, also holten Max und ich die Karten raus, und wir spielten Rommé, bis es Zeit wurde. Mein Verstand war bei anderen Dingen, aber ihn schlug ich immer noch – Max ist zu abergläubisch, die Karten zu zählen, wie ich es ihm gezeigt hatte. Ich klemmte das Spezialtelefon an und wählte die Waffenschmuggler an. James antwortete beim ersten Läuten – ich schätze, er besorgt alles Reden in der Öffentlichkeit für beide. »Ja?«

»Ich bin's. Ich habe einen Vorschlag für Sie. Ich hol Sie in zwei Stunden ab, genau da, wo Sie sind, und wir reden, okay?«

»Gewiß«, sagte er, und ich unterbrach.

Ich gestikulierte Max, daß wir dieselben Figuren treffen wollten, die vorher im Lagerhaus gewesen waren. Er machte das Zeichen eines nach der Knarre langenden Mannes, und ich sagte nein – es war nicht als Duell gedacht, bloß als Gerede. Am Tisch sitzend langte ich nach einem imaginären Steuerrad und drehte es ein paarmal, als ob ich durch die Windschutzscheibe äugte. Fragend blickte ich Max an, deutete erst auf ihn, dann raus auf die Straße. Er nickte, er würde uns ein Auto besorgen. Ich deutete auf meine Uhr, und

Max hielt einen Finger hoch – es kostete ihn etwa eine Stunde.

Max schob sich aus der Tür, und ich klemmte das Telefon wieder an und rief Flood an. »Hey, Baby.«

»Hey. Arbeitest du grad?«

»Ich arbeite schwer.«

»Schon was da?«

»Ich hab fast alle Zutaten, aber ... äh ... der Kuchen ist noch nicht im Ofen.«

»Das ist gut – ich bin sehr hungrig.«

»Ich auch. Ich arbeite heute nacht lange. Okay, wenn ich vorbeikomm, wenn ich fertig bin?«

»Ja, ruf vorher an. Wie spät?«

»Nach Mitternacht.«

»Ich liebe dich, Burke.«

»Du mußt mich nicht motivieren – ich hab dir gesagt, ich bin dabei.«

»Sei kein Feigling – du kannst auch sagen, daß du mich liebst.«

»Später«, sagte ich und hängte ein. Ich klemmte das Telefon ab, ging wieder rein und überflog die Zeitung, die Max hinterlassen hatte. Ich konnte mich nicht mal auf die Rennergebnisse konzentrieren. Blöde Flood.

45

Der Aschenbecher war fast voll, als Max am Steuer eines Blood Shadow-Kriegswagens ins Lagerhaus röhrte – eine mächtige, schwarze, viertürige Buick Electra-Limousine. Die chinesischen Straßengangs bevorzugen das viertürige Modell, damit sie die größtmögliche Zahl Schützen zugleich auf die Straße werfen können. Die Blood Shadows kommen alle aus Hongkong, brennender Ehrgeiz und psychopathische Persönlichkeiten als Standardausrüstung im Gepäck. Vor dreißig Jahren war eine chinesische Straßengang etwa so alltäglich wie ein stornierender Kredithai. Aber mit einem mächtigen Satz überholten die Kids aus Hongkong überall in der Stadt ihre ethnischen Widerparte, verzichteten auf territoriale Kriegsführung und Bandenübergriffe zugunsten pragmatischerer Aktivitäten wie Erpressung und Mord. Diese Kids hängten ihre Vorläufer durch völlige Mißachtung der Konsequenzen ab und ließen so die alten Tong-Kriege wie eine höfliche Debatte wirken – die Intensität ihrer Dispute wurde stets in Leichen gemessen. Weiße indessen töteten sie nur per Zufall, weswegen sie von den Gesetzeshütern nicht als das große Problem betrachtet wurden.

Chinatown war ihre Basis, aber sie zogen gen Queens und Brooklyn und waren quer durch die Nation mit Gangs in Boston und Washington und an der Küste liiert. Ein paar Jahre zuvor hatten sie den Fehler gemacht und Mama Wong um Beitragszahlungen gebeten. Seitdem ist Max der Stille ihr Held, vor allem, nachdem vier Mitglieder ihres Stoßtrupps aus dem Krankenhaus entlassen worden waren – der andere blieb im Leichenhaus. Die Überlebenden erzählten der Polizei, sie wären von einem Zug erfaßt worden. Wenn sie ihre erpreßte Asche nicht für Nappalederjacken oder Seidenhemden oder 9mm-Automatiks ausgaben, drängten sie in die Kung-fu-Filme. Und wenn sie aus den Kinos raus und in die Dunkelheit der Straßen von Chinatown zogen, stritten sie sich untereinander, wer der Größte war – die Zelluloid-Krieger oder Max der Stille.

Max schnippte den Rückwärtsgang rein, und wir stießen aus dem Lagerhaus. Als er den East Side Drive Richtung Thirty-fourth Street hochfuhr, begann ich das Auto systematisch zu durchsuchen – im Handschuhfach, hinter den Sonnenblenden, unter den Sitzen. Ich spürte, wie ich an der Hand gezogen wurde, blickte zu Max, und er schüttelte den Kopf, um kundzutun, daß das Auto bereits sauber war. Gut. Der Kriegswagen bewegte sich über die Schlaglöcher wie ein rostiger Panzer – die Gangkids warteten ihre Autos nicht, bloß ihre Knarren.

Wir stießen auf den Block, wo die Waffenschmuggler warten sollten. Max fuhr vorsichtig hoch zu ihnen – in seiner Welt forderte Gunthers verletzte Ehre Rache. Ich konnte ihm nicht erklären, daß es in ihrer Welt ein Ding wie Ehre nicht gab, nur Gewinn und Verlust. James und Gunther standen, wo sie stehen sollten. Ich öffnete die Vordertür, ließ sie einen Blick auf mich werfen. Sie kletterten ohne ein Wort auf den Rücksitz, und der Kriegswagen rollte Richtung Hudson River. Im Auto waren wir still – Gunther und James, weil sie sich aufführten, als hätten sie Angst vor Mikrofonen, ich, weil ich ihnen nichts zu sagen hatte.

Als wir zum Pier kamen, hielt Max mit dem Buick drauf und drehte bei, so daß wir zirka zwanzig Schritt vor dem Ende des Pier parallel zum Fluß standen. Der Ort war verlassen. Gunther und James folgten mir aus dem Auto. Ich langte nach einer Kippe in die Tasche und beobachtete ihre Gesichter. Sie reagierten nicht. Sie waren entspannt – gierig, nicht ängstlich. Gut.

»Sie sagten, Sie hätten einen Vorschlag?« eröffnete James.

»Ja.«

»Kann man hier gut reden?«

»Warum nicht?«

»Was, wenn jemand aufkreuzt?«

Ich blickte rüber, wo Max neben dem Buick stand, die Arme über der Brust verschränkt. Sie verstanden die Botschaft.

»Hier ist der Handel«, sagte ich. »Ich will ehrlich zu Ihnen sein. Ich brauch ein paar Knarren für mich selbst, okay? Und ich brauch ein paar Männer, zirka zwanzig erfahrene Männer, die ein bißchen Geld machen wollen. Kurzfristige Arbeit.«

»Außer Landes?«

»Macht das einen Unterschied?«

»Geht nur darum, daß es, wenn Sie sie international brauchen, ein paar Sachen gibt, etwa gute Pässe beschaffen –«

»Ich sehe, Sie verstehn Ihr Geschäft. Jemals vom Fleck weg rekrutiert?«

»Paarmal, in London. Kann sein, wir hatten den gleichen Klienten?«

»Wenn ja, möchte er nicht, daß wir drüber reden, richtig?«

»Richtig. Sie sagten, ein Vorschlag?«

»Ich brauche zweihundert vollautomatische Gewehre, vorzugsweise AR 16er, aber ich nehm auch alles Ähnliche. Nur in 5.56 Kaliber, nichts größeres. Tausend Schuß für jedes Teil. Und einen Haufen anderes Feldzubehör, das ich ohne jeden Ärger auch hier kaufen könnte, aber ich überlaß alles Ihnen, wenn wir ein Paket draus machen können.«

»Etwa Flak-Jacken, Helme, Standardausrüstung?«

»Yeah, und ein paar Splittergranaten, etwas Plastik –«

»Das Zeug können Sie hier nicht kaufen.«

»*Wer* kann nicht?«

»In Ordnung, streiten wir nicht. Sie zahlen bar?«

»Bei Lieferung.«

»Wohin . . .?«

»London is okay.«

»Vielleicht für Sie – nicht für uns. Bei dem ganzen IRA-Getöns kann man in London kein verflixtes Ding verschieben. Nicht gut.«

»Zwei weitere Angebote, das ist alles. Entweder Lissabon oder Tel Aviv.«

»Lissabon is okay – die Itzigs denken zwar richtig über Südafrika, aber ich arbeite nicht gern mit ihnen, kannst ihnen nich traun.«

»Also Lissabon. Kennen Sie die Flughafen-Anlage? Die alte Biafra-Rollbahn?«

»Ich hab davon gehört, hab sie aber nie benutzt.«

»Ich besorg Ihnen die Papiere«, sagte ich und sah, wie seine Augen aufleuchteten und dann rasch wieder ausdruckslos wurden. Gieriger Mistkerl.

»Was ist mit dem Zeitplan?«

»Sie treiben mir erst die Männer auf, und ich will das Zeug abmarschbereit, von da an in drei Wochen. Okay?«

»Das Zeug is kein Problem. Aber wir sind nicht drauf eingerichtet, hier zu rekrutieren. Das kostet Zeit –«

»Schaun Sie, ich hab Ihnen gesagt, ich hätte einen Vorschlag. Ich kenne einen dollen Platz, den Sie mieten können, und ich kann meine Beziehungen spielen lassen, damit Sie genug Publicity kriegen, so daß Ihnen jeder Söldling in der Gegend die Türen einrennt. Lassen Sie eine Woche auf, nicht länger. Wenn Sie bis dahin die zwanzig Männer nicht haben, bezahl ich Sie pro Kopf, nehme, was da ist, und hol mir die Waffen später. Abgemacht?«

»Wieviel pro Kopf? Und wer schießt für das Büro vor?«

»Ein Riese pro Kopf«, erklärte ich ihm, »plus fünf Riesen Bonus, wenn Sie mir einen von drei Jungs auftreiben, die ich suche. Spezialisten.«

»Und das Büro.«

»Sie zahlen für alles, und ich besorge die Publicity. Aber ich blech Ihnen zwei Riesen Vorschuß für die ersten beiden Jungs, und wenn Sie nicht die vollen zwanzig für mich kriegen, mach ich den ursprünglichen Deal mit den Waffen, behalte, was ich kriege, und rufe Sie an, wenn ich alle Männer zusammen habe.«

»Das macht alles zusammen zwölftausend – zehn für die Waffen, wie abgemacht, und weitere zwei für die Männer –«

»Das macht *zwei*tausend *Vorschuß*. Ich trau *Ihnen,* richtig? Zwei Riesen – zwei Männer. Ich hab noch keine Waffen *gesehn,* richtig? Ich soll einen Lieferschein kriegen, frei Schiff, wie wir gesagt haben. Wenn ich den kriege . . .«

»Einverstanden«, sagte James, reichte mir die Hand zum Schütteln, während Gunther sein bestes tat, ein Grinsen über meine Blödheit zu unterdrücken.

Der Rest der Transaktion dauerte nicht lange. Ich gab ihnen die Anschrift des Bürogebäudes, wo sie sich einrichten konnten, fragte sie, unter welchem Namen sie das Ganze aufziehen wollten, und versprach, bis nächsten Tag sämtliche Druckarbeiten zu erledigen. Bevor ich die zwei Riesen aushändigte, hatten wir eine Diskussion unter Profis über die besonderen Männer, die sie für meinen Großeinsatz rekrutieren sollten.

»Ich brauch einen Sprengstoffexperten, einen Nachtschützen und einen Kampfsport-Typen«, erklärte ich ihnen. »Und ich will echte Profis, nicht irgendwelche Jungs, die irgendwo einen Kurs gemacht haben. Wir zahlen den aktuellen Satz, zwei Riesen im voraus pro Mann und Unterschrift, zahlbar bei Ankunft in Übersee auf jede gewünschte Bank, oder schlicht und bar auf die Hand. Okay?«

»Sie sagten, Sie hätten besondere Individuen im Sinn?«

»Yeah, aber keine richtigen Namen, bloß gängige, klar? Der Sprengstoff-Junge nennt sich Mr. Kraus. Ein langer, deutsch wirkender Bursche, trägt stahlgerahmte Brillen, Bürstenhaarschnitt, wirkt sehr sauber. Hat schon Afrika gemacht – er kennt den Dreh. Wenn er von Ihnen hört, unterschreibt er sofort. Der Scharfschütze, ich kenn nur seinen Namen, Blackie. Ex-Ledernacken, hat zweimal in Vietnam abgerissen. Hab gehört, daß er ein bißchen Ärger mit dem ATF hatte, so daß er vielleicht schwer zu finden ist, aber ich glaub, ein Weilchen Ferien mag er. Und der Karate-Junge nennt sich selbst die Cobra.«

Ich setzte ihnen Wilsons vollständige Beschreibung vor, aber nicht seinen richtigen Namen. Ich sorgte mich nicht wegen der Bezahlung der fünf Riesen Bonus für einen der anderen Jungs – sie existierten nicht. Und wenn sie die Cobra auftaten, war er die zwei Riesen wert, die ich ihnen vorschoß.

Als ich das Geld übergeben hatte, wollte James wieder die Hände schütteln. Gunther bewegte sich nicht, behielt die ganze Zeit ein Auge auf Max, achtete auf seinen Rücken. Weiter würde er nicht kommen.

»Ich treff Sie morgen nachmittag im neuen Büro, sagen wir gegen zwei, okay? Vielleicht hab ich bis dahin ein bißchen mehr Infos für Sie, und mit Sicherheit hab ich das ganze Drucken erledigt. Wir lassen das Ding eine Woche laufen, kann sein, zwei, höchstens. Dann schließen wir den Deal mit all dem ab, was Sie bis dahin haben, okay?«

»Klar«, sagte James. Gunther redete noch immer nicht. Unter anderen Umständen hätte es mich glücklich gemacht, sie am Pier zurück und ihren Heimweg selber finden zu lassen, aber ich lud sie wieder in den Buick, und wir fuhren sie zurück zu ihrem persönlichen Münzfernsprecher. Gunther starrte weiter Max an, als wollte er seinen Kopf von der

Wirbelsäule schrauben. Ich beobachtete Max' Hände am Steuerrad – sie wirkten wie altes, brüchiges Leder, vollgestopft mit Stahlstücken. Sie waren sehr ruhig.

Auf dem Weg zurück zum Lagerhaus ballte Max die rechte Hand zur Faust, drückte sie, während ich zusah, fester und fester zusammen. Dann blickte er oben auf seine geschlossene Faust, als ob etwas Schleimiges herausquoll, schabte es mit der anderen Hand weg und machte eine wegwerfende Geste. Ja, erklärte ich ihm, das wäre eine Idee – setz die Cobra genügend unter Druck, und er quillt wie Eiter aus einer Wunde.

Zurück im Lagerhaus, stieg ich in den Plymouth, und Max und ich trennten uns, um unsere Arbeit zu tun. Während ich rüber zu einem meiner kalten Münztelefone fuhr, um den Druck aufrechtzuerhalten, traf Max sich mit den Blood Shadows und gab ihnen Instruktionen und Ausrüstung.

Ich kam zum Telefon, setzte die Maschinerie in Gang, um Pablos Leute zu treffen, kriegte zum zweitenmal Anschluß und brachte die Poster an den Mann. Pablo erklärte sich einverstanden, die Verteilung zu besorgen. Ich nannte ihm so viele Einzelheiten über Goldors Tod, wie ich verständlicherweise konnte, ohne Flood zu erwähnen, erklärte ihm, es sei unvermeidbar gewesen. Ich erklärte ihm, daß ich drüber nachgedacht hätte, irgendeine UGL-Visitenkarte in Goldors Haus zu hinterlassen, aber beschlossen hätte, ohne sei besser – er sagte, daß ich recht gehandelt habe. Ich wußte es – ich hatte nicht einmal an etwas anderes gedacht, als mit Affenzahn da rauszukommen, aber ich wollte nicht, daß er dachte, ich wäre undankbar für die Informationen und das darin inbegriffene Vertrauen.

Ich verließ Pablo und kam zu einem weiteren Telefon. Von dort aus erzählte ein vormals verläßlicher Informant einem gewissen Drogenfahnder, daß ein exakt der Cobra Beschreibung entsprechender Mann in den nächsten ein oder zwei Wochen größere Mengen Narkotika entweder via Kennedy- oder LaGuardia Airport verschieben wolle. Sie würden zuhören – der letzte Tip dieses Informanten hatte ihnen fünfzehn Kilo qualitativ bestes Kokain direkt aus Peru eingebracht.

Ich checkte meine Uhr – grade genug Zeit, zum Times Square vorzustoßen, den letzten Telefonanruf der Nacht zu machen und die Blood Shadows bei der Arbeit zu beobachten. Ich fand eine Zelle nahe der Ninth Avenue/Forty-second Street, just um die Ecke vom nationalen Hauptquartier von SAVE (Sisterhood Against Vice and Enslavement – Schwesternschaft gegen Unzucht und Erniedrigung).

Ich erklärte der jungen Dame, die den Anruf beantwortete, daß den Mitgliedern dieser Organisation samt und sonders etwas sehr Schlimmes zustoße, falls sie nicht den Mund wegen all des Kinder-Porno-Unsinns hielten. Die junge Frau übergab ihrer leitenden Direktorin den Hörer, und ich endete schließlich, indem ich ihr gräßliche Verstümmelungen androhte, so sie nicht von meinem scheiß Fall ließ. Als sie ruhig fragte: »Wer spricht bitte?« erklärte ich ihr: »Die Cobra, du scheiß Fotze«, und knallte den Hörer auf.

Die Gabel weiterhin gedrückt haltend, schraubte ich das Mundstück auf und entfernte die Encoder-Scheibe, die der Maulwurf für mich gemacht hatte. Sie veränderte meine Stimme nicht so weit, um ein Stimmprofil unmöglich zu machen. Ich hatte ein paar dieser Scheiben, aber es konnte nichts schaden, dieselbe für die SAVE-Leute zu benutzen, die ich bei den Drogenfahndern benutzt hatte – kein Grund, warum ein Drogeninformant nicht auch ein Kinderschänder sein konnte.

Ich lief just zu meinem Auto, als zwei der Kriegswagen an mir vorbeirollten und quietschend hielten. Alle Türen öffneten sich gleichzeitig und entluden ihre kaltäugige Fracht. Die jungen Chinesen marschierten in Kampfaufstellung, den Blick gradeaus, die breite Straße runter. Sie liefen still – niemand versperrte ihnen den Weg. Ihr Anführer sah zu seiner Linken einen Porno-Laden, drehte auf den Hacken und ging hinein. Seine Männer folgten ihm. Ich wußte, was drinnen passieren würde – der Anführer verwickelte den Mann am Verkaufstisch in eine höfliche Unterhaltung (etwa so: »Keine Bewegung bitte«, wobei er eine erhobene 9mm-Automatik auf des Bediensteten Gesicht richtet), und der Rest der Truppe schwärmte im Laden aus. Sie würden einen passenden Platz an einer Wand finden, die Schablone, die wir gemacht hatten, anheften, eine Spraydose Farbe rausziehen und ihr Werk tun. Wenn sie die Schablone abzogen, würde an der Wand stehen: COBRA SIEH DICH VOR! DER MUNGO KOMMT! Dann gingen sie wieder raus – niemand würde die Cops rufen, und falls es jemand tat, kümmerte eine mickrige Festnahme wegen Vandalismus unter der Garantie, daß kein Belastungszeuge je vor Gericht auftrat, diese Jungs nicht. Ich konnte Blumberg schon sehen, wie er die Verteidigung auf der Grundlage übernahm, daß die Blood Shadows an einer stadtweiten Anti-Porno-Kampagne beteiligt waren.

Die Truppe würde weniger als eine Stunde brauchen, um das ganze Gebiet abzudecken, dann würde sie verschwinden. Ich hatte Max dreihundert für den Job gegeben, um eventuelle Spesen für den Fall zu decken, daß die Kids danach fragten – aber ich glaubte nicht, daß sie's taten.

Ich hatte noch ein paar Sachen zu tun, bevor ich mich zur Nachtruhe begeben konnte. Zuerst ein weiterer Halt bei den Druckern, um die Tisch- und Geschäftskarten für James und Gunther klarzumachen; sie hatten sich entschieden, sich Falcon Enterprises zu nennen – weißes Papier, grüne Farbe. Während ich dort war, benutzte ich die Maschinen und fertigte auch ein Plastikschild für ihre Tür. Nur erste Klasse, wenn schon denn schon.

Inzwischen war es fast halb elf, also steuerte ich gen Village. In einem der örtlichen Schleimblätter hatte ich eine Versammlung der Boundaries Society annonciert gesehen. Höhepunkt des nächtlichen Treffens war Sex zwischen den Generationen, ein neuer Euphemismus für Kinderschändung. Ich war zuvor bei einem dieser Treffen gewesen – alles drüber, wie frühe sexuelle Erfahrung ein Kind auf die Realitäten modernen Lebens vorbereitet. Die Mehrzahl des Publikums waren Männer gewesen, einige von ihnen mit ihren »Schützlingen«. Es war ein weiter Schuß ins Blaue, daß die Cobra aufkreuzte, um ihre Brüder zu begrüßen, aber einen Schuß war es immerhin wert.

Als ich dort hinkam, sagte der Wächter an der Vordertür »Keine Polizei«, und ich blickte rundum, als ob mich das schiere Wort erschreckte, aber es haute nicht hin – ohne größeren Zoff kam ich nicht rein.

Ich entschied, daß es den Streß wahrscheinlich nicht wert war, aber ich hatte immer noch einen Job zu erledigen; also saß ich im Plymouth, hörte zwei weitere Stunden Judy Henske zu, bis das Treffen sein Ungeziefer wieder auf die Straße ausspie. Ich betrachtete jedes Gesicht genau. Keine Cobra.

Es war fast ein Uhr morgens, als ich den Plymouth aus seinem Parkplatz lotste und gen Flood steuerte.

46

Ich sperrte mir bei Flood selbst auf, indem ich mit meinem Satz Dietriche an den unteren Schlössern werkelte. Es dauerte etwa eine Minute – ein ausgesprochen sicheres Arrangement. Ich bewegte mich die Stufen hoch, checkte nach einem sichtbaren Feedback, schloß dann meine Augen, regulierte den Atem und checkte erneut per Gehör. Nichts. Ich pochte mit zwei behandschuhten Knöcheln an Floods Studiotür. Keine Reaktion – wenigstens war sie keine totale Idiotin. Ich wußte, sie war nahe der Tür, also rief ich: »Flood, ich bin's«, eben laut genug, damit sie es hören konnte, und die Tür schwang in einen abgedunkelten Raum auf. Ich wandte mich um, als sie sich hinter mir schloß, und schnappte einen Schimmer von Max' schwarzen Roben auf. Das Licht drinnen war gedämpft, aber ich kannte meinen Weg und lief um den abgeklebten Bereich auf dem Boden herum und rüber zu Floods Privatwohnung. Sie war genau hinter mir.

»Das Schloß unten ist ein Witz, Flood. Jeder Weicharsch schafft sich da in ein paar Minuten durch.«

»Und wie lang hast du gebraucht?« erwiderte die süße Flood.

»Sei nicht schnippisch, Baby. Wenn du ein Frettchen aus seinem Loch schreckst, beißt es. Wenn Wilson Wind kriegt, ist er hinter dir her.«

»Ich wünschte, er tut's. Ich hab das satt – dieses Jagen. Wenn ich wüßte, wo er ist, *müßte* er nicht hinter mir her.«

»Das ist, verdammt noch mal, nicht der Punkt. Wenn jemand bei einer Tür reinkommt, kommt er auch bei 'ner andern rein.«

»Wir sind nicht dazu ausgebildet, Besitz zu schützen, Burke. Wir sind keine Wachhunde. Wir schützen uns selbst, einen kleinen Kreis um uns selbst. Wenn jemand in diesen Kreis kommt, spielen Schlösser oder Türen keine Rolle.«

»Und du hast hinter der Tür zu dieser Wohnung gewartet?«

»Oh, ja.«

»Wenn er also immer wieder an die Tür klopft, und du nicht antwortest, läßt du ihn einfach weggehn?«

»Nein. Wenn er's nicht probiert und es durch die Tür schafft, würde ich ihm antworten – ich würde verschreckt klingen, ihn ermutigen, sich gewaltsam Einlaß zu verschaffen und –«

»Und bereit für ihn sein?«

»Ja.«

»Diese Tür ist aus Holz, nichts als lumpiges Furnier über weicher Fichte.«

»Und?«

»Und ein zwölfer Kaliber bläst sie voll aus den Angeln. Das ist ein Lauf – der zweite wär für dich.«

»Kann sein.«

»Komm schon, Flood, schmoll ein bißchen mehr – bist'n tolles Kleinkind. *Kann sein.* Isses nicht scheiß schlau. Ich hab dir vorher gesagt, wenn wir diesen Freak finden, kannst du dein Duell haben, okay? Bis dahin bist du bloß ein guter Soldat und folgst den Befehlen.«

»Ich bin kein Soldat.«

»Du bist in *dieser* Truppe. Sei stolz, daß du ein Soldat bist – es gibt Schlimmeres.«

»Vielleicht ist Angst etwas Schlimmeres.«

»Hör mit der Leier auf, Flood. Das bringt nichts. Angst ist

was Gutes, sie wirkt gripsbildend. Du hast keine Angst, großartig – aber ohne Grips. Wir haben jetzt keine Zeit, verstehst du? Wir sind an ihm dran.«

»Woher weißt du das?«

»Ich weiß es. Das ist meine Arbeit, so pflege ich meine Arbeit zu tun. Er ist da draußen, und er ist in der Nähe.«

Sie kam rüber, wo ich auf dem Boden saß. Sie setzte sich hin, legte ihre Hand auf meine Schulter und blickte mir ins Gesicht.

»Burke, ich will etwas *tun*. Tut mir leid – ich habe den Großteil meiner Ausbildung hinter mir, aber ich habe nicht die Geduld – noch nicht. Wenn dies vorbei ist, arbeite ich dran, ich versprech es. Aber laß mich etwas mit dir *tun*. Ich kann ein paar Dinge tun – ich habe dir schon geholfen, oder?«

Ich erwähnte nicht, wie sie mir bei Goldor geholfen hatte – worauf wollte sie hinaus?

»Da gibt's was, das du tun kannst«, erklärte ich ihr. »Eine Schauspielerei am Telefon. Das muß in ein paar Stunden erledigt werden, und wir müssen ein Münztelefon finden, von dem wir es tun können, okay?«

»Okay«, antwortete sie und strahlte ein bißchen.

»Ich geh's mit dir durch, bis du's richtig kannst – wir kriegen keine zweite Chance.«

»Und es hilft, ihn uns zu bringen?«

»Schau zur Wand, Flood. Siehst du sie? Stier mich nicht so an. *Schau* da hin. Okay, jetzt ziehst du im Geist ein Quadrat auf der Wand – ein weißes Quadrat – die ganze Umrandung besteht aus winzigen Fliesenstücken, lauter unterschiedliche Farben, dunkle Töne. Okay?«

Eine kurze Pause von Flood, dann: »Ja, ich seh es.«

»Wir machen ein Mosaik, du und ich. Wir wollen jetzt das Quadrat füllen, arbeiten von den Ecken aus nach innen, bis das ganze Ding verfliest ist, ja?«

»Ja«, sagte sie und konzentrierte sich.

»Aber keine weißen Fliesen, in Ordnung? Nur die letzte ganz winzige Fliese ist weiß. Das isse – das is die Cobra – und *ihre* Fliese fällt nicht, bevor nicht alle anderen Fliesen auf dem Brett sind. Genau so funktioniert's. Der Kerl sitzt außerhalb des Bretts und hält seine weiße Fliese, überlegt sich, wo er sie hinsetzt, und der Spielraum wird ihm knapp. Aber unsere Fliesen kommen ihm immer näher, und je länger er wartet, desto weniger Raum hat er. Er will sie nicht setzen, und es gibt keinen Spielraum mehr.«

»Vielleicht will er sie überhaupt nicht setzen.«

»Er *muß* sie setzen. Über dem Brett schwebt er im luftleeren Raum. Flood – er muß runterkommen – das Brett ist seine ganze Welt. Es gibt keinen anderen Ort, wo er hingehn kann.«

»Wenn wir uns nur von den Rändern vorarbeiten . . . wenn wir nach einem festen Muster arbeiten . . . weiß er dann nicht, was wir tun?«

»Eine Weile nicht. Und wenn er es erkennt, wenn er sieht, daß die Wände gegen ihn vorrücken, setzt er vielleicht seine Fliese zu schnell, macht seinen Zug, während er noch denkt, er hätte eine *andere* Wahl.«

Flood blickte zur Wand, sprach mit abwesender Stimme. »Ja . . . und wenn er seine Fliese hinsetzt, während er noch etwas Raum hat . . . das isses, was du damit gemeint hast, daß er herkommt?«

»Ja, Baby«, sagte ich leise.

»Ich verstehe. Und der Anruf, den ich machen soll . . .?«

»Ein weiteres Paar Fliesen auf dem Brett.«

»Fangen wir an, Burke«, sagte sie und wandte sich mir mit einem frösteln machenden Lächeln auf ihrem schönen Gesicht zu – und wir fingen gemeinsam an zu proben.

47

Bis Flood und ich unsere Arbeit beendet hatten, war es fast
halb fünf morgens. Wir verließen nach der Probe ihre Wohnung und gingen zu meinem Büro, ließen Pansy raus aufs
Dach und faßten etwas Ausrüstung. Dann zurück zum Plymouth und rüber zum Lagerhaus. Ich nahm Floods Hand
und führte sie nach hinten, wo ich das Telefon einstöpselte.
Ich machte mir keine großen Sorgen, daß der Anruf zurückverfolgt werden könnte, aber wir brauchten einen Privat-
raum zum Arbeiten, und ich wollte nicht, daß irgendein
neugieriger Bürger um diese Stunde an ein Münztelefon
tappte. Oder ein Cop.

Ich machte die Anschlüsse und schaltete die Mikrokas-
sette an, um das Feedback der Zwillingslautsprecher zu
checken. Das Arrangement funktionierte perfekt, die Geräusche aus einem Nachtclub zur Sperrstunde füllten den
kleinen Raum – Gläserklirren, laute, blödgesoffene Stimmen, blecherne Diskomusik, eine Lärmkulisse. Ich spielte
mit den Lautstärke- und Equalizer-Reglern, bis es richtig
klang, bastelte die Encoder-Scheibe ins Mundstück des Feld-
telefons, hämmerte die Nummer ein und übergab das Instrument Flood.

Wir hörten, wie das Telefon beim dritten Läuten abgenommen wurde. »FBI. Am Apparat Special Agent Haskell.
Womit kann ich Ihnen dienen?«

Und Floods Stimme legte los, rauchig und verstört zugleich. »Ist das das FBI?«

»Ja, gnä' Frau, womit können wir Ihnen dienen?«

»Ich arbeite im Fantasia, wissen Sie, am Times Square?«

»Ja, gnä' Frau. Und Sie heißen?«

»Ich heiß ... nein! Hören Sie bloß zu, okay? Ich werd's Ihnen nicht sagen. Da ist ein Kerl, der heute nacht hier war. Er hat getrunken, aber nicht sehr viel, klar? Aber er war im Arsch, wissen Sie? Seine Augen waren närrisch – nicht wie sie sie normalerweise kriegen, wenn sie die Mädchen sehn, *echt* närrisch. Und er hat mit sich selber geredet. Die Leute haben sich neben ihn gesetzt, und dann sind sie bloß aufgestanden und woanders hingegangen.«

»Ja, gnä' Frau.«

»Und ... wir müssen ... so, bei den Kunden sitzen, wissen Sie? Gehört zum Job. Also hat er mich gepackt, und er wollte nicht mehr loslassen. Er hat mir erzählt, daß Präsident Reagan ein elender Verräter wär, wissen Sie? Ein Arschkriecher bei den Kommunisten. Er hat gesagt, Reagan hat versprochen, in Kuba einzufallen und Südafrika anzuerkennen und lauter so Zeug, was ich nicht verstanden hab.«

»Ja, gnä' Frau«, sagte der Agent wieder, aber die Zwillingsboxen offenbarten ein unterschwelliges Interesse in seiner Stimme. »Könnten Sie die Person bitte beschreiben?«

Flood gab ihm eine genaue Beschreibung Wilsons, redete schnell und atemlos – wir wußten, daß die Bundesheinis den Anruf aufnahmen. Dann erwischte sie ihn mit einem Haken. »Und ich ruf an, weil er gesagt hat, er will den Präsidenten umbringen. Er hat gesagt, die Leute würden auf was anderes nicht achten. Und er hat eine *Knarre*. Ich hab sie gesehn – eine große, schwarze Knarre – und er hat dieses Buch, wie ein Notizbuch, wissen Sie? Er hat gesagt, er arbeitet für die CIA, und daß er auf 'nem Geheimauftrag wär, um Amerika zu erziehen.«

Stille beim Agenten, aber man konnte spüren, wie er sich wünschte, daß Flood weitermachte, ihren Wortfluß nicht unterbrechen möge. »Ich hab solchen Schiß«, sagte Flood, »er kennt meinen Namen – er hat mich gefragt, ob ich eine gute Amerikanerin wär. Ich hatte Schiß, die CIA anzurufen, weil, wie ... vielleicht hat er die Wahrheit gesagt. Ist er ... ich meine, wissen Sie ...?«

»Nein, gnä' Frau.« Seine Stimme war jetzt gespannt, aber beherrscht. »Wir kennen keine solche Person, wie Sie sie beschrieben haben. Hat er Ihnen seinen Namen gesagt?«

»Er hat gesagt, ich soll ihn die Cobra nennen, wie die Schlange auf der Flagge, was immer das heißt.«

»Ja, gnä' Frau. Wir würden gern einen Agenten vorbei-schicken und mit Ihnen sprechen. Sind Sie noch an Ihrem Arbeitsplatz?«

»Ja – ich meine, nein! Ich meine, ich geh' jetzt ... ich geh grad. Ich wollt's Ihnen bloß sagen, weil ich glaube, er meint es wirklich, wissen Sie?«

»Ja, gnä' Frau, wir wissen Ihren Anruf zu schätzen. Wenn wir uns jetzt –«

Aber Flood hängte bereits ein. Ich demontierte die Aus-rüstung, schaltete das Band ab und ging zurück zum Ply-mouth. Wir fuhren rüber zur Forty-second Street, aber auf der East Side. Ich wollte eine neue Annonce für die *Daily News* einwerfen, komplett mit Zahlungsanweisung. Wenn die Dinge wie geplant liefen, würde morgen folgendes lau-fen: COBRA! ICH VERSTEHE, UND ICH KANN DIR BEI DEINEM PROBLEM HELFEN. BITTE RUF AN ... und dann würde da eine Telefonnummer stehen. Wer im-mer die Nummer wählte, würde am Telefon diese Antwort hören: »Abteilung Kapitalverbrechen, Detective Soundso am Apparat«, und ich glaubte nicht, daß das Gespräch lange weiterginge. Aber seine Wirkung würde nachklingen.

48

Ich mußte in die Bronx, den Maulwurf sehen, und ich brauchte überdies Michelle, um dieses letzte bißchen zu bewerkstelligen. Ich hatte mir überlegt, sie zu bitten, die Fahrt mit mir zu machen – mit Flood wäre die Zusammensetzung zu wild geworden. Ich erklärte ihr, wir würden bis morgen nichts unternehmen, sie solle etwas schlafen und bereit sein. Ich setzte sie ab und kehrte um, runter zu den Docks.

Diesmal fuhr das Glück mit mir. Ich erspähte Michelle, die sich anmutig aus dem Vordersitz einer dunklen Chrysler-Limousine räkelte. Ich beobachtete von fern, wie sie dem x-beliebigen Insassen Auf Wiedersehen winkte, dann lotste ich den Plymouth langsam rüber, wo sie stand.

Als ich auf ihre Höhe zog, fummelte sie in ihrer großen Umhängetasche nach etwas. Sie erkannte das Auto, öffnete sich selber die Tür und kletterte neben mich rein. Ich zog ohne ein Wort zu sagen davon.

Schließlich entnahm sie ihrer Tasche eine winzige Flasche mit einer dunklen Flüssigkeit, nahm einen tiefen Zug, gurgelte das Zeug im Mund und kurbelte das Fenster runter, um es in die Nacht zu spucken.

»Willste einen, Baby?«

»Nein danke. Was ist das ... Mundspülung?«

»Sei nicht so vulgär, Burke. Es ist Cognac.«

»Ich geb's auf. Willst du heute nacht arbeiten?«

»Baby, ich *arbeite* – hab grad meinen letzten Job aus deinem Fenster gespuckt.«

»Etwas *anderes,* okay?« Manchmal hasse ich, was sie tut, um Kohle zu machen.

»Feg mich nicht an, Burke. Du bist nicht mein scheiß Bewährungshelfer.«

»Tut mir leid, du hast recht. Ich bin dein Freund, okay? Und ich nehm dich zu 'nem andern Freund mit.«

»Wer?« Noch immer nicht besänftigt.

»Der Maulwurf.«

»Oh, der arme Kerl kann immer noch nicht anrufen und seine eigenen Dates machen?«

»Michelle, mach mal halblang. Wir müssen ein anderes Büro einrichten. Ich brauch den Maulwurf für die Elektronik und dich für die Telefone.«

»Hat das was mit dem Job für Margot zu tun?«

»Ich hoffe, du hast das von Margot persönlich gehört.«

»Warum?«

»Weil sonst die betroffene Person mehr wissen könnte, als sie sollte.«

»Oh, Dandy weiß von *nichts,* Liebster, aber der Prophet hat seine Armageddon-Nummer abgezogen, also bau ich drauf, daß, was immer losgeht, bald passiert.«

»Sobald ich diesen Freak finde.«

»Bloß du und ich dabei?«

»Und der Maulwurf.«

»Oh super. Ich *liebe* den Maulwurf.«

»Michelle, hör zu – mach den armen Hund nicht närrischer, als er schon ist, okay?«

»Kann ich was gegen, wenn mich Intellektuelle anziehen? Überhaupt, es passiert selten genug, daß eine Frau von meiner Klasse ein angenehmes Gespräch mit ihresgleichen hat.«

»Du weißt, wovon ich rede.«

»Ich werde mich benehmen«, versprach sie mit bösem Lächeln.

Wir schnurrten ruhig dahin, bis wir die Grenze zur Bronx kreuzten. Ich fand ein Münztelefon, erreichte den Maulwurf und arrangierte ein Treffen beim Schrottplatz. Ich wollte Michelle nicht reinbringen – ich fürchtete, sie würde auf etwas mehr Innenausstattung bestehen.

Wir saßen wartend da. Abgesehen vom gelegentlichen Heulen eines Hundes oder einer Polizeisirene war es eine ruhige Nacht.

»Ich hock auf einer totalen scheiß Niete, Michelle. Er *war* hier, irgendwo in der Pißgrube, aber er ist weg. Ich werd ihn jetzt nicht finden – er muß zu mir kommen.«

»Du mußt die Karten spielen, die man dir gibt, Baby.«

»Wer sagt das?«

»Der Geber«, sagte Michelle. Und sie hatte recht.

Der Maulwurf materialisierte jetzt neben dem Auto. Ich kurbelte das Fenster ganz runter.

»Maulwurf, ich brauch deine Arbeit in einem Bürohaus – Telefone, Lichter, ähnliches Zeug.«

»Und?«

»Und ich brauch es morgen. In Moscows Gebäude – die kleine Bude oben, okay?«

Bevor er antworten konnte, drapierte sich Michelle einigermaßen auf meinem Schoß und heftete die leuchtenden Augen auf ihr Ziel. »Na, Maulwurf, sagste nicht Hallo oder irgendwas!«

»Michelle –«, war alles, was der Maulwurf rauskriegte, bevor sie freiweg loslegte.

»Nun, Maulwurf, isses nicht unhöflich, die Leute zu ignorieren. Vor allem deine Freunde.«

»Ich hab dich nicht gesehen –«

»Maulwurf, *bitte*. Jeder Mensch weiß, daß du im Dunkeln sehen kannst. Morgen trägst du 'nen sauberen Overall – ich will mir den Schmier nicht über . . .«

Ich versetzte Michelle einen kräftigen Ellbogenstoß, um

sie auf ihre Autoseite zurückzutreiben und zuckte dem Maulwurf mit den Achseln ein »Was-kann-ich-dafür« zu; der sagte: »Morgen früh«, und verschwand.

Michelle schmollte auf dem Rückweg ein paar Minuten, dann fing sie an zu kichern. Der Maulwurf bewirkt das bei ihr. Wir trafen alle Arrangements, und ich sagte ihr, ich würde sie morgen abholen.

Normalerweise träume ich nicht. Diese Nacht träumte ich von einem lüsternen Kopfkranken, der über einer Feuergrube stand und ein Kind nach dem anderen reinwarf. Irgendwie wußte ich, daß die Grube, wenn er genug Kinder auf ihren Grund geworfen hatte, die kritische Masse erreichen und ihm ins Gesicht explodieren würde. Aber ich wachte auf, bevor das geschah.

49

Wir kamen gegen zehn Uhr morgens zum neuen Büro. Ich hatte Moscow bereits angerufen, und er hatte bestätigt, daß ihm die Kasper für die Zwei-Zimmer-Suite im vierzehnten Stock zwei Monatsmieten im voraus bezahlt hatten. Sobald ich das hörte, schickte ich Max mit den zusätzlichen zweihundert los, um Moscow wegen des kleinen Zimmers direkt über der Suite zu treffen. Zweihundert pro Woche – das war der laufende Kurs mit Moscow für das Arrangement. Zeitweise vermietet er die Zwei-Zimmer-Suite im vierzehnten an eine Gruppe nach der anderen. Er hat eine lange Klientenliste – ich war bloß einer auf der Liste. Wenn die Schlaumeier ihre Absahn-Geschäfte mit Textilherstellern oder einem Restaurant durchziehen, mieten sie die Suite als Aushängeschild und nehmen den kleinen Raum genau drüber, um einen Ort zu haben, wo sie hinkönnen, wenn die Sache übel ausgeht. Und wenn irgendwelche Dingsbums-Radikalen ein internationales Hauptquartier einzurichten beschließen, vermietet Moscow den kleinen Raum oben an die *federales,* so daß sie in Ruhe und Frieden mitlauschen können. Der kleine Raum oben ist nicht viel größer als eine Kleiderkammer, aber er hat eine eigene Toilette und eine entsprechende Lüftung. Man kann es sich dort tagelang gutgehen lassen – ich weiß es.

Michelle und ich nahmen die Treppen bis hoch – sie keifte den ganzen Weg über Treppensteigen mit Pfennigabsätzen. Ich plazierte sie in dem kleinen Zimmer und hieß sie einfach warten und cool zu bleiben. Sie öffnete ihren Make-up-Koffer, nahm eine Handvoll Schundromane raus und setzte sich ohne ein weiteres Wort. Ich nahm runter in die unbewachte Lobby die Treppe, checkte den Stillen Portier, konnte aber Falcon Enterprises nicht finden. Meinen Koffer in der Hand, nahm ich den Aufzug zum vierzehnten Stock, klopfte, hörte »Herein« von James, der am Schreibtisch im Vorderzimmer saß – ich hörte Gunther hinten rumwuseln. Nett wirkende Aufmachung, in Ordnung – ein verschrammter Holzschreibtisch mit einem alten Holzdrehstuhl für vorne, ein langer Tisch auf wackligen Beinen mit zwei weiteren Holzstühlen hinten, Linoleumböden, blanke, getünchte Wände, zwei Fenster hinten, die nicht geöffnet worden waren, seit die Dodgers Brooklyn verließen. Moscow verkaufte keine Ausstattung.

Ich schüttelte James die Hände. »Ich hab Ihnen etwas Zeug gebracht«, sagte ich und öffnete den Koffer. Er blickte glücklich drein, als ich den mit Briefkopf bedruckten Bürobedarf einschließlich Telex-Anschrift, Umschlägen, Geschäftskarten, Schreibtisch-Kalender, ausgesuchten Normblöcken und Kugelschreibern zum Vorschein brachte. Dann nahm ich das Rekrutierungsposter der rhodesischen Armee und die Schwarzweiß-Zeichnung eines Soldaten raus, der seinen Fuß fest auf den Mund eines toten Feindes gepflanzt hatte. Das Poster besagte: »Kommunismus Endet Hier!« Ein paar große Landkarten von Afrika vervollständigten die Ausstattung, und wir setzten uns auf eine Kippe. Kameraden in Waffen.

Gunther schlenderte rein, schenkte mir, was als frösteln-machender Blick gemeint war, sobald er sah, daß Max nicht am Schauplatz war. Er grunzte, als er einen Blick auf meinen Nachschub warf, aber seine Augen leuchteten auf, als er die Geschäftskarten sah. Augenblicklich stopfte er ein Bündel in seine Tasche – immerhin berechtigterweise. Ich saß im

Drehstuhl, legte die Füße auf den Schreibtisch. »Mein Mann wird in 'ner Weile hier sein. Er hat 'n Vitamin B zur Telefongesellschaft, also müssen Sie auf den Anschluß nicht warten. Geben Sie ihm 'nen Hunni, und bis Sie die erste Monatsrechnung kriegen, sind Sie weg.«

Beide waren bester Dinge und lächelten einander ständig an. Man konnte sehen, daß ihnen der Gedanke an ein richtiges Büro und ein Aushängeschild gefiel. James lief durch die Örtlichkeit und kratzte sich das Kinn, als ob er tief in Gedanken wäre. »Es funktioniert – funktioniert tatsächlich sehr gut, das kann ich sehen. Aber wissen Sie ... irgendwas fehlt, irgendein Pfiff, der den Umfang unseres Unternehmens anzeigt. Unsere Zweckbestimmung, sozusagen.«

Bevor ich irgend etwas sagen konnte, lächelte Gunther und zog ein mattschwarzes Kampfmesser raus – die Art, bei dem der Griff aus einer Ansammlung von Messinghöckern besteht, damit man Knochen brechen und Fleisch zerreißen kann. Er starrte auf mein Gesicht, und ich konnte sehen, daß er noch immer an dem kaute, was ich ihm im Lagerhaus angetan hatte. Er lief rüber zum Schreibtisch, wo ich saß, und rammte das Messer so hart in die Platte, daß das ganze Ding hüpfte. Langsam entfernte er seine Hand und beobachtete mich die ganze Zeit, das Messer stak halbwegs in der Tischplatte.

James sagte: »Ja, genau. Grad der letzte Pfiff.«

Gunther schielte rüber zu mir. »Sie sagten etwas von Publicity?« Er ließ es wie eine Drohung klingen und stapfte ins Hinterzimmer davon. Gunther war so zäher Lesestoff wie die Rennergebnisse von gestern.

»Ist er okay?« fragte ich James, just laut genug, damit Gunther es hörte.

»Oh, ihm geht's gut, Mr. Burke. Bloß die Nerven. Gunther ist eher ein Mann der Tat, könnte man sagen. Ich besorge die Rekrutierung.«

»Okay . . .« Als ob ich wirklich einen Scheiß drauf gäbe.
An der Tür klopfte es sanft, und der Maulwurf trat ein, trug
seine Firmenuniform und protzte mit einem riesigen Ledergürtel um die Taille, gefüllt mit genug Zubehör, um eine
Hirnoperation bei einem Nashorn durchzuführen. Aller-
dings nicht an Gunther – der Maulwurf führte kein Mikro-
skop mit sich.

Ohne ein Wort zu irgendeinem, lief der Maulwurf die
Länge des Vorderzimmers ab, und seine Augen zwinkerten
rasch hinter den dicken Brillengläsern. Er hockte sich hin,
zog ein paar Drucktastentelefone aus seinem Werkzeugkasten und ging ans Werk. Er stellte das weiße Telefon auf
James' Schreibtisch und ging nach hinten, um das rote auf
den langen Tisch zu stellen. Gunther schenkte ihm ein
furchterregendes Starren und weitete seine Brust – der Maulwurf änderte keinmal den Gesichtsausdruck, machte bloß
mit dem Verkabeln weiter. Die ganze Nummer kostete ihn
zirka zehn Minuten, nach denen er rüber zu James ging und
ihm eine feuchte, plumpe und weiße Hand, Fläche nach
oben, hinstreckte. James schien einen Sekundenbruchteil
drüber nachzudenken, langte dann in seine Brieftasche, zog
einen Hunderter und überreichte ihn. Der Maulwurf drehte
sich um und trat ab.

James blickte rüber zu mir. »Ihr Mann ist nicht sonderlich
gesprächig, oder?«

»Probieren Sie die Telefone«, schlug ich vor.

James setzte sich an seinen Schreibtisch, drückte die 411,
fragte die Vermittlung nach der Nummer des Waldorf-
Astoria, kriegte die Nummer, wählte das Waldorf und reser-
vierte für eine Woche von jetzt an eine Suite für zwei. Ich
schätze, er erwartete, daß sein Schiff einlief.

Ich stand auf, um zu gehen. »Sie werden von diesem
Reporter hören, von dem ich Ihnen erzählt habe. Das sollte
Ihnen alle Publicity geben, die Sie brauchen. Rufen Sie mich

über diese Nummer an«, sagte ich und überreichte ihm eine Karte, »und ich bin mit Ihnen innerhalb einer Stunde in Verbindung, egal zu welcher Zeit Sie anrufen, okay?«

»Gewiß«, sagte James und streckte die Hand aus. Ich schüttelte sie, winkte Gunther zu, der finster hinten saß, und ging raus zum Aufzug.

Ein paar Minuten später stieg ich die Treppe zu Michelles kleinem Zimmer hoch. Als ich zur obersten Stufe kam, sah ich den Maulwurf in einer Ecke stehen, beobachtend und wartend – selbst trotz seiner teigigen Haut mußte man manchmal zweimal hinblicken, um ihn zu sehen, so bewegungslos war er. Ich winkte ihn ran, und wir gingen in den kleinen Raum. Michelle sah zur Tür – sie blickte von ihrem Buch auf, als sie mich sah, und wurde schlagartig lebendig, als sie sah, daß ich nicht allein war.

»Maulwurf, Baby? Wie laufen die Dinge im Untergrund?«

Der Maulwurf blinzelte ein paarmal öfter als üblich, schenkte Michelle seinen besten Versuch eines Lächelns, sagte aber nichts, wie üblich. Er begann seinen Werkzeugkasten mit den sicheren Bewegungen des Profis zu leeren. Er brauchte das Zimmer nicht abzuchecken, er hatte den Raum zuvor abgegrast. Aus dem Werkzeugkasten wanderte ein viereckiger Metallrahmen mit allen möglichen Drehknöpfen sowie zwei kleinen Lampen obenauf, eine rot und eine grün. Er stöpselte ein Telefonmundstück und einen Hörer an, zog dann einige Drähte rüber zu einem kleinen Kasten, der wie die Tastatur eines Taschenrechners aussah. Er öffnete das Mundstück, schraubte eine Entstörerscheibe ein, legte einige Drähte zur Wand, klinkte irgendein anderes Ausrüstungsteil an, führte zwei Drähte zusammen, dachte nach, öffnete einen Dreifuß mit flacher Spitze und stellte das Telefon-Set obenauf. Michelle beobachtete ihn die ganze Zeit, während er arbeitete, mit Falkenaugen.

Der Maulwurf zog zwei weitere Telefonapparate raus,

stöpselte sie an das größere Teil und legte ein paar weitere Drähte zur Rückwand. All das kostete ihn gut und gern eine halbe Stunde. Michelle und ich sagten kein Wort – dies war komplizierte Arbeit, und wir wußten, daß der Maulwurf keine Kiebitze mochte. Er bewegte sich mit Sicherheit und Anmut – kein Mikrochirurg konnte besser mit den Händen umgehen. Als er fertig war, spielte er ein paar Minuten mit dem Arrangement und trug dabei seine Gummihandschuhe, dann wandte er sich schließlich uns zu. »Wenn das rote Licht an ist, machst du keine Anrufe. Grünes Licht, du kannst es benutzen. Das linke Telefon zapft unten an. Das nächste Telefon ist die Zuleitung zu dir von all den Nummern, die du mir gegeben hast. Du wählst nur mit diesem Kasten raus.«

»Danke, Maulwurf«, sagte ich und schob ihm sein Geld zu, das irgendwo in seiner Uniform verschwand.

Als sich der Maulwurf zum Gehen wandte, sagte Michelle: »Maulwurf«, und brachte ihn dazu, sich umzudrehen und sie anzusehen. »Maulwurf, erinnerst du dich dran, daß ich dich gebeten habe, was über diese Operation rauszufinden? Die für mich?«

Der Maulwurf nickte und blinzelte hinter seiner Brille.

»Kann das funktionieren, Maulwurf? Wär es das, was ich will?«

Der Maulwurf sprach, als lese er aus einem Buch vor. »Die Operation ist für richtige Transsexuelle – nur für Transsexuelle. Biologisch würde es funktionieren. Kompetente Chirurgie und die entsprechende postoperative Pflege vorausgesetzt, sind die einzigen damit verbundenen Probleme psychischer Art.«

»Du weißt, was transsexuell ist, Maulwurf?« fragte Michelle.

»Ja.«

»Was?« forderte Michelle und blickte ihn gespannt an. Für sie war ich nicht mehr im Zimmer.

402

»Eine Frau, die im Körper eines Mannes gefangen ist«, sagte der Maulwurf.

»Verstehst du das?« fragte Michelle.

»Ich verstehe gefangen«, sagte der Maulwurf und blinzelte nun nicht so oft.

»Danke, Maulwurf«, sagte Michelle, stand auf und küßte ihn auf die Backe. Ich dachte, der Maulwurf errötete, konnte aber nicht sicher sein. Er schob sich aus der Tür und war weg.

Michelle saß lange Zeit da, trommelte mit ihren langen Fingernägeln auf den Umschlag ihres Wälzers. Ich zündete eine Zigarette an, rauchte still. Eine Träne sammelte sich in ihrem Augenwinkel, rollte über ihr Gesicht und hinterließ auf ihrer weichen Haut eine Spur. Ich zündete eine weitere Zigarette an, überreichte sie ihr. Sie nahm sie, hielt sie eine Minute wie abwesend, schenkte mir ein angedeutetes Lächeln und inhalierte einen tiefen Zug. Sie stieß den Rauch aus und schüttelte sich. »Ich muß mein Gesicht herrichten«, sagte sie und ging zur Toilette.

Es dauerte ein paar weitere Kippen, bevor sie rauskam – frisch, neu und wieder hart.

»An die Arbeit, Baby«, sagte sie und setzte sich vor die Telefonbank.

Ich rief den Jungreporter an, teilte ihm mit, ich hätte den Söldnerrekrutierungs-Verein geortet, aber meiner Information nach wären sie nur noch einen weiteren Tag oder so da, und er sagte, er mache sich noch diesen Nachmittag dran. Er dankte mir für den Tip, sagte, er würde es schon einrichten.

Dann rief ich die ATF an – das ist Alkohol, Tabak und Feuerwaffen, mit starker Betonung auf letzterem – und teilte ihnen mit, daß ich ihnen meinen Namen nicht nennen könne, aber ein Kerl, der Wilsons Beschreibung entsprach, mache seine Runden durch die Spätschuppen und biete ein halbes Dutzend Maschinengewehre des Kalibers 45 komplett mit Schalldämpfern an, zum augenblicklichen Kauf. Als ich »Schalldämpfer« sagte, konnte ich spüren, wie sich in der Leitung Spannung aufbaute – ein den ATF-Jungs verpfiffener Schalldämpfer ist wie zehn Pfund pures Heroin für die Drogen-Cops. Sie setzten mich weiter unter Druck, bis ich ihnen schließlich erklärte: »Schaun Sie, ich hab alles gesagt, wozu ich bereit bin. Das ist ein scheiß *übler* Bursche, er ist niemand, mit dem man spielt. Sie wissen, wer er ist – die Cobra, richtig? Er hat gesagt, er hat mit Ihnen allen schon zu tun gehabt.«

Ich unterbrach die Verbindung und steuerte zum Restaurant, wo ich Mama in der Küche fand.

»Max schon zweimal hier. Er komm bald zurück, okay?«

»Okay, Mama. Danke.«

»Du will was Suppe?« kam die unvermeidliche Frage.

»Sicher.«

Ich setzte mich, der Kellner kam, und Mama und ich hatten etwas Suppe und harte Nudeln, aßen still und dachten unser Teil.

Max schwebte von hinten rein, bevor wir fertig waren. Er verbeugte sich vor Mama, die sich ebenfalls verbeugte. Mama bot ihm etwas Suppe an. Max schüttelte den Kopf: nein – Mama insistierte, griff seine Schulter und stieß ihn in die Nische. Ein feines Lächeln zuckte über Max' Gesicht, als er sich ergab.

Max zeigte mir die Rennblätter, und ich schüttelte den Kopf, um ihm zu erklären, daß ich unter Druck stand. Ich machte das Zeichen des Wundenausdrückens, knirschte mit den Zähnen, um zu zeigen, daß ich so viel Druck sammelte, wie ich konnte, ballte die Faust. Max verstand.

Ich zeigte ihm meine Uhr, bewegte den Finger, um sieben Uhr anzuzeigen, dann zeigte ich ihm der Cobra Bild, beschattete meine Augen, als ob ich in die Sonne blickte, und drehte den Kopf von Seite zu Seite. Ich machte eine Willste-Mitkommen-Geste.

Max langte mit den Händen hinter seinen Rücken, versetzte sich einen harten Klaps – er war nicht daran interessiert, den Freak zu jagen, aber er kam mit, um meinen Rücken im Auge zu behalten. Okay. Ich tippte an mein Herz, um ihm zu danken – er machte dasselbe, um kundzutun, daß wir Brüder waren und dies von ihm erwartet werden konnte, keine große Sache.

Ich sagte, ich würde ihn später am Lagerhaus abholen, aber zunächst brauchte ich etwas Schlaf. Die taffen Jungs in den Filmen schlafen nie. Vielleicht hatte Flood recht, ich war nicht so taff.

50

Zurück im Büro, kümmerte ich mich um Pansy, indem ich die Hintertür öffnete, und sie kümmerte sich um ihr Geschäft oben. Das Telefon war immer noch frei, und ich rief Flood an. Erklärte ihr, bis morgen würde nichts geschehen, und ich könne sie bis dahin nicht sehen. Dann rief ich Michelle an und sagte, ich käme eine ganze Weile später vorbei und brächte ihr etwas Essen und löste sie an den Telefonen ab.

»Burke«, sagte sie, »der grüne Reporter hat sich drunten rangemacht.«

»Klingt er, als wüßte er, was er tut?«

»Nicht annähernd.«

»Das ist mein Mann. Ich rufe später wieder an, okay?«

»Okay, Baby. Keine Sorge, alles läuft bestens.«

Ich konnte keinen Schlaf finden, also überfrachtete ich mit Bedacht mein Hirn und wußte, ich konnte es auf diese Weise zum Ausrasten und Überdrehen bringen. Ich befrachtete es mit Namen, Orten, Bildern, Gesichtern, Schemata, Plänen, Tricks, Tücken. Ich versuchte das immer in Haft, aber dort funktionierte es nie. In Haft ist die Welt klein, und man kann alle Informationen, die man zum Überleben braucht, in einem kleinen Teil seines Hirns behalten. Hier draußen ist es anders. Ich habe meine Welt so klein wie möglich zu machen versucht, aber alle heilige Zeit kreuzt jemand wie Flood auf und vermasselt alles. Bald spürte ich, wie meine Augen sich schlossen und der Raum entschwand ... Als ich ein paar Stunden später aufwachte, fühlte ich mich kein bißchen besser, aber ich wußte, der Schlaf würde mir später helfen. Ich zog mich langsam an und faßte einen Haufen Privatdetektiv-Quatschzeug. Sollten wir von der Polizei heute nacht hoppsgenommen werden, würde ich ihnen eine Geschichte erzählen, daß ich einen Fall für den Vater des Mädchens bearbeitete, das ich McGowan geliefert hatte. Er würde mich bei allem geringeren als einer Anklage wegen versuchtem Kapitalverbrechen decken. Er hat es zuvor getan.

Max wartete just im Inneren des Lagerhauses. Ich zeigte ihm wieder das Bild der Cobra, und er nickte, um mir zu zeigen, daß es schon in seinem Datenspeicher war. Max war mit Gesichtern nicht so gut (schauten wir Westler wirklich alle gleich aus?), aber wenn er einen Mann sich einmal hatte bewegen sehen, konnte er ihn auf fünfzig Meter aus einer Gruppe herauspicken.

Als wir den Plymouth Richtung Times Square wendeten, war es dunkel. Wo sonst ohne Adresse nach einem Freak suchen? Wir kutschierten durch die Eighth Avenue, von den oberen Dreißigern zu den Fünfzigern. Das kalte Neonlicht blitzte über Max' Gesicht auf und ab, seine Augen schirmten sich gegen das nächtliche Blenden der Straßen ab; mit dem Sonnenschutzfilm aus Lexan auf der Innenseite der Fenster brauchte man einen Röntgenblick, um ins Innere des Plymouth zu sehen. An der Küste ist dieses Zeug illegal, aber hier in New York ist es okay. Die Cops hassen es. Es macht es ihnen schwer zu behaupten, daß die Pistole (oder der Dope-Beutel oder Menschenkopf oder was immer) »deutlich sichtbar« waren, als sie das Auto wegen eines zerbrochenen Schwanzlichtes anhielten.

Wir erwarteten nicht, Wilson dabei zu erspähen, wie er just die Straße entlang bummelte. Er war jetzt in Bewegung – raus aus einem Loch und schwer am Laufen. Aber ich hatte die Regierung schon zum Beobachten der Flughäfen und der Busstationen für mich eingesetzt. Ich mußte etwas tun, zumindest in Bewegung bleiben.

Müll flog überall um den dahingleitenden Plymouth – Teenager arbeiteten auf der Straße, mit aufgemotzten Schuhen und niedergetrampelten Seelen; die Jüngeren, die Kinder, die ihre erste Periode noch nicht hatten, arbeiteten drinnen – in den Massagesalons und Hotels. Die Älteren arbeiteten in den Bars und Clubs. Sogar die Grube hatte ihren eigenen Ordnungssinn – Aufreißer-Trupps pirschten auf den Gehsteigen und lauerten an den Ecken und suchten einen Grund, eine Brieftasche oder ein Leben zu nehmen; protzige Zuhälterautos parkten rund um den Busbahnhof bei der Hafenbehörde, dumpfe Stahlrösser, die Menschenfleisch fraßen und auf die Pilotfische mit ihren Zirkoniumringen und Kunstpelzhüten warteten, um ihnen die neuen kleinen Mädchen zu bringen; die Videospiel-Salons mit ihrer Fracht kleiner Jungs, die darauf warteten, daß der Hühnerhabicht sie holen kam. Diese kleinen Jungs waren nur zu mieten – wenn man einen kaufen und behalten wollte, mußte man einen Mann in einem Klinkerhaus-Büro treffen und schwere Barkohle bezahlen. Keine Lagerung, keine Rücknahme. Sehr wenig Heroinverkauf hier unten; *uptown* ist die Haltestelle für das Zeug. Aber die Straßen waren voller Dreckfinken in langen, versifften Mänteln, die ihr Methadon aus der nahegelegenen Klinik verkauften, und junge Schlepper geierten nach Luds und Speed. Wenn man wußte, wohin, konnte man astreine Rezepte für Valium, Percodan oder wohin man immer reisen wollte, kaufen. Die Goldläden blieben lange auf, um sich den Taschendieben anzupassen. Die glühenden Fenster der Elektronikläden stellten riesige Stereo-Portables zur Schau, das beste, um eine selbstverschuldete Verdummung zu erreichen. Und in den Hinterzimmern verkauften dieselben Schuppen Ehrendolche und getürkte Pistolen, um den Fluß der Stereos von den Verdummten zu den Straßenräubern zu schmieren. Es gab Theater-Fundus-Häuser, die einem alle Köstlichkeiten verkauften, die man zum Verkleiden brauchte, falls man auf bewaffneten Raubüberfall oder Vergewaltigung aus war. Und kleine Läden, die »Ehehilfe« verkauften, die aussah wie Werkzeug für einen kapitalen Überfall. Buchläden verkauften Schnellkurse, wie man durch Folter den Orgasmus erreichte, und Filme – dokumentierte Beweise für Dinge, die es nicht geben sollte.

Als ich ein kleiner Junge war, sah ich in Little Italy einmal einen Haufen Männer auf der Straße versammelt. Da war diese Baulücke mit allem möglichen alten, verrotteten Zeug drauf, und die Ratten hausten da in aller Offenheit. Eine davon hatte ein Kind gebissen. Die Männer umzingelten die Lücke und gossen Benzin über den ganzen Platz und zündeten ihn an. Als die Ratten rausquollen, bildeten die Männer eine Kette und versuchten, sie alle mit Baseball-Schlägern totzuschlagen. Sie töteten eine Masse, aber eine größere Masse kam davon. Ein armer Hund war nicht darauf vorbereitet – für den Teil war er nicht gekleidet. Eine kreischende Ratte rannte ihm die Hosenbeine hoch und versuchte, sich mit ihren Zähnen den Weg in die Freiheit zu rupfen. Als sie dem Jungen schließlich die Hosen runterzogen, war nur noch Blut, wo seine Hoden hätten sein sollen. Falls je jemand ein solches Feuer hier unten legt, wird's schlimmer als das, was mit dem Typ geschehen ist.

Kein Grund, noch länger im Hintergrund zu bleiben – inzwischen konnten sowieso eine Menge Leute schlau geworden sein. Max und ich stießen auf die Straße vor, hatten der Cobra Bild abrufbereit, keine rechte Hoffnung, aber wir mußten den Versuch machen. Wer weiß?

Aus der Nähe wirkten die Straßen kein bißchen besser, als sie durch die Autofenster gewirkt hatten. Max und ich standen an der Ecke und beobachteten das Treiben, während ich an unseren nächsten Zug dachte und Max unentschieden war. Ich erfaßte die ganze Länge des Blocks – das einzige lebende Wesen, das eine ehrliche Arbeit tat, war ein Blindenhund, der keine Möglichkeit hatte zu wissen, daß sein Besitzer optimale Sehschärfe und zig Pillen in seinen löchrigen Taschen hatte.

Ich pickte aufs Geratewohl ein Loch heraus. Der Fleischkloß an der Tür trug ein hautenges Muscle-shirt unter breiten, schwarzen Hosenträgern, und er hatte eine Taschenlampe, die überdies als Schlagstock diente. Er hielt eine fleischige Hand auf, und ich gab ihm zwanzig, um den Einlaß für mich und Max zu begleichen. In der rauchverhangenen Dunkelheit fanden wir einen Tisch, ein paar Schritt weg von der langen Bar, an der sich zwei müde wirkende Mädchen zur Musik zur Schau stellten. Es war etwa so sexy wie im Leichenhaus, und nirgendwo annähernd so sauber.

Die Bedienung warf uns einen Blick zu, sah, daß wir keine Bürger waren, schenkte uns einen obligatorischen Silikonwabbler und brachte uns zwei lauwarme Colas, die zum an der Tür bezahlten Gedeckpreis gehörten. Der Schuppen war nutzlos – die Cobra konnte zehn Schritt weg sitzen, und wir würden sie nicht erspähen. Ich nahm das Bild raus, hielt es so, daß die Bedienung sah, es war etwas, das sie bemerken sollte. Sie gab vor, genau draufzublicken.

»Kürzlich gesehn?«

»Nie zuvor gesehen, Honey.« Zeitverschwendung.

Wir standen auf und gingen. Wir nahten dem Fleischkloß, und ich nahm das Bild wieder raus und hielt es hoch. »Kennst du den Kerl?«

»Kann sein«, und meinte, was is für mich drin?

»Kann sein ja, oder kann sein nein?«

»Einfach bloß kann sein, Kumpel. Wir mögen's nicht, wenn Privatbullen hier Fragen stellen.«

»Schau, mein Freund muß dem Kerl etwas geben, okay? Kann sein, er gibt's statt dessen dir.«

»Du gibst mir gar nix«, murrte er. Max griff sich einen von seinen supergespannten Bizepsen, als ob er den Muskel fühlte. Im schmierigen Licht wechselte des Fleischigen Gesicht die Farbe, und seine Hand wanderte zur Hintertasche ... bis er auf Max' Gesicht blickte und es sich anders überlegte. »Hey, was is das? Ich kenn den scheiß Kerl nicht, in Ordnung? Laß mich *los*.«

Ich konnte sehen, daß es nutzlos war, und signalisierte Max. Wir liefen aus der Tür und hinterließen den Fleischigen, der sich den Bizeps rieb und vor sich hin murmelte.

Wir checkten ein paar Porno-Läden, bewunderten den MUNGO-Schablonenspritz der Blood Shadows, zogen nichts als weitere Nieten.

Drüben an der Forty-fourth stießen wir auf McGowan. Er ließ sein irisches Grinsen aufblitzen, aber sein Partner hing zurück, wachsam. Ein neuer Kerl.

»Burke, wie geht's? Und Max?«

Ich sagte okay, und Max verbeugte sich. Ich zeigte Mc-Gowan das Bild, aber er schüttelte den Kopf.

»Den Prof gesehn?« fragte ich den Detective.

»Hängt hier rum. Ich habe gehört, er hatte irgendwelchen Ärger mit 'nem Louis, hat ein bißchen Kloppe gekriegt ...«

»Yeah«, sagte ich, »das hab ich auch gehört.«

McGowan nickte bloß. Er wollte nur sicher sein, daß ich die Information hatte – was immer dem Louis passierte, kostete ihn keinen Schlaf.

Zwei weitere Stunden auf der Straße, und wir konnten sehen, daß wir keinen Treffer landen würden. Wir fanden den Plymouth, rollten rüber zum Village, checkten ein paar Lederbars, sogar die, die sich auf Polizeikostüme spezialisiert haben. Nichts. Wir versuchten uns in ein paar Bumshotels an der West Street, aber die Empfangsfritzen waren die übliche Informationsquelle. Selbst als wir ziemlich ernstzunehmende Kohle zeigten, zogen wir weiter Nieten.

Aber die Cobra war da draußen – ich konnte sie riechen. Er war nicht weggegangen. Noch nicht. In den Untergrund gehen war für ihn unmöglich – ich lebte da, und er war bloß ein Tourist. Aber die Zeit drückte uns, und wir waren nicht näher gekommen. Er mußte nur auf einen Greyhound nach irgendwohin hüpfen, und er war außerhalb unserer Reichweite. Meine einzige Hoffnung war nun, daß der grüne Reporter die Zeitungsnummer in seiner morgigen Kolumne abzog und Wilson den Köder schluckte. Er hatte nicht das Zeug für einen Berufsverbrecher – kein wirklicher Dieb würde einen Freak wie ihn als Teil eines Teams aufnehmen. Er brauchte das VA-Geld bald. Hatte er einen Paß? Und wenn ihn die Regierung vorher einsackte, konnte ich etwas hinkriegen? Ihm im Knast was verpassen zu lassen war kein Problem, aber es dauerte zu lang zum Warten. Für Flood. Für mich auch.

Max spürte meine Gefühle, langte rüber und legte mir eine Hand auf den Unterarm. Er faltete die Hände vor seiner Brust, um mir zu sagen, daß Geduld mein Verbündeter sein sollte, nicht mein Feind. Sicher.

Ich war so bedrückt, daß ich nicht mal gecheckt hatte, wer diese Nacht in Yonkers lief. Seit Tagen hatte ich kein Ding mehr gespielt. Das einzige, worauf ich mich am Morgen freuen konnte, war ein Artikel des Jungen, der einen Rekrutierer nicht von einem Polopferd unterscheiden konnte.

Ich setzte Max am Lagerhaus ab, ging zurück in mein Büro und rief Michelle an, um die Dinge abzuchecken. Nichts geschehen, aber sie blieb weiter dran. Also ging ich da hoch, brachte ihr eine Tüte Essen, löste sie ein paar Stunden ab, während sie in dem Schlafsack, den ich mitgebracht hatte, auf dem Fußboden knackte. Draußen wurde es hell, als ich eine Zeitung kaufen ging.

51

Die Straßen waren noch ruhig und still, als ich auf den Gehsteig trat, die Fifth runter Richtung Twenty-third Street steuerte und einen Zeitungsstand suchte. Genau gegenüber vom Appellate Division Courthouse, zwischen Fifth und Madison Avenue, ist ein kleiner Park. Normalerweise steckt er voller Dreikarten-Monte-Zocker und Dealern weicher Drogen, aber zu dieser Stunde war er nahezu verlassen. Ich erspähte einen alten Mann, der vier oder fünf Schichten Kleider trug, eine Mütze Schlaf nahm und seine Plastikeinkaufstüte voller Gottweißwas bewachte. Er öffnete die Augen, als ich mich näherte, zu müde und zu schwach, um davonzulaufen, und dankte wahrscheinlich seinem Woranimmer-er-auch-glaubte, daß ich kein Balg war, das ihn mit Benzin zu übergießen und des Spaßes wegen in Brand zu stecken suchte.

Das Wetter änderte sich, man konnte es feststellen. Auf dem Land hält man Ausschau nach Rotkehlchen – wir in der Stadt halten Ausschau nach den alten Männern, die aus den U-Bahntunnels ans Tageslicht kommen. Diese verlassenen Tunnels sind angenehm und warm, aber das Terrain gehört den Ratten. Irgendwie können die Pennschwestern sogar im Winter über der Erde operieren, aber die alten Männer raffen das nicht. Sie müssen zum Männerasyl unten in der Bowery oder ins Tuberkulosenheim oder in die U-Bahntunnel. Wenn sie also zum Luftschnappen hochkommen, weiß man, daß das gute Wetter nicht weit weg ist.

Langsam laufend drang ich auf einem der Durchgangspfade in den Park ein. Als ich anhielt, um eine Zigarette zu rauchen, erspähte ich einen auf eine der Bänke gefläzten jüngeren weißen Mann. Er trug eine alte Army-Jacke und eine hellblaue Golfmütze, Arbeitsstiefel, dunkle Brille. Einen Joint rauchend. Ich kannte die Sorte – zu schwer für leichte Arbeit und zu leicht für schwere Arbeit. Er war auf Beobachtungsposten – ein Späher für bestimmte Einsätze, kein Mann für direkte Konfrontation oder ein Planer. Ich lief an ihm vorbei und paffte an der Kippe, die Hände in den Taschen. Ich konnte spüren, wie mich seine Augen hinter der Sonnenbrille fixierten, aber ich schlenderte weiter und aus dem Park.

An der Twenty-third fand ich einen Zeitungsstand, wo ich eine Spätnachtausgabe und ein Rennblatt für die kommende Nacht kaufte. Dies war unbekanntes Terrain, also drehte ich um und steuerte durch den Park zurück, bis ich eine Bank hinter dem Pisser in der Army-Jacke fand, streckte die Arme aus und holte tief Atem, um mir Gelegenheit zum Rundumblicken zu geben. Der Park war noch immer still und leer. Ich schlug das Rennblatt auf, zog meinen Stift und fing mit den Vorläufen des Abends an. Ich wollte das Blatt gut ausgemalt haben, für den Fall, daß irgendein streunender Cop wißbegierig war.

Ich arbeitete am vierten Rennen, die Zeitung noch immer unberührt neben mir, als ich etwas vor sich gehen spürte. Ich schielte parallel auf den Boden. Nichts. Alles war im Lot, der Park war still. Und dann hörte ich das Rumpeln eines gepanzerten Wagens, der aus der Fifth kam, in die Twenty-third einbog und Richtung West Side hielt. Der Pisser war immer noch auf der Bank, saß jetzt aber steil aufrecht. Sobald der Laster außer Sicht war, stand er auf, lief rasch weg und checkte seine Uhr. Amateur.

Ich hatte genug gesehen. Ich wickelte meine Blätter auf

und steuerte zurück zu Michelle. Ich war nicht sonderlich ungeduldig zu sehen, ob der Artikel im Blatt war – entweder war er oder er war nicht. Ich konnte nichts ändern, indem ich hier im Park las.

Michelle öffnete die Tür, kaum daß mein sanftes Pochen im totenstillen Korridor widerhallte. Als sie das Rennblatt in meiner Hand sah, blitzten ihre Augen vor tiefster Mißbilligung, also hielt ich eilig die Zeitungsausgabe hoch und zeigte ihr, daß ich nicht vergessen hatte, weshalb ich ausgegangen war. Ich setzte mich in den Sessel vor des Maulwurfs Telefonbausatz, und Michelle thronte auf der Armlehne, als ich durchblätterte. Aber sicher, neben des Jungen lächelnder Fotografie war seine halbwöchentliche Kolumne. Die fette schwarze Überschrift besagte ONKEL BIGOTT WILL DICH! Michelle und ich gingen es gemeinsam durch.

Master Sergeant William Jones, ein Bürstenschnitt tragender, blitzblank polierter Veteran des Korea- und Vietnamkrieges, sitzt allein im Parterre des Rekrutierungsbüros am Herald Square und wartet geduldig darauf, genügend jungen Männern die Vorzüge der »neuen« Army zu erklären, um für diesen Monat seinen Schnitt zu machen. Sgt. Jones ist in der Lage, potentiellen Rekruten ein erstaunliches Angebot von Anreizen zu bieten – garantiert freie Ausbildungswahl, Verpflichtung nach Übersee oder ins Inland, ein abgestuftes Besoldungsprogramm, ein aufgebessertes Überbrückungsgeld zur Unterstützung nach Dienstablauf, eine Schulbildungsförderung, bei der die Army Geld zum Unterricht beisteuert, und »mehr Geld, als früher ein Captain einschließlich Frontzulage gemacht hat«. Sein Büro ist einladend, zentral gelegen, und die Atmosphäre ist freundlich.

Aber das Geschäft lief für Sgt. Jones und seine Rekrutierungskollegen in der Stadt nicht sehr gut. Auch trotz der im Getto heftig grassierenden Arbeitslosigkeit setzen die jungen Männer dieser Tage einfach nicht auf die Soldatenlaufbahn. Sgt. Jones sagt, das Problem liege im Beharren der Army auf Ausbildungsmaßstäben, die nicht auf die Bedürfnisse einer kämpfenden Truppe ausgerichtet seien. Bei der »neuen«, gänzlich aus Freiwilligen bestehenden Army finden High-school-Absolventen mit »sehr gut« Verwendung. Sagt Jones: »Als ich gedient habe, hatte ich nicht mal einen Abschluß. Na und? Die Army hat mir beigebracht, wie man kämpft, hat dafür gesorgt, daß ich alles wußte, was ich wissen mußte, hat mir beigebracht, ein Mann zu sein. Ich habe die High-school bei der Truppe fertig gemacht, genau wie damals fast alle meine Freunde. Heute, das ist lächerlich. So was einfaches wie Patriotismus gibt's nicht mehr. Die Jungen heute wollen alles auf dem Silbertablett serviert kriegen.«

Auf die Frage, wie sich die heutige Freiwilligenarmee wohl im Fronteinsatz bewähren würde, zuckte Jones nur die Achseln. Aber alle Beobachter sind sich einig, daß das Ziel, eine »Berufsarmee« aufzubauen, trotz aller Erwartungen bei weitem nicht erreicht worden ist.

Zu gleicher Zeit findet ein paar Blocks weiter, in einem schäbigen, aus zwei Räumen bestehenden Büro im 14. Stock an der Fifth Avenue 224 eine Rekrutierung für eine gänzlich andere Art von Armee statt. Diese Armee verspricht keine »Ausbildung«. Im Gegenteil, sie erwartet, voll ausgebildete und erfahrene Männer anheuern zu können – Frauen oder Anfänger finden keine Verwendung. Und im Gegensatz zur US-Army ist diese Armee ausdrücklich *kein* ebenbürtiger Arbeitgeber. Zum Zeitpunkt des Eintritts steht der Ort, an dem die Rekruten dienen werden, noch nicht einmal fest. Als Sold gibt es runde tausend Dollar pro Monat sowie Zusatzzahlungen für »Spezialisten« und einige nicht näher erklärte »Vergütungen«. Die Dienstzeit ist, solange »es dauert«, und die einzig wirkliche Zusicherung ist die, daß alle Rekruten Kontakt mit dem Feind haben werden, der von den Rekrutierten als »Terrs« bezeichnet wird, abgekürzt für Terroristen. Doch die Männer, die das kleine Büro unterhalten, sagen, das Geschäft läuft bestens.

Das Büro der Falcon Enterprise gibt es noch nicht sehr lange, und der verantwortliche Mann, eine verbindliche Person, die sich nur als Mr. James zu erkennen gab, gesteht freimütig, daß sie nicht erwarten, sehr lange im Geschäft zu bleiben. James und sein Partner, eine ungeschlachte Person, die sich »Gunther, ohne Herr« nennt, wollen nicht über den Zweck ihrer Rekrutierungsmaßnahmen reden, aber sie gestehen zu, daß sie Söldner für Geld zum Einsatz außerhalb der USA anheuern. Sie werben nicht für sich, sondern sagen, die wahren Profis hätten keine Schwierigkeiten, sie zu finden. Beide Männer wahren verständlicherweise Diskretion über ihre Herkunft, aber es gibt gelegentliche Hinweise auf »Arbeit in Afrika«, und es wird deutlich, daß ihre Betätigung im Vorfeld einer oder mehrerer ungesetzlicher Betätigungen steht, die sich derzeit in und um Simbabwe (früher Rhodesien) herausbilden, um der Herrschaft der schwarzen Nationalisten Widerstand zu leisten.

Als ein Reporter James fragte, ob die rhodesischen Gruppen dem Ku-Klux-Klan ähnelten, der nach dem Bürgerkrieg im Süden entstand, erwiderte James mit leichtem britischen Akzent: »Ihr Amerikaner seid mit solchen Sachen komisch. Erinnern Sie sich an die Szene in *Vom Winde verweht,* wo ein verwundeter konföderierter Soldat einen Glücksritter und seinen Kaffernfreund bittet, ob sie ihn mitnehmen? Erinnern Sie sich, wie der Kaffer sagt: ›Man denkt, *die* haben den Krieg gewonnen‹? Die Sieger schreiben die Geschichtsbücher, und die Geschichte Rhodesiens wird noch nicht geschrieben.«

Und sein Partner Gunther deutet auf ein bösartig aussehendes, tief in die Platte des hölzernen Schreibtisches gegrabenes Messer und konstatiert schlicht, er erwarte keine Behinderungen durch »Kommunisten«. James war bereit, die Lage in Rhodesien ausführlich zu diskutieren. Er behauptete, die Schwarzen an der Macht repräsentierten nicht die wirkliche Mehrheit und viele »gute Farbige« würden es lieber sehen, wenn alles so wie früher wäre. Aber über Details seines Rekrutierungsunternehmens ließ er sich nicht aus. Auf die Frage, was man als Voraussetzung mitbringen müsse, um aufgenommen zu werden, sagte James, erforderlich seien ein gültiger Paß, Erfahrungen bei Militär oder Polizeitruppe und »das gewisse Etwas bei einem Mann – wir wissen, wonach wir suchen«.

Sgt. Jones berichtet, daß die freiwilligen Meldungen schon seit einem Jahr im Keller sind, aber der rätselhafte Mr. James scheint davon unberührt, obwohl »nur einer von fünf« Bewerbern gut genug ist, um unseren Maßstäben zu entsprechen«.

Da kommt man doch ins Grübeln.

Ich blickte von der Kolumne hoch zu Michelle. Es war bestens – wenn das die Cobra nicht ans Tageslicht brachte, tat es nichts. Besser hätte es nur noch sein können, wenn die Rekrutierer jedem neuen Mann ein Kind seiner Wahl zum Schänden versprochen hätten. Aber vielleicht las Wilson zwischen den Zeilen und fing an, über die Wirren des Krieges nachzudenken. Die Kolumne entsprach allem, was wir uns wünschen konnten. Ich mußte dran glauben – wenn die Cobra die Zeitung las, würde er aufkreuzen.

52

Ich zündete eine weitere Kippe an und las die Kolumne gegen, nur um sicherzugehen, daß nichts drin war, das unser Ziel verschrecken konnte. Sie machte sich einfach gut – einschließlich des rechten Maßes liberaler Empörung.

Michelle puffte mich an die Schulter, um meine Aufmerksamkeit zu kriegen. »Bin ich noch länger hier, Baby?«

»Nicht viel, glaub ich nicht. Warum?«

»Tja, ich bleib hier nicht noch 'nen Tag ohne ein bißchen Waschzeug. Honey, dieser Platz ist ein Loch. Ich bin besseres gewohnt. Ich brauch nicht viel – bloß 'n bißchen Sprühreiniger und ein paar Papiertücher, vielleicht 'nen Staubwedel. Und ein paar Plastiktüten für den Müll. Das heißt, ein Staubsauger wäre genau das –«

»Würdest du das vergessen? Ein Tag mehr oder so macht keinen Unterschied.«

»Burke – ich *sag* dir – ich bin nicht gern an schmutzigen Orten – nicht, wenn ich darin leben muß. Du weißt, was für eine Art Frau ich bin«, sagte sie mit schnippischem Blick.

»Bloß noch einen Tag oder so. Ich muß weg und den Maulwurf ausgraben. Er wird 'ne Weile hier bei dir bleiben, ein paar Sachen für mich aufbauen.«

»Spielt er Scrabble?«

»Glaub ich nicht. Bitte ihn, dir eine Strahlenpistole oder so was zu baun. Ich ruf dich am frühen Nachmittag an, schau, wie die Dinge laufen. Wenn der Freak nicht in einem Tag oder so anbeißt, schließen wir das hier, okay?«

»Okay, Baby. Hör zu, ich wollte dir das vorher sagen. Ich hab Margot gesehen, und sie hat mich gebeten, dich zu fragen, ob in ihrem Fall irgendwas passiert. Sie hat gesagt, du wüßtest, was sie meint.«

»Yeah, ich weiß. Zuerst kommt das, dann werd ich sehn –«

»Und ich sollte ihr sagen . . .?«

»Sag ihr, daß du mich gesehn hast und daß ich gearbeitet habe.«

Ich fuhr mit dem Plymouth in die Bronx, fand den Maulwurf und machte ein paar Arrangements für die Arbeit, die am Auto getan werden mußte – sämtliche Farbe entfernen und es mit stumpfer Grundierung übermalen. Wenn einen die Cops wegen der Grundierung fragen, erzählt man ihnen bloß, daß man es selbst lackieren will und bisher nicht weiter als bis zur Grundierung gekommen ist. Man kann solche Autos überall in der Stadt sehen. Aber sie bei Nacht zu sehen, ist die Hölle – die stumpfe Grundierung schluckt einfach alles Kunstlicht. Der Maulwurf hatte einige Sorten Farbentferner, die blitzartig wirkten. Alle heilige Zeit versuche ich ihn dazu zu kriegen, einiges von seinem Zeug patentieren zu lassen, aber er will nicht mal drüber reden. Geld frisiert seinen Motor nicht. Ich erklärte dem Maulwurf, ich wollte, daß er bei Michelle blieb, bis ich die Cobra-Falle abblies – er arbeitete bloß am Auto weiter, als ob er nichts gehört hätte, aber ich wußte, er würde es tun.

Simba steckte sein Wolfsgesicht in den Schuppen, wo der Maulwurf arbeitete, checkte mich kurz ab und schlich rüber zu der roten Metallkiste in einer Ecke. Das Biest hockte vor der Kiste, tappte dann zweimal mit der rechten Pfote auf den Deckel, wartete ein paar Sekunden, dann tappte er zweimal mit der Linken. Der Deckel der Kiste klappte auf, und er stopfte seine bös wirkende Schnauze hinein und zerrte einen fetten, T-förmigen Knochen samt den noch dranhängenden Fleischstücken heraus. Er blickte zum Maulwurf hoch, der nickte, dann trottete er samt seinem Preis aus der Tür. Nicht in zehn Jahren könnte ich Pansy dazu abrichten.

»Hey, Maulwurf – woher weiß die Kiste, daß der Hund erst die rechte Pfote und dann die linke benutzen soll?«

»Die Kiste weiß gar nix. Ich weiß es«, sagte der Maulwurf und lenkte meinen Blick auf eine Druckröhre, die durch den ganzen Schuppen und dann zu einer dicken Blase zu seinen Füßen verlief. Als der Maulwurf zufriedengestellt war, daß ich den Zusammenhang gepackt hatte, trat er auf die Blase, und der Deckel der roten Kiste klappte wieder auf. »Ich hab den Knochen selber da reingelegt«, sagte er.

»Und Simba weiß es nicht, richtig?«

»Simba schert sich nicht drum«, sagte der Maulwurf und ging wieder an die Arbeit.

Während ich drauf wartete, daß das Auto fertig wurde, redeten wir über die Cobra-Falle. Wenn man mit dem Maulwurf über Politik redet, muß man in Gemeinplätzen sprechen. Er weiß, daß da dieser schwarze Kerl in Afrika war, der eine Hitlerstatue aufgestellt hat, und er hat eine vage Ahnung, daß Südafrika einer von Israels größten Förderern ist, also isses ein schmaler, schlüpfriger Grat. Ich fragte ihn einmal, warum er nicht einfach nach Israel ginge, wo er in Frieden leben könnte, und er erklärte mir, daß es keinen heiligen Boden gebe, daß alles ein Mythos wäre. Der Maulwurf erklärte mir, daß der Stamm der Juden dazu bestimmt wäre, über die Erde zu ziehen, sich nicht auf einem Fleck niederlassen sollte. »Nicht in einem Konzentrationslager, nicht in einem Land«, war die Art, wie er es nahm. Irgendwie machte es Sinn – ein bewegliches Ziel zu treffen ist anstrengender.

Sobald das Auto fertig war, steuerten wir zurück in die Stadt und zu Floods Straße, von wo ich anrief, daß ich kam. Sie wartete unten. Als wir in ihr Studio kamen, fing sie an herumzustreichen wie ein Raubtier im Käfig. Wie die Eisbären im Bronx-Zoo – sie wollen nicht rauskommen, sie wollen dich rein zu sich kriegen.

»Flood, setz dich, okay? Ich hab dir 'ne Masse zu erzählen.«

»Was?«

Ich übergab ihr die Zeitung, kapierte dann schnell, daß sie bei den abendlichen Renneinläufen aufgeschlagen war. Flood fegte mir die Zeitung aus der Hand. »Burke!« Es war ein Jammern, als ob sie ein verloren gegangenes kleines Kind wäre und ich sie ablud. Flood war nicht sonderlich scharf auf Taktik. Ihr Stil hieß Kampf, und sie wollte aufs Schlachtfeld kommen – scheiß auf die Reisevorbereitungen.

»Komm her, Baby. Hör mir zu. Wir haben die Falle gelegt, in Ordnung? Der Freak läuft vielleicht heute rein, vielleicht morgen. Ich weiß es nicht. Aber bald. Wenn nicht, ist er entweder unter der Erde oder gen Süden gegangen, verstehst du?«

»Ja. Du meinst, hier, an diesem Ort, ist es fast vorbei, so oder so?«

»Richtig. Jetzt hör zu, wir müssen hier so tun, als ob es funktioniert – annehmen, daß was rauskommt, ja?«

»Warum?«

»Weil, wenn es das tut und wir nicht bereit sind, dann war alles umsonst.«

»Ich will bloß –«

»Hey, Flood. Scheiße – ich *weiß,* was du willst. Ich muß es keine gottverdammten tausendmal hören. Schnapp dir bloß dein Zeug, okay? Du kommst mit mir.«

»Mein Zeug?«

»Was immer du brauchst, wenn du ihn triffst.« Flood nickte und fing an, einige Sachen in eine blauweiße Vinyl-Hängetasche zu stopfen. Als sie alles beisammen hatte, warf sie sie über die Schulter.

»Burke ... sag mir, daß es wirklich passiert. Bitte.«

»Es passiert, Flood.«

Und das Sonnenaufgangslächeln trat auf das Gesicht dieses pummeligen kleinen blonden Mädchens, das darauf hoffte, endlich seine Chance für einen Kampf auf Leben und Tod zu bekommen.

Wir fuhren zum Lagerhaus – langsam, vorsichtig; nicht nötig, grad jetzt Aufmerksamkeit zu erwecken. Als der Plymouth schnurrte und ich Floods Wärme neben mir spürte, dachte ich, wie doll es für mich wäre, sie jetzt statt dessen zur Rennbahn mitzunehmen. Oder zum Zoo. Ich kriege von anderen Leuten genug Schmerz im Leben ab – ich muß ihn mir nicht selbst zufügen, also hörte ich auf, wie ein scheiß Bürger zu denken.

Ich zog mit dem Auto ins Lagerhaus, bis ganz an die Rückwand. Bevor ich den Motor abdrehte, schloß sich die Tür hinter uns, und ich wußte, daß Mama Max erreicht hatte.

»Los, komm, Flood«, sagte ich und streckte ihr die Hand hin. Sie hielt ihre Hand so vertrauensselig wie ein Kind hin. Eine weiche, leicht feuchte, rundliche kleine Hand – und auf der Rückseite zwei vergrößerte Knöchel mit einem feinen bläulichen Schimmer. Würden ihre Hände eines Tages wie Max' sein, wenn sie ihre Ausbildung beendete? Ich stopfte den Gedanken in jenen Teil meines Verstands, der sich mit solchen Fragen befaßte, Fragen etwa nach meines Vaters Namen.

Flood folgte mir ins Hinterzimmer. Ich bedeutete ihr, auf der Schreibtischplatte zu sitzen, zündete eine Zigarette an und wartete auf Max. Sie öffnete ihren Mund, um mich etwas zu fragen, und ich hieß sie ruhig sein.

Max der Stille tauchte im Türrahmen auf und trug einen schwarzen, seidenen *gi,* der Doppelgänger von dem, den er Flood gegeben hatte. Flood löste sich, ohne die Hand zu bewegen, von der Schreibtischplatte, glitt auf die Füße, öffnete die Hände gen Max, verbeugte sich. Max verbeugte sich ebenfalls, tiefer als Flood.

Ich erklärte Flood: »Das ist Max der Stille – mein Bruder. Er weiß, was du willst, und er hat sich bereit erklärt, seinen Tempel für deine Zeremonie benutzen zu lassen.«

Flood sprach, ohne die Augen von Max zu nehmen. »Sag ihm meinen Dank, Burke.«

»Sag's ihm selber, Flood.« Und Flood führte ihre Hände vor dem Gesicht zusammen, verbeugte sich über den Händen und sagte so deutlich wie mit irgendeiner Sprache Danke.

Max deutete auf Flood, krümmte seinen Zeigefinger zum Knoten und tippte sich an den Kopf. Flood nickte Ja. Sie kamen von derselben Schule. Dann deutete Max auf mich, kehrte den Finger wieder zu sich, krümmte ihn wieder zum Knoten, tippte sich zweimal ans Herz, lächelte leicht. Flood verstand auch das.

Max drehte sich um, und wir folgten ihm aus dem Hinterzimmer und zu der Treppe. Einen Absatz hoch, dann einen weiteren. Wir kamen zu einer nur mit einem Bambusgehänge bedeckten Tür. Max schob den Bambus beiseite, damit Flood eintreten konnte, und wir waren in Max' Übungsraum. Der rohe Holzfußboden war von Hand abgeschliffen und gebleicht, so daß er sauber wie ein Operationstisch war. Flood brauchte nicht gesagt zu werden, sie solle ihre Schuhe ablegen. Bei Berührung war der Fußboden leicht rauh. An einer Wand war ein riesiger Spiegel, an einer weiteren waren indianische Keulen, lange, hölzerne Stöcke, ein Paar Kampfschwerter. In einer Ecke baumelte ein schwerer Sack, wie ihn Preisboxer zum Training benutzen, von der Decke.

Max näherte sich der Fußbodenmitte, die Arme an der Seite. Er schwang die Hand in einer die ganze Umgebung einbeziehenden Bewegung, verbeugte sich Richtung Flood mit einer Nach-Ihnen-bitte-Geste, und Flood kniete sich vor ihre Hängetasche und holte die Roben raus, die Max ihr gegeben hatte. Sie schälte sich aus ihrer Oberbekleidung, stopfte sie in die Tasche und legte die schwarzen Roben an.

Sie sprang auf den Boden, wirbelte in einen *kata,* der vor Anmut und Kraft vibrierte. Ihre Schläge wurden zu Handstößen, so fließend, daß ich den Übergang nicht sehen konnte – ihre Schläge waren so sauber wie beste Chirurgie. Sie arbeitete gegen den Spiegel, wie von ihr erwartet wurde, und endete in einer tiefen Verbeugung vor Max. Der Atem unverändert, als wäre sie in Ruhestellung. Eine Löwin kehrte in den Dschungel zurück und war froh darüber.

Max verbeugte sich hochachtungsvoll. Er öffnete die Hände, empfing von Flood ein Nicken und trat auf den Fußboden. Er formte eine Hand zur scharfen Schneide, zuckte damit gegen den eigenen Hals und brachte sie vielleicht zwei Zentimeter weg zum Erstarren. Er verbeugte sich wieder vor Flood, winkte sie zu sich her.

Flood trat auf den Boden und schüttelte ihren Hals zum Lockern von Seite zu Seite. Max bewegte die Hände in sanft wogenden Mustern vor Gesicht und Brust, als ob er sorgfältig Spinnweben sammelte. Er hielt ein Bein, das Knie gebeugt, leicht vor dem anderen.

Flood tanzte auf den Zehen, wand ihren Körper zur Seite und täuschte einen linkshändigen Hieb, wirbelte dann in einen Tritt von derselben Seite, wobei ihr Fuß vorschnellte wie eine Schlangenzunge. Max nahm den Tritt mit der Außenseite seines Schenkels, schob sich mit der gleichen Bewegung hinter sie und feuerte einen zweifingrigen Stoß auf ihr Gesicht ab. Flood fiel nach vorn, ihre Hände faßten den Boden, und sie trat in Kniehöhe nach hinten. Max glitt unter dem Tritt durch, und seine Ellbogen peitschten mit der Kraft einer Kolbenstange zurück und stoppten einen

Millimeter vor Floods Schläfe. Ende. Echte Duelle zwischen Top-*karateka* dauern nicht länger als dreißig Sekunden – außer im Kino. Sie bewegen sich zu schnell, und Fehler sind nicht wiedergutzumachen. Wenn Max seinen letzten Stoß nicht kurz zuvor gestoppt hätte, wäre Floods Schädel zertrümmert worden.

Sie kamen beide auf die Füße. Verbeugten sich. Verbeugten sich wieder. Floods Gesicht war rot vor Vergnügen – Max' Augen waren strahlend vor Beifall. Er streckte die Hände aus, Fläche nach oben. Flood legte ihre Hände in seine, und er drehte sie um und untersuchte sie genau. Max zog die Hände über seine Taille, tätschelte seine Beine, nickte nachdrücklich. Dann streckte er die Hände aus, nickte wieder, aber mit Zurückhaltung.

Flood sagte: »Ich weiß. Meine Tritte sind besser. Meine Lehrer haben mir gesagt, daß ich faul bin. Daß ich mit dem arbeite, was für mich arbeitet, nicht mit dem, was es nicht tut.«

Max deutete auf meine Armbanduhr, und Flood verstand. Es war zu spät, neue Tricks zu lernen – sie mußte mit dem, was sie hatte, gegen die Cobra kämpfen. Sie ging zurück zur Hängetasche und zog das Bild von Sadie und Flower heraus, das Stück Seide und die Kerzen. Ich reichte ihr einen Abzug vom Fahndungsbild der Cobra, und ihr rasch aufblitzendes Lächeln verriet mir, daß ich auf ihrer Wellenlänge war. Auf ein Neues.

Max verließ den Raum und kam mit einem niedrigen, rot lackierten Tisch zurück, der winzige Drachenklauen als Beine hatte. Er stellte ihn in die entfernte Ecke, damit der Spiegel, egal wo man stand, die Ikone reflektierte.

Ich ließ Flood und Max im Tempel und ging runter, um das Feldtelefon anzuklemmen und mich bei Michelle einzuchecken.

53

Michelle beantwortete das Telefon beim ersten Klingeln, die Stimme ganz atemlos und aufgeregt, sah ihr gar nicht ähnlich. »Burke, bist du dran?«

»Was ist los?«

»Er hat angebissen, Baby. Er hat ein Kind geschickt –«

»Sag nichts weiter. Ich bin unterwegs.«

Ich rupfte das Telefon aus den Steckern und sprintete zum Plymouth. Flood war bei Max sicher, und wenn jemand auf das Obergeschoß stieß und Michelle suchte, mußte er am Maulwurf vorbei. Alles war jetzt fest an seinem Platz, und Telefongespräche konnten nicht weiterhelfen.

Der Plymouth glitt durch den leichten Verkehr wie ein stumpfer grauer Hai. Die kleineren Fische wichen beiseite, und es kostete mich nur Minuten, wieder nach *uptown* zu gelangen. Ich rollte auf einen Parkplatz, winkte mit dem Arm den Aufpasser heran und steckte ihm, während ich abschloß, zehn Kröten zu. Die Lobby war verlassen – laut Anzeiger war eine Fahrstuhlkabine im elften, die andere im neunten. Ich erwischte bei beiden den Abwärts-Knopf und rückte die Treppe hoch.

Immer noch leise – immer noch leer, als ich weiterging. Ich timte meine Atmung so, daß ich an jedem Absatzende einen Sauerstoffschub übrig hatte – man möchte nicht außer Atem sein, wenn man unfreundlichen Leuten begegnet. Ich sog vor jedem Absatz einen tiefen Zug durch die Nase ein und ließ ihn raus, während ich stieg. Ich hielt auf der obersten Etage, wartete darauf, daß sich mein Blut einkriegte, und lauschte. Nichts. Ich näherte mich der Tür, pochte leise. Kein Ton. Ich pochte wieder, sagte: »Ich bin's, Michelle«, und die Tür schwang auf.

Ich ging rein und fand mich dem Maulwurf gegenüber, der über eine Art von innen heraus rubinrot glühenden Metallkasten gebeugt war, ein schmaler Metallzapfen deutete direkt auf die Tür. Der Maulwurf blickte mich an, blinzelte, nahm die Hände aus dem Kasten.

Michelle saß in der Ecke, einen beleidigten Ausdruck im Gesicht, als ob sie für etwas bestraft würde, das sie nicht getan hatte. Sie öffnete ihren Mund, um etwas zu sagen, und der Maulwurf hielt die Hand hoch, um sie zum Schweigen zu bringen, bevor sie ein Wort rauskriegte. »Sie ist rausgegangen«, erklärte mir der Maulwurf mit seiner weichen Stimme.

»Du bist *was?*«

Sie wuchtete sich von ihrem Thron, kam rüber zu mir und schielte über die Schulter zum Maulwurf. »Er hat ein Kind geschickt, Burke. Einen kleinen Jungen. Wir haben das ganze Ding am Kanthaken vom Maulwurf hier. Irgendein kleiner Junge läuft unten rein und sagt ihnen, daß er die Telefonnummer für seinen großen Bruder braucht. Als ob dieser große Bruder nicht persönlich reingehen will, klar? Er sagt, er will den Kontakt herstellen – als ob er die Worte auswendig gelernt hat. Und die Wichser da unten, die geben dem Kleinen die neue Nummer für ihren Betrieb, und der Kleine geht einfach raus. Kannst du das glauben?«

»Und . . .?«

»Also bin ich runtergerannt und dem Jungen gefolgt, als er aus dem Fahrstuhl gekommen ist.«

Der Maulwurf begann in einem verletzten Ton: »Ich hab ihr gesagt, sie soll nicht weg.«

»Du gibst mir keine Befehle, Maulwurf!«

»Ich hätte ihm folgen können.«

»Ausgeschlossen, Maulwurf – du kannst nicht mal deiner Nase folgen«, schoß Michelle zurück. Ich konnte sehen, daß alle beide bereit waren, Stunden damit zuzubringen, also stellte ich schließlich die Schlüsselfrage. »Was ist passiert.«

Michelle spreizte ihr Gefieder, bevor sie antwortete – ein kleines Schulkind, das die ganze Zeit die richtige Antwort hatte und die Hand hochhielt und schließlich vom dämlichen Lehrer aufgerufen wurde.

»Der Kleine war ein Straßenjunge, weißt du? Eine echte Hühnerhabicht-Spezialität. Süßes kleines Gesicht, vielleicht zehn Jahre alt. Er hat ausgeschaut wie einer dieser kolumbianischen Kids, die sie bei dem Adoptionsschwindel verkaufen – bloß ein Baby. Ein paar Straßen weiter runter holt er sich ein Hotdog. Ich hab gedacht, er könnte vielleicht zu einer der Bruchbuden oder so was gehen. Ich wollte bloß die Adresse, das ist alles.«

»Hat er angebissen?«

»Sicher hat er, Baby – aber laß mich erzählen. Der Junge hüpft und springt herum, der kleine Kasper. Nimmt einen Bus *uptown,* läuft beim Park herum, dann hüpft er einfach den Broadway runter, als ob er sich um nichts auf der Welt kümmern muß. Kommt niemals einem Telefon auch nur nahe. Schließlich geht er ins Happyland. Du weißt, dieser Videospiel-Salon am Broadway? Also geh ich hinter ihm rein, und er trifft sich hinten beim Space Invader mit einem Kerl. Und er gibt ihm ein Stück Papier – es muß die Telefonnummer gewesen sein.«

»War es unser Mann?«

»Honey, daran gibt's überhaupt keinen Zweifel. Er ist der nämliche Freak«, sagte sie und hielt ihre Fotokopie des Fahndungsbildes hoch.

»Was haben sie dann gemacht?«

»Wart 'ne Minute, Baby, mach *halblang*. Er isses, in Ordnung, außer daß er seine Haare blond gefärbt hat. Kannst du das glauben? Aber er ist derjenige. Ich hab sogar die Tätowierung gesehen. Was für ein Freak – er steht bloß da und tätschelt dem Kleinen den Nacken und flüstert ihm etwas zu. Er gibt dem Kleinen Geld, und der Kleine fängt mit der Maschine zu spielen an, und dieser Schleimer steht bloß da und schaut dem Kind beim Spielen zu. Er versucht dem Kleinen weiter den Arsch zu tätscheln, und der Kleine will bloß das Spiel spielen. Du kennst den Laden – niemand gibt einen Scheiß drauf, was passiert, solang du Geld reinsteckst. Times Square, klar? Also hab ich mich versichert, daß es derselbe Kerl war, und ich hab ein Telefon gekriegt und den Maulwurf angerufen, und er hat mir erzählt, daß etwas losgeht und ich zurückkommen soll, und das bin ich.«

Michelle beendete ihre Geschichte und blickte mich selbstgefällig und um Beifall heischend an. Was sie kriegte, war: »Du dusslige Braut ... der Freak hätte dich so leicht niedergemacht, wie er auf eine Schabe tritt, wenn er gesehn hätte, daß du ihm folgst. Der Maulwurf hat recht.«

Und bevor Michelle darauf antworten konnte, sagte der Maulwurf: »Er hat angerufen.«

»Was?«

»Er hat angerufen. Während Michelle draußen gespielt hat. Ich hab das Band«, und er kippte ohne irgendwas anderes zu sagen den Schalter um.

Durch den Lautsprecher hörte ich das Telefon klingeln, und dann hörte ich James' vertrauenerweckende Stimme. »Falcon. James am Apparat.«

Im Gegenzug eine Stimme mit drohendem Unterton. »Ich hab von Ihrem Unternehmen gehört. Seid ihr noch drüber?«

»Gewiß, mein Freund. Was können wir für Sie tun?«

»Ich will was zu arbeiten. In Übersee.«

»Sind Sie mit unseren Maßstäben vertraut?«

»Schaun Sie, ich bin ein dekorierter Frontkämpfer, nur leichte Waffen, bewährter Fallschirmspringer. Und ich hab einen Schwarzen Gürtel in Karate.«

»Haben Sie einen gültigen Paß?«

»Yeah, yeah, hab ich alles.«

»Nun, mein Freund, natürlich würden wir gern mit Ihnen sprechen. Sollen wir eine Verabredung treffen – sagen wir, diesen Nachmittag um vier?«

»Mit mir nicht bei Tageslicht, verstehen Sie? Ich hab hier Schwierigkeiten – nichts mit dem Gesetz, aber ich komm grad von einem besonderen Unternehmen, und ich will nicht hier rumlaufen. Heute nacht, okay?«

»Wenn Sie darauf bestehen. Sind Sie zu sofortiger Arbeit bereit?«

»Mister, ich bin allzeit bereit – je früher, desto besser.«

»Sie verstehen, daß wir den Zeitpunkt der Abreise nicht preisgeben können, bis Sie sich vorgestellt haben?«

»Yeah, yeah, wie lang wird das dauern?«

»Das hängt von Ihren Referenzen ab. Aber wenn alles gut geht, können Sie damit rechnen, innerhalb einer Woche abzureisen.«

»Gut. Ich seh Sie dann irgendwann heute nacht. Treffen wir uns am –«

»*Tut* mir leid, mein Freund«, sagte James, »aber Sie wissen, wie diese Dinge laufen. Sie kommen *hierher*. Und bringen Sie Ihren Paß und Ihre Militärunterlagen mit. Es gibt keine Ausnahmen.«

Eine Pause vom anderen Ende. Dann: »Yeah, okay – gegen neun heute nacht?«

»Das wäre bestens.«

»Brauchen Sie meinen Namen?«

»Das wird nicht nötig sein. Wie Sie wissen, gestatten wir unseren Rekruten, sich bei Verpflichtung einen Namen ihrer Wahl auszusuchen. Verstehen Sie die Umstände?«

»Yeah, yeah, ich versteh alles. Ich komm gegen neun heute nacht vorbei. Sie sind da, klar?«

»Wie wir sagten«, erwiderte James und hängte ein.

Ich hörte das Band wieder und wieder ab. Es mußte die Cobra sein. Wer anders hätte die Telefonnummer? Bis sie bei Mütterchen Post auf der Liste stand, hatte das Unternehmen seine Zelte abgebrochen und war verschwunden. Man kann von der Auskunft eine neue Liste kriegen, aber nicht am selben Tag, an dem das Telefon angeschlossen wurde – und die Telefongesellschaft hatte das hier sowieso nicht. Die Cobra würde nicht warten, und sie war zu schlau, einfach hinzugehen. Neun Uhr, hatte der Dreckfink gesagt. Nach meiner Uhr war es schon nach drei. Jetzt war nicht die Zeit, meine Truppen zu vergraulen.

»Maulwurf«, sagte ich, »das war perfekt. Und Michelle, du hättest nicht so einfach rausgehn sollen, aber ich glaube, du hast das ganze Ding zum Funktionieren gebracht«, und ich langte aus und gab ihrer Hand einen Drücker.

Michelle plusterte sich vor dem Maulwurf auf, die Hände in den Hüften. »Siehste, klugscheißerischer Maulwurf«, trällerte sie, aber der Maulwurf blinzelte sie nur an, immer noch ungehalten.

»Okay, Michelle. Pack dein Zeug zusammen – du gehst jetzt, okay? Du hast deinen Job getan. Falls du den Prof auf der Straße siehst, sag ihm, er soll zu Mama gehn und auf einen Anruf warten. Maulwurf, du gehst mit ihr, nimm dein ganzes Zeug mit. Mach, als wäre nie jemand hiergewesen.«

Michelle und der Maulwurf fingen an, alles wegzuputzen, sprachen nicht miteinander, aber arbeiteten gut zusammen. Der Maulwurf klinkte einige elektrische Teile zusammen und tütete sie ein, und Michelle war mit den Papiertüchern sofort hinter ihm her.

»Maulwurf«, fragte ich, »kannst du die Aufzüge lahmlegen?«

Der Maulwurf weigerte sich, eine solche Frage einer Antwort zu würdigen. Michelle ging sofort hoch. »Biste noch zu retten, Burke? Der Maulwurf könnte die NASA lahmlegen, wenn er wollte.« Und ich ertappte den Maulwurf dabei, wie die Ahnung eines Lächelns sein Gesicht überzog und augenblicklich verschwand, als Michelle sagte: »Und *ich* geh auch nicht. Nicht, bis das hier vorbei ist. Ich will den Freak auch, Burke. Du hättest sehen sollen, wie er –«

Der Maulwurf hatte sich Michelle zugewandt und sprach mit seiner allerweichsten Stimme, die Worte kamen langsam und ebenmäßig geformt, wie von einer Sprechmaschine mit Herz. »Michelle, tut mir leid, daß ich dich angebrüllt habe. Du warst sehr, sehr tapfer, als du ihm gefolgt bist. Ich war bloß ... besorgt. Du solltest jetzt gehen. Die Arbeit, die wir jetzt tun müssen, ist von Übel. Nichts für dich.«

Und das brachte dem Maulwurf einen flinken Kuß von Michelle ein, die ihren Make-up-Koffer nahm, mit warnender Stimme »Laßt es mich wissen« zu mir sagte und aus der Tür war.

»Du bist'n Charmeur, Maulwurf«, sagte ich, und es sah aus, als errötete er, aber bei dem lausigen Licht war das schwer festzustellen.

Der Maulwurf sagte nichts, hantierte bloß weiter mit dem restlichen Gerät rum. Ich platzte mit einer Eile wie nie zuvor mit den letzten Instruktionen raus.

»Maulwurf, klemm etwas an, damit man dir von der Lobby aus ein Zeichen geben kann. Wenn du das Zeichen kriegst, legst du die Aufzüge lahm. Wo wirst du sein?«

»Keller.«

»Okay, nun hör zu. Nachdem die Aufzüge nieder sind, machst du dich bereit abzuhaun – laß nichts zurück. Siehst du das?« Ich zeigte ihm eine winzige, mit einer kleinen Preßluftflasche betriebene Tröte. Der Maulwurf nickte. »Du weißt, welches Geräusch es macht?« Er nickte wieder. »Wenn du das hörst, leg los; es heißt, wir haben Probleme. Also knall in dieser Gegend so viel elektrische Energie raus, wie du in einer oder zwei Minuten schaffst, und hau *ab*. Okay?«

»Okay.« Wir schüttelten uns die Hände. Ich würde ihn eine Weile nicht sehen. Falls ich hochging, würde er davon hören und Leute treffen, die meinetwegen getroffen werden mußten. Es war eine Riesenzumutung für den Maulwurf – nicht, daß er Dinge hochjagen mußte, das war bloß sein Tagewerk – aber mit Leuten zu reden ...

Ich war rasch auf der Straße. Ich mußte eine Masse Leute treffen, bevor es zu dunkel wurde. Ich ließ den Maulwurf in dem kleinen Raum zurück, als seine fetten weißen Finger über die Gerätschaft flitzten.

54

Es gibt Bürger, die einem erzählen, daß alle großen Städte gleich sind. Diese Menschen sind ausgemachte Hohlköpfe. Wo anders als in New York konnte man am frühen Abend einen Propheten in der Lobby eines leeren Bürogebäudes über eine Schuhschachtel gebeugt sitzen sehen und für alle Welt wie ein älterer schwarzer Mann wirken, der bloß der Gesellschaft ein paar Münzen rauszuleiern versuchte. Oder einen Krieger aus dem alten Tibet ohne die Kraft der Sprache, aber mit der Stärke eines Dutzend Männer still wie eine Statue am Treppenabsatz im zweiten Stock desselben Gebäudes? Und konnte man anderswo einen kleinen rundlichen Mann von unterirdischem Aussehen und mit einem Hirn, das den Kosmos verstand, im Keller desselben Gebäudes sitzen und darauf warten sehen, die Elektrizität wie durch Zauberhand verschwinden zu lassen? Alles war angerichtet, als ich diese Nacht in die Lobby an der Fifth Avenue schlenderte, für meine Rolle ausgerüstet mit einem gegurteten Leder-Trenchcoat, weichem Wildlederhut mit kleiner Krempe und getönter Brille, einem schweinsledernen Attaché-Koffer und einem .38er, einigen anästhesierenden Nasenstöpseln, einer Dose chemische Keule und einem Satz Handschellen.

Ich schnappte des Profs Blicke auf, als ich die Lobby betrat, hob hinter der Brille die Augenbrauen. Er kippte den Deckel des Schuhkartons und zeigte mir das innen angeheftete Bild der Cobra. Das Kofferradio neben ihm spielte nicht, aber der Maulwurf würde sein Lied hören, wenn ihm der Prof eine Nachricht sandte. Der Aufzug trug ein säuberlich gedrucktes Schild: WEGEN REPARATURARBEITEN AUSSER BETRIEB. BITTE DIE TREPPE BENUTZEN.

Ich ging durch die Lobby und stieg die Treppe hoch. Max war in Stellung. Ich hielt einen Finger hoch, bewegte die Lippen, als spräche ich, zog meinen Finger vom Mund weg, um rausprudelnde Worte anzuzeigen. Max nickte – wir würden den Freak mit Worten aus dem Gebäude locken, so wir konnten. Er konnte es leicht kriegen, oder er konnte es schwer kriegen. Aber er würde es kriegen. Max würde beobachten – wenn er die Cobra und mich weggehen sah, würde er einen Klacks warten, dann rausschlüpfen, damit er vor uns auf dem Vordersitz des Plymouth war. Falls Wilson durchdrehte, wenn er mich auf der Treppe sah, und es zur Tür versuchte, würde er merken, daß sie geschlossen war. Falls er sich den Weg durchboxte, würde der Prof seinen Just-aus-der-Klapsmühle-entlassener-Irrer-Akt auf dem Gehsteig abziehen, um uns weiter freies Schußfeld zu geben. Falls Wilson, alias die Cobra, also die Lobby betrat, würde er mit uns weggehen, so oder so.

Ich checkte die Zeit – 21:01 auf dem Zifferblatt meiner einmaligen Armee-Stoßtruppen-Uhr ($ 39.95 vom Versandhaus). Ich hielt das für einen netten Zug. Ich dachte gar nicht dran, daß die Cobra sich nicht zeigen würde. Falls das passierte, mußte ich auf Michelle zurückgreifen und den Kleinen aus dem Videoschuppen aufspüren ... zu viel, um drüber nachzudenken, und ich mußte in die Rolle für die Begegnung schlüpfen ...

Ich hörte des Profs Stimme. »Putzn, Sa?« und keine Erwiderung. Aber das war das Zeichen. Und als ich ein gemurmeltes »Scheiße!« hörte, wußte ich, daß die Cobra sich nicht über die Treppen freute. Ein feiner Söldling – wahrscheinlich war seine Vorstellung vom Dschungelkrieg, daß er von weitem ein paar afrikanische Dörfer hochjagt und dann zum Aufräumen reinmarschiert. Aber als ich seine Schritte zu mir hochkommen hörte, wußte ich, daß er nicht ganz und gar getürkt war – er hatte den leichten, gesetzten Schritt des Kampfsportlers, der sich auf sein Ziel zu bewegt, und seine Atmung klang stimmig.

Als er bis dahin hochkam, wo ich an der Wand wartete, brauchte ich den Bruchteil einer Sekunde, mich zu entscheiden – Revolver oder Rolle –, und dann war er da, genau vor mir. Die Cobra – ein bißchen größer als ich, dünn und hart wirkend, sowohl Nase als auch Ohrläppchen zu spitz, just wie sie auf dem Fahndungsfoto waren, die Aknenarben an Ort und Stelle. Mit einer Drillichjacke, so daß ich die Tätowierungen nicht prüfen konnte, aber er war es. Sein Haar war hinten länger, aber über der Stirn gestutzt, und blond, wie Michelle es erzählt hatte. Sein Mund öffnete sich, als er mich sah, und ich sah die Furcht in seinen Augen aufblitzen. Ich sprach zuerst – ruhig, ausgeglichen – beruhigend. Bloß ein Mann, der seinen Job tut. »Tut mir leid wegen dem Aufzug, mein Freund. Mr. James hat drauf bestanden – Sicherheit, wissen Sie. Sie sind die Verabredung um einundzwanzig Uhr, nehme ich an?«

»Wer sind Sie?«

»Mein Name ist Layne. Ich arbeite für Falcon.«

»Sie sind Amerikaner?«

»Sicher. Die Tommys machen bloß die Rekrutierungsseite. Unsererseits ist alles U. S von A.«

Er stand mir in Karatestellung gegenüber, leicht abgemildert, damit es nicht zu offensichtlich war – und hielt beide Hände in Sichtweite. Ich mochte das nicht – es bedeutete nicht, daß er sich keine Knarre schnappte, sondern bloß, daß er dachte, seine Hände wären für diesen Job genug. Wenn er mich aus dem Verkehr zu ziehen beschloß, war Max nicht nah genug, ihn zu bremsen. Rache war Floods Spiel – meines war

Überleben. Ich ließ beide behandschuhten Hände am Griff des Diplomatenkoffers verschränkt und hielt ihn vor mich.

Die Sekunden verrannen, als mich die Cobra beäugte. Es war wie das Wettstarren, das die Jungschen im Hof aufzogen, als ich im Gefängnis war – die Spielart, bei der man nicht gewinnen kann. Wenn du die Augen senkst, denkt der andere Knacki, du bist schwach – und ein schwacher Mann bleibt im Gefängnis nicht lange ein Mann. Wenn du die Augen ernsthaft schließt, mußt du kämpfen. Und wenn du kämpfen mußt, mußt du töten. Bist du einmal auf diesem Trip, kannst du deinerseits hinter Gittern ein anständiges Leben haben . . . aber du kannst nie raus. Ich mußte den Teil rasch beenden.

»Sie kennen mich?« fragte ich ihn.

»Nein«, sagte er weich, »ich wollte bloß sehen . . .«

»Was sehn, Kamerad? Sie haben das vorher gemacht, richtig?«

»Yeah . . . richtig«, aber seine Augen wanderten keinmal, und er bewegte sich nicht.

»In Ordnung, setzen wir uns in Marsch. Ich hab ein paar Verträge, die Sie sich anschaun sollen, und wir haben 'nen Platz, wo Sie mit den anderen Jungs bleiben können, bis wir losziehn.«

»Wo ist dieser Platz?«

»*Downtown*, bei den Docks. Komm schon, Kamerad. Ich will nicht die ganze Nacht in dem gottverdammten Treppenhaus stehn, okay?«

Und ich lief an ihm vorbei, als ob ihm nichts anderes übrigbliebe, als mir zu folgen, und ließ meinen Rücken absichtlich ungedeckt für alles, was er tun wollte – schaffte mich aber schließlich aus dem Schußfeld zwischen ihm und Max.

Ich hörte sein scharfes Atemholen durch die Nase, als ich ihn passierte. Er war nicht entspannt – dachte gar nicht dran.

Ich lief weiter und redete über die Schulter über das »Unternehmen«, als ob er genau neben mir wäre. Als ich am unteren Ende des ersten Treppenabsatzes ankam, drehte ich mich um und blickte zurück. Die Cobra hatte sich ein paar Stufen runter bewegt, aber kam nicht mit – starrte bloß auf mich runter.

Ich blickte wieder zu ihm hoch und hielt nun den Diplomatenkoffer in der einen Hand, während die andere die Berührung des Revolvers in meiner Manteltasche genoß. Bei zwanzig Schritt zwischen uns waren die Chancen anders verteilt: Zwischen meiner Pistole vor und Max dem Stillen hinter sich, war er toter als Discosound, wenn er eine falsche Bewegung machte. Die Cobra schien zu begreifen, daß er Boden verloren hatte, und er startete in meine Richtung. Ich zuckte kunstvoll mit den Schultern und rief zu ihm hoch:

»Hey, Kamerad, biste dabei oder nicht? Ich hab um nullzwohundert ein Rendezvous drüben in Jersey und zwei andere Männer abzuholen. Welches Problem haste?«

»Gehn wir«, sagte er und ließ zum erstenmal sein Schlangengrinsen aufblitzen und starrte runter zur mir.

Ich drehte mich um und ging den nächsten Absatz runter, als ob ich erwartete, daß er zu mir aufschloß. Ich war halb unten, als ich hinter mir eine Bewegung hörte – er kam. Die Muskeln in meinem Nacken strafften sich, als ich mich auf die Geräusche konzentrierte. Ein Amateur würde hinter mir herzurauschen und mich die Treppe runterzuschmeißen versuchen, aber die Cobra würde rankommen und es richtig machen wollen.

Nun tauchte er leise auf meiner rechten Seite auf, berührte leicht meinen Arm. »Kannst nicht vorsichtig genug sein, richtig?« zischte er und fiel in meinen Schritt ein. Ich konnte nur seine rechte Hand sehen – die linke war irgendwo hinter mir. Die Cobra hatte wieder die Kontrolle, dachte er.

Noch ein Absatz. Ich konnte seine linke Hand immer noch nicht sehen. Wenn er sprach, wandte er sich mir zu, blickte mich an, und sein Körper kam näher – das war kein Zufall.

»Wie lang wird das Unternehmen laufen?«

»Hey, du weißt doch, wie das funktioniert, es läuft, bis es vorbei ist. Du bist dabei, solange es dauert, richtig? Du streichst im voraus eine Monatslöhnung bar ein, der Rest geht, wo immer du es hingeschickt haben willst.«

»Yeah, richtig…« Es war, wie ich gedacht hatte: Alles, was er über Söldnerhandwerk wußte, hatte er in Illustrierten gelesen.

Wir kamen gemeinsam in die Lobby und gingen am Prof vorbei, der ein weiteres »Putzn, Sa?« versuchte, das meinerseits nicht erwidert wurde. Die Cobra, ganz Rolle, sagte: »Putz das, Nigger«, und rotzte und zielte mit Spucke in des Profs ungefähre Richtung. Der Prof duckte das Gesicht hinter die Schuhputzkiste, und die Cobra lächelte ein strahlenderes Lächeln, jetzt, da er sich unter Freunden wähnte. Aber als er zu mir rüberschielte und ich eine versteinerte Miene beibehielt, schien er zu merken, daß er einen Fehler gemacht hatte: Wahre Männer spuckten nicht auf Nigger, sie nieteten sie um. Er verdrehte die Schultern, und ich wußte, was ihm durch den Kopf ging. »Vergiß es«, erklärte ich ihm, »wir haben Besseres zu tun.«

Er nickte, und wir gingen durch die Tür auf die Straße, etwa einen Block weg von dort, wo der Plymouth dunkel und leise hockte und wartete, nur eine Spur Rauch drang aus seinem Auspuff. Max war bereits da.

Ein weiterer Block zu gehen. Ich mußte ihn außer Gleichgewicht halten, ihn vom Denken abbringen.

»Haste deinen Paß mit?«

Er tippte sich an die Brusttasche und sagte nichts. Wir waren beim Plymouth – ich lief rüber, öffnete die Hintertür und kletterte selbst rein, damit es ihn nicht an das letztemal erinnerte, als er hochgenommen wurde. Aber er blieb still, glitt neben mich, wie er sollte, und zog die Tür zu.

Im Auto war es dunkel. Max drehte sich nicht um – mit der schwarzen Strickmütze über dem Schädel und den Segeltuchhandschuhen wirkte er wie jemand x-beliebiges.

»Was ist mit ihm?« wollte die Cobra wissen. »Ich hab gedacht, Sie sind allein.«

»Ich mach die Verbindungsarbeit – ich fahr nicht die Autos, okay?«

Die Cobra bewegte sich leicht von mir weg und langte mit der linken Hand um seinen Körper herum, um das Fenster auf seiner Seite runterzukurbeln.

»Laß das«, verlangte ich. »Von diesem Punkt an läuft der Auftrag. Wir sind hier in einer Grauzone, und wir können keine Aufmerksamkeit gebrauchen, klar?« Die Cobra nickte und wirkte zufrieden, froh, endlich unter wahren Profis wie seinesgleichen zu sein. Der Plymouth rollte mit seinem Fang vom Bordstein weg.

Die Cobra lehnte sich zurück, und wir zündeten uns beide Zigaretten an. Ich redete weiter, um ihn zu beruhigen, aber jetzt konnte er nirgendwo mehr hin – die Hintertüren waren von innen nicht zu öffnen.

»Sie haben das schon gemacht?«

»Ich hatte 'n paar Jobs, örtliche Jobs – aber nicht in Afrika.«

»Woher weißt'n, daß das ein afrikanisches Unternehmen ist?« sagte ich und klang überrascht.

»Ich kenn die Sorte. Ich hab bloß zwischen den Zeilen gelesen«, sagte er und grinste sein gewinnendes Schlangengrinsen.

»Machste Kampfeinsätze oder Eindringen?«

»Alles beides, Mann. Alles beides.«

»Bei dem Unternehmen haste die Wahl.«

»Haben sich schon 'ne Menge Jungs gemeldet?«

»Außer dir haben wir hier in New York schon zehn Mann an Bord, weitere fünfzehn in Houston. Soweit ich weiß, machen sich auch unsere Leute an der Küste gut. Haste irgendeine besondere Spezialität? Sie zahln dafür extra, du kennst ja die Kiste.«

»Ausfragen«, sagte die Cobra. Diesmal kein Lächeln.

Ich nickte, dann erzählte ich ihm: »Du mußt 'n paar Tage bei uns pennen, bevor wir abdampfen. Die Unterkunft ist ziemlich gut, wir haben Essen, Fernsehn, Telefon. Wir bringen sogar alle paar Nächte eine oder zwei Huren rein.«

»Ich hol mir meine selber«, sagte er eilig.

»Yeah, gut, wir können die Leute bloß nicht auf der Straße rumlaufen lassen, wenn du erstmal drin bist, klar? Die Sicherheit. Wir bringen rein, was die Jungs wolln.«

»Yeah . . .«

Ich konnte mir denken, daß er mich noch nicht gut genug zu kennen glaubte, um mich zu bitten, ihm ein Kind zu bringen, an dem er seine Spezialität üben konnte.

Das Lagerhaus schob sich in Sicht. Max rollte davor, schlüpf-te hinter dem Lenkrad vor und ging, alles in einer fließen-den Bewegung, zurück, um die Tür zu schließen. Ich wußte, daß er den Schalter drückte, um Flood mitzuteilen, daß die Fracht eingetroffen war.

Max öffnete die Tür auf meiner Seite, ich glitt raus, er lief um den Schwanz des Plymouth herum und öffnete der Cobra die Tür. Wilson kletterte raus, streckte sich, gähnte. Er blickte auf Max, sagte mit überraschter Stimme: »Er is'n Schlitz...« Ich zuckte die Schultern in einer Was-kann-ich-dafür-Geste und deutete zur Treppe. Die Cobra fing an hochzusteigen, schien zu zögern, als er etwas hörte, begriff dann, daß es bloß ein Radio war. Hank Williams »Your Cheatin' Heart« singen zu hören schien seinen Schritt zu beflügeln. Als er den ersten Absatz geschafft hatte, schlüpfte ich an ihm vorbei, um ihm den Weg zum zweiten zu zeigen, wo Flood wartete, und ließ Max hinter uns. Die Cobra war im Sack, aber nicht in dem Sack, in den er hineingehörte – noch nicht.

Ich kam zur Tür von Max' Tempel, und wir konnten die Musik nicht mehr hören. Ich schob den Bambus beiseite, damit die Cobra Vortritt hatte, und wir gingen alle hinein –

Und da stand Flood in den schwarzen Roben, in einem nur von den flackernden Kerzen auf dem Altar erleuchteten Raum.

»Was zum Arsch ist...?« Er wirbelte herum, um mir das

Gesicht zuzuwenden. Er sah die doppelläufige Abgesägte auf seine Brust angelegt und hielt inne. Er schielte zu Max und sah den Krieger, nun die gleichen schwarzen Roben wie Flood tragend.

»Gib mir den Paß«, sagte ich, »und wenn deine Hände irgendwas anderes berührn, biste Hackfleisch.«

Die Cobra langte langsam zu seiner Brusttasche und sagte: »Hey, schau ... Mann, schau. Ich *hab* ihn. Hier isser. Was is'n los ...?«

Er plazierte den Paß sacht auf meine offene Hand. Flood stand da und beobachtete – still wie ein Stein. Ich hielt den Paß in einer Hand, schlüpfte mit dem Daumen rein und klappte ihn auf der ersten Seite auf. Da war sein Bild – und MARTIN HOWARD WILSON in der amtlichen Schrifttype. Ein gültiger Paß, just wie er versprochen hatte. Ich nickte Flood und Max zu.

Die Cobra stand, die Hände an den Seiten, und wartete, ob er die Prüfung bestanden hätte. Ich stupste ihn mit der Schrotflinte vorwärts, bis er nah genug war, um den kleinen roten Tisch zu sehen. Nah genug, um den Metalldorn mit dem in rote Seide gewickelten dunklen Holzgriff zu sehen. Nah genug, um das Bild von Sadie und Flower zu sehen – seine eigene Fotografie zu sehen. Dann wußte er.

Max und ich traten zurück, von ihm weg. Ich sprach mit ruhiger Stimme zu ihm – keine Geheimniskrämerei mehr. »Schau, Kamerad. Es ist'n Job, verstehst du. Diese Dame da hat Zoff mit dir, und sie hat uns geheuert, um dich herzubringen. Jetzt macht ihr's untereinander aus. Wir sind draußen. Nur, daß du nicht weggehst, bis es ausgetragen ist. Das is alles.«

Die Cobra stand da und starrte gradeaus – sein Mund war offen, seine Atmung war schlecht. Dann sprach Flood, die Stimme dünn und klar, ohne ein Beben. »Martin Howard Wilson« – wie ein Richter beim Fällen eines Urteils – »Sie töteten dieses Kind. Ihre Leute sind tot. Ich bin von des Kindes Blut, und ich will Ihres als Bezahlung –«

»Was soll der *Stuß* –«

»Maul halten«, hieß ich ihn und bewegte zur Betonung das Schießgewehr.

Flood fuhr fort, als ob niemand gesprochen hätte. »Ich werde mit Ihnen kämpfen. Jetzt. In diesem Raum. Auf diesem Boden. Wir kämpfen bis zum Tod. Nur einer von uns verläßt diesen Raum. Wenn Sie mich besiegen, werden Sie frei sein.«

Die Cobra blickte mich an. Ich nickte. »Das ist der Deal, Kamerad. Einer von euch verläßt den Raum.«

»Ich schlag die Fotze und geh? Keine Schwierigkeiten?«

»Keine Schwierigkeiten«, sagte ich und trat zurück.

56

Flood verbeugte sich vor Max, verbeugte sich vor mir und wandte sich um, sich vor dem Altar zu verbeugen, den sie gemacht hatte. Die Cobra knöpfte seine Drillichjacke mit einer Hand auf, langsam, wie um mich nicht dazu zu reizen, ihn umzunieten. Er trug nur ein schwarzes T-Shirt unter der Jacke, der Kolben einer kleinen Automatik ragte aus seinem Gürtel.

»Deine Wahl«, sagte ich und trat leicht nach links. Max bewegte sich aus dem Schußfeld.

Die Cobra benutzte nur Daumen und Zeigefinger, um sie rauszuziehen – eine häßliche kleine Beretta, Kaliber .25, mehr als genug, um den Job auf kurze Distanz zu tun. Er hielt sie am Kolben und schmiß sie sacht in meine Richtung. Sie hüpfte von meinem Schenkel – meine Augen verließen ihn keinmal.

Mich noch immer beobachtend, kniete er und löste seine Kampfstiefel, zog die Socken aus, legte sie auf den Boden. Ein Blick tiefer Mißachtung blitzte über Max' Gesicht.

Ich lief zur Cobra: Die Schrotflinte trieb ihn nach hinten, bis ich zwischen ihm und den Stiefeln war. Ein rascher Blick zeigte, was ich erwartete – eine Scheide war auf eine Seite des Stiefels genäht, und der Messergriff sah oben raus. Ich kickte die Stiefel weg und trat zurück.

Er blickte zu mir rüber und machte einen letzten Versuch. »Kann ich mit Ihnen reden?«

Ich schüttelte den Kopf. Er blickte zu Max' Gesicht, sah

seine Zukunft, und wandte sich um, um seiner Vergangenheit gegenüberzutreten.

Max und ich zogen uns gegen die Wand zurück und ließen die Cobra und Flood allein im Ring. Flood zuckte die Schultern und bewirkte damit, daß die zauberhafte Seidenrobe hinter ihr auf den Boden fiel. Sie trat der Cobra gegenüber, über fließenden weißen Seidenhosen ein schwarzes Jersey-Top mit Ziehharmonika-Falten an den Schultern tragend. Um ihre Taille war eine weiße Schärpe gebunden, deren Enden zwei schwarze Spitzen bildeten.

Flood zuckte mit dem Fuß, und die abgelegte Robe flog aus dem Ring und direkt bis zum Altar. Sie spreizte die Arme weit zur Cobra – und hüpfte auf den Fußballen in seine Richtung.

Die Cobra stürmte ihr entgegen, bog seinen Oberkörper, so daß er parallel zum Boden war, und feuerte mit dem rechten Fuß einen scharfen Rundum-Tritt ab. Flood glitt, ohne ihre Position zu wechseln, unter dem Tritt durch, und er stieß den linken Fuß zurück auf den Boden und peitschte mit dem rechten aus – Flood war nicht da.

Ich blickte rüber zu Max – die Cobra war flinker, als ich ihm zugetraut hatte, und er kämpfte richtig mit ihr. Ein Amateur würde gegen eine Frau seine größere Stärke im Oberkörper zu nutzen versuchen, aber seine längeren Beine gaben ihm mehr Kraft bei weniger Risiko. Jemand hatte ihn gut trainiert – seine Konzentration auf Flood war total. Max und ich waren für ihn nicht mehr im Raum.

Flood hatte sich immer noch nicht bewegt. Die Cobra täuschte einen Hieb mit der linken Hand, wirbelte in einen eng geführten Tritt nach hinten und benutzte den Vorwärtsschwung, um drei schnelle, hackende Streiche auf einen Schlag abzufeuern. Die beiden ersten verfehlten – Flood nahm den letzten mit dem Ellbogen, wirbelte hinein und verdrehte ihre Hüften, um einen Ellbogen in seinem entblößten Gesicht zu landen. Die Cobra lehnte zurück, die Lippen teilten sich, als ihr Arm ranschoß, aber Flood wirbelte weiter, zog einen Augenstoß ab, der knapp verfehlte und über die Seite seines Gesichts schrammte. Das erste Blut. Die Cobra rollte auf den Boden und peitschte mit seiner Hacke nach ihren Knöcheln hoch, stützte sich dabei mit den Händen ab. Flood schoß am Bein der Cobra vorbei und explodierte in die Luft, trat mit einem wie ein Eisenkolben auskeilenden Bein runter nach seinem Gesicht.

Die Cobra schlüpfte seinem Namen entsprechend seitwärts über das Hartholz und setzte einen kraftvollen Hieb an, just als Floods Fuß an ihm vorbeizuckte. Sie nahm ihn mit der Außenseite ihres Schenkels, grunzte, stieß mit einem Bein auf den Boden und peitschte mit dem anderen nach ihm. Sie erwischte ihn voll in den Rippen, aber er war bereits von den Beinen, als sie traf. Er flog rückwärts, stieß auf den Boden und wirbelte wieder hoch – seine Hände hatten keinmal die Planken berührt.

Flood trat zurück, umkreiste ihr Gesicht mit den Händen und webte ein Todesmuster aus Luft. Der Cobra Mund war blutig, wo er sich in die Lippen gebissen hatte. Er fintete mit seiner Linken, drehte sich auf dem rechten Fuß und feuerte einen weiteren Kick in Floods Richtung – aber sie hatte sich nicht bewegt. Ihr Rücken war der Tür zugekehrt – keine Finte der Welt kriegte ihn durch diese Öffnung.

Er rückte mit ausgestreckter linker Hand gegen sie vor und stieß sie raus und zurück, kreiste nach links und ließ sie keinen Tritt ansetzen. Er wußte, wo die Gefahr war – ihre Füße, nicht die Hände. Er ließ die Hände durch die Luft flirren, und seine rechte Faust schoß vorwärts. Flood warf abblockend den Unterarm hoch, aber es war nicht sauber – es gab ein scharfes Knacken, und ihr Arm fiel einen Sekundenbruchteil runter, als sie davonwirbelte.

Er wußte, was er jetzt zu tun hatte. Er ging wieder ran, die

Hände vor. Flood trat nach seiner Mitte, aber er war bereit –
sich mit der Wucht ihres Tritts drehend, brachte er die Hand
vor und in eine volle Drehung und erwischte sie genau unter
dem Auge. Es wirkte wie ein Klaps mit offener Hand –
Floods Kopf kippte unter dem Streich zurück, aber sie
schmetterte ihm sofort voll in die Brust, als er zu folgen
versuchte. Er strauchelte rückwärts, das Gleichgewicht ver-
lierend, und sie war über ihm, Blut strömte unter ihrem
Auge hervor. Aber das Straucheln war eine Finte – die
Cobra erwischte sie beim Vorgehen und landete einen drei-
fingrigen Stoß an derselben Stelle – beim Wegziehen waren
seine Hände blutig. Flood zischte, hackte mit gekrallten
Fingern beider Hände in sein Gesicht, aber er rückte bereits
weg, sein Atem ging fließend.

Die Cobra tanzte jetzt – hoch auf die Zehen, die Handgelenke schüttelnd, um volle Durchblutung zu erreichen,
entspannt. Flood stand, als wäre sie mit dem Hartholz verwurzelt, eine Gesichtsseite bedeckt mit Blut. Ein Auge war
geschlossen, aber das andere war klar und kalt. Ich schielte
rüber zu Max – sein Gesicht war gesammelt, aber seine
Nackenstränge standen vor wie Hochspannungskabel, und
seine Unterarme waren gehämmerter Stahl. Er blickte nur
auf Flood. Ich wußte, was er dachte – sie würde nie aufhören. Flood war mit der Cobra vermählt, bis daß der Tod sie
schied.

Leise schrie ich ihr zu: »Flood, er kommt nicht lebend aus
dem Raum, egal, was kommt. Und du brauchst auch nicht zu
sterben . . .« Aber ich wußte, es war nutzlos – in ihrem Kopf
war nichts als der Cobra Blut auf Flowers Grab.

Er ging seitwärts vor wie eine Katze und bo. nur einen
Schlangenschatten als Ziel. Er feuerte probeweise das linke
Bein vor, aber Flood stand stocksteif. Er wirbelte in einen
Vollkreis und zog die Handkante über seinen Körper bis zu
dem Punkt, wo ihr Hals auf der Schulter saß.

Flood stieß auf den Boden, wie von der Cobra Streich getrieben, aber sie bewegte sich knapp vor seiner Hand – sie stieß mit einer Hand auf den Boden, und ihr Bein peitschte aus, der Zeh gegen seine Kniescheibe schießend. Ich hörte das Knacken, bevor ich ihn sich krümmen und auf einem Bein niedergehen sah, das andere hinter ihm verdreht – nutzlos jetzt. Er krallte nach ihren Hosen, um sie zu sich zu holen, aber sie kreiselte davon und wirbelte herum, um ihm direkt gegenüberzutreten – ein blondes Gespenst – zu flink zum Fangen für eine Cobra.

Nun war es die Cobra, die mit dem Boden verwurzelt war, aber seine Fänge funktionierten noch. Flood tanzte vor, passierte seinen Handstreich und erwischte mit einem wirbelnden Tritt die Seite seines Kopfes. Sein Hals drehte sich mit dem Kick, aber er brachte seine Hand grade schnell genug wieder herum, um ihren nächsten Stoß abzublocken. Im Raum war es so leise, daß ich mein eigenes Herz hören konnte – und der Cobra gereizte Mundatmung.

Flood schob sich wieder rüber zu ihm, fand Halt, wippte auf dem rechten Fuß zurück, und der linke feuerte Tritt um Tritt ab – eine Hacke zur Seite des Kopfes, eine Zehe zum Hals, ihre kraftvollen Beine zuckten in den Seidenhosen. Er blockte einige ab – aber nicht genug. Flood war ein graziöser Chirurg, der Fleisch und Knochen wegschneidet, um zum Tumor zu gelangen.

Dann trat sie genau in seine zugreifenden Finger und blickte runter, als er nach ihren Lenden krallte – und hieb mit dem anderen Arm ans Ellbogengelenk. Ein weiteres Knacken, und er war unten, das Gesicht zum Boden.

Sie wandte ihm den Rücken zu und ging zum Altar. Sie verbeugte sich tief, langte in die auf dem kleinen Tisch gefaltete rote Seide. Und als sie sich wieder umwandte, war der lange Metalldorn in einer Hand.

Als sie sich der Cobra näherte, glitt sie in die Hocke. Sie

lehnte sich nach vorn und langte, den Dorn mit der Rechten an der Hüfte haltend, mit der linken Hand aus. Die Cobra blickte zu ihr hoch, brachte seine Hand unter dem Körper hervor und streckte sie, Fläche nach oben, aus. Zur Aufgabe.

Flood wippte auf den Hacken, einen verwirrten Blick im Gesicht. Und die Cobra schlug zu. Wie eine Überschallkrabbe stieß er sich mit seinem gesunden Bein vom Boden ab und feuerte mit beiden Händen nach ihrer Kehle.

Die Zeit blieb stehen. Ich folgte dem Ganzen, als ob der Raum voll kristallklarem Gelee wäre – alles in Zeitlupe. Sein Körper war flach am Boden, sein Rückgrat nach hinten durchgebogen, seine Hände fast genau an ihrem Gesicht, als sie ihre rechte Hand um die Hüfte und hoch zu seiner entblößten Kehle führte. Hoch auf den Zehen jetzt, aber noch in der Hocke – die Wucht ihres Streiches hob seinen Körper vom Boden, wo sie ihn freischwebend mit ihrer einen Hand hielt.

Die Zeit fror sie so ein, bis sich ihre Schenkel spannten und sie sich aufrichtete – die Cobra, seine Kehle noch immer durch den Dorn mit ihrer rechten Hand verbunden, erhob sich langsam mit ihr. Es schien ewig zu dauern, bis Floods rechter Arm nach vorn schoß, die Cobra wie eine Stoffpuppe abzog und ihn dann hintüber kippte. Sein Kopf stieß aufs Hartholz, und er lag flach auf der Seite – der Griff des Dorns ragte aus seiner Kehle.

Ich blickte runter auf das, was von Martin Howard Wilson übrig war – das Gesicht verzerrt, für immer verschlossen mit seinen letzten Gedanken. Der Dorn mußte mitten durch die Kehle und in sein Hirn gegangen sein. Die Schlange würde nie wieder kriechen.

Flood war alle. Ich fing an, mich in ihre Richtung zu bewegen, bevor sie fiel, aber Max trat geschwind vorwärts und schüttelte mir mit dem Kopf ein Nein zu – sie mußte das selbst beenden. Max beugte den Kopf, und ich ebenfalls –

wir blickten auf die tote Cobra –, aber nicht aus Achtung. Ich konnte die Muskeln in Floods Schenkeln leicht beben sehen, sie krampften vor Anstrengung. Ein Arm hing lose, wahrscheinlich gebrochen. Ihr Ausdruck: teils Krieger, der eine Schlacht bis zum Tod überlebt hatte, teils Schulmädchen, das just seinen tiefsten Herzenswunsch erfüllt gekriegt hat.

Zeit verstrich. Floods Atmung beruhigte sich, und ihre Beine hörten auf zu beben. Sie kurbelte den Kopf von Seite zu Seite und ignorierte das die eine Backe runterlaufende Blut, dann streckte sie die Hände aus, und Max und ich kamen zur ihr und jeder nahm eine.

Wir wandten uns um und liefen zum Altar. Flood kniete, nahm der Cobra Fahndungsbild, und ich riß ein Streichholz an und reichte es ihr. Sie hielt die brennende Fotografie in ihren Händen, das Feuer ignorierend, wie sie es vor so vielen Jahren in jenem Zimmer mit Sadie getan hatte. Erst als sich das Bild in Asche verwandelt hatte, rieb sie die Hände gegeneinander. Sie wischte ihre Hände an der roten Seide ab, wickelte das Bild von Sadie und Flower in ihre Falten und steckte sie in ihre Robe. Sie kniete erneut, sagte etwas auf japanisch, denke ich. Als sie auf die Beine kam, war ihr Gesicht eine blutige, verfärbte Masse und ihre Hände waren verbrannt – aber die Tränen in ihren Augen waren nichts als pure Freude.

Sie verbeugte sich tief vor Max und breitete die Hände so weit sie konnte aus, um ihm die Tiefe ihrer Dankbarkeit zu zeigen. Dann langte sie zu ihrer Taille und zog das blutige Jersey über den Kopf. Von der Taille aufwärts nackt stehend, warf sie das Jersey auf der Cobra Körper, nahm dann Max' Robe vom Altar und reichte sie ihm zurück. Max hielt die Hände hoch, Handflächen nach außen – er drehte seine Hände im Kreis, lehnte die Rückgabe seiner Robe ab und hieß sie sie anlegen. Flood verbeugte sich erneut und wikkelte sich in die Robe. Sie wühlte in der Hängetasche, fand ihre eigene rosafarbene Seide, verbeugte sich vor Max, hielt sie auf. Max nahm die Robe mit einer Hand, berührte mit der anderen sein Herz. Sie brauchten keine Worte – er würde ihre Robe genausowenig tragen, um sich der Cobra Körper zu entledigen, wie sie seine tragen würde, um gegen ihn zu kämpfen.

Flood blickte sich noch einmal im Tempel um – nahm alles auf, speicherte für ein Leben. Max faltete die Hände zusammen, schloß die Augen und lehnte seinen Kopf gegen sie. Es war Zeit, daß Flood sich ausruhte. Sie nickte und glitt auf den Tempelboden in Lotushaltung, Max' Roben um die Schultern geschlungen, und saugte alles in sich auf.

Max und ich ließen sie da, während wir den Müll rauswerfen gingen.

57

Ich machte im Kofferraum des Plymouth ein Bett für Flood – sie konnte nicht ins Krankenhaus gehen, und ich wollte nicht, daß sie ein wißbegieriger Cop irgendwo nahe dem Schauplatz bemerkte, wo die Cobra verschwunden war. Es sah nicht nach einem Problem aus ... er hatte alle möglichen Waffen getragen, aber er war nicht verdrahtet gewesen.

Als ich in meiner Garage wieder den Kofferraum öffnete, war Flood eingerollt wie ein Baby, ein Arm den anderen umklammernd. Er war wahrscheinlich gebrochen, aber sie gab keinen Laut von sich. Ich brachte sie hoch, ließ Pansy raus aufs Dach und ging nach hinten zu meinem Medizinkasten. Als ich zurück ins Büro kam, saß sie in Lotushaltung auf dem Schreibtisch und blickte zur Tür.

»Flood, steh auf und zieh die Kleider aus.«

»Nicht jetzt – ich hab Kopfschmerzen.« Sie lächelte und deutete auf ihr zerschlagenes Gesicht. Aber das Lächeln war schwach, und der Spruch kam nicht an.

Ich warf die Polster von der Couch, zog ein flaches Stück Sperrholz dahinter vor und legte es auf die Federn, dann legte ich einige Decken zusammen, um eine Unterlage zu machen, und spannte ein sauberes Laken oben drüber. Flood hatte sich nicht bewegt.

»Flood«, erklärte ich ihr so sanft ich konnte, »du mußt jetzt mit mir arbeiten, okay? Leg deine Beine über die Seite vom Schreibtisch. Komm schon.«

Sie löste sich langsam aus der Lotushaltung und tat,

worum ich bat. Ich strich die Roben von ihrer Schulter und nahm den schlimmen Arm in die Hand. Die Haut war geprellt, aber nicht geplatzt. »Kannst du ihn bewegen?« Sie rollte den Arm von Seite zu Seite. Ihr Gesicht blieb gesammelt, aber der Schmerz schoß in ihre Augen, als sie die Hand zur Schulter brachte und den Bizeps spannte. Wenigstens war es ein sauberer Bruch, falls es gebrochen war.

Ich bedeutete ihr, vom Schreibtisch zu klettern, und band die weiße Schärpe auf, als sie vor mir stand. Die Seidenhosen kamen als nächstes, sie sanken in Zeitlupe auf den Boden. Sie trat aus den Hosen und kickte sie weg, stand dann im Morgenlicht da, als ich so sorgfältig, wie ich konnte, über ihren Körper ging. Das Fleisch über dem einen Ellbogen war weg, ein klumpiger, verfärbter Knoten war an der Außenseite des einen Schenkels, und die beiden kleinsten Zehen des einen Fußes waren beinahe dunkel vor verkrustetem Blut. Sie ließ mich die Zehen ohne Widerrede bewegen – sie waren nicht gebrochen, bluteten bloß unter der Haut. Wie ein geduldiges Kind öffnete sie den Mund und ließ mich rumtasten – all ihre Zähne waren intakt, der Schaden war äußerlich. Ihre Pupillen wirkten okay, und sie redete nicht wie jemand, der eine Erschütterung hatte, aber ich wollte, daß sie eine Weile nicht einschlief, bloß für den Fall, daß doch.

Ich nahm eines der Aluminiumstücke aus dem Medizinkasten, das passend aussah, probierte es an ihrem Unterarm, bog es in die rechte Form. Ich legte die Aluminiumschiene an ihren Unterarm und wickelte sie mit einer Elastikbinde fest. Es sah nicht hübsch aus, aber es würde einigermaßen gut funktionieren, so sie nicht herumhüpfte, und den Knochen entsprechend ruhen lassen.

Ich tupfte die offenen Wunden aus, schmierte Aureomycin drauf und bedeckte sie mit Gazebinden. Dann brachte ich sie rüber zur Couch.

»Was ist besser, Flood? Auf dem Rücken liegen oder auf dem Bauch?«

»Kommt drauf an, was du vorhast.«

»Flood, ich hab nicht die Geduld für solchen Mist. Du mußt mich nicht überzeugen, daß du taff bist. Du wirst dich benehmen, okay?«

»Du hast so erschrocken gewirkt, Burke . . .«

»Kann sein, du *hast* eine Gehirnerschütterung. Ich bin nicht derjenige, der durch die Mangel gedreht worden ist.«

»Ich weiß. Ich werd brav sein. Was immer du willst.«

Ich hob sie auf dem Rücken liegend auf die Couch, faltete ein Kissen unter ihrem Kopf und bedeckte sie mit einem weiteren Laken. Ich stützte den geschienten Arm durch eine gefaltete Decke, küßte ihre Stirn und ging zurück zum Schreibtisch, um die Sachen wegzupacken.

»Burke«, rief sie.

»Was ist? Entspann dich doch, ich geh nirgendwo hin.«

»Meine Schärpe . . . die weiße Schärpe mit den schwarzen Spitzen . . .?«

»Yeah?«

»Die is für dich. Zum Behalten, okay?«

»Okay, Flood, ich behalt sie.« Bis dato war offensichtlich, daß sie keine Erschütterung hatte – aber sie pfiff aus dem letzten Loch.

»Behalt sie hier . . . für mich, okay?« sagte sie und glitt in den Schlaf davon, bevor ich sie fragen konnte, was sie damit meinte.

Fast eine Woche verging so. Max brachte Flood sämtliche Sorten komisch aussehender Pampe aus Mama Wongs Küche zum Essen rüber. Für mich sah es aus wie geschmolzene Schlacke, aber Flood schien zu wissen, was es war. Pansy versuchte auch etwas, aber sie mochte es nicht . . . kein Biß.

Ich sah sie kräftiger werden, sah die Schwellung zurückgehen, bis ich das andere Auge erkennen konnte, sah sie probeweise den Arm beugen, ihre Atmung üben.

Ich ging nicht viel aus, aber Max blieb bei ihr, wenn ich es tat. Pansy blieb und bewachte sie, wenn ich am Morgen wegen der Zeitungen runterging. Ich las Flood die Artikel vor, bis sie mich eines Morgens aufhören hieß. Die Überschriften klängen wie Abschußlisten, sagte sie, also hielt ich mich an die Rennergebnisse.

Ich beobachtete immer noch die Pferde, fühlte mich aber nicht nach irgendwelchen Wetten – ich spürte, wie sich mein Glück mit Flood, der es jeden Tag besser ging, wandelte, und ich mochte das Gefühl nicht.

Eines Morgens war sie bereits auf, als ich wieder die Treppe raufkam. Sie trug ein altes Flanellhemd von mir – ungeknöpft hing es wie eine Robe an ihr. Sie arbeitete mit ihrem Körper: jetzt wieder hart, nicht mehr abtastend wie vorher. Ein abgewandelter *kata* im engen Büro, aber die Tritte und Hiebe und Stöße wirkten sauber und scharf. Sie war wieder sie selbst. Ihr Schmerz wich, und meiner war unterwegs.

Ich versuchte ihn nicht zu zeigen. »Willst du was von dem Baguette?«

»Hast du Pumpernickel?« Flood aß kein Weißbrot.

»Jawoll. Sogar frisches New Yorker.«

»Was ist frisches New Yorker?«

»Weniger als zwei Tage alt.«

Sie grinste. Abgesehen von dem, was wie ein schwarzes Monsterauge wirkte, war sie so gut wie neu. Die Schiene war auf der Couch – sie drehte den schlimmen Arm hinter sich und berührte die Rückseite ihres Kopfes. »Siehste?« Wie ein kleines Mädchen beim Angeben. Ich sah.

Ich nahm mein Baguette, Rahmkäse und Apfelsaft und setzte mich in den Sessel hinter meinem Schreibtisch, um in Frieden die Morgenzeitung zu lesen. Flood hatte nichts davon – sie ließ sich in meinen Schoß plumpsen, beschnüffelte meinen Hals. »Laß uns heut ausgehen, okay? Ich fühl mich hier wie eingesperrt.«

»Sicher, daß du schon kannst?«

»Ja, ja, *ja*«, quiekte sie und quirlte auf meinem Schoß herum, bis ich es aufgab, die Zeitung zu lesen.

Schließlich kam ich zur Zeitung, während Flood eine Dusche nahm. Ich fing mit dem Rennergebnis der letzten Nacht an, wie ich es immer mache, aber ich war nicht so interessiert. Ich hatte noch fast alles von Margots Geld, und ziemlich bald war es an der Zeit, es zu verdienen. Ich hatte im Kopf einen Plan ausgearbeitet, aber ich mußte damit erst bei Flood durchkommen.

Sie schwang sich aus der Dusche, Wasser glitzerte noch auf ihrer weißen Haut, und lächelte ein Engelslächeln. Ich wußte, sie hatte es nicht vergessen – ich konnte sie nicht viel länger hier behalten. Sie lief zur Hintertür, um Pansy rauszulassen.

»Zieh dir erst was an.«

»Wer kann schon hier raufschauen?«

»Tu einfach, was ich dir sage. Ich kann dir nicht jede Kleinigkeit erklären.«

Sie sah den Blick auf meinem Gesicht und lief herzallerliebst zurück zu den Handtüchern, während Pansy geduldig wartete. Gut – mir war nicht danach, ihr von der Sorte Menschen zu erzählen, die beobachten. Eines späten Nachts beim Nachspüren hörte ich in einer Talk-Show einer dieser Radiopsychologinnen zu: Sie sagte, wie harmlos Leute, die gern beobachten, in Wirklichkeit wären – depressive, traurige Perverse, eher lästig als gefährlich. Einmal, als ich festgehalten wurde und auf die Verhandlung wartete, erzählte mir der Typ in der Nebenzelle, er hätte Frauen beobachtet, um zu sehen, ob sie eine Botschaft für ihn hätten. Irgend etwas in der Art, wie sie sich anzogen, bevor sie ausgingen – es klang, als ob der Kerl in die Klapsmühle gehörte, statt ins Untersuchungsgefängnis, aber das war nicht mein Problem. Später des Nachts nahmen sie ihn aus der Schlinge. Einer der Wärter, der mich vom letztenmal kannte, hielt vor meiner Zelle an und schob mir eine Packung Kippen durch die Tür. Mir war klar, daß er bloß reden wollte – auch für sie wird die Nacht einsam.

»Von Ferguson gehört?«

»Wem?«

»Der Kerl nebenan, der, den sie vorhin rausgetragen haben.«

»Er hat mir nie seinen Namen gesagt.«

»Hat er überhaupt was gesagt?«

Ich reichte ihm seine Zigarettenschachtel durch die Stäbe zurück. »Sie wissen's besser. Wolln Sie mich beleidigen?«

»Hey, ich wollte gar nichts, Burke. Die Cops *brauchen* keine scheiß Infos über den Kerl. Weißte nicht, wer er ist? Der verfluchte Ferguson – er hat sieben Frauen umgebracht. Hat se in Stücke geschnitten, Scheiße, Mann. Sie haben all

das Zeug in seiner Wohnung gefunden. Und hör mir zu ...
er hat dem Staatsanwalt erzählt, daß sie ihn alle gebeten
haben, sie umzubringen, daß sie ihm verfluchte Nachrichten gegeben haben, es zu tun. Kannste das glauben?«

»Seit wann arbeiten Sie hier?«

»Yeah, ich schätze, du hast recht. Aber jedesmal denk ich,
ich kenn schon alles ...«

»Was steht in der Zeitung?« wollte Flood wissen.

»Ich denke, für dich klingt alles wie Abschußlisten.«

»Heute isses anders. Ich fühle mich so *gut* ... als ob ich
tanzen möchte.«

»So lang du nicht singst.«

»Warum?« fragte sie mit drohendem Tonfall.

»Oh, das geht nicht auf mein Konto. Wegen Pansy – sie
hat echt empfindliche Ohren.«

»Stimmt das?«

»So wahr mir Gott helfe. Ich bin sicher, wenn sie dich so
wie heute früh in der Dusche singen hört, ist sie eine Woche
lang komisch.«

Flood fühlte sich zu gut, um sich um meine Musikkritik
zu scheren. Ich durchflog just die Zeitung, bevor ich aufs
Dach gehen wollte, als mir die Überschrift aus der Seite
entgegensprang: »TERRORISTENBOMBE TÖTET ZWEI
MANN IN SÖLDNERAGENTUR.« Der Artikel erklärte
des weiteren, wie gestern nachmittag das Rückfenster eines
Büros in der Fifth Avenue »in einem roten Feuerball« raus-
gepustet worden war. »Die am Schauplatz eintreffende Polizei fand die zerfetzten Körper zweier weißer Männer, von
denen bislang noch keiner identifiziert wurde, sowie den
Großteil des Büros noch immer in Flammen stehend vor.«
Nicht weniger als vier unterschiedliche Telefonanrufe waren bei den Medien eingegangen und hatten die Verantwortung für die Bombe geltend gemacht; es reichte von einer

bekannten schwarzen Befreiungsgruppe bis zu einigen Vögeln, die behaupteten, die Rekrutierer gefährdeten mit ihrem geplanten Dschungelkrieg die afrikanische Umwelt. Die Story verlautete, die Ermittlung werde fortgesetzt – viel Glück, dachte ich. Tja, so viel zu meinen großen Plänen, bei Gunther und James reiche Beute zu machen.

Ich erfuhr die wahre Geschichte nie, und mir war nicht danach, mir beim Herumstochern die Finger zu verbrennen. Keine Chance, daß die Ermittler die linken Waffenschmuggler bis in ihr Flohhotel zurückverfolgen konnten – wahrscheinlich waren sie sowieso ausgezogen, sobald sie von mir den Vorschuß abgezockt hatten. Und wenn sie es taten, waren ein Name und eine Telefonnummer alles, was sie in Verbindung mit mir finden konnten. Na und? Der Prof, in seinem Türsteher-Kostüm arbeitend, hatte mir versprochen, ihr Hotelzimmer zu checken und sauberzupicken, und die Fährte zurück zu mir war lang und gewunden, egal was kam. Und ich hatte mein übliches Alibi.

Ich schmiß das Blatt beiseite, blickte rüber zu Flood. »Ich muß bei jemandem Schulden bezahlen, der mir bei der Sache geholfen hat, die wir grad abgeschlossen haben. Es ist'n Einakter, dauert nicht lang. Biste dabei?«

»Sicher«, – sie lächelte – »solang es irgendwo *draußen* ist.«

»Sicher. Erster Halt, garantiert New Yorker Frischluft.« Ich mußte meine Leute für dieses letzte Stück sammeln, und ich wollte nicht vom Hippie-Telefon aus anrufen. »Also zieh dich an«, bat ich sie, »wir gehn aus.«

Wir verbrachten den Tag im Bronx Zoo. Die haben genau hinter der Umzäunung diese Nachbildung eines asiatischen Regenwaldes – Bengaltiger, Antilopen, Affen, die ganze Menagerie. Man fährt in einer erhöhten Einschienenbahn durch, und der Fahrer erzählt einem über Lautsprecher, was geschieht. Wir machten alles durch – überall, bis auf das

Reptilienhaus. Als wir zu den Bärenkäfigen kamen, war alles um das künstliche Treibeis versammelt, wo eine Eisbärenmutter und ihre Brut in der Sonne brieten. Die Bärenmutter blickte jedermann unheilvoll an. Ein kleiner Junge fragte seine Mutter, warum der Bär so böse blickte – sie erzählte ihm, es wäre, weil es nicht kalt genug für sie war. Flood wandte sich der Frau zu, lächelte ihr Lächeln, erklärte ihr: »Es ist, weil sie nicht hierher gehört – es ist nicht ihre Heimat.« Wir ließen in unserem Kielwasser eine verstörte Frau zurück, aber ich wußte, was Flood meinte, und es schmerzte. Ich schob das Gefühl beiseite.

Später, als sich der Plymouth durch die ausgebrannten Wracks in diesem Teil der Bronx bewegte, die einst Wohngebäude gewesen waren, tat es mir leid um jedes der Tiere, das es vielleicht durch den Zaun schaffte und rauskam ...

Es dauerte bis spät nachts, bis wir alle im Lagerhaus zusammenkamen: ich und Flood, Maulwurf, der Prof, Michelle und Max. Ich hatte den Grundriß von Dandys Apartment, den Margot draußen auf einer Bank für mich gezeichnet hatte, und der Maulwurf benutzte einen schmierigen Finger, um zu zeigen, wie er seinen Teil der Kiste angehen wollte.

Es wirkte einigermaßen einfach, vorausgesetzt, Margot kreuzte, wie versprochen, mit dem Satz Schlüssel auf. Tat sie's nicht, war der Deal aus, und sie konnte wegen ihrem Geld zur Verbraucherberatung gehen.

»Michelle ... irgendwelche Probleme?« fragte ich.

»Machste Witze, Fritze. Keinen Kummer mit der Nummer.«

»Maulwurf?«

»Nein.«

»Du hast das ganze Zeug?«

»Ja.« Der Maulwurf wurde wirklich geschwätzig. Normalerweise nickte er bloß.

»Prof?«

»Er denkt wie 'n Tier, aber sein Arsch gehört mir. Rache schmeckt eben noch süßer als einer Jungfrau –«

»Halblang, Prof«, sagte Michelle, »es sind Damen anwesend.«

»Ich *wollte* sagen ›als einer Jungfrau Kuß‹, Dummkopf. Was denkst *du* eigentlich?«

»Wenn's dasselbe ist wie du, werd ich 'ne Lesbe.«

»Das reicht«, erklärte ich. »Michelle, kannst du mit niemandem klarkommen?«

»Ich komme mit dem Maulwurf klar«, sagte sie und tätschelte seine Hand.

Der Prof sah aus, als ob er zurückkeifen wollte, aber ein Funkeln hinter des Maulwurfs dicker Brille mußte ihn überzeugt haben, daß Wettstänkern ein gefährliches Spiel sein konnte, wenn man Verrückte teilnehmen ließ. Er ließ es sausen.

»Flood, biste sicher, daß du hier dabei bist?«

Ein strahlendes Lächeln, das selbst im dämmerigen Lagerhaus leuchtete. »Ich freue mich drauf.«

»Du weißt, was du zu tun hast?«

»Burke, wir sind's immerzu durchgegangen. Ich hab's gefressen.«

Es gab keinen Grund, Max zu fragen, ob er bereit war – und nicht etwa, weil er die Frage nicht hören konnte.

»Okay, wir haben Mittwoch. Freitag morgen machen wir es.«

»Sag, Burke«, sagte der Prof, »du willst echt deinen verdammten Hund nehmen?«

»Warum nicht? Pansy is für die Rolle ideal.«

»Das Bist ist 'n *Ungeheuer,* Burke. Es macht mich nervös, bloß in derselben *Gegend* zu sein, wo er ist.«

»Wo *sie* ist.«

»Du meinst, der Hund ist 'ne *Büx*?«

»Aber sicher.«

»Tja«, sagte der Prof, »ich schätze, es macht Sinn, wenn man darüber nachdenkt.«

Darüber nachdenken gehörte nicht zu dem, das ich an dem Punkt tun wollte.

59

Freitag war ein schwüler, schmutziger Morgen an den Hudson-River-Docks. Aus Jersey walzten Smogschwaden rein. Für die arbeitenden Huren war Feierabend – der Lastwagenfahrerverkehr für den Morgen vorbei, die ersten Pendler noch nicht am Schauplatz. Händler bauten ihre Stände auf den Hauben ihrer geparkten Autos auf, unbehelligt von den Wolfsrudeln, die jetzt weg waren – zurück in ihren Löchern, zerstreuten sich die streunenden Banden mit dem aufkommenden Tageslicht.

Der Plymouth war nah dem Pier neben einem Münztelefon geparkt. Ich hörte Judy Henske auf Band zu und versuchte, nicht an Morgen zu denken. Flood lag mit ihrem Kopf in meinem Schoß. Pansy schlief hinten, ungerührt.

Ich blickte runter auf Floods liebenswertes ruhendes Gesicht. Sie war jetzt ganz in sich gekehrt, endlich in Frieden – wieder ein scheiß Club, dem ich nicht beitreten konnte.

Das Telefon klingelte, ich langte aus dem Fenster, nahm es ab und hörte den Maulwurf sagen: »Bewegung. Jetzt«, und wußte, der Lump brauchte nur ein paar Minuten, um an den Schauplatz zu gelangen.

Kurz darauf kreuzte das schwarze Lincoln Town-Coupé auf, und ich sah das schwache Sonnenlicht auf schimmerndes Nylon fallen und einen roten Schal aufflammen, als Margot aus Dandys Zuhälterschüssel stieg. Zeit, an die Arbeit zu gehen.

Flood kannte ihren Part. Sie hüpfte aus dem Plymouth

heraus und trug neue weiße Vinylstiefel über dunklen Strümpfen, gekrönt von einem Paar weißer Hotpants und einem funkelnden orangefarbenen Seidentop. Ihr blondes Haar war auf jeder Seite ihres frischen, reinen Gesichtes zu Ringelzöpfen gebunden, eines Gesichts, das erst vor kurzer Zeit von den Fängen der Cobra entstellt worden war. Sie wechselte rüber zum Highway, für aller Augen ein Stück junges, knackiges Fleisch, das just eine Lektion von seinem Louis gekriegt hatte und jetzt die Schulden abarbeitete.

Ihr großer Hintern wirkte in den weißen Hosen um so mehr, und ihre Haut schien zu klein für all das Fleisch drunter. Hacken klapperten auf dem Pflaster, ihr Körper schwang und hüpfte, als ob er sich langsamer als ihre Füße bewegte. Sie langte in ihre kleine Plastikhandtasche und zog eine große dunkle Brille raus.

Das Timing mußte passen – wir hatten Dandy beobachtet, und wir wußten, er hing nicht lange rum, nachdem er Margot jeden Morgen ablud. Aber Flood war ihr Geld wert – ihr Weg kreuzte Margots, und sie lief genau vor des Lincoln Haube, als wenn sie zurück zur Arbeit ging. Ich sah Margot weiterlaufen und im Schatten verschwinden – und Flood anhalten und herumwirbeln, die Hände auf den Hüften. Als der Lincoln langsam vorwärts kroch, wußte ich, Dandy hatte den Köder genommen. Ist nicht alle Tage so, daß einem ein Pfund Milchpudding in den Schoß fällt. Ich konnte von da, wo ich war, nicht viel sehen, aber der Lincoln stand vor Ort, noch immer blubberte Rauch aus dem Auspuff.

Dann scharwenzelte Flood um die Front des schwarzen Autos herum und kletterte auf den Beifahrersitz. Der Lincoln schwebte davon, und das Spiel lief.

Ich hatte nicht viel Zeit. Flood würde ihn ein bißchen reden lassen, ihn vielleicht bitten, ihr einen Kaffee zu spendieren, aber früher oder später würde Dandy sie in seine Krippe zu bugsieren versuchen. Ich befingerte den Schlüssel zu seinem Hausflur und den Schlüssel zu seiner Wohnung, den ich vom Maulwurf gekriegt hatte. Margot hatte uns mit den Abdrücken der Plastikmasse versorgt, die ich ihr gegeben hatte, also war ich sicher, daß sie funktionierten.

Als der Plymouth davonzog, steckte Pansy vorübergehend ihren Kopf hoch, sah, daß es keine Arbeit gab, und rollte sich am Rücksitz ein. Ich mußte nur zu den West Twenties, ein kurzer Trip. Der Plymouth schwang in eine lässige Kehrtwende, teilte die Schatten auf dem Highway und nahm Fahrt auf. Ich langte rüber und kurbelte das Beifahrerfenster runter. Als ich zum Abbiegen in die Straße in *uptown* verlangsamte, kam eine Leinentasche durch das Fenster geflogen, augenblicklich gefolgt von einem beweglichen Schatten. Max. Das scheiß Finale – ich hatte massenhaft Zeit, das Auto anzuhalten.

Pansy setzte sich auf, schnüffelte kurz Luft, knurrte. Max steckte seinen Kopf zum Rücksitz. Pansy schnüffelte wieder, leckte seine Hand und ging wieder schlafen.

Dandys Block – still und friedlich. Ich fuhr ihn der Länge nach ab, bis wir den weißen Dodge geparkt sahen, wo er sollte, Michelle am Steuer. Sie erspähte den Plymouth, warf ihren Motor an und zog raus, mir den idealen Fluchtraum hinterlassend. Ich stieß zurück in die Lücke, drückte die Alarmsysteme, und wir stiegen alle aus. Pansy sprang mich an, und ich nahm die Leine kurz und reichte sie Max. Der Prof werkelte davor rum und wühlte sich durch eine Wochenration Abfall in einem Haufen am Bordstein. Als er Max und Pansy zur Rückseite ziehen sah, wo der Maulwurf wartete, um sie in den Keller zu lassen, schulterte er seinen Sammelsack und folgte.

Ich öffnete die Vordertür, sah ein Pärchen im Flur reden und zündete abwartend eine Zigarette an. Schließlich ging ich rein, drückte Dandys Summer und benutzte, ohne die Reaktion abzuwarten, meinen Flurschlüssel. Ich wußte, wo er wohnte – zweiter Stock, hinten. Des Maulwurfs Schlüssel öffnete das Schloß.

Ich erkundete rasch die Örtlichkeit. Ein kleines Schlafzimmer, als riesiger Kleiderschrank für Dandys sämtlichen Zwirn benutzt, ein größeres Schlafzimmer mit einem runden Bett, Stereoschrank, Sony-Riesenröhre komplett mit Betamax. Mächtige Platten- und Bändersammlung. Auf der Kommode ein Röhrchen Kokain, ein goldener Kokslöffel mit Diamantsplitter am Griff, ein halbes Dutzend Krügerrands. In der obersten Schublade ein Colt Astra, Kaliber .32, mit Perlmuttgriff. Der Boden des Kleiderschranks gab einen Haufen Schuhschachteln voller Polaroidbilder preis. Einige von Margot, einige von Frauen, die ich nicht erkannte. Drei Paar lederner Handschellen. Ein dicker Ledergürtel, überall Löcher durchgestoßen, keine Schnalle.

Keine Zeit mehr zum Durchsuchen. Ich sackte die Krügerrands ein und nahm Dandys grünes Nobeltelefon ab. Kein Freizeichen. »Maulwurf?«

»Hier.«

»Auf geht's«, sagte ich und hängte ein.

Die Tür öffnete sich und Max kam rein, Pansys Leine haltend. Der Prof war bei ihm. »Die Zeit ist knapp«, sagte ich, und jeder ging ans Werk. Max öffnete seine Tasche und fing an, sein Gerät rauszuziehen. Ich nahm die fluoreszierende Farbe und den dicken Pinsel, rief Pansy rüber zu mir und seifte ihre Fänge großzügig mit dem Zeug ein – ich öffnete den Behälter Schwein mit Bratreis, den ich mitgebracht hatte, und hinterließ ihn auf dem Boden, damit sie den Geschmack der Leuchtfarbe nicht merkte. Im Dämmerlicht des Apartments nahmen ihre Zähne ein unirdisches, furchterregendes Glühen an. Pansy schien den Gedanken zu genießen und ließ versuchsweise ein paar Knurrer los, die gegen die Gipswand grollten, bis ich sie das Maul halten und sich hinter die purpurne, plüschige Samtcouch legen hieß.

Max tauschte seine verblichenen Jeans gegen einen Satz grüner Seidenroben. Er checkte sich in dem wandhohen Spiegel im zweiten Schlafzimmer, nickte zufrieden und nahm dann eine scheußlich geschnitzte Teak-Maske aus seiner Tasche. Die Maske war auf beiden Seiten des Kiefers befestigt, ein häßliches Ding mit Schlitzen für die Augen und einem Loch, in das die Nase paßte – die Augen mit dunkelgrüner Farbe getupft, und das Übrige bloß eine blanke, glatte Oberfläche aus dunklem Holz. Als Max die Maske aufs Gesicht setzte, lächelten seine Ahnen beifällig irgendwo aus den Bergen Tibets.

Der Prof zog seine Lumpensammlerklamotten aus. Darunter war ein rohweißer Leinenanzug, die Art, wie sie Plantagenbesitzer vor Jahren schätzten. Er sah hinreißend aus.

Wir arbeiteten zusammen in aller Stille, sogar Pansy. Ich holte den Ledergürtel aus Dandys Schublade raus, zeigte ihn Max. Er nahm in jede Hand ein Ende und gönnte ihm probehalber einen Zug, nickte hinter der Maske, um mir zu zeigen, daß er okay war. Kein Problem.

Ich baute meine Instrumente auf dem Küchentisch auf. Ich war wirklich nicht sauber genug für einen Operationssaal, aber andererseits wollte ich nicht an einem menschlichen Wesen arbeiten. Die Ampulle war voll mit flüs Valium, die Injektionsnadel noch immer in ihrer Plastikhülle. Ich schraubte sie zusammen, spritzte ein bißchen Valium raus, um sicherzugehen, daß es funktionierte. Als nächstes checkte ich die anästhesierenden Nasenstöpsel – und die Baumwollsocke voll mit frischem Aquariumsand, bloß für den Fall, daß wir den Job flink erledigen wollten. Das Schlafzimmerfenster öffnete sich einfach zu einer Gasse hinter dem Apartment, just wie Margot uns berichtet hatte. Schließlich checkte ich die drei Rauchbehälter, die der Maulwurf, gleichmäßig im Schlafzimmer verteilt, im Apartment hinterlassen hatte. Ich arbeitete rasch in den chirurgischen

Gummihandschuhen – Fingerabdrücke sollten in diesem Fall keine Rolle spielen.

Das Telefon klingelte einmal. Hörte auf. Klingelte wieder. Sie waren auf dem Weg nach oben. Pansy blieb, entsprechend meinem Handzeichen, wo sie war, der Rest von uns verteilte sich, wie wir es geprobt hatten.

Ein Schlüssel drehte sich im Schloß, und Flood kam durch die Tür gelaufen, Dandy genau dahinter. Ein langer, dünner Geck, Anfang bis Mitte Vierzig, und bestückt mit einem kurzen Afro. Er war sauber rasiert und hatte den Mund voll guter Zähne. Flood schlenderte rüber zu der Purpurcouch und thronte auf dem Polsterrand. Pansy roch Flood auf der anderen Seite und gab ihr feinstes Knurren von sich, unhörbar, wenn man nicht darauf lauschte. Flood blieb auf der Couch, während Dandy die Stube abschritt und seinen Rap rappte. »Baby, wenn'de in New York wählst, wählste was Gutes. So isses nu mal. Machste die Nummern für dich selber, legstes auf'n wunden Arsch an. Du brauchst'n Mann. So is das Leben, so is der Job, so läuft der Laden. Und biste tüchtig, läuft er richtig.«

»Du hast gesagt, du hast 'ne mächtige Düse.«

»Baby, ich hab das beste Koks, das beste von allem. Ich bin keiner von diesen halbärschigen Simpeln. Ich bin 'n *Spieler,* verstehste? Ich hab keine Herde laufen, ich hab keine Busenfrau. Im Gegenteil, ich hab dran gedacht, meine Alte jetzt 'ne Zeitlang ziehn zu lassen. Hat genug Geld gespart, um 'ne eigene Boutique aufzumachen.«

»Wirklich?« sagte Flood mit wundererfüllter Stimme, und ihre Träume wurden wahr.

»Glatte Sache, Mädchen. Ich lüg nich. Natürlich hatse die schnelle Runde laufen wolln, tun, wasse tun mußte. Aber ein bißchen Schmerz gehört zum Scherz, meine Kleine, Schmerz für den Scherz. Zahl den Preis, dann biste heiß, verstehste?«

»Ich mag keinen Schmerz«, sagte Flood mit ihrer Kleinmädchenstimme. »Ich bums ja gern, aber das andre Zeug
mag ich nicht.«

»Schnalle«, sagte Dandy und lief rüber zu Flood, »du
weißt nicht, was Schmerz is.«

»*Hey*«, schluchzte Flood mit weicher, verängstigter Stimme. Sie sprang von der Couch und rannte in Dandys Schlafzimmer, der Zuhälter schlenderte ruhig hinterher – nahm
sich Zeit, alle Zeit der Welt. Wohin, schließlich, konnte die
kleine Schnalle schon gehen?

Flood stürzte ins Schlafzimmer, sah, da war kein Entkommen, und scheute wie ein gestelltes Wild vor den Jägern.
Dandy war genau hinter ihr und streckte die Hand lässig
nach ihrem Arm aus – als Floods weißgestiefelter Fuß wie
ein Lichtpfeil in seinen Solarplexus rammte. Als die Luft aus
Dandys Lungen explodierte, hüpfte Max hinter der Tür vor
und hatte des Luden Kehle in der Hand, bevor er zu Boden
ging – ein schneller Druck mit der Hand, und Dandy machte
schlapp.

Ich kam unter dem roten Bett hervor und hielt die Nadel
bereit. Max rupfte des Louis Jacke von seinen Schultern, zog
das Hemd weg, hakte die Goldkette mit dem schweren
Medaillon ab und schmiß sie mir zu. Max stählerne Finger
schlossen sich um Dandys schlaffen Bizeps und ließen die
Venen in seinem Unterarm als kesses Relief hervortreten.
Ich stach eine besonders hübsche nahe der Innenseite seines
Ellbogens an, stupste die Nadel rein und verabreichte ihm
sachte das flüssige Valium. Dann traten wir alle zurück, um
unser Werk abzuchecken. Dandy rutschte zu Boden, die
Atmung flach, aber regelmäßig. Er war nicht in Gefahr –
durch das Valium.

Wir pfropften ihn in einen Sessel in der Ecke seines
Schlafzimmers, zogen die Rauchbehälter in Position und
zitierten Pansy herbei. Es würde etwa zwanzig Minuten

dauern, bis das Valium abzuklingen begann. Wir wollten ihn im zweiten Akt nur bedröhnt, nicht bewußtlos.

Flood ging zum Kleiderwechseln in das andere Schlafzimmer, während ich das übrige Apartment durchsuchte. Wenn Dandy auf die Fesselfototour riß, mußte er irgendwo einiges Geld haben, und es mußte ein sicherer Schlupfwinkel sein.

Es kostete mich fast volle zwanzig Minuten, und ich förderte runde Tausend oder so in Scheinen, weiteres Koks (das ich überall verstreute, um den Hunden den Riecher lahmzulegen) und weiteren Schmuck zutage. Ich versuchte nachzudenken – die Krügerrands klingelten mir im Kopf rum. *Sicher.* Ich lief rüber zu Dandys schlappem Körper und begann die Suche. Es dauerte nicht lang – der dicke Geldgürtel löste sich ohne Mühe von der Taille, und plötzlich blickte ich auf vierzig Stücke vollkommenen südafrikanischen Goldes, jedes einzeln eingewickelt. Mehr als fünfzehn Riesen, selbst bei Umtauschschwierigkeiten. Ich legte den leeren Gürtel zurück. Wenn die Luden auf Goldmünzen umstiegen, konnte ich am Horizont eine zauberhafte Schwindelei erstehen sehen ... aber Dandy war klar zum Geschäft.

Als ich sah, daß er wieder zu sich kam, schnappte ich die Deckel der Rauchbehälter auf und trat aus dem Weg. Es brachte ihm nichts, wenn er mein Gesicht sah. Ich bezog hinter ihm Position und sah den dicken, grünlichen Rauch das Zimmer füllen. Ich hatte die Fenster fest geschlossen gelassen, damit nichts rauskam, bis wir fertig waren. Dandy bewegte seinen Kopf, grunzte etwas, das ich nicht ausmachen konnte, und dann wurde sein Hals steif, als er Max den Stillen vor sich stehen, die Teak-Maske tragen und den breiten Ledergurt halten sah. Dandy torkelte nach links und suchte einen Ausweg. Pansy grollte, die Fänge glühten im grünen Dunst, und schnappte nach seiner Taille. Dandy fiel zurück in den Sessel – offensichtlich konnte keiner seiner Alpträume mithalten. Zu seiner Linken war ein unbekannter Schrecken mit Kriegermaske, zu seiner Rechten war der Tod in Bestiengestalt. Und durch die Mitte kam, angetan mit seinem weißen Leinenanzug, der Prof. Da stand er, zwischen dem irren Hund und dem maskierten Mann, und der grüne Rauch waberte – des Propheten größte Stunde. Und dann sprach er:

»Du hast Gott gelästert. Du wurdest gewarnt, und du ignoriertest die Warnung. Du handelst mit Teufelswerk. Mit Schmerz. Das soll nicht mehr sein.« Dann trat Max vor und hielt den Ledergürtel vor Dandys glasige Augen. Max nahm in jede Hand ein Ende des dicken Gürtels und zog ihn entzwei, als wäre er nasses Kleenex, warf die beiden Enden verächtlich auf den Boden und trat zurück, die Hände verschwanden unter seinen Roben.

Und nun sagte der Prophet: »Dein schmutziges Leben ist zu Ende. Asche zu Asche, Staub zu Staub, Müll zu Müll. Ich habe gesprochen.«

Max rückte langsam zu Dandy vor – Pansy konnte sich kaum zurückhalten, ihre Fänge in sein Fleisch zu graben. Der Louis leistete keinen Widerstand, als ich die Nasenstöpsel ins Gewinde schraubte. Noch zwei keuchende Atemzüge, und er war wieder weg.

Max zog die Maske und die grünen Roben aus, der Prof streifte seinen Lumpensammleraufzug über den weißen Leinenanzug, Flood packte alles weg, einschließlich ihrer Hurenkleidung. Die Rauchbehälter waren beinahe leer, handwarm – alles marschierte in den großen Koffer. Eine letzte flotte Runde durch die Stätte, um alles zu checken. Pansy, frustriert knurrend, wälzte sich mir nach. Ich würde sie zum Trainingsgelände bringen und ihr ein Hetzobjekt oder zwei zum Spielen besorgen müssen.

Alles vollbracht. Aus der hinteren Tasche seiner Jeans zog

Max einen grünen Plastikmüllsack, einen superriesengroßen. Er zog ihn auf, gab ein Ende Flood und das andere mir. Wir hielten ihn auf, und Max hob Dandy wie eine Ladung Lumpen auf und stopfte ihn rein. Ich zog die Nasenstöpsel aus Dandys Gesicht, und wir zwirbelten die Oberseite zu, benutzten drei Drahtklammern. Der Zuhälter konnte in einer oder zwei Minuten rauskommen – lang genug.

Ich stieß die schweren Vorhänge beiseite, um die Hintergasse zu checken. Sie war noch immer leer. Flood und ich standen auf beiden Seiten des Fensters und kippten es auf, sahen dann zu, als Max den Müllsack rausschmiß. Er segelte durch die Luft, schlug dann mit einem dumpfen Bums auf. Grüner Rauch begann aus dem Zimmer zu wabern, und wir machten Schluß.

Ich telefonierte dem Maulwurf, daß es Zeit war zu gehen. Max und der Prof gingen in den Keller – der Maulwurf hatte sein eigenes Auto in der Nähe geparkt, und er würde sich um die Ablieferung kümmern. Wir liefen zum Plymouth, nun trug ich einen anderen Hut, und Flood wirkte mit ihrer Bundfaltenhose und der Wolljacke wie eine andere Frau.

Pansy ging wieder schlafen, halb auf dem Boden und halb auf dem Sitz. Flood hielt meine Hand mit ihren beiden, und wir fuhren zurück zu meinem Büro.

60

Wir waren in Floods Studio, und sie packte. In den Morgen-
zeitungen oder im Radio war nichts über die gestrige Aktion
gekommen, aber die Nachmittagsausgabe der *Post* berichtete darüber. Flood thronte auf der Armlehne des Sessels,
als ich laut las:

ZUHÄLTER SAGT, ER SAH GOTT IM PLASTIKMÜLL-
SACK

Nach Angaben der Polizei wurde früh am Morgen ein Mann
mit einer langen Vorstrafenliste wegen Zuhälterei gefunden:
bewußtlos, verletzt und in einen grünen Plastikmüllsack
gewickelt. Der Mann, den die Polizei als James Tyrone
Simmons, 41, identifizierte, wurde ins Bellevue Hospital
gebracht, wo er den Ärzten eine bizarre Geschichte berichtete, wonach ihm Gott und mehrere wilde Teufel im Innern
des Sacks erschienen seien. Er konnte indessen nicht erklären, was er darin machte.

Simmons befand sich bei guter Gesundheit, hatte aber
einen Knöchel- und Handgelenkbruch sowie zahlreiche
Quetschungen erlitten. Nach den Worten eines Kranken-
haussprechers wurde er zur Beobachtung dabehalten.

»Abgesehen von ein paar gebrochenen Knochen, geht
es ihm körperlich gut«, sagte Dr. Ito Kumatso, der Chef-
Psychiater der Klinik. »Aber mit der Geschichte, die er
uns erzählt hat, ist es etwas anderes.«

»Er hat davon gesprochen, eine Vision Gottes gehabt zu haben. Er sagte, Gott habe ihm seine Lebensweise zu ändern befohlen und dann Ungeheuer und Wölfe mit feurigen Fängen gesandt. Ferner sei da etwas mit grünem Rauch gewesen.«

»Es klingt wie ein Horrorfilm im Fernsehen, aber sein Schrecken scheint dennoch eigenartig«, sagte Dr. Kumatso und fügte hinzu, daß Simmons mindestens einige Tage unter Beobachtung im Krankenhaus bleiben müsse.

Simmons einziger Wunsch, so Dr. Kumatso, habe einer Bibel gegolten.

Sergeant William Moody vom 10. Polizeirevier sagte, daß noch unklar sei, ob Simmons überfallen worden sei. Wenn es ein Überfall gewesen sei, sagte Moody, so habe doch kein Raub dahinter gesteckt.

»Da war Geld in seiner Brieftasche, und er trug seinen Schmuck, als wir zu ihm kamen«, sagte Moody.

Simmons wurde von Nachbarn in einer Gasse hinter seinem Apartment an der West 26th Street 704 gefunden.

»Ich hoffe, die finden für ihn einen Psychiater, der Englisch kann«, sagte ich zu Flood.

»Wovon redest du, Burke? Wie soll der Doktor mit Patienten arbeiten, wenn er kein Englisch spricht –?«

»Flood, dies ist New York City, nicht Disneyland. Die Hälfte der Seelenpfuscher, die sie hier in den Krankenhäusern verwenden, sind aus dem Ausland. Sie können hier drüben keine Zulassung kriegen, also arbeiten sie entweder in irgendeiner Krankenfabrik, oder sie arbeiten für die Stadt. Ich hab mal einen Fall für diese puertorikanische Familie untersucht. Ihr Junge ist die Straße runter getanzt und hat sein neues Portable-Radio gehört. Weißt du, diese riesengroßen Teile, die die Kids heute tragen? Jedenfalls haben ein paar Pisser dem Jungen das Radio abzuluchsen versucht, und einer von ihnen wurde selber gestochen. Also hatten sie den Jungen in Untersuchungshaft, und wir arbeiteten auf einen Fall von Selbstverteidigung hin. Inzwischen schicken sie den Jungen zu diesem Pakistani-Psychologen – damit er ihn verhört und seinen Gerichtsbericht macht. Als ich ins Gericht komme, steht da der Doktor im Zeugenstand und erzählt dem Richter, daß der Junge sexuell gestört ist. Er sagt, daß der Junge phantasiert, daß er 'ne Frauenvagina auf der Schulter hat – und daß sein Realitätssinn so übel ist, daß er fest darauf besteht. Also fragt der Richter den Psychologen, wie er zu dem Schluß kommt, und der Pakistani erzählt dem Richter, daß der Junge daran festgehalten hat zu sagen: »Ich bin die Straße mit der Tube auf der Schulter langgezogen . . ., und er fährt fort mit seinem pakistanischen Oberklassenakzent:

›Ich bin mit Ihrem amerikanischen Idiom bestens vertraut, Sir. Und es ist allgemein bekannt, daß das Wort *Tube* ein Synonym für Vagina ist.‹

Tja, vielleicht hatte der Richter selber Nachwuchs. Er war kein großer Gelehrter, aber sogar *er* wußte, daß die Kids ihren Ghettoblaster eine Tube nennen.«

»Was hat er gemacht?« wollte Flood wissen.

»Ungefähr, was du erwartet hast – er hat dem Doktor für seine Mühe gedankt und ein anderes psychiatrisches Gutachten von dem Jungen gefordert.«

»Glaubst du, der Zuhälter kriegt auch so 'nen Seelenpfuscher?«

»Das macht keinen großen Unterschied – mittlerweile ist er mit Sicherheit närrisch. Jedenfalls ist Margot fein raus, und das war die Abmachung. Ich zahl meine Schulden.«

»Das weiß ich«, sagte Flood und bückte sich, um mich zu küssen.

»Wir müssen zum Flugplatz«, sagte ich.

»Noch genug Zeit«, sagte sie. Und das stimmte.

61

Zwei Stunden später lotste ich den Plymouth über den Parkplatz am JFK und suchte eine Lücke. Ich trug Floods kleine Tasche in einer Hand, hielt ihre Taille mit der anderen. Sie stupste mich sanft an.

»Burke?«

»Yeah?«

»Als wir uns das letzte Mal geliebt haben. In meinem Studio. Ich hab dran gedacht, ein Kind von dir zu kriegen – in Japan – es dort aufzuziehen.«

»Und du hast beschlossen, es zu lassen, richtig?«

»Ja.«

»Ich weiß«, sagte ich. Und so war es.

Wir liefen zum Abflugsteig. Ich hatte kein Ticket, also sagten die Leute von JAL, ich könnte nur bis hierher gehen. Ich wußte das bereits – ich habe es vorher gehört.

Ich steckte meinen Daumen unter Floods eckiges Kinn und kippte ihr feines Gesicht hoch zu mir. Zum letzten Mal schnappte ich einen Blick auf diese klaren, großen Augen, die kleine zickzackförmig schraffierte Narbe war nun unter der Cobra verblassenden Striemen beinahe unsichtbar. Ich küßte sie. Mein Herz brach.

Flood blickte tief in mein Gesicht, sagte: »Ich bin für dich, Burke«, drückte meine Hand und wandte sich zum Gehen. Ich beobachtete sie beim Weggehen – und ich wußte, es war die Wahrheit.

NACHWORT

MADEN IM GROSSEN APFEL: ANDREW VACHSS

Von Beginn an hatte Amerika seine Dämonen. Sie traten an den verschiedensten Orten und bei einer Vielzahl von Autoren in Erscheinung: in einsamen Siedlungen bei Charles Brockden Brown, in imaginären europäischen Schlössern bei Edgar Allan Poe, in Indianerlagern bei James Fenimore Cooper, in Dörfern in New England bei Nathaniel Hawthorne und in Häfen und auf Südseeinseln bei Herman Melville. Aber erst mit Hammett wandelten diese Dämonen auf einmal in den Straßen der Städte und mieteten billige Zimmer in schäbigen Hotels. Sie ergriffen Besitz von diesen finsteren Straßen, gleichzeitig realerer Realismus und fernere Phantasie als je zuvor. Parallel zum romantischen Mythos wurde ein kohärentes Bild von Amerikas Kehrseite vermittelt.

Was damals recht war, ist heute noch billig. Nur daß diese finsteren Straßen neue, unbekannte Formen der Dunkelheit angenommen haben und mit ihnen auch ihre Beschreibung eskaliert. Das urbane Leben wird mit unterschiedlichen Graden von Schonungslosigkeit abgebildet, und diese Abbildungen haben es schwer, denn fast alles hat man schon einmal gehört, gelesen oder gesehen, bisweilen gar erlebt und gerade daher als phantastisch abgetan. Was plausibel erscheint, vernünftig gar, ist mit an Sicherheit grenzender Wahrscheinlichkeit erlogen oder nicht existent, und mehr und mehr kristallisiert sich ein fundamentales, hartgekochtes Gesetz heraus: Je unglaublicher etwas erscheint, desto höher ist die Chance, daß es eine reine Form von Wahrheit ist und schon daher nicht geglaubt werden kann. Und 95 Prozent aller Schreiber bekommen ihre Ideen und ihre Kontakte mit der Wirklichkeit von den fünf Prozent, die aus dem Leben schöpfen, die buchstäblich am Leben sind.

Der amerikanische Detektiv-Roman hat Partei zu ergreifen: Er gehört nicht dem Gewinner, ist Bestandteil des amerikanischen Alptraums, gehört den Verlierern, Versagern, den Außenseitern, deren einzige Überlebenschance im Verlieren besteht. Wie sonisch die pure Energie und Geschwindigkeit an der Oberfläche auch sein mag, dahinter steht Melancholie, Wehmut, Resignation und Fatalismus – bisweilen geschickt getarnt als Feinschmeckerküche.

Von den erwähnten fünf Prozent wiederum gelingt es nur einem Bruchteil, einen veritablen Rhythmus zu finden, mithin also nicht vom Leben erschlagen zu werden. Und dann und wann gerät man dann tatsächlich an ein Buch und an einen Autor, die tatsächlich jene alte, neue Schärfe besitzen, auf jenem schmalen Grat wandeln, diese finsteren Straßen begehen und sie in einem wieder neuen Licht erscheinen lassen. Man wird elektrisiert von ihrem manischen, dunklen, rasenden Puls und betritt erschreckt und fasziniert eine Welt, die nun wieder noch realer phantastisch geworden ist.

Was für eine Welt kann das sein, fragt man sich schon nach wenigen Seiten von Andrew Vachss' erstaunlichem Debütroman. Ich-Erzähler und Privatdetektiv Burke scheint irgendwie neben, außerhalb und vor allen Dingen unterhalb der bürgerlichen Gesellschaft zu existieren. Er hat seine statistische Existenz systematisch ausgemerzt, vernichtet sie täglich von neuem und betreibt eine rege Desinformationspolitik, die dazu dient, selbst diese Vernichtung nonexistent zu machen. Die Bruchstücke seiner Lebensgeschichte, die wir häppchenweise vorgeworfen bekommen, lassen Rückschlüsse darauf zu, daß er Zuchthäusler, Kleinstgauner, Söldner, Dressman und vieles mehr war. Er scheint Gründe genug zu haben für seine Überlebensstrategien, die von einem treuen neapolitanischen Kampfhund über eine strikte Vermeidung direkter Wege und unmanipulierter Telefongespräche bis hin zu an Dagobert Duck erinnernde Sicherungsmethoden so ziemlich alles beinhalten, was illegal, paranoid und denkbar ist. Überleben und Rache sind alles. Flood, eine kleine Frau mit einer Vorliebe für asiatische Kampfsportarten, heuert ihn an, den Mörder der Tochter ihrer besten Freundin zu finden. Die Suche führt tief in einen madenverseuchten Sumpf von Kinderpornographie, Großstadtdschungel und Endzeitstimmung. Wir lernen ein New York kennen, das mehr an John Carpenters »Klapperschlange« erinnert als an Verbrechensreportagen im Fernsehen. Die Wirkung des Ganzen ist . . . tatsächlich, ja journalistisch.

Die unglaubliche Depraviertheit der Stadt wirkt authentisch. Die bizarren, surrealen Charaktere, wie Max, der taubstumme mongolische Straßenkrieger, und der Maulwurf, ein Elektronik-Genie, das unter einem Schrottplatz inmitten von unzähligen Hunden lebt, wirken . . . authentisch, echt, real. Wie real? Warum?

Das Büro von Vachss befindet sich im obersten Stockwerk eines schlichten, ältlichen Bürogebäudes in *downtown* Manhattan, schräg gegenüber vom Federal Building. Es ist früh am Morgen. Das Gebäude ist praktisch menschenleer. Ich nehme den Aufzug. Als sich die Tür im achtzehnten Stockwerk öffnet, sehe ich am anderen Ende des Korridors eine sperrangelweit aufstehende Tür. Vachss' Büro. An einem überladenen Schreibtisch sitzt ein drahtiger, schlanker Mann um die Vierzig. 1,70, nackenlanges Haar, billiger, abgewetzter Polyesteranzug, weißer Rollkragenpullover. Drei-Tage-Bart. Er trägt eine Augenklappe über dem rechten Auge. Ich betrete das Büro und will die Tür hinter mir schließen. »Lassen Sie die Tür bitte auf«, sagt er höflich, aber bestimmt. »Es ist besser so.« Als er mir die Hand schüttelt, stelle ich fest, daß die Rechte in Gips liegt. Unten auf der Straße mehren sich die Werktätigen auf dem Weg zur Arbeit.

»Ich wurde vor vierundvierzig Jahren ganz hier in der Nähe geboren, nur ein paar Blocks entfernt, Richtung Hudson. Ein Sohn proletarischer Eltern ... aber halt, so nicht. Ich kann nicht so über mein Leben erzählen, das liegt mir nicht. Dafür braucht man ein anderes Ego. Ich bin kein Autor, und ich betrachte mich auch nicht als solchen. Ich habe diese Bücher zu einem bestimmten Zweck geschrieben, und der Zweck bestand nicht darin, damit zum Schriftsteller zu werden, sondern eine bestimmte Sache rüberzubringen. Ich habe meine Arbeit, und die besteht nicht darin, daß ich ein Autor bin.«

Ist er also schnurstracks aus dem Ei in die Anwaltsrobe geschlüpft?

»Nein. Es lagen mehr als zehn Jahre zwischen meinem Collegeabschluß und dem Beginn meines Jurastudiums. In dieser Zeit habe ich unter anderem als Ermittler für die Gesundheitsbehörde und diverse Sozialämter gearbeitet, ich war während des Krieges in Biafra auf einer Irrsinnsmission, ich habe eine Hochsicherheitsstrafanstalt für gewalttätige Jugendliche geleitet, mit ehemaligen Strafgefangenen gearbeitet und, um mich zu ernähren, auch jede Menge manuelle Arbeit, in Fabriken, als Taxifahrer und vieles mehr.«

Und jetzt?

»Jetzt bin ich Anwalt und vertrete ausschließlich Kinder, und ich tue das auf vielfältige Art und Weise, als Nebenkläger in Fällen von Mißhandlung, Vernachlässigung und Sexualmißbrauch, in Fällen vor dem Vormundschaftsgericht, in

Zivilrechtsprozessen und als Verteidiger in Strafprozessen, letztlich als Ermittler – das ganze Spektrum. Obwohl ich es damals nicht wußte: Ich habe mein Leben damit verbracht, mich auf diese Tätigkeit vorzubereiten.«

Wann hat er sich dazu entschlossen?

»Es ergab sich so. Eigentlich hat es sich schon sehr früh abgezeichnet, wegen meiner Freunde . . . also viele der Jungs, mit denen ich aufwuchs, die hatten immer Schwierigkeiten. Konkret dazu entschieden habe ich mich vermutlich, als ich für die Gesundheitsbehörde ermittelte. Ich spürte einer ansteckenden Geschlechtskrankheit nach, und das führte mich in eine Jugendstrafanstalt, zu einem kleinen Burschen, der viele Male vom gesamten Zellenblock vergewaltigt worden war. Ich fand das also heraus und suchte dann seine Mutter auf, weil ich mir dachte, wenn ich der erzähle, was da geschieht, wird sie bestimmt ihre Seele verkaufen, um den Jungen da rauszuholen. Sie meinte nur, das wäre nicht ihr Problem, und als ich dann sagte, daß der Junge von Selbstmord sprach, war ihre Antwort: Soll sich das kleine schwule Arschloch doch umbringen. Das war's vielleicht. Ich weiß nicht. Blitze haben jedenfalls keine gezuckt.«

Warum hat er dann überhaupt einen Roman geschrieben?

»In erster Linie, um ein größeres Publikum zu erreichen. Ich habe etliche Bücher und Artikel über Gewalt an und von Jugendlichen und Kindern geschrieben. Das ist mein Thema, und es wird es immer sein, auch wenn es die Kritiker zu Tode langweilt und viele den innigen Wunsch hegen, meine Charaktere täten einmal etwas anderes. Die Bücher existieren nur aus einem einzigen Grund: Um darauf hinzuweisen, was mit Kindern geschieht.«

Das erübrigt die Frage nach der Quelle seines Stoffes. Mister Vachss deutet auf einen giftgelben Aktenschrank hinter sich.

»Da kommt es her. Ich wünschte nur, ich hätte es erfunden. Tatsache ist, so gewalttätig meine Bücher auch sein mögen, gemessen an der Realität sind sie immer noch sehr beschönigt. Wenn ich die Sachen so darstellen würde, wie man es vor Gericht tun muß, wären sie unlesbar. Die graphische Gewalt würde alles so sehr dominieren, das wäre kein Buch mehr, das wäre eine Aneinanderreihung von Autopsieberichten.«

Wie sich später herausstellt, unternahm Andrew Vachss vor einigen Jahren einen ersten Versuch und schrieb einen Roman, in dem gezeigt werden sollte, wie ein Psychopath entsteht. Das Manuskript vergilbt heute in seinem Schreibtisch, umgeben von den Ablehnungen der Verlage und Agenten. ›Ich mußte kotzen‹ und ›Wenn er je was schreibt, das ein menschliches Wesen lesen kann, laßt es mich wissen‹, sind nur einige der freundlicheren davon. Er unternahm einen zweiten Versuch und stellte »Kata« über einen Zeitraum von mehreren Jahren hinweg mit Hilfe von Karteikarten zusammen. Mehrere Verlage zeigten Interesse daran, vorausgesetzt, Vachss verwandele seinen Detektiv in einen Yuppie und/oder flechte einen CIA-Plot in das Buch ein. Der Verlag, der das Buch dann unbehandelt herausbrachte, ging kurz darauf bankrott, ungeachtet guter Verkäufe. Ich frage ihn nach Burke, seinem Protagonisten. Ist er Burke? Wenn nicht, wer ist Burke? Ein neuer Antiheld? Jeder, der »Kata« liest, ist fasziniert von seiner sozialen Ader – seinem permanenten Brückeneinreißen, all den Daten, die er nicht oder nur gefälscht freigibt – auf all das muß man doch irgendwie kommen, oder?

»Sie sind sich doch wohl im klaren darüber, daß viele – der Großteil – der im Buch dargestellten Aktivitäten krimineller Natur sind und ... alles, was ich dazu sagen möchte, ist, daß es nicht angelesen ist. Man kommt rum, man beobachtet, hört mit, weiß. Mehr kann ich nicht sagen.«

Die Aufzugstüren öffnen sich. Schritte. Vachss hält im

Satz inne und beobachtet den Korridor. Es ist eine Sekretärin aus einem der anliegenden Büros. Ich bringe das Gespräch auf das Echo der Öffentlichkeit. Wie haben die Leute es aufgenommen, als real oder surreal, unterhaltend oder schockierend?

»Das hing stark von der Lebenserfahrung und dem Background der Leser ab. Generell kann man wohl sagen, daß Stadtbewohner es ohne größere Schwierigkeiten als realistisch akzeptierten, wohingegen Leute, die auf dem Land leben, das nicht taten. Das heißt nicht, daß Leute auf dem Land die Wirklichkeit nicht verstehen, sondern, daß die urbane Realität dieses Müllhaufens von Stadt für manche ein einziges Mysterium darstellt. Leute, die glauben, daß es so was wie Kindsmißbrauch nicht gibt – obwohl ich bezweifele, daß sie ehrlich sind, aber die es immerhin behaupten –, die haben das Buch abgelehnt. Es ist natürlich schwierig, denn sicherlich ist das Buch nicht James Bond, nicht Robert Ludlum, auf der anderen Seite ist es auch kein Sachbuch. In Holland gab es sehr viel Aufruhr, da kamen sogar ein paar Journalisten hierher, um mich als Rambo zu beschimpfen.«

Was ist mit Ihrem Auge geschehen?

»Jemand hat mich mit einer Fahrradkette ins Gesicht geschlagen, aber das ist lange her.«

Ist er sich der Problematik bewußt, das Böse so abstoßend darzustellen und seinen Protagonisten zu so drastischen Maßnahmen greifen zu lassen? Nimmt er es in Kauf, von liberalen Gruppen als Faschist beschimpft zu werden?

»Das geschieht andauernd. Aber ich glaube nicht, daß man mich so kritisieren kann, nicht ohne sich in diesem Bereich auszukennen. Das hat den gleichen Wert wie die Beurteilung eines Fußballspiels durch einen Fernsehzuschauer, und das ist mir scheißegal. Wenn ich bei meiner Parteinahme für Kinder zu extrem bin, und jemand will das kritisieren, dann soll sich der erst mal anschauen, was mit

Kindern geschieht, und er soll auch bedenken, daß das Kind, das ich heute in Sicherheit bringe, auch das ist, das ihn dann morgen nicht umbringt oder seine Frau vergewaltigt und sein Haus niederbrennt. Denn es besteht eine eindeutige Beziehung zwischen dem, was Kindern heute widerfährt und wie sie sich morgen verhalten. Und ich war noch nie ein verfluchter Liberaler und es ist mir scheißegal.«

Aber läuft so etwas nicht sehr schnell auf das ebenso bekannte wie fruchtlose Spiel ›Sag mir nichts, ich bin authentischer als du‹ heraus?

»Das ist in diesem Bereich unvermeidlich. Ich denke, es gibt zwei Arten von Authentizität, die der Gesinnung und die der Erfahrung. Wenn jemand mal gesoffen hat, dann kann er vielleicht darüber schreiben, wie er persönlich als Säufer war, aber das heißt nicht, daß er über Säufer im Allgemeinen schreiben kann. Ich will hier niemandes Lebenserfahrung kritisieren. Mir kommt nur vor, daß die meisten Leute, die über Gewalt schreiben – nun, allzu oft ist offensichtlich, daß sie keinerlei wirkliche Erfahrung oder Kontakte mit Gewalt gehabt haben.«

Es fällt mir schwer, Andrew Vachss von seiner Arbeit als Anwalt zu trennen, es hat keinen Sinn, über Literatur zu reden. Nur Schriftsteller zu sein kommt für ihn also nicht in Frage?

»Mir wäre es am liebsten, wenn ich überhaupt nicht arbeiten müßte. Ich würde es vorziehen, meine Zeit damit zu verbringen, Billard und Karten zu spielen, auf den Rennplätzen rumzuhängen und Frauen nachzujagen. Ich tue, was ich tue, weil es getan werden muß ... Was ich will, ist effektiv sein. Viele, viele Leute wollen nichts bewirken, sie wollen nur Wohlstand, Sicherheit, in Ruhe gelassen werden.«

Sind Sie verheiratet?

»Ich bin diverse Male verheiratet gewesen, und ich bin es jetzt.«

Haben Sie eigene Kinder?

»Nicht das ich wüßte.«

Zurück zu »Kata«. Wie verhält sich das Schreiben zu seiner Tätigkeit als Anwalt?

»Die Sache, die mir am Herzen liegt, ist, daß die Leute begreifen, daß der Lauf der Welt in der nächsten Generation sehr stark davon beeinflußt wird, was heute mit Kindern geschieht. Das Versäumnis, diese Dinge wahrzunehmen, bedeutet, daß wir wieder und wieder einen Preis in Blut bezahlen müssen. Man kann mich nicht als einen rechtsradikalen Fanatiker abtun. Wenn man das tut, muß man sagen, es ist okay, Kinder sexuell auszunutzen, muß man das in sein Weltbild integrieren. Es ist mir völlig egal, was Erwachsene miteinander treiben, solange sie nicht dazu gezwungen werden. Ich habe mit dem Roman versucht, mehr Leute zu erreichen, und das ist mir auch gelungen.«

Aber Vachss muß doch klar sein, daß im Bereich des Kriminalromans Gewalt & Verbrechen eben in erster Linie auch Schockwert hat. Schock kann ein Buch verkaufen, aber es wird als reißerisch, als Schock aufgenommen und nicht als moralische Aussage.

»Da haben die Leute die Wahl. Ich glaube aber nicht, daß das automatisch der Fall ist. Wenn jemand denkt, daß ich grundlos und willkürlich den Mißbrauch von Kindern auswalze, um mit diesem Schock meine Bücher zu verkaufen, nun, dem kann ich nur sagen, ich habe mehr als zwanzig Jahre meines Lebens in die Arbeit für Kinder gesteckt, ich muß mir so eine Scheiße nicht bieten lassen. Was ist überhaupt in Leute gefahren, die mir sowas vorwerfen. Dieselben Leute akzeptieren idiotischsten, unrealistischsten Umgang mit Sex, Gewalt und Politik in jedem anderen Buch. Literarische Kritik akzeptiere ich jederzeit, aber Kritik an der Sache, die nur aus dem hohlen Bauch kommt, nein, niemals.«

An diesem Punkt gerät Mister Vachss durchaus in Rage. Reden wir also wieder über Burke und sein Curriculum von Freunden, jene bizarre Ansammlung von Außenseitern.

»Nun, ich kenne einen sehr heldenhaften Tauben, und ich bin seit vielen Jahren mit einem Karate-Experten befreundet, der nicht sprechen kann – aus ihren Persönlichkeitszügen habe ich Max den Stillen gestaltet. Es ist mir wichtig, traditionelle Outlaw-Gruppen darzustellen. Taubstumme werden diskriminiert, Homosexuelle, etc. Ich lege Wert darauf, eine klare Trennungslinie zu ziehen zwischen Pädophilen, die ich verachte, und Homosexuellen, die genau so sind wie wir alle. Diese Charakterisierungen sind so extrem, um den Kontrapunkt dramatischer zu machen. Außerdem habe ich nicht die Kraft – und die Öffentlichkeit nicht die Geduld –, dreißig Bücher zu schreiben und so schließlich jede noch so kleine Nuance zu zeigen. Ich muß die Dinge grafisch komprimieren.«

Komprimiert ist das Ganze sicherlich. Für Europäer erscheint es beinahe surreal – all diese Leute scheinen mythische Eigenschaften zu besitzen.

»Wenn man das zweite Buch, ›Strega‹, liest, werden einem meine Absichten klarer. Im Lauf der weiteren Bücher werden die Charaktere nach und nach immer weniger mythologisch und mehr und mehr begreifbar. Man kommt näher an den Samen und versteht so die Blume. Alles, was ich im ersten Buch zeigen konnte, waren Blumen, manche davon höchst giftig. Mit der Zeit – und mehr Büchern – wird man mehr und mehr über die Charaktere und wie sie zu dem geworden sind, erfahren, ob es ihnen gefällt oder nicht.«

Was ist mit der Cobra?

»Das einzige, das Sie jemals über die Cobra erfahren werden, ist, wie solche Persönlichkeiten entstehen, aber nicht, wie er so geworden ist . . . denn er weilt ja nicht mehr unter uns und kann es uns nicht erzählen. Aber im zweiten

Buch habe ich meiner Meinung nach die Position der Pädophilen sehr fair wiedergegeben . . .

Ich setze mich nicht hin und schaffe große Literatur. Ich habe keine künstlerischen Ambitionen. Meine Arbeit hier, die wird leben, egal was mit den Büchern geschieht. Ich hoffe zwar, daß sie überdauern, aber das Schlimmste, was mit den Büchern geschehen kann, ist noch nicht einmal annähernd das Schlimmste, was mir persönlich an jedem Tag widerfahren kann. Die Kinder, die ich vertrete, leben, und nur darauf kommt es an. Ich nehme den Mund nicht zu voll, wenn ich behaupte, daß ich buchstäblich jeden Tag Menschenleben rette. Mehr als viele Ärzte.«

Also ist er effektiv?

»Ich bin gut bei meiner Arbeit. Dafür kann ich jederzeit zahlreiche Zeugen bringen. Da bin ich sehr sicher – nicht so wie als Autor.«

Was geschieht mit den Leuten, die sich an Kindern vergreifen?

»Sehr unterschiedlich. Manche kommen davon und lachen, andere kommen ins Gefängnis – manche sterben. Der große Vorteil ist, daß es ein direkter Kampf ist, wo man die Resultate sieht: Man kann den Gegner fallen sehen. Ich habe schon gesagt, daß ich im Buch beschönige. Ich habe Fälle gehabt, wo Familien im Inzest dritter Generation lebten, alle Familienmitglieder sahen aus, wie mit der gleichen Keksform ausgestochen. Ich habe Fälle gehabt, wo Leute nicht nur ihre eigenen Kinder gefoltert haben, sondern auch die älteren Kinder dazu abgerichtet haben, die jüngeren zu foltern. Ich habe erlebt, wie technische Neuerungen dazu benutzt werden, Kinder zu quälen. Die Polaroidkamera hat mehr für die Ausbreitung von Kinderpornographie getan als irgendein Wandel von Moralattitüden.«

Was ist das soziale Umfeld von Pädophilie und Kinderpornographie?

»Nach meinen Erfahrungen scheint es in erster Linie ein Verbrechen der Oberklasse und der gehobenen Mittelklasse zu sein. Vielleicht nur, weil es ein teures Laster ist. Aber die Leute, mit denen ich zu tun habe, die tätigen Pädophilen, sind generell kultivierter, intelligenter, mit höherem Schulabschluß und wohlhabender als der stereotype Sittenstrolch von der dunklen Straßenecke.«

An einer Wand des Büros hängen Fotografien der vier Hunde, die Vachss momentan besitzt, allesamt schwere Kaliber.

»Man braucht die Hunde hier. Ich könnte hier nicht ohne Hunde leben.«

Warum?

»Sie schützen mich.«

Wo leben Sie jetzt?

»Irgendwo in der Stadt.«

Ah.

»Ich führe nicht das Leben, wo die Leute wissen sollten, wo ich lebe. Drohungen sind noch das Wenigste. Selbst die Sekretärinnen haben sich daran gewöhnt. Man hat etliche Male auf mich geschossen und mich mit einer Vielzahl von spitzen und stumpfen Gegenständen angegriffen.«

Trägt er eine Waffe?

»Es ist im Staate New York illegal, eine Waffe zu tragen. Ich bin ein gesetzestreuer Bürger.«

Das erleichtert die Diskussion nicht gerade. Denn die meisten Aktivitäten in »Kata« sind, wie bereits erwähnt, illegal.

»Manche Schriftsteller halten es für wichtig, mit ihren Kontakten zur Kehrseite des Gesetzes zu prahlen, aber Sie werden feststellen, je näher man daran wirklich ist, desto weniger gerne äußert man sich persönlich und privat dazu.«

Man nimmt es also hin und reduziert es auf eine Frage der Wahrnehmung?

»Ja, es ist Auffassungssache. Ich war in Biafra, während des Krieges. Nach Ansicht der Nigerianer war ich ein Söldner. Nach Ansicht diverser Verbände war ich dazu da, ein Auszahlungssystem zu organisieren, um eine Verwertung der Spenden aus den USA zu ermöglichen. Für andere Leute war ich ein Missionar, für wieder andere ein Abenteurer auf Diamantensuche. Was ist die Wahrheit? Die Wahrheit ist, daß ich dort war, die Risiken eingegangen bin und überlebt habe. Alles andere ist Auffassungssache.«

Was für ein Verhältnis hat er zu anderen Kriminalromanautoren?

»Gar keins. Ich lese sehr viel Sachbücher über Verbrechen – schon berufshalber, sehr wenig Romane. Und wenn, dann sind die Autoren meistens tot. Jim Thompson, Paul Cain, der frühe John D. MacDonald. Zu neuen Sachen habe ich einfach nicht die Zeit. Meine Bücher haben nicht die Intention, eskapistisch zu sein, und sie werden auch nicht so wahrgenommen. Ich versetze niemanden in eine aufregende Welt, wo alle Frauen doll und alle Männer stattlich sind, wo Leute einen Kreuzschlüssel über den Schädel gedonnert bekommen und am nächsten Morgen nicht mal Kopfschmerzen haben, Leute sich fünfzehn Kugeln einfangen und es mit einem Lacher abtun. So eine Welt kenne ich nicht.«

Auf der anderen Seite gibt es aber überall in der Welt die morbide Faszination mit dem kaputten New York, der Großstadt als Dschungel, und das ist für sich dann schon wieder eine neue Form von Eskapismus.

»Das ist sicher wahr. Unglücklicherweise lebe ich aber in New York, wurde hier geboren, und ich kenne mich hier aus. Wovon soll ich sonst schreiben.«

Irgendwie kommt die Rede auf Deutschland.

»Ich bin Jude, und mein Verhältnis zu Deutschland ist

nicht geregelt, ich bin nicht religiös, da ist ein starker Bezug zum Faschismus in meinen Büchern, aber das dreht sich um Nazis von 1987, nicht um Joseph Mengele, obwohl, jetzt, wo ich so daran denke, einen Joseph Mengele zu töten wäre eine Tat von solcher Größe, daß ich die Person, die Gelegenheit dazu hätte, beneidete. Aber auch die Neonazis, die in meinen Büchern auftauchen, sind sachlich dargestellt, fair, es ist eine ehrliche Betrachtung dieser Leute, die auch ihre Perspektive berücksichtigt. Es ist in keinster Weise eine hetzerische Diatribe. Die Intention war, zu zeigen, daß das Böse einen Samen, einen Keim hat. Das ist die Hauptsache. Ich lehne jegliche genetische Begründung ab. Jeder, der behauptet, daß die genetischen Würfel rollen und man zu dem wird, was die Würfel ergeben, der ist mein Feind. Darauf kommt es an. Wenn mich diese Argumentation zum rechtsradikalen Irren macht, muß ich doch wirklich die geistigen Kapazitäten derer, die das behaupten, in Frage stellen.«

In diesem Zusammenhang wirkt es doch problematisch, daß Burke die menschliche Gesellschaft offensichtlich verachtet. Wer würde auf sein Wort hören?

»Burke soll ja nicht Aristoteles sein, Burke ist nicht Sokrates. Um dem Leser einen Einblick in die Welt zu geben, wie sie ist, braucht man einen kundigen Führer, der diese Welt betreten kann. Sein Paß, sein Visum sind gewisse Erfahrungen, die er sich in der Vergangenheit erworben hat, und die ihn nicht gerade zum Philosophen qualifizieren. Burke ist kein Spenser, kein Travis McGee, Burke ist kein weißer Ritter, strahlend und unbefleckt.«

Erwächst nicht dennoch aus der Anlage dieses Charakters eine Kommunikationsschwierigkeit? Burke macht keine moralischen Aussagen, er trifft moralische Entscheidungen. Er ist nicht Teil der bürgerlichen Gesellschaft, und er bringt dieser Gesellschaft in erster Linie Verachtung entgegen. Wie werden also Vachss' Aussagen – das Böse hat einen

Samen –, die von Burke formuliert werden, von einem normalen Bürger, an den er sich wendet, aufgenommen. Akzeptiert er die Position des Außenseiters? Oder läßt er sich von der Verachtung abschrecken?

»Das ist scharf beobachtet, aber was Sie hier als ein Manko sehen, ist meine Absicht. Denn auch Burke hat einen Samen. Den man nach und nach kennenlernen wird.«

Burkes Charakterdarstellung addiert zum ästhetischen Wert des Buches, aber wenn Vachss wirklich soviel daran liegt, all diese Sachen über Kinderpornographie an eine breitere Öffentlichkeit zu tragen, dann ist die Extremität und Kompromißlosigkeit des Charakters sicher abträglich. In diesem Sinne: Die Bücher sind zu gut für ihren Zweck.

»Ich weiß. Aber es war der richtige Weg. Es mag schwieriger sein, aber letzten Endes ist es wie ein Boxkampf: fünfzehn Runden, nicht eine, und wer länger durchhält, gewinnt. Den einen gewaltigen K.O.-Schlag, der alles klärt, den gibt es nicht. Ich muß die Widerstände allmählich niederwalzen. Und wenn genügend Leute die Bücher lesen, muß das Bürgertum auch irgendwie darauf reagieren, selbst wenn die Idioten es nur lesen, um auf ihren Partys darüber zu diskutieren.«

Wie man es auch nimmt, der Roman ist extrem, deswegen hat er das Zeug zu einem Kultbuch, das man liebt oder haßt –

»Genau so. Das ist richtig so. Ich bin nicht an der Mitte der Straße interessiert. Wir leben nicht ewig, und wenn man seine Zeit mit Kompromissen verbringt, dann hat man sie vergeudet.«

Aber so ist die Leserschaft nicht das Zielpublikum. Die Leute, die diese Bücher kaufen, sind schon überzeugt und ohnehin auf Vachss Seite.

»Das ist auch der Punkt, der mir am meisten zu schaffen macht. Ich glaube trotzdem, daß ich es schaffen kann. Ich muß darüber hinaus, sonst habe ich versagt. Aber es gibt keinen Erfolg ohne das Risiko des Versagens. Das, was die Leute so verschreckt, ist doch die Tatsache, daß sie tief in ihrem Innern wissen, daß es wahr ist, daß es alles wahr ist. Das wollen sie nicht wahrhaben. Alles, was ich schreibe, ist aus dem Leben gegriffen.«

Kurz vor dem Ende unseres Gesprächs erzählt Vachss noch, wie er zu dem Verband an der rechten Hand gekommen ist. In einem Prozeß, in dem es darum ging, daß einem sechs Monate alten Kind in einem Krankenhaus durch einen Schlag das Becken gebrochen wurde, behauptete der Angeklagte, ein Pfleger, daß der Schlag aus nur vierzig Zentimeter Entfernung erfolgt sei, was niemals ausreiche, um die zum Knochenbruch nötige Wucht zu erreichen. Vachss demonstrierte der Jury mittels der Wand und seiner Hand, daß es sehr wohl ausreiche.

An der Tür drehe ich mich noch einmal zurück.

Wird Burke Flood wiedertreffen?

»Ja. Im letzten Buch.«

Oliver Huzly

Andrew Vachss

Strega

Für Doc, der alles hörte, während er hier unten war.
Für Mary Lou, die nun alles hören kann.
Für Sam, der endlich seinen Teilzeit-Job aufgab.
Und für Bobby, der beim Versuche starb.

Verschiedene Pfade zur selben Tür.

DANKSAGUNG

Ira J. Hechler, dem bescheidenen Baumeister,
der andere ihre Namen in die Säulen
seines Werks meißeln läßt, bezeuge ich meinen
Dank und bekunde meine Hochachtung.

1

Es begann mit einem Kind.
Der Rotschopf lief langsam den Reitpfad entlang, ein Fuß bedächtig vor dem anderen, und blickte gradeaus. Sie steckte in schwerem Turnzeug und trug eine Art Sporttasche in der Hand. Ihr flammendes Haar war mit einem breiten gelben Band nach hinten gebunden, just wie es sein sollte.

Der Forest Park zieht sich quer durchs Queens County, knapp ein Dutzend Meilen außerhalb der Stadt. Es handelt sich um einen langen, schmalen Streifen Grün, der sich von Forest Hill, wo Geraldine Ferraro Pepsi verkauft, bis rüber nach Richmond Hill erstreckt, wo einige Leute Koks verkaufen. Morgens um sechs war der Park nahezu verlassen, aber er würde sich bald genug füllen. Yuppies holen sich hier den Appetit auf ihr Frühstücks-Joghurt, joggen durch den Wald und träumen von Sachen, die man in Katalogen kaufen kann.

Ich war tief im dichten Unterholz entlang des Pfads, sicher hinter einem Fliegengitter versteckt. Es hatte etliche Stunden gedauert, die kleinen Zweige durch die Maschen zu flechten, aber das war es wert – ich war unsichtbar. Es war, als wäre ich wieder in Biafra, während des Krieges, außer daß über meinem Kopf nur Äste waren – keine Flieger.

Der Rotschopf blieb genau mir gegenüber am Weg stehen, zirka zwanzig Schritt entfernt. Bewegte sich, als wären in der Frühjahrskälte ihre sämtlichen Gelenke steif, während sie das Sweatshirt über den Kopf zog, die Hosen aufband und sie zu Boden fallen ließ. Nun steckte sie bloß noch in einem engen Trikot und einem Paar knapper, seidiger weißer Shorts. »Kein Slip, kein BH«, hatte der Freak ihr am Telefon befohlen. »Ich will alles, was du hast, frei rumschaukeln sehen, kapiert?« Sie sollte drei Runden auf dem Reitpfad drehen, und das wäre es dann gewesen.

Ich hatte nie mit der Frau gesprochen. Ich kam durch einen

alten Mann, mit dem ich Jahre zuvor gesessen hatte, an die Geschichte. Julio rief mich in Mama Wongs Restaurant an und ließ ausrichten, er wolle mich an der Tankstelle treffen, die er drüben in Brooklyn besitzt. »Sag ihm, er soll den Hund mitbringen«, beschied er Mama.

Julio liebt meine Hündin. Ihr Name ist Pansy, und sie ist ein neapolitanischer Mastiff – bösartige zirka 140 Pfund Muskeln und dumm wie eine Tüte. Wenn ihr gesamtes Hirn hochklassiges Kokain wäre, würde es nicht genug Asche einbringen, um damit eine anständige Mahlzeit zu kaufen. Aber sie versteht etwas von ihrer Arbeit, was mehr ist, als man von einer Menge Toren sagen kann, die Harvard besucht haben.

Damals, als ich meine letzte lange Zeit abriß, war der Gefängnishof in kleine Reviere aufgeteilt – jede Clique hatte eines, die Italiener, die Schwarzen, die Latinos. Aber es ging dabei nicht bloß nach Rasse – die Bankräuber hingen zusammen, die Hochstapler hatten ihren eigenen Fleck, und die Stemmaxen mischten sich nicht unter die Basketballoholiker ... in etwa. Wenn man ein fremdes Revier betrat, tat man das auf dieselbe Weise, wie man ohne Einladung eine andere Zelle betreten würde – mit dem Dolch in der Hand. Leute, die nicht viel haben, werden ekelhaft, wenn sie das wenige, was ihnen geblieben ist, aufgeben sollen.

Julios Revier war das größte auf dem Hof. Er zog dort Tomaten, und in der Tischlerei hatte ihm jemand sogar ein paar passable Stühle und einen Tisch gemacht. An selbiger Stelle pflegte er jeden Tag Wetten entgegenzunehmen – alle Knackis sind Spieler, sonst würden sie für ihr Geld arbeiten. Jeden Morgen war er da draußen in seinem Revier und saß, umgeben von Gorillas, auf einer Kiste bei seinen Tomatenpflanzen. Selbst damals war er schon ein alter Mann, und man zollte ihm eine Menge Respekt. Eines Tages redete ich mit ihm über Hunde, und er ließ sich über Neapolitaner aus.

»Als ich noch ein Junge war, daheim in meinem Land, hatten sie eine scheiß Statue von dem Hund mitten im Dorf drin«, erzählte er mir. »Mastino neapolitano, Burke – dieselben Hunde, was mit Hannibal über die Alpen gekommen sind.

Wenn ich hier rauskomm, ist das erste, was ich mach, daß ich mir einen solchen Hund besorge.«

Als Vertreter war er besser denn als Käufer – Julio kriegte nie einen Neapolitaner, aber ich. Ich kaufte Pansy, als sie noch ein Welpe war, und nun ist sie ein ausgewachsenes Monstrum. Jedesmal, wenn Julio sie sieht, treten ihm Tränen in die Augen. Ich schätze, der Gedanke an einen kaltblütigen Killer, der nie über seinen Auftraggeber auspacken kann, macht ihn sentimental.

Ich fuhr meinen Plymouth auf die Tankstelle, fing mir einen Blick vom Aufpasser ein und stieß in die Werkstatt. Der alte Mann trat aus dem Dunkeln, und Pansy knurrte – es klang wie ein Diesellaster beim Runterschalten. Sobald sie Julios Stimme erkannte, legte sie die Ohren den knappen Bruchteil eines Zentimeters an, aber sie war noch bereit zuzubeißen.

»Pansy! Mutter Gottes, Burke – die is ja groß wie ein scheiß Haus! Welch eine Schönheit!«

Pansy schnurrte vor lauter Lob, sie wußte, daß noch bessere Dinge folgten. Und tatsächlich – der alte Mann langte in seine Manteltasche und zog einen Brocken milchig weißen Käse raus und hielt ihn ihr hin.

»Na, Kleines – magste, was Onkel Julio für dich hat, häh?«

Bevor Julio ihr zu nahe kommen konnte, zischte ich »Sprich!« zu Pansy. Sie ließ den alten Mann ihren massigen Kopf tätscheln, während der Käse rasch verschwand. Julio dachte, »Sprich!« bedeute, sie solle Laut geben – es bedeutete eigentlich, daß es okay war, das Futter zu nehmen, und ich hatte ihr das Wort beigebracht. Auf Julio wirkte es, als zeige der Hund einen Trick. Der Schlüssel zum Überleben in dieser Welt besteht darin, daß man die Leute denken läßt, man zeige ihnen Tricks. Niemand würde meinen Hund vergiften.

Pansy knurrte wieder, diesmal in Erwartung. »Pansy, spring!« bellte ich ihr zu, und sie legte sich ohne einen weiteren Ton auf den Rücksitz.

Ich stieg aus dem Auto und zündete mir eine Zigarette an – Julio würde mich nicht nach Brooklyn rausrufen, bloß um Pansy Käse zu geben.

»Burke, letzte Woche kommt ein alter Freund von mir zu mir. Er sagt, dieser Freak tut was mit seiner Tochter, was sie verrückt macht – hat immerzu Angst. Und er weiß nicht, was er tun soll. Er versucht mit ihr zu reden, und sie will ihm nicht sagen, was nicht stimmt. Und die Tochter – sie ist mit 'nem Bürger verheiratet, weißt du? Netter Kerl, behandelt sie gut und all das. Er verdient gut, aber er is keiner von uns. Wir können ihn da nicht reinziehen.«

Ich sah den alten Mann bloß an. Er war so erschüttert, daß er bebte. Julio hatte, just bevor er ins Gefängnis ging, bei einer Schießerei zwei Revolverhelden getötet, und er hatte jede Menge Rückgrat. Das hier mußte schlimm sein. Ich ließ ihn reden, sagte nichts.

»Also red ich mit ihr – mit Gina. Mir will sie auch nichts verraten, aber ich sitz bloß da, und wir reden über dies und jenes, wie sie beispielsweise noch ein kleines Mädchen war und ich sie hab von meinem Espresso trinken lassen, wenn sie mit ihrem Vater in den Club gekommen ist – so ein Zeug. Und dann bemerk ich, daß sie ihr Kind nicht aus den Augen lassen will. Das kleine Mädchen, die will raus auf den Hof und spielen, und Gina sagt nein. Und draußen is ein schöner Tag, verstehst du? Sie haben einen Zaun ums Haus rum, sie kann das Kind von der Küche aus sehen – aber sie will es nicht aus den Augen lassen. Und da frag ich sie also: Is irgendwas wegen dem Kind?

Und da fängt sie an zu heulen, direkt vor mir und dem Kind auch. Sie zeigt mir diesen braunen Umschlag, der mit der Post für sie gekommen ist. Es sind lauter Zeitungsartikel über Kinder, die von besoffenen Autofahrern umgebracht worden sind, Kinder, die entführt worden sind, vermißte Kinder . . . lauter solcher Scheiß.

Na und? frag ich sie. Was hat das mit *deinem* Kind zu tun? Und sie erzählt mir, daß das Zeug seit Wochen mit der Post kommt, okay? Und dann ruft sie dieses *animale* an. Er erzählt ihr, daß *er* etliche von den Kids selbst erledigt hat, verstehst du, was ich sage? – er entführt die Kinder selber und so. Und ihr Kind wird das nächste sein, wenn sie nicht tut, was er will.

12

Also denkt sie sich, er will Geld, klar? Sie weiß, daß sich das machen läßt. Aber er will kein Geld, Burke. Er will, daß sie für ihn die Kleider auszieht, während sie am Telefon ist, der Freak! Er sagt ihr, sie soll die Kleider ausziehen und am Telefon erzählen, was sie tut.«

Die Augen des alten Mannes waren irgendwo anders. Seine Stimme war ein rauhes Gefängnisflüstern, aber näselnd und schwach. Es gab nichts, was ich sagen konnte – ich mache keine Sozialarbeit.

»Sie erzählt mir, daß sie dabei mitmacht, aber sie zieht nicht wirklich was aus, okay? – und der Freak plärrt sie an, er wüßte, daß sie's nicht wirklich tut, und hängt einfach ein. Und da kriegt sie die große Flatter – sie glaubt, der Kerl beobachtet sie wirklich. Beobachtet sie die ganze Zeit und macht sich bereit, sich ihr Kind vorzunehmen.«

»Warum kommste zu mir?« fragte ich ihn.

»Du kennst diese Leute, Burke. Sogar als wir im Kahn waren, hast du ständig die scheiß Entblößer und Babyficker und all die beobachtet. Erinnerste dich? Erinner dich dran, als ich dich gefragt habe, warum du mit ihnen redest – erinnerste dich, was du gesagt hast?«

Ich erinnerte mich. Ich hatte dem alten Mann erklärt, daß ich eines Tages aus diesem Kahn rauskommen und wieder auf die Straße gehen würde – wenn du im Dschungel rumläufst, mußt du die Tiere kennen.

»Yeah«, erklärte ich dem alten Mann, »ich erinnere mich.«

»Und was, zum Arsch, soll ich tun, ein' von die Psychiater fragen? *Du* kennst dich mit Freaks aus – sag du mir, was ich tun soll.«

»Ich sag den Leuten nicht, was sie tun sollen.«

»Dann sag mir, was da vor sich geht – sag mir, was in seinem Kopf vor sich geht.«

»Er beobachtet sie nicht, Julio«, erklärte ich ihm. »Er hat sich bloß vorgestellt, daß sie nicht mitmacht, das is alles. Er ist 'n Freak, wie du gesagt hast – du weißt nie, warum sie was machen.«

»Aber du weißt, *was* sie vorhaben.«

»Yeah«, erklärte ich ihm. »Ich weiß, was sie vorhaben.« Und das war die Wahrheit.

Eine Weile rauchten wir beide schweigend. Ich kannte Julio, und ich wußte, daß noch mehr kam. Schließlich drückte er seine dünne, krumme schwarze Zigarre an der verblichenen Flanke des Plymouth aus und stopfte sie in die Tasche. Seine alten, kalten Augen suchten meine.

»Er hat sie wieder angerufen . . .«

»Und . . .?« fragte ich ihn.

»Er hat ihr gesagt, sie soll in den Park kommen, weißt du, den Forest Park, bei ihrem Haus in Kew Gardens? Und er sagt, sie soll am Freitagmorgen im Park joggen gehen, okay? Und keine Unterwäsche tragen, damit er sehen kann, wie's bei ihr rumschaukelt. Er sagt, wenn sie das tut, sind sie quitt, und er läßt ihr Kind vom Haken.«

»Nein«, sagte ich.

»Nein *was*, Scheiße noch mal?« brüllte der alte Mann. »Nein, sie geht nicht in den Park – nein, er läßt das Kind nicht vom Haken . . . was denn?«

»Das Kind sitzt nicht am Haken, Julio; der Freak aber. Er ist 'n Degenerierter, okay? Und die hörn nie auf mit dem, was sie tun. Ein paar ziehn die Schraube sogar noch an, verstehst du? Die kommen auf noch mehr freakigen Scheiß. Aber sie hörn nicht auf. Wenn sie in den Park geht, ruft er wieder an. Und das nächste Mal will er mehr.«

»Er wird sie vergewaltigen?«

»Nein, die Sorte tut das nicht. Er ist 'n Spanner. Aber er möchte Frauen ganz genauso verletzen. Er möchte sie nach seiner Pfeife tanzen lassen. Und wenn sie erst tanzen, pfeift er immer schneller.«

Der alte Mann stützte sich am Kotflügel ab. Mit einem Mal wirkte er hinfällig. Aber auch ein alter Alligator kann beißen.

»Sie is 'n gutes Ding, Burke. Ich hab nie 'ne Tochter gehabt, aber wenn ich hätte, wünschte ich, daß sie's wäre. Sie hat 'n Herz wie Stahl. Aber das Kind von ihr, Mia, die macht sie windelweich. Sie hat keine Angst um sich . . .«

»Ich weiß«, erklärte ich ihm.

»Und sie kann's ihrem Mann nicht sagen. Der hängt dem Kerl 'ne scheiß Anzeige an' Hals, oder so was.«

»Yeah«, pflichtete ich bei, da ich die eingefleischte Hochachtung des alten Mannes vor Bürgern teilte.

»Was tun wir also?« fragte mich der alte Mann.

»Wo kommt das ›wir‹ her, Julio?«

»Du machst doch den Ausputzer, richtig? Ich hab jahrelang rumgehört – du machst so 'ne Arbeit, den Privatdetektiv-Scheiß und all das.«

»Und? Das hier ist was anderes.«

»Was is dran so anders? Schnüffel bloß rum und finde für mich den Namen von dem Kerl raus – wo er wohnt und alles.«

»Auf keinen Fall«, beschied ich ihn.

Der alte Mann blickte mir in die Augen, und flinker als eine zupackende Schlange verlegte er sich auf ein neues Spiel.

»Burke, hier geht's um die Familie.«

»Yeah«, sagte ich, »*deine* Familie.«

»Im Kahn, da waren wir wie eine Familie«, beschied er mich, die Stimme ganz ruhig.

»Du hast zu viele Bücher gelesen, Alter. Ich war nie in deiner scheiß Familie.«

»He, komm schon, Burke. Bloß weil du kein Italiener bist – macht mir doch nix aus«, sagte er mit der ganzen Lauterkeit eines Immobilienmaklers.

»Ich bin ins Gefängnis gewandert, weil ich nicht mein Leben lang arschkriechen wollte«, sagte ich, »und 'nem alten Mann die Füße zu küssen, törnt mich auch nicht an. Ein Boß ist ein Boß – ich habe nicht viel, aber wenigstens hab ich keinen scheiß Boß, haste gehört?« Der alte Mann verzog keine Miene angesichts dieses Sakrilegs, aber seine Echsenaugen flackerten. Er sagte nichts, wartete, bis ich fertig war.

»Ich hab dir damals Achtung bezeugt – und ich bezeuge dir heute Achtung«, sagte ich und ließ ihn das Gesicht wahren. »Aber mißachte *mich* nicht mit diesem Bockmist von wegen ›Familie‹, okay?«

Der alte Mann dachte, er hätte mich. »Willst du Geld?« fragte er.

»Für was – damit ich was tue?«

»Ich will, daß dieser Freak aufhört, Gina wehzutun.«

»Tut sie das, was du ihr sagst?« fragte ich ihn.

Der alte Mann ballte die Hand zur Faust und hämmerte sie gegen die Brust, wo sein Herz gewesen wäre, wenn er eines gehabt hätte. Die Antwort reichte mir vollkommen.

»Ich probier's mal«, beschied ich ihn. »Sag ihr, sie soll Freitag in den Park gehen, genau wie's ihr der Freak gesagt hat. Ich bin in der Nähe, okay?«

»Burke – machst du's richtig?«

»Bei dem hier gibt's kein ›richtig‹, Julio. Ich erledige es, oder keine Kohle, wie isses?«

»Wieviel?«

»Zehn Riesen«, sagte ich.

Die Echsenaugen flackerten nicht. »Du hast sie.«

Ich stieg wieder in den Plymouth. Bis Freitag waren es nur zwei Tage, und bei dem hier brauchte ich Hilfe. Die Hand des alten Mannes langte nach meinem Arm – ich starrte auf die Hand runter, wie man es im Gefängnis tut, wenn einen jemand berührt, der es nicht sollte – keinerlei Knochen, nichts als pergamentene Haut und blaue Adern.

Der alte Mann blickte mich an. »Burke«, bettelte er, »mach ihn alle.«

»Diese Arbeit mach ich nicht, Julio.«

Wieder änderte sich der Blick des alten Mannes. »Dreißig Riesen hast du gesagt, richtig?«

»Ich hab *zehn* gesagt, Alter. Diese Arbeit mach ich nicht. Basta.«

Julio versuchte verletzt zu wirken. »Denkst du, ich trag 'n Mikro?«

»Nein, Alter, ich denk nicht, daß du verdrahtet bist. Aber du solltest es besser wissen, als mich zu bitten, jemanden umzulegen. Ich tu, was ich gesagt habe. Das isses. Sag ja, oder sag nein.«

»Ja«, sagte der alte Mann, und ich stieß rückwärts aus der Werkstatt und steuerte wieder in die Stadt.

16

2

Es kostete uns den Großteil der Nacht, alles vor Ort zu bringen. Zu einem Job wie diesem konnte ich Pansy nicht zuziehen – wenn ich sie bei mir hinter der Blende behielt und irgendein Blödmann ließ seinen Hund das Bein an einem Baum in der Nähe heben, hatten sie in der Notaufnahme ein paar neue Kunden. Sie ist vollkommen bei der Sache, wenn man es mit Menschen zu tun hat, aber andere Hunde ärgern sie auf Teufel komm raus – vor allem männliche Hunde.

Max der Stille war irgendwo in der Nähe im Gebüsch. Er ist ein freiberuflicher mongolischer Krieger, der nur für die arbeitet, für die er mag, und der geht, wohin er will. Ihn als Karateexperten zu bezeichnen ist, als bezeichne man einen Politiker als Gauner – es verrät einem nichts Besonderes. Ein seltsamer kleiner Kerl, den wir »der Prophet« nennen, versuchte einmal ein paar jungen Spunden auf dem Hof zu erklären, wer Max war. Er tat es viel besser, als ich es je könnte – wenn der Prophet spricht, ist es wie in der Kirche, nur daß er die Wahrheit sagt.

»Max der Stille? Max der Lebensnehmer, der Witwenmacher, der stille Wind des Todes? Brüder, lieber radioaktiven Abfall trinken, besser mit einer Klapperschlange disputieren, eher einen Benzinmantel in den Flammen der Hölle tragen, als sich mit diesem Mann anzulegen. Wollt ihr Max anscheißen, Leute, so bringt am besten euren eigenen Sarg mit.«

Aber er wird nicht Max der Stille genannt, weil er sich so leise bewegt. Max spricht nicht, und er hört nicht. Er mag von den Lippen lesen können – keiner weiß es –, aber er kommuniziert perfekt. Ich zeigte ihm ein paar der Ausschnitte, die der Freak an den Rotschopf geschickt hatte; dann machte ich das universelle Zeichen für Maden – zwei aneinandergepreßte Handflächen, eine geöffnet, um einen umgedrehten Stein darzustellen, und ein angeekeltes Gesicht über das, was ich unter dem Stein erblickte. Dann machte ich das Zeichen für Telefonieren und fing an, mit einem erschreckten Blick im Gesicht mein Hemd aufzuknöpfen. Er kapierte alles, und er wollte mit von der Partie sein. Wir würden das Geld teilen.

Hinter meiner versteckten Blende war es leise und friedlich. Das ließ mich wieder an Biafra denken – bequem ist nicht dasselbe wie sicher.

Ich sah den Rotschopf auf dem Pfad davonjoggen, das Gesicht gefaßt und hart, doch der Körper tat, was der Freak von ihm wollte. Sie würde die drei Runden machen und alles durchstehen – genau wie Julio es versprochen hatte.

Er mußte irgendwo da draußen sein. Ich kannte seinen Namen nicht, doch ich kannte ihn – er mußte den Rotschopf für sich tanzen sehen. Aber ich war seit Stunden da; falls er irgendwo in der Nähe war, wüßte ich es inzwischen. Der Reitpfad führte etwa eine halbe Meile herum. Der Freak konnte überall da draußen sein – doch Max der Stille ebenso.

Die Minuten verstrichen, aber ich bewegte mich keinmal. Im Warten bin ich gut. Dann hörte ich das Auto: Jemand fuhr die Straße parallel zum Reitpfad entlang, bewegte sich zu langsam, um ein früher Pendler zu sein. Ich erstarrte, als ich die Reifen auf dem Kies knirschen hörte – jetzt war er von der Straße weg und steuerte zu einer Stelle genau gegenüber von meinem Versteck. Perfekt.

Der kupferbraune Pontiac rollte tief im Geäst auf der anderen Seite des Pfades sacht aus, etwa fünfzig Schritt von meinem Versteck entfernt. Der Motor erstarb, und der Wald wurde still, verwundert über den neuen Eindringling. Das Seitenfenster des Pontiac war stark getönt – ich konnte keine Bewegung im Inneren sehen. Dann öffnete sich die Tür, und der Freak stieg vorsichtig aus. Er war groß, gut über einsachtzig, und spindeldürr. Er trug eine jener Dschungelkampfaufmachungen, die sie in Boutiquen verkaufen, samt auf Hochglanz polierter Kampfstiefel. Er hatte ein militärisches Feldkäppi auf dem Kopf, und seine Augen verbargen sich hinter einer verspiegelten Sonnenbrille. Ein langes Fahrtenmesser war tief um seinen linken Schenkel geschnallt.

Der Freak begann mit dem Messer auf Baumäste einzuhakken und bedeckte damit die Schnauze seines Autos, damit es unsichtbar würde. Seine Bewegungen waren schnell, gehetzt. Mag sein, daß er sich vorkam wie ein Soldat, der ein Scharfschützennest baut – auf mich wirkte er wie ein Freak im Regenmantel, der auf seinem Sitzfleisch hin und her rutscht und darauf wartet, daß der Pornofilm anfängt.

Das kleine Fernrohr zog mir sein Gesicht bis zum Anfassen ran. Ich konnte seine Augen nicht sehen, aber seine Lippen machten Überstunden. Dann hörten wir beide den gemessenen Trab von Turnschuhen auf dem Pfad, und wir wußten, daß der Rotschopf eine weitere Runde drehte. Er tauchte wieder in den Pontiac. Ich spähte hin, bis ich sah, wie das Fenster auf der Fahrerseite runterglitt, und da war er, auf einem dürren Hals drehte sich das Gesicht, der Blick klebte am Reitpfad.

Der Rotschopf kam in robotmäßigem Trab daher, rannte in der Mitte des Pfades und blickte geradeaus. Der Kopf des Freaks drehte sich wie meiner, als wir sie näherkommen und dann hinter der Kurve verschwinden sahen. Ich konnte sein Gesicht sehen, aber nicht seine Hände – ich wußte, was er mit ihnen machte.

Der Freak bewegte sich keinmal. Sein Fenster blieb unten. Nun mußte ich warten – war eine Runde genug für ihn, damit er kam, wohin er wollte? Verdrückte er sich jetzt? Ich konnte das Nummernschild an seinem Auto nicht lesen. Falls er sich verdrückte, mußte ich meinen Zug ohne Max machen.

Aber er blieb, wo er war – wollte eine Zugabe. Ich drehte langsam meinen Hals hin und her, lockerte die Verspannung vom ständigen Stehen auf einem Fleck und machte mich bereit vorzurücken. Ich spürte ein scharfes Stechen im Gesicht, ich schmiß mich hin und schaute mich überall nach der verflixten Hornisse um. Nichts. Dann drang ein Schlangenzischen, zigfach verstärkt, in mein vernebeltes Hirn, und ich wußte, Max war dichtauf. Es kostete mich eine weitere halbe Minute, ihn zu sichten, reglos zusammengekauert, keine zehn Schritte von meiner Blende. Ich deutete rüber, wo der Freak geparkt hatte, und Max nickte – er wußte Bescheid.

Ich hielt für Max einen Finger hoch, hieß ihn eine Minute warten, bevor er sich bewegte. Dann benutzte ich denselben Finger, um einen Halbkreis in die Luft zu zeichnen, machte eine Bewegung, als wolle ich aufstehen, und ergriff meinen linken Unterarm mit der rechten Hand. Kreise den Freak von hinten ein, erklärte ich Max, warte darauf, daß ich mich zeige, und dann sorge dafür, daß sich das Ziel nicht bewegt. Ich hatte aus gutem Grund meinen Unterarm statt meiner Kehle ergriffen – ich wollte, daß der Freak blieb, wo er war, bis ich mit ihm reden konnte, und nicht bis in alle Ewigkeit.

Max verschwand. Der Park war noch immer ruhig – wir hatten ein bißchen Zeit, aber nicht viel. Wie lang braucht eine Mutter, die ihren Wurf verteidigt, für eine halbe Meile?

Wir hörten sie beide, bevor wir sie wieder sahen, genau wie beim ersten Mal. Ich wußte, wo der Rotschopf seine Sporttasche gelassen hatte, weiter oben, wo es um die Kurve ging. Dies würde das letzte Mal sein, daß wir sie sahen, aber vielleicht wußte der Freak das nicht. Er hatte die erste Schleife verpaßt – vielleicht dachte er, es stünde noch eine Runde aus.

Der Rotschopf joggte genau wie vorher an uns vorbei – eine widerspenstige Maschine, nicht in der Lage, sich gegen ihren Programmierer durchzusetzen. Ich konnte die Augen des Freaks brennen spüren.

Ich wartete ein paar Sekunden, nachdem sie um die Kurve war, beobachtete sorgsam, aber der Freak startete den Motor nicht. Ich wußte, daß Max vor Ort war. Keine Chance, hierbei leise sein zu wollen – es würde mich zehn Minuten kosten, mich hinter der Blende rauszuquetschen, ohne mich preiszugeben.

Ich umfaßte beide Knie, ließ mich zurückrollen, bis ich flach auf dem Rücken war, und trat mit beiden Füßen zu. Die Blende flog davon, die Vögel fingen an zu schreien, und ich hörte, wie der Freak sein Auto zu starten versuchte. Just als ich über die Straße auf sein Versteck vorrückte, erwachte der Motor zum Leben, aber er hatte nicht die geringste Chance. Seine Hinterreifen drehten sich in einem hektischen Tanz, doch sein Auto bewegte sich kein bißchen. Er würde nirgendwo hinfahren, nicht bei den Betonkeilen, die Max vor jedes Vorderrad geklemmt hatte.

Der Freak sah mich auf sich zukommen; sein Kopf wippte wild auf dem dünnen Stecken von einem Hals und suchte einen Ausweg, und dann tauchte Max an der Seite des Autos auf. Ein weiterer Sekundenbruchteil, und er langte ins Auto und zog den Freak raus, wie man einen toten Fisch aus dem Wasser zieht. Der Freak wollte etwas sagen, und Max verdrehte ihm den Hals – das Etwas entpuppte sich als Schrei. Max hieb seine bloße Hand, die Faust geöffnet, in den Bauch des Freaks, und der Schrei verwandelte sich in Stille.

Der Pontiac war ein Coupé, also ging ich um ihn herum zur Beifahrerseite und stieg auf den Vordersitz. Dann kippte ich den Fahrersitz nach vorn, und Max stieg ebenfalls ein und hielt den Freak auf Armlänge, bis ich die Sitzeinstellung nach vorn rückte, um ihm Platz zu verschaffen. Er verstaute den Freak neben mir auf dem Vordersitz und hielt ihn mit der Hand am dürren Hals.

So saßen wir alle eine Minute lang da. Niemand sprach. Drei Fremde in einem Autokino mit nichts auf der Leinwand. Als dem Freak die Stille zuviel wurde, öffnete er den Mund – es bedurfte nur eines leichten Drucks von Max' Hand, und er begriff, daß Reden schmerzhaft sein würde. Ich langte rüber und grapschte die verspiegelten Gläser von seinem verschwitzten Gesicht – ich wollte seine Augen sehen. Sie flitzten in den Höhlen herum wie besoffene Fliegen auf einer Teflonpfanne.

»Gib mir deine Brieftasche«, sagte ich mit fester, ruhiger Stimme zu ihm.

Der Freak fummelte hastig seinen Tarnanzug auf und reichte mir eine Brieftasche. Genau was ich erwartet hatte – eine Mini-Polizeimarke war auf einer Seite festgesteckt, fast zweihundert in Scheinen, eine Ehrenmitgliedskarte vom Wachschutz, Kreditkarten und anderer erlesener Mist. Mein Ziel waren der Führerschein und die Zulassung, und ich fand sie schnell.

»Mark Monroe«, sagte ich, aus dem Führerschein lesend. »Das ist 'n hübscher Name . . . Mark. Meinst du nicht auch, daß das ein hübscher Name ist?« fragte ich Max, der nichts sagte.

Der Freak sagte auch nichts. Ich nahm meine .38er aus der einen Tasche und den Schalldämpfer aus der anderen. Er sah zu, wie ich beides sorgfältig zu einem leisen Mordwerkzeug zusammenschraubte. Ich machte eine Geste zu Max, und seine Hand verschwand vom Hals des Freaks. »Du hast 'nen schweren Fehler gemacht, Mark«, erklärte ich ihm.

Der Freak blickte mich an. Er versuchte zu reden, aber der Adamsapfel schlug ihm auf die Stimmbänder. »Beruhige dich«, sagte ich zu ihm, »nimm's leicht, Mark.« Es dauerte eine Weile, bevor er sprechen konnte.

»W...was wollen Sie?«

»Was ich will, Mark? Ich will, daß du andre Leute in Ruhe läßt. Ich will, daß du aufhörst, ihre Kinder zu bedrohn. Ich will, daß du aufhörst, dir deine Kicks zu holen, indem du die Leute quälst, wie du es heute morgen getan hast.«

»Könnte ich Ihnen erklären ... könnte ich Ihnen sagen, was ...?« wollte er wissen.

»Mark, falls du mir erklären willst, daß du ein kranker Mann bist und daß du dir nicht zu helfen weißt, hab ich nicht die Zeit zuzuhörn, okay?«

»Nein«, sagte er, »das meine ich nicht. Lassen Sie mich bloß ...«

»Oder vielleicht willst du mir sagen, wie sehr dich die Alte drum gebeten hat – oder wie sehr ihr das Ganze echt gefallen hat – isses das, Mark?«

»Ja, ich wollte bloß ...«

»Weil, wenn's das ist«, erklärte ich ihm und hob die Pistole zu seinen Augen, »verspritz ich dein schmieriges Gesicht überall im Auto, verstehst du?«

Der Freak gab keinen Ton von sich – ich hatte seine beiden Möglichkeiten genannt, und eine dritte konnte er sich nicht denken. Ich zog die Schlüssel aus der Zündung, stieg aus dem Auto und ließ ihn mit Max im Inneren. Der Kofferraum enthielt zwei Kartons mit Zeitungsausschnitten über Kinder plus eine Sammlung Magazine, gegen die *Penthouse* wie *Schöner wohnen* wirkte – *Geschundene Schönheiten, Frauen in Ketten, Zucht & Leder*, sämtliche Wichsvorlagen für Hobbynotzüchtler. Ich nahm das Zeug raus und stapelte es auf dem Boden; dann stieg ich wieder ins Auto. Das Handschuhfach enthielt zwei Behälter mit der nichtsnutzigen »Keule«, die es in jedem Laden gibt, einen Gummiknüppel und eine Rolle Plastikfolie. Eine Christophorusmünze baumelte vom Rückspiegel. Noch immer keine Überraschung.

»Wo arbeitest du, Mark?« fragte ich ihn in freundlichem Ton.

»E-Werk. Ich bin Ingenieur. Ich bin da schon seit . . .«

»Das reicht, Mark!« sagte ich und stupste ihm mit dem Schalldämpfer in die Rippen. »Beantworte bloß meine Fragen, okay?«

»Sicher«, sagte der Freak, »ich wollte bloß . . .«

Ich stupste ihn wieder, härter als vorher. »Mark, du und ich haben ein Problem, verstanden? Mein Problem ist, wie ich dich dazu bringen kann, daß du solche Sachen nicht wieder machst, okay? Und dein Problem ist, wie du hier lebendig rauskommst. Hast du irgendwelche guten Vorschläge?«

Die Worte des Freaks verhedderten sich ineinander, während sie rauszukommen versuchten. Ich schätze, am Telefon war er besser. »Sehen Sie, ich will nie . . . ich meine, Sie müssen nicht befürchten . . .«

»Yeah, Mark, ich muß befürchten. Leute haben mich *bezahlt*, damit ich befürchte, verstehst du, was ich sage?«

»Sicher, sicher. Das hab ich nicht gemeint. Ich ruf sie nie wieder an, ich schwör's.«

»Yeah, das is' richtig – das wirste nicht«, erklärte ich ihm. »Jetzt steig aus dem Auto, okay? Hübsch langsam.«

Er versuchte nicht zu fliehen. Max und ich geleiteten ihn tief in den Wald, bis ich fand, wonach ich suchte – einen flachen Stumpf, wo die Parkverwaltung aus irgendeinem dummen Grund einen gewaltigen Ahorn abgeholzt hatte.

»Mark, ich möchte, daß du dich hinkniest und die Hände auf den Baum legst – wo ich sie sehen kann.«

»Ich . . .«, sagte der Freak, doch das war vergebliche Liebesmüh. Max' geballte Hand zwang ihn zu Boden. Ich ließ ihn da knien, als ob ich alle Zeit der Welt hätte.

»Mark, wie ich sehe, bist du feldmäßig aufgemotzt – echt hübsch. Wenn du zum Krankenhaus fährst, sagst du ihnen, du warst draußen im Wald, hast rumgeblödelt, bist hingefallen und hast dich selber verletzt, okay?«

»Selber verletzt?« winselte er.

»Yeah, Mark, selber verletzt. Weil du genau das heute getan hast – du hast dich selber verletzt. Du verletzt dich immer selber, wenn du Leute anzuscheißen versuchst, klar?«

»Bitte . . . bitte nicht. Ich halt keinen Schmerz aus. Mein Doktor . . .«

Ich nickte Max zu. Ich sah im Morgenlicht seinen Fuß zukken, und ich hörte das Knacken – nun hatte der Freak nur noch einen Schenkelknochen, der von oben bis unten durchging. Sein Gesicht wurde leichenblaß, und Erbrochenes drang aus seinem Mund, aber er bewegte keinmal die Hände. Sogar Schleim kann lernen. »Jedesmal, wenn du aufrecht zu gehen versuchst, Mark, will ich, daß du dran denkst, wieviel Spaß du heute morgen im Park gehabt hast, okay?« fragte ich ihn.

Das Gesicht des Freaks war vor Schmerz verzerrt, seine Lippen bluteten, wo er auf sie gebissen hatte. »Ja!« stieß er hervor.

»Und jedesmal, wenn du eine Nummer wählen willst, Mark, will ich, daß du an heute denkst – wirst du das?«

»Ja, ja!« flennte er wieder. Max langte rüber und nahm eine seiner Hände sacht von dem Baumstumpf. Ein rasches Drehen hinter dem Rücken des Freaks, ein weiteres lautes Schnappen, und der Arm war nutzlos. Man nennt es eine Spiralfraktur – die Ärzte würden sie nie ganz richten können. Der Freak hatte seinen Mund weit geöffnet, bereit zu einem verzweifelten Schrei, als er die Pistole fünf Zentimeter vor seinem Gesicht sah. Der Schrei erstarb – er wollte das nicht.

»Mark«, erklärte ich ihm, »hör mir gut zu. Ich kenne deinen Namen, deine Adresse, deine Versicherungsnummer . . . ich kenne alles. Falls das hier je wieder passiert – falls du bloß mit einer Schere an eine Zeitung rangehst oder wieder einen Anruf machst –, geh ich hin und zieh dir die Augen mit 'ner Kombizange aus dem Kopf und verfüttere sie dir. Hast du kapiert?«

Der Freak blickte mich an, sein Körper funktionierte, doch um sein Hirn stand es schlecht. Alles, was er sagen konnte, war: »Bitte . . .« Das war nicht genug.

»Mark, wenn du in die Notaufnahme kommst, erklärst du ihnen besser, daß du dich *selber* verletzt hast, klar? Ziehst du da jemand anderen rein, dann bist du Hackfleisch. In 'ner knappen Minute sind wir hier weg. Du kannst noch fahren, und der Schmerz geht vorbei. Aber wenn du je den Schmerz vergißt, kommt 'ne Masse mehr davon nach, okay?«

»Ja«, sagte der Freak.

»Oh, eine Sache noch«, erklärte ich ihm, »ich muß sichergehn, daß du's nicht vergißt, Mark. Und, wie gesagt, der Schmerz geht vorbei. Also hinterlaß ich dir was als ständiges Andenken an dein kleines Kriegsspiel von heute.«

Der Blick des Freaks wurde irr, als ich das Schlachtermesser aus meinem Mantel zog und zu seiner auf dem Baumstumpf ruhenden Hand runterschaute.

»Beweg dich nicht«, sagte ich ihm, aber er zuckte mit der Hand zurück und versuchte davonzulaufen. Mit einem gebrochenen Bein kann man nicht davonlaufen. Diesmal ließen wir ihn brüllen.

Max schleppte ihn zum Hackblock zurück und drückte den Unterarm des Freaks runter wie mit einer Schraubzwinge.

»Siehst du jetzt, was du dir angetan hast, Mark?« fragte ich ihn. »Du hast aus einem hübsch sauber gebrochenen Bein eine komplizierte Fraktur gemacht. Zappelst du jetzt zuviel rum, dann verlierst du locker den Arm statt bloß eine Hand, okay?«

Der schleimige Geruch des Freaks mischte sich mit dem von Urin, als er die Kontrolle über sich verlor. Er gab Geräusche von sich, aber das waren keine Worte. Max griff sich die Fingerspitzen des Freaks und streckte seine Hand für mich aus. Ich hob das Schlachtermesser hoch über meinem Kopf und ließ es runtersausen. Der Freak schnappte nach Luft und wurde ohnmächtig.

Ich schlug mit dem Messer vorbei, blickte wieder zu Max. Augenblicklich griff er die Hand des Freaks und streckte sie wieder, aber ich winkte ab. Wenn der Freak aus dem, was ihm bereits passiert war, nichts gelernt hatte, war er jenseits von allem, was wir tun konnten.

Zeit zu gehen. Max las mit einer Hand die beiden Kartons

mit Dreck auf, und wir machten uns auf den Weg zur Blende zurück. Ich zog das Fenstergitter raus und trug es zu dem versteckten Plymouth. Weitere zehn Minuten, und wir stießen aus dem Wald auf die Fahrbahn. Ich ließ Max im Auto und benutzte einige Äste, um die Reifenspuren zu verwischen.

Weitere fünf Minuten, und wir verschwanden auf dem Inter-Boro und steuerten gen Brooklyn.

3

Damit hätte alles vorbei sein sollen, abgesehen vom Geldfassen. Von einem Mann wie Julio kriegt man keine Asche im voraus – es ist respektlos. Außerdem weiß ich, wo er wohnt, und alles, was er von mir hat, ist eine Münztelefonnummer in Mamas Restaurant.

Ich gab ihm drei Wochen und rief dann von einem Münztelefon bei meinem Büro die Tankstelle an. Von dem Telefon muß man frühmorgens anrufen – es gehört den Treuhandhippies, die in dem Loft unter mir wohnen. Im Allgemeinen bleiben sie die ganze Nacht auf und werkeln an ihren halbärschigen Selbstverwirklichungsversuchen, und normalerweise knacken sie erst reichlich nach Mitternacht weg und träumen von einem Marihuana-Paradies, wo alle Menschen Brüder sind. Gut, daß sie nie U-Bahn fahren. Ich zahle keine Miete für das Obergeschoß, und ich habe das auch nie vor, es sei denn, der Hausherr verkauft das Gebäude. Sein Sohn tat vor ein paar Jahren einigen Leuten etwas wirklich Dummes an, und ich gab die Information nicht weiter als bis zum Hausherrn. Wie ich ihm einmal erklärte, hat das Obergeschoß massenhaft Raum, um Informationen wie diese zu lagern, aber falls ich in eine kleinere Bude umziehen mußte . . . man kann nie wissen.

Ich mißbrauche das Privileg nicht – bleibe nie länger als eine Minute am Telefon, keine Ferngespräche. Ich steckte ein Blechstück ins Münztelefon – ein weiteres Klicken schaltete zurück.

»Yeah?«

»Burke hier. Sag deinem Boß, ich will ihn heute nacht in der dritten Schicht treffen.«

»Ich hab kein' Boß, mein Bester. Sie ham die falsche Nummer«, sagte er und haute auf die Gabel. Dieser Tage macht die SoKo alle Italiener nervös.

Die »dritte Schicht« heißt zwischen elf in der Nacht und sieben Uhr morgens, just wie im Gefängnis. Wenn du sitzt, lernst du, daß jede Schicht ihre eigene Persönlichkeit hat. In der ersten Schicht zeigt sich der Kahn von seiner besten Seite; das ist, wenn Besucher reindürfen, und es ist die einzige Zeit, in der der Bewährungsausschuß vorbeischaut. Auch die Therapeutenwichser und Anwälte und religiösen Spinner machen alle ihre Aufwartung in der ersten Schicht. In der zweiten Schicht bereinigst du deine sämtlichen Dispute, so sie dir am Herzen liegen. Gefängniskämpfe dauern nur ein paar Sekunden – jemand stirbt, und jemand geht weg. Falls der Kerl, den du abstichst, lebt, hat er das Recht zum Rückkampf. Und es ist die dritte Schicht, in der du aus dem Hotel auscheckst, falls du das Zimmer nicht mehr ausstehen kannst – das ist die Zeit, wo sich die Jungschen in ihren Zellen aufhängen. Im Gefängnis ist's wie in der freien Welt: Bockmist, Gewalt und Tod – nur daß sie im Gefängnis näher beieinander liegen.

Vielleicht kommt man niemals wirklich aus dem Gefängnis raus. Ich habe keine Gitter an meinen Hinterfenstern – die Feuerleiter ist schon vor Jahren weggerostet, mit Ausnahme der Treppe auf das Dach –, und Pansy war bereit, mit jedem, der aufkreuzen mochte, über das Ethos des Einbrechens und unerlaubten Betretens zu disputieren – aber ein weiterer Tag brach an, und mein einziges Ziel war, ihn durchzustehen.

Hinter Gittern lassen sie dir nicht viel. Deswegen schätzen die Bodybuilder ihre Maße mehr als jedes Fotomodell. Du kannst dafür sterben, daß du auf dem kleinen Stück Hof eines anderen Mannes rumtrampelst – oder auf seinem Namen. Du hältst entweder allem stand, was sie mit dir treiben, oder du gehst zu Boden – so einfach ist das. Und wenn du im Gefängnis zu Boden gehst, bleibst du am Boden.

Der Rotschopf war eine Braut mit Rückgrat. Sie mochte die Nummer im Park nicht machen, aber für ihr Kind zog sie sie durch. Sie tat das Richtige – das machte auch das, was ich tat, richtig. Ich würde sie nie wieder sehen. Ich wollte nicht – die ganze Sache ließ mich an Flood denken.

Bis mir Flood über den Weg lief, betrieb ich das Überleben wie eine Wissenschaft. Wie der Rotschopf hatte sie eine Sache zu regeln, und ich wurde reingezogen. Sie übernahm ihren Teil an der Last und trug sie bis zum bitteren Ende.

Flood war ein vom Staat großgezogenes Kind wie ich. »Ich bin für dich, Burke«, erklärte sie mir, just bevor sie zurück in eine andere Welt ging. Ich war okay, bevor ich sie traf – ich wußte, was ich zu tun hatte, und ich tat es. Man vermißt nicht, was man nie hatte. Aber seit Flood treibt sich der Schmerz in mir herum wie ein Schmetterling. Wenn er sich hinsetzt, muß ich etwas tun, um zu vergessen. Ein Stück von dem Song, den Bones spätnachts immer in seiner Zelle sang, kam mir in den Sinn:

Ich wünsch, ich hätt 'nen Dollar,
Ich wünsch, ich wär gescheit.
Ich wünsch, ich hätt 'ne Frau hier,
Doch ich hab nichts als Zeit.

»Hochsicherheits-Blues« nannte er ihn. Bones war nicht an den Großstadtknast gewöhnt. Er hatte die meiste Zeit drunten in Mississippi gesessen, auf der Parchman Farm, einem Fünfzehntausend-Hektar-Gefängnis ohne Mauern. Sie brauchten keine Mauern – ein Mann kann nicht schneller laufen als eine Kugel. Bones sagte, er kriegte seinen Namen Jahre zuvor, als er die Würfelszene abgraste, aber wir nannten ihn so, weil das alles war, was es von ihm gab – er war zirka hundert Jahre alt und dünn und spitz wie ein Eisstichel. Bones machte seine Sachen auf die alte Art – mit seiner schweren Südstaatenstimme war er so ehrfürchtig zu den Wächtern, daß sie nicht zuhörten, was er wirklich sagte.

Auch einer der jungen Schwarzen aus der Stadt hörte nicht

gut zu. Bones saß auf einer Kiste in einem der neutralen Reviere auf dem großen Hof, spielte seine zerschrammte Sechsseitige und sang seine Songs. Der junge Spund kam mit seinen Jungs hin, alle in ihren Heim-nach-Afrika-Farben gekleidet, »politische Häftlinge« einer wie der andere. Ich wußte nicht, daß es eine revolutionäre Tat war, alte Frauen wegen ihrer Sozialhilfe zu überfallen, aber was, zum Teufel, weiß ich schon? Der einzige Marx, der je für mich Sinn machte, war Groucho. Der Anführer bestand drauf, daß ihn jeder beim Stammesnamen nannte, und die neumodischen Wächter spielten dabei mit. Er kreuzt auf und sagt Bones, daß er ein scheiß Klischee ist – ein asozialer arschkriechender Onkel-Tom-Nigger, und so weiter. Und Bones zupft grad seine Gitarre und schaut durch die Ratte durch woanders hin.

Die einzigen Geräusche auf dem Hof waren das Grunzen der Eisenstemmer und das Klacken der Dominosteine auf Holz – und Bones' klagende Gitarre. Dann hörten wir einen lauten Schlag; die Gitarre schwieg, aber der übrige Knast begann zu summen. Der kalte, graue Todeshai schwamm durch den Gefängnishof, aber die Wächter auf den Laufgängen wußten es noch nicht. Überall auf dem Hof kamen die Männer auf die Beine und schlenderten dahin, wo die Ratte über Bones stand und die Gitarre des alten Mannes in den Händen hielt.

»Das Ding is nichts weiter als ein Instrument, mit dem man Sklavenmusik spielt, Alter«, feixte ihn die Ratte an und hielt den Hals in der einen Hand und den Korpus in der anderen. »Vielleicht brech ich sie einfach übers Knie – wie findste das?«

»Tu das nicht, Sohnemann«, ersuchte ihn Bones.

Die Ratte blickte sich nach ihren Freunden um Zustimmung um, war nun ganz allein auf ihrem Machttrip und nahm die sich um sie schließende Menschenmauer überhaupt nicht wahr. Ich blickte hinter Bones, wo Virgil, mein Zellengenosse, näherrückte. Virgil war nicht dafür geschaffen, es mit Schwarzen aufzunehmen, aber er würde mir, wie abgemacht, den Rücken freihalten, wenn es losging. Ich haßte Bagoomi – oder wie immer sich der scheiß Blödmann genannt hat – sowieso. Sein revolutionärer Auftrag hielt ihn nicht davon ab, frische

junge Kids zu vergewaltigen, wenn sie erstmals in den Zellen-
trakt kamen.

Aber ich kam zu spät. Die alte Gitarre knickte über dem
Knie so leicht wie ein Zahnstocher, und er hielt in jeder Hand
ein Stück, sein goldzähniger Mund grinste runter auf Bones.
Die Hand des alten Mannes zuckte, und das Lächeln des Blöd-
manns erstarb mit dem Rest von ihm. Als sich die Wächter
endlich durch das dichte Knäuel Gefangener geschlagen hatten, entdeckten sie lediglich, daß ein Frettchen mehr den einzig wahren Pfad in die Ewigen Jagdgründe gefunden hatte;
zwischen den Rippen steckte ihm eine scharfgeschliffene Feile. Die Wächter schenkten Bones, der die Trümmer seiner Gitarre hielt und vor sich hin weinte, keine Aufmerksamkeit. Ihre
Ermittlungen liefen darauf hinaus, daß jemand nach Gefäng-
nisart bei der Ratte eine Spielschuld hatte kassieren wollen,
und daß die Gitarre ein Opfer der Eintreibungsmethode war.

Ich kannte Flood noch nicht, als ich saß – ich wußte nicht,
daß es Frauen wie sie auf dieser Erde gab. Ich hätte wissen sollen, daß die Liebe, wenn sie zu mir kam, nur auf Besuch bleiben würde.

Wenn dich der Blues derartig schwer erwischt, willst du
nicht eingesperrt sein. Im Gefängnis hatte ich keine Wahl.
Aber im Gefängnis schob ich nie so schlimm den Blues. Es war
Zeit, auf die Straße zu ziehen.

4

Ich rief Pansy von ihrem Dach runter, schloß alles ab und
stieg die Treppe zur Garage runter. Wenn mich der Blues
packt, setze ich mich manchmal hin und rede mit Pansy, aber
in letzter Zeit war sie richtig zickig. Sie war wieder heiß – ich
wollte sie nicht sterilisieren lassen –, und jedesmal, wenn sie
heiß wurde, legte sie mein halbes Büro in Stücke, bis sie drüber
weg war. Es änderte das Aussehen nicht sonderlich, und meine
Klienten sind sowieso nicht die anspruchsvolle Sorte.

Die Docks waren ruhig – ein paar einsame Huren, die ihre leeren Gesichter hinter billigem Make-up versteckten, ein lederverzierter Stricher, nicht schlau genug, um zu wissen, daß die Action nicht vor Einbruch der Dämmerung losging, ein paar zu spät zur Arbeit kommende Bürger. Ich suchte Michelle, aber ich schätze, sie machte den Tag blau.

Ich dachte daran, hoch in die Bronx zu fahren und den Maulwurf aufzuschrecken, aber ich hatte keine Lust zu einem Gespräch über das heutige Israel. Der Maulwurf liebte Israel ideell, aber er würde nie hingehen.

Dann dachte ich daran, Max zu suchen und mit unserem Rommé-Spiel weiterzumachen. Wir spielten nun schon fast ein Dutzend Jahre, und er hatte noch jedes einzelne Zählblatt. Ich lag zirka vierzig Kröten in Front. Doch das Lagerhaus war leer.

Die Ampel an der Bowery und Delancey hielt mich auf – lang genug, daß sich einer der Penner mit einem dreckigen Lappen in der einen Hand und einer Flasche mit irgendwas in der anderen an den Plymouth ranpirschen konnte.

»Kannste mir helfen, Mann?« fragte der Penner. »Ich versuch genug zusammenzukriegen, um wieder nach daheim zu kommen.«

»Wo is denn daheim?« fragte ich ihn.

»Oklahoma war's mal – ich weiß es nicht.«

»Das hier ist jetzt daheim, Bruder«, beschied ich ihn, reichte ihm einen Dollar und sah zu, wie sein Gesicht aufleuchtete. Vielleicht kaufe ich der Welt nie eine Coca – obwohl ich weiß, daß einige Kolumbianer just das zu tun versuchen –, aber wenigstens kann ich einem Mann einen Drink kaufen. Nichtsdestotrotz war der Blues noch immer am Gewinnen.

Über der Fourth Street, bei der Avenue C, eine weitere Ampel, ein weiterer Halt. Paul Butterfield sang »I've got a mind to give up living« aus meinen Autolautsprechern, und die Musik wehte raus in die dicke Stadtluft. Ich hatte mir eine Kippe angezündet und dachte meine Gedanken, als ich ihre Stimme hörte – »Magst du die traurige alte Musik, *hombre*?« – und meine Augen von einer puertoricanischen Blume angezogen wurden: glänzendes, frei und ungebändigt hängendes Haar, tiefschwarz, große dunkle Augen, Lippen so rot wie Blut, bevor es trocknet. Sie hockte auf einem Pfosten am Randstein, ihre leuchtend weiße Bluse war knapp unter den schweren Brüsten verknotet, und kremige Haut verjüngte sich zu einer winzigen Taille und verglühte dramatisch in rosa Torerohosen. Ein Pfennigabsatz pochte einen Rhythmus auf dem heißen Gehsteig.

»The Blues are the truth, Kleine«, erklärte ich ihr – und sie machte sich hüftenschwenkend auf den Weg zum Plymouth, um zu hören, was der Fremde sonst noch zu sagen hatte.

Sie war fünfzehn Jahre alt – oder dreißig – ich konnte es nicht sagen. Aber nie wieder würde sie so schön sein. Aller Augen auf der Straße folgten ihr. Ich blickte rüber zu dem Pfosten, auf dem sie gesessen hatte, und sah vier Männer sitzen. Beobachtend.

Die puertoricanische Blume war keine Hure – sie war Sprengstoff. Sie biß sich auf die Unterlippe, ließ sie durch den Druck anschwellen und lehnte sich mit ihrer vollkommenen Hüfte an den Plymouth. Ich hatte nur eine Minute, um mit mir ins Reine zu kommen, aber die Sache war klar – sie war käuflich, schon richtig, aber ihr Preis war Krieg mit wenigstens einem der beobachtenden jungen Spunde. Ich kaufte nichts – junges Blut wird hitzig, und hitziges Blut wird vergossen.

»Wie heißt du denn, Honey?« wollte sie wissen. Und ich wußte, sie würde es nie. Ich nahm eine ihrer Hände in die meine, die rotlackierten Nägel schimmerten in der Sonne. »Mach, daß das Heute fortdauert, schönes Mädchen«, beschied ich sie. Ich küßte ihre Hand und fuhr davon.

Dies würde mein Tag nicht sein – ich kannte das Gefühl. Ich fuhr ziellos dahin, die Musik spielte, und ich kriegte es unter Kontrolle. Es war nicht angenehm, aber ich würde es aussitzen – ich hatte es zuvor getan.

Ich fuhr zurück über die Brücke, vorbei am Untersuchungsgefängnis und sagte mir, daß eine Depression auf der Straße besser war als eine Depression im Knast, aber das funktionierte nur ein paar Straßen lang.

Ich parkte an der Nevins Avenue, um ein paar Kippen zu besorgen, saß auf der Haube des Plymouth und zündete mir eine an. Ohne jede Eile, irgendwo hin zu müssen. Genau mir gegenüber waren drei alte schwarze Kerle – unmöglich zu sagen, wie alt –, trugen in der Wärme alte Wintermäntel, saßen auf ein paar Milchkästen, ließen eine Flasche Wein rumgehen und beredeten etwas miteinander. Kümmerten sich um ihren eigenen Kram und hockten in der Sonne. Nicht jedes Clubhaus hat Fenster und Türen.

Dann sah ich eine Horde Punks auf derselben Straßenseite wie die alten Männer rantänzeln. Vier weiße Kids; alle hatten sie diesen irren Haarschnitt, kurz und stachlig vorne, lang hinten, mit grellen Farbstreifen und hochstehend. Sie steckten in kurzärmligen Lederjacken. Einer besaß einen langen, schwarzen Stock mit einem Adlerkopf oben drauf und wahrscheinlich einem Schwert drin. Ein anderer hatte ein Halsband um, das aussah, als gehöre es zu einer Bulldogge. Alle trugen sie schwarze Handschuhe; die Sorte, bei der die Fingerspitzen draußen und die Knöchel bloß bleiben. Der Punk mit dem Stock kam zuerst, die anderen reihten sich hinter ihm ein. Dann verzog sich der Größte an den Außenflügel des mobilen Stoßkeils, hüpfte auf der Straße rum und verteilte an jeden, der vorbeikam, linke Haken – die anderen lachten, als die Leute über ihre eigenen Füße stolperten, um ihnen aus dem Weg zu gehen.

Als sie die alten Männer passierten, feuerte der Große einem von ihnen einen tückischen Hieb genau auf die Brust, der den Oldtimer glattweg von seinem Kasten haute. Ich stieg von der Haube des Plymouth, langte in meiner Tasche nach der Rolle Vierteldollars, die ich immer zum Mautzahlen bei mir habe – doch bevor ich mich bewegen konnte, schüttelte der alte Mann heftig mit dem Kopf und rappelte sich auf die Beine. Er rieb sein Gesicht mit beiden Fäusten, zog scharf und tief die Luft durch die Nase und schlurfte, plötzlich beidhändig Haken schlagend, vorwärts. Auch der große Bursche riß in einer mickrigen Imitation der Boxer, die er in der Glotze gesehen hatte, die Hände hoch, doch er hatte nicht den Hauch einer Chance.

Der alte Mann trieb den Bengel zurück und gegen die Seite eines Kombi, als wäre sie die Bande des Rings, in dem er vor Jahren gekämpft haben mußte, und feuerte Schlag auf Schlag gegen den ungedeckten Kopf und Bauch des Bengels – harte, professionelle Schläge, die unvorhersehbar von beiden Händen kamen. Der große Bursche fiel auf die Straße; der alte Mann drehte sich um und ging, als wäre er programmiert, in eine neutrale Ecke.

Die Straße war ruhig, doch man konnte den Jubel aus den Bodegas und Bars dringen spüren. Der große Bursche lag, wo er gefallen war – ich spähte die Straßen ab, aber seine davonlaufenden Kumpane waren nirgendwo in Sicht. Wie zu erwarten war. Und der alte Mann war wieder auf dem Milchkasten, weilte bei seinen Freunden.

Als der alte Mann den Gong hörte, wußte er, was er zu tun hatte. Vielleicht redete er nicht mehr drüber, aber er konnte es noch immer. Als ich mich wieder umblickte, war der Bengel weg. Und mein Blues ebenso.

5

Die dritte Schlacht fing gerade an, als ich mit dem großen Plymouth die Flatbush Avenue hoch zur Tankstelle rollte. Ich lenkte vor die Super-Zapfsäule, bat den Tankwart, ihn vollzumachen, und sah, wie der verschlagen blickende Dreckskerl Benzin für zusätzliche achtundzwanzig Cents über die Seite meines Autos spritzte, damit er auf eine glatte Summe kam und das Wechselgeld nicht ausrechnen mußte. Als er zum Fenster herum kam, sagte ich bloß: »Julio?«, und er nickte nach hinten. Bevor er nach seiner Asche fragen konnte, stieß ich den Knüppel auf »Fahren« und zog davon.

Sobald ich hinter die Tankstelle stieß und den weißen Coupe de Ville sah, wußte ich, daß Julio einen seiner Schläger zum Auszahlen geschickt hatte – der alte Mann hält das für einen Klasseakt. Das Fenster auf der Fahrerseite des weißen

Caddy war runter – der Kerl im Inneren erblickte den Plymouth und öffnete seine Tür, noch bevor ich zum Stehen kam. Genau was ich erwartet hatte: ein reinrassiger Stronzo – zirka fünfundzwanzig Jahre alt, geföntes Haar über einem klotzigen Gesicht mit Atlantic-City-Bräune und dunkler Brille, das weiße Seidenhemd bis zur Brust offen, so daß ich die Goldketten sehen konnte, enge dunkle Hosen, glänzende schwarze Siefeletten. Seine Ärmel waren weit genug hochgerollt, um mir die muskulösen Unterarme zu zeigen, ein schweres Goldarmband am einen Handgelenk, eine flache Golduhr am anderen. Zentrale Bühnenvermittlung.

Der Stronzo stieg aus seinem Caddy, stieß die Tür hinter sich zu und schlenderte rüber zu mir.

»Bist du Burke?« wollte er wissen.

»Sicher«, sagte ich. Ich war nicht zum Reden hergekommen.

»Ich hab was für dich – von Mr. C.«

Ich streckte die linke Hand aus, Fläche nach oben, und hielt die Rechte so, daß er sie nicht sehen konnte.

»Ich hab hier zehn Riesen«, sagte er und klopfte sich auf die Tasche.

Ich sagte nichts – der Wichser war über irgendwas unglücklich, doch das war nicht mein Problem.

Er linste in den Plymouth und beobachtete mein Gesicht. Und dann rückte er damit raus. »Auf mich wirkst du gar nicht taff, Mann. Was immer du für den Alten getan hast – ich hätt's auch gekonnt.«

»Gib mir das scheiß Geld«, beschied ich ihn freundlich. »Ich bin nicht hier rausgefahren, um mir deine Schmonzette anzuhörn.«

»He, du Arsch, willste nicht zuhören. Geld siegt, richtig?«

»Weiß ich nicht, Kleiner. Aber das Geld, das du hast, *fliegt* besser, verstehst du?« – und ich öffnete und schloß meine Hand ein paarmal, damit er die Botschaft kapierte.

Der Stronzo nahm seine dunkle Brille ab, hängte sie an seine baumelnden Kettchen und tat so, als denke er wirklich darüber nach, mich nicht zu bezahlen – oder er tat nur so, als denke er wirklich, ich konnte nicht sagen, was. Dann entschied er sich. Er reichte mir ohne ein weiteres Wort den Umschlag, hatte aber noch etwas im Sinn. Ich schmiß den Umschlag auf den Rücksitz, damit er über etwas anderes nachdenken konnte. Ich nahm den Fuß von der Bremse, und der Plymouth begann vorwärts zu rollen.

»He!« sagte er. »Warte 'ne Sekunde.«

»Was?«

»Äh ... schau, Mann. Wenn du jemals irgendwen bei der Arbeit brauchst ..., du weißt schon. Ich könnte immer 'n bißchen Extraknete brauchen, klar?«

»Nein«, beschied ich ihn, das Gesicht undurchdringlich wie eine Gefängnismauer.

»He, *hör* mir doch bloß 'ne Minute zu, okay? Ich hab Erfahrung, weißt du, was ich sage?«

»Kleiner«, erklärte ich ihm, »von mir gibt's Steckbriefe, die sind älter als du«, und wollte wieder anrollen.

Die Hand des Stronzo marschierte wieder in seine Tasche, doch diesmal brachte er einen kurzläufigen Revolver zum Vorschein – er steckte ihn durch das offene Fenster und hielt ihn mir ruhig zirka fünf Zentimeter vors Gesicht.

»Mach keinen scheiß Mucks! Kapierste das? Du bleibst, beim Arsch noch mal, da sitzen und hörst zu, wenn ich rede, verstehst du? Ich bin kein scheiß Nigger, den du einfach stehen läßt – ich *rede* mit dir.«

Ich blickte ihn an, sagte nichts. Es gab nichts zu sagen – Julio schickte mir einen Botenjungen mit gefährlichem Größenwahn. Heutzutage gutes Personal zu finden ist schwer.

»Zeig mir gefälligst 'n bißchen Respekt, hä?« bellte der Stronzo, »Du bist kein' Scheiß besser als ich.«

»Yeah, bin ich«, beschied ich ihn, nett ruhig und sachte. »Bevor ich's tu, denke ich drüber nach, was ich tu. Denk *du* jetzt drüber nach. Denk drüber nach, daß ich allein hierher gekommen bin. Denk drüber nach, wie du von hier rauskommen willst, wenn du abdrückst. Denk drüber nach, was du dem alten Mann erzählen willst. Denk drüber nach ... und dann denk drüber nach, was du zu sagen hast – und sag es.«

Der Stronzo versuchte nachzudenken und gleichzeitig die Knarre auf mich zu richten. Es war zuviel des Guten und überforderte sein Hirn. Der Kurzläufige zitterte für eine Sekunde in seiner Hand, und er schaute ihn an, als ob er ihn ausgetrickst hätte. Als seine Augen wieder zu mir hochkamen, blickte er auf die abgesägte Schrotflinte, die ich in meiner rechten Hand hielt.

»Ich höre«, erklärte ich ihm. Aber er hatte nichts zu sagen. »Du weißt, wie man das Ding lädt?« fragte ich ihn. »Oder hat das jemand anders für dich gemacht?«

»Ich weiß . . .« murmelte er.

»Dann *ent*lade es, Scheiße noch mal, Kleiner. Und mach langsam – oder ich puste dir deine hübschen Goldketten mitten durch die Brust.«

Er richtete den Revolver nach oben, klappte die Trommel raus, hielt sie umgedreht und ließ langsam die Patronen rausfallen. Sie machten ein leises Plopp-Geräusch, als sie am Boden aufschlugen. Auf dem Hinterhof gab es soviel feuchten Schrott, daß man ohne allzuviel Lärm einen Safe aus dem zehnten Stock hätte fallen lassen können.

»Hör mir zu«, sagte ich, ruhig wie ein Totengräber. »Du hast 'nen Fehler gemacht. Wenn du auch nur dran *denkst*, noch einen zu machen, dann geh und mach dein Testament, verstanden?«

Er nickte bloß. Schon besser.

Ich tippte aufs Gas, und der Plymouth rollte vom Hof und steuerte heimwärts. Als ich die Flatbush Avenue kreuzte, hatten meine Hände aufgehört zu zittern.

6

Der Plymouth zog langsam seine Bahn die Atlantic Avenue runter. Es war nicht der schnellste Weg von Brooklyn zurück, aber es war der ruhigste. Ich beäugte all die Antiquitätenläden und In-Restaurants, die während der letzten Monate aus dem Boden geschossen waren – die Trinkerheilanstalten und Tante-Emma-Kirchen hatten nicht den Hauch einer Chance. Die neue heiße Meile zieht sich von Flatbush aus bis runter hinter das Untersuchungsgefängnis von Brooklyn – Frühyuppie-Lofts mit getönten Glasfenstern hockten über kleinen Läden, wo man fünfzig verschiedene Sorten Käse kaufen konnte. Einige der Läden verkauften noch Wein, wenn auch nicht die Sorte, die man aus der Papiertüte trinkt. Doch die Kunde von der urbanen Renaissance war noch nicht bis zu den hiesigen Pennern durchgedrungen – es war noch immer nicht ratsam, nach Einbruch der Dunkelheit an einer roten Ampel rumzutrödeln.

Ich bog in die Adams Street ab und hielt gen Brooklyn Bridge. Am Himmel waren bereits die ersten Schlieren dreckigen Tageslichts. Die Familienkammer war zu meiner Rechten, der Oberste Gerichtshof zu meiner Linken. Es funktionierte gut auf diese Weise – wenn die Sozialarbeiter mit den Kids fertig sind, kann sie das Gefängnis übernehmen.

Der Zeitungsjunge stand auf dem Mittelstreifen just vor der Auffahrt zur Brücke. Er hatte einen Packen Blätter unter einem Arm, ackerte für ein paar ehrliche Kröten. Autofahrer, die die Chose kannten, drückten auf die Hupe, hielten den Arm aus dem Fenster, und der Bengel rauschte herbei, klatschte dir ein Blatt in die Hand, sackte das Wechselgeld ein und zog weiter. Alle heilige Zeit bestimmte ein Streifenwagen, der Junge sollte an einer anderen Ecke arbeiten, aber meistens ließen die Cops die Jungs in Frieden.

Ich zog auf die Linksabbiegerspur und ignorierte wie alle anderen das Zeichen. Als ich auf die Hupe hieb, kam der Bengel rüber. Ich drückte auf den Knopf, um mein Fenster zu senken, und schaute ihn mir näher an: ein schwarzer Junge, zirka fünfzehn, stämmmiger Wuchs. Ein Navy-Käppi auf einem buschigen Afro. Ich winkte ab, als er mir die *Daily News* anbot.

»Magnum heute im Dienst?« fragte ich.

»Yeah, Mann. Isser. Auf der andern Seite, Sie wissen schon?«

Der Plymouth rollte bereits, und ich timte ihn so, daß ich

von der Ampel aufgehalten wurde. Ich beobachtete, wie der schwarze Junge über die Straße flitzte, um Magnum mitzuteilen, daß er einen Kunden hatte. Auf dem vierundzwanzigstündigen Nachrichtenkanal sagten sie etwas über ein weiteres zu Tode geprügeltes Baby; diesmal in der Bronx. Fälle wie diesen gibt's heutzutage oft, und sie liefern einem lediglich die täglichen Abschußzahlen.

Das Licht wechselte. Der Plymouth rollte vorwärts, bis ich Magnum ausmachte, der am Fahrbahnteiler stand, einen Pakken Blätter in einer Hand, eine große Leinentasche an einem breiten Riemen um den Hals. Magnum ist zirka dreißig, zu alt, um Zeitungen zu verkaufen.

Er erkannte das Auto – schaute genauer hin, um auch den Fahrer zu erkennen.

»Zeitung, Mister?«

»Yeah, gib mir das *Wall Street Journal*«, sagte ich und hielt ihm gleichzeitig einen Zwanziger hin.

Oh, yeah. Irgendwo hier hab ich eins«, murmelte er und kramte in seiner Leinentasche.

Während er runter auf seine Tasche schaute, ließ ich den Blick rasch über die Straße gleiten und wußte, er tat dasselbe. Nichts. Ich streckte die Linke nach dem Blatt aus, das Magnum über den Rand seiner Tasche hielt, schnipste ihm den Zwanziger zu und ließ gleichzeitig die Abgesägte in seine Tasche fallen. Die Schwerkraft ist ein Gesetz, das niemand verscheißert.

Magnum verdient sich seinen Namen ehrlich, wenn schon nicht sein Einkommen. Ich schmiß die *News* von gestern auf den Vordersitz und fuhr davon, gen Chinatown. Ich schleppe nicht gern eine Wumme über die Grenze.

7

Die Straßen von Chinatown kamen grade in Schwung: junge Männer schoben mit frischem Gemüse beladene Handwagen, ältere Frauen trotteten auf einen weiteren Tag in die Knochenmühlen. Ich erspähte Hobart Chan, der in seinem schwarzen Bentley über die Bowery kreuzte, ein Hai auf der Suche nach Blut im Wasser. In Chinatown gehen sogar die Gangster früh zur Arbeit.

Ich rollte bei Mama vorbei und checkte die Fensterfront. Der weiße Papierdrachen war ausgestellt – drinnen war alles cool. Ich jonglierte durch die enge Gasse und ließ den Plymouth an seinem üblichen Fleck, mitten unter ein paar chinesischen Schriftzeichen auf der Wand, die die ortsansässigen Strolche warnten, nicht dort zu parken. Es störte mich nicht – es war Max' Schrift.

Ich ging durch die Küche und nach hinten, wie ich es normalerweise tue. Als ich die Tür öffnete, ließ einer von Mamas angeblichen Köchen locker die Hand in seinen weißen Mantel gleiten – er zog sie leer wieder raus, als er mich erkannte. Ich lief nach vorn, zog die Normalausgabe der *News* unter der Kasse vor und lief zu meinem Tisch nach hinten, neben der Küche. Keiner näherte sich meinem Tisch und gab vor, ein Kellner zu sein, also war Mama irgendwo in der Nähe. Ich las mich durch die Rennergebnisse der letzten Nacht in Yonkers und wartete.

Ich kriegte einen Schatten über der Zeitung mit und blickte auf. Es war Mama – sie wirkte, als ob sie just aus einem 1950er Schönheitssalon gestiefelt käme, das Haar schwarz und glänzend in einem festen Dutt am Hinterkopf, ein schlichtes, hochgeschlossenes blaues Seidenkleid, das fast ihre Schuhe bedeckte, ein Jadehalsband betonte ihre dunkel bemalten Lippen. Ihr Alter ist irgendwo zwischen fünfzig und neunzig.

»So, Burke. Du komm essen?«

»Zum Essen und um Max zu sehen, Mama. Isser hier?«

»Burke, du weiß, Max komm nich mehr soviel hier. Nich seit er rummach mit dem Barmädchen. Du kenn das Barmädchen – die da aus Vietnam?«

»Yeah, ich bin ihr begegnet.«

»Das Mädchen nich gut für Max, Burke. Er hat nich Kopf bei der Arbeit – nich verlaßbar wie vorher, richtig?«

»Er is okay, Mama. Keinerlei Problem.«

»Du lieg falsch, Burke. *Menge* Problem. Problem für mich, Problem für Max, vielleich Problem für dich, okay?«

»Ich rede mit ihm«, erklärte ich ihr, mehr um diese gesprungene Schallplatte zu stoppen, als wegen irgendwas anderem.

»Ja, *du* red mit ihm. Ich red mit ihm, er nich zuhör, okay?«

»Okay. Hast du Sauerscharfsuppe da?«

Doch selbst die Erwähnung ihres Lieblingselixiers beruhigte sie nicht. Mama war von Herzen Geschäftsfrau. Sie wollte mich des Mädchens wegen auf Max ansetzen, aber sie war nicht dabei gewesen, als sie sich zum ersten Mal begegnet waren. Ich schon.

Wir arbeiteten jene Nacht nach dem Manndeckungssystem: quer über drei leeren Sitzen im Uptown-Expreß lag ich, bekleidet mit meinem Heilsarmee-Anzug und einem zerdellten Fedora. Max, mir gegenüber, trug einen alten Regenmantel und blickte schnurstracks gradeaus, als wäre er auf dem Weg zu seinem frühmorgendlichen Küchenjob, der Maulwurf am anderen Ende des Wagens hatte die Cola-Flaschen-Brillengläser auf Seiten über Seiten seiner »Berechnungen« auf irgendeinem schmierigen Papier geheftet. Ich hatte die Papiere, die wir uns verpflichtet hatten auszuliefern, ins Futter meiner Anzugjacke genäht. Bei dieser Sorte Job trage ich keine Wumme. Der Maulwurf war mit genug Hochexplosivem bepackt, um den F-Train in den Ableger einer Raumfähre zu verwandeln. Max hatte nur seine Hände und Füße – er war gefährlicher als der Maulwurf.

Ich brauchte keine Verkleidung – für mich ist es kein großes Kunststück, wie ein abgehalfterter Alki auszusehen. Und der Maulwurf wirkt immer wie der Spinner, der er ist – nicht die Sorte Mensch, mit der man in der U-Bahn Blickkontakt haben möchte. Max kann seine Haltung und Gesichtsmuskeln so verändern, daß er wie ein alter Mann wirkt, und genau das tat er auch.

Die Tour läuft so: Falls mich jemand anstänkert, lasse ich alles über mich ergehen, was mich nicht zum Krüppel macht oder mich in Gefahr bringt, die Papiere zu verlieren. Falls jemand den Maulwurf anmacht, geht Max dazwischen, und ich als Bote bleibe unbehelligt und sauber. Und falls jemand Max anmacht, bleiben ich und der Maulwurf einfach sitzen und schauen zu. Es dauert nie lange.

Doch jene Nacht waren wir nicht allein im U-Bahnwagen. Erst steigt an der 14th Street diese Orientalin zu. Sie trug ein schwarzes Cape mit rotem Seidenfutter über einem weißen Seidenkleid. Es war bis zur Kehle zugeknöpft, doch der glatte Rock war geschlitzt bis über die Oberschenkelmitte. Dicke Bühnenschminke, überzogener Lidschatten, Pfennigabsätze. Vielleicht legten irgendwelche Off-Broadway-Krücken *Suzie Wong* wieder auf. Sie blickte mich ausdruckslos an, schielte nicht einmal zu Max oder dem Maulwurf. Sie saß züchtig da, Knie zusammen, Hände im Schoß. Ihr Blick war undeutbar.

Und so fuhren wir zusammen, bis wir tief nach Brooklyn reinkamen, wo die Meute den Zug bestieg. Zwei weiße Kids und ein Puertoricaner, alle mit der üblichen Jägerstaffage angetan: lederne Turnschuhe, Drillichjacken mit abgeschnittenen Ärmeln, Handschuhe, die die Fingerspitzen freiließen, Nietenarmbänder, schwere Gürtel mit baumelnden Ketten. Einer schleppte ein riesiges Radio, die anderen hatten die Hände frei. Sie checkten rasch den Wagen und beäugten das Mädchen.

Doch sie suchten Geld, keinen Spaß. Schnelle Beute von irgendeinem Lohnsklaven. Und Max war das Ziel.

Mich ignorierend umkreisten sie ihn. Einer setzte sich auf jede Seite; einer der weißen Kids blieb gegenüber von Max stehen. Der Sprecher.

»He, Opa – wie wär's mit zwanzig Kröten für 'ne Tasse Kaffee?«

Niemand lachte – es war kein Witz.

Max erwiderte nichts. Zum einen spricht er nicht. Zum anderen schenkt er Ungeziefer keine sonderliche Aufmerksamkeit.

Ich schielte unter meiner Hutkrempe rüber zum Maulwurf. Die gelb-orange U-Bahnbeleuchtung glitzerte auf seiner dikken Brille, als er den Kopf tief in irgendwelche Papiere vergrub.

Er blickte keinmal auf. Die Vögel konzentrierten sich bloß auf Max und schenkten mir keinerlei Beachtung. Einer der weißen Kids packte Max' alten Regenmantel und zerrte an den Revers, um Max auf die Füße zu ziehen. Doch nichts geschah – ich konnte die Muskeln im Arm des Kids schwellen sehen, als er sich anstrengte, doch es war, als versuche er einen Anker einzuholen. Die anderen Maden formierten sich, und der puertoricanische Balg knurrte: »Gib's auf, Alter!« Der andere weiße Balg fing an zu kichern. Er zückte einen billigen Messingschlagring, die Sorte, die sie den Kids am Times Square verkaufen. Er streifte ihn langsam über eine Hand, ballte eine Faust und boxte damit in die offene Hand. Das klatschende Geräusch ließ den Maulwurf eine Sekunde den Kopf heben. Max bewegte sich nicht.

Der Kerl mit dem Schlagring kicherte weiter vor sich hin, während sich der andere weiße Balg weiter abmühte, Max auf die Füße zu ziehen, und der Puertoricaner einen steten Strom von Flüchen ausstieß. Keiner von ihnen war in Eile.

Dann war das Mädchen auf den Beinen. Ich konnte ihre Pfennigabsätze klacken hören, als sie die Lücke zwischen sich und den Maden schloß. Sie blickten keinmal in ihre Richtung, bis sie sie anzischte: »He! Laßt den alten Mann in Frieden!«

Dann wirbelten sie zu ihr rum, begeistert über die neue Beute, und ließen von Max ab. Der puertoricanische Balg sprach als erster.

»Zisch ab, Schnalle! Das geht dich nix an!«

Doch die Frau näherte sich ihnen weiter, die Hände in den Hüften. Jetzt wandte das ganze Wolfsrudel Max den Rücken zu und bewegte sich in ihre Richtung. Der weiße Balg kicherte noch immer, boxte sich noch immer mit dem Schlagring in die offene Hand. Die Frau lief mitten in das Dreieck, das sie bildeten. Als der weiße Bengel mit der Hand nach ihrem Kleid langte, torkelte ich, vom Suff benebelt, hoch und stolperte gegen ihn. Mit blitzendem Schlagring wirbelte er herum, um es mit mir aufzunehmen. Ich warf kraftlos einen Arm hoch, um ihn abzuwehren, als die Orientalin ihre Klauen ausfuhr und der Maulwurf in seinen Ranzen langte. Doch da streifte Max der

Stille seinen dreckigen Regenmantel ab wie eine schuppige alte Haut und griff ein. Es ging zu schnell, als daß ich folgen konnte – ein dumpfes Knacken, und ich wußte, der puertoricanische Bengel würde ohne größere medizinische Betreuung nichts mehr anfassen – ein Fuß zuckte, und der größte der weißen Kids schrie auf, als würde ihm Schmirgelglas durch die Lunge gezogen – eine stahlharte Faust an den Schädel der Ratte mit dem Schlagring, und ich sah seine Stirnfront sich öffnene wie eine überreife Melone, die zu lang in der Sonne war.

Im Inneren des U-Bahnwagens war es totenstill, während er ungerührt zur nächsten Haltestelle rumpelte. Der Maulwurf nahm die Hände aus dem Ranzen und kehrte zurück zu dem, was immer er las. Die drei Maden waren am Boden, nur einer von ihnen soweit bei Bewußtsein, um stöhnen zu können – es war der puertoricanische Junge, Blut und Schaum quollen aus seinem Mund.

Die Frau stand stocksteif, das Gesicht kreidebleich, die Hände an der Seite erstarrt. Max der Stille blickte ihr ins Gesicht und verbeugte sich tief vor ihr. Sie kam wieder zu Atem und verbeugte sich zurück. Sie standen da, blickten einander an und sahen nichts anderes.

Max bedeutete mir stehenzubleiben, wies auf seinen Mund und dann auf mich. Die Augen der Orientalin zuckten, doch sie schien über jede Überraschung hinaus. Leicht im Rhythmus des Zuges schwankend und locker auf den Pfennigabsätzen balancierend stand sie da, dunkelgelackte Krallen auf seidigen Hüften. Sie sah den Alki den Hut abnehmen und sein zerzaustes Haar glattstreichen. Falls sie eine weitere Verwandlung erwartete, wurde sie tief enttäuscht. Der Unterschied zwischen dem echten Max dem Stillen und dem hilflosen alten Mann war kosmisch – der Unterschied zwischen meinem wahren Ich und einem Penner war vergleichsweise gering. Doch auch ich verbeugte mich vor der Frau.

»Mein Bruder kann weder sprechen noch hören. Er kann von den Lippen lesen, und wer ihn kennt, kann ihn bestens verstehen. Er möchte mit Ihnen sprechen, durch mich. Mit Ihrer Erlaubnis . . .?«

44

Die Augenbrauen der Frau hoben sich, sie nickte, sagte nichts ... wartete geduldig. Ich mochte sie bereits.

Max gestikulierte ihr zu, zwei Finger an den Daumen gedrückt. Er führte dieselbe Hand zurück zu seinem Herzen, klopfte sich leicht auf die Brust, verbeugte sich, langte mit der linken Hand zurück zu seinem alten, ausrangierten Regenmantel, hielt ihn in einer Hand, berührte, eines nach dem anderen, mit der rechten seine Augen. Er faßte sich wieder ans Herz.

»Mein Bruder sagt, Sie sind eine Frau mit großem Mut. Sie haben einen Ihrer Meinung nach alten Mann vor solch gefährlichen Menschen beschützt.«

Die Frau räusperte sich, lächelte sanft aus dem Mundwinkel. Sie sprach so gemessen wie ich, nur den Hauch eines französischen Akzents in der Stimme.

»Ihr Bruder kann sehr irreführend wirken.«

Max schwang abwesend den Fuß gegen den Brustkasten einer der auf dem Boden liegenden Maden und nahm den Blick keinmal von der Frau. Ich hörte ein Geräusch wie von einem knackenden Zweig. Er berührte wieder seine Augen, schüttelte verneinend den Kopf. Er dehnte seine Brust; seine Augen wurden starr, und sein Körper strahlte Kraft aus. Er wandte sich an mich.

»Mcin Bruder sagt, eine Made kann einen wahren Mann nicht erkennen«, sagte ich ihr.

Sie fragte mit dem immer noch gleichen zögerlichen Lächeln: »Kann eine Made eine wahre Frau erkennen?«

Max zog eine dunkle Sonnenbrille aus meiner Manteltasche – er weiß, wo ich sie aufbewahre – und setzte sie sich auf. Er machte eine Geste, als taste er mit einem Stock, nahm die Brille ab, stieß mit beiden Händen nach der Frau und lächelte.

»Mein Bruder sagt, selbst ein Blinder könnte eine Frau von Ihrer Art erkennen«, übersetzte ich, und noch bevor ich fertig war, lächelte auch sie.

Und so begegnete Max Immaculata.

8

Für Mama war Immaculata ein »Barmädchen«, ihr Aller-weltsbegriff für alles von der Prostituierten bis zur Hosteß. Eine Vietnamesin war schlimm genug, aber eine mit gemisch-ter Elternschaft war unwiderruflich suspekt. Was sie anging, brauchte ein wahrer Krieger keine Frau, außer bei bestimmten Gelegenheiten.

Mama schien ihr Restaurant nie zu verlassen, doch ihren Augen entging nichts. Sie wußte, daß Max noch immer hinten in dem Lagerhaus nahe der Division Street wohnte, wo oben sein Tempel versteckt war. Doch er wohnte nicht mehr allein. Für Mama war alles, das kein Geschäft war, schlecht.

Immaculata hatte, bevor sie Max begegnet war, in einer Bar in Manhattan als Hosteß gearbeitet. Sie war in Frankreich zu einer Art Therapeutin geschult worden, doch sie konnte in die-sem Land nicht praktizieren, bis sie genug Kurse zusammen hatte und eine Zulassung kriegte.

Ich sah sie eines Tages bei der Arbeit, als ich auf der Suche nach Max rüber ins Lagerhaus kam. Ich stieß mit dem Ply-mouth in die Garage im Erdgeschoß. Sie war leer – war sie immer. Ich stieg aus dem Auto, schloß die Garagentore und wartete. Falls Max in der Nähe war, würde er früh genug da sein. Falls er sich nicht in ein paar Minuten zeigte, würde ich ihm einfach eine Nachricht auf die Rückwand malen.

Ich hörte ein Fingerschnippen, blickte nach links, und da war Max. Er hielt einen Finger vor die Lippen – kein Laut. Ich kletterte aus dem Plymouth, ließ die Tür offen und lief dahin, wo Max stand. Er winkte mir, ihm nach oben zu folgen.

Wir tappten den schmalen Eisensteg entlang bis zu seinem Tempel. Als wir zu der blanken Mauer hinter der Tempeltür kamen, langte Max hoch und zog den Vorhang zurück. Wir blickten durch einen Einwegspiegel in etwas, das wie ein Kin-derspielzimmer aussah: Möbel in Kindergröße, hell gestriche-ne Wände, überall Spielsachen. Immaculata hatte sich an ei-nen kleinen Tisch gesetzt. Ihr gegenüber war ein kleines Mäd-chen – vielleicht vier Jahre alt. Beide zeigten uns ihr Profil. Es sah aus, als spielten sie zusammen mit ein paar Puppen.

Ich zuckte die Achseln, spreizte die Hände, Innenflächen nach oben. »Was soll das?« fragte ich Max. Er tätschelte mit beiden Händen die Luft vor sich und deutete auf seine Augen: »Sei geduldig und schau hin.«

Auf dem Tisch waren vier Puppen. Zwei waren größer als eine gewöhnliche Kinderpuppe; die anderen beiden waren viel kleiner. An ihrer Kleidung und dem Haar konnte ich sehen, daß es zwei Männer und zwei Frauen waren.

Immaculata legte die Puppen auf die eine Seite des Tisches und fragte das Kind etwas; sie wirkte ruhig und geduldig. Das kleine Mädchen nahm eine der kleineren Puppen und fing an, sie auszuziehen, langsam und widerwillig. Dann hörte es auf. Es nahm die große männliche Puppe und ließ sie irgendwie den Kopf des kleinen Mädchens tätscheln. Die kleine Puppe entzog sich dem Tätscheln, aber nicht weit genug. Schließlich half die große männliche Puppe dem kleinen Puppenmädchen beim Ausziehen. Die große männliche Puppe knöpfte ihre Hosen auf. Sie hatte einfache weiße Boxershorts drunter. Das Kind zog ihr die Shorts aus und enthüllte ein Paar Hoden und einen Penis. Das kleine Puppenmädchen wurde rüber zu der großen Puppe gestoßen. Das Kind hob immer den Penis der großen Puppe, doch er fiel ständig wieder runter. Schließlich drückte es den Mund des kleinen Puppenmädchens an den Penis der männlichen Puppe. Ein paar Sekunden, schwer wie Blei, vergingen. Dann zog das Kind das kleine Puppenmädchen von der großen Puppe weg. Es legte das kleine Puppenmädchen mit dem Gesicht nach unten auf den Boden – dann ließ es den großen Puppenmann seine Shorts und Hosen hochziehen und davonlaufen.

Das kleine Mädchen weinte. Immaculata bewegte sich nicht – aber sie redete mit dem Kind. Außerhalb des Fensters hörte man keinen Ton. Sie streckte dem Kind die Hand hin. Das kleine Mädchen nahm ihre Hand, und Immaculata zog es sacht um den Tisch zu ihrem Platz. Sie nahm das kleine Mädchen auf den Schoß, einen Arm um seinen Rücken. Sie redete weiter, bis das Kind zustimmend zu irgendwas nickte.

Dann griff Immaculata nach der großen männlichen Puppe und legte sie mitten vor das Kind. Das kleine Mädchen packte die Puppe, fing an sie zu schütteln und schrie irgendwas. Sein Gesicht war vor Wut verzerrt. Es riß an der großen Puppe herum. Plötzlich hatte es den Arm der großen Puppe in der Hand. Das Kind blickte auf den Arm, den es hielt, dann wieder zu Immaculata, die ihm zunickte. Das Kind riß den anderen Arm ab. Dann fing es an, mit der großen, armlosen Puppe zu reden, und winkte in einer Art Ermahnung mit dem Finger. Dann begann es wieder zu weinen.

Max winkte mir wieder, ihm zu folgen. Er zeigte nach hinten zu seinem Tempel und bedeutete mir, auf ihn zu warten.

Ich lief durch den Tempel und achtete drauf, nicht über die in einem Rechteck auf den gebleichten Holzboden gemalten schwarzen Linien zu treten. Dann außen rum zur Hintertreppe und von dort in den kleinen Raum, der auf die Gasse hinter dem Lagerhaus führte. Ich ging rüber zu dem zerschrammten Holzschreibtisch und zog die letzte Zählliste von unserem endlosen Rommé-Spiel raus. Ich hörte ein Klopfen an der Hintertür. Dann noch eines. Und dann drei Schläge, kurz und scharf. Max. Ich öffnete die Tür und ließ ihn ein. Wenn die drei Schläge zuerst gekommen wären, hätte ich die Tür nicht ohne Waffe in der Hand geöffnet.

Max und Immaculata kamen zusammen rein. Sie grüßten mich auf dieselbe Weise wie immer – ein leichtes Beugen ihres Kopfes über den vor ihr verschränkten Händen. Immer fröhlich. Sie setzte sich mir gegenüber an den Tisch. Max trat hinter mich, damit er von ihren Lippen lesen konnte, wenn sie sprach.

»Was war das, was ich da gesehen habe?« fragte ich sie.

»Das war das, was wir eine ›Validation‹ nennen, Burke.«

»Validation?«

»Das kleine Mädchen hat Gonorrhöe – eine beim Geschlechtsverkehr übertragene Krankheit. Es war meine Aufgabe herauszufinden, wie sie sich die zugezogen hat.«

»Und sie hat es dir gezeigt?«

»Ja. Die große Puppe ist ihr Vater. Viele Kinder, vor allem

sehr kleine, haben nicht die Fähigkeit, sich verbal mitzuteilen. Die meisten von ihnen haben nicht einmal die Worte für das, was ihnen angetan worden ist.«

»Ich hab noch nie Puppen wie diese gesehn«, sagte ich.

»Das sind ›anatomisch korrekte‹ Puppen. Unter der Kleidung haben die Körper Genitalien in Proportion zu ihrer Größe. Sie müssen detailgerecht sein, vor allem, wenn die Kinder nicht sprechen.«

»Du meinst, wenn sie zu jung sind?«

»Nicht unbedingt. Das Kind, das du gesehen hast, ist fast sechs Jahre alt. Aber ihr wurde gesagt, daß das ›Spiel‹, das Vati mit ihr spielt, ihr besonderes Geheimnis ist und sie niemandem was erzählen darf.«

»Hat er ihr gedroht?«

»Nein. Tatsächlich greifen die meisten Inzesttäter nicht auf Drohungen zurück, bis ihr Opfer sehr viel älter ist als dieses hier. Das Kind weiß beinahe instinktiv, daß an diesem Tun etwas falsch ist, doch die Verbindung von Schuld und Furcht reicht gewöhnlich aus, um sein Stillschweigen zu garantieren.«

»Was war das am Schluß – mit den Armen von der Puppe?«

»Genau das, wonach es für dich ausgesehen hat. Wut. Sexuell mißbrauchte Kinder sind oft voller Zorn auf die Person, die sie verletzt. Und manchmal ebenso auf die Person, die es versäumt, sie zu beschützen. Ein Bestandteil der Behandlung ist es, sie wissen zu lassen, daß es okay ist, ›nein‹ zu sagen – daß es okay ist, wütend zu sein. Die Arme und Beine der Puppen sind mit Velcro befestigt; das Kind kann sie abreißen – und sie später möglicherweise dransetzen, falls es soweit kommt.«

»Wohnt das Kind nicht bei seinem Vater?«

»Sie wohnt bei ihrer Mutter. Der Inzest geschieht während der Zeit, wenn sie ihn besucht.«

»Also keine Besuche mehr bei ihm?«

»Das liegt dann an den Gerichten. Als das Kind Anzeichen von sexuellem Mißbrauch zeigte, brachte es die Mutter zum Arzt. Sie wußte nicht, was nicht stimmte, aber sie wußte, daß *etwas* faul war. Der Doktor fand keine physischen Schäden – er dachte nicht daran, nach einer Geschlechtskrankheit zu suchen, es kam ihm nicht in den Sinn. Die eigentliche Diagnose erfolgte erst Wochen später – als die Mutter das Kind wegen eines Scheidenausflusses zur Notaufnahme brachte. Das Kind wurde einem Programm zugeteilt, bei dem sie Therapie betreiben und die Kinder überdies physische und emotionale Selbstverteidigung lehren. Auch ich arbeite da – ich brauche das Praktikum, um mich für meine Zulassung hier zu qualifizieren. Was ich im Spielzimmer getan habe, war, das Kind auf einen beaufsichtigten Besuch bei seinem Vater vorzubereiten. Sie muß wissen, daß sie ihrem Vater gegenübertreten und ihm sagen kann, daß er aufhören soll, und sie muß das Gefühl haben, daß sie beschützt wird, wenn sie das tut.«

»Warum sollte sie die Made *überhaupt* besuchen?«

»Das ist eine gute Frage«, sagte sie. »Die Antwort ist, daß sich das Kind durch seine eigene Wut hindurch dazu durcharbeiten muß, was mit ihm geschehen ist. Es muß das Gefühl für Kontrolle über sein Leben wiedererlangen. Die beaufsichtigten Besuche sind nicht dazu gedacht, dem Vater zu nützen – sie sind von therapeutischem Wert für die Tochter. Und gleichzeitig kann der Vater mit seiner eigenen Behandlung beginnen.«

»Was ist, wenn er alles abstreitet?«

»Gewöhnlich tun sie das zuerst. Aber die meisten gestehen schließlich ein, was sie getan haben – natürlich bemänteln sie es mit einer dicken Schicht Selbstrechtfertigung!«

»Was für Rechtfertigung?«

»Oh, daß das Kind der Initiator war . . . daß es nichts weiter war, als ihm auf besondere Weise seine Zuneigung zu zeigen . . . sie verharmlosen . . .«

»So ein Bockmist. Wird er auf Gonorrhöe untersucht?«

»Ja, er wird untersucht werden. Aber falls er selbst etwas dagegen unternimmt, dauert es weniger als vierundzwanzig Stunden, und alle Spuren der Krankheit sind verschwunden. Die Gerichte jedoch werden das Vorhandensein einer durch Geschlechtsverkehr übertragenen Krankheit zusammen mit meiner Validation berücksichtigen. Und gegen ihn befinden.«

»Willst du mir sagen, daß es wirklich Behandlungsmethoden für diese Leute gibt?«

»Das ist heute eine der größten Streitfragen in unserem Beruf – ich kenne die Antwort nicht.«

»Ich weiß nichts über einen Inzest wie diesen. Aber die Maden, die Sex mit Kindern mögen, hörn *nie* auf.«

»Pädophile mögen sehr wohl unheilbar sein. Ich weiß es nicht. Ich arbeite nur mit den Opfern.«

Max ging rüber und stellte sich hinter Immaculata. Er schüttelte kurz die Faust, um mir zu zeigen, wie stolz er auf seine Frau war. Sie blickte zu ihm auf, und ich wußte, dies war kein Tag für Rommé.

9

Wahrscheinlich hätte sich zwischen Immaculata und Mama alles gelegt, hätte Max seine Frau nicht eines Nachts ins Restaurant mitgebracht. Zu Ehren des Ereignisses nahmen wir alle an einem der großen Tische hinten Platz. In Mamas Kneipe gibt's keine Klimaanlage, aber die Atmosphäre war sowieso wie in einem Tiefkühlfach. Mama war nicht verrückt genug, Immaculata offen zu beleidigen, also fochten sie ihre Schlacht mit jenem subtilen Feuer, das nur Frauen mit Charakter jemals wahrhaft beherrschen.

Einer der Schlagetots brachte eine mächtige Terrine Sauerscharfsuppe. Mama verbeugte sich vor Immaculata, um kundzutun, daß sie jedermann bedienen sollte – Barmädchen tun das doch, richtig? Doch Immaculata zuckte nicht mit der Wimper – sie nahm Max' Schale vom Teller und schöpfte eine großzügige Portion ein, besonders darauf bedacht, sie ordnungsgemäß zu servieren, eine volle Ladung sämtlicher Zutaten, nicht bloß das dünne Zeug obendrauf. Mama lächelte sie an – so wie der Pathologe die Leiche kurz vor der Autopsie anlächelt.

»Du bedien erst Mann, nich Frau. Chinesisch Weise, ja?«

»Nicht die chinesische Weise, Mrs. Wong – meine Weise. Für micht kommt Max zuerst dran, sehen Sie?«

»Ich seh. Du nenn mich ›Mama‹, okay? Wie jeder andre?«

51

Immaculata sagte nichts, sondern neigte den Kopf zustimmend so leicht wir irgend möglich. Aber Mama war noch nicht fertig. »Dein Name Immaculata? Ich sag das richtig – Immaculata? Is vietnamesisch Name?«

»Es ist der Name, den mir die Nonnen gaben – ein katholischer Name –, als die Franzosen in meinem Land waren.«

»Dein Land Vietnam, ja?«

»Ja«, sagte Immaculata, ihr Blick war hart.

»Dein Vater und Mutter beide von Vietnam?« fragte Mama unschuldig.

»Ich kenne meinen Vater nicht«, erwiderte Immaculata schlankweg, »aber ich weiß, was Sie wissen wollen.«

Am Tisch wurde es totenstill. Max beobachtete Mama und machte sich seine Gedanken – Mama hatte zwei Kriege überlebt, aber sie war dem Tod nie so nah gewesen wie in diesem Augenblick.

Max deutete mit stählernem Finger auf mein Gesicht, dann öffnete er die Hände; er stellte eine Frage.

Ich wußte, was er wollte. »Nein«, sagte ich ihm, »ich weiß auch nicht, wer mein Vater war. Na und?«

Max rieb seine Hände aneinander. »Alles vorbei«, meinte er. Die Diskussion war vorüber.

Doch so leicht sollte er sie nicht abwürgen können. »Wollen Sie auch die Nationalität meines Vaters wissen, ja?« fragte Immaculata.

»Nein«, sagte Mama, »warum will ich das wissen?«

»Weil Sie denken, es könnte Ihnen etwas über mich verraten.«

»Ich weiß schon über dich«, blaffte Mama.

»Und was ist das?« fragte Immaculata, und die Luft um uns knisterte vor Gewalt.

Doch Mama machte einen Rückzieher. »Ich weiß, du lieb Max – das gut genug. Ich lieb Max – Max wie mein Sohn, richtig? Sogar Burke – auch wie mein Sohn. Hab zwei Söhne – sehr verschieden. Na und, ja?«

»Ja, wir verstehen einander«, sagte ihr Immaculata, als Mama sich zustimmend verbeugte.

»Du nenn mich ›Mama‹?« fragte die Drachendame.

»Ja. Und Sie nennen mich Mac, okay?«

»Okay«, sagte Mama, verkündete einen Burgfrieden, wenigstens wenn Max in der Nähe war.

10

Doch Max war jetzt nicht in der Nähe, also mußte ich das Geld bei Mama lassen. Keine große Sache – jedesmal wenn ich meinen Schnitt mache, lagere ich etwas davon bei Max oder Mama. Nicht daß ich etwa sonderlich sparsam bin – es ist bloß so, daß bei mir viel Zeit zwischen zwei passablen Schnitten liegt. Es machte mir nichts aus, ohne Lizenz zu arbeiten, aber ich hatte nicht vor, es ohne Netz und doppelten Boden zu versuchen.

Das letzte Mal, als ich wieder im Gefängnis war, änderte alles. Wenn du vom Staat großgezogen wurdest, denkst du nicht über dieselben Dinge nach wie die Bürger. Früher oder später findest du raus, daß Zeit Geld ist – wenn du kein Geld hast, sitzt du wieder deine Zeit ab. Die meisten Kerle, die mir unterkamen, saßen lebenslänglich auf Raten. Ein paar Jahre drin – ein paar Monate draußen.

Ich dachte, ich hätte alles kapiert, bevor ich das letzte Mal abstürzte. Bis dato hatte ich stets den Fehler gemacht, Bürger in meine Angelegenheiten einzubeziehen. Für sie und für uns gilt ein anderer Satz Spielregeln. Erstich einen Mann im Gefängnis, und du landest vielleicht für ein paar Monate im Bunker – nimm einen Schnapsladen an der Ecke aus, und du gewärtigst eine Haftstrafe, so lang wie eine Telefonnummer; vor allem, wenn du vorher schon mal dort gewesen bist.

Bis dahin hatte ich mir ein paar Dinge beigebracht, und ich wußte was Besseres, als mit Partnern zu arbeiten, die nicht dichthielten. Und ich wußte, wo das Geld war – wenn ich stehlen wollte, ohne die braven Bürger sauer auf mich zu machen, mußte ich die bösen Buben bestehlen. Damals war das Heroingeschäft fest in europäischer Hand – die Schwarzen waren bloß im Einzelhandel mit von der Partie, und die Latinos hatten ihren Zug noch nicht gemacht. Die Italiener verschoben das Gift pfundweise quer durch die Stadt, und sie waren dabei nicht sonderlich vorsichtig – sie hatten keine Konkurrenz. Max wollte die Gangster kapern, wenn das Geld die Seiten wechselte, aber das würde nicht funktionieren – die Italiener transportierten das Dope völlig unbekümmert, aber sie wurden paranoid wie der Deibel, wenn es um harte Asche ging. Zu viele Leibwächter – ich wollte einen hübschen, glatten Coup, nicht den O.K.-Corral.

Schließlich kam mir der perfekte Einfall – wir kaperten das Dope und verkauften es ihnen dann wieder zu einem vernünftigen Preis. Zuerst funktionierte es prima. Max und ich beobachteten ein paar Wochen lang ihren Verein an der King Street, bis wir sahen, wie sie es machten. Drei-, viermal im Monat fuhr ein blauer Bäckerwagen mit Nummernschildern aus Jersey an der Vordertür vor, und der Fahrer entlud abgedeckte Kuchenbleche und Metallbottiche mit Tortoni und Spumoni. Innerhalb von ein paar Stunden fuhr ein dunkelblauer Caddy draußen vor, und immer dieselben harten Burschen stiegen aus. Sie sahen sich ähnlich genug, um Zwillinge sein zu können: klein, muskulös, dichte dunkle Mähnen, die hinten etwas zu lang waren. Max und ich beobachteten, wie sie hoch zur dunkel verglasten Front des Vereins liefen. Falls ein paar von den alten Männern draußen saßen – immer trugen sie blütenweiße Hemden zu dunklen Anzughosen, auf Hochglanz polierte Schuhe, und sie redeten leise –, blieben die Burschen stehen und bekundeten ihren Respekt. Klar waren sie Muskel, aber Familienmuskel, der sich die Leiter hocharbeitete.

Die jungen Burschen gingen rein, doch sie kamen stundenlang nicht mehr raus. Das machte keinen Sinn – Jungs wie diese durften vielleicht in den Club, um einen Auftrag zu kriegen, oder zu einer besonderen Gelegenheit, aber die alten Burschen würden sie nicht bloß rumhängen lassen.

Max und ich lernten an unterschiedlichen Orten, geduldig zu sein, aber wir lernten es beide gut. Es kostete uns ein paar weitere Wochen, uns bis zur Rückseite des Clubs vorzuarbeiten und einen Fleck zu finden, wo die stetig wachsamen Blicke in jener Gegend nicht sehen konnten, was wir taten. Aber sicher – zehn Minuten, nachdem sie durch die Vordertür gingen, gingen die Muskeljungs hinten raus. Einer trug einen Koffer, der andere hielt parallel zu seinem Bein eine Pistole mit dem Lauf nach unten. Der Kerl mit dem Koffer schmiß ihn in den offenen Kofferraum einer schwarzen Chevy-Limousine, knallte den Deckel zu und kletterte hinters Steuer, während der Pistolero die Gasse überwachte. Eine Minute später zog der Chevy mit ihnen beiden auf dem Vordersitz davon.

Ich hatte damals den Plymouth noch nicht, also folgten Max und ich ihnen in einem Taxi – ich am Steuer und Max als Fahrgast. Ich hatte nichts gegen ein abschätzbares Risiko, um unschätzbar viel Geld zu machen, aber ich hatte nicht vor, Max fahren zu lassen.

Die Muskeljungs ließen sich Zeit – sie kutschierten die Houston Street hoch zum East Side Drive. Als sie die Triboro Bridge in die Bronx überquerten, warf ich Max einen fragenden Blick zu, doch der zuckte bloß die Achseln – früher oder später mußten sie nach Harlem. Aber sicher, sie umrundeten das Yankee-Stadion, fädelten sich auf den Major Deegan Expressway und nahmen die Abfahrt zur Willis Avenue Bridge. Am Ende der Abfahrtsstraße mußten sie lediglich eine flinke rechte Biege machen, und sie waren wieder über der Brücke und auf der 125th Street, dem Herzen von Harlem. Ein paar weitere Minuten, und sie parkten hinter einem Bestattungsunternehmen. Wir folgten ihnen nicht mehr weiter.

Die nächsten beiden Touren folgten derselben Route – wir mußten nur noch ein Ding auschecken, dann waren wir einsatzbereit. Wir trafen uns in Mamas Keller – ich, Max, der Prophet und der Maulwurf.

»Prof, kannst du Ausschau halten, wie sie das Zeug übergeben? Es ist hinten im Golden-Gate-Begräbnissalon an der Einundzwanzigsten«, sagte ich.

»Bei der nächsten Lieferung steht der Prof am Eck herum«, versicherte er uns.

»Maulwurf, drei Dinge brauchen wir, okay?« erklärte ich ihm und hielt drei Finger hoch, damit Max folgen konnte. »Wir müssen rasch ihr Auto stillegen, den Kofferraum aufkriegen und uns verflüchtigen.«

Der Maulwurf nickte, seine käsige Haut schimmerte im dunklen Keller. »Tigerfalle?« wollte er wissen. Er meinte eine seiner Bomben unter dem Deckel eines Einstiegsschachts – ein Knopfdruck, und die Straße tat sich auf, und der Wagen fiel in die Grube. Das würde todsicher das Auto stillegen, den Kofferraum öffnen und uns alle Zeit der Welt zum Davonlaufen geben. Es war nicht genau das, was ich im Sinn hatte – der Maulwurf hatte das Herz am rechten Fleck, aber es würde jahrelanger Therapie bedürfen, ihn zu einem bloßen Spinner zurechtzubiegen.

»Maulwurf, wir wollen sie nicht *umbringen*, okay? Ich hatte eher im Sinn, daß der Prof vielleicht für eine Sekunde ihre Aufmerksamkeit weckt und Max und ich sie an beiden Seiten packen und in die Zange nehmen – du stemmst den Kofferraum auf, greifst dir den Koffer und zerschlitzt die Hinterreifen. Wie klingt das?«

»Wie schließt der Kofferraum?« wollte der Maulwurf wissen. Ihm war alles recht.

Ich blickte rüber zum Prof und nickte – bald würden wir's wissen.

»Kannst du uns 'nen alten E-Werkslaster besorgen, Maulwurf?« fragte ich ihn.

Der Maulwurf machte ein Gesicht wie »Wer könnte nicht?« Auf ihn traf das schon zu – er wohnte auf einem Schrottplatz.

11

Als die Muskeljungs das nächste Mal an der roten Ampel hielten, bevor sie auf die Brücke nach Harlem bogen, lagen die Dinge ein bißchen anders. Der verbeulte E-Werkslaster stand mit der Schnauze am Metallfuß der Ampel und blockierte den Großteil der Kreuzung. Weich gleitend kam der Chevy zum Stehen – eine rote Ampel zu überfahren war nicht die beste Idee, wenn man einen Kofferraum voll Traumpuder rumschleppte.

Ich kletterte vom Fahrersitz, angetan mit einem E-Werks-overall, einem breiten, ledernen Werkzeuggürtel um die Taille und einem weiteren Riemen über der Schulter. Meine Augen waren mit einer blau getönten Sonnenbrille verdeckt – ein paar Minuten vorher hatte ich mir einen fetten Schnurrbart ange-picht. Die E-Werkskappe bedeckte eine dichte blonde Perücke, und die aufgestockten Absätze meiner Arbeitsstiefel ließen mich fünf Zentimeter größer wirken. Der Prof lag zu-sammengesackt vor einer Hauswand, eine Flasche T-Bird-Fusel neben sich und tot für die Welt.

Ich lief zu dem Chevy und breitete die Arme zur universel-len Entschuldigungsgeste aller öffentlich Bediensteten aus: »Was kann ich dafür?« Der Fahrer wollte sich auf keine Verzö-gerung einlassen – er drehte das Steuer mit einer Hand, um den Laster zu umschiffen: Ich konnte aus dem Weg gehen oder überfahren werden. Sein hartes Gesicht besagte, daß ihm bei-des recht war. Er hatte alles unter Kontrolle.

Dann brach die Hölle los. Ich riß die Druckknöpfe am Over-all auf und zückte die Schrotflinte, die ich an einem Ledergurt um den Hals hatte, just als der Maulwurf den Rückwärtsgang des Lasters reindrosch und aufs Gas latschte. Der Laster preschte zurück und mitten in den Kühler des Chevy, und ein Hieb von Max schaltete den Kerl auf dem Beifahrersitz aus, be-vor er sich rühren konnte. Der Prof flitzte von der Wand weg, einen Eisstichel in der Hand. Ich weiß nicht, ob der Fahrer das Zischen von den Hinterrädern hörte – alles, was er sehen konn-te, war der ihm direkt ins Gesicht starrende Doppellauf der Abgesägten.

Ich richtete die Schrotflinte ein paar Zentimeter höher, und der Fahrer kapierte das Zeichen – seine Hände verließen das Steuer nicht. Er sah den Maulwurf nicht aus dem Laster und um das Heck des Chevy gleiten – ein paar weitere Sekunden, und der Kofferraum war offen und Max hatte die Koffer.

Ich tätschelte vor mir die Luft, um dem Fahrer zu bedeuten, er sollte auf dem Vordersitz runtergehen. Sobald sich sein Kopf senkte, ballerte ich die Schrotflinte in seine Tür ab. Den zweiten Lauf feuerte ich dahin, wo eine Sekunde vorher sein Kopf gewesen war, riß dabei einen Großteil der Windschutzscheibe heraus und sprintete zu der Seite des Lagerhauses, wo das Taxi wartete. Max war am Steuer, der Maulwurf neben ihm, und der Motor lief bereits. Ich schmiß die leere Schrotflinte zum Prof auf den Rücksitz, tauchte neben ihm rein, und schon rollten wir. Jedermann wußte, was er zu tun hatte – wir waren uns ziemlich sicher, daß sie kein Auto zur Rückendeckung hatten, doch es war noch zu früh zum Relaxen. Der Maulwurf hatte seine schmuddeligen Hände tief in seinem Ranzen, und der Prof lud bereits die Flinte für mich nach.

12

Wir ließen die Koffer beim Maulwurf auf dem Schrottplatz und trennten uns. Ein paar Wochen lang rührten wir uns nicht – die Mobster waren zu sehr damit beschäftigt, einander zu ermorden, um anonyme Telefonanrufe zu beantworten. Ich weiß nicht, ob sie den Fahrer und seinen Partner abmurksten oder nicht – wahrscheinlich ließen sie sie lang genug am Leben, um sicherzugehen, daß sie die Wahrheit sagten, und begannen sich dann umzutun. Doch sie taten sich nicht außerhalb der Familie um. Ich und Max und der Prof saßen in Mamas Restaurant, als wir die Schlagzeile der *Daily News* lasen – »Gangstergrab in abgebranntem Gebäude!« Scheint so, als hätte jemand eine ganze Meute des Heroinsyndikats weggeputzt und dann das Gebäude in Brand gesteckt – die Feuerwehr hatte die Leichen ein paar Tage lang nicht entdeckt, und es dauerte ein paar weitere Tage, bis die Cops sie identifizieren konnten. Ein derart massives Umlegen klang nicht, als hinge es mit unserer kleinen Kaperfahrt zusammen, aber wir wußten nicht, wen wir fragen konnten.

Der Prof blickte von dem Blatt auf. »Für mich klingt's nach Wesleys Arbeit«, flüsterte er.

»Sag den Namen nicht noch mal«, fegte ich ihn an. Wesley war ein Kerl, mit dem wir einst gesessen hatten – wenn ich glaubte, er würde in New York operieren, würde ich nach Kalifornien gehen.

Immer wenn man eine Klau- und Kassier-Nummer durchzieht, ist der letzte Teil der schwerste. Die Ware kannst du dir leicht genug greifen – das Opfer erwartet den Zug nicht – du verschwindest einfach und läßt sie in die Röhre gucken. Aber wenn es darum geht, die Ware gegen Asche einzutauschen, kriegst du Riesenärger. Es läßt sich leicht genug machen, wenn es dir nicht drauf ankommt, einige deiner Truppen im Feld zu verlieren, doch unsere Armee war zu klein für diese Sorte Opfergang.

Wir kamen überein, zwei weitere Wochen zu warten. Mit dem Prof ging das klar. Max wirkte unglücklich. Die Arme ausbreitend fragte ich ihn: »Was sonst?« Er schüttelte bloß den Kopf. Wenn er soweit war, würde er es mir sagen.

13

Wir waren im tiefsten Keller von Mamas Restaurant und planten den Austausch. Es war einfach genug – ich würde per Telefon den Kontakt herstellten, mein Problem darlegen und darauf warten, daß sie mit der Lösung rüberkamen. Früher oder später würden sie zustimmen, einen der freiberuflichen Kuriere zu benutzen, die im Zwielicht unserer Welt arbeiteten. Diese Jungs arbeiteten für einen festen Satz, keine Prozente – vielleicht zehntausend, um eine Packung auszuhändigen und etwas zurückzubringen. Auf diese Weise konnte man alles in der Stadt herumschaffen – Gold, Diamanten, Baupläne, Blüten, was auch immer. Keiner der Kuriere gehörte zur Familie, obwohl einer Italiener war. Sie waren Ehrenmänner – Männer, denen man trauen konnte. Selbst damals gab es nur ein paar davon. Heute gibt's noch weniger. Wie auch immer, der Trick war, daß sie irgendeinen halbärschigen Plan vorschlagen sollten, der mich das Leben kosten würde, worauf ich ängstlich reagieren und einen Rückzieher machen würde. Schließlich würden sie damit ankommen, einen der Kuriere vorzuschlagen, und auf jener Liste war Max. Wir würden uns auf Max einigen, und das wär's dann. Einfach und sauber – das Heroin gegen die Asche. Ich legte es den anderen dar und rechnete ihnen vor, daß wir mit zirka fünfzig Riesen pro Nase abschnitten, wenn dies hier vorbei war.

»Nein«, sagte der Maulwurf, das teigige Gesicht im Kerzenlicht verschwommen.

Der Prof schaltete sich ein: »Burke, du weißt, was die Leute sagen – wenn es um Gift geht, spielt der Stille nicht mit.«

Und Max selbst schüttelte bloß heftig den Kopf.

Ich wußte, was der Prof meinte. Max würde alles transportieren, überall hin. Seine Liefergarantie war sein Leben. Doch jeder wußte, daß er keine Narkotika anrühren würde. Wenn er plötzlich dazu bereit wäre, würde es die bösen Buben argwöhnisch machen. Selbst wenn sie ihn wieder wegließen, müßte er ab sofort Dope-Touren machen. Egal, welche Sorte Coup wir durchzogen, wenn Max der Kurier war, war er erledigt.

Danach gab's nicht viel zu sagen. Ich sah zu, wie die Kerzenflamme Schatten auf die Wände warf, meine Pläne niederbrannte, mich ein- für allemal von dieser Pfennig- und Groschenfuchserei freizuschwimmen. Ich wollte nicht ins Dope-Geschäft einsteigen, und ich wollte das hier nicht ohne einen weiteren Versuch aufgeben.

»Prof, arbeitet dein Cousin noch beim Postamt?«

»Melvin ist 'n Lebenslänglicher – er ist abhängig von regelmäßiger Kohle.«

»Würde er 'ne Ladung für uns erledigen, wenn wir ihn bezahlen?«

»Mußt ihm 'nen schönen Batzen bezahlen, Burke – er *liebt* den Laden. Woran denkst du?«

»Ich denke, wir schicken ihnen das Zeug. Maulwurf, wieviel war in den Koffern?«

»Vierzig Kilo – zwanzig Beutel in jedem Koffer. Plastikbeutel. Verschweißt.«

»Prof, das ist auf der Straße was wert?«

»Kommt drauf an – wie rein es jetzt ist, wie oft du es vermanschen willst . . .«

»Maulwurf . . .?«

»Es ist zu neunzig, fünfundneunzig Prozent rein.«

»Prof . . .?«

»Sie könnten es wenigstens zehnmal strecken. Rechne zwanzig Riesen das Kilo, mindestens.«

»Also würden die fünf zahlen?«

»Die zahlen fünf, bloß um am Leben zu bleiben.«

»Macht zweihunderttausend, okay? Wie wär's, wenn wir denen vier Kilo schicken, okay? Keine Fragen. Bloß um unsern guten Willen zu zeigen? Und wir geben ihnen 'ne Postfachnummer und sagen ihnen, sie sollen uns das Geld für die *nächste* Rate schicken. So lassen wir das laufen, bis wir damit durch sind. Alles, womit sie uns über's Ohr haun können, ist der erste und letzte Teil, richtig?«

»Nicht gut«, sagte der Prof. »Die spüren das Fach auf, oder sie lassen ein paar Männer warten. Du weißt schon.«

»Nicht, wenn Melvin die Fracht abfängt. Er arbeitet doch noch hinten, richtig? Alles, was er machen muß, ist, ihren Pakken Geld aus dem Verkehr ziehen, sobald er aufkreuzt.«

»Melvin arbeitet keine vierundzwanzig Stunden am Tag, Mann. Er *muß* ein paar davon verpassen.«

»Na und? Wir brauchen sie nicht *alle*. Mit jedem Austausch kommen zwanzig Riesen von denen. Wenn Melvin zehn von zwanzig rausziehn kann, sind's *immer* noch fünfzig pro Nase, richtig?«

»Is 'ne wacklige Kiste, Mann. Ich mag's nicht.«

Ich wandte mich Max zu. Er hatte seinen Platz an der Mauer nicht verlassen und stand da, die muskulösen Arme verschränkt, das Gesicht ausdruckslos. Wieder schüttelte er den Kopf. Den Maulwurf zu fragen kam nicht in die Tüte. Wir waren so schlau wie am Anfang. Der Prof schaute mich an, als wäre ich von allen guten Geistern verlassen.

Ich zündete mir eine Zigarette an, zog den Rauch ein und versuchte das Chaos zu durchdenken. Das Dope zu behalten war kein Problem – der Schrottplatz des Maulwurfs war so sicher wie Mutter Teresas guter Ruf, und Heroin wird vom Rumliegen nicht ranzig –, aber wir waren das ganze Risiko eingegangen, und jetzt hatten wir nichts dafür vorzuweisen. Warten störte Max nicht, und der Prof hatte zuviel Zeit hinter Gittern abgerissen, um sich drum zu scheren. Ich beobachtete die Kerzenflamme, schaute tief in sie rein, atmete langsam und wartete auf eine Antwort.

Dann sagte der Maulwurf: »Ich kenn einen Tunnel.« Er sagte nichts weiter.

»Na und, Maulwurf?« fragte ich ihn.

»Ein U-Bahntunnel«, erklärte er, als rede er mit einem Kind, »ein U-Bahntunnel von einer stillgelegten Station hinten raus auf die Straße.«

»Maulwurf, *jeder* weiß von diesen Tunnels – im Winter schläft die Hälfte aller Penner der Stadt da unten.«

»Kein Weg rein – ein Weg raus«, sagte der Maulwurf, und langsam dämmerte mir, daß wir es noch immer durchziehen konnten.

»Zeig's mir«, bat ich ihn. Und der Maulwurf zog ein Knäuel verblaßter Baupläne aus seinem Ranzen, strich einen auf dem Boden glatt und ließ seine Taschenlampe aufleuchten, damit wir alle sehen konnten.

»Schau, hier, genau hinter der Canal Street? Du kommst durch jeden dieser Eingänge rein. Aber da ist ein *kleiner* Tunnel – er führt von der Canal bis ganz rauf zur Spring Street . . . schau«, deutete er mit einem schmuddeligen Finger auf einige schwache Linien auf dem Papier und blickte auf, als würde selbst ein Idiot wie ich ihn mittlerweile verstehen müssen.

Als er sah, daß ich noch immer nicht mitkam, zwinkerte der Maulwurf heftig mit den Augen hinter seinen dicken Gläsern. In den ganzen letzten sechs Monaten hatte er nicht soviel geredet, und es laugte ihn allmählich aus. »Wir treffen uns im Tunnel an der Canal. Wir sind zuerst da. Sie blockieren alle Ausgänge. Wir geben ihnen die Ware, und wir nehmen das Geld.

Wir gehen Richtung Westen raus . . . schau, hier . . . sie gehen Richtung Osten raus. Aber wir gehen nicht durch den Ausgang. Wir nehmen diesen kleinen Tunnel bis durch nach hier« – er fuhr die Linie entlang – »und wir kommen an der Spring Street raus.«

»Und wenn sie uns folgen?«

Der Maulwurf schenkte mir einen völlig entrüsteten Blick. Er hatte gesprochen. Er nahm seinen Ranzen, stieß ihn mit dem Stiefel von sich weg, so daß er zwischen uns stand. »Tick, tick«, sagte der Maulwurf. Sie würden uns nicht folgen.

Jetzt hatte ich es. »Wie lange würden wir brauchen, bis wir an der Spring Street sind?«

Der Maulwurf zuckte die Achseln. »Zehn Minuten, fünfzehn. Ist ein enger Tunnel. Immer nur einer. Kein Licht.«

Yeah, es konnte funktionieren. Wenn die Eingeweihten endlich merkten, daß wir an keinem der Canal-Street-Ausgänge rauskamen, mußten sie wieder reingehen und uns suchen, und bis dahin sollten wir längst weg sein. Sie würden sich denken, daß wir uns draußen verstecken und auf den Einbruch der Dunkelheit warten oder daß wir versuchen würden, zur Stoßzeit im Gedränge zu entschlüpfen. Und selbst wenn sie den Plan schnallten, lagen wir zu weit vorn.

»Es ist toll, Maulwurf!« sagte ich ihm.

Der Prof streckte die Hand aus, Fläche nach oben, um seine Glückwünsche auszusprechen. Der Maulwurf dachte, der Prof wolle die Pläne sehen, und schmiß dem Prof das ganze Bündel in den Schoß. Manchen Burschen gebricht es eben an Kultur.

Ich blickte zu Max. Er betrachtete sich das ganze Ding, doch sein Gesicht veränderte sich kein bißchen. »Was ist *jetzt* wieder falsch?« fragte ich ihn mit den Händen.

Max lief zu uns rüber, hockte sich hin, so daß sein Gesicht bloß ein paar Zentimeter neben meinem war. Er rollte den Ärmel hoch, zog einen imaginären Riemen raus und schlang ihn sich um den Bizeps . . . er nahm ein Ende in den Mund und zog ihn zusammen. Dann schob er zwei Finger in seine Armbeuge, wo die Vene raustrat, benutzte den Daumen, um den Kolben reinzudrücken, und verdrehte die Augen. Ein Junkie, der high wird. Max beobachtete aufmerksam mein Gesicht. Er faltete die Arme zur universellen Geste für »ein Baby wiegen«, dann öffnete er die Arme und ließ das Baby zu Boden fallen. Und wieder schüttelte er den Kopf. Max der Stille würde kein Dope verkaufen.

Ich deutete auf meine Uhr und breitete wieder die Arme aus. »Warum *jetzt*?« wollte ich wissen.

Max klopfte sich zweimal mit geballter Faust ans Herz und nickte ein »Ja«. Dann rieb er die Finger aneinander, um das Zeichen für »Geld« zu machen, und bewegte die Hände in atemberaubenden Tempo hin und her. Er war ein Krieger, kein Händler.

Scheiße! Völlig entrüstet warf ich die Hände hoch. Max beobachtete mein Gesicht, das eigene unbewegt wie Stein. Ich benutzte meine Hände, um die Ein-Kilo-Packungen Dope in der Luft darzustellen und legte sie aneinander, bis Max eine Vorstellung kriegte. Zwischen uns lag ein ganzer Haufen Heroin. Dann rieb ich meine ersten beiden Finger und den Daumen aneinander, wie er es zuvor getan hatte. Geld, richtig? Dann nahm ich die Hände auseinander, kreuzte sie vor der Brust und öffnete sie dabei. Das eine gegen das andere tauschen. »Wie?« wollte ich wissen.

Max lächelte sein Lächeln: bloß ein dünner weißer Strich zwischen festen Lippen. Er verbeugte sich vor dem Maulwurf und dem Prof, dann vor mir. Er machte die gleichen Gesten für Dope wie ich und ließ ihnen ein Zeichen folgen, das »etwas wegwerfen« bedeutete. Okay, wir wurden das Dope los – warfen es vielleicht in den Fluß. Und dann?

Max deutete auf die Blaupausen und nickte mit dem Kopf ein »Ja«. Wir würden das Treffen im Tunnel machen, wie der Maulwurf es wollte, nur daß wir kein Dope dabei haben würden. Wieder breitete ich die Hände für ihn aus – wie sollten wir dort mit dem Geld rauskommen? Max verbeugte sich, trat aus dem vom Kerzenschein erzeugten Lichtkreis – und verschwand. In Mamas Keller war es totenstill. Ich sah die Kerze niederbrennen, und mit ihr meine Hoffnungen, zum ersten Mal in meinem Leben einen respektablen Schnitt zu machen.

»He, Burke«, rief der Prof, »wenn Max zurückkommt, will ich, daß du ihm was von mir sagst, okay?«

»Yeah?« fragte ich ihn, zu deprimiert, um einen Scheiß drauf zu geben.

»Yeah. Du kennst doch das Zeichen für ›Gimpel‹?«

Der Prof hatte das gut drauf. Oftmals hatte er uns auf dem Gefängnishof aufgemuntert, wenn nichts los war. Diesmal erntete er nicht mal ein Lächeln.

Im Keller wurde es immer dunkler, so leise, daß ich in der Ferne das Wasser tropfen hören konnte. Ganz unvermittelt schoß der Prof schnurstracks in die Luft, als ob er von einem unsichtbaren Kran hochgehievt würde. »Laß mich runter, Blödmann!« bellte er, als seine kurzen Beine hilflos in der Luft baumelten. Max trat in den winzigen Lichtkreis, den Prof mit einer Hand an der Jacke haltend. Er öffnete die Hand, und der Prof plumpste kurzerhand zu Boden. Ich zog eine frische Kerze aus der Tasche und zündete sie an. Die Schatten flackerten an den Wänden, und die Dunkelheit zog sich ein paar Schritt weiter zurück. Jetzt verstand ich.

»Kapierst du, Maulwurf?« fragte ich.

»Ja.«

»Prof?«

»Yeah. Wir treffen sie im Tunnel, der Maulwurf legt das Licht lahm, und Max dreht sein Ding, richtig?«

»Richtig.«

Max verbeugte sich vor jedem von uns und erwartete die Anerkennung für seine überlegene Kunst der Problemlösung. Der Prof hatte recht – er *war* ein Gimpel.

»Das taugt nichts«, erklärte ich ihnen. »Es dauert zu lang. Wenn Max sie alle im Tunnel schnappt, laufen wir um unser Leben, okay? Und selbst wenn wir davonkommen, hörn die nie auf, uns zu suchen. Das läuft nicht, okay? So haben wir's nicht geplant.«

»Du meinst, so hast *du's* nicht geplant, Mann«, konterte der Prof. »Wir legten los für sehr viel Moos. Max will ihnen das Dope nicht geben, und du willst nicht auf das Geld pfeifen. Damit bleibt uns was?«

Und da kam mir die brillante Idee, die mir zwanzig Jahre im Kahn ersparte. »Maulwurf, du hast gesagt, der Stoff wäre fast pur, richtig?« Er antwortete nicht – der Maulwurf sagt nichts zweimal. »Okay, woher weißt du das?«

»Getestet«, sagte der Maulwurf.

»Getestet?«

»Heroin basiert auf Morphium. Du fügst was bei, es nimmt 'ne bestimmte Farbe an, du weißt, daß es gut ist.«

»Maulwurf«, fragte ich ihn und versuchte, keinerlei Hoffnungsschimmer durchklingen zu lassen, »kannst du es die richtige Farbe annehmen lassen, auch wenn's *kein* echtes Dope ist?«

Der Maulwurf fiel in eine seiner Trancen – in Gedanken verloren. Wir hielten alle still, wie Menschen unter einem Vulkan, der losgehen könnte. Schließlich sagte er: »Ein *bißchen* Morphinbase müßte drin sein – oder aber sie müßten für den Test den richtigen Beutel erwischen.«

»Wie weit kannst du es verschneiden, damit es beim Test noch durchgeht?«

»Weiß ich nicht . . .« sagte der Maulwurf mit ersterbender Stimme. Er zog einen Bleistift raus, so stummelig und schmierig wie er selber, und fing an, Formeln an den Rand der Baupläne zu kritzeln, der Welt entrückt.

Schließlich blickte er auf. »Wie ziehen sie den Beutel zum Testen raus?«

»Wer weiß?« beschied ich ihn und blickte rüber zum Prof, der zustimmend nickte.

»Zwei Beutel mit Purem«, sagte der Maulwurf, »sechs Beutel stark gestreckt. Der Rest überhaupt keine Morphinbase. Okay?«

»*Okay*!« beschied ich ihn. Das Grinsen des Prof spaltete die Dunkelheit. Und dann war da Max. Bevor er etwas sagen konnte, zog ich einen Packen Karten aus der Tasche, hielt sie hoch, damit er sie sehen konnte, und bedeutete ihm, näher zu den anderen zu kommen. Ich teilte vierzig Karten aus, eine für jeden Beutel Dope. Dann unterteilte ich die Karten in vier Stöße, schob einen vor jeden von ihnen und behielt einen vor mir. Ich langte rüber und nahm Max den Stoß weg, hielt ihn vor seinen Augen hoch, machte eine Bewegung, als spucke ich auf die Karten, und schmiß sie in die Dunkelheit des Kellers. Dasselbe machte ich mit dem Blatt des Maulwurfs. Und mit dem des Prof. Langsam zählte ich zwei Karten von meinem Stoß ab, dann sechs weitere – so viele, wie der Maulwurf für notwendig gehalten hatte, damit der Schwindel funktionierte. Und auch meine beiden anderen Karten warf ich weg. Ich schaute zu Max, fing seinen Blick auf, nahm dann sechs Karten von dem mir verbliebenen kleinen Stoß und riß sie in kleine Stücke. Ich warf die großen Teile weg und ließ lediglich die Schnipsel übrig – und zwei unberührte Karten.

Ein langes Abschätzen folgte. Dann nickte Max langsam, und der Handel war perfekt.

14

Ich war nur ein paar Minuten mit den Eingeweihten am Telefon. Zweihunderttausend in bar im Tausch gegen vierzig Kilo von ihrem Stoff. Ich erklärte ihnen, wo und wann. Der Gangster am Telefon lauschte geduldig – ich konnte spüren, wie er sich ersehnte, der Tod möge mich an der Strippe ereilen, doch er hielt seine Stimme ruhig. Sicher, sicher... was immer wir wollten, kein Problem ... sehr vernünftig.

Das Treffen war um Viertel nach fünf an einem Donnerstagabend. Größtes Stoßzeitgewusel, damit sie dachten, wir hätten vor, sie abzuhängen, nachdem wir abgegriffen hatten. Wir kamen die Nacht vorher kurz nach elf hin, schlugen unser Lager auf und taten, was wir alle am besten konnten – warten.

Wir warteten im Bauch des Tunnels. Die Eingeweihten mußten von Osten kommen, und sie würden von Westen her Leute im Tunnel postiert haben. Massenhaft Platz für was immer sie planten. Alles, was wir brauchten, waren ein paar Minuten zum Verduften, und ich hatte etwas bei mir, das just dies besorgen würde. Von mir aus konnten sie Godzilla in den

Schacht runter und uns hinterher hetzen – wir hatten alles verdrahtet.

Es war Punkt fünf Uhr fünfzehn, als Max mit den Fingern schnippte und nach Osten deutete. Zuerst konnte ich nichts sehen, doch dann schnappte ich einen schwachen, sich langsam in unsere Richtung bewegenden Lichtstrahl auf – von Westen, wo sie eigentlich nicht herkommen sollten. Und dann hörte ich Schritte, eine Menge Schritte, aus der richtigen Richtung kommen. Der Maulwurf stellte seinen Ranzen auf den Boden, eine Hand drin. Der Prof kippte die Hämmer an meiner Abgesägten zurück, und ich umfaßte das schlagballförmige Metallstück in meiner Jackentasche. Es ging los.

Und dann löste sich alles in seine Einzelteilen auf. »Hier spricht die Polizei!« kam eine Stimme über die Flüstertüte. »Sie sind umstellt. Lassen Sie die Waffen fallen und gehen Sie mit erhobenen Händen in Richtung meiner Stimme!«

Die elenden scheiß Maden! Warum das Risiko eingehen und sich mit Abtrünnigen abgeben, wenn sie ihr Dope zurückkriegen und gleichzeitig ihren Polizeispezis ein paar hochkarätige Festnahmen spendieren konnten?

Ich mußte sie hinhalten, Zeit zum Denken schinden.

»Woher weiß ich, daß ihr Cops seid?« rief ich in den Tunnel zurück.

»Hier spricht Captain Johnson, N.Y.P.D., Freundchen. Revier Nummer eins. Sie sind verhaftet, haben Sie kapiert? Sie haben zwei Minuten – seh ich dann keine Hände in der Luft, seh ich Blut am Boden.«

Das waren die Cops, ganz klar, und nicht die U-Bahnpolizei; nur die Blaukittel redeten so – und nur, wenn sie Publikum hatten.

Ich wandte mich meinen Brüdern zu. Es gab nichts zu diskutieren – der Maulwurf würde eingesperrt keine Stunde durchhalten. Wenn der Prof noch einmal abstürzte, behielten sie ihn für immer. Und ohne jemanden, der auf ihn aufpaßte, würde Max früher oder später einen Wärter töten. »Prof«, zischte ich ihm zu, »verzieh dich durch den kleinen Tunnel, okay? Nimm die Beutel mit dem echten Dope mit, laß mir den Rest hier. Du gehst zuerst – versichere dich, daß die Luft an der Spring Street rein ist, bevor du rausstiefelst. Der Maulwurf folgt dir. Max übernimmt die Nachhut für den Fall, daß irgendeiner an mir vorbeikommt. Du weißt, wo das Auto ist. Alles kapiert?«

»Burke«, sagte der kleine Mann, »ich bin bereit für die nächste Runde. Zeigen wir's diesen blaukittteligen Strolchen!«

»Hau ab in den Tunnel, Prof. Der Maulwurf packt's nicht ohne dich. Laß Max keinen Blödsinn machen.«

»Komm mit uns«, sagte der Maulwurf und schnappte seinen Ranzen.

»Keine Chance, Maulwurf. Das bringt uns nicht genug Zeit. Das is der Mann, Brüder, nicht der Mob. Wir können den scheiß Funk nicht abhängen. Los jetzt!«

»Was hast *du* vor?« fragte der Prof.

»Sitzen«, beschied ich ihn.

Der Prof blickte eine Sekunde lang zurück, drückte mir fest den Arm und tauchte in den Tunnel, der Maulwurf dicht hinter ihm. Übrig blieb Max. Ich deutete in den Tunnel, klopfte mir auf den Rücken, um ihm zu zeigen, daß er die anderen schützen mußte, und Max faßte sich an die Brust, machte eine Bewegung, als reiße er sich das Herz heraus, und legte seine Faust in meine offene Hand. Er mußte mir nichts erklären – ich wußte Bescheid.

Ich wandte mich in Richtung der Flüstertüte. »Ich geh nicht in den Knast zurück!« schrie ich ihnen zu. »Ich halte genau hier Gericht, versteht ihr!« Seit ich das erste Mal aus der Besserungsanstalt gekommen war, hatte ich darauf gewartet, diesen Satz benutzen zu können.

»Gib auf, Kumpel!« kam die Stimme des Cops zurück. »Du kannst nirgendwo hin.«

»Einer von euch Jungs je in 'Nam gewesen?« brüllte ich, mit jedem Wort Zeit schindend, in den Tunnelschacht.

Stille. Ich konnte Murmeln hören, aber keine Worte. Bald würden sie vorrücken. Schließlich drang eine harte Stimme durch den Tunnel zu mir. »Ich, mein Freund. Siebenundachtzigste Infanterie, Charlie-Kompanie. Willste, daß ich allein rüberkomme?«

»Yeah!« rief ich zurück. »Ich will, daß du deinen Cop-Freunden erklärst, was *das* ist!« Ich zog den metallenen Schlagball aus meiner Tasche – eine Splittergranate mit dem Stift noch drin – und lupfte ihn in den Tunnel in ihre Richtung. Ich hörte ihn an die Wände prallen, und dann wurde alles leise. Er mußte auf die Gleise gefallen sein.

»Was war das, mein Freund?« wollte mein Vietnam-Kumpel wissen.

»Knips dein Licht an und schau selber nach«, beschied ich ihn. »Aber keine Sorge – der Stift is noch drin!«

Im Schacht wurde es still wie in einer Gruft – weil sie alle dachten, daß er das geworden wäre. Ich sah Lichtschimmer auf den triefenden Wänden des Tunnels tanzen, doch von keiner Seite kam einer von ihnen näher. Dann hörte ich ein »Ach du Scheiße!«, und ich wußte, sie hatten sie gefunden.

»Ihr wißt, was das ist?« rief ich ihnen zu.

»Yeah«, klang die leidgeprüfte Stimme des Infanteristen zurück, »ich hab genug von den scheiß Dingern gesehen.«

»Willste mehr sehn, mußte bloß rüberkommen«, lud ich ihn ein. »Ich hab hier 'ne ganze Kiste rumstehn.«

Wieder Stille.

»Was willst du?« rief er rüber.

»Ich will, daß ihr Jungs aus dem Tunnel verschwindet, okay? Und ich will ein Auto voll Benzin am Rand der Canal Street. Und freies Geleit zum J.F.K. Und ich will 'nen Flieger nach Kuba. Habt ihr kapiert? Sonst macht die Linie Nummer sechs die nächsten zehn Jahre einen größeren scheiß Umweg.«

Ein anderer Cop brüllte zu mir rüber. »Ich möchte mit Ihnen reden, okay? Ich möchte drüber reden, was Sie wollen. Lassen Sie mich auf Sie zugehen. Langsam . . . okay? Meine Hände sind erhoben. Ich kann mit Ihnen nicht über dies hier reden und diesen Tunnel runterbrüllen. Okay?«

»Laß mich drüber nachdenken«, beschied ich ihn, »aber keine scheiß Tricks!«

»Keine Tricks. Bleiben Sie ganz ruhig, okay?«

Ich antwortete ihm nicht, sondern fragte mich, wo der Prof inzwischen war.

Ich zog es hinaus, solange ich konnte. Dann rief ich dem Cop zu, zittriger als ich wollte: »Bloß ein Mann, okay? Ich will den Soldat. Sag ihm, er soll allein kommen, verstanden – und *langsam*!«

Ich hörte die Schritte des Soldaten, bevor ich ihn sah. Er bog von Osten um die Kurve im Tunnel, Hemd aufgeknöpft, Hände über dem Kopf. Er war klein, stämmig und dicht am Boden. Im schwachen Licht konnte ich seine Umrisse nicht ausmachen.

»Stopp!« bellte ich ihn an.

»Okay, mein Freund. Bleib ruhig, okay? Keine Probleme, kein Grund zur Sorge. Alles, was wir tun, ist reden.«

»Ich will dir erst was zeigen«, sagte ich ihm. Ich hielt eine andere Granate in der rechten Hand hoch, wo er sie sehen konnte. Dann ergriff ich einen der Reservestifte, die ich in der Linken bei mir hatte. Ich langte zu der Granate und zog fest; meine linke Hand löste sich wieder mit dem Zusatzstift. Ich schnipste ihn dem Cop mit der Rückhand zu und lauschte, als er den Tunnel entlanghüpfte wie ein Stein, den ein Kind auf dem Wasser springen läßt. »Heb ihn auf«, sagte ich ihm.

Ich sah ihn sich bücken und rumtasten, bis er ihn hatte.

»Scheiße!« sagte er – nicht laut, aber deutlich genug.

»Jetzt weißt du, wie's ausschaut«, sagte ich ihm. »Ich sitz auf 'nem paar Dutzend von den Mistdingern, und ich hab den Stift von dem einen, das ich halte, abgezogen, okay? Hol einen von deinen scheiß Scharfschützen und laß mich mit 'nem Nachtsichtgerät umlegen, und der ganze Tunnel fliegt in den Orbit. Und jetzt, was ist mit meinem Flieger?«

»So was braucht Zeit, mein Freund. Wir können nicht einfach bloß anrufen und Sachen arrangieren.«

»Alles, was ihr gebraucht habt, um das *hier* zu arrangieren, war ein Anruf, richtig?«

»Schau, mein Freund, ich tu bloß meine Pflicht. Wie in Übersee auch. Wie du auch, richtig? Ich verstehe, wie du dich fühlst . . .«

»Nein, tust du nicht«, beschied ich ihn. »Wo hast du gekämpft?« fragte ich ihn.

»Bruder, ich weiß bloß, daß ich in scheiß Kambodscha war.
Sie haben uns in den Dschungel geschickt, und ein paar von
uns sind zurückgekommen. Du weißt ja, wie's ist.«

»Yeah, ich weiß, wie's ist. Aber ich hab meine Tour im Gefängnis abgerissen, nicht in 'Nam. Viel zu oft. Und ich geh
nicht wieder rein. Ich geh entweder nach Kuba, oder wir gehn
alle zum Deibel.«

»Hör auf!« bellte er mich an. »Gib uns 'ne Chance, das hier
hinzubiegen. Ich hab nicht gesagt, wir könnten *nichts* tun . . .
bloß daß es ein bißchen Zeit braucht, in Ordnung? Ich muß zu-
rücklaufen und mit dem Captain reden, laß ihn den Funk be-
nützen, rausrufen, du weißt schon . . .?«

»Nimm dir soviel Zeit du willst«, sagte ich zu ihm, die auf-
richtigsten Worte, die ich je an einen Cop richtete. Ich sah ihn
sich in den Tunnel zurückziehen.

Ein paar weitere Minuten verstrichen. Ich schaute herum
und checkte den Tunnel, um sicherzugehen, daß da nichts
mehr war, was meine Strafe hochtreiben konnte, als ich seine
Stimme wieder hörte.

»Kann ich wieder kommen?« rief er.

»Nur zu!« brüllte ich zurück.

Als er wieder zu der Stelle kam, wo er vorher gestanden hatte, redete er mit ruhiger, leiser Stimme, wie man sie gegenüber
Verrückten benutzt. Gut. »Alles in Arbeit, mein Freund. Wir
haben alles in die Wege geleitet, aber es wird seine Zeit brauchen, verstehst du?«

»Kein Problem«, beschied ich ihn.

»Mann, das kann *Stunden* dauern«, sagte er. »Du willst doch
nicht rumsitzen und das Ding ohne den Stift solange halten.«

»Ich hab keine Wahl«, erwiderte ich.

»Sicher hast du«, sagte er hintergründig. »Steck einfach den
Stift wieder rein. Du kannst dich genau neben die Granaten
setzen. Hörst du irgendwen kommen, oder überhaupt irgendwas, ziehst du ihn wieder raus. Okay?«

Ich sagte nichts.

»Komm schon, mein Freund. Gebrauch deinen Kopf. Du
wirst kriegen, was du willst – wir erledigen das für dich – wir

72

arbeiten zusammen. Kein Grund, dich in die Luft zu jagen, wenn du am *Gewinnen* bist, klar?«

»Wie . . . wie kann ich das?« sagte ich mit mächtig bebender Stimme. »Du hast den Stift.«

»Ich geb ihn dir wieder, mein Freund. Okay? Ich laufe hübsch langsam zu dir, okay? Hübsch langsam. Wir haben ein Stück Draht – ich wickle es um den Stift und binde ihn an meinen Gürtel, okay? Ich werfe das ganze Dinge zu dir rüber. Hübsch langsam.«

»Und du probierst nichts?« fragte ich, die Stimme voller Mißtrauen.

»Was soll denn das, mein Freund. Probieren wir was, dann jagst du uns alle hoch, richtig? Ich werd genau hier stehen – ich bin der erste, der draufgeht, okay? Ich bin nicht durch den scheiß Dschungel gelaufen, um in der U-Bahn umgebracht zu werden.«

»Gib mir eine Minute«, beschied ich ihn.

Er gab mir beinahe fünf, zog seine Nummer ab und tat, was er tun sollte. Der Cop und ich waren in exakt derselben Lage: Ich hielt für meine Brüder die Stellung, damit sie ihren Ausbruch machen konnten – und er war hundert Meter vor dem Rest seiner Jungs. Falls das hier nicht funktionierte, waren es nur er und ich, die zum Teufel gingen. Der Soldat hatte eine Menge Mumm – zu schade, daß er mit so einer lahmen Truppe arbeitete.

»Ihr besorgt wirklich den Flieger?« fragte ich ihn.

»Is alles in Arbeit«, sagte er, »du hast mein Wort. Von Soldat zu Soldat.«

Vielleicht verstand er es. Das Glück war mir hold – ein Infanterist würde alles über Granatenwirkung wissen. Wenn er in 'Nam eine Tunnelratte gewesen war, dann arbeitete sein Hirn inzwischen wie ein Flammenwerfer. Doch er tat bloß seine Pflicht. Ich ließ ihn mich überreden.

Es kostete uns weitere zehn Minuten, alles auszuarbeiten, doch schließlich kam er wieder mit dem Gürtel den Tunnel runter und pfefferte ihn sacht in meine Richtung. Im weichen Licht des Tunnels konnte ich ihn schimmern sehen. Ich langte mit spitzen Fingern danach, spürte schon das Zielfernrohr auf meinem Gesicht. Scheiß drauf – in der Hölle würde ich zuletzt lachen.

Doch sie schossen nicht.

»Ich hab ihn!« brüllte ich ihm zu.

»Genau wie versprochen«, rief er zurück.

»Ich setz ihn wieder ein«, sagte ich, und meine Hände zitterten just des rechten Hauchs von Authentizität wegen. Ich schwöre, ich konnte sie alle auf einmal aufatmen spüren, als ich wieder zurück in die Schwärze ging.

»Ich werde genau hier sitzen«, brüllte ich. »Wie ich gesagt habe. Wenn einer von euch auch nur *näher* kommt . . .«

»Alles, was du jetzt brauchst, ist Geduld, mein Freund«, sagte der Cop. »Ich setze mich genau hier drunten hin und warte mit dir.« Und beides traf zu.

15

Es dauerte stundenlang. Ich kannte das Spiel – der Soldat kam immer wieder den Tunnel lang, um mit mir zu reden, mir zu versichern, daß alles okay sei, mich zu fragen, ob ich ein paar Zigaretten wollte, Kaffee, irgendwas – und wartete, daß ich schläfrig wurde. Sie hatten alle Zeit der Welt.

Es war weit nach Mitternacht. Entweder hatten es meine Leute geschafft oder nicht. Ich hatte Ringe vor den Augen, die jedesmal hüpften, wenn die Cops an ihrem Ende ein Geräusch machten. Ich trinke keinen Kaffee, doch ich wußte, was in dem Kaffee sein würde, den sie mir ständig anboten, also sagte ich schließlich ja.

Der Soldat brachte mir zwei Styropor-Becher auf einem Tablett runter, ließ es auf halbem Weg stehen, drehte sich um und ging zurück. Ich sagte ihnen, es wäre nicht nah genug, also brachte er es noch näher.

Er zog seine Nummer ab. »Nimm einen, mein Freund. Der andere ist für mich.« Es war egal, welchen ich nahm – sie würden den Cop so voll Aufputschmittel gepumpt haben, daß ich sowieso vor ihm wegsacken würde. Ich riß den Deckel von dem einen, den ich genommen hatte, und trank ihn wie ein Gierhals alle. Noch bevor ich den Becher vom Mund nehmen konnte, traf mich die Droge wie ein Hammerschlag. Ich erinnere mich, daß ich, just bevor ich wegsackte, dachte, wie ich nicht mal die Prügel spüren würde, die mir bevorstanden.

16

Also ging ich zurück ins Gefängnis, doch nur wegen Sprengstoffbesitz. Der Besitz von zweiunddreißig Kilo Zucker und Chinin verstößt nicht gegen das Gesetz. Und sogar Blumberg, der Rechtsanwalt, verstand etwas aus der Tatsache zu machen, daß ich zum Zeitpunkt meiner Festnahme bedröhnt und bewußtlos war, so daß sie mir nicht zu hart an den Karren fuhren.

Ich war nicht mehr als eine Woche unter dem Volk, bevor mich einer von Julios Gorillas fragte, wo ich das Heroin verstaut hätte. Ich erklärte ihm, ich wüßte nicht, wovon er redete – soweit ich wußte, hatten die Cops den Stoff. Und überhaupt, erklärte ich ihm, wäre ich sowieso nicht der gewesen, der den Stoff zuallererst aufgerissen hätte. Irgendein Kerl hätte mich kontaktiert – mir fünfzig Riesen geboten, wenn ich den Austausch besorgte.

Ein weiterer Mann kam mich wegen des Dope im Gefängnis besuchen, doch dieser Kerl kam durch den Haupteingang. Als mir der Bulle mitteilte, daß mein Anwalt da wäre und mich sehen wollte, wußte ich, etwas war faul – Blumberg würde den Trip nach Auburn nicht mal machen, wenn ich ihn für meine Vertretung vor Gericht bezahlt hätte. Diese Kerl war ganz Nadelstreifen und alter Schulbinder, mit einer hübschen Lederaktentasche und einem goldenen Ehering, passend zu seiner Rolex. Der neue Wurf Mob-Anwälte, obwohl ich das damals nicht wußte. Er gab nicht einmal vor, mich zu vertreten

– er kam als Richter und Geschworener zugleich, und bei dieser Verhandlung ging es um mein Leben.

Okay – ich war bereit. Wir gingen die Sache zigmal durch. Er ließ mich meine Geschichte außer Zusammenhang erzählen, tat sein Bestes, mich aufs Glatteis zu führen – es lief immer auf dasselbe hinaus. Doch langsam kriegte er ein paar mehr Einzelheiten aus mir raus. »Erzählen Sie mir noch einmal von diesem Kerl, der an Sie herangetreten ist.«

»Hab ich Ihnen schon erzählt«, sagte ich. »Zirka dreißig Jahre alt, lange Haare, fast wie 'n Hippie, dreckige Armeejacke. Er hatte eine Knarre im Schulterhalfter – scherte sich nicht drum, ob ich sie gesehn hab oder nicht. Hat gesagt, sein Name wär Smith.«

»Und er sagte Ihnen . . .?«

»Er hat mir gesagt, er hätte diesen Stoff, klar? Und er gehört Ihren Leuten, okay? Und ich sollte Vorbereitungen treffen, ihn für zweihundert Riesen zurückzuverkaufen. Und alles, was ich ihm zu geben hätte, wärn einsfuffzig – der Rest wäre für mich.«

»Dachten Sie, er habe es gestohlen?«

»Ich hab nicht gewußt, *wie* er's gekriegt hat, klar? Was ging's mich an? Ich konnte mir denken, daß der alte Mann froh sein würde, seinen Stoff zurückzukriegen – ich würde große Münze machen, alles wäre paletti, klar?«

»Haben Sie diese ›Smith‹-Figur wiedergesehen?«

»Er is nicht bei meiner Verhandlung aufgekreuzt, das is mal arschklar.«

»Mr. Burke, denken Sie jetzt zurück. Gibt es *irgend etwas* an diesem Kerl, das uns helfen würde, ihn zu finden?«

»Ham Sie Bilder, die ich mir anschauen könnte? Vielleicht isser einer von Ihren eigenen . . .«

»Ist er nicht«, schnauzte der Anwalt.

»Yeah, ich schätze, Sie ham recht«, gestand ich zu. »Er war einer von diesen Hanseln, wissen Sie? 'ne echte Macke.«

»Ein ›Hansel‹?«

»Yeah, wie einer von den Kerlen, die Wachschutzkarten rumschleppen und so tun, als wärn sie Freizeit-Cops und Scheiß. Sie wissen, was ich meine.«

Seine Augen flackerten bloß eine Sekunde lang, aber ich hatte darauf aufgepaßt. »Wieso denken Sie, daß dieses Individuum zu dieser Kategorie gehörte?«

»Tja«, sagte ich langsam, »eigentlich zwei Sachen. Außer dem Schulterhalfter hatte er 'ne weitere Waffe an den Knöchel geschnallt. Und als er in seine Brieftasche gelangt hat, um mit dem Vorschuß rauszurücken, den ich wollte ... für das Nötigste ... hab ich die Goldmarke gesehn. Ich schätz, es war einer dieser Ehrenplaketten, die einem die Cops geben, wenn man irgendeine Spende macht.«

Der Anwalt bohrte eine weitere Stunde oder so rum, doch er war nicht mit dem Herz dabei. Drei Wochen später las ich in der *Daily News*, wie ein Undercover-Drogenagent in East Harlem getötet wurde. Viermal ins Gesicht geschossen, doch sie ließen sein Geld in Ruhe. Nur seine goldene Marke fehlte.

17

Doch das ist Jahre her. Heute ließ ich sieben Riesen bei Mama. Max würde wissen, daß fünf für ihn waren, und er würde den Rest für mich aufheben. Mir fehlte die Zeit für Mamas endlosen Nonsens von wegen Max, doch ich hatte Zeit zum Essen, bevor ich zum Umziehen zurück ins Büro ging. Ich mußte diesen Nachmittag vor Gericht erscheinen, und ich wollte mich von meiner besten Seite zeigen.

Obwohl es bloß ein Prüfungstermin war, ging ich normalerweise nicht zur Strafkammer. Es gab keine Chance, so zu tun, als hätte ich eine Privatermittlungslizenz, und selbst ein fliegengewichtiger Advokat hätte bei der Frage, wo ich zwölf Jahre meines Lebens verbracht hätte, sein inneres Privatvolksfest. Trotzdem ich massenhaft vor Zivilkammern bezeuge – Ehescheidungen und solcher Müll. Und ich bin eine Masse ehrlicher als die Anwälte: Ich verlange einen glatten Satz für Meineid, keinen Stundenlohn. Doch dies war ein Sonderfall.

Es begann vor der Familienkammer, als diese Frau reinkam,

um gesetzlichen Schutz vor ihrem Mann zu kriegen. Scheint, als zeigten sie in der Schule einen Film über Kindsmißbrauch, und eine ihrer Töchter fing an zu weinen, und die ganze schmutzige Geschichte kam raus. Jedenfalls kriegte sie eine gerichtliche Verfügung, und er sollte das Haus verlassen; doch er kommt augenblicklich wieder rein und fängt an, das Kind anzuschreien, daß die ganze Sache seine Schuld wäre und daß es ins Waisenhaus gehen müßte und solches Zeug. Und das arme kleine Ding dreht nichts als durch – sie war erst zehn Jahre alt –, und sie bringen sie in diese psychiatrische Klinik, und sie ist immer noch dort. Der Schleimklumpen haut natürlich ab, und die Frau heuerte mich, um ihn zu finden. Es dauerte nur ein paar Tage. Ich warf zwei Groschen in ein Münztelefon, und die Fahndungsjungs griffen ihn auf.

Meistens würde die Staatsanwaltschaft nicht im Traum dran denken, einen solchen Kerl zu verfolgen. Sie haben mehr Ausreden als Richard Nixon: Der Kerl ist der Familienernährer, die Verhandlung wäre zu hart für das Kind, lauter solcher Müll. Der Grund dahinter ist, daß sie sich ihre geheiligten Verurteilungsraten nicht versauen wollen – die meisten dieser familieninternen Sexualverbrechen werden nur verfolgt, wenn der Tatverdächtige gesteht, und selbst dann überarbeitet sich die Staatsanwaltschaft deswegen nicht. Schließlich ist die Familie Amerikas Grundfeste.

Doch endlich bildeten sie diese neue Einheit, Städtisches Amt für Sonderfälle. Es soll sich um alle Verbrechen gegen Kinder kümmern, vor allen Kammern. Ich hörte, daß es der Staatsanwalt in diesem Fall wirklich wissen wollte, und ich wollte es selbst miterleben.

Ich lief in vollem Wichs auf: dunkelblauer Nadelgestreifter, weißes Hemd, dunkelroter Schlips, glänzend schwarze Schuhe – sogar ein Attachékoffer. Ich trug keine Knarre – im Obersten Gerichtshof benutzen sie Metalldetektoren am Eingang, weil sich irgendein politisch überdrehter Richter über die gefährlichen Radikalen beschwerte, die seinen Gerichtssaal stürmen und es mit den Wächtern ausschießen könnten. Das passiert vor dem Obersten Gerichtshof zirka alle heilige Unzeit, aber man kann nicht vorsichtig genug sein. Auf der anderen Seite trägt in der Familienkammer, genau über der Straße, jede prozeßbeteiligte Person irgendeine Waffe, und Gewalt ist eine alltägliche Sache, doch es gibt keine Metalldetektoren. Das ist New York – selbst die *Namen* der Kammern sind völliger Bockmist, die niedrigste Kammer ist der Oberste Gerichtshof, und der Ort, wo sie mißhandelte Kinder in Monster verwandeln, ist die ›Familien‹-Kammer. In dieser Stadt bedeutet der Schein mehr als das Sein.

Den stellvertretenden Bezirksstaatsanwalt hatte ich nie zuvor gesehen – eine große Brünette mit einer weißen Strähne in ihrer dicken Mähne zurückgekämmten Haares; sie trug ein graues Seidenkleid und eine Perlenkette. Sie hatte ein niedliches Gesicht, doch ihre Augen waren kalt. Sie war nicht von der Filiale Manhattan – ich schätze, sie schickten sie rüber, weil sie drüben in Queens einen weiteren Fall gegen denselben Typen erledigte oder so was. Die Justizbeamten schienen sie alle zu kennen, also schätze ich, sie war eine Prozeßveteranin – das sind die einzigen, an die sie sich erinnern.

Ich saß in der vorderen Reihe – die nur den Anwälten zusteht. Niemand fragte mich nach irgendwas – tun sie nie.

Der Verteidiger war ein wahres Kunstwerk. Sein Haarschnitt kostete mehr als mein Anzug, und von überall blitzten Diamanten. Es sah aus, als ginge es nur um die Kautionsfeststellung, und der Anwalt hatte eine lange Liste von Gründen, warum sein Mann wieder auf freien Fuß gesetzt werden sollte – sein Mandant hatte Arbeit, einziger Broterwerb der Familie, aktiv im Nachwuchssport . . . und solches Zeug. Der sah aus wie ein Frettchen. Sein Blick schnellte quer durch den Gerichtssaal – schnappte meinen auf, und senkte sich. Seine Frau war nicht mal da.

Die einzige Person, die ich kannte, war der Gerichtsschreiber – der Kerl, der alles, was sie sagen, auf einer dieser Maschinen festhält, die kein Geräusch erzeugen. Er war ein langer Bursche mit großen Händen, der über seiner Maschine hing. Er war etwa zur selben Zeit, als ich das letzte Mal ins Gefängnis ging, nach Vietnam gegangen, und es hatte ihn erledigt. Ich hatte ihn oftmals beobachtet, und er hatte nie eine Miene verzogen, egal, was vor sich ging. Ich fragte ihn einmal deswegen, und er erklärte mir, der Gerichtssaal wäre dasselbe wie 'Nam – nur daß sie es mit Worten statt mit Kugeln machten.

Der Streit ging immer weiter, und dann machte der Verteidiger einen Fehler. Er holte seinen Klienten in den Zeugenstand, weil er sich dachte, die lange Liste gesellschaftlicher Kontakte des Kerls würde den Richter rüberziehen. Und sie hätte es auch, bis die Staatsanwältin ihren Schlag anbrachte.

Sie stand an ihrem Tisch auf und begann die Kröte mit sanfter Stimme zu befragen, bloß Hintergrundfragen zu seinem Job und wo er gewohnt habe, während er auf die Verhandlung wartete – solchen Müll. Sie durchwühlte einige Papiere auf dem Tisch, als ob sie nicht wüßte, was sie noch fragen sollte; dann ging sie einen Schritt näher. »Angeklagter, haben Sie am fünfundzwanzigsten April das Haus Ihrer Frau betreten?«

»Es ist *mein* Haus«, griente die Kröte, »ich hab's bezahlt . . . ich bezahl *immer noch* die Hypothek dafür.«

»Einspruch, Euer Ehren«, sagte der Verteidiger. »Was hat das mit einem Kautionsfeststellungsantrag zu tun?«

»Es hat mit Glaubwürdigkeit zu tun«, schoß die Staatsanwältin zurück. Dann schenkte sie dem Verteidiger eine leichte Verbeugung und wandte sich an das Gericht: »Ich verspreche, eine Verbindung zu dem dieser Kammer vorliegenden Tatbestand herzustellen, Euer Ehren, und ich werde mich einer Bemühung der Verteidigung, die Aussage zu streichen, nicht widersetzen, falls mir dies nicht gelingt.«

Der Richter versuchte so auszusehen, als denke er drüber nach, schielte rüber zu seinem Beisitzer (in New York nennen sie sie ›Justizsekretäre‹ – sie sind sämtlich politische Kandidaten, und sie machen mehr Geld als die Richter in den »niederen« Kammern), schnappte das Signal auf und sagte: »Fahren Sie fort, Frau Anwältin«, just wie im Fernsehen.

»Würden Sie meine Frage beantworten, Angeklagter?« fragte die Staatsanwältin.

Da verfiel er in seine Leier. »Ja, ich habe *mein* Haus betreten, mit *meinem* Schlüssel. Natürlich hab ich das.«

»Und sprachen sie seinerzeit mit Ihrem Kind Marcy, Ange-klagter?«

»Es war kein Gespräch. Ich hab bloß gesagt, sie hätte mit all diesen Lügen eine Menge Ärger angerichtet. Schaun Sie, wenn sie ihr in der Schule nicht diesen blöden Film gezeigt . . .«

»Keine weiteren Fragen«, versetzte die Staatsanwältin und ließ jedermann im Gerichtssaal rätselraten.

»Sie dürfen Platz nehmen«, sagte der Richter zu der Kröte. Dann wandte er sich an die Staatsanwältin.

»Junge Frau, ich verstehe den Sinn Ihrer Befragung nicht. Falls Sie keine Verbindung . . .«

»Mein Name ist Miss Wolfe, Herr Richter, oder Sie können mich als stellvertretender Bezirksstaatsanwalt bezeichnen«, sagte sie mit sanfter Stimme.

Der Richter lächelte und ließ ihr ihren Willen, und der Ver-teidiger rieb sich die Hände. Sie waren schlechte Zuhörer – die Dame war ruhig, nicht weich. Man konnte sehen, daß sie ein Profi war. Da war Stahl drinnen, doch sie hatte nicht vor, ihre Zeit zu verschwenden und es zu zeigen, wenn keine Geschwo-renen dabei waren. »Nun gut, *Miss* Wolfe«, sagte der Richter sehr betont, damit die im Parkett herumhängenden Asozialen seinen beißenden Spott nicht verpaßten, »das Gericht wartet *noch immer* darauf, daß Sie die Verbindung herstellen.«

»Ja, Euer Ehren«, sagte sie, und ihre Stimme wurde härter, »ich habe hier die beglaubigte Anordnung auf gesetzlichen Schutz, unterzeichnet von Richter Berkowitz von der Fami-lienkammer. Zu den Anordnungen und Bedingungen gehört, daß dieser Angeklagte dem Haus und der Person des Opfers fernbleibt.«

»Bringen Sie mir das bitte«, sagte der Richter zu einem der Gerichtsbediensteten.

Er überflog die beiden Blatt Papier und wirkte verwirrter denn je. Er konnte nicht erkennen, worauf die Staatsanwältin aus war, und die Verteidigung konnte das ebensowenig. Der Anwalt der Kröte bellte los: »Der Zusammenhang, Euer Ehren?« Der Richter blickte runter zur Staatsanwältin, er lä-chelte nicht mehr, wartete auf ihre Entgegnung.

»Euer Ehren, der Angeklagte hat eben unter Eid zugegeben, daß er eine Auflage der Familienkammer verletzt hat. Er hat ferner gestanden, daß diese Rechtsverletzung willentlich geschah, daß er vorsätzlich handelte, und daß er keinen außerordentlichen Grund dafür hatte. Demnach kann er, gemäß Familienstrafordnung, Paragraph 1072, Unterparagraph B, zu einer Haftstrafe von nicht unter sechs Monaten verurteilt werden.«

Der Verteidiger wachte endlich auf – und es war kein Kaffee, den er roch. »Euer Ehren, dies hat nicht das Geringste mit der Frage der Kaution in einem Strafverfahren zu tun. Die Staatsanwaltschaft bezieht sich auf eine Familienkammersache – jenes Gericht hat nichts mit einer Kaution hier zu tun.«

Die Staatsanwältin sprach einfach weiter, als ob sie die Unterbrechung nicht gehört hätte. »Das Gericht hat bereits Beweise dafür gehört, daß der Angeklagte floh, als er anfänglich von der Familienkammer belangt wurde. Tatsächlich wurde er entdeckt, als er unter einem angenommenen Namen in einem Hotel hier in der Stadt wohnte. Der Zweck einer Kaution ist es, die Anwesenheit eines Angeklagten bei der Verhandlung sicherzustellen. In diesem Fall, und angesichts des vorherigen Verhaltens des Angeklagten und der unbestreitbaren Tatsache, daß er eine Haftstrafe durch ein anderes Gericht zu gewärtigen hat, fordert das allgemeine Rechtsempfinden, daß jeder Antrag auf Kautionsstellung abgelehnt und der Angeklagte bis zur Verhandlung in Verwahrung bleibt.«

Die Kröte sah aus, als hätte sie einen Körpertreffer eingesteckt – eine Verwahrung hieß, daß er ein paar Monate lang im Gefängnis sitzen würde, egal, wie es die Strafkammer hindrehte. Doch sein Anwalt war noch nicht fertig.

»Euer Ehren, die Bezirksstaatsanwältin fordert eine *Verwahrung*! Das wäre ein Hohn auf die Gerechtigkeit, angesichts einer Person ohne jede Vorstrafe, bemerkenswerten Wurzeln in der Gemeinschaft und, so möchte ich hinzufügen, besten Erwartungen in der Sache selbst, wenn es zur Verhandlung kommt. Es ist nicht so, daß er des Mordes beschuldigt wird . . .«

Der Kopf der Staatsanwältin zuckte zurück – ein alter

Anwaltstrick – und lenkte alle Blicke im Gerichtssaal auf sie.

»Er *ist* der Vergewaltigung beschuldigt, des Inzests und des sexuellen Mißbrauchs, Euer Ehren. Er *hat* sich der Jurisdiktion dieses Gerichts entzogen. Und er *hat* vor eben diesem Gericht gestanden, daß er gegen eine bestehende Schutzauflage verstoßen hat.«

»Herr Richter, das war die *Familien*kammer!« plärrte der Verteidiger, seinen besten Schlag austeilend.

Er war nicht gut genug. Die Staatsanwältin legte einen dunklen Unterton in ihre weiche Stimme – er drang bis hinten im Saal durch. »Sicherlich sind Euer Ehren nicht der Ansicht, daß der Auflage eines Gerichts mehr Gewicht zukommt als der Auflage eines anderen? Ein Angeklagter, der die gesetzliche Anordnung eines Gerichts mit Füßen tritt, hat seinen wahren Charakter und seine grundlegende Mißachtung des Gesetzes offenbart. Falls dieses Gericht diesem Angeklagten eine Kaution zubilligt, wird es ihm erst recht ein *Motiv* zur Flucht geben. Er wird vor diesem Gericht nur *beschuldigt* – er steht vor einem anderen kurz vor der Verurteilung, nicht nur zum Schutze des betroffenen Opfers und zum Schutze der Gemeinschaft im Allgemeinen, sondern um der Familienkammer die Möglichkeit zu geben, ein Urteil zu fällen, wie es dem Gesetzesverstoß angemessen ist. Falls Kaution zugebilligt wird und der Angeklagte flieht«, und da hielt sie inne, um es ordentlich einwirken zu lassen, »wird das Kind gewiß in Gefahr sein. Dieses Gericht sollte keine solche Gelegenheit ermöglichen.«

»Das ist lächerlich, Euer Ehren«, schoß der Verteidiger zurück. »Miss Wolfe kann nicht wissen, was mein Klient im Sinn hat!«

»Das *brauche* ich nicht, oder?« fragte Wolfe. Die Botschaft war klar.

Jetzt hatte sie den Richter. Hilfesuchend blickte er im Saal herum. Ich gedachte, ihm welche zu geben – ich zückte einen Berichterstatterblock und fing an, drauflos zu kritzeln. Er blickte genauer hin und versuchte rauszukriegen, wer ich war, oder für welches Blatt ich arbeitete – und dann entschied er, kein Risiko eingehen zu können.

»Der Angeklagte wird bis zur Überstellung an die Familienkammer verwahrt. Falls von diesem Gericht kein Urteil gefällt wird, wird er zur Beibringung zusätzlicher Argumente für eine Kaution wieder mir vorgeführt werden.«

Die Kröte wirkte erledigt. Zur Rückversicherung blickte er zu seinem Anwalt, hörte zu, während ihm der Anwalt erklärte, er ginge schnurstracks zur Familienkammer, und kam dann zittrig auf die Beine. Die Gerichtsbediensteten huben an, ihn in Verwahrung zu nehmen, und kamen genau am Platz des Gerichtsschreibers vorbei. Der Gerichtsschreiber blickte von seiner Maschine hoch. Sein im Kampf erstorbener Blick schnappte den des Freaks auf. Ohne den Versuch zu unternehmen, seine Stimme zu senken, gab der Gerichtsschreiber den Bediensteten einen Rat.

»Nehmt ihm den Gürtel nicht weg«, sagte er, stand vom Stuhl auf und lief nach hinten, bevor der Verteidiger die Chance hatte zu protestieren.

Sie führten die Kröte weg. Der Verteidiger ging rüber zum Tisch der Staatsanwältin und bereitete sich auf das Machenwir-'nen-Deal-Spielchen vor.

»Miss Wolfe?«

»Ja?«

»Äh . . . ich nehme an, Sie gehen deswegen persönlich vor die Familienkammer?«

»Ja – und zwar sofort.«

»Nun, ich auch. Kann ich Sie mitnehmen?«

»Nein, vielen Dank«, beschied sie ihn mit derselben ruhigen Stimme und stopfte Papiere in ihre Aktentasche.

»Sie haben hierbei nichts zu gewinnen, wissen Sie«, erklärte er ihr. Wolfe stand auf, Hände in den Hüften, und starrte ihn nieder. Sie machte das nicht zum ersten Mal. »Sie meinen, ich kann hier nicht *verlieren*, oder, Herr Rechtsanwalt? Dies ist ein Kampf über fünfzehn Runden, und ihr Mann muß jede Runde gewinnen. Gewinnen Sie diese Verteidigung – wird er's wieder tun, und ich bekomme eine weitere Chance. Früher oder später schicke ich ihn zum Auszählen nieder. Und wenn er zu Boden geht, geht er schwer zu Boden.«

Der Verteidiger öffnete den Mund, doch nichts kam raus. Sie lief an ihm vorbei zur Pforte, die den Vorraum des Gerichtssaals von den Zuhörern trennt, nickte den Bediensteten zu, die die Tür für sie aufdrückten, und lief Richtung Ausgang. Ihr Körper wiegte sanft in dem Seidenkleid, und ihre Absätze klackten auf dem Boden. Ich konnte ihr Parfüm in der Luft riechen. Ein seltenes Juwel, das war sie – niemals schöner, als wenn sie ihre Arbeit tat. Wie Flood.

18

Ich kam vor Wolfe unten an. Ich wußte, wo sie geparkt hatte, und wartete. Das Klacken ihrer Absätze hallte den Korridor runter, just bevor sie an der Baxter Street, hinter dem Gerichtsgebäude, ins Sonnenlicht trat. Ich wollte sie nicht erschrecken, also ging ich sicher, daß sie mich in Sichtweite hatte, bevor ich irgend etwas sagte.

»Miss Wolfe?«

»Ja«, erwiderte sie in genau demselben neutralen Ton, den sie bei dem Verteidiger benutzt hatte.

Nun, da ich ihre Aufmerksamkeit hatte, wußte ich nicht, was ich sagen sollte. »Ich . . . wollte Ihnen bloß mitteilen, daß ich die Art bewundere, wie Sie sich im Gerichtssaal gehalten haben.«

»Vielen Dank«, sagte sie, entließ mich damit und wandte sich zum Gehen.

Ich wollte wieder mit ihr reden, irgendwie Kontakt zu ihr herstellen – sie wissen lassen, daß wir auf derselben Seite waren –, doch nichts kam raus. Ich habe nicht viele Freunde bei der Strafverfolgung.

»Darf ich Sie zu Ihrem Auto begleiten?« fragte ich sie.

Sie schenkte mir ein kurzes Aufblitzen ihres Lächelns. »Das ist nicht nötig – es sind nur ein paar Schritte.«

»Tja«, zuckte ich die Achseln, »in der Gegend . . .«

»Das ist kein Problem«, sagte sie, und ich schnappte den matten Glanz des breiten Silberreifs an ihrer linken Hand auf.

Ich wußte, was es war – ein Zwirnschneidering, die Sorte mit einem gekrümmten Rasierer auf der anderen Seite. Die Jungs in den Zwirnfabriken lassen den Faden durch die Hand laufen und pressen den Ring bloß gegen die Schnur, wenn sie sie abschneiden wollen. Drückt man eines dieser Dinger einem Typen ins Gesicht, hat man danach seine Nase in der Hand.

»Sie denken, dieser Ring hält die Banditen fern?« fragte ich sie.

Sie sah mich zum ersten Mal näher an, schien sich über etwas eine Meinung zu bilden.

»Ich weiß Ihre Besorgtheit zu schätzen, Mr. . . .?«

»Burke«, sagte ich ihr.

»Oh, ja. Ich habe von Ihnen gehört . . .«

»War es eine gute Referenz?«

»Ganz gut – Toby Ringer sagte, Sie kämpfen in einer Klasse für sich. Und daß Sie ihm in manchen Fällen halfen.«

»Vielleicht könnte ich Ihnen helfen.«

»Das glaube ich nicht, Mr. Burke. Toby sagte ferner, sie arbeiten zu oft auf der anderen Seite der Straße.«

»Nicht wenn es um Freaks geht«, sagte ich ihr.

»Ich weiß«, sagte Wolfe und schenkte mir dabei nur den Hauch dessen, was meines Wissens nach ein wunderhübsches Lächeln sein konnte – für jemand anderen.

»Ich war es, der den Drecksack gefunden hat, den Sie grad reingeschickt haben, richtig? Denken Sie, die Fahndungsjungs haben ihn aufgetan?«

»Nein«, gestand sie ein, »doch dieser Fall ist erledigt.«

Wir gingen langsam zu ihrem Auto – eine matte, blaßblaue Audi-Limousine. Der Parkplatz war mit Sonnenlicht überflutet, doch die Späher waren da. Ein Profi würde niemanden auf dem Parkplatz der Staatsanwaltschaft anzufallen versuchen, aber ein Junkie schon.

»Da ist mein Auto«, sagte Wolfe und langte in ihre Handtasche nach den Schlüsseln. Ich trat vor sie, als wollte ich ihr die Tür aufhalten – und ein massiges, dunkles Gebilde schoß vom Rücksitz hoch. Sein mächtiger Kopf war ein schwarzer Kloben, gespickt mit schimmernden Haifischzähnen. Ein Rottweiler – ein guter Schoßhund, wenn man King Kong war. Sie sehen aus, als ob ein verrückter Wissenschaftler einen Dobermann genommen, ihm Anabolika gespritzt und sein Gesicht mit einem Vorschlaghammer eingedellt hat. Ich erstarrte, wo ich war – diese Lady hier brauchte kein Geleit.

Wolfe öffnete die Tür, und der Rottweiler warf sich vorwärts. »Bruiser! Sitz!« schnauzte sie, und das Biest zog sich widerwillig zurück und ließ sie rein. Sie wandte sich mir über die Schulter zu. »Mr. Burke, falls Sie je einen Fall bekommen, der mich interessieren könnte, rufen Sie mich an, okay?«

Ich war entlassen. Ich verbeugte mich vor ihr und dem Rottweiler, berührte meine Hutkrempe und zog mich zurück, wo ich hingehörte. Das mächtige Vieh heftete seinen Killerblick durch das Rückfenster auf mich, als der Audi davonzog.

19

Ich machte mich auf die Socken, zurück durch die Marmorflure der Strafkammer, und dachte meine Gedanken. Wolfe erinnerte mich an Flood – der Rottweiler ebenso.

Es war Ende März, doch die Sonne hämmerte bereits auf die Eingangstreppe des Gerichts runter. Vielleicht ein richtiger Sommer dieses Jahr, nicht die leere Versprechung, die wir die letzten Wochen kriegten – die Sonne schien zwar, doch die Kälte war genauso da. Nur Stadtmenschen hassen die Kälte wirklich. In der Stadt kriecht sie einem in die Knochen und läßt das Mark gefrieren. Auf dem Land sitzen die Leute um ihre Kamine und blicken auf das weiße Zeug draußen – sagen, wie schön es ist und wie sauber es aussieht. In der Stadt ist der Schnee nie sauber. Hier sterben die Leute, wenn sich die Frostkralle senkt – wenn sie die Kälte nicht kriegt, tun es die Feuer, die sie zum Warmhalten anzünden.

Ich langte in die Tasche nach einer Kippe und blickte über den Parkplatz zur anderen Straßenseite, wo ich meinen Plymouth abgestellt hatte. Ein schwarzer Kerl mit rasiertem Kopf, prächtig aufgemacht mit einem neon-orangen Muscle-Shirt mit passendem Schweißband, fing meinen Blick auf. »Haste 'ne Zigarette, Kumpel?« fragte er.

Wenigstens nannte er mich nicht ›Bruder‹. Als ich in den späten Sechzigern aus dem Gefängnis kam, war dieser Bockmist an der Tagesordnung. Ein Ex-Knacki zu sein war nie die beste aller Referenzen, doch damals war es wenigstens ein garantierter Freibrief bei den Mädchen. Und das Village war voll davon – wahllos sogen sie jeden Fetzen revolutionärer Rhetorik auf wie ein marihuanabetriebener Staubsauger.

Ich hatte damals ein gutes Auskommen. Alles, was du brauchtest, waren einige echte Drittwelt-Leute an der Hand, und du konntest die Kohle schneller ziehen als Bruder Billy – indem du Hippiewichsern erklärtest, daß du dabei wärst, eine revolutionäre Tat zu finanzieren, einen Bankraub etwa. Im Village war Hochsaison. Besser als an der Lower East Side. Die Hippies, die da drüben lebten, glaubten, sie leisteten mit ihrer Paktiererei und Planerei und ihren halbärschigen Bomben und Briefen an die Redaktionen einen Beitrag. Sie waren zu beschäftigt, die Unterdrückten zu organisieren, um den Wert von Kohletransaktionen zu erkennen, doch sie wußten nie, wo man Sprengstoff kaufte, also machte ich auch mit ihnen Geschäfte. Gut, daß sie nie die Bank von Amerika mit dem Backpulver auszunehmen versuchten, das ich ihnen verkaufte.

So kam ich dazu, vermißte Kids zu suchen. Auf den Straßen mag es »Love & Peace« gewesen sein, doch die Hinterhöfe waren voller Wölfe. Die schlimmsten Tiere fraßen nicht bloß zum Überleben – sie taten es aus Spaß. Also stöberte ich ein paar Kids auf und zerrte sie heim. Für Geld. Ab und zu versuchte einer der Wölfe, seine Beute festzuhalten. Also machte ich einiges Geld und machte mir einige Feinde. Das Geld brauchte ich vor langer Zeit auf.

Als die Revolution starb – als BMWs die Jeeps ersetzten und die Hippies hervorragende Lofts, die ein Mensch für wenig Geld mieten konnte, in Eigentumswohnungen mit sechsstelligen Kaufsummen umwandelten –, hörte ich auf, progressiv zu sein. Ich war bereit dazu. Einige der Drittweltler waren es nicht, und sie nahmen meinen Platz in den Gefängnissen ein. Diejenigen, die nicht still und leise gingen, kriegten statt dessen den Schlüssel zur Ewigen Waldesruh.

Als die Dinge in New York eklig wurden, setzte ich auf Biafra. Ich malte mir aus, ich könnte da drüben dasselbe Ding machen wie in New York, nur in größerem Rahmen – einen Haufen Kinder retten und in der Folge ein Vermögen machen. Ich tat keines von beiden, aber obwohl die Karten gegen mich standen, überlebte ich. Das kann ich am besten.

Das war damals. Der schwarze Muskelmann, der mich fragte, ob ich eine Zigarette hätte, war jetzt.

»Machste eine Umfrage?« fragte ich ihn.

Unsere Blicke gingen auf Nahkampf. Er zuckte die Achseln, änderte die Stellung und machte sich wieder dran, die Straße abzuspähen. Wahrscheinlich rauchte er nicht einmal – hielt sich bloß in Übung. Das hatte er auch nötig.

20

Der Plymouth war auf dem Parkplatz über der Straße. Sogar an einem warmen Tag ist der Platz immer kalt. Die drei ihn umgebenden Gerichtsgebäude schaffen einen perfekten Windkanal. Die neue Grundierung ließ das Auto aussehen, als wäre es mit Rost gestrichen – der Maulwurf wechselt immer die Farbe, nachdem das Auto bei einem Job benutzt worden ist, und wir hatten noch nicht entschieden, was wir als nächstes nahmen. Es sieht wie ein Stück Schrott aus, ist aber alles andere: hinten Einzelradaufhängung, Hundertneunzig-Liter-Tank, Einspritzpumpe, Hochleistungskühler und -stoßdämpfer, kugelsicheres Glas, nashornmäßige Stoßstangen – lauter solches Zeug. Es war nicht schnell, aber du konntest es nicht kleinkriegen, egal, was du tatest. Es hatte das ultimative Taxi sein sollen, aber daraus war dann nichts geworden.

Die Frau stand vor dem Plymouth und wippte ungeduldig mit den Füßen, als hätte sich ihre Verabredung verspätet.

Alles, was ich ausmachen konnte, war, daß sie weiblich war. Sie trug einen braunen Sommer-Trenchcoat über dunklen Hosen, den Kopf mit einem schwarzen Schal bedeckt, und ihr Gesicht hinter einer Sonnenbrille mit großen Gläsern versteckt. Niemand, den ich kannte, aber ich steckte nichtsdestotrotz meine Hand in die Tasche – manche Leute untervermieten ihre Rache.

Ihre Blicke folgten mir auf dem ganzen Weg bis zum Plymouth, also lief ich dran vorbei, als ob ich nichts damit zu schaffen hätte. Doch als ich »Mr. Burke?« hörte, wußte ich, es hatte nicht viel Sinn.

Ich mag keine Probleme in aller Öffentlichkeit, vor allem, wenn die halbe Öffentlichkeit Cops sind.

»Was?« schnauzte ich sie an.

»Ich möchte mit Ihnen reden«, sagte sie. Ihre Stimme war zittrig, aber bestimmt. Ärger.

»Sie haben mich mit jemand anderem verwechselt, Gnädigste.«

»Nein, habe ich nicht. Ich muß mit Ihnen reden«, sagte sie.

»Nenn mir 'nen Namen oder zisch ab«, beschied ich sie. Falls Sie mein Gesicht vom Gericht her kannte, aber keine Empfehlung von jemandem hatte, den ich kannte, war ich weg.

»Julio Crunini«, schlug sie vor, ihr Gesicht jetzt nah an meinem.

»Ich kenne niemanden namens Julio, Gnädigste. Was immer Sie zu bieten haben, ich kaufe nichts, okay?« und ich langte an ihr vorbei, um die Tür des Plymouth zu öffnen und wie der Teufel wegzukommen, von ihr und was immer sie wollte. Julio war zu lange aus dem Gefängnis raus, dachte ich bei mir – sein Mundwerk wurde lose.

Sie legte ihre Hand auf meinen Arm. Ihre Hand zitterte – ich konnte den Ehering an ihrem Finger sehen und den in der Sonne funkelnden Diamanten daneben. »Sie kennen mich«, sagte sie.

Ich blickte ihr ins Gesicht und zog eine Niete. Sie mußte gesehen haben, was ich dachte – eine Hand wanderte zu ihrem Gesicht, und die Sonnenbrille verschwand. Ihr Gesicht verriet

mir nichts. Ihr Mund wurde hart, und sie zog den Schal weg –
ihr flammendrotes Haar loderte in der Sonne.

»Kennen Sie mich jetzt?« fragte sie bitter.

Es war die Joggerin vom Forest Park.

21

M ein Gesicht zeigte keine Regung – ich bin an Orten aufgewachsen, wo es nicht unbedingt ratsam ist, die Leute wissen zu lassen, was man denkt –, doch sie suchte kein Wiedererkennen.

»Ich kenne Sie nicht, Gnädigste«, sagte ich ihr, »und ich will
Sie auch nicht kennenlernen.«

»Mögen Sie mein Gesicht nicht?« forderte sie mich. Eine
echte Mafiaprinzessin – sie war daran gewöhnt.

»Ich mag Ihren Geruch nicht, Gnädigste. Sie stinken nach
Ärger, und davon hab ich selber genug.«

Ich drängte an ihr vorbei, als müßte ich irgendwo anders hin.
Ihre Hand langte aus und packte meinen Unterarm – ich verpaßte ihr den gleichen Blick, den ich Julio in der Werkstatt verpaßt hatte, doch sie hatte nicht genug Verstand, um zu wissen,
was das bedeutete. Ihre Hand war aristokratisch – dunkelroter
Lack auf manikürten Nägeln.

»Wenn Sie nicht hier mit mir reden, komme ich einfach zur
Murray Street, Mr. Burke – zu Ihrem Hotel.«

Es war ein guter, harter Schlag – dachte sie. Julio mußte sich
aufgetan haben wie das Rote Meer. Nur ein paar Leute wußten,
daß ich im Deacon Hotel wohnte. Natürlich lagen diese Leute
sämtlich falsch. Am Schalter würden sie aus Macht der Gewohnheit – die einzige Macht, die jeder Junkie akzeptiert – eine Nachricht für mich nehmen, doch ich hatte seit Jahren nicht
da gewohnt, schon seit ich von der Bewährung loskam. Es war
jetzt egal – diese Braut ließ Worte aus ihrem Mund raus, aber
alles, was ich hörte, war »tick, tick, tick . . .«

Auf ihrem Gesicht lag der süffisante Ausdruck einer Frau,

die noch eine Masse mehr Karten aufzudecken hat. Onkel Julios halbärschige *omertà* war die moderne Variante – grundsolide, bis ein besseres Angebot kam.

»Steig ins Auto«, sagte ich ihr und hielt die Tür des Plymouth auf, damit sie an mir vorbeischlüpfte.

»Mein Auto steht gleich da drüben«, erkärte sie mir und gestikulierte hin zu der unvermeidlichen BMW-Limousine. »Es ist bequemer – hat 'ne Klimaanlage.«

»Von mir aus kann's ein Wasserbett haben, Gnädigste. Steigen Sie hier ein, oder schießen Sie in den Wind.«

Sie zögerte bloß eine Sekunde lang – das Drehbuch lief nicht so, wie sie's geplant hatte. Dann erschien derselbe harte Ausdruck, den sie im Gesicht hatte, als sie anfing, um den Forest Park rumzujoggen – sie hatte einen Entschluß gefaßt.

Ihre nachgebesserte Nase rümpfte sich angesichts des Inneren des Plymouth, doch sie schlüpfte ohne ein weiteres Wort über die Vinylsitzbank. Ich stieß aus dem Parkplatz und steuerte in Richtung West Side Highway. Ich mußte rausfinden, was sie wußte, doch sagte ich kein Wort, bis ich sicher war, daß sie der einzige Zuhörer war.

Ich klemmte mich an der Chambers Street auf den Highway und wandte mich nach Uptown. Die Umweltschützer hatten die erste Runde verloren – die alten, hochliegenden Konstruktionen waren weg, und mit ihnen der Schatten, der den arbeitenden Huren Deckung gab. Michelle würde zu dieser Tageszeit nicht bei den Piers sein, und ich brauchte ihre Hilfe. Die neue Baustelle an der Eleventh Avenue, ein paar Straßen südlich des Times Square, war mein bester Tip.

Der Rotschopf öffnete seine Handtasche und fing an rumzukramen. »Darf ich hier rauchen?« fragte sie, noch immer mit dieser eklig-scharfen Stimme.

»So lang's Zigaretten sind«, beschied ich sie.

»Haben Sie aus irgendwelchen religiösen Gründen etwas gegen Marihuana, Mr. Burke?«

»Marihuana ist gegen das Gesetz, Gnädigste«, sagte ich ihr, die Stimme tonlos, damit das Publikum den Sarkasmus mitkriegte, ohne einen greifbaren Beweis dafür zu haben. »Falls

Sie irgendwelche illegalen Substanzen oder Gegenstände bei sich führen, bestehe ich darauf, daß Sie sie aus diesem Fahrzeug entfernen.«

»Wen wollen Sie veräppeln? Nach dem, was Sie in dem . . .«

»Halt dein scheiß Maul!« schnauzte ich sie an. »Wenn Sie wirklich reden wollen, kriegen Sie Ihre Chance, okay? Wenn Sie ein paar Bänder für die *federales* machen wollen, machen Sie sie irgendwo anders. Kapiert?«

Sie hatte kapiert. Ihr Gesicht wurde wieder hart, als hätte ich sie beleidigt, doch sie sagte kein weiteres Wort. Zwei starke rote Flecken prangten auf ihren Backen – kein Make-up.

Der große Plymouth schaffte die Staßen der Stadt so, wie sein Schöpfer es geplant hatte . . . er drängelte sich so anonym durch den Verkehr wie eine Ratte über die Müllkippe, schluckte die Schlaglöcher, federte die Hubbel ab, leise und vorsichtig. Die getönten Fenster waren auf beiden Seiten hoch, die Klimaanlage ein leises Flüstern, die Straße lag unter Beobachtung.

Den ersten Haufen arbeitender Mädchen machte ich an der 37th aus. Zu dieser Tageszeit lief das Geschäft immer schlecht, doch die Mädchen mußten härter ran als ihre Schwestern auf der anderen Seite der Stadt. An der Lexington Avenue trugen die Mädchen knappe Shorts & Tops – drüben an der West Side beackerten sie die Straßen in Badeanzügen und hohen Hakken. Selbst das war subtiler, als man es sonstwo in der Stadt fand – drüben in Hunts Point arbeiten sie in Regenmänteln mit nichts drunter.

Nichts als superharte Profis hier drüben – schwarze Frauen, die nicht mehr Mädchen gewesen sind, seit sie zwölf waren, weiße Ladys, zu alt oder zu sehr aus dem Leim für den Innendienst. Die Luden hoben die Milchgesichter für das Mittelklasse-Geschäft weiter östlich auf – die Ausreißerinnen arbeiteten an der Delancey und Bowery oder ausschließlich im Innendienst. Ich liebe die Worte, die einige Journalistenwichser in dieser Stadt benutzen – etwa »Callgirls«, Mädchen zum Anrufen. Das einzige, wozu diese Ladys je ein Telefon benutzt haben, war, um einen Kautionsadvokaten anzurufen.

Ich ließ den Plymouth an den Randstein gleiten. Eine große schwarze Frau mit einer seidigen Perücke scharwenzelte rüber ans Fenster; sie trug einen dieser Lastexanzüge, und die metallic-grünen Fäden schimmerten in der Sonne. Ihr strahlendes Lächeln drang nicht mal bis in die Nähe ihrer Augen vor.

»Suchste irgendwas, Süßer?«

»Irgend*wen*. Michelle. Isse da?«

»Biste ihr Macker, Baby?« wollte die Hure wissen und schenkte dem Plymouth einen verschmitzten Blick – er war nicht unbedingt die klassische Ludenschaukel.

»Nur, wenn ihr jemand dumm kommt«, sagte ich ihr, bloß damit sie's wußte.

»Süßer, ich bin wegen 'nem bißchen *Geld* hier draußen in der Hitze, verstehst du?«

»Such sie und bring sie rüber, dann bezahl ich dich wie für 'ne Nummer – abgemacht?«

»Ich arbeite nicht auf neese, Mann«, sagte sie, jetzt ganz Geschäftsfrau.

»Sag ihr, Burke muß mit ihr reden.«

Sie schien es zu überdenken – blickte an mir vorbei, dahin, wo die Prinzessin saß, nickte mit dem Kopf, als verstünde sie, was los war. Es war wenig Verkehr – ihre Schwestern bummelten am Straßenrand, gelangweilt, aber auf dem Posten. Es war lange her, seit sie irgend etwas Neues gesehen hatten – oder irgend etwas Gutes. Schließlich faßte sie einen Entschluß. »Ich krieg 'nen Fuffi für die Nummer, Baby. Das is der Preis dafür, daß ich Michelle rüberbringe, okay?«

Es gab keine Nummer auf der Welt, für die diese Frau fünfzig Kröten kriegen könnte, aber sie zu beleidigen erledigte mir den Job nicht.

»Ich zahl dir *dein* Teil, okay? Laß deinen Manager gehn und irgendwo anders seine Provision suchen. Fifty-fifty, richtig?«

Sie warf mir ein rasches Lächeln zu und schwarwenzelte wieder zurück zu den anderen Mädchen. Keine Straßenstrichhure macht mit einem Louis halbe-halbe, aber sie denken zu lassen, ich glaubte dieses Märchen, war den Rabatt wert – für uns beide. Ist ein süßes Leben auf dem Strich dieser Stadt –

jede Straßenhure hat ihren garantierten Stammplatz im Gefängnis. Und die Notaufnahme ist ihre einzige Rentenversicherung.

Ich zog den Plymouth in einer weiten Kehrtwende zur Einfahrt der Baustelle, langte nach einer Kippe in meine Tasche und bereitete mich darauf vor, ein bißchen zu warten.

22

Der Rotschopf war im Warten nicht so gut wie ich – ich merkte, ihr Leben war nicht danach gewesen. Zu schade.

Ich ließ meinen Blick über die Niederungen schweifen, beobachtete die Huren bei der Arbeit und suchte nach irgendeiner Rückendeckung, die der Rotschopf mitgebracht haben könnte. Es ist einfach, sich in der Stadt an ein Auto zu hängen, aber jeder, der uns folgte, müßte ganz schön weit weg sein, oder ich hätte ihn inzwischen ausgemacht.

Sie verlagerte ihren Hintern auf der Sitzbank, schlug die Beine wieder übereinander. Das Geräusch von Seide auf Seide erklang weich und trocken in meinen Ohren. Wie eine Waffe beim Spannen. »Hier bin ich noch nie gewesen«, sagte sie. »Wie heißt diese Gegend?«

»Nachdem Sie mit meiner Freundin geredet haben, red ich mit Ihnen, okay?«

»Ich hab doch bloß gefragt . . .«

»Fragen Sie mich nichts. Reden Sie nicht mit mir. Wenn ich weiß, daß es bloß ich bin, mit dem Sie reden, antworte ich, verstehn Sie? Ich sag's Ihnen nicht zweimal.«

Ich beobachtete ihr Gesicht, als ich mit ihr sprach. Falls sie verdrahtet war und die Rückendecker außer Sichtweite waren, würde sie unseren Standort rausposaunen wollen – nicht mit mir. Ihr Gesicht verriet mir nichts – abgesehen davon, daß sie es nicht gewöhnt war, so angeredet zu werden, und daß sie es nicht mochte. Tja, das paßte mir überhaupt nicht, aber wen Julio sich in eine öffentliche Auskunftei verwandelte, mußte ich rausfinden, warum. Jedermann lebt nach seinen Regeln. Meine waren: Ich wollte nicht sterben. Ich wollte nicht zurück ins Gefängnis. Und ich wollte mir mein Auskommen nicht mit einem bürgerlichen Beruf verdienen. In dieser Reihenfolge.

Ich erspähte meine Apportierhure, bevor ich Michelle sah. Sie lief eilig rüber zum Plymouth und hielt dabei das Schaukeln auf Sparflamme. Sie wollte von mir kassieren, bevor sie ein neuer Kunde mit auf Achse nahm.

»Sie is in 'ner Minute hier, Süßer. Krieg ich das Viertel, was du gesagt hast?«

»Augenblicklich«, sagte ich ihr und hielt einen Zwanziger und einen Fünfer in meiner linken Hand, wo sie sie sehen konnte.

Die Hure sagte nichts. Ich glaubte ihr, daß Michelle unterwegs war – ich hatte ihr Gesicht zu gut sehen können, als daß sie eine linke Tour mit mir abziehen würde. Daß heißt, falls sie ein bißchen Verstand hatte. Aber falls sie ein bißchen Verstand hätte, würde sie nicht hier draußen sein und anschaffen.

Dann sah ich Michelle. Die große, gertenschlanke Brünette trug knallenge rote Hosen, die auf der Hälfte ihrer Waden endeten – Stöckelschuhe mit Fesselriemchen – eine weiße, fallschirmseidene Bluse, deren mächtige Ärmel sich bauschten, wenn sie sich bewegte. Eine lange Kette mit schwarzen Perlen um den Hals und ein schwarzer Männerschlapphut auf dem Hinterkopf. Wie all ihre Aufmachungen hätte es an jedem außer ihr lächerlich gewirkt. Genau das sei der Punkt, hatte sie mir einmal erklärt.

Ich löste den Griff von den Scheinen, und die Hure warf mir ein flüchtiges Lächeln zu und verzog sich wieder auf ihren Posten. Der Rotschopf ließ sich nichts davon entgehen, hielt aber den Mund. Ich stieg aus dem Plymouth und marschierte rüber zu Michelle, mein Rücken blockierte dem Rotschopf die Sicht. Ich mußte sie nicht beobachten . . . Michelle würde das tun – sie wußte immer, was zu tun war.

Sie legte mir ihre linke Hand auf die Schulter, beugte sich runter, um mich auf die Backe zu küssen, während sich ihre Hand unter meiner Jacke nach hinten zu meinem Gürtel schlängelte. Wenn da eine Waffe dran war, wüßte sie, daß die Person im Auto Ärger bedeutete. Wenn ich zur Seite trat, würde der Beifahrer auf meine Pistole in Michelles Hand blicken.

Michelle tätschelte mir den Rücken, flüsterte mir ins Ohr: »Was is los, Baby?«

»Ich bin nicht sicher«, erklärte ich ihr. »Der Rotschopf im Auto hat mich vor dem Gericht angebaggert. Sie is mit dem alten Alligator verwandt – Julio. Sie will irgendwas – ich weiß noch nicht, was. Der alte Mistkerl hat ihr irgendwie verraten, wo sie mich finden kann. Sie hat verklickert, daß sie mir auf den Fersen bleibt, bis ich mit ihr rede.«

»Dann rede mit ihr, Süßer. Du hast mich doch nicht von meinem lukrativen Posten weggelockt, damit ich für dich übersetze.«

»Ich will feststellen, ob sie verdrahtet ist, Michelle.«

Michelles unmöglich lange Wimpern warfen Schatten auf ihren Modell-Wangenknochen; ihr frischer, dunkler Lippenstift formte ihren Mund zu einem winzigen Kreis.

»Oh«, sagte sie nur. Michelles Leben mußte die Hölle gewesen sein, als sie ein Mann hatte sein sollen.

»Ich fahre rüber um die Ecke hinter die Laster, okay? Du steigst mit ihr hinten rein – versichere dich, daß sie sauber ist. Ich checke die Tasche.«

»Das is alles?«

»Vorerst.«

»Baby, du weißt, ich hab mit der Behandlung angefangen... aber sie ham noch nicht rumgesäbelt. Bloß die Spritzen. Und der Psychiater – einmal die Woche. Is nicht billig.«

»Du willst das bestimmt durchziehn?«

»Wenn ich schwul wäre, könnte ich aus*kommen*, weißt du? Aber so, wie ich bin, muß ich aus*brechen*. Weißt du.«

Ich wußte. Keiner von uns hatte Michelle je danach gefragt, aber sie hatte es uns nach und nach erzählt. Und der Maulwurf hatte erklärt, was ein Transsexueller war – eine Frau, gefangen im Körper eines Mannes. Selbst bevor sie anfing, die Hormoninjektionen und die Brustimplantate zu kriegen, sah sie wie eine Frau aus – lief wie eine Frau, redete wie eine Frau. Die tolle Sache war, daß sie das Herz einer Frau hatte. Wenn du ins Gefängnis gehst, waren deine Mutter oder deine Schwestern die einzigen Leute, bei denen du mit einem Besuch rechnen konntest. Solche Menschen hatte ich nicht – es war Michelle, die mit dem Bus zwölf Stunden Hinweg fuhr und dann zwischen gemeinen Blicken und üblem Geflüster hindurchging, um mich da oben zu besuchen, als ich das letzte Mal drin war. Sie machte noch immer dieselben Nummern im Auto – alles, was sie brauchte, war ihr Mund. Ich wußte, was in ihrer Tasche war – eine kleine Flasche Cognac, den sie nach jedem Mal zum Mundspülen benutzte. Und der winzige Behälter mit CN-Gas, den der Maulwurf für sie gemacht hatte.

»Ich hab bei diesem Job noch keinen Preis, Michelle. Kann sein, es ist überhaupt kein Job, okay? Aber wenn sie irgendwas in ihrer Tasche hat, sehn wir wegen 'ner Spende weiter.«

»Kommt hin«, sagte sie, »aber wenn sie keine Asche hat, gehst du mit mir ins ›Omega‹, damit ich Tom Baxter höre, bevor er weg ist. Abgemacht?«

»Abgemacht«, sagte ich ihr, und sie kletterte auf den Rücksitz hinter dem Rotschopf.

Ich entdeckte die dunklen Winkel im Schatten der Laster und stieß rein.

»Gehn Sie auf den Rücksitz«, hieß ich den Rotschopf.

»Warum?« schnauzte sie.

»Darum«, beschied ich sie. »Ich kenn Sie nicht – ich weiß nicht, was Sie wollen. Meine Sekretärin hinten durchsucht Sie. Wenn Sie ein Mikro tragen, dann raus. So simpel ist das. Sie ist hier, weil ich Sie nicht selber durchsuchen kann.«

»Ich sehe immer noch nicht, warum . . .«

»Schau, Gnädigste, sie ham *mich* gebeten, mit Ihnen zu reden, okay. Und genau so machen wir's. Paßt Ihnen das nicht, dann tun Sie, was immer Sie zu tun haben, und kratzen die Kurve.« Der Rotschopf raspelte sich mit langen Nägeln sacht über ein Knie, dachte nach. Ich hatte keine Zeit für ihre Gedanken. »Außerdem«, sagte ich ihr, »haben Sie nicht genug Erfahrung mit Männern, die Ihnen sagen, sie sollen die Kleider ausziehn?«

Ihre Augen blitzten mich an, hart vor Ärger, doch sie sagte nicht ein Wort. Ich schaute gradeaus, hörte die Tür aufgehen, zuknallen, aufgehen und wieder zuknallen. Sie war bei Michelle auf dem Rücksitz.

»Schmeißen Sie Ihre Tasche über den Sitz«, befahl ich ihr.

»Was?«

»Sie ham's gehört. Meine Sekretärin checkt Ihren Körper; ich checke Ihre Tasche . . . nach demselben Ding.«

Die Eidechsenledertasche kam über den Rücksitz gesegelt und prallte gegen die Windschutzscheibe. Ich hob sie auf, ließ die Goldspange aufschnappen. Geräusche vom Rücksitz, Reißverschlüsse, das Rascheln von Stoff. Die Tasche enthielt eine Schachtel Marlboro, ein goldenes Dunhill-Feuerzeug, eine kleine silberne Pillendose mit sechs Valium 5, ein enggefaltetes schwarzes Seidentaschentuch, eine weiche Lederbörse mit einem Haufen Kreditkarten und einem Scheckbuch – gemeinsames Konto mit ihrem Mann – und dreihundert oder so in bar. In einem Fach auf der Seite entdeckte ich dreißig Hundert-Dollar-Noten – sie wirkten neu und frisch, aber die Seriennummern waren nicht in Reihenfolge. Kein Aufnahmegerät. Nicht einmal ein Stift.

»Sie is sauber«, sagte Michelle. Ich hörte die Tür aufgehen und wieder zuschlagen, und der Rotschopf war neben mir.

»Also . . .?« fragte ich Michelle.

»Lauter Qualitätsware. Bendel's, Bergdorf's, so in etwa. Die Perlen sind echt. *Sehr* hübsche Schuhe. Aber die Unterwäsche ist bloß *billich*, Süße. Niemand trägt außerhalb von 'nem Motelzimmer 'nen Strapsgürtel . . . hat dir das deine Mutter nicht gesagt? Und dieses Parfüm . . . Süße, du brauchst 'n bißchen heftige Nachhilfe in *Feingefühl*.«

Der Rotschopf riß den Kopf zum Rücksitz herum.

»Von Ihnen?« fragte sie und versuchte es mit Sarkasmus.

»Weißte was Besseres«, wollte Michelle wissen, ernsthaft von einer solch dummen Frage überrascht.

»Wieviel schulde ich Ihnen?« fragte der Rotschopf mit demselben Ton, den sie gegenüber dem Mann angeschlagen hätte, der ihren BMW frisierte.

»Für was?«

»Nun, Sie sind eine *Prostituierte*, oder nicht? Ich weiß, wie kostbar Ihre Zeit ist.«

»Ich verstehe. Okay, Miss Zickig – die Handarbeit ging auf Kosten des Hauses, aber du kannst mir 'nen Hunderter für die Modeberatung geben.«

Der Rotschopf langte in seine Tasche. Sie rührte die neuen Scheine nicht mal an. Sie raffte hundert vom anderen Vorrat zusammen und schmiß sie auf den Rücksitz. Michelle war entlassen.

Sie stolzierte um das offene Fenster des Rotschopfs herum, blinzelte mir ein Aufwiedersehen zu. Dann sprach sie mit weicher Stimme zum Rotschopf: »Süße, ich mag eine Hure sein, aber ich bin keine Fotze. Denk drüber nach.« Und weg war sie.

23

W as jetzt?« wollte der Rotschopf in einem Ton wissen, der mir mitteilen sollte, daß sie just dabei sei, die Geduld zu verlieren.

»Jetzt fahrn wir irgendwo anders hin, und Sie erzählen mir Ihre Geschichte«, sagte ich und setzte den Plymouth in Gang. Schweigend fuhren wir rüber zum West Side Highway. Ich wandte mich gen Süden und suchte einen sicheren Parkplatz nahe einem der verlassenen Piers am Hudson River. Ich lenkte das Auto vom Highway, steuerte hoch zum Pier und stieß rückwärts. Von diesem Fleck aus konnte ich, abgesehen von den Booten, jeden Fitzel Verkehr sehen. Falls der Rotschopf Freunde dabei hatte, würde ich's früh genug wissen.

Ich drückte einen Knopf am Armaturenbrett, und beide Seitenfenster öffneten sich. Ein weiterer Knopf versperrte ihre Tür, bloß für den Fall.

Ich zündete mir eine Zigarette an, lehnte mich im Sitz zurück, so daß ich sie und auch die Straße beobachten konnte. »Okay, Gnädigste, was haben Sie auf dem Herzen?«

Der Rotschopf verdrehte den Hintern, so daß er mich, den Rücken zum Fenster, von seinem Sitz aus ansehen konnte. »Ich möchte, daß Sie ein Bild für mich suchen.«

»Ein Bild . . . so wie ein Gemälde?«

»Eine Fotografie – eine Fotografie von einem Kind.«

»Gnädigste, würden Sie mir vielleicht die ganze Geschichte erzählen? Ich hab nicht die Zeit, sie Ihnen Stück für Stück rauszuziehn, okay?«

»Es ist nicht leicht, darüber zu reden.«

»Dann reden Sie *nicht* drüber«, sagte ich ihr. »Ich hab Sie nicht gebeten aufzukreuzen. Ich fahre Sie zurück zu Ihrem Auto, und Sie suchen sich jemand anderen, okay?«

»Nein! Das ist *nicht* okay. Können Sie mir nicht mal 'ne verfluchte Minute geben, damit ich mich fassen kann? Es hat mich Zeit genug gekostet, Sie zu finden.«

»Yeah. Aber Sie *haben* mich gefunden, richtig? Wenn Sie Julio sehen, sagen Sie ihm, ich merk es mir.«

»Geben Sie Julio keine Schuld. Alles, was er mir gab, war diese Telefonnummer . . . die, wo die Chinesin rangeht.«

»Ich hab die Nachricht gekriegt.«

»Und warum haben Sie mich nicht angerufen?«

»Weil ich Sie nicht kenne. Ich rede am Telefon nicht mit Fremden.«

»Deswegen mußte ich Ihr Auto finden. Vinnie hat mir gesagt, wie Sie aussehen – und Ihr Auto. Einer aus Julios Trupp sah Sie diesen Morgen vor Gericht, und er rief mich an.«

»Vinnie?« sagte ich und dachte, daß das Auto neue Farbe und neue Nummernschilder kriegen mußte.

»Der Kerl, der Ihnen das Geld von Julio übergeben hat.«

»Ich weiß nicht, wovon Sie reden, Gnädigste.«

»Ich habe Julio erzählt, warum ich mit Ihnen reden müßte. Er sagte, das ginge ihn nichts an – nichts mit Familie. Wahrscheinlich wußte er, daß Sie niemals zurückrufen würden. Also sagte ich Vinnie, er sollte sie für mich fragen.«

»Niemand hat mich irgendwas gefragt.«

»Ich weiß. Er hat mir gesagt, Sie wollten nicht mit ihm reden.«

»Ich weiß nicht, was er Ihnen gesagt hat. Ist mir egal. Ich mag's nicht, wenn mir Leute drohn.«

»Vinnie hat Ihnen gedroht?«

»Ich kenn keinen Vinnie. *Sie* ham mir gedroht. Auf dem Parkplatz, richtig? Entweder ich rede mit Ihnen, oder Sie scheuchen mich weiter.«

»Ich wollte Ihnen nicht drohen.«

»Sie drohn mir mit dem ganzen Gespräch. Julio hat seine Leute auf der Straße, damit sie mich suchen? Wie scheiß nett.«

»Julio weiß nichts davon. Vinnie hat mir einen persönlichen Gefallen getan – und auch der Typ, der Sie diesen Morgen entdeckt hat.«

»Tun Ihnen Leute gern solche Gefallen?«

Sie verzog die Lippen zu einem Mittelding zwischen Lächeln und Hohn. »*Männer* tun mir gern Gefallen. Überrascht Sie das so sehr?«

»Wenn dieser Vinnie Ihrer Vorstellung von einem Mann entspricht, nein.«

»Sie mögen keinen von uns, oder?«

»Wer ist dieses ›uns‹, von dem Sie reden? Ein alter Mann mit 'nem losen Mundwerk? Ein Schmierfink? Eine Frau, die mir droht?«

»Uns Italienern.«

»Ich mag keine Leute, die nichts Gutes für mich bedeuten, okay?«

»Okay«, sagte sie mit leiser Stimme, »aber jetzt, wo ich mir all den Ärger aufgehalst habe – jetzt, wo wir hier sind –, hören Sie mir zu und sehen, ob Sie interessiert sind?«

»Und falls nicht?«

»Dann ist's Ihre Entscheidung. Ich werde Sie nicht mehr belästigen.«

»Auf Ihr Ehrenwort, klar?«

Ihre Augen bohrten sich in mich. Ich dachte, ich sähe einen winzigen roten Fleck in jedem – es mußte die Spiegelung ihres Haars gewesen sein. »Sie kennen mich nicht«, sagte sie.

»Ich *will* Sie nicht kennenlernen«, sagte ich ihr.

Sie langte in ihre Tasche, fummelte mit der Hand herum. Ihr

Blick wich nicht von meinem Gesicht. »Ich zahle Ihnen fünfhundert Dollar, damit Sie zuhören, was ich zu sagen habe – warum ich möchte, daß Sie für mich arbeiten. Übernehmen Sie den Fall nicht, behalten Sie das Geld. Okay?«

Ich brauchte eine Minute, um drüber nachzudenken. Wenn ich ihrer Geschichte zuhörte und ihr erklärte, ich wäre nicht interessiert, bestand zumindest die Chance, daß sie irgendwo anders hinging. Und da lief diese Nacht in Yonkers ein Trabermädel, von dem ich einfach wußte, es würde die Maidenschaft mit einem dicken Sieg abhaken. Sie war fällig, eine lange Pechsträhne zu kappen. Ich ebenso.

»Okay«, sagte ich ihr.

Mit einer geistesabwesenden Geste fuhr sich der Rotschopf mit den Fingern durchs Haar. Der Diamant blitzte an ihrer Hand. »Meine beste Freundin hat einen . . .«

»Wart mal«, sagte ich ihr. »Wo is das Geld?«

»Erst hören Sie mir zu.«

»Läuft nicht.«

»Ich dachte, nur Anwälte kriegen ihr Geld vorher. Sie sind nur Privatdetektiv.«

»Gnädigste, Sie haben nicht die geringste Ahnung, was ich bin«, sagte ich, »aber ich geb Ihnen 'nen Tip. Ich bin ein Mann, der sich Ihre Geschichte anhört – *nachdem* Sie fünfhundert Dollar auf den Tisch gelegt haben.«

Ihre Hand schoß in die Tasche. Raus kamen fünf neue Hunderternoten. Sie fächerte sie auf – hielt sie hoch. »Möchten Sie die?« schnauzte sie.

»Es is die Hälfte von dem, was ich möchte.«

»Sie meinen, Sie möchten tausend?«

»Ich meine, ich möchte, daß Sie mir Ihre Geschichte erzählen und dann aus meinem Leben verschwinden – wie abgemacht«, sagte ich ihr.

Sie löste ihre Hand vom Geld. Es fiel zwischen uns auf den Sitz. Die Straße war noch immer ruhig – eine Menge Leute in der Nähe, aber keine Probleme. Ich las das Geld auf und steckte es ein.

»Also?« fragte ich sie.

»Meine beste Freundin, Ann-Marie. Sie hat einen kleinen Jungen, nur zwei Jahre älter als meine Tochter. Er war tagsüber in einem dieser Tagesstättendinger. Jemand hat etwas mit ihm getan. Was Sexuelles. Und sie haben Bilder von ihm gemacht. Wir wußten nicht mal was von den Bildern, bis es uns der Therapeut erklärte. Aber der Junge, Scotty, er sagt ständig, sie haben sein Bild. Wie wenn sie seine Seele hätten.«

»Dieses Bild ... er macht da was drauf?«

»Ich denke mir, er muß etwas gemacht haben ... aber er will's uns nicht sagen. Der Therapeut arbeitet daran. Ich denke mir, wenn er dieses Bild bekommt, und wir zerreißen es vor ihm ... dann wird er vielleicht wieder okay.«

»Bloß ein Bild?«

»Das hat er gesagt – er sah den Blitz.«

»Gnädigste, dieses Bild ist entweder in der Privatsammlung eines Freaks, oder es ist draußen auf der Straße. Zu verkaufen, verstehn Sie? Es ist schlichtweg unmöglich, das Zeug aufzutreiben, was Sie wollen. Und selbst wenn ich einen Abzug fände, machen die Leute, die damit handeln, Tausende von Kopien. Ist'n besseres Geschäft als Kokain: Solang du die Negative hast, kannst du so viele Abzüge machen, wie du willst.«

»Alles, was wir wollen, ist *ein* Bild ... er ist zu jung, um was vom Kopieren zu verstehen. Ich will dabei sein, wenn wir es vor ihm zerreißen.«

»Das ist 'ne langwierige Kiste, verstehn Sie?«

»Ja. Aber es muß erledigt werden.«

Ich blickte sie direkt an – die kleine Gangsterprinzessin würde kein Nein als Antwort hinnehmen. Sie war nicht daran gewöhnt. »Warum ich?« fragte ich.

Sie hatte die Antwort parat. »Weil Sie ein Freund der Nazis sind.«

24

Ich blickte gradeaus durch die Windschutzscheibe und versuchte das, was sie eben gesagt hatte, in den Griff zu kriegen. Wenn sie über die Nazis Bescheid wußte, dann auch über einige der Touren, die ich während der letzten paar Jahre durchgezogen hatte – einheimische Nazis sind eines Schwindlers helle Freude. Eine alte Hotelanschrift zu kennen war nichts, es war nicht die Trumpfkarte, für die sie es hielt. Doch das Nazi-Ding – sie konnte mir wehtun. Ein kalter Wind pfiff mir durch die Lunge. Sie hatte bessere Karten, als ich dachte.

In meinem Gesicht regte sich nichts. Ich zündete mir eine Zigarette an und warf ihr aus dem Mundwinkel die Frage zu. »Von was reden Sie, Gnädigste?«

»Julio sagte, sie wären mit Ihnen befreundet. Im Gefängnis. Er hat es selbst gesehen.«

Die Last hob sich von meiner Brust. *Diese* Nazis waren eine andere Brut.

»Julio hat 'ne Masse gesundheitlicher Probleme, oder nicht?« fragte ich.

»Welche gesundheitlichen Probleme? Er ist bei bester Gesundheit, zumal für einen alten Mann.«

»Nein, isser nicht«, beschied ich sie, meine Stimme jetzt leise und ruhig. »Seine Augen sind schon lange nicht mehr gut. Er verliert sein Gedächtnis. Und sein Mundwerk ist außer Kontrolle.«

Sie verstand, was ich sagen wollte. Ich würde dem alten Mann nicht selber irgendwas antun müssen – wenn einer seiner Blutsbrüder die Kunde vernahm, daß Julio seine Memoiren schrieb, war er weg vom Fenster.

»Er hat's nur mir erzählt«, sagte der Rotschopf, die Stimme vor Spannung gepreßt – sie versuchte mich zu überzeugen. »Er würde es niemand anderem erzählen.«

»Sicher.«

»Ich *meine* das so. Ich hab ihn dazu *gebracht*. Ich war verzweifelt, okay?«

Es war nicht okay. Ich schaute sie genau an. Ich könnte sie

eines Tages beschreiben müssen, und ich nahm nicht an, daß sie für ein Bild posieren würde. Das rote Haar umrahmte ein kleines, scharfgeschnittenes Gesicht. Ihre Augen waren groß und standen weit auseinander, die Farbe von Fabrikrauch. Ihr Make-up wirkte wie von einem Fachmann gemacht: dunkelroter Lippenstift, schwarz umrandet, Lidschatten, der von Blau in Schwarz überging, wo er von den Augenbrauen zu den Wimpern verlief, gedämpfes Rouge auf den Backen, das zur Betonung genau auf den Backenknochen endete. Ihre Zähne waren winzige Perlen – sie wirkten zu klein für eine erwachsene Frau, und zu perfekt, um echt zu sein. Ihre Nase war klein mit einem scharfen Rücken, an der Spitze leicht nach oben weisend. Stück für Stück war sie nicht schön, doch die Verbindung funktionierte. Es war schwer, sich vorzustellen, wie dieser rote Schlitz eines Mundes jemanden küßte. Ihre Hände waren klein, doch die Finger waren lang und gekrönt von langen, manikürten Nägeln im selben Ton wie ihr Lippenstift. Die Blicke des Rotschopfs folgten meinen, als sie über sie wanderten – sie war daran gewöhnt.

»Und Sie sind *immer noch* verzweifelt, richtig?«

»Richtig«, sagte sie, als ob dies alles klärte.

Für mich klärte es gar nichts. Ich drehte den Zündschlüssel, hörte den Motor anspringen und schob den Hebel auf »Fahren«. Der Plymouth rollte vom Pier weg, steuerte zurück zum Gericht.

»Wohin gehen wir?« wollte der Rotschopf wissen.

»*Wir* gehn nirgendwo hin. *Sie* gehn zurück zu Ihrem Auto.«

»Was ist mit dem Job?«

»Ich hab gesagt, ich hör Ihnen zu. Ich hab Ihnen zugehört. Wir sind quitt – das ist alles.«

Schweigend saß sie ein paar Minuten da. Ich konnte ihre Blicke auf meinem Gesicht spüren. Sie räusperte sich ein paarmal, doch nichts kam raus. Als wir auf die Centre Street nahe dem Gerichtsparkplatz stießen, langte sie über den Sitz und legte ihre Hand auf meinen Unterarm. Ich wandte den Kopf, um sie anzublicken. Ihre großen Augen waren noch größer, als ob sie jede Sekunde losheulen würde. Es war ein guter Trick.

»Und alles für ein lausiges Bild?« fragte ich sie.

»Ja.«

»Für mich paßt da was nicht.«

Sie zerrte an meinem Arm, damit ich sie anblickte. »Ich gab mein Wort!« sagte sie, jede Silbe schwer und nachhallend.

Nun machte es Sinn. Ihr Ego stand auf dem Spiel. Na und? Besser ihr Ego als meine Haut. Ich lenkte den Plymouth neben ihren BMW und wartete, daß sie ausstieg. Aber sie war noch nicht bereit aufzugeben. Sie verdrehte ihren Hintern, zog ihre langen Beine unter sich, so daß sie mir auf dem Sitz gegenüberkniete.

»Was kann ich tun, damit Sie Ihre Meinung ändern?«

»Ich habe mir noch keine Meinung gebildet, okay? Schreiben Sie ihre Rufnummer auf, und ich rufe Sie an, wenn ich's weiß.«

»Woher weiß ich, daß Sie anrufen?«

»Tun Sie nicht.«

Ihr Gesicht verdunkelte sich unter dem Make-up. »Sie rufen mich an. Ich weiß, was Sie im Park getan haben. Ein Anruf. . .«

Sie ließ es im Raum hängen, während sie erneut ihre Haltung änderte und ausstieg. Bevor ich davonziehen konnte, stand sie vor dem Plymouth und blickte durch die Windschutzscheibe. Dann kam sie zu meiner Seite herum, lehnte sich rein und flüsterte mir zu: »Ich meine das sehr ernst.«

Ich versenkte meinen Blick in sie, sprach leise: »Ich mein's auch ernst, Gnädigste. Drohungen machen mich nervös. Kann sein, ich mach 'ne Dummheit, wenn ich nervös bin.«

Sie zuckte mit keiner Wimper. »Ich bin gewöhnt zu kriegen, was ich will. Ich bin verwöhnt – mehr, als Sie's je wissen werden. Ich zahle für das, was ich will. Nennen Sie mir bloß den Preis.«

»Nicht alles hat einen Preis.«

»Das ist ein Klischee«, flüsterte sie, das Gesicht nah an meinem. Sie steckte ihren Kopf in das Auto, küßte mich leicht auf die Backe und marschierte eilig davon. Ich beobachtete sie, wie sie hüftschlängelnd zurück zum BMW lief. Sie blickte einmal zurück, bevor sie wegfuhr.

»Du gleichfalls, Schnalle«, dachte ich bei mir. Wie sich erwies, hatte ich zur Hälfte recht.

25

Ich dachte, damit hätte es sich erledigt. Die kleine Prinzessin würde einmal in ihrem Leben nicht kriegen, was sie wollte, und sie würde drüber wegkommen. Und ich hatte fünfhundert Kröten. Es würde zwar die Kasse nicht ausgleichen, doch für heute würde es reichen.

Ich parkte hinter Mamas Etablissement, öffnete die Hintertür und trat rein. Die Tür ist nie zugesperrt, aber wenn man sie öffnet, geht in der Küche eine Art Glocke los. Als ich durch den Eingang trat, lächelte mich der kurze, stämmige Chinese an, den Mama einen Koch nennt, ein Schlachtermesser in einer Hand. Er war bereit, etwas zu zersäbeln – als er sah, daß ich es war, gab er sich mit einem Brocken Rindfleisch auf dem Tresen zufrieden. Ich machte mir nicht die Mühe, ihn zu begrüßen – er antwortete nie.

Das Restaurant war etwa halbvoll. Mama saß wie üblich auf ihrem Thron an der Registrierkasse nahe der Vordertür. Ich fing ihren Blick auf und machte eine Bewegung, als wählte ich eine Telefonnummer. Sie beugte ihren Kopf – alles klar. Ich trat zurück in die Küche, ging einen Korridor zu meiner Linken entlang und stieß auf das Münztelefon.

Mein Anruf ging zu einem weiteren Münztelefon, demjenigen in Julios Vereinslokal.

»Yeah?« bellte der Empfangschef.

»Hol Julio ran, okay?«

»Wer?«

»Julio, Freundchen. Du kennst den Namen. Sag ihm, er kriegt 'nen Anruf.«

»Von wem?«

»Das is Privatsache, okay? Sag's einfach Julio. Will er nicht mit mir reden, isses seine Sache.«

Ich hörte vom anderen Ende ein *Zong*, was mir verriet, daß der Hörer gegen die Wand im Verein schlug. Julio kam an die Strippe.

»Wer will mich?«

»Ich bin's. Erkennst du die Stimme?«

»Ja«, sagte er, knapp, aber nicht kalt.

»Ich muß mit dir reden.«

»Also?«

»Von Angesicht zu Angesicht.«

»In etwa . . .?«

»In etwa um drei Uhr morgen nachmittag. Im Ostviertel.«

Julio antwortete nicht, hängte bloß ein. Hörte irgendeiner dem Gespräch zu, würde er meinen, »Ostviertel« hieße das Bundesgericht in Brooklyn. Was es für Julio hieß, war der Pier am Ende der Jay Street, nur ein paar Straßen vom Gericht, doch in einer anderen Welt. Und »morgen« hieß, in einer Stunde. So ich zwei Stunden wollte, hätte ich ihm »übermorgen« gesagt. Es war ein guter Ort zum Treffen, auf allen Seiten offen – Julio würde nicht alleine kommen.

Ich wählte eine weitere Nummer, ließ es läuten, bis von meinem Buchmacher abgenommen wurde.

»Was is?« schnauzte Maurice in den Hörer.

»Burke. Yonkers, heut nacht, im Siebten. Zwei Hunni auf Sieg auf Flower Jewel.«

»Flower Jewel, zwei auf Schnauze im Siebten in Yonkers, richtig so?«

»Richtig.«

»Bring die Asche morgen bis Ladenschluß.«

»Was, wenn ich gewinne?«

»Komm schon«, höhnte er, »du hast schon dein Pensum für's Jahr.«

»Ich hab dieses Jahr noch kein einzigen scheiß Treffer gelandet«, sagte ich ihm.

»Weiß ich«, sagte Maurice und hängte ein.

Ich ging wieder ins Restaurant, nahm die Ecke im Rückraum, die, die ich immer benutze. Ich schrieb Julios Namen auf eine Serviette, faltete sie um das Geld für Maurice und wartete. Mama erspähte mich. Sie verließ ihren Posten und lief hinter zu der Ecke. Ich stand auf, bis sie sich gesetzt hatte.

»So, Burke. Du mag Suppe, okay?«

»Ja, Mama. Aber nicht zu viel – ich muß noch arbeiten.«

»Gut Sache, Arbeit. Max arbeit mit dir?«

»Äh . . . nicht bei dem, ich glaube nicht. Aber nimm das Geld und gib's ihm, okay? Sag ihm, er soll's morgen Maurice geben, wenn er nichts von mir hört.« Ich reichte ihr die um zwei Hunderter und einen Zwanziger gewickelte Serviette. Max würde den Zwanziger für sich behalten, wenn er die Lieferung machte. Und er würde sich um Julio kümmern, falls ich nicht zurückkam.

Mama machte keinen Mucks, doch einer der sogenannten Kellner kam rüber, hörte ihrem Schnellfeuerkantonesisch zu und verschwand. Nach ein paar Minuten kam er mit einer Terrine Sauerscharfsuppe zurück. Mama bediente erst mich, wie sie es immer tut.

»Ich habe vielleicht einen neuen Fall«, sagte ich ihr.

Mama hob die Augenbrauen, der Suppenlöffel verharrte vor ihrem Mund.

»Ich habe mich noch nicht entschieden«, sagte ich in Beantwortung ihrer unausgesprochenen Frage.

»Gut Fall?« wollte Mama wissen – und meinte, ob ich bezahlt würde.

»Sicher. Guter Fall, schlechte Leute.«

»Die Frau, die dich hier anruf letzte Woche?«

»Ja.«

»Du sag, du ruf sie nich zurück, richtig? Wenn ich dir sag, wer . . .«

»Sie hat mich entdeckt, Mama.«

»Oh. In dein Büro?«

»Nein. Davon weiß sie nichts. Aber sie hat alles abgesucht und hatte Glück.«

»Das Mädchen sehr ärgerlich.«

»Ärgerlich? Warum? Auf wen?«

»Ich weiß nich. Aber sehr ärgerlich. Du spür in ihr Stimme.«

110

»Mir kam sie nicht ärgerlich vor.«

»Ärgerlich«, sagte Mama. »Und gefährlich.«

»Für mich?« fragte ich sie.

»Oh, ja«, sagte sie. Sie sagte weiter nichts, während ich meine Suppe auslöffelte. Als ich zum Gehen aufstand, fragte Mama: »Du nimm Max mit?«

»Heute nicht.«

»Wenn du Arbeit mach für das Mädchen?«

»Ich weiß noch nicht, ob ich für sie arbeiten will.«

»Doch, du weiß«, sagte Mama, ein bißchen Trauer in der Stimme. Mich entlassend, neigte sie ihren Kopf, und ich ging hinten raus, Julio treffen.

26

Ich klemmte mich auf der Manhattan-Seite auf die Brooklyn Bridge und fuhr, auf der rechten Spur bleibend, rüber. Ich nahm die erste Abfahrt und hielt mich weiter rechts, bis ich auf die Ampel unter der Überführung stieß. Zur Rechten war der Bundesgerichtshof. Er ist'n guter Fleck, um jemanden wie Julio zu treffen – hübsch einsam, aber zu nah bei den *federales*, um eine Schießerei anzufangen. Ich bog links in die Jay Street ab und rollte weiter voran durch die Seitenstraßen, bis ich just hinter der John Street war, im Schatten der Manhattan Bridge. Ich lenkte den Plymouth parallel zum Wasser auf der Beifahrerseite, senkte mein Fenster und zündete mir eine Kippe an. Der verlassene Anleger hatte seit Jahren kein Boot gesehen. Ich war zirka fünfzehn Minuten zu früh.

Ich hatte nur ein paarmal an der Zigarette gezogen, als der weiße Caddy vorfuhr. Er stieß vor bis zum Plymouth und hielt erst, als er Schnauze an Schnauze stand. Die Beifahrertür öffnete sich, und Julio stieg aus. Ich öffnete meine Tür und fing an, mit dem Rücken zum Caddy von den Autos wegzugehen. Ich hörte die Schritte eines Mannes hinter mir auf dem Kies knirschen. Als ich zum Geländer kam, drehte ich mich um, so daß ich beide Autos im Blick hatte, und schaute an Julio vorbei, um zu sehen, ob er Dummheiten machte.

Der alte Mann hatte beide Hände in seinen Manteltaschen, Kragen hochgeschlagen, Hut über die Augen runtergezogen. Vielleicht war ihm kalt.

»Was gibt's Wichtiges?« wollte er wissen.

»Die Tochter von deinem Freund – hast du ihr gesagt, wo sie mich finden kann?«

»Yeah.«

»Sie will, daß ich was für sie tu.«

»Dann tu's doch. Du wirst bezahlt. Wo is das Problem?«

»Was, wenn ich den Job nicht mache?«

Julio wandte sich von mir ab und blickte raus, über das Wasser. »Die Zeiten haben sich geändert, Burke. Die Dinge sind anders, als sie mal waren. Auch drinnen isses anders, weißt du?«

»Ich weiß«, sagte ich dem alten Mann. Und das stimmte: Als ich ein Junge war, hieß es immer: »Tu das Richtige«. Du konntest nicht falsch liegen, wenn du das Richtige tatest. Wenn heutzutage die neuen Knackis einen Jungen hinter Gittern aufmischen, sagen sie ihm immer noch: »Tu das Richtige«. Doch sie meinen: Knie dich hin, oder dreh dich um. Nicht mal die Worte bedeuten mehr dasselbe.

Der alte Mann nickte bloß und beobachtete mich.

»Hast du ihr auch von den Nazis erzählt?« fragte ich ihn.

Der alte Mann fuhr fort, als hätte er mich nicht gehört. »Erinnerst du dich, wie's mal war? Wenn du da drin einen verpfiffen hast, ham dich die Jungs mitten auf'm Hof abgemurkst ... einfach so. Du hast gewußt, wo du stehst. Jetzt kommen die Jungs rein und protzen rum, wie sie ihre Partner für 'nen bessern Deal verkauft haben.«

»Was hat das mit mir zu tun, Julio?«

Der alte Mann fiel vom Fleisch. Sein Kaschmirmantel wirkte drei Nummern zu groß. Selbst sein Hut war zu weit für den Kopf. Doch seine Alligatorenaugen waren noch dieselben – ein Mann auf Chemotherapie kann immer noch einen anderen den Abzug drücken lassen.

112

Er blickte mir voll ins Gesicht. »Ich hab immer gedacht, du warst es, der den Kaperzug gemacht hat«, sagte er.

Ich bewegte mich dichter zu ihm, meine rechte Hand am Griff des Eisstichels, den ich in meiner Tasche aufbewahre. Die Spitze war mit einem Korkstück abgedeckt, doch das ging einfach ab, wenn ich ihn rauszog. Julio hatte mehr Zeit im Gefängnis zugebracht als auf der Straße – er wußte, was es bedeutete, daß ich so dicht bei ihm stand. Bringst du genug Zeit drinnen zu, denkst du nicht mal dran, erschossen zu werden – hinter Gittern gibt's keine Knarren. Um jemanden abzustechen, bedarf es anderer Männer – du mußt dicht dran sein – du mußt was geben, damit du was kriegst.

»Du hast falsch gedacht«, sagte ich ihm, seinem Blick standhaltend.

Er schaute mich direkt an, so kalt wie der Bewährungsausschuß. »Es macht mir nichts mehr aus. Menschen tun Dinge ... vielleicht isses das richtige Ding, wenn du es tust ... wer weiß? Es macht mir nichts aus.«

»Warum kommst du dann damit an?« fragte ich ihn, meine Hand noch immer um den Eisstichel, schnelle Blicke zu dem weißen Caddy werfend.

»Ich möchte, daß du verstehst, daß einige Schulden abbezahlt sind, okay? Was immer du vor Jahren gemacht hast, du bist immer ein Typ mit Rückgrat gewesen, richtig? Wenn genug Jahre vergehen, sollte *jedermann* vom Haken sein.«

Ich wußte, was er mir sagen wollte, aber nicht, warum. »Yeah«, sagte ich ihm, »wir haben alle lebenslänglich.«

Er schenkte mir ein frostiges Lächeln – er log wegen etwas, und ich sagte Ja und Amen dazu.

»Hast du ihr von den Nazis erzählt?« fragte ich ihn erneut.

»Yeah«, antwortete er wieder. Seine Stimme war tot.

»Warum?«

»Sie ist für mich wie mein eigen Blut, verstehst du? Ich kann ihr nichts verweigern.« Er bewegte die Schultern in einer »Was kannst du da tun«-Geste.

»Ich kann«, sagte ich ihm.

Eine Weile sagte der alte Mann kein Wort. Er zündete sich

eine seiner übelriechenden Zigarren an, wölbte die Hand fach-
männisch um das Streichholz. Er blies einen Schwall blau getönten Rauch zum Wasser hin. Ich wartete bloß – er schickte
sich an, mir etwas zu erzählen.

»Als ich ein junger Mann war, war ein Informant das
Schlimmste, was du sein konntest. Das Allerniedrigste. Das is
jetzt alles vorbei – du kannst auf nichts mehr zählen«, sagte er.

»Hast du schon gesagt. Als ich ein Junge war, hieß es: ›Halt
dich aus Verbrechen raus, oder halt's im Bunker aus‹. Jetzt
heißt es: ›Halt dich aus Verbrechen raus, oder pack 'nen Zehner aus‹.«

Der alte Mann machte ein trockenes Geräusch im Hals – es
sollte ein Lachen sein. »Nur, daß es jetzt 'n Fünfziger ist«, sagte
er. Das Lachen kam nicht einmal bis zu seinem Bauch, so wie
sein Lächeln nicht einmal bis zu seinen Augen kam.

»Ich will immer noch wissen, was das mit mir zu tun hat, Julio. Es ist deine Familie, nicht meine.«

»Yeah. Meine Familie.« Er holte Luft, wandte seinen eisigen
Blick meinem Gesicht zu. »Gina *ist* meine Familie«, sagte er,
als ob es damit erledigt wäre.

»Wer ist auf den Gedanken gekommen, den Kasper mit
meinem Geld zu schicken?«

»Okay, das war falsch. Weiß ich. Sie wollte, daß er's tat – ich
hab nichts Schlimmes dran gesehen. Das war keine Respektlo-
sigkeit. Du hast dein Geld, richtig?«

Ich nickte bloß.

»Hat·Vinnie dir dumm kommen wollen?« wünschte er zu
wissen.

»Vinnie *ist* dumm«, sagte ich ihm.

Julio sagte nichts. Dummheit würde Vinnie nicht um seinen
Arbeitsplatz bringen.

»Das Mädchen hat mir gedroht«, sagte ich. »Etwa, ich mach
ihre Arbeit, sonst . . .«

»Sie kennt's nicht anders, okay? Wenn sie was will, ist sie wie
'ne Närrische. Ich red mit ihr.«

»Tu das. Fände ich sehr nett.«

»Schon geschehen«, sagte er. Der alte Mann steckte seine

Hand in die Tasche, kam mit einer Rolle mit Gummiband umwickelter Scheine wieder raus. Er reichte sie mir. Ich sackte das Geld ein, wartete.

»Für deinen Ärger«, sagte er.

»Meinen gewesenen oder meinen künftigen Ärger?«

»Für den gewesenen. Ich bitte um Entschuldigung. Ich hätte nie gedacht, daß sie damit so weit geht.«

»Du weißt, was es ist?«

Der alte Mann holte Luft. In zwei feinen Wölkchen kam der Rauch aus seiner Nase. Er brauchte zu lange, um über die Antwort nachzudenken. »Yeah«, sagte er. »Dieses Bild.«

Diesmal konnte ich bloß nicken. Die Risiko-Frage war immer noch auf dem Tisch. »Ich kann einfach gehn? Keine Probleme?« wollte ich wissen.

»Burke, wenn du gehen willst, geh. Aber wenn du die Sache tätst ... für das Mädchen ... wenn du sie tätst, wär ich sehr dankbar. Du hättest meine Dankbarkeit, verstehste?«

Ich nickte wieder. Hundert Schritt weg standen still die Autos. Sie wirkten wie zwei riesige Hunde, die einander beschnüffelten, um zu sehen, wer am Drücker war. Es war eine gute Frage.

Der alte Mann lief rüber zum Caddy. Er blickte keinmal zurück. Seine Tür fiel zu; der Caddy stieß vom Plymouth zurück und zog mit einem Sirren der Reifen auf dem Belag davon. Ich war allein.

27

Ich saß eine Minute lang auf dem Vordersitz, zündete mir eine Zigarette an und blickte mich um. Der Pier war leer. Ich erwartete nichts anderes. Für Julio bestand kein Anlaß, mich verfolgen zu lassen – ich inseriere nicht auf den Gelben Seiten, doch die Leute wissen, wo sie mich finden können, wenn sie das unbedingt wollen.

Auch auf der Brücke war es ruhig zu dieser Tageszeit. Ich

fuhr langsam zurück nach Manhattan, dachte meine Gedanken und versuchte sie auf die Reihe zu kriegen. Ich machte eine Wende auf die Allen Street, als dieser alte Blödmann mitten vor den Plymouth stiefelte. Ich stieg grad rechtzeitig auf die Bremse. Anstatt sich zu entschuldigen, wird der alte Mistkerl rot im Gesicht und kreischt: »Warum hast'n nich auf die Tute gedrückt?« Ein echter New Yorker. »Wenn ich gewußt hätte, daß de arschblind bist, hätt ich's!« rief ich zurück. Auch ich lebe hier.

Ich stieß in die Gasse hinter dem alten Fabrikgebäude nahe dem Hudson, wo ich mein Büro habe. Es ist samt und sonders in »Wohnlofts« umgewandelt worden, und der Vermieter macht dicke Kohle. Außer mit mir. Ich sperrte die Garage auf und fuhr den Plymouth rein. Die Hintertreppe geht hoch bis zum obersten Stock, wo ich das Büro habe. Stahltüren blockieren die Treppe oben und unten. Es gibt ein Schild, das besagt, die Türen müßten für den Fall, daß es brennt, unversperrt bleiben, aber es ist immer zu dunkel, um es lesen zu können. Der oberste Stock hat eine Tür bei der Vordertreppe und eine weitere hinten. Die hintere ist von innen abgeriegelt – ich habe sie seit Jahren nicht mehr zu benutzen versucht. Die andere Tür hat einen in der Mitte montierten Zylinder – wenn man den Schlüssel umdreht, fährt ein Bolzen in beide Seiten des Türrahmens wie auch in den Boden. Ich benutze ihn nie, es sei denn, sowohl Pansy als auch ich sind aus. Ich schleppe auch den Schlüssel nicht mit mir rum – ich lasse ihn in der Garage.

Ich nahm den Türschlüssel raus und drehte ihn hart nach links, bevor ich ihn nach rechts drehte, um sie zu öffnen. Ich hörte ein schwaches Grollen, als ich eintrat. »Ich bin's, Dummchen«, sagte ich ihr, als ich über die Schwelle trat. Hätte ich den Schlüssel nicht erst nach links gedreht, hätte eine ganze Batterie auf die Tür gerichteter Lichter losgehämmert, und wer immer eingetreten wäre, hätte ein paar tausend Watt ins Gesicht und Pansy an die Eier gekriegt. Sie sollte sich nicht bewegen, es sei denn, die Lichter gingen an, oder ich kam mit erhobenen Händen ins Büro, doch ich wollte nicht sorglos mit ihr werden – wie ich es neuerdings mit jedem zu sein schien.

Pansy macht jedesmal, wenn ich allein ins Büro komme, eine Persönlichkeitsspaltung durch. Sie ist froh, mich zu sehen, doch sie ist enttäuscht, daß niemand zum Beißen da ist. Sie folgte mir nach hinten zum Büro. Dahinten gibt's eine Tür, die zur Feuerleiter aufginge, wenn dieses Gebäude noch eine hätte. Die Metalltreppe führt hoch aufs Dach. Pansy kannte den Weg – sie setzt da oben seit Jahren ihre Ladungen ab, und ich schätze, sie hat immer noch Platz übrig. Ich sage mir ständig, daß ich eines Tages da hoch gehe und den ganzen verdammten Mist aufräume. Eines Tages kriege ich auch meine Begnadigung vom Gouverneur.

Das Büro ist klein und dunkel, aber es bereitet mir nie Depressionen. Hier ist es sicher. Ich kenne eine Masse Jungs, die sich, wenn sie nach langer Zeit aus dem Knast kommen, zuallererst eine Art Studioapartment suchen – irgendwas mit einem Zimmer, damit es so wirkt wie was, an das sie gewöhnt sind. Auch ich machte das, als ich zum ersten Mal Auslauf hatte, aber das war, weil selbst ein Zimmer meinen Geldbeutel strapazierte. Ich war zunächst auf Bewährung, also war mein Einkommen begrenzt.

Das Büro wirkt, als hätte es zwei Zimmer, mit einem Sekretärinnenbüro zur Linken, wenn man reingeht. Aber da ist nichts – es ist bloß eine Tapete an der Wand, so zugeschnitten, daß es aussieht, als ginge da ein Gang durch. Das ist okay – es gibt auch keine Sekretärin. Michelle hatte mir einen Haufen Bänder gemacht, damit ich ihre Stimme habe, um jemanden von unten reinzubitten, falls ich muß. Ich kann ihre Stimme sogar über die getürkte Gegensprechanlage auf meinem Schreibtisch kommen lassen, für den Fall, daß ein Klient überzeugt werden muß, daß ich ein professionelles Unternehmen betreibe. Zur Rechten sieht es aus wie eine feste Wand, doch da gibt's eine Tür zu einem weiteren kleinen Raum mit Dusche, Toilette und einem Feldbett. Just wie im Knast, abgesehen von der Dusche. Er war dafür gedacht, daß ich einen großen Fall laufen hatte und eine Masse Zeit im Büro zubringen mußte. Ich hörte auf, mich mit solchem Zeug selber zu veräppeln, als Flood abhaute. Ich hörte auf, mich mit einer Masse

Sachen selber zu veräppeln – es ist gefährlich, sich selber anzulügen, vor allem, wenn man darin so gut ist wie ich. Ich wohne in dem Büro. Ich habe ein gutes Verhältnis zu den Hippies, die unten wohnen. Ich weiß nicht, womit sie ihren Unterhalt bestreiten, und sie wissen nicht, daß ich ihr Telefon benutze.

Der ganze Boden ist mit Astroturf bedeckt. Er ist leicht sauberzuhalten, und der Preis war in Ordnung. Ich kann für den Fall, daß ich jemanden davon abhalten will, zu rasch abzuhauen, die Vordertür mit einem Knopf am Schreibtisch blokkieren. Und das Stahlgitter am Fenster macht es jedermann echt hart, bloß so reinzuplatzen, es sei denn, er bringt einen Schneidbrenner mit. Michelle sagt immer, es erinnert sie an eine Gefängniszelle, aber sie ist nie im Gefängnis gewesen. Es ist kein Gefängnis, wenn du die Schlüssel hast.

Ich ließ die Hintertür offen, damit Pansy von selber wieder reinkam, wenn sie auf dem Dach fertig war. Sie walzte rüber zu mir und knurrte erwartungsvoll. Sie suchte bloß Zuwendung, doch es klang wie eine Todesdrohung. Neapolitaner waren nie als Schoßtiere gedacht. Ich checkte den winzigen Kühlschrank: Ich hatte noch einen dicken Brocken Oberschale und ein paar Scheiben Schweizerkäse. Es gibt nur eine Herdplatte – außer Suppe kann ich nichts kochen. Ich schnitt ein paar Streifen von dem Steak, wickelte jeden in eine Käsescheibe und schnippte Pansy mit den Fingern herbei. Sie setzte sich neben mich wie ein steinerner Löwe – ihre kalten grauen Augen zwinkerten keinmal, doch der Sabber floß in Strömen aus ihren hängenden Lefzen. Sie würde das Futter nicht nehmen, bevor sie nicht das Zauberwort von mir hörte – ich wollte nicht, daß irgendein Freak ihr giftgespicktes Fleisch hinwarf. Ich schmiß eines der käseumwickelten Steakstücke vor ihr in die Luft. Es machte einen sanften Bogen, bevor es gegen ihre massige Schnauze knallte, aber sie zuckte nicht einmal mit den Augen. Zufrieden damit, daß sie nicht rückfällig wurde, schmiß ich ihr ein weiteres Stück hin und sagte gleichzeitig: »Sprich!« Das Futter verschwand wie der Traum eines Junkies, wenn er aus seiner Dröhnung rauskommt. Ihre Kiefer bewegten sich nicht, aber ich konnte den Klumpen ihren Hals runterrutschen sehen, als sie schluckte. »Kannst du dein verdammtes Futter *nie* kaun?« fragte ich sie, doch ich wußte es besser. Die einzige Art, sie zum Kauen zu bringen, war, ihr etwas zu geben, das zu groß war, um in einem Stück geschluckt zu werden.

Ich saß ein paar Minuten lang da, tätschelte ihren mächtigen Kopf und fütterte ihr den Rest von Steak und Käse. Pansy war kein Futternarr wie eine Masse Hunde. Die meisten Hunde fressen, bis sie sich umbringen, wenn man sie läßt. Das ist von ihrem Wildsein übrig geblieben – wilde Viecher wissen nie, woher ihre nächste Mahlzeit kommt, also stopfen sie sich voll, wenn sie die Gelegenheit kriegen. Als Pansy ein Welpe war, besorgte ich mir vier Fünfzig-Pfund-Säcke von dem Trockenfutter, mit dem sie großgezogen wurde, und schleppte sie die Treppe hoch. Ich öffnete sie alle, kippte das ganze Hundefutter in eine Ecke des Büros und ließ sie los. Sie liebte das Zeug, aber egal, wieviel sie fraß, es war immer ein großer Haufen übrig. Sie fraß, bis sie ein paarmal bewußtlos wurde, aber als sie einmal kapiert hatte, daß immer Futter für sie da sein würde, verlor sie das Interesse. Ich habe immer ein Waschbecken voll Trockenfutter hinten an der Wand des Büros, bei der Tür. Und ich habe ein Stück Schlauch an die Dusche gehängt, so daß sich ihre Wasserschüssel jedesmal von selber auffüllt, wenn der Pegel sinkt. Jetzt frißt sie nur noch, wenn sie hungrig wird, aber sie ist immer noch närrisch auf Leckereien, Käse vor allem.

Das Telefon auf meinem Schreibtisch klingelte, doch ich bewegte mich nicht – es konnte nicht für mich sein. Der Maulwurf hatte eine Verlängerung zum Telefon der Hippies unten angeklemmt. Ich konnte nach draußen anrufen, wenn sie nicht an der Strippe waren, aber das war alles. Ich ließ es nur läuten, damit ich wußte, ob die Leitung in Betrieb war, und um meine Klienten denken zu lassen, ich wäre mit der Außenwelt verbunden. Meine Klienten fragten nie, ob sie das Telefon benutzen könnten – ich garantiere auch nicht für einen Parkplatz. Die Hippies wußten nicht, daß ich hier oben wohnte, und sie hätten sich sowieso nicht drum geschert. Alles, worum sie sich scherten, war ihr innerer Friede, und nicht, wer oben auf ihrer Höhle draufhockte. Nachbarn nach meinem Geschmack.

Ich schielte zu dem Haufen Post, der von meinem letzten Gang zur Ablage übrig war, und schnappte ihn mir. Es war das übliche Zeug, meistens Antworten auf meine reihenweisen Inserate, die Informationen über Möglichkeiten für Möchtegern-Söldner versprachen. Wenn ich eine ordnungsgemäße Antwort kriege – eine mit der Zehn-Dollar-Geldanweisung drin und einem selbstbeschrifteten, freigemachten Umschlag –, schicke ich ihnen, was immer ich derzeit für Mist rumliegen habe. Normalerweise ist es ein fotokopiertes Blatt mit Namen und Telefonnummern an Orten wie London oder Lissabon. Es ist der wahre Stoff, etwa »Gehen Sie zwischen 2200 und 2300 Uhr zu Bodega Diablo Bar, bestellen Sie einen Wodka Tonic und sagen Sie dem Barkeeper, Sie möchten Luis sprechen«. Manchmal werfe ich ein Rekrutierungsposter der rhodesischen Armee rein oder eine *National-Geographic*-Karte von dem, was mal Angola war.

Verstehn Sie mich nicht falsch. Ich bin da nicht bloß wegen der zehn Kröten dabei – ich führe eine hübsche Liste sämtlicher Ärsche, die auf meine Inserate reagieren. Ich hatte schon eine Masse Tätigkeiten, und da ich älter werde, spiele ich immer mehr auf Sicherheit. Ärsche zu schröpfen und Freaks zu plündern macht mich nicht reich, aber es macht mich auch nicht tot. Und ich bin viel zu alt, um zurück ins Gefängnis zu gehen.

Ich verkaufte früher andere Sachen, etwa Handfeuerwaffen, doch ich hörte damit auf. Ich muß mich so durchlavieren, wenn ich weiter selbständig sein möchte. Bürger auszurauben brachte mich ins Gefängnis, und die Heroinkaperei hätte mich fast an den Rand des K.o. gebracht. Wenn in der Wildnis ein Wolf zu alt wird, um mit dem Rudel klarzukommen, muß er sich allein davonmachen, um zu sterben. Wenn er Glück hat, wird er gefangen, und sie stecken ihn in einen Käfig und verlängern sein Leben. Diese Chance hatte ich bereits, und für mich war das nichts. So wie ich das sehe, kann ich mich immer ernähren, wenn ich die Jagd nach und nach leichter gestalte – auf zahnlose Beute. Was soll's, wenn die Spinnacker und Zwerggauner und Ambulanzien sich niemals zu einem rentenmäßigen Schnitt summieren? Sie mögen sich auf den Kopf stellen, aber sie können es mir niemals restlos heimzahlen.

28

Doch das brachte mich den Antworten, die ich brauchte, nicht näher. Ich zog die Rolle Scheine raus, die Julio mir am Pier überreicht hatte. Außen war eine Hunderternote, und es war keine getürkte Geldrolle – jeder Schein war gleich, zusammen fünfzig, alle gebraucht. Fünftausend Kröten. Zu dick, um ein Trinkgeld für den Job im Forest Park zu sein, und nicht genug für die Arbeit, die das Mädchen von mir wollte – doch genau die richtige Summe für eine Warnung. Für den Fall, daß ich die Botschaft nicht mitbekam, war das letzte Stück Papier in der Rolle nicht grün – darauf stand eine Telefonnummer und der Name »Gina« in einer krakeligen Altmännerhandschrift.

Ich ging zurück ins andere Zimmer und holte ein Stück Spiegelglas mit einem in die Mitte gemalten kleinen roten Punkt. Ich baute es so auf, daß ich bequem saß, sog die Luft tief durch die Nase und runter in meinen Bauch und dehnte meine Brust, als ich ausatmete. So verfuhr ich weiter, nahm die Luft mit jedem Atemzug tiefer und tiefer und drückte sie runter in meinen Unterbauch und dann in die Lenden. Ich behielt den Punkt im Auge, wartete drauf, reinzugehen, und stellte mein Gehirn drauf ein, das Problem mit mir mitzunehmen. Der Punkt wurde immer größer, füllte jetzt die Oberfläche des Spiegels. Ich konzentrierte mich auf das Geräusch meines eigenen Atems, malte mir aus, wie der Atem in meinen Körper einkehrte, und wartete drauf, daß es geschah. Bilder drifteten ran, alle in Grautönen – der Gefängnishof, Julios Echsenaugen, ein Teich mit dunklem Wasser, eine Straße im Regen. Langsam kam ich raus, und ich spürte den kalten Fleck zwischen meinen Schulterblättern. Meine Hände zitterten.

Ich zündete mir eine Zigarette an, blies den Rauch zur Decke. Der alte Mann versuchte mir etwas mitzuteilen, und daß ich ihm zuliebe die Sache für das Mädchen machen sollte, war nur der eine Teil. Zur Abwechslung brauchte ich die Knete mal nicht. Das Mädchen würde nicht lockerlassen, und der alte Mann würde es nicht zurückpfeifen. Ich hätte nie von Julio Arbeit annehmen sollen. Mein Bewährungshelfer hatte immer ein Schild in seinem Büro: »Heute Ist Der Erste Tag Vom Rest Deines Lebens«. Sicher. Der Trick dabei ist, sicherzustellen, daß der erste Tag nicht der letzte ist.

Ich wollte eine Weile schlafen, doch ich wußte, was das bedeutete. Ich war nicht müde, bloß deprimiert. Und hatte Schiß. In meinem Büro war es sicher, also wollte ich bleiben. Manche Jungs im Gefängnis versuchten ihre ganze Kür durchzuschlafen. Du konntest von dem unzulässigen Minderbemittelten, der als Doktor durchgehen wollte, jede Medizin kriegen, die du wolltest, und sie ließen dir auch einen Fernseher in der Zelle. Aber wenn sie schließlich die Tür öffneten, konntest du umgebracht werden, während du ins Licht blinzeltest.

Ich weiß immer, was es heißt, das Richtige zu tun – das Schwere nämlich. Also gab ich Pansy einen Klaps, sagte ihr, ich würde ihr eine Leckerei mit zurückbringen, und schwärmte aus, um mir etwas Zeit zu verschaffen.

29

Ich stieß aus der Garage und dachte drüber nach, was ich bräuchte, um meine Spur zu verwischen. Der Plymouth ist ordnungsgemäß zugelassen – auf Juan Rodriguez, der in einem aufgelassenen Gebäude in der South Bronx wohnt. Ich machte mir keine Sorgen, daß er bis zu mir zurückverfolgt werden könnte: In der South Bronx sind für jedes aufgelassene Gebäude zig Wahlberechtigte eingetragen – sie verpassen keinen Urnengang.

Man muß mit der Zeit gehen – heutzutage »Juan Rodriguez« als Alias zu benutzen war, wie vor dreißig Jahren »John Smith« zu benutzen.

Auch der Name »Burke« war ordnungsgemäß eingetragen – ich nahm vor ein paar Jahren ein bißchen Asche von einem passablen Schnäppchen und investierte fünfzehn Riesen in ein Stück von einem Schrottplatz in Corona, einer Gegend von Queens, die im Süden italienisch und im Norden schwarz ist und in der Mitte einen sich ausdehnenden puertoricanischen Streifen hat. Ich bin als Abschleppwagenfahrer in den Büchern. Alle zwei Wochen schickt der Besitzer einen Scheck mit meinem Verdienst an das Postfach, das ich mir im Hauptpostamt gegenüber vom Madison Square Garden halte. Ich löse den Scheck bei diesem Schalter in der Nähe des Schrottplatzes ein und gebe dem Schrottplatzbesitzer alles bis auf fünfzig Kröten. Es ist für uns beide ein gutes Geschäft: Er kriegt Steuernachlaß dafür, daß er einen Angestellten bezahlt, und ich kriege eine Lohnsteuerbescheinigung und eine legale Einkommensquelle für den Fall, daß jemand fragt. Der Besitzer steuert sogar einen Satz roter Nummern bei, die ich legal an jedes Auto schnallen kann, wenn ich für ihn Bergungsarbeiten mache. Zur Sicherheit gebe ich dem Thekenmensch in dem Hotel, wo ich gewohnt habe, zehn Kröten die Woche, und ich bin rundum gedeckt. Falls ich festgenommen werde, bestätigt der Thekenmensch, daß ich ein ständiger Gast bin, und die Lohnabschnitte besorgen den Rest – ich bin ein Bürger.

Ich benutze Geldanweisungen zur jährlichen Zulassung des Plymouth. Juan Rodriguez ist ein Zweihundertprozentiger: Er zahlt seine Rechnungen, kriegt nie einen Strafzettel und hat nie 'nen Unfall. Er versichert den Plymouth bei diesem Verein in der Bronx, der auf Billigstdeckung spezialisiert ist. Er wählt sogar regelmäßig. Nicht nur das, er leiht mir sein Auto, wann immer ich ihn drum bitte, und er hat's nicht eilig, es zurückzukriegen.

Wenn ich den Plymouth bei der Arbeit benutzen muß, hole ich den Maulwurf, um den Lack abzukratzen. Die Cops sind dran gewöhnt, alte Autos mit im Entstehen begriffenem Lack zu sehen, vor allem in der Gegend, in der ich arbeite. Überdies habe ich ein paar Vinylfolien in verschiedenen Farben, die ich einfach auf die Farbe pressen kann. Die Art Tarnung hält nicht lang, aber ich benutze sie nur ein paar Stunden und ziehe sie dann ab. Der Maulwurf hat in seiner Bude Tausende von Nummernschildern – er nimmt ein paar davon, trennt sie in Hälften und schweißt zwei zusammen, um einen neuen Satz Schilder zu machen, der in keinem Computer auftaucht.

Julio war nicht der einzige Grund, warum ich den Rotschopf sehen mußte – ich mußte rausfinden, was er über mich wußte, und dann zurückgehen und die Bänder löschen.

Als ich durch Chinatown fuhr, ging der Nachmittag in den Abend über. Die Straßen waren verstopft mit Frauen auf dem Heimweg von den Knochenmühlen – ihre Augen waren gesenkt und ihre Schultern gebeugt, einzig die Hoffnung im Herzen, daß ihre Kinder ein besseres Leben haben würden. Und während sie von den schwarzverhängten Räumen, wo ein Kapo drauf achtete, daß ihre halbgelähmten Finger über die Nähmaschinen flogen, zu ihren Hinterhofwohnungen mit Toiletten im Treppenhaus liefen, übernahmen andere Kinder die Straßen. Doch diese Kinder hatten keine Träume. Die Blood Shadows – den Namen »Blutschatten« gaben sie sich nach dem Kreideumriß, den der Polizeiarzt um einen Körper auf dem Gehsteig zeichnet. Als Erkennungszeichen trugen sie schwarze Ledermäntel, Seidenhemden und glänzende Schuhe, und sie waren der lebende Beweis, daß die Hölle kalt ist. Die Zeitungen nannten sie eine »Straßengang«, aber sie hatten nichts mit den Prügelbanden aus East Harlem oder der South Bronx zu tun. Keine ärmellosen Drillichjacken mit ihren Farben auf dem Rücken bei diesen Jungs. Und auch keine Sozialarbeiter. Jedes Jahr speit Hongkong mehr von ihnen aus, keiner weiß, wie sie hierher geraten, doch sie kommen weiter. Und Amerika toleriert es wie eine Giftmüllkippe, solange jemand Geld damit machen kann. Die Blood Shadows verabscheuen gemeinen Straßenraub – sie tragen ihre Gangkriege nicht mit Messern und Ketten aus. Chinatown läuft auf Zocken und Dope – organisierte Schutzgelderpressung dieser Industrien bildet die Heilige Triade, und die Blood Shadows waren die einzigen Überlebenden eines Territorialkrieges mit anderen Cliquen um die Beuterechte. Die anderen Gangs gingen entweder in den Blood Shadows auf, oder sie wurden mausetot. Blieb die alte Garde – das, was von den Tongs übrig war.

Zuerst hatten die alten Männer versucht, die Hongkong-Jungs für sich selbst zu rekrutieren, doch das funktionierte nicht mehr. Die alten Männer zogen sich immer tiefer in das Netzwerk zurück, das sie jahrelange Entwicklung gekostet hatte – doch ihre politischen Kontakte waren nutzlos gegen die jungen Kerle mit eisigen Augen und gierigen Knarren, Kids, die nicht nach den Regeln spielten. Die alten Leute hatten nicht die geringste Chance. Sie mußten Muskel importieren, während die Kids ihre eigenen wachsen ließen.

Ich lotste den Plymouth durch die Gasse hinter dem Lagerhaus. Wäscheleinen spannten sich über die Gasse, Kinder rannten vorbei und plärrten einander in einer Mischung aus Englisch und Kantonesisch an. Die Kids waren wie Vögel im Dschungel – alles war sicher, solange sie Lärm machten. Wenn sie still wurden, zog ein Räuber seine Bahn.

Ich bog um die Vorderseite und in die Garage. Ich ließ die Maschine laufen, während ich die Tür hinter mir zudrückte. Der Maulwurf hatte einmal angeboten, die Tür zu verdrahten, so daß ein Licht blinken und Max mitteilen würde, daß jemand da war, doch Max hatte sich dankend verbeugt und gesagt, er bräuchte das nicht.

Ich hatte nicht vor, den Rotschopf von einem Ort aus anzurufen, der aufgespürt werden konnte – da mit Kokain etwa die Hälfte des Bruttosozialprodukts der Stadt verdient wurde, war die Hälfte der Münzfernsprecher von der einen oder anderen Agentur angezapft. Ich mußte sowieso ein oder zwei Stunden warten. Als Max nicht auf der Rampe hinten in der Garage auftauchte, machte ich aus meiner Jacke ein Kissen, quetschte es an die Beifahrertür und legte mich lang. Ich schob ein Judy-Henske-Band rein und hörte sie mit rohseidener Stimme »If That Isn't Love« singen, während ich in der sanften Dunkelheit der Garage eine Zigarette rauchte.

Max mochte in fünf Minuten zurück sein oder in fünf Stunden. In meinem Leben ist Zeit nicht wichtig – solange man sie nicht drinnen verbringt.

30

Etwas fiel von oben auf die Haube des Plymouth und weckte mich auf. Ich blinzelte durch die Windschutzscheibe – es war ein neuer Pack Spielkarten, noch in der Originalverpakkung. Max teilte mir mit, daß er eine Revanche für unser letztes Rommé-Spiel wollte, und warnte mich davor zu schummeln.

Ich steckte die Karten ein und ging durch die untere Tür bis ganz nach hinten. Wir hatten da hinten einen kleinen Tisch und ein paar Stühle. Auf dem Tisch standen ein großer Glasaschenbecher und ein verchromter Ghetto-Blaster, den irgendein Möchtegern-Räuber Max gestiftet hatte. Als echter Liberaler rief Max ohnehin nie die Polizei, sondern vergegenwärtigte sich statt dessen, daß der junge Mann eher rehabilitative Zuwendung brauchte. Diese Aufgabe überließ er der Notaufnahme.

Max schwebte durch die Seitentür, verbeugte sich vor mir und machte eine Bewegung, als teile er Karten aus. Ich öffnete den neuen Pack und ließ die Karten durch die Hände flutschen, um das Gefühl dafür zu kriegen. Max langte in eines der Schränkchen und zog einen jener Anrufbenachrichtigungsblöcke raus, wie man sie in Amtsstuben benutzt – wir nehmen die Rückseite als Zählschein. Wir spielen Drei-Sequenzen-Rommé: 150 Punkte pro Spiel, fünfundzwanzig für einen Satz, doppelt für Schneider in jeder Sequenz, und wiederum doppelt für einen Drilling. Der Einsatz ist ein Penny pro Punkt – der erste mit einer Million Kröten gewinnt das ganze Ding. Ich guckte durch unseren Stapel Bänder, fragte Max, welches er aufgelegt haben wollte. Er deutete auf Judy Henske. Ich rammte die Kassette rein und drehte die Lautstärke sehr leise. Ich weiß, Max kann nicht hören. Ich dachte immer, er hört die Musik, indem er die Bässe mit dem Körper spürt oder so, doch Judy Henskes Stimme reicht nicht wirklich tief. Einmal schob ich ein Marie-Osmond-Band in den Rekorder. Max hörte eine Minute zu, schnitt ein Gesicht, um zu sagen: »Den Scheiß *magst* du?« und haute auf die »Stop«-Taste. Er langte rein, zog die

Kassette raus und zermalmte sie in einer Hand. Er warf den Mist in einen Kübel, den wir als Mülleimer benutzen, faltete seine Arme und wartete drauf, daß ich einen besseren Geschmack offenbarte. Ich glaube noch immer nicht, daß er Musik hören kann, aber vielleicht kann er fühlen, wie ich drauf reagiere. Glücklicherweise gibt's beim Rommé kein Bluffen.

Wir waren zirka eine Stunde am Spielen, Max lag zur Abwechslung vorne, als Immaculata hinter Max in den Raum kam. Ihr langes schwarzes Haar war zu einem strengen Dutt nach hinten gefaßt, und alles Make-up war von ihrem Gesicht geschrubbt. Sie trug ein weißes Jersey-Sweatshirt, das Max gehört haben mußte – es war so groß, daß sie zweimal reinpaßte. Sie verbeugte sich vor mir zum Gruße, während sie eine Hand auf Max' Schulter legte. Ihre langen Nägel waren in einem so dunklen Purpurton lackiert, daß er fast schwarz war. Max langte hoch, um ihre Hand zu berühren, doch er nahm dem Blick nicht einmal von den Karten. Als Immaculata das erste Mal in unseren Clubraum gekommen war, als gehöre sie hin, fühlte ich ein gewisses Stechen – doch es verging. Sie gehörte hin.

»He, Mac«, grüßte ich sie, »wir sind fast fertig.«

Max langte über den Tisch und schnappte sich den Zählschein von mir. Seine Zahlen waren unter X, und meine waren unter O – wir hatten vor Jahren angefangen, Schiffeversenken zu spielen, und Max wollte die gleichen Zeichen beibehalten, bloß weil er das letzte Mal gewonnen hatte; Orientalen sind abergläubische Leute. Er reichte ihr den Schein. Seine Absicht war offensichtlich – ich war es, der fast fertig war.

Das reichte – vorne zu liegen war schlimm genug, doch damit rumzuprotzen war grob. Ich klopfte augenblicklich und legte zwei Asse und eine Zwei ab – vier Punkte. Max breitete seine Karten aus: drei Damen, drei Fünfen und drei Zehnen. Die einzige andere Karte war mein fehlendes As – ein Zwischenklopfen – vier Sätze und fünfzig Punkte wert ... und auch die scheiß dritte Sequenz. Der elendigliche Schlagetot konnte sich das Lächeln nicht verkneifen, als er mir den Stift zum Zusammenzählen reichte. Mac ging zu der Herdplatte in

127

der Ecke, um für sich und Max Tee zu machen – für mich stand Apfelsaft im Kühlschrank. Mit diesem letzten Stich hatte Max einen tiefen Einschnitt in sein fortschreitendes Minus getan.

Ich machte das Zeichen für einen Mann, der mit geschlossenen Augen die Würfel rollt, um zu zeigen, daß es das reine Glück des Doofen war, und Max machte das Zeichen für einen geigespielenden Mann, um zu zeigen, wie leid ich und mein bedauernswerter Mangel an Geschick ihm täten.

Max verstaute den Zählschein und zündete sich eine Zigarette an. Früher zündete er sich eine an, wann immer er nurmehr eine Karte zum Ablegen brauchte. Sobald ihm aufging, daß ich drauf ansprang, hörte er sofort total auf zu rauchen, während wir spielten – ein typischer Fanatiker. Immaculata brachte auf einem kleinen Tablett den Tee und den Apfelsaft und zündete sich ihrerseits eine Zigarette an. Ich machte das Zeichen für Ins-Telefon-Sprechen und teilte so Max mit, daß ich mich in die Telefonanlage der Architekten einklinken mußte, denen das Gebäude nebenan gehörte. Ich wollte aufstehen, und Max streckte die Hand zu einer »Stop«-Geste aus. Er wandte sich an Immaculata, deutete auf mich und wedelte mit der Hand vor seiner Brust, die Finger in Richtung seines Gesichts zurückgekrümmt. Er hieß sie, es vorzubringen – was immer es war.

»Burke, ich habe bei meiner Arbeit ein Problem. Max besteht darauf, daß du mir dabei helfen könntest«, sagte sie in zweifelndem Tonfall.

»Ich tu, was ich kann«, beschied ich sie.

»Ich bin mir nicht sicher, daß es da etwas gibt, was du tun *kannst*«, sagte sie. Ihr Englisch war perfekt, die Mischung aus Französisch und Vietnamesisch in ihrer Stimme klang exotisch, doch nicht fremd. »Wenn ich mißbrauchte Kinder befrage . . . über das, was mit ihnen passiert ist . . . so wie du es mit den Puppen gesehen hast?«

Ich nickte bloß, hörte zu.

»Nun, wenn sie alt genug sind, um wirklich reden zu können, muß ich darauf achten, alles auf Band zu bekommen. Du kannst dir keine Notizen machen . . . du lenkst sie damit bloß ab . . . sie wollen wissen, was du hinschreibst. Und wir müssen die Bänder möglicherweise vor Gericht verwenden. Verstehst du es soweit?«

»Sicher«, sagte ich.

»Jedenfalls, mit diesen Kindern arbeiten wir an etwas, was wir ›Befähigung‹ nennen. Es bedeutet einfach, daß sexuell mißbrauchte Kinder nicht das Gefühl haben, Macht über ihr eigenes Leben zu haben . . . diese Kinder haben immerzu Furcht – sie fühlen sich niemals richtig sicher. Das Ziel ist es, ihnen zu ermöglichen, ihren Schändern gegenüberzutreten und sich währenddessen sicher zu fühlen, okay?«

»Okay.«

»Also müssen sie fühlen, daß sie die Kontrolle haben. Sie müssen glauben, daß sie Herr der Lage sind – selbst wenn sie mit dem Therapeuten arbeiten.«

»Wie kommt's, daß sie sich nicht in Kontrolle fühlen, wenn der Freak nicht mehr mit ihnen in einem Raum ist?« fragte ich sie.

Immaculata blickte mich an, zwei dunkle Fingernägel an der Wange; sie dachte nach. »Bleib hier, okay? Ich will dir etwas zeigen.«

Sie tippte Max ein paarmal auf die Schulter, wahrscheinlich ihr Zeichen, daß sie sofort zurückkam, und ging auf dem gleichen Weg raus, auf dem sie reingekommen war. Max lehnte sich auf seinem Stuhl zurück, blickte rüber zu mir und bewegte seine Finger auf der Tischplatte, um das Zeichen für ein trabendes Pferd zu machen. Er warf mir einen fragenden Blick zu. Ich nickte zustimmend. Sicher wettete ich noch auf Pferde – was sollte ich sonst tun, einen scheiß Rentenplan anlegen? Max machte das Zeichen für eine Zeitung aufschlagen und sie überfliegen und warf mir einen weiteren fragenden Blick zu. Er wollte wissen, welches Pferd das jüngste Objekt meines Interesses war. Ich zuckte die Achseln – ich hatte keine Zeitung bei mir. Der Mistkerl bewegte seine zwei Fäuste, als halte er ein Lenkrad – hatte ich nicht eine im Auto? Okay. Ich trottete raus zum Plymouth, schnappte die *Daily News* vom Vordersitz und ging zurück in unseren Clubraum. Ich setzte mich hin und schlug sie auf der richtigen Seite auf, während Max sich hinter mich pirschte. Ich fuhr mit dem Finger die Seite runter, bis ich zum siebten Rennen kam, zeigte ihm Flower Jewel und wartete. Die Zeile mit Flower Jewel zeigte ein 8–4–3 gegenüber von ihrem Namen – sie hatte zuletzt vor einer Woche ein totes Rennen gelaufen, war das Mal davor Vierte, und davor Dritte. Max deutete auf die 8, legte vier Finger auf den Tisch und bewegte sie, wie ein Traber rannte, die beiden äußeren Beine nach vorn, dann die auf der Innenseite – deswegen nennt man sie Paßgänger. Er trabte über den halben Tisch, dann fiel er in Galopp – die beiden Vorderbeine bewegten sich gemeinsam. Er warf mir einen fragenden Blick zu. Yeah, beschied ich ihn, das Pferd war im letzten Rennen gesprungen. Ich hielt meine rechte Faust hoch, um mein Pferd zu zeigen, fing an, sie in einem Kreis über den Tisch zu bewegen. Dann ließ ich meine linke Faust den Weg schneiden, wobei die rechte zur Seite ausscherte. Mein Pferd war gesprungen, aber ein anderes war ihm ins Gehege geraten – nicht sein Fehler.

Max lächelte wissend. Er rieb die ersten beiden Finger und den Daumen zum Zeichen für Geld aneinander, zuckte mit den Schultern und breitete die Hände aus, um zu fragen, wieviel ich investiert hätte. Ich hielt zwei Finger hoch. Max langte rüber und zog einen zu sich – er wollte meinen halben Einsatz übernehmen. Als er dies das letzte Mal getan hatte, hatte er das erste Mal auf ein Pferd gewettet – damals, als Flood hier war. Und wir hatten gewonnen. Seitdem hatte ich keinen Treffer mehr gelandet, vielleicht wendete sich mein Glück. Aber wahrscheinlich war es bloß so, daß Max mir beistand. Er wußte, daß ich einen Blues schob, sein Glück mit Immaculata ließ ihn für mich nur noch schlimmer empfinden.

Als ich mein Urteil für den Heroinklau abgebrummt hatte, nahm Max mich mit rüber zum Lagerhaus und überreichte mir eine alte Reisetasche. Sie war mit Geld vollgestopft – fast vierzigtausend Kröten. Er nahm eine Papierpackung Zucker aus seiner Tasche, riß sie auf und kippte den Zucker auf den Tisch. Er breitete ihn flach aus, dann teilte er ihn mit dem Fingernagel genau in der Mitte. Er fegte die eine Hälfte vom Tisch in seine Hand und deutete auf die andere Hälfte und dann auf mich. Ich kapierte – vom Tag, an dem ich festgenommen worden war, an hatte er die Hälfte von jedem Schnäppchen, das er gemacht hatte, weggelegt und für mich aufgespart, damit ich nicht ganz von vorn anfangen mußte, wenn ich rauskam.

Ich wußte nicht, was ich sagen sollte. Max legte die hohle Hand auf den Tisch und benutzte zwei Finger, um sich durch sie zu buddeln. Der Maulwurf. Er legte eine Hand auf die Brust und breitete die andere in einer Geste hingebungsvoller Anbetung weit aus. Der Prof. Die Tasche enthielt die Hälfte von allem, das sie gemacht hatten, während ich drin war. Dann griff er sich mit der Faust ans Herz und hielt mir eine offene Hand hin. Teilte mir mit, das Geld begleiche die Schuld nicht – er würde mir immer etwas schulden.

Ich habe im Lauf der Jahre mit einer Masse Gangster gesessen. Die Creme de la creme, die wahre Elite, waren die »gemachten Männer«, die Jungs, die sich in den Finger schneiden lassen und irgendeinem Boß ewige Treue schwören müssen. Sie halten den Mund und sitzen ihre Zeit ab, just wie im Kino. Wenn sie schließlich auf freien Fuß kommen, kriegen sie von ihrem Boß einen Kuß auf beide Backen und ein paar lumpige Kröten. Und sie nennen sich »Eingeweihte«.

31

Es dauerte noch ein paar Minuten, bis Immaculata zurückkam. Sie hatte einen Armvoll Papier bei sich. »Schau dir das an«, sagte sie mir und setzte sich neben Max hin.

Es waren Kinderzeichnungen: Strichmännchen, krude Buntstiftbilder – sie sagten mir nichts. »Und?« fragte ich.

»Schau sie dir noch mal an, Burke. Schau genau hin.«

Ich zündete mir eine Zigarette an und ging sie erneut durch. »Wieso haben die Bilder von den Kids keine Arme?« fragte ich sie.

»Das isses ja. Jetzt siehst du's. Die Kinder haben keine

Arme. Und siehst du, wie klein sie neben der großen Gestalt sind? Schau dir dieses an . . .«

Es war das Bild eines kleinen Kindes, das auf einen riesigen, auf sein Gesicht gerichteten Penis blickte. Das Kind hatte keine Arme – sein Mund war ein grader Strich.

»Sie ist in der Klemme«, sagte ich.

»Ja. Sie ist ohne Macht, verstehst du? Sie ist klein, ihr Schänder ist riesig. Der Penis ist ihre ganze Welt. Sie hat keine Arme, um ihn wegzustoßen. Sie hat keine Beine, um davonzulaufen. Sie sitzt in einem Käfig.«

»Wie bringst du sie da raus?« wollte ich wissen.

Immaculata holte tief Luft. »Manche von ihnen kommen da nie raus. Wir müssen ihnen ein Gefühl der Kontrolle wiedergeben, bevor das passiert. Wenn wir zu spät anfangen, suchen sie die Kontrolle durch Drogen zu bekommen, oder sie versuchen Selbstmord. Oder sie kapitulieren.«

»Kapitulieren?«

»Vor ihren Gefühlen. Es ist nicht bloß der Verlust der Macht. Auch Kinder haben sexuelle Gefühle. Wenn man sie zu früh erweckt, geraten sie außer Kontrolle, und die Kinder suchen ihrerseits Sex . . . es ist das, was sie für Liebe halten.«

»Scheiß Maden.«

Immaculata sagte nichts. Max langte rüber und nahm ein paar der Streichhölzer, die ich für meine Kippen benutzte. Er zerbrach eines, bis es etwa ein Drittel so groß war wie der Rest, und legte es neben ein ganzes Holz. Dann nahm er das große Holz und zerknackte es, bis es noch kleiner war als das erste. Er blickte Immaculata an.

»Das funktioniert nicht. Für das Kind ist der Schänder immer übermächtig. Man kann ihn nicht klein machen – man muß das Kind groß machen.«

Ich nahm das winzige Streichholzstück, das das Elternteil sein sollte, zündete ein weiteres Streichholz an und hielt es an das kleine Stück. Es ging in Flammen auf.

»Auch das funktioniert nicht, Burke. Du kannst den Übeltäter vom Erdboden verschwinden lassen, aber nicht aus der Seele des Kindes.«

Ich sagte nichts. Immaculatas Gesicht war ruhig, ihr Blick wachsam, aber ausdruckslos. Ich schaute zu Max – sein Gesicht war eine Betonmaske. Er kaufte ihr das nicht mehr ab als ich.

»Was hat das mit dem Bandgerät zu tun, Mac?« fragte ich sie.

»In meinem Büro muß das Kind nicht nur sicher *sein*, es muß sich sicher *fühlen*. Es muß erfahren, daß es Teile seines Lebens kontrollieren kann. Es muß erfahren, daß es das Recht hat, nein zu sagen. Okay?«

»Okay.«

»Die meisten Kids sind in eine Verschwörung des Schweigens einbezogen. Der Täter läßt sie versprechen, nichts zu verraten – es geheimzuhalten. Oder sie lassen die Kinder glauben, etwas Schreckliches würde geschehen, wenn sie reden. Also erzähle ich ihnen, wenn da etwas ist, was sie nicht auf dem Kassettenrekorder haben wollen, brauchen sie bloß hinzulangen und ihn abzustellen. So haben *sie* die Kontrolle.«

»Und sie schalten ihn ab, wenn sie zu dem Zeug kommen, das du fürs Gericht brauchst?«

»Manchmal tun sie das«, sagte sie.

Ich zündete mir eine weitere Kippe an, schloß die Augen und verschaffte mir etwas Zeit zum Denken. Als es mir kam, war es so simpel, daß ich sicher war, sie hatten bereits dran gedacht.

»Benutz zwei Kassettenrekorder«, sagte ich Mac.

»Zwei Kassettenrekorder?«

»Sicher. Den einen oben auf dem Tisch – denjenigen, den die Kids abschalten können, wenn sie wollen, klar? Und einen anderen hältst du außer Sicht, vielleicht unter dem Tisch oder so was. Und den läßt du die ganze Zeit laufen. Selbst wenn sie also den ersten abschalten, hast du immer noch alles auf Band.«

Immaculata legte wieder zwei Fingernägel an ihre Wange und überdachte es. »Das wäre unehrlich«, beschied sie mich.

»Läßte lieber 'nen Drecksack lachend davonkommen?« fragte ich.

Sie wartete eine oder zwei Sekunden. »Nein«, sagte sie. Und ein Lächeln breitete sich auf ihrem hinreißenden Gesicht aus. »Genau das machen wir.«

Max machte eine »Ich hab's dir ja gesagt«-Geste zu seiner Frau und lächelte nun selber. Immaculata langte rüber und drückte mir die Hand, und Max' Lächeln wurde breiter.

Immaculata war die erste Frau, die je in unseren Clubraum gekommen war. Sie würde auch die letzte sein. Wie jede wirklich gefährliche Bestie vermählte Max sich lebenslang.

Ich überließ sie einander und ging nach hinten, um meinen Anruf zu machen.

32

Es wurde eben dunkel, als ich durch die Katakomben hinter dem Lagerhaus lief. Der Keller war einer von vielen, die unter sämtlichen Gebäuden des Blocks verliefen. Das Stadtplanungsamt verkaufte mir vor einem Jahr einen Satz Pläne, und der Maulwurf tüftelte aus, wie wir all die Keller miteinander verbinden könnten, indem wir ein paar Löcher bohrten. Wir brauchten fast einen Monat dazu, aber wenn man erst im Lagerhauskeller war, konnte man auf zig verschiedenen Wegen rauskommen. Ursprünglich machten wir es bloß für den Fall, daß wir schleunigst verschwinden mußten, aber als wir erst da unten waren, zeigte mir der Maulwurf, wie wir die Telefonverbindungen in den anderen Gebäuden anzapfen konnten. Das Lagerhaus ist im Besitz irgendeiner Firma, die Mama aufgebaut hat, aber es gehört Max. Oben ist sein Tempel, und der restliche Raum ist für was immer wir ihn brauchen. Für Mama ist's ein Lagerhaus. Für mich ist's das Postamt.

Ich stieß auf das Metallschränkchen, wühlte mich durch das Zeug, das wir da aufhoben – Mäntel, Hüte, Brillen, alles, was einen anders aussehen läßt. Ich stieß auf das Feldtelefon und den Satz Krokodilklemmen. Ich lief durch unseren Keller in das nächste Souterrain. Über uns war eine chinesische Architektenfirma, und die arbeiteten nie so spät. Ich klemmte das

Feldtelefon an die Verbindungspunkte, die mir der Maulwurf gezeigt hatte, und kriegte im Handumdrehen ein Amtszeichen. Ich benutzte den kleinen Kasten, der aussah wie die Tastatur eines Taschenrechners und hämmerte die Nummer rein, die Julio aufgeschrieben hatte, zündete mir eine Zigarette an und wartete.

Ich brauchte nicht lange zu warten– sie mußte neben dem Telefon gesessen haben.

»Hallo.« Es war der Rotschopf.

»Hey, Baby«, gierte ich in die Sprechmuschel, »biste morgen nacht frei?«

Sie kapierte es im Handumdrehen. »Sicher. Um welche Zeit holst du mich ab?«

»Ich muß noch spät arbeiten. Ich treff dich, okay?«

»Wo?«

»Selbe Stelle – neun Uhr«, sagte ich ihr und entstöpselte das Telefon.

Ich legte alles wieder hin, wo es hingehörte, und lief durch den Keller zurück. Unser Clubraum war leer. Ich ließ den Plymouth an, drückte auf den Garagentürknopf und stieß rückwärts in die Gasse raus. Ich stieg aus, um wieder nach drinnen zu gehen und abzuschließen, sah aber die Garagentür runtergleiten. Max war am Werk.

Ich fuhr rüber zu Mama. Ich brauchte etwas Futter für Pansy und ein Alibi für morgen nacht.

33

Es war nach Mitternacht, bis ich bereit war, zurück zum Büro zu gehen. Wenn Mama bis morgen um dieselbe Zeit nichts von mir hörte, würde sie wissen, daß das Treffen eine Falle gewesen war. Mama würde es Max sagen und Blumberg anrufen, damit drüben bei der Anklagebehörde in Queens Kaution gestellt würde. Falls ich nicht im Knast war, würde Max losziehen und Julio aufsuchen.

Noch ein Anruf, und ich konnte Pansy ihr Chinafutter bringen. An der Atlantic Avenue trieb ich einen Münzfernsprecher auf.

Eine junge Frau mit einem niedlichen westindischen Akzent ging ran. »A & R-Großhandlung. Wir schließen nie.«

»Is Jacques in der Nähe?« fragte ich sie.

»Warten Sie bitte einen Moment, Sir.«

Es war kalt in der Telefonzelle, doch die Stimme des Mannes war so sonnig wie die Inseln.

»Ja, mein Freund. Können wir Ihnen dienen?«

»Jacques, das Wetter hier draußen wird echt eklig, weißt du? Ich denk, ich kann ein paar von diesen tragbaren Elektroheizern absetzen, wenn ich 'nen guten Preis kriegen kann.«

»Wir könnten ein paar auf Lager ham, Mahn – ich muß die Liste checken. Und der Preis . . . kommt drauf an, wieviel Sie wollen, wie immer.«

»Wenn ich heut nacht ein paar kriegen kann, nehm ich ein Dutzend und probier's damit.«

»Das is kein großer Auftrag, mein Freund. Je mehr Sie nehmen, desto weniger kosten sie.«

»Ich verstehe. Aber ich bin nicht bereit, eine Masse Kapital zu riskieren – ich muß sehen, wie sie sich dieses Jahr absetzen lassen, okay?«

»Was immer Sie wollen, Mahn – wir sind zu Diensten. Sind Sie mit unserer Firma vertraut?«

»Sicher. Und jetzt schau, ich will neue Ware, noch in der Originalverpackung.«

»Natürlich, natürlich. Wie Sie wissen, schlägt sich dies auch auf den Preis nieder.«

»Ich verstehe.«

»Nun, wir haben einen stattlichen Vorrat an neuen Automatik-Modellen – diejenigen, die sich selbst abschalten, wenn sie heißlaufen.«

»Nein, ich will nur die altbewährten. Die geben 'ne Menge Hitze ab.«

»Ja, mein Freund«, sagte Jacques, »aber viele Kunden ziehen die verbesserten Sicherungen vor.«

»Die neuen sind zu kompliziert für mich. Ich will 'ne Ware, auf die ich mich verlassen kann.«

»Wir haben genau das, was Sie wollen, Mahn«, versicherte er mir. »Wollen Sie wenigstens diejenigen, die sowohl auf zwölfhundert und auf fünfzehnhundert Watt laufen?«

»Yeah, das ist 'n gutes Geschäft. Kann ich sie heut nacht abholen?«

»Wir schließen nie, mein Freund«, sagte er. Wir hängten beide ein.

Ich fuhr die Atlantic runter Richtung Queens. Bald trug die Gegend westindische Züge. Ich steuerte links in die Buffalo Avenue, vorbei an einer verlassenen Bar an der Ecke, bis ich ein Ladenrestaurant sah. Im Fenster war ein Reklameschild für jamaikanische Teigtaschen, zwei schwarze Cadillacs parkten davor. Ich bog in die Zufahrt ein und stieß bis nach hinten durch. Als ich die Frontlichter des Plymouth auf die Hintertür gerichtet hatte, blinkte ich dreimal und schaltete sie ab.

Die Tür öffnete sich, und ein Mann kam raus, beide Hände in den Taschen einer großen Lederschürze. Ich hatte das Fenster runter und die Hände auf dem Rahmen, als er nah genug war, um mich sehen zu können.

»Jacques erwartet mich«, sagte ich ihm.

Der Mann sagte nichts. Er zog sich zurück, schaute mich aber weiter an, bis er hinter der Tür war. Ich zündete mir eine Zigarette an und bereitete mich drauf vor, ein bißchen zu warten.

Ich zündete mir eben eine weitere an, als sich die Tür wieder öffnete. Die Lederschürze kam zuerst raus und lief wieder rüber zu mir. Er sagte nichts. Hinter ihm konnte ich einen weiteren Mann sehen – groß, mit einem kleinen Hut mit runder Krempe. Der andere Mann trug eine Einkaufstüte in der einen Hand. Ich behielt meinen Blick auf der Lederschürze. Der andere Mann verschwand aus meinem Gesichtsfeld. Ich hörte die Tür des Plymouth aufgehen, und jemand kletterte rein.

»Bist du's, Burke?« fragte Jacques.

»Ich bin's«, sagte ich und wandte ihm mein Gesicht zu, den Rücken zur Lederschürze, wie es sein sollte.

Jacques reichte mir die Einkaufstüte. Drinnen war eine blaue Schachtel. Und da drinnen war ein Smith & Wesson .357-Magnum-Kurzlaufrevolver. Der blaue Stahl roch sogar neu.

Ich klappte die Trommel auf, hielt den Daumen vor den Lauf und schaute durch. Auch die Züge waren neu. Kein sonderlich genaues Teil, doch auf kurze Distanz der beste Mannstopper. Er schluckte sowohl .38er Special- als auch .357er Magnum-Patronen, und er hatte keine Sicherung. Eine Klasse besser als die 9-mm-Automatik, die Jacques mir am Telefon hatte andrehen wollen.

Ich nickte zustimmend mit dem Kopf. Jacques hielt die Hand hoch, Fläche nach außen, Finger gespreizt. Ich hob die Augenbrauen. Er zuckte bloß die Achseln.

Es tut gut, mit Profis zu dealen – selbst wenn ich verdrahtet wäre wie ein Weihnachtsbaum, würde nichts auf Band kommen. Fünfhundert Kröten von Julios Geld wechselten den Besitzer. Ich ließ die Wumme in meine Manteltasche gleiten, steckte die Schachtel, in der sie kam, in die Einkaufstüte und wartete. Der Westinder nahm eine Schachtel Patronen raus und hielt sie in der Hand. Ich schüttelte den Kopf – ich hatte alle Kugeln, die ich brauchte. Jacques legte einen Zeigefinger an seine Braue. Ich wandte mich wieder der Lederschürze zu. Ich hörte das Auto auf- und zugehen, doch ich rührte mich nicht, bis ich den Leibwächter rückwärts Richtung Restauranttür losmarschieren sah. Dann haute ich von dort ab.

Ich fuhr die Atlantic runter, eine Hand am Lenkrad, die andere zog die Gummimatte hoch und tastete herum, bis ich die Platte neben dem Kardantunnel fand. Ich hatte die Muttern gelöst, bevor ich zu dem Restaurant gefahren war. Der Magnum rutschte rein, und die Gummimatte wanderte zurück auf ihren Platz. Nicht das Geringste war zu sehen. Ich konnte nichts dazu, falls mich ein Cop anhielt, aber wenn er das Teil fand, würde es vor Gericht nichts hergeben.

Der Magnum war ein Hochleistungsteil. Der bloße Blick in die Mündung würde den meisten Leuten Schiß machen. Aber Knarren sind nicht da, um Leuten Schiß zu machen, sie sind für Leute da, die Schiß haben. Ich hatte – ich wußte bloß nicht, vor was.

34

Ich fuhr vorsichtig, aber zügig zurück, um im Spätnachtsverkehr nicht aufzufallen. Die Straßen waren ruhig, doch wenn man näher hinschaute, sah man etwas. Zwei Typen, die an der Wand einer verdunkelten Tankstelle standen – Hände in den Taschen –, die Wollkappen auf ihrem Kopf würden sich in Skimasken verwandeln, wenn sie sie runterzogen. Eine einsame Hure in einem falschen Pelz mit einem Minirock drunter, die nach einer letzten Nummer Ausschau hielt, bevor sie die Nacht Nacht sein ließ. Ein Kombi mit schwarzgetönten Fenstern, der langsam vorbeifuhr und die Hure beobachtete, während die zwei Männer im Schatten den Kombi beobachteten. In New York arbeiten die Geier dicht am Boden.

Zurück in der Garage, schraubte ich die Platte los und nahm den Magnum raus. Ich mußte das Teil testen, und ich hatte keine Zeit, rüber in die Bronx zu laufen und den Maulwurf zu fragen. Ich klappte die Waffe auf und lud sie mit einigen .38-Special-Patronen, die ich in einem Krug voller Schrauben und Muttern aufbewahrte. Die Tür zum Keller ist in den Garagenboden eingelassen wie ein Kanaldeckel. Ich hebelte sie auf, stieg rückwärts die Stufen runter und langte mit der Hand nach dem Lichtschalter. Noch bevor das Licht anging, hörte ich die Ratten über den Boden laufen. Einige der keckeren Mistkerle schauten mich bloß an – es war ihre Bude, nicht meine.

Die Wände sind von Sandsäcken gesäumt, gestiftet von einer Baustelle – zirka vier Säcke tief und rund um die Wand bis hoch zur Decke. Ich bewahre sonst nichts unten im Keller auf; es gibt, abgesehen von den Tunnels, die die Ratten benutzen, keinen weiteren Weg raus. Er ist für nichts anderes gut, als Sachen zu testen, die einen riesen Krach machen – auf der Straße würde man nicht mal eine Kanone hören.

Da unten steht eine kleine Werkbank auf dem Boden mit einem Hochleistungsschraubstock und einer Rolle Testangelschnur. Ich klemmte den Griff des Magnum in den Schraubstock, zog ihn fest und band ein bißchen Angelschnur um den Drücker. Ich zielte auf die entfernte Wand, spannte den Hammer und zog die Schnur zurück zur Treppe. Ich kletterte zur Hälfte hoch und verpaßte der Schnur einen starken Ruck. Es gab ein scharfes *Kräck*!-Geräusch und eine Staubwolke von einem der Sandsäcke. Ich ging rüber, um nachzuschauen – ein hübsches Einschußloch – die andere Seite würde weit aufklaffen, aber ich hatte nicht vor, das ganze Ding auseinanderzureißen, bloß um einen Blick drauf zu werfen.

Ich zog den Magnum aus dem Schraubstock, hielt ihn beidhändig und leerte ihn in die Wand. Er bockte ein bißchen, aber nicht so stark, wie ich bei dem kurzen Lauf erwartet hätte. Ich klappte die Waffe auf und ließ die Hülsen in meine Hand fallen. Jacques verkaufte noch immer Qualitätsware.

Bevor ich die Falltür geschlossen hatte, gingen die Ratten wieder ihren Geschäften nach.

35

Ich wachte am nächsten Morgen auf, blieb bloß ein bißchen dort auf der Couch liegen und beobachtete Pansy, die im Schlaf einen Flecken Sonnenschein auf ihrem Gesicht anknurrte. Ich hatte von Flood geträumt – ich tu das die ganze Zeit, seit sie ging. Als ich als Junge in der Besserungsanstalt war, träumte ich immer davon, rauszukommen – draußen zu bleiben, jemand Wichtiges zu sein, etwa ein Oberliga-Gangster. Jetzt spiele ich bloß die Bänder meiner Vergangenheit im Kopf ab – ich kann sie nicht löschen, aber ich schneide sie so weit, daß ich gesund bleibe.

Ich nahm mir Zeit, als ich mich fertigmachte, um auszugehen und mir ein Frühstück zu besorgen. Ich hatte es keineswegs brandeilig, die Rennergebnisse zu checken.

Die Bäckerei war ein paar Straßen weg; trotz der Invasion der Yuppies stand sie noch. Zeitungsleute, die nie mit der U-Bahn fahren, nennen meine Gegend immer noch die »finsteren Straßen«, doch die einzige Gefahr da draußen besteht darin, möglicherweise von einem fliegenden Croissant getroffen zu werden.

Ein neues Mädchen arbeitete in der Bäckerei, zirka sechzehn Jahre alt, mit schwarzem Haar und dunklen Augen. Der Art nach, wie der Typ, der den Laden betreibt, aufpaßte, mußte sie seine Tochter sein. Ich achte darauf, daß ich dort nicht zu oft einkaufe – der Besitzer denkt, ich mache bloß seines Brotes wegen die ganze Fahrt von Brooklyn rüber. Wenn zu viele Leute wissen, wo du wohnst, kriegst du früher oder später Besucher.

Ich suchte ein Körnerbrot für Pansy aus und ein paar Schrippen für mich. Im Deli nebenan trieb ich Ananassaft und Selters plus einen Schlag Frischkäse auf. Eine Masse Typen, mit denen ich gesessen habe, sagten, wenn sie rauskämen, würden sie jeden Tag mit einem richtigen Frühstück anfangen – Eier mit Speck, Steak, Bratkartoffeln, Kaffee, all das. Ich machte das nie – ich bin wählerisch in puncto mit wem ich esse.

Ich griff eine *Daily News* vom Stand. Der Zeitungsverkäufer ist blind. Ich reichte ihm einen Fünfer und sagte ihm, was es war. Er legte den Schein mit der Vorderseite nach unten auf diese Maschine, die er hat, und bewegte seine Hand so, daß sie den Schein über einige Lichter zog. »Fünf Dollar«, sagte die Maschine mit einer Roboterstimme. Das Blatt kostet jetzt fünfunddreißig Cents. In New York ist der Preis für alles außer einem Menschenleben mächtig hochgegangen.

Oben riß ich das Körnerbrot auf und pulte das Weiche raus. Der Großteil des Käseklumpens marschierte rein. Ich blickte rüber zu Pansy. Sie saß da wie ein Fels und sabberte. Ich schmiß ihr das Brot zu und sagte gleichzeitig das Zauberwort. Wie üblich biß sie es genau in der Mitte durch, so daß das Stück auf jeder Seite ihrer Kiefer auf den Boden fiel. Es war weg, bevor ich die Chance hatte, mir mein eigenes Frühstück zu machen. »Du hast Tischmanieren wie ein Tier«, sagte ich ihr. Pansy blickte nicht mal auf – niemand respektiert meine Gesellschaftskritik.

Ich mischte Selters und Ananassaft, schnitt die Schrippen auf und stopfte den letzten Käse rein. Schließlich wandte ich mich den Rennergebnissen zu. Und tatsächlich, Flower Jewel war als erstes Pferd im siebten Rennen aufgeführt. Aber noch bevor ich einen Sekundenbruchteil Freude dran hatte, sah ich das winzige »dq« neben ihrem Namen. Disqualifiziert. Ich ging die Wertungen durch und versuchte rauszufinden, wieso ich diesmal beraubt worden war. Mein Pferd versuchte an die Spitze zu gelangen, war aber die ganze Strecke bis zur Hälfte von einem anderen Tier gesperrt worden, bevor es gegen Ende zurück auf den vierten abgedrängt wurde. Dann zog sie raus und flog eben in die Gerade, als sie ins Springen kam. Als sie das Ziel als erste durchlief, trabte sie nicht, wie sie sollte, sie galoppierte. Flower Jewel stammte von einem Armbro-Nesbit-Stutfohlen und Flower Child ab, einem Traberhengst. Sie hatte das Herz ihres Großvaters, aber nicht den perfekten Gang ihres Vaters. Zum Teufel: *Sie* wußte wahrscheinlich nicht, daß sie das Rennen nicht gewann. Meine Liebe zu dem Tier war unverändert – sie hatte das Richtige getan – besser, Erster sein und schummeln, als sich an die Regeln halten und hinten mit der Meute ankommen. Wenigstens hatte sie nächste Woche eine weitere Chance.

Es war früh genug, daß die Hippies unten noch schliefen. Ich hob das Telefon ab und rief rüber zum Restaurant.

»Poontang Gardens«, meldete sich Mama Wong. Irgendein Soldat hatte ihr den Namen vor Jahren vorgeschlagen, und sie ist zu abergläubisch, um ihn zu ändern.

»Ich bin's«, sagte ich. »Irgendwelche Anrufe?«

»Selbes Mädchen. Sie sag, du bis da.«

»Was?«

»Sie anruf, okay? Ich sag, du nich hier. Sie sag: ›Sag ihm, er is da‹, und sie häng auf.«

»Danke, Mama.«

»Hey!« schnauzte sie, als ich just am Einhängen war, »Leute sag dir jetzt, was tun?«

»Nein«, sagte ich und hängte ein.

Ich rief Pansy vom Dach zurück und ging in das andere Zimmer. Ich holte den kleinen Fernseher und ging wieder zur Couch. Ich fragte Pansy, was sie sehen wollte, doch sie sagte es nicht. Alles, was sie mag, sind Sendungen über Hunde und Catchen. Ich stieß auf eine Wiederholung von »Leave it to Beaver« und legte mich auf der Couch lang. Ich war eingeschlafen, bevor sie vorbei war.

36

Als ich zu mir kam, war irgendein Western auf der Glotze. Zwei Typen hatten just aufgehört, einander die Köpfe einzudellen und wollten sich die Hände schütteln. Politiker machen das auch, doch bei ihnen kommt es wie von selbst – sie sind alle Hunde vom selben Wurf.

Ich ließ Pansy wieder raus aufs Dach und fing an, alles zusammenzutragen, was ich für meine Verabredung brauchte. Wenn dies ein normaler Fall gewesen wäre, hätte ich sie in mein Büro kommen lassen, wo es sicherer für mich ist, aber sie drängelte zu sehr, und ich hatte nicht vor, ihr noch mehr Informationen zu geben, als sie bereits hatte. Ich legte den Magnum beiseite – ich könnte ihn zurück in den Hohlraum neben dem Kardantunnel legen, bloß für den Fall, aber ich glaubte nicht, daß ich zu einer Schießerei loszog. Hölle und Teufel, *ich würde nicht* zu einer Schießerei losziehen. Der Rotschopf arbeitete nicht wirklich mit Julio zusammen – wenn mich der alte Mann erledigt haben wollte, hätte er es bereits versucht. Er machte mir nur auf dieselbe Art Druck wie der Rotschopf, aber nicht aus demselben Grund.

Ich zog mich an, als könnte ich festgenommen werden – wenn die Gefühle nicht stimmen, stellst du dich drauf ein, daß die Dinge falschlaufen. Eine alte, sportliche Lederjacke, weißes Baumwollhemd, Manschetten; ein schwarzer Strickbinder. All diese Tarnung würde mich nicht davor bewahren, einkassiert zu werden, aber sie könnte mich davor bewahren, daß die Cops dabei zu energisch waren. Wenn sie mich nur bis zum Revier mitnahmen, wäre ich immer noch in der Lage, etwas dagegen zu tun. Aber wenn sie tatsächlich eine Verhaftung vornahmen, wäre ich 'ne Weile dort – meine Fingerabdrücke würden genommen werden, und sie würden rausfinden, daß ich kein braver Bürger war. Indem ich mir das Schlimmste ausmalte, stellte ich sicher, daß ich nichts rumschleppte, das mir Schwierigkeiten machen würde. Die knöchelhohen Stiefel hatten Reißverschlüsse an der Innenseite. Sie hatten überdies Stahlkappen und einen hohlen Absatz. Ich faltete fünf Zehn-Dollar-Scheine klein, um sie in den Absatz zu kriegen. Kleingeld ist die beste Konterbande, wenn du eingesperrt wirst. Ein Zehn-Dollar-Schein ist in etwa grad das Richtige für eine Transaktion im Knast – mehr als genug, um auf eine andere Etage verlegt zu werden, oder für Nachschub an Kippen und Zeitschriften. Zwanzig Kröten würden mir etwas ungestörte Zeit am Telefon und einen Draht zu meinem restlichen Geld bringen, falls es dazu kam. Im Knast behältst du fast all deine Straßenkleidung. Sie nehmen dir nicht alles weg, bevor du verurteilt wirst.

Ich nahm eine Dusche, rasierte mich sorgfältig und hörte im Radio, wie warm es für die Jahreszeit war. Ich habe eine gute Uhr, eine goldene Rolex, die irgendein Typ in seinem Hotelzimmer verlor, aber ich legte sie nicht an. Die Zeiten haben sich geändert – es ist Jahre her, ich war noch ein Junge, hockte in der Arrestzelle und sah die Cops einen reinrassigen Louis zur Aufnahme bringen. Ich war noch gefesselt, aber sie hatten die Handschellen vorn angelegt, so daß ich rauchen konnte. Ich spaltete eines meiner letzten Streichhölzer – du legst deine Daumennägel vorsichtig an die Pappe am Fuß des Holzes, dann ziehst du langsam nach oben, bis du zwei Hölzer mit einem Schwefelkopf an jedem Teil hast. Der puertoricanische Junge neben mir hielt das Streichholzbriefchen, so daß wir Feuer kriegen konnte. Als er sich rüber nach dem Feuer beugte, boxte er mir in die Rippen, damit ich aufblickte. Der Louis machte ziemlichen Terz, maulte herum, daß die Cops vorsichtig mit seinem Schmuck sein sollten und wieviel er kostete. Der fette alte Sergeant an der Aufnahme tat, als wäre der Louis gar nicht da. Stück für Stück hob er den Schmuck auf, las laut vor, was es war, und trug es auf der Empfängsbestätigung ein. Sie würden dem Louis alles zurückgeben, wenn er seine Strafe bezahlte. Es war ein rechter Zirkus. Der Sergeant führte seine Liste wie ein Typ bei der Inventur: »Ein Diamantarmband, Goldverschluß. Ein Siegelring, Onyx und Gold, Initiale ›J‹, ein kleiner Ring...« Der Louis machte ihnen weiter die Hölle heiß, was all das Zeug kostete. Ich glaube, es war damals, als mir das erste Mal der Gedanke kam, daß es dumm war, Bürger zu bestehlen. Der Sergeant hob die Armbanduhr des Luden hoch. Sie war flach wie ein Groschen, mit dunkelblauem Zifferblatt und kleinen Diamanten rund um die Fassung – eine Kostbarkeit. Er schaute runter auf den Louis, der sagte: »Hey, Mann, geh besser vorsichtig mit der Uhr um. Die kost' mehr, als du im Jahr machst!« Der Cop schaute die Uhr eine Minute lang nachdenklich an, als versuche er sich vorzustellen, wie sie soviel Asche kosten könnte. Dann schmetterte er sie umgekehrt auf die Tischplatte. Das Glas zerknackte, und kleine Stücke flogen in der ganzen Bude rum. Der Louis schrie: »Hey, Mann!«, als wäre ihm der Kopf zerknackt worden. Der Sergeant blickte den Louis an, sagte: »Eine Herrenuhr – kaputt«, und trug es auf seiner Liste ein. Seine Miene veränderte sich nicht einmal. Ich sorgte mich nicht darum, daß sie das mit meiner Rolex tun könnten. Wie ich sagte, die Zeiten haben sich geändert. Heute würden sie sie wahrscheinlich stehlen.

Bis ich abmarschbereit war, war es fast sechs. Das Treffen war um neun, so daß das Timing gerade richtig war. Ich brachte Pansy wieder runter und machte alles klar, damit sie Futter und Wasser für wenigstens ein paar Wochen haben würde, falls ich nicht sofort zurückkam. Ich ließ die Hintertür einen Spalt offen, so daß sie von selbst aufs Dach konnte. Die offene Tür würde einem Einbrecher nicht viel helfen – er müßte eine menschliche Fliege sein, um durch die Tür zu kommen, und ein Zauberer, um wieder rauszugelangen.

Ich hielt an vier verschiedenen Selbstbedienungstankstellen

entlang der Atlantic Avenue. Der Plymouth hat einen Hundertachtzig-Liter-Tank – wenn ich ihn an einer Stelle auffüllte, könnten sie sich an mich erinnern. Just bevor ich die Biege in den Inter-Boro nahm, sah ich ein graues Steingebäude zu meiner Rechten. Die Fenster waren vergittert, und auf dem Dach war Stacheldraht. Die Tür sah aus wie der Eingang zum Hochsicherheitstrakt. Das Schild auf der Vorderseite besagte, daß es eine Kindertagesstätte war.

Ich brauchte weniger als eine Stunde, um schließlich zur alten Stelle im Forest Park zu gelangen. Es war noch immer hell genug für die Jogger und Gassi-Geher. Ich fuhr ein paarmal durch den gesamten Park und suchte ein paar andere Stellen zum Parken – und Leute, die mich suchten. Schließlich parkte ich den Plymouth knapp neben der Straße, öffnete den Kofferraum und legte den alten Regenmantel und die Lederhandschuhe an, die ich dort immer aufbewahre. Dann wechselte ich den der Straße zugewandten Hinterreifen und ließ mir dabei Zeit. Es dauerte eine Weile, bis ich fertig war. Ich legte alles zurück in den Kofferraum, abgesehen vom Radeisen und den Handschuhen, die ich auf den Rücksitz schmiß.

Zu dem Zeitpunkt, als ich mich aufs Warten einrichtete, war ich das einzige Ding, das nicht zwischen all das Grünzeug gehörte.

37

Was von der schwachen Sonne übrig war, sickerte durch die dichten Bäume und machte rings um den Plymouth helle und dunkle Muster. Zu dem Zeitpunkt, da die Schatten den Krieg gewonnen hatten, hatte ich aufgehört, meine Bänder anzuhören. Scheinwerfer bohrten sich durch den Park, Autos düsten vorbei. Ab und zu sah ich ein Fahrrad oder sogar einen späten Jogger mit reflektierenden Aufklebern auf seinem Turnanzug. Ich drückte jede Zigarette an der Autotür aus und warf die Kippen in eine Plastiktüte. Kam nicht in Frage, daß ich den Cops verriet, wie lange ich gewartet hatte, falls es dazu kam.

Es war fast neun, als ich das Heulen eines zu lang im niedrigen Gang gefahrenen Autos hörte. Der kleine BMW zog um die entfernte Kurve und hielt mitten auf mich zu. Der Rotschopf hatte ein Paar Nebellichter auf der vorderen Stoßstange in Betrieb – das weiße Licht hämmerte durch meine Windschutzscheibe, als er auf die Bremsen stieg und schleudernd beinahe auf mir zum Halten kam. Sobald ich ihren Motor ausgehen hörte, startete ich den Plymouth. Ich hörte ihre Tür knallen, und ich sah sie ihres Weges gehen, wie es Frauen auf hohen Hacken und tückischem Gelände tun. Sie war nah genug, daß ich ihr Gesicht erkennen konnte, als ich den Knüppel auf »Fahren« schob und langsam vorwärts kroch. Ihre Beine waren weit gespreizt, im Boden verankert, Hände auf den Hüften. Ihr Mund war zum Reden geöffnet, doch ich zog am BMW vorbei und stoppte, Fuß auf der Bremse. Sie lief wieder auf mich zu, und ich zog einmal mehr vorwärts.

Sie kapierte es. Der Rotschopf lief zurück zu seinem Auto. Ich wartete, bis sie es wieder anließ; dann zog ich so langsam los, daß sie folgen konnte, und steuerte zu einer besseren Stelle, die ich zuvor gefunden hatte. Der Plymouth fuhr ruhig durch den Park; der BMW klemmte an meiner Stoßstange, und sein verdammtes Fernlicht überflutete meinen Rückspiegel. Ich drehte den Innenspiegel um und machte zwei Runden durch den Park, bloß für den Fall, daß sie einige Freunde mitgebracht hatte. Ich konnte das wütende Röhren des BMW in der Nacht hören – sie war so dicht auf, daß ich an ihr Vorderende hätte ankoppeln können, wenn ich die Bremse trat.

Ich fand die Stelle, die ich wollte, stieß volles Rohr rein und ließ den Plymouth mit der Schnauze zurück zur Straße weisen. Der Rotschopf war direkt hinter mir, doch er hatte keinen Platz zum Umdrehen – wie ich es wollte.

Ich würgte den Motor ab.

Ihre Tür knallte so hart zu, daß das Glas klapperte. Sie stapfte rüber, wo ich saß, das kleine Fuchsgesicht hart und entschlossen.

»Fertig mit Ihren Spielchen?« blaffte sie.

Ich stieg aus dem Plymouth und langte nach der Taschenlampe, die ich in der Türablage aufbewahrte. Ich lief an ihr vorbei zum BMW, öffnete die Tür und leuchtete mit der Lampe rein. Leer.

»Mach den Kofferraum auf«, hieß ich sie.

Der Rotschopf gab ein zischendes Geräusch von sich, drehte sich aber um und langte ins Wageninnere nach den Schlüsseln. Um ihr zu helfen, leuchtete ich sie mit der Lampe an. Sie trug etwas, das wie ein halbierter normaler Rock aussah und eben bis zur Mitte ihrer Schenkel reichte. Es hatte vertikale schwarze und weiße Streifen und war von einem breiten schwarzen Gürtel gekrönt. Ihre Strümpfe hatten hinten an den Beinen runterlaufende dunkle Nähte. Sie beugte sich ins Auto, um die Schlüssel zu holen – es dauerte zu lange.

»Schwierigkeiten?« fragte ich sie.

Sie blickte über die Schulter zurück. »Wollte bloß sichergehen, daß Sie guten Einblick haben«, sagte sie, ein strahlendes Lächeln auf dem Gesicht.

»Hol bloß die Schlüssel«, sagte ich ihr, eine leichte Schärfe in der Stimme.

Sie versetzte ihren Hüften einen scharfen kleinen Schlenker, dann drehte sie sich mit den Schlüsseln in der Hand um. Sie lief nach hinten zum Kofferraum, öffnete ihn und trat beiseite. Ich leuchtete mit der Lampe rein. Massenhaft Müll, aber keine Menschen. Ich zog den Teppich hoch, schaute in die Reserveradmulde. Auch da nichts.

Ich gab ihr die Schlüssel zurück. »Folgen Sie mir zur Straße«, sagte ich ihr. »Wir suchen einen Parkplatz für Ihr Auto, und Sie können mit mir kommen.«

»Kommt nicht in Frage!« fauchte sie. »Ich geh mit Ihnen *wohin*?«

»Irgendwohin, wo wir reden können, okay?«

»Wir können auch hier reden.«

»*Sie* können hier reden, wenn Sie wollen. Wollen Sie mich beim Gespräch dabei, kommen Sie mit mir.«

»Und wenn nicht?«

»Dann reden wir nicht.«

Sie fuhr sich mit den Fingern von vorn nach hinten durch ihr glühendes Haar, dachte nach.

»Julio . . .« fing sie an.

»Julio ist nicht hier«, sagte ich.

Der Rotschopf schenkte mir einen jener »Verscheißer mich lieber nicht«-Blicke, doch das war sein letzter Stich. Sie kletterte wieder in den BMW und ließ den Motor an. Ich zog mit dem Plymouth davon und steuerte aus dem Park.

38

Ich entdeckte einen freien Platz an der Metropolitan Avenue, zog daran vorbei und wartete. Sie zwängte den BMW in die Lücke, steckte ein Stück Karton ans Seitenfenster und lief rüber zu mir. Ich stieg aus und ging rüber, um nachzuschauen, was sie hinterlassen hatte. Es war ein handbeschriebenes Schild – »Kein Radio«. Ich dachte, alle BMWs kämen schon mit diesen Schildern aus der Fabrik.

Sie knallte die Tür des Plymouth mit aller Kraft zu. Ich machte auf der Metropolitan eine Kehrtwende zurück zum Inter-Boro gen Osten. Wir stießen auf den Highway und folgten den Schildern zur Triboro.

»Fahren wir in die Stadt?« fragte sie.

»Schweig bloß stille«, sagte ich ihr. »Wir reden, wenn wir hinkommen.«

Sie sagte nichts weiter. Ich checkte den Spiegel. Es war eine Wohltat, daß mir ihre Nebellichter nicht mehr in den Augen brannten. Knapp vor der Abzweigung zum Long Islang Expressway lenkte ich runter in den Flushing Meadow Park. Sie öffnete den Mund, um etwas zu sagen, doch ich hielt einen Finger an die Lippen.

Niemand folgte uns, aber ich wollte ihr für den Fall, daß Michelles Suche sie auf Gedanken gebracht hatte, nicht sagen, wohin wir unterwegs waren.

»Wieso benutzen Sie das Fernlicht auch dann, wenn vor Ihnen Verkehr ist?« fragte ich sie.

»Es sieht hübsch aus«, sagte sie, als wäre damit alles geklärt.

Ich umkreiste langsam den Park, bis ich zu dem Parkplatz auf der Ostseite kam. Ein paar Autos waren bereits mit Blick auf die Drecklache abgestellt, die die Politiker Flushing Bay benannten. Die Autos waren in großem Abstand geparkt, die Fenster dunkel. Die Cops machten hier immer ihre Runde und ließen ihre Lampen blitzen. Wenn sie zwei Köpfe im Fenster sahen, gingen sie weiter. Damit hörten sie auf, als sich die Kaufleute auf der Hauptstraße beschwerten, sie bräuchten mehr Schutz für ihre Läden. Auch Pärchen parkten immer hinten in den Büschen, aber ein pistolenbewehrter Notzüchtler, der die Gegend abgraste, beendete all das. Wolfe hatte die Anklage gegen den Drecksack übernommen, als sie ihn schließlich faßten. Sie fuhr ihn für fünfundzwanzig bis fünfzig Jahre ein, aber noch immer blieben die Leute dicht am Wasser.

Ich stieß zwischen einem alten Chevy mit aufgebocktem Hinterende – »José und Juanita« in schwungvoller Schrift auf den Kofferraum gemalt – und einem weißen Seville mit falschen Speichenrädern rein. Auf dem Wasser spiegelten sich die Lichter von Flugzeugen, die La Guardia anflogen.

Ich fuhr mein Fenster einen Spalt auf und zündete mir eine Zigarette an. Als ich mich dem Rotschopf zuwandte, knöpfte er schon die Bluse auf.

39

Was zum Teufel machen Sie da?« schnauzte ich sie an, meine Stimme lauter, als sie hätte sein sollen.

»Wonach sieht's denn aus?« fragte sie. »Ich zeige Ihnen, daß ich kein Mikro trage.« Sie lächelte in der Dunkelheit, ihre Zähne so weiß, daß sie falsch wirkten. »Es sei denn, Sie haben Ihre kleine Nuttenfreundin auf dem Rücksitz dabei . . .« sagte sie und blickte über die Schulter.

»Da is keiner«, beschied ich sie.

Sie knöpfte weiter ihre Bluse auf, als hätte sie mich nicht gehört. Sie trug einen Halbschalen-BH drunter, die Spitze bedeckte kaum ihre Nippel. Die Schnalle war vorn. Sie schnappte sie auf, und ihre Brüste kamen raus, klein und fest wie die eines jungen Mädchens, die dunklen Nippel in der kühlen Luft auf mich gerichtet. Ich sagte nichts, sah ihr zu. Als ich spürte, wie die Zigarette meine Finger verbrannte, stieß ich sie, ohne hinzuschauen, aus dem Fenster.

Der Rotschopf langte hinter sich und zog den breiten Gürtel auf. »Ich muß den Reißverschluß aufmachen. Für ein zierliches Mädchen hab ich 'nen großen Arsch, und der Rock geht sonst nicht runter. Ich bin sicher, Sie haben's bemerkt . . .«

Ich wollte ihr sagen, sie solle aufhören . . . vielleicht war es ein Bluff . . . vielleicht war sie verdrahtet, und das hier war ein Spiel. Ich schwieg stille.

Der Reißverschluß gab ein raspelndes Geräusch von sich. Sie wackelte auf dem Sitz rum, bis der Rock unterhalb ihrer Knie war. Ihr Höschen war ein winziges schwarzes Nichts, die dunklen Strümpfe wurden von breiten, schwarzen Strapsen gehalten. Wenn sie verdrahtet war, mußte es in ihrem Körper sein.

»Ja?« fragte sie.

Ich nickte bloß – ich hatte genug gesehen. Doch sie faßte es anders auf. Sie hakte die Daumen in den Bund ihres Höschens und zog auch das runter. Das Licht reichte nicht aus, um zu sehen, ob ihr Flammenhaar natur war.

»Gucken Sie aus dem Fenster – rauchen sie noch 'ne Zigarette«, zischte sie mich an. Ich hörte sie mit ihren Kleidern kämpfen und mit sich selber murmeln. Ein Klaps auf meine Schulter. »Okay, jetzt«, flüsterte sie, und ich drehte mich um.

»Haben Sie noch eine Zigarette für mich?«

Ich gab ihr eine und riß das Streichholz an. Sie kam zum Feuerholen nah ran. Sie bewegte das Gesicht nicht, doch sie verdrehte die Augen nach oben, um mich anzublicken.

Ich langte rüber und nahm ihr die Tasche ab. Sie protestierte nicht, während ich sie durchwühlte. Sie hatte selber Zigaretten, ein Streichholzheftchen von einem Midtown-Restaurant, ein paar hundert in bar und einige Kreditkarten. Und eine Metallröhre, die wie ein Lippenstift aussah. Ich zog die Kappe ab. Innen war irgendeine Düse und am Fuß ein Knopf. Ich blickte sie fragend an.

»Parfüm«, sagte sie.

Ich hielt es aus dem Fenster und drückte am Knopf. Ich hörte das feine Zischen des Sprays und roch Flieder. Okay.

»Ich höre«, sagte ich ihr.

Der Rotschopf rutschte auf dem Sitz rum, so daß der Hintern in eine Ecke gezwängt wurde; Rücken gegen die Tür, Beine überkreuz, sah er mich an.

»Ich habe Ihnen bereits gesagt, worum es geht. Ich möchte, daß Sie etwas für mich tun – was müssen Sie sonst noch wissen?«

»Soll das ein Witz sein? Für mich sind Sie garnix – ich schulde Ihnen nichts.«

»Das ist kein Witz. Ich mach keine Witze.« Sie zog fest an ihrer Zigarette, eine Sekunde lang war ihr Gesicht hell. »Mir schulden Sie nichts . . . aber Julio schulden Sie was, richtig?«

»Falsch.«

»Und warum haben Sie dann die andere Sache gemacht?«

»Welche andere Sache?« fragte ich sie.

»Im Park . . .«

»Sie sind auf'm falschen Dampfer, Gnädigste. Ich weiß nichts von einem Park. Sie haben mich mit jemandem verwechselt.«

»Warum sind Sie dann überhaupt gekommen?«

»Weil Sie mir Druck machen. Sie spielen ein albernes Reiches-Mädchen-Spiel. Ich möchte, daß Sie mir vom Acker gehen, und wollte es Ihnen ins Gesicht sagen, damit Sie's kapieren.«

»Ich kapiere es *nicht*«, fauchte sie mich an. »Und ich werde es nicht kapieren. Sie arbeiten für Geld – wie jeder andere auch –, ich habe Geld. Und ich brauche Sie für das hier.«

»Besorgen Sie sich 'nen andern«, sagte ich ihr.

»Nein!« blaffte sie. »Schreiben Sie mir nicht vor, was ich zu tun habe. Keiner schreibt mir vor, was ich zu tun habe. Glauben Sie, ich *möchte* Sie für das hier haben? Ich habe Ihnen doch erklärt, daß Julio gesagt hat, Sie kennen die Nazis.«

»Was soll das mit den Nazis? Klingt, als hätte Julio während seines letzten Streifens was verpaßt.«

»Julio verpaßt nie etwas«, sagte der Rotschopf, »und das wissen Sie. Es müssen Sie sein, und damit basta.«

»Wegen diesen ›Nazis‹?«

»Ja. Und weil sie die einzige Spur sind, die ich habe.«

Ich zündete mir eine weitere Zigarette an. Die Luft im Auto fühlte sich geladen an, wie kurz nach einem starken Regen. Der Rotschopf klang, als würde er nicht mit vollem Blatt spielen, aber was er übrig hatte, waren lauter Joker.

Ich stieg aus dem Plymouth und lief zum Wasserrand runter, blickte nicht zurück. Kaum daß ich ein paar Schritte weg war, hörte ich hinter mir die Autotür wütend zuknallen. Ich hörte das Klacken ihrer hohen Hacken auf dem Belag, und dann spürte ich ihre Hand auf meinem Arm.

»Wohin wollen Sie?« sagte sie und versuchte mich rumzuziehen, damit ich sie anblickte.

»Ans Wasser«, sagte ich ihr, als ob das alles erklärte.

Sie hielt mit mir Schritt, schwankte zwar, als wir auf grasigen Boden stießen, blieb aber dran.

»Ich will mit Ihnen reden!« fauchte sie.

Der Mond war raus – beinahe voll. Vielleicht machte er sie närrisch, aber das glaubte ich nicht. Vielleicht wußte sie bloß nicht, wie sie sich verhalten sollte. Ich blieb am Wasser stehen und griff mir mit meiner Rechten ihr winziges Kinn, hielt ihr Gesicht so, daß sie sich nicht bewegen konnte. Ich brachte mein Gesicht nah an ihres. »Ich geb keinen Fliegenschiß drauf, *was* Sie wollen, verstanden? Sie sind nicht mein Boß. Julio ist nicht mein Boß. Sie und ich sind quitt, okay? So Sie denken, ich bin ein seniler alter Onkel wie Julio, machen Sie 'nen großen Fehler.«

Sie wand sich in meiner Hand, verdrehte ihr Gesicht, behielt aber die Hände unten. Ihre Blicke gifteten mich an, aber sie machte den Mund nicht auf.

»Und wenn Sie denken, ich bin ein schwachsinniger Schwanzgesteuerter wie Vinnie, sind Sie noch blöder, als Sie sich aufführn, verstanden?« sagte ich und verpaßte ihrem Gesicht einen kurzen Ruck. Ihre Augen blitzten – ich wußte, es war nicht Julios Einfall gewesen, den Stronzo mit meinem Geld zu schicken.

»Lassen. Sie. Mich. Los«, flüsterte sie, jedes Wort ein Satz für sich.

Ich stieß ihr Gesicht von mir weg, hart. Sie taumelte nach hinten, verlor das Gleichgewicht und ging zu Boden. Ich lief von ihr weg, bis ich auf eine der mutwillig ruinierten Bänke stieß, und setzte mich. Blickte aufs Wasser. Versuchte mir einen Ausweg aus der Kiste, in der ich steckte, auszudenken.

Es dauerte ein paar Minuten, bevor sie sich neben mich setzte und in ihrer Tasche nach den Zigaretten fummelte. Diesmal gab ich ihr kein Feuer.

»Macht es Sie an, Frauen herumzuschubsen?«

»Ich hab Sie nicht rumgeschubst, Prinzessin – ich hab Sie *weg*geschubst.«

»Lassen Sie das sein«, flüsterte sie, ihr Gesicht wieder dicht an meinem. »Lassen Sie das sein – ich kann alles klarstellen, geben Sie mir bloß eine Chance, okay?«

Ich sagte nichts, wartete.

»Ich möchte das hier unbedingt«, sagte der Rotschopf. »Ich habe nicht viele Anhaltspunkte. Wenn ich zu irgendeiner Privatdetektei gehe, nehmen die mich bloß aus. Ich weiß das. Ich weiß, daß das ganze Ding ein Schuß ins Blaue ist.«

Ich starrte weiter aufs Wasser, wartete.

»Lassen Sie mich bloß hier bei Ihnen sitzen. Als wäre ich Ihre Freundin oder so was – lassen Sie mich die ganze Geschichte erzählen. Falls Sie nicht einverstanden sind, mir zu helfen, wenn ich fertig bin, sind wir quitt. Sie bringen mich zurück zu meinem Auto, und das war's dann.«

Ich zündete mir eine weitere Zigarette an, noch immer schweigsam. Sie legte mir ihre Hand auf den Arm – ein fetter Diamant funkelte im Mondlicht – kaltes Feuer.

»Schwören Sie's?« fragte ich sie.

»Ich schwöre«, sagte sie, ihre Augen groß und glühend und voller Lügen.

Ich blickte runter auf ihren Diamanten. »Erzählen Sie«, sagte ich.

40

Sie stand von der Bank auf und lief um sie herum hinter mich. Sie lehnte sich über sie an meinen Rücken, die Ellbogen auf meiner Schulter, die Lippen an meinem Ohr. Als hätte sie das ihr ganzes Leben getan. Ihre Stimme war rauchig, doch jetzt versuchte sie nicht, sexy zu sein – sie wollte bloß alles loswerden.

»Es ist wegen Scott. Er ist der kleine Junge meiner Freundin, wie ich Ihnen sagte. Er ist der süßeste kleine Junge auf der Welt – blonde Haare, blaue Augen. Er ist ein prächtiger kleiner Junge, hat immer ein Lächeln für jeden. Er ist noch unverdorben – er liebt jeden. Am meisten liebt er meine Mia.

Meine Freundin nahm ihn mit zu dieser Kinderparty in das Forum – wo all die Läden Clowns und Sänger und Geschichtenerzähler und all das haben, wissen Sie? Scott hatte einen tollen Tag, bis einer der Clowns auf ihn zukam. Aus heiterem Himmel fängt er an zu schreien und läuft davon. Seine Mutter muß hinterher und ihn einfangen. Er will ihr nichts erzählen – er möchte bloß heimgehen.

Danach scheint er okay – als hätte er bloß einen schlechten Tag gehabt oder so was. Aber ein paar Wochen später kommt ein Freund von seinem Vater in ihr Haus rüber. Er hat eine Polaroid-Kamera dabei, und er macht Bilder. Als Scott runterkommt, sieht er die Kamera, und er erstarrt förmlich . . . wird wie katatonisch . . . er ist einfach bewegungslos. Sie bringen ihn nach oben, und bald wirkt er wieder wie okay, aber bis dahin denkt sich meine Freundin, daß etwas überhaupt nicht stimmt, und sie bringt ihn zu einem Therapeuten.

Aber er will nicht mit dem Therapeuten reden. Ich meine, er

will nicht drüber reden, was nicht stimmt. Die meiste Zeit wirkt er wie sonst auch, aber etwas nagt förmlich an ihm. Er will nicht mehr die Sachen machen wie vorher – er will nicht spielen, will nicht fernsehschauen . . . nichts. Der arme kleine Kerl ist so traurig.

Jedenfalls, meine Freundin bringt ihn rüber. Sie denkt sich . . . er *betet* meine kleine Mia geradezu an . . . vielleicht spielt er mit ihr. Aber auch das will er nicht. Und jetzt wird auch Mia ganz aufgedreht. Mach's wieder gut, Mama, sagt sie zu mir. Was sollte ich tun? Mia . . . ich *mußte* es wieder gutmachen.«

Der Rotschopf wendet mir das Gesicht zu, gibt mir geistesabwesend einen Kuß, als wolle er mir sagen: »Beweg dich nicht.« Sie läuft wieder um die Bank herum zur Vorderseite und klettert auf meinen Schoß – kuschelt sich an mich, als sei ihr kalt. Als sei ich ein Möbelstück. Ihr Gesicht ist an meiner Brust, doch ich kann sie immer noch hören, wenn sie redet.

»Ich sage meiner Freundin, sie soll bei mir im Haus bleiben, und ich nehme Mia, und wir gehen los und kaufen eine Polaroid. Ich komme zum Haus zurück und hole diesen großen Hammer aus der Garage. Ich bring alles raus auf die Veranda, und dann nehm ich Scott bei der Hand und führ ihn mit mir raus. Ich öffne die Schachtel und zeig ihm die Kamera, und er fängt an, von mir wegzuzerren. Dann nehm ich den Hammer und zertrümmere diese scheiß Kamera, bis sie bloß noch ein Haufen kleiner Teile quer über die Veranda ist. Ich muß eine Minute lang närrisch geworden sein . . . ich brülle etwas auf die Kamera ein . . . ich weiß nicht mal, was. Und der kleine Scott . . . er kommt rüber zu mir. Ich geb ihm den Hammer, und auch er schlägt auf die Kamera ein. Und dann fängt er an zu heulen – als wollte er nie mehr aufhören. Ich halte ihn, und Mia auch – alle zusammen.

Endlich hört er auf. Ich frage ihn: ›Ist jetzt alles gut, Liebling?‹ und er sagt: ›Zia Peppina, sie haben immer noch das Bild!‹, und er heult, bis ich ihm sage, daß ich das Bild für ihn hole. Ich *verspreche* es ihm. Ich *schwöre* es ihm bei meiner Tochter. Bei Mia schwöre ich ihm, daß ich das Bild für ihn hole.

Und dann hört er auf. Er lächelt mich an. Der kleine Kerl faßt zum ersten Mal wieder Mut – er weiß, daß es erledigt ist, wenn ich was schwöre – es ist erledigt. Er hat Vertrauen zu mir.«

Sie lehnte schweigend an meiner Brust. Ich langte in meine Tasche, nahm eine Kippe für mich raus und zündete sie an. Sie schob ihr Gesicht zwischen meine Hand und meinen Mund, nahm einen Zug aus meiner Hand. Wartete.

»Sie wissen, was auf dem Bild ist?« fragte ich sie.

»Yeah. Ich weiß es«, sagte sie.

»Weil er es ihnen gesagt hat, oder . . .?«

»Ich weiß es einfach.«

»Sie haben was unternommen, um es rauszufinden, richtig?«

Sie nickte an meiner Brust.

»Was?« fragte ich sie.

»Er ging immer zu dieser Tagesstätte. Draußen in Fresh Meadows. Eines Tages bringen sie ihn irgendwohin – er sagt, raus aufs Land – mit dem Schulbus. Da war ein Typ in einem Clownsanzug, und noch anderes Zeug. Er kann es mir nicht sagen. Er mußte seine Kleidung ausziehen und etwas machen – auch das will er mir nicht sagen. Und jemand hat Bilder von ihm gemacht.«

»Wo war das?« fragte ich sie.

»Ich *weiß* es nicht!« sagte sie, gegen das Heulen ankämpfend, und biß sich wie ein Kind auf die Unterlippe.

Ich tätschelte ihren Rücken in vorsichtigem Rhythmus und wartete, bis sich ihr Atem anpaßte. »Was haben Sie sonst noch rausgefunden?«

»Eine Frau kam da hin. Eine alte Frau, sagte er. Sie hatte zwei Männer dabei. Große, furchterregende Männer. Einer hatte eine kleine Tasche – wie eine Doktortasche. Mit Geld drin. Die alte Frau nahm die Bilder, und der Clown kriegte ein bißchen Geld.«

»Und . . .?« drängte ich sie.

»Scott konnte mir nicht sagen, wie die Männer aussahen, aber er sah die Hände von dem Mann, der die kleine Tasche

157

trug. Auf einer davon war ein dunkelblaues Zeichen. Scott hat es für mich gezeichnet.« Sie fummelte in ihrer Tasche und zog ein Stück Papier raus. Es war mit allen möglichen Arten von Kreuzen und Strichen überzogen, mit Buntstift gemalt, wie es Kinder tun. Unten in der einen Ecke war etwas Blaues, mit einem roten Kreis außen herum. Ich hielt das Streichholz näher ran. Es war ein Hakenkreuz.

»Das war auf der Hand des Mannes?« fragte ich sie.

»Ja.«

»Auf dem Handrücken?«

»Ja.«

»Was haben Sie unternommen?« fragte ich sie.

Der Rotschopf holte Luft. »Ich zeigte Onkel Julio die Zeichnung. Er schaute sie einmal an und sagte: ›Gefängnistätowierung.‹ Ich fragte ihn, ob es hinter Gittern Nazis gäbe. Er sagte, er wüßte wirklich nicht allzu viel drüber. Ich drang auf ihn ein – ich brachte ihn dazu, es mir zu sagen. Und da habe ich Ihren Namen gekriegt – er sagte, Sie kennen sie.«

41

Es war kalt da draußen am Wasser, vor allem um mein Rückgrat herum. Wir hatten eine Abmachung – ich hatte mir ihre Geschichte angehört, und nun konnte ich gehen. Aber ich wollte mir etwas Sicherheit verschaffen – ihr zu verstehen geben, daß ich sowieso nicht der Mann für den Job war.

»Julio hat den Arsch offen«, sagte ich ihr mit flacher Stimme.

»Ich weiß«, sagte sie, sanft und ruhig.

»Ich meine, wegen der Nazis. Ich kenn sie nicht – sie waren mit uns allen im Gefängnis – keiner kennt sie – sie bleiben unter sich, verstehn Sie?«

Der Rotschopf wand sich auf meinem Schoß, bis er mir ins Gesicht sah. Sie griff sich die untere Hälfte meines Gesichts, wie ich es mit ihr gemacht hatte. Ich konnte das Parfüm an ihrer Hand riechen. Sie legte ihr kleines Gesicht direkt an meines und fing meinen Blick ein.

»Sie lügen mich an«, flüsterte sie. »Ich weiß alles über Männer – ich weiß mehr über Männer, als Sie je wissen werden. Ich weiß, wenn ein Mann mich anlügt.«

Problemlos begegnete ich ihrem Starren, auch wenn der Mond in ihren närrischen Augen tanzte.

»Ich sag Ihnen die Wahrheit«, erklärte ich.

Sie lehnte sich an mich, drückte ihre Lippen fest gegen meine. Ich konnte ihre Zähne spüren. Dann ihre Zunge. So blieb sie gut eine Minute lang, ihre Hände irgendwo auf meiner Brust. »Bitte?« flüsterte sie.

Sie zog das Gesicht weg. »Nein«, sagte ich. Ich wollte aufstehen, doch sie saß noch immer auf meinem Schoß. Wieder legte sie ihr Gesicht an meines, öffnete den Mund und biß mit aller Kraft in meine Unterlippe. Die Schmerzwelle schoß durch mich wie elektrischer Strom – ich versteifte zwei Finger und einen Daumen und stieß sie ihr in die Rippen. Sie grunzte und zuckte von mir zurück; ihr Mund war blutig.

Der Rotschopf rollte von meinem Schoß und knickte in der Hüfte vornüber. Ich dachte, sie würde kotzen, doch sie kriegte sich unter Kontrolle. Ihr Kopf kam hoch. Sie kaute auf etwas herum – einem Stück meiner Lippe.

»Mmmm«, sagte sie, »das ist so *gut*.« Ich sah sie ein Stück von mir schlucken. In ihrem Lächeln lag eine Spur Rot, wie verschmierter Lippenstift.

Ich stand von der Bank auf, lief zurück zum Plymouth und ließ sie, wo sie war. Sie rührte sich nicht, bis sie den Motor anspringen hörte. Dann lief sie zum Auto, ließ sich Zeit.

Sie stieg auf der Beifahrerseite ein, öffnete ihr Fenster und blickte raus – weg von mir. Sie sagte kein weiteres Wort, bis wir neben ihrem BMW anhielten.

42

Die Metropolitan Avenue war ruhig. Der BMW stand un-
angetastet da. Diese Gegend war danach.

Der Rotschopf wandte sich mir zu. »Kann ich Ihnen eines
sagen, bevor Sie gehen?«

Ich nickte bloß und spannte für den Fall, daß sie noch immer
hungrig zu sein beschloß, meinen rechten Arm an.

»Hunderttausend Dollar. In bar. Für Sie.«

Sie hatte meine Aufmerksamkeit, doch ich sagte nichts.

»Hunderttausend Dollar«, sagte sie wieder, als verspräche
sie die allererotischste Sache der Welt. Vielleicht tat sie's.

»Wo?« fragte ich sie.

»Ich habe sie«, sagte sie. »Und sie gehören Ihnen, wenn Sie
das Bild für mich finden.«

»Und wenn nicht? Ich meine, wenn ich suche und mit leeren
Hände zurückkomme?«

»Wie lange werden Sie suchen?«

»*Falls* ich suche, suche ich vier, fünf Wochen. Danach gibt's
keine Chance. Man könnte ein paar Inserate aufgeben, ein paar
Bäume schütteln . . . aber wenn's in der Nähe ist, immer noch
am Ort, dann ist nicht mehr Zeit drin.«

»Woher weiß ich, daß Sie wirklich suchen?« fragte sie.

»Tun Sie.nicht«, sagte ich, »und *das* ist die beschissene
Wahrheit.«

»Fünftausend die Woche?«

»Plus Spesen.«

»Für hundert Riesen können Sie ihre Spesen selbst zahlen.«

»Falls ich das Bild finde«, sagte ich, »decken die hundert
Riesen alles ab, okay? Aber wenn nicht, zahlen Sie mir fünf
Riesen die Woche, maximal fünf Wochen lang, plus Spesen.«

Der Rotschopf streichelte sein Gesicht, sammelte sich,
dachte nach. Schließlich sagte sie: »Zehn Riesen im voraus,
und Sie fangen heute nacht an.«

»Fünfundzwanzig im voraus, und ich fange heute nacht an«,
schoß ich zurück.

»Fünfzehn«, offerierte sie.

»Machen Sie 'nen Spaziergang, Gnädigste«, sagte ich. »Ich hätte mich von Anfang an nicht drauf einlassen sollen.«

»Sie gehen mit mir«, sagte der Rotschopf. »Zu mir nach Hause. Ich gebe Ihnen die fünfundzwanzig.«

»Und ein Bild von dem Kind?«

»Ja. Und all das andere Zeug, das ich zusammengetragen habe.«

»Und dann sind Sie draußen? Ich mach meine Arbeit und laß Sie das Ergebnis wissen?«

»Ja.«

»Und dann vergessen Sie, daß Sie mich je gesehn haben?«

»Oh, das werde ich tun«, sagte sie, »aber Sie werden nie vergessen, daß Sie *mich* gesehen haben.«

Selbst im Auto war mir noch kalt. »Haben Sie das Geld bei sich zu Hause. Ihr Mann . . .?«

»Kümmern Sie sich nicht drum. Er wird heute nacht nicht daheim sein. Ist das eine Abmachung?«

»Keine Versprechen«, beschied ich sie. »Ich tu mein Bestes. Komm ich mit leeren Händen wieder . . . das war's dann, klar?«

»Ja«, sagte sie wieder. »Folgen Sie mir.«

Sie stieg aus dem Plymouth und in ihr Auto. Ich ließ den Motor leerlaufen, während sie startete. Sie zog raus, und ich folgte ihren Hecklichtern in die Nacht.

43

Der Rotschopf fuhr schlecht, jagte den BMW in den niedrigen Gängen zu hoch, ließ den Motor aufheulen, wenn eine Kurve kam, folterte die Reifen. Der Plymouth war auf Stärke gebaut, nicht auf Tempo – ich fuhr meinen eigenen Stiefel und achtete darauf, ob sie mit ihrer Fahrerei Aufmerksamkeit erregte.

Der BMW huschte in die Einfahrt zum Forest Park. An einer Kurve verlor ich sie aus den Augen, doch ich konnte vor mir ihre Reifen jaulen hören. Ich brummte bloß dahin – es gab nichts, wo sie hin konnte.

Sie bog aus dem Park und in ein Gebiet mit Mini-Grundstücken – nicht viel Land um die Häuser herum, aber es waren lauter große Mistklötze, weit von der Straße zurückgesetzt, meistens Kolonialstil. Der Rotschopf nahm eine Reihe enger, gewundener Kurven und hielt vor einem Haus mit gefliester Fassade und Schmiedeeisenzaun. Sie stieg aus und lief, ohne einmal zurückzuschauen, zur Einfahrt. Etwas aus ihrer Tasche entriegelte das Tor. Sie winkte mich um ihr Auto herum, und ich stieß auf die Auffahrt. Ich hörte, wie sich das Tor wieder hinter mir schloß, und dann blendeten mich die Lichter des BMW, als er an mir vorbeischoß und der Kurve der Zufahrt zur Rückseite des Hauses folgte. Die Garage öffnete sich, als wir uns näherten – sie mußte eine Art elektronisches Auge haben. Innen ging das Licht an. Nur ein Stellplatz war belegt – eine Mercedes-Limousine.

Ich sah sie den BMW in die mittlere Lücke zwängen. Ich brachte mein Auto zum Halten und setzte zurück, so daß die hintere Stoßstange des Plymouth an der Garagenöffnung war. Sie bedeutete mir, ganz reinzustoßen. Ich schüttelte den Kopf, stellte den Motor ab. Sie zuckte die Achseln, wie man es angesichts eines Idioten tut, der den Film nicht versteht, und bedeutete mir, ihr ins Innere zu folgen.

Der Rotschopf drückte einen Knopf an der Garagenwand, und das große Tor senkte sich von der Decke und schloß sich hinter uns. Sie öffnete eine Seitentür, stieg ein paar Stufen hoch und wies mich mit einer knappen Bewegung des Handgelenks an, ihr zu folgen.

Die Stufen beschrieben eine sanfte Kurve zum nächsten Stock. Von irgendwoher kam weiches Licht, aber ich konnte keine Birnen sehen. Auf der engen Treppe streiften die Hüften des Rotschopfs beinahe gegen beide Wände. Ich dachte an den Magnum, den ich im Plymouth zurückgelassen hatte.

Sie führte mich in einen langen, schmalen Raum im nächsten Stock. Eine ganze Wand nach hinten raus war aus Glas. Flutlicht strömte über das Gelände – eine Terrasse weiter hinten war von einem Felsengarten umgeben; der Rest verschmolz mit den Schatten.

»Warten Sie hier«, sagte sie und bewegte sich zu einem anderen Raum.

Sie hatte das Licht in dem großen Raum nicht angeknipst, doch ich konnte einigermaßen sehen. Er wirkte, als hätte der Innenarchitekt einen Doktorgrad in Krankenhausausstattung. Der ganze Raum war weiß – eine niedrige Ledercouch vor einem weißen Marmorklotz, ein Ruhesessel aus demselben weißen Leder. Eine Stehlampe reichte bis über den Ruhesessel – ein dünner schwarzer Stiel mit einem kannelierten Aufsatz an der Spitze. Auf dem Marmorklotz stand ein schwarzer Glasaschenbecher. Ein einzelnes schwarzes Regal zog sich über die gesamte andere Wand, und der Lack schimmerte im spiegelnden Licht. Auf dem Boden sah ich vier schwarze Stereoboxen, aber keine Geräte – wahrscheinlich in einem anderen Teil des Hauses. Der Fußboden bestand aus schwarzen Schieferkacheln, und an der Decke waren zwei parallele Lichtleisten mit einer Reihe winziger, konischer schwarzer Punktstrahler. Der Raum war wie ein Reptilienauge – ausdruckslos und hart und kalt.

Ich setzte mich in den Ruhesessel und zündete mir eine Zigarette an. Mein Mund brannte beim ersten Zug. Ich nahm die Kippe aus dem Mund – am Filter war Blut. Ich wischte mir den Mund am Taschentuch ab und saß wartend da. Ich hörte das Klacken ihrer Absätze auf den Kacheln, drehte, ohne mich zu bewegen, den Kopf. Wieder schmeckte ich das Blut auf meinen Lippen. Sie trug ein schwarzes Seidenmieder über einem Paar dazu passender French Knickers. Die ganze Staffage wurde von einem Paar Spaghettiträger gehalten – sie zeichneten einen scharfen Strich auf ihre schlanken Schultern. Der Rotschopf hatte ein Paar schwarzer Pumps an den Füßen – keine Strümpfe, soweit ich sehen konnte. Sie war ganz in Schwarz und Weiß, wie der Raum.

»Möchten Sie was trinken?« fragte sie.

»Nein.«

»Nichts? Wir haben alles hier.«

»Ich trinke nicht«, beschied ich sie.

»Einen Joint? Ein bißchen Koks?« fragte sie mich, eine Stewardeß auf dem Flug zur Hölle.

»Nichts«, beschied ich sie wieder.

Sie ging vor mir auf und ab wie ein Modell beim ersten Mal auf dem Laufsteg, nervös, aber eitel. Sie setzte sich auf die Couch, kreuzte ihre langen Beine, faltete die Hände über einem Knie. »Sind wir uns einig?« fragte sie.

»Wo ist das Geld?« sagte ich in Erwiderung.

»Ja«, sagte sie abwesend, fast zu sich selbst, »wo ist das Geld?«

Sie schwebte von der Couch und lief wieder aus dem Raum, überließ mich meinen Gedanken. Ich fragte mich, wo ihr Kind war.

Der Rotschopf war nach einer Minute zurück, einen flachen schwarzen Attachékoffer in einer Hand. Sie sah aus, als ginge sie arbeiten. Im Puff. In einer anmutigen Bewegung, die Knöchel hinter sich am Boden kreuzend, sank sie neben dem Ruhesessel auf die Knie und legte mir den Attachékoffer auf den Schoß. »Zählen Sie nach«, sagte sie.

Es waren lauter Fünfziger und Hunderter – frische Scheine, aber nicht neu. Die Seriennummern waren nicht in Folge. Die Zahl stimmte bis aufs Haar. »Okay«, sagte ich ihr.

Sie kam auf die Beine. »Warten Sie hier. Ich hole Ihnen die Bilder«, sagte sie und wandte sich zum Gehen. »Spielen Sie mit Ihrem Geld.«

Sobald sie aus dem Raum war, stand ich auf und zog meine Jacke aus. Ich transferierte das Geld vom Attachékoffer in verschiedene Taschen, schloß den Koffer und schmiß ihn auf die Couch. Zündete mir eine weitere Zigarette an.

Sie war rasch zurück, die Hände voller Papier. Sie kam rüber zum selben Platz, wo sie zuvor gewesen war, kniete sich wieder hin und fing an, mir die Blätter auf den Schoß zu legen, jeweils ein Stück, als teile sie Karten aus.

»Das ist Scotty, wie er heute aussieht. Ich hab es letzte Woche aufgenommen. Das ist Scotty, wie er vor ein paar Monaten aussah – als es passiert ist. Das ist die Zeichnung, die er gemacht hat – sehen Sie das Hakenkreuz? Das sind Scotty und ich – so können Sie sehen, wie groß er ist, okay?«

»Okay«, sagte ich ihr.

Sie reichte mir noch ein Stück Papier, bedeckt mit getippten Nummern. »Das sind die Telefonnummern, unter denen Sie mich erreichen können . . . und wo sie reden können. Verlangen Sie mich einfach – Sie müssen nichts weiter sagen.«

»Irgendwelche Anrufbeantworter dabei?«

»Nein. Es sind lauter Leute, keine Sorge.«

Ich nahm einen letzten Zug von meiner Kippe und beugte mich an ihr vorbei, um sie im Aschenbecher auszudrücken, bereit zu gehen. Wieder legte der Rotschopf sein Gesicht dicht an meines und flüsterte mit babyhafter Stimme, mehr Luft als Klang: »Sie denken, ich bin ein Feger, nicht?«

Ich sagte nichts, war festgefroren, zerbröselte mechanisch die Zigarettenkippe zu Tabakkrümeln.

»Sie denken, ich mache Sie bloß scharf, nicht?« flüsterte sie wieder. »Mich so anzuziehen . . .«

Ich zog mich zurück, um sie anzuschauen, doch sie hing dran, ging mit mir mit. »Tun Sie, was Sie möchten«, beschied ich sie.

»Werde ich, wenn Sie die Augen schließen«, sagte sie in mein Ohr. »Schließen Sie die Augen!« sagte sie, ein kleines Kind, das einen auffordert, ein Spiel mit ihm zu spielen.

Mir war noch immer so kalt. Vielleicht war es der Raum. Ich schloß die Augen, lehnte mich zurück. Spürte, wie sie mich streichelte und ein Geräusch im Hals machte. »Sssh, ssh«, murmelte sie. Sie redete mit sich selbst. Ich spürte ihre Hand an meinem Gürtel, hörte den Reißverschluß, spürte, wie ich mich gegen ihre Hand drängte. Ich öffnete die Augen einen kleinen Spalt; ihr rotes Haar war in meinem Schoß. »Sie haben's versprochen!« sagte sie mit dieser Babystimme. Ich schloß die Augen wieder. Sie zerrte am Bund meiner Shorts, doch ich rührte mich nicht – sie war roh und hastig, als sie mich aus dem Stall zog, und im Hals machte sie noch immer diese Babygeräusche. Ich spürte ihren Mund um mich, spürte die Wärme, ihre winzigen Zähne an mir, sanft ziehend. Ich legte meine Hände auf ihr weiches Haar, und sie nahm ihren Mund von mir, ihre Zähne ritzten am Schaft, taten mir weh. »Faß mich nicht an!« flüsterte sie, die Stimme eines kleinen Mädchens.

Ich legte meine Hände hinter meinen Kopf, so daß sie sich nicht bewegten. Und sie kam mit ihrem Mund zurück zu mir, saugte jetzt hart und bewegte ihren Mund auf und ab, bis ich von ihren Säften glitschte. Meine Augen öffneten sich wieder – ich konnte nicht anders. Diesmal sagte sie nichts. Ich öffnete sie weiter. Das Gesicht des Rotschopfs war in meinem Schoß vergraben, die Hände fest hinter dem Rücken verklammert. Meine Augen schlossen sich wieder.

Ich spürte es kommen. Ich stieß mit dem Hintern im Sessel zurück, gab ihr eine Chance, ihren Mund wegzuziehen, doch sie klebte an mir. »Genau so!« nuschelte sie, den Mund voll; ein kleines Mädchen redete da, ein dickköpfiges kleines Mädchen, das sich etwas in den Sinn gesetzt hatte und nicht nachgeben wollte. Meine Gedanken zuckten zu einem Mädchen, das ich einst kennengelernt hatte, als ich auf der Flucht aus der Besserungsanstalt war. Auch sie wollte es nur so machen – sie wollte nicht wieder schwanger werden. Irgendwie wußte ich, das hier war nicht dasselbe.

Es war ihre Wahl. Sie schüttelte den Kopf von der einen Seite zur anderen, behielt mich dabei in sich. Ich spürte die Explosion bis hinunter zum Ansatz meines Rückgrats, doch sie nahm das Gesicht nicht einmal weg, langte nicht einmal nach einem Taschentuch; ich konnte die Muskeln in ihren Backen arbeiten spüren, als sie alles aufnahm.

Ich plumpste in den Sessel zurück, und sie ließ mich aus ihrem Mund gleiten, behielt aber den Kopf in meinem Schoß. Ihr Kleinmädchengeflüster klang hell in in dem stillen Raum. »Ich bin ein braves Mädchen«, sagte sie, ruhig und selbstzufrieden. »Streichle mich, streichle meinen Kopf.«

Meine Augen öffneten sich wieder, während ich meine Hand nach vorn führte, ihr Haar streichelte und zusah, wie sich ihre Hände hinter ihr in Handschellen wanden, die sie sich selbst gemacht hatte.

Ihr Kopf kam hoch. Sie leckte sich die Lippen, und ihre Augen waren feucht und schimmernd. Ihre Hände kamen nach vorn, nahmen eine von meinen Zigaretten und zündeten sie an, während ich mich wieder einpackte und den Reißverschluß hochzog. Sie reichte mir die angezündete Zigarette.

»Für dich«, sagte sie.

Ich nahm einen tiefen Zug. Es schmeckte nach Blut.

»Jetzt hab ich dich in mir«, sagte sie in ihrer eigenen Stimme. »Hol mir das Bild.«

Ich mußte hier raus. Auch sie wußte es. Ich zog meine Jacke an, klopfte auf die Taschen und steckte die Bilder und das andere Zeug, das sie mir gab, rein.

»Komm«, sagte sie, nahm meine Hand und führte mich zurück zur Garage.

Der Mercedes hatte ein normales Nummernschild, aber auf dem am BMW stand *JINA*. »So also buchstabiert sich dein Name?« fragte ich sie. »Ich dache, es wäre Gina – *G-I-N-A*.«

»Sie nannten mich Gina. Ich mochte es nicht. Wenn ich irgendwas habe, das ich nicht mag, ändere ich es.«

»Wer ist Zia Peppina?« wollte ich wissen.

»Ich. Tante Pfeffer, du *capisce*? Als ich noch ein kleines Mädchen war, war ich ein drolliges, glückliches Kind – immer auf Achse, auf jeden Unfug aus. Bei meinen roten Haaren haben sie mich immer Peppina gerufen. Kleiner Pfeffer. Aber als ich älter wurde, als ich meine eigenen Wege gehen mußte, haben sie aufgehört, mich bei dem Babynamen zu rufen. Ich lasse mich nur von Scotty so nennen, weil er für mich was Besonderes ist.«

»Die Leute nennen dich jetzt Jina?«

»Nein«, sagte der Rotschopf, »jetzt nennen sie mich Strega.«

Die Seitentür knallte hinter mir zu, und ich war allein.

Ich fuhr zu schnell, um aus ihrer Umgebung rauszukommen, kalter Rausch tobte in mir wie Kokain. Selbst die fünfundzwanzig Riesen in meiner Jacke konnten das Frösteln nicht außen vorhalten. *Strega*. Ich wußte, was das Wort hieß – ein Hexenweib, nach dem du gieren oder vor dem du davonlaufen konntest. Mitten in der Wüste konntest du sein, und ihr

Schatten würde dich frösteln machen. Und ich hatte ihr Geld genommen.

44

Ich drosselte das Tempo zu einem ruhigen, gemächlichen Dahingleiten, als ich auf den Inter-Boro kam. Ein dunkles, kurviges Stück Highway, übersät von Schlaglöchern. Liegengelassene Autos säumten den Straßenrand, bis aufs Gerippe ausgeschlachtet. Ich zündete mir eine Kippe an, achtete auf den winzigen roten Punkt auf der Windschutzscheibe und spürte, wie meine Hände am Lenkrad bebten. Wußte nicht, ob ich traurig war oder verschreckt.

Der Blues bereitet einem ein hartes Lager, wie die, die sie einem im Waisenhaus geben. Aber sie schützen vor der Kälte. Ich schob, ohne hinzuschauen, eine Kassette in den Rekorder und wartete drauf, daß sich die dunklen Straßen meiner annahmen und mich in ihren Bann zogen, wartete drauf, daß ich wieder zu mir fand. Als ich das Gitarren-Intro hörte, erkannte ich den nächsten Song, doch ich saß da und lauschte auf die erste Frage und Antwort des »Married Woman Blues« wie ein Tor, der ich war.

Did you ever love a married woman?
The kind so good that she just has to be true.
Did you ever love a married woman?
The kind so good that she just has to be true.
That means true to her husband, boy,
And not a damn thing left for you.

Strega war das nicht. Sie war nicht gut, und sie war nicht treu – wenigstens nicht ihrem Mann. Ich drückte die Kassette raus, spielte am Radio rum, bis ich irgendeinen Oldies-Sender fand. Ron Holden and the Thunderbirds sangen »Love You So«. Ich haßte diesen Song seit dem ersten Mal, als ich ihn gehört hatte.

Als ich in der Besserungsanstalt war, schrieb mir ein Mädchen, das ich zu kennen glaubte, einen Brief mit dem Text von diesem Song. Sie teilte mir mit, es wäre ein Gedicht, das sie für mich geschrieben hätte. Ich zeigte es niemals jemandem – ich verbrannte den Brief, damit ihn niemand finden konnte, aber ich merkte mir die Worte. Eines Tages hörte ich den Song im Radio, während wir draußen auf dem Hof waren, und wußte, was Sache war.

Flood mußte ich solche Dinge nie erklären. Sie wußte Bescheid – sie ist an den gleichen Orten wie ich aufgewachsen.

In diesem Fall steckte zuviel Gefängnis – zuviel Vergangenheit.

Ich probierte eine andere Kassette – Robert Johnsons »Hellhound on My Trail« kam aus den Lautsprechern. Hetzte mich die Straße lang.

45

Am nächsten Morgen war der Magnum zurück in meinem Büro, und das ganze Geld war bis auf fünftausend bei Max verstaut. Ich hatte ihm das meiste erzählt, was die Nacht zuvor passiert war – genug, damit er den Rotschopf finden konnte, falls die Sache nicht hinhaute. Auf diese Tour konnte ich Max nicht mitnehmen – er hatte die falsche Farbe.

Ich nahm die Atlantic Avenue gen Osten durch Brooklyn, doch diesmal rollte ich weiter, vorbei an der Inter-Boro-Auffahrt, vorbei an einer Gegend namens City Line und nach South Ozone Park. In diesem Teil von Queens hat jeder sein abgestecktes Territorium – die Gangster haben ihre Vereinsheime, die Haitianer haben ihre Restaurants, und die illegalen Ausländer haben ihre Keller. Wenn du dich dem John-F-Kennedy-Airport näherst, gerätst du in die Feuerzone – der Flughafen ist eine zu reiche Beute für jedermann, um alles allein zu behalten.

Ich stieß in die offene Einfahrt einer überbreiten Autowerkstatt. Auf einem verblaßten Schild über der Tür stand »Ajax Speed Shop«. Ein fetter Typ saß auf einem gekappten Ölfaß gleich hinter der Tür, eine Illustrierte auf dem Schoß. Seine Haare hatten Rocker-Club-Länge; um die Stirn hatte er ein rotes Schweißtuch gebunden. Er trug eine Drillichjacke mit abgeschnittenen Ärmeln, Jeans und schwere Arbeitsstiefel. Seine Arme wölbten sich nicht nur vom Fett. Einst war er Bodybuilder gewesen; jetzt ging er allmählich in die Binsen.

Ein weihnachtsapfelroter Camaro stand rechts von mir, seine monströsen Hinterreifen füllten die Radkästen unter den Schutzblechen. Die Werkstatt war auf vogelwilde Straßenrennfahrer spezialisiert – Typen, die von Beschleunigungsrennen abseits der erlaubten Strecken lebten. Die Rückseite des Schuppens war dunkel.

Ich wartete nicht auf den fetten Typ. »Bobby da?« fragte ich.

»Was brauchste denn?« wollte er wissen, die Stimme noch immer neutral.

»Ich will's mal mit 'ner Flasche Nitro probieren. Bobby hat mir gesagt, er könnte's mir beschaffen.«

»Für den?« wollte er wissen und blickte auf die vier verblaßten Türen des Plymouth. Straßenrenner benutzen Nitrooxyd – Lachgas – für kurze Kraftschübe. Man braucht einen Druckausgleichstank, einen Schalter, um ihn reinzujubeln, und genug *cojones*, um den Abzug durchzudrücken. Sie sind nicht illegal, aber man möchte die Dinger doch so einbauen, daß der Gegner nicht weiß, daß man Extrapferde geladen hat. Der Plymouth entsprach nicht seiner Vorstellung von einem passablen Kandidaten dafür – vielleicht war es auch der Fahrer.

Ich zog den Hebel unter den Armaturen, und die Haube entriegelten sich. Der fette Typ ging zur Beifahrerseite herum, während ich ausstieg, und wir hoben gemeinsam das gesamte vordere Ende nach vorn. Die ganze Vorbaukonstruktion war aus Fiberglas – man konnte sie mit zwei Fingern wegziehen.

Der fette Typ blickte kopfnickend in den Motorraum.

»Sechskommadrei?« wollte er wissen.

»Siebenkommazwei«, beschied ich ihn, »mit weiteren tausend drauf.«

Er nickte wissend. Jetzt machte es für ihn Sinn. »Einsvierer Kolben?« fragte er – sollte heißen: Warum bloß einen Vergaser für so viele Kubik?

»Er is auf Drehmoment gebaut – soll hübsch leise schnurren.«

»Yeah«, sagte er, noch immer nickend. Der Plymouth war nicht zum Vorzeigen – genau das Gegenteil. Er lief um das Auto, guckte drunter und bemerkte, daß der Doppelauspuff nicht mal bis zur Stoßstange ging. Das hintere Fahrwerk verwirrte ihn eine Minute lang. »Schaut aus wie'n I.R.S. Jag?«

»Eigenbau«, beschied ich ihn. Einzelradaufhängung war besser zu handhaben, aber sie stand keine reifenverhobelnden Starts durch – kein einziger Beschleunigungsrennfahrer benutzte sie.

Und dem galt seine nächste Frage. »Was fährste denn mit dem ... Dreißig mit Ansagen?«

Du kannst ein Rennen aus dem Stand starten oder bei einem steten Tempo Seite an Seite und dann auf ein Zeichen loszischen. Dreißig mit Ansagen ist, wenn jeder Fahrer einen Beifahrer mithat – du erreichst dreißig Meilen die Stunde, versicherst dich, daß die Vorderseiten auf gleicher Höhe sind, und dann schreit der Beifahrer im linken Auto »Los!« aus dem Fenster, und beide Fahrer latschen aufs Gas. Das erste Auto an der Stelle, die du abgesteckt hast, ist der Sieger.

»Zwanzig is okay«, sagte ich ihm. »Flutscht okay, wenn de erst mal rollst.«

»Willste die Nitroflasche in' Kofferraum?«

»Wohin sonst?« fragte ich ihn, öffnete den Kofferraum und ließ ihn reinschauen.

»Meine Fresse! Is das 'n Benzintank?«

»Hundertachtzig Liter, doppelte Elektropumpen«, sagte ich ihm. Der Junge, der ihn baute, wäre stolz gewesen.

Der Argwohn des fetten Typen war weg – er war im Himmel. »Mann, da kannste nich mehr als einmal mit durchkommen – is ja 'ne super Tücke! Wo fährste denn?«

»Wo's geht«, sagte ich, »solang sie das Geld haben.«

»Für was biste dabei?«

»Ein Riese – minimum«, sagte ich.

Der fette Kerl kratzte sich den Kopf. Er war an Typen gewöhnt, die Tausende über Tausende für den Bau ihres Autos ausgaben und dann um fünfzig Dollar fuhren. Typen, die einen Gutteil ihres Geldes ins Äußere ihrer Autos steckten – etwa in den dort rumstehenden Camaro. Er hatte von Typen gehört, die die ganze Sache als Geschäft betrieben – nicht fürs Ego, alles für die Kohle –, aber er hatte nie zuvor einen gesehen. »Ich geh Bobby holen«, sagte er, »warte hier.«

Ich zündete mir eine Kippe an und lehnte mich an die Seite des Plymouth. Ich ließ meine Blicke in der Garage herumschweifen, aber meine Füße blieben, wo sie waren. Ich wußte, was hinten war.

46

Ich hörte irgendwo eine Tür knallen, und Bobby kam aus der Dunkelheit, die Hände in den Taschen seines Overalls. Ein großer, kräftiger Junge – mit seinem langen Haar und dem Schnurrbart wirkte er wie ein Ex-College-Football-Spieler. Er kam langsam her, nicht zögernd, bloß vorsichtig. Der fette Typ sagte etwas über den Plymouth, doch Bobby hörte nicht zu.

Er kam nah genug ran, um etwas zu erkennen. »Burke! Bist du's?« brüllte er.

»Ich bin's«, sagte ich mit ruhiger Stimme; ich wußte, was kam.

Der Junge knautschte mich in einer bärenmäßigen Umarmung und hievte mich fast von den Füßen. »Bruder!« brüllte er. »Mein Bruder aus der Hölle!« Ich hasse dieses Zeug, doch ich umarmte ihn meinerseits und murmelte ein paar Wörter, um es okay zu machen.

Bobby wandte sich dem fetten Typ zu. »Das is mein Mann. Burke, sag Cannonball hallo.«

»Ham uns schon kennengelernt«, sagte ich ihm.

»Yeah ... richtig. Was 'n *los*, Mann?«

»Er will Nitro . . .« sagte der fette Typ.

»Mein Bruder will kein Nitro . . . oder, Burke?« sagte Bobby in überlegenem Tonfall.

»Nein«, sagte ich und beobachtete den fetten Typ. Bobbys Blick fiel auf meine rechte Hand. Sie war zur Faust geballt, der Daumen ausgestreckt, und rubbelte einen winzigen Kreis auf das Schutzblech des Plymouth. Das Knastzeichen für »Zisch ab«.

»Geh'n bißchen spazieren, Cannonball«, beschied ihn Bobby.

»Solltest dir das Nitro holen, Mann«, sagte Cannonball beim Aufwiedersehen. Er ging davon, in die Dunkelheit hinten.

Bobby langte in meinen Mantel und tastete herum, als durchsuche er mich. Ich rührte mich nicht. Er zog meine Zigarettenschachtel raus, zündete sich eine an. Eine Gefängnishofgeste – okay, wenn du dicke warst, Spucke ins Gesicht, wenn nicht.

»Willste Autos verschieben?« fragte Bobby. Der Rückraum seiner Werkstatt war eine Ausschlachterei. Er nahm gestohlene Autos und verwandelte sie in ein paar Stunden in ihre Einzelteile. Ein gutes Geschäft, aber es braucht eine Masse Leute, wenn es funktionieren soll.

»Ich suche ein paar von deinen Brüdern, Bobby«, sagte ich ihm.

In der Garage wurde es ruhig. »Haste Zoff?« fragte er.

»Kein Zoff. Ich suche jemanden, für den sie was gearbeitet haben könnten. Das is alles.«

»Sie stecken nicht drin?«

»Sie stecken nicht drin«, versicherte ich ihm.

»Was *steckt* drin?« wollte er wissen.

»Geld«, sagte ich ihm.

»Burke wie er leibt und lebt«, sagte der Junge lächelnd.

Ich sagte nichts, wartete. »Haste Namen?« fragte der Junge.

»Das ist alles, was ich habe, Bobby. Einer von ihnen hatte den Blitzstrahl auf der Hand. Großer Typ. Und sie haben was für eine Frau erledigt. Ältere Frau. Geld übergeben.«

»An sie?«

»Yeah. Leibwächterdienste.«

»Wir machen das . . .« gab er nachdenklich von sich. Bobby rieb sich die Stirn – sah meinen Blick auf seiner Hand. Der Hand mit den gekrümmten Blitzstrahlen – gekrümmt zu etwas, das aussah wie ein Hakenkreuz.

»Du bist nie zu uns gekommen«, sagte er ohne Vorwurf in der Stimme. Bloß eine Tatsache konstatierend.

»Ich bin zu *dir* gekommen«, erinnerte ich ihn.

47

Bobbys erster Tag auf dem Großen Hof; er kam just vom Frischlingstrakt, wo sie alle neuen Häftlinge einsperren. Ein fröhlicher Junge, trotz des Urteils, das er eben antrat. Nicht vom Staat großgezogen – er wußte nicht, wie man sich verhielt. Virgil und ich standen im Schatten der Mauer und warteten auf einige unserer Kunden, die die Ergebnisse im Baseball falsch getippt hatten. Bobby lief in unsere Richtung, doch der Weg wurde ihm von einer Gruppe Schwarzer abgeschnitten. Sie fingen ein Gespräch an, das wir nicht mithören konnten, doch wir kannten den Wortlaut. Virgil schüttelte traurig den Kopf – der dumme Junge ließ sogar etliche Schwarze hinter sich kommen. Es war das Problem eines jeden neuen Jungen – die testen dich rasch aus, und es gibt nur eine richtige Antwort. Wenn er das nächste Mal auf den Hof trat, schnappte er sich besser was zum Stechen – oder brachte den Rest seiner Kür auf den Knien zu.

Der ganze Hof sah zu, doch der Junge konnte das nicht wissen. »Deck mir den Rücken«, sagte Virgil und ging auf die Gruppe zu. Virgil war ein Narr – er gehörte nicht ins Gefängnis.

Virgil schlenderte rüber zu der Gruppe, ging langsamen, gemessenen Schrittes, ohne jede Eile, und ließ die Hände, wo man sie sehen konnte. Ich war zwei Längen dahinter – er war mein Partner.

»He, Bubi!« rief Virgil. Die Schwarzen drehten sich zu uns um. Ihre Blicke waren heiß, doch ihre Hände blieben leer. Der Junge schaute auf Virgil, einen verdutzten, ängstlichen Ausdruck auf dem Gesicht.

Virgil schloß neben dem Jungen auf, legte ihm seinen Arm auf den Rücken und führte ihn aus dem Kreis. Einer der Schwarzen trat ihm in den Weg. »Is das dein Mann?« fragte er.

»Sicher isser das«, sagte Virgil, sein West-Virginia-Akzent wie die Kohle, die er einst grub – weich an den Kanten, aber hart genug, um innen zu brennen.

»Isses auch dein *Bubi*?« fragte mich der schwarze Typ, und der Sarkasmus tropfte ihm von den Lippen. Einer seiner Jungs gackelte. Der Hof war ruhig – wir lauschten alle auf das Geräusch einer Flinte beim Durchladen, doch selbst die Wachen sahen bloß zu.

»Das ist mein Partner«, sagte ich ihm und nickte zu Virgil.

»Sicher, daß er nich dein Stecher is?« höhnte der schwarze Typ; er forderte es heraus.

»Find's raus«, lud ich ihn ein, trat zurück und hörte Fußtritte hinter mir, unfähig, selbst nachzuschauen.

Doch der schwarze Typ konnte es – direkt über meine Schulter.

»Heute nich«, sagte er und lief davon, seine Jungs direkt hinter ihm.

Ich warf einen Blick hinter mich – eine Bande weißer Krieger zog auf. Sie scherten sich keinen Fliegenschiß um mich persönlich, doch selbst der Hauch einer Chance auf Rassenkrieg reizte sie. Als sie die schwarzen Typen weglaufen sahen, hielten sie inne. Standen mit verschränkten Armen da. Sie wußten Bescheid, doch der Junge nicht. Er ging mit mir und Virgil rüber zur Mauer, und exakt da fingen wir an, ihm beizubringen, was er machen mußte.

48

Bobby nahm auf der Haube des Plymouth Platz. »Ich erinnere mich«, sagte er. »Treibst du Außenstände ein?«

»Es *gibt* keine Außenstände, Bobby. Ich bitte 'nen alten Freund um 'nen Gefallen, das ist alles.«

»Die Typen, die du treffen willst – du weißt, wer sie sind?«

»Yeah«, sagte ich ihm.

»Sag den Namen«, versetzte Bobby, massenhaft Erinnerung im Blick.

Ich brachte ihn aufs Tapet. »Die Wahre Bruderschaft«, sagte ich leise.

»Du hast's nicht richtig gesagt, Burke. Es heißt, die *Wahre* Bruderschaft.«

»So sagst du dazu, Bobby.«

»So sage ich zu *ihr*. Und genau so ist sie.«

»Ich hab dir gesagt, ich hab keinen Zoff mit ihnen. Ich will bloß reden.«

Ich ließ es so stehen – er war am Zug. Er langte in meine Tasche und bediente sich mit einer weiteren Kippe. Ich sah die Marlboro-Schachtel in der Brusttasche seines Overalls – wir waren noch immer Freunde. Bobby nahm das angezündete Steichholz, das ich ihm reichte, gab sich Feuer. Er glitt vom Kotflügel, bis er auf dem Werkstattboden saß, den Rücken am Plymouth. Die Art, wie man im Gefängnis saß. Er blies Rauch an die Decke, wartete. Ich hockte mich neben ihn hin, zündete mir eine von meinen Kippen an.

Als Bobby zu reden anfing, war seine Stimme gedämpft, wie in der Kirche. Er zog ein Bein an, ließ den Ellbogen auf dem Knie ruhen, das Kinn in den Händen. Er blickte gradeaus.

»Ich bin 'ne Weile vor dir aus'm Knast gekommen. Erinnerste dich, daß ich dir und Virgil mein ganzes Zeug dagelassen hab, als sie mich ziehn ließen? Ich krieg 'nen Job in einem Maschinenladen, zieh die Bewährung durch, warte bloß, weißt du? Ein paar von den Typen, die ich kannte, sind an die Küste gegangen. Schaun, was es gibt – 'n paar von den Blondinen da drüben ficken – auschecken, was läuft, klar? Ich komm da rüber, und jeder is auf Gras – als wär's legal oder so was. Ich gerate unter die Hippies. Nette Leutchen – immer locker, feine Musik. Besser als der Scheiß hier. Verstehst du das, Burke?«

»Ich versteh es«, sagte ich ihm. Und ich tat es.

»Ich geh mit 'nem Kombi voller Gras hopps. Zweihundert Kilo. Hawaiianisches. Und 'ne Pistole. Ich war auf 'ner Fuhre runter nach L.A., und die Cops halten mich an. Irgendein Bockmist mit 'nem kaputten Rücklicht.«

Er nahm einen Zug von der Kippe, stieß ihn seufzend aus. »Ich hab nie 'ne Aussage gemacht, mich auf keinen Handel eingelassen. Die Hippies besorgten mir 'nen Anwalt, aber der hat den Antrag, das Gras aus der Anklage rauszulassen, verloren, und sie erklärten mich für schuldig. Besitz zum Zwecke. Ex-Knacki mit Schußwaffe. Und auffliegen hab ich auch keinen lassen. Die fahren mich von eins bis scheiß lebenslänglich ein – große Kür, bevor ich den Ausschuß seh.«

Bobby faltete die Hände hinter dem Kopf, ruhte sich vom Schmerz aus. »Als ich auf den Hof gekommen bin, wußte ich, was ich machen mußte – nicht wie damals, als du und Virgil mich habt aufziehn müssen. Ich hab mich erinnert, was du mir gesagt hast. Als die Nigger auf mich los wollen, hab ich so getan, als wüßte ich nicht, wovon sie reden – als hätte ich Schiß. Sie ham mir gesagt, ich soll am nächsten Tag den Koffer aufmachen und ihnen übergeben.« Bobby lächelte und dachte drüber nach. Das Lächeln hätte einen Cop verschreckt. »Übergeb ich denen meinen Koffer – könnt ich ihn' gleich mein' Körper übergeben, damit sie mich in' Arsch ficken. Ich krieg für zwei Stangen was zum Stechen – bloß 'ne Feile mit ein bißchen Isolierband als Griff am Ende. Ich arbeite die ganze Nacht an dem Ding, mach es scharf. Am nächsten Morgen mach ich meinen Koffer auf. Ich leg den Stichel mit dem Band nach oben in die Papiertüte. Ich geh mit der Tüte an der Brust raus auf den Hof – wie 'ne beschissene Braut mit dem Obst. Dieselben Nigger machen mich an – befehlen mir, es ihnen zu geben. Ich zieh den Stichel und pflanz ihn dem ersten Typ in die Brust – ein guter Rückhandstich. Als er zu Boden geht, rutscht er wieder raus. Ich renn los, um Platz zu haben. Dreh

177

mich um ... und bin allein ... die Nigger sin abgezischt. Ich hör 'nen Schuß, und direkt neben mir fliegt der Dreck hoch. Ich laß den Stichel fallen, und die Wachteln kommen mich holen.«

»Hättest den Stichel fallenlassen müssen, als de losgerannt bist«, sagte ich.

»*Heut* weiß ich das – damals wußt ich's nicht. Da drüben is alles anders.« Bobby drückte die Zigarette auf dem Werkstattboden aus, nahm sich eine von seinen, zündete sie an. »Sie stecken mich in' Bunker. Da drüben is der scheiß Bunker wie'n normales Gefängnis – er is voller Typen – die Typen bringen ganze beschissene *Jahre* im Bunker zu. Nur daß sie's ›Anpassungs-Center‹ nennen. Hübscher Name, hä? Es gibt drei Verschläge auf jeder Seite. Winzige kleine Dunkelzellen. Der Krach war unglaublich – die ganze Zeit Geschrei. Nicht von den Wärtern, die irgendeinen von den Typen bearbeiten – Geschrei bloß wegen dem Geschrei.

Ich bin in meiner Zelle gesessen und hab drüber nachgedacht, wieviel Zeit mir da drin noch bleiben würde, selbst wenn mich die Nigger nicht rauszerren. Ich meine, sie ham mich mit dem Stichel und all dem geschnappt. Dann fing's an. Die Nigger. ›Du bist'n toter weißer Scheißer!‹ ›Du gehst jeden schwarzen Schwanz im Kahn lutschen, Junge!‹ Lauter solchen Scheiß. Den ersten brüll ich an, aber die ham immer weitergemacht, als wenn sie in Schichten arbeiten oder so was. Und dann brüllt einer von ihnen los, daß der Typ, den ich abgestochen hab, sein Obermacker war – er wollte mir die Eier abschneiden und sie mir verfüttern. Die waren beschissene *Tiere*, Burke. Die hörten nie auf – Tag und Nacht, rufen meinen Namen, sagen mir, sie wollen mir Benzin in die Zelle werfen und mich abfackeln, mein Essen vergiften, mich rudelweise ficken, bis ich tot wäre.«

Bobby war eine Minute lang still. Seine Stimme war hart, doch seine Hände zitterten. Er blickte auf seine Hände – ballte sie zu Fäusten. »Nach ein paar Tagen hatte ich nicht mehr die Kraft zum Zurückbrüllen. Es klang, als wären Hunderte von ihnen da. Sogar der Kapo – der Drecksack, der die Kaffeekarre vorbeibrachte – er spuckte mir in den Kaffee, wollte mich provozieren, daß ich's dem Aufseher sage.

Sie holten mich raus, damit ich vor den Disziplinarausschuß komme. Sie kannten die ganze Kiste – fragten mich sogar, ob die Nigger auf mich eingeprügelt hätten. Ich hab kein Wort gesagt. Der Lieutenant erzählte mir, den Nigger abzustechen wär keine große Sache, aber sie müßten mich wegschließen – für den Rest von mein' Streifen in S.H. gehn. Du weißt, was das heißt?«

»Yeah«, sagte ich. ›S.H.‹ soll für Schutzhaft stehen. Für Typen, die nicht auf den Haupthof können – Informanten, offensichtliche Homosexuelle, Typen, die eine Spielschuld nicht bezahlten – Opfer. Für die Knackis bedeutet ›S.H.‹ Schrotthafen. Gehst du rein, kommst du nie mehr raus auf den Hof. Das Mäntelchen trägst du für den Rest deines Lebens.

»Sie hielten mich zwei Wochen unter Verschluß – keine Zigaretten, nichts zu lesen, kein Radio. Bloß diese Nigger, die mich jeden Tag bearbeiten. Die wurden nie müde, Burke – als würden sie die elende Scheiße verflucht *lieben*. Rumzuschrein, wie sie schwangere weiße Frauen aufschneiden und ihnen das Baby rausziehn. Eines Tages wurde es echt leise. Ich bin nicht draufgekommen. Der Kapo kommt mit dem Kaffee. Er hatte 'ne Notiz für mich – ein gefaltetes Stück Papier. Ich hab es aufgemacht – drinnen war ein großer, dicker Klumpen weißes Zeug. Niggerwichse. Mir wurde schlecht, aber ich hatte Angst zu kotzen – Angst, sie würden mich hören. Dann flüstert mir einer von ihnen was zu – es war so leise, daß es klang, als wär's in der nächsten Zelle. ›Lutsch es rein, weißer Junge! Lutsch alles rein, Muschi! Morgen ham wir Hof, du Sack. Der Mann läßt uns alle raus, verstehste mich? Lutsch alles auf, sag mir, dasses gut war!‹ Das sagt er immerzu zu mir, und alles, woran ich denken konnte, war, daß es in der lausigen kleinen Zelle keine Chance gab, mich selber umzubringen. Ich wollte bloß noch sterben. Ich hab mich selber bepißt – ich dachte, sie könnten's alle riechen.«

Jetzt zitterte Bobby stark. Ich legte meine Hand auf seine Schulter, doch er war gefangen in seiner Furcht. »Ich fiel auf

179

die Knie. Ich betete mit allem, was ich hatte. Ich betete zu Jesus – Zeug, an das ich nicht mehr gedacht hab, seit ich ein Junge war. Wenn ich nichts sagte, wäre ich tot – schlimmer als tot. Ich schaute auf das Papier mit der Niggerwichse drauf. Ich ging in mich – ich dachte drüber nach, wie es sein müßte. Und ich fand einen Weg, wie ein Mann zu sterben – alles, was ich wollte.

Ich bin aufgestanden. Ich stand. Meine Stimme war total im Arsch, weil ich solange nichts gesagt hatte, aber es kam gut und deutlich raus. Es war so leise, daß mich jeder hörte. ›Verrat mir dein' Namen, Nigger‹, hab ich zu ihm gesagt. ›Ich will nicht den falschen Nigger umbringen, wenn wir auf den Hof gehn, und für mich schaut ihr Affen alle gleich aus‹. Sobald mir die Worte vom Mund gingen, hab ich mich anders gefühlt – wie wenn Gott in mich gekommen wäre – genauso als hätte ich drum gebetet.

Dann drehten sie total durch – schrien rum wie 'ne Horde Affen. Aber es war, als ob sie in einer höheren Lage schrien ... und drunter war da diese schwere Baßlinie, wie Musik. Ein Singsang, irgendwas. Es kam von den weißen Typen in den andern Zellen – ein paar davon direkt neben mir. Die hatten bei all dem Scheiß davor keinen Mucks gemacht, wollten bloß abwarten, wie ich's durchstehen würde. Zuerst konnte ich sie nicht sonderlich hören – bloß dieses schwere, tiefe Brummen. Aber dann isses durch das ganze andere Zeug durchgedrungen. ›W.B.! W.B.! W.B.!‹«

Bobby intonierte es auf die Art, wie er es damals in der Zelle gehört hatte, die ganze Betonung auf dem zweiten Buchstaben ... »W.*B*.! W.*B*.!« ... pumpte sich selber wieder Kraft zu.

»Sie ham immer weiter gemacht. Ich konnte sie nicht sehn, aber ich hab gewußt, sie warn da. Für *mich* da. Sonst ham sie nichts weiter gesagt. Ich wollte es auch sagen. Erst zu mir selber. Dann laut und raus. *Richtig* laut. Wie ein Gebet. Als die Gitter aufgingen, damit wir auf den Übungshof konnten – immer nur einer –, lief ich raus. Die Sonne stach mir ins Gesicht – ich konnte fast nichts sehn. Da hab ich eine Stimme gehört. ›Halt dich an uns, Bruder‹, sagte sie.«

Bobby blickte mich an. Seine Augen waren feucht, doch seine Hände waren fest, und sein Mund war kalt. »Seitdem hab ich mich immer an sie gehalten, Burke«, sagte er in der stillen Werkstatt. »Wenn du Zoff mit ihnen hast, hast du auch mit mir welchen.«

49

Ich stand auf. Bobby blieb, wo er war. »Ich hab's dir schon gesagt – ich habe keinen Zoff mit deinen Brüdern. Ich will ihnen ein paar Fragen stellen, das is alles. Ich komm schon selber klar.«

Bobby stieß sich vom Boden ab. «Denkst du, du könntest die Bruderschaft ohne mich finden?«

»Yeah«, sagte ich ihm. »Könnte ich. Und wenn ich sie suchen würde, wie du glaubst, wär ich nicht hergekommen, richtig?«

Er dachte drüber nach, lehnte am Auto und bildete sich eine Meinung. Bobby drehte eine Runde um den Plymouth, linste in den Motorraum und haute auf das Hinterteil, als überprüfe er die Stoßdämpfer. »Wann hast'n die Mühle das letzte Mal richtig durchchecken lassen, Burke?«

»Vor 'nem Jahr – vielleicht vor anderthalb –, weiß ich nicht mehr«, sagte ich.

»Ich sag dir was«, schlug er vor, die Stimme sanft und freundlich, »laß das Auto hier, okay? Ich bau dir 'n paar neue Kerzen und Kontakte rein, stell dir den Motor ein. Wechsel Flüssigkeit und Filter, richte dir die Spur. Brauch zirka 'ne Woche oder so, okay? Umsonst.«

»Ich brauch das Auto«, sagte ich, die Stimme so sanft und fest wie seine.

»Dann leih ich dir ein Auto, in Ordnung? Komm in ein paar Tagen wieder vorbei – höchstens in 'ner Woche –, und dein Auto is wie neu.« Ich sagte nichts, sah ihn an. »Und derweil ich an deinem Auto arbeite, mach ich 'n paar Anrufe. Check 'n paar Sachen aus, schau, was mit meinen Brüdern los is . . .«

Jetzt kapierte ich alles. Der Plymouth konnte alles mögliche sein – ein Lumumbataxi, ein anonymer Fisch in den schleimigen Straßen –, was immer ich brauchte. Das hier war das erste Mal, daß er eine Geisel sein würde.

»Hast du ein Auto mit sauberen Papieren, sauberen Schildern?«

»Sicher«, lächelte er, »hundert Prozent tipptop. Willste den Camaro?«

»Nie und nimmer. Ich hab nicht vor, die Autokinos abzuklappern. Haste ein bißchen was Leiseres?«

»Komm mit«, sagte er und lief in den Rückraum der Werkstatt. Ich folgte ihm zu einer in die Rückwand eingesetzten Tür, sah ihn einen Summer dreimal drücken. Die Tür ging auf, und wir waren in der Ausschlachterei – Stoßstangen und Kühlergrills an einer Wand, Motoren auf Böcken an der anderen. Drei Männer arbeiteten mit Schneidbrennern, ein weiterer mit einer Motorzwinge. Die Teile würden sämtlich wieder in anderen Autos zusammenkommen und ein leibhaftiges Auto aus toten ergeben, Frankensteinsche Monster, die wie saubere Gebrauchtwagen aus erster Hand wirkten. Ich folgte Bobby durch den Laden. Er öffnete eine weitere Tür, und wir traten in den mit Maschendrahtzaun umgebenen Hinterhof. Rasiermesserscharfes Band krönte die Spitze und wand sich um Stacheldraht, der sich weitere zwei Schritt über die Spitze erhob. »Erinnert dich an daheim, nicht?« fragte er.

Auf dem Hinterhof gab es drei Autos – eine dunkelblaue Caddy-Limousine, ein weißes Mustang-Coupé und einen schwarzen Lincoln Continental. Bobby gestikulierte ermunternd in ihre Richtung. »Nimm einen«, sagte er.

Ohne einen zweiten Blick ging ich am Caddy vorbei. Der Mustang hatte einen Schaltknüppel, der dick wie ein Männerarm aus dem Boden stand und in einem Knauf von der Größe eines Schlagballs endete. Noch ein Rennei. Der Lincoln wirkte okay. Ich nickte.

Bobby öffnete die Tür, langte ins Handschuhfach und zog einige Papiere raus. Er reichte sie rüber – die Zulassung war auf seinen Namen.

»Wirste angehalten, haste das Auto von mir geborgt. Ich

steh dafür ein. Ich hab alle Versicherungen, Inspektion neu. Mit dem biste sauber.«

Sicher war ich das – wenn Bobby den Cops sagte, er hätte mir das Auto geliehen. Wenn er sagte, es wäre gestohlen . . .

»Abgemacht?« wollte er wissen. »Eine Woche. Ich mach die Anrufe. Dann sehn wir weiter«, sagte er.

»Was steht heutzutage auf Autoklauen?« fragte ich ihn.

»Schätzungsweise vielleicht ein Jahr – äußerstenfalls zwei.«

»Yeah«, sagte ich und blickte ihn an. Er hatte mich im Kasten, aber nicht in einem, der mich lange halten konnte. »Ich zeig dir die Sicherheitssysteme am Plymouth«, sagte ich und hielt ihm die Hand zum Einschlagen hin.

»Du wirst dein eigenes Auto nicht wiedererkennen, wenn du zurückkommst, Burke«, sagte Bobby, die Hand auf meiner Schulter, und geleitete mich wieder zur vorderen Werkstatt.

»Ich kenne mein Eigentum immer«, erinnerte ich ihn. Wir hatten einen Deal.

50

Der Lincoln war ein großes, feistes Schiff. Zu fahren war der bloß auf Sicht – mit dem Lenkrad hattest du kein Gefühl –, als hätten sie Novocain benutzt anstatt Servolenkungs-Flüssigkeit. Laut Tacho hatte er weniger als sechstausend Meilen auf dem Buckel. Selbst das Leder roch neu.

Ich hielt neben einem Imbißwagen und befrachtete mich mit Hot-dogs zum Lunch. Es gab keinen Grund, das Auto zu verstecken – selbst wenn Bobby es als gestohlen gemeldet hätte, würden die Schilder okay sein, wenn sie mich nicht wegen etwas anderem rauswinkten. Er hatte mich in der Hand – vorerst. Er konnte den Plymouth mit Leichtigkeit verschwinden lassen – aber wenn er mich verscheißerte, konnte auch ich ihn verschwinden lassen. Ich werde echt ärgerlich, falls jemand was gegen mich unternimmt, wenn ich ouvert spiele. Bei der Art, wie ich leben muß, werde ich nicht allzu oft ärgerlich.

Als Pansy wieder vom Dach runterkam, gab ich ihr vier der sechs Hot-dogs, mampfte selber zwei und spülte sie mit etwas Eiswasser aus dem Kühlschrank runter. Fügte es in meinem Kopf zusammen – das Bild des kleinen Jungen zu finden, würde in etwa so sein, wie einen Vermieter zu finden, der im Winter zu stark heizt. Es mußte einen Ansatz geben, und Bobby war mein bester Stich.

Ich bewahre meine Akten in dem kleinen Zimmer neben dem Büro auf. Sechs Schränke, vier Schubladen hoch, grauer Stahl, keine Schlösser. Da ist nichts drin, was mir echten Ärger bringen könnte – keine Namen oder Adressen von Klienten, keine persönlichen Aufzeichnungen. Es ist lauter Zeug, das ich nebenbei auflese – Zeug, das mir von Fall zu Fall helfen könnte. Waffenschmuggler, Söldner (und Trottel, die gern möchten), Oberliga-Luden, Baby-Porno-Händler, Schwindelkünstler, kriminelle Pfarrer. Ich führe keine Akten über kriminelle Politiker – ich habe nicht genug Platz, zumal ich im selben Zimmer schlafen muß.

Doch ich führe Akten über Fleischhändler – die können nicht zu den Cops laufen, wenn sie gepiekst werden; ist in ihrem Programm nicht drin. Diese Kaufleute führen zwei Produkte: Menschen und Material. Ich checkte die Magazin-Akte – die Baby-Porno-Schmieragen zeigten alle dasselbe, meistens Kids, die was mit anderen Kids machten, in die Kamera lächelten, mit Feuer spielten, das ihnen die Seele verbrennen würde. Gelegentlich tauchte auch ein Erwachsener in diesen Phantasien für Freaks auf – ein anonymer Schwanz in einem kleinen Kindermund, eine fette Hand, die einen Kinderkopf in einen dunklen Schoß drückt. Die Bilder waren immer dieselben – hinter verschiedenen Einbänden endlos wiederaufbereitet. Inzwischen mußten die Kinder auf diesen Bildern alle Teenager sein. Und andere Kids rekrutieren.

Die Underground-Schriften hielten die Bilder ziemlich sauber. Massenhaft schicke Fotografien – nackte Kids in Pose, beim Volleyballspielen, beim Ringkampf miteinander. Haufenweise Kontaktadressen – Postfächer, Briefkästen, et cetera. Aber jeder Sittenpolizist im Lande war wahrscheinlich auf der

Verteilerliste, und es würde Monate kosten, mich durch den Filz vorzuarbeiten und einen passablen Einkauf zu tätigen. Sie würden mich erst austesten – zahmes Zeug, halblegal – verbunden mit einer geballten Ladung Gerede über »Mann-Jungen-Liebe«, daß ich drin waten konnte.

Ich blätterte durch meine Akte mit Adressen in Übersee. Früher kam beinahe sämtlicher Baby-Porno von Orten wie Brüssel und Amsterdam. Die europäischen Länder sind noch immer ein sicherer Hafen für Pädophile, doch die Großherstellung war heute sämtlich Marke Eigenbau. Baby-Porno ist Heimarbeit. Du kannst in einen Videoladen laufen und mit genug elektronischem Mist rauskommen, um einen Kinofilm zu machen. Ich brauchte das teure Zeug nicht – ein Polaroid war alles, wovon der Junge Strega berichtet hatte. Das war alles, was ich brauchte, und eine Masse mehr, als ich hatte.

Das Verbrechen folgt dem Dollar – das ist der Gang der Welt. Keine Käufer – keine Anbieter. Die Profis im Hardcore-Geschäft haben die Technik, um die gewaltige Nachfrage nach Dreck zu stillen, den Menschen kaufen wollen, doch die Profis waren für mich ein zu großes Ziel. Zu zergliedert, zu unterteilt. Die organisierten Typen waren des Geldes wegen beim Baby-Porno – wenn ich ein lausiges Polaroid suchen wollte, mußte ich zu jemandem gehen, der aus Liebe dabei war.

51

Es war kurz nach Mittag, wahrscheinlich früh genug, um einen Versuch mit dem Hippietelefon zu riskieren, aber ich wollte sowieso außer Haus. Pansy hatte sich auf dem Boden breitgemacht, eine erwartungsvolle Miene auf dem häßlichen Gesicht. »Du kannst später mit mir kommen«, sagte ich ihr. Ich wollte den Maulwurf treffen, und ich konnte nicht riskieren, meine Bestie auf dem Schrottplatz loszulassen – falls sie nicht in einen tödlichen Kampf mit den Hunden geriet, die der Maulwurf hält, könnte sie beschließen, einfach dazubleiben.

Ich rief den Maulwurf von einem Münztelefon ein paar Straßen von meinem Büro weg an. Kam nicht in die Tüte, daß ich umsonst hinfuhr, falls er nicht da war, und nur Gott kannte des Maulwurfs Geschäftszeiten.

Er ging beim ersten Läuten ran, so wie er es immer tut – er hebt den Hörer ab, sagt aber kein Wort.

»Kann ich vorbeikommen und mit dir reden?« sagte ich in die Muschel.

»Okay«, kam die Stimme des Maulwurfs, rostig durch mangelnden Gebrauch. Er unterbrach die Verbindung – es gab nichts weiter zu sagen.

Der Lincoln fuhr wie von selbst bis nördlich des East Side Drive. Ich stellte den Tempomat auf fünfzig und brummte über die Triboro Bridge. Einen passablen Anzug am Leibe, keine Knarre in der Tasche und ein Satz sauberer Papiere für ein Auto, das nicht gestohlen war – so bürgerlich war ich nicht mehr gewesen, seit ich zehn war.

Ich begegnete dem Maulwurf, als ich einen Job für einen Typen aus Israel erledigte, doch ich lernte ihn erst richtig kennen, als ich einen anderen Job erledigte, viel später. Eines Tages kommt wieder einer dieser anonymen Israeli-Typen in mein Büro. Er war nicht derselbe Typ, den ich beim ersten Mal kennengelernt hatte, als sie wollten, daß ich für sie einen Ex-Nazi suchen sollte, einen Kotzbrocken, der als Konzentrationslagerwächter gearbeitet hatte. Ich hatte den Job erledigt, und jetzt wollten sie einen Waffenhändler. Der Israeli sagte, er möchte Waffen kaufen und bräuchte mich, um das Treffen hinzukriegen. Irgendwie dachte ich mir, da wäre ein bißchen mehr dahinter. Der Mann, den er treffen wollte, verkaufte überschweres Gerät – Raketen für Schulterbetrieb, Panzerabwehrkanonen, solches Zeug. Und er verkaufte sie an Libyen.

Ich sagte dem Israeli, ich würde mich nicht persönlich mit dem Typ treffen – ich machte keine Geschäfte mit ihm, und ich wollte keinen Anteil am Zoff von jemand anderem haben. Als ich sagte, daß ich nicht mit dem Waffenhändler handelte, fragte mich der Israeli, ob ich Jude wäre. Er ist der einzige Typ, der mich das je gefragt hat.

Der Israeli war es, der mich das erste Mal mit zum Schrott-platz nahm. Sie ließen mich im Auto zurück, das Hunderudel streifte in der Nacht um mich wie Haie, die an einem Gummi-boot knabbern. Ich weiß nicht, worüber sie redeten, doch als der Israeli wieder in mein Auto stieg, trug er einen kleinen Koffer.

Der Maulwurf macht sich nichts aus Politik – er hält es nicht für eine politische Aktion, Nazis hochgehen zu lassen. Nach dem zweiten Job war ich ein Freund Israels. Und nach einer Masse Jahre war ich auch der Freund des Maulwurfs. Nach-dem ich unten im U-Bahntunnel alles auf mich geladen hatte, war ich sein Bruder.

Ich warf einen Jeton in den Korb fürs Abgezählte, klemmte mich nach links und dann nach rechts zur Route 95. Doch ich huschte in das Lagerhausviertel beim Bruckner Boulevard und suchte mir einen Weg zum Schrottplatz des Maulwurfs. Hunts Point – New Yorks Ödland. Oben-ohne-Bars. Dieseltank-stellen. Huren, zu ausgeleiert, um Manhattan zu beackern, schlichen durch die Straßen, winkten den Lasterfahrern zu und rissen kurz die Mäntel auf, um ihre nackten Körper zu zei-gen, schlossen sie dann schnell wieder, bevor die Kunden zu-viel Einblick kriegten. Ich hörte in kurzer Folge aufeinander abgegebene Pistolenschüsse. Weiter rechts von mir standen zwei Männer ein paar Schritt weg von einem liegengelassenen alten Chrysler und pumpten Schüsse ins Blech. Glas flog aus den Fenstern; das alte Autowrack erbebte bei jedem Schuß. Da fand kein Mord statt – ein Verkäufer führte bloß einem hoffnungsvollen Kunden seine besten Stücke vor. Hunts Point ist Sperrzone für die Polizeistreifen – kein Zutritt für Bürger.

Ich bog beim Eingang zum Wohnort des Maulwurfs um die Ecke, fuhr langsam und tastete mit Blicken die Straße ab. Ich hörte eine Hupe tönen. Der Kopf des Maulwurfs schoß vom Vordersitz eines am Straßenrand rumstehenden, ausgebrann-ten Volvo hoch. Er kletterte raus, angetan mit einem dreck-farbenen Overall, einem Werkzeuggürtel um die Taille und einem Ranzen in der Hand. Er sah aus wie ein Teil des Auto-wracks.

Er lief rüber zum Lincoln und kletterte auf den Vordersitz. »Maulwurf!« begrüßte ich ihn. Er nickte, meine Diagnose bestätigend. Wir fuhren zum Seiteneingang, einem alten, rostenden Tor, das mit einem Jahrmarktsbudenschloß gesichert war. Es würde keinen Dieb mit Selbstachtung auch nur zehn Sekunden außen vorhalten. Der Maulwurf sprang raus, wählte einen Schlüssel unter den etlichen Dutzend aus, die er an einem tellergroßen Ring hatte, und knackte das Schloß. Ich stieß mit dem Lincoln rein, während er hinter mir absperrte. Ich ließ die Fenster oben, als wir weiter auf den Schrottplatz steuerten – ich konnte sie nicht hören, doch ich wußte, daß sie in der Nähe waren. Ich schielte in den Rückspiegel – der Boden um das Tor war bereits von einer dicken Lage Hund überzogen. Noch mehr davon zeichneten sich in den dunklen Tiefen des Hofes ab; sie trotteten langsam vorwärts, hatten alle Zeit der Welt. Das Tor würde keinen Dieb vom Eindringen abhalten, aber keine Macht der Welt würde ihn wieder rausbringen.

Es gab Hunde in jeder Form und Größe. Ich erinnerte mich an die alte Dänische Dogge – ein schwarzweißer Monsterharlekin, dem heute ein Ohr fehlt. Ein gemischtes Doppel, das nach Boxer aussah, nahte von vorn, flankiert von etwas, das einst ein Collie gewesen sein mochte. Doch das wirkliche Rudel rottete sich auf meiner Autoseite zusammen – Räuberköpfe, wolfsähnlicher als Deutsche Schäferhunde, wachsame, intelligente Gesichter über wuchtigen Körpern, dicke, zum Rücken aufgerollte Schwänze. Ihr Fell sah aus wie brauner, in Getriebeöl getauchter Pelz, schwer und verfilzt. Nur ihre Zähne wirkten sauber, blitzten weiß im gedämpften Licht der Sonne. Das Rudel hatte sich so viele Jahre im Dschungel der South Bronx durchgeschlagen und Welpen produziert, daß sich eine eigene Rasse entwickelt hatte – der Gemeine Amerikanische Schrottplatzhund. Sie hatten noch nie eine Büchse Hundefutter gesehen. Oder einen Tierarzt. Die Stärksten überlebten, die anderen nicht.

Es gab sicherere Orte zum Rumlaufen als den Schrottplatz des Maulwurfs – beispielsweise den Libanon zur Hochsaison.

Der Maulwurf sprang aus dem Lincoln und bedeutete mit dem Kopf, ich sollte ihm folgen. Ich rutschte rüber und stieg auf seiner Seite aus. Der Maulwurf stiefelte durch das Hunderudel, wie ein Farmer durch eine Herde Kühe spaziert, ich ihm direkt auf den Fersen.

Die Hunde beschnüffelten probehalber meine Beine, fragten sich, wie ich schmecken mochte. Einer aus dem Rudel knurrte drohend, doch der Maulwurf ignorierte es wie alles andere, was sie tun. Der unterirdische Bunker des Maulwurfs war auf der anderen Seite des Schrottplatzes – er war nicht unser Ziel.

Ein roter Ford-Kleinlaster stand vor uns in einem Flecken Sonnenlicht, die gesamte Schnauze bis zum Vordersitz eingekeilt – ein frontaler Volltreffer. Der Rücksitz war ausgebaut worden und lehnte an der hinteren Stoßstange. Ein abgesäbeltes Ölfaß stand auf einer Seite, ein dickes Buch mit schlichtem blauen Umschlag obendrauf. Des Maulwurfs Lesestube.

Ein Hund schlief auf der Couch des Maulwurfs – eine massigere Ausgabe der anderen im Rudel, der Nacken ein knotiger Batzen Muskeln. Er beobachtete uns beim Näherkommen, ohne einen Muskel zu rühren. Nur sein hin und her zuckender Schwanz zeigte, daß er lebendig war.

»Simba-witz!« rief ich ihm zu. »Wie geht's denn?« Der Kopf des mächtigen Biests kam hoch, es betrachtete mich. Die Ohren schossen nach vorn, doch sein Schwanz zuckte im gleichen Rhythmus weiter – hin und her, wie ein Leopard auf dem Baum. Ein markerschütterndes Grummeln drang aus seiner Kehle, doch es war nicht für uns gedacht. Sofort hielt das Rudel inne.

Der Maulwurf lief rüber zu seiner Couch, setzte sich halb auf Simba-witz drauf. Das Biest schlüpfte unter ihm raus, beschnüffelte mich einmal und setzte sich auf den Boden. Ich setzte mich neben den Maulwurf und langte nach einer Zigarette, froh, daß es vorbei war.

Der Maulwurf faßte in seinen Overall, brachte einen Brocken fettiges Fleisch zum Vorschein und schmiß es dem Hund zu. Simba-witz schmiß es in die Luft, fing es und peste, seinen Preis hochhaltend, davon. Keifend wie ein Wurf Welpen schloß sich ihm das Rudel an. Wir saßen schweigend da, bis sie verschwanden. Sie würden nicht weit gehen.

»Maulwurf«, sagte ich zu dem teigfarbenen Genie, »ich brauch bei etwas deine Hilfe.«

Ich hielt inne, um ihm Gelegenheit zu geben, mich zu fragen, wofür ich seine Hilfe brauchte – es war Zeitverschwendung.

»Ich hab 'nen Job«, sagte ich. »Dieser kleine Junge – er war in 'ner Tagesstätte oder so was, und jemand hat ein Bild von ihm gemacht. Mit einer Polaroid. Ich muß das Bild zurückkriegen.«

»Wer hat es?« fragte der Maulwurf.

»Weiß ich nicht.«

Der Maulwurf zuckte die Achseln. Er war gut darin, Sachen zusammenzubasteln oder sie in Gang zu kriegen. Und besonders, sie hochgehen zu lassen. Doch er wußte nicht, wie man Sachen findet.

»Es ist ein Sex-Bild, Maulwurf.«

»Was?« fragte er. Für ihn machte das keinen Sinn.

»Maulwurf, diese Leute haben das Kind gezwungen, was Sexuelles mit einem erwachsenen Mann zu machen, okay? Und sie haben ein Bild davon gemacht. Zum Verkaufen.«

Die kleinen Augen des Maulwurfs machten etwas hinter den Cola-Flaschengläsern, die er trug. Vielleicht war es auch die Sonne.

»Wer tut so was? Nazis?«

Für den Maulwurf war alles Böse auf diesem Himmelskörper ein Werk der Nazis. Falls Bobby mir ein Treffen mit der Wahren Bruderschaft arrangierte, mußte ich ohne den Maulwurf hin.

»In etwa«, sagte ich, »in etwa dasselbe. Leute, die auf Macht-Trips stehn, klar? Das Kind meint, solange sie das Bild haben, haben sie seine Seele.«

»Wenn du die Leute findest . . .«

»Weiß ich, Maulwurf. Das is jetzt nicht das Problem. Ich muß das Bild finden.«

Er zuckte wieder die Achseln – was wollte ich von ihm?

»Ich muß das Bild finden. Es ist wie ein wissenschaftliches Problem, klar?« fragte ich, mir einen Weg in sein Megawatt-Hirn auskundschaftend und nach dem Schalter tastend, um das Licht anzuknipsen.

»Wissenschaftliches Problem?«

»Du hast mir mal erzählt, daß du, um ein wissenschaftliches Problem zu lösen, alle bekannten Fakten nimmst und dir dann ein paar mögliche Ergebnisse erarbeitest, richtig? Und daß du weiterprobierst, bis du beweisen kannst, daß die . . . was immer du gesagt hast.«

»Die Hypothese beweisen?« fragte der Maulwurf.

»Yeah«, sagte ich, »die Hypothese.«

Der Maulwurf saß zusammengesackt auf der Couch und beobachtete den von meiner Zigarette aufkräuselnden Rauch. Schweigsam wie Beton.

»Du brauchst ein Szenarium«, sagte er schließlich.

»Wovon redest du, Maulwurf?«

»Eine Vorlage, wie was passieren *könnte*. Du nimmst das Ergebnis – was du schon kennst – und argumentierst zurück. Du eliminierst alles, was nicht funktionieren würde, bis du das übrig behältst, was einst so gewesen sein muß.«

Der Maulwurf holte Luft – für ihn war das eine lange Rede.

»Ich kapier's nicht, Maulwurf«, sagte ich. »Meinst du, du argumentierst rückwärts, wenn du ein Problem hast, und suchst, wie das Problem angefangen hat?«

»Ja.«

»Kannst du so rausfinden, woher Krebs kommt?«

»Ja«, sagte er wieder.

»Und wo kommt er her?« fragte ich ihn.

»Es wäre zu kompliziert für mich, es dir zu erklären«, sagte der Maulwurf.

»Du meinst, ich bin nicht helle genug?« fragte ich ihn.

Der Maulwurf wandte mir andeutungsweise sein Gesicht zu und versuchte zu erklären. »Du bist helle genug. Du hast nicht die Grundlagen – die wissenschaftlichen Kenntnisse. Wenn es zu deiner Welt gehören würde, könntest du es.«

»Das Bild gehört zu meiner Welt«, beschied ich ihn.

»Weiß ich«, sagte er.

Ich zündete mir eine weitere Zigarette an, blickte auf dem Schrottplatz herum.

»Maulwurf, zeig mir, wie es geht.«

Der Maulwurf seufzte. »Verstehst du – es funktioniert nur, wenn du genug Daten hast.«

Ich nickte.

»Kennst du die sokratische Methode?« fragte er.

»Wo du Fragen stellst, um auf die Wahrheit zu kommen?«

»Ja«, sagte er, kaum fähig, die Stimme nicht überrascht klingen zu lassen. Verbringst du genug Zeit im Gefängnis, liest du mehr als bloß Comic-Hefte.

»Können wir's versuchen?«

»Ja. Aber nicht mit Krebs. Laß mich nachdenken.«

Ich klopfte meine Zigarette im Dreck neben der Couch aus, wartete.

»Hast du von Aids gehört?« fragte der Maulwurf plötzlich.

»Yeah, ich schätze schon. Ein Superkiller.«

»Woher kommt es?«

»Weiß keiner«, sagte ich ihm.

»Ich weiß es«, sagte der Maulwurf.

Ich saß kerzengerade auf der Couch. Wenn er wußte, wo Aids herkam, konnten wir alle reich werden. »Verrat's mir«, sagte ich.

Der Maulwurf hielt die Faust hoch, den Zeigefinger ausgestreckt. Er faßte den Finger mit der anderen Hand. Punkt Nummer eins.

»Ist Aids von Gott gekommen? Ist er Gottes Strafe für etwas?«

»Nein«, sagte ich.

»Woher weißt du das?« fragte er.

»Gott is seit fünfzig Jahren auf Urlaub von New York«, sagte ich. »Ruf hier die Telefonseelsorge an, und alles, was du kriegst, ist ein Besetztzeichen.«

Der Maulwurf sagte nichts, wartete noch immer auf die sokratische Antwort.

»Okay«, sagte ich. »Es ist keine Strafe Gottes, weil's auch kleine Kinder haben. Wenn Gott Babys bestraft, sollten wir einen andern wählen.«

Der Maulwurf nickte. Das war für ihn gut genug. Er haßte die Nazis nicht aus irgendeiner religiösen Überzeugung. Der Maulwurf verehrte denselben Gott wie ich: Rache.

»Wie kriegen die Leute diese Krankheit?« fragte er.

»Sexualkontakt, Bluttransfusionen, dreckige Nadeln«, sagte ich.

»Wenn es durch Sex kommt«, fragte er, »wie hat's dann die erste Person gekriegt?«

»Es is etwas im Blut, richtig? Etwas, wo das Blut keine Immunität aufbaut, wie es sollte ...«

»Ja!« sagte er. »Die Chromosomen müssen beeinflußt werden, um den ersten Fall zu schaffen. Doch wie fand diese Beeinflussung statt?«

»Nukleartests?« fragte ich.

»Nein«, gab er zurück. »Wenn dem so wäre, würden viel mehr Menschen angesteckt sein. Vor allem Leute in der Nähe der Testgebiete.«

»Wenn aber ein paar Leute ... anfälliger gegen Strahlung sind. Weißt du ... wenn es auf sie eine andere Wirkung hat als auf andere Leute.«

»Das ist besser – eine bessere Hypothese. Aber es ist zu grob, zu schwammig. Denk an weitere Experimente – Experimente mit Menschen.«

»Wie sie sie immer mit Häftlingen gemacht haben – wie mit Malaria und Gelbfieber und dem Zeug?«

»Ja!« bellte er. »Experimente mit Menschen.«

»Wie sie die Nazis in den Lagern gemacht haben?«

Die Augen des Maulwurfs wechselten die Form, als wäre unterschiedlicher Treibstoff in seinem Reaktor. »Sie experimentierten mit uns, als wären wir Laborratten. Um Zwillinge aus dem selben Ei zu machen ... zu eliminieren, was sie genetische Defekte nannten ... es an uns zu testen, bevor sie es selber benutzten.«

»Aids kommt von den Nazi-Experimenten?«

»Nein. Die hatten nicht die wissenschaftlichen Fähigkeiten. Sadistische Amateure. Die wollten die Leute bloß quälen. Sie nannten es Wissenschaft. Wenn Ärzte den Folterern helfen . . .«

Ich mußte den Maulwurf von dem Thema abbringen. Wenn er zu viel über Nazis nachdachte, blockierte seine Blutrunst alles andere. »Also irgendwelche anderen Experimente?" fragte ich. »Etwas, was heute läuft?«

»Vielleicht . . .« sagte er.

»Das lassen sie heute keine Häftlinge mehr machen. Als ich das letzte Mal drin war, ham sie uns irgendwelchen Mist testen lassen, der Kahlköpfigen die Haare wachsen lassen sollte . . . aber kein echt hartes Zeug.«

»Wo würden die Arzneifirmen denn testen lassen?« fragte er.

»Tja, die testen in Lateinamerika, richtig? Diesen scheiß Kram, den die Mütter benutzen sollen, statt ihren Kindern die Brust . . .«

Der Maulwurf kam wieder zu Potte. »Ja. Ja, jetzt arbeitest du mit. Was wissen wir noch über Aids?«

»Haitianer, Hämophile, Heroinabhängige und Homosexuelle . . . der Club der vier Hs, richtig?«

»Und warum testen die Arzneifirmen in anderen Ländern?« fragte der Maulwurf.

»Hier isses nicht erlaubt, richtig? Aber manche Länder – die lassen dich machen, was du willst, solange du die Kohle hast.«

»In demokratischen Ländern?«

»Okay, Maulwurf, ich kapier's. Die besten Länder wären ein paar abgedrehte Diktaturen, wo die Leute tun, was sie ihnen sagen, sonst werden sie kaltgemacht.«

»Etwa . . .«

»Etwa . . . weiß ich nicht . . . Iran, Kuba, Rußland.«

»Haiti?« wollte der Maulwurf wissen.

»Teufel, ja, Haiti. Ich hab mal mit 'nem Typ aus Haiti gesessen. Er hat mir erzählt, dieser Papa Doc wäre der Teufel, kurz und bündig. Und daß sein Bengel der Sohn des Teufels wäre.«

»Nah bei den Vereinigten Staaten?« sagte der Maulwurf.

»Ja.«

»Braucht Geld?«

»Sicher.«

»Diktatur?«

»Yeah!«

»Würde sich der Führer drum scheren, wenn ein paar von seinen Leuten dem erheblichen Risiko biochemischer Experimente ausgesetzt würden?«

»Den Deibel würde der«, sagte ich. Die Haitianer, die es probieren und das Meer auf Flößen überqueren, suchen keine besseren gesellschaftlichen Möglichkeiten.

»Wer geht auf Haiti ins Gefängnis?« fragte der Maulwurf.

»Jedermann, den Baby Doc reinstecken will«, sagte ich nachdenkend. »Und Drogenköpfe. Sicher!«

»Homosexuelle?«

»Kannste annehmen, Maulwurf. 'dammich!«

Der Maulwurf lächelte sein Lächeln. Kleine Kinder würde es nicht bezirzen. »Die Arzneifirmen suchen ein Heilmittel gegen Krebs ... oder irgendeine andere schwere Krankheit. Das Heilmittel wird sie reicher machen, als wir uns überhaupt vorstellen können. Das ist der Treibstoff, der ihren Motor am Laufen hält. Die Wissenschaftler wollen experimentieren, und sie haben nicht die Geduld, Ratten zu testen. Und Ratten sind keine Menschen.«

Ich zündete mir eine weitere Kippe an, sagte nichts. Der Maulwurf war in Schwung.

»Also treffen sie in Haiti ihre Vorkehrungen, testen ihre neuen Arzneien. An Häftlingen. Viele davon wegen Heroinabhängigkeit oder Homosexualität im Gefängnis, ja? Und sie verändern mit ihren Experimenten die genetischen Bausteine des Blutes. Die Homosexuellen tun, was sie im Gefängnis immer tun. Wenn sie offensichtlich krank werden, will die Regierung ein paar von ihnen loswerden. Doch die Arzneifirmen wollen nicht, daß alle umgebracht werden. So wie die Regierung vor Jahren schwarze Männer mit Syphilis unbehandelt gehen ließ – sie behandelten sie nie, weil sie die Langzeitwirkung studieren wollten. Einige der infizierten Haitianer kamen nach

Amerika. Und wenn sie mit anderen sexuell verkehren, verlieren die Arzneifirmen die Kontrolle über das Experiment.«

»Und wir haben Aids?« fragte ich ihn.

»Es ist ein Szenarium«, sagte der Maulwurf, noch immer drüber nachdenkend.

»Hundesohn«, sagte ich, hauptsächlich zu mir selber.

Simba-witz walzte zurück auf die Freifläche – wir waren lang genug da. Er sah uns beide schweigsam dasitzen, zuckte mit dem Schwanz über dem Rücken und machte sich davon.

»Maulwurf«, sagte ich, »ich hab schon ein Szenarium zu diesem Bild, das ich finden muß. Die Art, wie's gemacht wurde ... Polaroid-Kamera und alles ... es ist für den Verkauf. Wenn's in eine Zeitschrift geht, dann isses im Warenstrom, und es gibt nichts, was ich mehr tun kann.«

Der Maulwurf blickte auf, hörte zu.

»Aber ich glaube nicht, daß es so ist«, sagte ich ihm. »Ich glaube, es ist für einen Sammler – eine Privatangelegenheit. Wenn sie's in eine Zeitschrift bringen, könnte es jemand sehn. Macht 'ne Masse Schwierigkeiten. Ich brauch irgendeinen Freak, dem einer abgeht, wenn er das Zeug anschaut. Nicht irgendeinen Kohleabgreifer. Verstehst du? Jemanden, der Schuhkartons voll solcher Bilder hat.«

Der Maulwurf nickte. Es machte Sinn – wenigstens bislang.

»Also muß ich mit 'nem Sammler reden – einem ernsthaften Hardcore-Pädophilen. Jemand mit dem nötigen Kleingeld, um solche Sachen zu kaufen. Es ist 'n ungenehmigtes Bild, richtig? Der Freak könnte Abzüge rauf und runter verhökern, aber ich glaube nicht, daß es kommerziell hergestellt wird.«

»Ich kenne da niemanden«, sagte er.

»Maulwurf«, sagte ich, um einen ruhigen Ton bemüht, »du hast Freunde ... Verbündete jedenfalls ... Leute, für die ich ein paarmal gearbeitet habe ... als wir uns das erste Mal getroffen haben.« Kam nicht in die Tüte, daß ich den Namen erwähnte, den mir der Mann aus Israel gegeben hatte – welche Abteilung des israelischen Geheimdienstes auch Kontakt zum Maulwurf aufgenommen hatte, sie war vermutlich sowieso eine Gruppe rein fürs Grobe gewesen.

Der Maulwurf wandte sich meinem Gesicht zu. »Und?« fragte er.

Ich redete jetzt schnell, versuchte alles loszuwerden, den Maulwurf zu einer Zustimmung zu bewegen. »Und sie müssen Akten über solche Freaks führen. Erpressung, was auch immer. Sie müssen wissen, was da auf der internationalen Szene abläuft – wissen, wer die Mitspieler sind. Ich weiß, daß sie keinen Staatsanwalts- oder Sittescheiß machen, aber *Information* . . . das wollen die doch immer. Alles, was dir ein Bein in die Tür bringt . . . einen Ansatz.«

»Und?« sagte er wieder, wartete.

»Maulwurf, ich möchte, daß du deine Freunde bittest, dir den Namen einer derartigen Person zu geben.« Ich hielt die Hand hoch, bevor er sprechen konnte. »*Falls* sie einen kennen . . . okay? Bloß einen Namen und eine Adresse. Ich möchte mit dieser Person reden. Es wäre ein reiner Glücksstreffer, wenn sie das Bild hätte, aber sie könnte mich todsicher in eine Leitung zu Leuten einklinken, die's haben könnten.«

Ich war fertig mit dem Reden.

Der Maulwurf stand von der Couch auf, die Hände in den Taschen, und lief in Richtung Lincoln. Ich folgte ihm. Das Rudel tauchte aus dem Schatten auf und folgte mir.

»Ist der kleine Junge Jude?« fragte der Maulwurf.

»Er will seine Seele wieder«, sagte ich.

Ich öffnete die Tür des Lincoln, kletterte rein. Ich drückte auf den Fensteröffner und blickte den Maulwurf an.

»Ich kann bloß rumfragen«, sagte er. »Ich ruf dich im Restaurant an.«

Der Maulwurf drehte sich um und lief zurück auf seinen Schrottplatz.

52

Die Dunkelheit breitete ihr Tuch über der Stadt aus, als ich die Brücke zurück nach Manhattan überquerte. Ich fuhr an der 96th Street runter und bahnte mir einen Weg durch den Central Park in Richtung West Side. Es war noch zu früh für die Yuppies mit ihren Balzriten, doch bis ich in die West Fifties kam, fing das Neonlicht bereits zu blinken an – Menschenwesen, die in New York Sex kaufen gehen, erwarten Service rund um die Uhr.

Den Randstein kosend, kutschierte der Lincoln über den Broadway. Ein Video-Spielsalon, lang wie ein Straßenzug, überflutete den Gehsteig mit Stroboskopenblitzlicht. Elektronischer Kriegslärm strömte aus den Türen, eine dröhnende Welle, die die auf dem Gehsteig rumlungernden Kids teilte. Auf der einen Seite standen kleine Gruppen schwarzer Teenager, die Taschen von den Maschinen drinnen bis aufs Kleingeld ausgeräumt, scharf auf den nächsten windigen Coup, damit sie wieder reingehen konnten. Die weißen Jungen auf der anderen Seite waren jünger – sie streiften schweigend auf und ab, die Autos nach einem Kunden absuchend. Die Gruppen vermischten sich nie. Die schwarzen Abgreifkünstler machten wohlweislich die kleinen Strichbubis nicht an – ein Bengel, der mit seinem minderjährigen Arsch hausieren geht und sich ständig sagt, daß er eigentlich nicht homosexuell ist, sticht dich mit Freude ab, um es zu beweisen.

Huren arbeiten nach Einbruch der Dunkelheit nicht mehr an den Trampelpfaden um den Square – dazu haben sie die Massagesalons. Ihr Pflaster war die Lexington Avenue. Die Kunden wissen, wo sie hin müssen.

Ich wechselte vom Broadway rüber zur Ninth Avenue und steuerte weiter Richtung Downtown. Der Schnellimbißschuppen, den ich suchte, stand neben einem auf Kung-Fu-Filme spezialisierten Kino; ein greller Lichtbalken in Rot und Blau erhob sich wie ein Banner über dem Vordach. Ich ließ den Lincoln hinter einem langgezogenen Benz an den Randstein gleiten und wartete meinen Zug ab.

Es dauerte nicht lang. Drei kleine Kids drängelten sich um das Beifahrerfenster, zwangen ein Lächeln auf ihre Gesichter. Der Latinobengel arbeitete mit einem Partner, einem blonden Jungen, ein bißchen größer, aber noch dünner. Der dunkelhaarige Junge hatte Augen wie Suppenteller; sein gekräuseltes

Haar schimmerte im Neon. Wahrscheinlich erzählte er den Freiern, sein Name wäre Angel. Er trug ein rotes T-Shirt über einem Paar Jeans mit Designersignum auf der Hintertasche. Um es mir zu zeigen, drehte er sich um, als würde er mit seinem Partner reden. Ich konnte den Namen des Designers nicht lesen, doch ich wußte, was der Aufnäher besagte: »Zu vermieten«. Der Blonde behielt die Hände in den Taschen, Blick gesenkt, ein dicker Haarschopf fiel ihm in die Augen. Er wirkte zirka zwölf Jahre alt.

Ich drückte auf den Fensteröffner und rutschte rüber zu ihnen. Der dritte Bengel war ein Rotschopf, Sommersprossen auf dem runden Gesicht, einen Hauch farblosen Lippenstift auf dem Mund. Er trug ein weißes Sweatshirt mit der Aufschrift »Terry« vorne drauf und schwarze Hosen. Neue weiße Ledersneakers an den Füßen. Seine Haut hatte von der steten Kost aus Junk-food und Freak-Sperma bereits eine teigige Farbe.

Ich nickte dem Rotschopf zu, und die beiden anderen Jungen verzogen sich, ohne eine weitere Minute zu verschwenden, wieder vor den Schnellimbiß. Sie waren nicht zum Reden da.

»Willst du 'ne Tour mit mir machen, Terry?« fragte ich ihn.

Der Bengel zwinkerte nicht mal, seine Blicke glitten zum Rücksitz und wieder hoch zu meinem Gesicht; er schnupperte nach einer Gefahr, das Lächeln noch immer an Ort und Stelle.

Er kannte den Code. »Ich muß meinen Onkel fragen«, sagte er. »Kaufst du mir was Hübsches, wenn ich mitgehe?«

»Sicher«, sagte ich, »wo ist dein Onkel?«

»Ich hol ihn«, sagte der Junge, die weichen weißen Hände am Fensterrahmen des Lincoln. »Red nicht mit den andern Jungs, solang ich weg bin, okay?«

»Okay«, sagte ich ihm und zündete mir eine Zigarette an, als wäre ich aufs Warten vorbereitet.

Es dauerte nicht lang. Der Rotschopf verschwand in dem Schuppen, kam nach einer Minute mit einem Mann im Schlepptau raus. Der Mann war Anfang Zwanzig und trug einen weißen Sportmantel, die Ärmel hochgekrempelt, um mächtige Unterarme und eine juwelenbesetzte Uhr zu enthüllen. Darunter hatte er ein oranges Seiden-T-Shirt, weitgeschnittene weiße Hosen, deren Aufschläge sich über den Schuhen bauschten. Der letzte Schrei für Baby-Luden – Miami-Scheiß. Die Haare des Mannes waren an den Seiten so kurz, daß sie fast wie rasiert wirkten, doch oben drauf waren sie langgewachsen und wellten sich bis zum Rücken runter. Während er zum Lincoln vorrückte, packte er den Rotschopf am Bund seiner Jeans und hievte ihn mit einer Hand auf den vorderen Kotflügel. Der Hosenbund des Louis war breit, fast ein Kummerbund. Er hakte die Daumen rein und preßte die Hände zusammen, um das Blut in Arme und Brust zu drücken. Er war kein Gewichtheber: dazu war seine Taille zu schmal. Er konnte den kleinen Rotschopf mit einer Hand hochheben, doch das war bloß Schau, kein Körperbau.

Der Louis lehnte sich in den Lincoln, und seine gemeißelten Züge füllten die Fensteröffnung. Er hatte mir etwas mitzuteilen. »Terry sagt, du willst ihn zu 'ner Pizza einladen?«

Ich ließ die Angst in meiner Stimme mitschwingen, als ich murmelte: »Äh . . . ja, ich wollte bloß . . .«

Er schnitt mir das Wort ab. »Ich weiß, was du willst. Ich hab die Verantwortung für den Jungen, klar? Laß ein Pfand bei mir – bloß um sicherzugehen, daß du ihn rechtzeitig zurückbringst, okay? Dann zieh los und kauf ihm 'ne Pizza.«

»Ein Pfand?«

»Hundert Dollar«, sagte der Louis. Er würde sich auf keine Diskussion einlassen.

Ich steckte die Hand in die Tasche, als würde ich nach meiner Brieftasche langen. Zögerte, beobachtete seine Augen. »*Eigentlich* möchte ich . . .« fing ich an.

»Geht mich nichts an«, sagte er, hielt die Hand auf und drehte beiläufig den Kopf, um die Straße um uns zu beobachten.

Ich schlug die Augen nieder und blickte auf seine offene Hand. »Bilder«, sagte ich.

Der junge Mann wurde ungeduldig. »Mach doch Bilder, wenn du Bilder willst, okay?«

»Ich möchte ein paar Bilder *kaufen*«, sagte ich. »Ich bin Sammler«, als ob das alles erklärte.

Tat es. »Wir ham Bilder von Terry. Alles zu sehen. Er ist 'n schöner Junge«, sagte der junge Mann. Er hätte einen Chevy beschreiben können.

»Wie alt ist er?«

»Terry ist« – er dachte nach, wie weit er es runterschrauben konnte – »er is zehn.« Der junge Mann mußte angenommen haben, ich würde zweifelnd blicken. »Er is bloß groß für sein Alter.«

»Haben Sie Bilder von . . . jüngeren Knaben?«

»Bilder? Schau, Mann. Lad den Jungen hier zu 'ner Pizza ein, okay? Mach dir deine eigenen Bilder. Alles, was du willst.«

»Ich möchte bloß die Bilder«, sagte ich. »Ich . . . kann sie nicht selber machen.«

Der junge Mann verdrehte die Augen und beweinte im stillen die Bürde seines Gewerbes. »Ich könnte dir vielleicht ein paar Bilder besorgen. Macht 'nen Haufen Arbeit. Könnte ziemlich teuer sein.«

»Spielt keine Rolle«, versicherte ich ihm.

»Ich sag dir was. Lad Terry zu seiner Pizza ein, klar? Bring ihn zu den großen Schiffen zurück – kennst du den West Side Highway, bei der Fünfundvierzigsten? Wo die Marineschiffe sind, auf denen man rumlaufen kann?«

Ich nickte, begierig, ihm zu gefallen.

»Ich hab 'ne rote Corvette. Eine neue. Fahr runter zum Pier, sagen wir gegen Mitternacht. Achte auf mein Auto. Du bringst Terry zurück – und ich hab ein paar Bilder für dich.«

»Wieviel?« fragte ich.

»Wieviel möchtest du, mein Freund? Sie sin teuer, wie gesagt.«

»Wieviel könnte ich für . . . sagen wir, tausend Dollar kaufen?«

Einen Sekundenbruchteil lang flimmerten die Augen des jungen Mannes. Nur ein Obertrottel würde verhandeln wie ich. »Willste Actionfotos oder bloß Posen?«

»Action«, flüsterte ich, die Augen tief gesenkt.

»Macht vier für 'nen Tausender«, sagte er.

»Vier verschiedene Knaben?«

»Vier verschiedene. Actionbilder. Farbe.«

»Ich muß nach Hause und das Geld holen«, sagte ich.

»Nimm Terry mit«, sagte der junge Mann. »Nachdem du ihm 'ne Pizza gekauft hast.«

Ich nickte bloß, der Adamsapfel hüpfte in meinem Hals, als würde ich alles runterschlucken. Der Louis legte dem Rotschopf die Hand in den Nacken. Das kleine Kindergesicht verzog sich vor Schmerz, doch er sagte nichts. »Sei jetzt ein guter Junge«, sagte der Louis mit eiskalter Stimme. Der Bengel nickte. Der junge Mann öffnete die Tür des Lincoln, schob den Jungen rein. Er hielt die Hand für die hundert Dollar auf.

Ich reichte sie ihm. Mit mutig klingender Stimme sagte ich: »Woher weiß ich, daß Sie da sein werden?«

»Du hast meine Ware«, sagte der Louis, steckte die hundert ein und ging im gleichen Moment weg.

53

Ich reihte mich in den Verkehr ein, während ich dem Jungen neben mir einen raschen Blick schenkte. Er kauerte an der Beifahrertür, Kopf gesenkt. Auf der Digitaluhr am Armaturenbrett stand sieben Uhr sechsundfünfzig – noch etwa vier Stunden, bis ich den Mann mit den Bildern treffen mußte.

Ich drückte den Knopf für die Zentralverriegelung – der Junge hüpfte hoch, als er sie einrasten hörte. Er blickte mich an und flocht seine Hände im Schoß ineinander. »Wollen Sie mir wehtun?« fragte er mit ruhiger Stimme. Er suchte mich nicht davon abzubringen, fragte bloß, was mit ihm passieren würde.

»Ich will dir nicht wehtun, Kleiner«, beschied ich ihn mit meiner richtigen Stimme.

Sein Kopf schoß hoch. »Sind Sie ein Cop?«

»Nein, ich bin kein Cop. Ich bin ein Mann, der seine Arbeit macht. Und ich möchte, daß du mir dabei hilfst.«

»Ihnen helfen?«

»Yeah, Terry. Mir helfen. Das is alles.«

Der Junge forschte in meinem Gesicht, suchte die Wahrheit – wahrscheinlich würde er sie nicht erkennen, wenn er sie sah. »Was muß ich machen?«

»Ich suche jemanden. Hier draußen. Ich will die Straßen abfahren und suchen. Ich möchte, daß du auch mitsuchst, okay?«

»Wirklich?«

»Wirklich.«

»Wen suchen Sie denn?«

»Kennst du den kleinen schwarzen Typ ohne Beine – den auf dem Skateboard ... schiebt sich mit den Händen an?«

Seine Gesicht erhellte sich. »Yeah! Yeah, ich kenn ihn. Ich hab mal mit ihm geredet. Er hat mich gefragt, ob ich weglaufen möchte.«

»Was hast du ihm gesagt?« fragte ich.

»Ich hab mit ihm geredet, als Rod vorbei gekommen is.«

»Ist Rod der Typ, mit dem ich geredet habe?«

»Ja, das isser. Er hat den kleinen Typ einfach vom Skateboard gekickt. Er hat Beine, wissen Sie?« sagte der Junge mit ernstem Ton.

»Weiß ich«, sagte ich ihm. »Sperr jetzt die Augen auf – wir gehn ihn suchen.«

»Wieso?« fragte er.

»Er soll mir heut nacht bei was helfen«, sagte ich.

»Du wirst mir nicht wehtun?« fragte er wieder.

»Nein, mein Kleiner. Ich werde dir nicht wehtun«, versprach ich ihm erneut, Abstand wahrend.

Ich drehte ein paar langsame Runden durch die Pißgrube, kutschierte durch die Querstraßen zwischen Sixth und Ninth Avenue, ließ die Blicke über die Szene streifen, hielt Ausschau nach dem Prof. Ein Polizeiwagen klemmte sich neben uns; die Blicke der Cops waren gelangweilt. Fast alle Leute auf der Straße waren männlichen Geschlechts – Traumkäufer auf der Suche nach Lieferanten, Wolfsrudel auf der Suche nach Beute. Die Hölle verzehrt ihre Gäste.

Ich kurvte an der 39th herum und steuerte auf der Eighth zurück nach Uptown. Wir waren über die 44th, als der Junge rief: »Ich seh ihn!« und aufgeregt zur Vorderseite eines Schwulenkinos deutete. Der Prof war auf seiner Karre, graste den Verkehr ab, bettelte mit seinem Becher um Münzen und beobachtete alles vom Null-Level aus, was die Cops nie konnten. Ich brachte den Lincoln an den Randstein, zog den Zündschlüssel, schloß die Tür hinter mir ab und ließ den Jungen drin. Der Prof hörte meine Schritte auf sich zustapfen und blickte hoch, die Hand in seinem langen, zerlumpten Mantel. Als er mich sah, griff er feste auf den Gehsteig und gab sich einen kühnen Schubs in meine Richtung. Wenn sich in unserer Welt jemand schnell bewegt, folgt der Ärger auf dem Fuß.

»Prof, komm schon«, sagte ich ihm, »wir haben was zu arbeiten.«

»Singst du mein Lied, so mach mich nicht müd«, stieß er hervor, bereit zu was auch immer; ich sollte damit rausrücken.

Ich packte seine ausgestreckte Hand und zog ihn auf seiner Karre vorwärts zum Lincoln. Ich öffnete den Kofferraum. Der Prof kletterte von seiner Karre, und wir schmissen sie ins Innere. Ich öffnete die Beifahrertür, und der Prof sprang rein. Er zog seine Tür zu, während ich zur Fahrerseite rumlief. Innerhalb einer Minute waren wir wieder im Verkehr nach Uptown. »Terry«, sagte ich zu dem Jungen, »das ist der Prof.«

»Der Prof?« fragte der Junge.

»Prof ist die Kurzform für Prophet, guter Mann«, sagte der kleine schwarze Mann, zog seinen mißgestalteten Filzhut runter, und sein stachliger Afro schoß unkontrolliert in die Höhe. »Ich bleibe okay, weil ich alles seh.«

Der Junge machte große Augen, doch er hatte keine Angst. Gut.

»Was'n los?« wollte der Prof wissen. Er nannte meinen Namen nicht.

»Sag ich gleich, Prof. Erst brauchen wir Michelle. Weißt du, wo sie arbeiten könnte?«

»An Avenue C ist sie doch nie.«

(Die Lower East Side war zu gefährlich zum Arbeiten.)

»An den Docks findest du nur Gesocks.«
(Die Strichjungen hatten der West Street den Rest gegeben.)
»Willste also Sex, mußte an die Lex.«

Ich zog den Lincoln gen Osten und fuhr auf der 48th quer durch die Stadt. Ich zündete mir eine Zigarette an und ließ das große Auto von selber rollen. Die Huren arbeiteten erst in den Thirties.

»Kann ich eine kriegen?« fragte der Junge.

Ich reichte ihm die Schachtel. »Wie alt bist du, mein Junge?« fragte der Prof, nicht eben glücklich über meine Erziehungsmethoden.

»Ich hab auch geraucht, als ich in seinem Alter war«, beschied ich ihn.

»Yeah, und schau, was rausgekommen ist, Bruder«, kam als Erwiderung.

Ein Lächeln, flüchtig wie eine Erinnerung, huschte über das Gesicht des Jungen. Er reichte mir die Schachtel wieder.

Die Seitenstraßen, die die untere Lexington Avenue kreuzten, waren so mit Huren verstopft, daß sich der Lincoln seinen Weg durchtasten mußte. Ich wußte, daß Michelle nicht zum Auto herlaufen würde – es war nicht ihre Art. Auch der Prof wußte es. »Ein Rennpferd läuft nicht mit Maultieren«, sagte er. »Rennpferd« war sein höchstes Kompliment für ein arbeitendes Mädchen, nur der Allerbesten vorbehalten.

Wir brauchten eine weitere halbe Stunde, um sie zu finden, an einen Laternenpfahl gefläzt, ein winziges Pagenkäppi auf dem Kopf, das Gesicht mit einem Halbschleier verdeckt. Sie trug einen schwarzweiß gescheckten Mantel, der halb bis über ihren Hintern reichte, über einem enggeschnittenen schwarzen Rock. Riemchen an ihren Hochhackigen. Wie ein Vamp aus dem Zweiten Weltkrieg.

Ich lenkte den Lincoln vor den Laternenpfahl, doch Michelle rührte sich nicht. Sie führte ein Feuerzeug zum Gesicht und ließ die Flamme ihr vollkommenes Profil anstrahlen. Wenn du eine Zehn-Dollar-Nutte wolltest, warst du in der falschen Gegend.

Ich drückte den Fensterknopf. »Michelle!« rief ich ihr zu.

Sie bummelte zum Lincoln rüber. »Bist du's . . .?«

»Sag keinen Namen«, hieß ich ihr, bevor sie vollenden konnte. »Ich bin in Begleitung.«

Sie kam näher, lehnte sich ins Auto, küßte mich auf die Backe und blickte an mir vorbei auf den Vordersitz.

»Hallo Prof«, sagte sie, »wer is dein Begleiter?«

»Das ist mein Freund«, sagte er. Der Junge machte erstaunte Augen. Nicht mal für ihn war das eine normale Nacht.

»Steig hinten rein, Michelle. Wir haben Arbeit.«

Ich kletterte raus und zog den Jungen am Handgelenk mit mir mit. Ich fand die Arretierung, und der Fahrersitz glitt nach vorn. Ich schob den Bengel hinten rein und bewegte, damit Michelle ihm folgen konnte, meine Hände, als hielte ich einer Gräfin den Schlag auf.

»Hi, Baby«, sagte Michelle zu dem Jungen.

»Hallo«, sagte Terry, ohne einen Hauch von Furcht in der Stimme. Ich weiß nicht, wie Michelle es macht, und ich werd's nie lernen.

Bis der Lincoln die halbe Strecke in mein Stadtviertel geschafft hatte, flüsterten sie auf dem Rücksitz miteinander, als wären der Prof und ich nicht da.

54

Ich mußte die Sachen für später klarmachen. Michelle war der einzige Babysitter, dem ich trauen konnte. Jemand mußte auf den Jungen aufpassen, und ich wollte nicht, daß er mein Büro oder sonst irgendwas sah. Ich heizte runter zum Pier, den wir immer für unsere Privatgespräche benutzen, gleich am Hudson, just bevor der Battery-Tunnel Manhattan in Brooklyn verwandelt. Ich hielt an, stellte den Motor ab. Ein arbeitendes Mädchen löste sich von einer kleinen Gruppe und bummelte rüber zum Lincoln. Sie brach die Tour ab, als der Prof und ich ausstiegen. Was immer wir waren, die Kunden, die sie wollte, waren wir nicht.

»Bin gleich zurück«, sagte ich zu Michelle und winkte dem Prof, mir zu folgen.

Ich zündete mir eine Zigarette an, reichte dem Prof die Schachtel, blickte auf das dunkle Wasser und dachte an das dunkle Wasser im Flushing Meadow Park. Dachte an Strega. Ich kam vom Kurs ab.

»Was geht vor?« wollte der Prof wissen.

»Ich suche ein Bild. Baby-Porno. Mein Klient macht sich Sorgen über ein Bild, das von einem bestimmten Kind gemacht worden ist. Er will es zurück.«

»Warum suchste nicht einfach 'nen Fisch da draußen«, sagte er und deutete auf den stillen Hudson.

»Ich weiß, daß die Chancen schlecht stehn, Prof. Ich hab gesagt, ich probier's, okay?« »Wie paß ich da rein?«

»Ich geh zum Square, frag rum. Der Bengel bei Michelle auf dem Rücksitz? Er schafft an. Ich hab mit seinem Louis gesprochen, ihm gesagt, ich möchte ein paar Bilder kaufen. Er will mich gegen Mitternacht bei den großen Schiffen treffen. Ich soll 'nen Riesen in bar mitbringen, vier Bilder kaufen.«

»Von wem?«

»Weiß der Geier. Wahrscheinlich *hat* der Freak ein paar Bilder. Wenn er mich für 'nen Kunden hält, kauf ich die Bilder und bitte ihn um mehr. Sag ihm, was ich suche.«

»Und er hält dich für 'nen Touristen?« fragte der Prof.

»Genau da kommst du dazu. Der Lincoln hat einen von diesen elektrischen Kofferraumöffnern, okay? Michelle hält den Bengel am Vordersitz und zieht den Kopf ein. Ich klettere raus, sie rutscht rüber, wo ich gesessen bin. Irgendwelcher Ärger – schon läßt sie den Kofferraum aufploppen, und du kommst raus. Ich hab 'ne Schrotflinte, die du benutzen kannst.«

»Ich niete keinen um, Burke«, sagte er, vor allem um sich selber zu überzeugen.

»Ich hab nicht gesagt, du sollst ihn alle machen, Prof. Bloß aufpassen, daß mir keiner ans Leder geht, okay? Zeig ihm das Teil, stanz meinetwegen ein Loch in die Luft . . . das is alles.«

Der Prof inhalierte tief. »Du willst hier ehrlich spielen?«

»Wenn er echte Bilder hat, kauf ich und stell ihm ein paar Fragen. Aber wenn er mich anmacht und du ihn stellen mußt, sehn wir, was er dabei hat. Okay?«

»Was, wenn er Feuerschutz hat?«

»Er fährt 'ne 'vette. Locker auszuchecken. Und Michelle hält vom Auto aus Ausschau.«

»Das klingt wie'n Job für Max«, sagte er.

»Es ist'n Job für uns, Prof. Dabei oder nicht?«

»Ich red vielleicht Plunder, aber ich tauche nie unter«, versetzte er beleidigt.

Ich klopfte ihm auf den Rücken. »Wir lassen uns von Michelle bei meinem Büro absetzen. Holen das Zeug, was wir brauchen, hängen ein bißchen rum. Okay?«

»Wohlan«, sagte der kleine schwarze Mann, »doch ist der Hund auf deinem Grund . . .«

»Pansy is cool, Prof. Du mußt sie bloß erst kennenlernen.«

Er blickte zweifelnd, doch er wollte nicht streiten. Wir liefen zum Lincoln zurück – Michelle und der Junge quasselten hinten immer noch.

»Michelle, könntest du mich und den Prof absetzen? Das Auto nehmen und uns gegen elf wieder treffen?«

»Terry und ich brauchen sowieso was zum Essen«, sagte sie. »Haste 'n bißchen Geld?«

Ich reichte ihr zwei Fünfziger. So wie Michelle aß, brachte sie wahrscheinlich kein Wechselgeld wieder.

Ich fuhr bis auf zwei Straßen an mein Büro ran und zog an den Randstein. Michelle kletterte raus und stellte sich neben mich, der Prof blieb mit dem Jungen im Auto.

»Laufen wir ein bißchen«, sagte ich zu ihr. Sie nahm meinen Arm, und wir schlenderten außer Hörweite.

»Der Bengel schafft an . . .« begann ich.

»Weiß ich«, versetzte sie. »Wir ham uns unterhalten.«

»Ich soll ihn gegen Mitternacht zurückbringen. 'nen Deal mit seinem Louis machen. Asche für Ware. Der Louis könnte dumm kommen – der Prof fährt im Kofferraum mit. Du übernimmst den Bengel – behalt ihn ein paar Stunden bei dir, bis du uns aufliest. Okay?«

»Burke«, zischte sie mit glühendem Blick, »du gibst den Jungen nicht wieder dem Louis!«

»Michelle, ich geb ihn nirgendwem wieder, okay? Egal, was heut nacht abläuft, du bleibst bei dem Kind. Bring ihn zu den Cops. Sorg dafür, daß er nach Hause kommt.«

»Der einzige Cop, mit dem ich was zu tun haben will, is McGowan«, sagte sie. McGowan ist Detective beim Ausreißer-Trupp. Für mich müßten die meisten Cops noch eine Klasse aufsteigen, um als Sperrmüll durchzugehen, doch McGowan spielt ein faires Spiel. Bei ihm konntest du ein Kind abliefern, und er nahm den Überbringer nicht mal in seinen Bericht auf.

»Was immer du willst, Schätzchen. Liegt bei dir. Geh bloß sicher, daß der kleine Mistkerl nicht abzischt, solang er bei dir ist. Er is der Grund, warum ich mir sicher bin, daß der Louis aufkreuzen wird.«

»Irgendwelches Geld drin?«

»Wenn der Louis ehrlich spielt, zahl ich ihn aus, und das war's dann. Wenn er dumm kommt, nehmen wir, was er hat. Teilen es durch drei. Abgemacht?«

»Denkst du, ich hab unter der Straßenlaterne gestanden, weil ich was verloren habe, Süßer?«

Ich streckte die Hände zur Kapitulation hoch und langte in meine Hemdtasche.

»Süßer, immer und immer wieder hab ich dir gesagt, du sollst keine Asche in deiner Hemdtasche aufbewahren – nur Würfelspieler tun das. Schlimm genug, daß du dich wie ein Gammler kleidest.«

»Hey!« sagte ich. »Das ist 'n guter Anzug.«

»Burke, es *war* ein guter Anzug. Er is Schnee von gestern, Liebster. Wie dein Haarschnitt«, sagte sie, und ein Lächeln umspielte ihre bemalten Lippen.

»Nicht alle können immer auf dem neuesten Stand der Mode sein, Michelle.«

»Weiß ich doch«, entgegnete sie, nahm das Bündel Scheine und zählte ein paar Fünfziger für sich ab. Wenn ich je Steuern zahlen würde, wäre Michelle ein Höllengrund zum Absetzen.

Sie streckte sich, um mich auf die Backe zu küssen. »Danke, Schätzchen. Das bringt mich Dänemark einen Schritt näher.«

»Sicher«, sagte ich. Das hatte ich schon mal gehört.

Michelle klemmte sich hinter das Lenkrad des Lincoln, während der Prof und ich ausstiegen. Sie drehte sich um und sagte etwas zu dem Jungen. Er kletterte über den Rücksitz, um sich neben sie zu setzen. Als sie davonzogen, sagte sie etwas zu ihm – wahrscheinlich befahl sie ihm, die Füße vom Polster zu nehmen.

55

Als der Lincoln um die Ecke schnurrte, wartete ich schon. Der Bengel saß neben Michelle auf dem Vordersitz und aß eine Tüte Eiscreme. Ich kletterte rein, und Michelle rutschte rüber und tauschte den Platz mit dem Bengel, so daß er zwischen uns war. Ich fand den Öffnungshebel, ließ den Kofferraum aufschnappen und wartete, bis der Verkehr vorbei war.

Sobald es ruhig wurde, kletterte ich raus, als wollte ich etwas aus dem Kofferraum holen. »Okay«, zischte ich in die Dunkelheit. Der Prof kam raus, angetan mit einem dieser gesteppten Anzüge, wie sie die Typen in den Kühlräumen tragen. Seinen Mantel hatte er in der Hand, das Gewehr drin eingewickelt.

Das Licht im Kofferraum ging an, als ich den Deckel hob. Ich nahm eine Rolle Münzen aus meiner Tasche und drückte sie gegen das Licht. Als ich mit der flachen Hand dagegen klatschte, ging das Licht aus. Es würde nicht wieder angehen.

Der Prof checkte das Innere – es war neu und sauber und mit Teppich ausgelegt. Selbst der Reservereifen war unter der Auslegware versteckt. »Hab in schlechteren Buden gewohnt«, sagte er und kletterte ohne ein weiteres Wort rein.

Ich arbeitete mich wieder zum West Side Highway durch. Michelle hatte ihren Arm um den Jungen gelegt und hörte mir zu, als ich die Sache erklärte.

»Der Bengel sitzt aufrecht auf dem Sitz, okay? Du legst dich hin, unter der Windschutzscheibe. Wenn ich aussteige, rutschst du rüber und legst die Hand auf diesen Hebel. Hörst du mich aus *irgendeinem* Grund die Stimme heben ... egal, was ich sage ... läßt du ihn aufschnappen.«

»Terry kommt mit uns zurück«, sagte sie. Ihre Stimme war ruhig – sie konstatierte bloß eine Tatsache. Ich schielte rüber zu dem Bengel – wenn ihm das nicht recht war, war er ein höllischer Schauspieler.

»Es wird kein Problem geben«, sagte ich beiden. Der Magnum lag schwer in meiner Tasche. »Wenn mir der Typ nichts zu tun versucht, wird ihm nichts getan.«

»Ich hoffe, er versucht dir was zu tun«, sagte Michelle mit sanfter Stimme.

Ich schmiß ihr einen dreckigen Blick zu, doch sie schenkte mir keine Aufmerksamkeit. »Weißt du, was er Terry angetan hat? Weißt du, was er macht ...«

»Ich weiß«, sagte ich ihr.

Als wir die 14th Street kreuzten, befahl ich Michelle runterzugehen. »Du bleibst bloß im Auto, egal, was passiert«, sagte ich dem Bengel.

»Terry weiß, was er tun muß«, blaffte mich Michelle an und glitt in Stellung. Der Junge hielt ihre Hand.

Ich bugsierte den Lincoln zu einer dunklen Stelle im Schatten der Schiffe. Keine Spur von dem Louis. Ich drückte auf den Fensteröffner, wartete.

Es dauerte nicht lange. Voll aufgedrehte Vorderlichter blitzten hinter mir auf – die rote Corvette. Ich kletterte aus dem Auto, lief zum Kofferraum herum. Wo ich die Bilder verstauen würde, falls ich welche kriegte.

Die Corvette ging in die Bremsen, wodurch das Gerät in ein kontrolliertes Schleudern quer zum Heck des Lincoln geriet und mich einklemmte. Der Louis jagte den Motor hoch, bevor er ihn abstellte, und stieg fast im gleichen Atemzug aus. Der Beifahrersitz sah leer aus. Ich lief rüber zu ihm, um einen besseren Einblick zu haben.

Der Lude stand neben seinem Auto, die Hände zu Fäusten geballt. Ich lief direkt zu ihm hin, trat in seine Reichweite und senkte den Blick, als hätte ich Angst. Das Innere seines Autos war leer. Gut.

»Die Bilder?« fragte ich ihn.

Er langte in seine Hemdtasche und brachte eine Sonnenbrille zum Vorschein. Er ließ sich Zeit, sie auf seinem Gesicht zu plazieren; ich durfte warten.

»Das Geld?« sagte er.

Ich nahm die Tausend aus meiner Manteltasche, reichte sie ihm. Steckte meine Hand wieder in dieselbe Tasche, als würde ich mein restliches Geld hüten. Spürte den Magnum dort lauern.

Er reichte mir vier Polaroids und beobachtete mich, während ich ihm den Rücken zuwandte, um etwas Licht abzubekommen. Sie waren sämtlich von Terry. Auf dreien war er nackt und lutschte an einem anderen Jungen, der dasselbe mit ihm machte. Das letzte Bild zeigte die Seitenansicht eines penetrierten Kindes – man konnte das Gesicht nicht sehen. Meine Hände zitterten.

»Machen Sie nur von Ihren Knaben Bilder?« fragte ich ihn.

»Läuft so am besten, Mann. Unter uns beiden – keine Probleme und keine Beschwerden.«

Er nahm ein ledernes Notizbuch aus der Tasche. Schlug es auf und zog einen goldenen Stift raus. Fing an zu schreiben.

»Was machen Sie da?« fragte ich ihn.

»Deine Autonummer aufschreiben, Mann. Bloß für den Fall, daß ich wieder Kontakt mit dir aufnehmen möchte.« Seine Augen waren hinter der Brille versteckt.

Ich blickte mich rasch um. Ruhig wie ein Friedhof. »Laß das!« brüllte ich, und der Kofferraum des Lincoln sprang auf. Der Louis griff sich eine Faustvoll meines Mantels und zog die andere Hand zurück, um mir das Maul zu stopfen. Ich verpaßte ihm mit der Hand, die den Magnum hielt, einen tiefen Haken in den Bauch. Er grunzte und krümmte sich zusammen, ich traf ihn mit meinem Stahlkappenschuh an der Schläfe. Die Brille des Luden flog davon – er langte nach etwas in seiner Jacke, als ihm der Prof die Schrotflinte ans Gesicht setzte.

Der Louis lag bloß da, während ich seine Ausrüstung check-te. Eine kleine Automatik, Kaliber .32, ein hübsches, silbernes Ding. Ein Diamantring, eine hauchdünne Uhr. Ein winziges ledernes Adreßbuch. Ein Schlüsselring mit einem Haufen Schlüssel. Ein Bündel Scheine in einer Brieftasche, so dick, daß sie fast als Aktenkoffer durchging. Ein silbernes Fläsch-chen mit Schraubverschluß. Kein Ausweis. Ich sackte alles ein.

Bis dahin schnappte er wieder nach Luft, beobachtete mich aber genau. Wunderte sich, was für ein Spiel das war.

Ich ging zur Corvette, schaltete in den Leerlauf und stemmte die Schulter dagegen. Sie bewegte sich ein paar Schritt vor-wärts – mehr als genug, um den Lincoln rauszukriegen. Ich zog die Schlüssel aus der Zündung, lief zurück und hielt sie dem Louis vors Gesicht.

»Ich laß sie unter der Straßenlaterne da drüben«, sagte ich ihm und deutete nach links. Sie war zirka hundert Meter weg.

Der Lude war noch immer ruhig – das Gewehr war seine ganze Welt.

»Du hast mit dem falschen Bengel rumgesaut«, sagte ich ihm und lief zum Lincoln. Ich startete ihn, stieß rückwärts raus und wendete, damit die Beifahrertür im Rücken des Prof war. Michelle öffnete sie von innen, und der Prof sprang rein, während ich davonzischte.

Der Lincoln schoß in Richtung Straßenlaterne. Ich stieg hart auf die Bremse. »Er is noch unten«, rief der Prof. Ich warf das Fläschchen aus dem Fenster. Wenn sich die Made an das Nummernschild des Lincoln erinnerte, konnte sie die Wahre Bruderschaft um die Autoschlüssel bitten.

56

Für den Fall, daß sich der Louis zu einem Telefonanruf durchrang, wollte ich den Lincoln von der Straße haben. »Kannst du McGowan von dir aus anrufen?« fragte ich Michelle.

»Ich mach schon«, sagte sie vom Rücksitz. Der Junge war ruhig. Ich schielte in den Spiegel – er zitterte, Michelles Arm um sich, sein Gesicht an ihrer Brust.

Ich schmiß die Brieftasche des Luden auf den Rücksitz. »Muß den Rest von seinem Müll wegwerfen«, sagte ich. Der Prof nickte zustimmend.

Der Lincoln rollte auf dem Highway nach Norden, Richtung 125th Street, wo ich die Kurve kratzen und zurück zu unserem Stadtviertel steuern würde.

»Fast sechstausend«, sagte Michelle, einen fröhlichen Ton in der Stimme. Die Brieftasche kam über den Sitz gesegelt und landete auf dem Armaturenbrett.

»Nimm dein Teil«, sagte ich dem Prof. Die Schrotflinte war unter dem Sitz verstaut.

»Asche von der Flasche«, sagte er, und es klang religiös. »Asche von der Flasche.« Er zog ein Paar Baumwollhandschuhe aus dem Kühlanzug und fing an, die kleine Knarre des Luden zu bearbeiten, wischte sie ab. Er nahm das Magazin raus, zog dann den Schlitten und fing die unbenutzte Kugel mit der Hand auf. »Eine in der Kammer«, sagte er. Die kleine Automatik war einsatzbereit gewesen.

»Stück für Stück«, sagte ich. Der Prof nickte und drückte auf den Knopf, um sein Fenster zu senken. Erst die Kugeln, dann das Magazin. Die silberne Knarre kam zuletzt dran.

Der Prof reichte mir meinen Anteil am Geld des Luden, während er die Hände sacht aneinanderrieb, um damit zu sagen, daß alle Arbeit getan war. Ich ließ ihn auf Höhe der Thirties an der Second Avenue raus und öffnete den Kofferraum, damit er seine Karre nehmen und den Kühlanzug zurücklassen konnte. Der Prof schnallte sich die Karre auf den Rücken, als wäre sie ein Rucksack.

»Halt die Ohren steif, Prof«, sagte ich ihm.

»Die Straße ist mein Heim, und das is kein Reim«, sagte er. Der Louis mochte ihn wieder sehen, doch nichts würde einrasten. In Brusthöhe preßten wir die Hände aneinander. Die Art, wie man im Besucherraum im Gefängnis Aufwiedersehen sagt. Durch das kugelsichere Glas.

Ich fuhr bei Michelles Bleibe vor, öffnete ihr die Tür zum Aussteigen, als wäre ich ein Chauffeur. Der kleine Junge hielt sich an ihrer Hand fest wie an einer Rettungsleine. Vielleicht war sie's.

Michelle küßte mich auf die Backe. »Behalte das Kleingeld, Süßer«, sagte sie und ging zur Treppe.

Fünfzehn Minuten später hatte ich den Lincoln wieder in meiner Garage.

57

Auf der Unterseite hatte die Uhr des Luden eine schnuckelige Gravierung. »L für R. Immer da.« Wahrscheinlich von dem Freak, der ihn eingeführt hatte. Kam nicht in die Tüte, die zu verkaufen. Ich hebelte sie auf, behielt nur das Laufwerk – der Maulwurf konnte so was immer brauchen – und fegte den Rest an den Rand meines Schreibtisches. Der Diamantring war eine andere Geschichte – eine schwere Weißgoldfassung, die etwas hielt, was wie ein Zweikaräter aussah. Ich drehte mir die Lupe in die Augenhöhlen und nahm ihn genauer in Augenschein – kein Makel, soweit zu sehen, gutes Feuer. Ich montierte den Stein ab und fegte, was vom Ring übrig war, rüber zu den Überresten der Uhr.

Mit dem Schlüsselring konnte ich nichts anfangen, doch für das kleine lederne Adreßbuch ließ ich mir Zeit. Lauter Vornamen oder Initialen, die Telefonnummern daneben. In der rechten Spalte stand neben jedem Namen eine einstellige Zahl. Irgendein Code für das, was der Kunde normalerweise wollte? Ich schrieb das ganze Buch in einen Block ab. Ich hob auch das Buch auf – es könnte sich irgendwann als Einsatz erweisen.

Ich ging raus zu den aufs Dach führenden Eisenstufen und rief Pansy. Der Mond war fast voll, hob sich klar vom Nachthimmel ab. Ich zündete mir eine Zigarette an und schaute mir an, wie der Mond da oben hing, eine Million Meilen weg von

diesem Schrottplatz, auf dem wir leben. Ich schaue mir gern
den Mond an – im Gefängnis kriegt man ihn nie zu sehen.

Pansy trollte sich treppabwärts. Sie sah mich auf dem eisernen Treppenabsatz stehen und legte ihre Tatzen aufs Geländer. Wenn sie so dastand, war ihr Gesicht fast auf gleicher
Höhe mit meinem. Ich kratzte sie geistesabwesend hinter den
Ohren und dachte drüber nach, wie ich meine Suche nach dem
Bild in die Gänge kriegen könnte. Früh am Morgen würde ich
einen Typ treffen, der mir die Namen und Adressen zu den
Telefonnummern im Büchlein des Luden besorgen würde,
aber wahrscheinlich würde mir das nicht weiterhelfen. Und ich
mußte auf den Maulwurf und auf Bobby warten, konnte sie
nicht drängen, noch schneller zu machen. Es gab nur einen
Weg, wie ich mehr Informationen kriegen konnte; ich mußte
selber mit dem Jungen reden.

Dazu brauchte ich Immaculata.

Und Strega.

58

Am nächsten Morgen ging ich ans Werk. Zuerst zu Mama,
wo ich Strega anrief.

»Ich bin's«, sagte ich, als sie den Hörer abnahm.

»Hast du, was ich möchte?« fragte sie.

»Ich arbeite noch dran. Ich muß mit dir reden – ich brauche
noch ein paar Auskünfte.«

»Was für Auskünfte?«

»Nicht am Telefon«, beschied ich sie. »Kennst du die Statue
am Queens Boulevard, auf der Nordseite, vor dem Gericht?«

»Ja«, sagte sie.

»Heut abend. Um halb sieben, okay?«

»Ja«, sagte sie wieder, tonlos. Und hängte ein.

Ich ging ins Restaurant zurück. Mama schwebte zu meinem
Tisch rüber. »Nich hab Frühstück«, sagte sie lächelnd. Ich
schaute leidgeprüft drein. »Aber nich zu früh für Mittageß«,

erklärte sie mir. Einer der angeblichen Kellner tauchte neben mir auf, verbeugte sich vor Mama. Sie sagte etwas auf kantonesisch zu ihm. Er nickte bloß.

»Sauerscharfsuppe?« fragte ich.

»Du sprich jetzt Chinesisch, Burke? Sehr gut.«

Ich bemühte mich nicht erst um eine Antwort – Mama war nur dann sarkastisch, wenn sie sich über irgend etwas ärgerte.

»Soll ich was für dich tun, Burke? Hol Max her?«

»Yeah, Mama. Ich möchte Max. Aber den könnte ich selber finden, richtig? Ich bin hergekommen, um dir was zu geben.«

Ihre Augen wurden eine Spur größer, warfen mir einen fragenden Blick zu. Ich legte den Diamanten, den ich dem Louis abgenommen hatte, zwischen uns auf den Tisch. Mama hob ihn auf, hielt ihn zwischen ihren Fingern ins Licht.

»Männerstein«, sagte sie.

»Dein Stein«, erklärte ich ihr. »Eine kleine Gabe, um meine große Hochachtung zu bezeugen.«

Ein Lächeln erstrahlte auf ihrem Gesicht. »Sehr schöner Stein«, sagte sie.

Ich neigte den Kopf, erklärte den Fall damit für abgeschlossen. »Erzähl mir von neuer Fall«, sagte Mama.

»Ich suche ein Bild«, sagte ich und erklärte ihr, warum und welche Sorte Bild ich suchte.

Mama steckte die Hände in die Zuckerdose, schmiß eine Prise weißes Pulver auf die Tischfläche und schob es mit den Fingern zu einer langen, schmalen Linie.

»Jeder tu *etwas*«, erklärte sie mir, fuhr mit dem Finger durch das Ende der Linie und zog einen Strich. »Paar Leute tun mehr Sachen, okay?« Zog einen weiteren Strich, der mehr als die Hälfte der Linie zwischen uns ließ. »Zocken, Blüten, Schmuck«, sagte sie und wischte jedesmal mehr Zucker aus der Linie. »Waffen, Stehlen . . .« Weiter wischten die Finger – weniger Zucker auf dem Tisch. »Schutzgeld, Mord . . .« Weiter verschwand Zucker. »Drogen«, sagte sie, und der letzte Rest Zucker war weg.

Ich kapierte. Jeder muß von was leben. Jeder zieht irgendwo einen Strich. Die Leute, die in Baby-Porno machen, sind jenseits aller Striche, egal, wo man sie zieht. »Weiß ich«, sagte ich ihr.

»Geschäft is Geschäft«, sagte Mama, ihren Lieblingspsalm runterbetend. »Alles hat Regel. Mach immer auf selbe Art. Zuverläßlich, okay?«

»Ja«, sagte ich abwartend.

»Selbst bei Krieg . . . Regel«, sagte Mama. Ich war mir nicht so sicher – ich hatte einen mitgemacht, aber ich ließ sie fortfahren.

»Diese Leute«, sagte Mama achselzuckend, das Gesicht hart und steinern.

Die Suppe kam. Mama schöpfte mir ein bißchen in meine Schale. Nahm sich selber ein bißchen. Sie verneigte sich über den Tellern, als würde sie sich dafür bedanken.

Mama blickte auf. »Keine Regel«, sagte sie.

»Keine Regeln«, stimmte ich zu.

59

Immaculata kam durch die Vordertür ins Restaurant, lief an den Gästen vorbei zu unserem Tisch.

»Hallo, Mama«, sagte sie.

Mama lächelte sie an – ein echtes Lächeln, nicht das kätzische Grinsen, das sie Max' Frau normalerweise zeigte. »Du setz dich zu uns, okay? Will etwas Suppe?«

Immaculata verbeugte sich. »Danke, Mama. Mir wurde gesagt, deine Suppe ist die beste, die es gibt.«

Das gab Mama das Stichwort. »Du hilf Burke bei sein Fall, ja? Sehr gut. Sehr wichtig Fall. Setz zu mich«, sagte sie und klopfte auf den Sitz neben sich.

Immaculata wirbelte mit dem Hintern zur Seite und war blitzschnell neben Mama. Sie mußte mit Max gearbeitet haben – er hatte mir lange Zeit Karate beizubringen versucht; ich hoffte, mit ihr hatte er mehr Glück. Mama gab ihr einen großzügigen Schlag Suppe, beobachtete, wie sie sich vor dem

Essen über der Speise verneigte, und nickte wohlgefällig mit dem Kopf.

»Komm Max?« fragte sie.

»Ja«, antwortete Immaculata.

»Max gut Mann. Tapfer Krieger«, eröffnete Mama.

»Ja«, sagte Immaculata abwartend.

»Gut Mann. Gib gut Vater, ja?«

Immaculatas Blick war ruhig, doch ihre güldene Haut lief rot an. Sie blickte Mama direkt in die Augen.

»Du weißt es? Nicht mal Max weiß es.«

»Ich weiß«, sagte Mama, über das ganze Gesicht lächelnd, und tätschelte Immaculatas Arm.

Immaculata beobachtete Mamas Gesicht, dann fing sie selbst an zu lächeln. Ohne daß ein Wort gesagt worden war, wußte sie, sie war für Mama kein Barmädchen mehr.

60

Max kam aus der Küche, verbeugte sich vor jedermann am Tisch, dann schmiß er sich neben mich in die Ecke, quetschte mich beinahe durch die Wand. Er zückte eine zerfledderte Ausgabe der *Daily News*, breitete sie auf dem Tisch aus und deutete mit dickem Finger auf die Ergebnisse von Flower Jewels Rennen. Er breitete die Arme aus, um eine Frage zu stellen – was bedeutete überhaupt dieser »dq«-Mist.

Ich benutzte die Zuckerdose und die Salz- und Pfefferstreuer, um ihm zu zeigen, was passiert war. Max nickte und machte mit der rechten Hand die »Eins drauf«-Geste, die Blackjack-Spieler gebrauchen, wenn sie noch eine Karte wollen. Wir wollten wieder auf Flower Jewel setzen, wenn sie das nächste Mal lief. Es war nicht so, daß ich irgendeine Wahl gehabt hätte – ich reichte Max einen Hunderter und ignorierte Mamas breites Grinsen und Immaculatas gelinde interessierte Miene.

Max machte das Zeichen für ein galoppierendes Pferd, überzeugte sich, daß alle Blicke auf ihn gerichtet waren. Dann hämmerte er sich über dem Herzen gegen die Brust, ballte seine rechte Hand zur Faust und legte seinen Unterarm mit der Oberseite nach unten auf den Tisch. Die Adern sahen wie Stromkabel aus. Er faßte an eine Ader, faßte sich wieder ans Herz. Machte das Zeichen für Pferd.

Ich kapierte. Da das Blut der Mongolenkrieger in seinen Adern floß, behauptete er, eine natürliche Beziehung zu Pferden zu haben. Ich sollte auf ihn hören.

Mama nickte zustimmend. »Gut Blut«, sagte sie. Immaculata lief wieder an, doch Max war zu sehr damit beschäftigt zu beweisen, daß er mehr von Pferden verstand als ich, um ihr Aufmerksamkeit zu schenken.

Mama erhob sich, während Immaculata aufstand, um ihr Platz zum Rausgehen zu machen.

Sie nahm Immaculatas Hand, drehte sie um, um sich die Unterseite ihres Arms anzusehen. Sie tippte auf die empfindlichen Adern, nickte heftig mit dem Kopf. Lächelte. »Hier auch gut Blut«, sagte Mama und küßte Immaculata auf die Backe.

Max blickte mich verwirrt an. Ich sagte nichts – Mac würde es ihm sagen, wenn es an der Zeit war, daß er es erfuhr.

Ich zündete mir eine Zigarette an, während der Kellner die Suppenschalen wegnahm, und begann zu erklären, warum ich Immaculata brauchte.

61

Bis ich fertig war, war der halbe Nachmittag vorbei. Nur die Uhr an der Wand gab mir einen Hinweis – das Tageslicht drang niemals zu den hinteren Winkeln in Mamas Schuppen vor.

»Denkst du wirklich, du kriegst das hin?« fragte ich sie.

»Es ist keine Befragung, Burke. Der kleine Junge hat Informationen darüber, was mit ihm geschehen ist, aber es fällt ihm nicht leicht, darüber zu reden. Hinsichtlich der Notzucht empfindet er alles mögliche . . . Schuld, Furcht, Erregung . . .«

»Erregung?« fragte ich sie.

»Sicher. Kinder sind sexuelle Wesen, sie reagieren auf sexuelle Stimulation. Darum sucht ein Kind, das sexuell mißbraucht wurde, mit aller Wahrscheinlichkeit dieselbe Erfahrung, wenn wir es *nicht* behandeln.«

»Selbst wenn es ihm wehtut?«

»Selbst dann«, sagte sie.

»Was würde ihn zum Reden bringen?« fragte ich sie.

»Man *bringt* ihn nicht zum Reden. Er möchte darüber reden; er will es loswerden . . . den Schmerz ablegen. Doch zuerst muß er sich sicher fühlen.«

»Beispielsweise, daß ihm niemand mehr wehtun kann?«

»Darum geht's. Genau.«

»Also isses einfacher, wenn sich ein Fremder an ihm vergeht, richtig? Damit ihn seine Familie beschützen kann?«

»Ja, es ist einfacher, wenn die Notzucht nicht von einem Familienmitglied begangen wird. Wenn einem jemand wehtut, dem man vertraut, verändert das die ganze Art, wie man die Welt sieht.«

»Ich weiß«, sagte ich ihr. »Wenn ich den Jungen kriegen kann, wohin könnte ich ihn bringen?«

»Bring ihn zu SAFE, dem Safety & Fitness Exchange – wo ich arbeite. Ich habe dir davon erzählt, erinnerst du dich? Das ist der beste Platz dafür – eine Menge anderer Kinder in der Nähe, und wir wissen, wie wir uns gegenüber Jungen wie ihm verhalten müssen. Er wird wissen, daß ihm niemand wehtun kann, wenn er bei uns ist.«

»Denkst du, er kommt mit mir?« fragte ich sie.

»Wahrscheinlich – ich weiß es nicht. Es wäre hilfreich, wenn jemand, dem er traut, sagen würde, daß es okay ist, wenn er mitgeht – ihm verspräche, daß es zu seinem Nutzen ist. Am besten wäre es wahrscheinlich, wenn du die Eltern des Kindes, oder jemanden, dem er traut, mitbringen könntest. Wir arbeiten ständig mit den Verwandten mißbrauchter Kinder.«

»Mit denen würdest du nicht arbeiten wollen«, sagte ich ihr.

Max pochte sich auf die Brust, verschränkte die Arme. Der Bengel würde bei ihm todsicher sein, sagte er damit. Ich klopfte ihm mit der Faust auf die Schulter, um ihm zu danken, verbeugte mich vor Immaculata und ging durch die Küche zurück zu Bobbys Lincoln.

62

Ich verstaute den Lincoln in der Garage. Strega hatte bereits ein Auto gesehen; das war genug. Pansy mampfte einen der kräftigen Rinderknochen, die mir Mama für sie mitgegeben hatte, und knurrte jedesmal, wenn sie den geringsten Widerstand spürte. Ihr Leben wäre wunschlos vollkommen gewesen, wenn ich auf der Glotze Catchen hätte reinkriegen können, doch tagsüber bringen es nur die Kabelsender. Die Hippies treppab mußten Kabel haben – ohne MTV würde ihrem Leben etwas fehlen. Ich mußte den Maulwurf dazu bringen, mir die nötigen Anschlüsse zu legen.

Es wurde allmählich Zeit zum Gehen. Es gibt nur zwei Arten, in New York U-Bahn zu fahren: Zieh dich an wie ein Zimmermann oder Klempner – wie irgendwer, der routinemäßig Werkzeuge rumschleppt – oder trage eine Schußwaffe. Ich kann mit Werkzeug nicht so umgehen, als wüßte ich, was ich tue, und wenn ich einkassiert wurde und eine Wumme dabei hatte, erwartete mich ein langer Zuchthausaufenthalt. Ich legte einen dunklen Anzug zu einem blauen Cambraihemd mit dunkelblauem Strickbinder an. Ein schwerbeschäftigter Architekt. Ich zog meinen neuen Attachékoffer unter der Couch vor. Die Seiten aus schwarzem Stoff waren dehnbar und faßten eine Masse Zeug, doch deswegen wollte ich ihn nicht. Der Attachékoffer ist aus Kevlar – das gleiche Zeug, das die Cops für kugelsichere Westen verwenden. Es sieht aus wie Nylon, bricht aber jedes Messer und stoppt Kugeln. Er hat sogar einen Schulterriemen, damit man die Hand frei hat.

Ich klappte den Koffer auf und warf einen Packen Millimeterpapier rein, ein paar Stifte, einen alten Bauplan von einer Kläranlage und einen kleinen Taschenrechner. Ich fügte einen metallenen Teleskopzeigestock hinzu, wie sie Architekten gebrauchen, um auf die Besonderheiten ihrer Baupläne hinzuweisen; er taugt genausogut dazu, sich Leute weit genug vom Leibe zu halten, damit sie einen nicht abstechen können. Dann wühlte ich herum, bis ich die Plastikreißschiene fand, die der Maulwurf für mich gemacht hatte. Sie sah wie das Original aus, doch wenn man mit den Händen beide Enden umfaßt und beim Auseinanderhebeln stark ruckelt, kommt man zu einem rasierscharfen Messer. Perfekt zum Zustechen, aber völlig sauber und legal. Die CIA verwendet diese Messer, wenn sie die Sicherheitskontrollen am Flughafen austricksen, ihre beste Eigenschaft aber ist die Art, wie sie im Körper abbrechen – du kannst Plastik höllenscharf machen, doch es bleibt sehr spröde.

An der Chambers Street, unter dem World Trade Center, schnappte ich mir den E-Train. Es war die Endstation – die Fahrt zurück brachte mich ohne jedes Umsteigen direkt zu meinem Treffen mit Strega. Und ich bekam einen Sitz.

Zuallererst öffnete ich meinen Koffer und nahm meine Baupläne und die Reißschiene raus. Den Aktenkoffer nahm ich als Unterlage auf den Schoß, dann saß ich da und beobachtete. Während der Stoßzeit sind die Züge in der Hand der Bürger. Bis wir nach Midtown kamen, war der Wagen mit Menschen vollgestopft. Ein Orientale, dessen dunkler Anzug vom zu vielen Reinigen glänzte, das Gesicht in ein Buch über Computer vergraben, immun gegen den Zuglärm und konzentriert. Eine Kleider-machen-Leute-mäßige Schwarze las in irgendeinem ledergebundenen Akt – alles, was ich auf dem Einband lesen konnte, war »Antrag«, mit Goldbuchstaben eingeprägt. Ein mittelaltes Frauenpaar saß einander gegenüber und stritt sich darüber, wessen Chef das größte Arschloch war.

Der E-Train hat moderne Wagen – blau-orange Plastiksitze, frontal zueinander angebracht und nicht wie in den alten Wagen entlang der Seiten... U-Bahnpläne hinter dicken Klarsichthüllen ... Außenhaut aus Edelstahl. Manchmal funktioniert sogar die Klimaanlage. Bis der Zug zu dem langen Tunnel kam, der Manhattan und Queens verbindet, sah es im Wagen aus wie in einem Wald aus Zeitungen und Aktenkoffern – Gruselromane und Kreuzworträtsel verdeckten die Gesichter. An der Queens Plaza stieg ein Bahnpolizist zu, ein junger Typ mit Schnurrbart, der fünfzig Pfund Ausrüstung am Gürtel schleppte. Er ließ den Blick eine Sekunde durch den Wagen schweifen; dann schrieb er irgend etwas in sein Notizbuch. Der Wagen war gesteckt voller Leute, doch keine Penner – keiner rauchte Dope, kein Kofferradio dröhnte. Berufstätige auf dem Heimweg von der Arbeit. Ich fühlte mich wie ein Tourist.

Der nächste Stopp auf der Durchfahrt war Roosevelt Avenue. Der Bahnpolizist stieg aus – die Roosevelt Avenue war Queens' Antwort auf den Times Square – das einzige, was es auf der Straße umsonst gab, war Ärger. Danach kam Continental Avenue, wo die Mehrzahl der Yuppies ihren Abgang machte. Der Zug geht bis ganz raus nach Jamaica Bay; bis ich an der Endstation dort angekommen wäre, würden nicht mehr viele weiße Gesichter übrig sein.

Ich stieg am Union Turnpike aus, stopfte die Reißschiene in meine Aktentasche und checkte meine Uhr. Ich mußte noch fünfzehn Minuten auf Strega warten.

63

Die Sonne ging im Westen unter, als ich mich über den Queens Boulevard zu der Statue aufmachte. Das Gericht stand zu meiner Rechten, ein gedrungener, dreckiger Kasten von unbestimmtem Baustil, den sicher nicht die kostengünstigste Firma erstellt hatte – nicht im Queens County. Das sich dahinter auftürmende Untersuchungsgefängnis warf seinen ureigenen Schatten, sechs Stockwerke voll gekreuzter Eisengitter, Kanonenfutter für eine Strafordnung, die die Bürger Rechtssystem nennen. Die Jungs drin – die, die keine Kaution stellen können – nennen es »Rechtes System«. Wolfes Büro war irgendwo im Gerichtskomplex.

Ich suchte mir einen Sitzplatz zu Füßen der Statue – irgend-ein griechischer Gott, mit den Achtungsbeweisen der vorbei-fliegenden Tauben überhäuft. Ich zündete mir eine weitere Kippe an und schaute auf meine Hände mit dem Streichholz. Bürger gingen ohne einen Seitenblick an mir vorbei – sie küm-merten sich nicht etwa um ihren eigenen Kram, weil das das einzig Richtige war, sie hatten es bloß eilig, nach Hause und zu all den Schätzen zu kommen, die ihr Videorekorder für sie bereithielt. Die Statue stand direkt hinter der Bushaltestelle, kurz bevor der Boulevard in den Union Turnpike überging. Das Menschengewimmel war so dicht, daß ich die Straße nicht einsehen konnte, doch ich machte mir keine Sorgen, Strega zu verpassen.

Ich war bei meiner dritten Zigarette, als ich die Veränderung in der Luft spürte – wie ein kalter Wind ohne jeden Luftzug. Eine Autohupe bahnte sich gellend ihren Weg durch den Ver-kehrslärm – schärfer und fordernder als die anderen. Ein rauchfarbener BMW stand mitten auf der Bushaltestelle, gab ein Dauerhupen von sich und blinkte mit den Lichtern.

Ich lief rüber zur Beifahrertür. Das Fensterglas war zu dun-kel zum Durchgucken. Die Tür war unverriegelt. Ich zog sie auf und kletterte rein. Während ich noch die Tür schloß, röhrte sie mit dem BMW schon in den fließenden Verkehr, das kleine Auto bäumte sich auf, als sie den zweiten Gang reinwürgte. Wir schossen rüber zur linken Spur, lauter protestierende Hupen in unserem Kielwasser.

»Du kommst zu spät«, schnauzte sie gradeausstarrend.

»Ich war, wo ich sagte, daß ich bin«, beschied ich sie und tastete nach meinem Sitzgurt.

»Warte das nächste Mal am Randstein«, sagte sie. In einem Ton, als teile sie der Putzfrau mit, sie habe einen Fleck über-sehen.

Sie trug ein flaschengrünes Seidenkleid mit einem Nerzjäck-chen um die Schultern, das ihre Arme frei ließ. Eine dünne schwarze Kette war um die Taille, ein Ende baumelte am Sitz runter – sie sah wie Schmiedeeisen aus. Ihr Gesicht war hart und steinern hinter der Maske aus Make-up.

225

Ich lehnte mich im Sitz zurück. Stregas Rock war bis zur Schenkelmitte hochgerutscht. In ihre Strümpfe war eine Art dunkles Muster eingewebt. Hochhackige in derselben Farbe wie das Kleid. Sie hatte ihren Sitzgurt nicht angelegt.

»Wo fährst du hin?«, wollte ich wissen.

»Zu meinem Haus. Hast du was dagegen?«

»Nur, wenn's nicht leer ist«, sagte ich.

»Ich bin allein«, sagte Strega. Vielleicht redete sie über das Haus.

Sie quälte den BMW durch die Straßen zu ihrem Haus, riß am Steuer rum und stand gnadenlos auf der Kupplung. An der Austin Street soff ihr das Auto ab, als sie an einer Ampel nicht genug Gas gab. »Gottverdammte scheiß Kupplung!« brummelte sie und zerrte am Zündschlüssel, um ihn wieder anzukriegen. Sie war eine lausige Fahrerin.

»Warum legst du dir kein Auto mit Automatikgetriebe zu?«

»Weil meine Beine so gut aussehen, wenn ich schalte«, erwiderte sie. »Etwa nicht?«

Ich sagte nichts. »Schau auf meine Beine!« fauchte sie mich an. »Sind sie nicht super?«

»Ich würde mir kein Auto zulegen, das zum Aussehen paßt«, sagte ich leichthin.

»Ich auch nicht – wenn ich wie du aussehen würde«, sagte sie, es nur leicht mit einem Lächeln abschwächend. »Und du hast meine Frage nicht beantwortet.«

»Welche Frage?«

»Sehen meine Beine nicht gut aus?«

»Das ist keine Frage«, sagte ich ihr. Und diesmal erntete ich ein breiteres Lächeln.

64

Sie steuerte den BMW zur Rückseite ihres Hauses und drückte, um die Garage zu öffnen, auf den Knopf an dem Kästchen, das sie unter die Sonnenblende geklemmt hatte. Ich folgte ihr die Treppe hoch in das Wohnzimmer, behielt dabei

ihren unter dem grünen Kleid wackelnden Hintern im Auge –
im schwachen Licht wirkte es wie ein Unterkleid. Den schwarzen Nerz trug sie wie ein Wischtuch in einer Hand und schmiß
ihn, als sie vorbeiging, achtlos in Richtung der weißen Couch.

Strega ging durch das Wohnzimmer zu einer weiteren Treppe und stieg, ohne ein Wort zu sagen, zu dem Licht am Ende
hoch. Die Wände waren altrosa, der von Wand zu Wand rei-
chende Teppich dunkelrot. Ein Hollywood-Bett, die Sorte mit
einem Baldachin oben drüber, stand exakt mitten im Raum,
auf einem Podest, ein paar Zentimeter über dem Teppich
thronend. Alles war in Pink gehalten – pinkfarbener Tüll
bauschte sich vom Baldachin bis fast auf den Boden. Die Zu-
decke war mit riesigen Stofftieren übersät – ein Panda, zwei
Teddybären, ein Bassethund. Eine Struwwelpuppe war an die
Kissen gelehnt, die irren Augen beobachteten mich. Rechts
von mir stand eine Badezimmertür offen – pinkfarbener Zot-
telteppich auf dem Boden, eine helle Leuchtstoffröhre beherrschte den Raum. Ein professioneller Schminkspiegel hing
an der einen Wand, der Rand gesäumt von einer Reihe winziger Glühbirnen. Ein begehbarer Kleiderschrank hatte Spiegel-
türen. Es war halb Yuppie-Traumlandschaft, halb Kleinmäd-
chenschlafzimmer. Ich konnte mir nicht vorstellen, daß eine
andere Person mit ihr da schlief.

»Sein Schlafzimmer ist auf der anderen Seite des Hauses«,
sagte sie, meine Gedanken lesend. »Das hier ist bloß für mich.«

»Dein Mann arbeitet noch spätabends?« fragte ich sie.

»Mein Mann tut, was ich ihm sage. Ich gebe ihm, was er
will – er tut, was ich will. Verstehst du?«

»Nein«, sagte ich ihr.

»Würdest du auch nicht«, sagte sie. Fall abgeschlossen.

Ich klopfte mir auf die Taschen, teilte ihr mit, daß ich zu
rauchen wünschte. Ich konnte nirgendwo einen Aschenbecher
sehen.

»Ich rauche nicht hier drin«, sagte sie.

»Dann gehn wir woanders hin.«

Strega blickte mich an wie ein Zimmermann, der abschätzt,
ob genug Platz für ein Bücherregal vorhanden ist.

»Magst du mein Zimmer nicht?«

»Es ist dein Zimmer«, erwiderte ich.

Strega strich sich die schmalen Träger des grünen Fähnchens von den Schultern und zog es in einer Bewegung runter bis zur Taille. Ich hörte die Seide reißen. Im pinkfarbenen Licht wirkten ihre Brüste fest wie Stein. »Magst du mein Zimmer jetzt mehr?« fragte sie.

»Das Zimmer ist dasselbe«, sagte ich.

Sie holte Luft und faßte einen Entschluß. »Setz dich dort hin«, sagte sie und deutete auf einen mit Samt bezogenen Korbsessel – er sah aus wie etwas, das aus dem Boden wuchs. Ich streifte meine Jacke ab, hielt sie in der Hand und blickte in Richtung Bett. »Leg sie auf den Boden«, sagte sie über die Schulter, während sie aus dem Zimmer ging.

Sie kam mit einem schweren Kristallteil zurück, kniete sich vor mir hin und stellte es auf den Teppich. Was immer es sein sollte, jetzt war es ein Aschenbecher. Sie war oben ohne so unbefangen wie zwei sich paarende Hunde – wenn du hinschauen wolltest, war das dein Problem.

»Möchtest du außer der Zigarette noch was?«

»Alles okay«, sagte ich ihr.

Sie mischte sich selber was zu rauchen zusammen, stopfte eine winzige weiße Pfeife – kleine braune Krümel mit Tabak gemischt. »Crack«, sagte sie. Extra behandeltes, destilliertes Kokain – zu stark zum Schnupfen. Sie nahm einen tiefen Zug, die Augen ruhten auf mir. Es hätte sie auf der Stelle vom Teppich reißen müssen, doch sie paffte es weg, gelangweilt.

»Du wolltest mir mir reden?« fragte sie.

Ich sah ihr zu, während sie vor mir auf und ab lief, das grüne Fähnchen jetzt nur noch ein den Hintern bedeckender Rock; ihre Absätze versanken im Teppich. Der Korbsessel hatte eine gewölbte Lehne, die mich dazu zwang, sehr gerade zu sitzen.

»Ich brauch den Jungen«, sagte ich ihr. »Ich muß ihn mit ein paar Leuten reden lassen, Fachleute. Er weiß mehr, als er dir erzählt hat – er könnte den Schlüssel im Kopf haben.«

Strega nickte nachdenklich. »Du wirst ihn nicht unter Drogen setzen?«

»Meinst du Natriumamytal – Wahrheitsdroge? Nein. Ist zu gefährlich. Es könnte ihn hinbringen, wo es passiert ist, aber es könnte sein, daß wir ihn nicht zurückholen können.«

»Hypnose?« fragte sie.

»Auch das nicht«, sagte ich. »Es gibt Leute, die wissen, wie man mit Kids redet, die von Freaks beackert worden sind. Es tut nicht weh – könnte sein, daß es ihm danach besser geht.«

»Es geht ihm jetzt okay«, sagte sie. »Alles, was er braucht, ist dieses Bild.«

»Er ist nicht in Therapie ... kriegt von keinem Behandlung?«

»Er braucht das überhaupt nicht.«

»Yeah, braucht er. Jedenfalls sollte wenigstens jemand, der weiß, was er tut, eine Entscheidung fällen.«

»Nicht in diesem Fall«, sagte sie, die Stimme eisig.

»Schau«, sagte ich, »du hast davon nicht die geringste Ahnung, richtig? Behandlung könnte genau das Entscheidende bewirken.«

»Ich weiß darüber Bescheid«, sagte sie. Fall erneut abgeschlossen.

Ich nahm einen tiefen Zug von meiner Kippe. »Ich brauche jemanden, der mit dem Jungen redet, okay?«

»Ich bin dabei, wenn es geschieht.«

»Nein, biste nicht. Das ist nicht die übliche Weise. Keiner wird dabei sein.«

Sie nuckelte an ihrer kleinen, crackbestückten Pfeife, Funken in den Augen. »Er würde dir nicht trauen.«

»Würde er, wenn du ihm sagst, daß es okay ist, richtig?«

»Yeah. Er tut, was immer ich ihm sage.«

»Du bringst ihn zu dem Laden, okay? Ich treffe dich da. Ich bringe den Therapeuten mit. Du übergibst ihn ihm – sag ihm, er soll sich benehmen, okay? Ich bring ihn ein paar Stunden später zurück.«

»Das ist alles?«

»Das is alles«, sagte ich.

Strega rieb sich die Augen, als würde sie nicht mögen, was sie vor sich sah. »Was, wenn ich's nicht mache?«

»Mach, was du willst«, sagte ich. »Aber du bezahlst mich dafür, daß was erledigt wird – bringst du den Jungen nicht, wird es schwerer. Und es ist schon schwer genug. Es liegt bei dir.«

Sie nahm den letzten Zug von ihrer Pfeife, kam zu mir rüber und setzte sich auf meinen Schoß. Sie legte mir ihren schlanken Arm um den Hals und lehnte sich runter, um die Pfeife im Aschenbecher zu deponieren. »Ich werde drüber nachdenken«, sagte sie und wühlte ihren Hintern tief in meinen Schoß. Hitze überflutete mich unterhalb der Taille, doch meine Schultern blieben kalt.

»Wann kommt dein Mann nach Hause?« fragte ich sie.

»Er kann nicht vor Mitternacht hierher kommen.«

»*Kann nicht?*« faßte ich nach und warf ihrem kleinen Gesicht einen fragenden Blick zu.

Sie vergrub das Gesicht in meiner Brust und flüsterte so sacht, daß ich sie kaum verstehen konnte. »Wir haben eine Abmachung. Ich mach's ihm schön. Ich bin, was er braucht. Ich kenne seine Wünsche. An seinem letzten Geburtstag habe ich eine meiner Freundinnen für ihn mitgebracht – wir haben einen Dreier gemacht.« Sie wippte wie entfesselt auf meinem Schoß und flüsterte mit jener Kleinmädchenstimme. »Alle Männer sind gleich«, gurrte sie, langte nach meinen Reißverschluß, zog ihn runter, glitt mit der Hand rein, streichelte mich und ritzte mir mit ihrem langen Daumennagel den Schaft runter. »Ein harter Schwanz macht das Hirn weich.«

Das große Haus war ruhig wie ein Grab. »Krieg ich den Jungen?« fragte ich sie.

»Zieh mir das Kleid hoch«, flüsterte sie und hob den Hintern von meinem Schoß. Es glitt wie geschmiert hoch – die dünne Seide bildete einen breiten Streifen um ihre Taille; drunter waren nur ihre dunklen Strümpfe zu sehen.

Sie nahm mich auf, ohne ihre Stellung zu ändern, das Gesicht noch immer in meiner Brust vergraben. Sie zog die straffen Muskeln in ihren Lenden zusammen und drängte gegen mich. »Sag meinen Namen!« flüsterte sie in meine Haare.

»Welchen Namen?« fragte ich sie, die Stimme nicht so eisig, wie ich wollte.

»Du weißt schon!« schrie sie, die Stimme um Jahre jünger als ihr Körper.

»Strega«, sagte ich, hielt eine ihrer Brüste sanft in der Hand und spürte, wie ich mich in sie entleerte. Sie preßte sich hart gegen mich und stöhnte, als würde ich ihr wehtun. Nach ein paar Sekunden war sie ruhig, noch immer mit mir verbunden, lehnte den Kopf zurück und atmete mit einem Seufzen tief aus.

Ich rieb ihr sanft mit der Hand übers Gesicht. Sie nahm einen Finger in den Mund, biß fest drauf. Ich ließ meine Hand, wo sie war. Sie bewegte die Hüften. Ich rutschte mit einem feuchten Geräusch aus ihr. Sie wand sich auf meinem Schoß, das Gesicht wieder in meiner Brust vergraben. »Ich bin das brävste Mädchen«, sagte sie. Ich tätschelte ihr den Kopf und fragte mich, warum es in dem pinkfarbenen Raum so kalt war.

65

Einige Zeit blieben wir so. Ich konnte nicht auf meine Uhr sehen. »Rauch noch eine Zigarette«, sagte sie, kletterte von meinem Schoß und lief in ihr Badezimmer. Sie schloß die Tür. Ich konnte hören, wie die Wanne vollief.

Sie kam in einen weißen Frotteemantel gehüllt raus, das rote Haar über dem breiten Kragen zerzaust. Sie wirkte dreizehn Jahre alt. »Jetzt du«, sagte sie.

Als ich aus dem Badezimmer kam, war das Schlafzimmer leer. Von unten hörte ich Musik. Barbra Streisand. Welch ein Jammer.

Strega saß auf der weißen Couch, jetzt mit einem schwarzen Faltenrock und einer weißen Bluse bekleidet. Ich lief an ihr vorbei zur Treppe. Sie kam von der Couch hoch und hielt mich am Arm fest, mit der freien Hand packte sie ihren Nerz. Ich ging zuerst die Treppe runter, fühlte sie hinter mir und mochte das Gefühl nicht. Ohne ein Wort stiegen wir in den BMW.

Sie steuerte auf die Bushaltestelle und stieg zu hart auf die Bremse. »Der Junge?« fragte ich sie noch einmal.

»Ich mach es«, sagte sie. »Sag mir einen Tag vorher Bescheid.« Ihre Blicke waren irgendwo anders.

»Gut«, sagte ich ihr, stieg aus dem Auto und blickte zu ihr zurück.

Strega machte mit den Lippen eine Kußbewegung, um mir Aufwiedersehen zu sagen. Es sah aus wie ein Hohnlächeln.

66

Es war noch eine halbe Stunde bis Mitternacht, als ich in die U-Bahn zurück nach Manhattan stieg. Die Bürger der Tagschicht waren weg, doch dieselben Regeln galten weiter – schau runter oder schau hart. Ich tat abwechselnd beides, bis der Zug unter dem World Trade Center kreischend zum letzten Halt kam. Ich blieb unter der Erde, folgte dem Tunnel ein paar Straßen bis zum Park Place, fand den Lincoln just, wo ich ihn gelassen hatte, und fuhr zurück zum Büro.

Ich ließ Pansy raus aufs Dach und suchte in dem winzigen Kühlschrank nach etwas zu essen. Nichts außer einem Glas Senf, einem anderen mit Mayonnaise und einem gefrorenen Brötchen. Ich goß mir ein Glas kaltes Wasser ein und dachte an die Mayonnaise-Sandwiches, die wir uns immer im Gefängnis gemacht und ins Hemd gestopft hatten, um sie mitten in der Nacht zu essen. Manchmal fiel es mir schwer, meine Gedanken nicht zurück in den Knast schweifen zu lassen, doch meinen Magen hatte ich trotzdem unter Kontrolle. Ich würde morgen was essen.

Die Bilder von Stregas kleinem Scotty waren auf meinem Schreibtisch – ein glücklicher kleiner Bengel. An einer Wand meines Büros hängt exakt über der Couch ein großes Stück Korkbrett. Dort gab es eine Menge Platz für die Bilder des Jungen. Ich pinnte sie an, damit ich mir sein Gesicht leichter merken konnte – ich wollte sie nicht mit mir rumschleppen. Ich zündete mir eine Zigarette an und ließ den Blick von der brennenden roten Spitze zu den Bildern des Jungen gleiten.

Arbeitete daran. Zog eine Niete.

An der Hintertür pochte es – Pansy war es leid geworden zu warten, daß ich hoch aufs Dach kam. Ich ließ sie rein, drehte das Radio an, während ich für das Monstrum noch etwas mehr Futter zubereitete. Dann legte ich mich auf der Couch flach. Das Radio spielte »Your're a Thousand Miles Away« von den Heartbeats. Ein Song aus einer anderen Zeit – er sollte einen an einen Typen beim Militär denken lassen, dessen Mädchen daheim auf ihn wartet. Bei den Jungs, die oben auf dem Lande saßen, war es ein richtig populärer Song gewesen. Als ich wegdöste, dachte ich an Flood in irgendeinem Tempel in Japan.

67

B eim Geruch von Hundefutter wachte ich langsam auf. Pansys Gesicht war Zentimeter vor meinem, ihre kalten, wässrigen Augen bewegungslos, geduldig wartend. Etwas ging mir im Hinterkopf herum – wo ich es nicht zu fassen kriegte. Etwas mit den Bildern des Jungen. Ich lag da, ignorierte Pansy und versuchte wieder zu mir zu kommen. Es nutzte nichts. Eine Masse Träume kehren nie wieder.

Ich nahm eine Dusche und ging aus, mir ein Frühstück besorgen, versuchte noch immer drauf zu kommen, was mir aufgestoßen war. Was immer es war, es mußte warten, bis es drankam.

Pansy aß ihren Anteil von den Teekuchen, die ich mitgebracht hatte. Erst als ich die Zeitung weglegte, stellte ich fest, daß ich nicht einmal auf die Rennergebnisse geguckt hatte. Die Depression stellte sich so sicher wie die Frostkralle ein – so nennen die Leute hier in der Gegend den Winter. Sie nennen ihn so, weil er einen umbringt. Ich mußte Immaculata Bescheid geben, daß ich den Jungen für ein Gespräch mit ihr haben konnte. Und danach mußte ich warten.

Ich stoppte an einer Ampel an der Ecke Bowery und Delancey. Ein großer schwarzer Typ mit einem dreckigen Verband ums halbe Gesicht bot mir an, für fünfundzwanzig Cent die Windschutzscheibe zu putzen. Eine abgehalfterte weiße Frau, über deren müdem Gesicht eine billige Perücke hing, bot mir an, für zehn Kröten mein Rohr zu putzen. Ich bezahlte den schwarzen Typ – Geschlechtskrankheiten zählten nicht zu meinen Hobbys.

Die Gasse hinter Mamas Schuppen war leer, wie immer.

Ich ließ mich an den Tisch im Rückraum plumpsen, fing Mamas Blick auf. Einer der Kellner kam mit einer Suppenterrine aus der Küche. Ich winkte ihn weg – ich war nicht hungrig. Trotzdem stellte er die Terrine vor mich hin. Wenn Mama ihm sagte, er solle Suppe bringen, brachte er Suppe.

Mama kam nach ein paar Minuten nach hinten, die Hände in den Seitentaschen ihres langen Kleids. »Du nimm kein Suppe?« fragte sie.

»Ich bin nicht hungrig, Mama«, sagte ich ihr.

»Suppe nich für Hunger. Nich Essen – Medizin, okay?«, sagte sie und setzte sich mir gegenüber. Ich sah sie die Kelle packen und jedem von uns einen großzügigen Schlag einschöpfen. Frauen hören nicht auf mich.

»Ich muß Mac anrufen«, sagte ich.

»Ich mach das. Du will, daß sie herkomm?«

Ich nickte bloß. »Gut«, sagte Mama. »Ich will mit Baby sprech.«

»Mama, es dauert noch monatelang, bis sie ein Baby hat.«

»Zu spät – red mit Baby jetzt – bereit Baby auf alles vor, okay?«

»Wie du willst«, murmelte ich. Diesen Morgen war ich nicht in der Stimmung für ihren Hokuspokus.

Ich aß meine Suppe, blieb ruhig, als Mama die Schale wieder vollpackte und befriedigt lächelte. Ich zündete mir eine Zigarette an, blickte Mama an. »Wirst du Mac heute anrufen?« fragte ich.

»Ruf bald an«, sagte sie. »Du krieg Anruf hier. Letzte Nacht.«

Ich blickte sie abwartend an. »Mann sag, er hat Name für dich. Sag, in Bronx anruf.«

Der Maulwurf. »Danke, Mama«, warf ich ihr über die Schulter zu und steuerte zu den Telefonen weiter hinten. Ich wählte den Schrottplatz – er hob beim ersten Läuten ab.

»Du hast 'nen Namen für mich?«

»Ja.«

»Kann ich vorbeikommen?«

»Ich treff dich. An der Rampe.«

»Wann?«

»Übermorgen«, sagte der Maulwurf und kappte die Verbindung.

Ich lief ins Restaurant zurück. Der Maulwurf würde in zwei Stunden an der Helikopterrampe just neben dem East Side Drive hinter den Waterside Towers sein. Mit einem Namen. Es war ein blöder Treffpunkt, doch drüber zu streiten kam nicht in die Tüte. Der Maulwurf liebte Helikopter.

Mama war noch am Tisch. »Ich jetzt Immaculata hol?« fragte sie.

»Sicher. Danke, Mama.«

»Du fühl besser, Burke?«

»Yeah«, sagte ich ihr. Und so war es.

68

Ich hatte meinen Teller mit gebackener Ente, Rippchen und Bratreis halb leer, als Immaculata reinkam. Ich stand von meinem Platz auf, verbeugte mich vor ihr und bedeutete ihr, sich zu setzen und etwas zu essen. Ich häufte ihr eben etwas Bratreis auf ihren Teller, als Mama hinter ihrer Schulter erschien. Sie schob sich neben Immaculata, fegte den Teller von ihr weg und bellte etwas auf chinesisch. Ein weiterer Kellner kam herbeigerast. Ich weiß nicht, was Mama zu ihm sagte, doch er nahm augenblicklich sämtliches Essen außer dem Teller vor mir vom Tisch. Er war in einer Minute zurück und trug ein paar Teller mit Metallabdeckungen obendrauf. Feierlich bediente Mama Immaculata, das Essen wie ein Innenarchitekt auf ihrem Teller anordnend.

»Was hat mit meinem Essen nicht gestimmt?« fragte ich sie.

»Okay für dich, Burke. Du nich Mutter, richtig?«

Immaculata lächelte, wollte sich nicht streiten. »Danke, Mama«, sagte sie.

»Jetzt nur eß best Essen. Für Baby. Damit stark, okay? Kein Zucker, okay? Viel Milch.«

Ich kratzte mein restliches Essen auf, stieß den Teller weg, zündete mit eine Zigarette an. »Rauch für Baby auch schlecht«, sagte Mama, zu mir schielend.

»Mama«, sagte ich ihr, »das Balg is noch nicht da.«

»Sein hier bald genug«, erwiderte Mama. »Ja, Baby?« sagte sie, Immaculatas flachen Bauch tätschelnd.

Ich drückte die Zigarette aus. »Denkst du, es könnte dem Baby was ausmachen, wenn ich mit Mac *rede*?« fragte ich Mama.

»Red mit weich Stimme«, sagte Mama. »Und zeig Baby Achtung, wenn du red, okay?«

»Was?«

»Du red mit Mutter – du erst sag Baby hallo, richtig? Du fertig zu red, sag Baby Aufwiedersehn. Sehr leicht – sogar für dich, Burke.«

Ich verdrehte die Augen zur Decke und blickte mitleidheischend wieder zu Immaculata. Sie erwiderte den Blick, die Augen klar. Anscheinend machte es auch für sie Sinn.

Ich verbeugte mich leicht vor Mac. »Guten Morgen, ehrenwertes Infant«, sagte ich. »Ich muß mit Eurer wunderschönen Mutter reden, die mir bei etwas sehr Wichtigem helfen will. Ihr seid das allerglücklichste unter den Babys, habt Ihr doch eine Euch so ergebene Mutter nebst Vater. Ich bin gewiß, Ihr werdet Eurer Mutter Schönheit und Intelligenz und Eures Vaters Stärke und Mut haben. Mögen all Eure Tage auf dieser Erde mit Liebe gesegnet sein. Ich bin Burke, Eures Vaters Bruder.«

Mama nickte beifällig. Immaculata verbeugte sich leicht, die Andeutung eines Lächelns umspielte ihre Lippen.

»Mac, weißt du, das Kind, von dem ich dir erzählt habe? Ich denke mir, er hat eine Masse Sachen gesehn, als sie das Bild von ihm gemacht haben. Wenn du mit ihm sprichst, sagt er dir vielleicht Sachen, die er noch niemandem erzählt hat.«

»Könnte sein«, sagte sie. »Doch manchmal dauert es eine Weile. Je sicherer sich das Kind fühlt, desto mehr kann es uns mitteilen. Sein Therapeut wäre am besten in der Lage, diese Aussagen zu bekommen.«

»Er ist nicht in Therapie.«

»Warum das?«

»Seine Mutter ... andere Verwandte ... sie haben das Gefühl, für ihn wäre es am besten, alles zu vergessen ... mit seinem Leben so weiterzumachen.«

»Das funktioniert nicht«, sagte sie. »Kinder, die sexuell mißbraucht worden sind, haben eine Menge Begleiterscheinungen zu verarbeiten. Schuld, Furcht, Ärger. Vor allem Ärger. Es ist pure Ignoranz, dem Kind diese Möglichkeit nicht zu geben.«

Ich dachte wieder ans Gefängnis. Wenn ein Junge hinter Gittern vergewaltigt wurde, hatte er kaum eine Wahl: sich weiter von jedem, der fragte, ficken zu lassen. Ausbrechen. Für den Rest der Kür in Schutzhaft gehen. Sich selber umbringen. Oder den Typen töten, der ihm das antat. Nur die letzte Wahl machte einen Sinn – der einzige Weg, wieder wie ein menschliches Wesen behandelt zu werden. Soforttherapie.

»Könntest du den Jungen behandeln?« fragte ich sie.

»Dieses Gespräch, das ich für dich führen soll – das ist der Anfang der Behandlung. Es wäre für mich unannehmbar, einfach mit dem Kind zu arbeiten, um einige Fakten zu bekommen, und es dann fallenzulassen. Es muß nicht unbedingt ich sein, die mit ihm arbeitet, aber *jemand* muß es.«

»Den Teil übernehme ich«, sagte ich ihr. Ich schielte auf meine Uhr – Zeit, sich auf die Socken zu machen und den Maulwurf zu treffen. »Wann können wir es tun?« fragte ich.

»Morgen nachmittag habe ich etwas Zeit frei. Kannst du das Kind gegen drei Uhr bei SAFE vorbeibringen?«

»Können wir's einen Tag später machen, Mac? Die Leute von dem Kind brauchen einen Tag vorher Bescheid.«

»Okay. Dann am Donnerstag. Aber komm lieber um vier.«

»Schon geschehn.« Ich stand auf, um zu gehen, verbeugte mich vor Mama und Mac. Mamas Blicke ruhten schwer auf mir. »Aufwiedersehn, Baby«, sagte ich zu Macs Bauch. »Es war mir ein Vergnügen, wieder einmal Eure Gesellschaft genossen zu haben.«

Mama lächelte. Bis ich durch die Küche durch war, war sie mit Mac in eine Diskussion über Kinderkrippen vertieft. Ich konnte nicht warten, bis Max aufkreuzte – Mama würde wahrscheinlich wollen, daß er ein Bankkonto für des Kindes Hochschulbildung eröffnete.

69

Ich nahm den East Side Drive zur Abfahrt 23rd Street, genoß meine Zigarette dank Mamas neuem Ukas noch mehr als üblich. Ein Typ am Radio plapperte etwas über einen Politskandal in Queens – diesmal bei der Bußgeldverwaltung. Politische Korruption ist in New York nichts Neues, aber sie berichten darüber weiter auf die gleiche Weise, wie sie einem das Wetter vorhersagen. Die Leute möchten gern über Sachen Bescheid wissen, gegen die sie nichts tun können.

Nahe der Rampe, wo die Helikopter landen und starten, gibt es eine große Parkfreifläche. Der Wächter war ein frettchengesichtiger kleiner Abstauber. »Brauchste 'nen Parkschein, Mann?« fragte er.

»Weiß ich nicht«, sagte ich zu ihm. »Isses so?«

»Gib mir 'nen Fünfer und park da drüben«, sagte er, zu einer leeren Ecke des Platzes deutend. »Behalt die Schlüssel.« Das Schild auf dem Platz besagte, sieben Dollar für die erste halbe Stunde. Eine Transaktion à la New York – ein kleines bißchen für dich, ein kleines bißchen für mich, und scheiß auf den Typen, der nicht da ist, wenn der Deal läuft.

Ich ging rüber zum Rand der Helikopterrampe. Ein blauweißer Hubschrauber stand da und wartete auf die Passagiere –

meistens Touristen, die einen anderen Anblick von New York haben wollten, als man ihn von den Rundfahrtschiffen aus kriegt, die an der West Side anlegten. Ich war bei meiner zweiten Kippe, als der Maulwurf hinter einem der Autos auftauchte. Er trug einen versifften Overall mit Werkzeuggurt um die Taille, den üblichen Ranzen in seiner schmuddeligen Pranke. Er wirkte nicht gefährlich.

»Maulwurf«, sagte ich grüßend zu ihm. Als er nichts erwiderte, fragte ich ihn: »Hast du Name und Adresse für mich?«

Der Maulwurf nickte mit dem Kopf in Richtung Highway, drehte sich um und fing an wegzulaufen. Ich folgte ihm und fragte mich, warum er nicht an der Startrampe reden wollte. Er führte mich zu einem South Bronx Deluxe – ein zerbeulter alter Ford, halb Grundierung und halb Rost, auf kaputten Federn hängend, ohne Radkappen, im Kofferraum ein Loch vom letzten Einbruchsversuch. Ohne die Tür aufzuschließen, kletterte der Maulwurf rein. Ich folgte ihm. Er startete den Motor, legte den Gang ein und fuhr los.

»Glaubst du, es ist jetzt sicher genug, um mir den Namen zu sagen?« fragte ich.

»Ich muß mit dir gehen«, sagte er.

»Wieso?«

»Du darfst dieser Person nicht wehtun«, sagte der Maulwurf. »Meine Freunde, die, die das hier arrangiert haben – sie machen die Regeln. Du darfst ihm nichts tun. Ich muß mit dir gehen – zur Sicherheit.«

»Wird er mit mir reden, Maulwurf?«

»Es ist alles vorbereitet. Er wird mit dir reden, aber nur um diese . . . Sache, allgemein. Verstehst du? Nicht darüber, was *er* macht, nur was *sie* machen. ›Tiefer Hintergrund‹ nennen es meine Freunde.«

Toll. »Darf ich ihm drohn?« fragte ich.

»Er weiß, daß du ihm nichts tun darfst. Es würde dir nichts bringen.«

Ich zündete mir eine weitere Kippe an, sagte nichts. Der Maulwurf las meine Gedanken. »Du wirst seine Adresse haben. Er wollte das Treffen da, wo er wohnt. Aber wenn ihm irgendwas passiert, geben dir meine Leute die Schuld. Er ist für uns wichtig.«

»Schleim wie der ist wichtig?«

Des Maulwurfs Augen blitzten hinter seinen dicken Brillengläsern. »Wir haben ein Sprichwort – der Baum, der Früchte trägt, schert sich nicht um das Düngemittel. Und wir müssen in der Wüste Nahrung anbauen. Okay?«

»Okay«, sagte ich. Ich hatte keine Wahl.

Der Maulwurf fuhr genauso, wie er auf seinem Schrottplatz rumlief – als würde er auf gar nichts achten, bloß durch die Gegend fuhrwerken. Doch er hatte den Ford gut im Griff, zwängte sich durch den Verkehr, achtete nicht auf das wütende Hupen, wenn er jemanden schnitt, ruhte ganz in sich. An der 9th Street, auf der West Side, fanden wir eine Parklücke. Der Maulwurf stellte den Motor ab, blickte rüber zu mir. »Hast du irgendwas bei dir?« fragte er.

»Ich bin sauber«, sagte ich ihm.

»Den Zigarettenanzünder, den ich für dich gemacht habe?«

Ich sagte nichts – er meinte das Butan-Wegwerffeuerzeug, das er mit Napalm gefüllt hatte.

»Laß es hier«, sagte der Maulwurf. Ich öffnete das Handschuhfach, schmiß es rein.

»Läßt du deinen Ranzen auch im Auto?« fragte ich ihn. Der Maulwurf blickte mich an, als gehörte ich in Behandlung.

70

Der Maulwurf blieb vor einem Stadthaus mit Kalksteinfassade nah bei der Fifth Avenue stehen. Es war drei Stockwerke hoch, gleichauf mit den übrigen Gebäuden des Straßenzugs. Vielleicht fünfunddreißig Schritt breit. In dieser Gegend ein Besitz von siebenstelligem Wert. Vier Stufen führten uns zu einer Teakholztür hinter einem schmiedeeisernen Gitter, das nach Einzelstück aussah. Mit seinen Wurstfingern fand der Maulwurf den perlmutternen Knopf, drückte einmal.

Wir mußten nicht lange warten. Die Teaktür ging auf – ein Mann stand da und wartete. Du brauchst kein Guckloch, wenn du ein paar hundert Pfund Eisen zwischen dir und jedem, der an die Tür kommt, hast. Das dunkle Innere konnte ich nicht einsehen. Der Typ an der Tür war lang und schlaksig, hatte beide Hände in den Taschen von etwas, das wie ein seidener Bademantel aussah.

»Ja?« fragte er.

»Moishe«, sagte der Maulwurf.

»Treten Sie bitte zurück«, sagte der Mann. Er hatte einen britischen Akzent.

Der Maulwurf und ich gingen zurück auf den Gehsteig, damit das Eisengitter aufschwingen konnte. Wir liefen an dem Mann vorbei ins Innere, warteten, während er das Eisengitter verriegelte und die Tür schloß. Wir waren in einem rechteckigen Raum, viel länger als breit. Der Boden war aus auf Hochglanz poliertem dunklen Holz, das die überladenen, mit einem blauweißen Blütenmuster gepolsterten viktorianischen Möbel zur Geltung brachte. Nur eine Lampe brannte seitlich, sie flackerte, als wäre es Gas statt Strom.

»Darf ich Ihnen die Mäntel abnehmen?« sagte der Mann, einen Kleiderschrank just hinter dem Eingangsflur öffnend.

Ich schüttelte verneinend den Kopf – der Maulwurf trug nichts über seinem Overall.

»Bitte . . .«, sagte der Mann, winkte träge mit der Hand, bedeutete uns, wir sollten vor ihm die Treppe hochgehen. Ich stieg voran, der Maulwurf direkt hinter mir. Für diesen Menschen brachen wir sämtliche Regeln.

»Nach rechts«, kam seine Stimme von hinten. Ich bog in einen großen Raum ein, der kleiner wirkte, weil er so vollgestellt war. Ein mächtiger Schreibtisch mit schweren, geschnitzten Füßen beherrschte den Raum. Sie sahen aus wie Löwenpranken. Ein Orientteppich bedeckte den Großteil des Bodens – der Hintergrund war in Königsblau, dazu ein rotweißes von der Mitte in die Kanten verlaufendes Muster. An der einen Wand war ein Kamin, in seinem Marmorkäfig prasselten Birkenklötze. Schwere Samtvorhänge im selben Königsblau wie der Teppich verdeckten die Fenster. Alles stammte aus grauer Vorzeit – bis auf einen glimmenden Videoschirm auf einem Hirnholztisch parallel zum Schreibpult.

»Nehmen Sie bitte irgendwo Platz«, sagte der Mann, mit dem Arm winkend, um das Angebot im Raum vorzuzeigen, während er sich hinter den großen Schreibtisch setzte. Ich nahm einen schweren, mit dunklem Rohleder gepolsterten Armsessel. Ein Aschenbecher aus Bronze und Glas war auf einem Metallständer neben dem Sessel. Der Maulwurf stand an der Tür, seine Blicke schweiften über den Raum. Dann setzte er sich auf den Boden, die Tür mit seinem Körper blockierend, und stellte seinen Ranzen ab. Er blickte von dem Mann zu meinem Standort, stellte klar, daß wir eine Übereinkunft hatten. Dann zog er einen Pack Papier raus und fing an, ein paar seiner Berechnungen zu studieren – versetzte sich irgendwo anders hin.

»Nun, denn«, sagte der Mann und faltete die Hände vor sich auf dem Schreibtisch. »Darf ich Ihnen eine Erfrischung anbieten? Kaffee? Einen exzellenten Sherry?«

Verneinend schüttelte ich den Kopf. Der Maulwurf blickte nicht mal auf.

»Vielleicht ein Bier?«

»Nein«, beschied ich ihn. Ich hatte mich drauf eingelassen, ihn nicht zu bedrohen, aber ich mußte nicht vorgeben, sein Kumpel zu sein.

Der Mann langte nach der Bleikristallkaraffe auf dem Schreibtisch. Etwas, das wie ein silbernes Blatt aussah, baumelte, an einer Silberkette befestigt, just unterhalb des Flaschenhalses. Er goß sich eine dunkle Flüssigkeit aus der Flasche in ein Weinglas, hielt das Glas in das Licht vom Kamin hoch, nahm einen kleinen Schluck. Wenn er noch ruhiger gewesen wäre, wäre er auf der Stelle eingeschlafen.

Im gedämpften Licht war sein Gesicht schwer auszumachen. Ich konnte sehen, daß er sehr dünn war, oben kahl, mit einem dicken Kranz dunkler Haare an den Seiten seines Kopfes. Mächtige Augenbrauen sprangen aus dem Schädel und überschatteten die Augen. Das Gesicht war oben breit und verjüngte sich nach unten zu einem schmalen Kinn – eine Dreiecksform. Seine Lippen waren dünn – die Finger lang und spitz, ein feiner Schimmer Lack auf den Nägeln.

»Nun«, sagte er, einen Schluck vom Glas nehmend, »womit kann ich Ihnen dienen, Mr. . . .?«

»Ich suche ein Bild«, sagte ich ihm, die Frage nach meinem Namen ignorierend. »Ein Bild von einem Kind.«

»Und Sie denken, ich hätte dieses Bild?« fragte er, die mächtigen Augenbrauen hebend.

Ich zuckte die Achseln. Ich hätte soviel Glück verdient. »Nicht unbedingt. Aber ich hoffe, Sie können mir im Allgemeinen was über diese Sorte Zeug erzählen. Mir eine Idee geben, wo ich suchen kann.«

»Ich verstehe. Erzählen Sie mir etwas über das Bild.«

»Ein Bild von einem Kind. Kleiner, untersetzter, blonder Junge. Zirka sechs Jahre alt.«

Der Mann saß geduldig abwartend hinter seinem Schreibtisch. Ich hatte ihm nicht genug gesagt.

»Ein Sex-Bild«, sagte ich.

»Ähm . . .« murmelte er. »Kein sonderlich ungewöhnliches Bild. Verliebte kleine Jungen tun so etwas.«

Etwas brannte in meiner Brust. Ich spürte die Blicke des Maulwurfs auf mir, kriegte es unter Kontrolle, nahm einen weiteren Zug von der Zigarette. »Wer könnte ein solches Bild haben?«

»Oh, in etwa *jedermann*. Das hängt völlig davon ab, *warum* das Bild aufgenommen wurde.«

»Warum?«

Der Mann bildete mit seinen Fingern ein Zelt, sein englischer Akzent ließ ihn wie einen Lehrer klingen. »Falls das Bild von seinem Mentor aufgenommen wurde, dann würde es nicht kommerziell vertrieben, verstehen Sie?«

»Sein Mentor?«

»Ein Mentor, mein Herr, ist jemand, der einen lehrt, durchs Leben führt. Einem bei Problemen hilft . . . und ähnliche Dinge.«

Ich blickte ihn bloß an, malte mir einen kleinen verkrebsten

Fleck in seiner Brust aus und hielt die Hände still. Ich hob meinerseits die Augenbrauen – eine Frage.

»Männer, die Knaben lieben, sind sehr eigen«, sagte der Mann, die Stimme ehrfurchtsvoll. »Wie es auch die Knaben sind, die sie lieben. Es ist eine höchst einzigartige und besondere Beziehung. Und von der Gesellschaft sehr wenig verstanden.«

»Klären Sie mich auf«, sagte ich, meine Stimme eisig.

»Wenn ein Knabe eine sexuelle Vorliebe für Männer hat, geht er ein erhebliches Risiko ein. Die Welt wird ihn nicht verstehen – viele Türen werden ihm verschlossen bleiben. Es ist die Aufgabe eines hingebungsvollen Mentors, die winzige Knospe zu voller Blüte zu bringen. Das Heranwachsen des Knaben zum Manne weiter zu fördern.«

»Indem man Bilder von dem Kind beim Sex macht?«

»Richten Sie nicht so vorschnell, mein Freund. Ein wahrer Mentor würde, wie ich zuvor sagte, solche Bilder nicht zu kommerziellem Zwecke aufnehmen. Die Bilder werden aufgenommen, um einen einzigartigen und wunderschönen Augenblick festzuhalten. Kinder werden erwachsen«, sagte er, die Stimme vor Bedauern über das Unvermeidliche belegt, »sie gehen ihrer Jugend verlustig. Nehmen liebende Eltern nicht auch Bilder von ihren Kindern auf, um sie in späteren Jahren zu betrachten?«

Ich antwortete ihm nicht – ich wußte nicht, was liebende Eltern taten. Meine machten eine Masse Bilder – für die Verbrecherkartei.

»Man hält einen bestimmten zeitlichen Moment fest«, sagte der Mann. »Es ist eine Möglichkeit, sich einen vollkommenen Zeitpunkt zu bewahren, selbst wenn die Person weg ist.«

»Sie meinen, Leute . . . Leute wie Sie . . . wollen die Bilder bloß *aufheben*? Sie nicht verkaufen oder irgendwas?«

»Leute wie ich . . .«, sinnierte der Mann. »Wissen Sie irgend etwas über ›Leute wie mich‹?«

»Nein«, sagte ich. Die Abmachung lautete, ich durfte ihm nichts tun – niemand sagte, daß ich ihm die Wahrheit erzählen mußte.

244

»Ich bin ein Pädophile«, sagte der Mann. Auf die gleiche Weise, wie ein Immigrant eines Tages sagen würde, er wäre ein Bürger, Stolz und Verwunderung darüber in seiner Stimme mitschwingend, so privilegiert zu sein. »Meine sexuelle Ausrichtung bezieht sich auf Kinder – junge Knaben.«

Ich sah ihn an, auf den Rest wartend.

»Ich bin *kein* ›Kinderschänder‹. Ich bin nicht pervers. Was ich tue, verstößt praktisch gegen das Gesetz ... so wie die Gesetze heute festgeschrieben sind. Doch meine Beziehung zu meinen Knaben ist rein und liebevoll ... Ich liebe Knaben, die mich lieben. Ist daran etwas Falsches?«

Ich hatte keine Antwort parat, also zündete ich mir noch eine Zigarette an.

»Wahrscheinlich halten Sie das für simpel«, sagte er, den Mund über meinen Mangel an Verständnis geringschätzig verzogen. »Ich liebe Knaben – wahrscheinlich nehmen Sie an, ich sei ein Homosexueller, oder nicht?«

»Nein, tu ich nicht«, versicherte ich ihm. Es war die Wahrheit – Homosexuelle waren erwachsene Männer, die Sex mit anderen erwachsenen Männern hatten, einige davon waren aufrechte Jungs, einige waren Drecksäcke. Wie wir anderen auch. Dieser Freak war nicht wie wir anderen.

Er beobachtete mein Gesicht, einen Hinweis suchend. »Sie glauben, meine Vorliebe sei einmalig? Lassen Sie mich Ihnen folgendes sagen: Einige der höchstgestellten Männer dieser Stadt teilen meine Vorliebe. In der Tat, wäre da nicht mein Wissen um solche Dinge – um mächtige Männer mit mächtigen Triebkräften in ihrem Leben –, hätte ich nicht den Schutz Ihrer Leute«, sagte er und nickte in Richtung des Maulwurfs.

Der Maulwurf blickte ihn direkt an, ausdruckslos.

»Jeder Knabe, den ich liebe ... jeder Knabe, der diese Liebe erwidert ... profitiert davon auf eine Art und Weise, die Sie nicht verstehen können. Wenn Sie so wollen, wächst er unter meiner Obhut zu Jugend und Männlichkeit heran. Er wird erzogen, sowohl intellektuell wie geistig. Auf die Welt im weitesten Sinne vorbereitet. Für solch einen Knaben bin ich ein lebensverändernder Faktor, verstehen Sie?«

»Ja«, sagte ich. Diesmal war es keine Lüge.

»Und ich würde . . . ich *habe* Bilder von meinen Knaben aufgenommen. Es bereitet uns beiden Vergnügen, in späteren Jahren dieses Sinnbild unserer Liebe, wie es einst war, zu betrachten. Ein Knabe ist nur eine kurze Weile ein Knabe«, sagte er, Trauer in der Stimme.

»Und Sie würden diese Bilder nicht verkaufen?«

»Gewiß nicht. Ich benötige das Geld nicht, doch das ist nicht der entscheidende Punkt. Es würde die Liebe korrumpieren . . . und dies in beinahe unermeßlichem Ausmaße. Es wäre eine Verletzung der Beziehung . . . etwas, das ich nie tun würde.«

»Also würde niemals einer die Bilder sehn, die Sie haben?« fragte ich ihn.

»Niemand außerhalb meiner Kreise«, erwiderte er. »Zu gewissen seltenen Gelegenheiten könnte ich Bilder von meinen Knaben mit anderen austauschen, die meine Vorliebe teilen. Doch nie gegen Geld.«

»Sie meinen, Sie tauschen Bilder? Wie Fußballerbildchen?«

Die Augen des Mannes bewölkten sich wieder. »Sie haben eine krude Art, die Dinge darzustellen, mein Herr. Ich weiß, daß Sie nicht unverschämt sein wollen . . .«

Ich nickte zustimmend mit dem Kopf. Ich wollte nicht, daß er zu reden aufhörte. Des Maulwurfs Kopf war in seinen Papieren vergraben, doch ich konnte spüren, wie er mir mitteilte, ich solle aufpassen, wo ich hinlatschte.

»Meine Knaben *genießen* es, zu wissen, daß sie mir Freude bereiten. Und es bereitet mir Freude, anderen Männern mit der gleichen Vorliebe wie ich ihre Liebe zu mir zu zeigen.« Er nahm einen weiteren Schluck von seinem Drink. »Um es klarzustellen, es mag ein egoistisches Element darin liegen, diese Fotografien mit anderen auszutauschen . . . ich *bin* stolz auf meinen Erfolg. Doch – und ich bin sicher, Sie verstehen das – man muß zu jeder Zeit sehr diskret sein.«

Aber klar verstand ich das alles – und schenkte ihm ein weiteres zustimmendes Nicken.

»Es *gibt* jene, die Bilder von Kinder zu rein kommerziellen

Zwecken herstellen. Nicht jene, die meine Vorliebe teilen . . . meinen Lebensstil, wenn Sie so wollen. Doch niemand, der Knaben wirklich liebt, würde solche Bilder kaufen. Sie sind so unpersönlich, so geschmacklos. Man weiß nichts über den Jungen auf solchen Bildern . . . nicht seinen Namen, sein Alter, seine kleinen Gepflogenheiten. Kommerzielle Fotografien sind so . . . *anonym*. Sex ist nur ein Bestandteil der Liebe. Ein Stein des Fundaments. Verstehen Sie das?«

»Ich verstehe«, beschied ich ihn. Es stimmte, daß dieser Teufel aus der Schrift zitieren konnte, wie der Prof immer sagte. »Würde jemals eine Person diese Bilder zerstören – etwa, wenn er Angst hätte, daß ihm eine Hausdurchsuchung bevorsteht oder so was?«

»Ein wahrer Pädophile würde das niemals tun, mein Freund. Ich kann Ihnen versichern, wenn die Polizei in eben diesem Augenblick meine Tür einschlüge, würde ich meine Erinnerungen nicht in jenen Kamin werfen.«

»Aber die Bilder sind 'n Beweis . . .«

»Ja. Ein Beweis der *Liebe*.«

»Leute werden wegen 'nem ›Beweis der Liebe‹ verurteilt«, sagte ich ihm.

Ein Lächeln umspielte seine Lippen. »Das Gefängnis ist etwas, mit dem wir ständig konfrontiert sind. Ein wahrer Anhänger unserer Lebensart akzeptiert das. Weil etwas gegen das Gesetz ist, muß das nicht einfach bedeuten, daß es moralisch schlecht ist.«

»Isses wert, dafür ins Gefängnis zu gehn?« fragte ich ihn.

»Es ist *alles* wert«, sagte er.

»Die Leute, die . . . Bilder von Jungen . . . austauschen. Wüßten die, wie man an die rankommt?«

»Wir haben ein Netz«, sagte der Mann. »Ein sehr kleines, natürlich. Sehen Sie den Computer?« fragte er, mit dem Kopf in Richtung Bildschirm nickend.

Ich nickte.

»Das Gerät daneben, mit dem Telefon? Man nennt es ein Modem. Es ist wirklich sehr kompliziert«, sagte der Mann, »doch wir haben eine sogenannte elektronische Informationsbank. Sie wählen das Netz an, geben den Code ein, und wir können miteinander reden, ohne unsere Namen preiszugeben.«

Ich schenkte ihm einen verdutzten Blick.

»Wie ich sagte, es ist wirklich sehr kompliziert«, sagte er süffisant. Ich konnte des Maulwurfs Hohn quer durchs Zimmer spüren.

»Können Sie 's mir zeigen?« fragte ich.

»Sehr gerne«, seufzte er. Er stand hinter dem Schreibtisch auf, das Glas nahm er mit. Der Mann setzte sich vor den Computer. Er nahm den Hörer von der Gabel und plazierte ihn auf einer Plastikform. Er hämmerte einige Nummern in die Tastatur und wartete ungeduldig, die langen Finger pochten auf der Konsole. Als der Bildschirm hell wurde, tippte er eilig etwas in die Tastatur – sein Schlüsselwort. »Grüße vom Nikolaus«, kam als Erwiderung auf den Schirm, schwarze Buchstaben vor weißem Hintergrund.

»Der Nikolaus ist einer von uns«, fügte der Mann erklärend hinzu.

Er tippte »Gibt es neue Gaben für uns?« ein. Der Mann drückte eine weitere Taste, und seine Botschaft verschwand.

Eine Minute darauf flimmerte der Schirm, und eine Botschaft vom Nikolaus traf ein. »Sieben Taschen voll«, stand auf dem Schirm.

»Sein neuer Knabe ist sieben Jahre alt«, sagte der Mann. »Können Sie folgen?«

»Ja«, sagte ich ihm. Der Weihnachtsmann.

Der Mann wandte sich wieder dem Schirm zu. »Hier Tutor. Halten Sie es für zu früh, über gegenseitige Gaben nachzudenken?«

»Nicht bei Liebesgaben«, kam die Antwort zurück.

Der Mann blickte über die Schulter zu mir. Wieder nickte ich. Deutlich genug.

»Später«, tippte der Mann auf den Bildschirm. Er drückte einen Knopf, und der Bildschirm leerte sich wieder. Er kehrte zu seinem Platz hinter dem Schreibtisch zurück. »Sonst noch etwas?« fragte er.

»Wenn das Bild von dem Jungen ... das, was ich will ... zum Verkaufen gemacht worden ist ... nicht von einem Pädophilen ... könnte ich's nicht finden?«

»Nicht in einer Million Jahren«, sagte der Mann. »Diese kommerziellen Bilder ... sie verkaufen sie an *jedermann.* Außerdem sind diese Bilder keine wahren Originale, verstehen Sie? Sie machen Aberhunderte Kopien. Die einzige Chance, ein Original zu finden, besteht darin, wenn es in einer privaten Sammlung ist.«

»Sagen wir, mir ist es schnurzegal, ob das Bild ein Original ist, okay? Wenn ich Ihnen ein Bild von einem Jungen zeigen würde, würden Sie rumfragen ... probieren, ob Sie das Bild finden könnten, das ich suche?«

»Nein«, sagte er. »Ich würde nie das Vertrauen meiner Freunde enttäuschen.« Zur Sicherheit blickte er zum Maulwurf. Der Maulwurf blickte zurück, ohne etwas preiszugeben.

»Und Sie haben mit keinem von den kommerziellen Anbietern zu tun?«

»Gewißlich nicht«, schniefte er.

Dieser Freak konnte mir nicht helfen. »Ich verstehe«, sagte ich und stand zum Gehen auf.

Der Mann blickte mich unmittelbar an. »Sie finden sicher selbst hinaus.«

Der Maulwurf rappelte sich auf die Beine, blieb in der Tür stehen, um sicherzugehen, daß ich zuerst rausging.

»Noch etwas«, sagte der Mann zu mir. »Ich hoffe aufrichtig, Sie haben hier etwas gelernt. Ich hoffe, Sie lernten etwas Toleranz für unsere Realität. Etwas Respekt vor unserer Liebe. Ich vertraue darauf, daß wir *irgendeine* gemeinsame Grundlage finden können.«

Ich rührte mich nicht, zwang meine Hände, sich nicht zu Fäusten zu ballen.

»Ich bin ein Gläubiger«, sagte der Mann, »und ich bin bereit, für meinen Glauben zu sterben.«

»Da ist doch die gemeinsame Grundlage«, beschied ich ihn, drehte ihm den Rücken zu und folgte dem Maulwurf die Treppe runter.

Ich hielt an einem Münztelefon neben dem Drive, um Strega anzurufen – ihr mitzuteilen, daß ich den Jungen übermorgen brauchte. Ihr Anschluß war besetzt. Ich zündete mir eine Kippe an, nahm ein paar Züge und wählte ihre Nummer erneut. Sie hob beim ersten Läuten ab.

»Ja«, stieß sie in den Hörer, die Stimme genauso hart und kompakt wie ihr Körper.

»Ich bin's«, sagte ich. »Donnerstagnachmittag, okay? Wie verabredet? Bring ihn zum Parkplatz gegenüber vom Gericht in Manhattan, wo du mir das erste Mal begegnet bist.«

»Welche Zeit?«

»Vier Uhr. Falls zuviel los ist, steh ich vor dem Familiengericht. Das dunkelgraue Gebäude an der Lafayette. Weißt du, von was ich rede?«

»Ich werd's finden.«

»Mach ihm klar, daß es okay ist, wenn er mit mir geht.«

»Er wird in Ordnung sein«, sagte sie mit Automatenstimme.

»Also bis dann«, sagte ich, bereit, den Hörer wieder auf die Gabel zu hängen.

»Soviel dazu«, sagte Strega. »Was ist mit heute nacht?«

»Ist zu früh. Ich brauche Zeit, das hinzukriegen.«

»Was ist mit mir?«

»Was *ist* mit dir?«

»Ich bin heute nacht hier. Ich ganz allein. Willst du vorbeikommen und mit mir reden?«

»Ich kann nicht kommen ... ich arbeite.«

»Vielleicht möchtest du einfach *kommen*«, flüsterte sie ins Telefon, mit dem letzten Wort spielend. Ich konnte das Hohnlächeln auf ihren bemalten Lippen sehen, wie es in einem dunklen Raum glühte.

»Irgendwann anders«, sagte ich ihr.

»Man kann nie wissen«, sagte Strega. Ich hörte, wie das Telefon an ihrem Ende aufgeknallt wurde.

Ich steuerte zurück zum Büro, fragte mich, wo ihr geheiligtes Kind die ganze Zeit war.

Den nächsten Tag brachte ich damit zu, mich ums Geschäft zu kümmern. American Express drohte mir die Kreditkarten zu sperren, die ich auf etliche Namen unterhalte, wenn sie nicht ein paar sofortige Einzahlungen kriegten. Es gibt nur eine Art, einer solchen rechtmäßigen Forderung zu begegnen – ich tippte ein paar neue Aufnahmeanträge, checkte meine Liste, um sicherzugehen, daß ich nicht irgendwelche alten Namen wiederverwendete. Dann plazierte ich ein paar Inserate – meine neue Postzustellungsfirma bot für nur fünfundzwanzig Kröten die neueste Version des ledernackenerprobten Survival-Messers an. Keine Nachnahme. Schecks nimmt meine Firma auch nicht – zu viele unehrliche Leute da draußen. Ich checkte meine Akte mit den Geburtsurkunden für Leute, die innerhalb eines Jahres nach ihrer Geburt gestorben waren. Ich hatte auf einige davon einen Antrag auf eine Sozialversicherungsnummer laufen, auf andere Führerscheine. Wenn ich die Papiere zurückkriegte, würde ich sie mehrfach gewinnbringend auswerten – Pässe, Krankengeld, Arbeitslosenhilfe. Solange man dabei nicht zu gierig wird, läuft es ewig.

Schließlich checkte ich meine Mietliste. Ich habe ein paar Wohnungen quer in der ganzen Stadt verstreut – wenn ein Bewohner in einem Haus mit Mietpreisbindung stirbt, ruft mich der Verwalter an, Geld wechselt den Besitzer, und ich bin der neue Bewohner. Dann untervermiete ich die Wohnung an Yuppies, und die zahlen das Zigfache der Grundmiete, fest davon überzeugt, daß sie das System geschlagen haben. Michelle bedient für mich das Telefon. Ich teile die Miete jeden Monat mit dem Verwalter, und jeder freut sich. Früher oder später findet der Besitzer raus, was abläuft, und strebt eine Räumungsklage an. Dann sind die Yuppies auf sich gestellt. Ich kassiere keine Miete mehr von ihnen. Aber ich zahle ihnen auch keine Kaution zurück.

Ich nahm Pansy mit runter zu den Piers am Hudson und ging mit ihr Gehorsam ohne Leine durch, um sie in Schwung zu halten. Dann nahm ich sie mit zu Pops Pool-Halle und ließ sie mit bitterbösem, mißbilligendem Blick zusehen, während ich fünfzig Kröten an einem Tisch im Rückraum verjubelte. Demjenigen direkt unter dem ›Kein-Glücksspiel‹-Schild.

Zeit totschlagen. Fällt 'ne Ecke leichter, wenn du nicht in der Zelle bist.

73

Am nächsten Nachmittag um vier parkte ich den Lincoln auf dem Platz am Gericht. Immaculata war auf dem Vordersitz neben mir. Max lag hinten unten, die Hände hinter dem Kopf verschränkt, ins Nichts starrend.

»Möchtest du es noch mal durchgehn?« fragte ich Mac.

»Ist nicht notwendig, Burke. Ich weiß, was du möchtest. Aber es ist, wie ich gesagt habe – Offenbarungen kommen oft langsam. Ich kann dir nicht versprechen, daß mir das Kind beim ersten Gespräch alles erzählt.«

»Wie lange dauert es?«

»Das hängt vom Kind ab . . . von dem Ausmaß des Traumas. Manche Kinder erzählen nie alles.«

»Kannst du ihm nicht ein bißchen Druck machen?«

Macs Augen verengten sich. »Natürlich könnte ich das. Aber ich würde nicht. So arbeiten wir nicht. Dieses erste Gespräch – das, bei dem wir uns versichern, daß das Kind sexuell mißbraucht worden ist – ist nicht bloß da, um Informationen zu erlangen, es ist ein Teil der Vorgehensweise. Das eigentliche Ziel ist es, das Kind zu behandeln.«

»Yeah, okay«, sagte ich, mir eine Zigarette anzündend.

»Und genau das haben wir abgesprochen«, sagte Mac und klopfte mit ihren langen Nägeln auf dem Armaturenbrett. Sie hatte nicht vor, weiter drüber zu diskutieren.

»Hast du Max gesagt, was er machen muß?« fragte ich sie.

Immaculata lächelte. »Er weiß es«, sagte sie.

Der Gerichtsparkplatz kannte keinen Unterschied. Porsches standen neben Chevys – eine Limousine brauchte zwei Lükken. Ein Lumumbataxi ebenso.

Ein Latino-Typ lief zu meinem offenen Fenster. »Rauchen?« fragte er, an mir vorbeiblickend. Ich antwortete nicht, und er marschierte weiter, graste den Parkplatz ab. Wenn du die Asche hattest, konntest du beim Gericht in etwa alles kaufen.

Immaculata und ich stiegen aus dem Lincoln und liefen rüber zur Familienkammer. Ein steter Menschenstrom kam aus den Drehtüren – eine fette Puertoricanerin mit müden Augen trat mit einem Kind raus, zirka zwölf Jahre alt, das eine Gang-Jacke und dazu auf dem Kopf ein schwarzes Barett trug. »Hörst du, was dir der Richter erklärt hat?« sagte sie. »Scheiß auf den Richter«, erwiderte der Junge und wich behende ihren kläglichen Versuchen aus, ihm eine zu knallen, lächelte sein Kinderlächeln. Ein Typ in der Uniform einer Telefonfirma zog am Arm seines Anwalts, murmelte etwas von »noch eine gottverfluchte Vertagung«. Der Anwalt zuckte die Achseln. Ein anderer Typ stürzte vorne raus, verfolgt von einer Frau ein paar Schritt dahinter, die zögernd seinen Arm zu berühren versuchte. Er hämmerte ein ums andere Mal die geballte Faust in die Handfläche, blickte zu Boden.

Ich hielt Ausschau nach Stregas kleinem BMW, daher schenkte ich dem auf dem Parkplatz hin- und herkutschierenden beigen Mercedes keine Aufmerksamkeit, bis ich die Tür knallen hörte. Sie stand auf der anderen Straßenseite, ein schwarzes Tuch auf dem Kopf, in einem überlangen schwarzen Mantel. Sie sah aus wie sechzehn. Ihre Arme waren nach beiden Seiten ausgestreckt, an jeder Hand ein Kind. Einen Jungen und ein Mädchen. Sie beugte sich runter, um etwas zu dem kleinen Mädchen zu sagen. Das Kind winkte mir fröhlich zu, und sie überquerten die Straße.

So kalt war es gar nicht auf der Straße, doch Stregas Wangen waren rot angelaufen und glühend. »Hi!« rief sie mit einer Stimme, die ich zuvor noch nicht gehört hatte, und hielt mir eine behandschuhte Hand hin. Ich nahm sie – sie drückte fest zu.

»Das ist Scotty«, sagte sie, einen rundgesichtigen, blonden kleinen Jungen dicht an ihre Seite ziehend. »Und das ist meine Mia.« Sie lächelte. Das kleine Mädchen trug einen schwarzen

Mantel und einen Schal, wie seine Mutter. Flammendrotes Haar guckte raus, der Heiligenschein zu einem glücklichen kleinen Gesicht.

»Wie heißt du?« fragte sie mich.

»Burke«, sagte ich ihr.

»Das ist 'n komischer Name«, sagte sie, noch immer lächelnd.

»Mia genauso«, erwiderte ich.

»Das ist ein *besonderer* Name«, sagte das kleine Mädchen, den Hauch eines Flunsch um den Mund.

»Es ist ein zauberhafter Name«, sagte Immaculata und trat vor.

»Das ist meine Freundin Immaculata«, erklärte ich ihnen allen, breitete dabei die Arme aus, um sie vorzustellen.

Immaculata sank anmutig in die Hocke, ihre Augen gleichauf mit den Gesichtern der Kinder.

»Hi, Scotty. Hi, Mia«, sagte sie zu ihnen, ihre Hände haltend. Mia nahm sofort ihre Hand, babbelte, als wären sie alte Freunde. Scotty zuckte zurück. »Ist okay«, sagte Strega. Langsam ging er zu Immaculata. »Du riechst gut«, sagte er.

Stregas Blick zuckte zu mir. »Ist das deine *Freundin*?«

»Immaculata wird mit Scotty arbeiten. Wie abgesprochen«, sagte ich ohne jeden Unterton.

Ihre großen Augen wichen nicht von mir. »Ich vertraue dir«, sagte sie.

Ich begegnete ihrem Starren. Unsere Gesichter befanden sich hundert Meilen über Immaculata und den Kindern. »Bist du irgendwie in Zeitdruck?«

»Sag mir bloß, wo ich dich treffen soll.«

»Wie wär's genau hier? Zirka halb acht, acht Uhr?«

»Was immer du sagst.«

Ich zündete mir eine Zigarette an, während Strega Scotty den Kopf tätschelte und ihm erklärte, daß er mit mir und Immaculata gehen und sie ihn später mit Mia wiedersehen würde. Sie würden alle zu McDonald's gehen und dann ein Eis essen.

»Okay, Zia Peppina«, sagte der Junge, Immaculatas Hand

haltend. Seine Augen waren noch immer von Bedenken getrübt, doch er wollte es durchstehen.

»Sag mir deinen Namen noch mal«, bat Mia Immaculata.

»Er lautet Im-mac-u-lata«, sagte sie, »aber meine Freunde nennen mich Mac.«

»Das is leichter«, sagte Mia.

»Es ist immer leichter, befreundet zu sein«, erklärte Mac ihr ernsthaft.

»Weiß ich«, sagte das Kind.

Es war Zeit zu gehen. »Schön, Sie kennengelernt zu haben«, sagte Strega zu Immaculata.

»Ganz meinerseits«, erklärte ihr Mac und verbeugte sich leicht. »Sie haben eine wunderschöne und bezaubernde Tochter.«

Stregas Augen leuchteten dabei auf. Sie verbeugte sich wiederum vor Immaculata, bevor ihr aufging, was sie tat. Mac wirkte so auf die Leute.

»Gehn wir, Scotty!« sagte Immaculata, nahm den Jungen bei der Hand und lief über die Straße zum Lincoln.

»Bist du Mammis Freund?« fragte mich Mia.

»Was hat dir deine Mutter gesagt?« erwiderte ich.

»Sie hat gesagt, du bist's.«

»Hat dich deine Mutter je angelogen?«

»Oh, nein«, sagte das Kind, sein Mund vor Überraschung zu einem O gerundet.

»Dann weißt du's«, beschied ich sie. Ich hielt Strega wieder die Hand hin.

Sie lächelte mich an, versuchte meinen Finger zu Wackelpeter zu zermanschen. »Tschü-hüs«, sagte sie und wandte mir den Rücken zu, Mia im Schlepptau.

Ich zündete mir eine Zigarette an, beobachtete, wie die beiden kleinen Mädchen in ihren schwarzen Mänteln die Straße zu ihrem Mercedes überquerten. Dann lief ich selber rüber.

74

Als ich zum Lincoln kam, stand Scotty auf dem Vordersitz und blickte nach hinten zu Max. »Mach's noch mal!« brüllte er und klatschte in seine pummeligen kleinen Hände.

»Mach *was* noch mal?« fragte ich ihn, als ich hinter das Steuer glitt.

»Max ist ein *Beschützer*«, sagte Scotty. »Er ist da, damit ich sicher bin.«

»Das ist richtig«, sagte ich und sah Immaculata beifällig nikken.

»Max ist der stärkste Mann auf der ganzen Welt!« schrie mir Scotty förmlich zu. »Mach es noch mal. *Bitte*!« schrie er Max an. Ich weiß nicht, was für einen Vater Max abgeben mochte, doch mit tödlicher Sicherheit würde ihn der Lärm nicht stören, den Kids machen.

Scotty schwang in der einen Hand ein altes Hufeisen. Max langte über den Sitz und nahm es ihm ab. Der Mongole hielt in jeder Hand ein Ende, atmete mit einem klaren, pfeifenden Geräusch tief durch die Nase ein und zog das Hufeisen auseinander, bis es bloß ein grades Stück Metall war. Er neigte den Kopf, reichte es wieder dem Kind.

»Siehste?« fragte Scotty.

»Is ja irre«, sagte ich ihm.

»Max könnte das ganze *Auto* hochheben, wenn er will, oder nicht, Max?« sagte er.

Max preßte die Fingerspitzen aneinander, pumpte seinen Bizeps voll Blut. Die Muskeln an seinem Arm sprangen hervor, eine mächtige Herausforderung für die dünne Hülle aus Haut außen herum. Max zog die Hände zur Brust, als schaukle er ein Baby. Er lächelte. Dann spannte er in Bodybuilder-Pose den Bizeps an, einen eitlen Ausdruck auf dem Gesicht. Verneinend schüttelte er den Kopf.

»Was sagt er?« fragte Scotty Immaculata.

»Er sagt, große Kraft ist nur dazu da, Leute zu beschützen, nicht zum Vorzeigen.«

»Oh.« Das Kind dachte eine Minute nach. »Warum hat er

dann das Hufeisen verbogen?« Was immer sie Scotty angetan hatten, blöde hatten sie ihn nicht gemacht.

»Erinnerst du dich, daß ich dir gesagt habe, Max würde dein Beschützer sein?« sagte Immaculata und sah, wie der Junge feierlich nickte. »Tja, ich mußte dir zeigen, daß Max ein *guter* Beschützer ist. Wir sind Freunde, du und ich. Doch du solltest neuen Freunden nicht trauen, bevor sie dir nicht beweisen, daß sie dir die Wahrheit sagen. Ist es nicht so?«

»Ja ...« sagte er, einen traurigen Ausdruck auf dem Gesicht.

»Ich weiß«, sagte Immaculata, seine Schultern tätschelnd. »Jetzt bist du sicher. Wir machen alles wieder gut. Okay?«

Der Junge nickte zweifelnd. Max legte ihm seine mächtige, vernarbte Hand auf die Schulter. Ließ sie bloß da liegen. Und Scotty lächelte, während wir durch die Stadt zu einem Laden am Broadway fuhren, wo wir alles wieder gutmachen wollten.

75

SAFE war im Village, nicht weit vom Gericht. Ich fand ein paar Türen weiter einen Parkplatz, und wir stiegen alle zusammen aus, Immaculata, Scotty an der Hand haltend, an der Spitze. Ein langer Schwarzer saß direkt hinter den doppelten Glastüren an einem Schreibtisch. Als er Max und mich hinter Immaculata reinkommen sah, stand er auf. »Sie gehören zu mir«, sagte sie lächelnd. Der schwarze Typ setzte sich wieder hin.

Wir gingen eine lange Treppenflucht zu etwas hoch, das vor Jahren eine Fabrik gewesen sein mußte. Ein riesiger Raum, vielleicht vierzig mal hundert Schritt groß. Turnmatten in der Ecke. Ein Haufen kleiner Kinder tobte sich aus, sie übten irgendeine Art Karate und schrien sich bei jeder Bewegung die Lunge aus dem Leibe. Noch jüngere Kinder spielten in einer Sandkiste am einen Ende des Raums. Einige malten mit den Fingern. Ein kleiner Junge strickte etwas. Es schienen Hunderte zu sein, alle hyperaktiv. Klang wie in einem besonders fröhlichen U-Bahntunnel. Eine junge Frau löste sich aus einer Gruppe von Kindern und lief zu uns rüber. Sie war vielleicht einsfünfundsechzig groß und hatte kurzes dunkles Haar, das ihr ums Gesicht flog, als sie rüberkam. Noch eine hübsche Italienerin – die andere Seite von Stregas Medaille.

»Die Chefin«, flüsterte mir Immaculata zu. »Lily.«

»Hi, Mac«, sagte die Frau. »Und du mußt Scotty sein«, sagte sie zu dem Jungen und ging ebenso in die Hocke wie Immaculata vor der Familienkammer. »Mein Name ist Lily«, sagte sie, beide Hände ausstreckend. Scotty nahm ihre Hände, doch seine Blicke waren von den anderen Kindern gefesselt.

»Du kannst später mit den anderen Kindern spielen«, sagte Lily, seine Gedanken lesend. »Zuerst gehen wir zu einem besonderen Spielzimmer. Für dich *reserviert*.« Sie machte eine große Sache draus, und Scotty, der sich wichtig vorkam, reagierte.

Sie nahm Scotty an der einen Hand. Immaculata nahm die andere. Auf dem Weg durch den Korridor nach hinten zum Büro hoben die beiden Frauen Scotty von den Füßen und schaukelten ihn an den Armen. Der Bengel kicherte, als hätte er das Paradies entdeckt.

Wir bogen in einen kleinen, mit Kinderkram vollgestopften Raum – Plüschtiere, ein dreiteiliger Wandschirm, illustriert mit spielenden Welpen, Puppen, Malbücher. Alle Möbel waren in Kindergröße.

»Hier werden du und Immaculata miteinander reden«, sagte Lily zu Scotty.

»Über die schlimmen Sachen?« fragte er.

»Wenn du das möchtest, Scotty. Wir lassen dich hier nichts machen, was du nicht möchtest, okay?«

Er nickte bloß, jetzt ganz gefügig.

»Du gehst mit Immaculata rein, und wir warten alle hier draußen auf dich, okay?«

»Max auch!« sagte der Junge, den Mongolen vorwärtszerrend.

Max hob den Jungen am Gürtel hoch und schmiß ihn in die

Luft. Scotty quietschte vor Vergnügen, zweifelte keine Minute daran, daß Max ihn auffangen würde. Max fing den Jungen mit den Armen auf und trug ihn rein. Immaculata verbeugte sich vor Lily und mir und folgte ihm, die Tür hinter sich schließend.

In der Wand war ein breites Fenster. Ich konnte die drei drinnen sehen. Scotty saß auf Max' Schoß, Immaculata redete zu ihm.

»Einwegfenster?« fragte ich Lily.

»Ja«, sagte sie. »Wir haben Praktikanten, die die ganze Zeit beobachten.«

»Nehmen Sie das Gespräch auf Video auf?«

»Wir haben hier keine Möglichkeit, die Kamera zu verbergen. Und viele unserer Kinder haben eine Phobie vor Video. Verstehen Sie?«

»Sicher«, sagte ich ihr. Kids, die Stars in Pornofilmen gewesen waren, konnten überschnappen, wenn sie eine Kamera sahen.

Der Junge zeichnete etwas, hielt das Bild alle paar Sekunden hoch und zeigte es Immaculata und Max.

»Mein Name ist Burke«, sagte ich ihr.

»Ich weiß, wer Sie sind«, sagte sie. Gemischte Gefühle klangen in ihren Worten mit.

»Haben Sie ein Problem mit mir?«

Sie dachte drüber nach, blickte mir direkt in die Augen. »Nein . . . kein Problem. Tatsache ist, daß ein paar unserer älteren Mädchen sagten, Sie hätten sie von der Straße geholt. Und auch McGowan sagt, Sie sind okay.«

»Also?«

»Mr. Burke, wenn wir bei SAFE mit Kindern arbeiten, geben wir ihre Enthüllungen nicht heraus.«

Ich stand und beobachtete, wie Scotty mit den Händen Bilderworte für Max machte. Max' Arme waren auf der Brust verschränkt, die Augen vor Konzentration verkniffen. Ich wartete, daß diese Frau mir erzählte, was sie zu motzen hatte.

»Kennen Sie ein Mädchen namens Babette?«

Ich nickte. Ich war vor ein paar Monaten im Schlamassel gewesen, und sie war schließlich an McGowan geraten. Ich schätze, sie war bei SAFE gelandet. Es war verflucht sicher, daß sie nicht zu ihrem Stiefvater zurückkonnte, der mich dafür bezahlt hatte, sie zu finden.

»Babette erzählte uns eines Tages in der Gruppe, wie sie von ihrem Zuhälter freikam«, sagte Liliy. »Sie sagte, Sie hätten auf den Mann geschossen.«

»Ich dachte, er würde zu seiner Waffe greifen«, sagte ich lahm.

»Babette sagte, Ihre Waffe hätte keinen Krach gemacht«, sagte Lily mit festem Blick.

Ich sagte nichts. Wenn ich keinen Schalldämpfer gehabt hätte, wären statt McGowan einige uniformierte Cops in jenem Hotelzimmer gewesen. Luden erschießen sollte sowieso nur eine Winzigbagatelle sein – wie Jagen ohne Jagdschein.

»Keine Sorge«, sagte sie. »Niemand will gegen Sie aussagen.«

»Ich mache mir keine Sorgen«, sagte ich ihr. Der Prof hatte den Louis im Krankenhaus besucht – ihm Bescheid gestoßen.

»Wir lassen bei SAFE keine Schußwaffen zu«, sagte Lily, mich beobachtend.

»Sie möchten mich durchsuchen«, grinste ich sie an und öffnete den Mantel.

»Nein. Ich möchte Ihr Wort.«

»Sie haben's.«

Wir wandten uns beide wieder dem Fenster zu. Scotty hatte die Hände auf den Hüften und schrie Immaculata etwas zu. Plötzlich schlug er sie; seine kleine Faust hämmerte gegen ihre Schulter. Max rührte sich nicht.

»Das ist okay«, sagte Lily. »Wahrscheinlich ist es ein Nachspielen.«

Ich warf ihr einen fragenden Blick zu. »Wenn das Kind die Erfahrung nacherlebt . . . manche von ihnen finden das zuerst leichter, als darüber zu reden. Oder vielleicht hat er es schon hinter sich . . . vielleicht hat er das Geheimnis verraten . . . Einige unserer Kinder geraten in Rage, wenn die Wahrheit raus ist – sie haben so viel Wut in sich.«

»Und warum prügelt er Immaculata?«

»Wir ermutigen sie dazu. Zuerst. Dann kommen sie in Selbstverteidigungsgruppen. Es muß alles raus – erst die Geheimnisse, dann die Wut.«

»Das Geheimnis ist, was ihnen zugestoßen ist – was ihnen die Leute angetan haben?«

»Nein. Das nennen sie ›schlimmes Zeug‹ oder ›schreckliches Zeug‹. Das Geheimnis besteht darin, daß ihnen der Täter befohlen hat, niemandem zu erzählen, was geschehen ist. Gewöhnlich machen sie es so, daß etwas Schreckliches passiert, wenn das Kind es erzählt.«

»Dem Kind?«

»Gewöhnlich nicht. Seinen Eltern, oder einem Tier . . . manchmal sogar einem Fernsehstar, den das Kind liebt.«

»Das Kind glaubt es?« fragte ich. Als ich in Scottys Alter war, glaubte ich gar nichts.

»Natürlich. Der Täter ist allmächtig. Er kann alles tun. Und das Geheimnis wird auch vom Schuldgefühl unterstützt.«

»Warum sollte sich ein Kind schuldig fühlen, wenn ihm jemand was angetan hat?«

»Weil sie manches davon *mögen* . . . es erweckt in ihnen neue Gefühle. Und – das gilt für einige – sie glauben, daß die Person, die diese Sachen macht, sie tatsächlich liebt. Ein Elternteil wird dem Kind erzählen, daß es ins Gefängnis muß, wenn das Geheimnis herauskommt . . . und das wird die Schuld des Kindes sein. Verstehen Sie?«

»Yeah, sie laden alles aufs Kind ab.«

Scotty weinte, das Gesicht in den Händen vergraben. Immaculata war über ihn gebeugt, redete mit ihm, tätschelte ihm den Rücken.

»Kennen Sie eine Bezirksanwältin namens Wolfe? Beim Amt für Sonderfälle?«

»Sicher«, sagte Lily. »Sie ist die Beste. Ich arbeite ziemlich viel für ihre Dienststelle.«

»Glauben Sie, Sie könnten gewillt sein, ein gutes Wort für mich einzulegen?«

»Suchen Sie einen Job als Ermittler?«

»Nein. Ich möchte bloß mit ihr über diesen Fall reden, vielleicht ein bißchen Hilfe kriegen. Und ich kenne nicht sonderlich viele Leute auf ihrer Seite vom Zaun.«

»Ich könnte ihr mitteilen, was ich über Sie weiß – das ist alles.«

»He!« sagte ich. »Ich hab das Balg sicher rausgebracht, oder nicht?«

»Ja, haben Sie. Ihre Methoden ließen ein wenig zu wünschen übrig, oder nicht?«

»Weiß ich nicht«, beschied ich sie. »Warum fragen Sie nicht Babette?«

Lily lächelte. »Ich rede mit Wolfe«, sagte sie, und wir schüttelten uns die Hände.

Scotty weinte nicht mehr. Sein tränenverschmiertes Gesicht war Max zugewandt, die kleinen Hände fuhrwerkten herum. Max nahm irgendein Bild aus Scottys Hand – für mich sah es aus wie Buntstiftgekritzel. Dann zog er die runde Holzplatte von einem der Tische, hielt sie mit der Kante nach unten und klemmte sie in die Zimmerecke. Max prüfte mit den Händen, um sicherzugehen, daß sie fest war. Er befeuchtete seinen Daumen und klebte das Bild auf die runde Fläche. Er verbeugte sich vor Scotty, verdrehte die Hände, so daß die Flächen nach außen zeigten, und winkte mit den Fingern zur Seite. Sie sollten zurücktreten.

Lily stand neben mir am Fenster. »Das habe ich noch nie gesehen«, sagte sie.

Max glitt auf dem linken Fuß vorwärts, verdrehte ihn, als er ihn aufsetzte. Sein rechter Fuß kam flirrend herum, zertrümmerte den Tisch, als wäre er aus Glas. Er lief in die Ecke, zog Scottys Zeichnung aus den Trümmern und drehte sich zu dem Jungen um. Max riß das Bild durch, warf eine Hälfte auf jede Seite, als wäre es Abfall. Das Lächeln des kleinen Jungen war breiter als sein Gesicht.

Die Tür ging auf. Max trat zuerst raus. Er rieb zwei Finger und den Daumen aneinander, deutete auf mich. »Was kostet der Tisch?« fragte ich Lily.

»Geht auf Kosten des Hauses«, sagte sie, auch auf ihrem Gesicht ein Lächeln.

Immaculata kam mit Scotty an der Hand raus. »Ich hab das schlimme Zeug rausgekriegt«, erzählte er Lily stolz.

»Das ist ja wunderbar!« sagte sie. »Möchtest du draußen mit den anderen Kindern spielen, während wir reden?«

»Kann Max mit?« fragte Scotty.

Niemand antwortete ihm. »Komm *schon,* Max«, sagte er, an der Hand des Mongolen zerrend.

Immaculata nickte kaum wahrnehmbar. Max und Scotty liefen zusammen zum Spielen den Korridor runter.

76

Lily brachte uns zu ihrem Büro am Ende des Korridors. Abgesehen von dem Computer-Schirm auf dem Schreibtisch sah es aus wie ein Kinderzimmer. Ich blickte auf die Tastatur – sie hatte keine Sperre. »Wie vermeiden Sie, daß jemand in ihre Aufzeichnungen reinkommt?« fragte ich sie.

Sie lachte, tippte einige Tasten. »Möchten Sie schnell eine Runde Zork spielen, bevor wir uns dem Geschäft zuwenden?« Auf dem Bildschirm war irgendeine Art Irrgarten-mit-Ungeheuer-Spiel.

»Das is alles, wofür Sie ihn haben?«

»Sicher«, sagte sie und blickte Immaculata an, als wäre ich ein Idiot.

Ich zündete mir eine Zigarette an, hielt Ausschau nach einem Aschenbecher. »Nehmen Sie das«, sagte Lily und reichte mir ein leeres Wasserglas.

Immaculata saß hinter dem Schreibtisch; Lily hockte auf der Ecke. Ich lehnte an der Wand und hörte zu.

»Scotty ist jeden Tag nach der Schule in eine Tagesstätte gegangen. Er ist da gegen ein Uhr nachmittags hingekommen, und seine Mutter hat ihn abgeholt, wenn sie aus der Arbeit kam. Gegen sechs Uhr. Eines Tages kam eine Frau zu der Kita. Scotty sagte, sie war eine ›alte Dame‹, aber das könnte alles heißen, was älter als seine Mutter ist. Sie hatte einen Kombi mit Fahrer – ein großer, fetter Mann mit einem Bart. Sie erklärte den Kindern, sie würde die, die wollten, mitnehmen und ihnen die Clowns zeigen. Scotty ging mit ein paar anderen Kids. Seinen Worten nach brauchten sie ›lange, lange Zeit‹, um hinzukommen. Ein großes Haus mit einem Zaun. Dort war ein Clown – ein großer, fetter Clown, wie der Fahrer. Sein Gesicht war ganz auf Clown geschminkt, und er hatte Geschenke für die Kids. Der Clown und die alte Frau holten Scotty aus der Gruppe raus, wo er mit den anderen Kids spielte. Sie brachten ihn in den Keller, wo sie ein Hündchen hatten. Sie erzählten ihm, er könnte das Hündchen haben, wenn er ein ›braver Kerl‹ wäre. Um ein braver Kerl zu sein, mußte man die Hose ausziehen. Sie ließen ihm das Hemd an. Es war rot mit schwarzen Streifen. Er hat es zu Hause im Schrank«, sagte Mac, eine der Fragen beantwortend, die zu stellen ich sie gebeten hatte.

»Auch der Clown zog seine Hose aus. Sein Penis war sehr groß. Er machte dem Jungen angst. Sie fragten ihn, ob er Eiskrem möchte. Sie rieben ein bißchen auf den Penis des Clowns und sagten zu Scotty, er solle sie ablecken. Er fing zu weinen an. Die alte Frau erklärte ihm, wenn er nicht tun würde, wie ihm befohlen, würden sie dem Hündchen wehtun. Er weigerte sich noch immer. Der Clown erdrosselte das Hündchen vor seinen Augen. Scotty wollte nicht hinsehen, doch er mußte. Er hat schlimme Träume wegen dem Hündchen. Er hat immerzu Angst.«

Die Zigarette brannte sich in meine Finger. Ich warf sie auf den Boden und trat sie aus. Immaculatas Gesicht war verschlossen – ein Soldat, der seine Pflicht tat.

»Der Mann steckte Scotty seinen Penis in den Mund – befahl ihm, sehr kräftig zu saugen. Die Frau nahm mit einer Polaroid mit Blitz ein Bild auf. Weißes Zeug kam raus. Scotty weinte. Die alte Frau erklärte ihm, wenn er irgendwem davon erzählte, würde seine Mutter sehr krank werden und sterben. Sie brachte ihn wieder hoch und steckte ihn zu den anderen Kids in den Kombi. All die anderen Kids hatten eine tolle Zeit.«

»Woher weiß er, daß es eine Polaroid war?« fragte ich.

»Er kennt den Namen nicht, aber er sagte was von einer Kamera, wo vorne das Bild rauskommt.«

»Hat er das Bild gesehen?«

»Ich denke schon. Zumindest die Tatsache, daß es ein Bild *gab*.« Sie holte Luft. »Scotty verriet niemandem was – er hatte Angst, etwas würde geschehen. Doch seine Mutter brachte ihn zu einem Therapeuten, und er erzählte dem Therapeuten von den schlimmen Träumen. Das ist alles. Er hatte Angst vor dem Therapeuten – er hatte einen Bart wie der große, fette Clown. Später hat er der rothaarigen Frau, die ihn heute zum Parkplatz brachte, einiges davon erzählt – er nennt sie ›Zia‹. Er erzählte ihr, daß die alte Frau mit einem großen, starken Mann, der eine Ledertasche hatte, zu der Tagesstätte kam. Der Mann nahm Geld aus der Ledertasche und gab es der Frau, die die Tagesstätte führt. Und auf der Hand des großen Mannes war ein seltsames Zeichen. Das war's«, sagte sie.

»Er braucht unbedingt Hilfe wegen seiner Träume«, sagte Lily.

»Ich weiß«, erwiderte Immaculata.

»Hat er keine Angst mehr, daß seiner Mutter irgendwas passiert?« fragte ich sie.

»Nein«, sagte sie leicht lächelnd, »Max hat Scotty erzählt, er würde seine Mutter schützen.«

»Was war der Teil mit dem Tisch, Mac?« wollte Lily wissen.

»Scotty zeichnete ein Bild von dem großen, fetten Clown. Max erklärte ihm, er würde losziehen und den Clown finden und ihn in lauter kleine Stücke zerbrechen. Er hat Scotty gezeigt, was er meinte.«

Ich zündete mir noch eine Zigarette an. »Hat er überhaupt eine Ahnung, wo das große Haus ist? Denkst du, er könnte es finden, wenn wir die Strecke abklappern?«

»Keine Chance«, sagte Mac. »Auf der Fahrt da raus hat er nicht aufgepaßt – und auf dem Weg zurück zur Kita war er zu verängstigt.«

»Wenn diese Frau ein großes Unternehmen laufen hat, könnte Wolfe vielleicht was über sie wissen«, sagte ich und blickte Lily an.

»Ich rede mit ihr«, erwiderte Lily.

Ich spürte, wie mir jemand auf die Schulter klopfte. Max. Er hielt eine Hand vors Auge, tippte mit dem Finger an die Hand. Ein Bild aufnehmen. Er deutete auf mich, machte mit den Fingern ein Fernglas um die Augen.

»Yeah, ich suche das Bild«, sagte ich ihm.

Max pochte sich an die Brust, brachte sich ins Geschäft.

Wir verließen alle zusammen das Büro, um den Jungen abzuholen.

77

Scotty war inmitten einer Gruppe von Kids, die alle einen riesigen Wasserball in verschiedene Richtungen zu stoßen versuchten. »Müssen wir los?« fragte er Immaculata. Nicht sonderlich glücklich drüber.

»Wir kommen wieder her, Scotty. Und wir spielen weiter und reden weiter, okay?«

»Und Max auch?« verlangte der Junge zu wissen.

Immaculata nahm seine Hand. »Max muß manchmal arbeiten, Scotty. Aber er ist nie weit weg. Und seine Arbeit ist sehr wichtig.«

»Zum Beispiel auf Mama aufpassen?«

»Ja, zum Beispiel. Okay?«

Scotty lächelte. Max lächelte auch – wie ein Leichenbestatter. Der Junge winkte seinen neuen Freunden Aufwiedersehen. Lily drückte ihn an sich. Und wir waren aus der Tür.

Auf der Fahrt zurück war Scotty fröhlich. Als ich direkt vor dem Familiengericht hielt, war es fast acht. Der Mercedes stand da, Rauch kam aus dem Auspuff. Die Fahrertür sprang auf, und Strega kletterte raus, Mia im Schlepptau. Auch ich stieg aus, zwischen den Autos.

»Ich muß 'ne Minute mit dir reden«, sagte ich.

»Mia, nimm Scotty und warte im Auto, okay, meine Süße? Mammi wird gleich wieder da sein.«

Das kleine Mädchen blickte mich an. »Du siehst nicht gut aus«, sagte sie feierlich. »Mein Vati sieht sehr gut aus.«

»Fein«, sagte ich.

»Ins Auto, Mia«, befahl ihr Strega. Sie nahm Scottys Hand und ging davon. Immaculata blieb im Lincoln, blickte gradeaus.

»Was ist passiert?« fragte der Rotschopf.

»Es lief gut«, sagte ich ihr, die Worte sorgfältig wählend. »Wir haben 'ne Menge Informationen gekriegt. Aber je wohler er sich bei diesen Leuten fühlt, desto mehr finden wir raus, verstanden? Er muß da wieder hin, etwa einmal die Woche, wenigstens während der nächsten Wochen.«

»Nicht zur Therapie?« fragte sie, einen warnenden Ton in der Stimme.

»Zur Information«, sagte ich ihr, eine Lüge so glatt wie der Teppich auf dem Boden des Pädophilen. »Wenn du das Bild möchtest . . .?«

»Du hast gewonnen«, schnauzte sie. »Ich will mit ihr reden« – sie deutete auf das Auto.

Ich winkte Immaculata rüber – Strega brauchte Max nicht zu sehen.

Diesmal grüßten sie einander nicht. »Wird Scotty wieder in Ordnung kommen?« fragte Strega.

»Mit der Zeit, ja. Er hat eine häßliche Erfahrung gemacht. Es ist Entwicklungssache. *Werden* Sie ihn wiederbringen?«

»Einmal die Woche, richtig?«

»Ja.« Immaculata beobachtete Stregas Gesicht, machte sich über etwas Gedanken. »Sie sollten nicht versuchen, das Kind auszuhorchen«, sagte sie, die Stimme klar wie Kristall und genauso hart.

»Auszuhorchen?«

»Ihn fragen, was er gesagt hat, worüber wir geredet haben. Er wird das jetzt nicht mögen. Er wird von selber kommen, wenn die Zeit reif ist. Wenn Sie dem Kind jetzt Druck machen, werden Sie ihn in seiner Entwicklung zurückwerfen, ja?«

»Wenn Sie es sagen«, sagte Strega.

»Ich *sage* es. Es ist sehr wichtig. Scotty ist ein starkes Kind, doch diese ganze Sache war ein ernstes Trauma. Sie als seine Mutter . . .«

»Ich bin nicht seine Mutter«, blaffte Strega.

»Sie ist seine Tante«, sagte ich zu Immaculata. »Zia.«

Immaculata lächelte. »Sie müssen dem kleinen Jungen sehr nahestehen, daß er Ihnen erzählt hat, was er getan hat. Er liebt Sie, und er vertraut Ihnen. Wenn die Zeit kommt, werden wir Ihre Hilfe für die letzten Stufen der Heilung brauchen. Würden Sie das tun?«

»Ich tue, was immer für Scotty getan werden muß«, sagte Strega, ein feines Lächeln auf den Lippen. Genau wie ein Kind auf Lob reagierend.

Ich nahm Immaculatas Arm, um zurück zum Auto zu gehen. Strega zupfte Mac am Ärmel.

»Ist Burke Ihr Liebhaber?« fragte sie.

Immaculata lächelte – es war wunderschön anzusehen. »Gute Güte, nein«, sagte sie und verbeugte sich vor Strega.

Wir sahen zu, als der Rotschopf in seinen Mercedes kletterte und beruhigt davonfuhr.

78

Ich ließ Immaculata und Max am Lagerhaus raus und fuhr auf der Suche nach Michelle zurück nach Uptown. Sie beakkerte keinen ihrer üblichen Standorte. Auch der Prof war von der Straße. Als würde ein heftiger Wind aufkommen und sie hätten genug Verstand, ihm aus dem Weg zu gehen.

Ich dachte daran, einige der späteren Rennen oben in Yonkers zu packen, doch der Gedanke ging vorbei. Die Digitaluhr am Armaturenbrett des Lincoln besagte, daß es zehn Uhr fünfzehn war – ein paar Stunden vergangen. Ich dachte über Flood nach – als beiße man sich selber auf die Lippen, um sich zu versichern, daß die Zähne noch funktionieren. Als ich anfing, über einen Anruf bei Strega nachzudenken, begriff ich, daß ich mit jemandem reden mußte.

Dr. Pablo Cintrones Klinik würde wenigstens bis Mitternacht auf sein. Pablo ist ein in Harvard ausgebildeter Psychiater, ein Puertoricaner, der sich seinen Weg durch die steinernen Mauern aus Vorurteilen geboxt hat, die jenen elenden Slum umgeben, den die Liberalen mit Vorliebe *el barrio* nennen. Er ist ein Mann ohne Illusionen – das Stück Papier, das er von Harvard kriegte, würde ihn aus seinem Umfeld ausfliegen, doch er müßte den Trip alleine machen. Die Leute in seiner Gemeinde nennen ihn mit ehrfurchtsvollem Ton »el doctor«. Und falls sie wissen, daß er eine Organisation namens Una Gente Libre laufen hat, bereden sie das nicht mit den Gesetzeshütern.

Una Gente Libre – Ein Freies Volk – war, gemessen an anderen Terroristen, eine sehr unauffällige Gruppe. Sie zogen keine Panzerwagenüberfälle durch, keine Bankcoups, keine bockmistigen »Verlautbarungen« an die Zeitungen. UGL hatte kein Interesse an symbolischen Bombereien oder anderen politischen Ego-Trips. Was sie am besten konnten, war, Leute aus dem Verkehr zu ziehen – simple, direkte Morde, keine »Markenzeichen«-Anschläge, keine am Tatort hinterlassenen revolutionären Pamphlete. Irgendwie wußten die Leute immer, wenn es ein UGL-Hit war, obgleich die *federales* nie sicher waren. Sie wußten, daß die Gruppe existierte, doch sie kamen nie rein. Ohne Informanten könnten sie nicht einmal Jesse James schnappen, selbst wenn er noch immer zu Pferd Züge heimsuchte.

Vor ein paar Jahren war ein UGL-Pistolero hopsgenommen worden, weil er einen Dope-Dealer umgepustet hatte, der sein Geschäft zu nah bei einer Grundschule aufgemacht hatte. Die *federales* boten ihm volle Immunität – ein freier Mann, falls er über die Organisation aussagen würde. Nix drin.

Der Prozeß des Schützen war keine revolutionäre Vorzeignummer – sehr gradlinig. Er plädierte auf »nicht schuldig«, behauptete, der Dealer hatte auch eine Knarre und bloß zu langsam gezogen. Pablo war einer von zig Leumundszeugen, alle adrett gekleidet, solide Bürger. Keine revolutionären Schlagworte, keine Mahnwache, keine geballten Fäuste in der Luft.

Der Verteidiger war gut – ein harter Bursche. Ein kräftig gebauter, bärtiger Typ aus Midtown, der drauf rumdrosch, was für ein Schmierfink der Dealer gewesen sei, niemals locker ließ, mit dem Ankläger und dem Richter um jeden Fußbreit Boden focht. Der Pistolero war des Mordes angeklagt – die Geschworenen brauchten drei Tage und kamen schließlich mit Totschlag rüber. Der Richter gab dem Pistolero fünf bis fünfzehn Jahre.

Jeder lief rüber, um dem Verteidiger zu gratulieren. Er hatte eine höllen Arbeit geleistet, als er das raushaute – wenn der Pistolero wegen Mordes drangekommen wäre, hätte er fünfundzwanzig Jahre bis lebenslänglich zu gewärtigen gehabt. Der Anwalt saß am Verteidigertisch, Tränen in den Augen, sauer, daß er nicht die ganze Sache gewonnen hatte. Es gibt nicht mehr viele solche Anwälte, und sie sind wert, was immer sie kosten.

Der Pistolero ging aufs Land und saß einige Zeit *gut* ab – ein respektierter Mann. Er hatte nicht einen öden Besuchstag, sein Magazinkoffer war immer voll bis zum Rand. Und seine Frau kassierte beim *bolita* – dem spanischen Zahlenspiel – eine schöne Stange Kleingeld. Bloß Glück, schätze ich, doch es sorgte gut für die Familie, während er drin war.

Als er Auslauf kriegte, ließen sie für ihn ein Straßenfest steigen, das vier Tage dauerte. Er ist noch auf Bewährung, Fahrer bei dem Sanitätsdienst, der von Pablos Klinik aus arbeitet. Für die Cops ist er bloß ein Ex-Knacki. Für seine Leute ist er ein in sein Heimatland zurückgekehrter Kriegsgefangener.

Wenn es geschäftlich gewesen wäre, hätte ich erst angerufen. Von einem sicheren Telefon aus. Doch ich wollte bloß reden. Ich stieß mit dem Lincoln in die leere Lücke, die immer vor der Klinik ist. Noch bevor ich die Zündung abstellen konnte, klopfte es ans Fenster. Mit einem Druck auf den Knopf summte das Glas runter in die Tür. Der Typ, der ans Fenster klopfte, war nicht sonderlich groß, aber etwa so breit wie lang. Ein basketballgroßer Kopf wuchs in Ermangelung eines Halses direkt aus den massigen Schultern. Die eine Gesichtshälfte war rund um ein Glasauge von alten Messernarben überzogen –

270

und das war seine gute Seite. Der Typ war so häßlich, daß er einen Exorzisten brauchte.

»Kein Parkplatz hier, *hombre*«, knurrte er.

»Ich bin zu Pablo unterwegs . . . *el doctor*?«

»Sie wer?«

»Burke«, sagte ich.

Das Monstrum hielt die Hand hin, Fläche nach oben. Ich zog die Schlüssel aus der Zündung und reichte sie ihm rüber. Er grummelte etwas und ging.

Er war nach ein paar Minuten zurück, die Lippen zu etwas verzogen, das er wahrscheinlich für ein Lächeln hielt – seine Zähne waren abgebrochene Stummel. Er winkte wie ein Tramper mit dem Daumen. Ich kletterte aus dem Lincoln. Ein junger Typ in einem hellroten Hemd kam her. Sie würden den Lincoln irgendwo hinstellen – ich konnte ihn abholen, wenn ich ging. Die UGL-Version eines Parkdienstes.

Das Monstrum schob mich sachte vor sich her, während es mich durch den Irrgarten der Kabuffs ins Innere der Klinik geleitete. Eine Latinofrau in weißer Schwesternuniform saß am Aufnahmeschalter, die harten Linien in ihrem Gesicht, ihr Preis fürs Überleben, trübten ihre Schönheit nicht. Das Monstrum nickte ihr zu, während es mich vorwärtsschubste, ohne dem Treiben um sich herum Aufmerksamkeit zu schenken. Telefone läuteten, Leute brüllten einander an, Türen knallten. Die Leute im Wartezimmer wirkten fügsam, aber nicht tot, wie es in städtischen Krankenhäusern der Fall ist.

Pablos Büro war am hintersten Ende. Er tippte etwas auf einer antiquierten IBM, als wir reinkamen. Seine Augen funkelten hinter der runden Brille, die er trug, als er auf die Füße sprang, um mich zu begrüßen. Pablo muß in etwa so alt wie ich sein, doch er sieht aus wie ein junger Mann. Mit seiner reinen, braunen Haut und dem adrett gestutzten Haar kam er an jeder puertoricanischen Mutter auf der Welt vorbei. Er hat vier Kinder, von denen ich weiß, und er hat mehr Abtreibungen finanziert als Pro Familia.

»*Hermano!*« rief er, umfaßte meine Hand mit seinen beiden und nahm mich dann in die Arme.

Das Monstrum lächelte wieder. *»Gracias, chico«,* sagte Pab-
.o, und das Monstrum grüßte zackig und ging wieder raus.

»Ich muß mit dir reden, Pablito«, erklärte ich meinem Bruder.

»Nichts Geschäftliches?«

»Bloß im Kopf«, sagte ich.

Pablo deutete auf die Couch in einer Ecke seines Büros und
setzte sich hinter seinen Schreibtisch.

»Laß hören«, sagte er.

79

D as rote Neon der Bar neben der Klinik warf sein häßliches Licht auf das Fenster hinter Pablos Schreibtisch. Es
war ein Zeichen des Stolzes für die Klinik, daß keine Gitter an
den Fenstern waren.

»Es begann mit einem Bild«, fing ich an.

Pablo warf mir einen fragenden Blick zu.

»Baby-Porno«, antwortete ich.

Nicht alle Psychiater praktizieren mit Pokermiene – in Pablos Augen funkelte heilige Wut.

»Yeah«, sagte ich. »Etwa so. Ein kleiner Junge, sechs Jahre
alt. Sie hatten ihn bloß das eine Mal, aber er weiß, daß sie das
Bild gemacht haben, und das nagt an ihm.«

»Hast du ihn zu dem Laden nach Downtown gebracht . . .
SAFE?«

»Sicher. Und er wird wieder werden – sie wissen, was sie machen. Aber im Kopf des Kindes wird es nie wieder ganz richtig
werden – etwa, als hätten sie ein Stück seiner Seele, weißt du?«

Pablo nickte geduldig.

»Jedenfalls suche ich das Bild, klar? Und gerate an diesen
Freak. Ein Sammler. Ich denke mir, ich frag ihn, was in ihm
abläuft – kriege einen Tip, wer das Bild, das ich suche, haben
könnte.«

»Hat er offen mit dir gesprochen?«

»Oh, yeah. Er wird beschützt – sie hatten einen Aufpasser mit im Zimmer – ich kenne nicht mal seinen Namen.«

»Schade«, sagte Pablo.

»Seine Zeit kommt noch«, sagte ich. »Durch die Leute, die ihn jetzt beschützen. Aber das ist nicht die Sache – er erzählt mir, er macht das, was er macht, weiter. Für ewig. Er *möchte* das. Er sagt, er liebt Kids.«

»Und das verstehst du nicht?«

»Du etwa?«

»Ja . . . aber was ich verstehe, ist die Rationalisierung, nicht der Antrieb. Die Medizin weiß eine ganze Menge über die Funktionen des menschlichen Körpers, doch das Studium des Geistes ist im Wesentlichen ein Politikum.«

Ich hob die Augenbrauen – Pablo hält Parkverbotsschilder für ein Politikum.

»Es stimmt, *hermano*. Wir behandeln physische Erkrankungen nicht mehr mit Blutegeln, aber wir behandeln geistige Anomalien noch immer, als existierten sie im luftleeren Raum. Das ist nicht logisch, aber es beruhigt die Bürger. Wenn wir sagen, daß Geisteskrankheit biochemischer Natur ist, dann glauben die Leute, die richtige Behandlung ist die Antwort auf alle Fragen.«

»Wie Methadon?«

»Sicher. Du verstehst es. Natürlich ist Heroinabhängigkeit das Ergebnis vieler, vieler Dinge . . . aber tatsächlich wurde Heroin zuerst durch die Regierung der Vereinigten Staaten in dieses Land importiert. Nach dem Ersten Weltkrieg kehrten zu viele unserer Soldaten morphiumsüchtig zurück. Heroin war die Wunderdroge, die sie alle wieder heil machen würde.«

»Den Schlägerbanden hat es mit Sicherheit die Hölle heiß gemacht«, sagte ich.

»Erinnerst du dich, wie die Bestie Heroin in unserer Gemeinde umgegangen ist und junge Leute in Zombies verwandelt hat? Das war, weil die Straßengangs allmählich eine Art politisches Bewußtsein bekamen.«

»Schönes politisches Bewußtsein«, sagte ich. »Ich bin in den Fünfzigern groß geworden – wir wollten nichts weiter, als uns die andern Verein vom Acker halten, ein bißchen Wein trinken, mit den Mädchen rumspielen. Politik hat nicht mal einer erwähnt.«

»Damals nicht«, sagte Pablo, »aber bald danach. Die Schlägerbanden waren überall in der Stadt vertreten. Unabhängige Trupps, ja? Wenn sie sich jemals *zusammengetan* . . .«

»Keine Chance«, beschied ich ihn. »Ich glaube nicht, daß ich jemals ein anderes Wort als ›Nigger‹ für einen schwarzen Typ gekannt habe, bis ich aus der Reformschule kam.«

»Rassismus ist wie Heroin, Burke – er trennt die Leute von ihren wahren Bedürfnissen – er befriedet sie mit törichten Versprechungen.«

Ich hielt die Hand hoch wie ein Verkehrspolizist. »Stopp mal, Bruder. Du bist zu schnell für mich. Was hat 'n das mit 'nem Baby-Ficker zu tun?«

»Es ist dieselbe Sache. Die Politik kontrolliert die Wirklichkeit, die der Allgemeinheit vorgesetzt wird. Schau, Freud lehrte, daß Sex zwischen Kindern und Erwachsenen schlicht und einfach eine Phantasie sei – etwas im Geist der Kinder, etwas, das sie sich als eine Möglichkeit vorstellen, mit ihren sexuellen Gefühlen für ihre Eltern umzugehen. Heute wissen wir, daß diese Gefühle tatsächlich existieren – der Ödipus-Komplex zum Beispiel. Aber bloß weil alle Kinder solche Gedanken haben, heißt das nicht, daß die Berichte über tatsächlichen Inzest eine Phantasie waren. Wir haben lange gebraucht, diese Wahrheit zu begreifen. Politisch war es besser, daß Inzest für eine Phantasie gehalten wurde. Das heißt, daß wir dem Opfer Behandlung zukommen ließen, doch diese ›Behandlung‹ war ein Schwindel – sie ließ die Kinder an eine Lüge glauben und die Wirklichkeit ihrer eigenen Empfindungen bezweifeln.«

»Das würde sie doch . . .«

»Verrückt machen. Ja, genau das *hat* es getan. Und die Kinder, die sich verrückt verhielten, wurden als Beweis für die Tatsache zur Schau gestellt, daß sie von *Anfang an* verrückt waren. *Comprende*?«

»Aber warum? Wer möchte denn Leute schützen, die ihre eigenen Kinder ficken?«

Pablo seufzte, wie immer über meine politische Ignoranz entrüstet. »Betrachte es mal so rum. Angenommen, ein Sklave entkommt aus dem Süden und schafft es nach New York. Angenommen, wir stecken ihn in die Psychotherapie, angenommen, wir könnten ihn überzeugen, daß die ganze Erfahrung mit der Sklaverei nichts weiter als ein böser Traum war – siehst du da nicht den politischen Wert? Wir müßten die Sklavenhalter nicht zur Rede stellen – wir könnten weiter Handel und Geschäfte mit ihnen treiben, unser eigenes wirtschaftliches Interesse wahren. Ja?«

»Aber Sklaven...« sagte ich, nach dem entscheidenden Argument suchend, daß Pablo falsch lag, »die hätten noch die Narben...«

»Denkst du, ein Inzestopfer hätte keine Narben?« sagte er.

Ich zündete mir eine Zigarette an, dachte an Flood und die Narben, die sie sich anstelle der Markierung ihres Vergewaltigers selber beigebracht hatte – wie sie sich selber Benzin über die Tätowierung goß, die ihr die Gang gemacht hatte, ein Streichholz anzündete und sich an ihre einzige Freundin auf der Welt klammerte, bis sie das Feuer wieder frei machte. »Was würde es denn nützen, ein Kind derart auszutricksen?« fragte ich.

»Kinder wählen nicht«, sagte er.

»Und Freud hat gesagt, so was wie Inzest gäbe es nicht?«

»Freud traf nicht bewußt den Entschluß, die Geschichten der Frauen als Phantasien hinzunehmen – er lebte in einem politischen Klima, und er reagierte darauf.«

»Aber wir *wissen,* daß es passiert.«

»Heute wissen wir's. Aber um es damals wirklich zu *wissen,* mußtest du es erfahren.«

»Wenn du also gedacht hast, die Erfahrung wäre bloß Einbildung...«

»Ja«, sagte Pablo, dankbar, daß ich endlich das Licht sah, das für ihn so hell strahlte.

Ich stand auf und schritt ruhelos durch den kleinen Raum. »Vergiß die Politik eine Minute«, sagte ich. »Wir wissen, daß Leute Kindern so was antun, okay? Wissen wir, *warum*?«

Pablo legte den Kopf zurück, bis er an die Decke starrte. »Ich werde dir alles sagen, was wir tatsächlich wissen – es dauert nicht lang. Wir wissen, daß Leute Sex mit Kindern haben – den Kindern Fremder und auch ihren eigenen. Wir wissen, daß dies etwas mit Macht zu tun hat – der Macht, die erwachsene Menschen über Kinder haben. Tatsache ist, daß Sex mit Kindern kein Sex ist, wie *du* ihn verstehen würdest, Burke. Es ist, zum Beispiel, kein Anpassungsprozeß, wie er Männer dazu bewegt, sich anderen Männern zuzuwenden, wenn es keine Frauen gibt – etwa im Gefängnis. Dies ist eine völlig andere Dimension. Der Pädophile – derjenige, der Sex mit Kindern hat – mag in der Lage sein, Sex mit Frauen zu haben, oder mit erwachsenen Männern. Aber er zieht es andersherum vor. Je intelligenter der Pädophile, desto geschickter mag er seine Gewohnheit begründen, doch die Wahrheit ist ganz simpel – er weiß, was er tut, ist falsch, und er tut es nichtsdestotrotz.«

»Ich dachte, diese Freaks könnten sich nicht selber helfen?«

»Nein! Sie können aufhören – doch sie haben beschlossen, nicht zu wollen.«

»So simpel kann's nicht sein«, sagte ich ihm. »Wer zum Geier würde sich entschließen, Frauen sausen zu lassen und kleine Kinder zu zwingen . . .?«

»Alles, was in ihnen steckt, steckt auch in dir und mir, mein Freund. Wenn jeder Mann, der gegenüber einer Frau den sexuellen Drang zur Gewalt empfände, sich nach dieser Empfindung verhielte, wäre New York keine Stadt – es wäre ein Friedhof.«

»Du meinst, das ist es nicht?«

»Du scherzt, wenn du etwas nicht verstehst. Bloß weil auf unseren Straßen ein paar niedere Bestien umgehen, macht das unsere Kommune nicht zum Dschungel – nicht, solange Leute gegen die Bestien kämpfen.«

Pablo nahm eine dunkle Flasche von einem Regal und goß sich ein Glas von dem Dschungelsaft ein, den er immerzu trinkt. Ich lehnte sein Angebot mit einem Kopfschütteln ab.

»Auf die Rehabilitation!« sagte er, das halbe Glas runterkippend.

»Hast du das jemals mit einem von den Freaks probiert?«
fragte ich ihn.

»Einmal. Einmal haben wir genau das getan«, sinnierte er,
der Blick irgendwo anders. »Meine Leute brachten vor Jahren
einen Mann hier rein. Er hatte in der Gegend Kinder geschändet, und man hielt es für das beste, ihn an unsere Klinik zu
überstellen.«

»Warum nicht den Cops?«

»Meine Leute wollten Gerechtigkeit, Burke. Und sie wußten, der Mann würde wahrscheinlich nie angeklagt. Seine
Opfer waren nicht wichtig.«

»Was haben sie von *dir* erwartet?«

»Der Mann willigte ein, bei uns in Behandlung zu gehen. Er
machte einen bestimmten Vertrag, daß er sein Treiben einstellen würde, während wir etwas gegen sein Betragen zu tun versuchten.«

»Betragen?«

»Nur sein Verhalten war eine Gefahr für unsere Gemeinde –
seine Beweggründe sind so tief in ihm, daß es jahrelanger Behandlung bedurft hätte, um sie an die Oberfläche zu bringen.
Und selbst dann könnten wir wahrscheinlich nichts dagegen
tun. Uns ging es nur darum, daß er aufhört.«

»Hat er?«

»Nein. Wir können nicht wissen, warum er seine Wahl traf –
welche Kräfte in ihm waren. Wir können nur vermuten, daß er
versucht hat, bei der Stange zu bleiben. Eines Tages rutschte er
aus und fiel.«

»Was hast du dann gemacht?«

»Nichts. Ab da war es eine Angelegenheit der Polizei.«

»Ich dachte, du hättest gesagt, die Cops könnten nichts machen.«

»In diesem Fall konnten sie, *compadre*. Als er das letzte Mal
ausrutschte und fiel, war er auf einem Dachfirst.« Pablo hob
sein Glas zu einem stillen Toast auf die einzige Rehabilitation,
die wirklich funktioniert.

Schweigend saßen wir eine Minute lang da – jeder wartete
auf den anderen. Pablo nahm einen weiteren Schluck von sei-

nem Dschungelsaft. »*Hermano,* in Wahrheit haben wir über Verbrechen geredet, nicht über Psychiatrie. Und du weißt mehr über das Betragen solcher Leute als ich. Oftmals haben wir dich aufgefordert, die Aktionen derart schlechter Menschen vorauszusagen – ursprünglich haben sich unsere Wege aus genau dem Grund gekreuzt, ja?«

Ich nickte – es war die Wahrheit.

»Und du bist mein Bruder geworden, *verdad?* Denkst du, ich nenne einen Mann meinen Bruder und verstehe ihn nicht?«

»Nein – ich weiß, daß du verstehst.«

»Dann solltest du mir vielleicht verraten, warum du gekommen bist, um mit mir zu reden«, sagte Pablo.

Ich zog ein letztes Mal an meiner Zigarette, spürte den kalten Wind in den Ecken seines Büros wirbeln. Er wühlte den Staub auf und erzeugte ein Heulen, das nur ich hören konnte. Und ich begann ihm von Strega zu erzählen.

80

Ich erzählte ihm alles. Es dauerte nicht solange, wie ich dachte – vielleicht gab es nicht soviel zu erzählen. Pablo nahm die Brille ab, rieb sie sorgfältig am Revers seines weißen Mantels, wartete, um sicherzugehen, daß ich fertig war.

»Was ist für dich so verwirrend, mein Freund? Eine Person, die eine Aufgabe erledigen muß, benutzt die Waffen, die sie hat, oder? Diese Frau möchte, daß du etwas tust – offensichtlich glaubt sie, das Geld ist nicht stark genug, dich an sie zu binden. Sex ist nichts als eine Kette, die sie dir um den Hals streift – die Leine, die du einem gefährlichen Hund anlegst.«

»So funktioniert das nicht. Wenn sie mich beackern würde, um sicherzugehen, daß ich den Job mache, wäre Sex eine Verheißung, richtig? Eine Belohnung. Etwas, auf das man sich freut, wenn der Job erledigt ist.«

»Eine Verheißung also? Nicht Teil ihrer Rolle?«

»Er *wirkt* immer wie eine Verheißung . . . ist es aber nicht.«

»Die Frau verheißt nichts?«

»Nichts.«

Pablo blickte zur Decke, überdachte es. »Sie hat dir bereits ein bißchen was von dem Geld gezahlt, ja? Wenn du das Geld nehmen und den Job nicht machen würdest . . . was könnte sie tun?«

»Nichts. Vielleicht denkt sie, sie könnte, aber . . . nichts.«

Pablo zuckte die Achseln. »Ich kann nicht begreifen, was da für dich so schwer dran ist. Wahrscheinlich deckt die Frau nur ihren Einsatz – geht sicher, daß du Blut geleckt hast, daß du weiter kommst und mehr willst. Erinnere dich, als wir junge Männer waren . . . was hätten wir für eine Liebesnacht mit einer Frau alles riskiert?«

»Ich bin nicht mehr jung«, sagte ich. Ich konnte mich nicht erinnern, jemals *so* jung gewesen zu sein.

»Hör mir zu, Burke. Es ist nicht die Realität, die unser Leben regiert, es ist die Wahrnehmung dieser Realität.«

»Noch mehr Politik?«

»Du kannst die Wahrnehmung nicht abtun, indem du dich darüber lustig machst«, sagte Pablo in härterem Tonfall. »Solange mein Volk glaubt, sein Leben ist annehmbar, dann *ist* es annehmbar. Mein Volk lebt auf einer Sklaveninsel, doch seine Ketten sind Essensmarken und Wohlfahrtsprogramme.«

»Ich komm da wo nicht mit«, sagte ich ihm.

»Weil du deine Sinne ignorierst – weil du nicht auf das hören willst, was du bereits gelernt hast.«

»Ich *höre* drauf. Ich hab dir alles erzählt, Pablo.«

»Du hast mir nichts erzählt. Du hast nur gesagt, was du *gesehen* hast – und du bist in deinem Bericht präzise gewesen, wie ein Ermittler. Doch du hast mir nichts davon erzählt, was du *fühlst, comprende*?«

»Nein«, log ich.

»Was läßt dich diese Frau empfinden – das ist wichtiger als die Gesamtsumme von allem anderen. Schließ die Augen, Burke. Denke im Geist ihren Namen. *Fühle* es . . . laß es zu dir kommen.«

Ich schloß die Augen, spielte ehrlich. Ließ es in mich kom-

279

men. Pablo driftete weg von mir – ich konnte ihn im Raum spüren, doch wir waren nicht allein.

»Was?« fragte er.

»Ein kalter Wind«, sagte ich ihm. »Ein Frösteln . . .«

»All der Sex, und kein Feuer?«

»Kein Feuer. Dunkler Sex. Es passiert, wie es soll, alles funktioniert, aber keiner lächelt. Nur ein Teil von ihr ist bei mir . . . als stünde sie irgendwo anders . . . ein Filmregisseur . . . Sie ist jemand anders, wenn sie es will.«

Pablo war ruhig, wartete darauf, daß ich etwas anderes sagte. Doch ich war leer.

»Burke, wenn du mit ihr schläfst – denkst du dran, ein Kind zu machen?«

»Das geht nicht. Ich kann nicht sagen, warum . . . aber bei dem, was wir tun, könnten wir kein Kind machen . . . Sie hat das einzige Kind, das sie möchte . . . Es ist wie . . . wenn sie wollte . . . könnte sie Säure durch sich strömen lassen.«

»Sogar ihr Kuß ist kalt?«

»Ich hab sie nie geküßt«, sagte ich.

Pablo sah zu, als ich mir eine weitere Zigarette anzündete, seine Blicke spielten mit den Bildern seiner Kindheit auf seinem Schreibtisch. »Weißt du, daß Puertoricaner ein besonderer Stamm sind, mein Freund? Weißt du, daß wir keine ›Latinos‹ sind, wie einige Gringos glauben? Und wie es sich ein paar von uns wünschten. Puertoricaner sind afrikanisch, indianisch, spanisch . . . Unsere Wurzeln liegen auf vielen Kontinenten, und das Wissen unseres Volkes besteht aus dieser Mischung unseres Blutes. Wir nennen es ›rassenspezifisches Wissen‹, und es reicht tiefer zurück, als du dir je vorstellen könntest.«

Ich blickte Pablo an – seine dunkle Haut und das dicht gekräuselte Haar. Ich dachte an damals, als wir Kids waren und die Cops die Schlägerbanden hochnahmen. Die dunkelhäutigen Puertoricaner sprachen niemals Englisch – sie wollten nicht für Schwarze gehalten werden. Ich dachte an das schwarze Gesicht des Soldaten auf São Tomé, der mich, just bevor wir übers Wasser nach Biafra fuhren, in einer Bar ansprach. Mir ein Bild seiner Frau zeigte, lächelte. *»Muy blanco, no?«* sagte und auf meinen Beifall wartete. Liberale wollten ihre Wurzeln finden – Überlebenskünstler wollten möglichst nicht von ihnen erdrosselt werden.

»Als du das erste Mal von dieser Frau erzählt hast, dachte ich, du würdest eine Santeria-Priesterin beschreiben. Du kennst sie – sie mischen Voodoo und Christentum wie ein Chemiker zwei Stoffe mischt. Doch diese Frau, sie ist nichts Vergleichbares. Ihre Rituale sind in ihrem Kopf – sie wurden durch andere überliefert – sie sind ihre eigene Schöpfung.«

»Yeah. Aber . . .«

»Wie nennt sie sich, mein Freund?«

»Das ist 'ne komische Sache – ihr Name ist Gina, der Name, den ihr ihre Leute gegeben haben. Aber als sie älter wurde, hat sie sich dann anders genannt. Strega. Du weißt, was es heißt?«

»*Sí, compadre*. Aber es heißt nichts . . . oder alles. Es hängt davon ab, wer spricht. Vom Ton ihrer Stimme – ihrer Beziehung zu der Frau. Wir haben im Spanischen dasselbe Wort. *Bruja*. Es heißt . . . Hexe, wahrscheinlich. Eine Frau mit starker Macht, doch möglicherweise dem Bösen im Herzen. Es kann ein Ausdruck von Zuneigung sein . . . eine Hexe mit Feuer im Blick und dem Teufel im Hintern, verstehst du?«

»Hexe. Hure. Es nützt mir nichts.«

»Das eine ist im anderen – doch erinnere dich, die Hexe schließt alles andere ein. Eine Frau, die eine Hexe ist, kann alles sein, was sie will – sie kann viele Formen annehmen. Eine alte Frau, ein Kind. Eine Heilige, eine Teufelin. Und sie hat immer die Wahl. Wir können eine solche Frau nie sehen – nur die Erscheinung von ihr, die sie uns sehen läßt. Wenn zehn Männer sie sehen, sehen sie zehn verschiedene Frauen. Und jeder wird glauben, er hat die Wahrheit gesehen. Ein Mann kann eine Hexe nicht sehen.«

»Komm schon, Pablo. Du glaubst den Scheiß?«

»Ich glaube, was wahr ist«, sagte er mit ernster Stimme. »Ich glaube, diese Weisheit, die uns über Jahre überliefert worden ist, hat aus einem bestimmten Grund überlebt. Die Wahrheit zu ignorieren heißt, nicht verstehen, warum die Wahrheit überlebt hat.«

Überleben. Meine Spezialität – mein Geburtstagsgeschenk vom Staat. »Was will sie?« fragte ich ihn.

»Das weiß nur sie, Burke. *Bruja* ist ein Feuer – sie braucht Treibstoff.«

Ich drückte meine Zigarette aus. »Für mich ist es das Beste, ich kratz die Kurve, richtig?«

Pablo nickte.

»Aber ich muß diesen Job machen«, sagte ich ihm.

»Du wirst nicht immer so verwirrt sein, Burke. Wenn *Bruja* dir erscheint, wird es klar sein. Du wirst die Wahrheit wissen. Sie wird nicht versuchen, dich ohne die Wahrheit festzuhalten – du kannst von solch einer Frau nicht ausgetrickst werden, sie verabscheuen die Schliche normaler Frauen. All ihre Sklaven sind Freiwillige.«

»Wer geht denn freiwillig als Sklave?«

»Ein Mann, der die Freiheit fürchtet«, sagte Pablo im Aufstehen und umarmte mich. Es war eine Verabschiedung.

81

Der Lincoln stand draußen vor der Klinik, als wäre er nie bewegt worden. Die Fahrertür war offen, der Motor lief. Ich weiß einen Fingerzeig zu nehmen. In Sekundenschnelle war ich aus der Straße.

Es war inzwischen weit nach Mitternacht – noch nicht zu spät, zu Mamas Schuppen zu gehen, doch ich war nicht hungrig. Der Lincoln wandte sich gen Norden zur Triboro – ich wollte eine Schleife ziehen und zurück zum Büro steuern. Doch ich befand mich statt dessen auf einer langen Überführung in Richtung Queens. Die Brücke war ruhig. Ich passierte den Brooklyn-Queens-Expressway, meine letzte Chance, zurück nach Downtown zu steuern. Doch der Lincoln rollte weiter, am La Guardia vorbei. Da wußte ich, wohin ich unterwegs war.

Stregas Haus war dunkel und still, als ich den Lincoln an den

Randstein gleiten ließ – vielleicht durften ihr Mann und ihre Tochter nach Mitternacht ins Schloß zurückkehren. Ich drückte den Fensteröffner, ließ den Motor laufen. Zündete eine Zigarette an und beobachtete den roten Punkt in der Dunkelheit, als wäre er ein Buch, das ich lesen wollte, lauschte den Geräuschen der Nacht. Ein Taxi ratterte vorbei – ein spät eintreffender Passagier vom Flughafen unterwegs nach Hause zu Frau und Kind.

Ich warf meine Zigarette auf die Straße, sah sie verglimmen. Ein winziges Licht erschien in einem der oberen Fenster, kaum sichtbar hinter einem hauchfeinen Vorhang. Ich blickte angestrengt hin, versuchte den genauen Standort zu bestimmen. Das Licht ging aus.

Ich drückte das Gaspedal durch und ließ mich von dem großen Auto dahin zurückbringen, wo ich sicher war. Ich hatte ein Gefühl, als ob sie oben in diesem Zimmer mit mir gespielt hätte – mich gehen ließ. Diesmal.

82

Der nächste Morgen war nicht besser. Seltsame Tage. Wenn man auf den Beinen bleiben will, ist das Wichtigste, warten zu können. Wenn du in meiner Gegend zu Boden gehst, gibt's keinen Ringrichter, der dir die Zeit läßt, dein Hirn wieder zusammenzuklamüsern. Ich wußte, wie ich mich vom Boden fernhielt, doch dieser Fall war völlig verdreht und verbogen. Ich hatte Geld auf der Tasche, niemand suchte mich – es hätte mir goldig gehen müssen. Julios schwache Drohungen hätten mich nicht um den Schlaf gebracht. Ich brauchte bloß ein paar Wochen zu warten, auf Tauchstation gehen – Strega sagen, ich hätte nichts rausgefunden. Und meiner Wege gehen.

Aber wenn du dein Leben lang jeden angelogen hast, vom Kieztrottel bis rauf zum Bewährungsausschuß, lernst du, daß dich selbst anzulügen eine selber beigebrachte Wunde ist.

Ich fuhr rüber zu einem der Postfächer, die ich unter etlichen Namen in der ganzen Stadt laufen habe. Das im Westchester County ist dasjenige, das ich für Baby-Sex-Freaks benutze. Es ist in Mount Vernon, just über der Grenze zur Bronx, von meinem Büro aus vielleicht fünfundvierzig Minuten. Alles, was ich vorfand, waren einige »Underground«-Blättchen und eine Illustrierte. Das Blättchen schlägt niemals voll über die Stränge – bloß einige Bilder von Kids, vermischt mit Gejaule über die Unterdrückergesellschaft. Eines enthielt sogar einen angeblich von einem Kind selbst geschriebenen Artikel – damit protzend, wie sein Leben durch die »bedeutungsvolle Verbindung« mit einem älteren Mann bereichert worden wäre. Der Drecksack, zu dem mich der Maulwurf brachte, hätte beigepflichtet. Das meiste davon erinnerte mich an das Zeug, das der Klan rausbringt – wer neuerdings festgenommen worden war (und warum er unschuldig war), welche Politiker sich mit »kinderfeindlicher« Gesetzgebung einen Namen zu machen versuchen . . . die Sorte Mist. Einige Freaks verbrennen Kreuze, einige verbrennen Kinder. Die Titelgeschichte war über irgendeinen Priester in Louisiana, der wegen Unzucht mit einem Haufen Ministranten saß – das Blättchen erklärte, eigentlich ginge es dabei um Glaubensfreiheit.

Es war Zeitverschwendung. Ich wußte es von Anfang an. Jemand sagte mal, die Leute in der Hölle wollen Eiswasser. Wenn das alles ist, verdienen sie es, dort zu bleiben.

Ich lenkte das Auto rüber auf den West Side Highway, nahe der 96th Street. Dort war es friedlich – ein paar Typen werkelten an ihren Autos, ein Wahnsinniger warf eine Angelleine in den dicken Ölschlick aus, eine junge Frau schmiß ihrem Hund einen Stecken zum Apportieren hin. Der Hund war ein Irischer Setter. Sein Fell schimmerte im Sonnenschein kupferrot, während er auf der Jagd nach dem Stecken im Wasser hin- und hersprang. Die Frau rief den Hund – Zeit zu gehen. Der Hund blieb stehen und schüttelte sich, Wasser flog ihm in feinem Sprühnebel vom Fell. Ich warf meine Zigarette weg. Genau das mußte ich auch machen – diese Hexenfrau abschütteln und wieder zu mir finden.

Die nächsten zwei Tage verbrachte ich damit, an harten Orten sanfte Fragen zu stellen. Zeit abhaken, bis die Woche um war und ich Bobbys Lincoln zurückbringen konnte. Ich rief ihn von einem Münztelefon an der Twelfth Avenue an, nah dem Times Square.

»Burke hier. Mein Auto fertig?«

»Jawoll. Läuft wie 'n Uhrwerk. Wann ist 'n das Ding das letzte Mal anständig durchgecheckt worden?«

»Weiß ich nicht – hab nicht gedacht, daß er's braucht.«

Bobby machte ein knurrendes Geräusch im Hals – gute Technik zu mißhandeln machte ihn närrisch.

»Hast du mit der andern Sache Glück?« fragte ich ihn, einer Lektion über Automechanik ausweichend.

»Sicher. Kein Problem. Hol dein Auto heut nachmittag ab. Gegen vier, okay? Dann reden wir.«

»Ich werde da sein.«

»Bloß du«, erinnerte er mich.

»Ich werde die einzige Person im Auto sein«, beschied ich ihn. Pansy würde zu ihrer Fahrt im Lincoln kommen.

83

Der Mastiff beschnüffelte den Lincoln, als wäre er ein feindlicher Hund – umkreiste ihn ein paarmal, betatschte die Reifen, vergrub die riesige Schnauze im Vordersitz.

»Is ja okay«, sagte ich ihr, doch sie nahm sich Zeit, wollte alles richtig mitkriegen. Schließlich kletterte sie auf den Rücksitz, knurrte ein paarmal, dann plumpste sie hin. Bis ich auf die Atlantic Avenue schnurrte, war sie halb am Schlafen.

Es war kurz nach vier, als ich ankam. Diesmal war es Bobby selber, der auf einer Kiste vor der Werkstatt saß. Er hob die Faust zum Gruß, drückte einen Knopf, der die Tür öffnete, damit ich mit dem Lincoln bis rein stoßen konnte. Mein Plymouth stand prompt da, die Schnauze zur Straße gerichtet.

»Ich hätt ihn lackieren können, während er hier war, aber

ich hab mir gedacht, du willst'n lieber so lassen, wie er war«, sagte Bobby.

»Ist in Ordnung, Bobby. Danke.«

Doch so leicht sollte ich nicht davonkommen. Er bestand darauf, mit mir alles durchzugehen, was er am Auto gemacht hatte – Stück für Stück. »Was du hier kriegst, ist ein *vollständiger* Kundendienst, Burke. Ventile justiert, Kerzen und Kontakte, Vergaser gereinigt und nachgestellt, Zündung eingestellt. Und wir ham die Spur gerichtet, die Reifen ausbalanciert und ausgewuchtet. Alle Flüssigkeit gewechselt – Servolenkung, Getriebe. Mußte die Bremsleitungen ablassen – du hast da jetzt Silikonflüssigkeit drin. Mußte auch das Differential einstellen. Er läuft jetzt perfekt.«

»Was schulde ich dir, Bobby?«

Bobby wischte mein Angebot beiseite.

»Laß hören, wie er klingt«, sagte ich mit einer Begeisterung, die ich nicht empfand.

Bobby drehte am Schlüssel – es klang glatt wie eine Turbine. Pansy erkannte den Klang wieder – ihr Monsterkopf erschien hinter der Windschutzscheibe von Bobbys Lincoln. Er hörte etwas, blickte hin.

»Was zum Arsch is *das*?« fragte er mich.

»Das is bloß mein Hund, Bobby.« Ich ging rüber und öffnete die Tür des Lincoln, klatschte mir, damit Pansy mitkam, an die Hüfte.

»Jesus Gott sei bei mir!« sagte Bobby ehrfurchtsvoll. »Wieviel wiegt'n der?«

»Weiß ich nicht – vielleicht einsvierzig oder so.«

Bobby drehte eine volle Runde um Pansy, checkte ihren Schnitt. Er versuchte nicht, gegen die Reifen zu treten.

»Könnte ich ihn streicheln?« fragte er.

»Pansy, spring!« blaffte ich sie an. Sie schmiß sich hin, lag platt, ihre Mörderaugen von der gleichen Farbe wie der East River, und beobachtete Bobby, wie sie Futter beobachtete. »Mach schon«, sagte ich ihm. »Sie tut dir jetzt nichts.«

Bobby hatte genug Verstand, sich hinzukauern, damit Pansy nicht dachte, er würde sie zu beherrschen versuchen. Er kratzte sie hinter den Ohren. »So was hab ich außerhalb vom Zoo noch nie gesehen«, sagte er. Pansy gab ein sanftes Rumpeln im Hals von sich – wie eine in den Bahnhof einfahrende U-Bahn. »Is er böse?« fragte Bobby, sie noch immer streichelnd.

»Nein«, sagte ich ihm. »Das macht sie, wenn sie sich freut.«

»Er ist 'n Mädchen?«

»Sicher isse das«, sagte ich.

Bobby stand wieder auf. »Die andern Jungs sind hinten draußen, Burke. Okay?«

»Okay. Willst du, daß ich Pansy hier lasse?«

»Scheiße, nein«, sagte Bobby. »Sie könnte eins von den Autos fressen.«

Bobby ging voraus, ich folgte, Pansy, bei jedem Schritt bloß leicht voraus, übernahm die Flankendeckung zu meiner Linken. Sie wußte, was sie jetzt zu tun hatte – sie war im Dienst.

Diesmal stand nur ein Auto hinten – der Mustang. Und drei Männer – zwei ein paar Jahre älter als Bobby, der andere eher in meinem Alter. Sie hatten alle Gefängnisgesichter. Der ältere Typ hatte einen normalen Haarschnitt und trug eine dunkle Sportjacke über einem weißen Hemd, die Sonnenbrille verbarg seine Augen. Die anderen zwei waren wesentlich größere Männer; sie flankierten den Typ mit der Sonnenbrille, als wären sie es gewöhnt, auf diese Weise zu stehen. Einer war blond, der andere dunkel, beide hatten längere Haare und trugen T-Shirts über Jeans und Stiefel. Der Blonde hatte auf beiden Armen Tätowierungen – für den Fall, daß jemand nicht mitkriegte, woher sie stammten, hatte er auf beiden Handgelenken Ketten eintätowiert. Schwarze Handschuhe an den Händen. Der Dunkle hatte ruhige Augen; er stand da, die Hände vor sich, die Rechte am linken Handgelenk. Auf dem Rücken seiner rechten Hand waren die gekreuzten Blitze – das Zeichen der Wahren Bruderschaft.

Ich blieb ein paar Schritte vor dem Trio stehen. Pansy begab sich augenblicklich in eine hockende Position just vor mir. Ihr Blick heftete sich auf den Blonden – sie wußte Bescheid.

Bobby trat in den Raum zwischen uns, sprach den älteren Typ in der Mitte an.

»Das ist Burke. Der Typ, von dem ich dir erzählt habe.«

Der ältere Typ nickte mir zu. Ich nickte zurück. Er winkte mit der Hand in seine Richtung, hieß mich näherkommen. Ich trat vor. Pansy ebenso.

Der Blonde rollte mit den Schultern, beobachtete Pansy, redete mich an.

»Kann der Hund irgendwelche Tricks?« fragte er.

Das Haar hinten auf Pansys Hals richtete sich auf. Ich tätschelte ihren Kopf, um sie ruhig zu halten.

»Zum Beispiel?« fragte ich ihn.

Der Blonde hatte eine nette Stimme – halb schnauzend, halb schnippisch. »Weiß ich doch verflucht nicht . . . zum Beispiel Hände schütteln?«

»Sie schüttelt alles, was sie ins Maul kriegt«, sagte ich ihm, ein Lächeln auf dem Gesicht, um ihm zu sagen, daß ich ihm nicht drohte.

Der ältere Typ lachte. »Mein Bruder sagt, du wärst okay. Wenn ich dir helfen kann, tu ich's.«

»Ich weiß es zu schätzen«, sagte ich. »Und ich habe vor, für alles zu zahlen.«

»Gut zu hören«, sagte er. »Was brauchst du?«

»Ich kenn dich«, platzte der Blonde plötzlich raus.

Ich blickte ihm ins Gesicht – ich hatte ihn nie zuvor gesehen.

»Ich kenne dich nicht«, sagte ich, die Stimme neutral.

»Du warst in Auburn, richtig? Neunzehnhundertfünfundsiebzig?«

Ich nickte zustimmend.

»Ich war auch da. Hab dich auf dem Hof gesehen.«

Ich zuckte die Achseln. Auburn war kein exklusiver Club.

»Du warst mit den Niggern zusammen«, sagte der Blonde. Es war keine Frage.

»Ich war mit Freunden zusammen«, sagte ich, die Stimme leise, gemessen. »Genau wie du.«

»Ich hab *Nigger* gesagt!«

»Ich habe gehört, was du gesagt hast«, beschied ich ihn. »Hörst du, was ich gesagt habe?«

Der Blonde rollte wieder mit den Schultern, ließ die Knö-

288

chel der einen Hand in der zur Faust geballten anderen knak-
ken.

»B. T., ich hab dir erzählt, was Burke für mich getan hat«,
warf Bobby ein, keine Besorgnis in der Stimme, bloß für klare
Verhältnisse sorgend.

Der Blonde blickte mich an. »Vielleicht hattest du bloß 'ne
persönliche Kiste mit *diesen* Niggern?«

»Vielleicht hatte ich. Na und?«

»Vielleicht *magst* du Nigger?« Es war keine Frage – eine
Anklage.

Kam nicht in die Tüte, meine Stimme noch länger neutral
zu halten – er würde es als Furcht auffassen. »Wo liegt dein
Problem?« fragte ich ihn. Auch das war keine Frage.

Der Blonde blickte mich an, mein Gesicht beobachtend.
»Ich hab Geld auf dich verloren«, sagte er.

»Was?«

»Ich hab verflucht Geld auf dich verloren. Jetzt erinnere ich
mich. Du warst 'n Boxer, richtig? Du hast gegen den Nigger gekämpft . . . ich hab seinen Namen vergessen . . ., der ein Profi-
Halbschwergewicht war?«

Ich erinnerte mich an diesen Kampf. Der schwarze Typ war
eine echte Kanone im Ring gewesen, bevor er wegen eines Au-
tounfalls einen Typ totschlug. Ich erinnere mich nicht mehr,
wie es anfing, doch es lief auf eine Wette raus, daß ich keine
drei Runden mit ihm mithalten könnte. Ich erinnere mich, wie
ich in meiner Ecke auf dem Hocker saß, wartete, daß der Gong
die erste Runde eröffnete, und mir der Prof ins Ohr flüsterte.
»Zeig dem Affen deine Waffen, Burke«, sagte der Prof immerzu und erinnerte mich, was wir ausgetüftelt hatten. Ich war gute fünfzehn Pfund leichter als der schwarze Typ, und einen
ganzen Zacken schneller. Jeder, der darauf wettete, ob ich die
drei Runden aushalten konnte, erwartete, daß ich die Faust in
seinem Gesicht ließ, rückwärts tänzelte, den ganzen Ring aus-
nutzte. Ihn mich fangen ließ. Auch er erwartete das.

Als der Gong erklang, kam er von seinem Hocker, als hätte
er Düsenantrieb. Ich stieß eine butterweiche Gerade in etwa in
seine Richtung und setzte mich an die Seile ab. Der schwarze

Typ verschwendete keine Zeit damit, meine kurzen Geraden zu kontern – er zog die rechte Hand bis runter zu seiner Hüfte und setzte zu einem Killerpunch an, der alles beenden würde. Das war die Öffnung. Ich trat vorwärts und feuerte einen linken Haken ab – ich kam durch, erwischte ihn voll am Kinn, und zu Boden ging er.

Doch dann löste sich der Plan in Wohlgefallen auf. Er ließ sich bis acht anzählen, schüttelte seinen Kopf, um ihn wieder klarzukriegen. Er kam so glatt auf die Beine, daß ich wußte, ich hatte ihn nicht wirklich angeschlagen. Der schwarze Typ winkte mich ran, und ich rückte vor, pinnte ihn an die Seile, Hieb auf Hieb gegen seinen Kopf abfeuernd. Doch er war nicht bloß ein taffer Typ – er war ein Profi. Er blockte alles mit den Ellbogen ab, steckte meine Schläge weg, bis ich begriff, daß mir die Puste ausging. Ich lehnte mich gegen ihn, um Luft zu kriegen – er vergrub seinen Kopf in meiner Brust, um sich gegen einen Uppercut zu decken. Ich hängte mich mit meinem ganzen Gewicht an seinen Hals, trat ihm auf die Zehen, gab ihm keinen Zentimeter Platz zum Schlagen. Der für den Gong zuständige Wärter läutete zu früh – auch er hatte auf mich gesetzt.

Ich ließ ihn mich durch die zweite Runde jagen, immer noch einen Schritt schneller als er. Er hatte nicht vor, erneut anzugreifen – nahm sich bloß Zeit und schlug so hart, daß meine Arme vom Abblocken schmerzten. Zu Beginn der dritten Runde erwischte er mich satt – nach einem rechten Haken spürte ich eine Rippe brechen. Er setzte nach und erwischte mich mit derselben Hand am Nasenrücken. »Klammer ihn!« hörte ich den Prof schreien, und ich brachte meine Handschuhe über seinen Ellbogen hoch, zog seine Hände unter meine Achselhöhlen, bis uns der Ringrichter auseinanderzwang. Er suchte meine Blöße, zielte nach meiner Nase. Ich taumelte zurück, ließ meine Knie wackeln, um näher zum Boden zu kommen, ließ ihn rankommen. Ich feuerte einen mexikanischen linken Haken ab – so weit südlich der Grenze, daß ich an seinem Schwengel landete. Der schwarze Typ ließ beide Hände zu seinem Zwickel fallen, und ich drosch ihm einen Schwinger an den ungeschützten Kopf – verfehlte um eine Armlänge und fiel durch den Schwung hin. Der Ringrichter wischte mir die Handschuhe ab, nannte es einen Ausrutscher, schindete Zeit.

Wieder ging er auf mich los. Ich konnte nicht mehr durch die Nase atmen, also spie ich das Mundstück aus und fing mir eine Sekunde später einen scharfen rechten Hammer ein. Ich hörte den Prof »Dreißig Sekunden!« brüllen, just bevor mich ein weiterer Hieb auf die Matte warf.

Bei sechs war ich auf den Beinen und grade noch genug präsent, um seinem wilden Ausfall auszuweichen. Er segelte an mir vorbei in die Seile – ich feuerte einen Genickschlag an seinen Hinterkopf ab, stürzte mich auf ihn und pinnte ihn mit seinem Rücken zu mir an die Seile. Er stieß mir einen Ellbogen in den Magen und wirbelte herum, mit beiden Händen Haken schlagend; er wußte, daß er es zu Ende bringen mußte. Ich umklammerte seinen Oberkörper, spürte die Schläge gegen die Rippen, trieb ihm meine Stirn hart in die Augen und gab ihm keinen Platz zum Schlagen. Wenn ich ihn hätte loslassen müssen, wäre ich hingefallen und liegengeblieben.

Ich war stehend K.o., als ich den Gong hörte. Sie brauchten vier Mann, um ihn von mir wegzuziehen. Wir gewannen an jenem Tag fast sechshundert Stangen Zigaretten. Das Gefängnis ließ sogar eine Gratisbrücke für meine fehlenden Zähne springen.

»Wenn du an dem Tag Geld verloren hast, hast du auf den andern Typ gesetzt«, sagte ich ihm. »Die Wette war, daß ich keine drei Runden durchhalten könnte.«

»Ich hab gewettet, daß du *gewinnst*«, sagte der Blonde.

Ich zuckte mit den Schultern – es war nicht mein Problem, daß irgendein Treuherzchen mit dem Programm nicht klarkam.

»Du hast den Nigger nicht mal zu schlagen versucht«, sagte der Blonde, als würde er mich des Verrats anklagen.

»Ich hab zu überleben versucht«, erklärte ich ihm vernünftig. Just das, was ich jetzt versuchte. »Schau, Freundchen, es ist keine große Sache. Wieviel hast du verloren?«

»Drei beschissene Stangen«, sagte er. Als wäre es seiner Schwester Jungfernschaft.

»Ich sage dir, was ich mache. Es ist ein paar Jahre her, richtig? Nehmen wir an, der Preis ist ein bißchen hochgegangen – wie wär's mit 'nem halben Hunni für die Stange? Hundertundfünfzig Kröten, und dann sind wir quitt?«

Der Blonde starrte mich an, noch immer nicht sicher, ob ich ihn auslachte.

»Meinste das ernst?«

»Todernst«, sagte ich ihm und ließ die Hand in meine Manteltasche gleiten.

Der Blonde konnte sich nicht entscheiden, seine Blicke wechselten von Pansy zu mir. Schließlich beschloß der Typ mit der Sonnenbrille das Kapitel. »Laß es ruhen, B. T.«, sagte er. Der Blonde stieß den Atem aus. »Okay«, sagte er.

Der Blonde wollte wegen dem Geld rüber zu mir – Pansy erstarrte. Ihre Zähne rieben mit einem Geräusch aneinander wie ein den Gang einlegender Zementlaster.

»Ich geb's dir, wenn ich gehe«, beschied ich den Blonden. Selbst ein Genie wie er verstand. Er trat an den Zaun zurück, ließ noch immer die Muskeln an seinem Arm spielen. Pansy war echt beeindruckt.

»Können wir zum Geschäftlichen kommen?« fragte der Typ mit der Sonnenbrille.

Er winkte mich an seine Seite rüber, an den Zaun zum Mustang. Ich drückte meine Hand auf Pansys Schnauze, hieß sie bleiben, wo sie war, und folgte ihm rüber. Ich zündete mir eine Zigarette an, spürte Bobby in meinem Rücken.

»Einer von deinen Jungs hat als Leibwächter gearbeitet. Ein bißchen Geld an eine Tagesstätte ausgeliefert – das Geld war in einem kleinen Ranzen, wie eine Doktortasche.«

Ich konnte die Augen des Typen hinter der Sonnenbrille nicht sehen; er hatte die Hände in den Taschen – wartete, daß ich zum Ende kam.

»Eine Frau war bei dem Leibwächter. Kann sein, er hat sie beschützt, kann sein, er hat die Asche bewacht – ich weiß es nicht.«

»Sonst noch was?« fragte er.

»Die Frau, sie ist keine Jungsche. Vielleicht mein Alter, vielleicht älter. Und sie hat irgendwo außerhalb der Stadt ein Haus. Großes Haus – hübsches Grundstück. Hat 'nen Typ, der mit ihr arbeitet – ein großer, fetter Typ. Und möglicherweise eine Art Schulbus.«

»Das isses?«

»Das isses«, sagte ich ihm.

»Und was willst du wissen?«

»Alles, was ich wissen will, ist, wo diese Frau ist – wo ich sie finden kann.«

»Hast du Zoff mit ihr?«

Ich dachte drüber nach – ich wußte nicht, ob die Leibwächterdienste eine einmalige Sache waren oder ob die Wahre Bruderschaft einen Vertrag mit ihr hatte. »Sie hat etwas, das ich möchte«, sagte ich ihm, die Worte so sorgsam abwägend wie ein Dealer, der Kokain auf die Waage legt.

Er sagte nichts.

»Wenn du einen Vertrag mit ihr hast ... dann würde ich dich drum bitten wollen, mir diese Sache, die ich von ihr möchte, zu besorgen. Ich zahle dafür.«

»Und wenn es keinen Vertrag gibt?«

»Dann will ich bloß ihren Namen und die Adresse.«

Er lächelte. Ein Bürger hätte dabei vielleicht relaxen können; ich ließ die Hände in den Taschen. »Und daß wir aus dem Weg gehen?« fragte er.

»Yeah«, beschied ich ihn. »Genau.«

Der Blonde schob sich von dem Typ mit der Sonnenbrille weg, den Rücken zum Zaun. Pansys mächtiger Kopf verfolgte seine Bewegung, als ob sie im Zentrum einer großen Uhr säße und er der Sekundenzeiger wäre.

»B. T.!« sagte Bobby, eine Warnung in der Stimme. Der Blonde blieb stehen, wo er war – ein Langsammerker.

»Was ist das für eine Sache, die du willst?« fragte der Anführer.

»Heißt das, ihr habt einen Vertrag?«

»Nein. Und ich weiß auch nicht, wo sie ihr Zeug verstaut.«

»Ich bin nicht hinter Dope her«, sagte ich ihm.

Der Anführer nahm die Sonnenbrille ab, schaute sie in seinen Händen an, als enthalte sie die Antwort auf etwas. Er blickte zu mir auf. Seine Augen hatten die weiche, feuchte Lasur, die nur geborene Killer hinkriegen – nachdem sie ein paarmal ihre Bestimmung erfüllt haben. »Du bist'n Kaperer, richtig? Das machste doch, oder?«

Ich hielt die Hände zusammen und drehte die Innenflächen für ihn nach außen – Karten auf den Tisch. »Ich suche ein Bild – eine Fotografie.«

»Wer is auf dem Bild?«

»Ein Kind«, sagte ich ihm.

Er warf mir einen fragenden Blick zu.

»Ein kleines Kind – ein Sex-Bild, okay?«

Der Anführer blickte zu dem neben ihm stehenden, dunkelhaarigen Typ. »Ich hab gedacht, es wäre Puder«, sagte er.

Der dunkelhaarige Typ verzog keine Miene. »Hab nie gefragt«, erwiderte er.

Der Anführer nickte geistesabwesend, dachte drüber nach. »Yeah«, sagte er, »wer fragt schon?«

Ich zündete mir eine Zigarette an, wölbte die Hände um die Flamme und beobachtete den Anführer aus dem Augenwinkel. Er kratzte sich mit einem Finger das Gesicht, die Augen wieder hinter der Sonnenbrille.

»Bobby, macht's dir was aus, unsern Freund 'n paar Minuten reinzubringen? Wir ham hier draußen was zu bereden, okay?«

Bobby legte mir die Hand auf die Schulter und schleppte mich sanft in Richtung Werkstatt. Ich klatschte mir mit der Hand an die Seite, befahl Pansy mitzukommen. Sie rührte sich nicht, beobachtete noch immer den Blonden, speicherte seinen Körper. »Pansy!« schnauzte ich sie an. Sie schenkte dem Blonden einen letzten Blick und trottete an meine Seite rüber.

In der Werkstatt öffnete ich beide Vordertüren des Plymouth und befahl Pansy reinzuklettern.

»B. T. is okay, Burke«, sagte Bobby. »Er spinnt bloß 'n bißchen, wenn's um Nigger geht, verstehst du?«

»Weiß ich«, sagte ich. »Keine große Sache.«

Wir warteten schweigend. Pansys dunkelgrauer Pelz verschwamm gegen das Innere der Werkstatt – nur ihre Augen glühten. Sie vermißte den Blonden.

Die Hintertür ging auf, und sie kamen rein. Der Anführer setzte sich auf die Haube des Plymouth und ließ seine Jungs auf der einen Seite stehen.

»Die Frau hat uns gesagt, sie müßte an verschiedenen Plätzen Geld abliefern – schwere Asche, okay? Sie hat sich Sorgen gemacht, daß ihr jemand ans Geld gehen könnte – es ihr abnehmen könnte. Victor« – er nickte mit dem Kopf in Richtung des dunkelhaarigen Typen – »er hat für jede Lieferung 'nen Riesen kassiert. Er hat die Asche transportiert. Wir dachten, es wäre 'ne Reihe normaler Auszahlungen – sie hat nie irgendwas zurückgebracht, wenn sie das Geld übergeben hat.«

Ich sagte nichts – ich hatte eine Masse Fragen, doch ich war nicht mit Reden dran.

»Keine Waffen, sagte sie Victor – wenn einer mit der Knarre auf sie losging, sollte er die Tasche, die er getragen hat, übergeben. Er war bloß Muskel, okay?«

Ich nickte. Die Frau sorgte sich nicht wegen eines Kaperzugs – Victor war dazu da, die Leute einzuschüchtern, die die Kids lieferten. Er brauchte sich bloß zu geben, wie er war.

»Biste sicher, daß sie das Bild hat?« fragte er.

»Ohne jede Frage«, sagte ich ihm.

»Das heißt, daß sie auch andere hat – daß sie das die ganze Zeit macht?«

»Genau das macht sie«, erklärte ich ihm.

Der Anführer trug die Sonnenbrille sogar in der Werkstatt, doch ich konnte seine Blicke hinter den dunklen Gläsern spüren. »Ich bin ein Dieb«, sagte er, »genau wie du. Wir ficken keine Kids.«

»Das weiß ich«, sagte ich.

»Ein paar von unsern Jungs ... die sind 'n bißchen närrisch ... wie B. T. Er würde 'nen Nigger abstechen, bloß um in Übung zu bleiben, weißt du?«

»Weiß ich.«

»Aber keiner von uns würde auf kleine Kinder gehen. Unsere Bruderschaft ...«

Ich beugte leicht den Kopf. »Ihr werdet von jedermann geachtet«, erklärte ich ihm.

»Werden wir *jetzt*«, sagte er mit sanfter Stimme. »Wenn die Kunde rausgeht, daß wir auf Kinder eingespannt sind . . .«

»Wird se nicht«, sagte ich.

Er machte weiter, als hätte er mich nicht gehört. »Wenn diese Kunde rausgeht, müssen wir was Ernsthaftes machen, verstehst du? Wir können uns von niemandem den Namen versaun lassen – die Leute würden uns blöd kommen.«

Ich schwieg stille, wartete.

»Wenn wir dir die Information geben, die du möchtest – willst du versuchen, ihr das Bild abzukaufen?«

»Wenn sie's verkauft.«

»Und wenn nicht?«

Ich zuckte die Achseln.

»Victor hat 'ne Masse solcher Aschenrunden für sie gemacht«, sagte er. »Ein paar Tagesstätten, Privathäuser . . . sogar 'ne Kirche. Da muß 'ne scheiß Masse von den Bildern rumliegen.«

»Wie gesagt – sie ist im Geschäft.«

Der Anführer strich sich mit den Fingern durchs Haar – ich konnte die Tätowierung auf seiner Hand sehen. Seine Stimme war noch immer sanft. »Ihr Name ist Bonnie. Das Haus ist am Cheshire Drive in Little Neck, genau diesseits der Grenze vom Nassau County. Ein großes, weißes Haus am Ende einer Einbahnstraße. Rund ums Grundstück ist 'ne weiße Mauer – elektronisches Tor an der Einfahrt. Großer, langer Hinterhof, rundrum Bäume und Gebüsch. Einstöckig, Keller ausgebaut, vielleicht auch noch zwei Zimmer im Dach.«

»Sonst noch was?«

»Sie hat den Schulbus, von dem du geredet hast – ein kleines Teil, vielleicht ein Dutzend Sitze hinten drin. Sie benutzt den großen, fetten Typ als Fahrer.«

»Irgendwelche Sicherheitssysteme im Haus?«

»Weiß ich nicht«, sagte er. »Die Wahre Bruderschaft – wir spielen ehrlich – wir ham nicht mal dran gedacht, sie auszunehmen.«

Ich reichte ihm zwei Riesen, lauter Hunderter. »Sind wir quitt?« fragte ich ihn.

Er lächelte. »Ich zieh B. T.s Geld davon ab«, sagte er.

Ich hielt ihm die Hand hin. Er nahm sie – sein Griff war fest, aber kein Knochenbrecher. B. T. würde ich dieselbe Gelegenheit nicht geben.

»Ich muß jetzt schnell machen«, erklärte ich ihm.

»Mach, was du möchtest«, sagte er. »Nimm dir Zeit. Sie hat unsern Namen in den Dreck gezogen, verstehst du?«

Ich nickte – eines nicht allzu fernen Tages würde B. T. auf die Idee kommen, die Frau wäre ein Strohmann für die schwarze Bürgerrechtsbewegung.

Ich knallte Pansy die Tür vor der Nase zu, winkte Bobby zum Dank mit der geballten Faust und fuhr den Plymouth aus der Werkstatt.

84

Sogar Pansy spürte den Unterschied am Plymouth, während er zurück in Richtung Büro dahinschnurrte. Bobby hatte wunderbare Arbeit geleistet. Ich ließ ihn an einer roten Ampel an der Atlantic nahe der Grenze zwischen Brooklyn und Queens ausrollen. Ein oranger G.T.O. stoppte mit kreischenden Bremsen neben mir – zwei Kids in ihrem Straßenrenner. Der Beifahrer kurbelte das Fenster runter und lächelte mich an, während sein Partner auf Grün wartete und den Motor aufheulen ließ. In Anerkennung für ihren Dragster hob ich die Augenbrauen – und latschte, just als die Ampel wechselte, aufs Gas. Ich hörte die Reifen des G.T.O. quietschen, als sie auf der rauhen Straße nach Haftung suchend durchdrehten, doch der Plymouth zischte davon, als ob ihr oranges Gerät angepflockt wäre. Die Tachonadel zuckte auf siebzig, bevor ich ihn vor der nächsten roten Ampel zurücknahm. Ich hörte den G.T.O. hinter mir röhren und in vollem Schwung vom Gas gehen, daß seine Auspuffrohre knatterten. Sehr eindrucksvoll. Diesmal stoppten sie auf der Beifahrerseite. Ich drückte grade rechtzeitig auf den elektrischen Fensteröffner, um den Fahrer die altehrwürdige Frage aller Straßenrenner rufen zu hören: »Was hast'n da drinne, Mann?«

Pansy stieß ihren Kopf vom Vordersitz hoch und knurrte gegen all den Lärm an. Ich hörte ein weiteres Quietschen der Reifen des G.T.O., und weg war er. Die Ampel war noch rot.

Es wurde dunkel. Zeit, mit der Telefoniererei anzufangen und meine Fallen zu checken. Ich wollte Pansy am Büro absetzen, doch mir wurde die Zeit knapp. Der Anführer der Wahren Bruderschaft wirkte wie ein geduldiger Mann, doch er war an den gleichen Orten aufgewachsen wie ich – Orten, wo, wenn dein Name in den Dreck gezogen wurde, dein Körper nicht lange danach folgte.

Ich stoppte hinter Mamas Restaurant und öffnete die Tür, um Pansy rauszulassen. Sie strich um die Mauern der engen Gasse und erleichterte sich schließlich an beiden Seiten. Sie schnüffelte in die Luft, ein sanftes Knurren kam aus ihrer Kehle. Ich weiß nicht, ob es die Gerüche aus Mamas Küche waren oder ob sie den alten B. T. vermißte.

Ich ließ sie im Auto zurück und ging durch die Küche rein. Mein Tisch war wie immer leer, Mamas starke Tafelrunde füllte nicht mal den halben Schuppen – sie hielt die Preise hoch und das Ambiente mies, um die Yuppies zu entmutigen.

»Ärger?« fragte sie, sich meinem Tisch nähernd, mit sanfter Stimme.

»Keinen Ärger, Mama. Aber ich muß 'nen Haufen Anrufe machen – und ich hab Pansy dabei. Draußen im Auto.«

»Dein neue Hündchen, Burke?« Sie kannte Devil, meinen alten Dobermann.

»Sie ist eigentlich kein Hündchen mehr, Mama.«

»Groß Hund?«

»Großer Hund«, versicherte ich ihr.

»Vielleicht halt Hündchen im Keller, okay?«

»Perfekt, Mama. Bloß 'ne Weile, richtig?«

»Sicher«, sagte sie zweifelnd. »Ich sag Köche, alles okay. Komm.«

Ich folgte ihr nach hinten in die Küche; sie ließ irgendwas Kantonesisches auf die Ansammlung von Schlagetots einprasseln.

»Geh Hündchen hol«, befahl sie mir.

Ich klinkte Pansy die Leine an. Sie hob den Kopf, wunderte sich, was vor sich ging. Sie kriegte die Leine nur, wenn sie unter Bürger mußte.

Als wir durch die Küchentür liefen, machte einer der Köche ein Geräusch wie »Eäääh!« und verdrückte sich bis hinter den Ofen. Sie fingen alle auf einmal an zu reden – stritten über irgend etwas. Pansy saß sabbernd an meiner Seite. Sie konnten sich nicht sicher sein, ob es wegen des Essens war. Zwei von ihnen deuteten auf den Kopf der Bestie, standen, einander anschreiend, Brust an Brust. Ich kriegte kein Wort mit. Ich hatte mich mit Pansy in den Keller aufgemacht, als Mama die Hand hochhielt.

»Burke, aus welch Land komm der Hund – sag nich Wort, okay?«

Ich hätte es wissen müssen – all das Geschrei und Gebrüll war wegen irgendeiner dummen Wette, und Mama wollte einen Tip. Mamas angebliche Köche würden dir ein Messer in den Bauch stechen und dann mit dir wetten, wie lang du zum Sterben brauchst.

»Pizza«, tuschelte ich ihr zu.

Mama griff in den Streit ein, bereicherte das Getöse um ihre Stimme. Schließlich deutete sie auf einen der Köche.

»Deutschland?« fragte sie mich.

»Nein«, sagte ich.

Sie deutete auf einen anderen.

»England?«

Wieder sagte ich: »Nein«, ihre Gesichter beobachtend.

»China?« fragte sie, auf einen jungen Mann in der Ecke deutend.

»Nein«, beschied ich sie wieder. »Der Hund ist aus Italien.«

Ein Lächeln ging auf Mamas Gesicht auf. Sie ließ es mich wieder sagen, damit jeder im Raum in die Gunst ihrer Weisheit kam. Jedermann verbeugte sich vor ihr. Ich sah kein Geld den

Besitzer wechseln, aber ich konnte mir vorstellen, daß ihre Lohntüten diese Woche etwas knapp ausfallen würden.

Pansy knurrte, der Dunkelheit drohend, auf dem ganzen Weg über die Stufen bis runter in den Keller. Mama knipste das Licht an – der Laden war vom Boden bis zur Decke voller Kisten, einige aus Holz, einige aus Karton. Auf einer Seite standen Reisfässer. Unter diesem war noch ein Keller – ich erinnere mich an das eine Mal, als die Cops Max suchten und dachten, er wäre da unten. Sie warteten zwei Tage, um mich zu finden, damit ich ihn bat, friedlich rauszukommen.

»Hündchen will Futter, Burke?«

»Sicher, Mama. Was immer du für am besten hältst.«

Sie verbeugte sich. »Komm bald zurück«, sagte sie und ging die Treppe hoch. Weiteres Geschrei und Gebrüll auf chinesisch brach los – ich denke, die Köche wollten eine Revanche. Sie kam mit einem freiwilligen Helfer wieder runter; er trug einen jener riesigen Töpfe aus rostfreiem Stahl, die sie benutzen, um den gekochten Reis einen ganzen Tag lang frisch zu halten. Er stellte ihn, Pansy aufmerksam beobachtend, auf den Boden.

»Dies Hündchen gut Wachhund, Burke?« fragte sie.

»Sie is der beste, Mama.«

»Sie . . . dies Mädchenhündchen?«

»Jawoll.«

»Frauen die beste Kämpfer«, sagte Mama, dann übersetzte sie es für den Koch, der zweifelnd nickte. »Hündchen wach hier unten?«

»Wenn du das möchtest«, sagte ich. »Paß auf – und sag dem Mann, er soll die Hände in Sichtweite lassen, okay?«

Sie nickte. Ich klatschte mir an die Seite, damit Pansy mir folgte, und schob sie, bis ihr Rücken in einer von einigen aufgestapelten Kartons gebildeten Ecke war. Ich nahm ein paar Kartons runter, um eine kleine Mauer vor ihr zu bauen, etwa so hoch wie ihre Brust. Ihr Gesicht zeichnete sich über der Barriere ab, beobachtend. Ich wußte genau, welchen Trick Mama lieben würde. »Pansy!« sagte ich, die Stimme scharf, um ihre Aufmerksamkeit zu gewinnen. »Freunde!« Ich winkte Mama nach vorn. »Geh hin und streichle sie«, sagte ich.

Mama wäre nicht soweit gekommen, wie sie war, wenn sie Furcht gezeigt hätte. Sie lief direkt auf Pansy zu, tätschelte ihr den Kopf ein paarmal und sagte: »Gut Hündchen!« Pansy stand still, den Blick auf den Koch gerichtet.

»Okay, jetzt tritt zurück, Mama.« Als sie es tat, verschaffte ich mir wieder Pansys Aufmerksamkeit. »Wach!« befahl ich ihr.

»Sag deinem Mann, er soll rangehen, als würde er sie auch streicheln wollen, Mama. Aber sag ihm, er soll nicht über die Barriere langen, hast du kapiert?«

Sie sagte etwas zu dem Koch. Sein Gesicht blieb unbewegt, doch man brauchte keinen Dolmetscher, um zu sehen, daß er argwöhnisch wie der Teufel war. Der arme Mistkerl war bis auf fünf Schritte an die Barriere rangekommen, als Pansy auf ihn losging, ein das Blut gefrieren lassendes Knurren zwischen den Zähnen ausstoßend. Er hüpfte zirka zwanzig Schritte zurück – das Knacken von Pansys Kiefern klang wie ein dicker, zerbrechender Ast.

»Pansy, aus!« brüllte ich sie an. Sie setzte sich wieder hin und pendelte mit dem Kopf, um den ganzen Raum zu beobachten.

Mama klatschte in die Hände. »Gut Trick, Burke!« sagte sie. Der Koch ging wieder nach oben. Ich wälzte den Topf mit dem dampfenden Futter rüber zu Pansy. »Was ist'n da drin?« fragte ich.

Mama wirkte beleidigt. »Rind, Schwein, Hummer, Shrimp, gut Gemüs, viel Reis. Lauter beste Zeug.«

»Sie wird's lieben«, versicherte ich Mama.

»Wie komm dann, sie nich iß?«

»Sie ißt nur, wenn sie mit mir allein ist, Mama. Warte, bis ich sie anfangen lasse, und dann komm ich hoch und mach diese Anrufe, okay?«

»Okay, Burke«, sagte sie.

Ich wartete eine oder zwei Minuten, bevor ich zu meinem Hund »Sprich!« sagte. Ein guter Überlebenskünstler teilt niemals alle seine Geheimnisse.

85

Der erste Anruf ging zu SAFE. Lily war bei einer Sitzung – sie fragten, ob ich eine Nummer hinterlassen könnte. Ich sagte ihnen, ich könnte nicht, und kriegte eine Zeit zum Zurückrufen gesagt. Sie schienen nicht überrascht.

Mit McGowan hatte ich Glück – zur Abwechslung war er in seinem Büro. »Erkennst du meine Stimme?« fragte ich ihn.

»Sicher, Kumpel.« McGowan hatte einen großartigen irischen Bariton – er benutzte ihn, um kleine Mädchen von ihren Luden loszuraspeln.

»Ich brauch 'nen Gefallen. Kennst du Wolfe, die Staatsanwältin für Sonder?«

»Kumpel, diese Frau ist Gold für mich, verstehste? Fälle, die andere Ankläger nicht anrühren würden – sie reißt sich drum. Mit ihr hast du lieber keine Schwierigkeiten.«

»Keine Schwierigkeiten. Ich möchte bloß, daß du bei ihr ein gutes Wort für mich einlegst, okay? Ich muß mit ihr reden – ich kann mir vorstellen, daß sie es tun würde, wenn sie wüßte, daß ich in Ordnung bin.«

»Mein Freund, du bist *nicht* in Ordnung, wenn du darauf aus bist, diese Frau auszutricksen.«

»McGowan, komm schon. Du weißt, was ich mache – es ist 'n Teil davon, okay?«

»*Was* für ein Teil?«

Ich holte Luft, überdachte es. McGowan wußte, daß sein Telefon angezapft sein konnte – wie jeder ehrliche Cop hatte er Angst vor der Inneren Sicherheit.

»Schau, alles was ich von dir möchte, ist, daß du ihr sagst, ich spiele ein ehrliches Spiel. Ich sage ihr, was ich brauche – sie kann sich selber eine Meinung bilden.«

Weiteres Schweigen an der Strippe. Schließlich kam seine Stimme wieder. »Du kriegst es«, sagte er.

Ich wollte ihn bitten, es morgen zu tun, aber ich redete zu einem toten Anschluß.

Strega ging beim ersten Läuten ans Telefon. »Ich habe auf dich gewartet«, sagte sie mit sanfter Stimme.

»Woher hast du gewußt, daß ich anrufe?«

»Ich weiß es«, sagte sie. »Ich hab's dir schon gesagt – ich weiß es immer.«

»Es gibt einen Fortschritt.«

»Erzähl schon«, sagte sie mit kehlig werdender Stimme, mit den Worten spielend, sie streichelnd.

»Nicht am Telefon«, sagte ich.

»Ich weiß, was du möchtest – komm zu mir nach Hause – komm heute nacht – spät, nach Mitternacht – komm heute nacht – ich habe, was du möchtest.«

»Ich möchte bloß . . .«, und ich redete zu einem weiteren toten Anschluß.

Ich ging ins Restaurant zurück, schlug die Zeit tot, bis Lily erreichbar sein würde. Einer der Kellner brachte mir etwas Suppe und einen Teller Bratreis mit Rind und aus dem Gemenge ragenden grünen Erbsenschoten. Lächelnd lief Mama her. Sie schmiß die *News* vor mir auf den Tisch. Ich überflog die Schlagzeilen. Halb Queens County drohte eine Anklage. Politiker nahmen ihre Anwälte an der einen Hand und mit der anderen ihren Mumm zusammen, jagten zum Gericht und boten jeden, den sie kannten, im Tausch gegen Straffreiheit für die Dinger feil, die sie zusammen gedreht hatten. Deswegen nennt man es Konkurrenzkampf.

Die Sportseiten lasen sich wie die Vorderseiten – ein Modellathlet nahm Kokain, ein anderer ging auf Alkoholentziehungskur. Ein weiterer behauptete, einen Preiskampf verschoben zu haben.

Doch auf der Rennseite sah ich wieder mein Pferd. Flower Jewel, sie rannte im achten Rennen gegen dieselbe Truppe, der sie letzte Woche gegenübergestanden hatte. Ich checkte meine Uhr – noch nicht mal halb zehn.

Maurice ging nicht vor dem sechsten Läuten ran – wahrscheinlich ein bißchen viel Action zu später Stunde.

»Burke hier«, sagte ich ihm.

»Kein Scheiß?« sagte er. Maurice hatte nicht mal die Manieren eines Schweins, doch er nahm Nachhilfe und hoffte, bald soweit zu sein.

»Das achte schon dicht?«

»Nicht vor zehn – wo warste denn, im Wilden Westen?«

»Flower Jewel«, sagte ich ihm. »Drei auf Sieg.«

»Flower Jewel, achtes Rennen. Drei auf Sieg. Richtig so?«

»Richtig«, sagte ich.

»Schick dein' Mann morgen mit dem Geld vorbei«, sagte Maurice und knallte das Telefon auf.

Ich ging zu meinem Essen zurück und fragte mich, ob nicht sogar Pansy vor all dem Futter kapitulierte, das Mama ihr unten im Keller gelassen hatte.

Ich zündete mir eine Kippe an, während das Geschirr abgeräumt wurde. Aus dem Nirgendwo tauchte Floods Gesicht auf, wiegte sich im Rauch der Zigarette – ich drückte sie im Aschenbecher aus, doch es half nichts.

Lily ging selber ran, als ich bei SAFE anrief.

»Burke hier«, sagte ich ihr. »Haben Sie mit Wolfe gesprochen?«

»Ja, habe ich.«

»Und?«

»Und sie gab mir eine Telefonnummer für Sie – rufen Sie irgendwann zwischen acht und neun Uhr morgens an.«

»Redet sie mit mir?«

»Sie gab mir bloß die Nummer für Sie.«

Ich hatte nicht erwartet, daß Lily so rasch mit Wolfe rüberkommen würde – McGowan war meine Zusatzversicherung gewesen. Falls er es schaffte, sie morgen anzurufen, würde es nichts schaden. Mit tödlicher Sicherheit würde ich ihn nicht wieder anrufen und ihm sagen, er solle es vergessen – dann wär er sicher, daß ich Böses im Schilde führte.

»Okay«, sagte ich. »Is der Bengel zur Behandlung gekommen?«

»Auf die Minute. Aber seine Mutter möchte nicht einbezogen werden.«

»Der Rotschopf?«

»Ja.«

»Sie is nicht die Mutter.«

»Oh. Wird seine Mutter . . .?«

»Weiß ich nicht. Ich kümmere mich drum, okay?«

»Aber nur soweit, daß sie das Kind weiter bringen.«

»Ich rede mit den Leuten. Und danke, Lily.«

»Seien Sie vorsichtig«, sagte sie und hängte ein.

Ich sagte Mama Aufwiedersehen und las Pansy im Keller auf. Sie war noch immer hinter der Barriere, doch der Stahlbehälter war sauber wie geleckt. Ich konnte ihre Bißspuren am Rand sehen.

Pansy war glücklich, wieder daheim zu sein, und bestand um der alten Zeiten willen auf einem Besuch auf dem Dach. Ich hatte ein paar Stunden, bevor ich Strega treffen mußte. Ich entdeckte eine Catch-Sendung im Fernsehen und legte mich auf die Couch, um sie mit Pansy anzuschauen. Sie knurrte vor Zufriedenheit – wenn sie B. T. noch hätte kaschen können, wäre der Tag vollkommen gewesen.

86

Das kalte Licht des Mondes drang nicht einmal auf die dunkle Straße durch, doch ich spürte es tief in meinem Rückgrat, als ich mit dem Plymouth an den ausgebrannten Gebäuden auf der Atlantic vorbeibrummte. Das Radio erzählte, daß sich Marcos auf Hawaii niederließ. Er hatte es vor ein paar Wochen auf den Philippinen gesteckt, war mit leichtem Gepäck abgereist – nur ein paar loyale Subjekte dabei und das Bruttosozialprodukt seines gesamten Landes der letzten zig Jahre. Ein Drecksack von Oberligaformat.

Ich stellte den Motor ab und ließ den Plymouth um die Garage herum nach hinten rollen. Die Tür stand offen. Nur der BMW war da. Ich stieß mit dem Plymouth rückwärts rein, entdeckte den Knopf und schloß die Tür. Wartete in der Dunkelheit.

Eine Tür ging auf. Ich konnte im Gegenlicht ihre leicht schwankende Silhouette sehen – eine Kerzenflamme in sanfter Brise.

Ich kletterte aus dem Plymouth. Als ich wieder hochblickte, war der Eingang verlassen. Ich ging durch die Öffnung und sah sie sacht die Treppe hochschweben. Ihr Körper war in einen hauchfeinen schwarzen Stoff gehüllt, der sich unterhalb ihres roten Haares mit dem Schatten vermengte. Als ich zum Ende der Treppe kam, war sie wieder weg.

Im Haus war kein Licht an. Ich tastete mich bis zu ihrem weißen Wohnzimmer durch und zog die Jacke aus. Ich holte mir eine Zigarette raus, entzündete mit einem Ratschen das Streichholz. Als ich mit dem Zigarettenende die Flamme berührte, hörte ich ihre Stimme. »Für mich auch«, flüsterte sie, in den dunklen Raum schwebend, und beugte das Gesicht in Richtung Flamme. Ein dicker Marihuanaglimmstengel war in ihrem Mund.

Ich hielt ihr das Feuer hin, sah sie paffen, bis der Joint in Gang war, und dann einen satten Zug einsaugen. Sie schwebte von mir weg zur Couch – das Jointende glühte stecknadelgroß im dunklen Zimmer.

»Hältst du Séance?« fragte ich sie.

»Hast du im Dunkeln Angst?« versetzte sie.

»Ich hab vor 'ner Masse Sachen Angst«, erklärte ich ihr.

»Ich weiß«, sagte sie, zog wieder am Joint, hielt die Luft an, stieß sie zischend aus.

»Es ist bald vorbei«, sagte ich. »Ich bin dicht dran.«

»Am Bild?«

»An der Person, die das Bild gemacht hat. Ich bin mir nicht sicher, ob das Bild noch dort ist – wie gesagt. Aber ich denke, ich kann bald ein paar Antworten kriegen.«

»Möchtest du, daß ich etwas tue?«

»Ich möchte bloß eine Antwort auf etwas. Ich muß noch ein paar andere Sachen tun – dann geh ich zu den Leuten, die das Bild gemacht haben, okay? Aber das Bild könnte unter 'nem ganzen Haufen anderer Bilder sein. Könnte sein, daß ich nicht die Zeit habe, sie alle durchzugehen – verstehst du?«

»Also?«

»Also was, wenn ich *alle* Bilder zerstöre? Sichergehe, daß keine Bilder übrigbleiben. Von niemandem.«

Ein weiterer Zug am Joint, ein Aufleuchten des roten Punktes, scharfes Luftholen, zischendes Ausatmen. »Ich möchte das Bild sehen«, sagte sie.

»Ich tu mein Bestes. Aber ich trödle da nicht rum, wenn die Dinge schieflaufen, verstanden? Scotty war nicht der einzige – dessen bin ich mir jetzt sicher. Die Leute, die das Bild gemacht haben, sie sind dick im Geschäft, verstanden?«

»Ja.«

»Ich weiß nicht, wieviel Zeit ich habe, wenn ich erstmal eingedrungen bin.«

Sie nahm einen letzten Zug und der Joint ging aus; vielleicht hatte sie einfach die Glut abgezwickt – ich konnte es nicht sagen.

»Möchtest du jetzt eindringen?« sagte Strega und kam von der Couch auf mich zu.

»Nein«, beschied ich sie.

»Doch, du möchtest«, sagte sie, als sie bei mir war. Sie sank in die Knie, der schwarze Tüll umflatterte mich. Fledermausschwingen. Ihr Gesicht war in meinem Schoß, ihre Hand an meinem Gürtel. Meine Hand sank auf ihren Rücken, fühlte den Stoff – und die Kälte.

»Faß mich nicht an«, flüsterte sie.

Ich sah meine Hände die Armlehnen umfassen; die Adern traten raus. Ein Bild formte sich auf meinem Handrücken – unterhalb der Taille war ich irgendwo anders – das Bild formte sich, und ich konnte meinen Schlüssel zu dem Haus der Frau sehen.

Ich spürte es mir kommen, doch ihr Mund blieb lange Zeit um mich geschlossen. Sie langte mit einer Hand nach hinten, zog die Tüllumhüllung weg – ihr Körper war ein weißliches Schimmern.

Strega nahm ihren Mund von mir, schlang den Tüll um mich, wischte mich ab, schmiß den Stoff auf den Boden.

»Du mußtest nicht einmal fragen – ich weiß, was ich zu tun habe«, flüsterte sie an meiner Brust.

Ich streichelte ihren Rücken. Ich fühlte mich zu wohlig, um von dieser Welt zu sein.

»Ich bin ein gutes Mädchen«, sagte sie, der Ton bestimmt und selbstsicher, so wie ein Kind manchmal sein kann.

Ich streichelte sie weiter.

»Ja?« flüsterte sie.

»Yeah«, sagte ich.

So blieben wir eine lange Zeit.

»Ich bin gleich zurück«, sagte sie, die Stimme wieder fest und hart. »Ich muß etwas für dich holen.« Sie stand auf und tappte davon.

Das untere Badezimmer hatte zwei zusammenpassende Waschbecken; ein Telefon war in eine Nische neben der Wanne eingelassen. Der Spiegel warf mein Bild zurück – es sah aus, wie ein Verbrecherfoto.

Als sie wieder runterkam, stand ich neben dem wandgroßen Fenster im Wohnzimmer und beobachtete die Lichter auf dem Hof. Sie trug einen weißen Frotteebademantel; ihr Haar war feucht, kupferfarben im sanften Licht.

»Das ist für dich«, sagte sie und öffnete die Hand, damit ich es sehen konnte.

Es war eine breite Goldkette, so groß wie mein Handgelenk – jedes Glied muß etliche Unzen gewogen haben. Ich hielt sie in der Hand, spürte das Gewicht. Sie war wuchtig genug, um ein Halsband für Pansy abzugeben.

»Sie ist schön«, sagte ich und ließ sie in die Tasche gleiten.

»Lege sie um«, sagte Strega und langte in meine Tasche, um sie wieder rauszuziehen.

Ich dachte an die Tätowierungen auf B. T.s Handgelenken. »Ich trage keine Ketten«, erklärte ich ihr.

»Meine wirst du tragen«, sagte sie, feurige Punkte in den Augen.

»Nein, werde ich nicht«, beschied ich sie, die Stimme ruhig.

Sie stellte sich auf die Zehen, langte hinter mich und zog an meinem Hals – sie war so nahe, daß ich ihre Augen nur verschwommen sah. »Ich werde das für dich aufheben – ich lege sie im Schlaf neben meinen Körper. Wenn du zu mir zurückkommst – wenn du mit dem Bild zurückkommst –, wirst du sie anlegen.«

Ich berührte sie mit den Lippen – sie zog das Gesicht weg.

»Bring mir dieses Bild«, sagte sie, ihr Gesicht dem Fenster zuwendend.

Ich ließ sie da stehen – sie sah aus wie ein Mädchen, das auf seinen von der Arbeit heimkommenden Vater wartet.

87

Der Plymouth schaffte es von allein zurück ins Büro. In ein paar Stunden mußte ich Wolfe anrufen; an Schlaf war nicht zu denken.

Ich knallte die Füße auf den Schreibtisch und kritzelte, einen Schreibblock in der Hand, Notizen über das hin, was ich wußte, und tat so, als würde ich eins zum anderen fügen. Als ich die Augen öffnete, war es fast acht Uhr morgens. Irgend jemand hatte *Bruja* auf den Block geschrieben und es durchgestrichen – ich konnte das Wort darunter entziffern.

Ich nahm eine Dusche, wartete, daß Pansy vom Dach runterkam. Checkte das Telefon – klar zum Gespräch. Unter der Nummer, die Lily mir von Wolfe gegeben hatte, klingelte es ein paarmal.

»Sonderfälle.«

»Miss Wolfe, bitte.«

»Am Apparat.«

»Burke hier. Ich möchte gern mit Ihnen über etwas reden.«

»Ja?«

»In Ihrem Büro – so das okay ist.«

Ich konnte spüren, wie sie zögerte.

»Ich hab was für Sie – etwas, das wertvoll für Ihre Arbeit sein wird.«

»Was?« fragte sie.

»Ich zeig es Ihnen lieber.«

Erneutes Schweigen. Dann:

»Wissen Sie, wo mein Büro ist?«

»Ja.«

»Kommen Sie um neun Uhr. Sagen Sie dem Mann am Empfang Ihren Namen.«

»Da bleibt mir nicht viel Zeit«, sagte ich ihr. »Ich wohne ganz oben im Westchester County – der Verkehr und alles ...«

»Neun Uhr *heute nacht,* Mr. Burke.«

Sie hängte ein. Ich ging wieder schlafen.

88

Der Tag wurde trüb – schmutzfarbener Himmel, ein kalter Wind lauerte über der Stadt, wartete auf seinen Einsatz. Ich sperrte alles aus, ging den ganzen Fall im Kopf durch und suchte nach dem Ansatzpunkt. Ich lief nicht herum, während ich nachdachte – nicht auf- und abzugehen ist eine der ersten Sachen, die du im Gefängnis lernst; es unterstreicht bloß, daß du in einem Käfig bist. Wenn du innerhalb deines Kopfes bleibst, kannst du über Mauern gehen.

Ich hatte das hier ganz falsch angepackt – all dem Lehrgeld, das ich über die Jahre in Knästen und Krankenhäusern gezahlt hatte, keine Aufmerksamkeit geschenkt. Etwas an diesem Fall machte mir Angst, doch das war so seltsam nicht. Ich habe die meiste Zeit Schiß – es bewahrt mich davor zu verblöden. Doch ich bin dran gewöhnt, vor den üblichen Sachen Schiß zu haben – etwa angeschossen zu werden oder noch mal zu sitzen ... nicht vor diesem *Bruja*-Unsinn, den mir Pablo erzählt hatte. Jemals einen Fighter gesehen, der sich bis in die Meisterschaftsrunde durchprügelt und dann beschließt, daß er ein beschissener *Boxer* ist, und die große Chance vermasselt? Man muß mit dem klarkommen, was einen bisher weitergebracht hat. Ich rauchte ein paar Zigaretten, dachte drüber nach. Das Verbrechen hatte mich nie reich gemacht, doch es hatte mir Freiheit gelassen. Und es war das, was ich am besten kannte.

Ich kam nicht vor dem späten Nachmittag in die Gänge, ließ mir Zeit, bis ich bereit war. Ich sah meine Kleidung durch, suchte nach etwas, das die Leute in Wolfes Gebäude nicht nervös machen würde. Ich stieß auf einen im Schrank hängenden schwarzen Wollanzug mit feinen Nadelstreifen. Er war nagelneu, aber vom Aufbewahren ein bißchen ramponiert – Autokofferräume bringen das fertig. Ich wählte dazu ein weißes Hemd – beste Hongkong-Seide, die wie reinstes Nylon aussieht. Und einen schlichten schwarzen Binder. Ich wusch mir die Haare und kämmte sie, so gut ich konnte. Rasierte mich sorgfältig. Polierte die schwarzen Stiefeletten. Ich checkte mich vor dem Spiegel durch. Kleider machen Leute – statt zu wirken wie ein Schlagetot, der die Docks beackerte, sah ich aus wie der Pilotfisch für einen Kredithai.

Ich steckte mir ein bißchen Geld in die Tasche, nahm ein paar andere Dinge, die ich brauchte, aus dem Schreibtisch und machte die Bude dicht. Pansy hob eine Augenbraue, noch immer von der Kubiktonne chinesisches Essen halb komatös. Ich erklärte ihr, ich würde spät zurückkommen, und nahm die Hintertreppe zur Garage.

Ich checkte meine Uhr. Kurz nach sechs. Eine Menge Zeit, etwas essen zu gehen, mich geistig auf die Begegnung einzustellen.

Als ich zum ersten Mal am Restaurant vorbeirollte, hing der blaue Papierdrache im Fenster. Cops drinnen. Ich fuhr weiter bis zur Division Street und dem Lagerhaus. Niemand in der Nähe. Ich checkte den Schreibtisch im Hinterzimmer, um zu sehen, ob irgendwelche Post die Warteschleifen, die ich zwischengeschaltet hatte, abgekreist hatte und inzwischen gelandet war. Flood wußte mit der Schleife umzugehen, doch sie hatte nie geschrieben. Der Schreibtisch war leer.

Als ich zurückfuhr, hing der weiße Drache an Ort und Stelle. Alles klar. Ich parkte an der Rückseite. Ein paar Köche blickten mich argwöhnisch an – vielleicht diejenigen, die die Wette um Pansys Nationalität verloren hatten. Ich nahm meinen Tisch im Hinterraum. Mama setzte sich zu mir hin und reichte mir eine Ausgabe der *News*.

»Du hattest die Cops hier, Mama?«

»Ja. Polizei sehr besorg um dies Laden. Die Gangs – Läden muß für Schutz bezahl. Sie frag mich, ob mir auch passier.«

Man konnte sehen, daß Mama allein den Gedanken für lächerlich hielt – die Gangs versuchten die Absahntour nur bei rechtmäßigen Unternehmen.

»Was hast du ihnen gesagt?«

»Ich sag ihn die Wahrheit. Niemand ärger mich. Du will Suppe?«

»Sicher«, sagte ich und schlug das Blatt auf, während sie wieder ihren Geschäften nachging.

Flower Jewel hatte ich fast vergessen. Ich blätterte die Zeitung auf der Suche nach ihrem Namen durch. Ich fand ihn, doch, doch er stimmte mich nicht heiter. Sie hatte sich früh gelöst, doch ein anderer Klepper hatte sie bis zum ersten Viertel auf 28:4 getrieben. Zu schnell. Sie fiel zurück ins Feld. Dann zog sie an der Dreiviertelmarke stark an und ging mit drei Längen in die Sattelplatzkehre. Tatsächlich hatte sie am Anfang der Zielgeraden die Führung, doch das kleine »1x« verriet mir die Geschichte – sie war gesprungen, als sie mehr Tempo hatte machen wollen. Lief als Vierte ein. Für mich sah das nach einem lausigen Kurs aus, doch Maurice wollte morgen sein Geld, keine Rennanalyse.

Ich löffelte meine Suppe aus, aß ein paar Dim-Sum, die der Kellner brachte, raucht etliche Zigaretten. Ich ging zum Kassentisch und schob Mama die dreihundert für Maurice und weitere dreißig für Max zu.

»Du nich so gut Wetter, Burke«, sagte sie, ein leichtes Lächeln auf dem Gesicht.

»Ich krieg nicht oft die Chance, auf'ne sichere Sache zu setzen«, erklärte ich ihr. »Etwa, wo ein Hund herkommt.«

Mama war nicht beleidigt. »Einzig Art zu wetten«, sagte sie.

Es war Zeit, Wolfe aufzusuchen.

89

Der Verkehr auf dem Weg zum Gericht war schwach. Ich verließ den Queens Boulevard und zog am Parkplatz der Staatsanwaltschaft vorbei, sah Wolfes Audi neben der Tür. Der Platz war halbleer, doch ich wollte den Plymouth nicht dort lassen. Einen halben Block weiter gibt es einen städtischen Parkplatz. Er wirkte wie ein Friedhof für die wenigen übriggebliebenen Autos. Dunkel und verlassen – ein Paradies für Straßenräuber. Ich drückte den Knopf, der die Zündung lahmlegt, und machte mir keine Gedanken drüber, daß selbst der mickrigste Dieb wegen des Radios einbrechen konnte. Ich benutze keinen Autoalarm – sie sind Zeitverschwendung, wenn du nicht dicht daneben stehst.

Als ich die Glastüren zur Staatsanwaltschaft aufstieß, war es Viertel vor neun. Der Typ am Empfang blickte von seinem Kreuzworträtsel auf. Er kam nicht mal bis zu meinem Gesicht.

»Der Knast ist nebenan«, sagte er.

»Weiß ich«, beschied ich ihn. »Ich hab eine Verabredung mit Staatsanwalt Wolfe.«

Mich noch immer nicht anschauend, hob er ein schwarzes Telefon auf seinem Pult ab, drückte ein paar Ziffern.

»Da ist 'n Anwalt hier – sagt, er hat 'ne Verabredung mit Wolfe.«

Er hörte eine Sekunde lang zu, blickte wieder auf. »Name?« fragte er.

»Burke.«

Er sagte meinen Namen ins Telefon, legte dann auf.

»Gehn Sie nach der Zwischentür rechts, letzte Tür am Ende des Ganges.«

»Danke«, sagte ich zu seinem Scheitel.

Ich fand mich mit Leichtigkeit zurecht. Wolfe saß hinter einem großen Schreibtisch. Die Platte war blankgefegt – in einem Cognacschwenker in der Ecke schwamm eine Orchidee. Zwei monströse Papierstapel waren auf dem Regal hinter ihr. Ich schätze, sie wußte, daß die meisten Knackis Spiegelschrift lesen können.

Sie trug einen weißen Wollblazer über einem flammend orangenen Kleid, eine Perlenkette um den Hals. Ihre Nägel waren um ein paar Töne dunkler als ihr Lippenstift – beides rot. Wolfe hatte ein sanftes, blasses Gesicht – ein Blick, und man konnte sehen, daß das nicht aus Angst war, es war ihre natürliche Farbe. Silberne Steckkämme schimmerten in ihrem glänzenden Haar. Als ich ins Zimmer kam, stand sie auf, langte über den Schreibtisch, um mir die Hand zu schütteln.

»Danke, daß Sie mich empfangen«, sagte ich.

»Ich kann Ihnen nicht versprechen, daß wir ungestört sind«, erwiderte sie. »In den anderen Büros sind noch eine Menge Leute bei der Arbeit.«

Ich konnte nicht sagen, ob es eine Warnung war – es machte nichts aus.

»Ich arbeite seit 'ner Weile an etwas«, sagte ich. »Und ich bin über Zeug gestolpert, an dem Sie meines Erachtens interessiert sein könnten.«

Sie zündete sich mit einem billigen Plastikfeuerzeug eine Zigarette an und stieß einen Aschenbecher mit einem aufgedruckten Hotelnamen in etwa in meine Richtung. Im Warten war sie gut.

»Jedenfalls«, sagte ich, »bin ich an 'nem Punkt angelangt, wo ich etwas mehr Informationen brauche – ein weiteres Stück vom Puzzle . . .«

»Und Sie glauben, ich habe dieses Stück?«

»Da bin ich mir sicher«, sagte ich.

Eine hochaufgeschossene Schwarze stapfte in das Büro; ignorierte mich, als wäre ich ein Möbelstück. Ihr Mund war ein scharfer Strich.

»Es gab Freispruch«, teilte sie Wolfe mit.

Wolfes Miene änderte sich nicht. »Ich rechnete damit«, sagte sie. »Sind Sie fest geblieben?«

»Fest geblieben?« fragte die schwarze Frau.

Ich wußte, was sie meinte, selbst wenn es die schwarze Frau nicht tat. Baby-Vergewaltiger haben eine gewisse Art zu grinsen, wenn sich die Geschworenen weigern, den Opfern zu glauben – als ob die Geschworenen sagen würden, es wäre okay, was sie getan hätten. Ein guter Ankläger schaut ihnen in die Augen und merkt sich ihre Gesichter.

»Was haben Sie getan, als der Vorsitzende das Urteil verlas?« stellte Wolfe die Frage andersrum.

»Ich bin zum Angeklagten hin – hab ihm gesagt, wir sehen uns wieder«, sagte die schwarze Frau.

»Sie sind fest geblieben«, erklärte ihr Wolfe. »Erste Runde, erinnern Sie sich?«

»Ich erinnere mich«, sagte die Schwarze. »Er kommt wieder. Und ich bin bereit.«

Wolfe lächelte – ich konnte die Hitze spüren, die von der hinter mir stehenden schwarzen Frau ausging. Sie wußte, was das Lächeln bedeutete.

»Wollen Sie morgen freinehmen?« fragte Wolfe.

»Ich nehme 'nen Tag frei, wenn Jefferson einfährt«, versetzte die Schwarze.

»Tun wir alle«, sagte Wolfe. Es war ein Schlußwort.

Ich zündete mir eine weitere Zigarette an. Wolfe hing hier nicht bloß rum, um mich zu treffen. Zeit, zur Sache zu kommen.

»Ich spiele bei dem hier mit absolut offenen Karten. Hat Lily mit Ihnen geredet?«

»Hat sie. Auch McGowan rief mich an.«

»Und?«

»Und ich weiß immer noch nicht, was Sie möchten, Mr. Burke.«

»Ich möchte . . .« fing ich eben an. Ein Typ, zirka einsfünfundsiebzig groß und einsdreißig breit, lief rein und trat zwischen Wolfe und mich. Seine Haare waren bis auf die Kopfhaut abgeschoren – er hatte ein rundes Gesicht, aber Polizistenaugen. Er trug ein schwarzes Strickhemd über einem Paar grauer Hosen. Das Hemd hatte kein Krokodil auf der Vorderseite, aber dafür ein Schulterhalfter. Der .38er war nur ein kleiner Fleck auf seiner breiten Brust. Er sah aus wie ein Ringer im Ruhestand oder ein Rausschmeißer in einer Hafenbar.

»Wie läuft's?« fragte er Wolfe, ohne den Blick auch nur einmal von mir zu nehmen.

»Jefferson wurde freigesprochen«, sagte sie.

»Jefferson ist ein elendes, beschissenes Stück Schleim«, sagte der schwere Typ, jedes Wort wie rohes Fleisch zerkauend.

Wolfe lächelte ihn an. »Das ist nicht Jeffersons Anwalt«, sagte sie.

Der schwere Typ zuckte die Achseln. Es war, als beobachte man ein Erdbeben. »Wollen Sie den Köter?« fragte er.

»Sicher, bringen Sie ihn rüber«, erklärte ihm Wolfe.

Der schwere Typ ging raus, behende auf den Beinen. Vielleicht war er Boxer statt Ringer gewesen.

Wolfe zündete sich eine weitere Kippe an und hielt die Hand hoch, bat mich zu warten.

Der schwere Typ war nach einer Minute zurück und hielt Wolfes Rottweiler an einer kurzen Lederleine.

»Hi, Bruise!« sagte Wolfe. Das Biest lief direkt an mir vorbei, legte die Pfoten auf den Schreibtisch und versuchte ihr das Gesicht abzulecken. Sie stupste ihn gutmütig weg. »Bruiser, auf Platz!« sagte sie.

Der schwere Typ hakte die Leine los. Der Rottweiler lief in eine Zimmerecke und ließ sich auf den Teppich plumpsen. Er beobachtete mich wie ein Junkie am Monatsersten die Briefkästen.

»Ich bin in der Nähe«, sagte der schwere Typ. Ich kapierte die Kunde – als ob der Rottweiler nicht genug wäre.

»Ich höre«, sagte Wolfe.

»Ich suche ein Bild. Von einem Kind. Ein Bild von einem Kind, das sexuell mit einem Mann verkehrt. Ich hab mit 'ner Masse Leute geredet, hab 'ne Masse Orte aufgesucht. Ich denke, ich weiß, wo das Bild ist. Ich denke, Sie kennen die Leute, die das Bild haben. Alles, was ich möchte, ist, daß Sie mir Namen und Adresse geben.«

»Sie sagten, Sie hätten etwas für mich?« fragte sie. Ein Blick auf Wolfe, und du wußtest, daß sie nicht von Geld redete – selbst im Queens County.

Ich schmiß das kleine lederne Adreßbuch, das ich dem Louis abgenommen hatte, auf ihren Schreibtisch. Sie rührte keinen Finger.

»Es stammt von 'nem Typ, der kleine Jungs verkauft. Am Times Square. Telefonnummern. Und 'ne Art Code.«

»Wie sind Sie da rangekommen?«

»Ich hab eine Kollekte erhoben – er hat es gespendet.«

Wolfe nahm einen Zug von ihrer Zigarette, legte sie in den überquellenden Aschenbecher, hob das Buch auf. Langsam blätterte sie die Seiten um, nickte vor sich hin.

»Wurde er verletzt, als er diese Spende machte?«

»Nicht schlimm«, sagte ich ihr. »Wenn Sie ihn selber fragen wollen, sein Name ist Rodney. Er arbeitet von diesem Hühnerschnellimbiß an der Sechsundvierzigsten, Ecke Achte Avenue aus.«

Wolfe nickte. »Und Sie möchten dieses Buch gegen die Information verkaufen?«

Ich spielte auf Risiko. »Es ist Ihres«, sagte ich ihr. »Egal, was Sie beschließen.«

»Haben Sie eine Kopie?«

»Nein«, log ich.

Wolfe trommelte mit den Nägeln am Schreibtisch. Es war keine Nervosität – sie tat das, wenn sie nachdachte. Irgendwo den Flur entlang klingelte ein Telefon. Es klingelte zweimal, dann hörte es auf.

Eine zierliche kleine Frau platzte in das Büro, das Gesicht rot angelaufen, und winkte mit einem Packen Papiere in der Hand. »Wir haben einen Ausdruck!« brüllte sie; die Worte blieben ihr im Hals stecken, als sie sah, daß Wolfe einen Besucher hatte. Der Rottweiler knurrte ob der Störung. Die Frau trug ihr sämtliches Haar oben auf dem Kopf aufgetürmt; ein riesiger Diamant funkelte an ihrem Finger. Sie stemmte die Hände in die Hüften. »Bruiser, *bitte*!« sagte sie.

Der Hund gab nach. Wolfe lachte. »Ich guck es mir später an, okay?«

»Okay!« rief die andere Frau und rannte aus dem Büro, als ginge sie zu einem Räumungsschlußverkauf.

»Sind alle Ihre Leute so aufgedreht?« fragte ich sie.

»Wir haben in diesem Trupp nur engagierte Leute«, sagte sie; ihre Augen beobachteten mich genau.

»Der Hund auch?«

»Auch er.« Sie befingerte ihre Perlenkette. »Was brauchen Sie?«

»Ich weiß, daß die Frau, die ich suche, Bonnie genannt wird. Ich weiß, daß sie am Cheshire Drive in Little Neck wohnt. Möglicherweise mit einem fetten Kerl.«

»Ist das alles?«

»Das isses. Sie hat 'nen Baby-Porno-Ring laufen – ich kann mir denken, daß Sie ein Auge auf sie haben.«

Wolfe sagte nichts, wartete auf mich.

»Und falls nicht«, erklärte ich ihr, »dann hab ich Ihnen bloß ein paar weitere Auskünfte gegeben, richtig?«

Wolfe holte Luft. »Was möchten Sie tatsächlich, Mr. Burke? Offensichtlich wissen Sie bereits, wie Sie diese Person finden können.«

Ich zündete mir eine Zigarette an – es war Zeit, ihr Bescheid zu sagen.

»Ich muß da reingehn – ich muß das Bild kriegen. Wenn ich es kaufen kann, tu ich's.«

»Und wenn nicht . . .?«

Ich zuckte die Achseln.

Wolfe langte hinter sich und zog einen Packen Papier auf ihren Schreibtisch. Einige Blätter waren lang und gelb – ich wußte, was sie waren.

»Mr. Burke, Lily hat mich angerufen, wie gesagt. Aber ich habe Sie meinerseits etwas überprüft, bevor ich diesem Treffen zustimmte.«

»Und?«

»Und Sie sind für die Strafverfolgungsbehörden nicht unbedingt ein Unbekannter, oder doch?« Sie ließ den Finger über die gelben Blätter gleiten, las laut und hob von Zeit zu Zeit den Blick zu meinem Gesicht. »Bewaffneter Raub, schwere Körperverletzung, bewaffneter Raub und Körperverletzung. Versuchter Mord, zwei Anklagen. Illegaler Waffenbesitz . . . Soll ich weitermachen?«

»Wenn Sie möchten«, sagte ich zu ihr. »Ich war damals 'nen Zacken jünger.«

Wolfe lächelte. »Sind Sie rehabilitiert?«

»Ich bin ein Feigling«, beschied ich sie.

»Wir haben siebenundzwanzig Festnahmen, zwei Verurteilungen wegen Straftaten, drei Einweisungen in Jugendanstalten, eine Einstufung als jugendlicher Straftäter.«

»Kommt mir in etwa bekannt vor«, sagte ich ihr.

»Wie sind Sie aus diesem versuchten Mord rausgekommen? Hier steht, Sie wurden bei der Verhandlung freigesprochen.«

»Es war eine Schießerei«, erklärte ich ihr. »Die Cops haben den Sieger festgenommen. Die andern Typen haben ausgesagt, es war ein anderer, der auf sie geschossen hat.«

»Ich verstehe.«

»Sagt Ihnen irgendwas auf dem Wisch, daß ich mein Wort nicht halte?« fragte ich sie.

Wolfe lächelte wieder. »Strafakten sagen einem nicht viel, Mr. Burke. Nehmen wir diese hier – sie verrät nicht einmal Ihren Vornamen.«

»Sicher tut sie's«, sagte ich ihr.

»Mr. Burke, das hier enthält für jedes einzelne Mal, bei dem Sie festgenommen wurden, einen anderen Vornamen. Maxwell Burke, John Burke, Samuel Burke, Leonard Burk, Juan Burke . . .« Sie hielt inne, wieder lächelnd. *»Juan?«*

»Dónde está el dinero?« fragte ich.

Diesmal lachte sie. Es war ein süßes Gackeln, die Art, die nur eine erwachsene Frau fertigbringt. Es ließ mein Herz sich nach Flood verzehren.

»Haben Sie einen echten Vornamen, Mr. Burke?«

»Nein.«

Wolfes Lächeln war ironisch. »Was steht auf Ihrer Geburtsurkunde?«

»Knabe, männlich, Burke«, sagte ich ihr, die Stimme unbewegt.

»Oh«, sagte Wolfe. Sie hatte genug Geburtsurkunden gesehen, um zu wissen, daß ich mir keinerlei Sorgen wegen eines Geschenks zum Muttertag machen mußte. Ich zuckte wieder die Achseln, zeigte ihr, daß es mir überhaupt nichts bedeutete. Heute.

Wolfe nahm ein weiteres Blatt Papier vom Schreibtisch – dieses war nicht gelb.

»Auch das FBI hat eine Akte über Sie«, sagte sie.

»Bundesweit hat's nie was gegen mich gegeben.«

»Das sehe ich. Doch Sie sind in diversen Verkäufen von Kriegswaffen als Verdächtiger geführt. Und die Aktenabgleichung mit der CIA zeigt, daß Sie beinahe ein Jahr lang außer Landes waren.«

»Ich reise gern«, beschied ich sie.

»Sie haben keinen Paß«, sagte sie.

»Ich bin nicht hierher gekommen, um Sie um 'ne Verabredung zu bitten«, sagte ich. »Ich bin auch nicht auf Stellensuche. Ich bewundere, was Sie tun – ich achte Ihre Arbeit. Ich dachte, ich könnte Ihnen helfen – und daß Sie mir auch helfen könnten.«

»Und wenn wir das nicht zustande bringen?«

»Ich geh in das Haus rein«, erklärte ich ihr, blickte ihr ins Gesicht wie der närrische Mistkerl, in den mich dieser Fall verwandelt hatte.

Wolfe hob das Telefon ab, drückte eine Nummer. »Nichts ist faul«, sagte sie. »Kommen Sie rein.« Sie hängte ein. »Ich möchte mich versichern, daß Sie nicht verdrahtet sind, okay? Dann reden wir.«

»Was immer Sie sagen«, erklärte ich ihr.

Der Rausschmeißer kam wieder rein, der .38er ging in seiner fleischigen Hand fast verloren.

»Ich sagte Ihnen, nichts wäre faul«, sagte Wolfe.

»Das war vor ein paar Sekunden«, bellte er. Der Rottweiler knurrte ihn an. »Guter Junge«, sagte er.

»Würden Sie diesen Herrn bitte mitnehmen und nachsehen, ob er etwas bei sich hat, das er nicht sollte«, hieß ihm Wolfe.

Der schwere Typ legte mir die Hand auf die Schulter – sie fühlte sich an wie ein Amboß.

»Es gibt keine Schwierigkeiten«, sagte Wolfe zu ihm, einen warnenden Unterton in der Stimme.

Wir gingen an ein paar Büros vorbei – die lange Schwarze las

etwas und machte sich Notizen, die kleine Frau mit dem aufge-
türmten Haar redete schneller als der Schall in ein Telefon, ein
gutaussehender schwarzer Mann studierte eine handgeschriebene Tabelle an der Wand. Ich hörte eine Telex-Maschine rat-
tern – schlechte Nachrichten für jemanden.

»Geht hier nie einer heim?« fragte ich den schweren Typ.

»Yeah, Freundchen – ein paar Leute gehn heim. Ein paar
Leute sollten daheim *bleiben*.«

Ich probierte keine weiteren Gesprächsanbahner. Er brachte mich in ein leeres Büro und zog die Absuchnummer durch,
ging vor wie ein Gefängniswärter, den du zu schmieren vergessen hast. Er brachte mich zurück zu Wolfe.

»Nichts«, sagte er enttäuscht. Er ließ uns allein.

Der Rottweiler saß neben Wolfe, beobachtete die Tür, während sie seinen Kopf tätschelte. Sie deutete wieder zur Ecke,
und er ging zurück, genauso widerspenstig wie der schwere
Typ.

»Mr. Burke, folgendermaßen ist die Lage. Die Frau, die Sie
zu besuchen beabsichtigen, heißt Bonnie Browne, mit einem
›e‹. Manchmal benutzt sie ebenso den Namen Young – es ist
ihr Mädchenname. Der Mann, mit dem sie zusammenwohnt,
ist ihr Gatte. George Browne. Er wurde zweimal wegen Kin-
desbelästigung festgenommen – eine Entlassung, eine Verfah-
rensaufnahme wegen Gefährdung. Verbüßte in Kalifornien
neunzig Tage. Sie wurde nie festgenommen.«

Ich langte in der Tasche nach den Kippen.

»Schreiben Sie ja nichts auf«, sagte Wolfe.

»Mach ich nicht«, erklärte ich ihr, die Kippe anzündend.

»Wir glauben, daß die Frau die Nummer eins einer großen
Anzahl von Firmen ist – Dachgesellschaften, in Wirklichkeit.
Doch sie operiert nicht wie die meisten Baby-Porno-Händler.
Verstehen Sie, was ich meine?«

»Yeah«, beschied ich sie. »Willst du Bilder – Videobänder,
was auch immer –, schickst du eine Geldanweisung an ein
Postfach in Brüssel. Wenn das Geld eintrifft, kriegst du eine
Postzustellung aus Dänemark, England oder irgendeinem Ort,
wo sie niedergelassen sind. Dann wird die Geldanweisung an

eine Offshore-Bank geschickt – möglicherweise auf den Cayman Islands –, und diese Bank gibt irgendeiner in den Staaten eingerichteten Briefkastenfirma einen Kredit.«

Wolfe blickte mich gedankenvoll an. »Sie sind da schon eine ganze Weile dran.«

»Ich mach 'ne Masse Arbeit – man schnappt hier und dort ein bißchen was auf – man fügt es zusammen.«

»Okay. Doch diese Frau arbeitet nicht so. Ihr Produkt ist etwas Besonderes. Sie garantiert, daß ihr ganzes Zeug Sammlerstücke sind. Keine Reproduktionen – jedes Bild gibt es nur einmal.«

»Was hindert 'nen Freak, die Bilder zu kopieren?«

»Sie prägt auf jedes Bild, das sie aufnimmt, eine Art Zeichen – etwa so.« Wolfe zeigte mir die winzige Zeichnung eines aufrecht stehenden Mannes, die Hand auf der Schulter eines kleinen Jungen. Sie sah aus, als wäre sie per Hand mit einem jener Nadelschreiber gezeichnet worden, wie sie Architekten benutzen. Nur daß sie von einem blassen Blau war. »Dieses Zeichen übersteht keine Kopie – sie benutzt etwas, das man Blauchromtinte nennt. Sie bringt jedes Zeichen selbst an – von Hand.«

»Was ist der Grund?«

»Es gibt zwei Gründe, Mr. Burke. Der erste ist, daß sie mindestens fünftausend Dollar pro Bild bekommt, so daß sie gewaltige Profite ohne große Masse erzielt.«

Ich nahm einen Zug von meiner Zigarette, wartete.

»Entscheidend ist der zweite Grund. Sie produziert Bilder auf Bestellung.«

»Sie meinen, irgendein Freak ruft sie an und sagt, er möchte dies und jenes abgehn sehn . . .?«

»Ja. Wenn Sie einen blonden Knaben im Skianzug möchten, bekommen Sie ihn.«

»Lassen Sie sie hochgehn?« fragte ich.

»Wir werden sie hochgehen lassen – aber nicht so rasch. Wir beginnen eben damit, die Bilder zu ihr zurückzuverfolgen. Wir haben jetzt noch keine Chance, einen Durchsuchungsbefehl zu bekommen.«

»Und wenn Sie um einen bitten, könnte es zu ihr durchdringen?«

Wolfe hob die Augenbrauen. »Sie sind ein zynischer Mann, Mr. Burke.«

»Diese schwarzen Talare, die die Richter tragen«, erklärte ich ihr, »die ändern einen innerlich nicht.«

Eine Minute lang sagte Wolfe nichts, befingerte ihre Perlen. »Verstehen Sie etwas von Durchsuchungsbefehlen?« fragte sie schließlich.

Jetzt wußte ich, warum sie sichergehen wollte, daß ich nicht verdrahtet war. »Ich weiß, wenn ein Bürger in ein Haus einbricht und Dope oder was auch immer findet, werden diese Beweismittel vor Gericht zugelassen, solange der Bürger nicht Angehöriger einer Rechtsbehörde ist.«

»Hm . . .« sagte Wolfe ermutigend. Ich hatte ihr nicht mitgeteilt, was sie wollte. Noch nicht.

»Ich weiß ferner, daß die Polizei, wenn sie an einen Tatort gerufen wird . . . angenommen, weil ein Einbruch geschieht . . . und dort etwas Schlimmes findet, es nehmen kann.«

»Und vor Gericht benutzen.«

»Und vor Gericht benutzen«, stimmte ich zu.

Wolfes Gesicht war fest und unbewegt. »Diese Frau würde keinen Einbruch melden«, sagte sie.

Ich zündete mir die letzte Zigarette an. »Haben Sie ihr Haus unter Beobachtung?«

»Wir könnten – von morgen an.«

»Rund um die Uhr?«

»Ja.«

Ich nahm einen Zug von meiner Kippe.

»Jeder Bürger hat die Pflicht, Menschen zu retten, wenn ein Brand ausbricht«, sagte ich.

Wolfe streckte ihre Hand über den Schreibtisch aus. Ich führte sie rasch an meine Lippen, bevor sie irgendwas tun konnte, und lief aus ihrem Büro raus.

90

Ich brauchte ein paar Tage, um die Dinge auf die Reihe zu kriegen, sagte mir dabei, daß ich mir die Siff-Fabrik nicht in der allerersten Nacht vorknöpfen wollte, in der Wolfes Leute auf dem Posten waren. Die Wahrheit war, daß ich wieder zu mir selber finden wollte – vorsichtig werden, die Knackpunkte abchecken, einen Weg finden, wie der Job mit dem geringstmöglichen Risiko zu erledigen war.

Doch in meinem Kopf vermanschte sich alles. Für den Anfang würde ich einen kleinen Trick austüfteln – vielleicht den Maulwurf die Telefone abknipsen lassen, wie ein Reparaturmensch ausstaffiert reinlaufen, rumschauen. Oder vielleicht einen sachten Bruch mit Einsteigen, während sie beide mit ihrem Schulbus außer Haus waren. Egal, was ich probierte, es würde nicht passen. Du kannst keine Leute austricksen, die maßgeschneiderte Baby-Pornos produzieren.

Ich dachte drüber nach, wie sehr die ganze lausige Sache außer Kontrolle war. Eine Frau wie Wolfe könnte ich nie bekommen. Flood kam nicht zurück. Ich konnte damit leben, daß ich die Frau, die ich wollte, nicht bekommen konnte; ich hatte massenhaft Erfahrung damit, keine Wahl zu haben. Aber mit Strega konnte ich nicht leben. Ich mußte diese *Bruja*-Frau aus meinem Leben brennen, bevor sie mich mit sich riß.

Der Prof meldete sich zurück. Er war ein paarmal an unserem Objekt vorbeigetigert. Dann hatte er geklopft und gefragt, ob sie irgendwelche Gartenarbeit zu vergeben hätten. Die Frau ging selbst an die Tür – sagte ihm, er solle sich verpissen. Keine Spur von Sicherheitskräften.

Ich besorgte mir von der Stadt die Baupläne des Hauses. Checkte das Hintergrundmaterial durch – das Haus gehörte der Frau und ihrem Gatten gemeinsam. Vor zirka zehn Jahren für 345 000 Dollar erworben. Der übliche Bankkredit. Fünfzig Kröten verschafften mit Einblick in die Papiere – sie hatte ein bißchen mehr als hundert Riesen hingelegt. Gab ihren Beruf mit »Investment-Berater« an. Nannte ein Einkommen von beinahe 250 000 Dollar im Jahr.

Bei der Telefonfirma verlangen die Angestellten, die Informationen verkaufen, mehr – sie wähnen sich immer noch in Monopolstellung. Zwei Telefone im Haus – beide Nummern nicht im Buch. Ihre gemeinsame Rechnung belief sich auf fünfhundert Dollar im Monat, meistens für Ferngespräche. Bloß aus Jux und Tollerei checkte ich die Nummern mit denen gegen, die ich mir aus dem Telefonbuch des Luden kopiert hatte, das jetzt bei Wolfe lag. Keine davon paßte – sie spielten in einer anderen Liga.

Es wurde Zeit, daß ich wieder zu mir fand.

91

Ich trommelte den Großteil der Mannschaft ohne Probleme zusammen, doch ich konnte Michelle an keiner ihrer üblichen Stellen finden. Schließlich zog ich in *The Very Idea,* eine Transsexuellen-Bar, wo sie rumhängt, wenn sie nicht arbeitet.

»Sie läßt sich die Haare schneiden, Darling«, verriet mir ihre Freundin Kathy.

Ich verzog das Gesicht – ihr bevorzugter »Salon« erinnerte mich an einen Wellensittichkäfig, rumfliegende Federn, schrilles Geschrei, und der ganze Boden voller Scheiße.

»Oh, Burke, mach nicht so 'n Gesicht. Keiner geht *da* mehr hin. Daniel hat einen sagenhaften Laden an der Fünften aufgemacht – hier is die Karte.«

»Danke, Kathy«, sagte ich und warf einen Zwanziger auf den Tresen, um ihren Deckel zu übernehmen.

»Wir sehn uns, Schöner«, erwiderte sie. Ich denke nicht, daß es die zwanzig Kröten waren – Transsexuelle haben einfach mehr Einfühlungsvermögen.

La Dolce Vita lag ein paar Treppen hoch. Es gab einen winzigkleinen Fahrstuhl, doch ich nahm die Stufen. Ich machte mir keine Sorgen, daß ich in irgendwas reingeraten konnte, aber wenn ich zu mir selbst finden wollte, wurde es Zeit, damit loszulegen.

Der Schuppen bestand aus lauter Pastellfarben und Spiegeln. Das Wartezimmer war dekoriert mit Leuten, die die italienische Ausgabe der *Vogue* lasen und Kaffee aus Glastassen tranken. Die Empfangsdame befand sich in einer kleinen Insel in der Mitte und beobachtete die Sause.

»Kann ich Ihnen helfen, mein Herr?« fragte sie.

»Ist Daniel da?«

»Er hat einen Kunden.«

»Den Kunden möchte ich ja – wohin muß ich?«

Sie deutete gradeaus. Ich folgte ihrem Finger in einen die Fifth Avenue überblickenden Raum – schräg stehende Fenster, der breite Sims voller Blumen. Michelle wurde gerade von einem schlanken Mann in einem weißen Pulli über Bluejeans – weiße Laufschuhe an den Füßen – auffrisiert. Sie steckte mitten in einem heißen Meinungsaustausch mit der Frau im Stuhl nebenan.

»Süße, erzähl mir bitte nichts über die Geheiligte Küste. Das einzige, was Los Angeles je zur Kultur beigetragen hat, ist der mobile Mord!«

Bevor Blut floß, ging ich dazwischen.

»Burke!« rief sie. »Du kommst grade rechtzeitig.«

»Für was?« fragte ich sie.

»Für *Daniel*«, sagte sie, als käme ich von einem anderen Planeten. »Er hat grade 'ne Absage gekriegt – und du brauchst 'nen Haarschnitt.«

Daniel und ich gaben uns die Hände – er hatte einen festen Griff, auf dem Gesicht ein ironisches Lächeln.

»Burke«, sagte er. »Wie ist Ihr Vorname?«

»Ich zahle nicht mit Scheck«, beschied ich ihn.

»Hörst du damit *auf*?« schnauzte Michelle, drehte ihren Stuhl und boxte mich auf den Arm. »Das ist kein Billardsalon.«

»Kann ich 'ne Minute mit dir reden?« sagte ich.

»Rede.«

»Nicht hier.«

Michelle seufzte. »Oh, wirklich – immer isses so 'ne große

Sache. Gib mir bloß noch 'n paar Minuten – setz dich«, sagte sie, auf den Stuhl neben sich deutend.

»Das muß sowieso ein paar Minuten so bleiben, Michelle«, erklärte ihr Daniel, ihre Frisur tätschelnd.

»Überarbeite dich nicht, Baby. Jedenfalls, meinem Freund mußt du auch die Haare schneiden.«

Daniel warf mir einen fragenden Blick zu. Ich zuckte die Achseln – sei's drum.

»Sie müssen Sie erst waschen lassen«, sagte er.

»Können wir sie nicht bloß schneiden?«

»Es muß feucht sein«, sagte er mit einem Seitenblick zu Michelle.

»Er ist im Stall aufgewachsen«, seufzte Michelle.

Ich ließ mich von einem Mädchen in ein anderes Zimmer führen, wo man mir Shampoo in die Haare rieb, es ausspülte, alles noch mal machte. Daniel spielte immer noch mit Michelles Haar, als ich zurückkam.

»Wie finden Sie diesen Schnitt?« fragte er.

»Tun Sie, was Ihnen paßt«, beschied ich ihn. Ich sah ihn wieder zu Michelle schielen. »Keinen Blödsinn«, warnte ich ihn.

Er lief aus dem Raum, um etwas zu holen, das er brauchte.

»Michelle, wir haben heut nacht was vor, okay?«

»Ein Telefonjob für mich?«

»Und auch was mit dem Maulwurf«, sagte ich ihr. Ausnahmsweise stichelte sie nicht über den Maulwurf.

»Welche Zeit?«

»Wir treffen uns gegen fünf, halb sechs. Mamas Keller, okay?«

»Ich bin da, Baby«, beschied sie mich, gab mir einen raschen Kuß und lief raus.

Daniel schnitt mir die Haare fertig. Jetzt, da der Raum ruhig war, war es wie in einer echten Barbierstube – er verstand sogar was von Preisboxen. Als er fertig war, sah ich wie vorher aus – Daniel erklärte mir, das wäre die Kunst.

Ich ging raus zur Empfangsdame und fragte nach Michelle.

»Oh, sie ist vor ein paar Minuten gegangen. Sie sagte, Sie würden Ihre Rechnung zusammen mit Ihrer begleichen.«

Was sollte ich tun? »Okay, was macht alles zusammen?«

»Einen Moment . . .« bat sie mich freundlich, »plus Steuer sind das hundertundsiebzig Dollar und sechsundfünfig Cents.«

»Was?«

»Michelle hatte einmal Legen, Färben, Maniküre und Pediküre«, sagte sie, als erkläre das alles.

Ich hinterließ kein Trinkgeld für Daniel – wenn ihm der Schuppen gehörte, hatte er eine Lizenz zum Stehlen.

92

Halt stille!« befahl Michelle. Sie saß neben mir, hielt meine rechte Hand auf einem Brett ausgestreckt, das sie auf dem Schoß hatte, arbeitete sorgfältig mit dem Rapidografen und zeichnete mir die gekreuzten Blitze der Wahren Bruderschaft auf.

Der Prof spitzte mir über die Schulter – er wußte besser als alle anderen, wie das Original aussah.

»Du hättest Künstler werden sollen, Baby«, beglückwünschte er sie.

»Süßer«, sagte Michelle. »Ich *bin* Künstler – ich gebe dem Begriff ›befriedigter Kunde‹ eine völlig neue Bedeutung.«

Max saß in Lotusstellung an der Wand von Mamas Keller. Er war ganz in Schwarz gekleidet, nicht die zeremonielle Seide, die er gewöhnlich im Kampf trug – irgendein mattes, glanzloses Material. Über dem Gesicht trug er eine Kapuze aus demselben Zeug. Sie bedeckte seinen Nacken und ging in die Jacke über – nur seine Augen waren sichtbar. Er werkelte mit einer schwarzen Paste herum, mit der er sich die Hände einrieb.

»Maulwurf, hast du das Auto?«

Er nickte. Wir würden uns dem Haus nicht mit dem Plymouth nähern. Michelle sollte ihn ein paar Straßen entfernt abstellen – falls uns irgend jemand folgte, wechselten wir die

Autos und ließen die nirgendwo registrierte Rostlaube des Maulwurfs zurück.

»Die Telefone fallen um halb zwölf aus?« fragte ich ihn.

Wieder nickte er. Es gab dort keinen Einbruchalarm, und auch keine direkte Verbindung mit dem örtlichen Polizeirevier. Würde es jedenfalls nicht.

Wir brauchten es nicht erneut durchzugehen. Michelle würde anrufen, sich verhalten, als wäre sie eine Telefonberaterin, darum bitten, den Hausherrn zu sprechen. Wenn der Ehemann ranging, würde sie ihr Bestes tun, ihn am Telefon hinzuhalten, während ich an der Vordertür klingelte. Max würde hinten über den Zaun gehen, ins Haus eindringen. Er würde jeden ausschalten, den er entdeckte, die Frau ausgenommen – ich mußte mit ihr reden. Falls die Frau an die Tür ging, würde ich sie mir eben dort schnappen, sie reinbringen und die Bilder holen. Falls die falsche Person an die Tür ging, würde ich ihr die Pistole zeigen, mein Spiel dort spielen, während sich Max durch das übrige Haus vorarbeitete.

Und falls mir das Aussehen des Hauses von vorn nicht gefiel, würde ich mir einen eigenen Weg ins Innere suchen.

Sowohl der Prof als auch ich hatten einen kleinen Radiosender, die der Maulwurf gegengeschaltet hatte. Wenn ich den Knopf drückte, würde der Prof ans Steuer der Rammkiste klettern und den Motor starten. Ich kam dann aus der Vordertür geschossen. Und der Maulwurf würde das Haus in eine Müllverbrennungsanlage verwandeln. Dann würden er und Max wieder über den Zaun steigen und dahin gehen, wo Michelle wartete. Bis Mitternacht sollte alles vorbei sein.

Michelle war mit meiner Hand fertig und fing mit meinem Gesicht an. Die dicke Faschingsschminke machte mich ein paar Töne dunkler, und der schwarze Schnurrbart veränderte meine Gesichtsform noch mehr. Ich würde einen Hut auf dem Kopf und eine dunkle Brille vor den Augen tragen.

»Was hat McGowan gesagt, als du ihm den Bengel gebracht hast ... Terry?« fragte ich sie.

Sie antwortete nicht – ich sah etwas auf ihrem Gesicht, der Mund starr und hart.

»Michelle?«

»Ich hab ihn nicht zu McGowan gebracht«, sagte sie.

»Was hast du mit ihm gemacht?« fragte ich sie, ohne die Stimme zu heben.

»Burke, er konnte nicht nach Hause. Sein Vater ist 'n übles Schwein – er is derjenige, der mit ihm angefangen hat.«

»Deswegen ist er davongerannt?«

»Er is nicht davongerannt – sein Vater hat ihn dem Louis verkauft.« Und die Leute denken immer noch, daß es die Luftverschmutzung sein wird, die uns eines Tages umbringt.

»Was hast du mit ihm gemacht?« fragte ich sie wieder.

»Er is jetzt mein Kind«, sagte sie. »Ich kümmere mich um ihn.«

»Michelle«, sagte ich, die Stimme geduldig, doch der Verstand schrie *Ärger!*, »du kannst den Bengel nicht im Hotel behalten. Früher oder später wird jemand . . .«

»Er is bei mir«, sagte 1er Maulwurf.

»Auf dem Schrottplatz?«

»Ich hab ihm ein Zimmer eingerichtet«, sagte der Maulwurf, einen verletzten Unterton in der Stimme.

»Der Maulwurf unterrichtet ihn, Burke«, sagte Michelle. »Er lernt alles, Elektronik und so Zeug. Er is echt clever. Du würdest nicht glauben, was er schon . . .«

»Lieber Gott!«

»Burke, er ist *mein* Junge, okay? Wir bringen ihn zu SAFE. Lily will mit ihm arbeiten. Er wird in Ordnung kommen.«

»Was, wenn jemand ihn sucht?«

»Was, wenn?« forderte sie mich.

»Michelle, hör 'ne Minute zu. Du gehst auf den Strich, Baby. Was für 'ne Mutter wärst du denn?«

»Besser als die Mutter, die du hattest«, sagte sie, die Stimme ruhig.

Ich zündete mir eine Zigarette an. Vielleicht würde der Bengel nie auf eine weiterführende Schule gehen, doch der Staat gibt die schlechteste aller Mütter ab.

»Er ist einer von uns«, sagte der Maulwurf mit einem Blick auf Michelle.

Ich gab auf. »Erwartet bloß nicht, daß ich den gottverdammten Onkel spiele«, sagte ich.

Michelle gab mir einen Kuß auf die Backe. »Wenn ich erst operiert bin, werd ich ihn adoptieren, Burke. Er kann aufs College gehen und alles ... du kannst ihm ein paar Papiere türken ... ich hab schon angefangen, Geld beiseite zu legen ...«

»Weiß ich«, sagte ich. »Und der Maulwurf wird ihm ein Schoßhündchen kaufen, richtig?«

»Er hat massenhaft Hunde«, sagte der Maulwurf mit ernster Stimme.

Ich krümmte die Finger zu einem »Okay«-Zeichen in Richtung Max. Er war weg. Ich starrte in die Ecke, wo er gewesen war und mit der schwarzen Paste herumgewerkelt hatte, fragte mich, wie er das geschafft hatte – und dann sah ich ihn. Er hatte sich gar nicht bewegt – die schwarze Kleidung schluckte das Licht, so daß er nurmehr ein Schattenfleck war. Sie würden ihn niemals kommen sehen.

Der Prof kam rüber und stellte sich neben mich. »Burke, wenn die Frau nichts sagt, gehst du dann ungefragt?«

Ich dachte daran, was Mama vor so langer Zeit gesagt hatte. Keine Regeln. »Ich geh mit dem Bild wieder raus, Prof«, sagte ich ihm. »Hier geht's aufs Ganze, Knast oder Friedhof. Wenn es danebengeht, tust du, was du zu tun hast.«

»Ich weiß, was ich zu tun habe«, sagte er.

Ich blickte ein letztes Mal in die Runde.

»Ziehn wir's durch«, sagte ich ihnen.

93

Vorsichtig geleitete ich den Konvoi aus zwei Autos durch Manhattan, ich in der rotbraunen Cadillac-Limousine, die der Maulwurf wieder zusammengeschweißt hatte, Michelle folgte im Plymouth. Der Prof kauerte unter dem Armaturenbrett auf der Beifahrerseite des Cadillac und quasselte ohne Punkt und Komma. Er schien sich nicht unwohl zu fühlen – für einen Typ, der sein halbes Leben vorgegeben hat, er hätte keine Beine, war es keine große Sache, sich unter dem Armaturenbrett zu verstecken. Der Maulwurf fuhr vorn im Plymouth neben Michelle. Max war im Kofferraum.

Laut Stadtplan war die Sackgasse am Ende des Cheshire Drive, doch ich hatte das Feld ein paarmal persönlich abgeschritten, um mich mit dem Gelände vertraut zu machen. Die Rückseite des Hauses wurde durch dieselbe Mauer, die um die Vorderseite lief, von einem kleinen Park abgegrenzt. Ich brachte den Cadillac zum Stehen und checkte den Spiegel. Michelle war hinter mir rangefahren und stieg aus, um die Haube des Plymouth aufzuklappen, als hätte sie Probleme mit dem Motor. Ich zog die Starthilfekabel raus und bereitete mich für den Fall, daß sich irgendein Beobachter wunderte, was wir alle machten, darauf vor, sie anzuklemmen.

Alles klar. Ich öffnete den Kofferraum des Plymouth, und Max schwebte raus. Eine Sekunde lang war er ein schwarzer Fleck vor der weißen Mauer; dann war er weg.

»Erinnerst du dich, wo die Telefonzelle ist?« fragte ich Michelle.

Ein verächtlicher Blick war die ganze Antwort, die ich kriegte.

Ein schwarzes Seil flog über die Mauer. Der Maulwurf schulterte den Riemen seines Ranzens, fand Halt und zog sich hoch. Sowohl der Prof als auch ich griffen uns ein Bein und schoben zusätzlich – der Maulwurf ist nicht der Beweglichste. Wahrscheinlich würde ihn Max auf dem Rückweg über die Mauer werfen.

»Du machst den Anruf – du hängst ein – du kutschierst *langsam* wieder hierher und wartest, bis Max und der Maulwurf über die Mauer kommen, okay? Falls es Ärger gibt, wird's vor dem Haus sein.«

»Ich bin hier«, sagte Michelle.

Der Prof und ich stiegen wieder in den Cadillac und rollten ruhig davon, Michelle klebte direkt hinter uns. Bloß um sicher zu sein, fuhr ich an der Telefonzelle vorbei und wartete, bis ich ihre Bremslichter aufleuchten sah. Ich checkte meine Uhr – elf Uhr fünfundzwanzig.

Der Cadillac bog in den Cheshire Drive und glitt an einem schwarzen Ford mit zwei Männern im Inneren vorbei. Wolfes Leute waren wirklich subtil. Ich dachte drüber nach, wie leicht es für jemanden wäre, auf unserem Rückweg die Straße zu sperren, und checkte den gepflegten Zierrasen vor den teuren Häusern zu beiden Seiten. Eine Menge Platz.

Ich benutzte die kurze Auffahrt vor dem Haus zum Umkehren und stellte den Cadillac mit der Schnauze in Gegenrichtung. »Los«, flüsterte ich dem Prof zu.

Leise schloß ich die Tür des Cadillac. Die Vorgartentür war abgesperrt. Ich sprang hoch und hielt mich oben fest, zog mich in Sekundenschnelle hoch, ließ mich auf der anderen Seite fallen. Rasch sicherte ich den Weg zur Vordertür, die Ohren schmerzten mir vom Lauschen auf Sirenen.

Die Tür war schwarz – ein dramatischer Kontrast zur Steinfassade des Hauses. Ich konnte weder Klopfer noch Klingel sehen. Weiches Licht flutete aus einem großen Erkerfenster, doch das Haus war ruhig. Ich schlich von der Tür weg, linste durch das Vorderfenster. Es war ein Wohnzimmer, in dem nie jemand gewohnt hatte – Plastik über den Möbeln, jedes Stück an seinem Platz, weder ein Zigarettenstummel noch eine alte Zeitung zu sehen. An der Vordertür zu klingeln wäre ein Fehler. Vielleicht schliefen sie schon alle, vielleicht verschliefen sie sogar Michelles Telefonanruf.

Ich glitt von der Vordertreppe und herum zur Seite des Hauses, checkte jedes Fenster nach menschlichen Wesen ab. Nichts. Der Schuppen war so ruhig wie ein Treffen russischer Bürgerrechtler.

Ein doppelspuriger Fahrweg führte um die Front herum zur Seite und verschwand in einer sanften Kurve hinter dem Haus. Ich folgte ihm, spürte den glatten Belag unter den Füßen und checkte die Reihe der vom Haus weggerichteten Flutlichter. Jetzt waren sie dunkel, doch es mußte irgendwo im Innern einen Schalter geben. Der Fahrweg endete in einer tränenförmigen Betonfläche hinter dem Haus – ein schulbusgelber

Kombi stand neben einer dunklen, anonymen Limousine. Ein abgeschrägter Anbau war dem Haus angefügt. Er sah wie eine Garage aus, doch es mußte der Eingang zum Keller sein.

Langsam drehte ich eine weitere Runde ums Haus, bevor ich zum aussichtsreichsten Punkt zurückkehrte – dem Fenster an der hinteren Ecke des Hauses, wo es stockduster war. Am Rahmen waren keine elektrischen Kontakte – und Drähte konnte ich auch nicht sehen. Ich zog ein Paar Handschuhe an, bevor ich das Fenster zu heben versuchte. Das Holz wirkte ziemlich alt – ich wollte mir keine Splitter holen. Es war verriegelt. Ich nahm eine Rolle Klebeband aus meinem Mantel und überzog damit vorsichtig die Scheibe rund um den Riegel. Ich verwendete dabei drei Lagen Band, ließ die Enden lose, preßte es von Ecke zu Ecke an. Dann der kleine Gummihammer; sachte klopfend arbeitete ich mich von den Ecken bis zur Mitte der Scheibe vor. Mein Herz schlug heftig, wie immer, wenn ich arbeite, doch ich atmete langsam durch die Nase, hielt es unter Kontrolle. Wirst du bei diesen Jobs zu nervös, kriegst du massenhaft Zeit zum Nachdenken an einem Ort, wo die Fenster kein Glas haben.

Ich legte die Hand flach gegen die Fensterscheibe, bearbeitete das gesprungene Glas vorsichtig, während ich es aus dem Rahmen kitzelte. Es gab ein winziges Knistern, wie wenn man die Zellophanhülle einer Packung Kippen zerknüllt. Ich ließ die Hand reingleiten und drückte gegen das Klebeband; das zerbrochene Glas gab nach. Ich fand den Riegel. Zog sachte die Hand zurück und begann das Fenster aufzuhebeln. Alle paar Zentimeter oder so sprühte ich etwas flüssiges Silikon in die Laufschiene, damit es aufging wie geschmiert.

Als das Fenster oben war, holte ich ein paarmal tief Luft, um mich zu beruhigen. Dann steckte ich den Kopf rein und riskierte einen kurzen Strahl mit der Taschenlampe. Es sah aus wie ein Herrenzimmer, die Sorte, die man in Illustrierten sieht. Große lederne Lehnsessel, in einer Ecke ein Fernsehgerät, eine Art Täfelung an der Wand. Der Raum wirkte tot und muffig, als würde er nie benutzt.

Ich kletterte über den Sims und stieg in den Raum, zog das

Fenster hinter mir zu, rechnete sämtliche Straftatbestände im Kopf zusammen. Hausfriedensbruch und unerlaubtes Betreten. Einbruch in ein bewohntes Haus. So weit, nicht so schlecht. Ich zog mir die dunkle Nylonstrumpfmaske über den Kopf, schob sie zurecht, damit ihre Schlitze über meine Augen paßten. Als es sich richtig anfühlte, nahm ich die Pistole aus meiner Tasche. Von nun an wurde es schwerkriminell.

Ich trat in einen langen, an einer Seite des Hauses verlaufenden Flur. Zu meiner Rechten war eine Wohnküche, Fenster auf beiden Seiten. Zu meiner Linken war der Eingangsraum, von dem das plastiküberzogene Wohnzimmer abging. Noch immer ruhig. Die ganze Bude war mit dickem Teppichboden in einer schmutzähnlichen Farbe ausgelegt. Ich denke, man nennt es »Humuston«. Auf der Suche nach der Treppe tappte ich den Flur entlang in Richtung Vordertür. Auch die Stufen waren teppichbezogen, doch wie vorher belastete ich jede einzelne behutsam.

Auf der Hälfte der Treppe hörte ich die Musik. Irgendein orchestrales Zeug, aber echt leicht – lauter Streicher und Flöten. Ich kam oben an, wartete, jetzt angestrengt lauschend. Die Musik kam aus einem Zimmer auf der Rückseite des Hauses, dem einzigen Zimmer mit Licht – ich konnte nicht reinschauen. In die entgegengesetzte Richtung steuernd, glitt ich um die Spindel am Kopf der Treppe. Der erste Stock war nicht annähernd so groß wie das Erdgeschoß – bloß zwei Zimmer, die nach Schlafraum aussahen, zur Straße gewandte Fenster. Jedes hatte sein eigenes Badezimmer daneben. Ich riskierte kein Licht, um genauer nachzusehen, checkte bloß ab, daß niemand da schlief. Die Zimmer waren total dunkel. Leer.

Ich lief in Richtung offener Tür am anderen Ende, in Richtung Musik, und wußte nicht, wie weiter. Als ich näherkam, konnte ich sehen, daß die Tür am anderen Ende des Zimmers war; alles Übrige lag rechts davon. Ich nahm die Pistole mit beiden Händen und hielt sie über der rechten Schulter hoch über den Kopf; mein Rücken war an der Wand. Dann trat ich mit dem linken Fuß vor, wirbelte herum, brachte die Pistole runter und vor die Brust, sicherte den Raum.

Eine kleine, stämmige Frau saß auf einem Stuhl an einem weißen Zeichentisch und starrte auf etwas unter einer Zeichenlampe. Das Licht kam von hinten – ich konnte ihr Gesicht nicht erkennen. Sie trug einen gesteppten rosa Bademantel, orthopädische Schuhe an den Füßen. Sie blickte nicht einmal auf, konzentrierte sich auf etwas. Fast war ich schon über ihr, als sie aufsah.

»Kein Schrei«, sagte ich ihr, die Stimme ruhig, und zeigte ihr die Pistole.

Sie machte den Mund weit auf, schluckte mit rausquellenden Augen statt dessen eine Ladung Luft runter. »Oh, mein Gott!« sagte sie, als hätte sie das hier erwartet.

»Bleib bloß still, und dir passiert nichts«, sagte ich, noch immer ruhig und leise, und langte sacht zu ihr hin.

»Was soll das?« fragte sie mit zittriger Stimme.

»Es geht um ein Bild, Schnalle«, sagte ich ihr, die Stimme durch die Nylonmaske gedämpft, und packte mit einer behandschuhten Hand die Vorderseite ihres Mantels. »Ich möchte ein Bild, das du hast. Verstanden?«

Mit einem kläglichen Rupfen an meinem Arm versuchte sie sich loszureißen. Ich schlug ihr die Pistole leicht über das Gesicht. Ich brachte mein Gesicht so nah ich konnte an ihres. »Ich hab meine Befehle – entweder bring ich das Bild oder deinen scheiß Kopf!«

Die Frau verdrehte die Augen und sank gegen mich – wieder riß ich ihr Gesicht hoch – sie atmete keuchend, aber sie wurde nicht ohnmächtig. Ich packte sie am Genick, hielt ihr mit der anderen Hand die Pistole vors Gesicht, zog sie vom Stuhl, schleppte sie zu einem Sessel neben einem Hirnholzpult in der Ecke. Eine Bogenlampe schien auf einige Papiere. Ich drückte die Frau in einen tiefroten Ledersessel und trat zurück.

»Wer sind Sie?« fragte sie.

»Ich bin ein Mann mit einem Job, verstanden? Ich habe nicht ewig Zeit.«

Ich schmiß das Bild, das Strega mir gegeben hatte, vor ihr auf den Tisch. Ihre Augen zuckten drüber, doch sie rührte sich nicht.

»Das is der Bengel«, sagte ich ihr. »Irgendwo in diesem Haus hast du ein Bild von ihm. Ich will es.«

»Warum sollte ich ein Bild ...?«

Ich trat vorwärts und schlug ihr rückhändig übers Gesicht, nicht zu stark – grade genug, damit ihr klarwurde, was sie zu tun hatte. Ich begann Dinge aus meiner Tasche zu ziehen – eine kleine Rolle Klaviersaite, eine kleine Glasflasche mit einer klaren Flüssigkeit, einen Lederriemen, und ein Rasiermesser. Die Frau bekam große Augen.

Ich trat wieder zu ihr – sie duckte sich, das Gesicht mit den Händen bedeckend. Keine Ringe an den Fingern – kein Lack auf den Nägeln. Ich ließ den Lederriemen an ihren klammernden Händen vorbeischlüpfen, befestigte ihn als Knebel in ihrem Mund. Sie warf sich nach vorn – ich rammte ihr den Handballen in die Brust – sie stieß einen Luftschwall aus und sackte über der Taille vorwärts. Ich brauchte eine weitere Minute, um ihre Handgelenke mit dem Klavierdraht an die Sessellehnen zu schnallen.

Ihr Mund schwieg, doch ihre Augen schrien. »Du hast zwei Chancen«, erklärte ich ihr. »Siehst du die Flasche? Das is Äther. Um dich auszuknocken. Wenn ich das tun muß, säble ich dir die Finger von deiner Hand ab. Einen nach dem andern. Und ich warte, bis du aufwachst, Schnalle. Und wenn du aufwachst, schreist du, verstanden?«

Ihr Gesicht wirkte hinter dem Knebel wie zweigeteilt.

»Verstehst du!« fauchte ich sie an.

Sie nickte derart heftig mit dem Kopf, daß er ihr von den Schultern zu fallen drohte.

»Ich nehme den Knebel jetzt raus – sagst du mir nicht, was ich wissen will, verblutest du hier und jetzt auf diesem Stuhl. Und an den beschissenen Stumpfen.«

Ich zog ihr den Knebel aus dem Mund – sie rang nach Luft, keuchte, als ob sie eine Meile gerannt wäre.

Ich beobachtete ihr Gesicht. »Denk gar nicht erst ans Schreien«, befahl ich ihr.

Sie hatte sich jetzt besser unter Kontrolle. »Ich bin nicht allein im Haus«, stieß sie hervor.

»Doch, bist du«, sagte ich. »Ich bin derjenige, der nicht allein ist.«

Ihre Blicke lagen auf mir, sie versuchte rauszufinden, was ich meinte. Harte, regungslose Puppenaugen – da wohnte keiner dahinter. Ein schwacher ekelhafter Geruch ging von ihr aus. Ihre Atmung war unter Kontrolle. »Ich habe kein Geld hier«, sagte sie, als bereinige das alles.

Ich beugte mich nah ran, ließ sie in meine Augen blicken. »Ich möchte ein Bild«, erklärte ich ihr. »Letzte Chance.«

»Bloß ein Bild?«

»Schachere nicht mit mir, du Schleimstück. Ich hab meine Befehle.«

Sie beobachtete mich, dachte nach. Sinnlos. Ich hob den ledernen Knebel auf.

»Im Safe!« sagte sie. »Bitte, nicht . . .«

»Wo is der Safe?«

»Im Fußboden – unter dem Arbeitstisch.«

Ich schaute nach – der Fußboden unter dem Tisch bestand aus lauter Parkettplatten. Vier davon lösten sich, als ich zog. Das Kombinationsschloß war so angebracht, daß es zur Decke zeigte. »Rück damit raus«, sagte ich.

Sie wußte, was ich meinte. »Sechs links, vierundzwanzig rechts, zwölf links.«

Der Safe ging tief in den Boden, vielleicht einen Meter. Videokassetten rechts, 35-mm-Spulen in Plastikbehältern. Und Polaroids – zu Hunderten, jedes einzeln für sich in einer Plastikhülle.

»Hast du ein Verzeichnis?« fragte ich sie.

»Nein«, sagte sie leblos. Wahrscheinlich log sie, doch ich hatte nicht die Zeit, das rauszufinden. Ich wußte, wonach ich suchte. Es dauerte nur ein paar Minuten – ein paar Minuten Sucharbeit durch die schlimmste Sache auf dieser Sickergrube von einem Planeten: ein kleines, friedlich schlafendes Baby, einen erigierten Männerpenis als Schnuller im Mund – ein paar Tage alte Kinder bis hoch zu Zehn- bis Elfjährigen, penetriert mit jedem stumpfen Gegenstand, den sich ein ausgefreaktes Hirn nur ausdenken konnte – lächelnde, miteinander spielende Kinder – ein kleiner Junge, vielleicht sechs Jahre alt, das schreiende Gesicht zur Kamera ausgerichtet, damit man sehen konnte, daß er von hinten genommen wurde, zwei Stränge Stacheldraht quer über seine Brust gezogen, so daß sie ein blutiges »X« ergaben. All diese Bilder trugen in einer Ecke die winzige, blaue Zeichnung eines Mannes und eines Jungen – ihr Markenzeichen.

Das Bild von Scotty sah exakt so aus, wie er Immaculata erzählt hatte – er trug sein kleines, gestreiftes T-Shirt und war von der Taille abwärts nackt. Saugte an einem Mann in einem Clownsanzug. Ich steckte es in die Tasche.

Ich ging zurück zu der Frau. »Haben Sie, was Sie wollten?« fragte sie. Die Stimme jetzt fest und zuversichtlich, wieder bei etwas, das sie verstand.

»Yeah. Ich hab's. Und ich geb dir auch was dafür.« Ich hielt ihr das Rasiermesser an die Kehle, flüsterte ihr ins Ohr. »Du bist tot, Schnalle. Diesmal hast du ein Bild vom falschen Kind gemacht. Wär ich du, würde ich den Staatsanwalt anrufen und gestehn – mit dem Gesetz kooperieren. Du weißt, wie's läuft. Such dir für ein paar Jahre eine nette, sichere Zelle. Aber besorg dir jemanden, der das Essen für dich vorkostet.«

Ich goß die ganze Ätherflasche über das weiße Tuch – der Geruch machte mich schwindlig.

»Sie haben versprochen, mir nichts zu tun!« schrie sie.

»Du hast den Kids einen Tag auf dem Land versprochen«, sagte ich ihr, schlug ihr das triefnasse Tuch um Mund und Nase, hielt es da fest, während sie dagegen ankämpfte, ging sicher, daß sich genug Luft mit dem Äther vermischte, um sie auszuschalten. Der Maulwurf hatte mich gewarnt, ich könnte sie töten, wenn ich zuviel benutzen würde. Unfälle passieren.

Ihr Kopf sank nach vorn, bewußtlos. Ich band ihre Handgelenke los, klopfte sie, um wieder Farbe reinzubringen. Ich zerrte sie an der Vorderseite ihres Bademantels aus dem Sessel und in eines der Schlafzimmer. Schmiß sie aufs Bett. Drehte sie um, damit sie mit dem Gesicht nach oben lag. Sie sah aus, als schliefe sie – ich hatte nicht vor, ihr mit dem Gesicht so nah zu kommen, daß ich es rausfinden konnte.

Max und der Maulwurf waren irgendwo im Haus. Ich hatte ihnen aufgetragen, mir fünfzehn Minuten zu geben und dann die Kurve zu kratzen, doch ich wußte, sie würden nirgendwo hingehen, solange sie nicht wußten, daß ich in Sicherheit war. Genauso wie ich wußte, daß der Prof selbst dann, wenn eine Antiterroreinheit die Straße hochkäme, mit laufendem Motor draußen vor der Vordertür sitzen würde. Ich stürmte die Treppe runter. Nun war jede Sekunde in dem Haus ein großes Risiko. Das Erdgeschoß war leer – selbst die Küche sah aus, als hätte niemals jemand dort gegessen. Alles war nur für die Nachbarn da, wie der Fensterschmuck in einem typischen amerikanischen Zuhause. Die Nachbarn würden nie in den Keller schauen.

Ich öffnete im Salon die Tür zur Kellertreppe und trat durch. Fand mich in einem weiteren kleinen Raum wieder, der als Kleiderkammer diente – Mäntel hingen auf Bügeln, in der Ecke ein Schirmständer. Es dauerte eine Minute, bis ich hinter den Mänteln die Tür fand. Von innen versperrt. Ich nahm eine Kreditkarte raus und schob sie zwischen Tür und Rahmen, arbeitete sachte und sagte mir, daß ich mir einen anderen Weg rein suchen mußte, falls auf der Rückseite ein Riegel war. Doch das Plastik faßte, und die Tür sprang auf. Noch ein paar Schritte und ich war am Kopf einer gewundenen, schmiedeeisernen Treppe. Ich probierte mein Gewicht auf der ersten Stufe, und dann hörte ich die Stimme eines Mannes, hoch und zittrig, als stünde er an einem Abgrund.

»Schaut, ihr Jungs macht einen Fehler, okay? Ich meine... ich *kenne* Leute, verstanden? Was für ein Problem ihr auch habt, ich kann mich drum kümmern. Bloß dazusitzen und mich *anzuschauen* nützt euch nichts, richtig?«

Ich folgte der Treppe in Richtung der Stimme. Auf halbem Weg nach unten schwand die Dunkelheit. Indirekte, aus einigen verdeckten Leisten stammende Beleuchtung überflutete den Kellerboden. Ein fetter Mann saß auf einem riesigen Sitzsack, auf jeder Seite eine Hand zur Balance, und starrte in eine dunkle Ecke, als berge sie sämtliche Geheimnisse des Lebens. Der Maulwurf hockte neben dem Sitzsack an der Wand, sein

Ranzen offen vor ihm. Sein großer Kopf drehte sich, sicherte den Raum, über seinen dicken Brillengläsern spannte sich eine Strumpfmaske. Er sah aus wie ein bösartiger Frosch.

Der Mann rollte die Augen zu mir, als ich die Treppe runterkam. Er beobachtete, wie ich mich näherte, Erleichterung trat auf sein Gesicht.

»He, hast *du* hier das Kommando? Die Jungs hier . . .«

»Nicht reden«, sagte ich ihm.

Es zeitigte keine Wirkung. »Was für 'nen Unterschied macht's denn schon, Mann? Der ganze Laden ist schalldicht, okay? Ich meine . . . schau dich um.«

Tat ich. Die Wände waren mit dunkelbraunem Kork bezogen, die Decke mit schallisolierenden Platten getäfelt. Sogar der Teppich auf dem Boden fühlte sich an, als liege er über einer dicken Gummimatte.

»Damit keiner die Kids schrein hörn kann?« fragte ich ihn.

»He! Was soll das?« brüllte er mich an, um Schärfe in der Stimme bemüht.

Ich spannte die Pistole. Er winselte etwas. Ich stieß ihm die Waffe ins fette Gesicht, zog ihm damit die Haut unter dem rechten Auge runter. »Ich. Habe. Keine. Zeit«, erklärte ich und stieß ihm bei jedem Wort ins Gesicht.

»Waaaas?« stöhnte er. »Sag mir doch bloß . . .«

»Ich möchte die *Bilder*. Ich möchte den *Film*. Ich möchte die *Liste*. Ich möchte das *Geld*.«

Der fette Mann hatte nicht vor zu feilschen wie seine Frau. »Es ist oben. Alles oben. Ich schwöre . . . hier unten ist bloß 'n bißchen Geld . . . in der Werkbank . . . bloß Taschengeld . . . Es ist alles auf der Bank . . . Morgen früh, wenn die Bank aufmacht, geh ich . . .«

»Halt's Maul!« befahl ich ihm, mich zurückziehend. Die Werkbankschublade enthielt drei niedrige Stapel Scheine. Ich schmiß dem Maulwurf das Geld zu. Es wanderte in seinen Ranzen. Der Keller sah wie ein Kinderzimmer aus – Stofftiere, Puppen, ein Schaukelpferd, in einer Ecke eine elektrische Eisenbahn. Ich checkte hinter der einzigen Tür, doch da war nichts außer einem Ölbrenner und einem Heißwasserkessel.

Eine Hintertür führte in den Anbau des Hauses. Ich lief ihn rasch ab. Keine Fenster nach draußen, und der Boden war wie der Fahrweg aus Beton. Alles so eingerichtet, daß sie mit dem Kombi reinstoßen und seine Fracht entladen konnten.

Es war Zeit zu verschwinden.

»Deine Frau is oben«, sagte ich ihm. »Sie is okay – schläft bloß. Dir verpaß ich auch 'nen Schuß. Wenn du aufwachst, is die Polizei hier. Du sagst, was immer du sagen möchtest – verkauf dich, so gut du kannst. Erwähnst du mich oder meine Leute, finde ich dich, wo immer du auch bist. Verstanden?«

Er nickte, versuchte noch immer zu reden. »Schau . . . du brauchst keine Spritze . . . ich meine, ich hab ein schwaches Herz, weißt du? Ich bin in Behandlung. Morgen kann ich dir alles Geld besorgen, das du willst . . .«

Der Maulwurf zog eine Spritze aus seinem Ranzen, drückte den Kolben, achtete auf den dünnen Strahl, nickte mir zu. Ein Schatten glitt aus einer Kellerecke, schwebte hinter den fetten Mann. Er wurde auf die Füße gerissen, einer seiner Arme, die Venen deutlich sichtbar, vor ihn gepreßt.

»Wir machen's oben«, sagte ich dem Maulwurf und bedeutete Max, den fetten Mann mitzunehmen.

Ich trat zuerst auf die Wendeltreppe, lauschte. Nichts. Dann kam der Maulwurf, Max als letzter. Am Absatz hielten wir inne; der fette Mann stand an der Wand, er atmete viel zu schnell. »Wir brauchen jetzt das Feuer«, sagte ich zum Maulwurf. »Irgenwas, das im Kessel anfängt.«

Er nickte, steckte die Spritze in den Ranzen zurück und ging treppab.

Der fette Mann hatte noch immer Mühe mit seiner Atmung, versuchte gleichzeitig nach Luft zu schnappen und zu reden. Ich zog einen Handschuh aus, um mich an der Maske zu kratzen, ließ ihn die Tätowierung sehen.

»He, Jungs! Ich kenn euren Boß . . . ich meine, wir haben 'nen Vertrag, richtig? Wir haben keinen Ärger . . .«

Ich zog den Handschuh wieder an, als hätte ich nicht bemerkt, was ihn drauf gebracht hatte. »Halt's Maul«, sagte ich, meine Stimme unbeteiligt wie eine Maschine.

Der fette Mann versuchte nichts – Kampf war nicht seine Sache. Doch es schien, als müsse er meine rausfinden – er konnte nicht stille schweigen.

»Was würde es ändern?« fragte er.

»Ich erledige bloß 'nen Job«, beschied ich ihn mit derselben mechanischen Stimme.

»Schau, du kapierst es nicht, okay? Es ist nicht so, daß jemand verletzt worden ist, in Ordnung? Kids . . . die kommen drüber weg. Es ist bloß Geschäft.«

Ich konnte die Hitze von Max ausströmen spüren, doch ich war innen leer. Alle Maden haben eine Geschichte auf Lager, und ich hatte inzwischen die meisten gehört.

Der Maulwurf stieg die Treppe hoch, den Ranzen in einer Hand. Alltag im Büro. Er hielt eine Hand hoch, die Finger weit gespreizt. Fünf Minuten bis zur Zündung.

Ich zog Scottys Bild aus meiner Tasche, hielt es dem fetten Mann vors Gesicht. Eigentlich wollte ich Max zeigen, daß wir das Kind gerettet haben, doch der fette Mann beschloß, ich wolle eine Erklärung.

»He! Ich erinnere mich an ihn. Ist das Ganze deswegen? He, *schau,* Mann . . . das ist ein scharfer kleiner Bengel, kannst mir glauben . . . ich meine, er hat mir *gern* einen abgelutscht . . . Ist ja nicht so, als hätt ich ihn gezwungen oder so . . .«

Wo sein Gesicht hätte sein sollen, sah ich rote Punkte. Ich packte den Pistolengriff so fest, daß meine Hand pochte, hörte im Geist den Schuß, zwang mich, nicht den Abzug zu drücken.

»Nicht!« schrie der fette Mann, die Hände vor der Brust faltend, als würde er beten. Ich hörte ein scharfes Zischen aus der Dunkelheit, wo Max stand, und dann ein Geräusch, als stieße eine Fleischeraxt auf Knochen. Der Hals des fetten Mannes sackte nach links – und blieb dort. Max ließ ihn los, und der Körper sank auf den Boden.

Der Maulwurf ging in die Knie und tat seine Pflicht, obwohl wir alle wußten, daß es vorbei war. »Aus«, sagte er.

»Knast oder Friedhof«, hatte ich dem Prof gesagt. Jetzt war es egal, ob die alte Frau oben tot war. Ich bedeutete Max, er solle den Körper des fetten Mannes aufheben, und wir gingen alle nach unten. Ich konnte die Uhr in meinem Kopf ticken spüren – der Boiler flog gleich hoch. »Er versucht, den Flammen zu entkommen – rennt die Treppen hoch. Rutscht aus und fällt. Bricht sich das Genick«, sagte ich mir selber. Wir schleppten den fetten Mann die halbe Treppe hoch, bis zum Beginn der Windung. Lehnten ihn ans Geländer und stießen ihn, Gesicht voran, hintenüber. Der stille Keller schluckte das Geräusch seines Aufschlags.

»Los!« sagte ich zum Maulwurf, zur Rückseite des Hauses deutend. Max' Schatten folgte ihm runter in den Keller.

Ich drückte den Knopf an dem Funkgerät, teilte dem Prof mit, ich würde jede Minute durch die Vordertür sein. Ich hatte noch ein bißchen Zeit übrig, das zu beenden, was ich tun mußte – selbst wenn der Kessel hochging, würde es das Erdgeschoß eine Zeitlang nicht erreichen. Ich rannte wieder nach oben zu dem großen Arbeitszimmer, schnappte mir einige Handvoll von dem Dreck, warf ihn quer durch den Flur, verstreute die Bilder und Filme über alle Räume. Ich feuerte ein paar Kassetten in den Safe zurück und knallte ihn zu, dankbar für die Handschuhe, die ich trug – keine Zeit, alles abzuwischen.

Ich checkte das Schlafzimmer. Die Frau lag im Bett, als hätte sie sich nicht gerührt. Vielleicht würde sie nie mehr.

Ich hastete die Treppe runter, die Waffe vor mir, meine Ohren saugten jedes Geräusch auf, warteten auf die Sirenen. Von irgendwo im Keller hörte ich ein Prasseln.

Ich öffnete die Vordertür einen engen Spalt, streckte den Kopf raus. Die Straße war ruhig. Ich versicherte mich, daß die Tür hinter mir nicht ins Schloß fallen konnte, klopfte meine Taschen ab und checkte, ob ich alles hatte, dann ging ich den Zaun an. Ich fiel auf der anderen Seite runter – die Fahrertür stand auf. Ich tauchte rein, und der Prof hüpfte zur Seite – er hatte das Auto startbereit, drückte das Bremspedal mit der Hand runter.

Ich blickte über die Schulter – die Kellerfenster standen in hellen Flammen. Irgendwo die Straße runter hörte ich einen Motor zum Leben erwachen. Wolfes Überwachungsteam schoß direkt an uns vorbei, steuerte in Richtung Haus. Ich ließ das Auto gleichmäßig weiterrollen; als wir um die Ecke bogen, knipste ich die Lichter an.

Der Plymouth wartete an der verabredeten Stelle. Niemand folgte uns, also blinkte ich mit den Lichtern, und Michelle hängte sich an uns. Wir nahmen die Throgs Neck Bridge rüber zur Bronx, stoppten just hinter der Mautstelle neben der Straße und machten dieselbe Nummer mit den Starthilfekabeln – bloß für den Fall.

Ich ließ den Prof die Autos beobachten und zog alle anderen in den Schatten.

»Ich hab's«, sagte ich Michelle. »Jemand rangegangen, als du angerufen hast?«

»Sicher«, erwiderte sie. »Es war ein Mann.«

»Nein, war's nicht«, erklärte ich ihr und zündete mir die erste Zigarette an, seit wir rausgekommen waren. »Irgendwelcher Ärger?« fragte ich die anderen.

»Bloß der Zaun«, sagte der Maulwurf, sich die Seite reibend. Er und Michelle gingen zu den Autos zurück.

Max war noch immer in der schwarzen Kleidung, doch die Kapuze hatte er vom Kopf. Er sah den Prof näherkommen, machte das Zeichen für einen Mann, der ein Bild aufnimmt, bewegte seine Hand in einer »Komm her«-Geste. Er wollte, daß der Prof das Bild sah. Ich hielt es ihm hin. Die Quecksilberdampflampen, die sie auf der Brücke benutzen, warfen ein kaltes, oranges Licht auf uns runter. Max hielt das Bild mit beiden Händen, wartete drauf, daß der Prof hinschaute und sah, was er wollte. Er tippte mit dem Finger auf den Mann im Clownsanzug – dann verdrehte er plötzlich den Kopf zur Seite.

»Verstehst du?« fragte ich den Prof. Er war dabeigewesen – er hatte ein Recht, Bescheid zu wissen.

Der kleine Mann nickte mit dem Kopf. »Es heißt, das Schwein ging heim.«

D er Maulwurf nahm den Cadillac wieder mit in die Bronx. Max stieg wieder in den Kofferraum – einem vorbeikommenden Cop seine Nachtjägerstaffage zu erklären, würde zuviel Ärger kosten. Wir fanden eine Wendestelle und steuerten nach Hause.

»In ein paar Tagen hab ich das Geld«, sagte ich zum Prof. »Wo soll ich dich absetzen?«

»Fürs Männerasyl isses zu spät – laß mich am Grand Central raus.«

»Michelle?«

»Heim, Baby.«

Ich fuhr den Plymouth ins Lagerhaus. Während ich den Kofferraum öffnete, um Max rauszulassen, erschien Immaculata.

»Es ist erledigt«, sagte ich ihr.

Immaculata untersuchte Max, als wäre er ein Schmuckstück, das sie eines Tages kaufen wollte – ihre Augen prüften jeden Zentimeter. Sie berührte seine Brust, befühlte seinen Körper, ging sicher. Max erduldete es schweigend, das Gesicht steinern. Doch sein Blick war weich.

Ich verbeugte mich vor beiden. Als ich aus dem Lagerhaus stieß, konnte ich sehen, wie Immaculata sich auf den Bauch klopfte und zu Max gestikulierte – der Lebensnehmer war auch ein Lebensspender.

D ie Mittagsblätter waren voll davon. Ich mochte die Version der *Post* am liebsten.

FEUER ENTLARVT BABY-PORNO-RING!

Ein Feuer, bei dem vergangene Nacht in Queens ein Mann getötet und seine Frau schwer verletzt wurden, führte zu einer erstaunlichen Entdeckung durch die Feuerwehr. Das Paar habe, so die Polizei, in der Abgeschiedenheit seines Anwesens in Little Neck einen »umfangreichen Baby-Porno-Ring« betrieben.

Bei dem Brand kam der 44jährige George Browne ums Leben, der mit seiner Frau Bonnie das Haus Nummer 71 am Cheshire Drive bewohnte. Mrs. Browne, 41, wurde mit einer Rauchvergiftung ins benachbarte Deepdale General Hospital gebracht.

Die Feuerwehr, die über Notruf alarmiert worden war, traf kurz nach Ausbruch des Feuers gegen 22 Uhr ein und hatte den Brand gegen 22.45 Uhr unter Kontrolle.

Während sie den Schaden untersuchten, den eine Sprecherin der Feuerwehr als »erheblich« bezeichnete, machten die Löschtrupps, so die Sprecherin, die schockierende Entdeckung von »buchstäblich Hunderten von Baby-Porno-Fotografien«. Die Feuerwehrleute hätten unverzüglich die Polizei benachrichtigt, fügte sie hinzu.

Captain Louis DeStefano von 111. Revier sagte, daß zusätzlich zu den Polaroid-Fotografien eine »beträchtliche Menge« unentwickelter Filme und »diverse Videokassetten« sichergestellt worden seien.

»Ich bin schockiert. Ich bin völlig schockiert«, erklärte Elsie Lipschitz, eine entsetzte Nachbarin, der *Post*. »Sie lebten sehr zurückgezogen, aber sie waren immer sehr freundlich, wenn man sie auf der Straße traf. Ich kann es nicht glauben«, sagte sie.

Obwohl die Feuerwehr und die Nachbarn des Paares völlig überrascht wurden, erfuhr die *Post*, daß das 450 000-Dollar-Haus am Ende der ruhigen Sackgasse unter Polizeiüberwachung stand, und daß George Browne in den vergangenen Jahren zweimal wegen Kindsbelästigung festgenommen wurde.

1978 wurde Browne, der als Beruf »Unterhaltungskünstler« angab, wegen schwerer Belästigung festgenommen. Die Anklage wurde später fallengelassen. Zwei Jahre später wurde er erneut festgenommen und diesmal für schuldig befunden, das Wohlergehen eines Minderjährigen gefährdet zu haben – eines fünf Jahre alten Jungen aus dem Norden des Staates, so die Auskunft der Polizei.

Brownes verkohlte Leiche wurde am Fuß der Kellertreppe entdeckt. Aufgrund eines offensichtlichen Genickbruchs schloß die Polizei, daß er dem Feuer zu entkommen suchte – das möglicherweise, so die Feuerwehr, durch eine Kesselexplosion ausbrach –, als er vom Rauch überrascht wurde und die Treppe hinabstürzte. Eine Autopsie steht noch aus.

Mrs. Browne wurde noch nicht festgenommen, sagte stellvertretender Bezirksstaatsanwalt Wolfe und fügte hinzu, daß »bald« mit einer Anklageerhebung zu rechnen sei.

Ein Sprecher des Krankenhauses sagte, der Zustand der Frau sei zufriedenstellend.

Der Prof las über meine Schulter mit. »Wenn Leute schaden, müssen sie braten«, sagte er.

The Blues are the truth – im Blues steckt immer die Wahrheit.

96

Am nächsten Morgen erledigte ich den Anruf. »Hast du das Geld?« fragte ich sie, als sie ans Telefon ging.

»Warst du das . . .?«

»Hast du mein Geld?« fragte ich sie wieder, ihr ins Wort fallend.

»Ich hab's heute nacht. Hast du . . .«

»Heut nacht. Mitternacht, richtig?«

»Ja. Ich . . .«

Ich hängte einfach ein. Die Generalprobe.

97

Ich war rechtzeitig da. Die Furcht in mir war groß; ich konnte ihr keinen Namen zuordnen. Keiner läßt sich gern operieren, doch wenn die Krankheit tödlich ist, sieht selbst das Messer gut aus.

Hinter dem Haus herrschte weiche, anheimelnde Dunkelheit. Schatten spielten ihr Spiel. Nirgendwo war Musik.

»Ich habe dich jetzt in mir«, sagte Strega einst. Ich rief im Geiste Flood an, erklärte ihr, Strega hätte gelogen. Erklärte es mir selber.

Ich hatte Scottys Bild in der Tasche. Es reichte, um mich ins Haus zu bringen – ich war mir nicht sicher, ob es reichte, um mich rauszubringen.

Die Garage stand offen, ein Platz bereit für meinen Plymouth. Ich ließ ihn draußen, die Schnauze in Richtung Straße.

Ich ging die Treppe zum Wohnzimmer hoch. Es war leer. Ich zündete ein Streichholz an und suchte den Lichtschalter. Ich konnte keinen finden – begnügte mich mit einer Lampe, die anmutig über der Couch schwebte. Ich steckte mir eine Zigarette an, sah das Streichholz beim ersten Zug aufflammen und schüttelte die Hand, um es auszumachen. Ich schob das Streichholz in die Tasche, wartete.

Sie kam in einem roten Unterkleid ins Zimmer, die Füße bloß. Ihr Gesicht war sauber abgeschminkt. Sie setzte sich neben mich auf die Couch und schlug die Füße unter. Sie sah aus wie ein kleines Mädchen.

Ich zog das Bild aus der Tasche, schenkte ihm einen letzten Blick und legte es ihr in den Schoß. Ein Angebot – nimm dies von mir und gehe jemand anderen heimsuchen. Sie ließ den Finger leichtgliedrig über die Oberfläche des Bildes gleiten. »Das ist es also«, flüsterte sie.

Ich wollte keine Feierlichkeiten. »Hast du mein Geld?« fragte ich sie.

»Ich werde das hier in Scottys Beisein verbrennen«, sagte sie, als hätte sie mich nicht gehört. »Und alles wird vorbei sein.«

»Es wird nicht vorbei sein – das bringen nur die Leute bei SAFE fertig«, sagte ich ihr.

»Du weißt, was ich meine«, sagte sie.

Sie hatte ihre Zauberworte – ich hatte meine. »Wo ist das Geld?« fragte ich sie wieder.

»Es ist oben«, sagte sie, auf die Füße gleitend. »Komm mit.«

Mitten auf ihrem Bett lag eine Hutschachtel. Ich konnte sie durch den Baldachin sehen. Ein im Treibsand versinkender Diamant. Sie deutete darauf, eine Hand auf der Hüfte.

Ich langte durch den zarten Stoff und zog sie raus. Der Deckel ging auf – drinnen war das Geld, alles sauber aufgestapelt. Und oben auf dem Haufen die breite Goldkette.

»Berühre sie«, flüsterte sie mir zu. »Sie ist warm. Kurz bevor du gekommen bist, habe ich geschlafen. Ich hatte sie im Schlaf in meinem Körper – sie ist noch warm von mir.«

»Ich will sie nicht«, sagte ich.

»Habe keine Angst . . . nimm sie.«

»Ich will sie nicht«, sagte ich wieder und hörte meine Stimme dumpf werden, um Halt ringen.

Sie stieß mich zu dem Sessel in der Ecke. Ich stemmte mich fest gegen sie, rührte mich nicht. »Es muß im Sessel sein«, flüsterte sie. »Das ist der einzige Platz, wo ich es tun kann. Du mußt sitzen.«

»Ich will bloß das Geld«, erklärte ich ihr.

Sie packte mit beiden Händen die Vorderseite meiner Jacke, zog mit ihrem ganzen Gewicht dran, während ihre Teufelsaugen Blitze auf mich abfeuerten. »Du bist mein«, sagte sie.

Ich begegnete ihren Blicken – etwas tanzte da drin – etwas, das niemals einen Partner haben würde. »Ich hab meine Arbeit getan«, erklärte ich ihr und blieb, wo ich sicher war. »Ich bin fertig.«

»Du kannst nicht von mir weggehen«, flüsterte sie.

»Vergiß es, Strega.«

»Du sprichst meinen Namen aus – du denkst, du kennst mich. Du kennst mich nicht.«

»Ich kenne dich. Und verschwende nicht deine Zeit und lauf zu Julio – es gibt nichts, was er tun kann.«

Strega erkannte ein Stichwort zum Abgang, wenn sie es hörte. Sie ließ meine Jacke los, wandte mir den Rücken zu, hielt sich mit einer Hand am Bettpfosten fest.

»Ja, Julio«, sagte sie. »Mein edler Onkel Julio – der großartige und gute Freund meines Vaters.«

Sie wandte mir ihr Gesicht zu. »Wer, glaubst du, hat mich gelehrt, hübsch artig zu sein, während er im Stuhl saß – ein braves kleines Mädchen zu sein?«

»Was?« sagte ich. Ich hatte ein Leben lang Erfahrung damit, mir keinen Gedanken auf dem Gesicht anmerken lassen, doch bei Strega funktionierte es nicht. Sie beantwortete die Frage, die ich nie stellte.

»Julio. Damals war ich noch Peppina. Ich liebte jeden. Vor allem Julio – er war so gut zu mir. Als er mit mir anfing, verriet ich ihn meinem Vater«, sagte sie, ihr Gesicht glich dem eines kleinen Kindes.

»Was hat er gemacht?«

»Was er getan hat? Er hat mich mit einem Riemen verprügelt, weil ich üble Geschichten über Julio erzähle. Julio der Heilige. Für meinen Vater war er ein Heiliger ... wegen des Geldes und aus Furcht. Und ich ging wieder zu Julio.«

Ich blickte sie bloß an, beobachtete ihre Augen. Kaltes Feuer. Haß.

»Sie unterrichteten mich – Geld und Furcht. Sie unterrichteten mich gut. Eines Tages war ich nicht mehr die dumme, fröhliche Peppina.«

Im Geiste sah ich Julio, wie wir das letzte Mal miteinander geredet hatten. Ich wußte jetzt, warum er so aussah. »Deswegen wollte Julio, daß ich das ... das Bild für dich besorge?«

»Julio tut heute, was ich möchte. Sie tun alle, was ich möchte. Geld und Furcht.«

»Jina ...«

»Strega. Für dich Strega. Und wenn du zu mir zurückkommst, immer noch Strega.«

»Ich komme nicht zurück«, sagte ich und klemmte mir die Hutschachtel unter den Arm, schützte mich mit dem Geld vor der Kälte.

Eine Träne quoll aus ihrem Auge, rann ihr die Backe runter. »Ich habe meine Mia«, sagte sie, die Stimme tot wie der Clown in dem großen, weißen Haus, »und ich habe mich. Mich werde ich immer haben.«

»Ich hab mehr als das«, dachte ich, als ich rausging und der kalte Wind um meinen Rücken wirbelte. Sein Kind behütend.

Krieg im Dunkeln

Über die doppelbödigen Spionageromane des Anthony Price schrieb der englische Kriminalschriftsteller H. R. F. Keating in der Londoner *Times:* »Diese Bücher möchte man am liebsten gleichzeitig sofort bis zum Ende lesen und sich noch stundenlang damit beschäftigen.«

Anthony Price

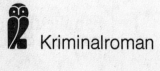

Kriminalroman

Ullstein